中国社会科学院老年学者文库

张大明 1937年2月生。四川省射洪县人。1963年毕业于四川大学中文系，分配到中国科学院哲学社会科学部（即今中国社会科学院）文学研究所工作，长期从事中国现代文学研究。为研究员，教授，中国作家协会会员。享受政府特殊津贴。

主要著作有：《踏青归来》、《三十年代文学札记》、《不灭的火种——左翼文学论》、《中国现代文学思潮史》（合著）、《西方文学思潮在现代中国的传播史》（合著）、《中国象征主义百年史》、《主潮的那一面——三民主义文艺与民族主义文艺》（台湾出版繁体字版，书名为《国民党文艺思潮》），合作主持国家社科重点项目《中国现代文学史资料汇编》，主要编著（多数系合作）还有《三十年代左翼文艺资料选编》《中国现代短篇小说选》《中国现代散文选》《"革命文学"论争资料选编》《"两个口号"论争资料选编》《左联回忆录》，以及周扬、阳翰笙、沙汀、徐懋庸、张天翼、周文、李健吾等作家的选集、文集，等等。

中国社会科学院**老年学者文库**

中国左翼文学编年史

张大明／著

社会科学文献出版社
SOCIAL SCIENCES ACADEMIC PRESS（CHINA）

本书系中国社会科学院老年科研基金项目

本书系作者"中国现代文学思潮研究书系"之第五种

目　录
CONTENTS

中篇　普罗文学（1928～1929年秋）

下篇　左翼文学（一）（1929 年秋～1931 年春）

下篇　左翼文学（二）（1931年4月~1932年底）

序　一

　　张大明先生的《中国左翼文学编年史》，是他撰写的关于中国现代文学思潮系列著作中的第五本，也是最后的一本。类似于多台话剧的一台压轴大戏，它集中了以往的诸多优点，而又有新的开拓，新的收获。

　　之前的四本，分别是《中国现代文学思潮史》（合著）、《西方文学思潮在现代中国的传播史》（合著）、《中国象征主义百年史》、《主潮的那一面——三民主义文艺与民族主义文艺》。显而易见，第一本书系综合论述中国现代文学思潮，然后就思潮史中的几个重要方面，或者说几个重要分支，又进一步依次作了专门的深入分析。结果就是后三本书的陆续面世。但西方文学思潮的传播也好，象征主义也好，三民主义文艺与民族主义文艺也好，都还不是最重要、最核心的部分。中国现代文学思潮史中最重要、最核心的部分是左翼文学思潮。这是由历史条件形成的，左翼文学在相当长久的时期内，是中国现代文学的主流，代表着先进文化的正确方向。张大明有意识地把《中国左翼文学编年史》作为最后一本压轴大作，并以此为现代文学思潮系列画上一个圆满的带有总结意味的句号，说明他对中国现代文学思潮有着总体的把握，具有战略的眼光，高瞻远瞩，费时 20 年，锲而不舍，有计划、有步骤、分门别类、按部就班地完成了 5 本总计近 350 万字的硕大文学工程。

　　应该说，张大明是撰写《中国左翼文学编年史》的最佳人选，在诸多学人中也唯有他有能力、有资格完成这样厚重的沉甸甸的著作。在中国社会科学院文学研究所，他长期从事现代文学且偏重于左翼文学的研究，工作十分勤奋、踏实，从青年、中年至退休，30 多年从未间断，积累并掌握了大量的、丰富的第一手资料，在这方面可以说无人能与之匹敌。搜集材料的过程中，张大明开动脑筋，反复斟酌，不断跳出旧的思想窠臼，获取新的思想和新的观点，将所思所感所悟所得著之书帛，在撰写本书之前已经出版了《踏青归来》《三十年代文学札记》《不灭的火种——左翼文学论》《阳翰笙评传》《三十年代左翼文艺资料选编》以及多篇论文。他还有一个别人所不具备的优势：

与周扬、阳翰笙、沙汀等多位左翼文学前辈有比较亲近的工作关系。这些都说明他写《中国左翼文学编年史》是有充分准备的，是有足够实力的。俗云"功夫不负有心人"，张大明本是有心人，更是苦心人，这本100多万字的新作——中国现代文学思潮系列著作中的压轴之作，对他来说既是长期积累，又是水到渠成的必然结果。

在中国现代文学史上，广义的左翼文学，包括"革命文学""普洛文学""左翼文学"前后三种意义相近而又略有差别的称谓，这也是左翼文学从产生并渐次演变推进的三个阶段。左翼文学在中国的出现不是空穴来风，有它必会产生的内因与外因，即深厚的社会基础和国际环境的影响。作为承袭"五四"新文化运动延续下来的新生事物，左翼文学难免有诸多缺点和错误，左的、右的错误都有，而主要是犯过"左倾"的错误。尽管如此，左翼文学毕竟开启了现代文学史上又一新的篇章，代表了我国先进文化的正确方向。正如鲁迅所说："中国的无产阶级革命文学在今天和明天之交发生，在诬蔑和压迫之中滋长，终于在最黑暗里，用我们的同志的鲜血写了第一篇文章。"一个含有贬义的"左"字，并不能概括左翼文学的全部内容，更不能勾销左翼文学的全部历史。百般诋毁乃至全盘否定左翼文学，如果不是出于无知，出于偏见，那就简直是——说得严重一点——没有良心。

正确总结左翼文学运动的历史经验，继承并发扬其优点与长处，纠正并扬弃其缺陷与错误，对于推动社会主义文化的大发展、大繁荣是很有借鉴意义的。前事不忘，后事之师。我们应当站在这样的高度，看待张大明新著《中国左翼文学编年史》的重要价值，并给予应有的积极肯定的评价。

古人常用"皓首穷经"四个字来称颂那些终身潜心于学术研究、"读书破万卷"、著作等身的大学问家。张大明虽尚未"皓首"却也在"穷经"，仅就这本《中国左翼文学编年史》而言，他就查阅了107种原始报刊，参考了159本书籍。刊物要一期一期地翻，书要一页一页地读，文章和作品要一个字一个字地看，其中辛劳可想而知。这还只是第一步的工作。继之从浩繁的材料中精选、摘录，"竭泽而渔"，不因遗漏而生遗憾，因为后人（或者说旁人）是很难找到这么多的原始报刊和初版图书的。最后采用编年史的体例，用报刊文摘编纂的形式，成就了一部100多万字的巨著。凡是读了本书的人，相信都会惊叹书中材料之丰富，并对作者付出的辛勤劳动由衷地产生钦佩。张大明说得好："文学史研究要凭原始资料说话。"材料就是事实。一切从事实出发，也就是一切从材料出发。胡适先生当年在指导邓广铭作明史研究的时候，曾经对他说过："现在搞辛稼轩的传记，好坏的标准就是看谁的材料多。"

这句至理名言同样适用于张大明：因为材料多，所以写得好。

的确，从他的这本新著中，我们能够看到中国左翼文学几近原生态的全部面貌：它产生的前因后果，它的发展变化，它的生存环境，它在内部的激烈争论（实际上是艰苦的探索），它对外部压迫的奋力抗争，它如何引进苏俄、日本等国外的文艺理论（存在教条主义倾向，亦步亦趋，又往往慢上半拍），如何借鉴外国文学作品，以及在自身的创作中怎样为人民大众呐喊呼号，却又在其中夹杂许多标语口号（显然这是幼稚和不成熟的表现）；再者，从大块文章到边边角角，包括编者按语、图书广告等，林林总总都在书中鲜活地呈现出来，并且不是明日黄花的简单复制，而是用现代思维重新审视梳理或曰"克隆"之后的创造。这才叫文学史，或者说是别开生面、独出一格的文学史。这种写法有别于过去奉为"经典"的"以论带史"，它一切都依据材料（事实），而且唯其"编年"方能更显"史"的脉络，包括发展变化、内在规律等。也有别于通常所说的"大事记"：一般的大事记过于简略，往往只有几根筋，几根骨头，无血无肉，比上海的瘪三还要干枯，而编年体的文学史则饱满丰盈，如像杨贵妃（玉环）一样的美人，吸引众多读者的眼球。要做到这一点，首先必须要掌握大量的第一手材料才行，材料愈丰富，愈原始，愈能显示出文学史的本来面目。事实证明：唯有反映文学史真实面貌的著作才能经久耐用，长存于世。相比之下，"以论带史"弄得不好就无异于涂脂抹粉，甚至是削足适履——让历史服从（服务）于所谓的"理论"需要，让客观存在的历史变成了主观可以随意装扮的少女，今天尚肥，明天崇瘦，时过境迁，风向一变，肥瘦又都不相宜，只好另起炉灶，重行装扮一番。这也是过去的一些文学史著作短命的重要原因。

目下自鸣得意的夸夸其谈、缺乏事实根据的信口开河，在浮躁的学术界和文学界俯拾即是。坦率地说，要让这些胡说戏说白说烂说的学者教授博导之类写一部编年体的文学史，那可真真是难为其哉，他们绝对写不出来。由此也就可以知道张大明这本《中国左翼文学编年史》的难能可贵了。

对于左翼文学的起止年限，学术界尚无一致的看法。本书上篇"革命文学"定为1917年至1927年底，而把下篇"左翼文学"截止到1932年末。这是值得商榷的。一般来说，"革命文学"始于20世纪20年代中期"大革命"前后，1917年至1919年属于"五四"新文化运动时期，有别于"革命文学"。1932年末至1936年，左翼文学还有一些重要的具有标志性的事件，如《子夜》的出版，"国防文学"和"民族革命战争中的大众文学"两个口号的论争，以及"左联"的解散等。这些似乎仍应划入左翼文学阶段。不过，仁者见仁，智者见智，张大明先生对于左翼文学起止年限的界定，自有他的道理，当为一家之言。

桑逢康

2011 年 12 月 6 日

序 二

文学史有不同的写法，有的是以史代论，有的是以论代史。前些年比较流行的一种写法是出于某一种政治或学术的需要，先设定一个主题，再找几个人在一块侃，拉出一个纲或思路，并作出一些具体的设想，再到历史中去找佐证，不管材料之多少，是否站得住脚，然后就天马行空、海阔天空地按照人为的设定去大加发挥，并得出所需之结论。这种主题先行的文学史，前些年比比皆是，虽也有风行一阵子的，但时过境迁，气候一过，空气一变，它们就无人问津，被束之高阁了。

张大明先生的这部《中国左翼文学编年史》，则另辟蹊径，别开生面，摒弃了过去那种从政治出发、主题先行的模式，特立独行，完全从文学、文坛发生的事实和材料出发，从一篇篇文章、一个个刊物、一本本图书出发，与时俱进，循序渐进地，一天一天、一月一月、一年一年地去查找、阅读、探索、挖掘，不辞辛劳地作纪要、写评介，历经三十余个春秋的努力和积累，殚精竭虑地进行整理分析，并分篇立目，而篇前的本篇要略和篇后的本篇结语，则进行综合和论述，帮助人们了解文学思潮的此消彼长，作家作品的成长进步，文坛风云的突兀变幻，帮助人们从一条一条的史料，一段一段的论说，具象地看出我国左翼文学是如何发生又如何发展起来的，这部一百多万字的长篇巨制，真是功劳不可估量。这是一部具有高度史料价值和学术价值，值得长久保存和流传的真真正正的中国左翼文学发生发展的历史撰著。

这是张大明先生继《中国现代文学思潮史》后的又一部力作。在以他为主，并与他人合作完成了意义重大的大部头《中国现代文学思潮史》之后，他又独立完成了《西方文学思潮在现代中国的传播史》《中国象征主义百年史》和《主潮的那一面——三民主义文艺与民族主义文艺》三部专著。而今完成的这部《中国左翼文学编年史》，则是他心思动得最早、毕生最为在意、准备最为充分、用功最为勤谨、写作最为辛苦的著作，其材料之丰富、全面、系统和准确，真是无与伦比，堪称绝唱，因为在此之前确无别人，在此以后也确无必要再有他人来重复此一工作了。实际上，这也是许多有心人感到意义重大、想写而感力之不逮而未敢贸然从事的重大课题，因为我们今天的新文学，除却传统文化的因素之外，从某种意义上来说，也是在当初左翼文学的基础上，总结经验教训，发展再生而来的。张大明今天完成了自己的这一心愿，实在是为整个中国现代文学界完成了一件早就应该完成的工作，可喜可贺。至此，张大明的中国现代文艺思潮之系列研究，算是画上了一个圆满的句号。

实际上，张大明是写作完成这样一部著作的不二人选。不仅因为他曾经参加过中央有关革命文艺若干历史问题决议的起草（尽管后来夭折），不仅因为他曾经编辑过《周扬文集》《阳翰笙选集》《沙汀文集》，并与周扬、阳翰笙、沙汀等左翼文坛的头面人物有过较多接触，还因为他曾或参与、或主持编辑过几套大型现代文学资料丛书，其中特别是有关左联的作家作品和文件资料，曾广泛接触过当时在世的左联作家，并长期积攒过大量有关资料。正所谓情况熟悉、资料全备、思考多多。在当今的中国现代文学研究界，能有这样的机遇者不多，能够胜任担负此项工作职责的，也真非张大明莫属。

当然，现在呈现在我们面前的这部书稿也有不足之处。譬如书稿截止于1932年底就有点令人不太满足，如能延伸至1936年是否更加全备？当然，那样篇幅将会更加庞大，更会给出版增加困难。也可能，作者对此还有更多、更好的想法和安排，那就仅供参考了。

黄淳浩

2012年元月

开篇说明

历史是过程，是人在时间和空间之中活动所留下的痕迹。

历史是现实的向导。历史为现实提供力量。

文学史研究要"凭原始资料说话"。

对史料的掌握要做到"竭泽而渔"。

注意"中间人物""中间力量"。革命成功与否，往往决定于他们的倒向。

这是这几年学者们的言论。我当尽力这样做。

这本书，我构思最早，写成与出版却最晚。

要写20世纪30年代左翼文学史的想法，大概起于1977年后那几年，书的大纲（提纲，轮廓）都立了几个。也幸好没有在那时候动手，不然，写出来的，决然摆脱不了"十七年"那些看法的窠臼。

构思和积淀过程比较长。信心还几乎被打破。

1976年前后，室主任唐弢同志领导我们试编《鲁迅手册》，我负责起草《鲁迅生平斗争史略》中的《"革命文学"的论争》《参加领导中国左翼作家联盟》《抗议国民党屠杀左翼作家》《"两个口号"论争》；紧接着，我们室为人民文学出版社编选《中国现代短篇小说选》和《中国现代散文选》（各七卷），我都参加了。前者由樊骏领导，我负责选叶圣陶、郑伯奇、叶灵凤、李劼人、蒋光慈、许钦文、钱杏邨、刘一梦、施蛰存、李守章、魏金枝、楼适夷、李健吾、戴平万、殷夫、冯铿、张天翼、巴金、艾芜、耶林、葛琴、吴组缃、叶紫、草明、何家槐、靳以、蒋牧良、欧阳山、师陀、萧军、沈起予、萧乾、万迪鹤、周文、萧红、舒群、沙汀、宋之的、端木蕻良等作家的作品。后者由林非领导，我负责选叶绍钧（叶圣陶）、郭沫若、成仿吾、许钦文、魏金枝、蒋光慈、韦素园、徐志摩、沈从文、叶灵凤、胡也频、洪灵菲、阳翰笙、殷夫、缪崇群、巴金、郑伯奇、夏征农、许杰、冯铿、柔石、冯至、黎烈文、艾芜、丽尼、楼适夷、丁玲、施蛰存、叶以群、何其芳、陈子展、陆蠡、吴组缃、徐懋庸、萧红、靳以、许幸之、穆木天、任白戈、周文、李健吾、贾祖璋、叶紫、师陀、柯灵、萧军、李广田、何家槐、戴平万、臧克家、陈敬容、夏衍、沈起予、蒋牧良、荒煤、洪深、宋之的、许广平、吴秋山、聂绀弩、沙汀、庄瑞源等作家的作品。《中国现代短篇小说选》的指导思想仍然受了"左"的干扰，一些该入选的作家作品不敢选不能选；后来又补救，搞了个《中国现代短篇小说钩沉》（共 4 卷，由山西北岳文艺出版社出版），我负责补选叶灵凤、华汉（阳翰笙）、缪崇群、杜衡、王平陵、澎岛、王余杞、李辉英、张秀亚、林淡秋、徐盈、杨力（贾植芳）、徐訏等作家的作品。三套书中，我所选的作家，多数是左翼作家。①

从 1978 年起，为配合现代文学研究和教学的拨乱反正，我们室立项编选《"革命文学"论争资料选编》和《"两个口号"论争资料选编》（各分上下卷），由人民文学出版社先后出版。编这两套书，我都是主力之一。为编这两套书，除本所的图书室而外，我们跑遍了北京的相关图书馆，如位于王府井大街北考古研究所院内的中国科学院图书馆，北京图书馆（现中国国家图书馆，那时它的本馆在北海西门，现代期刊藏柏林寺），北京大学图书馆，还去过清华大学图书馆、中国革命历史博物馆，外地就是上海图书馆。文学上的20 世纪 30 年代的报刊，能外借的，我们都翻过了，很少遗漏。

1979 年，由周扬授意，沙汀、陈荒煤具信征稿，我们研究室具体负责编著《左联回忆录》（上下册）。我是主要参与者，投入的精力最多。我们或通信征稿，或登门访问，甚至为他们起草文稿。为征稿和核实左联成员名单，我们差不多与当时还健在的所有左联成员通了信，几乎所有左联成员都积极地支持我们，都给我们或我个人回了信。（这些珍贵的信件，后来我交给中国现代文学馆珍藏。）《左联回忆录》后面所附《三十年代左翼文艺大事记》，是我和王保生编写的。《对〈左联成员名单〉（未定稿）的回声》是我打算编一个比较准确的左联成员名单，而反复与一些左联成员通信核实的文字摘编，具有宝贵的史料价值。

1978 年，沙汀奉命从四川调到北京，担任文学研究所所长。稍后，我也奉命为他做些文字工作，即所谓担任沙汀的秘书。直到 80 年代末，他双目失明，回到四川，四川为他配了秘书为止。十余年中，我为沙老做事，沙老也

---

① 以上所选作家仅凭记忆，也许有误将他人所选也列在自己的名下了。

对我讲过一些当年文坛，特别是左翼文坛的情况。

我自己前期出版的几本书，如《三十年代左翼文艺资料选编》（与马良春合作）、《踏青归来》、《三十年代文学札记》、《不灭的火种——左翼文学论》（写作较早，出版稍晚）、《阳翰笙评传》（合作），全是研究左翼文学的记录。

接着，是编辑几个左联成员个人著作的选集或文集，如《周文选集》（此书有两种版本：四川人民出版社版，上下两卷；人民文学出版社版，一卷）①、《徐懋庸选集》（三卷，我和王韦合编）、《阳翰笙选集》（五卷）、《张天翼选集》（三卷，未出版）、《沙汀文集》（七卷）、《周扬文集》（五卷），沙汀和周扬两种为合编。

我为八卷本《中国文学大辞典》写新诗条目二三百条，囊括郭沫若、蒋光慈、冯乃超、穆木天、杨骚、殷夫、戴望舒、蒲风、艾青、田间、臧克家及中国诗歌会成员等诗人的所有诗集。

社科院文学所现代文学研究室的集体项目《20世纪中国文学编年史》，我是参加者，并任1928～1936年的分主编。这10年的条目大半由我撰写，并负责整个时期的统编、定稿工作。

20世纪80年代，由陈云同志提出，经胡耀邦同志批准，为解决文艺界的团结问题，打算由中央起草一个关于革命文学若干历史问题的决议。我是起草小组的成员之一，负责起草20世纪30年代部分。这个小组是认真做了工作的，曾多次在中南海，在周扬同志家里，在中宣部文艺局，开过会，反复讨论，认真调查，各抒己见。后来，因为我所不知道的原因，此事无疾而终。但我所担任起草的部分，是出了初稿的。

我还参加了"六五"（滚动到"八五"）国家重点社科项目《中国现代文学史资料汇编》的主持工作，一段时间内，我是倾全力在完成这项事业。这个项目主要由徐迺翔和我两人操作：甲种丛书"中国现代文学运动、论争、思潮流派、社团丛书"和丙种丛书"中国现代文学期刊总目、总书目丛书"，主要由徐迺翔负责；乙种丛书《中国现代作家作品研究资料》（计划入选的作家约150人）主要由我负责。我担任责任编委、审稿定稿的书稿有五六十种，每种平均字数少说也有40万字。其中主要的也是左翼作家。

通过这10年的业务活动，我与部分左翼作家有所接触，与几乎全部健在的人通过信，读过我能找到的他们的作品，翻阅过全部左翼文艺刊物，像

---

① 作家出版社2011年出版四卷本《周文文集》，我应邀负责编辑第三、四两卷，并审阅周七康编写的《周文年表》。

《创造月刊》《太阳月刊》《拓荒者》《萌芽》等刊物和《鲁迅全集》，翻阅的次数总在 5 遍以上。

从 20 世纪 80 年代后期起，我的主要精力转向中国现代文学思潮研究。迄今为止，已经出版专著《中国现代文学思潮史》（合作）、《西方文学思潮在现代中国的传播史》、《中国象征主义百年史》、《主潮的那一面——三民主义文艺与民族主义文艺》（台湾出版的繁体字本书名为《国民党文艺思潮》）。这 250 万字左右的专著中，左翼文学思潮占很重的分量。这 20 年的研究，我手边做的是思潮研究，但肚子里仍然藏着 20 世纪 30 年代左翼文学史的题目。

我为写作 20 世纪 30 年代左翼文学史，做了充分的准备。准备没有停止，思考就没有停止。

准备充分，史料熟悉，积累厚实，是我的自我肯定，也是我的自信。

概念的整合：

革命文学、无产阶级革命文学、普罗文学（普罗列塔利亚文学的简称）、新兴文学、左翼文学等称谓，在当年，其实说的都是一回事。即什么人写？写什么？为谁写？

严格选材，细读文本，慎重列条，准确叙述。

本书所列条目的依据：

"革命作家"的活动及其作品；

非"革命作家"谈左翼文学，如新月派的理论家、三民主义文学家、民族主义文学家，及其他杂色人等；

不论作者的身份、立场、政治态度、思想倾向，只要他谈论、翻译的对象是国际革命作家，如高尔基、辛克莱、藏原惟人等，研究的对象是马克思主义文学艺术理论；

在组织上曾经是左联成员，但此前未必是"正统的"革命作家，加入左联后不久又自动退出，或被开除，如郁达夫、叶灵凤、周全平、周毓英、王独清、杨邨人等，适当收录——入选相关的活动和作品；

有一部分人从事文学活动较早，甚至已经产生影响，但不以"革命文学"著称，后加入左联，如田汉、丁玲、胡也频、张天翼等；

有的人从组织上说，既不是创造社、太阳社成员，也没有加入左联，但其作品（含翻译）是革命的，如叶圣陶、郑振铎、鲁彦等。

有两个方面的内容极少被人重视：一是书籍出版广告，二是翻译作品的附言、译后记之类。

"左翼"书籍的出版广告，凡发现的，悉数收录。这些广告词，为着商业目的，当然要说好话，但偏离实际的、太离谱的溢美之词却少见。从这些书籍和广告词，至少能够知道该书的内容、特色、价值，以及当时文坛、读书界的美学追求、价值取向。从定价和销路，可以略知行情，是谁占据主导地位，卖点是什么。

译文的附言、译后记之类，有的较长，有的仅三言两语，但都不是言之无物的虚言妄语，而是介绍作家生平、创作，一国时尚，一种思潮流派；并在不声不响的中西比较之中，暗示我们应该吸收什么、拒绝什么。就这些知识、历史变迁、文学与周遭环境的关系，往往比正经的大块文章要早许多时日介绍到中国，而且是先读了前面的作品，后说的这些话，既及时，又可信。再者，有没有译后记之类，译后记写得好不好，扎实不扎实，可信不可信，材料来源可靠不可靠，更可看出这位译者的水平，对翻译的态度，对读者的责任心。

再者，本书重视从文学期刊取材。刊物是文学的主要载体，它反映鲜活的历史，由此可见文坛现状和事物走向。从刊物取材，是带露折花，少一点主观臆断，多一点真实面貌。

除了只有一两句话的条目而外，都设了**关键词**一项。

与现行学术刊物上的关键词内容稍有不同的是：我将一些作家的创作、活动也作为关键词，借以注意他是从什么时候进入文学领域的，或说他的创作是沿着什么路线发展变化的。

中间派，左翼文学的友军，或说文学自由派，基本上没有入目。原因是他们人数众多，活动范围广，创作量大，都囊括进来，就弱化主线的突出。

我的做法是：将他们最有代表性的，在文坛引起强烈反响的，带历史性的作品列条，以此作为界碑，同时也是标尺。

上篇 |
革命文学
（1920～1927 年末）

本篇要略

"五四"文学革命以后，即开始"革命文学"的酝酿时期，或曰准备阶段。

首先是拿来，革命要靠输入。成功进行十月革命、建立劳农政权的俄国是我师。

认识过程，学习过程，演变为蜕变过程。蜕变，就是飞跃。

从事实际革命工作的早期共产党人邓中夏、恽代英、沈泽民、萧楚女等人首先喊出"革命文学"的口号。

他们是从否定"五四"文学革命、抛弃"五四"文学革命资产阶级道路出发的。

他们看重的是文学的革命精神，文学有鼓励民心、鼓舞斗志、激励情绪的作用。他们众口一词要的是文学的社会作用。在文学的美学方面，他们几乎不置一词，口径也一致。

为此，他们要求有志于建设革命文学的青年，要到工农中去，到基层去，到群众中去，要参加革命的实际工作，备尝工农的艰辛，吃革命者所吃过的苦。没有这一番体验，写不出革命文学。

口号响亮，声音激越，只是偏于《中国青年》、《民国日报》附刊《觉悟》等少量报刊一隅，影响不大。

倒是以文学家的身份、革命家或教育家为职业特征的蒋光慈、茅盾、郁达夫、郭沫若、瞿秋白等，他们有旧文学的根底，了解"五四"文学革命，有的本身就是参加者，有宏放的胸怀，看世界的眼光，感知了人类文学发展的动向，求证了苏联、欧洲、日本的探索，他们异口同声喊无产阶级文学，方显视觉新颖，方能振聋发聩。

正在改写新文学历史，翻开了新的一页。

蒋光慈歌颂十月革命，歌颂苏联，赞颂列宁，抗议帝国主义对祖国的侵略，呼唤同胞起来的战鼓之声，诗集《战鼓》《哀中国》如新岁月中的《女神》。《少年飘泊者》《鸭绿江上》，跨过"五四"时"人的觉醒"，直达社会革命、阶级解放，其历史功绩不容否定。

一切都来得匆忙，放弃了渐变。

凡革命，都是理论先行。开导，启蒙。列宁论托尔斯泰的文章开始译介。

中国革命文学家是从两个方面理解列宁的：（一）评论作家尤其是伟大作家的立场、观点、方法，关键是评价标准是什么，从什么地方切入，站在什么立场，用什么尺寸。（二）认识了伟大作家的长处和短处，从而确立了要当革命作家，普罗作家，自己该怎么做。

不只是列宁，还有先贤托洛茨基，俄共的文艺政策，都是原装原配地输入，原汁原味。

"五卅"分界线。

大革命失败后各路人马齐聚上海。

本篇正文 （1920~1927 年末）

对劳动阶级要有十二分的同情　建设第四阶级的诗歌

1920 年 2 月 15 日、3 月 15 日

田汉《诗人与劳动问题》，载《少年中国》第 1 卷第 8、9 两期"诗学研究号"，第 1~36、15~104 页。本文约 11 万余字。

本文的小标题是：（一）何谓劳动与劳动问题？（二）何谓"诗歌"及诗人？（三）诗的运动与劳动运动。（四）讴歌劳动的诗歌。（五）诗人与劳动。

从形式上说，本文一是表格多，二是用着重符号的文字多（圆圈、双圆圈、黑圈、黑顿号），三是引用外文多（自注：因交稿时间急，没有时间翻译）。

田汉说，本题所要解决的问题是：何谓"劳动"与"劳动问题"？何谓诗人？诗人与劳动又有何关系？

他说他是因为读西洋诗，其中"有许多与现今所谓劳动问题生关系"，觉得它"发人深省"，可以引人"由文学而向社会"的兴味。（第 8 期，第 1页）

作者给诗歌下的定义是："诗歌者以音律的形式写出来而诉之情绪的文学。"（第 8 期，第 8 页）诗人，"就是诗歌的创造者，就是自己的情感之音乐的表现者"。"诸君不做诗人则已，想要做诗人，便请做第一流的诗人！如何去做第一流的诗人？就是着手不可不低，着眼不可不高，不可不在时间空间的自己表现内，流露超空间时间的宇宙意志，更不可不以超时间空间的宇宙精神，反映同时间空间的国民生活！！"近世思潮影响于一切学术、政治、社会的解释。大千世界，莫不是诗的王国的殖民地。"蚁，哲学家，虱，家畜，油虫，王侯，乞丐，富豪，鼹鼠，人蛆，无一非他诗的民国的好市民！！从前专喜把皇帝、武人、优伶、妓女为题的陋习，算是打消了。

而对于**劳动阶级**十二分的同情！且诗人亦进而自为劳动者!!"（以上第8期，第13页）

作者考诸各国诗史，说："诗歌是文学的一种，他的倾向虽然各有不同，然而一个时代有一个时代的支配观念。因为人无论如何与众不同，总是社会的儿子，时代的儿子，很少全然不与社会思潮时代思潮相接触，而能够有伟大的文字的。至于俄国近代文学中，几乎凡不与实际生活有密接关系的文学，就不能算好文学。所以我以下便就近世文学思潮的变迁和'劳动运动'相携并论，也算为文界开一片新土，兼为本论的中坚。"（第8期，第14页）

以下的讲述分为：A. 拟古主义与资本主义；B. 罗曼主义与民主主义；C. 自然主义与社会主义。

关于拟古主义与资本主义，田汉说："中世的贵族阶级至近世遂变为资本阶级。从时代的意义又可以发见'拟古主义'和资本主义的关系。从来'富'和'贵'相提并论，'贫'和'贱'也相提并论。贵贱的问题是'政治问题'，贫富问题是'社会问题'。19世纪的世界革命仅解决了政治问题，20世纪的世界革命才起乎解决社会问题。18世纪的政治革命是贱者与贵者的斗争；20世纪的社会革命，是贫者与富者的斗争。然这个贫富斗争——就是社会主义的所谓'阶级斗争'Class steuggle。"（第8期，第16页）

他说："我认定做诗与做工同属一种神圣的劳动，而同以表现自己的全生命——就是自己的创意之客观化具体化为生命！"（第8期，第18页）

说美国惠特曼是平民诗人，他做的是讴歌劳动的诗歌。他在诗集《劳动之歌》中的《造船工》《靴工》《羊商》《去谷壳的工人》《伐木者》等"无一非赞美劳动奖励劳动的金玉之声"。"读了这些诗的人，谁不欣动，谁不鼓舞，谁不觉得劳动的快乐和神圣呢？他的意思以为在人类的存在上最不可缺的便是劳动。不赞美讴歌这种神圣的劳动的诗，可不算真正的诗人。"（第9期，第76页）田汉特别介绍了吕斯璧（E. Nesbit）的诗集《社会主义的民谣与抒情诗》。他并以十多页的篇幅摘引和翻译此诗集中的《一个大工业中心地》《病新闻记者》《等到天亮了……》《最后的请愿》《直等没有做》等。

田汉总的意见是："可见诗歌便是人生的反映。诗人除开具有诗魂之外，只是一个很真挚很情热的人。做诗人的第一步只在做人；而做人的第一步，我便要说只在劳动Labour！"（第9期，第96页）还说，"我以为做诗人的实在是两重的劳动家：一重是做人的劳动work as a human being，为保持他的生存和健康，不能不取物质的供给，所以他不能不从事物质的生产！一重是做诗人的劳动 work as a poet。大自然既命诗人为他的笛子，大自然一吹，他便不能不叫。把这不能叫的叫了出来，便给宇宙的众生许多精神的粮食啊！"（第 9 期，第 98 页）

本文有 4 个附录：欧美伟人阶级区分表，近代十八文豪出世年代及阶级区分表，关于诗歌研究的书目，关于劳动描写的三首诗。

10 年之后，田汉还念念不忘这篇文章，他说当时是想解决文艺与社会的关系问题，"把艺术与社会底关系连结起来"。①

关键词：诗歌要反映国民生活　对劳动阶级要有十二分的同情，进而自己也成为劳动者　本文就近世文学思潮的变迁和劳动运动相携并论　做诗与做工同属一种神圣的劳动　不赞美讴歌神圣劳动的诗不算真正的诗　第四阶级的文化　第四阶级的诗歌　平民诗人　劳动诗歌　注意著名作家的阶级区分

高尔基

1920 年 10 月 1 日

〔俄国〕哥尔基（Gorky）作②、郑振铎译《文学与现在的俄罗斯》，载《新青年》第 8 卷第 2 号，第 1～9 页（各篇文章单独编号）。

郑振铎于 1920 年 9 月 13 日译于北京。他在译文前介绍说：高尔基"在布尔塞维克政府的庇荫下，组织了一个伟大的出版所，名'世界文学丛书社'，刊行世界的文学名著"。高尔基计划出版 1500 种 320 页的书，与 3000 乃至 5000 种 32～64 页的小册子。这种伟大的计划"不仅在俄罗斯没有过，即全部的文明世界里也没有这样伟大的出版计划"。"我们由此可以更了解布尔塞维克，知道他们不是'文化的破坏者'，乃是'文化的拥护者，创造者'。——无论哪一个国家没有比他更具有拥护的热忱，与创造的力量的。"（第 1 页）

本文是高尔基为这丛书写的总序。

高尔基说"文学是永久革命的"（第 9 页）。他对文学有着深情的表述：

"优美的文学给我们以一切这些不可数的同点与无限的异点，这是我们很

---

① 田汉：《我们的自己批判》，载 1930 年 3 月 20 日《南国月刊》第 2 卷第 1 期，第 143 页。
② 本书中，原作是书的用"著"，原作是单篇文章的用"作"，以示区别。

明白，很坚确的相信的。——文学是人生的颤动的镜子，能够反映出悲苦或愤怒 Dickens 的慈善的笑，或 Dostoevsky 的可怕的皱颜，反映出我们精神生活的一切的复杂，我们欲望的全体，平凡与愚笨的无底的淳静的池子，我们在命运前的勇敢与怯懦，爱情的勇气与嫌恶的强力，也反映出我们的诈伪的一切污秽，及谎言的许多羞耻，我们心中憎厌的停滞，及我们的无尽的苦楚，我们的抟（搏?）动的希望，及神圣的幻梦——乃至一切使世界有生气，一切在人们心中颤跳的东西。文学以一个易感动的朋友的眼光，或以一个法官的严厉的视线，看着人们，同情于他，笑他，称赞他的勇敢，咒骂他的无用——文学超越在生命上面，与科学合力协作，为人类，把到达他们目的之完成的道路，到达他们所谓善的东西之发达的道路，照亮着。"（第 4～5 页）

关键词：高尔基　布尔什维克、苏维埃是文化（自然也包括文学）的拥护者、创造者

1920 年 10 月 1 日

李少穆译《哥尔基在莫斯科万国大会演说》，载《新青年》第 8 卷第 2 号，共 3 页。

这是 1919 年 12 月 19 日高尔基在莫斯科万国大会上的演说。同时在会上发表演说的还有印度人、高丽人、英国人、波斯国人、法国人、中国人、土耳其人等。高尔基说："自 18 世纪以来，俄帝国底人民在东在西，都用侮辱及流血的方法，压迫各国革命及解放底运动。……帮助中国君主政府，陷中国国民运动于血泊之中。"

十月革命后就不同了。"实在俄国的工人已引起全世界注意他们了。他们政治的成熟好像在人们眼前已经毕过业了。他们表现自己于全人类是一个新式生活的创造家。将社会主义的理想见诸实行，并且用大规模的方法做成功，这乃是第一次的确实的经验。"

译者说，高尔基"是一个工人出身热心劳动运动的革命家，文名和托尔斯泰相等"。

关键词：高尔基说革命后的俄国工人是新式生活的创造家

1920 年 12 月 1 日

Soviet Russia 作、震瀛译《文艺与布尔塞维克》，载《新青年》第 8 卷第 4 号《俄罗斯研究》栏之十八。

文章说，十月革命后的俄罗斯是保护艺术和文物的。革命时有所破坏，

但革命后，就懂得保护了，也保护得很好。本文记录的是莫老曹 Ivan Morozov 的话。其中说："虽然现在是无产阶级的狄克推多制度，但政府对于艺术家也视为一种正当的职业。"

又，A. Lunacharsky 著、震瀛译《苏维埃政府底保存艺术》，载 1921 年 1 月 1 日《新青年》第 8 卷第 5 号，也表述的是同一议题。

关键词： 无产阶级专政的国家是保护艺术的

1921 年 1 月 1 日

Soviet Russia 作、震瀛译《罗素与哥尔基 Russeil and Gorky》，载《新青年》第 8 卷第 5 号，共 2 页。

文章说，罗素看到的高尔基是躺在床上的病人，而德国无产阶级诗人巴达（Max Barthel）眼中的高尔基则"身体非常健壮，步行不倦"。在 1917 年，高尔基的确写了许多论文"攻击布尔什维克派的要义"，但不久就不是苏维埃政府的仇敌了，"却是一个最有用的工人"。

关键词： 高尔基现在是最有用的工人

1921 年 5 月 10 日

〔美国〕贾克·伦敦著、理白译《豦豹人的一个故事》（短篇小说），载《小说月报》第 12 卷第 5 号，第 30～33 页。

译者的附识介绍：杰克·伦敦是美国有名的小说家，"曾任社会主义讲演，和杂志主笔"。"他从幼时就对于骑驶，击剑，拳术，操舟，渔，猎各种很有癖好。"身体强健，"思想超人"。"他又善于描写乡村社会和对于人生烦恼，妄念，骄傲，卑下的观念。他的警戒人鼓励人的深心，全藏在他超旷的笔墨里面。他短篇小说很多。这篇《豦豹人的一个故事》，形容韦尔的险毒，魏司的蠢莽，戏场生活的概况，嫉妒和倨傲的危险，——作者的慨叹很深，不仅仅是一段笑话呀。"（第 33 页）

关键词： 杰克·伦敦[①]　社会主义讲演者　有名的小说家

1921 年 6 月 10 日

〔俄国〕高尔基著、孙伏园译《我们二十六个和一个女的》（短篇小说），

---

① 为呈现资料的原貌，本书正文中人名、书名皆以原书刊为准；为方便读者检索，关键词中名、书名则采现通译名。读者可对照查看。特此说明。

载《小说月报》第 12 卷第 6 号, 第 7~20 页。

本文写于 1899 年。

文章开头写 26 个劳工的生产环境:"我们 26 个——26 个活机器, 关在一个阴湿的地窖里, 从早到晚, 搓着麦粉做成饼和饼干。我们地窖的窗门, 下临一条沟, 在窗前张着口; 并且塞满砖头, 因为潮湿起了绿色; 窗框外面的一部分被铁格子遮蔽着; 且日光也不能透过那满是粉屑的玻璃达到我们。我们的主人锁了窗门, 因为省得我们给一片他的面包与穷人, 或者给与我们的因为没有工作而饿着的同伴; 我们的主人称我们为'橹犯', 只给我们腐烂的脏腑做食料, 没有正经的肉食。"(第 8 页)

本文所说的"一个女的", 是一个 16 岁的小姑娘, 名叫唐霞。她是二层楼上绣金工厂的女工。"每天早上, 伊总来到小窗前面, 穿过我们工场墙上的门, 伊的玫瑰花般的小面庞, 快乐的蓝眼睛, 靠着窗子, 用一种和谐的友爱的声音向我们叫:'可怜的小囚人呵! 给我一点小饼干!'"(第 10 页)唐霞是这些"囚人"心中圣洁的天使, 并引起种种心理活动。伊"是这样极端的美好; 凡是美丽的东西, 即在粗卤(鲁)的人中, 也能引起敬心的。而且还有别种原因。我们那牢狱一般的工作, 虽然使我们成为蠢笨的野兽, 但我们究竟还是人类, 而且与别的人类一样, 我们不能生活着而没有一点崇拜的东西。……我们不得不爱唐霞, 因为我们除了伊没有别人可爱了"。(第 10~11 页)

来了一个兵, 他英俊, 健康, 有力。从此, 他, 26 个"囚人", 和唐霞, 就起了波澜……

关键词: 高尔基 苦工 可爱的少女

1921 年 6 月 10 日

沈雁冰《海外文坛消息》之 75《德国的无产阶级诗与剧本》, 载《小说月报》第 12 卷第 6 号, 第 7~8 页。

消息说:据介绍, 德国的无产阶级文学作品有以下几种:

Die Faust: Dichtung   著者 Max Barthel

Das Herz in erhobener Faust   著者同上

Die Erlosung der Strasse: Gedichte   著者 Friedrich Serburg

Holle Weg Erde   著者 Georg Kaiser

Die Gewaltlosen   著者 Ludwig Rubiner

Das himmliche Licht   著者同上

介绍又说："这里所谓无产阶级不是指作者个人，乃是就这作品的性质而论。"（第8页）

关键词：无产阶级文学（诗与剧本） 无产阶级文学主要作品的性质

文学与马克思主义

1921 年 7 月

少年中国学会1921年7月南京大会上邓中夏的发言纪要，1922年7月杭州大会上李大钊、邓中夏等的书面提案，分别载《少年中国》第3卷第2、11期。

中国的马克思主义先行者，在将马克思主义引入中国之初，主要侧重其哲学和社会革命学说，而未涉及文学。直到1922年，早期共产党人对马克思主义究竟主张何种文学仍不甚了了，李大钊、邓中夏等人就文学所提的看法，不过是"文学不致徒供富人的玩赏"，敦促"少年中国的文学家""加入革命的民主主义运动"，"创造动人的文学以冀民众的觉醒"，并未超脱启蒙立场之上。

关键词：李大钊 邓中夏 将文学与马克思主义并提 创造动人的文学以冀民众的觉醒

布尔什维克与文艺 劳农俄国的文艺

1921 年 8 月 10 日

沈雁冰《海外文坛消息》之89《劳农俄国的诗坛之现状》，载《小说月报》第12卷第8号，第4～7页。

"大家急于要晓得"劳农俄国文艺家近状。现在俄国的文人分为两大组，一是居于国外的，一是居于国内的。居于国外的有：弥里士考夫斯基（Mereskowsky）夫妇（其妻黑比丝）、蒲英（Bunin）、古卜林（Kuprin）、阿尔克斯·托尔斯泰（Alexis Tolstoi）等人。他们中，有的反劳农政府，有的表同情。居于国内的大概都是赞助劳农政府，或替劳农政府办事的。其中有高尔基，此外著名的是：布洛克·伊凡诺夫（Vianeslavovich Ivanov）、勃里乌莎夫（Valery Brioussoff），及同派新诗人哥米莱夫（Goumileff）、哥洛特市基（Serge

Gorodetzky）、亚乞姆托华（Achmatowa，女诗人）、勃李（Andrew Belij）等人。

"俄国现在，经济困难，生活必需品短少，文学作品似乎是次要的；然抒情诗的盛行竟非历来能及。这大概是因为俄人现在正当热情奋激的时期，一方忍受极端的困苦，一方蓄着极大的希望，看了这些悲凉激昂而又如梦如痴的抒情诗便自然要觉得它最能抉出自己心臆里的情绪了。"（第5页）

"劳农政府治下诗人，最伟大的总要算布洛克。"他的长诗《十二个》写于1917年。"虽然这首诗不过300行左右，但是非常有力，劳农革命时的景况很强烈地反映在这首长诗里。这首诗通体'红色'，写实而含微讯，却又有令人勇往作气的魔力。"这首诗是描写彼得格勒一个风雪的夜里，12个红卫兵走过，枪头上了刺刀，唱着革命的得胜歌；他们冒着风雪，踏着街上的冰，周围都是死，但他们心中的生命之火却正燃着。诗的终结写这12个忽然看见耶稣在前面红旗旗杆的尖顶。"布洛克用这神秘的尾装在通体写实的诗，意义很难捉摸。"（以上第5页）勃里的诗喊："第三国际万岁！"

有人批评说："波尔色维克诗是异样的花，但这花是容易萎谢的，早熟而无寿命的，浅薄的，重荷了苦痛，这炮熔的炽焰所烧的。也是傲慢与疯狂的花，因为波尔色维克党人用他们的希望染色在诗上了。"（第7页）

关键词：劳农俄国的诗坛　布洛克《十二个》　布尔什维克诗是异样的花

1921 年 8 月 25 日

（胡）愈之《鲍尔希维克下的俄罗斯文学》，载《东方杂志》半月刊第18卷第16号"新思想与新文艺"专栏，第65～67页。

此文系转述苏俄"文艺批评家福栗许（V. M. Fritche）对于最近俄国文学的批评论文"中的观点。福栗许即佛理契。因为有人将"红色诗歌""劳动艺术""说得怎样怎样的不堪入目"，他才讲些事实，以正视听。

文章说，俄罗斯十月革命（这是"无产阶级的革命，社会主义的革命"）以后，在"劳农专政"的条件下，大部分作家侨居国外，少部分留在国内。这留在国内的又可分为：（一）同情逃亡国外的，"只希望旧制度复活"。（二）对新政府不了解，创作力完全消失。（三）同情现政府，但忙于行政，无暇创作。只有未来派行时。"在革命以后的俄国文坛里，最活跃的，只有那一班未来派的作家。他们不但肯赞助新政府，而且用了他们的琴弦，弹奏新的情调，用了他的诗和戏剧，表现革命的情绪。""现在执诗坛的牛耳，戴诗人的桂冠的，只有几个少年气盛的未来派的作家。"（第66页）

佛理契说，在一群"自称无产阶级"，实际上"只有少数乃是劳动者"的作家中，伊凡诺夫（B. Ivanoff）的自传体小说《过去的回忆》和《黄鬼》，"虽然不能算是杰作，却是很值得注目"。

关键词：佛理契讲布尔什维克领导下的俄罗斯文学 "红色诗歌"和"劳动艺术"是新的提法 要求文学创作要"表现革命的情绪"

1921 年 9 月

《小说月报》第 12 卷号外《俄国文学研究》出版。编纂者桐乡沈雁冰，发行者上海商务印书馆。

此号外共刊载论文 20 篇，译丛 17 题共 29 篇作品，附录 4 篇，插画 4 幅，并俄国文学家艺术家摄影 11 帧。

所译作品中有高尔基的《高原夜话》和《鹫》，另有《赤色的诗歌》和《赤色小说三篇》。主要译者是：郑振铎、耿济之、陈望道、沈雁冰、周建人、鲁迅、郭绍虞、沈泽民、张闻天、夏丏尊、王统照、瞿秋白、陈大悲、冬芬、周作人等。

关键词：俄国文学研究 高尔基 赤色诗歌、赤色小说

1921 年 9 月

〔日本〕昇曙梦著、陈望道译《近代俄罗斯文学底主潮》，载《小说月报》第 12 卷号外《俄国文学研究》，第 1～10 页。

其中第 20 题为"马克斯主义与戈里奇"。昇曙梦说："……这种精神在理论方面有马克斯主义代表着，艺术方面有戈里奇体现着，戈里奇这个人，差不多就是继承马克斯主义的人，他作品中的人物性格都像是受过马克斯洗礼。戈里奇作中的浮浪者，都从心里憎恶着现代的社会制度，人格底意识也是戈里奇所有作品底基调。从这一点看来，戈里奇也就可以说是晚近二三十年间支配欧洲思想界的个人主义倾向底产儿。但是我们应该注意，这人格底意识在戈里奇是同理想的希望密切关联的，这是俄国民主主义底特征。总之，戈里奇他那社会的，政治的乃至于文学的活动上，都可以算是勇猛与伟力底赞美者，在文学史上占着特出的地位。"（第 19 页）

关键词：高尔基的艺术体现马克思主义精神

1921 年 9 月

高尔基作短篇小说两篇《高原夜话》《鹫》，分别由沈泽民、胡根天译，

载《小说月报》第 12 卷号外《俄国文学研究》，第 49～60、71～76 页。

关键词：沈泽民译高尔基小说

《国际歌》汉译

1921 年 9 月

《赤色的诗歌》，第三国际党的颂歌，CZ、CT 同译，载《小说月报》第 12 卷号外《俄国文学研究》，第 235～137 页。

这是我所见的《国际歌》首次中译。第一节的开头和结尾是：

> 起来罢，被咒骂跟着的，
> 全世界的恶人与奴隶；
> 我们被扰乱的理性将要沸腾了！
> 预备着去打死战吧！
>
> 这是最末次的，
> 最坚决的战争！
> 人类都将同着第三国际党，
> 一块儿奋起！

CT 的附注说：这首《赤色的诗歌》译自俄国海参崴"全俄劳工党"第 14 种出版物《赤色的诗歌》，集中的诗都是俄国各地工人所作。

"其中所有的诗，都很不错，音节极响朗，虽然仍旧用旧诗体，没有一首是未来派的作品，然而精神却是与旧的诗歌完全不同。他们里面，充满着极雄迈，极充实的革命的精神，声势浩荡，如大锣大鼓之锤击，声满天地，而深中乎人人的心中。虽然也许不如彼细管哀弦之凄美，然而浩气贯乎中，其精彩自有不可掩者，真可称为赤化的革命的声音。不惟可以藉此见苏维埃的革命的精神，并且也可以窥见赤色的文学的一斑。""是研究赤色文学的人所必要看的。"

"这首诗是第三国际党在莫斯科开第一次会的时候所唱的。声势也极浩壮，很可以代表全集中的各诗。"（第 236～237 页）

关键词：《国际歌》的首次中译　注意"赤色诗歌""赤色文学"的提法
工人所作诗歌气势雄迈

1921 年 9 月

《赤色小说三篇》，载《小说月报》第 12 卷号外《俄国文学研究》，第 238～242 页。

这 3 篇小说是：《盖屋的人》，俄国 M. Michels 著，振亚译；《四人的故事》，Gregory Sannikoff 著，振亚译；《死的救星》，俄国 Arkady Averchenko 著，小柳译。正文之前有记者的小言，说："俄国赤化后的诗歌和小说，外间知道的很少。"这里翻译的小说，是从美国《活时代》周刊上转译的。

《盖屋的人》写从俄国各地逃难出来的旅客："一群乡村的人，从俄国逃出来的，都曾经过长途的路程，身体疲倦，半饥半渴，穿着很破的衣裳，挤成一堆，有的爬到车顶，有的爬到月台，甚至于爬到车子底下，像苍蝇一样。"（第 238 页）反革命制造内乱，他们买不到粮食，只好外逃。

《四人的故事》：4 个人因为偷靴子来卖，救自己的饥饿和贫乏，被人告发，由士兵押去枪毙。刑前还游街示众。

《死的救星》讲一个法国僧人和一个俄国囚犯求生的故事，借以区别两个国家和民族的"不同的心理"。

关键词：赤色小说：直接反映现实，不回避当前困难，甚至是血污

1921 年 12 月 10 日

沈雁冰《俄国诗人布洛克死耗》，载《小说月报》第 12 卷第 12 号"海外文坛消息"专栏，第 1～2 页。消息编号是 102。

俄国诗人布洛克（Alexander Blok）1921 年 8 月 11 日死于彼得格勒。

作者说，布洛克"是属于'新派'（Modernist）的诗人，兼唯美与颓废的气分（氛）。他企图暂时把极大的悲哀亡却，在虚幻的'美'中求安慰。此次俄国革命，劳农政府成立，予布洛克以精神上的变更，《十二个》一篇长诗出版后，因为其中情绪的紧张和体裁的新异，引起很大的注意"。（第 1 页）

关键词：布洛克是"新派"诗人　长诗《十二个》反响强烈

1922 年 5 月

《中国社会主义青年团与中国各团体的关系之决议案》，载《先驱》第 8 期。

1922 年，在广州召开的社会主义青年团第一次全国大会的决议中提出："对于各种学术研究会，须有同志加入，组成小团体活动及吸收新同志，使有

技术有学问的人才不为资产阶级服务而为无产阶级服务；并使学术文艺成为无产阶级化。"这大约是最早的将"文艺"与"无产阶级"两个词语相连缀的表述，不过仅限于字眼的出现，背后并无系统的认识与说明。①

关键词：文艺要无产阶级化

1922 年 8 月 10 日

〔法国〕Jacques Mesnil 作、泽民译《新俄艺术的趋势》，载《小说月报》第 13 卷第 8 号，第 7～17 页。

法人的文章共 10 节：第三国际纪念塔；达特林批评；隆那恰斯基对艺术革新的态度；新艺术家的活动场；现在的剧院；艺员处境之窘；俄国戏院的数目；看客也做戏；梅耶尔荷尔德和史丹尼斯拉夫斯基反对；将来的事不容易说。

沈泽民在《译者附注》中说：本文要回答的是"劳工专政的俄国对于艺术抱怎样的态度呢？在共产主义的治下，艺术有发展的可能么？"将来的事情不好说，但至少"知道新俄的艺术已有异样光彩放射出来，如诗人布洛克的作品，即是一例"。（第 7 页）

接着有这样一段话："什么叫做'无产阶级的艺术'，换句话，什么叫做'共产主义的艺术'，这当然是将来要有详细答案的。我们现在所可说的：正也如世上既有'资产阶级的文化'一样，将来会有'无产阶级的文化'，即将来必有与'资产阶级艺术'相对待的'无产阶级的艺术'。无产阶级艺术是何等面目，我们现在不能确实知道；但现在正处于无产阶级统治下的俄国的艺术，至少也可以视为确是'无产阶级艺术'的先驱罢！"（第 8 页）

布洛克的作品是新俄的艺术放射出来的"异样光彩"。

作者以热切的心情、诚挚的态度，展望"无产阶级艺术""共产主义艺术"的出现。

关键词：作者笔下出现三个提法：

"无产阶级的艺术"

"共产主义的艺术"

"无产阶级的文化"

"无产阶级艺术"与"资产阶级的艺术"是相对待的。现在处于无产阶级统治下的俄国艺术是将来无产阶级艺术的先驱

---

① 此条参考了他人的著作。

1922 年 8 月 18 日

〔日本〕昇曙梦作、（汪）馥泉译《革命俄罗斯底文学》，载 1922 年 8 月 18 日、20 日、21 日、22 日《民国日报》附刊《觉悟》。

1922 年 9 月

瞿秋白散文集《新俄国游记——从中国到俄国的纪程》，由上海商务印书馆出版。本书原题《饿乡纪程》。

本书是中国最早记叙苏俄革命初期政治、社会生活状况的作品，同时又极其真实地刻画了作者本人思想的变化，即心路历程。

在哈尔滨写于 1920 年 11 月 4 日的《绪言》中，作者将"阴影""饿乡""他"都作为新兴的红色政权苏联的指称。

1921 年 11 月 23 日作者于莫斯科病榻前写的《跋》，自述："这篇《游记》着手于 1920 年，其时著者还在哈尔滨。这篇中所写，原为著者思想之经过；具体而论，是记'自中国至俄国'之路程，抽象而论，是记著者'自非饿乡至饿乡'之心程。……此中凡路程中的见闻经过，具体事实，以及心程中的变迁起伏，思想理论，都总叙总束于此（以体裁而论为随感录）。"到俄国以后，著者的思想情感以及琐闻逸事，取名为《赤都心史》，另外编纂。

瞿秋白一再说，此篇是记录他"心海心波"的振幅，"我个人心理的经过"，"原为著者思想之经过"（《跋》）。

具体说是：1920 年 10 月 16 日他从北京启程，途经天津、沈阳、哈尔滨、满洲里，出国门，再经赤塔、伊尔库茨克、贝加尔湖、乌拉尔，于 1921 年 1 月 25 日至莫斯科，全行程用了 40 多天。沿途固然也写风景，但主要是记录社会变迁、人心状态，"经济窘急"的情状，著者的心路历程。他怀揣理想，这理想处处与现实碰撞，折射出五彩缤纷的火花。

作者几次强调他入俄的目的："我入俄的志愿——担一份中国再生时代思想发展的责任。"入俄后，他要"研究共产主义，俄共产党，俄罗斯文化"。"从此于理论之研究，事实之探访外，当切实领略社会心理反映的空气，感受社会组织显现的现实生活，应我心理之内的要求，更将于后二者多求世间的营养。我的责任是在于：研究共产主义——此社会组织在人类文化上的价值，研究俄罗斯文化——此人类文化之一部分，自旧文化进于新文化的出发点。"

关键词：瞿秋白 《饿乡纪程》

1923 年 5 月 27 日

郭沫若《我们的文学新运动》，载《创造周报》第 3 号。

作者说："我们现在对于任何方面都要激起一种新的运动，我们于文学事业中也正是不满足于现状，要打破从来因袭的样式而求新的生命之新的表现。"现状指示我们：要"彻底奋斗，做个纠纠的人生之战士与丑恶的社会交绥"。

他说，"我们所提出的标语（Motto）"是"黄河扬子江一样的文学！""有崖石的抵抗则破坏，有不合理的堤防则破坏，提起全部的血力，提起全部的精神，向永恒的和平海洋滔滔前进！"

最后作者以诗人笔触，呼喊：

"光明之前有浑沌，创造之前有破坏。新的酒不能盛容于旧的革囊。凤凰要再生，先要把尸骸火葬。我们的事业，在目下浑沌之中，要先从破坏做起。我们的精神为反抗的烈火燃得透明。

"我们反抗资本主义的毒龙。

"我们反抗不以个性为根底的既成道德。

"我们反抗否定人生的一切既成宗教。

"我们反抗藩篱人生的一切不合理的畛域。

"我们反抗由以上种种所产生出的文学上的情趣。

"我们反抗盛容那种情趣的奴隶根性的文学。

"我们的运动要在文学之中爆发出无产阶级的精神，精赤裸裸的人性。"

诗人不满意于文坛的现状，要加强破坏的力度，并在破坏之中建设新的。而我们所要的新文学既要有无产阶级精神，又要有"精赤裸裸的人性"。

关键词：郭沫若提出：以"无产阶级的精神""反抗资本主义的毒龙"这是"五四"文学革命以来的新思想新见解

1923 年 5 月 27 日

郁达夫《文学上的阶级斗争》，载《创造周报》第 3 号。

本文的理论支撑点是："艺术就是人生，人生就是艺术。"（第 11 页）

作者引用马克思的话，"自有文化以来的社会史，所记录者不过是人类的阶级斗争而已"，说明文学上的阶级斗争是必然的。（第 13 页）

"法国的大革命，美国的独立战争，德国的反拿破仑同盟，意大利的统一运动，都是些青年的文学家，演出来的活剧，即是前代的理想主义者散播下的种子的花果。"（第 14 页）在反自然主义的队伍中，有人"堂堂地张起他们无产阶级的旗鼓来"（第 15 页）。

关键词：文学上的阶级斗争是必然的　"堂堂地张起无产阶级的旗鼓"

1923 年 6 月 10 日

沈雁冰《俄国革命的小说》，载《小说月报》第 14 卷第 6 号"海外文坛消息"之 173。

文章开篇说："十月革命对于俄国一般人心理上的影响，是说不尽的。这个泛滥全世界的'红潮'的起点，现在还没有人写成伟大的悲剧；但是小幅的画照却已有了几张了。这些都是遁居外国的俄国老作家的手笔，至于在国内的青年作家所擅长的都是革命的红色的诗歌。"（第 1 页）

描写十月革命初期的乡村生活的，有蒲英（Ivan Bunin）的短篇小说集。"这些'革命小说'不过是一张一张的照片，或是几句对话；没有结构，没有人物；但是俄国农人对于十月革命的惊惶狐疑的神情却完全描写出来，再好没有了。"（第 1 页）

老作家古卜林（A. Kuprin）也有一篇象征主义的短篇小说，"根据中世纪俄国人的率真而朴直的信仰心来观察此次的革命"。（第 1 页）

写长篇的是：亚尔格舍·托尔斯泰（Count Alexey N. Tolstoy，这并不是做了 *Tsor Theodor* 的那个亚尔格舍·托尔斯泰）所做的一部较长的小说《痛苦之路》。小说写了 1917～1921 年间俄国人的精神生活："像中了催眠似的忍着饿，熬着痛，跨过血泊，向希望的光走去。"（第 2 页）

王党克拉司诺夫将军（General P. Krasnoff）所著的《从两头鹰到赤帜》也是一部描写革命后俄罗斯的小说。

以上 4 人的作品都不是在莫斯科出版的。在莫斯科只有万累萨夫（V. Veressaieff）的《口袋胡同中》，列白定斯基（Liededinsky）的《一星期》，都是描写十月革命的。

关键词：沈雁冰　革命的红色的诗歌　俄国革命的小说　里别金斯基的《一星期》（《一周间》）

1923 年 6 月 15 日

《国际歌》中译文（刊物未标译者），载《新青年》季刊第 1 期（广州编辑发行），第 6～10 页，附歌谱，第 151～152 页。

歌词之前有说明：

"'国际'一字——欧洲文为'Internatioua',歌时各国之音相同;华译亦当译音,故歌词中凡遇'国际'均译作'英德纳雄纳尔'。

"此歌自1870年后已成一切社会党的党歌,如今劳农俄国采之为'国歌'——将来且成世界共产社会之开幕乐呢。欧美各派社会党,以及共产国际无不唱此歌,——大家都要争着为社会革命歌颂。

"此歌原本是法文,——法革命诗人柏第埃(Porthier)所作,至'巴黎公社'时,遂成通行的革命歌,各国都有译本,而歌时则声调相同,真是'异语同声',——世界大同的兆象。

"诗曲本不必直译,也不宜直译,所以中文译本亦是意译,要紧在有声节韵调能高唱。可惜译者不是音乐家,或有许多错误,然而也正不必拘泥于书本上的四声阴阳。但愿内行的新音乐家,矫正译者的误点。——令中国受压迫的劳动平民,也能和世界的无产阶级以'同声相应'。再则法文原稿,本有6节,然各国通行歌唱的只有3节,中国译文亦暂限于此。"

此处录第1节如下:

> 起来,受人污辱咒骂的!
> 起来,天下饥寒的奴隶!
> 满腔热血沸腾,
> 拼死一战决矣。
> 旧社会破坏得彻底,
> 新社会创造得光华。
> 莫道我们一钱不值,
> 从今要普有天下。
> 这是我们的
> 最后决死争,
> 同英德纳雄纳尔(Internatioua)
> 人类方重兴!
> 这是我们的
> 最后决死争,
> 同英德纳雄纳尔(Internatioua)
> 人类方重兴!

关键词:《国际歌》又一次中译

1923 年 6 月 15 日

秋葇（目录署名秋白）《赤潮曲》（附歌谱），载广州《新青年》季刊第1 期，第 10～11 页。

曲共 5 节，头 4 节每节 4 行，最后 1 节仅 2 行。曲云：

"赤潮澎湃，／晚霞飞动，／惊醒了／五千余年的沉梦。

"远东古国／四万万同胞，／同声歌颂／神圣的劳动。

"猛攻，猛攻，／捶碎这帝国主义万恶丛。／奋勇，奋勇，／解放我殖民世界之劳工。

"何论黑，白，黄，／无复奴隶种。／从今后，福音遍被，天下／文明。只待共产大同……

"看！／光华万丈涌。"

关键词：瞿秋白　《赤潮曲》

1923 年 7 月 10 日

〔苏俄〕布利乌沙夫著、耿济之译《俄国诗坛的昨日今日和明日——革命后 5 年来（1917 年至 1922 年）的俄国诗坛略况》，载《小说月报》第 14 卷第7 号，第 1～29 页。

译者介绍说，布利乌沙夫"是俄国现代的有名诗人，小说家，批评家"（第 1 页）。

作者所作本文的提要为：

（一）欧战开始前俄国的诗派。——欧战时俄国诗坛的黑暗；鼓吹战争，提倡极端帝国主义的诗。——革命开始后诗坛的沉默。——地底里的俄国诗。——始创诗人的涌起。——咖啡馆与俄国诗。——晚会与俄国诗。

（二）新形式的寻找。——近年来俄国诗坛的三派：昨日派，今日派和明日派。——柏纳司派的末途和新古典派的衰落。——象征派。——阿克梅意派，象征派的亲生孩子。

（三）未来派的盛行。——新字新语调和新句法的创造。——叫人纳闷的"Dar-ful-tchal-ubetchul"——推理派的创设人赫莱勃尼阔夫。——未来派的四大将军：玛耶阔夫司基，珀司台尔娜克，阿谢也夫和脱莱卡阔夫。——注重"样式"的想像派。中央乐谱派。

（四）劳工诗人。——新劳工诗坛的四个工兵。——"库慈尼错"杂志。

欧战以前的俄国诗坛，被认为象征派的只有以下数人：梭罗古勃

（F. Sologub）、黑比丝（Hippius）、巴尔芒（K. Balmont）、布利乌沙夫（V. Briusov，即本文作者）、伊凡诺夫（Vianeslavovich Ivanov）、安得莱·白莱意（Andrei Beliey）、布洛克（A. Blok）、库慈明（M. Kuzimin）和巴尔脱罗沙提司（U. Balteuchaitis）等人。还有几个比较年轻的诗人自己脱离象征派，而自各为"阿克梅意"派（Acmeists）——如古米莱夫（N. Gumilev）、郭洛台慈基（S. Gorodetchky），以后是孟特里慈泰姆（O. Mandeljchtam）等人。

革命后，内战爆发结束时期，国内物质生活极端困难。"诗人试验用在台上对公众朗诵以代替诗的出版。""那时候一切的诗人因为从印刷机上被挤下来，差不多都拥到各种咖啡馆里临时架成的讲台上去了。——因此有人把俄国诗坛的那个时期称为'咖啡馆的时期'。"（第7页）这种咖啡馆以莫斯科为多。用听觉来鉴赏诗是不够的，他们再发明用广告、招贴来发散诗作。"在这些招贴上历数着大批人家不大晓得的人名，还有一大批大半茫无头绪的'派别'和'支流'。招贴上有新古典派，写实派和新写实派，新浪漫派，象征派，阿克梅意派，印象派（Expressionists），现在派（Presentists），偶然派（Accidentists），就题派（Ctematiki），无目的派（Nespredmetntki），无所为派（Nitchegoki），折衷派（Eclectics），后来还有劳农的诗人。"（第8页）

"近年来俄国诗坛的一切潮流可以分为3种派别，就是昨日派，今日派（指1917年至1922年而言）和明日派。第一派的诗人不感觉时代的要求，与在诗的技术范围里新创和革新的运动完全隔膜。都是'右'派（指文艺界而言）的诗人，至象征派和阿克梅意派为止，——是俄国文学上的过去。第二派的诗人最先从事于新形式新方法和描写态度（新的诗的言语）的锻炼，那就是解决诗的进化时期所设定的一切任务，是未来派，和一切从未来派里出来的流派，——是俄国文学上的现在。第三派的诗人一下里给自己设定了一种根本的目的——预备利用又新，又传袭的形式，以表现新的人生观，是劳农的诗人，——是俄国文学上的将来。"（第10页）

关于象征派诗人布洛克："布洛克时常从一铅板上制造出十几种互相无所分别的诗来。他用五六个题目，三四种方法，孳生出一百多种不坏而面目相同的诗曲来；又是讲这样，又是这样的容积，又是这样的韵脚，甚且用同样的言语，一定要随随便便放上些'金的年'，'心灵流出来了'，'晚夜燃尽了'，'水睡了'等句子。所以布洛克的新诗读者，便忘掉了，须知《美妇》，《不相识之妇人》，《春日》等诗是永远被人们牢记着的啊。布洛克新编的戏剧，寓言体的《命运之歌》，历史上不符合的《拉姆齐司》，都是很软弱的。

布洛克在革命期内最强烈的作品只是《十二个》（诗）一篇，自然精神上是反革命的，但是在这首诗里诗人总还接触着革命的原质。总之，布洛克自然并非不算为诗人，但是如果除开《十二个》一诗以外，他在文学史上的模样就是没有做他 1917 年至 1922 年，总是成为这样的了；而俄国诗史就是没有他这些诗也总是成为这样的啊。"（第 14 页）

阿克梅意派是象征主义的亲生孩子。它的两个创始人是古米莱夫和郭洛台慈基。古米莱夫"近年来他还成为形式美的描写底名家"。他的努力，即使比之于莱孔脱·特里尔和鲍特莱尔，也"并不暗淡"。郭洛台慈基是"那种对于现实活泼地影响的人"。（第 15 页）新阿克梅意派的"无罪之王"是孟特里慈泰姆。其他可以算入此派的有渥台萨和基也夫 1919 年至 1922 年各种出版物上的许多诗人，如巴格里慈基（E. Bagrisky），两位玛卡魏意司基（V. &H. Makaveisky），渥莱莎（U. Olesha）等；有几个献身于文学界比较早些的人，如纳尔蒲脱（V. Narbut），沈盖里（G. Shengeli），里夫施慈（B. Livchish）等人；有彼得堡"中央经济部"的一部分人，如安娜·拉特洛娃（Anna Radlova，著有《船泊》，1920 年出版），伊凡诺夫（G. Ivanov），洛井司基（M. Lozinsky），渥粗布（N. Oshup）等人；还有些初上台的诗人，如白连孙（A. Belenson），曹尔更弗莱（A. Zorgenfrei），洛慈台司脱文司基（V. Rojsestvensky）等人。（第 16 页）

"居（最）近 5 年未来派事业的中心点的有两个诗人，玛耶阔夫司基和珀司台尔娜克，两人大规模地实行着己派的盟约。但是他们两人是十分伟大的诗人，因此就走出了一派的范围；他们两人的事业底意义不能够仅谓为履行一种时代的任务；他们的创作是不能在一个 5 年代的范围里包括尽的。"（第 20 页）

"玛耶阔夫司基在十年代的初端一下子便显出自己是一个气派极大，模样极勇敢的诗人。他对于十月革命并不看作是妨碍诗人工作的一种外面的力量〔有许多人虽然做盛唱革命的诗，可是对于革命总是（有）看法〕，而看作与自己有密切关系的伟大的人生现象。从欧洲战争时代起就发现了玛耶阔夫司基许多对于现实有影响的诗，以后又发表了不少盛赞革命的诗：如《战争与和平》，《革命》，《我们的进行曲》（《玛耶阔夫司基著作集》，1919 年出版），《蒲夫的神秘》，《150000000》（1921 年），《国际诗》（1922 年）外，还有许多别类的诗：如《玛耶阔夫司基嘲弄》，《呢》（1922 年）；《我爱》（1922年）等诗。玛氏的诗可以算做 5 年来最好的现象：那些诗里大胆的语格和勇敢的言语是俄国诗坛上有生气的酵母。玛氏在自己晚近的诗里有招贴的样式，——锐直的线和呼喊的色彩。并且他找到了自己的技艺，那就是'自由的诗'的特别更变，——这种诗并不与诗句截然断绝，却予音节的特别以一种广阔的地位；他是新韵的创造人，这种新韵现在大行起来，因为他比起古典派的韵脚（普希金等人）来，多与俄国话的性质适合些。在言语的范围里，玛氏酌量引用着赫莱勃尼阔夫的原则，找出一种简便和特别相连，杂录似的活泼和艺术上的音节相连底言语。玛氏诗的缺点是这样的活泼有时候太占优势了，并且简便（直）成为散文体了，有几种韵脚也按得太假，几种诗句的容量仅只在印刷上和极普通的长短脚相区别，而且招贴的样式也未免粗鲁，至于最要紧的缺点就是玛耶阔夫司基已经开始造成一种模样了。总而言之，玛氏的危险还在将来，可是 1917 到 1922 的几年正在他的事业底全盛时代。玛氏对新诗上的势力是很大的，但是可惜人家都模仿他的外形，而无其力量和神机，更缺少他言语的敏捷和字典的丰富。"（第 20 ~ 21 页）

"如果在诗的建设方面玛耶阔夫司基与劳农的诗人接近，那末珀司台娜克一定是智识阶级的诗人。在一部分他的创造包含得广阔：历史和现实，科学和时事，书籍和人生，——一切都安排在同一的平面上似的。"（第 21 页）

阿谢也夫，塞尔格·脱莱卡阔夫（Sergei Tretjakov）也是未来派诗人。

"总之，未来主义近 5 年来的事业完全在赫莱勃尼阔夫，玛耶阔夫司基，珀司台尔娜克，阿谢也夫和脱莱卡阔夫 5 人的作品里表现出来。但是 5 人中只有玛耶阔夫司基总站在前面；赫莱勃尼阔夫在自己团体以外就不大有人知道了；珀司台尔娜克只被人留心着所写的诗；阿谢也夫和脱莱卡阔夫两人则远居远东边境，和中央隔离着。因此批评界和读书界的注意力竟集中在别一种已走出未来主义，可是两方并不背反的团体上面。"这就是想象派。（第 22 页）

劳工的诗人：在欧战以前出现，十月革命之后加入诗坛的作家有：萨莫背脱尼克（Samobatnik），基里洛夫（V. Kirillov），格拉西莫夫（M. Gerasimov）等。劳工的诗人比起别种团体来，在近 5 年间具有比较有利的条件。平民文化局极喜欢发刊 5 年间的诗集。该局同时又刊行诗的丛集，如平民文化局出版的《文化丛集》（1917 年），《火叶工厂》（1920 年），《挥摇》（1919 年）等；还有别种机关的诗集，如《劳工集》（1918 年，"中央执行会"出版），《暴风和火焰之下》（1918 年）。还发行许多文学杂志：如《未来》《炉灶》《警笛》《未来文化》《工厂之霞》《红潮》《火焰》《创作》《红火》《红耕天》《受伤之红军》；从 1920 年起开始发刊《库慈尼错》杂志。其他尚有《平民文化》和《书籍和

革命》两种杂志"专门注意于估定劳工诗人的诗"。（第24～25页）

劳工诗人的诗的特点：（一）劳工诗人所表现的理想却没有已备就的形式；古典派诗，写实派诗和象征派诗的旧形式是与这些理想和现代的经历格格不相容的。必须造成新的形式，一部分履行那种未来派所做的工作，因为应该要表现现实，一部分变更这种技艺，因为内容是应该做成另样的。这一群著作家在技艺的工作里既无习惯，更具有赶快说自己的话底炽热的希望，此种伟大的任务自然不能够随便解决。况且革命以后的几年更非劳工诗人应该安然讨论艺术和诗术问题的时候；应该说话，喊嚷，而且应该造成自己。（二）所以在劳工诗人的行列里从早就显出两种潮流：一种人以任何种临时的形式为满足，不过就是预备表现出自己的情感和思想；又有一种人力求使自己诗的外形和他们所处的新世界相适合，又为着取得这种的适合，有的自己造成新的形式，新的诗句和新的言语，有的便从别种派别的诗人那里，象征派，未来派和想像派那里，新取出的技艺。仅只在最近的时候这种不同的形式，不同技艺的掺和才消灭下去，才创造出真正的劳工诗。（三）说到诗的根本内容方面。那些劳工诗人也触到诗坛上普通而且平常的题目：如自然，城市，死，爱情等；但是最多数诗的题目都直接与历史里无产阶级的角色相关：如革命和革命首领的颂赞，造反的境象，工厂的描写等。（四）俄国诗坛稍有名气的劳工诗人有：伊亚里·萨道费也夫（Ilia Sadofiev），卡司铁夫（A. Gastev），波莫尔司基（A. Pomoresky），萨莫背脱尼克（Samobatnik）。这4个人"可以称为新劳工诗坛的工兵，却不是运动的组织人"。在聚在《库慈尼错》杂志附近的一派著作家劳工的诗才变成为一定的文学上的运动。在该杂志里占据显明的位置的是基里洛夫，格拉西莫夫和阿历山大夫司基（V. Alexembrovsky）。（第24～27页）

《库慈尼错》诗人有卡晋（V. Kazin），菲里布成阔（I. Filiptchenko），萨尼阔夫（G. Sannikov），渥勃拉道维奇（S. Obradovich），洛道夫（S. Rodov）等。

《平民文化保护》丛集里的诗人是：洛基诺夫（I. Loginov），阿尔司基（P. Arsky），约诺夫（I. Ionov），渥克司基（K. Oksky），白尔特尼阔夫（I. Berdnikov），齐诺夫司基（L. Zinovsky），库慈涅阔夫（L. Kuznezov），玛慈宁（D. Maznin），安特莱夫（E. Andreer）等。

农民诗人比劳工诗人晚些登场。

本文作者的总结是：

"在这5年里诗的右派表示自己完全的无力。象征派渐渐儿从舞台上退下去了；这一派的重要人物一部分死了（布洛克和古米莱夫），一部分差不多噤声不言语了（弥里士奇夫斯基和伊凡诺夫），一部分丧失了诗人的一切意义（白莱意和梭罗古勃）。从象征派里出来的阿克梅意派完全超出文学的根本潮流以外，在一边实行'纯艺术'的服务。

"未来派和从该派出来的各种派别是5年间诗坛上主要的人物。其中还具有以极端个人主义的原则作根据的思想观的人都失败了。能够支持并且发展的是那些多少会得感受革命精神的人（如玛耶阔夫司基，赫莱勃尼阔夫，阿谢也夫，珀司台尔娜克，脱莱卡阔夫）。想像派则在这个趋向里明瞭得少些，真实还进行，后来退到后面去了。未来主义的基本任务是实行一种'言语是诗的材料，诗人应该创造'的原则。未来主义在学理上和事实上都实行了这原则，因此他在俄国文学里的角色可以称为完终的了。

"至于劳工的诗，则近5年不过是组织的时期。因为运动的思想观业已前定，所以5年的任务就是新诗术和新技艺的创造。在大本营里已经发生了思想范围伟大和惯作诗的诗人（如萨道费也夫，卡司铁夫，基里洛夫，格拉西莫夫等人，年青诗家中为卡晋）。在几篇好作品里劳工的诗已趋近独立的形式了。但是比较一下，可以说，劳工的诗是俄国文学上的'明日'，而5年时期内未来主义是文学上的'今日'，象征主义是俄国文学上的'昨日'。"（第28~29页）

关键词：十月革命后的俄国诗坛　勃洛克的《十二个》在精神上是反革命的　马雅可夫斯基是十分伟大的诗人　象征主义是俄国文学上的"昨日"，未来主义是俄国文学上的"今日"，劳工的诗是俄国文学上的"明日"，劳农诗人是俄国文学上的将来

1923 年 8 月 20 日

瞿秋白《涴漫的狱中日记》，载《文学周报》第84期。《新的宇宙》《弟弟的信》，载同刊第85、97期。

《涴漫的狱中日记》写军阀吴佩孚镇压工人运动，杀害工人领袖林详谦，制造"二七"惨案。

《新的宇宙》谈德国革命家罗莎·卢森堡在狱中写给李卜克内西夫人苏菲亚的信。本文称卢森堡"是一个诚挚热烈的文学家，是现代真正的天才；她有评论俄国文学的巨著，她有朴实可爱的书札"。从她狱中的信，"可以看见她有多伟大的文学心灵，有多热烈的革命精神"。杂文称卢森堡为"我们的'红玫瑰'（Red rose）"。

《弟弟的信》说泰戈尔的哲学是"森林哲学"，他所宣扬的"光"与"爱"在西方，还属于"私有"。隐约之间，不同意郑振铎的《欢迎太戈尔》的观点。

关键词：瞿秋白 斥军阀吴佩孚 赞卢森堡是诚挚热烈的文学家 评泰戈尔的哲学

1923 年 9 月 3 日

化鲁（胡愈之）《文艺界的联合战线》，载《文学周报》第 86 期。

文章认为："文艺本来是宽容一切的，创造的精神是超在一切地域疆界之上的。但是现在的批评界，却大多挟着偏私的见解，竖起不同的旗帜，对于在一条路上行走的同伴们，尽力地指摘，尽力地攻击。他们在广大的文艺的天地中，筑起许多城墙，扎起许多硬砦，以为唯我独尊。却不知道文艺创作是一种贡献，并不是一种权力；文学者是人类的伴侣，并不是人类的至高无上的主宰。一切的私斗内争，于文艺界并无所得，不过表示他们自趋灭亡而已。"

作者说，文艺界黑幕派、鸳鸯蝴蝶派的恶劣小说盛行，章行严做文言复兴梦，这才是应该打击和反对的。文艺界有限的力量应该组成联合战线，共同对敌。

关键词：反对文艺界的私斗内争

1923 年 9 月 9 日

郭沫若《艺术家与革命家》，载《创造周报》第 18 号。

作者说："艺术家要把他的艺术来宣传革命，我们不能论议他宣传革命的可不可，我们只能论他所藉以宣传的是不是艺术。假使他宣传的工具确是艺术的作品，那他自然是个艺术家。这样的艺术家以他的作品来宣传革命也就和实行家拿一个炸弹去实行革命是一样，一样对于革命事业有实际的贡献。我们不必望实行家做宣传的文艺，我们也不必望革命的艺术家定非去投炸弹不可。俄国的革命一半成功于文艺的宣传……我们不能认这样的艺术家不是革命家，我们更不能说艺术家与革命家是不能兼并的了。"（第 134～135 页）

因此，"我在此还要大胆说一句：一切真正的革命运动都是艺术运动，一切热诚的实行家是纯真的艺术家，一切热情的艺术家便是纯真的革命家。"（第 135 页）

这种观点似与邓中夏相左。

关键词：郭沫若　艺术家以他的作品宣传革命　俄国的革命一半成功于文艺的宣传

1923 年 9 月 10 日

瞿秋白《劳农俄国的新文学家》，载《小说月报》第 14 卷第 9 号。

本文原为郑振铎《俄国文学史略》之第 14 章，原题是《劳农俄国的新作家》。

作者对劳农新文学的总体看法是："新的文学在战时战后枉然力竭声嘶的呼号'改革'，其实往往只拘泥于形式方面。然而新的精神实在已经隐隐潜伏，乘着咆哮怒涌的社会生活的瀑流而俱进，——我们可以看见那时怪僻的'填补字典的'诗人，那时极端个性主义的未来主义（futurism）的文学家，后来竟能助成新写实主义的缜密活泼亲切的文体，助成歌颂创造力的'集合的超人'。"

具体说："俄国劳农时代的作家，足以继那光荣的俄国文学，辟这光荣的俄国时代，——将创造非俄国的，而是世界的新'伟大'：如马霞夸夫斯基（Mayakovsky），如谢美诺夫（S. A. Semenov），如劳工派。"

关于马雅可夫斯基："马霞夸夫斯基是革命后 5 年中未来主义的健将，许多诗人之中只有他能完全迎受'革命'；他以革命的生活，呼吸革命，寝馈革命，然而他的作品并不充满着革命的口头禅。他在 20 世纪初就已经露头角于俄国诗坛，革命以后他的作品方才成就他的大才。""他有簇新的人生观。""他是超人，——是集合主义的超人，而不是尼采式的个性主义的超人。""他的诗才，真足以在俄国革命后的文学史中占一很重要的地位。"

关于谢美诺夫：他的代表作是小说《饿》，它"充满了'平淡中的真艺术'之神味"。

劳工派，即无产阶级文学协会，他们的机关杂志是《铁炉》（Kuznitsa，音译库慈尼错）。这一派的创作还处幼稚阶段。

关键词：劳农俄国的新文学家　马雅可夫斯基

1923 年 10 月 15 日

〔俄国〕郭里奇著、瞿秋白译《劳动的汗》，载《文学周报》第 92 期。

两个车夫赤洛达和美达因为一句玩笑话互相打起来了，还引起一方的家庭破裂。这事，全村公众自发议论，不让审判官插手，要村里人自己解决。

小说最后有两段话：

"我们是普通的工人；我们有自己的生活，自己的意见和观念；我们可以自己整理我们的生活，要怎样便怎样，只要对于我们是好的，——我们有这样的权利。

"社会主义者？啊！工人生出来便是社会主义者，我是这样想。虽然我们不念书，然而我们的鼻子闻一闻便知道那里有'公道'，——本来'公道'到处都有一样浓厚的——劳动的汗的气味。"

关键词：高尔基小说 劳动者自己掌握自己的命运

《中国青年》及《民国日报》附刊《觉悟》上的急进声音

1923 年 10 月 27 日

实庵（陈独秀）《我们为什么欢迎泰谷儿？》，载《中国青年》① 周刊第 2 期，第 15 页。

文不长，全文如下：

"贫学中国，翻译外国的社会科学及自然科学似的书籍，自然是目前的急需；即是于我们目前思想改造上有益的文学书，也有翻译的必要；若纯艺术的文学作品，便没有译成外国文的可能了。

"由此观察，此时出版界很时髦似的翻译泰谷儿的著作，我们不知道有什么意义！欢迎他的艺术吗？无论如何好的文艺品，译成外国文便失了技术上的价值；即令译得十分美妙，也只是译者技术上的价值，完全和原作无关。欢迎他著作的内容即思想吗？像泰谷儿那样根本的反对物质文明科学与之昏乱思想，我们的老庄书昏乱的程度比他还高，又何必辛辛苦苦的另外来翻译泰谷儿？

"昏乱的老庄思想上，加上昏乱的佛教思想，我们已经够受了，已经感印度人之赐不少了，现在不必又加上泰谷儿了！"（第 15 页）

关键词：《中国青年》 陈独秀 中国不欢迎宣传昏乱思想的泰戈尔

1923 年 11 月 3 日

中夏《胜利》（诗歌），载《中国青年》周刊第 3 期，第 9 页。

---

① 《中国青年》周刊，小 32 开，竖排。"每册大洋 2 分"。编辑者：中国青年社；通讯处：上海辣裴德路 186 号但一君转。

全诗如下:

> 那有斩不除的荆棘?
> 那有打不死的豺虎?
> 那有推不翻的山岳?
> 你只须奋斗着!
> 　猛勇的奋斗着;
> 持续着!
> 　永远的持续着。
> 胜利就是你的了!
> 胜利就是你的了!

关键词: 邓中夏　诗歌《胜利》

1923 年 11 月 10 日

〔俄国〕高尔该(Maxim Gorky)著、沈雁冰译《巨敌》(一段神话),载《中国青年》周刊第 4 期,第 12 ~ 15 页。

神话讲的是黑人(邪恶势力)和红人(正义力量)的争斗,中间再穿插灰色人(调和派)的助纣为虐。

文末对灰色人的结论是:

"这个卑陋的两根舌头的丑类,常常立于两极端(红人与黑人)之间,自私地阻止两极端的各自发展。

"有了他在中间作祟,于是人生就失却了鲜明的色彩,变成秽污的呆钝的可厌的灰色。

"这个灰色人横在进化长途的中间,简直拉住了已被时间宣告死刑的遗骸,阻止新人生的通过;所以他永远是一切光明的自由的美的……生活之巨敌!"

关键词: 高尔基　沈雁冰　调和派永远是巨敌

1923 年 11 月 12 日

沈雁冰《俄国文学与革命》,载《文学周报》第 96 期。

1923 年 11 月 17 日

秋士《告研究文学的青年》，载《中国青年》① 周刊第 5 期，第 5～7 页。

作者首先对文学现状不满：少数人遨游于高山流水之间，或躺在沙发上闭着眼睛讴歌爱和美。即或认文学为助进社会问题解决的工具的人，他们除了在研究室里书丛中埋头工作而外，休息的时间，仍不免是访胜，探幽，赏花，玩月，并没有去表现人生。

他希望：若真有意做文学家，就应该知道怎样才算是一个文学家。文学家应该到民间去，身入地狱，到一切人到了的地方去，吃一切人吃过的苦，受一切人受过的罪。总之，应该快快抛去锦绣之笔，离开诗人之宫，去从事实际运动。

关键词： 秋士　对文学现状不满　文学家应该到民间去从事实际运动

1923 年 11 月 17 日

济川《今日中国的文学界》，载《中国青年》周刊第 5 期，第 13～14 页。这是一篇通信，是济川写给恽代英和林育南的信。

作者认为今日中国文学界的现状是：杂志上"几乎本本有几首令人读了肉麻的诗和着几篇平铺直叙不关痛痒的小说，真是令人作呕"。偏偏"没有一篇读了令人兴起或者读了至少令人落泪的东西出现"。

因此，"中国所急于需要的是富刺激性的文学"，要使人读了能猛醒，心底产生波澜，而"不是那些歌舞升平，讲自然，谈情爱，安富尊荣，不知人间有痛苦事的文学"。

他认为，文学研究会的为人生的艺术和创造社的为艺术的艺术都不行。比较起来，创造社略好。译品太次。新诗矫揉造作，是变相的闺怨诗。

作者"理想中的诗人至少在下列四种中有一种：Blook 的雄伟，Byron 的悲哀，Heine 的缠绵，Wilde 的俏丽"。（第 13～14 页）

将布洛克、拜伦、海涅、王尔德作为理想中的诗人，不免标准混乱。

关键词： 济川　中国所急于需要的是富刺激性的、读了令人猛醒、心底产生波澜的文学

---

① 从本期起，通信处是：上海江湾复旦大学阮仲一转；总代售处是：上海小北门民国路振业里上海书店。

1923 年 11 月 24 日

瞿秋白小说《那个城》,载《中国青年》周刊第 6 期,第 6 ~ 13 页,未完。

记者在文前交代:"这是象征派的小说。那个城即是俄国大革命,大破坏后的光景,那个小孩即是指的中国。"

十月革命后的"那个城"是:

"城上喷着光华,奇形,在模模糊糊的雾里,现在他已经不像火烧着,血染着的了。那些行列不整的屋脊墙影,仿佛含着什么仙境。"

"那个城活着,热烈至于晕厥的希望着自己完成仙境,高入云霄,接近那光华的太阳。他渴望生活,美善;而在它四围静默的农田里,本流着潺潺的溪涧,垂覆在它上面的苍穹又渐渐地映着紫,暗红的新光。"

后来钱杏邨在总结文学史时说:只有瞿秋白的这一篇《那个城》才"表示了普罗列塔利亚革命文学的正确的倾向"。(钱杏邨《中国新兴文学论》,《文艺讲座》第 1 册,第 185 页)

关键词:瞿秋白 《那个城》 表示了普罗革命文学的正确倾向

1923 年 12 月 1 日

中夏《新诗人的棒喝》,载《中国青年》周刊第 7 期,第 4 ~ 6 页。

邓中夏的棒喝词是:凡是做新诗的人多半都是懒惰和浮夸两种病症的表现。他们不研究正经学问,薄识寡学,不注意社会问题,不知道自己处在一种什么环境里,应负什么责任。因此,"他们的作品,即使行子写得如何整齐,辞藻选得如何华美,句调造得如何铿锵,结果是以之遗毒社会则有余,造福社会则不足"。

文末作者"垂涕泣的叫喊道":"春花般的青年们哟!/ 朝暾般的青年们哟!/ 烈火般的青年们哟!/ 新中华的改造只仗你们了,/ 却不是仗你们几首新诗。/ 青年们! 醒来哟!"(第 6 页)

关键词:邓中夏 《新诗人的棒喝》:"凡是做新诗的人多半都是懒惰和浮夸两种病症的表现。"

1923 年 12 月 7 日

恽代英《八股?》,载《中国青年》周刊第 8 期,第 3 ~ 6 页。

文中有这样的话:"我以为现在的新文学若是能激发国民的精神,使他们从事于民族独立与民主革命的运动，自然应当受一般人的尊敬"；否则，即使文学上有价值，也应该如对八股一样，反对它。

关键词：恽代英 只要社会功利，不要文学

1923 年 12 月 10 日

沈雁冰《苏俄的三个小说家》，载《小说月报》第 14 卷第 12 号"海外文坛消息"之 191。

（本文自编页码）第 1～3 页。

文章说，俄国文坛在十月革命后的头 3 年，即 1917 至 1920 年，是没有文学的，"文坛是已经死了"。一是因为旧俄的作家，如蒲垠（Ivan Bunin）、亚格舍·托尔斯泰（Count Alexey Tolstoy）、古卜林（A. I. Kuprin）、弥里士考夫斯基（Merezhkovsky）、苏古旭夫（I. D. Surgutchoff）等，都逃到外国去了。第二，"这次俄国革命仿佛是晴天的一个霹雳，把人心震动得不知其所以然"。第三，内战，生活不安定。

但 1920 至 1921 年这一整年，苏维埃政府所属之印刷公司，已创办两种文艺月刊：《出版与革命》《赤色的大地母亲》，使俄国作家放下斧头、锤子，再来拈钢笔，从事创作。

在大批小说家中，最著名的有 3 个：必尔尼克·伏筎（Boris Pilniak - Vogan）、伊凡诺夫（Vianeslavovich Ivanov）和李淀（Vladimir Lidin）。"时代底特异的色彩在他们神经系上印下了深刻的痕迹"。第一，他们所选的题材是同方面的。"他们的小说几乎非革命与内乱不写。他们的作品，严格的说起来，大半没有主人公或女主人公；他们的舞台的中心，常常簇聚着一群人，中间各色人等都有，咄咄的在我们眼前闪过。"第二，他们对于政治潮流都取超然的和自由的态度。但都坚持"无产阶级文化论"，具有"阶级意识"。第三，他们都是写实派。其特点是："先以短而冷隽（峻）的文句，描写人生的一片段，随后忽又跳到人生的另一片段，而这两段也许是不联（连）续的。可是他们所选的人生的片段，虽无事实的联络，精神上仍是联络的。他们把革命后俄国的速变而兴奋的人生底灵魂，纳在他们的小篇里了；它那急调，繁影，和闪电似出没的情绪，自成谐律，读之，使人感到不可名言的愉悦。表现近数年的俄国人生，只有这种文体最为合适。"（第 2 页）伊凡诺夫的态度，在小说《洛斯克尼湖》里，"是极温和的。他描写那些温厚质朴的农民忍饥去找他们所耳闻的圣地，终至因饥而自相残杀；他描写一个有阶级意识的红兵快活而狂叫；他描写那些灰色人自溺于血和泪的海里，完全不知道为了

什么：他把这个可纪念的大时代的各方面都忠实地表现出来，处处蕴着未来的光明和希望"。必定尼克是属于"讨厌的唯美派，但的确是个伟大的天才"。李淀的作品出现了城市。读他的著作，"首先感到的，便是他对于友爱，哀怜，温柔的渴念"。"他最喜欢描写琐屑的小事；但在这些小事中间，就有强烈的大革命后的新精神放射出来。"（第 3 页）

关键词：沈雁冰　苏俄三个小说家：必尔尼克·伏茹、伊凡诺夫、费定非革命与内乱不写

1923 年 12 月 15 日

泽民《青年与文艺运动——读书随感之一》，载《中国青年》周刊第 9 期，第 8~9 页。

作者以法国象征派的兴起为例，说明从事文艺运动的青年，必须具备少年精神，热烈的兴致。要脱离自身狭小的小我，走入一个广大深远的世界去。

他说：艺术的本质就是生命。若要把新文艺运动属望于青年，必先使他们接触生命，更须使他们自己先要有活泼的生命。（第 8~9 页）

关键词：沈泽民　艺术的本质是生命

1923 年 12 月 20 日

〔德国〕Von Heine 作、文虎译《革命》（诗）等 8 首，载广州《新青年》季刊第 2 期，第 10~13 页。

具体诗作是：《革命》（海涅）、《颈上血》（工人某，1923 年 2 月 7 日，汉口江岸）、《进行曲》（赤军，译者文虎）、《天语》（双莫）、《知心》（瞿景白，1923 年 9 月 20 日，杭州）、《飞来峰和冷泉亭》（瞿秋白，1923 年 7 月）、《出狱》（刘拜农，1923 年 11 月）等。

《颈上血》唱道：

军阀手中铁；

工人颈上血；

颈可折，

肢可裂，

奋斗的精神不可灭！

劳苦的群众们！

快起来团结！

瞿秋白的诗中有"做个中流砥柱"的铮铮誓言。

关键词：革命诗歌

1923年12月22日

邓中夏《贡献于新诗人之前》，载《中国青年》周刊第10期，第6～9页。

作者是早期共产党员，此时正从事实际革命工作。这篇文章的重要观点是"以文学为工具"。

文章说："我们承认人们是有感情的动物。我们承认革命固是因生活压迫而不能不起的经济的政治的奋斗，但是儆（警）醒人们使他们有革命的自觉，和鼓吹人们使他们有革命的勇气，却不能不首先要激动他们的感情。激动感情的方法，或仗演说，或仗论文，然而文学却是最有效用的工具。诗歌的声调抑扬，辞意生动，更能挑拨人们的心弦，激发人们的情绪，鼓励人们的兴趣，紧张人们的精神，所以我们不特不反对新诗人，而且有厚望于新诗人呢。"（第106页）

文学是激动人们感情的最有效的工具，不过现时的诗人都不明白时代和环境，都是些快乐主义、颓废主义、个人主义，太让人失望了。

作者所欲贡献于新诗人的是：

第一，"须多做能表现民族伟大精神的作品"。"我们要做新诗人的青年们，关于表现民族伟大精神的作品，要特别多做，儆（警）醒已死的人心，抬高民族的地位，鼓励人们奋斗，使人民有为国效死的精神。文体务求壮伟，气势务求磅礴，造意务求深刻，遣辞务求警动。史诗尤宜多做。"（第107～108页）

第二，"须多作描写社会实际生活的作品"。（第108页）

第三，"新诗人须从事革命的实际活动——如果一个诗人不亲历其境，那就他的作品总是揣测或幻想，不能深刻动人，此其一。如果你是坐在深阁安乐椅上做革命的诗歌，无论你的作品，辞藻是如何华美，意思是如何正确，句调是如何铿锵，人们知道你是一个空喊革命而不去实行的人，那就对于你的作品也不受什么深刻地感动了，此其二"。（第109页）作者举他所写的《莽莽洞庭湖》诗为例，说明："此诗虽极幼稚，然而当时颇有朋辈为之感动，亦因我当时投身实际活动的原故。"（第109～110页）

他认为，诗歌因其有抑扬的声调，有生动的辞意，比之演说和论文，"更能挑拨人们的心弦，激发人们的情绪，鼓励人们的兴趣，紧张人们的精神"。他希望新诗人们多做能表现民族伟大精神的作品,借以警醒已死的人心,抬高民族的地位,鼓励人们奋斗,使人民有为国效死的精神。他非常看中文学这种激发读者感情的"最有效的工具"的作用。基于同样的道理,他又认为,那仅仅表现个人主义的无病呻吟之作,足以使"民智日昏,民气日沉,亡国灭种,永不翻身"。

这是一个从事实际革命工作的共产党人对新诗人的要求。

关键词: 邓中夏 共产党人对新诗人的要求 文学是激发感情最有效的工具 表现民族的伟大精神 诗人须从事革命的实际工作 现时的诗人太让人失望

1923 年 12 月 22 日

阿拉伯人 K. Gibran 作、泽民译《诗人》,载《中国青年》周刊第 10 期,第 9~10 页。

4 个诗人围着桌子喝酒。头 3 个诗人说,他们看到、听到、扪到了酒杯里的小鸟、歌声、翅膀,沉浸在诗意之中。第 4 个诗人举起碗却说:"可惜啊,朋友们!我是太钝于视觉,听觉和触觉了,我不能看见这酒底芳香,也听不见他底歌唱,也觉不到他那拍着的翅膀。我见得到的只是这个酒。所以现在我只得喝了他,好让他教我底感觉锐敏一点,也能享受你们那高尚的快乐。"他把这碗沉香酒喝得一点不剩。

"那 3 个诗人,张着嘴,瞪瞪地望着他,他们底眼里怀着一种馋涎欲滴的恨意,可是这种表情却很不'抒情的'了。"(第 10 页)

关键词: 沈泽民

1923 年 12 月 29 日

楚女《诗的生活与方程式的生活》,载《中国青年》周刊第 11 期,第 7~9 页。

萧楚女将回避现实,追求放纵、浪漫,称为诗的生活,刘伶、李白、唐寅、王尔德就是他们的代表;把艰难的课题,逼视现实,猛勇奋斗,鞠躬尽瘁,死而后已,坚忍,刚毅,耐劳,茹苦,持久,严格的自律,称为方程式的生活。

他认为:应该抛弃诗的生活,而过方程式的生活。

他说:"凡是在宇宙底生之大流里有些意义,在人间社会多少留下一点功业的,也就没有一个是过那种诗的生活的。孔席不暖,墨突不黔,哪一个古今中外的伟人，哲士，贤者，英雄，不是逼视现实，直从罪恶丛中通过的？哪一个不是把自身做成一支蜡烛，点起'为他'的爱之火，鞠躬尽瘁，死而后已地让他蜡尽成灰的完事？"（第8页）

关键词：萧楚女　抛弃诗的生活，过方程式的生活

1923 年 12 月 29 日

阿拉伯人 K. Gibran 作、泽民译小说《一知半解》，载《中国青年》周刊第 11 期，第 11～12 页。

掌握真理的田鸡被 3 个一知半解的同类"从木梁上挤入河里去"了。

关键词：沈泽民

1924 年 1 月 5 日

Hermynia Zur Muhlen 作、济川译《一只猴子的故事》（童话），载《中国青年》周刊第 12 期，第 11～14 页。

Feodor M. Dostoievski 作、济川译《魔鬼的恶作剧》（小说），载 1924 年 1 月 19 日《中国青年》周刊第 14 期，第 7～11 页。

1924 年 1 月 19 日、26 日，2 月 16 日、23 日、3 月 1 日

中夏《北游杂记》，载《中国青年》第 14、15、18、19、20 期。

文前说明："此行为日虽止 13 天，而接触的旧交新知，约在 400 人以上，或杯酒道故，或围炉谈天，或开会演说，或深室偶语，环境万殊，悲欢离合，啼笑俱有。"

文中小标题为：一、纪程。二、与医生谈 Philosophy。三、荒山古寺的北京城。四、直系分裂的朕兆。五、恋爱自由问题。六、新兴的实力派。七、上海的报纸。

关键词：邓中夏

1924 年 1 月 26 日

中夏《思想界的联合问题》，载《中国青年》周刊第 15 期。

思想界的联合战线是陈独秀提出来的口号。邓中夏在独秀的基础上再提出：（一）行为派的心理学家，（二）三民主义的政治家，（三）社会化的文学家，（四）平民主义的教育家，也可以联合。

邓中夏眼中当前的社会化的文学家："可惜此派尚没有健全的代表。现在

中国文艺界他们很高傲的标榜什么'为艺术而求艺术',什么'新浪漫主义',什么'文学就是目的',什么'文学是出自内心不为物奴的',什么'文学是无所为而为的'……有些是很和柔的标榜'为人生而求艺术',不过他们的人生,是个人的人生(少爷小姐的人生),绝不是社会的人生。总而言之:现在中国的文艺界是糟到透顶了。不过我们仍不存悲观,我们也可在其中万中选一的得到一些社会化的作品①。我们并看见一些进步的青年作家渐渐儿亦有新的醒觉,或者这个'江河日下'的风气挽转过来亦未可知。假若青年作家能够认清他所处的物质环境,和明白他所负的正当使命,痛改前非,极力经营社会化的作品,为社会改造和国民革命的前途尽力,这亦是我们可以联合的一支友军了。"(第8页)

尽管认为现在中国的文艺界"糟到透顶"了,但还是可以联合友军。

关键词:邓中夏 "糟到透顶"的文艺界也可以联合 创作社会化作品的作家是一支友军

1924 年 2 月 9 日

远定《诗人与诗》,载《中国青年》周刊第17期,第11~12页。

作者特别同意邓中夏《新诗人的棒喝》和《贡献于新诗人之前》中的观点,尤其是那"新诗人须从事革命的实际活动"的号召。他说:

"我以为:

"诗人不要忘却他自己是人!

"诗人不要忘却他自己是社会上或人类之一人!

"诗人不要忘却他自己是物质环境所支配之一人!

"诗人不要忘却他自己底受经济压迫,政治摧残,和强暴侮辱的兄弟姊妹们!

"诗人要明了他底头虽高插云表,他底脚却深陷入泥土中在!

"诗人在作诗之顷,固然不能预期此次必做那样的诗,但在平时应该预定目标,慎选方法去涵养自己底人格和思想。"

他强调:诗人应该记清楚"自身的地位和环境是如何;并且希望他们同时研究其他的学问,注意社会问题,从事实际活动"。(第11~12页)

关键词:《中国青年》载文认定:诗人应该注意社会问题,从事实际活动

---

① 这一句原刊如此。

1924 年 2 月 9 日

泽民《我所景慕的批评家——读书随感之二》，载《中国青年》周刊第17期，第12～13页。

作者说，在俄罗斯19世纪的批评家中，最有名的要算别林斯基、杜薄罗林博夫、皮沙雷夫几个人，而他最景慕的则是皮沙雷夫（皮萨列夫，1840～1868年）。

"批评事业固然不是党同伐异的工具，也决不止于指出文艺作品之好坏。真的文艺批评家一定要自己先具备有文艺上深厚的素质，庶几不至于说外行话；然而尤其要紧的是能够深入民众底心里去：民众所不及见的替他们指出，及见而不及感动的使他们感动，总之，深深的给他们激刺，大大的帮他们鼓动，使他们觉醒到人生底伟大的事业——改革！做到这样的一个批评家，却不是摇笔立致的。"

一句话："对于所批评的作品底价值不能有何增减，对于听众底思想不能有所启迪的批评家"，"休矣！"（刊第13页）

关键词：沈泽民　批评家应该深入到民众心里去，让民众觉醒人生的伟大事业是改革

1924 年 2 月 9 日

正厂《文化运动底反动》，载《中国青年》周刊第17期，第13～14页。

文章说，参加"五四"文学革命运动的人，以为文学革命就是欧洲的文艺复兴，却"忽略了文艺复兴底革命精神"。大家把科学抛入东洋大海，哼哼哈哈地出了一大批文人："隔夜一个诗人诞生，三天一位小说家降世：弄得我们像走入罗汉堂里，磕头也来不及。"接着，"什么整理国故，又摇头摆尾地时髦起来"。

他的结论是："我们现在要把文化运动的旗子从新举起来，一定要认清楚文化运动底灵魂，是革命的精神，不是浅薄的甚么文艺或复古运动。"（刊第13～14页）

强调精神，却要抛弃精神所附着的载体。

关键词：认清"五四"文化运动　文学革命运动的灵魂是革命精神，而不是欧洲的文艺复兴

1924 年 4 月 10 日

沈雁冰《俄国的新写实主义及其他》，载《小说月报》第15卷第4号，

第 2 ~ 4 页。

作者把苏联国内战争时期，因为经济困难，纸张缺乏，刊物少而单薄，小说写得短，用字省，不要心理描写，这种奇特的电报式的文风，称为新写实主义。代表作家就是伊凡诺夫。沈雁冰说的还是写实主义，不过是因为形式的特点，加了一个"新"字，它不涉及写实主义的性质。

本文也说及新俄诗歌。玛雅可夫斯基的未来派，"自号为无产阶级艺术，实在无产阶级已经讨厌他们"，只有卡辛才是真正的"无产阶级诗人"。

关键词： 沈雁冰　再次出现"无产阶级艺术""无产阶级诗人"的提法

佛理契的艺术社会学

1924 年 4 月

〔俄国〕佛利柴（V. M. Vritchè）著、耿济之译《中产阶级胜利时代的法国文学》（并《译者附志》），载《小说月报》第 15 卷号外《法国文学研究》专号，第 14 ~ 28 页。

佛利柴即佛理契。

《译者附志》说："本篇是俄人佛利柴所著《西欧文学发达概论》（1922 年出版）中的一章。佛氏此著系用'经济史观'的眼光以研究西欧文学。大概各国的文学史都以社会思想，或文学的派别及主义为主眼而加以研究；此书则从经济的制度上着手，而欲给读者证明'社会的经济如何影响于文学'。这样的证明，著者在这本小书里能够完成与否，且不必论，惟其能开世界文学研究的另一门径，则不能不认为有价值之作。"

如果读者对此有同感，那么，《译者又记》又说："讨论社会问题，描写下层阶级的文学，所谓'血和泪'的文学，在现在中国的社会上是如何的切要呀。中国的诗人，我们现在所要求的是乔治·桑特和嚣俄的文学，帝邦的《面包歌》，'我要为染血的嘴的代表，这些为"野蛮"所闭塞，已经许多时候不说话了。'——愿中国的诗人也有这样的宣言。"（第 28 页）

关键词： 耿济之输入佛理契以经济史观研究文学的方法："社会的经济如何影响文学"

1924 年 4 月 28 日

泽民《我们需要怎样的文艺?》，载上海《民国日报》附刊《觉悟》"言论"专栏，第 2～3 页。本文副题是《对小说月报西谛君的话的感想》。

据文章所引，《小说月报》第 15 卷第 2 号的卷头语中有这样的话："任他是'恶之花'也好，'善之花'也好……只要他所表现的情绪是真挚的，恳切的，他的表现的技术又是精密的，美丽的，那末他便是一篇好的文艺作品了。"

沈泽民说，文学创作是服从于生活背景的。现在，我们对于文学的要求是（刊物用大字排出）"怎样可以发挥我们民众几十年来所蕴蓄的反抗的意识，怎样可以表现出今日方在一代民众心理中膨胀着的汹涌的潜流，换一句话说，我们要一声大喊，喊出全中国四百兆人人人心中的痛苦和希望；再换一句话说，我们需要革命的文学！"

所谓革命文学，并非充满着"手枪和炸弹这一类名词"，并非如《小说月报》所揭为标语的"血和泪"，亦非像创造社所时常吐露的"怨愤"。作者说，冰心的作品像"温室的花"，许地山的作品像"闲散的琐话"，叶绍钧的作品"平淡狭小"，郁达夫的作品"（有几篇）流于色情"，"甚至如鲁迅底讽刺的天才，在文学的本身上讲，是极成功的作品了——然而它们还不是我们所需要的文学"。

我们所需要的文艺是："文体上充盈了在觉醒中的一代民众所当具的雄浑的魄力"，"能痛切地描写现代中国大多数民众的生活，且暗示他们的背景与前途"，"能含着极饱满的少年精神，可以代表新生的一代，诉出他们底神圣的愿望与悲哀，优点和弱点"。

他说："革命，在文艺中是一个作者底气概的问题和作者底立脚点的问题。假如要具体一点，我可以说作者须要自己是一个青年，并且是站在青年队伍中间的；不但如此，且须是站在民众底队伍中间的；他底人格必须是健全的。""鲁迅，艺术上我不能不说他是中国第一，他底范围也广阔，但是不幸，他是站在高一层向下看的，他看的很清楚，却不是从青年队伍里喊出来的呼声了。"因而，在整个文坛，"我们竟找不得一个真合于我们需要的文学者"。

文章最后说："文学界当然也不是应该要求一律的地方；我们需要变化，然后有进步。但是我们希望这中间有一支主力军出来，这一支是文坛上的革命军，要他领了中国的民众向实际生活的革命进行！"

关键词： 沈泽民　我们需要革命的文学　艺术上不能不说鲁迅是中国第一，但冰心、许地山、叶绍钧、郁达夫、鲁迅的作品都还不是我们所需要的文学

1924 年 5 月 17 日

王秋心与恽代英的通信《文学与革命》，载《中国青年》周刊第 31 期。

王秋心认为：那些观察社会最真确，同情于人生最深切，富于刺激性反抗性的文学，是革命的文学。以文学感人，比普通文字尤深；而鼓吹革命、改造社会，文学便是利器。

恽代英的观点是：文学既然是人类高尚圣洁的感情的产物，自然是先要有革命感情，后才有革命文学。最要紧的是先要一般青年能做脚踏实地的革命家；在这些革命家中，有情感丰富者，可写出革命文学。

革命文学出之于情感丰富的实际革命家。

关键词：王秋心、恽代英 第一次提出"革命文学""革命的文学"的概念 最要紧的是做脚踏实地的革命家

1924 年 6 月 2 日

许金元《革命的文学运动——爱好文学和反对太戈尔的诸君公鉴》，载上海《民国日报》附刊《觉悟》，第 2~3 页。

文章说，举国之中，文学社团真多，但其创作皆"靡靡之音"。"'靡靡之音'的文学在今天中国的环境之下，是决不需要的。因为这种文学，在现在中国这样的环境里，只能使人们颓丧、无聊、消极、自杀。""被压迫的国家都不需要这种文学，在两重压迫底下的我们，尤其不需要它。文学，是可以指导人生的，现在我们中国所最需要的，是提倡革命文学（Revolutionary Literature），鼓舞国民性；以期国民革命早日成功，真民国早日实现。"

据作者的文末附言，作者是杭州之江大学的学生。为提倡革命文学起见，他和几位同学已经发起一个文学团体，叫做"悟悟社"。其章程亦刊本日《觉悟》。

关键词：文学可以指导人生 现在中国最需要的是提倡革命文学 以社团的力量掀起革命的文学运动

1924 年 6 月 2 日

杭州之江大学《悟悟社的宣言书》，载上海《民国日报》附刊《觉悟》，第 6~7 页。

他们宣言：

"'革命文学'是奋斗性的文学；

"'革命文学'是牺牲性的文学；
"'革命文学'是互助性的文学；
"'革命文学'是合作性的文学。"

关键词：悟悟社宣言：革命文学是奋斗性的文学

1924年6月10日

瞿秋白《赤俄新文艺时代的第一燕》，载《小说月报》第15卷第6号，第1～8页。

开篇第一句话即说："俄罗斯革命不但开世界政治史的新时代，而且辟出人类文化的新道路。"现在，资产阶级应该让位了，"难怪国际一切第一流的文学家至少也表同情于无产阶级"。在革命后的俄国，"真正的平民只是无产阶级，真正的文化只是无产阶级的文化"。然而，"直到十月革命成功，欧洲和俄国无产阶级文化的程度及范围还是很低很狭；往往只偏于社会科学的某一部分，无产阶级有自己的卢骚，可没有自己的莎士比亚"。

菲特·嘉里宁（Ф. И. Калинип）、柏塞勒夸（Л. К. Бессалько）是"无产阶级文化的'第一燕'"，"无产阶级文化运动的创始者"。

嘉里宁"所创办的无产阶级文化会（Пролейкуцщ）"是"真正现代新兴阶级的精神和创造"。"他有哲学的兴味和文学的天才"，假使不生活在破坏时期，"那他也许至少能成一极伟大的批评家"。

柏塞勒夸具有"无产阶级的情绪"，是"无产阶级文学家中的第一人"！他为文《论无产阶级文化及无产阶级文学》，关注"无产阶级的戏剧"。

瞿秋白称他们为"漏泄春光的第一燕"！

关键词：俄罗斯革命辟出人类文化的新时代　瞿秋白提出：
"无产阶级文学"
"无产阶级戏剧"
"无产阶级文学家"

1924年6月18日

蒋鉴《请智识阶级提倡革命文学》，载上海《民国日报》附刊《觉悟》"言论"专栏，第2～3页。

本文呼吁国人支持他们悟悟社的活动，开展革命文学运动。

关键词：提倡革命文学　开展革命文学运动

1924 年 6 月 21 日

蒋光赤《怀拜伦》（新诗），拜伦殁后百年纪念日（4月19日）作，载上海《民国日报》附刊《觉悟》。

"十九世纪的你，/ 二十世纪的我"，显然，诗人是以拜伦自况。诗篇其中一段唱道："我们同为被压迫者的朋友，/ 我们同为爱公道正谊的人们；/ 当年在尊严的贵族院中，/ 你挺身保障捣毁机器的工人；/ 今日在红色的劳农国里，/ 我高歌全世界无产阶级的革命。/ 我们——永远 / 反对凶残的强盗，/ 反对无耻的富人，/ 反对作恶的上帝，/ 反对一切遮蔽光明的黑影。"

关键词： 蒋光慈以诗人拜伦自况 "我高歌全世界无产阶级的革命"

1924 年 6 月 25 日

胡愈之《诸名家的列宁观》，载《东方杂志》。

所谓"诸名家"，指的是高尔基、兰斯雷伯、罗素和赖柏巴尔德。

作者在讲每一家的列宁观之前，都对该"名家"有一两句介绍。如说高尔基"为无产阶级出身之著名俄国小说家，其著作风行全世界，俄国革命后颇表同情于新政府，曾膺政府之命，编刊《世界文学丛书》"。

文章所提炼的高尔基的列宁观是："就列宁自己所主张所信仰的学说看来，个人的行动，对于文化进步，是没有多大干系的；可是照我的意见，列宁自身却已是一个旋转乾坤的人物，没有了他，俄国革命是不会走上现在这一条路的。"

拿列宁和彼得大帝比较：列宁"不单是一个俄国的社会改造家，而且是世界革命家。他不但是以意志改变俄国局面的伟人，而且他的意志，竟像是一面不停地击着的大鼓，数千年来，西方资本主义的坚壁，与东方奴隶政治的黑窟，因了这鼓声，都不免要震破呢"。

"这两年以来，在列宁心目中，俄国不过是一种试验材料，他所要建造的，是全宇宙，全世界的伟业，而俄罗斯不过是一个雏形罢了"。

列宁的讲演所传递出来的信仰，"虽带热狂的倾向，却又全是科学的，绝不是玄学的或神秘的。在我看来，他实不遑注意于人类中的各个人，他所虑及的只在于全部——政党、民众以及国家等，而在这方面，他却具有幻觉的天秉，具有天才和一个经验的思想家的直觉力"。

关键词： 高尔基的列宁观 列宁是旋乾转坤的伟大革命家

1924 年 6 月

瞿秋白随感录《赤都心史》，上海商务印书馆出版。

本书共 49 题。

作者 1921 年 11 月 26 日于莫斯科写的序说："《赤都心史》将记我个人心理上之经过，在此赤色的莫斯科里，所闻所见所思所感。于此时期，我任北京《晨报》通信记者的职务，所以一切赤国的时事自有继续的通信，一切赤国的制度另有系统的论述，不入《赤都心史》内。只有社会实际生活，参观游谈，读书心得，冥想感会，是我心理记录的底稿。我愿意读者得着较深切的感想，我愿意作者写出较实在的情事，不敢用枯燥的笔记游记的体裁。我愿意突出个性，印取自己的思潮，所以杂集随感录，且要试摹'社会的画稿'，所以凡能描写如意的，略仿散文诗。材料的来源，都在我莫斯科生涯中，约略可以分作几种：杂记，散文诗（'逸事'），读书录，参观游览记。"

在此序言中又说："东方稚儿记此赤都中心影心响的史诗，也就是他心弦上乐谱的记录。"

作者在 1923 年 8 月 4 日写的《引言》中，再次说："此本为著者在莫斯科一年中的杂记，继续于《饿乡纪程》之后。《饿乡纪程》叙至到莫斯科日为止，此书叙莫斯科生活中之见闻轶事。两书均是著者幼稚的文学试作品，而决不是枯燥的游记，决不是旅行指南！——欲了解一国的社会生活，决不能单凭几条法律几部法令，而要看得见那一社会的心灵。况且文学的作品至少也要略见作者的个性。"

记录从 1921 年 2 月 16 日起至 1922 年 3 月 20 日止。其中有：入画馆，看列宾的画，碰见马雅可夫斯基；入剧院，看卢那察尔斯基的话剧《国民》；为克鲁泡特金送葬，见克氏遗孀；拜见卢那察尔斯基，听他谈革命后的教育；访无产阶级文化部；会见托尔斯泰孙女苏菲亚，参观托氏陈列馆、府邸及农庄；听列宁和托洛茨基的演说；……感受十月革命后苏俄社会的动荡，经济的贫乏，官员、老百姓生活之困难：普遍缺吃少穿，挨饿受冻。劳农专政实行军事共产主义，实行新经济政策，在民众中的反应。出现新资产阶级，以及新政权中的贪污分子。

作者解剖自己："我生来就是一浪漫派"。"我竟成'多余的人'"。"心智不调"。

关键词：瞿秋白《赤都心史》

1924 年 7 月 5 日

楚女《艺术与生活》，载《中国青年》周刊第 38 期。

萧楚女说：艺术，和政治、法律、宗教、道德、风俗一样，同是一种人类社会底文化，同是建筑在社会经济组织上的表层建筑物，同是随着人类底生活方式之变迁而变迁的东西。因此，只可说生活创造艺术，艺术是生活底反映。

关键词：萧楚女 艺术是经济组织之上的上层建筑 艺术是生活的反映

1924 年 7 月 7 日

秉丞（叶圣陶）《"革命文学"》（杂谈），载《文学》周刊第 129 期。

安德列耶夫《红笑》

1924 年 7 月 10 日

〔俄国〕安特列夫（L. Andreyev）著、郑振铎译《红笑（*The Red Laugh*）》，载《小说月报》第 15 卷第 7 号，第 1~6 页。

这里翻译的只是长篇小说《红笑》上部的几个片段。写日俄战争期间，俄军部队所遭受的酷热和本身的疲惫，后面还有敌人的追赶。

"天气是十分的酷热。……太阳是如此的可怕，如此的凶迫与可诧惧，似乎地球已接近了太阳，似乎不久全个地球便要在它的无怜恤的光燃中烧却了。"

"酷暴的，逼近的，可怕的太阳，在每支枪管上及金属片上，点耀起千万个的小的盲的太阳，这些小太阳，如枪刺的白热点一样的可怕的白与尖锐，他们从各方面潜进你的眼里，烧毁着燃灼着的热气钻进你的身上——直钻进你的骨里脑里——有时我觉得放在我两肩上的乃不是一个头颅，而是一个奇怪异常的圆球，这球的重与轻是属于别一个人的，且是可怖的。"（第 2 页）

战士们"如狂人一样"，"如疯人一样"，只是往前走，"不觉得，不看见，没有一个人怕死，因为没有一个人知道死是什么"。（第 4~5 页）

一个战士向长官敬礼传达命令时，遭敌人炸弹袭击，牺牲在他面前：

"在我面前，站着一个少年的义勇队兵，举手到帽沿，向我报告……

"（他被炮弹击中头颅，牺牲）血从那里涌出，如从一只未塞的瓶中流出一样……一种红笑。

"我认识它——那红笑。我曾寻找它，我得到它了——那红笑。现在我明白那在所有那些残缺的奇异的尸身里的是什么了。那是红笑。它是在天上，它是在太阳里，不久，它便将遍布于全个地球上了——那个红笑！"（第6页）

关键词：郑振铎译苏俄安德列耶夫《红笑》

1924 年 7 月 12 日

许金元《为革命文学再说几句话——第129期〈文学〉上一篇杂谈底读后感》，载上海《民国日报》附刊《觉悟》，第2页。本文7月9日写于苏州。

文章说："……而文学底原动力正是情感。情感，文学底原动力，能够激发人们去做事；那末革命情感，革命文学底原动力，当然也能激发人们去做革命者。文学，是能指导人生的啊！"

又说："文学底原动力既是情感，我们只要能有革命的情感，自然也能产出动人的革命文学作品。"

关键词：情感是文学的原动力，革命情感是革命的原动力 革命情感能产生动人的革命文学作品

1924 年 7 月 14 日

玄珠（茅盾）《苏维埃俄罗斯的革命诗人玛霞考夫斯基》，载《文学周报》第130期。

1924 年 7 月 15 日

杨幼炯《革命文学的建设》，副题是《与悟悟社诸君一个商榷》，载上海《民国日报》附刊《觉悟》，第2～3页。本文7月12日写于上海。

文章的主要观点是：

（一）"文学是社会思潮的背境（景），时代的反映。无论什么时代，必有他社会的主潮，为时代种种活动的心轴，左右时势的根本精神，这就是所谓时代精神。文学的背后，就有这时代的精神构在其中，20世纪的时代思潮，是求社会的根本改造。我们今日中国的现势更是如水益深，如火益热的时候，国人所需要的人生观是猛烈的，热切向前的人生观。所以由这种时代所产生的文学，自然是革命的进取的文学；而非颓唐的，超然物表的文学。因此我们对于悟悟社诸君所标榜的革命文学，认为现在社会所极需要的文学！"

（二）"我们欲使民众早日觉悟，社会改造的理想早日实现，当有一种文

学的具体建设"。不然，文坛上仅有"革命的倾向"，仅有"徒徒标榜"，也等于无的放矢。而谋文学上的具体建设，当先知文学与社会时代的关联。自然主义曾引起"俄国第四阶级的革命"。

（三）"我们中国的文学，向来是不以时代为前提，不与社会相接近的，所以无一定脉络可寻。近来且蹈入混乱的迷途；在这群言庞杂的混乱状态之中，我们免不了歧路徘徊的苦痛。我们的文艺界究竟取何种主义来作现在中国文学的具体建设呢？"我们没有闲功夫去领略唯美的文字，"今日的文学家，当从事客观的描写社会的丑恶和病状，促大家反省，使他们兴奋起来。因此，我们现在应该拿自然主义作革命文学的建设，以人生的，丑的，真切的，平淡易解的文学，去培养民众个人解放和为社会而战的勇气，这是我们今后所当从事的！"

（四）"我们既要以自然主义为革命文学的具体建设，应以冷静的理智求自然的真；以客观的事实为本位，渗溶作者的理想于事实之中，抛弃空想的精神界，而注重物质方面，作心理与生理上的描写，留意观察自然而加以解剖，尽情描写黑暗的现实，激起民众改造的决心，而为文学界辟一新境界，这是重要的条件！"

关键词：文学是时代精神的反映　以自然主义作革命文学的建设　自然主义曾引起俄国第四阶级的革命

1924 年 7 月 27 日

王家荷《文艺作家底责任——听沈泽民先生在苏州一师讲演"文学与革命"后的感想》，载上海《民国日报》附刊《觉悟》，第 2 页。本文 7 月 20 日写于苏州。

文章的观点是："我们所要求于目前中国在狂飙突进的文艺作家，是与社会有关系，有帮助，——能影响到社会，能助成社会上进的文艺作品。凡是一类消极的，麻痹的，咨（嗟）叹诅咒，无病呻吟的亡国之哀音，是我们所不欲与闻而且是绝端反对的！"俄国革命的成功，"那纯粹是一般热烈奋斗的领袖们所造就的吗？"不。"他的先驱者倒是一辈明白时代，明白社会的俄国文学家啊！所以我们读到托尔斯泰，屠格涅夫，阿尔志跋绥夫，哥尔基等文学作家的作品，可以觉到他们完全打消'为艺术而艺术'的成见，——他们大多数主张'人生的艺术'，——热烈的同情表现在作品里，去激励民众，唤醒民众，鼓励民众前进，像这样——和社会有关系有帮助——的文艺，去发表在一般被压迫的民族眼前，纵然他们自身并没有革命的思想，但情感是特别富有的，哪得不引起近年来烈烈炎炎的革命之火焰呢！"

作者号召："要快快赶到民众（中）去，与民众为伍，无论是士农工商，贩夫走卒，都要和他们接触；去观察，去调查他们的日常生活，找出他们的苦状与企求；才好大施你艺术的天才，创作的自由，创造出感动民众的，唤醒民众的，鼓舞民众希望和前进的文艺作品。"

要"撒下革命的种子在民众的心田里"。"这样，你才不愧做我们所要求于目前中国狂飙突进的文艺作家！"

关键词：俄国革命的先驱是"明白时代明白社会"的文学家 要与士农工商为伍，唤醒民众，鼓舞民众

1924年7月30日

蒋鉴《革命文学的商榷——答杨幼炯先生》（1924年7月27日写于浙江嘉兴），载上海《民国日报》附刊《觉悟》"言论"专栏，第2～3页。

杨幼炯要以自然主义为革命文学的具体建设，本文作者以为革命文学和自然主义是有同也有异的。所同者一为"为人生的艺术"，二为"文艺上的科学化"。所异者：（甲）"革命文学是兼重主观和客观的，而自然主义则极力避免主观而纯采客观的态度"。他说，"原来革命文学是以大怀疑，大奋勇，大猛烈，大无畏的精神，做文学的心核；使民众于澈见社会的丑恶以后，引导他们到人生的正道上去，给他们以向前奋进抵抗恶势力的劲力"。（乙）"革命文学是兼重感情和感觉的，而自然主义则纯为感觉而绝少感情。"

关键词：革命文学以大怀疑、大奋勇、大无畏的精神做文学的心核

蒋光慈《无产阶级革命与文化》

1924年8月1日

蒋侠僧（蒋光慈）《无产阶级革命与文化》，载广州《新青年》季刊第3期，第16～22页。

他说：无产阶级革命不但解决面包问题，而且要解决文化问题，它为无产阶级文化的建立开辟了新途径。无产阶级革命，一方面是建立无产阶级政权，一方面也建立无产阶级文化，亲手创造出无产阶级诗人。

具体论点是：海涅预言无产阶级革命会毁灭人类已有的文化。蒋光慈则说："共产主义者也爱百合花的娇艳，但同时想此百合花的娇艳成为群众的赏

品；共产主义者也爱温柔的美的偶像，但同时愿把此温柔的美的偶像立于群众的前面；共产主义者对于资产阶级之无意识的玩物，非常地厌恶，然对于美术馆、博物馆及一切可为群众利益的艺术作品，仍保护之不暇，还说甚么破坏呢？共产主义者对于帝王的冠冕可以践踏，但是对于诗人的心血——海涅的《织工》，哥德的《浮士德》，仍是歌颂，仍是尊崇！"（第17页）

无产阶级对于旧文化的态度是："我们统了都拿来，我们统了都认识。"这种态度是何等地伟大！"虽然当无产阶级革命时，发生一种反常的潮流，但是这种反常的潮流是一时的，而非永久的。整理过去的文化，创造将来的文化，本是无产阶级革命对于人类的责任，这种责任也只有无产阶级能够负担。"然而一些攻击共产党的人却"乱骂共产党人为杀美的刽子手，人类文化的蟊贼"。（第18页）

"无产阶级革命，不但解决面包问题，而且是为人类文化开一条新途径。"（第19页）

"人类的精神生活由其物质生活而定。换言之，人类文化依着物质的——经济的——基础而发展；物质的基础发展到某一定程度，人类文化必与之相符合，而不能超出范围，因为人类文化本是人类物质生活的产物。某一时代经济发展的形式规定某一时代文化发展的程度。"（第19页）

文化是含有阶级性的。有资产阶级文化，就有无产阶级文化。"无产阶级的文化为真正全人类文化的开始"。（第19、20页）

"无产阶级（要）亲手创造出许多伟大的无产阶级诗人。""现在俄国无产阶级的诗人，无产阶级的剧院，无产阶级的艺术家"，就是"无产阶级文化的代表"。（第21页）

关键词：共产主义者对于旧文化的态度首先是"统了都拿来" 整理过去的文化，创造将来的文化 鲜明地提出"无产阶级文化""无产阶级诗人""无产阶级艺术"的命题 无产阶级革命为人类文化开辟新途径 文化是物质生活的产物，经济发展的形式决定文化发展的程度 文化是含有阶级性的

1924 年 8 月 22 日

曹蕙妃《革命文学是破坏爱和美吗？》（8月10日写于南浔），载上海《民国日报》附刊《觉悟》，第2~3页。

作者说："爱是'自然的亲合'，美是'自然的和谐'。合乎此的，才配称爱和美；反乎此的，就是爱和美的蟊贼！""我们的'革命文学'的'革命'，决不是破坏爱和美，而确是在建设爱和美的！"而"竟有自身提倡血和

泪的文学的人"，反"巧妙地说革命文学是在破坏爱和美的文学"。

关键词：革命文学提倡血和泪，建设爱和美

1924 年 9 月 29 日

蒋光赤《在战争中》（新诗），载《文学周报》第 141 号。

诗篇揭露帝国主义侵华战争、国内军阀之间的战争给老百姓带来灾难。诗的结尾，老年人说："他们打来打去，／横竖是小百姓吃亏"；青年人说："要想他们不争打，／除非我们把他们打下去。"

关键词：蒋光慈新诗《在战争中》　号召反帝反军阀

1924 年 10 月 11 日

林根《"文艺复兴"？》，载《中国青年》周刊第 48 期。

文章说：五四运动发展到 1921 年，"就完全入于消沉麻木的状况"，至 1923 年以来，更"由消沉麻木之状况一变而为反动复古的局面了"。"新文化运动已宣告破产"。

目前的"反动局面"是："新文学，白话文是遭许多人的反对，而且被有些学校禁止了；一切自由解放的学说思想是被一般大人先生们所诟谇，认为非经背圣，骂为洪水猛兽了；男女交际，男女同学，男女恋爱等，统统被绅士老爷们目为大逆不道，而加以严厉的禁止了；三从四德的女诫，忠孝忍让的信条，甚至读经祀孔，帝制尊君的邪说，也都尽情的提倡起来了；为帝国主义侵略中国的先导，为统治阶级驯养奴隶的基督教会在全国都凶猛的发展起来了；反对现代科学和物质文明，提倡离开现实生活，违反社会进化的'东方文化'和'精神生活'的谬说布满全国，尤其是将我们活泼纯洁的青年迷陷于无底的深渊了；愚顽昏乱的思想之结晶的什么同善社，佛教会，佛化新青年社等牛鬼蛇神的活把戏，漫城市遍乡野的开演，而且博得无数的民众之叫好与不断的入伙了；习佛念经，静坐修炼之妄□，流行于一般新式教育下之青年男女了；祈雨求晴，禁屠断荤，设坛施醮，祀天祷神，朝南岳，迎铁牌……的种种怪剧"，真令我们看足了看够了。"这是怎样一个天昏地暗的气象！"（第 5 页）

关键词："五四"新文化运动已经宣告破产 文学界、学术界、思想界被一伙牛鬼蛇神闹得天昏地暗

1924 年 11 月 6 日

泽民《文学与革命的文学》，载《民国日报》附刊《觉悟》。

作者的话：

《中国青年》是中国共产党领导的中国共产主义青年团的机关刊物。邓中夏、恽代英、萧楚女等先后任编辑，且为实际撰稿人。邓中夏、恽代英、萧楚女、沈泽民等都是中国共产党党员、中国国民党党员，是宣传家、政治家、社会活动家。他们都从事工人运动、学生运动、宣传工作。据说，像以上的秋士、济川、远定、正厂、林根等，也多为他们的笔名。

归纳起来，他们的意见是：（一）对"五四"文学革命高潮以后的文学现状不满；（二）要求从事文学的青年应该接触实际人生、接触社会，从事实际社会改革工作；（三）文学创作要揭示国民精神，反映社会现状，鼓舞民众斗志。

文学作为工具，是革命的武器的观点已经提出来了。

为了革命工作，可以舍弃文学的观点也冒出苗头了。

此外，一个明显的现象特别引人注意："五四"文学革命运动刚刚过去五六年，他们就全面颠覆"五四"文学革命运动的思想和理论主张，否定它的伟大意义。但他们提出的新的理论还不足以说服听众，更不足以推翻"五四"。历史还在发展，事物还在变化。

蒋光慈新诗《新梦》

1924 年 11 月 8 日

蒋光赤《莫斯科吟》（新诗），1923 年 12 月 12 日作，载上海《民国日报》附刊《觉悟》。

诗人放声歌唱十月革命后的莫斯科："莫斯科的雪花白，／莫斯科的旗帜红；／旗帜如鲜艳浓醉的朝霞，／雪花把莫斯科装成为水晶宫。""莫相信人类的历史永远是污秽的"，"人类已探得了光明的路口"。这光明就是十月革命的产物："十月革命，／又如通天火柱一般，／后面燃烧着过去的残物，／前面照耀着将来的新途径。"

关键词：蒋光慈新诗《莫斯科吟》

1924 年 11 月 9 日

蒋光赤《太平洋上的恶象》（新诗），1922 年 1 月为远东劳动大会作，载上海《民国日报》附刊《觉悟》。

站在乌拉尔山的最高峰眺望太平洋，"那惨惨地——水的气/雾的瘴，/煤的烟"的氤氲之中，只见"美利坚假人道旗帜的招展，/英吉利资本主义战舰的往来，/日本帝国主义魔王的狂荡"。诗的结尾诗人号召："远东被压迫的人们起来罢，/我们拯救自己命运的悲哀，/快啊，快啊……革命！"

同日《觉悟》还刊载诗人的《梦中的疑境》。说一个小朋友要牵着他的手走向新的境地，那里有"鲜艳的红花，/娇滴的绿柳"。这小孩还开导他："你更不应当退后，/因为退后是老年人的思想。/将来的都是幸福，/过去的都是失望！"

关键词：蒋光慈新诗《太平洋上的恶象》《梦中的疑境》

1924 年 11 月 16 日

蒋光慈、沈泽民成立春雷文学社，提倡革命文学。在《民国日报》附刊《觉悟》开辟《文学专号》。是日（星期日）出第 1 号。蒋光慈写短诗《我们是些无产者》，算作发刊宣言，此诗后来改题为《我是一个无产者》，收入诗集《哀中国》。

诗的第一节唱道："朋友们哟！/我是一个无产者；/除了一双空手，一张空口，/我连什么也没有。/但是，这已经够了——/手能运动飞舞的笔龙，/口能做狮虎般的呼吼。"

《文学专号》11 月 23 日出第 2 号。

这两号刊载蒋光慈的论文《现代中国的文学界》（未完）。

第 3 号未出。2 日后，《觉悟》的广告栏刊出《春雷文学社启事》，对《文学专号》停刊有所交代："兹因特别事故，不得已暂时的文学专号停止，俟将来有机会时，本社另出他种文学刊物。现代中国的文学界一文，俟交稿时，再由《觉悟》发表，特此通知。"[①]

关键词：蒋光慈、沈泽民成立春雷社，提倡革命文学　诗作《我是一个无产者》

1924 年 11 月 21 日

蒋光赤《西来意》（新诗），1922 年 7 月 23 日作，载上海《民国日报》

---

① 笔者未见原报刊。此处参考：（一）姜涛《革命动员中的文学和青年》，《中国现代文学研究丛刊》2009 年第 4 期，第 16 页注③。（二）方铭编著《蒋光慈研究资料》，知识产权出版社，2010 年 1 月第 1 版，第 57～59 页。

附刊《觉悟》。

"西来意"三字取自瞿秋白的《赤潮曲》，说他们这些东方人到西方莫斯科的目的，是像孙悟空到西天取经一样，要在那"红光国里"，以"赤浪红潮"，洗去一身的灰尘，取得"一点真经"，以便"回转家乡做牧师"。他"觉悟到人生的意义是创造的"。

1924 年 11 月 23 日

蒋光赤《哀中国》（新诗），11 月 21 日作，载《民国日报》附刊《觉悟》"文学专号"第 2 期。

诗人赞美祖国"无限美丽"，江河蜿蜒，山岳郁秀，但而今"江河只流着很呜咽的悲音，／山岳的颜色更惨淡而寥落！""满国中外邦的旗帜乱飞扬，／满国中外人的气焰好猖狂！"他宣誓："我愿跑到那昆仑之高巅，／做唤醒同胞迷梦之号呼；／我愿倾泻那东海之洪波，／洗一洗中华民族的懒骨。"他再次以拜伦自况："拜轮曾为希腊羞，／我今更为中国泣。"

1924 年 12 月 19 日

蒋光慈《一个从红军退伍归农的兵士》（新诗），1923 年 5 月 6 日作，载上海《民国日报》附刊《觉悟》。

诗篇写一个红军战士革命胜利后回到家乡农村的感受。诗的开头是："打败了田尼庚，／剿灭了柯恰克，／收回了劳农的江山，／推倒了资本家和波默斯奇克（地主）。"数年的枪林弹雨，"亲睹共产主义社会的建设"。结尾的诗行是：

> 放下枪头，
> 拿起锄头；
> 从枪头上夺得了自由，
> 从锄头上要栽培这自由。
> 啊！自由！自由！
> 昨日的枪头，
> 今日的锄头。

关键词：以上蒋光慈新诗《西来意》《哀中国》《一个从红军退伍归农的兵士》

1925 年 1 月 1 日

光赤《现代中国社会与革命文学》，载《民国日报》附刊《觉悟》。

此文的未完稿先刊《民国日报》附刊《觉悟》的《文学专号》。

1925 年 1 月 12 日

化鲁（胡愈之）《再谈谈波兰小说家莱芒忒的作品》，载《文学周报》第156 期。

莱芒忒，又译莱蒙脱，波兰小说家，获 1924 年度诺贝尔文学奖。前此，波兰小说家显克微支因《你往何处去》，早获诺奖。

本文作者据世界语杂志《文学世界》的材料，介绍莱蒙脱及其创作小说《农民》：

莱蒙脱获奖的作品主要是《农民》，此外他还有几部巨著，如《希望之国》《浮浪的喜剧家》《一七四七》（历史小说）等。"在《农民》中莱蒙脱描写波兰的乡村生活，对于农民社会的顽强的保守性，不易消除的蛮横，以及他们的勇敢、义侠、恋爱、灾难、罪恶、调和性、反叛性，都用了莱蒙脱所特有的丰富的文体，在广大的背景上面，描写出来。有人说这是古今世界文学中最伟大的一部关于农民生活的叙事诗。无论是人种学家，无论是社会学家，对于农民生活的认识与了解，总没有像莱蒙脱那样的深切，而且总不能像莱蒙脱那样描写的细密了。在这小说里活现出来的不仅是波兰的农村，简直是世界的一切的农村，这小说中的农民，并没有理想化，也没被看作一种低贱的生物，只是人而已，只是能受苦痛，能忍苦痛，而又有生气的人而已。"

又说，我们"若是要看阶级斗争的惨象"，那么莱蒙脱的《希望之国》"就是一幅好画图"。

最后胡愈之发出感慨："我觉得波兰和我们是同样的农民国，是同样的受外国势力迫压侵夺的国家。我每次读到波兰作家——显克微支、卜路斯等——的作品，总觉得他们是民族灵魂的化身，是受苦的民众的代表呐喊者，而我们的作家却只是微弱的无病呻吟者。从我们的作品中看来，虚弱的悲哀，暗昧的烦闷，中等阶级与智识阶级的生活——走来走去，总不曾跳出这一个圈子。而这广大的民众，这二三万万的农民，却终没人去理会他们的生活，终没人去写出他们的性灵，所以我们的文学，直到今日为止，还只是供智识阶级咿唔咕哗而已，所谓真正的民族文学实还未曾萌芽。我希望中国作家扩

大创作的范围，钻入民众的心底！我更希望中国也有农民文学家！也有显克
微支和莱蒙脱！"

关键词：诺贝尔奖获得者莱蒙脱的《农民》是古今世界文学中最伟大的
农民生活的叙事诗　希望中国也有农民文学家

1925 年 1 月

蒋光赤诗集《新梦》，上海书店，初版。

内收新诗 42 首。分为《红笑》（包括《红笑》《十月革命纪念》《梦中的
疑境》《太平洋中的恶象》等 9 首）、《新梦》（包括《新梦》《西来意》等 6
首）、《我的心灵》（包括《自题小照》《钢刀与肉头》《一个从红军退伍归农
的士兵》等 7 首）、《昨夜梦里入天国》（包括《中国劳动歌》《昨夜梦里入天
国》《莫斯科吟》《哭列宁》等 8 首）、《劳动的武士》（包括《临列宁墓》
《十月革命的婴儿》《怀拜伦》等 12 首）5 部分。

这是诗人的第一部诗集，是留学苏联 3 年的心迹的记录。

诗人歌颂列宁，称列宁送给人类不可忘的礼物，列宁的遗产将与日月同
明；列宁葬在全世界资产阶级的欢笑里，更葬在全世界无产阶级的哀悼里：
"死的是列宁的肉体，／活的是列宁的主义！"（《哭列宁》）对十月革命，对
新生的苏维埃国家，对苏联儿童和普通的劳动者，诗人也由衷地唱出赞歌：
"莫斯科的雪花白，／莫斯科的旗帜红；／旗帜如鲜艳浓醉的朝霞，／雪花把
莫斯科装成为水晶宫"；由此证明，"人类已经探得了光明的路口"，正穿上鲜
艳的红色衣襟，"后面燃烧着过去的残物，／前面照耀着将来的新途径"。
（《莫斯科吟》）诗人驰骋想象，看到光明，也看到黑暗。他没有忘记祖国正
受到帝国主义的欺凌和宰割，人民正在受难；他号召民众站起来，拿起武器，
自己解放自己。"十九世纪的你，／二十世纪的我"（《怀拜伦》），诗人以拜
伦自况，诗篇洋溢着浪漫主义的激情。

诗集前有高语罕 1924 年 6 月 22 日写于德国佛兰克佛的长序。

高语罕说蒋光慈的诗第一是"鼓动革命"的，"处处代表无产阶级大胆的
赤裸裸的攻击资本主义的罪恶"。第二，表现为对帝国主义，对侵略，对压迫
和剥削，"我们绝不姑息，绝不苟安，绝不和帝国主义，资本主义妥协"。第
三，光慈不写柔情蜜意的爱恋，而是歌"革命的爱情，爱情的革命"。第四，
对革命，对共产主义的实实在在的描写。作者总结《新梦》的思想和情感：
"它的思想，是一个整个的无产阶级革命的思想，有积极反抗精神的革命思
想；它的情感是太阳般的热烈的义侠的，代表无产阶级呼声的情感。只有这

种思想，才可以扫荡中国青年萎靡不振的苟偷心理，把衰弱的中华民族，从国际帝国主义的压迫下面，举起他的头来；只有这种情感，才可以鼓荡那困苦无告的无产阶级的勇气，从国外资本主义国内蛮横军阀的重围中杀出！"

诗人自己在莫斯科写于 1924 年 3 月 1 日的《自序》说，收入集中的诗是他"留俄三四年"的成绩。"我以为诗人之伟大与否，以其如何表现人生及对于人类的同情心之如何而定。""我生适值革命怒潮浩荡之时，一点心灵早燃烧着无涯际的红火，我愿勉力为东亚革命的歌者！"他要用他的"全身、全心、全意识——高歌革命"！

关键词：蒋光慈第一部新诗集《新梦》是"留俄三四年"的成绩 主题是鼓动革命

1925 年 2 月 8 日

蒋光赤《哭列宁》（新诗），1 月 22 日作，载上海《民国日报》附刊《觉悟》"列宁号特刊"。

此诗为列宁逝世而作。赞美列宁是"全世界无产阶级革命的首领"，他"送给了人类不可忘的礼物"。不同阶级的人对列宁的死有不同的态度："列宁葬在全世界资产阶级的欢笑里；／列宁葬在全世界无产阶级的哀悼里；／列宁葬在奔腾澎湃的赤浪里；／列宁葬在每一个爱光明的人的心灵里。"因而，"死的是列宁的肉体，／活的是列宁的主义"；列宁的遗产"将与日月以同明"！

2 月 25 日，诗人又作《临列宁墓》，称列宁是"今古无比的伟人"。诗作的最后两行是："你的墓是人类自由的摇篮，／愿你把人类摇到那自由乡里去！"

关键词：蒋光慈新诗《哭列宁》《临列宁墓》

列宁《托尔斯泰与当代工人运动》首次被输入中国

1925 年 2 月 13 日

列宁作、（郑）超麟译《托尔斯泰与当代工人运动》，载上海《民国日报》附刊《觉悟》，第 2～3 页。

本文现在通译题名《列·尼·托尔斯泰和现代工人运动》。这是马克思、恩格斯、列宁论文艺的原作输入中国的第一篇文章，更是由俄文直接翻译的

第一篇。

郑超麟在译文前说：列宁论托尔斯泰的论文还有《托尔斯泰》《托尔斯泰及其时代》《托尔斯泰是俄罗斯革命底照镜》。

本文正文共 1712 字。

列宁在文中分析了 19 世纪下半叶俄罗斯的社会历史状况和托尔斯泰对它的认识和艺术反映。

列宁说："托尔斯泰是位著作家，著过许多特色的艺术作品，堪算世界大著作家之一；他又是位思想家，以伟大的精力，信心和真诚，提出许多关系于当代政治的，社会的组织之根本特质。"

列宁说：托尔斯泰的文学活动开始于俄国由 1861 年至 1905 年这两个历史转折时期。"在这农奴制度余音如缕时期中农奴制度之直接的凌迟惨死影响及于国中所有经济的（尤其是农村经济的），政治的生活，同时这又是资本主义从下部猛烈地长大的及其从上部栽培的时期。"

"这个旧的，宗法的俄罗斯，1861 年之后受了世界资本主义影响，遂迅速地破产了。农民饥饿，死亡，破产，为向来所未有，而且丢弃田地向城市走来。铁道，作坊，工厂利用破产农民底'贱价劳动'而猛烈地建筑起来。伟大的财政资本，伟大的商业，伟大的工业遂在俄国发展了。

"旧俄罗斯所有旧制度之如此迅速的，积重的，难堪的损坏，遂表现在艺术家的，托尔斯泰底著作里，思想家的，托尔斯泰底观点中。

"托尔斯泰异常知道农村的俄罗斯，地主和农民的生活。他在他的艺术作品里描写这个生活，所以他的作品属之于世界文学上最良好者。"

"在身世和教育看来，托尔斯泰属于俄国的高等地主贵族——他与这个环境所有通常的观点决裂，在他的近著中，以热情的批评攻击所有当代国家的，教堂的，社会的，经济的制度。"

托尔斯泰的这种批评并不新鲜。"托尔斯泰批评特异处及其历史的意义乃在这种批评能用天才艺术家独有的力量，去表示上述时期中俄国极大民众观点之破坏，尤其是农村的俄国的，因为托尔斯泰批评当代制度和当代工人运动代表者批评这种制度所区别乃在托尔斯泰是站在宗法的，朴实的农民底观点上的，他应用农民心理在他的批评中，在他的学说中。……托尔斯泰将他们的精神状态表示得极真确，甚至于他自己在他的学说中也带了他们的朴实，他们回避政治的心理，他们的神秘，避世的志愿，'对恶事的无抵抗'，对资本主义和'金钱权威'的咒诅，几百万农民底抗议及其失望！"

（按：引文中，对个别标点符号有所订正。）

关键词：列宁《托尔斯泰与当代工人运动》首次输入中国　郑超麟译

1925 年 2 月 17 日

许金元《征求革命新诗歌》，载上海《民国日报》附刊《觉悟》，第
6 页。

作者说，他在为悟悟社编一本《革命新诗歌选》，公开向社会征求"五四
以来曾见过的报刊杂志中"的革命新诗歌。

关键词：征求革命诗歌

1925 年 4 月 22 日

蒋光赤《在伟大的墓之前》，政治性散文，载《新青年》季刊（实为不
定期刊）① 第 1 号（"列宁号"），第 125～140 页。

本文以饱满的热情，如实地写出了苏联的工人、农民、士兵冒着零下 40
（摄氏）度的严寒，在莫斯科广场排队瞻仰列宁遗容的悲壮情景，从列宁和
党、和苏维埃国家、和世界被压迫阶级与被压迫民族的关系等方面，歌颂了
列宁的丰功伟绩。文章对于处在大革命前夜的半封建半殖民地的中国人民，
认识无产阶级革命导师的伟大学说和他所从事的伟大事业，具有启发作用，
对于即将奔赴前线的中国青年，尤其具有鼓舞力量。

文章引用他人的话做结尾：

"列宁终生只有一个目的：解放全世界劳苦群众脱离资本家的压迫。列宁
之死实使全世界劳苦群众抱着无限的悲哀。在列宁的墓前，我们应当说，只
有你鼓起了民族觉悟的火光，只有你燃着了民族解放运动的红灯。你的名字
将永远在我们之中生活着。我们永远尊重你的事业，永远与你的仇敌奋斗！"

又，蒋光赤《列宁年谱》，载本期，第 140～147 页。

关键词：蒋光慈政治性散文《在伟大的墓之前》　悼念列宁、歌颂列宁

1925 年 5 月 2 日

曲秋（陈毅）《文学家你走那一条？》，载《晨报副刊》第 3～4 页。

作者说：他于 1925 年听到并看到诗人们"仍然一身四体不勤，五谷不
分。便所赞美的真呀！美呀！善呀！正义呀！人道呀！都是替有强力的（阶
级）辩护"。"我看你只是一个妖精罢，你只知道倚门卖笑以取媚强者。""你

---

① 《新青年》季刊，为中共中央机关刊物。设在广州。

的文笔，你的哲理，你的诗兴，只是有钱人的一个玩具。""你真是一个忘却根本的人。"

他又说，"过去如专以娱乐王朝的古典主义，专为发泄自己野心不遂的牢骚的浪漫主义，专为仇视中流阶级的写实主义，和那想入非非而沉湎于灵感的象征主义，都让他过去了罢。任他去罢"。5月1日是人日，"快服从大多数，替群众作工"。"人日到了，你是人你便起来"！

本文阐述"劳动文艺的重要观点"（副标题）。号召："快服从大多数，替群众作工。"

关键词：陈毅提倡"服从大多数、替群众作工"的劳动文艺　说古典主义、浪漫主义、写实主义、象征主义"都让他过去了罢"

沈雁冰《论无产阶级艺术》

1925 年 5 月 10 日

沈雁冰《论无产阶级艺术》，载 1925 年 5 月 10 日、17 日、31 日，10 月 24 日《文学》周刊第 172 期、173 期、175 期、196 期。

本文论述无产阶级文学的产生，初步表达了作者关于无产阶级文学的主张。

（一）高尔基"这位小说家，这位曾在伏尔加河轮船上做过侍役，曾在各处做过苦工的小说家，是第一个把无产阶级所受的痛苦真切地写出来，第一个把无产阶级灵魂的伟大无伪饰无夸张地表现出来，第一个把无产阶级所负的巨大的使命明白地指出来给全世界人看！我们仔细地无误会地考察过高尔基的作品之后，总该觉得像高尔基那样的无产阶级生活描写的文学，其理论，其目的，都有些不同于罗兰所呼号的'民众艺术'"。"无产阶级艺术"是"一个头角峥嵘，须眉毕露的名儿"。文章接着大量列举十月革命以后的苏联文学创作，"并非替苏联卖弄已有许多无产阶级作家，却是想告诉读者，无产阶级艺术实在只是正在萌芽"，无产阶级文学作品实在是"可屈指而数"。

（二）无产阶级艺术产生的条件

艺术产生的方程式是：新而活的意象 + 自己批评（即个人的选择）+ 社会的选择 = 艺术

当谈到无产阶级艺术的批评时，沈雁冰说："我们如果不愿意被甜蜜好听的高调所麻醉，如果不愿意被巧妙的遮眼法所迷惑；我们应该承认文艺批评论确是站在一阶级的立点上为本阶级的利益而立论的；所以无产阶级艺术的批评论将自居于拥护无产阶级利益的地位而尽其批评的职能，是当然无疑的。"

（三）无产阶级艺术的范畴

第一，"无产阶级艺术并非即是描写无产阶级生活的艺术之谓，所以和旧有的农民艺术是有极大的分别的。""无产阶级艺术决非仅仅描写无产阶级生活即算了事，应以无产阶级精神为中心而创造一种适应于新世界（就是无产阶级居于统治者地位的世界）的艺术。无产阶级的精神是集体主义的，反家族主义的，非宗教的。"

第二，"无产阶级艺术非即所谓革命的艺术，故凡对于资产阶级表示极端之憎恨者，未必准是无产阶级艺术。"为什么说革命艺术不必就是无产阶级艺术？作者的详细解说是：凡含有反抗传统思想的文学作品都可以称为革命文学，它的性质是单纯的破坏。然而无产阶级艺术的目的并不是仅仅的破坏。"在描写劳动者如何勇敢奋斗的时候，或者也得描写到他们对于资产阶级极端憎恨的心理，但是只可作为衬托；如果不然，把对于资产阶级的憎恨作为描写的中心点，那就难免要失却了阶级斗争的高贵理想，而流入狭（窄）的对于资产阶级代表者人身的憎恨了。如果这种描写更进一步而成为对于被打败的敌人的恶谑，成为复仇时愉快的欢呼，则更不妙。因为此等心理全然不合于无产阶级的精神。无产阶级所坚决反对的，是居于此世界中治者的地位并且成为世界战争的主动人的资产阶级，并不是资产阶级中的任何个人——他只是他所属的社会环境内的一个身不由己的工具；无产阶级为求自由，为求发展，为求达到自己历史的使命，为求永久和平，便不得不诉之武力，很勇敢的战争，但并非为复仇，并且是坚决的反对那些可避免的杀戮的。俄国革命后的诗歌有许多是描写红军如何痛快的杀敌，固然很能够提起无产阶级的革命精神，而依上述的理由，这种诗歌究竟不能视为无产阶级艺术的正宗，是无疑的。"

第三，"无产阶级艺术又非旧有的社会主义文学。"社会主义文学就是表同情于社会主义或宣传社会主义的文学作品。"但是社会主义文学的作者大都是资产阶级社会的知识阶级，他们生长于资产阶级的文化之下，为这种文化所培养，并且给这种文化尽力的。他们的主义是个人主义。他们是各自活动，没有团体的行动的。所以虽然有些知识阶级的作家对于劳动阶级极抱同情，对于社会主义有信仰，但是'过去'像一根无形的线，永远牵掣他们的思想和人生观。他们的社会主义文学大都有的是一副个人主义的骨骼。"

综上所述，"无产阶级的艺术意识须是纯粹自己的，不能掺有外来的杂质；无产阶级艺术至少须是：

"（1）没有农民所有的家族主义与宗教的思想；

"（2）没有兵士所有的憎恨资产阶级个人的心理；

"（3）没有知识阶级所有个人自由主义。"

（四）无产阶级艺术的内容

"以全社会及全自然界的现象为汲取题材之源泉。"已生产的无产阶级作品因为观念的褊狭，经验之不足，供给题材的范围太小，所以在内容上存在着通病，即：内容浅狭（以为描写劳动者生活、农民憎恨资产阶级军队、无产阶级作战牺牲，就是无产阶级艺术）；误将刺戟和煽动作为艺术的全目的；失却阶级斗争的高贵的意义（反资产阶级个人而不反对资本主义制度）。

（五）无产阶级艺术的形式

无产阶级作家应该承认形式与内容须得谐合（和）；形式与内容是一件东西的两面，不可分离。无产阶级艺术的完成有待于内容之充实，亦有待于形式之创新。"形式是技巧的堆累的结果，是过去无数大天才心血的结晶，在后人看来，实是一份宝贵的遗产"。历史的经验是："先去利用已有的遗产，不足则加以新创。"从前辈艺术家学习形式的技术，是无产阶级艺术家应有的权利，也是对于前辈大天才的心血结晶所应表示的相当的敬意。

以上论述可以概括为：无产阶级艺术正在萌芽，作品屈指可数。无产阶级艺术的范畴："反家族主义的，非宗教的"，不是无产阶级艺术；写破坏、杀人、复仇，不是无产阶级艺术。无产阶级艺术的内容：以全社会、全自然界的现象为汲取题材的源泉。无产阶级艺术的形式：形式与内容不可分离，内容充实，形式创新，须和谐统一。文艺批评是为作者所属阶级立论的，无产阶级的批评论就以拥护无产阶级利益为职能。

本文并非茅盾原创理论，是就欧洲某些革命家的论述加上自己的见解而编译的。

关键词：沈雁冰《论无产阶级艺术》 本文涉及无产阶级艺术的产生、产生的条件、无产阶级艺术的批评、范畴、无产阶级艺术的内容和形式等多方面

作者的话：

这是一块小小的界碑。沈雁冰、蒋光慈、郁达夫、郭沫若等作家、诗人

的观点、态度，较之"五四"时期有了极大的变化，至少是急剧变化的前奏。就个体说，也许是渐变，但就整体而言，却显露质变的前兆。当然还没有创作做支撑，还不能从创作（就世界范围说，已经飞出第一批"春燕"，在中国，蒋光慈、瞿秋白等的诗歌已经不同凡响）中显示浑然特色，可供理论抽象。但蒋光慈的几篇论文，茅盾的这篇《论无产阶级艺术》是有历史的意义的。

还没有与实际革命家挂上钩，即前述从事革命实际工作的人，如邓中夏、恽代英、沈泽民、萧楚女等的观点，还没有与这批此时或以后将以文学为职业的人接上头，两相碰撞，迸出火花。此时还是各说各的，各做各的。虽说都在探索，都在前进——各自都在寻找真理。

1925 年 5 月 16 日

张刃光（保定育德中学）《我们所要的文学家》（并恽代英按语），载《中国青年》周刊第80期，第445～448页。

张刃光说，文艺是社会生活的表现，目前中国文学没有表现出社会生活，所以"我们可以断定中国（目前）没有文学家"。（第445页）一般的文学作品所表现的，"除了一些'风花雪月'的诗与'爱我爱她'的小说外，能够真实的表现社会生活的，实在太少了"。（第445页）

他说："文学是时代的产儿，中国当此时代，所要的是革命的文学家，要尝了实际生活的痛苦，而能走上的时代之前面，以很诚挚的声音，叫着他的可怜的同胞，同向幸福的道上走去的人，他的作品，应当是社会的真实报告，革命精神的表现。"（第445～446页）

怎样才能成为一个革命文学家呢？张刃光说："我的回答是欲成一个革命的文学家，必要有革命精神的养成，但这种革命精神的养成是要感觉灵敏的人，努力的运用其天才，去切实观察实际生活，最好是实际参加革命运动。"（第446页）

恽代英在文后加了按语。他说，许多朋友都要求中国要产生革命文学，而且许多人亦已经以革命文学家自命，但其成绩都不能令人满意。没有"联合自决以反抗压迫的精神"，没有"革命的情感"，不会有革命文学产生出来。"要革命的文学吗？我以为第一要使大家认清自己的出路，要他相信中国的革命是'为他自己'的必要而且不是不可能的事情，第二要使大家赤裸裸的承认自己的地位，要明白剖析自己一切奴婢娼妓盗贼式的生活，使自己认定革命是'为自己'刻不容缓的事情。文学是情感生活的'真实'的表现！若先

有几分不真实的地方，若并没有要求革命的真实情感"，也做不出革命文学来。（第447~448页）

关键词：张刃光、恽代英两人都强调，先要参加革命实际运动，培养革命情感，养成革命精神，然后才能做革命文学家，创造革命文学作品

1925 年 5 月 18 日

郭沫若《文艺之社会的使命——在上海大学讲》，1923 年 5 月 2 日讲，载《民国日报》附刊《觉悟》第 3 期，收入《文艺论集》。

"文艺也如春日的花草，乃艺术家内心之智慧的表现。诗人写出一篇诗，音乐家谱出一个曲，画家绘成一幅画，都是他们天才的自然流露：如一阵春风吹过池面所生的微波，是没有所谓目的。"（第 2 页）

"艺术的本身上是无所谓目的。"（第 3 页）

"文艺乃社会现象之一，故必发生影响于社会。"（第 3 页）

"艺术对于人类的贡献很伟大的。"（第 4 页）如四面楚歌的故事。

"艺术可以统一人们的感情并引导着趋向同一的目标去行动。"（第 5 页）许多国家的事例说明，文艺是革命的先驱。

"艺术的根底，是立在感情上的，感情是有传染性的东西。""艺术能提高我们的精神，使我们的内在的生活美化。"（第 6 页）"艺术既能提高精神，美化生活，所以从历史上考察，艺术兴盛的民族必然优美。"（第 7 页）

总之，艺术有两大使命："统一人类的感情，和提高个人的精神，使生活美化。"（第 7 页）

艺术既然有以上的作用和能力，"我觉得要挽救我们中国，艺术的运动是决不可少的事情。我们希望于社会的，是要对于艺术精神的了解，竭力加以保护，提倡；我们应该使我们日常的生活，日常生活的用具，就如一只茶杯，一张邮票，都要具有艺术的风味。至于艺术家的本身，我们也希望他要觉悟到这种种艺术的伟大的使命。我们并不是希望一切的艺术家都成为宣传的艺术家；我们是希望他把自己的生活扩大起来，对于社会的真实的要求要加以充分的体验，要生一种救国救民的自觉。从这种自觉中产生出来的艺术，在它的本身不失其独立的精神，而它的效用对于中国的前途是不可限量的呢！"（第 9 页）

这表明 1923 年 5 月之前的郭沫若还是一个唯美主义者。本文的写作时间和《我们的文学新运动》差不多。

关键词：郭沫若认为文艺是革命的先驱 1923 年 5 月之前郭沫若还是一个唯美主义者

"五卅"是一块界碑

五卅运动是中华民族直接反抗帝国主义的伟大运动，标志着大革命高潮的到来。

反帝将要自觉地进入革命文学作品，成为它的主题。

"五四"时期也反帝，但它的主题是思想启蒙，是个性解放，是"救救孩子"，是"我要像天狗一样吞掉一切"，是沉沦中的叫喊。反帝是意像，还没有具像的表现。

反帝成为直接主题，工人阶级也将占据时代的中心。

工人阶级一个阶级之力是不能反抗全副武装，并在中国拥有一切特权的帝国主义的，还必须联合商界、学界，成立工商学联合总会，统一组织斗争。在斗争中逐步认识到无产阶级和资产阶级、小资产阶级建立联合战线的必要性。

这些都会在日后的文学创作中慢慢地显现出来，诠释革命文学的眼界也会扩大。

1925年6月14日、21日、28日，7月5日

"五卅"惨案后，《文学周报》第177～180期，共4期，刊载《上海学术团体对外联合宣言》（含中华学艺社、文学研究会等12个团体）、沈雁冰、叶圣陶、刘大白、樊仲云、敬隐渔、佩弦（朱自清）、西谛（郑振铎）等的抗议诗文，共15篇以上。举其要者有：沈雁冰《五月三十日的下午》《暴风雨——五月三十一日》，圣陶《五月三十日》《五月卅一日急雨中》《"认清敌人"》，佩弦《给死者》《白种人——上帝的骄子！》，西谛《街血洗去后》《迂缓与麻木》《杂谭》《六月一日》，刘大白《我底恸哭》，（樊）仲云《可悲的中国文学界》等。

关键词：沈雁冰等对"五卅"惨案的反应

1925年8月2日

（樊）仲云《文学与政治及舆论》，载《文学周报》第184期，第98～100页。

文章开头说写作此文的背景："自五卅残杀发生以来，本报同人，曾有许多关于大残杀的文字，于是有人说《文学周报》不是政治评论，现在这样，

未免舍己耘人罢。而或者则以为当此民族存亡的关头，若依然是风花雪月，谈些不关痛痒的问题，那末所谓文学简直是麻木人心的东西，其害实与鸦片烟同等。我知道抱这种见解的人，一定不在少数。"

他说："文学作家多直接把政治问题艺术化以为描写之题材。……而最近邓南遮之于意大利国粹派运动，伊本纳兹之于西班牙革命运动，亦不外此种表现。"因此作家们"当努力于政治问题的艺术化"。

关键词：文学创作应当把政治问题艺术化 学习的榜样是邓南遮和伊本纳兹

1925 年 8 月 23 日

〔苏〕特米扬·勃特尼作、愈之（据世界语）译《"太平"洋》，载《文学周报》第 187 期，第 126～128 页。

胡愈之写于 1925 年 8 月 7 日的《译者附记》说：杰米扬·别德内是"苏联第一新诗人"。"他在苏联许多有名的杂志报章上，发表了不少诗歌，歌颂革命与阶级斗争"。此诗"是听到近来我国民众呼喊的声音之后所作的"。

诗篇说英美资本家向中国运来传教士宣言宗教妖言，运来商人贩卖鸦片，运来兵队说是为了"防卫"。现在，5 万万民众已经在叫喊。"这一起头便不寻常，／第一声已是很顽强，／看那拳头已伸张，／自然还没到了胜利的时光，／但是不用等的久长，／太平洋上就要有狂风大浪！"

关键词：特米扬·勃特尼（杰米扬·别德内） 歌颂革命与阶级斗争从中国"五卅"取材的诗创作

译介《苏俄的文艺论战》 普列汉诺夫首次被介绍到中国

1925 年 8 月

任国桢编译《苏俄的文艺论战》，北京北新书局 1925 年 8 月出版，北京东城翠花胡同 12 号北新书局发行。103 页，定价三角半。为《未名丛书》之一，首印 1500 本。1927 年 3 月再版，印至 4500 本；1929 年 2 月三版，印至6500 本。

内收楂沙克的《文学与艺术》、阿卫巴赫等 8 人的《文学与艺术》、瓦浪斯基的《认识生活的艺术与今代》。前有鲁迅的《前记》、译者的《小引》，后有附录：瓦勒夫松的《蒲力汗诺夫与艺术问题》。

鲁迅的《前记》写于 1925 年 4 月 12 日。这篇《前记》简要地叙述了俄国十月革命之后文艺界思潮流派彼此消长的情势。鲁迅主要讲"烈夫"派。说，1923 年 2 月 1 日它发行机关杂志后，整个文坛就由它统治了。"那主张的要旨，在推倒旧来的传统，毁弃那欺骗国民的耽美派和古典派的已死的资产阶级艺术，而建设起现今的新的活艺术来。所以他们自称为艺术即生活的创造者，诞生日就是十月，在这日宣言自由的艺术，名之曰无产阶级的革命艺术。"（第 2～3 页）

在鲁迅的《前记》中，有"左翼未来派""左翼战线""左翼派""左翼队"等名称。

任国桢 1924 年 10 月 9 日写的《小引》说：苏俄从 1923 年起，各派学者关于艺术问题展开了一场空前的大讨论。大略分起来有三大队：一队是《烈夫》杂志，一队是《纳巴斯徒》杂志，一队是《真理报》。他的这本书，就是从各派中试选译一篇论文以窥全豹。

这三派的观点，任国桢将其概括为：

"《烈夫》杂志社是将来主义派的机关：对垒的主将是褚沙克，铁捷克。他们下的艺术定义：艺术不是认识生活的方法，是创造生活的方法。他们不承认有写实，不承认有客观。反对写实，提倡宣传。否认客观，经验，标定主观，意志。除消内容换上主张，除消形式换上目的。他们的主张，就是反对死的，冷静的，呆板的事实，注意人类的将来。他们的目的，就是要把共产主义参在艺术的范围内，反对一切非劳动阶级的文学。

"《纳巴斯徒》的理论家有罗陀夫，瓦进，烈烈威支以及其他。他们的艺术定义就是艺术有阶级的性质，艺术是宣传某种政略的武器。无所谓内容，不过是观念罢了。著作家应当描写阶级的生活，应当研究政治的问题，应当把共产主义的政略加入艺术的问题内。

"《真理报》是苏俄的机关报，迎敌的大将是瓦浪司基，他说：'艺术如同科学一样，是客观的，是写实的，是凭经验的。'……'艺术最先是认识生活的方法。'……'艺术有内容和形式。'……'内容恰与形式相称，就是内容恰与艺术的客观真理相称。'……'艺术家应当照美学的眼光估定艺术作品的价值。'……'著作家能把高上（尚？）的学说连到认识生活，这才谓之真艺术家。'这就是瓦浪司基所下的艺术的定义。"（第 5～7 页）

本书末附瓦勒夫松论文《蒲力汗诺夫与艺术问题》，鲁迅说这"是用 Marxism 于文艺的研究的"。（第 3 页）这是普列汉诺夫文艺理论第一次被介绍到中国。

胡秋原评论说：

"任先生的译文，虽多误点，但他是第一个介绍苏俄文学理论与朴列汗诺夫艺术理论到中国的人。这功绩是不可没的。虽然影响并不大，从此增高对于科学的文学论与朴列汗诺夫的兴趣。"（胡秋原《唯物史观艺术论——朴列汗诺夫及其艺术理论》，神州国光社 1932 年 12 月出版，第 2 页，《关于拙编唯物史观艺术论及其他——编校后记》）

关键词：

任国桢编译《苏俄的文艺论战》："烈夫派"，反对一切非劳动阶级的文学；"纳巴斯图派"，艺术是宣传某种政略的武器；"真理报派"，艺术最先是认识生活的方法

在鲁迅的《前记》中，有"左翼未来派""左翼战线""左翼派""左翼队"等名称 "烈夫派"将他们的艺术宣传为无产阶级的革命艺术

胡秋原评论：任国桢"是第一个介绍苏俄文学理论与朴列汗诺夫艺术理论到中国的人"

1925 年 8 月

瓦勒夫松（Volphson）《蒲力汗诺夫与艺术问题》（1924 年 11 月 2 日译完），见任国桢译《苏俄的文艺论战》附录，北京北新书局 1925 年 8 月，初版，第 63～103 页。

文章开头就说："在 10 年间，许多劳动阶级的理想家，蒲力汗诺夫也是其中之一，用马克思的犁几乎耕了社会意象学（译者注：或译观念学）的全领域，——蒲力汗诺夫以好探究的智力贯穿了社会的多层建筑物，他用马克思的 X 光线照了自然界，并照了重要社会制度的发达，——就中也照了艺术。"（第 63 页）

关于艺术的起源：有用活动在先，还是游戏在先？蒲氏说："游戏是工作的产品，在时间上，工作先于游戏。"（第 67 页）应该明白在社会上工作是先于游戏的；在个人的生活中，也许游戏先于工作。但"艺术是社交的产品，因为艺术是社会的现象"。"最初时艺术是直接受经济的影响而发达"。（第 69 页）文章特别指出："由艺术的起原转到艺术的发达，从简单形式转到复杂的形式，由最低的阶级升到最高的阶级，从无阶级社会的艺术转到有阶级社会的艺术，这又是一件事。这是因为在经济和艺术间的关系混淆不清了，联结经济学和美学的线索被观念学的覆盖蒙蔽了，由直接的影响成为间接的了，此影响辗转地传下来经过有许多间环的长链，这些环都连社会进化的基础到

思想建筑之上层。"为解决这些复杂的问题，艺术研究者就得注意社会的根本动机——阶级斗争。（第 70 页）

"我们要注意阶级的社会，就得离开直接的经济艺术观，研究在艺术中所表露的阶级心理。在自己的作品中艺术家愿意与否，觉悟与否，总得披露他所属的阶级心理。"（第 72 页）在举例说明蒲力汗诺夫是如何分析法国的古典绘画与戏剧之后，瓦勒夫松的结论是："……唯心派的美学已经自亡了。要说艺术是表现生活，这就是说艺术是表现社会之心理，而社会之心理定阶级的战争，阶级的战争统御当时的社会。这种条件，应当为研究阶级社会的艺术之出发点，为研究艺术的进化之出发点。"（第 78 页）

文章说："蒲力汗诺夫——批评家——是受压制者的热肠的朋友，也是压制者的无情的仇敌，并且是改革的马克思派之学者。在一切的科学事业之范围内与在一切的政治事业之范围内，我们知道蒲力汗诺夫是改革的马克思派之学者。因此，在自己的批评事业上他不愿冷静如大理石，不愿恬淡如白发的书班①。"（第 90 页）

"马克思学说——是研究社会现象之最准确的和最复繁的方法——视观念学如一种直接的约定社会心理之东西，而视社会的心理如复繁的心理，这是各种社会事实多方面影响的结果。而这些事实完全受生产力的某种条件所指导——这是社会程序的'第一动机'。"（第 94 页）

普列汉诺夫继承了车尔尼雪夫斯基的美学原则："是的，艺术是表现生活。蒲力汗诺夫完全赞成车勒内绥夫斯基这个定则，但是车勒内绥夫斯基自己承认，关于生活，关于美，个人有个人的见解，这是由于所属的社会阶级之不同。"（第 98 页）

蒲氏指出，要讲明美感之发达，"不应在生物学中寻例证，而应在社会学中，并指明，要讲明这个，应从达尔文转到马克思"。（第 100~101 页）

瓦勒夫松本文的结语是："如果不得不称蒲力汗诺夫为马克思派的科学上之美学创作家，那我们很有理由算他为这种美学的开基人。他所以为这种美学的开基人，因为有两种本性的主旨。蒲力汗诺夫有极颖悟的，美雅的，神韵的天性，——美的分子，诗的分子——常常在他的精细之心理的构造上寻得了共鸣。蒲力汗诺夫是政治上的活动家，演说家，政论家，他能把美运用于各事业上……蒲力汗诺夫对于艺术的问题有一种好奇的和钻研的趣味，我想，此种主观因子也包涵在他的心灵构造的美学的感受性中。"（第 102 页）

---

① 译者注：白发书班，是 Pushkin 的戏曲 *Boris Godunov* 中的人物。

关键词：普列汉诺夫及其美学思想首次被介绍到中国

1925 年 9 月 13 日

沈雁冰《文学者的新使命》，载《文学周报》第 190 期，第 150~151 页。

文章说："文学是人生的真实的反映。""文学者目前的使命就是要抓住了被压迫民族与阶级的革命运动的精神，用深刻伟大的文学表现出来，使这种精神普遍到民间，深印入被压迫者的脑筋，因以保持他们的自求解放运动的高潮，并且感召起更伟大更热烈的革命运动来！／不但如此而已，文学者更须认明被压迫的无产阶级有怎样不同的思想方式，怎样伟大的创造力和组织力，而后确切著名地表现出来，为无产阶级文化尽宣扬之力。／这样的文学，方足称为能于如实地表现现实人生而外，更指示人生向美善的将来，这便是文学者的新使命。"

关键词：沈雁冰提出文学要为无产阶级的理想服务

1925 年 9 月 18 日

蒋光赤《我要回到上海去》，9 月 12 日作于北京，载《猛进》周刊第 29 期。

此诗共 8 节，每节 6 行，偶行押韵。谴责帝国主义在上海对中国工人和学生的屠杀，希望国人惊醒起来，与帝国主义斗争，自己解放自己。

诗人 8 月 28 日作于北京的《北京》，载 9 月 11 日出版的《猛进》周刊第 28 期。诗作说，过去听说北京"伟大"得"惊人"，但实际体验，它却是被满"污秽的灰尘"，如"灰黑的地狱"。

关键词：蒋光慈新诗《我要回到上海去》

1925 年 10 月 1 日

洪为法《真的艺术家》，载《洪水》半月刊第 1 卷第 2 期。

"我以为真的艺术家必有他伟大的性格，在不自知之中做成他的伟大；即用以永远立在人类的前面。他有慈祥而又带着悲痛的双眼，注视着群众；他有深沉而又带着怜悯的呼声，指导着群众。他反抗一切的权威，他反抗一切的传习，他能赴汤，他也能蹈火。他只忠于他的良心，因为他知道：良心之所指示，才是世界上最高的道德律；舍此，便无所用其顾忌，无所用其踌躇了。"（第 59~60 页）

"真正的艺术家无不是真正的革命家。"（第 62 页）

关键词：洪为法："真正的艺术家无不是真正的革命家。"

1925 年 10 月 18 日

沈雁冰《关于"烈夫"的》，载《文学周报》第 195 期，第 190～192 页。

译者在正文之前交代：《苏俄的文艺论战》"是一册很有意义的书"。"本文是节译 1923 年 8 月 9 日的第三国际机关报《国际通讯》的'无产阶级艺术'栏内罗皮纳（F. Rubiner）的一篇通信"，是与烈夫派辩论的。

罗皮纳的通信说："烈夫"是 Lewi Front 的缩写，意为"左翼战线"。未来派的艺术家就自称他们是"左翼战线"的艺术家。它的领军人物是鼎鼎大名的玛亚珂夫司基（Majakovsky）。苏俄社会上热心于未来派的，"第一，是青年：无产阶级的，无产阶级化的，半无产阶级的，准无产阶级的，貌似无产阶级的；第二，是红军，艺术界的青年朋友，和漂亮的嘴唇抹得红红的青年妇人；第三，无可无不可，逢会必到的人们；最后，乃是共产党的老党员好党员"。

文后的《译者记》又说：在苏俄，最近，未来派的势头已落，罗那却尔斯基、鲍达诺夫（A. Bogdanov）等人对未来派进行了透彻的批评，"已经把狂热的青年扶入正路"。1924 年 7 月 10 日，第三国际特设一个无产阶级文艺委员会，以 D. Bjedny、E. Iacoste、Lupion、Mtalevsky、Peluso、Raskolnikov、Rodov、Besimensky、Wnlaitis、Lunatcharsky 等人为委员，筹设"文学国际"，先以联合各国之无产阶级作家及革命文学家为国别的组织，然后进一步大联合为文学国际，并成立"无产阶级文学国际"。

关键词："烈夫派" 左翼战线 无产阶级作家及革命文学家 无产阶级艺术 第三国际特设无产阶级文艺委员会："无产阶级文学国际"

1925 年 10 月 31 日

愈之《介绍苏联女作家赛甫里娜》，载《文学周报》第 197 期，第 208～210 页。

文章说，赛甫里娜是苏联蹈蹈女作家，作品不算多，但在革命文坛占重要地位，在新作家之中，算是数一数二的。

十月革命以后，在革命俄国产生的新文学，可以分成两个时期：在第一时期是浪漫英雄主义的文学，在第二时期是革命的写实主义的文学。赛甫里娜属于第二时期的。"当革命初起的几年中，俄国的无产阶级，对外正待杀出一条血路，此时所干的是破坏的工作，所以在文学中，尤其是在初期的诗歌中，所表现出来的，是勇武的，雄壮的，破坏的精神，但是过了这个时期，苏俄内部统一告成，外面的压力也逐渐缓和，工人，农夫与智识阶级齐心一致以从事于新的建设，于是才有所谓革命的写实主义文学，以代替初期的革命文学，赛甫里娜便是就中重要的一员。革命的写实派专事描写革命俄国的劳动阶级的生活。这一派的目的在于指示'新'的产生，——说的更确切些，就是从过去时代的瓦砾中从新长出新的萌芽来。"

"在革命的写实派的作品中，自然是不会有美丽的辞藻的了。和一切的写实派的作品一样，赛甫里娜的小说也只是把现实生活，平淡无奇的描写出来，既不加渲染，又不加点缀，更绝对不加人工的修饰，只是老老实实地写出生活的本来面目而已。不过现代俄国的革命的写实主义，和 19 世纪的写实主义，有一个极大的差别，从前的写实主义作家，把生活看作机械的，无目的的，结果不免陷于悲观和颓丧。但革命的写实主义却并不是悲观的，消极的。他们虽也把生活看作是唯物的，但他们却悬着一个最后的目标，他们对于未来的人间乐园具有非常坚定的信仰。在患难中存着希望，在泪颜中露出笑容，革命以后俄国无产阶级的一般心理都是如此。"（第 208 页）赛甫里娜作品不多，不过才 10 篇左右。"她的文章非常简单，词句都很短，却饶有风趣，她所最擅长的本领是描写时代的特质和生活的类型。她真不愧为苏联最大的写实小说家。她的笔下，虽写着粗野残酷的生活，却到处都流露出一种诗的美与生活的美，使人往前走，虽然走的很慢，而且前途又多荆棘，却总是一刻不停的往前走。"（第 209 页）

文中介绍了赛氏的作品 *Humo*。

胡愈之在文后附白：此篇大半采自 G. Demiduk 所作的论文，原文为世界语。

关键词：苏联女作家谢芙林娜　革命文坛　革命的写实主义的文学　"革命的写实派专事描写革命俄国的劳动阶级的生活"　革命的写实主义对未来有坚定的信仰

蒋光慈《少年飘泊者》《鸭绿江上》

1926 年 1 月

蒋光赤《少年飘泊者》，中篇小说，上海亚东图书馆，初版。

写于 1925 年 11 月 1 日上海的自序说：

"在现在唯美派小说盛行的文学界中，我知道我这一本东西，是不会博得人们喝彩的，人们方群沉醉于什么花呀，月呀，好哥哥，甜妹妹的软香巢中，我忽然跳出来做粗暴的叫喊，似觉有点太不识趣了。

"不过读者切莫误会我是一个完全的粗暴的人！我爱美的心，或者也许比别人更甚一点；我也爱幻游于美的国度里。但是，现在我所耳闻目见的，都不能令我起美的快感，更哪能令我发美的歌声呢？朋友们！我也实在没有法子啊！"

这部小说的主人公汪中代表了"五四"一部分青年所走过的道路。他从农村走到城市，由学生而学徒、茶房、纱厂工人，又在"二七"大罢工时被捕、坐牢，出狱后到上海，找到了革命。

小说影响了一代人走上革命道路。

关键词："粗暴的叫喊"　影响一代人走上革命道路的《少年飘泊者》

托洛茨基《文学与革命》

1926 年 3 月 14 日、21 日、4 月 4 日

〔俄国〕脱洛斯基著、仲云译《论无产阶级的文化与艺术》，载《文学周报》第 216 期（第 374～377 页）、217 期（第 382～386 页）、219 期（第 398～400 页）连载。

小标题是：（一）何谓无产阶级的文化？此种文化能有其存在的可能否？（二）资产阶级与无产阶级的文化的进路。（三）无产阶级专政与文化之关系。（四）何谓无产阶级的科学？（五）劳动诗人与劳动阶级。（六）铁工派的宣言。（七）世界主义。（八）台米安·培特尼。

所谓托氏的"无产阶级文学否定论"即包含在下面的一段话里面：

"惟历来一种新文化的形成，常以支配阶级为中心，由历史而观，且非有悠久的岁月不可。至其完全成就，则恰在那支配阶级的政治势力日趋衰颓的前期。"（第 374 页）

"在社会革命的时期中，全是阶级的血战，一切只求破坏，殊鲜新建设之余裕。质言之，无产阶级的精力，几全用在势力的获得，保住，增大，使之得适于生存的必需及将来的战斗。但在此革命期间，无产阶级必能尽量发现其阶级的特性，而有计划的文化建设的完成，亦必在此短促的时期中。同时

在他方面，新支配者的地位既经巩固，无政治及军事的恐惧，且于文化的创造情况亦渐顺利，于是所谓无产阶级者逐渐散为社会主义的民众，失其独特的阶级性，而所谓无产阶级乃消灭。因此，在此独裁执政期间，其新文化的创造，必能即就最大的历史范畴而建设，这是确然无可疑。其后，此在历史上无可比并的独裁执政又趋倒坏，于是文化再开始建设，那时阶级的特性必将消失。这粗看起来，一般人或以为无产阶级的文化不仅现今无存在的可能，如此恐永远将无其存在，然实则决不如此。原来无产阶级之谋获得势力，意在从此永远铲除阶级的文化，而为人类的文化导其先路。"（第 374 页）

综合托洛茨基的意思是：一种文学的形成或说建设，需要很长的历史时期，要有充分的积累。无产阶级在夺取政权的时候，精力集中在夺取政权，"其余一切都被弃在后面，其有妨进行的则践踏蹂躏无稍吝惜"，（第 376 页）哪顾得上文学建设；待到取得政权，实行无产阶级专政的时候，这又是一个比较短暂的时期，比方说，20 年、30 年，最多 50 年，构不成一个完整的历史时代，尤其不可能有无产阶级文学的历史阶段；其后，随着社会主义建设的发展，阶级也会随之逐渐消灭，其时的文学将是建设全人类共同的文学，不是一阶级的文学。

关键词：托洛茨基　无产阶级文化与艺术　无产阶级革命与无产阶级专政　无产阶级诗人　劳动诗人　台米安·培特尼（杰米扬·别德内）　所谓"无产阶级文学否定论"

1926 年 3 月 25 日、5 月 25 日

蒋光赤《并非闲话》（政治性杂文），载《新青年》季刊第 3 号，第 96～101 页，第 4 号，第 97～104 页。

文中小标题是：（一）先从反共产说起——反共产与吊膀子：文章指名道姓的人物是章士钊、曾琦；其党派是保皇党、无政府党、军阀、资本家、帝国主义者、国家主义者、文明绅士；所办反共刊物是：《革命导报》《醒狮周报》《国魂》《国光》《独立评论》《独立青年》等。（二）谁个主张在现在中国就共起产来？（三）过去的人：指胡适之。（四）诗哲，新中国与打倒帝国主义。诗哲指徐志摩。（五）马克思逃出文庙：所讽刺的是孔夫子、康有为康圣人、军阀张宗昌吴佩孚、三家村冬烘先生张静斋、国家主义者、背着孙中山铜像的戴季陶。

关键词：蒋光慈政治性杂文《并非闲话》　讽刺社会上的杂色人物　解剖他们的奇谈怪论

1926 年 4 月 16 日

郭沫若新诗《瓶》，载《创造月刊》第 1 卷第 2 期，第 7～49 页。

郁达夫在 3 月 10 日写的附记中说：

"我们看过他的文艺论集序文的人，大概都该知道，沫若近来的思想剧变了。这抒情诗 42 首，还是去年的作品。他本来不愿意发表，是我硬把它拿来发表的。我想诗人的社会化也不要紧，不一定要诗里有手枪炸弹，连写几百个革命革命的字样，才能配得上称真正的革命诗。把你真正的感情，无掩饰地吐露出来，把你的同火山似的热情喷发出来，使读你的诗的人，也一样的可以和你悲啼喜笑，才是诗人的天职。革命事业的勃发，也贵在有这一点热情。这一点热情的培养，要赖柔美圣洁的女性的爱。推而广之可以烧落专制帝王的宫殿，可以捣毁白斯底儿的囚狱。南欧的丹农雪奥，作纯粹抒情诗时，是象牙塔里的梦者，挺身入世，可以作飞艇上的战士。中古有一位但丁，追放在外，不妨对故国的专制，施以热烈的攻击，然而作抒情诗时，正应该望理想中的皮阿曲利斯而遥拜。我说沫若，你可以不必自羞你的思想的矛盾，诗人本来是有两重人格的。况且这过去的感情的痕迹，把它们再现出来，也未便不可以做一个纪念。"（第 49～50 页）

《创造月刊》在这段文字之后的空白地方，有一段摘自郭沫若《文艺论集》的话，作为补白：

"文艺本是苦闷的象征，无论他是反射的或创造的，都是血与泪的文学。不必在纸面上定要有红的字眼才算是血，不必在纸面上定要有三水旁边一个戾字才算是泪。个人的苦闷，社会的苦闷，全人类的苦闷，都是血泪的源泉，三者可以说是一根直线的三个分段，由个人的苦闷可以反射出社会的苦闷来，可以反射出全人类的苦闷来，不必定要精赤裸裸地描写社会的文字，然后才能算是满纸的血泪。无论表现个人也好，描写社会也好，替全人类代白也好，主要的眼目，总要在苦闷的重围中，由灵魂深处流写出来的悲哀，然后才能震撼读者的灵魂。"（第 50 页）

关键词：郭沫若抒情诗《瓶》 文艺是苦闷的象征 由灵魂深处流写出来的悲哀才能震撼读者的灵魂 真正的革命诗不一定要诗里有手枪炸弹、连写几百个革命革命的字样

1926 年 4 月 16 日

蒋光赤小说《鸭绿江上》，1926 年 1 月 14 日完稿，载《创造月刊》第 1

卷第 2 期，第 51 ~ 70 页。

小说讲的是在苏联莫斯科读大学的几个亚洲学生围着火炉讲自己的恋爱故事。本篇就是高丽学生李孟汉讲他和云姑的恋爱故事。"祖国的沦亡，同胞的受苦，爱人的屈死"（第 55 页），使他悲苦。李孟汉和云姑，都是高丽贵族的后裔。他们从小生活在一起，一起玩耍，一起读书，青梅竹马，两小无猜，相亲相爱。及长，一个高丽人杀了日本占领者的警官，李孟汉的父亲被枪毙，母亲投海自杀，他只得寄食云姑家。彼时，云姑像母亲一样安慰他，保护他，体贴他。到了李孟汉 16 岁的时候，云姑的父亲担心日本人要杀他，于是送他背井离乡，辗转流亡到俄国。最后才知道，云姑是高丽社会主义青年同盟妇女部的书记，因参加工人集会被捕，后屈死在监狱里。

小说以抒情的笔调写革命的故事，凄婉动人。

关键词：蒋光慈《鸭绿江上》 高丽青年李孟汉和云姑的革命与恋爱的故事 强烈的反帝主题

1926 年 4 月 16 日

蒋光赤《在黑夜里——致刘华同志之灵》，1925 年 12 月 21 日作，载《洪水》第 2 卷第 15 期。

刘华是上海工人运动的领袖，"一个英武的少年"，"伟大的战士"。他具有"领袖的天才，指挥的能力"，是"光明的柱石"，"勇敢的领袖"。"你领着数万被压迫者寻找解放的路，／努力为自由，人权，正义而奋斗"，却被统治者秘密杀害。"但你的名字在人类解放的纪念碑上，／将永远地，光荣地，放射异彩而不朽。"

《血祭》《血花的爆裂》都是为"五卅"惨案而作。

写于"五卅"流血周年纪念日的《血祭》有这样两节：

> 说什么和平正义，说什么爱国要守秩序，
> 等我们都被杀完了，还有向刽子手讲理的机会？
> 可怜的弱者呵，受人污辱践踏的群众呵，
> 醒醒罢！须知公理对于弱者是永远没有的！
>
> 顶好敌人以机关枪打来，我们也以机关枪打去！
> 我们的自由，解放，正义，在与敌人斗争里。
> 倘若我们还讲什么和平，守什么秩序，

可怜的弱者呵，我们将永远地——永远地做奴隶！

《血花的爆裂》（1926年6月2日作，载6月5日《光明》半月刊第1期）以同一的调子唱道："强暴未铲除时那里有什么世界和平？／弱者未昂时那里有什么人道良心？／自身未强固时向人家说什么博爱平等？"

关键词：蒋光慈　歌颂工人运动领袖的诗篇　纪念五卅运动

1926年4月16日

蒋光赤《死去了的情绪》，载《创造月刊》第1卷第2期，系长篇论文《十月革命与俄罗斯文学》的第1节，后收入《俄罗斯文学》。

蒋光慈说："……事实上，诗人总脱不了环境的影响，而革命这件东西能给文学，或宽泛地说艺术，发展的生命；倘若你是诗人，你欢迎它，你的力量就要富足些，你的诗的源泉就要活动而流波些，你的创作就要有生气些；否则，无论你是如何夸张自己呵，你终要被革命的浪潮湮没，要失去一切创作的活力。"（第24~25页）

"依附旧势力的诗人永远开辟不出创作的源泉。"（第25页）

"十月革命将旧的，资产阶级的俄罗斯送到历史博物馆去，因之它的心灵也就没有再重新波动的希望。一切眷恋旧俄罗斯的情绪，回忆过去的哀思，恢复已失去的幻想，一切，一切……都是无希望的，不合时代的，因之它们的代表者，旧俄罗斯的诗人，无论如何，没有再生的可能，没有再为群众所注意的机会。也许他们现在还在提笔从事著作，但是在实际上，他们的感觉，情绪，心灵，已经死去了。"（第27页）

十月革命"将一切纯洁的（？），以艺术为神圣的，天才的诗人都送到俄国的境外去，去过侨居的生活"。"我们与其说革命将他们驱逐，不如说他们将革命的祖国抛弃——革命后的俄国不是他们的祖国了"。（第23页）

蒋光慈将十月革命后的俄国作家分为几类：

布林、米里慈可夫斯基、巴尔芒德、黑普斯（米氏夫人）跑到国外，是"死去了的人们了"。（第36页）

梭罗古布、谷慈敏、茶妙经，人没有跑，但心灵跑了。蒋称他们为"内侨"。

梭罗古布、谷慈敏、罗善诺夫、白列松，是"反革命的文学家"。（第32页）

阿黑马托瓦、慈维大也瓦、司喀普斯加牙、黑普斯，是心中只有上帝的作家。

安得来白内宜"公开向俄罗斯诉苦":"他的创造力没有了","他没有再生的希望了"。(第 34 页)

布洛克、布留梭夫"从旧跑到新"。(第 35 页)

只有 A. 托尔斯泰"总还没有死去。这大约也因为他没有把自己送到反革命反现代的路上罢"。(第 36 页)

"我们要知道艺术并不是个人的产物,艺术家一定有自己的社会的背景,他并不是高立云霄,与其他人们没有关系的。每一社会的阶级有自己的心灵,每一艺术家必生活于某一阶级的环境里,受此阶级的利益的熏染陶溶,为此阶级的心灵所同化。因之,艺术家的作品免不了带阶级的色彩,我们是不能说某一艺术家是某一阶级的代表,但只可说某一艺术家是某一阶级的同情者。"(第 29 页)

"旧俄罗斯的诗人随着旧俄罗斯的制度下了舞台,十月革命后,人们在俄罗斯的文坛上再也找不到他们的威严了。无论内侨的文学家也罢,外侨的文学家也罢,或销声匿迹地不说话,或为无力的呻吟,一点儿好的东西也没写出来。简直可以说算完了。他们都死去了罢?……他们的灵魂已经没有了。我已经说过,革命这件东西,倘若你欢迎它,你就有创作的活力,否则,你是一定要被它抛送到坟墓中去的。在现在的时代,有什么东西能比革命还活泼些,光彩些?有什么东西能比革命还有趣些,还罗曼啼克些?"

革命的作家是幸福的。"革命给与他们多少材料!革命给与他们多少罗曼啼克!他们有对象描写,有兴趣创造,有机会想像,所以他们在继续地生长着。"(第 36 页)

关键词:一切眷恋旧俄罗斯的情绪都已经死了 十月革命后俄罗斯作家的分类 诗人脱离不了环境的影响,革命能给文学艺术以生命 艺术家的作品免不了带阶级的色彩 不能说某一艺术家就是某一阶级的代表,但可说它是某一阶级的同情者 在现时代,没有什么东西能比革命更活泼、更光彩,没有什么能比革命还有趣、还浪漫谛克 将旧作家一笔抹杀,说高尔基"已经老了,现在已经不是他的时代了",到 1928 年仍是这种观点

郭沫若自称从 1924 年起就已经成了一个马克思主义者
《革命与文学》：我们现在所要求的文学"是表同情于
无产阶级的社会主义的写实主义的文学"

1926 年 4 月 16 日

郭沫若《孤鸿——给芳坞的一封信》，载《创造月刊》第 1 卷第 2 期。第 127～139 页。芳坞即成仿吾，这封长信 1924 年 8 月 9 日写于日本。

1924 年郭沫若翻译了日本河上肇的书《社会组织与社会革命》。他认为他翻译了这本书，自己就成了一个马克思主义者了。他说："我现在成了个彻底的马克斯主义的信徒了！""我把我从前深带个人主义色彩的想念全盘改变了。""我从前只是茫然地对于个人资本主义怀着憎恨，对于社会革命怀着信心，如今更得到理性的背光，而不是一味的感情作用了。这书的译出在我一生中形成了一个转换时期，把我从半眠状态里唤醒了的是它，把我从歧路的彷徨里引出了的是它，把我从死的暗影里救出了的是它，我对于作者非常感谢，我对于马克思、列宁非常感谢。"（第 129～130 页）

由是，自称是"彻底的马克思主义的信徒"了的郭沫若，其文艺观就有了变化。他说："我现在对于文艺的见解也全盘变了。我觉得一切伎俩上的主义都不能成为问题，所可成为问题的只是昨日的文艺，今日的文艺，和明日的文艺。昨日的文艺是不自觉的得占生活的优先权的贵族们的消闲圣品，如像太戈尔的诗，杜尔斯泰的小说，不怕他们就在讲仁说爱，我觉得他们只好像在布施饿鬼。今日的文艺，是我们现在走在革命途上的文艺，是我们被压迫者的呼号，是生命穷促的喊叫，是斗士的咒文，是革命豫期的欢喜。这今日的文艺便是革命的文艺，我认为是过渡的现象，但是，是不能避免的现象。明日的文艺又是甚么呢？……（成仿吾说是）超时代性和局部性的文艺。但这要在社会主义实现后，才能实现呢。在社会主义实现后的那时，文艺上的伟大的天才们得遂其自由完全的发展，那时的社会一切阶级都没有，一切生活的烦苦除去自然的、生理的之外都没有了，那时人才能还其本来，文艺才能以纯真的人性为其对象，这才有真正的纯文艺出现。在现在而谈纯文艺是只有在年青人的春梦里，有钱人的饱暖里，吗啡中毒者的迷魂阵里，酒精中毒者的酩酊里，饿得快要断气者的幻觉（Hallucination）里了！芳坞哟，我们是革命途上的人，我们的文艺只能是革命的文艺。我对于今日的文艺，只在它能够促进社会革命之实现上承认它有存在的可能。而今日的文艺也只能在社会革命之促进上才配受得文艺的称号，不然那是酒肉余腥，麻醉剂的香味，算得甚么！算得甚么呢？真实的生活只有这一条路，文艺是生活的反映，应该是只有这一种是真实的。芳坞哟，这是我最坚确的见解，我得到这个见解之后把文艺看得很透明，也恢复了对于它的信仰了。现在是宣传的时期，文艺是宣传的利器，我彷徨不定的趋向，于今固定了。"（第 138～139 页）

关键词：翻译了河上肇的书，就成为彻底的马克思主义的信徒了　今日的文艺"是走在革命途上的文艺"，是革命的文艺，是一种过渡的现象　明日的文艺，即无阶级社会里的文艺，是以"纯真的人性"为对象的"纯文艺"　文艺是宣传的利器

1926 年 4 月 24 日

（刘）一声诗歌《奴隶们的誓言》《革命进行曲》两首，载《中国青年》① 周刊第 119 期，第 518～521 页。

《奴隶们的誓言》第一节明白晓畅："我们辛苦耕田，／食不饱一顿淡饭；／我们辛苦织布，／穿不够一件破衫；／我们筑起广厦高楼，／住的却是不禁风雨的大杂院！"

关键词：劳动者享受不到自己创造的劳动成果

1926 年 5 月 1 日

郭沫若《文艺家的觉悟》，载《洪水》半月刊第 2 卷第 16 期。

单就文艺而论，"一个时代便有一个时代的文艺，一个环境便有一个环境的文艺"。（第 67 页）

"文艺每每成为革命的前驱，而每个革命时代的革命思潮多半是由于文艺家或者于文艺有素养的人滥觞出来的。"（第 69 页）欧洲法国等国的革命就是例子。"更如像 1917 年俄国革命的大头列宁与突罗次克，他们对于文艺的造诣比我们中国任何大学的文科教授，任何思想界的权威者还要深刻。"（第 70 页）

"我在这儿可以斩钉截铁地说一句话：我们现在所需要的文艺是站在第四阶级说话的文艺，这种文艺在形式上是写实主义的，在内容上是社会主义的。

---

① 刊物发行通信处：广东广州财政厅前国光书店，北京大学第一院号房转金重。定价"每份 3 分"。

除此以外的文艺都已经是过去的了。包含帝王思想宗教思想的古典主义，主张个人主义自由主义的浪漫主义，都已过去了。"（第74页）在本文的结尾，作者再次重复了这一句话。（第76～77页）

"我们现在从事于文艺的人，怕没有一个可以说是纯粹的无产阶级的。纯粹的无产阶级的文艺家，中国还没有诞生。"（第75页）

关键词：

（一）一个时代有一个时代的文艺，一个环境有一个环境的文艺

（二）文艺是革命的前驱　每个时代的革命思潮是由文艺家滥觞出来的

（三）我们现在所需要的文艺是站在第四阶级说话的文艺。这种文艺在形式上是写实主义的，在内容上是社会主义的。古典主义和浪漫主义都已过时

（四）中国现在从事文艺的人，还没有一个是纯粹的无产阶级

1926年5月16日

郭沫若《革命与文学》，载《创造月刊》第1卷第3期。

本文所要探讨的是：我们所从事的文学对于时代有何种关系？时代对于我们有何种要求？我们对于时代当取何种态度？一句话：讨论革命和文学的关系。

"文学和革命根本上不能两立"，"文学是革命的前驱"。（第84页）

"我们可以知道，每逢革命的时期，在一个社会里面，至少是有两个阶级的对立。有两个阶级对立在这儿，一个要维持它素来的势力，一个要推翻它。在这样的时候，一个阶级当然有一个阶级的代言人。看你是站在哪一个阶级说话。你假如是站在压迫阶级的，你当然会反对革命；你假如是站在被压迫阶级的，你当然会赞成革命。你是反对革命的人，那你做出来的文学或者你所欣赏的文学，自然是反革命的文学，是替压迫阶级说话的文学；这样的文学当然和革命不两立，当然也要被革命家轻视和否认的。你假如是赞成革命的人，那你做出来的文学或者你所欣赏的文学，自然是革命的文学，是替被压迫阶级说话的文学；这样的文学自然会成为革命的前驱，自然会在革命时期中产生出一个黄金时代了。

"这样一来，我们可以知道文学的这个公名中包含着两个范畴：一个是革命的文学，一个是反革命的文学。"（第86页）

"文学是社会上的一种产物，它的生存不能违背社会的基本而生存，它的发展也不能违背社会的进化而发展，所以我们可以说一句，凡是合乎社会的基本的文学方能有存在的价值，而合乎社会进化的文学方能为活的文学，进

步的文学。"（第87页）

"文学是永远革命的，真正的文学只有革命文学的一种。所以真正的文学永远是革命的前驱，而革命时期中总会有一个文学的黄金时代出现。"（第89页）

"文学家并不是能够转移社会的天生的异材，文学家只是神经过敏的一种特殊的人物罢了。""文学的本质是始于感情终于感情的。文学家把自己的感情表现出来，而他的目的——不管是有意识的或无意识的——总是在读者心中引起同样的感情作用的。那吗（么）作家的感情愈强烈愈普遍，而作品的效果也就愈强烈愈普遍。"（第91页）

"欧洲今日的新兴文艺，在精神上是彻底表同情于无产阶级的社会主义的文艺，在形式上是彻底反对浪漫主义的写实主义的文艺。这种文艺，在我们现代要算是最新最进步的革命文学了。"（第95页）我们今天所要求的革命文学在形式和内容上是明确的："凡是表同情于无产阶级而且同时是反抗浪漫主义的便是革命文学。革命文学倒不一定要描写革命，赞扬革命，或仅仅在文面上多用些炸弹，手枪，干干干等花样。无产阶级的理想要望革命文学家点醒出来，无产阶级的苦闷要望革命文学家实写出来。要这样才是我们现在所要求的真正的革命文学。"（第96页）

郭沫若在文章的结尾大声疾呼："青年！青年！我们现在处的环境是这样，处的时代是这样，你们不为文学家则已，你们既要矢志为文学家，那你们赶快要把神经的弦索扣紧起来，赶快把时代的精神提着。我希望你们成为一个革命的文学家，不希望你们成为时代的落伍者，这也并不是在替你们打算，这是在替我们全体的民众打算，彻底的个人的目的，在现代的制度之下也是求不到的，你们不要以为多饮得两杯酒便是甚么浪漫的精神，多诌得几句歪诗便是甚么天才的作者，你们要把自己的生活坚实起来，你们要把文艺的主潮认定！你们应该到兵间去，民间去，工厂间去，革命的漩涡中去，你们要晓得我们所要求的文学是表同情于无产阶级的社会主义的写实主义的文学，我们的要求已经和世界的要求是一致，我们昭告着我们，我们努力着向前猛进！"（第98~99页）

关键词：文学是革命的前驱　文学的本质是始于感情终于感情的　我们现在所要求的文学"是表同情于无产阶级的社会主义的写实主义的文学"，即：在精神上，是表同情于无产阶级的社会主义的，在形式上是反对浪漫主义的写实主义的。　号召青年文学家到兵间去、民间去、工厂间去、革命的漩涡中去，坚实自己的生活，把文艺的主潮认定

1926 年 5 月 16 日

蒋光赤《革命与罗曼谛克——布洛克》，载《创造月刊》第 1 卷第 3 期，系长篇论文《十月革命与俄罗斯文学》之第二节。

布洛克是"这一世纪历史的转变中之最后的，伟大的，悲剧的表现者。布洛克是罗曼谛克，他的罗曼主义完全是历史震变的预觉，是一切幻想的不坚固之承认"。（刊第 2 页）"布洛克本是爱幻想的罗曼谛克，本是爱神秘的诗人"。"布洛克以为仅在革命的浪潮中，能寻找出诗人所要求的，伟大的，有趣的，神圣的一切"。（刊第 3 页）

是什么东西把布洛克与革命连在一起了呢？

蒋光慈说："革命就是艺术，真正的诗人不能不感觉自己与革命具有共同点。诗人——罗曼谛克更要比其他诗人能领略革命些！

"罗曼谛克的心灵常常要求寻出地上生活的范围以外，要求与全宇宙合而为一。革命越激烈些，它的腕抱越无边际些，则它越能捉住诗人的心灵，因为诗人的心灵所要求的，是伟大的，有趣的，具有罗曼性的东西。俄国的革命与布洛克似觉相遇在无涯际的勇敢上面。革命是行动，布洛克是幻想，革命所趋向的正合于布洛克所要求的。革命在一瞬间把布洛克弄得再生了：在革命前不久，布洛克还悲哀地呻吟：'生活轰扰过一下，就消灭了'；他又肯定地说道：'一切将来还是如此，出路是没有的。'但是现在呵，布洛克呼喊着说：'生活是美妙的！'他在革命中看见了电光雪浪，他爱革命永远地送来意外的，新的事物；他爱革命的钟声永远为着伟大的东西震响。"（刊第 4 页）试问：有什么东西能比革命再美妙些呢？

"布洛克比革命还要急进些。革命时常要走了曲线路，但是布洛克不愿有任何的调和。在最恐怖的时日，革命有时在自己的血路上还震动颠簸一下，然而布洛克硬挺着胸膛，丝毫不惧血肉的奔流和宝物的破坏。他不但自己把革命完全领受了，而且号召别人领受革命的一切，勿要为革命所带来的牺牲，恐怖，危险，所震惊。"（刊第 5 页）

"革命是最伟大的罗曼谛克。革命为着要达到远的，伟大的，全部的目的，对于小的部分，的确不免要抱着冷静的严酷的态度。"（刊第 5 页）

"在《十二个》一诗中，布洛克完全表示出自己对于革命的态度，也就因此，布洛克插进了新俄罗斯的文学界，并且《十二个》的意义和价值，将随着革命以永存。《十二个》是革命的证书，是最近一百年来，罗曼谛克的心灵世界之转变，是布洛克所以能成为伟大的诗人——俄国劳农群众所崇拜的诗人之枢纽，布洛克是真正的罗曼谛克，惟真正的罗曼谛克才能捉得住革命的心灵，才能在革命中寻出美妙的诗意，才能在革命中看出有希望的将来。……布洛克以为十二个兵士是引导被压迫的人类到正义之路的天使。"（刊第 6 页）

革命进行时期的轰轰烈烈是诗，革命后的平凡琐碎的和平建设是散文。"革命是人类历史的道上的胜利日，也是悲剧日，是一篇史诗；进化是和平的时日，是无风浪的散文。""要做一个革命的诗人是不容易！不但要表同情于革命，不但要在革命的怒潮中，革命的胜利中，寻出有趣的东西，听出欢畅的音乐；而并且也要领受它临时的策略，它的临时的失败，所谓以退为进的形式；而并且也要忍耐地拿住它的理性，持住它的计划，随着它为和平的进化，但是布洛克却没有能做到这一层，害了所谓'共产主义左派的幼稚病'。""破坏是革命的手段，建设是革命的目的，欲达到目的，那就不得不要理性来支配了。新世界的建设一定要从很小的事物做起，而不会在空中发现。但是我们的诗人，我们的罗曼谛克，却没有这种耐性，所以他痛苦。""在心灵上，在理想上，布洛克完全与革命是一致的，但是他没有明白，并且不会估量革命后所谓从小事做起的价值。革命后一些建设的琐事，我们的罗曼谛克没有习惯来注意它们，而自己还是继续地梦想着美妙的革命的心灵，还是继续地听那已隐藏下去的音乐，还是继续地要看那高涨的浪潮。"（刊第 7~8 页）于是革命不能与布洛克同走一条道了。

布洛克认为，革命本身就是美好的、美妙的，充满罗曼谛克的。因此，追求革命、参加革命，跟他这个诗人的理想不但不冲突，反而是一致的，和谐的。

布洛克是真正的罗曼谛克。

关键词：罗曼谛克——革命罗曼谛克——布洛克是罗曼谛克　布洛克以为在革命浪潮中能找到诗人所要求的伟大的、有趣的、神圣的一切　布洛克比革命还要急进些：革命进行时期的轰轰烈烈是诗，革命后的平凡琐碎的和平建设是散文　《十二个》完全表现了布洛克对革命的态度　布洛克害了共产主义左派幼稚病

1926 年 5 月 16 日

何畏《个人主义艺术的灭亡》，载《创造月刊》第 1 卷第 3 期，第 12~15 页。

文章以否定的口吻说："艺术是个性的艺术""艺术是个人的产物""艺

术是自我的创造"，艺术甚至变成了"艺术的艺术""艺术家自己的艺术"，除了该艺术的艺术家自己以外没有人能理解的艺术了。在世界范围以内，什么象征主义、表现主义、未来主义、大打主义（Dadaism）、立体派、构成派、分析派、观念画派，艺术是"创造的苦闷"，"个性的表现，自我的创造"，等等，这些"异流异派都是极端个人主义的表现"（第 13 页），是"个人主义没落的征（证?）据"（第 15 页）。

本书作者言：随着无产阶级革命文学的提倡，何畏这种观点是必然会出现的，但又是非常错误的观点。否定了艺术思潮、流派、样式、风格的多样性，无产阶级革命文学的单一也就不会有生命力。艺术审美世界任何时候都是多元的，只有杂存、共生、互见，才是正常的，鲜活的。

关键词：象征主义等是没有人能够理解的异流异派的极端个人主义的艺术

1926 年 5 月 22 日

饶荣春诗歌《使命》，载《中国青年》周刊第 120 期，第 544～545 页。

诗中有这样的诗句："世界的红光，／将由莫斯科飞越东亚，／将由东亚飞渡过太平洋，／被压迫的人民也将由红光中崛起，／欢呼胜利而高唱。"（第 545 页）

关键词：莫斯科的红光正飞跃世界

1926 年 5 月 30 日

刘一声《五卅周年纪念放歌》（诗歌）、光赤《疯儿》（小说），同载《中国青年》周刊第 121 期（五月特刊号），第 585～605 页。

两篇诗文都以 1925 年"五卅"惨案为题材。《五卅周年纪念放歌》记录了"五卅"当天示威学生所喊的口号：

试看学生们奔走如流电！
试看那传单纷飞如雪片！
试看这赤日炎炎五月天，
万千的听众们振臂狂喊！
"取消不平等条约！""收回海关！"
"收回租界！""取消领事裁判权！"
"取消印刷附律！""取消码头捐！"

"为中华民族雪耻！""为被杀同胞伸冤！"（第 587～588 页）

关于《疯儿》，刊物的《编辑以后》说：

"《疯儿》的作者拿稿子来的时候，曾申明这是一篇未完成之稿，自己亦'殊不满意'，然而我们究竟采用了。我们对于文艺的意见，以为只要是真能表现现代被压迫者的人生，只要是从实际生活中喊出来的被压迫者的痛苦与欲求，那便好了；我们不看重形式上的美，老实说，我们真有点恶嫌'志摩式'的'美丽'！《中国青年》登载的文艺尽管有许多是为'文学名家'所'齿冷'的，然而我们昨天是这样，今天是这样，明天还是这样。"（第 606页）

关键词：要求文艺作品从实际生活中喊出被压迫者的痛苦与欲求，可以不看重形式上的美

1926 年 6 月 1 日

冯乃超诗《死的摇篮曲》、王独清诗《玫瑰花》、剧《杨贵妃之死》，同载《创造月刊》第 1 卷第 4 期。

1926 年 6 月 1 日

蒋光赤《十月革命与俄罗斯文学》之第 3 节《节木央·白德内宜》，载《创造月刊》第 1 卷第 4 期，第 1～10 页。

节木央·白德内宜，现通译为别德内。

文章认为，节木央·白德内宜是十月革命后所涌出的诗人，"他在俄国革命文学史上将要占领一把交椅，他对于群众的影响非常之大"，他是一个"为群众所爱戴的诗人"。大半的批评家不承认白德内宜的诗是文学作品。"这大约因为白德内宜的作品所用的语言都是合乎民众的俗语的，他的作品的对象不外乎律师，农民，兵士，地主，革命，日常生活等等。在他的诗内，我们找不出香艳的百合花，玲珑的夜莺声，男女间美丽的蜜梦，细腻的玉手，柔软的沙发，微细的情绪，海边林下的幻想，一切真正的诗料……""任你一些批评家怎么样忽视他，怎么样说白德内宜不是文学的天才，然而俄国的工人，农人，兵士还是继续地崇敬他，把白德内宜算为自己的诗人！白德内宜虽然在批评家的眼光中不是诗人，然而在劳动群众的眼光中却是唯一的诗人，唯一的为他们所需要的诗人！"（刊第 1～2 页）

白德内宜"把自己的诗做为红军的大炮，做为攻打田尼庚，哥恰克一切

反革命的工具。脱洛斯基用自己的命令和计划引导红军保障革命，攻打敌人，而白德内宜用自己的诗歌鼓动红军，与脱洛斯基做了同样的事业。没有一个红军的士兵不爱读白德内宜所做的诗"。"他从未想过将自己的诗做为人们消闲的安慰品，做为酒后茶余的资料。他提笔做诗，也就如同农夫拿起锹来挖地，铁匠拿起锤来打铁一样，具有一个实际的目的的，绝不是如一般诗人为无病的呻吟。"

"在国内战争的前线上，脱洛斯基的策划当然是于红军的胜利有很大的关系，然而白德内宜的诗，在红军胜利的历史上，无论如何要占一个相当的位置的。"（刊第 4 页）"我们能在他的诗中寻出民众的喜怒哀乐来。……他是民众的战士，他的诗是为着民众做的，民众的喜怒哀乐是他的诗料。他能代表民众的利益，心理，能鼓动民众战斗的情绪，在实际上的确是一个伟大的诗人。"（刊第 5 页）

"白德内宜是看守民众的门隅的警犬！"（刊第 6 页）

"他的诗，他的笔，却比任何一尊过山大炮还厉害些。脱洛斯基在自己的命令上称白德内宜为射击劳动的敌人的好枪手"。"他的诗的确是民众的兴奋剂。"（刊第 7 页）"白德内宜的诗简直如红军手中的枪，工人手中的机器，农人的锄头……一样，为建设新社会的工具。"（刊第 9 页）

"白德内宜本身就是俄国革命史，我们在他的著作中，可以看出无数的农民，工人，兵士在革命过程中的情绪，——群众的喜怒哀乐，我们只有在他的诗中可以感觉到，可以寻得出来，十月革命固然涌现出来许多天才的诗人，但是唯有——白德内宜一个人能够将民众的情绪表现得真切，包括得不遗。"（刊第 9 页）

关键词：别德内是十月革命后所涌出的诗人　他在工人、农民、兵士等劳动群众眼中是唯一的诗人　他把自己的诗作为红军的大炮　别德内是为民众看门的警犬

1926 年 6 月 1 日

成仿吾《革命文学与他的永远性》，载《创造月刊》第 1 卷第 4 期。

本文开宗名义第一句就说："文学的内容必然地是人性（human nature）。"（第 137 页）

文学可以分为一般的与革命的两类。"革命文学不因为有革命二字便必要革命这种现象为题材，要紧的是所传的感情是不是革命的。一个作品纵然由革命这种事实取材，但他仍可以不是革命的，更可以不成文学。反之，纵然

他的材料不曾由革命取来，不怕他就是一件琐碎的小事，只要他所传的感情是革命的，能在人类的死寂的心里，吹起对于革命的信仰与热情，这种作品便不能不说是革命的。"（第138～139页）

由此，作者得出两个公式：

（真挚的人性）＋（审美的形式）＝（永远的文学）

（真挚的人性）＋（审美的形式）＋（热情）＝（永远的革命文学）

"归究起来，如果文学作品要是革命的，它的作者必须是具有革命的热情的人，如果要是永远的革命文学，它的作者还须彻底透入而追踪到永远的真挚的人性。但是永远的人性，如真理爱，正义爱，邻人爱等，又可以统一于生之热爱。我们须热爱人生。而我们维持自我意识的时候，我们还须维持团体意识；我们维持个人感情的时候，我们还须维持团体感情。要这样才能产生革命文学而有永远性。"（第142页）

成仿吾为《创造月刊》第1卷第3期写的《编辑后话》说：

"我们的使命是二重的：一方面我们须从事于以永恒的人性为基调的表现之创造，他方面我们须努力于同以永恒的人性为基调的生活之创造。假使我们不是甘愿被时间丢在道旁的青年，我们是不能不把这二重的使命打成一片，负荷着向永恒的目标前往。

"什么是永恒的人性？那便是：对于真善美的热爱；假如没有值得我们热爱时，对于伪恶丑的痛恶。我们对于真的，善的，美的要唱起热爱的讴歌，而对于伪的，恶的，丑的要高喊痛恶的诋咒。我们不能背着良心去贪瞬刻的苟安，我们拒绝一切的虚伪。我们要从良心的指挥，要能毁弃自己的一切。

"同志们哟！趁我们青春的热血还在奔流，趁阳春美景的鲜花还在轻舞，剖开我们的赤心，吐尽我们的热血，让我们努力于以永恒的人性为基调的表现之创造，努力于以永恒的人性为基调的生活之创造！"（第132～133页）

关键词：文学创作是表现永恒的人性　文学的内容必然是人性　只要感情是革命的，则不管写什么，都是革命的文学

1926年6月10日

凤歌《狗咬》（短剧），载《中国青年》第6卷第1号（第126期），第24～28页。

剧情，上海租界，英国人住宅的狗咬伤了邮差，不但不赔偿，反而说"中国人坏来些，敲竹杠！"

关键词：揭露英国人纵狗咬伤邮差的恶行

1926 年 6 月 13 日

许杰《南京路上——目击的今年的五卅》，载《文学周报》第229期，第490～492页。

关键词： 许杰纪念"五卅"

1926 年 7 月 1 日

穆木天诗辑《旅心》、冯乃超诗《生命的哀歌》，同载《创造月刊》第1卷第5期。

关键词： 穆木天、冯乃超的象征主义诗歌

1926 年 7 月 4 日

蒋光赤《介绍来华游历之苏俄文学家皮涅克》，载《文学周报》第232期，第510页。

作者说："我们中国对于俄国革命后的文学实在太隔膜了。我们只知道郭哥里，托尔斯基，梭罗古布，或者更进一步知道一点布洛克，而不知道在俄国现代文坛上舞演的是一般新进的人们，如马牙可夫斯基，白德内宜，叶先令（不久才自杀的），乌歇乌依万诺夫，谢芙伶女士等等，而现在不定期来华游历的皮涅克先生，是这些著名的文家中之一个。"

皮涅克到日本游历，引起极大反响；他到中国都快一周了，却无人知晓，"这未免使他感到寂寞"。

皮涅克是俄国一个很著名的作家，在俄国，无不承认他是天才，有"许多地方为其他作家所不及"。

关键词： 苏俄文学家皮涅克来华旅游，中国却毫无反响

1926 年 7 月 24 日

雨铭《我们的誓词》（诗歌），载《中国青年》第6卷第3号（第128期），第84～85页。

诗中说：流血牺牲"这是先烈的艺术，／这是革命的丰收！"从今后工作，我们要"革命战线上去杀敌致果！／枪林弹雨中去叱风咤云！"（按：原文如此）

关键词： 我们的誓词：流血牺牲是先烈的艺术

1926 年 7 月 25 日

〔苏〕左祝梨著、曹靖华译《哑爱》，载《文学周报》第 235 期，第
537～540 页。

写一个流氓青年调戏聋哑姑娘任尼，也暗示任尼的性饥渴。因为任尼不
能说不能听，两人就在旅馆里用笔谈。

文末附作者简介。左祝梨 1891 年生于莫斯科。至 1919 年，有小说集
《大城市的灾祸》《时代的留声机》问世。

关键词： 曹靖华 苏俄作家左祝梨

1926 年 8 月 7 日

M. J. Olgin 作、纯生译《玛秀拉——新俄的少女》，载《中国青年》第 6
卷第 4 号（第 129 期），第 112～118 页。

这篇特写写一个才 16 岁的新俄少女玛秀拉天真活泼，风风火火，整天为
新政权而奔忙，非常快活。

关键词： 为新俄少女唱赞歌

1926 年 9 月 12 日

（张）若谷译《马赛歌》（七首），载《文学周报》第 241 期，第 584～
586 页。

"共齐心去反抗专制毒，／血溅的旗帜掣起了。"这是歌曲的开头。第 1～
5 首，结尾相同，都是：

> 拿家伙，国民们，
> 快组织大队伍。
> 走前，走前，
> 愿污血洒我们的沟洫。

第六首有这样的诗句："拥戴自由，可爱的自由，／同我们的仇敌奋斗。"

译诗之前，张若谷说，去年法国国庆那一天，他写了一篇《法兰西国乐
〈马赛曲〉》，刊登在《申报本埠增刊艺术界》上，引来黄震遐的《〈马赛歌〉
的历史》、楼建南献刘半农的文言译诗、朱应鹏的《关于〈马赛歌〉之名画》
等文。

关键词：法国《马塞曲》

1926 年 9 月 21 日

L. A. Moyler 作、一声译《十一月七日——献于赤冢的同志们》（诗歌），载《中国青年》第 6 卷第 9 号（第 134 期），第 232～233 页。

先烈们用鲜血和生命换来了自由，但"这收获不是你们的"，

> 只有这十一月七日却是你们的！
> 你们从农村赶上战阵，把枪头当作锄头，
> 把赤血当成清露，去滋润田里苦渴的稻苗，
> 全世界已目击这赤色丰收，
> 全世界将牢记这赤色丰收所赐予的自由！（第 233 页）

关键词：十月革命的歌

1926 年 10 月 5 日

苏俄赤军军歌、一声译《在红旗下联合起来》，载《中国青年》第 6 卷第 11 号（第 136 期），第 295～296 页。

一声诗歌《十月革命》，载 1926 年 11 月 1 日《中国青年》第 6 卷第 14 号（第 139 期）"十月革命号"，第 396～397 页。

John G. Neilardt 作、一声译《民众的呼喊》（诗歌），载 1926 年 11 月 22 日《中国青年》第 6 卷第 17 号（第 142 期），第 449～450 页。

美国 H. G. Weiss 作、一声译《我们的一件工作》（诗歌），载 1926 年 11 月 25 日《中国青年》第 6 卷第 18 号（第 143 期），第 473～475 页。

J. S. Wallaee 作、一声译《将来的花酒和歌》（诗歌），载 1926 年 12 月 6 日《中国青年》第 6 卷第 19 号（第 144 期），第 497～498 页。

关键词：《中国青年》 一声著译诗歌 5 首

1926 年 10 月 15 日

青山《今年赤都之"九五"国际青年日》（莫斯科通信），载《中国青年》第 6 卷第 12 号（第 137 期），第 313～320 页。

通讯以说红场"五一"纪念的盛况开头："成队成群之飞机，轰轰隆隆之大礼炮，威风凛凛之红军，热血沸腾之无数工人队伍，与活泼庄严带（戴）

着红领巾小红旗之无数'赤色十月童'、'赤色皮安涅克'（童子军）、'赤色康索莫尔'（少年共产党）……"然后才进入主题，说"九五"国际青年日红场游行的壮观景象，抒发对十月革命的歌颂，对列宁的景仰之情。

关键词： 莫斯科通信　红场颂歌

1926 年 11 月 1 日

定一《血战》（小说，写于 1926 年 11 月 2 日半夜。按：原刊落款的时间如此），载《中国青年》第 6 卷第 14 号（第 139 期）"十月革命"号，第401～404 页。

小说仅一个画面：一个战士临死前的从容、镇定，和对胜利的憧憬。

关键词： 陆定一小说《血战》

1926 年 11 月 7 日

鲁迅在厦门写信给许广平，表示到广州后，愿"与创造社联合起来，造一条战线，更向旧社会进攻"。说这是"一点野心"。（《鲁迅全集》第九卷第163 页）

关键词： 鲁迅愿与创造社联合

1926 年 11 月 10 日

〔日本〕昇曙梦作、鲁迅译《无产阶级诗人和农民诗人》，载《莽原》半月刊第 21 期。

关键词：《无产阶级诗人和农民诗人》

1926 年 11 月 21 日

雁冰《中国文学不能健全发展的原因》（论文），载《文学周报》第 251 期（第 4 卷第 1 期），第 1～9 页。

作者总结说："总上所述，一，没有明确的文学观与文学之不独立，二，迷古非今，三，不曾清（精？）确地认识文学须以表现人生为首务，须有个性——此三者便是源远流长的中国文学不能健全发展的根本原因。"（第 9 页）

关键词： 茅盾　中国文学不能健全发展的原因

评鲁迅《呐喊》

1926 年 11 月 21 日

西谛（郑振铎）《〈呐喊〉》（书评），载《文学周报》第 251 期（第 4 卷第 1 期）《闲谈》专栏，第 48～50 页。

评论说："《呐喊》是最近数年来中国文坛上少见之作，那样的讥诮而沉挚，那样的描写深刻，似乎一个字一个字都是用刀刻在木上的。中国的讽刺作品，自古就没有；所谓《何典》，不过是陈腐的传奇，穿上了鬼之衣而已，《捉鬼传》较好，却也不深刻，《儒林外史》更不是一部讽刺的书，《官场现形记》之流却是破口大骂了；求有蕴蓄之情趣的讽刺作品，几乎不见一部。自鲁迅先生出来后，才第一次用他的笔锋去写几篇'自古未有'的讽刺小说。那是一个新辟的天地，那是他独自创出的国土，如果他的作品并不是什么'不朽'的作品，那末，他的在这一方面的成绩，至少是不朽的。"（第 49 页）

又说：《阿 Q 正传》"是《呐喊》中最出色之作"，它在中国的影响与功绩将有类于龚察诺夫的《阿蒲洛莫夫》与屠格涅夫的《路丁》之在俄国了。"《阿 Q 正传》在中国近来文坛上的地位却是无比的；将来恐也将成世界最熟知的中国现代的代表作了。"（第 49、50 页）

关键词：鲁迅　中国自古没有讽刺作品　《呐喊》是不朽的讽刺小说　《阿 Q 正传》具有世界意义

1926 年 12 月 5 日

仲云《新文艺的建设》，载《文学周报》第 253 期（第 4 卷第 3 期），第 81～87 页。

本文探讨的是"中国新文艺应该怎样才能厕身于世界文学之林而不为时代落伍者？"简言之，要明确时代精神，知道中国的环境是怎样，作家的地位如何。新文艺建设当以三事为准：（一）文艺的社会化；（二）革命的精神；（三）世界主义的倾向。"最重要的却是那种鼓舞人生使为前进的活动的强烈的力量。这种力量便是所谓革命的精神。"（第 85 页）

关键词：文艺要反映时代精神，鼓舞人前进

列宁《论党的出版物与文学》被译介到中国

1926 年 12 月 6 日

列宁著、一声译《论党的出版物与文学》，载《中国青年》第 6 卷第 19 号（第 144 期），第 482～486 页。

这是列宁的《党的组织与党的出版物》第一次输入中国。此文曾长期译为《党的组织与党的文学》。

列宁说："社会主义的无产阶级必须考虑工人政党底文学底根本原理，使这些原理能够发展，更把这些原理用最完全的形式表现出来。这些原理是和资产阶级的习惯相反，和商业化的资产阶级报纸相反，和资产阶级文学底野心、冒险家底个人主义相反，和资产阶级的'光荣的自由'相反，和金钱底年取相反。

"这些原理包含的是什么东西呢？无产阶级文学不但不是个人或一伙人谋利的工具，而且它不应带一点个人性质也不应脱离无产阶级底管治而独立。没有'非党员'的文学家，也没有文学的超人！

"文学活动应当是无产阶级工作底一部分。它应当是工人阶级前卫军所推动的大机器当中底一个轮齿。文学应成为党的工作底一部分组织的，计划的，统一的，与革命的。"（第 482 页）

但是，列宁又说：

"很明显的，文学是一件最不容易机械地去使用的东西；它不能容易地被排列或服从于大多数的决定。在这种情形中，我们无疑地应当容许一大部分自由活动的机会给与个人的创造力，给与个人的志向，给与兴感和想象，在形式和内容上。

"这都是无可非难的，它只证明一件事：就是党的工作当中关于文学方面的，不能机械地和别种无产阶级活动一律。"

这个观念决不会破坏"这个真理"："就是：文学的工作应当极严格地隶属于其他的党的社会主义工作。文学家应当无条件加入党。出版的设置，书店，阅书室，图书馆，一切和文学有关的东西都归党底管理。"（以上第 482～483 页）

"我们要创造一种文学不但不受警察底约束，而且不受金钱底支配，自私的野心，尤其是资产阶级的无政府个人主义底约束。"（第 483～484 页）

列宁文章的后半部是那有名的关于"真正的自由的文学"的论断："资产阶级个人主义者所谈论的'绝对自由'，只不过是纯粹的伪善。"

"在用金钱底力量去维持的社会中，工人群众缺乏生活底要素的社会中，没有真正的自由。资产阶级环境向你要淫书做'神圣的戏剧艺术'底材料，你岂不受着这种环境底约束么？

"绝对自由是资产阶级底或无政府主义者（因为无政府主义是资产阶级理论底变形）底神话。资产阶级的作家艺术家和女演剧员底自由，不过是'不依赖'底假面具，里面藏着以谄媚求酬金的真正依赖。

"我们马克司主义者把这副伪善的面具扯破，揭露这种荒谬的观念，并不是就要走到'超乎阶级'的文学（超乎阶级的文学只有没有阶级的社会——社会主义的社会——才有实现的可能），只是要反对附属于资产阶级的所谓自由的文学。我们所要的文学是隶属于无产阶级的文学。

"这种才是真正的自由的文学，因为腐败和野心在这里没有地位。对于被压迫者底社会主义的理想与同情，将给这种文学以新的力量和新的基础。

"这种才是自由的文学，因为它底题材不是酕于酒色的女英雄几千百个肥头大额的笨伯，而是几万万的工人——国度的主要角色。

"这种才是自由的文学，它用革命思想底最新颖的发明和社会主义无产阶级底工作经验去使它底内容丰富。"（第485～486页）

关键词：列宁《论党的出版物与文学》首次被引进入中国　列宁认为，无产阶级文学"不应脱离无产阶级底管治而独立"　"文学活动应当是无产阶级工作底一部分。它应当是工人阶级前卫军所推动的大机器当中底一个轮齿。文学应成为党的工作底一部分组织的，计划的，统一的，与革命的。"　党的工作当中关于文学这一方面"不能机械地和别种无产阶级活动一律"，但和文学有关的一切方面党都要管　列宁再论文学的自由和不自由

1926 年 12 月 20 日

〔苏〕拉狄克作、一声译《无家可归的艺术家》，载《中国青年》第6卷第20、21号（第145、146期）合刊，第529～537页。

文前有《译者志》，说：拉狄克现任莫斯科中山大学校长。本文于今年6月16日刊《真理报》，"是专为两个青年文学家底自杀而作的。文中有许多议论都切中今日中国艺术家底毛病"。（第529页）

两个自杀的文学青年指的是耶色宁（通译叶赛宁）和波索尔。

拉狄克说："耶色宁死了，因为他没有生存底目的。他舍弃了乡村，失掉

了和乡村的关系，但却不曾在城市上把生活固定。人是不能在马路的柏油上生根的，但耶色宁除了马路上的柏油和旅店以外，什么也不知道。他唱歌正如鸟唱歌一样。他和社会没有关系。他不曾为社会而歌唱。他唱歌只为娱乐自己和取得女人。当他对于这种刺激冷淡了的时候，他便停止歌唱了。"

拉狄克说："波索尔不然。他过去是曾参加社会活动的。但是在欧战时，他失掉了生命底系统，变成一个'社会爱国家'。因此他想了许多方法去寻生命底新的轮轴，但显然没有成功。于是他觉得徒然逍岁遥月（引者按：原刊如此），徒然观察与思索生命是没有用处的。"（第 530 页）

本文以下的小标题是："生命中底死""旁观者""赞成与反对""风暴底歌者""过去凋残了""为什么不转到现在呢""怕检查还是怕自己呀""轻快的微风""静止状态""谁杀了这位诗人呢?""行动家不是旁观者!""前进一步罢!"

作者的观点是：文学家应该深入生活，了解现实人生，做个共产党员。"因为生命的意义是创造"。"今日底人生进行在矿洞里底厚的煤尘中，在火炉边底工人底血汗里，在农人底犁头上面，在合作社商店底柜台后边。新的人与人底关系正在创造，新的危险正在为革命而显露出来。这些一切都需要文学的表现。文学底使命是给人生以一面镜子，使民众在艺术的表现中更容易去了解人生底意义。这就是人生对于文学的要求。"（第 531、532 页）

关键词：拉狄克论文学　关于叶赛宁、波索尔的死　文学家应该深入生活，了解现实人生——"人生进行在矿洞里底厚的煤尘中，在火炉边底工人底血汗里，在农人底犁头上面，在合作社商店底柜台后边"

1926 年 12 月

王独清诗集《圣母像前》，上海光华书局，初版。上海创造社出版部1927 年 10 月改订出版，12 月 15 日 2 版，为"创造社丛书"第 18 种。

收新诗 26 首，并作者《序诗》1 首。这是王独清的第一部诗集，写于1923 年至 1925 年。26 首诗分为 6 组，即"悲哀忽然迷了我底心""流罪人语""失望的哀歌""颓废""Melancholia""飘泊"。其中的《圣母像前》、《失望的哀歌》之一与之四、《玫瑰花》、《此地不可以久留》、《我从 Café 中出来……》、《最后的礼拜日》、《我飘泊在巴黎街上》、《吊罗马》、《但丁墓旁》、《动身归国的时候》等，曾引起评论界和文学史家的注意。"我是个精神不健全的人，/ 我有时放荡，我有时昏乱……/ 但是我却总是亲近着悲哀，/ 这儿，就是我那些悲哀的残骸。"（《序诗》）他的飘泊、颓丧、爱情和归国思绪，都倾泻在这些诗篇中。浪漫情调和象征色彩，构成诗篇的艺术特色。

关键词：王独清诗集《圣母像前》

1927年1月10日

〔俄国〕普洛特尼珂夫作、韦漱园译《现代俄国文学底共通性》，载《莽原》半月刊第2卷第1期，第5～11页。

译者在1926年12月20日写的《译者附记》说，本文译自普氏的《革命的文学》的一章。（第11页）

文章说"劳工诗人"："当我们转论到现代作家底单独团体时，首先得谈一谈更为接近革命的劳工诗人。革命底真实感愤，它底豪侠的方面正在劳工诗人之间为自己寻到歌者。这诗艺底基本题目是阶级斗争，胜利的狂热，未来的共产组织底想望。同时无产阶级的诗艺底共通的哲学概念力也可称为'科学的'。""因为革命造成了生活底特有的节奏，所以革命的文学也同样有'动力'的性质。新诗人自己对这很细微地感到，而且常呼自己底诗为'动力诗'。"（第8～9页）

再说"现代农民诗人"："在农民底诗艺里我们寻到另一种社会的原质。因为他们创造底根柢是全部的老百姓生活，却并不仅只在革命底反映里，那末在这种诗艺里可以说是有着很强的罗曼的趋向，一部分是民间神话创造底趋向。就在格调里这种东西第一步展出表现方法异常的丰富。'自然'显为农民作家所爱好的题目（好像劳工诗人对于工业）。有位批评家说叶遂宁——天才的现代农民诗人——底诗散布着'草，花和蜜底气息'，并非徒然的。""除开自然，民歌与它底曲调显为现代农民作家底创造源泉。"（第10页）

这篇短文还说，"无产阶级底诗艺在民众创造的过去里差不多没有根柢，而且重要的只局部地和西欧的同美国的无产阶级诗艺——同威尔罕，惠特曼，西丹涅格丽等底创作有关联"。（第11页）

关键词：韦素园 现代俄国文学 劳工诗人 农民诗人 无产阶级诗艺 革命的文学 劳工诗人的基本题目是阶级斗争

1927年1月10日

〔俄国〕皮涅克（B. Pilnyak）著、向培良译《雪风》（小说），载《小说月报》第18卷第1号，第8～12页。

雪覆盖着大地。一群饥饿的狼找不到吃食，老的幼的，公的母的，领袖和众生，都非常无奈。其中，一只幼狼被饥饿战胜恐惧，去闯农民安的狼闸，丧命。领头狼丢弃众生不管，只身去找生路；最后回来，却被新的领袖率众将它扑杀，并分而食之。它们也曾在月夜去村庄劫杀一个农民。

小说写狼的领袖："这儿狼队底领袖有着他的窟。这儿 13 年他的侣伴生育小狼。他已经老了，但是巨大，强壮，贪婪，饕餮，而且无惧，有着瘦长的腿，开阖有力的爪子，短而粗的颈，发粗耸地立着如短鬃，使他年幼的伴侣们害怕。"（第 8 页）

写环境："外面，黑暗温软地从天上降下，而可爱地展开一个疲倦的世界；微青的云浮在赤裸的空间底黑绿的海上，而雪在昏浊的月底下闪着灰绿色。尖锐的雪风在白的漩涡底暴怒中扫着地面。"（第 10～11 页）

写一个反扑无用、在惊吓中被吃的农夫："他，喘吼着，蹉跌着，咆味（泡沫？）在唇上，终于到了村庄。狼立在那儿！他从地上跳开，挥舞着手臂，发出粗涩恐怖的呼声；他的帽子很久以前就落了，他的头发和红领巾荡在风中。他后面来了那残酷的劫盗，那狼底劫盗；那是热的，腥臊的呼吸焦灼着他的后颈；他可以听到它啮它的牙。他蹉跌，向前闪避，倒了；当他从深的软温的雪中起来的时候，那狼跳到他身上，从他后面攻击他——在他颈上一下短促有力的咬。"（第 11 页）

关键词：皮涅克小说《雪风》 狼与人为争食物、求生存而扑杀

1927 年 1 月 10 日

〔波兰〕显克微支著、鲁彦译《老仆人》（小说），载《小说月报》第 18 卷第 1 号，第 10～18 页。

这个老仆人名叫尼古拉·苏呵伐耳斯基，本是贵族子弟，"我父亲是从我祖父手里承受他下来的。他在拿破伦战争时代当我祖父的传令官"。尼古拉有一切东欧仆人的特性：对主人愚忠，但有个性。坚持己见，爱唠叨，甚至对主人的为人处世还评头品足。越位管事，以少佐（祖父）平辈自居。

"他总是叽哩咕噜的反对我父亲和母亲。"作品写了几件事：叫他去送信约朋友参加围猎，严重误期；买马遇仇人；反对姑姑嫁给医生，由于医生救了他儿子的命，又对医生佩服得五体投地；等等。

人物活灵活现，故事栩栩如生。

关键词：显克微支 鲁彦

1927 年 1 月

蒋光赤《鸭绿江上》，短篇小说集，上海亚东图书馆，初版，32 开，

230 页。

内收作品 8 篇：《鸭绿江上》《碎了的心》《弟兄夜话》《一封未寄的信》《徐州旅馆之一夜》《橄榄》《逃兵》《寻爱》。8 篇小说均写于 1926 年，从 1 月到 10 月。

集中的部分作品声情并茂，激动人心。读后叫人按捺不住，要喊要动，要为正义、真理、自由、解放而斗争。

书前有写于 1926 年 10 月 28 日的自序诗。他说："我也曾爱幻游于爱的国度"，"也曾做过那温柔的温柔的蜜梦"，"也曾愿终生无虑地依傍着花魂"。但他"只是一个粗暴的抱不平的歌者，而不是在象牙塔中漫吟低唱的诗人"。"我是助你们为光明而奋斗的鼓号"，他愿意"立在十字街头呼号以终生"！

《鸭绿江上》：写朝鲜革命青年李孟汉与云姑的革命故事。主题是反帝，热爱祖国，忠于爱情，国际主义。情感健康，文字流利，结构紧凑，一气呵成。

《碎了的心》：北京青年学生领袖汪海平因领导学生游行，被警察当胸刺伤，住院期间由吴月君看护。吴月君 12 岁死母亲，父亲是人力车夫，死于肺病。她虔诚信奉基督。两人相爱。海平在"三一八"惨案中再次受伤住院，不治而死。月君认识到对上帝再虔诚也没有用，烧掉圣经，撕毁耶苏（稣）像，自杀。

《弟兄夜话》：江霞是 R 国大学生；大哥专程到上海来说服老三，不料反被老三说服，改变对革命的态度。

《一封未寄的信》：一个干革命的 C 爱一位银行少奶奶。

《徐州旅馆之一夜》：学生陈杰生回乡探望病中的妻，因军阀混战阻于徐州。茶房引乡下姑娘（妓女）来，姑娘叙述身世，控诉山东军阀。

《橄榄》：工人周德发与吴喜姑（由工人而姨太太）的故事。

《逃兵》：逃兵原是纱厂有知识的工人，现在是杀死团长的逃兵。他认为，有马列主义的鼓舞，"怕什么呢？胜利总归是我们的！"

《寻爱》：青年诗人刘逸生以为，诗人就应该有爱情。招来女学生密斯叶，新世界的小黑姑娘，太阳公司的两位下女，神仙世界的茶房，都因为没有钱不能成功。转而搞革命，从事工会工作。

关键词：蒋光慈短篇小说集《鸭绿江上》　自言他"只是一个粗暴的抱不平的歌者，而不是在象牙塔中漫吟低唱的诗人"

1927 年 1 月 23 日

钱杏邨《〈鸭绿江上〉——蒋光赤第二小说集》（书评。写于 1926 年 12

月24日夜），载《文学周报》第259期（第4卷第9期），第276～284页。

作者说：读蒋光慈的小说集《鸭绿江上》书稿，"我的快慰，直如在沙漠上寻着了绿洲"。

钱杏邨引用新俄"烈夫派"的艺术定义来框定蒋光慈的作品：

> 艺术不是认识生活的方法，是创造生活的方法。不承认有写实，不承认有客观。反对写实，提倡宣传。否认客观，经验，标定主义，意志。除消内容，换上主张。除消形式，换上目的。反对死的，冷静的，呆板的事实，注意人类的将来。目的是要创造无产阶级的艺术，反对一切非劳动阶级的文学。

蒋光慈和"烈夫派"是站在同一战线上的。钱杏邨转述蒋光慈的话："他说作家的精神不应该太倾向技术，专事雕琢语句，应该努力的向朴素和自然两方面去做。他说，粗暴不要紧，时间长了，自然可以成功，自然有伟大的劳动文学作家产生出来！"（第278页）

评论逐一分析了被收入小说集的各篇小说。说《逃兵》"不愧是一篇名贵杰作"，《兄弟夜话》"确是一篇描写骨肉之爱的上品"。

关键词：蒋光慈　钱杏邨　新俄"烈夫派"的纲领　随着时间的推移，自然会有伟大的劳动文学作家产生出来　创造无产阶级的艺术

蒋光慈《哀中国》

1927年1月

蒋光赤诗集《哀中国》，汉口长江书店出版。

这是诗人的第二部诗集，从莫斯科回国后创作。内收新诗23首。有《余痛》《我所爱者一定在那里》《罢工》《我本是一朵孤云》《诗人的愿望》《海上秋风歌》《怀都娘》《我是一个无产者》《哀中国》《血花的爆烈》《血祭》等。

《哀中国》出版后，旋遭国民党政府查禁，未能再版。1929年6月，诗人将《新梦》和《哀中国》两部诗集略加增删，合为一册，改题《战鼓》，由上海北新书局印行，署名蒋光慈。

这些诗写于1925年前后。热爱祖国，反帝反封建，诅咒阶级压迫，呼唤

自由，歌颂斗争，是诗集的主要内容。《余痛》《哀中国》《过年》《哭孙中山先生》《我要回到上海去》《北京》《我背着手儿在大马路上慢踱》等诗具有强烈的政治性。"满国中外邦的旗帜乱飞扬，／满国中外人的气焰好猖狂！"使诗人怒不可遏；"江河只流着很呜咽的悲音，／山岳的颜色更惨淡而寥落！"愤慨之情溢于言表。对于祖国同胞，他以先觉者的赤诚，高度的历史责任感，鞭策其昏昏沉睡，促其猛醒。"我愿跑到那昆仑之高巅，／做唤醒同胞迷梦之号呼；／我愿倾泻那东海之洪波，／洗一洗中华民族的懒骨。"《血花的爆烈》《在黑夜里——致刘华同志之灵》《血祭》等诗因"五卅惨案"而写。痛定思痛，诗人号召战斗，丢掉幻想，振作起来，以牙还牙："顶好敌人以机关枪打来，我们也以机关枪打去！／我们的自由，解放，正义，在与敌人斗争里。"如果对敌人"还讲什么和平，守什么秩序"，那只能"永远地做奴隶！"《耶稣颂》揭露宗教的虚伪："反抗是罪恶""贫富由天定""忍耐是良方"的教旨，全在掩盖阶级压迫的实质。《怀都娘》《单恋之烦恼》《给——》等吟咏爱情，不乏真挚的情意。

《余痛》是一首短叙事诗：通过一个老农民王老儿的哭诉，控诉八国联军侵略中国的罪行。侵略者——

> 快枪明亮亮的荷在肩上，
> 刺刀冷森森的挂在腰底。
> 他们真是野蛮啊！
> 他们真是残忍啊！
> 他们任意地焚烧，
> 他们任意地奸杀；
> （王老儿的妻被奸死，儿子被杀死。）
> ……
> 江河有尽头，
> 山岳有限高；
> 可是我的哀痛啊——没有尽头！
> 我的积恨啊——比天还要高！

诉昨日之苦，记住中华民族的冤仇，为的是现在：

> 为什么到今日还在忍受？

为什么到今日还是倾倒？
莫不是中国该要灭亡？
莫不是四万万人尽是草包？
莫不是中国人有天生的奴性？
莫不是都是无能为力的弱者
像我王老儿一样的不好。

王老儿的发问，震撼心灵，它像钢刀利刃，刺痛读者的心。读到这里谁能平静？无不拍案而起，投入革命洪流，报仇雪恨。

《我是一个无产者》：诗人的自我写照。要联合全世界的穷人，一同革有钱人的命，"夺来我们所应有的一切！"

《哀中国》：反帝反封建的叫喊弥漫于诗行——

满国中外邦的旗帜乱飞扬，
满国中外人的气焰好猖狂！
旅顺大连不是中国人的土地么？
可是久已做了外国人的军港；
法国花园不是中国的土地么？
可是不准穿中服的人们游逛。

诗人以先知先觉者的身份，要普度众生：

我愿跑到那昆仑之高巅，
做唤醒同胞迷梦之号呼；
我愿倾泻那东海之洪波，
洗一洗中华民族的懒骨。
我啊！我羞长此沉默以终古！

《血花的爆烈》歌颂暴力。只有起来斗，强大起来，才能有博爱平等。我们的口号是：

不自由无宁死呀！
杀，杀，杀，杀，杀！……

钱杏邨曾在《现代中国文学作家》一书中说，诗集《哀中国》"表现了有希望的青年对于萎靡不振，军阀专横的故国的哀愁和社会的诅咒"，"宝藏着伟大的光明的希望的前途！"

关键词：蒋光慈诗集《哀中国》

郁达夫《无产阶级专政和无产阶级文学》

1927 年 2 月 1 日

日归（郁达夫）《无产阶级专政和无产阶级文学》，载《洪水》半月刊第 3 卷第 26 期。

郁达夫说：无产阶级专政是历史的必然。

"在无产阶级专政的时期未到达以先，无产阶级的文学是不会发生的。

"这是什么缘故呢？第一，无产阶级的专政还没有完成之先，无产阶级的自觉意识，就不会有。（因为若有了这自觉意识的时候，无产阶级的专政就成功了。）没有自觉意识的阶级文学是不会成立的。第二，文学的产生，须待社会的薰育的，在无产阶级专政没有完成的时候，社会的教育，社会的设施和社会的要求，都是和无产阶级文学相反的东西，在这一种状态之下产生的文学，决不是无产阶级的文学。

"现在中国，虽然有几个人在那里抄袭外国的思想，大喊无产阶级的文学。或者竟有一二人模仿烧直，想勉强制作些似是而非的无产阶级的作品出来，然而结果毕竟是心劳手拙，一事无成，是不忠于己的行为。我在此地敢断定一句，真正无产阶级的文学，必须由无产阶级自己来创造，而这创造成功之日，必在无产阶级专政的时候。"

关键词：郁达夫《无产阶级专政和无产阶级文学》：在无产阶级专政实现以前不会有无产阶级文学　真正的无产阶级文学必须由无产阶级自己来创造

1927 年 2 月 7 日

钟凄《论革命文艺》，载 2 月 7～14 日《汉口民国日报》。

1927 年 2 月 10 日

〔俄国〕皮涅克作、向培良译《临谷》（小说）。载《小说月报》第 18 卷第 2 号，第 1～6 页。

本文就写高山峡谷中一对大鹰的生存状态。它们的觅食、相爱、互助、抗寒、生子、辅育幼鹰、争宠、雌鹰移情出走、雄鹰老死。寒冷的天气，恶劣的环境，饥饿的难耐，雄鹰的困难。观察细致，描写精确。本文另一个特点是色彩感强。且看小说的开头：

"峡谷是深而且黑。

"它的黄土斜坡，盛长着赤松的，现出巉嵯的边；在底里流着一条小溪。在上面，左和右，长着一个松林——暗的，古老的，覆着地衣和藤梦（萝？）的。头上是灰色，沉重，低悬着的天。"

随处都有色："夜的天是蓝色"，"当夜起始灰白而临于东方卧着青蓝色的曙光的轮廓"，"松树干子是灰褐色"，峡谷升成"黑的邸"，"天是一个灰的紧伸体"，"灰白的月亮"，雄鹰"绿色的眼睛"，"灰色的清晨"，"黑的汹涌的小溪"，"星光是青的，融入蓝色"，"五月的夜是深蓝，六月是惨绿"，"黎明破成血红的焰"，"晚上银灰色的雾移动着"，"五个灰色带青斑的卵"，小鸟"黄色的大嘴"，等等。

关键词：皮涅克小说《临谷》

1927 年 3 月 10 日

〔日本〕昇曙梦作、画室（冯雪峰）译《苏俄的二种跳舞剧》，载《莽原》半月刊第 2 卷第 5 期，第 182～188 页。

文章一开始就展示出苏俄艺术的特性："将艺术从高高的天上拉到地上来，使它成为最亲近着人间的东西，这事是俄国革命的伟大效果之一。革命以赤裸裸的现实对待从来的神秘或幻想，倘神秘或幻想在艺术上是必要的时候，那也并不将它当作目的，单作为现实底 symbol 而利用吧（罢）了。当作于艺术界的这革命的结果，在最近的苏维埃俄国的剧坛上，差不多同时地出现了二种新跳舞剧的事是有兴趣的事实。"（第 182 页）

所举两种跳舞剧的主题，一是："压制者与被压制者的战斗，终于归胜利于被压制者，这胜利结局是由于民众的团结力。总之是表现了无产阶级革命的东西。"（第 183 页）二是："极端地理想的恋爱与极端地物质的恋爱的战斗。事件的场所和性质都是东方式的，在东方的小说的底怪兽，异木，珍草之间溢满着想自由地享乐东方趣味的欲求。"（第 187 页）

关键词：日本昇曙梦　冯雪峰　苏俄的跳舞剧

1927 年 3 月 10 日

许杰创作小说《纪念碑的奠礼》《出嫁的前夜》《子卿先生》，分别载

《小说月报》第 18 卷第 3 号、第 6 号、第 8 号。

1927 年 3 月 25 日 ~ 6 月 10 日

〔苏联〕特洛茨基著，韦漱园、李霁野译《文学与革命》选，开始在《莽原》半月刊连载。

《无产阶级的文化与无产阶级的艺术》，载 1927 年 3 月 25 日、4 月 10 日、25 日《莽原》半月刊第 2 卷第 6、7、8 期，第 203 ~ 218、243 ~ 254、306 ~ 317 页；

《未来主义》，载 1927 年 5 月 16 日、6 月 10 日、6 月 25 日《莽原》半月刊第 2 卷第 9、11、12 期，第 323 ~ 336、417 ~ 431、460 ~ 478 页。

其中《无产阶级的文化与无产阶级的艺术》一章的内容提要是："什么是无产阶级的文化？并是否可能？——资产阶级与无产阶级底文化方法。——无产阶级专政与文化的关系。——什么是无产阶级的科学？——劳动诗人与劳动阶级。——库司尼查宣言。——宇宙进化论。——季米严别德芮。"（第 203 页）

通常所说的托洛茨基的"无产阶级文学否定论"的理论，体现在下面一大段话里。即：

"每个统治阶级创造它自己的文化，因此，也创造它自己的艺术。历史曾熟悉东方与古典的古代底奴隶专有的文化，中世纪欧洲封建的文化，和现在统治着世界的资产阶级的文化。从这，无产阶级也得创造它自己的文化和它自己的艺术。

"问题无论如何不如初看来似的简单。奴隶主有者是统治阶级的社会，存在了许多许多世纪。封建制度也是如此。资产阶级的文化，假如只从它底公然的强项的显露时期，即文艺复兴时代算起，存在了 5 世纪，但是它直到 19 世纪，或者更正确些说，到 19 世纪底下半，方达到最大的开花期。历史指示出，围绕着一个统治阶级的新文化底造成需要很多的时间，并且仅在那阶级底政治衰落之前的时期才达到完全的地步。

"无产阶级将来有足够的时间创造一种'无产阶级的'文艺吗？和奴隶主有者，封建的地主，与资产阶级底统治制度相反，无产阶级把它底专政看为一种短促的过渡时期。我们愿意放弃那关于过渡到社会主义的太乐观的意见时，我们指出普及世界的社会革命时期，将不止延续几月或几年，而是几十年——几十年，却不是几世纪，而且一定不是千万年。无产阶级能在这时候创造一种新文化吗？惑疑这个是合理的，因为社会革命的年代要成为凶猛的阶级斗争的年代,在这里破坏要比新建设占的地位多。无论怎样,无产阶级自身底精力,将要多半费在征服权力,保持并且加强权力,及将它用之于生存和更进的斗争底最迫切的需要上。当这革命的时期,无产阶级无论怎样要达到它底最高的紧张及其阶级性之最充分的显露,并且有计划的,文化的改造底可能性将要被限制在这样窄狭的范围中。反之,当新统治制度要逐渐更没有政治的与军事的意外,环境要变得更宜于新文化底创造时,无产阶级便要逐渐更消熔在社会主义的社会中,并使自身脱离阶级底特性,而且因此不再成为无产阶级了。换句话说,在专政时期,是谈不到一种新文化底创造,即在广大的历史的尺度上的建设的。当历史中无双的专政铁拳成为不必需要时开始的文化改造,将要没有阶级性。这似乎引向这种结论:没有无产阶级的文化,将来也决不会有,并且实在没有惋惜这个的理由。无产阶级获得权力要为永远取消阶级的文化,并且为人的文化开辟道路。我们时常似乎忘记这个。"(第 203~205 页)

托洛茨基的意思是:(一)一种文学的建设需要很长的时间,需要一定的政治、经济和文化环境;(二)无产阶级在打天下的时候,干的是你争我夺的打杀、争斗,着眼的是政权,没有时间和精力办文学,文学也不是兴趣的兴奋点;(三)当无产阶级夺得政权、建立了无产阶级专政之时,这无产阶级专政又是一个短暂的时期;(四)无产阶级专政的任务是为实现无阶级社会而努力,也不会去建立无产阶级文学,再说时间也不够。而无阶级社会的文学就是人的文学,是无阶级性的。

关键词:托洛茨基 《文学与革命》 所谓"无产阶级文学否定论"

1927 年 3 月 27 日

沈雁冰《〈红光〉序》,载汉口《中央日报》副刊星期特刊号《上游》第6期。

《红光》是顾仲起的诗集。

沈雁冰说:顾仲起这部小诗集,"充分表现了仲起同志的热烈的革命情绪,和最近的思想"。"我以为《红光》的新形式或者会引起了新的革命文学。"革命文学须有新的形式来适合它的新精神。文坛上已经产生了许多好的革命文学,"但是新形式的革命文学却不多见。似乎我们的文学家太忽略了新形式的创造了"。

沈雁冰在这里所说的"新形式"究竟是什么呢?还是听他的细说:

"《红光》本身是慷慨的呼号,悲愤的呓语,或者可说是'标语'的集合体。也许有些'行不由径'的文学批评家，要说这不是诗，是宣传的标语，根本不是文学。但是在这里——空气极端紧张的这里，反是这样奇突的呼喊，口号式的新诗，才可算是环境产生的真文学。我们知道俄国在十月革命以后，新派革命诗人如马霞考夫斯基等的著作，也正是口号的集体。然而正如托罗兹基所说：这些喊口号式的新诗，不但是时代的产物，环境的产物，并且确为十月革命后的新文学奠了基石。并且在大变动时代，神经紧张的人们已经不耐烦去静聆雅奏细乐，需要大锣大鼓，才合乎脾胃。如果我们不反对文学是时代的产物，那么，对于《红光》这作品也该承认他的时代价值罢？各民族的文学发展自然有他自己的径路，但是正当大变动时代的中国，将来的革命的新文学，或者和十月革命后的俄国文学，会同一趋向罢？我希望仲起同志努力在这方面，从标语式文学发展到更完善的新形式的革命文学。"

文学是时代的产物。在急遽变化的时代，空气极端紧张的环境里，人们需要大喊大叫、大锣大鼓的标语口号式的文学，"不耐烦去静聆雅奏细乐"。

关键词：顾仲起　沈雁冰《红光》序　革命文学需要新的形式来适应新的精神　《红光》是标语的集合体　肯定大喊大叫

1927年4月

郭沫若诗集《瓶》，创造社出版部，初版。为"创造社丛书"第7种。同年9月2版，12月3版，1928年4月4版，11月5版。1931年4月4日上海青年书店出版第6版。

为郭沫若第一部抒情诗集，也是现代诗坛著名的抒情长诗。

集前有诗人的《献诗》，集后有郁达夫1926年3月1日写的《附记》。

这组抒情长诗作于1925年初，最初发表于1926年4月16日《创造月刊》第1卷第2期。42首诗相当完整而真实地表现了一个中年男子对一个少女的爱恋之情。它以诗人在等信、收信、读信时所引起的心理和感情的变化的抒写，叙述爱情生活的发生、发展和结局。等待情书时坐卧不宁的焦躁心情，收到情书时的分外喜悦，读完情书后的忧虑与失望，是组诗的基本内容。《献诗》中的"我便踱往那西子湖边，／汲取了清洁的湖水一瓶"，"我攀折了你这枝梅花／虔诚地在瓶中供养，／我做了个巡礼的蜂儿／吮吸着你的清香"反映了组诗的特点。因为年龄的差距，诗人热烈的追求，美妙的憧憬，都化成了"悲哀的空响"（第31首），最终的结局只是"一个破了的花瓶倒在墓前"（第42首）。于是，失意，忧愁，嫉恨，以及青春难再、"人生如梦"的感伤情绪就成了这些诗的基调。这组诗写于"五卅"前夜，诗人思想发生遽变之时。郁达夫在《附记》中说：诗中"无掩饰地吐露""真正的感情"，青春热情如同火山喷发，体现了"诗人的天职"，可贵的纯真。蒲风曾称赞"《瓶》是中国诗坛的空前的抒情长诗"。（《郭沫若诗作谈》）

关键词：郭沫若第一部抒情诗集《瓶》

1927 年 4 月

穆木天诗集《旅心》，创造社出版部，初版。为"创造社丛书"第8种。为诗人唯一一部象征主义诗集。

收新诗30首。集前有《献诗》，后有两篇附录：散文诗《复活日》和论诗的通信《谭诗》。《谭诗》比较系统地表述了作者的象征主义观点，是中国新诗史上一篇重要的论文。

这30首诗写于1923~1926年，当时作者在日本东京帝国大学法国文学系读书。诗篇最初在刊物上发表时，诗人在附记中说：这几首诗"很足以说明我这1年来心境的变化"。它既表现了"我的灰色世界破坏后的心情，亦是我的新的世界的萌芽"。诗集中充满了一个漂泊异国的青年凄苦的心情和感伤忧郁的情调。《献诗》中不乏这样的诗句："我是一个永远的旅人"，"我心里永远飘着不住的沧桑"，"这寂寞是我的心情"，"我心里是永远的朦胧"。《鸡鸣声》又喊道："我不知/ 哪里是家/ 哪里是国/ 哪里是爱人/ 应向哪里归/ 啊残灯 败颓。"人生漂泊的苦闷与内心朦胧的寂寞，构成了诗人象征主义诗篇的主要情调。如《苍白的钟声》《朝之埠头》等诗。集中不少诗作充满了对祖国故乡风物的清新细腻的描写，山村，田园，水边，林梢，雨丝，江雪，落日，月光，钟声，蛙鸣，一派恬淡、静穆，洋溢着一个爱国青年深切动人的情思。《心响》在对故乡的思念里表达了炽热的爱国心。他望着九曲黄河的滚滚白浪，万里浮沙的无边荒凉，深情地做着孩子般的梦想："几时能含住你的乳房/几时我能拥你怀中？"

《旅心》的全部诗作多为几片风景，一点心迹，时代风云的描写比较淡薄。全诗不用标点，押韵，以四行一节为主，每行少则一二字，多则20余字。

关键词：穆木天的象征主义诗集《旅心》

革命文学的倡导者、创造者陆续汇聚上海

1927 年 5 月

夏衍从日本回到上海。5月底或6月初，加入中国共产党。在闸北区第三

街道支部过组织生活。该支部的党员，如钱杏邨、孟超、戴平万、冯乃超、李初梨等，都是太阳社和创造社的成员。

1927年年底，由日译本转译的《妇人与社会》（德国奥·倍倍尔著，原名《妇女与社会主义》）出版，署名沈端先。

关键词： 夏衍从日本回国　中共上海闸北区第三街道支部

彭家煌、鲁彦、胡也频、刘一梦、段可情、
许杰、柯仲平、华汉等的创作

1927 年 6 月 10 日

彭家煌《贼》（小说），载《小说月报》第18卷第6号。

吴振宇是衙门里的小职员，挣钱不多。衙门拖欠薪水，日子难过。父亲写信来要钱，他难于应付。人要摆场面，又不得不花钱。为捧戏子灵芝芳，当了唯一的一件大氅，去订前排的好座位。振宇"也算是个老逛家！像她（振宇嫂子）那种上海人，一粒花生米要做几口吃，表示口里常常有的吃，我吴振宇就瞧不起！"

家徒四壁，晚上却遇小偷光顾。抓到小偷，他主张送警局严惩，同屋的老罗却认为："偷"也是他一种暂时不得已的生活方式。经审问，原来这偷儿就是他的当兵的哥哥吴敦诚。因为当兵活不下去了，才开小差，以至于走入末路。吴振宇开初是跳起来反驳："放屁，放屁，我的同乡没有这样贱的贼骨头，我的本家没有这种烂污胚。"后来又偷偷地将贼哥哥送到会馆，并安排他返乡回老家。

当兵的哥哥是一身褴褛，臭气熏天，衣食无着，乞讨无门；在衙门里当差的弟弟虽说当了大氅，也还有"深毛的羊皮袍，柔软的獭皮帽，金丝眼镜与一画一画的打狗棍"。

关键词： 彭家煌《贼》　衙门当差的职员与开小差乞讨的小偷

1927 年 6 月 10 日

〔苏联〕特洛茨基著，韦漱园、李霁野译《文学与革命》出版广告（发售预约），载《莽原》半月刊第2卷第11期封底。

广告词说："此书为俄国特罗茨基著，对于十月革命以前的及现代的文学与艺术，都有精辟独到的见解，深刻入微的批评。文字俏皮流丽，也自有特

殊的风味。现由韦漱园与李霁野参照英文译出，在印刷中。全书约 330 余面，洋宣纸精印一册，实价 1 元。为优待读者起见，特售预约一次。"

关键词：托洛茨基 《文学与革命》 出版广告

1927 年 6 月

王独清由广东到上海。（见《创造月刊》第 1 卷第 10 期，第 109 页）

1927 年 7 月 10 日、9 月 10 日、10 月 10 日

鲁彦小说《黄金》《毒药》《一个危险的人物》，载《小说月报》第 18 卷第 7 号、第 9 号、第 10 号。

《黄金》：浙江陈四桥如史伯夫妇家，有十几亩田，几间新屋，一切应用的东西都有，不必去向人家借；儿子读书知礼，又很勤苦。他一向在村里人气旺，有威信。只是年届岁末，儿子却没有寄钱来。"不到半天，这消息便会由他们自设的无线电话传遍陈四桥，由家家户户的门缝里窗隙里钻了进去，仿佛阳光似的，风似的。"（第 1 页）一连串的侮辱便接踵而来，一齐降在如史伯的头上：裕生行老板的儿子结婚，婚宴上居然没有他的"上位"，还处处遭白眼；家犬如法饿得没法，"跑到屠坊去拾肉骨吃"，被屠户阿灰砍了一刀，死了；轮到他家煮羹饭，他以米鱼代支鱼，改了规矩，连偷过东西的阿黑都敢带头起哄，奚落他；要饭的阿水不接受施舍的零钱，嫌少，愤愤然，羞辱他；到腊月二十三，家里仅存小洋八角，夜晚还被小偷破室偷走过冬的衣服。过小年这一天，"如史伯伯叹了口气，躺倒在藤椅上，昏过去了"。冥冥之中，他"看见"儿子汇钱来了，日后"再当亲解价值 30 万之黄金来家……"（第 11 页）

《毒药》（第 24 ~ 28 页）："光荣而伟大的作家冯介先生"在回答了 17 岁的侄儿"小说应怎样着手写"的问题后，顿生烦恼："他感觉到一种不堪言说的悲哀。他觉得自己好像在不知不觉中已把这个青年拖到深黑的陷阱中，离开了美丽的安乐的世界；他觉得自己既用毒药戕害了自己的生命和无数的青年，而今天又戕害了自己年青的可爱的侄儿，且把这毒药授给了他，教唆他去戕害其他的青年的生命。"（第 29 页）

《小说月报》第 18 卷第 8 号，编者在《最后一面》说："鲁彦君的《毒药》，写作家的遭值与悲哀，极可玩味。"（第 118 页）

《一个危险的人物》（第 8 ~ 17 页）：轰轰烈烈的大革命刚刚失败。子平回到林家塘。他不出门，不拜客，但行为异常。村里有人怀疑他是共产党。而

"共产党就是破产党！共人家的钱，共人家的妻子！……他们不认父母，不认子女，凡女人都是男人的妻子，凡男人都是女人的丈夫！"（第 14 页）叔叔惠民先生为了霸占子平一房的产业，唆使族人到县里告发。村民也惧他如扫帚星。子平逃走，却被包围的兵士乱枪打死。结尾是可怕的平静和忘却，也意味深长：

"几天之后，林家塘人的兴奋渐渐消失，又安心而且平静的做他们自己的事情。溪流仍点点滴滴的流着，树林巍然地站着，鸟儿啁啾地唱着快乐的歌，各色的野花天天开着，如往日一般。即如子平击倒的那一处，也仍然有蟋蟀和纺织娘歌唱着，蚱蜢跳跃着，粉蝶飞舞着，不复记得曾有一个青年凄惨的倒在那里流着鲜红的血……"（第 17 页）

也出现一次"入他娘的！"

《小说月报》第 18 卷第 7 号，刊登秉丞（叶圣陶）的短评《读〈柚子〉》，说："作者的感受性非常锐敏，心意上细微的一点震荡，就往深里、往远处想，于是让我们看见个诚实、悲悯的灵魂。作者的笔调是轻松的，有时带点滑稽，但骨底里却是深潜的悲哀，近于所谓'含泪的微笑'。作者的文字极朴素，不见什么雕饰。这三者合并，就成一种自有的风格，显与其他作者的并不一样。"

关键词：鲁彦小说《黄金》《毒药》等　叶圣陶论鲁彦小说的风格

1927 年 7 月 10 日

胡也频《牧场上》（小说），载《小说月报》第 18 卷第 7 号，第 12～18 页。

福建省城附近的濮村不安宁，大练村勇。逮住一个"贼"。"贼"说他是旗人，干瘦，穿着也破烂。老百姓认为，"旗人，正是咱们的仇人呀！"不管三七二十一，将他吊蛤蟆，从嘴里灌大粪。

关键词：胡也频小说《牧场上》

1927 年 7 月 10 日

刘一梦《斗》（小说），载《小说月报》第 18 卷第 7 号。

南宅二大人和葛庄袁三爷争办牛头税，县长威风凛凛到葛庄，欲一试身手，不料竟被二大人的佃户将他锁在仓屋里，不给水喝，不给饭吃，甚至从门缝里递进去上面涂了屎的烧饼，羞辱他。原来，二大人的父亲在世时，曾经放过山西的候补道，他是县城的"绅派"；袁三爷虽然已经 60 多岁，但

"他玩官司已经玩过 20 多年，呈文比谁都要做得好"，袁三爷是县里的"民派"。他们二人斗，县长与他们斗，而最受苦的却是平民百姓。

关键词：刘一梦小说《斗》

1927 年 7 月 10 日

〔苏联〕特洛斯基作，李霁野、韦漱园译《〈文学与革命〉引言》，载《莽原》半月刊第 2 卷第 13 期。

1927 年 7 月 15 日

蒋光赤《十月革命与俄罗斯文学》之四《依利亚·爱莲堡》，载《创造月刊》第 1 卷第 7 期，第 76~85 页。

依利亚·爱莲堡，现通译爱伦堡。

文章说："爱莲堡是一个罗曼谛克。他虽然同情于十月革命，虽然笑骂资产阶级的文明，但他非共产主义者，这是因为他有点虚无主义的倾向，他富有知识阶级的怀疑的情绪。共产主义者的行为，思想，目的，是应当为着共产主义的，向着共产主义的；他的情绪是应当革命的，坚正的，决定的，而不应含有丝毫怀疑的成分。但是我们的诗人，爱莲堡，他却还脱不了怀疑派知识阶级的习气。"（第 76 页）

文章说："文学是生活的表现，真正的文学作品没有不含时代性的。俄国革命的初期，将革命的怒潮涌得人们精神焕发，大家齐向伟大的事业方面走去，此时没有闲功夫为无聊的东西思想，因之这时期的文学饱含着勇敢的精神，充溢着壮烈的空气。"（第 79 页）

以下蒋光慈就爱伦堡的小说《呼莲尼陀及其学生》《库尔波夫之生与死》《姉娜的爱》《破坏者》等作了分析。

关键词：蒋光慈论爱伦堡

1927 年 7 月 15 日

段可情《旅行列宁格勒》（诗歌），1926 年月 12 月 24 日脱稿，载《创造月刊》第 1 卷第 7 期，第 15~26 页。

全诗 53 节，每节 4 行，偶行押韵。其中一节唱道：

> 啊！别矣，伟大的圣彼得堡！
> 你有壮丽的建筑，和旷代的工程，

数千年遗留下悲壮的史迹，

造成你们民族结晶的人豪，列宁。

诗人还祝福圣彼得堡"永远青春年少"，"永远红颜不老"。

关键词：段可情诗歌《旅行列宁格勒》

1927年7月15日

王独清在《创造月刊》第1卷第7期的《编辑后》中谈到1927年夏的上海文场：

"这次到了上海，最使人不满意的便是一般青年低级趣味的增高。像许多人变成了我们中国最无聊的旧戏的戏迷以及社会上流行了下流的小报，这都还是余事，最可注目的便是有些文艺刊物和作品都走向了低级趣味的方面。我们并不是奢望什么纯高的艺术和伟大的传奇，但是像目前一般连通俗还像够不上的市井式的作品确是应该打倒的。——来罢，同志们，我们来努力创造，来联合起来打倒这种病菌的低级趣味！"（第135页）

这几句话写于1927年6月7日。

无产阶级革命文学运动是在这样的现实基础上开展起来的。

关键词：王独清谈1927年夏的上海文场：革命文学的生存土壤

1927年7月底

潘汉年奉命由九江撤回上海，继续从事革命文化工作。

9月，继续与叶灵凤合作恢复编辑出版《幻洲》半月刊。

潘汉年于1926年加入创造社，被称为"创造社小伙计"，负责编辑、发行工作。曾主编《A11》周刊、《幻洲》周刊、半月刊。

关键词：潘汉年到上海

1927年8月10日

许杰《子卿先生》（小说），载《小说月报》第18卷第8号，第1～11页。

小说写浙江一个"初出茅庐，一直驶了顺风船，便觉得世间无往而不是他的势力范围的讼师子卿"，乘着酒兴，到合兴小馄饨店，要找这家老板的16岁的女儿梅英调情。小说就写这三人之间的心理活动，又怎样由心理活动转化为全然不同的行动。子卿是飘飘然，身藏猥亵，为猎少女，不惜色胆包天，胡作非为；老板阿兴"圆滑、宛转、迁就而高明"，却又胆小，在"没有"办法时，甚至想舍女儿的青春、贞洁，而换取讼师的不要作恶；少女虽说春心萌动，但从根本上讨厌子卿，能不疾不徐，巧与委蛇。

关键词：许杰小说《子卿先生》

1927 年 8 月 10 日

茅盾《幻灭》发表预告：《小说月报》第 18 卷第 8 号《最后一面》说："下期的创作，有茅盾君的中篇小说《幻灭》，篇中主人翁是一个神经质的女子，她在现在这不寻常的时代里，要求个安身立命之所，因留下种种可以感动的痕迹。"（第 118 页）

关键词：茅盾《幻灭》预告

1927 年 8 月 15 日

郁达夫在上海《申报》和《民国日报》发表《启事》，声明退出创造社。

1928 年 8 月 16 日，在《北新》半月刊第 2 卷第 19 号发表《对于社会的态度》，谈到自己脱离创造社的原因："我的'要和创造社脱离关系'就因为对那些军阀官僚太看不过了，在《洪水》上发表了几篇《广州事情》及《在方向转换的途中》等文字的原因。当时的几位老友，都还在政府下任职，以为我在诽谤朝廷，不该做如此文章。"

郁达夫还对创造社一些成员误解和指责鲁迅提出反批评，认为"鲁迅是中国作家中的第一人"，明确表示自己站在鲁迅这一边。

关键词：郁达夫声明退出创造社

1927 年 8 月 15 日①

王独清诗集《死前》，由创造社出版部出版。为"创造社丛书"第 12 种。后由上海乐群图书公司印行。

收新诗 10 首。开篇《遗嘱》实为序诗。他"一生飘泊"，过的是"不健康的生活"；"今晚我，我就要死了，我就要死了，／朋友，快来，来把我底这些诗稿烧掉！""我死后"不要立墓碑，"最好常到我墓前述我死前的疲倦"。第一组"死前的希望"，希望年轻夫人的"唇儿落在我底唇上"，"好使

---

① 具体出版时间，依饶鸿竞等编著《创造社资料》（上下卷）定。笔者为《中国文学大辞典》写的词条，无出版月日。

我到我底墓中去，安静地长眠！"第二组是 5 首十四行诗（SONAET），全是写爱情的；第三组 3 首诗《因为你……》《约定……》和《别了……》也是一派感伤情绪："明日我，我就起程，我就起程！／但是像我，像我这样的病人，／一定是活不出，活不出今春。／现在我先来和你这样约定：／我死了时，你，你须得一个人，／一个人去，去叩，叩我底墓门……"第四组收情诗 1 首，写于 1924 年 3 月。

关键词： 王独清诗集《死前》

1927 年 8 月

柯仲平新诗集《海夜歌声》，上海光华书局，初版。

这是诗人的第一部诗集。主体是抒情长诗《海夜歌声》。《冠在海夜歌声之前》和《寄我儿海夜歌声》可视为序诗，《这空漠的心》如跋语。长诗写成于大革命前夕的 1924 年 11 月。全诗 1600 余行。诗人有欢乐，也有悲愤，有激越的情态，也有冷漠的心境。"从来我就爱到荒野去听狂风歌，／我也爱登山顶去看日出与日落，／狂风歌看日落，／宇宙原是一座大坟墓，天色虽晚啊，／时间早在坟墓里面谐我永永为着人生奏哀歌。"这序诗是全篇的基调。诗人以浪漫主义的激情，飞驰想象。上天揽月，下海擒龙，驱遣风云雷雨，戈矛剑戟，寄托情思，表示他与旧世界毫不妥协的决心："来罢！所有的仇敌，／冷刀尽管落在我的体肤上，／笑骂尽管筑起了重重围墙；／最大限度是将我头提去，／最大的毒形——／将我砍碎，／撩与飞莺；／除了此，还能伤我吗？"

关键词： 柯仲平诗集《海夜歌声》

茅盾《幻灭》发表

1927 年 9 月 10 日、10 月 10 日

茅盾《幻灭》（中篇小说），《小说月报》第 18 卷第 9 号、第 10 号连载。

稍后，作者本人在《从牯岭到东京》①的论文中，对《幻灭》的创作有所说明：《幻灭》写的是"革命前夕的亢昂兴奋和革命既到面前时的幻灭"。它是 1927 年 9 月中旬至 10 月底写的。"有人说这是描写恋爱与革命之冲突，

---

① 载 1928 年 10 月 10 日《小说月报》第 19 卷第 10 号。

又有人说这是写小资产阶级对于革命的动摇。我现在真诚的说：……题目是'幻灭'，描写的主要点也就是幻灭。主人公静女士当然是一个小资产阶级的女子，理智上是向光明，'要革命的'，但感情上则每遭顿挫便灰心；她的灰心也是不能持久的，消沉之后感到寂寞便又要寻求光明，然后又幻灭；她是不断的在追求，不断的在幻灭。她在中学校时代热心社会活动，后来幻灭，则以专心读书为逋逃薮，然而又不耐寂寞，终于跌入了恋爱，不料恋爱的幻灭更快，于是她逃进了医院；在医院中渐渐的将恋爱的幻灭的创伤平复了，她的理智又指引她再去追求，乃要投身革命事业。革命事业不是一方面，静女士是每处都感受了幻灭：她先想做政治工作，她做成了，但是幻灭；她又干妇女运动，她又在总工会办事，一切都幻灭。最后她逃进了后方病院，想做一件'问心无愧'的事，然而实在是逃避，是退休了。然而她也不能退休寂寞到底，她的追求憧憬的本能再复活时，她又走进了恋爱。而这恋爱的结果又是幻灭——她的恋人强连长终于要去打仗，前途一片灰色。"1927年夏秋之交，一般人对于革命普遍感到幻灭。"这是幻灭，不是动摇！幻灭以后，也许消极，也许更积极，然而动摇是没有的。"

关键词：茅盾《幻灭》 1927年夏秋之交一般人普遍感到幻灭，但幻灭不是动摇。

1927年9月

成仿吾到上海。（见《创造月刊》第1卷第10期，第109页）

1927年10月3日

鲁迅与许广平从广州到上海。从此开始以创作与翻译为生的10年职业作家生涯。

至年底，先后与已经在上海的周建人、李小峰、林语堂、孙伏园、孙福熙、郁达夫、潘梓年、许钦文、茅盾、陈望道、夏丏尊、郑伯奇、蒋光慈、段可情、潘汉年等有来往。

关键词：鲁迅与许广平到上海

1927年10月9日

孙衣我《介绍苏俄诗人叶赛宁》，载《文学周报》第285期（第5卷第10期），第293~299页。

文章开篇说："俄国文坛从1917年10月大革命以来，起了一个大变动。

于是旧的诗人和画家都'走'，'失'，'逃'，'亡'了；然而他们应时而起的新战将，奋勇努力，前进，破坏了旧的文坛，另开了一个新路，在艺术的宫里，满布着绿意和馥气。"（第293页）

作者指出，俄国的诗人，有都会派和田园派的分别。布洛克是都会派的大将，"他的诗里充满着革命的神情和变动咆哮的声音"；叶赛宁则是田园诗人的大将，他是"文坛上有名的最同情于农民的青年诗人"。

叶赛宁生于1895年10月4日，1925年12月28日在列宁格勒的一家旅馆里自杀，终年30岁。

本文引了叶赛宁的自传和自杀当天早上写的一首绝命诗。

关键词：十月革命以后俄国文坛起了大变动 布洛克是都会派大将，叶赛宁是田园诗人

鲁迅论革命文学

1927年10月21日

鲁迅《革命文学》，载10月21日《民众旬刊》第5期。

文章说："最近，广州的日报上还有一篇文章指示我们，叫我们应该以四位革命文学家为法师：意大利的唐南遮，德国的霍普德曼，西班牙的伊本纳兹，中国的吴稚晖。

"两位帝国主义者，一位本国政府的叛徒，一位国民党救护的发起者，都应该作为革命文学的法师，于是革命文学便莫名其妙了，因为这实在是至难之业。

"于是不得已，世间往往误以两种文学为革命文学：一是在一方的指挥刀的掩护之下，斥骂他的敌手的；一是纸面上写着许多的'打，打'，'杀，杀'，或'血，血'的。"前者是法西斯文学，后者是标语口号文学。这种标语口号作品虽然故作激烈英勇，但实际上是"前面无敌军，后面无我军，终于不过是一面鼓而已"，也绝不是"革命文学"。

鲁迅的名言是："我以为根本问题是在作者可是一个'革命人'，倘是的，则无论写的是什么事件，用的是什么材料，即都是'革命文学'。从喷泉里出来的都是水，从血管里出来的都是血。"

鲁迅又说，"但'革命人'就希有"。"革命文学家风起云涌的所在，其实是并没有革命的。"

关键词：鲁迅 "革命文学"：根本问题在作者是不是一个革命人 标语口号不是革命文学

1927 年 10 月 23 日

彭家煌《喜期》（小说），载《文学周报》第 286、287 期合刊（第 5 卷第 11、12 期合刊）。

《喜期》写湖南溪镇兵灾。儿女婚娶，对农民说是喜庆；兵们作恶，死人，眼看的喜就地变成灾。

听说军队要来，又要打仗，农民黄二聋欲赶快提前将自己 19 岁的女儿静贞嫁到张家去。未来的女婿惠莲是个跛子，静贞不愿意，她自小就与族叔家小三弟相好，心中只有小三弟；小三弟在县城读书，也信誓旦旦要娶静贞。形势危急，静贞父亲黄二聋与张家商议，把婚事由九月提前到三月三，并简化手续和形式，只要女儿嫁到张家了，兵们再怎么滋扰、作恶，好像就没有他的事了。女儿抗议，绝食，黄二聋骂她要了赔奁，还要棺材；女儿为她爹省几个葬埋费而活着，并同意出嫁。但她的身和心只能给小三弟。熟料，新娘到张家拜堂后，兵们即冲入室内，当众糟蹋了静贞。清醒过来后的静贞，冲出喜屋，跳井自杀。眨眼间，喜转化为丧。

关键词：彭家煌 乡土小说《喜期》

1927 年 10 月

应成仿吾之邀，冯乃超、朱镜我回到上海。11 月，李初梨、彭康、李铁声等亦从日本回国，参加创造社。

1928 年 9 月，由潘汉年介绍，冯乃超、李初梨、李铁声等加入中国共产党。彭康先期入党。组织关系属上海闸北区第三街道支部（后改文化支部）。①

这是鲁迅后来所说的创造社增加的"新份子"。

关键词：冯乃超、朱镜我、李初梨、彭康等从日本回国，参加创造社

1927 年 11 月 10 日

顾仲起《箱子》 （小说），载《小说月报》第 18 卷第 11 号，第 32 ～

---

① 此处从李伟江说。参见李江（本名李伟江）《冯乃超生平著译年表》，收入《冯乃超文集》下卷，中山大学出版社，1991 年 9 月第 1 版。另一种说法是在 1928 年春先后加入中国共产党。

36 页。

一个刚出狱的穷书生科君，住在寄宿宿舍，当完了身边一切可当的东西，还是交不出房租。唯一的办法是将随身的一只箱子卖给同屋的进君。为了吃饭和住宿，没有职业的科君，只有在同室有钱人的侮辱、讽刺声中挣扎。

关键词：顾仲起小说《箱子》

茅盾《鲁迅论》

1927 年 11 月 10 日

方璧（茅盾）《鲁迅论》（作家论），10 月 30 日写于牯岭（庐山），载《小说月报》第 18 卷第 11 号，第 37～48 页。

这是第一篇以作家的身份论鲁迅的创作的长文。茅盾系统地读了鲁迅迄今为止的所有著作（已经出版的）——《热风》《坟》《华盖集》《华盖集续编》《呐喊》《彷徨》《野草》，所作的全面的评价。主要是针对成仿吾对鲁迅的贬损，而进行的针锋相对的反驳。他谈鲁迅杂文的价值，论鲁迅小说的成功之处。

茅盾说：鲁迅，"他没有主义要宣传，也不想发起一种什么运动，然而他的著作里，也没有'人生无常'的叹息，也没有暮年的暂得宁静的歆羡与自慰（像许多作家常有的），反之，他的著作里却充满了反抗的呼声和无情的剥露。反抗一切的压迫，剥露一切的虚伪！老中国的毒疮太多了，他忍不住拿着刀一遍一遍地不懂世故地尽自刺"。在"五四"之后，"攻击老中国的国疮的声音，几乎只剩下鲁迅一个人的了"。

论文说，鲁迅的小说"大都是描写'老中国的儿女'的思想和生活"的。"这些'老中国的儿女'的灵魂上，负着几千年的传统的重担子，他们的面目是可憎的，他们的生活是可以咒诅的，然而你不能不承认他们的存在，并且不能不懔懔地反省自己的灵魂究竟已否完全脱卸几千年传统的重担。我以为《呐喊》和《彷徨》所以值得并且逼迫我们一遍一遍地翻读而不厌倦，根本原因便在这一点。"《呐喊》所给你的是你平日所唾弃的"老中国的儿女们的灰色人生。说不定，你还在这里面看见了自己的影子！""阿 Q 是'乏'的中国人的结晶；……阿 Q 是'乏'的'老中国的新儿女'。"

关键词：茅盾 《鲁迅论》

1927 年 11 月

蒋光慈《野祭》，中篇小说，上海创造社出版部，初版。上海现代书局，1927 年 11 月初版，1929 年 12 月第 5 版，1930 年 6 月第 6 版。

作者写的《书前》，假托本书是陈季侠 1927 年在武汉的革命经历和本身的恋爱故事。他说：此书并不是"什么伟大的制作，但在现在流行的恋爱小说中，可以说是别开生面。它所表现的，并不在于什么三角恋爱，四角恋爱，什么好哥哥，甜妹妹……而是在于现今的时代，在这个时代之中有两个不同的女性"。他强调，他的这种写法是"别开生面"。

陈季侠，文学家，革命家；章淑君，教师，革命家；郑玉弦，教师，骗子。陈季侠住在淑君家，淑君爱他，他不理；他爱郑，而受骗；再爱淑君，已经晚了。

淑君因为陈是革命党，又是文学家，而爱他；陈因淑君不美，不接受这种爱。落拓而不革命的俞都弄到一个华贵而漂亮的密斯黄，这促成了陈去爱郑。郑是一个没有知识、思想庸俗、不了解革命、惧怕革命的女教师，也不漂亮；但情人眼里出西施，陈在渴望爱情时，郑满足了他，令他销魂。而淑君则不同。她由陈的间接影响，走上革命道路。她坚定，她踏实，她勇往直前，视死如归。她认为与其坐在家里躲避危险，不如去散传单，去讲演，而杀头、枪毙！她爱陈，真诚，纯洁，率真。她在"四·一二"所造成的白色恐怖中，因散了传单，被捉去秘密枪杀。小说对淑君是歌颂的，对陈是谴责的。陈是个革命的文人，但并不积极参加革命，哪怕是写文章也好。他满脑子郎才女貌，沉醉于爱情。

这是一篇三角恋爱小说。作者歌颂淑君：既要恋爱也要革命，关键时刻勇敢地不顾一切的去革命；批判玉弦：只要爱不要革命，因为不革命也抛弃了爱；谴责季侠：文字上革命，鼓动他人革命，自己没有行动，只沉于爱恋，终于失去爱。小说纯然是革命加恋爱。

关键词：蒋光慈　《野祭》：革命+恋爱

1927 年 11 月

蒋光慈《短裤党》，长篇小说，上海泰东图书局，初版，为《文学小丛书》之一。

作者 1927 年 4 月 3 日的《写在本书的前面》说：

"本书是描写上海穷革命党人的生活的。

"花了半个月的工夫，写成了这一本小书。当写的时候，我为一股热情所鼓动着，几乎忘记了自己是在做小说。写完了之后，自己读了两遍，觉得有许多地方很缺乏所谓'小说味'，当免不了粗糙之讥。不过本书是中国革命史上的一个证据，就是有点粗糙的地方，可是也自有其相当的意义。"

他表示：在"社会斗争最剧烈的时候"，他的笔就是"武器"。他要跟着短裤党一道前进！

小说写 1927 年春上海工人武装暴动。

头一次，因为中央准备不充分，工人没有很好地发动，仓促举义，遭到失败。工人领袖李金贵去抢警察署时牺牲，邢翠英单枪匹马报仇，也死于敌人的乱枪之中。第二次就胜利了。工人扬眉吐气。但杨直夫说：别太高兴了。还有敌人，斗争还多，全消灭才是我们的目的。

小说歌颂党领导工人阶级武装暴动的壮举，歌颂推动历史前进的主动性。及时反映现实生活中的重大事件，说明作者的热情。作品缺乏全景式的历史学家的眼光，只是一些单薄的片断。缺乏具体描写，更缺乏细节，情节的交代靠的是叙述和空洞的议论。

关键词： 蒋光慈 《短裤党》：描写上海工人武装暴动

1927 年 11 月

蒋光慈《纪念碑》，蒋光慈与宋若瑜的通信集，上海亚东图书馆，初版。

书前有作者在上海写于 1927 年 11 月 6 日的序言。他说，这本书是他和爱妻宋若瑜的通信集，是对若瑜死后一周年的纪念。"不但要藉之以纪念死者，并藉之以为生者的安慰。"若瑜生前很坚决地希望他"成为一个伟大的平民文学家"。

本书内收 1924 年、1925 年他和宋若瑜的通信。后来上海美丽书店以《最后的血泪及其他》为书名出版，系盗版书。

这是爱的横流，感情的倾泻，委婉缠绵，回肠荡气。充分地率真地写出了诗人在热恋之中的情怀。那样地真诚，那样地坦白，每一个字都使人感觉得到他那滚烫的心在跳动。蒋光慈的经历和工作，思想和品质，个性和风格，他在文学上的主张和抱负，都能从《纪念碑》的字里行间找出蛛丝马迹。要研究蒋光慈这个人，《纪念碑》是有某种价值的。

关键词： 蒋光慈 通信集《纪念碑》

1927 年冬

洪灵菲到上海。

广州"四·一五"事变之后，洪灵菲开始流浪。他从广州到香港，再回汕头，然后是新加坡、暹罗、汕头，于是年冬到上海。[①]

大约同时，戴平万也到上海。

关键词：洪灵菲、戴平万先后到上海

1927 年冬

蒋光慈、钱杏邨、孟超、杨邨人等先后从武汉到上海。

离开武汉、到达上海之前，途中钱杏邨在安徽家乡待了一段时间。

关键词：蒋光慈、钱杏邨、孟超、杨邨人等到上海

丁玲发表处女作

1927 年 12 月 10 日

丁玲《梦珂》（小说），载《小说月报》第 18 卷第 12 号，第 11 ~ 35 页。《梦珂》的女主人公出身于破落的封建家庭，在学校受不了卑俗教员的气，愤而退学。寄居姑母家，授情于留法归来的表哥，但表哥姘上一个妖冶女人，践踏了她的爱情。她又不能追随"中国的苏菲亚"，从事社会运动，只好到"圆月居社"，当电影演员。尽管这里空气浮薄，对她始而冷淡，继而逢迎，品评姿色，量货出价，但她还是忍受屈辱，做这种卖身以至于出卖灵魂的工作，并在报纸杂志一派"天香国色""闭月羞花"的喧嚷中，走向人生地狱的深渊。学校是卑俗的，富豪家庭充满欺骗，污浊社会制造着罪恶，一个孤独的人与举世皆浊的社会相抗争，一个倔强的灵魂在多重地狱中受煎熬。学校对她歧视，是由于她用了裸体模特儿作画，受的是封建观念的气；留欧归来的表哥和风气浮薄的剧社对她的欺骗和污染，则是没落了的或殖民地化了的资本主义文化结下的苦果。因此，梦珂的悲剧，是一个个性主义者独行于半封建半殖民地社会的心灵悲剧。[②]

关键词：丁玲小说《梦珂》

---

① 参见黄景忠、郑群辉《洪灵菲论》，收入《我们社研究及精品选读》，花城出版社，2008 年 10 月第 1 版，第 60 页。

② 参见杨义《中国现代小说史》，人民文学出版社，2001。

1927 年 12 月 10 日

《小说月报》第18卷第12号封二，刊载《小说月报》第19卷第1号要目预告，首谈茅盾的《动摇》："中篇小说，茅盾著。年来革命的壮潮，冲打在老社会的腐朽的基础上，投射在社会内各方面人的心镜上，起了各色各样的反映。在这篇小说里，有一个精细的分析。故事的背景，在长江上游一个小县城里。旧势力的蠢动，民众运动的纠纷，从事革命工作者的彷徨苦闷，织成了全书的复杂的结构。《幻灭》中间的人物，在此书中又再现了一二位，所以此书和《幻灭》可以算是姊妹书。不过《幻灭》只从侧面而远远的描写现代革命，而此书已深切的触着了它的本身。"

关键词：茅盾《动摇》刊出预告

1927 年底

阳翰笙病愈回到上海。应郭沫若的要求，经周恩来同意，加入创造社。

8月，他参加了南昌起义。起义失败后，经香港逃到上海。因发疟疾，到松江乡下养病。其间，酝酿并开始写作反映农民运动的小说。这之前，曾发表论文《五一节与中国农民运动》《一年来国内政治概况——革命与反革命斗争形势之回顾》。

关键词：阳翰笙加入创造社

1927 年

蒋光慈编著《俄罗斯文学》，上海创造社出版部，初版。

本篇结语

这是革命文学的酝酿期。

文学艺术家们，从事革命实际工作的理论家、宣传员、组织者，学校老师、学生，根据中国新文化运动的发展和形势，根据革命的不同阶段及其任务和要求，根据输入中国的苏联文学理论和作家作品的情况，相继提出"革命文学"的种种口号。稍加梳理，即有：

"红色诗歌""赤色诗歌""赤色文学"；

"劳动艺术""劳工诗人""劳动文艺""农民诗人""现代农民诗人"；

"新的活艺术"；

"革命文学""革命的文学"；

"无产阶级的艺术""无产阶级的文化""无产阶级艺术""无产阶级诗人""无产阶级戏剧""无产阶级的革命艺术""无产阶级文学家""无产阶级文化""无产阶级诗歌"；

"文艺与阶级""文艺与宣传""文艺与时代""文艺与第四阶级"。

文学创作要"表现革命的情绪"，文学家要到民间去，关于文学创作的社会功能，文艺是革命的先驱，现在所需要的是"无产阶级的社会主义的写实主义文艺"。

先后翻译、介绍《苏俄的文艺论战》，托洛茨基的《文学与革命》，列宁的《托尔斯泰与当代工人运动》《论党的出版物与文学》，介绍普列汉诺夫的美学思想。

介绍苏联革命后的文坛与文学。

蒋光慈、瞿秋白《十月革命与俄罗斯文学》：两人都懂俄文，直接从苏俄介绍，给国人以比较全面、系统的知识。通过不同时期、不同思潮流派的作家作品的分析，重点是让中国的文学家选择社会主义的革命的道路，选择马克思主义指导思想和思想路线。

李大钊写于 1918 年的一篇论文《俄罗斯文学与革命》①，可以说明中国人的选择。

文章说："俄罗斯文学的特质有二：一为社会的彩色之浓厚；一为人道主义的发达。"俄罗斯社会中进步阶级之优秀分子欲从事社会活动"不能不戴文学艺术的假面"。"于是自觉之青年，相率趋于文学以代政治事业，而即以政治之竞争寓于文学的潮流激荡之中"。"故文学之于俄国社会，乃为社会的沉夜黑暗中之一线光辉，为自由之警钟，为革命之先声"。"俄国的诗人，几常为社会的诗人"，他们"以诗歌为社会的、政治的幸福之利器"。

李大钊是中国最早的马克思主义理论家。他根据历史唯物主义的基本原理阐述经济基础与上层建筑的关系时，多次谈到文学，强调文学的意识形态性质。本文鲜明地显示出重视文学的"社会的彩色"和思想意义，从文学与政治的关系，特别是文学"为革命之先声"，"为社会的、政治的幸福的利器"的角度，考察和赞扬俄罗斯文学。②

介绍苏俄作家，首位的是高尔基，其次是布洛克。其他像马雅可夫斯基、别德内、谢芙林娜、皮涅克、叶赛宁、爱伦堡、佛理契，也受到重视。

两次翻译《国际歌》，看重的核心思想是自己解放自己的宣言。

秋士《告研究文学的青年》，济川《今日中国的文学界》，邓中夏《新诗人之棒喝》《贡献于新诗人之前》《思想界的联合问题》，恽代英《八股?》、《文学与革命》（王秋心与恽代英的通信），沈泽民《青年与文艺运动》《我所景慕的批评家》《我们需要怎样的文艺》，萧楚女《诗的生活与方程式的生活》《艺术与生活》，远定《诗人与诗》，瞿秋白《赤俄新文艺时代的第一燕》……

这是一批从事革命实际工作的青年领导者，他们是共产党员、国民党党员（左派），当时做的是共青团中央的组织工作、宣传工作、政治工作。从 1923 年年底至 1924 年夏，以团中央的机关刊物《中国青年》等报刊为阵地，对文艺发出了另外一种声音。

超前意识。政治大于文学。政治家的理想化。实际并没有起到多大作用，

① 据李大钊亲属从作品的思想内容和所采用的文体两方面推断，本文肯定写于 1918 年（见李星华、贾芝《〈俄罗斯文学与革命〉附记》）。手稿于 20 世纪 60 年代中期从胡适留在大陆的藏书中发现。最初发表于《人民文学》1979 年第 5 期。
② 以上参考了樊骏写的说明，见《中国现代文论选》第 1 卷，安徽教育出版社，2010 年 9 月第 1 版，第 204 页。

并没有发生多大的影响。

蒋光慈《无产阶级革命与文化》《现代中国社会与革命文学》，郭沫若《革命与文学》（数篇），沈雁冰《文学者的新使命》《论无产阶级艺术》，郁达夫《无产阶级专政和无产阶级文学》，鲁迅《革命文学》。这是中国文艺界先进分子、有识之士的声音。他们多少缺乏对现状的考察，对本国历史的尊重，比较多地用的是世界文艺运动潜行的一般规律。郭沫若说，他翻译日本人的一本书，陡然间就成了"彻底的马克思主义的信徒"了，近乎神话。在北伐前夕，他就提出：我们现在所要求的是"表同情于无产阶级的社会主义的写实主义的文学"，同样意识超前；就要求革命的文学家"到兵间去，民间去，工厂间去，革命的漩涡中去"，事实上做不到，不能实现。

同时就出现不能做什么的《个人主义艺术的灭亡》（何畏），倒是不足为怪。这与不尊重历史的声音一样，是不尊重艺术的叫喊。

人员聚集上海：

夏衍、王独清、潘汉年、成仿吾、鲁迅、冯乃超、朱镜我、李初梨、彭康、李铁声、洪灵菲、戴平万、杜国庠、蒋光慈、钱杏邨、孟超、杨邨人、阳翰笙、李一氓、茅盾、郭沫若等先后到上海，随后，冯雪峰、柔石、殷夫、杨骚、丁玲、胡也频、张天翼等也陆续齐聚上海，他们要在上海这一块工人阶级最集中、资本主义已经有了雏形的地方，打造普罗文学。

他们是从革命前线退下来的，海外归来的，从"革命策源地"、革命中心、暴动县城来的。

他们有的雄心勃勃，有的欲将海外习得的理论来一试身手，有的抒愤懑，有的冷静总结。

无论如何，他们将要有新的动作。

创作雏形：

瞿秋白出版《饿乡纪程》《赤都心史》，这是革命文学的可喜开篇。

蒋光慈已经出版诗集和小说集《新梦》《哀中国》《纪念碑》《少年飘泊者》《鸭绿江上》《野祭》《短裤党》，顾仲起出版诗集《红光》，这是革命浪漫谛克的创作的典型代表。

茅盾出版《幻灭》《动摇》，这是一个"老"共产党员，一个"老"革命者，对于革命高潮中小资产阶级知识分子命运的概括，虽说其后即遭病诉，但其实这才是反映现实，是对革命的滚烫的记忆。

丁玲、胡也频、刘一梦、段可情、许杰、鲁彦、彭家煌、魏金枝等的小说分别以自己所熟悉的生活，描写革命的进行、生活的复杂、普通人物的坎坷境遇。较之"五四"，他们的创作，题材在变，主题在变，人物尤其是变化大。

中国新文学将要翻开新的一页！

中篇 |

普罗文学

（1928～1929 年秋）

本篇要略

　　文艺离不开政治。但这时候，共产党还没有从组织上来领导文艺；国民党还没有从行政上来镇压"异己"文艺。

　　这才有普罗文学的相对自由。

　　1927年初夏，大革命失败。就全国的整体形势说，革命都处于低潮。尽管有南昌起义，有秋收起义，有各地的农民运动兴起，但都被强势的反革命力量所镇压，所消灭。不消沉，储蓄、聚积仅存的零星的军事力量，开辟了井冈山根据地。星星之火，必将形成燎原之势，但还没有燎原。既要看到普遍的低潮，不盲动，小心翼翼地保存实力，又不失信念，相信"地火"还在，只要条件具备，必会"春风吹又生"。

　　共产党的主要精力，只能用于千方百计地保存自己，并有条件地发展自己。保存和发展的关系是辩证的。最大的举措是在莫斯科召开六大（1928年六七月）。几十名代表、一百多名会议的参加者，千里迢迢，远天远地地，汇聚到莫斯科。前前后后，会议一开就是一两个月，再陆陆续续地返回国内，传达贯彻会议精神，少说也要半年。

　　就是说，共产党还没有也不可能自觉地从组织上来领导革命文艺运动。

　　由创造社和太阳社所兴起的无产阶级革命文学运动，是个人性的，小团体性的。也要看到，在此时此刻，在中国兴起无产阶级革命文学运动，是历史的必然，是一定会出现、谁也阻挡不了的历史潮流。

　　国民党一方的情况是：北伐还没有完成，蒋介石的主力继续北伐。一方面要继续北伐，另一方面要建设南京国民政府。党政军的掌权人物走马灯一样变换，不断地实行权力再分配。随着张作霖的退出直隶天津，并在皇姑屯被日本人杀害；张学良在东北易帜，表示遵守三民主义，服从南京国民政府，拥护蒋介石国民党，蒋介石就在国人面前显示，他完成了北伐，统一了全国。他同时将党政军大权汇于一握，黄袍加身，成为独裁者。

　　也就是说，1928年，以蒋介石为代表的国民党腾不出手来从政治上镇压无产阶级革命文学运动，这给革命文学的倡导者留下了发展的空间。

普罗文学既是历史发展的必然，又是新生事物。

普罗文学是世界思潮，是国际现象。掐不死，挡不住。

苏联已经是无产阶级专政的国家，革命文学自由发展。在日本，此时共产党是合法的，可以公开讲普罗文学，办普罗文学。在欧洲，普罗文学完全处在自由生存状态，在竞争中发展。在美国，共产党是在野党，可以挑战执政党。只有中国才是特殊的，1927年夏季大革命失败后，共产党遭到镇压，革命要被杀头。

普罗文学是新生事物，它受欢迎；幼稚是普遍现象，运动规律，生命力强。

"革命文学"论争：

共产党、国民党都还没有来管文艺，论争才能热闹地进行。

首先是文学观念的变化，不是谁要和谁过不去。创造社、太阳社的成员认为，文学事业是党的革命事业的组成部分，是它的一个战野，因而它必须是武器。普罗文学是全新的文学，是全新的事业。全新的事业只有全新的人才能完成。

标语口号又何妨，正是标语口号才切合时代和阶级的需要。

世界少有，而且是内部论争。

新月不代表官方。官方没有声音。

国民党元老廖平发出惊呼，但还无人响应。

铺天盖地的新名词新观点，如普罗列塔利亚、布尔乔亚、印贴利更追亚、意德沃罗基、奥伏赫变，等等，叫人眼花缭乱。令人应接不暇的哲学思想，如生产力与生产关系、经济基础与上层建筑、唯物辩证法与形而上学，等等，叫人来不及吞咽。

一套全新的观念，一套全新的思维模式。

全新的观念，派生全新的普罗文学创作。

写什么，怎么写，传达什么思想。

充分肯定普罗创作的历史意义。题材、人物、情调、精神都是新的，社会效益是积极的。

"革命浪漫谛克"的倾向是"不应该这样写"的样板。

普罗文学思潮执文坛牛耳。全社会唯普罗文学是瞻。写普罗，刊普罗，出普罗，读普罗，说普罗，成为时髦。不普罗，就有落伍之嫌。

至《太阳月刊》停刊，蒋光慈都说，他们没有提出无产阶级革命文学口号，扫描文坛，情况是一空，二空，三空。有普罗文学的声音、普罗文学的出版物，但没有普罗文学作品。

鲁迅主张实实在在地翻译介绍马克思主义文学理论。

普列汉诺夫、托洛茨基、列宁、卢那察尔斯基、玛察、列列维支、梅林格、藏原惟人、平林初之辅、青野季吉等人的文艺理论批评文章陆续成为倡导普罗文学的人的主导思想。不免生涩，不免菁芜杂糅。在引进中比较，在消化中扬弃，逐渐地中国新文学有了一套完整的新兴的意识形态。

本篇正文（1928～1929 年秋）

《创造月刊》第 1 卷第 8 期恢复出版　两种版本
预示与鲁迅的联合失败

1928 年 1 月 1 日

停刊近半年的《创造月刊》，由创造社出版部在上海恢复出版第 1 卷第 8 期。

本期由王独清编。大 32 开，共 110 页，约 8 万字。

刊载有麦克昂（郭沫若）文学随笔《英雄树》、蒋光慈长篇论文《十月革命与俄罗斯文学》（续）、穆木天论文《维尼及其诗歌》（续）；

剧本有：郑伯奇一幕剧《抗争》（未完）、王独清《貂蝉》（待续）；

诗歌有：冯乃超象征派诗《凋残的蔷薇》；

小说有：段可情《一封退回的信》、张资平《青春》（未完）、赵伯颜《牛》。

王独清写于 1927 年 11 月 13 日的《余谈》对本期《创造月刊》有所说明。

他说："这期的月刊，本来是要仿吾主裁的，不料他竟因事往东京去了，并且预约的几处稿子都不见寄到，所以竟至迟之又迟，迟了两三个月，直到现在才算编辑成功。"（按：第 1 卷第 7 期出版于 1927 年 7 月 15 日）

又说："现在虽然外边我们底敌人在极力给我们造谣，说是我们底月刊已经停刊，说是我们底团体已经瓦解，但是，这算甚么呢？我们只要有无数的青年同志信任我们，只要我们始终在继续努力，这算甚么呢？我现在先借这儿向同志们表白一句：我们底团体比较从前更形紧张，我们底月刊此后准按期出版，我们最近努力的精神特别的一致，并且是从来所没有过的！"（第 110 页）

关键词：《创造月刊》恢复出版 王独清编辑

1928年1月1日

《创造月刊》第1卷第8期有两种版本。内文相同，区别是它所刊载的广告。

初版本封三刊登《〈创造周报〉复活了》的预告。这则预告分为三部分，一是《复活预告》，二是《编辑委员》，三是《特约撰述员》。《复活预告》的全文是：

> 时代滚滚地流去，转瞬之间，在我们的文艺界瞌睡着的当中，时代又已经前进得离我们很远了。文艺应该站在时代的前头，至少也得跟在时代的尾后前进。可诅咒的瞌睡，可耻辱的落伍！我们不甘于任凭我们的文艺界长此消沉，任凭我们的文艺长此落后的几个人，发愿恢复我们当年的、不幸在恶劣的环境中停顿了的《创造周报》，愿以我们身中新燃着的烈火，点起我们的生命于我们消沉到了极点的文艺界，完成我们当年未竟的志愿。我们的文学革命已经告了一个段落，我们今天要根据新的理论，发扬新的精神，努力新的创作，建设新的批评——我们将在复活的《创造周报》开始新的简册。我们在这里正式宣布，我们的休息已经告终，我们决在十七年的第一个星期日再与诸君相见。亲爱的朋友们哟，请听，请听，我们卷土重来的雄壮的鼙鼓！

这篇《复活预告》值得重视的是：认为"文学革命已经告了一个段落"，即"五四"文学革命已经过时了，成为过去了。而预告中所说"根据新的理论，发扬新的精神，努力新的创作，建设新的批评，开始新的简册"，这5个"新"指的是什么，都还有待阐释。

第二部分编辑委员是：成仿吾、郑伯奇、王独清、段可情。

第三部分特约撰述员所列的人是：鲁迅、蒋光慈、张资平、陶晶孙、穆木天、赵伯彦、潘怀素、麦克昂、李初梨、冯乃超、彭坚、李白华、李声华、袁家骅、许幸之、倪贻德、敬隐渔、林如稷、夏敬农、黄药眠、杨正宗、孟超、张牟殊、杨邨人、黄鹏基、张曼华、高世华、聂觟、邱韵铎、成绍宗等。

按：《创造周报》创刊于1923年5月13日，出至1924年5月19日时停刊，共出52号。

《创造月刊》第1卷第8期的再印本将上述《〈创造周报〉复活了》的预

告换成《〈创造周报〉改出〈文化批判〉月刊紧要启事》（末署上海创造社出版部）和《〈创造月刊〉的姊妹杂志〈文化批判〉月刊出版预告》（末署创造社谨启）。

《紧要启事》说：《创造周报》"原定 1 月 1 日复活起来，重做一番新的工作，但目前因为本报同人拟一心致志于《创造月刊》的编辑关系，故议决先将周报停办，同时改出《文化批判》月刊一种"。并有"创刊号要目预告"10 篇。

《文化批判》出版预告说："本志为一部分信仰真理的青年学者，在鬼气沉沉，浊流横溢的时代不甘沉默而激发出来的一种表现，其目的在以学者的态度，一方面介绍最近各种纯正的思想，他方面更对于实际的诸问题为一种严格的批判的工作。（按：文字下面的黑线是原有的。）它将包含哲学，政治，社会，经济，艺术一般以及其余有关系的各方面的研究与讨论。"又说，"我们深信《文化批判》将在新中国的思想界开一个新的纪元，我们切望海内外觉悟的青年同志们一致起来拥护这思想界的新的生命的力"。

这就意味着鲁迅欲与创造社诸君联合起来干一番事业的打算失败。

关键词：恢复出版的《创造月刊》有两种版本　鲁迅欲与创造社联合办刊的打算失败　"五四"文学革命已经告一段落　创造社内"一部分信仰真理的青年学者"议决停办《创造周报》，改出《文化批判》　《文化批判》将在新中国的思想界开一个新纪元

1928 年 1 月 1 日

《创造月刊》第 1 卷第 8 期刊登的创作有郑伯奇的一幕剧《抗争》、王独清的剧本《貂蝉》，小说有段可情的《一封退回的信》、张资平的《青春》、赵伯颜的《牛》，以及冯乃超总题为《凋残的蔷薇》的 9 首象征派新诗。

《抗争》为一幕剧。咖啡店的饮者摆谈：外国侵略者对中国是不讲道理的，"要讲道理，也不派什么军舰，飞机，机关枪来中国了"。（第 12 页）外国的水兵在中国地界横行霸道：沪西一个女人"被几个英国水兵强奸得几乎死了"。（第 12 页）外国兵在街上，"看见过来的黄包车上坐的女子，一个一个都要摸脸，搦搦奶头"。而国人又不争气。但也有敢于反抗的。面对进店侮辱女招待，流氓滋事的水兵，黄先生就怒不可遏："来！我打死你！你们这些人类的反叛！"（第 20 页）林先生也以拳足相对。

剧本认为，中国要独立，敢于面对外国兵，只有靠觉醒，靠团结起来奋斗。

王独清在编后《余谈》中说："伯奇此后要从事于现代剧之创作，他在这期发表的一篇倒颇有他底特点。"

《牛》写一个黄包车夫王顺为挣 5 块大洋活活被累死的故事。"这样毒热的天，一个血肉做的人"，在半小时以内，拉着漂亮青年，跑 20 多里路，给 5 块钱。（第 76 页）漂亮青年是为了赶赴女友的约会，王顺梦想的是从此可以摆脱困境："5 块钱，有发财的机会了……因为可以买两只小猪，碰巧还可买 3 只……大猪生小猪……四五年……几千块钱……猪食不费事……发财"；发了财，老婆就有了，儿子也有了。他按时把人拉到，看到那漂亮青年掷出"白光耀眼的 5 块大洋"，但他"不由得眼前发黑，心里像有火球在滚一样，忍不住口一张，喷出一口鲜血，一交栽到水槽旁边"，死了。（第 78 页）

（段）可情的短篇小说《一封退回的信》、赵伯颜的短篇小说《牛》，均载《创造月刊》第 1 卷第 8 期，第 21～40 页。

段可情的小说是身在德国的敬源于 1924 年 7 月 14 日给远在国内的妻子紫槐写的一封绝笔信。

小说写大时代一青年，为逃避婚姻，逃到上海过放荡生活。从同学劝，远走德国，想有所作为，但照样放荡，并染上梅毒，决心自杀。他认为，"社会组织之不良，是形成我堕落的主因。如要青年们不走入这歧路去，非要根本把社会彻底改造不可"。（第 38 页）

王独清在编后《余谈》中说："可情伯颜两篇小说都是很努力的作品，像伯颜底那篇，我很希望我们能再多多产生一些，因为我们相信文学是时代的前趋，我们处在这样的时代，我们第一先要我们底感情伸张到民众里面去，我们不要把时代忘记了。"

关键词：郑伯奇一幕剧《抗争》 赵伯颜小说《牛》 文学是时代的前趋我们不要忘记时代

1928 年 1 月 1 日

冯乃超新诗《凋残的蔷薇》，载《创造月刊》第 1 卷第 8 期。

这是一组典型的象征派诗歌。共 10 首：《凋残的蔷薇恼病了我》《绝望》《残烛》《涌上来的小波》《短音阶的秋情》《苍黄的古月》《没有睡眠的夜》《十二月》《阑夜曲》《死》。（第 59～68 页）

这一组诗的落款是"24th，Nov.，1926"，即写于 1926 年 11 月 24 日。诗人在写于 1927 年 2 月 5 日的《附识》中说："这篇诗稿是去年 11 月以前的旧作。现在我的心境和从前的是两样，对于旧日的遗物除了怀古的情绪外，再没有别的兴趣。不过这是我过去的足迹，青春的古渡头；譬如我现在身在黑暗的荒海中，这是我偷闲的时刻望将天空去，那时的幽寂的远星。这是我旧稿的结束，也是一种可以微笑的墓碑。"（第 68 页）

这些诗不乏象征的诗句和悲凉的情绪。如，"悲我沉默的人生憔悴／哀我多感的青春告衰"，"无可奈何的绝望"，"追求柔魅的死底陶醉／飞蛾扑向残烛的焰心／我看着奄奄垂灭的烛火／追寻过去的褪色欢忻"，"青色的悲哀"，"金光的疲惫"，"凋落的沉寂"，"苍白的叹息"，"苍白的微笑"，"夕阳疲惫的青光幽寂／给我黑色的安息"，"夕阳的面色苍白了"，"黑暗颤着苍白的言词"，"枯枝曳着欲断的叹息"，"十二月／岁月告老的十二月／震栗的灰白的苦寒／积我心头疲惫的白雪"。

关键词： 冯乃超象征派诗《凋残的蔷薇》自言这是"旧稿的结束"，"微笑的墓碑"

郭沫若：无产阶级文艺是倾向社会主义的文艺

1928 年 1 月 1 日

麦克昂（郭沫若）杂文《英雄树》，载《创造月刊》第 1 卷第 8 期。

文章散论当时的文坛现状，批评了"个人主义的文艺"和"睡在新月里面做梦"的新月派，批评当时的"文艺界太和时代脱离"，"落在时代后边"太远了；指出"社会上有无产阶级便会有无产阶级的文艺"，"无产阶级的文艺是倾向社会主义的文艺"，不同意郁达夫等"要无产阶级革命成功，才有真正的无产阶级的文艺出现"和"要无产阶级自己做的才是无产阶级的文艺"的观点，认为"只要你有倾向社会主义的热诚，你有真实的革命情趣，你都可以来参加这个新的文艺战线"。文章还提到"因为思想上的分化"，"现在有好些旧日的朋友和我们脱离，而且以戈矛相向了"。他说，"这是很好的现象"，"我们大家脱去感伤主义的灰色衣裳，请来堂堂正正地走上理论斗争的战场"，"这是最有趣味的生活"。作者还说，"阶级文艺是途中的文艺"，阶级文艺将随着阶级的消灭而消亡。

在"革命文学"论争中，郭沫若还发表了论文《桌子的跳舞》、《文艺战上的封建余孽》（署名杜荃）、《留声机器的回音——文艺青年应取的态度的考察》，以及小说《一只手》。

关键词：郭沫若杂文《英雄树》　社会上有无产阶级便会有无产阶级文艺，无产阶级文艺是倾向社会主义的文艺　阶级文艺是途中的文艺

蒋光慈论叶赛宁和"谢拉皮翁兄弟"

1928 年 1 月 1 日

蒋光慈《十月革命与俄罗斯文学》之五《叶贤林》，载《创造月刊》第 1 卷第 8 期，第 79～86 页。

叶贤林，现通译叶赛宁。叶赛宁于 1925 年 12 月 28 日在列宁格勒自杀，时年 30 岁。

蒋光慈分析叶贤林自杀的原因之三是："叶贤林是一个罗曼谛克，在革命的爆发的时期中他爱上了革命，因为革命如暴风雨一般，符合于他的心灵的要求，但是当革命平定下来了，从事于和平的建设的时候，他未免发现了许多不满意的现象，因之他又得了一种政治的幼稚病。叶贤林虽然是苏维埃政权的爱护者，但他始终是一个革命的同伴者，他的思想不免有许多是与无产阶级的共产主义是冲突的。"（第 80 页）

文章说，叶贤林是一个负有天才的诗人。普希金之后，"他算是第一人"。"叶贤林的风流倜傥，放荡不羁的性格，伟大的天才，诗的意味，都颇与普希金的相似。"（第 80 页）

又说："叶贤林是一个农民诗人，俄罗斯农民与革命的关系，叶贤林可算是一个化身了。叶贤林是时代的产儿，他的作品充满了俄国乡村的情绪。他的作品所以能十分鼓动人们的心灵的，也就因为他是俄国农民情绪的表现者。叶贤林普通总把自己算为想像主义派的诗人。也许他真是一个想像主义派的诗人。想像主义派对于诗的作品重形象而不重内容，只要求形象的美好，而不问内容的好坏。""叶贤林是时代的产儿，而且他是一个天才的诗人，因之在他的作品中所表现的时代的情绪更为深切。"（第 80～81 页）

结论是：叶贤林"是俄国革命后一个仅有的能够代表时代情绪的天才诗人。但是他虽然是革命的同情者，而因为他是始终留恋旧俄罗斯的诗人，因此，他不能与革命始终走同一的道路。他说，他能领受一切，他可以将灵魂都交给红色的十月和五月，但只有一张亲爱的鸣琴不愿给与任何人的手里，因为他要这张鸣琴仅仅为他歌吟，细腻地歌吟。这张亲爱的鸣琴是不是那旧的俄罗斯的象征呢？""恐怕是的！"（第 85 页）

叶赛宁是"五四"时期对中国作家有影响的诗人,又是左翼文学时期中国文坛谈得较多的诗人。

关键词: 蒋光慈 叶赛宁仅是一个革命的同伴者 代表时代情绪的天才诗人 革命的同情者,不能与革命始终走同一的道路

1928 年 1 月 1 日

蒋光慈《十月革命与俄罗斯文学》之六《谢拉皮昂兄弟——革命的同伴者》,载《创造月刊》第 1 卷第 8 期,第 86~93 页。

谢拉皮昂兄弟,现通译为谢拉皮翁兄弟(代表作家是费定、吉洪诺夫、左琴科、隆茨等)。

文章说:"十月革命后,旧的艺术既然是消沉了,而新的艺术又一时不能即速地产生,于是在这新旧交替之间,发展了一种过渡期间的艺术,这种艺术是与革命有关连的,然而又不是纯粹的革命的艺术。如叶贤林,皮涅克,乌谢沃伊万诺夫,尼克廷,基抗诺夫,以及其他'谢拉皮昂兄弟',倘若离开革命,那他们将没有存在的可能了。这一般作家,所谓革命的同伴者,自己很知道这一层,有几个作家并且彰明较著地承认这一层。但是他们对于革命,并不是文学的服务者,有的还生怕自己文学的创造被革命所束缚住了。这一般作者都是正当少壮的年龄,他们与旧的,革命前的一切,没有大关系,他们的文学的面目与精神,差不多都是被革命所建造出来的,因之,无论如何,他们脱不了革命的关系。"(第 86 页)他们"不是无产阶级革命的艺术家,而不过是它的同伴者而已"。(第 87 页)

可以称他们为"苏维埃俄罗斯的民粹主义"。(第 87 页)

作者说:谢拉皮昂兄弟为一个文学团体,成立于 1921 年 2 月 1 日。初成立的时候,参加者为曹斯前珂,龙慈,尼克廷,格鲁滋节夫,斯克洛夫斯基,卡维林,斯洛尼母斯基,波滋涅尔,女诗人波浪斯嘉牙,不久,伊万诺夫,基抗诺夫,费丁,皮涅克等相继加入。自从这个文学团体成立后,所谓谢拉皮昂兄弟,在新俄罗斯文学界占据非常重要的地位,其中如伊万诺夫,皮涅克,基抗诺夫等数人,几乎成了新俄罗斯文学的骄子了。(第 87 页)

蒋光慈评论说:"谢拉皮昂兄弟,在俄国文学史上,将占有不可磨灭的地位。自从谢拉皮昂兄弟出现以后,俄国文坛的重心更变了。小说的创作进入第一个位置,而抒情的美文却消沉下去了。抒情诗,这是个人的情绪之表露,但是当此暴风雨的时期,谁个有细工夫来将自己的情绪,幻想,秘思,爱情

的经过，一一地，细腻地，温柔地表露出来呢？……个人的生活已不成为社会的重心，因之，文学所表现的对象，不是个人的私有的情绪，而是社会的，客观的，群众的行动了。""小说占据了抒情诗的领域。作家的注意力群趋于描写自我以外的事物。"（第89页）

蒋光慈的这个观点十分有代表性。这是左翼文学不同于"五四"文学的极为重要的地方。"五四"文学是要张扬自我，突出个性；左翼文学却要写集体，写群体，要歌颂阶级的解放。

关键词：蒋光慈　"谢拉皮翁兄弟"不是无产阶级革命的艺术家，只是同伴者　左翼文学要写群体、歌颂阶级的解放

1928 年 1 月 1 日

（穆）木天《维尼及其诗歌》（续），载《创造月刊》第1卷第8期，第94～100页。

这是穆木天论法国浪漫主义诗人维尼的长篇论文的第7节。这一节的论题是"精神孤独感是浪漫诗人的特征"。

文章说："精神孤独感是浪漫诗人的特征，是时代病的结局的表现。由精神孤独感的变迁，划分了浪漫派的时代与高蹈派的时代。从浪漫派到高蹈派的变迁，就是精神孤独感的变迁。从精神孤独感的变迁，说明文学，至少，在19世纪是妥当的。用精神孤独感这心理的方面，说明作品的沿演，在19世纪的作家，自然是适当。对于维尼的诗歌，我们尽可以拿精神孤独感的变迁去作说明。

"维尼的诗的生活，由 Stello 结分为二期：前期是一种漠然的不安，后期完全是理智的悲哀。用笼统的话来说：前期是心的孤独中混着智的孤独，后者则心的孤独被溶在智的孤独的里边。前期宁是传拜轮的面影，是经过思索的天才的孤独的心情；后期则是如 Pascal 的哲人的智的苦闷，普遍的人间的烦恼。前期宁是浪漫派的一面的潮流，前面则为高蹈派的先导了。后期诗歌《运命集》（Les Destinées）给勒孔德·得·利尔（Leconte de Lisle）开了先路。《运命集》中表出维尼对于自然的孤独，对于神的孤独，对于异性的孤独，对于人间运命感的普遍的孤独，以及由孤独感中生出的安心立命，自安心立命生出维尼的希望来。"（第94页）

（按：《维尼及其诗歌》全文载《创造月刊》第1卷第5、7、8、9期。）

关键词：穆木天　维尼　浪漫诗人的特征之一是精神孤独

《太阳月刊》创刊　太阳社成立

1928 年 1 月 1 日

《太阳月刊》在上海创刊。太阳社主办。编辑者署名太阳社，实为蒋光慈、钱杏邨、杨邨人编辑。上海春野书店发行。32 开本，横排。每篇文章单独编页码。

主要作者有蒋光慈、钱杏邨、杨邨人、孟超、楼建南、刘一梦、林伯修等。该刊是发表普罗文学理论和创作、开展"革命文学"论争的主要阵地。

创刊号的《卷头语》署名光慈。表示：

> 弟兄们！向太阳，向着光明走！
> 我们也不要悲观，也不要徘徊，也不要惧怕，也不要落后。
> 我们相信黑夜终有黎明的时候，正义也将不终屈服于恶魔手。
>
> 我们只有奋斗，因为除开奋斗而外，我们没有出路。
> 倘若我们是勇敢的，那我们也要如太阳一样，将我们的光辉照遍全宇宙。
> 太阳是我们的希望，太阳是我们的象征，——
> 让我们在太阳的光辉下，高张着胜利的歌喉：
> 　　"我们要战胜一切，
> 　　　我们要征服一切，
> 　　　　我们要开辟新的园土，
> 　　　　　我们要栽种新的花木。"

创刊号刊登的小说有杨邨人的《女俘虏》《田子明之死》，孟超的《冲突》，刘一梦的《沉醉的一夜》，蒋光慈的长篇小说《罪人》之第一章《蚁斗》，王艺钟译童话《玫瑰花》。

出至第 7 期后被迫停刊。

关键词：《太阳月刊》创刊　革命文学

蒋光慈《现代中国文学与社会生活》，自诩他们这批新作家是"被革命潮流所涌出"，"自身就是革命"

1928 年 1 月 1 日

蒋光慈论文《现代中国文学与社会生活》（写于 1927 年 12 月 10 日），载《太阳月刊》创刊号。

作者认为，"文学是社会生活的表现"，但现在的文学普遍落后于社会生活。其原因是作家们普遍缺乏革命情绪的素养，缺乏对于革命的信心和同情，尽管"他们并不是革命的敌人"。他们能否维持自己文学的生命，就看其能不能认识时代，并与革命接近。作者说，他们自己则是一批新作家，是"被革命的潮流所涌出"，"自身就是革命"，没有进行革命修养的必要。他们不愁没有写作的材料，只要有时间，即可写出"能代表时代精神的作品"。

蒋光慈的论文开篇即说："倘若承认文学是社会生活的表现，那我们现在的文学，与我们现在的社会生活比较起来，实在是太落后了。固然文学对于社会生活总是落后的——先有了社会生活，然后社会生活的表现才有可能；若先无社会生活的对象，则文学又将何从表现起呢？我们不是空想的唯美主义者，以为艺术是超社会生活的东西，或以为艺术家的创作不受时代的限制，艺术家的心灵是自由的，是超人的，是神秘的，或以为艺术的作品只是自我的表现。"我们所处的社会现实是："革命的浪潮日渐飞涨，所谓革命的运动不但是政治的，而且有经济制度改造的意义。中国的被压迫群众不但要求民族的自由，民权的建设，而且要求经济的解放，这弄得革命的浪花四溅，奇彩横生，开一个各国社会所从未曾有的局面。在这一种社会生活里面，不但有残酷的压迫，弱者的哀吟，愚者的醉生梦死，怯者的退后，以及种种黑暗的阴影，而且有光荣的奋斗，强者的高歌，勇者的向前，以及一切令人震动的热情，呼声，壮烈的行为。我们不但可以观出现代中国社会生活之无希望的，陈腐的，反动的，旧的，坏的方面来，而且可以寻出有希望的，进步的，新的，康健的原素，并且照大局看来，这种原素将要为产生新中国的根源。"现代中国文坛却落后于这样的时代。只要数一数，我们"有几部是表现这种斗争生活的著作？有几个是努力表现这种斗争生活的作家？我们只感觉得这些作家是瞎子，是聋子，心灵的丧失者，虽然我们的时代有如何大的狂风狂雨，而总不能与他们以深刻的，震动的，警觉的刺激。他们对于时代实在是太落后了。虽然这其间也有几个作家曾发表过很激烈的政治论文，或空泛地喊几声所谓革命文学与劳动文学，但是这与作者的'文学家的资格'并没有什么关系，因为我们对于文学家所要求的是文学的革命的作品，而不是一般人所都能写到的，空空洞洞的，不可捉摸的论文。……倘若某一个作家要承认自己是一个革命文学者，那我们就要请他拿出证据来，给我们以文学的革命的作品"。

作者说，中国社会生活变化太迅速了！中国革命浪潮涌激得太紧急了！它"逼得一般知识阶级不知所措"：一部分知识阶级被革命的浪潮完全送到坟墓里去了，他们或者完全投降反动的势力，或者装聋作哑转过身来，跳入过去的粪堆，做他们所谓"国故的运动"；一部分知识阶级因为还保存着极端的自由主义之倾向，不愿意滚入反动势力的怀抱，但同时又不能与革命的势力接近，或者也可以说，并不能了解革命的意义，因之徘徊歧路，不知所从；此外还有一部分知识阶级，他们仍然继续地追随着革命的浪潮，为光荣的奋斗，但这是极少数。对于革命没有了解，而想写一篇革命的著作，那是不可能的事情。

关于革命情绪的修养："在情感方面说，我们的作家与旧世界的关系太深了，无论如何，不能即时与旧世界脱离……这是因为没有革命情绪的素养，没有对于革命的信心，没有对于革命之深切的同情。但是缺乏这些东西，是写不出革命的文学作品的，因为这些东西是革命文学家所必有的条件。徒在理性方面承认革命，这还不算完事，一定要对于革命有真切的实感，有了真切的实感，然后才能写出革命的东西。""一个不革命的作家变为一个革命的作家，这尤其是不容易的事情！""这一类的作家在现在中国的文坛上是很多的，他们一方面口头上表示非常的革命，而在艺术的表现上，却未给我们一点革命的意义的东西。在现在的状况之下，他们并不是革命的敌人，我们应当希望他们好好地做革命情绪的修养，慢慢地走到真正革命的路上来。他们并不是毫无希望的，今后他们能否维持自己文学的生命，那就要看对于革命接近的程度之如何而定了。""他们第一步要努力于现代社会生活的认识，了解现代革命的真意义。""他们应当努力与革命的势力接近，渐渐受革命情绪的浸润，而养成自己的革命的情绪。""此外，在我们的文坛上，我们显然看出有许多作家滚入反动的怀抱里去了，在行动方面，他们极力提倡不良的，俗恶的，欧洲资产阶级的文化，处处与现代革命的潮流相背驰；而在思想方面，他们极力走入反动的，陈旧的，反社会生活的，个人主义的道路。这批假的唯美主义者才真正是革命的敌人。他们只能引导中国的文化向灭亡的，

不上进的，衰颓的方面走去，而不能给与以稍微的利益。他们思想与行动的
结果，只是使中华民族堕落，只是使中华民族永远沉沦于羞辱的奴隶的地位。
虽然他们表面上是非常地欧化，但是在事实上，他们是中国旧势力与欧洲旧
势力混合的代表，他们只是统治阶级的工具，这种工具却是对于革命最不利
的东西。"

　　蒋光慈这篇论文一个主要观点是：现在的文坛已有一批新作家，他们
"被革命的潮流所涌出"，"自身就是革命"，他们是"中国文坛的新力量"。
他说："……在革命的浪潮里，涌现出来一批新的作家。这一批新的作家，虽
然现在还未成名，还未给与我们很好的成绩，但是他们前途将有非常大的发
展。倘若我们对于旧的作家，要求他们认识时代，了解现代的社会生活，要
求他们与革命的势力接近，那吗，我们对于这一批新的作家，这种要求却没
有必要了。这是因为这一批新的作家被革命的潮流所涌出，他们自身就是革
命，——他们曾参加过革命运动，他们富有革命情绪，他们没有把自己与革
命分开……换而言之，他们与革命有密切的关系，他们不但了解现代革命的
意义，而且以现代的革命为生命，没有革命便没有他们了。""这一批新的作
家真是中国文坛的新力量！"只要有时间，他们就能写出"代表时代精神的作
品"，"因为他们是新时代的产儿"，"不愁没有写的材料"。因此，"振兴中国
文坛的任务，不得不落到这一批新作家的身上来了。也许他们在技术方面，
还是很幼稚的，但是他们现在正在很热烈地努力，不但在思想方面，他们要
战胜一切，而且在技术方面，他们也将要为一切的征服者"。

　　作者最后说："新中国一定有新中国的表现者，一定有新中国的歌者。"
他们太阳社的成员是"很可贵的创造光明的英雄"。

　　在《太阳月刊》上，蒋光慈发表的关于"革命文学"论争的文章还有
《关于革命文学》《论新旧作家与革命文学》。

　　关键词：蒋光慈　《现代中国文学与社会生活》　文学是社会生活的表现
社会急速发展，一般作家跟不上形势，落后于时代　他们（太阳社）"自身就
是革命"

钱杏邨书评开篇

1928 年 1 月 1 日

钱杏邨的书评《〈英兰的一生〉》（1927 年 12 月 14 日写于上海），载《太

阳月刊》创刊号。

《英兰的一生》，16 万字的长篇小说，孙梦雷著，开明书店出版。

钱杏邨说，《英兰的一生》"可以说是 10 年来的中国新文坛第一个长篇小说"，是"仅有的长篇"。但它不成功。"假使说创作离不开它的时代，那么《英兰的一生》就是一部滥废的出品。""伟大的创作是没有一部离开了它的时代的。不但不离开时代，有时还要超越时代，创造时代，永远的站在时代前面。"《英兰的一生》的作者"太忽略了文学的时代色彩了"。以 1926 年为背景的创作，还来表现"五四"时期那种解放妇女的主题，"充其量不过是浅薄的人道主义的思想"。

由此，钱杏邨认为，"那么可以讲，10 年来的中国的作家，始终是在醉生梦死之中，真能看清时代，认清文艺的使命的，其实数不出有几个人。……有几个作家是站在时代前面的？有几部著作是离开了个人主义的？有几部著作是代表时代的？老实说，超过十之九都是醉生梦死的，故意唱着悲酸的调子，故意的向着死去的狭义的思想的坟墓里走，哥哥呀，妹妹呀，花呀，爱呀，抱住了一个女人就是抱住了一个世界呀……有什么说的！中国过去的作家大都如此，充其量亦不过写出本身在经济方面所感受到的一点苦闷而已！醉生梦死，醉生梦死，醉生梦死，我们的作家们便这样不问世事，如到了仙山中醉生梦死的过了 10 年！……"

关键词：钱杏邨　伟大的创作不但不能离开时代，有时还要超越时代、创造时代　"五四"文学革命以来的作家始终处在醉生梦死中

杨邨人、孟超、刘一梦、蒋光慈、楼建南等的
小说创作　革命+恋爱的类型

1928 年 1 月 1 日

杨邨人的小说《女俘虏》和《田子明的死》，均载《太阳月刊》创刊号。

《女俘虏》写的是：十几个女革命者当了俘虏，被关押在看守所里。她们唱《国际歌》，不屈不挠。所长想奸污其中一个长得漂亮的，她叫李芳魂，才18 岁，且是个处女。李芳魂坚定地回答："要杀就赶快的杀！""我要你赶快把我枪毙！我不愿意多见你们这班狗东西一秒钟！""我愿意死！革命党人怕牺牲吗？赶快把我枪毙！""革命！革命!!革命!!!你赶快把我枪毙！""现在这社会，为革命而牺牲，比醉生梦死的快乐得多！"

强奸不成，所长和警察厅长合谋杀死李芳魂，还将所有女革命者卖到妓院。她们拒不接客，并先后自杀了。

《田子明的死》（写于 1927 年 11 月 17 日）是一个小知识分子在大革命失败之后走投无路时候的呐喊和控诉。家族势力夺去了他老家的产业，逼死了他的母亲；妻子当了俘虏，被逼当娼不从而自杀；他自己求生无路，连吃饭都没有办法。他问："我现在简直是无路可走，就是预备把生命去牺牲，也没有地方去牺牲呢！你说，我们不许悲观，我们还要干，我们如何乐观呢？我们如何干呢？……我现在已经没有饭吃了，身边一个铜板都没有，生路已绝，要我如何乐观，如何奋发呢？"最后，他冤死在狱中。

关键词：杨邨人　《女俘虏》《田子明的死》

1928 年 1 月 1 日

孟超的小说《冲突》，载《太阳月刊》创刊号。

这篇小说具有"革命+恋爱"模式的某些特点。写的是大革命中几个青年知识分子的情感冲突。他们是于博、王镜如、缪英、李勃。他们在基层组织工人暴动。小姑娘似的缪英口吐豪言："我们女工方面确确实实的有五百人了，骚扰市面也可以，作救护队也可以，即便，即便去夺取枪械都可以，只要一下命令，我马上就可要她们动起来。"他们或耳鬓厮磨，天天在一起汇报情况，研究工作，或假扮夫妻，同床共寝，自然会迸射出爱情的火花。王镜如和于博都爱缪英，彼此还不免有所嫉妒。

于是关于革命和恋爱的关系，就有如下的叙述和对话。于博的心理活动是："他深悔起来，蓦然觉到了'恋爱'与'革命'的抵触，痛恨自己给了他的事业一个大的妨害。"缪英向假"丈夫"于博坦陈过往的经历："你不知我的底细吧？我，我原 S 大学的学生，不过久已工人化了！可怜我的爱人，在去年反基运动，被那万恶的 L 军阀枪毙了，因此畸零的我，决定把我的生命，我的一切，统统的交付给我们的事业了。"她还鼓励说："努力吧！不要因为我把我们整个的事业上做了一空隙呵！恋爱合革命是冲突的呵！"于博的意识："自己的心忽又回转过来，革命的意志战胜恋爱了。"他决定将缪英让给王镜如，便给他们留下一封信："恋爱合革命是怎样冲突的事呵！我们不幸几乎因为这个结瘩，把我们的工作毁坏了；于今我已决定离开你们去了，希望你们把这幕恶剧，根本在脑中忘掉吧！"

关键词：孟超　《冲突》　革命与恋爱的冲突

1928 年 1 月 1 日

刘一梦的小说《沉醉的一夜》（1927 年 10 月 1 日写于上海），载《太阳月刊》创刊号。

小说写一个小知识分子革命低潮时期的生活。共三个部分，三个场景：

首先是住。文字简洁，但带普遍性："因为想省俭几个钱，我又搬了家，从这条马路上搬到了那条马路上。房子是一间楼底下的客堂，窗子和门紧靠着一条胡同，只把窗子一开，每天总有几次走过的男女或孩子们，随便向窗里探头瞅一瞅躺着或坐着的我。地板是龌龊不堪，扫也扫不尽的污秽；而且使我有时不能安生的，有楼上住着的房客们，只要他们动手打牌，或欢跳着纵谈，那我就得吃苦了，尘土从楼缝里簌簌地向下落，落我满桌满床，倘若躺着，就落我满脸满身。虽然不满意，但也无法可想，因为房价便宜……"后来才知道，房东开鸦片烟馆，来吃烟的居然有互称"同志"的"革命志士"。

第二幕躲到公园去读书写文章，但因玩耍的英国小孩的问话和理直气壮看不起中国之穷，而感到"惭愧和悲哀"。

第三幕是接到家信，知道寡母和幼弟生存之难。再就是因穷愁饮酒后，与一个年仅 16 岁的拉黄包车的小孩的对话。欲多给"车夫"一个铜子，可小孩不收。他于是受到触动。

关键词：刘一梦 《沉醉的一夜》 革命低潮时期小知识分子的生活和心理

1928 年 1 月 1 日

蒋光慈小说《蚁斗》——《罪人》的第一章，从《太阳月刊》创刊号起连载。

《蚁斗》写的是 19 岁的王阿贵，11 岁起就进入工厂当童工，因为在厂里干工会的事，反对资本家，由工头张金魁宣布开除。他家里有 50 多岁患痨病的父亲，推着小车挣点钱，但今天却遭红头阿三毒打；母亲给人洗衣缝补，也挣不了几个钱；还有五六岁的小妹妹要吃饭。如今他不能挣钱养家，他只想自杀。但在回家的路上看见蚂蚁尚且能在斗争中生存（黄色的小蚂蚁找到吃食，正在搬运，却遭到黑色的大蚂蚁抢夺；小蚂蚁们则奋力拼搏，保卫吃食），阿贵受到启发，并下了决心要报仇："——啊哈！我难道连这一个小蚂蚁都不如吗？喂！我还配做一个人吗？小蚂蚁被它的同类所欺侮了，还敢拼命地抵抗一下，我是一个人，难道受人欺侮了，就这样地乖了地算了吗？报仇！……报仇！……"

《罪人》第二章《往事》，载《太阳月刊》二月号。

阿贵在病中的心理活动：由妹妹阿蓉叫他看蚂蚁打架，又想起反抗报仇的事。他想起工友李全发，想起平民义务学校二十二三岁的沈玉芳老师。沈玉芳老师就像是自己的姐姐，自己的母亲，就是观世音菩萨。但他们两个都被工头张金魁带巡捕抓走了。他又做白日梦：亲眼看见一个50多岁的老头猥亵一位15岁的小姑娘，而这小姑娘又幻化为自己的妹妹阿蓉。从而产生亲自杀死妹妹的念头："也罢，与其将来（她）受人侮弄，不如现在把她弄死罢！反正早迟都是一死，不过要死得干净！"

《罪人》第三章《夜话》，载《太阳月刊》六月号。

王阿贵想让汽车撞死，可以得50元抚恤金，让父母快快乐乐地生活几天。碰到应生叔，批评他想法不对。应生叔启发他："我的年纪比你大，所吃的苦大约也比你多罢。我从前也曾经因为吃苦不过，想投过几次黄浦江，以为活着没有意思，不如死了好些。后来渐渐觉悟到这种思想是不应该的，一个人应当走着生路，而不应当向着死路走去。一个人应当为着自己的生活，去反抗一切压迫他的东西。……你现在应该明白，你是一个受压迫的人，你应当想怎么样消灭你的敌人，压迫你的人，而不应当想怎么样消灭自己……"

夜里，阿贵偷了应生叔的手枪，欲以此去刺杀工头张金魁。

《罪人》第四章《诱惑》，载《太阳月刊》停刊号。

阿贵偷了张应生的手枪后，很恐慌，不由自主地在街上乱跑。一是手枪没有地方放，二是后悔，但认为有正当用途，又理直气壮。居然用手枪吓退巡逻的印度巡捕红头阿三。墙角坐卧，梦见沈老师二人进了天国，正过着舒适的自由生活。碰到工厂的坏人李盛才，说"革命也有许多种类"，说服他到工会里去当暗探，并供出张应生的住处。阿贵给了李盛才两个嘴巴。

关键词：蒋光慈小说《罪人》　工人的生活与斗争　暗杀复仇

1928 年 1 月 1 日

周灵均新诗二首《渡河》《奔》，载《太阳月刊》创刊号。

《渡河》有这样的诗句："我似乎已在战场上呼：杀杀杀！"

《奔》："奔，奔，奔向前路，／我再莫要踌躇！"

关键词：周灵均　诗句："杀杀杀！"

1928 年 1 月 1 日

《太阳月刊》创刊号的编后记,对本期所载作品(理论、创作、翻译)均有评述。

"我们计划了很久的太阳月刊①,现在算是很荣幸的开始和大家相见了。内容自然说不上什么完美,不过我们觉着从事文艺的青年,也有他们对于时代的任务;我们很想做一点有益于时代的相当的工作。我们虽然明明知道没有多少力量,但一切的成功都是要经过长时的修养;大家如果能够随时予以扶助,我们相信将来总可以慢慢地上进的。

"即如这一期的稿件:光慈的现代中国文学与社会生活,总不能说不是一篇很重要的指导迷途的现代文艺青年的力作;蚁斗取材的缜密,描写的细致,也可以看到他近来在技术方面的进展。杏邨的批评的态度和方法,是有他的独到的地方的,在英兰的一生里大家总可以看得出。邨人的两篇小说,写革命的伟大,写青年的幻灭,都具着极浓厚的时代色彩。孟超在冲突里所表现的,更是现代的一个大问题,——革命与恋爱的冲突;在这一篇里是革命战胜了恋爱。一梦的沉醉的一夜,表现了作者对于劳动阶级的真挚的同情。艺钟玫瑰花的译文很能保存着原文的精神,译文也很畅达,原文的价值我们是不须要介绍了。说到诗歌,灵均的两首,革命者的情绪表现得极其浓烈;宪章是我们的小兄弟,他今年只有 17 岁,他的革命歌里流动的情绪比火还要热烈,前途是极有希望的,以后当陆续选登月刊。艺钟的译诗是唯美派的文学家所不屑看的,我们的读者大概总能看出他的好处来。还有,就是迅雷的画了。这几幅画,表现了很伟大的力,灵魂的叫喊一幅尤足令我们深味。"

关键词:《太阳月刊》作品自评

1928 年 1 月 1 日

《太阳月刊》创刊号的封二,刊载春野书店的新书预告。预告一月份出版的书三种:

钱杏邨著《革命的故事》　　内收革命的故事七篇:(1)秘书长,(2)飞机场,(3)老军务,(4)胡桃壳,(5)涅暑大诺夫,(6)当代英雄,(7)革命家的一群。全书描写作者在革命的浪潮中所遇到的一些有趣味的人物的(和?)事件,使人读了欲笑不能,欲哭不得,是描写革命黑暗面的力

---

① 文中的书刊名,原文一律没有用书名号。

作。全书五万言，10号以前出版，实价大洋四角。

杨邨人著《战线上》　这部小说集内收作者近著五种：（1）女俘虏，（2）田子明之死，（3）死刑，（4）自焚，（5）她的脚下。有的描写革命党人的伟大的牺牲，有的描写现在复杂的政治状况下青年的幻灭，有的描写革命人物的趣事，每一篇都带着浓重的时代色彩。全书四万言，20号以前出版，实价大洋三角五分。

王艺钟译《玫瑰花》　德国米伦女士著，是一部写给劳动儿童的童话。共计四篇：（1）玫瑰花，（2）为什么，（3）小灰狗，（4）小麻雀。内容不但有美丽的文字，而且有极伟大的思想，于青年，于儿童都是一部很有益的书。全书三万言，外加彩色版画两幅，本月底前出版，实价大洋三角。

从二月号起的广告，以上三种书改为《太阳小丛书》。

预告二月份出版的书有：

蒋光慈著《罪人》，郁达夫著《现代中国文学论》，刘一梦著《霓》。

关键词：春野书店新书预告　《太阳小丛书》

1928 年 1 月 1 日

《太阳月刊》的创刊，标志着太阳社的成立。

主要成员是蒋光慈、钱杏邨、孟超、杨邨人、林伯修（杜国庠）、洪灵菲、戴平万、森堡（任钧）、刘一梦、顾仲起、楼建南（楼适夷）、殷夫、冯宪章、祝秀侠、迅雷、圣悦（李平心）、王艺钟等。成员几乎全系中国共产党党员。该社先后创办《太阳月刊》《时代文艺》《新流月报》《海风周报》《拓荒者》等刊物。与创造社一起共同倡导无产阶级革命文学。左联成立前夕停止活动。

关键词：太阳社成立

1928 年 1 月 1 日

许杰《文艺与社会》，载《文学周报》第297期（第5卷第22期）。第5卷合订本第672～679页。

文章说："文学是时代的反映，文学是时代的先驱，同时，文学又是时代思想的标帜，与未来社会的向导者。"许杰引社会学的美学的开拓者贯约的话说："文艺是旧社会的改革者，同时又是新社会的创造者。"（合订本第674页）

文章在列举各国的事实以后，"得一个很大的结论，文艺是离不了社会，离不了人生的。文艺也是批评社会，批评人生的。换言之，文艺须得有社会与人生去充实她的内容，她才有精神，有生命，有永久不朽之价值"。（合订本第 676 页）

反观中国的文坛，是寂寞，是无聊。那些花呀月呀的无聊作品，"不能敌得鲁迅《阿Q正传》《祝福》等的淘汰。中国的文人，除了几个被资本帝国主义所收买的博士，有王孙公子之风的留学生，或是在党国里身膺高位的艺术革命者以外，实在还有许多的青年是在向着这条路上走去的。在从前，专门咏爱的生活，而以自己为中心的自我表现的作家郭沫若，从翻译了一本社会革命的书以后，已经完全把自己的生命与身心整个的投入革命的潮流中去了。专门发牢骚，呼穷呼女人的《沉沦》作者郁达夫，如今已站入民众的队伍中提倡农民文艺了。至于鲁迅，听说大家都加之以'赤化之流'的罪名，想来是要继续着这一方面的工作的。至于自称为东方的革命的歌童的蒋光赤，虽则幼稚与鲁莽之气未除，但他的努力是可嘉的"。（合订本第 677～678 页）

文章说，在赤俄有"无产阶级文坛"。（合订本第 676 页）

关键词：许杰 文艺离不开社会和人生 肯定鲁迅的创作，称赞蒋光慈是"东方的革命歌童" 无产阶级文坛

《泰东月刊》："革命的文学家，到民间去！"

1928 年 1 月 1 日

《泰东月刊》第 1 卷第 5 期在上海出版。

卷首刊载署名香谷的《革命的文学家！到民间去！》。

文章提供信息："革命文学这个名词近来真有点讨厌了，——虽然还是正在萌芽的时期，你也打起这个招牌，他也打起这个招牌，不管内容是破铜烂铁，都是革命文学；不管他是在逍遥浪荡，都说是我们在干文学革命，于是所谓革命的文学家，应运而生，风起云涌，充塞于天地之间，简直比过江的鲫鱼还要多，顿极一时之盛"；然而其实"每每有像一个模子铸出来"的一样，"不约而同，不谋而合"。

香谷所开的药方就是："真正革命的文学家！到民间去！"

因为"文艺是真情实感的表现"。如果内心里没有真情实感，没有"突起"的热烈情感，偏要装模作样，无病呻吟，结果只能是"堆砌些手枪，炸弹，杀，打，喊，闹的字画而已"，徒劳无益。"文艺是要求于情感的，同时

又注重事实；没有事实不足以引起情感，没有情感不足以舒（抒）写事实"。

作者说："一个作品之产生的经过大概是这样的：先有一种突起的热烈的情感，形成一种莫名其妙的过敏的感觉，好像有什么东西在脑筋里浮动着；这个时期是写不出东西来的，必须候这个（事实）情流的最高点低落一下，神经稍微冷静，再加之以回想，联想，假设，意欲……种种神经系统的活动，然后才可以构成一篇小说，戏剧。"

"革命不只是执起长枪上前敌，革命文学也不只是描写战场上的状况，只要将现代社会的种种，参加以革命情绪，忠实地活现在纸上，便已是尽了革命文学的能事。描写现实的种种并不是空想出来的，应当实地去观察，要不然一个居移气，养移体的文学家，一万年也不知道无产阶级的苦痛。"

对此，作者进一步提出："你要描写农人们的生活状况，你脑筋中只有城市的印象是不成的；你要描写卖劳动力的工人的苦况，非实地到工人里面去是不成的。"所以他的口号是："到民间去！""不到民间不能完成我们文学革命的使命，不到民间不足以建设真正革命文学的基础。"

作者在文中还表达了一个观点："不是真正无产阶级的人，做不出真正无产阶级的文学"这话只有"一部分真理"。"在而今的世界里，说要使无产阶级的人，充分获得文学上的修养，而建立他自己阶级的文学，那是绝对办不到的事。"目前的革命文学还得依靠"小资产阶级出身的文学家"去写。但是，他们必须到民间去体验劳苦大众的生活和苦难。"不然，无论你的思想怎样透彻，你的见解怎样高超；无论你怎样大声疾呼的提倡革命文学；你将终归是一个时代的落伍者！"

"革命的文学家，到民间去！"

关键词：《泰东月刊》　目前的革命文学还得依靠小资产阶级出身的文学家去写，但必须到民间去体验劳苦大众的生活和苦难　"革命文学家到民间去！"

1928 年 1 月 5 日

玄珠（茅盾）《自然界神话》，载《一般》月刊第 4 卷第 1 号，第 209～229 页。

文末说："此篇材料，大体根据 Adrew Lang's Myth，Ritual and Religion 一书内之第五章。"

作者开宗明义就给自然界神话下界定：所谓自然界的神话，便是 Nature myths 的翻译，即是解释自然界现象的一切神话。它与开辟神话，或天地创造的神话（Myths of Creation, or Cosmogonis Myths），原是同一种神话。但此篇说开辟神话时，则差不多是专指一些关于天地创造的神话，是解释天地创造经过的有系统的神话。而今说的自然界神话，其范围可从解释天体，昼，夜，日，月，群星，风，雷，雨，雪，云，霞等故事起，到解释画眉鸟的胸脯何以红，鹦鹉的身体何以绿，驴子的长耳朵，一切野兽皮毛上的斑点和条纹，山石的生成，树叶的来源，草木的形状，等等。（第209~210页）"这一大群的故事，可以说是原始人或野蛮民族的科学，也可以说是他们的神圣的历史，又可以说是他们的小说和传奇故事。"（第210页）

本文的结尾，作者从六个方面总结了"这些创造神话的人们的心理状况"：

一、原始人或现代野蛮民族把人物的界限没有分清。在他们看来，天空的日月星辰，动植物，土石，都是和他们自己一样是活的，有感情的，知道喜怒哀乐，有脾气的。所以他们把土石说成有性别，把日月星说成和他们自己一样能想能说能知道恋爱。

二、信魔术，信变形，是原始人或现代野蛮民族的第二个心理状况。他们相信自己会受魔法的咒诅而死，当然他们以为和他们同样的日月星辰山水草木也要受魔术的驱使。他们相信变形是实在有的事，当然要说成是人变为了天上列宿或动植物，而天上列宿和动植物也能变成人了。

三、是对于灵魂不灭的确信。人和与人同样的自然界的一切东西，都是灵魂不灭的。死后的灵魂并非一定转附于别的生物或无生物上，却是有另一世界让他们去住，这世界或被说成美丽，或被说成可怕；生人也可以去，但是若吃了那世界的东西，可就不能回来了。

四、死后的鬼是万物都有的，但生人则别有其精灵。人未死时，这精灵可以离开了它的房屋的肉体而附着于别的东西上。精灵能够变成鸟或别的东西，离开了肉体出去做它自己的事。

五、他们又信生物本可不死，所以死，乃因受了魔法的暗算或别的损害之故。因此他们有种种死的神话。

六、最后，原始人或野蛮民族还有一个重要的心理状况，就是好奇心的强烈，或许要比现代人更强烈些。但是他们的好奇心又伴着了更强烈的轻信心。所以他们看见宇宙间一切奇怪的事都要问一个"为什么"，可是有人给他一个极简单的解释，他们也就轻信了。他们的智慧是热烈的发问题，但是他们的智慧也是很懒惰的，得到了第一个回答就满足了好奇心。（第226~227页）

精灵能够变成鸟或别的东西，离开了肉体出去做它自己的事。

关键词：茅盾 自然界的神话研究

鲁迅译青野季吉论日本无产阶级文学运动

1928 年 1 月 7 日

〔日本〕青野季吉作、鲁迅译《关于知识阶级》，载《语丝》周刊第 4 卷第 4 号，第 1～4 页。

原作写于 1926 年 3 月，译自《回转期的文学》，翻译时间是 1927 年 12 月。

青野季吉在文章一开头，就引巴比塞 1921 年出版的一本书里的一句话："知识阶级——我是以此称思想的人们，不是以此称知趣者，吹牛者，拍马者，精神的利用者。"青野季吉说，巴比塞虽然说的是知识阶级，"但在这里，是大抵（抵）以思想家和文学家为对象的"。（第 1 页）青野据此批评日本社会的知识阶级者中的知趣者等。

所谓知趣者："无产者的文学运动也已经很减色。"从这方面来炫奇是不会有出路了，"于是想方法，造新感觉，诌新人生的一伙便是"。所以与其说是知趣者，不如说是"善于凑趣的人"。

所谓吹牛者："吓人地摆着艺术家架子，高高在上，有一点想到的片言只语，便非常伟大似的来夸示于世——其实大抵是文学青年之间——的人们；以及装着只有自己是一切的裁判官的脸相，摆出第一位的大作家模样，自鸣得意的人们；以及什么也不懂，却装着无所不懂的样子，一面悠然做着甜腻的新闻小说的人们，便是这一伙。"（第 2 页）

在吹牛者的周围，一定有一群拍马者。

如果文坛上除去了上述种种人，那是会很凄凉的。

青野季吉说，至 1926 年日本的无产阶级文学运动"已经很减色"。

关键词：青野季吉 鲁迅 日本无产阶级文学运动至 1926 年就"已经很减色"

茅盾不同意蒋光慈关于"新作家""旧作家"之说

1928 年 1 月 8 日

方璧（茅盾）《欢迎〈太阳〉》（写于 1928 年 1 月 5 日），载《文学周报》

第 298 期（第 5 卷第 23 期），第 5 卷合订本第 719～723 页。

其主要论点是：

第一，欢迎《太阳月刊》创刊。他说："《太阳》是一些从革命高潮里爆出来的青年文艺者的集团。""《太阳》旗帜下的文学者，要求光明，要求新的人生；他们努力要创造出表现社会生活的新文艺。蒋光慈的《现代中国文学与社会生活》一文中，批评目前的新文坛，颇中肯要。"

第二，文坛跟不上社会生活的原因。蒋光慈"以为我们的文艺，比起我们的社会来，已经太落后；社会已经生了剧烈的变化，而文学家不能跟上去，反映这大变动时期的色彩。他以为这是'因为中国的社会生活变化太迅速了！这是因为中国革命浪潮涌激得太紧急了！'在文学家尚未体认明白时，社会生活早已向前去了，早又变化了，所以文学者的作品永远是落后"。茅盾则说，"我以为我们的文坛所以不能和我们这时代有极亲密的关系，除了蒋君所举的两点，还有个重大原因，便是文艺的创造者与时代的创造者没有极亲密的关系。文艺的创造者，没有站到十字街头去；他们不自觉的形成了文艺者之群，没有机会插进那掀动天地的活剧，得一些实感。而有实感的人们，虽然也不乏文学者，又苦于没有时间从容著作。可是我亦并不以为有了实感的人，一定可以写出代表时代的作品。要写一篇可看的文艺作品，究竟也须是对于文艺有素养的人们，才能得心应手。因此即使是亲历活剧的人物，也未必一时能有惊人作品贡献给我们。因此我们的文坛呈现了暂时的空虚或落后"。

第三，关于对所谓"旧作家"的看法和创作之路。蒋光慈认为，填补目前文坛的空虚，"似乎不是已有成绩的'旧文学家'所能胜任，因为他们缺乏实感，没有那些新材料"。茅盾对此提出异议："究竟文艺品的创造是全凭本身的经验呢？还是可以凭藉客观的观感？我以为总是凭藉客观的观察为合于通例。自然作者不能远远地躲在圈子外睇望，至少他是在圈子里亲切地体认，虽然他不一定也动手。'旧作家'何尝不能从他们的观察上产生新时代的作品？"而《太阳月刊》创刊号上的作品，虽说"一定是实感的描写了"，然而"好像并非别人一定没有或观察不到的"。其实，不在"实感"本身，"而在他能从这里头得了新的发现，新的启示，因而有了新的作品"。欧战时智识者从军的人何止万千，然而却只有巴比塞等三数人写出了为世所肯定的作品。"所以我以为一个文艺者的题材之有无，倒不一定在实际材料的有无，而在他有否从那些实在材料内得到了新发现，新启示。如果惟实际材料是竞，而并不能从那里得一点新发现，那么，这些实际材料不过成为报章上未披露的新闻而已，不能转化为文艺作品。"茅盾还说，"我并不是轻蔑具有实感的由革命浪潮中涌出来的新作家，我是希望他们先把自己的实感来细细咀嚼，从那里边榨出些精英，灵魂，然后转变为文艺作品。不然，可爱的努力要朝太阳走的新作家，或许竟成为了悲哀的 pantheon 呢！"

第四，革命文学创作的题材是多方面的。茅盾说："文艺是多方面的，正像社会生活是多方面的一样。革命文艺因之也是多方面的。我们不能说，惟有描写第四阶级生活的文学才是革命文学，犹之我们不能说只有农工群众的生活才是现代社会生活。也犹之战争文学不一定是描写战壕生活而那些描写被战云笼罩的后方的文学也是战争文学。所以革命的后方也是好题材。所谓革命的后方，就是老社会受了革命的壮潮摧激后所起的变化，蒋光慈的论文，似乎不承认非农工群众对于革命高潮的感应——许竟是反革命的感应，也是革命文学的题材。我以为如果依蒋君之说，则我们的革命文学将进了一条极单调而仄狭的路，其非革命文学前途的福利，似乎也不容否认罢？"

关键词：茅盾　不同意蒋光慈关于"新作家"与"旧作家"之说　革命文学创作的题材是多方面的，不要走入一条"单调而仄狭的路"　不能说惟有描写第四阶级的文学才是革命文学

茅盾《动摇》发表

1928 年 1 月 10 日

茅盾中篇小说《动摇》，自《小说月报》第 19 卷第 1 号起连载，至第 3 号载完。同年 8 月由商务印书馆出版单行本。

小说描写武汉国民革命政府蜕变前夕，发生在湖北某一小县城的故事。土豪劣绅胡国光钻进革命阵营内部进行凶恶的破坏活动，而像方罗兰这样的革命工作者既认不清胡国光的反革命真面目，又在反革命势力兴风作浪、疯狂反扑时束手无策，在革命剧烈时期表现出小资产阶级知识分子的动摇性。作品表现了"中国革命史上最严重的一期，革命观念革命政策之动摇，——由左倾以至发生左稚病，由救济左稚病以至右倾思想的渐抬头，终于为大反动"。（茅盾《从牯岭到东京》）小说还用相当的篇幅，表现了大革命时期群众运动的规模和气势，如工会纠察队、童子团和农民自卫军，在大革命中具有举足轻重的地位，有着震撼全城的气概，尤其是在乡村中"轰起了热情的火山般的爆发"。作品对当时确实存在着的左倾幼稚病的某些表现也有所反映。

关键词：茅盾小说《动摇》

彭家煌、罗黑芷、鲁彦、台静农、胡也频

1928 年 1 月 10 日

彭家煌《奔丧》(短篇小说),载《小说月报》第 19 卷第 1 号,第 151 ~ 160 页。

一个小人物,弱者,在大革命时期,家乡遭了瘟疫(虎列拉),家里死了亲人,勉强凑足几文川资,从上海出发,疲劳辛苦,辗转到了湖南老家奔丧。谁知,家里的亲人,乡里的农民,或死于战争,或死于农民暴动,或死于瘟疫,十室九空,惨不忍睹。

"心的绞榨和沉痛,渐渐随着到家的距离之近而剧烈,眼眶充塞了悲哀的热泪,沸腾的血液要从每个毛孔迸流出来似的,悲号的声音也在喉间等着,一切的哀感都镇压住,预备一到家门就一齐发作。轿子拐了一个弯,到了屋墙前面,我心慌得几乎跌下轿来。我想设若大门外孩子们中的一个发现这乘轿,必会'呀,那一定是蕴叔回了!'的嚷着跑进去,接着是里面奔放出来一阵嘈杂的大哥,贵弟,嫂嫂们的号哭声,我想我会哇的一声将嗓子哭哑的。但是事情出乎我的意料,轿到了塘边还不听见犬吠,到了大门外也不听见一个人的语声。我慌张的下了轿,只觉着四肢酸软,觉着地不平的很,好像天雨时给人们踏成了酱才这样的。木屑到处都是,大概是制棺削下来的吧。此外便听见侧屋里饿猪的嗥叫,与竹山里秋虫的悲鸣。乡村的夜景在这时我的脑中便是无限的荒凉,'难道疫疠之后人烟绝迹了吗?'我胆悸心惊的这样推测,茫然的推开大门。但是屋里更加漆黑,星光都没有,我云里雾里似的走上阶砌,摸摸索索的走进下厅,下厅里仍然寂静而黑暗。我蹒跚的摸到上厅,上厅的东边角上摆着一张桌,桌上点着半明半暗的清油灯,好像有孩子们在那里咿唔着,木鱼阁阁的响。我不知那是怎样一个惨暗的世界,连美孚灯都不能时行到我家来呢。我也不知道自己是怎样一个幽灵,那么不自然的东瞧西望。是的,我没有了灵魂,也没有了归宿,刚进大门时,的确不像往常我在寒假回家时有母亲望着我,墨黑的厢房也没有母亲闲谈的声音和她气痛时'哎哟哎哟'的喊叫。我就机警的不向那阴森的厢房闯,只向前踏去。睁眼一看,发现上厅的上部有个灵座,我想灵座后面定有一具油滑的黑棺,我便想碰死或晕倒在那里。但我走进去用手一摸,触着的是一座矮的长方形的围墙……"(第 154 ~ 155 页)

关键词： 彭家煌小说《奔丧》 大灾大难后农村的破败，家庭的凄凉

1928 年 1 月 10 日

罗黑芷《烦躁》（短篇小说），载《小说月报》第 19 卷第 1 号，第 56~60 页。

大革命高潮时期，剪发，杀人，弄得人人恐惧，个个烦躁。记者洪翼之先生在家里写稿子，眼看发稿时间已到，他却还没有完稿。从乡下进城的妻子因为剪了发，好不自在。杨太太哭上门，请他救丈夫。他的思绪被搅乱，时间被占用。他更烦躁。

罗黑芷的文章句子长。

作者的随笔《雨前》（第 183~185 页）亦载本期。如这样的描写：

"窗内的空气是湿漉漉的带有浴室的气味，窗外的天色是那样恹恹地灰白得骇人。在窗角的上方有一个半大的蜘蛛正忙着结网。天边什么地方已经轰轰地响着低的雷声了。"（第 184 页）

关键词： 罗黑芷创作《烦躁》《雨前》

1928 年 1 月 10 日

〔波兰〕普鲁士作、鲁彦从世界语译《古尔达①》（短篇小说），载《小说月报》第 19 卷第 1 号，第 78~86 页。

律师汤玛锁在苗陶伐街上住了 30 年。可是每一个凡人都有各自的怪脾气，汤玛锁先生则是"憎恶古尔达的演奏者和古尔达"。小说写道："每当这位艺术爱护者在街头听见古尔达的声音，他就增加了脚步的速力，而且在数小时内失去了好脾气。他一听见古尔达的第一音，本来安宁的立刻兴奋起来，静默的——叫嚣起来，和平的——发怒起来。"他在任何人面前也不掩饰这一弱点，还辩白："音乐是灵魂的最微妙的一部分，但是在古尔达中，灵魂便变为机器和掠夺的器具了。因为奏古尔达的人只是强盗。况且，古尔达刺激我，我只有一个生命，我不能滥用这生命去听讨厌的音乐。"于是他每月额外给门房 2 元钱，其任务就是把奏古尔达的人赶走。

然而，当他偶然发现邻居一个盲姑娘喜欢听古尔达音乐时，他不但不赶演奏者，还奖励他们，并让门房放演奏者进来。只要盲姑娘高兴，快乐，怎么演奏都行。

---

① 译者在文中夹注：gurdo，简琴。

又是一曲人性之歌。

文后不到 20 字的译者识，又将原作者译为普路士（Boleslav Prus）。（第 86 页）现通译普鲁斯（1847～1912）。

关键词：鲁彦用世界语译《古尔达》 人性之歌

1928 年 1 月 10 日

〔日本〕有岛武郎作、鲁迅译《卢勃克和伊里纳的后来》，载《小说月报》第 19 卷第 1 号，第 75～77 页。

这是一篇随笔性质的书评。伊孛生（易卜生）74 岁时创作了《死人复活时》，其主人公是卢勃克和伊里纳。卢勃克是艺术家，伊里纳是他所雇的模特儿。卢勃克心中只有艺术，而对于伊里纳的现实美却无动于衷。伊里纳无可奈何地说："你将我心底里还未生出来的天性蹂躏了。"

日本有岛武郎所读出的意思是："在那戏曲里，伊孛生——经伊孛生，而渐将过去的当时的艺术——是对于那使命，态度，功过，敢行着极其真挚精刻的告白的。我在那戏曲里，能够看出超绝底伊孛生的努力，而终须陷入的不可医治的悒郁来。伊孛生是在永远沉默之前，对自己结着总账。他虽然年老，但误算的事，是没有的。也并不虚假。无论喝多少酒，总不会醉的人的阴森森的清楚，就在此。当他的周围，都中途收了场的时候，独有伊孛生，却凝眸看定着自己的一生。并且以不能回复的悔恨，然而以纠弹一个无缘之人一般的精刻，暴露着他自己的事业的缺陷。"（第 75 页）

自然主义的易卜生回答不了这样的问题：

"然而卢勃克和伊里纳，却还是一个活着的问题，在我们这里遗留着。卢勃克对于伊里纳，在做艺术家之前，必须先是'人'么？卢勃克对于伊里纳，当进向属于地上生活的爱的时候，在那里可能生出艺术来呢？应当怎样，进向那爱的呢？伊孛生竟谦虚地将解释这可怕的谜的荣誉，托付我们，而自己却毫无眷恋地沉默了。

"将来的艺术，必须在最正当的解释这谜者之上繁荣。能够成就伊孛生之所不能者，必须是伊孛生以上的人。要建筑于自然主义所成就的总和之上者，必须有自然主义以上的力。"（第 77 页）

关键词：有岛武郎 易卜生 鲁迅 自然主义 "将来的艺术"必须仰仗"伊孛生以上的人"

1928 年 1 月 10 日

方璧（茅盾）《王鲁彦论》，载《小说月报》第 19 卷第 1 号，第 168～

172 页。

此时，王鲁彦才出版一本短篇小说集《柚子》，以及报刊上一些零星短篇。

茅盾说："王鲁彦小说里最可爱的人物，在我看来，是一些乡村的小资产阶级，例如《黄金》里的主人公，和《许是不至于罢》里的王阿虞财主。"（第 169 页）

"我好像看见作者的太赤热的心，在冰冷冷的空气里跳跃，它有很多要诅咒，有很多要共鸣，有很多要反抗。它焦灼地团团转，终于找不到心安的理想，些微的光明来。或者有人要说，像这样的焦灼的跳动的心，是只有起人哀怜而没有积极的价值；但在我，却以为至少这是一颗热腾腾跳动的心，不是麻木的冷的死的。／我以为这种样的焦灼苦闷的情调是贯彻在王鲁彦的全体作品内的。"（第 170 页）

又说，"在描写手腕方面，自然和朴素，是作者的卓特的面目。我们读这些故事，就好像倾听民间故事，好像它们从老妪嘴里吐泻出来的一样自然而朴素，同时又是深深抓住我们的心灵的"。（第 170 页）

至于描写方面的最大缺点是，人物对话常常不合身份，太欧化。再者就是有些作品有教训主义。

关键词：茅盾《王鲁彦论》　看重鲁彦作品中有"一颗热腾腾跳动的心，不是麻木的冷的死的"

1928 年 1 月 10 日

钱杏邨《俄罗斯文学漫评》，载《小说月报》第 19 卷第 1 号，第 189 ~ 196 页。

全文包括两题：《普希金的〈情盗〉》（1927 年 11 月 4 日）、《阿尔巴绥夫的〈朝影〉》（1927 年 11 月 1 日）。

关于普希金的《情盗》："在普希金《小说集》里所收的小说，最能代表普希金的伟大的，只有叙述杜伯洛夫斯基的故事的《情盗》。这一篇在全部里最有生气，最能动人。里面的事实，表现了当时俄罗斯帝国的两种对抗的力：——大地主的穷凶极恶，与农奴们不屈服的抗斗。他写出了当时俄罗斯人命运的全部，用缩写的方法，说出最后的胜利归与有产者，无产者只有悲愤和失望。我们若把事实都哲理化起来，那就是公理与恶魔的对伐。在当时的俄罗斯政治环境之内，当然是公理失败，所以杜伯洛夫斯基终于逃到外国去。……虽然俄罗斯的旧势力那样猖狂，但农奴们是始终不肯屈服，继续不断的用生命去抗斗，去寻找出路；这是俄罗斯的一点生命，这是天地间最伟大的力。"（第189页）作者希望中国在不久的将来能有这样伟大的作品生产出来。

关于阿尔志跋绥夫的《朝影》："这一部小说，所表现的精神是幻灭的悲哀，是革命青年的幻灭的悲哀。里面的主人公都是渴望光明的青年，理想之花是异常灿烂的，理想的他方是比故乡光明的，但是，到最后，完了，一切都完了。"（第193页）

钱杏邨的方法是：先评作品的思想意义，再说人物形象，最后说技巧。

关键词：钱杏邨书评方法三部曲

1928 年 1 月 10 日

〔苏联〕赛甫琳娜作、曹靖华译《乡下老的故事》，载《未名》半月刊创刊号。

这是一篇民间故事，写十月革命后，苏联边远地区的群众对列宁的热爱和崇敬，而这又是通过对沙皇尼古拉的嘲讽来完成的。

关键词：赛甫琳娜 曹靖华

1928 年 1 月 10 日

霁野《〈烈夫〉及其诗人》，载《未名》半月刊创刊号。《未名合订本》第1卷，第11~14页。

文章说："从1890年到1910年，在俄国文学中是象征主义底时代。"这之后，最重要的是实感派（Acmeism）和未来派。

实感派与象征派相反，不因一种东西象征着什么而加以欣赏和运用，却是因为本身的美。他们以为诗人所应有的东西是：文字的新颖，感情的紧张，视觉的活鲜。古弭辽夫（Gumilev）和果罗得次基（Gorodersky）是这派的创起人，他们的中心是诗人基尔特。

未来派的精神，较之实感派，更合乎他们底时代，而且影响也大得多。他们要破除诗底旧观念，传统上以为是至美的，诗的东西，他们都摒弃不用；他们不以诗人为牧师和先知，却当作劳动者，工匠；他们反对象征派底神秘态度；他们向旧的一切宣战，他们要用新的语言和形式，表现一个纯新的世界。《烈夫》是他们的机关杂志。1923年后，玛雅科夫司基是这个杂志底负责的编辑。俄国的未来派，从1910年起，维克托尔赫烈白尼柯夫（Victor Khlebnikov）、克卢契尼赫（Kruchenikh）是其创始人。而最引人注目的则是玛雅科夫司基（Vladimir Vladimirovich Mayokosky）和巴司特耐克（Boris

Leonidovich Pasternak）。

"玛雅科夫司基底诗是并不整洁的，他所爱用的表现法，是夸张和暗喻，这有时不免破坏诗底效率，然而也自有吸引读者的力。他底诗颇为一般民众所乐读，在一般读者眼中，未来派就是玛雅科夫司基底诗，他底诗就是未来派。"（合订本第 13 页）

保里司·列偶尼多维奇·巴司特耐克"是性情中庸些的学者派的未来主义者。他研究过去的时代，要从旧时代中研究出新的方法来"。"他是一个纯粹的抒情诗人，他底诗没有政治的宣传。""巴司特耐克底著作中，有两种引人注意的特点：第一是他底诗的热情是颇为紧张的，其次是对于他底所见，有一种很准确的分析力。他是最善于写静的生活和风景的，这是和其他未来主义者间最大的不同点，要改革诗的文字的要求，他们却是相同的。就情绪和音律方面说，他底抒情诗在现代俄国文学中是应当有一个地位的。"（合订本第 13～14 页）

文章说，最受玛雅科夫司基影响的诗人有：华西里·加绵司基（Vasili Kamednsky）、尼古拉·阿谢夫（Nicholas Aseyev）、塞尔该·铁捷克（Sergey Tretiakov）。"铁捷克到过中国，并且用北京街道上的叫喊声，作成一篇诗《咆哮罢，中国!》。"（合订本第 14 页）

作者在文后交代，本文是参考 Mirsky 的 *Contemporary Russian Literature* 这本书写成的。

关键词：李霁野　"烈夫"　未来主义　马雅可夫斯基

1928 年 1 月 10 日

台静农短篇小说《建塔者》，载《未名》半月刊创刊号，合订本第 15～20 页。

小说写几个革命者视死如归的英雄气概。他们用自己的鲜血和生命，为塔建奠定了坚实的基础。

鲁迅后来称此篇是"优秀之作"。

关键词：台静农小说《建塔者》

1928 年 1 月 10 日

韦素园《通信》（1927 年 12 月，致台静农、李霁野），载《未名》半月刊创刊号，合订本第 31～34 页。

其时，作者在北京西山养病。所以通信一开头即说："实在，我的病不是我个人的亏损，却是新生的小团体全部的损害，没有 L 先生和你们的努力，团体固然破灭，即我个人 20 余年的生命，大概也要作一个短短的终结。"（第 31 页）（按：L 先生指鲁迅）

通信说："怀疑是对旧时代的破坏，坚信却是对于新时代的创造。不能彻底地怀疑，旧时代不能有彻底的动摇；但是不能彻底地坚信，新时代却也不能有彻底的建造。"（第 32 页）

韦素园在通信中，称"孔子、耶苏、释迦摩尼"为"人类最值得纪念"的"三圣"。（第 33 页）

他说，"中国此刻正是多事之秋，只 ism 一项，该出来了多少，在文学上，在政治上。我们一不小心，就作了同样钉钉子的人了。现在不谈政治，来说一说文学的事罢。文学最主要的条件，不是真心么？的确，没有真心，作什么事也不成。但是我们中国近几年来文学的成绩怎样呢？鲁迅的小说除外，因为据成仿吾说，那是填自然主义的坑，好像是过了时的。但是将这撇开，我所见到在流行的，是感伤的罗曼主义，颓废的写实主义，和有一种只好称之为飘飘乎的浪漫派。这里面的作家，也许都是真心从事的罢。但是文字中既没多大热情，却又缺乏人道精神。……我们的作家的真心，只能接受了人家的一些糟粕，这也许是中国社会的环境关系罢？假如是这样，老支那的将来命运是很暗淡的了。的确我感到，将亡的国度，也就和垂危的病人一样，万一没有转机死灭是在眼前的了。……我只有希望在文学中能叫出一些新的希望！然而希望很难在怀疑中产生，却在坚信里开始而且巩固了。"（第 33～34 页）

韦素园说得非常朴素，他只希望作家有真心，要热情，存坚信，讲人道。

关键词： 韦素园　对作家的希望

1928 年 1 月 10 日～2 月 25 日

〔俄国〕赛米诺夫著、傅东华译《饿》（日记体小说），载《东方杂志》半月刊第 25 卷第 1～4 号。

小说写苏联十月革命后，从 1918 年起的困难时期，老百姓饿饭的情景。写得大胆、真实。

15 岁的女学生东尼乞加（爱称费乞加）回到家里，全家人没有食物，父亲将从工厂领的面包等食物锁起来，要霉变了，腐烂了才分给大家。即使是腐败的食物也没有多的。大家恨父亲狠毒，但还得等待他分食物。

日记写道："爸爸从兜里掏出他的面包。在我看去，就仿佛他从我心里掏

出什么来似的。我看他这样谨慎地切下薄薄的几片，心里不觉疼痛了。"（第184页）

"萝卜菜是半腐败的，马铃薯是冻硬的。"（第187页）

"原来是我弄错了；昨天早晨爸爸留在桌上的那片面包，并非单是我的早餐，却是我全日的食粮。爸爸以工人的资格，每日凭市民的食券可领一磅零四分之一的面包，又以兵士口粮的名义，每当工作的日子，可以领到半磅的面包。我此时还没有领食券，他就从这多余的半磅面包里分出一小片，以作我全日的粮食。"（第188页）

父亲饿得不像样子了。"就是他的全身，也是瘦缩得骨露嶙嶙。他的手臂从袖里露出，这般单薄，这般枯瘠！只见青色的静脉在惨白的皮肤下纵横着。他的手，只是长长薄薄的一掌，装上几根露骨的尖指儿。这使我心中惧怕。……他的手掌合指儿看起来，阔得像一柄柴钯（把?）模样，而且统统是黄色，皱皮，枯燥的。……天哪，还有他的胡子，越发可怕了！又稀，又乱，而且不知为什么，总是湿的。可怪我先时怎会没有注意到这些！上帝啊，我如何替我爸爸伤心啊！……还有他的额上，怎会有这许多皱纹的呢！又深又密的皱纹，一条条的在额头横过。他的头发，前部已经稀疏了；当初是很浓密的。天哪，这是怎么回事啊！啊，还有他的眼睛，他的眼睛！像似一个人磨难至死的眼睛。"（第25卷第2号，第129页）

"他（爸爸）的身上已经成为一个烂布包了。我替他伤心，却又感到难过，憎恨，和厌恶。他竟变成这样吝啬，暴戾，沉默，而且乖僻了。"（第25卷第1号，第190页）

他们常常是整天整天得不到一口饭吃。大家都在挨饿。

饿饭的严酷现实，改变着人们的心理和人际关系。

关键词：苏俄作家赛米诺夫小说《饿》 傅东华

钱杏邨《革命的故事》：初期普罗文学的典型特征

1928 年 1 月 12 日

钱杏邨短篇小说集《革命的故事》，上海春野书局 1928 年 1 月 12 日，初版。为太阳社编《太阳小丛书》第一种。印数 2000 册。每册实价大洋三角半。小 32 开，方型，横排，页码不连，共 132 页，约 5 万字。

内收小说 7 篇：《秘书长》《飞机场》《胡桃壳》《老军务》《涅暑大诺

夫》《当代英雄》《革命家的一群》。正文前有迅雷作黑白木刻一幅：《艺术在死神前的挣扎》。这些小说揭露国民党新军阀投机革命、屠杀民众的事实，但多为政治概念的演绎。

这些作品写于1927年9月至12月，写的都是在大革命时期国民党新军阀的劣迹，尤其是他们的脸谱的变幻。是揭露，更是讽刺。

《秘书长》揭露政客们投机革命，根据环境和形势，不断变换自己的身份，以达到捞权和捞钱的目的。作品说："目前在政治上活跃的人物，已没有真的革命家了，都是些贪官污吏，土豪劣绅，地痞流氓，买办阶级。……真革命的都牺牲了，或仍在牺牲的途中，只有这些假革命，反革命，机会主义者才能不革命而有代价。"（《秘书长》第4页）

书中的这位秘书长就现身说法："我看目前的这个局面不能支持长久。现在做事，顶好没有色彩，不必倾向哪一派。那样，路就太窄了。我们做官，本来是要钱。乌龟来了，我们也不必得罪他，王八来了，我们也欢迎他一下。不然，是做不下去的。""还有，无论什么公文，你做好了交给科长，我们现在做事，能不负责任时顶好让人去负责，这是一个秘诀，一个秘诀。"（《秘书长》第6、7页）

作品中有这样的句子："怎能不庆祝他妈的一下子呢？"（第2页）"他妈妈的……"（第8页）

《飞机场》打着为T将军修机场的名义，任意圈占农民的耕地。还美其名曰："现在是军事时代，还没有到训政时代，你们这种痛苦是要忍受的！T将军，很多的武装同志，他们连性命都不要，为你们来争自由，你们这一点都不能牺牲吗？"（《飞机场》第13页）占地遭到农民的自发反抗。"便在这时，忽然不知从什么地方来了几百个农民，有的捎着锄头，有的拿着木棍，有的拿着钉耙，有的拿着菜刀……都向他们猛扑过来，恶斗便这样的开始了！"当然是被镇压，其尸体当然是"投到江里，水葬了！"（《飞机场》第17~18页）

《胡桃壳》：一个朝秦暮楚，眨眼就变的政客的变戏法，煞是好看。

《老军务》：以革命为幌子，吹牛行骗。又在众人面前，被揭穿假面，当众丢丑。

《涅暑大诺夫》里有不少口号和教义。如，"他最后说，主义是没有什么关系的，主义就是生活！主义事小，饿死事大！这边不给他痛快，他就开倒车！只要有饭吃，管他妈的主义不主义，哪种主义使他有钱，使他增高地位，他就信仰哪种主义"。"这堕落的涅暑大诺夫！这无耻的涅暑大诺夫！这没有人格的涅暑大诺夫！……这狗！这猪！这无耻的东西……！""这样的人真该杀！他们革什么命！他们所谓革命就是吃饭！谁有饭给他们吃，谁就是他们的娘！他们哪里有什么主义！这样的假革命的份子不杀完，革命的前途是没有希望的！像这样的狗男女多着呢，多着呢……"（《涅暑大诺夫》第 20、22页）

这篇小说里有这样一句话值得玩味："记得托落斯基有一句话说：初期的无产阶级文艺，是免不了口号似的，但将来的成功就孕育在这里面。"从作品中不太看得出作者是肯定这句话还是否定这句话，但作者在稍后的"革命文学"论争中，是坚持这种观点的。认为无产阶级文学需要标语口号，标语口号是无产阶级文学的特点之一。

关键词：钱杏邨短篇小说集《革命的故事》　初期无产阶级文艺是免不了口号的

1928 年 1 月 13 日

胡也频短篇小说《活珠子》，分 4 期，载北京《晨报副刊》1 月 13 日至17 日第 2176～2180 号。

一群泥水匠中的两人听信道士的胡说八道，杀死同伴，以取脑中的"活珠子"。谋财害命，却并不利己。愚昧导致凶残地杀人，谋财不择手段。活活地将自己的老乡杀死，却什么也没有得到，"九尾蛇和陈老三也依然上上下下的用刷灰刀慢慢地涂抹着墙壁"。（1 月 17 日第 22 页）可怕的冷漠！

关键词：胡也频小说《活珠子》　人际关系的冷漠，愚昧，麻木

1928 年 1 月 14 日

《现代评论》周刊第 7 卷第 162 期在上海出版。

除刊载"时事短评"类文章外，还有胡也频的小说《诗稿》。另有叶元龙的《经济学的一个新释义》（下期续完）。

胡也频的小说写的是 24 岁的刘可均抱着自己的诗稿《为了梦里的恋爱》死去。友人经过种种努力，仍然不能将其发表或出版。别人认为："我觉得太缠绵，因为有许多地方像宋词，思想未免陈旧""我以为，这诗的意思太难懂，像未来派似的"。（第 16 页）

关键词：《现代评论》　胡也频小说《诗稿》

1928 年 1 月 14 日

鲁迅杂文《文学和出汗》，载《语丝》第 4 卷第 5 期。

这是继上期《卢梭与胃口》之后，鲁迅写的又一篇不同意梁实秋观点的文章。文章以"弱不禁风"的小姐出的是香汗，"蠢笨如牛"的工人出的是臭汗的比喻，反驳梁实秋关于文学当描写永远不变的人性的理论，说明文学是有阶级性的。

关键词：鲁迅　梁实秋　文学的阶级性

后期创造社《文化批判》创刊　进行"伟大的启蒙" 挑起"革命文学"论争

1928 年 1 月 15 日

《文化批判》在上海创刊。综合性月刊。后期创造社重要理论刊物。编辑署名丁斋，实由朱镜我编辑，冯乃超协助编辑前 3 期。创造社出版部出版。本期 104 页，约 71000 字。

主要撰稿人有成仿吾、李初梨、冯乃超、彭康、朱镜我、郭沫若、李铁声、龚冰庐等。

《文化批判》的创刊不符合鲁迅、郭沫若、蒋光慈等当初倡议复活《创造周报》、共同战斗的协议。该刊文章言词激烈，将矛头主要对准鲁迅。

成仿吾在创刊号《祝词》中，引用列宁"没有革命的理论，就不会有革命的运动"的名言，强调理论学习、宣传、斗争的重要性。认为《文化批判》的任务就是"贡献全部的革命的理论"，"这是一种伟大的启蒙运动"。

他说：要对历史算一笔"总账"。根据是"没有革命的理论，没有革命的行动"。

"《文化批判》当在这一方面负起它的历史的任务。它将从事资本主义社会的合理的批判，它将描出近代帝国主义的行乐图，它将解答我们'干什么'的问题，指导我们从那里干起。

"政治，经济，社会，哲学，科学，文艺及其余个个的分野皆将从《文化批判》明了自己的意义，获得自己的方略。《文化批判》将贡献全部的革命的理论，将给与革命的全战线以朗朗的光火。

"这是一种伟大的启蒙。

"全国觉悟的青年，大家起来拥护《文化批判》!"（第 1～2 页）

创刊号发表的论文还有冯乃超的《艺术与社会生活》、彭康的《哲学底任务是什么?》、朱镜我的《科学的社会观》、李铁声的《宗教批判》。

《文化批判》的创刊标志着后期创造社的开始。它实际上起到了机关刊物的作用。在中国现代文学史上影响深远的"革命文学"论争遂由该刊首先挑起，它是论争的主要阵地之一。出至第 5 号后停刊。

关键词：《文化批判》创刊　"伟大的启蒙运动"　后期创造社　挑起"革命文学"论争

1928 年 1 月 15 日

冯乃超《艺术与社会生活》（文后署的写作日期是 18th，Dec，1927。即 1927 年 12 月 18 日），载《文化批判》创刊号，第 3～13 页。

作者在文中说，他在社团中"分担的任务是在艺术的分野上讲话"。文章用黑体字标出：本文是讲 **"我们在转换期的中国怎样建设革命艺术的理论"**，**"就中国混沌的艺术界的现象作全面的批判"**。

文章引用《共产党宣言》的观点，并以列宁论托尔斯泰为榜样，来考察文艺与社会的关系。文章点名批判叶圣陶是"一个最典型的厌世家"；鲁迅"常从幽暗的酒家的楼头，醉眼陶然地眺望窗外的人生"，他的作品"反映的只是社会变革期中的落伍者的悲哀"；郁达夫对于社会的态度与《沉沦》的主人公没有区别；张资平"没落到反动的阵营里去"了；只有郭沫若才是具有反抗精神的作家。

文章的具体论点有以下几点。

第一，为着分析文学革命以后的中国文坛，只需"抽出几个代表作家并指出他们的倾向和社会的关系"就够了。

第一个是叶圣陶："从主张提倡自然主义的一派——文学研究会的团体中，可以抽出叶圣陶。他是一个静观人生的作家，他只描写个人（——当然是很寂寞的有教养的一个知识阶级）和守旧的封建社会，他一方面和新兴的资产阶级的社会的'隔膜'。他是中华民国的一个最典型的厌世家，他的笔尖只涂抹灰色的'幻灭的悲哀'。他反映着负担没落的运命的社会。别一方面他的倾向又证明文学研究会标榜着自然主义的口号的误谬，这是非革命的倾向!"

第二个是鲁迅："鲁迅这位老生——若许我用文学的表现——是常从幽暗的酒家的楼头，醉眼陶然地眺望窗外的人生。世人称许他的好处，只是圆熟的手法一点，然而，他不常追怀过去的昔日，追悼没落的封建情绪，结局他反映的只是社会变革期中的落伍者的悲哀，无聊赖地跟他弟弟说几句人道主义的美丽的说话。隐遁主义！好在他不效 L. Tolstoy 变作卑污的说教人。"

第三个是郁达夫："郁达夫的悲哀，令一般青年切实地同感的原因，因为他所表现的愁苦与贫穷是他们所要申诉的，——他们都是《沉沦》中的主人公。但是，他对于社会的态度与上述二人没有差别。"

第四个是郭沫若："我们若要寻一个实有反抗精神的作家，就是郭沫若。《王昭君》《聂嫈》《卓文君》里面的叛道的热情就是作者对于社会的反抗的翻译。创造社的 Romanticism 运动在当时不失为进步的行为。"

第五个是张资平："其次，我们可以举出一位通俗作家张资平。他自从写了一本暴露中国基督教信徒的内幕的小说《上帝的儿女们》以后，一向不见有会心的名作，只给一般人描写学生的平凡生活，小资产阶级的无聊的叹息和虚伪的两性生活。他的任务在革命期中的中国社会当然会没落到反动的阵营里去。"

很显然，除郭沫若而外，其余的作家都是过时的，没落的，甚至是反动的。

他说，中国社会还没有雄健的资产阶级，也就没有诞生资产阶级艺术家。"中国的艺术家多出自小资产阶级"层中。"那些小资产阶级的文学家，没有真正的革命的认识时，他们只是自己所属的阶级的代言人。那么，他们历史的任务，不外一个忧愁的小丑（Pierotte）。"

"五四"以来的作家，都是代表小资产阶级的"忧愁的小丑"。因而，现世的青年能够接受的文学现状就是："他们晨昏视听着的，不是呶呶的封建残渣的什么智仁勇一类的'告青年'，就是君子啦，小人啦一类的'放屁'话。同时无政府主义，虚无主义的跳梁，淫荡文学，性欲丛书的跋扈，等等……埋目葬耳地监禁着青年们的视听。"

第二，那么，"在转换期中的中国的艺术的分野上，应该怎样建设我们的指导理论"呢？作者引用马克思、列宁、普列哈诺夫的话，用了"分野""阶级的代言人""资产者团""生产工具""小资产阶级""资产阶级""普罗列搭利亚特""生产力与生产关系""人生观与世界观"等新名词、新术语，先是否定"艺术的艺术"和"人生的艺术"。他认为，所谓"艺术的艺术"者是"回避了现实的社会投身在麻醉的安慰里"，而"人生的艺术"出自托尔斯泰。托氏"排斥一切世纪末期的——颓废派，象征派，耽美派的——诸倾向，换上一个欺瞒大众的宗教代言者的艺术"。列宁论述了"托尔斯泰的思想的阶级的性质"。托尔斯泰"主张的农民那种独善态度是反动的，同时他自身的思想在社会进步的观点，在历史进行的观点上看来也是反动的。在这里，托尔斯泰的艺术观的谬误，大抵可以明白了。然而，托尔斯泰以外还不乏大同小异的见解，他们不是资产者社会的阿谀人，就是 Don Quixote 一类的人道主义者"。

第三，"革命的艺术家是哪一种类的人物"呢？他说，"没落社会"的艺术家，"他们的任务除了制造新兴的刺激与颓废的欢乐以外，再没有可做的事情"。反之，"属于新兴阶级的哲学者与文学家负有批判旧社会制度与旧思想的任务"。"伟大的艺术家，他们所以伟大的缘故，并不在发明何种流派，而在他们代表同时代的一种社会的伟大的人格，就是说他们以热烈的革命精神，熔铸表现时代的 Tempo（引者注：意大利语，节奏）的作品。"

第四，文章最后说："艺术是人类意识的发达，社会构成的变革的手段。"它以"严正的革命理论和科学的人生观作基础"。如果仅仅在"艺术的分野"内谈问题，而"不在文艺的根本的性质与川流不息地变化的社会生活的关系"上去分析，则永远无法解决文艺的问题，无法建设革命文学。

这是直接引起"革命文学"论争的第一篇文章。

关键词：冯乃超《艺术与社会生活》　考察文艺与社会的关系　鲁迅"醉眼陶然"　叶圣陶、郁达夫、张资平或者过时或者是反动的　直接引起"革命文学"论争

1928 年 1 月 15 日

彭康《哲学底任务是什么？》，载《文化批判》创刊号，第 14～24 页。

本文共三节，每一节的开头都引用马克思主义理论家的话作根据。引用的话是："哲学家不过把世界种种地解释了，但紧要的是把这个世界变更。""同哲学在'普罗列搭利亚特'里找着了物质的武器一样，'普罗列搭利亚特'，在哲学里，也找着了它底精神的武器。""不把'普罗列搭利亚特''奥伏赫变'，哲学决不能实现；没有哲学底实现，'普罗列搭利亚特'自身也不能'奥伏赫变'。"

文章的第一节说："社会成立于阶级底对立，所以一切的意识形态都带有阶级性。可是社会愈进化，阶级底对立也愈锐激，支配阶级想维持他的权力，把他底制度永远化，把社会关系绝对化；它底这个实践的要求，当然要有理论的表现，当然反映到支配的意识形态——哲学。"（第 15 页）

第二节说："批判不仅是解剖刀，乃是一种武器。一方面对于旧社会加以

严格的不容赦的痛击，他方面又指示建设新社会的原理。哲学正是这种理论。哲学为一切底根原，为社会底文化全体系底批判。它所表明的世界观及人生观，不只是解释就算了事，它要指出世界怎样动，人怎样行。它不仅说明事实底现在是怎样，还要考察过去的来源的是怎样，将来会怎样。要这样才可以知道事实底真意义和真价值，要这样才可以为行动底原理，这样才是真正的批判，这样才是哲学底革命性。"（第 17 页）

文章的第三节说："哲学及一切意识形态是社会底产物，受着社会的基础底规定；所以在什么样的社会里便有什么样的哲学。社会为哲学底基础，而哲学又要变更社会，这个好像是互相矛盾，其实是理论与实践得了辩证法的统一。理论可以指导实践，也可以阻碍实践。不能与实践统一的理论，不是抽象的空想，便是失了能力的旧社会底意识形态。批判这种理论，推翻这种意识形态，固然是哲学底任务，可是一切的思想都有它底社会的根据，它底根据不除，它还可以苟延残喘。哲学要为批判的武器，要完成它底使命，非得有物质的势力不可！非借物质的武器将一切产生了观念的哲学及有毒的思想之社会的根据颠覆不可！这是哲学底真正的意义。"（第 24 页）

结论是："哲学底任务是在把这个世界变更。"（第 24 页）

本文哲学术语成堆，举其要者有：概念诗（Begriffs-dichtung）；意识形态（Ideologie）；批判不仅是解剖刀，乃是一种武器（Kritik ist kein anntomisches Messer, sie ist eine Waffe）；形而上学（Metaphysik）；批判的方法（Kritische Methode）；普遍妥当的价值（Allgemeimgiiltige Werte）；批判之学（Kritisehe Wissenschaft）；批判主义（Kritizismus）；先验主义（Transzendentalismus）；观念论（Idealismus）；即自的（An sich）；同一律（Law of identity）；思维与存在（Denken und sein）；经验批判论（Empiriokritizismus）；先验论（Transzendentalismus）；真理的怀疑主义（Skeptizismus）；独我论（Solipzismus）；经验我（Empirisches Ich）；绝对我（Absolutes Ich）；先验的统觉（Transzendentale Apperzeption）；意识一般（Bewusstsein übcrhaupt）；理性底真理（Vérités de raison）；事实底真理（Vérités de fait）；社会底存在所规定（Bestimmen）；对象底认识（Erkenntnis des Gegenstandes）；认识底对象（Gegensttand der Erkenntnis）；同一哲学（Identitätsphilosophie）；凡是现实的都是合理的（Was uernünftig ist, ist wirklich; was wirklich ist, ist vernünftig）；我思，故我在（Cogito, ergo sum）；生产就是生产物自身（Erzeuguwg ist das Erzeugnis selbst）；体验（Erlebnis）；存在就是能被知觉的（Esse-percipi）；社会只是人的社会（menschliche Gesellschaft）；人也只是社会化了的人（Vergesellschaftete

Menschheit）；契机（Moment）；生产力（Produktionskraft）；哲学是解放底头脑，普罗列搭利亚特是它底心脏（Der kopf ser Emanzipation ist die Philosophie, ihr Derz das Proletariat）等。

关键词：彭康　哲学的任务是变更世界　哲学术语成堆

1928 年 1 月 15 日

朱镜我论文《科学底社会观》，载《文化批判》创刊号，第 34～52 页。

文章从物质与精神、生产力与生产关系的要素及其相互关系，以及生产的过程、阶级的产生、社会的构成等方面，系统地论证了马克思主义的唯物史观，批判了唯心主义的认识论。这在当时是宣传马克思主义的重要文章，曾受到瞿秋白的称许。

作者稍后发表的著译还有《政治一般的社会的基础——国家底起源及死灭》、《关于精神的生产底一考察》、《德模克拉西论》、《艺术家当面的任务——检讨〈检讨马克斯主义的阶级艺术论〉》（署名谷荫）、《社会与个人底关系》、《中国社会底研究》、《绘画底马克斯主义的考察》（傅利采作）、《关于马克思主义文艺批评底任务之大纲》（卢那卡尔斯基作）、《马克思底诞生纪念》以及《关于帝国主义的文献》等。

关键词：朱镜我　科学的社会观

1928 年 1 月 15 日

李铁声哲学论文《宗教批判》，载《文化批判》创刊号，第 53～69 页。

本文的论题是：

一　宗教底批判是一切批判底前提

二　历史的唯物论和宗教

三　宗教底起源

四　现代社会和宗教

五　宗教与国家

六　结论

文章根据马克思主义的历史唯物论，论证了宗教是社会生活的产物，宗教与经济、阶级、政治的不可分离的关系，宗教的起源（"不是宗教造人，是人造宗教"），宗教与现代社会与国家的关系，以及宗教消灭的条件等。指出"宗教是颠倒的现实"，宗教是阶级的意识形态的表现，强调"宗教底批判是一切批判底前提"。

此后，在"革命文学"论争中，作者还有《目的性与因果性》、《辩证法的唯物论》（译）、《Romanticism 的变革》（巴尔特尔作）、《社会底自己批判》《〈哲学底贫困〉底拔粹》（马克思著）和《社会革命底展开》等著译在创造社刊物刊载。

关键词： 李铁声　宗教批判

只有"昨日的文学家"才讲究艺术技巧

1928 年 1 月 15 日

冯乃超独幕剧《同在黑暗的路上走》，载《文化批判》创刊号，第 91 ~ 97 页。

此剧写一个穷困者饥寒交迫，被逼无奈，拿了一把玩具手枪跑到城郊来做"截径的强盗"。但因做贼心虚，没吓倒别人，自己反而被过路的一个妓女和下夜班的青年工人吓得从墙上摔了下来。吓人者和被吓者都弄得啼笑皆非。剧本结束时的三句对话是：

> 青年　对了，现在我们的社会是黑暗的，但是我们的明天快要到了。
> 野雉　我再不怕黑暗了。
> 小偷　我们反抗去！

后来鲁迅据此批评"革命文学"的艺术"拙劣到连报章记事都不如"（《文艺与革命》）。

冯乃超在该剧的《附识》中称：这是"一篇拙劣的东西"，因为"作中的会话也许不像中国话，作中的人物也许不像中国人"。但又认为，"戏曲的本质应该在人物的动作上面去求，洗练的会话，深刻的事实，那些工夫让给昨日的文学家去努力吧"。这一观点在"革命文学"论争中屡遭批评。

关键词： 冯乃超　让"昨日的文学家"去追求艺术技巧吧

1928 年 1 月 15 日

冯乃超诗《上海》《与街上人》，同载《文化批判》创刊号。

《上海》指上海的现实是一个战场："第二次世界大战的战场！""肉搏血溅的战场！""人种前卫的战场！""阶级争斗的战场！""何处不是鞭笞，/何处不是剑枪，／何处不是武装的征服，／何处不是屈从的哀伤！"但也有希望："听！解放的晨钟在响。"

《与街上人》说："暗夜虽黑，有灿烂的明星，／暴压虽急，有同志的呼声，／——明日是我们的！／明日是我们的！！"

两首诗的行数、每行诗的字数、句式、排列都有变化，但较有规律，讲究内在的格律。

关键词：冯乃超自由诗　反映民众困苦的现实，号召反抗

解释新词语

1928 年 1 月 15 日

随着无产阶级革命文学的倡导，社会科学方面的新术语、新概念亦大量输入。为帮助读者准确了解其含义，《文化批判》创刊号辟《新辞源》专栏加以解释。

本期列有"辩证法""辩证法的唯物论""唯物辩证法""奥伏赫变""布尔乔亚""普罗列塔利亚特""普罗列塔利亚""意德沃罗基"等词。该刊此后 4 期解释的词语还有："帝国主义""原始共产制""生产力""托辣斯""观念论"（以上第二号）；"商品""资本""可变资本""恐慌""产业预备军""范畴""即自，即自的，即自地""向自，向自地""即自而且向自的"（以上第三号）；"虚无主义，虚无主义者""人道主义""五月一日""阶级意识""阶级斗争""经济斗争""政治斗争""理论斗争""自然生长性""目的意识性"（以上第四号）；"投机""关税政策""手工业""工场手工业""产业革命""产业资本""商业资本""借贷资本""银行资本""金融资本""爱国社会主义""革命""反革命""契机"（以上第五号）等。创造社的其他刊物也有类似的栏目。

关键词：《文化批判》　新词语解释

1928 年 1 月 16 日

宰木（潘梓年）《短评四二　太阳月刊出版》，载《北新》半月刊第 2 卷第 6 号，第 140～141 页。

全文如下：

"现在中国青年对于文学，无论是表现方面，欣赏方面，都在显出一种新

的倾嗜，就是对于现实的一种浓烈的反抗性。太阳月刊似乎也是这种新倾嗜的一种表示；里面的作者里有反抗现实的热情，而在写所谓革命文学。

"革命文学，也正和革命一样，丝毫勉强不得。慈禧太后无论如何漂亮，只能是一个出一道预备立宪的诏令的人物。打倒军阀，打倒帝国主义，保护农工等等口号，并不是谁喊了谁就是一个革命者。勉强着喊几声打倒帝国主义的口号的，一忽后他会忘记了似的手里拉着帝国主义者的白手；其实已奴隶成性而行为上却也包上了一层革命的熏染的人，一方面喊着打倒军阀的口号，同时又会无所容心似的说要把一切都交给戴着军帽的有实力者；满口民众利益，保护农工，到实际上有利害冲突时却置之不问或竟压抑有加的人更不知有多少。他们虽然见到，知到（道），顺应潮流应当向着革命的那方走去，但无奈他们的祖先，他们的地位，他们的财产，都在拉他们回去，他们不得不在革命的口号中做出反革命的事业。革命文学也是一样，决不是立了'我要做革命文学了'的志愿就真的可以写出革命文学来。要写革命文学，须先培活着一团革命情绪，而这革命情绪又只有亲切地了解了真正要革命的民众的生活状况后才会得滋生。实在说，所谓革命文学也并不是充满着'革命'一类字样的作品，而是能表出，能引出，一般人的革命情绪的作品，换言之，是描写真在要革命的民众的生活状况的作品。

"这一点，是'在下'因太阳月刊出版而引起的感想，也就是在下对太阳月刊的贡献。"

关键词："革命文学"与"革命情绪" 要写革命文学须先培活着一团革命情绪

1928 年 1 月 20 日

叶绍钧（圣陶）长篇小说《倪焕之》开始在《教育杂志》第 20 卷第 1 号起连载，至第 20 卷第 12 号载完。

关键词：叶绍钧长篇小说《倪焕之》

1928 年 1 月 21 日

瘦莲《某报剪注》，载《语丝》第 4 卷第 6 号，第 45～47 页。

剪报是一则新闻。鲁迅就这则新闻发感慨，抨击文场弊端。鲁迅在文后加的按语说：

"我到上海后，所惊异的事情之一是新闻记事的章回小说化。无论怎样惨事，都要说得有趣——海式的有趣。只要是失势或遭殃的，便总要受奚落——赏玩的奚落。天南遁叟式的迂腐的'之乎者也'之外，又加了吴趼人李伯元式的冷眼旁观调，而又加了些新添的东西。这一段报章是从重庆寄来的，没有说明什么报，但我真吃惊于中国的精神之相同，虽然地域有吴蜀之别。……"（第 47 页）

关键词：鲁迅抨击文场弊端

1928 年 1 月 25 日

李霁野《〈文学与革命〉后记》（写于 1928 年 1 月），载北京《未明》半月刊第 1 卷第 2 期，合订本第 35～48 页。

本文第一部分"是《文学与革命》底观点与主旨底概略"，第二部分是托洛茨基的生平要略。

李霁野概述托洛茨基《文学与革命》的观点与主旨的原文是：

"1917 年 10 月俄国革命，无论在赞成者或反对者底眼中，都是一件震撼了全世界的大事；由这而产生的时代，是一个大时代。革命将俄国生活改变了，以生活为基础的文学和艺术，自然也要发生出巨大的变化来。这变化确乎是巨大的，有许多作家都经不起，因而成了'亡命者'。和现代俄国生活分开，隔绝了可以滋生他们的精神和土地，这些亡命者已经失去了他们底创作底灵魂了，而且他们底作品只能作为旧时代底残辉，表白新旧时代间的距离而已。

"在一部分上了解革命，但是不能整个地去了解；不回避革命，但只能以农民的态度接受它；想要向往将来，但根基又在过去；——简言之，不能以革命作为创作底中枢，是'同路人'底基本缺点，——这缺点使他们底作品不能与他们底时代精神契合，并且要使它与之分离。

"未来主义还没发展完成，无产阶级革命就发生了，这使它更与时代融洽，而且未来主义的作品，也确乎更能表现出这大时代底动力性。然而知识阶级的根性，狂放之士的遗痕，仍然存在于他们底作品中，——未来主义不过是新旧两个时代间的桥梁就是了。

"相信着形式决定内容，唯心的形式派与马克斯主义立于完全相反的地位。'他们（形式主义者）相信"起始是字"。但是我们相信起始是事。'如著者在第五章底结尾所说。换言之，有了生活内容，才会有对于文学或艺术的形式之需要，必有历史的必需，才能发生新形式。马克斯主义的观点是如此的。

"所谓无产阶级的文学和无产阶级的艺术，是极易引起误会的窄狭的名词。无产阶级的作家，都还不过是著作艺术底学徒。没有足够的预备，不吸收革命前文化的成分，是不能开始前进的。以新时代底精神为食粮，为材料，以旧时代在艺术文化上的收获为工具，新时代的作家才能为他底时代创造出新的文化和艺术。无产阶级专政时代是过渡的，所谓无产阶级文化时代也是不能存在的，将来的社会是没有阶级的，文化和艺术中的阶级性也将因革命之成功如何而逐渐消逝。不过在这进程中，还要有革命，有斗争，社会阶级性也要紧张到极度，因此革命的艺术是需要的，因为它能助长战士底勇敢与团结。然而这也是过渡的，并且和社会进程一样，代之而兴的将是社会主义的艺术；在这种艺术时代，社会阶级已经消灭，文化和艺术不复有阶级性，艺术，技术与自然间的隔阂也将归于乌有，而真正的人的文化就将在这样基础上建筑。

"在艺术政策上，特罗茨基和瓦浪司基（Voronsky）与有些极端派相反，采取一种较为宽容而开明的态度。凡文学足以加强乡村与城市间，党员与非党员间，知识阶级与劳动者间的连锁，因而增加革命底力量者，党都应加以赞助和指导；但仅只赞助和指导而已，并不能像在经济和政治的斗争中相似的，去直接地，命令似地指挥，因为'艺术必须开辟自己的道路，并且用自己的方法'，探透时代底精神和民众底意识。1924 年 5 月关于共产党艺术政策的会议，决定了采取特罗茨基底态度，于是'同路人'底作品也可以在国家出版物上刊印了。"（第 35～37 页）

简而言之，十月革命开辟了一个伟大的时代。不适应者流亡海外。"同路人"作家。未来主义。马克思主义与形式主义的区别。无产阶级文学否定论。关于党的文艺政策。

李霁野在最后说：本书是据英译本译的。原书本来由韦素园译，开手不久，因有出京的计划和生病，才改由李译。

关键词：李霁野说托洛茨基《文学与革命》的观点与主旨　"无产阶级文学否定论"　关于党的文艺政策

1928 年 1 月 25 日

适夷《梦的憧憬》（短篇小说），载《东方杂志》半月刊第 25 卷第 2 号，第 119～125 页。

小说讲述白瑾（"我"）和鲁莹在"五卅"运动中相识，并产生了感情。命运使白瑾与夏若华结婚。但真正相爱的还是鲁莹。鲁莹其后参加北伐，并受伤。她也结了婚，还有了孩子。回忆往事，他（她）们都有些感伤。

关键词：楼适夷 革命者的恋情

1928 年 1 月 28 日

鲁迅《谈所谓"大内档案"》，载《语丝》周刊第 4 卷第 7 号。

本文通过自己整理大内档案过程的叙述，对遗老们、北洋官僚，以及有关人等糟蹋、盗窃、拍卖文史档案的行径，有所揭发和谴责。鲁迅说："中国公共的东西，实在不容易保存。如果当局者是外行，他便将东西糟完，倘是内行，他便将东西偷完。而其实也并不单是对于书籍或古董。"（第 8 页）

鲁迅还自我解剖说，他曾在教育部工作过，知道一些整理大内档案的内幕，但不敢说。"这是我的'世故'，在中国做人，骂民族，骂国家，骂社会，骂团体……都可以的，但不可涉及个人，有名有姓。"（第 3 页）

关键词：鲁迅 "大内档案" 解剖自己

鲁迅说文艺并非"革命的先驱"，文艺与政治时时在冲突中

1928 年 1 月 28 日

鲁迅《随感录九一 文艺和革命》（〔1927 年〕12 月 24 日夜零点 1 分 5 秒写成），载《语丝》周刊第 4 卷第 7 号，第 34~35 页。

本文开篇即说："喜欢维持文艺的人们，每在革命地方，便爱说'文艺是革命的先驱'。"其实，"这很可疑"。因为如硬要说"先驱"的话，第一应是"革命军"，第二应是"人民代表"，第三才是文艺。

"3，文学家。于是什么革命文学，民众文学，同情文学，飞腾文学都出来了，伟大光明的名称的期刊也出来了，来指导青年的：这是——可惜得很，但也不要紧——第三先驱。"

文章最后说："……因为我们常听到所谓文学家将要出国的消息，看见新闻纸上的记载，广告；看见诗；看见文。虽然尚未动身，却也给我们一种'将来学成归国，了不得呀！'的预感，——希望是谁都愿意有的。"

这是一种讽刺。

该文旨在说明文艺并非"革命的先驱"。"什么革命文学，民众文学，同情文学，飞腾文学"都不是"革命的先驱"。

关键词：鲁迅 文艺并非"革命的先驱"

1928 年 1 月 29、30 日

鲁迅的讲演《文艺与政治的歧途》，载上海《新闻报·学海》第 182、183 期。

这是鲁迅 1927 年 12 月 21 日在上海暨南大学的讲演记录稿。

鲁迅说："我每每觉到文艺和政治时时在冲突之中"，因为"政治要维持现状"，文艺却"不满意现状"，这就起冲突。文艺"是政治家的眼中钉"。"文艺家的话其实还是社会的话，他不过感觉灵敏，早感到早说出来"；"政治家认定文学家是社会扰乱的煽动者，心想杀掉他，社会就可平安"。

鲁迅说，"现在的广东，是非革命文学不能算做文学的，是非'打打打，杀杀杀，革革革，命命命'，不能算做革命文学的——我以为革命并不能和文学连在一块儿，虽然文学中也有文学革命。但做文学的人总得闲定一点，正在革命中，那有功夫做文学。……大家连想面包都来不及，那有功夫去想文学？等到有了文学，革命早成功了。革命成功以后，闲空了一点；有人恭维革命，有人颂扬革命，但这已不是革命文学。"

又说，"以前的文艺，好像写别一个社会，我们只要鉴赏；现在的文艺，就在写我们自己的社会，连我们自己也写进去；在小说里可以发现社会，也可以发现我们自己；以前的文艺，如隔岸观火，没有什么切身关系；现在的文艺，连自己也烧在这里面，自己一定深深感觉到；一到自己感觉到，一定要参加到社会去！"

"革命文学家和革命家竟可说完全两件事。诋斥军阀怎样怎样不合理，是革命文学家；打倒军阀是革命家；孙传芳所以赶走，是革命家用炮轰掉的，决不是革命文艺家做了几句'孙传芳呀，我们要赶掉你呀'的文章赶掉的。""所以以革命文学自命的，一定不是革命文学，世间那有满意现状的革命文学？"

关键词：鲁迅 文艺与政治的歧途——文艺和政治时时在冲突中 孙传芳不是革命文学家打倒的

1928 年 1 月 30 日

胡也频短篇小说《螃蟹》，载 1 月 30 日、31 日北京《晨报副刊》第 2187、2188 号。

小说故事很简单：50 多岁的张老太太得到朋友送来的 4 只螃蟹，非常高兴。怎么吃这 4 只螃蟹，她颇费脑筋。"起初她想酿，想糟，想腌，但是这都

得须要许多时候，并且觉得还不如新鲜的味儿好，便想到——溜，溜又觉得4只螃蟹是不（是）太少了，就又想到连壳的混上鸡子去炒，去爆，去烹，可这第三种的炮制法却又会损失去那原有的许多味儿……于是她踌躇了，是没有想到，对于这螃蟹的处置会成为一件颇感烦难的事。/ 然而不久，她究竟也就想定了，是干蒸。/ 这时在老太太的眼睛里，仿佛看见到，在饭桶里慢腾腾的蒸气中间，那黑灰的螃蟹就变成漂亮的，珊瑚一般的颜色了。"

老太太吃这4只蒸熟的螃蟹时，好不排场：（秋日的夕阳照着她）"……老太太的脸是笑洋洋的。她坐在一张方桌前的一把太师椅子上，在面前，是安排着象牙镶金的筷子，银羹匙，桃源石的小小玲珑的酒杯，和一只白得透亮，画着乾隆御笔的百福图——都是极可爱的数也数不清的小蝙蝠——的细瓷酒壶，这酒壶是半浸于同样颜色的汤盆里，以及一只蓝花碟子，碟子上放着姜末和醋。"老太太一个人吃完了这4只螃蟹，并喝了一瓶花雕。（以上1月30日第32页）

中间还有穿插和动作：得到螃蟹时，老太太想起儿时她和一个男小朋友一起到河边钓鱼，钓到一只螃蟹的快乐；吃完螃蟹，立马给远在法国巴黎的女儿写信，尽情抒发她吃螃蟹的欣慰，并想念儿女们。

最后，作者笔锋一转，乐极生悲，老太太脖子上不知怎么长了一个东西，且越来越大。医生也莫衷一是，有的说是痧，有的又说是瘤，更有的还说是疔搭。最后才由乡下来人说是水毒，是因为吃了螃蟹引起的。

胡也频的小说《傻子》（三）（四），在《晨报副刊》1月7日第2170号至1月9日2172号载完。

关键词：胡也频短篇小说《螃蟹》

1928年1月

《现代小说》月刊在上海创刊。叶灵凤、潘汉年编辑。主要撰稿人有叶灵凤、潘汉年、向培良、金满成、严良才、楼建南、罗皑岚、叶鼎洛等。

从第3期起，以刊载革命文学作品为主。

创刊号发表的小说有叶灵凤的《肺病初期患者》《浴》，潘汉年的《她和她》《离婚》，楼建南的《报复》。叶灵凤的小说《明天》《鸠绿媚》《爱的讲座》《罪状》《妻的恩惠》《摩伽的试探》《国仇》《落雁》等，先后刊载于以后各期。这些小说以描写性心理为主，是中国现代文学史上性爱描写之一例。该刊还发表潘汉年的小说《情人》《浑沌中》《小叙》《法律与面包》《例外》等。于1930年3月出至第17期以后终刊。

关键词：《现代小说》创刊　描写性心理的小说

1928 年 1 月

高长虹新诗集《献给自然的女儿》，上海泰东图书局，1928 年 1 月，初版。为《狂飚丛书》第二之第三种。1928 年 6 月再版。印数 1001～3000 册。横排，80 页。定价大洋三角五分。

这是一部抒情长诗。第一部分最长，占 55 页，1927 年 6 月 27 日写于上海。4 行一节，基本押韵。二至十一部分，有的写于上海，有的写于西湖，是短诗，但都样式整齐。

第一部分有这样的句子："有的不相知而成为朋友，／也有的相知而反成怨仇。／有的对面不相逢，／有的闻名若故旧。"（第 22 页）"我想是一切女子的爱人。"（第 26 页）"照像送入博物馆，／著作藏在图书馆。"（第 27 页）"我于是在友谊中求得隔膜，／在恋爱中求得怨嗔，／在世界中求得寂寞，／在人生中求得苦痛！"（第 30 页）

本书末尾有泰东图书局书籍广告三种。郭沫若著《星空》，售洋四角。广告词中有一句说："而欲研究新文化的，尤不可不看此书。"卢冀野作"爱的指导者"《三弦》，实价三角。广告词说："本书分为三篇：一，金马是写恋爱与道德的冲突，女子贞操问题。二，T 与 R 是写三角恋爱，以散场为最后和解。三，落花时节是写纯洁的初恋，最足珍惜的。"天籁、剑波合著《新妇女的解放》，全书 1 册定价三角五分，这是一部论文集。

关键词：高长虹新诗集《献给自然的女儿》

叶灵凤性心理小说《鸠绿媚》

1928 年 1 月

叶灵凤短篇小说集《鸠绿媚》，上海光华书局，初版，1931 年 5 月 2 版。印数 3001～4500 册。每册实售大洋四角五分。小 32 开，横排，116 页，约 4 万字。

内收小说 6 篇：《肺病初期患者》《浴》《明天》《鸠绿媚》《爱的讲座》《罪状》。6 篇作品的写作日期分别是：1927 年 10 月 16 日、1928 年 2 月、1927 年 11 月 14 日、1928 年 3 月 2 日、1928 年 2 月 24 日、1928 年 4 月 5 日。有的作品的写作时间晚于出版时间，说明出版衍期。

《肺病初期患者》：专攻美术的兰茵在学校与同学印青相爱，但与母亲的内侄建霞更是青梅竹马，一起长大，时时可以见面。小说就写三人的爱的纠葛。

《明天》：30 多岁还是单身的著名学者适斋，仗着喝醉了酒，压不下性的饥渴，深夜闯入侄女丽冰的房间，拥抱她，吻她，并拉她的裤子，欲行非礼。丽冰挣扎着拒绝。她原谅叔叔的苦闷，理解他这个单身男子的性饥渴。事后她理智地想，她其实应该满足他，如果不是因为今日正逢月经。

《浴》：露莎小姐的自我恋。性欲躁动于身内，两只麻雀的嬉戏勾起欲望；读了描写性欲的小说后的亢奋，烦躁不安；洗浴时欣赏自己的胴体，以洗浴为名，展示胴体，实行自我恋。

《鸠绿媚》：雪岩送春野一件艺术品——白瓷小骷髅。这里包含一个波斯国王的女儿的爱情故事。春野让这件艺术品伴自己睡眠，梦中重化骷髅的故事。——国王请少年白灵斯来当女儿的教师。两人相爱。出嫁之前双双情死。

《爱的讲座》：佛向弟子讲授爱。说："爱是不灭的，爱是永存的。"反复讲："为了爱而破坏他的誓言的人有福了，诅咒应该归到诅咒他的人身上。"

关键词：叶灵凤短篇小说集《鸠绿媚》　描写性心理

1928 年 1 月

杨邨人短篇小说集《战线上》，由上海春野书店出版。收入《女俘虏》《田子明之死》等 5 篇小说。

鲁迅译《小约翰》

1928 年 1 月

〔荷兰〕拂来特力克·望·蔼覃著、鲁迅据德译本重译寓言小说《小约翰》，北平未名社，1928 年 1 月初版，1929 年 5 月再版。印数 1001～2500 册。为《未名丛刊》之一。32 开，平装，全书正文 260 页，约 11 万字。

书前有鲁迅 1927 年 5 月 30 日写于广州东堤寓楼之西窗下的《引言》，保罗·费赫 1892 年 7 月在美因河边之法兰克福的《原序》。

书后附录〔荷兰〕波勒·兑·蒙德的《拂来特力德·望·蔼覃》、鲁迅的《动植物译名小记》（1927 年 6 月 14 日）。

鲁迅的《引言》，第一是讲获得此书和翻译它的经过。望·蔼覃的《小约翰》发表于 1887 年，时作者 28 岁。13 年后，由德国人莆垒斯（Anna Fles）女士译为德文，卷头有赉赫博士（Dr. Paul Raché）的序文。鲁迅于 1906 年在日本留学时，托日本的丸善书店从德国买到德国译本。因为外文工力不够，未能动手翻译。后来，得齐寿山（齐宗颐）的合作，两人在北京中山公园共同完成初译。

第二是讲《小约翰》的特色。诚如赉赫的序文所说，（《小约翰》）"是一篇'象征写实底童话诗'。无韵的诗，成人的童话。因为作者的博识和敏感，或者竟已超过了一般成人的童话了。其中如金虫的生平，菌类的言行，火萤的理想，蚂蚁的平和论，都是实际和幻想的混合。我有些怕，倘不甚留心于生物界现象的，会因此减少若干兴趣。但我预觉也有人爱，只要不失赤子之心，而感到什么地方有着'人性和他们的悲痛之所在的大都市'的人们。

"这也诚然是人性的矛盾，而祸福纠缠的悲欢。人在稚齿，追随'旋儿'，与造化为友。福乎祸乎，稍长而竟求知：怎么样，是什么，为什么？于是招来了智慧欲之具象化：小鬼头'将知'；逐渐还遇到科学研究的冷酷的精灵：'穿凿'。童年的梦幻撕成粉碎了；科学的研究呢，'所学的一切的开端，是很好的，——只是他钻研得越深，那一切也就越凄凉，越暗淡。'——惟有'号码博士'是幸福者，只要一切的结果，在纸张上变成数目字，他便满足，算是见了光明了。谁想更进，便得苦痛。为什么呢？原因就在他知道若干，却未曾知道一切，遂终于是'人类'之一，不能和自然合体，以天地之心为心。约翰正是寻求着这样一本一看便知一切的书，然而因此反得'将知'，反遇'穿凿'，终不过以'号码博士'为师，增加更多的苦痛。直到他在自身中看见神，将径向'人性和他们的悲痛之所在的大都市'时，才明白这书不在人间，惟从两处可以觅得：一是'旋儿'，已失的原与自然合体的混沌；一是'永终'——死，未到的复与自然合体的混沌。而且分明看见，他们俩本是同舟……"（第 4~5 页）

第三，译文不尽如人意。"务欲直译，文句也反成蹇涩；欧文清晰，我的力量实不足以达之。《小约翰》虽如波勒·兑·蒙德说，所用的是'近于儿童的简单的语言'，但翻译起来，却已够感困难，而仍得不如意的结果。"（第 8页）其翻译过程是："我们的翻译是每日下午，一定不缺的是身边一壶好茶叶的茶和身上一大片汗。有时进行得很快，有时争执得很凶，有时商量，有时谁也想不出适当的译法。译得头昏眼花时，便看看小窗外的日光和绿荫，心绪渐静，慢慢地听到高树上的蝉鸣，这样地约有一个月。"（第 6~7 页）

第四，鲁迅流露了他在广州写序文时的所见和心境："荷兰海边的沙冈风景，单就本书所描写，已足令人神往了。我这楼外却不同：满天炎热的阳光，时而如绳的暴雨；前面的小港中是十几只蜑户的船，一船一家，一家一世界，谈笑哭骂，具有大都市中的悲欢。也仿佛觉得不知那里有青春的生命沦亡，或者正被杀戮，或者正在呻吟，或者正在'经营腐烂事业'和作这事业的材料。然而我却渐渐知道这虽然沉默的都市中，还有我的生命存在，纵已节节败退，我实未尝沦亡。只是不见'火云'，时窘阴雨，若明若昧，又像整理这译稿的时候了。"（第7页）

保罗·赉赫的《原序》说：望·蔼覃（Frederik van Eeden）1860年出生于哈来谟（Haarlem），从事于医学的研究，1886年毕业。"他为富裕的父母的儿子，他遂可以和他的本业，在课余时一同研习他向来爱好的文学。"（第21～22页）读大学时，他就以几篇趣剧出名。"《小约翰》的发表，在1885年，只一下，便将他置身于荷兰诗人的最前列了。他的智识广博，在他的各种小篇文字中，明白地表示着。""他以抒情诗人显，在荷兰迄今所到达的抒情诗里，他的诗也可以算是最好的。"（第22页）

荷兰诗人波勒·兑·蒙德的评传《拂来特力克·望·蔼覃》说："而他触动，他引诱，藉着他的可爱的简明，藉着理想的清晰，藉着儿童般的神思，还联结着思想的许多卓拔的深。"《小约翰》的发表，是荷兰迄今"一件大希罕事"。（第239～240页）

"这故事的开演，至少是大部分，乃在幻惑之乡，那地方是花卉和草，禽鸟和昆虫，都作为有思想的东西，互相谈话，而且和各种神奇的生物往还，这些生物是全不属于精神世界，也全不属于可死者的，并且主宰着一种现时虽是极优胜，极伟大者也难于企及的力量和学问。"（第241页）

关键词：鲁迅　望·蔼覃《小约翰》　鲁迅引言肯定世上还有赤子之心的人性存在，但也诅咒军阀杀人，使青春的生命沦亡　译者其时心境的悲凉

《创造月刊》第1卷第9期出版

1928年2月1日

《创造月刊》第1卷第9期出版。

重要文章有：成仿吾的论文《从文学革命到革命文学》，郭沫若的童话小说《一只手》，蒋光慈的中篇小说《菊芬》，王独清的诗《我归来了，我底故国!》，还有郑伯奇的三幕剧《牺牲》。

关键词：《创造月刊》第1卷第9期出版

1928年2月1日

成仿吾《从文学革命到革命文学》，载《创造月刊》第1卷第9期。

成仿吾在文章中回顾了新文学10年的发展历史，认识到要搞无产阶级革命文学，必须"努力获得辩证法的唯物论，努力把握唯物的辩证法的方法"，必须"克服自己的小资产阶级根性，把你的背对向那将被奥伏赫变的阶级，开步走，向那醒醒的农工大众！"文章并对鲁迅进行指责。

创造社认为成文"简直可以说是今后同人要从事于新努力的一篇宣言"（王独清《今后的本刊》），"表明了方向转变的态度"（郑伯奇《创造社后期的革命文学活动》）。

接着，成仿吾还发表《全部的批判之必要》《革命文学的展望》《〈文化批判〉祝词》《打发他们去》《维持我们对于时代的信仰！》《智识阶级的革命分子团结起来！》等文章（部分署名石厚生），参与"革命文学"论争。

关键词：成仿吾 《从文学革命到革命文学》 要搞无产阶级革命文学必须努力获得辩证法的唯物论，背叛小资产阶级，获得大众 表明创造社方向的转变

1928年2月1日

郑伯奇三幕剧《牺牲》，载《创造月刊》第1卷第9期，第19~40页，第10、11期连载。

25岁的有钱人家的秦萍生爱上了唱大鼓的女艺人杜月香（18岁）。

对于卖艺的，"没有一个人真心把我们当人看待的"，"人家简直当堂子里的姑娘们一样看待"。（第1卷第9期，第35页）只有秦先生才真心对她们，给月香花了许多钱，费了许多光阴，写文章把她捧红，并乐意想法让家里卖田产，来为她们还债。用月香的话说，是"你为你的月香牺牲了学业，牺牲了名誉，牺牲了金钱，牺牲了宝贵的光阴"。

秦萍生骂月香的妈把女儿卖给军阀陈国藩是"老鸨"的行为。

月香对秦萍生诉说当姨太太的苦。

剧本的结尾是：秦萍生动员月香为北伐革命军做事（意即提供情报）。

关键词：郑伯奇 《牺牲》 同情鼓书艺人

1928年2月1日

《一只手——献给新时代的小朋友》，童话小说，麦克昂（郭沫若）作，

载《创造月刊》第 1 卷第 9 至 11 期。

小说描写一家钢铁厂的童工孛罗的手被机器轧断，激起全厂工人的义愤，终于爆发了酝酿已久的罢工斗争。而这斗争又是在地下党员克培的领导之下实现的。它假托德国共产党领导的一个工人暴动的故事，隐指中国共产党领导的"八一"南昌起义及南进途中对汕头等城市的短暂占领。

小说分上、中、下 3 个部分。具体故事为：童工小孛罗（孛罗为英语无产者 Poor 的音译）的右手被机器切断，克培（德国共产党的缩写 KP 的音译）带领工人去救他。鲍尔爵爷要枪杀克培，小孛罗举起断手把鲍尔打死。工人的斗争受到弹压，小孛罗和工人的被捕引发工人暴动。暴动成功后，工人政府成立，克培为小孛罗父子等死难工人举行了国葬。

这是一篇十足概念化的作品。后遭到鲁迅的嘲讽（但鲁迅所讲的故事情节有误）。

关键词：郭沫若 《一只手》

1928 年 2 月 1 日

段可情小说《铁汁》，载《创造月刊》第 1 卷第 9 期。

小说写一个姓白的留学生，在欧洲留学 10 年归来，困守上海。10 年不见面的上海，依然没有许多变迁，只有资本家高大的建筑物，却增加不少专供有钱人享乐的场所。去找老朋友借贷，又一个都找不着。偌大一个上海，"连一个小小啖饭之地都寻不着，社会底待遇，未免太冷酷"。因此，作品中就有"一拳把世界打翻""把现社会根本推翻"这样的愤激之言。小说以写实的手法，刻画了白先生留学归来的心态。

继《一封退回的信》《铁汁》之后，段可情在《创造月刊》发表的作品还有：《查票员》（第 1 卷第 10 期）、《火山下的上海》（第 2 卷第 1 期、3 期、4 期）、《一封英兵遗落的信》（第 2 卷第 2 期）、《绑票匪的供状》（第 2 卷第 5 期、6 期）。

关键词：段可情 《铁汁》

1928 年 2 月 1 日

王独清诗《我归来了，我底故国!》，载《创造月刊》第 1 卷第 9 期。

诗作抒发了诗人在欧洲流浪旅居了 10 年之后回到故国，在上海街头"信步前行"的无限感触。诗中广泛地运用了叠字、叠句和光、色的效果，反复地吟咏，深刻地表达了诗人的爱国激情。虽然情调不免感伤和低沉，但诗人仍寄希望于斗争，而没有沉溺。

关键词：王独清 《我归来了，我底故国！》

1928 年 2 月 1 日

《太阳月刊》二月号出版。刊登蒋光慈的论文《关于革命文学》，刘一梦、楼建南、孟超、杨邨人的小说，钱杏邨的书评。

关键词：《太阳月刊》二月号出版

蒋光慈《关于革命文学》：革命文学应当是
反对个人主义的集体主义的文学

1928 年 2 月 1 日

蒋光慈《关于革命文学》，载《太阳月刊》二月号。

蒋光慈在论文中说：在中国倡导革命文学是"为着要执行文学对于时代的任务，为着要转变文学的方向"，乃大势所趋，锐不可当。革命文学家"向表现旧社会生活的作家加以攻击"，文坛上的争论，都有其"深沉的社会的背景"，并非个人间事。

革命文学的声浪日渐高涨。"革命文学成为了一个时髦的名词，不但一般急激的文学青年，口口声声呼喊革命文学，就是一般旧式的作家，无论在思想方面他们是否是革命的同情者，也没有一个敢起来公然反对。"虽然"他们的情绪已经是死去了的"。文坛上的争论，不是新旧作家的个人问题，"其实这种现象自有其很深沉的社会的背景"。有许多投机革命文学的人，极力在诋毁从事革命文学创作的人"为浅薄，为幼稚，为投机，为鲁莽"，这是"卑鄙，无耻的行为"。"中国的新文学还未脱离模仿欧洲文学的时代"，现在中国文坛上"几个著名的大作家"的创作，哪一个不是"幼稚，幼稚，幼稚"！

什么是革命文学？革命文学的内容是怎样的？

"倘若我们要断定某个作家及其作品是不是革命的，那我们首先就要问他站在什么地位上说话，为着谁说话。这个作家是不是具有反抗旧势力的精神？是不是以被压迫的群众作出发点？是不是全心灵地渴望着劳苦阶级的解放？"

"我们的社会生活之中心，渐由个人主义趋向到集体主义。……今后的出路只有向着有组织的集体主义走去"。"革命文学应当是反个人主义的文学，它的主人翁应当是群众，而不是个人；它的倾向应当是集体主义，而不是个人主义。"

文章的结尾是给革命文学下界定：

> 革命文学是以被压迫的群众做出发点的文学！
> 革命文学的第一个条件，是具有反抗一切旧势力的精神！
> 革命文学是反个人主义的文学！
> 革命文学是要认识现代的生活，而指示出一条改造社会的新路径！

关键词：蒋光慈 中国倡导革命文学乃大势所趋，没有一个人敢起来公然反对 革命文学应当是反个人主义的集体主义的文学 革命文学的主人翁应当是群众，而不是个人

1928 年 2 月 1 日

刘一梦短篇小说《车厂内》（1928 年 1 月 3 日写于上海），载《太阳月刊》二月号。

小说以几个点写上海电车工人罢工。先是卖票的工人到麻子张茂发家开会，张茂发宣布罢工的要求：一是恢复俱乐部，二是要求加薪。卖票的工人可以揩油，对罢工并不热心。他们问：万一失败了怎么办？根据过往的经验，若是失败了，比不罢工还要吃苦。张茂发回答：只要齐心便不会失败。最后，他以手枪相威胁，才勉强使与会者都同意参加罢工。第二天，他到厂里观察，竟有工人悄悄地将车开出，破坏了罢工的决议。他对着开车的工友开枪阻止。但不生效。他见外国人用粗杖殴打工人，又向外国人开了两枪。

关键词：刘一梦 《车厂内》 电车工人罢工的组织者的极左做法：以手枪相威胁

1928 年 2 月 1 日

建南短篇小说《烟》，载《太阳月刊》二月号。

本篇写一个革命者陈安明（真名吕卓如）。他和陶先生同是房客。他总爱"讲政局的事情"。对房东说是大学生，实则在编《明灯周刊》，并从事工人运动。坐过牢。生活没有规律，经济无着落。最后被砍头。

作品有一处讲到白色恐怖："人民的生命像是暂时寄存在自己身上的东西，随时有被别人提去的危险，谁也早上不知晚上的命运。天空满布了肃杀阴沉的氛围，马路上两边都是肩着明晃晃大刀的兵士，睁着饱蓄凶光的眼睛往来巡逻。

墙壁上沾着一些五彩的标语画图，都是咒骂革命党人的，说革命党人怎样的受外国的接济，怎样的欺骗工人，自己过安富尊荣的生活，怎样的好乱，怎样的残暴杀人，凌辱平民。寥落的行人，都缩着颈子，弓着背畏畏缩缩的疾走着，好似一不留意就有被割掉头颅的危险。天天友人间的闲谈，总是一些人一个人身边搜出了一张传单就当街砍了头，一个女工因为拒绝兵士的调笑被杀死了。有一个老头子因为回头向正在杀人的兵士看了一眼，就遭了被杀者同样的命运。虽然不是革命党人的我，听了这些消息，也惴惴的怕自己的生命发生危险，躺在寓所里不敢出门……报上总简略的记载着，昨天一共死了 12 个，昨天一共杀了 20 个，好似和每天汽车轧死人一样的平常。"

关键词：楼建南 《烟》 白色恐怖时期，当局随意杀人

1928 年 2 月 1 日

迅雷诗歌《叛乱的幽灵》，载《太阳月刊》二月号。

诗里的革命者是这样的："有一个富人眼中的恶鬼／——叛乱的幽灵——；／手上拿着旗帜在叫喊，／腰间悬着利斧，鲜血淋漓——"

革命者的目的是："烧掉他们花园里的玫瑰花，／烧掉他们图书室内的骗人的文化，／我们自有我们的本领！／我们自有我们的血花！／我们是毁灭之神！／我们是创造的主宰！／我们是上帝的爸爸！"

更有辱骂："我们是洪水！／我们是猛兽！／我们是资产阶级治下的暴徒！／我们是毁灭畸形社会的刽子手！／造你爸爸，／造你妈妈，／老子是上帝的爷爷！"

这首诗的第六、七、八、九节，载《太阳月刊》三月号。

诗中以"十万的，百万的群众""发怒的咆号"："纵使一切的市城都在火光下销毁，／喂，同志们，决不退让。""那个拥抱少女的，就是不生产的蛀虫。／军阀，资本家，地主。"

　　兄弟们，上去！
　　　　杀！杀!! 杀呵杀。

杀了他们，"我们也可以住华丽的高堂，／我们也可以穿丝织的衣裳，／我们也可以戴威武的军帽／我们也可以伴美丽的姑娘。／哈哈，哈哈，哈哈"。

关键词：迅雷诗歌《叛乱的幽灵》 诗中有辱骂"杀！杀！""造你妈妈"

1928 年 2 月 1 日

孟超短篇小说《茶女》，载《太阳月刊》二月号。

M 到游乐场去解闷，端茶倒水的服务员叫芸姑娘。闲谈中，知道芸的父亲曾开一个小店，后倒闭，抑郁而死。从此母女二人相依为命，每天晚上母亲从闸北来接她回家。几天后再见，没想到，她也和黎姑娘一样，由茶女堕入卖淫，都是为生活所逼。作者的态度是："这是一个堕落窟！这是一个堕落窟！""万恶的资本主义社会，反抗！反抗！只有一条路，就是反抗！"

关键词：孟超　《茶女》　游乐场的侍女被迫卖淫　"反抗！反抗！"

1928 年 2 月 1 日

杨邨人短篇小说《三妹》，载《太阳月刊》二月号。

大妹 18 岁，三妹比姐姐小两岁，都在工厂做工。工头赵大奎欲调戏两姐妹。"工头强奸女工是很普通的"。姐姐老实，先被强奸，后跳江自杀。三妹要为姐姐报仇。她求卖水果的同乡阿贵代她去杀死赵大奎不成，便自己怀揣尖刀，答应赵大奎的要求，与他上床。她先将赵大奎灌醉，然后杀死他。并连声骂"你这杂种！"

关键词：杨邨人　《三妹》　女工杀人报仇

1928 年 2 月 1 日

钱杏邨的书评《野祭》（1928 年 1 月 16 日写于上海）、札记《关于〈评〈短裤党〉〉》（1928 年 1 月 17 日写于上海），载《太阳月刊》二月号。

《野祭》是蒋光慈的中篇小说。钱杏邨的书评首先是就书中主人公的思想，谈文学工作与其他革命实际工作的关系。他说：《野祭》是一部恋爱小说，其重心问题当然是恋爱问题。"不过其间还藏着一个更重要的，为时代所涌出的，而还没有解决的青年文艺作家在这个狂风暴雨时代的苦闷：那就是没有落伍的作家总想一面仍然从事文学事业，一面去做一般人所谓的实际革命工作，而事实上又无法兼顾的一个问题。"这是一个普遍问题。"我们究竟是抛弃实际工作的好呢，还是不做文学的好呢？""许多做所谓实际工作的青年对于做文学的青年常常的加以诋毁，骂他们浪漫，骂他们废物，骂他们对于革命没有帮助。"然而，"文学仍然是一种事业，一种重要的事业，换句话说，也是实际工作的一种"。文学工作与革命实际工作"是没有什么轩轾的"。"做实际工作的要去做运动要去领导群众；做文艺工作的也要有思想的修养技巧的修养，也要去采取材料去剪裁去布局去写作的，严格的说，他们的工作也是繁杂的，和做实际工作的是一样的困难。"因此，"我们是不反对专做文学的，事实上没有法子兼顾，我们反对落伍的，无聊的，反革命的文学的作家！"

钱杏邨又说：蒋光慈的《野祭》"描写长的恋爱的故事这是第一次"，"在意义方面已开了一个新的局面"，即写出了"婚姻的阶级性"。"这部小说高出于其他恋爱小说的最重要点，就是作者没有忘却他的时代，同时主人公们也不是放在任何时代都适宜的人物。""真能代表时代的恋爱小说，这是中国文坛上的第一部！"

钱杏邨还说，《野祭》"全书技巧的另一个特色，就是心理的描写""很是精细"。

钱杏邨在反驳许杰《文艺与社会》（载《文学周报》第 5 卷第 22 期）一文中一个观点时，强调了他们所提倡的革命文学的一个观点：革命文学必然是粗暴的。原文是："他（许杰）一面提倡革命的与劳动的文艺，一面却又反对鲁莽。劳动阶级不是绅士，革命者不是优美的处子，劳动文学的生命就是粗暴。"

《短裤党》是蒋光慈的长篇小说，《评〈短裤党〉》（载《生路》一月号）的作者是王任叔。钱杏邨批评王任叔"使我们失望"。他先谈文艺批评的任务："作家所希求于批评家的，是意义的阐明，技巧的解释，以及创作的时代价值的估定，读者所希求于批评家的，是良好读物的介绍，以及用批评家的见解来印证读者自己对于某一本创作的意见。"而看王任叔全文的前部，"我们是很明显的认识作者是在提倡革命文学，而且认定文学是一种 Propaganda，是应该为整个被压迫的阶级说话的。但是他一面提倡革命文学，一面却推崇描写破产的小资产阶级的穷人；一面主张文学是一种 Propaganda，一面又否定《短裤党》的时代价值；一面主张为整个的被压迫阶级说话，一面又反对以群众为创作的主人；这样的离奇的矛盾，和许杰的主张农民文学而反对鲁莽的理论，真是有趣的异曲同工的错误！"

关键词：钱杏邨　评蒋光慈《野祭》《短裤党》　文学工作和革命实际工作不分轩轾　《野祭》是中国文坛真能代表时代的恋爱小说的第一部，它写出了婚姻的阶级性　革命文学的生命就是粗暴　革命文学"以群众为创作的主人"

1928 年 2 月 1 日

由邨人署名的《太阳月刊》二月号的《编后》，对本期所刊文章均有评说，对三月号将要刊载的文章也有预告。

"我们的一月号出版以后，很能够使文坛上的作家注意，而且据情势上讲，也很能够使文坛受了一种相当的影响。

"这二月号的稿件，很使我们自己满意。如光慈的关于革命文学①，讲得透彻深切，大可替革命文学打出一条大道；往事后一段写现代经济状况底下的穷女子的前途，使人动魄惊心。杏邨的野祭的书评，有他特别的见地；关于评短裤党指出评短裤党的人的错误，尤其正确详尽。孟超的茶女写现代社会破产的小资产阶级的悲哀，十分动人。一梦的车厂里写工人的罢工的英勇，令人奋发。建南的烟写革命党人的生活，从侧面表现，难能可贵。迅雷这一号的画，如吻如血与泪交流，表现力更大；他的叛乱的幽灵一诗，很能够表现劳动阶级粗暴的精神。至于我的三妹是去年在汉口作的旧稿，自然只是附骥的东西；预告的 Apollo 因为心绪不佳，写不成功，也不想做了。统说这一号的稿件，我们觉得比较上一号精彩得多；就校对方面，现在已经有玉秀明高两女士担任，也不至于如上一号我们自己校对，错得一塌糊涂。

"三月号将有光慈的文学上革命与恋爱问题，阐明那问题的正确的途径；夜话，是罪人的第三章，比往事写得更有精彩。杏邨的死去了的阿 Q 时代，是一篇很值得我们注意的鲁迅论。建南的梦达坷写新旧势力的冲突。一梦的雪朝写农民的暴动。孟超的铁蹄下，表现现社会底下工潮合爱潮的戏剧。迅雷的画光明的期待和闪电与狂风，有力而优美。他的画是早已受人称赞的，他的小说火酒定将受人嘉许。艺钟在一月号翻译过一篇小说玫瑰花，我们已经知道它的价值；这一期的诗绅士，也实不错。还有绍川译的达努蒲的秘密，写革命的故事；圣悦作的巴里亚的胜利，写工人的暴动；都是值得在这里先介绍的作品。"

关键词：杨邨人逐一评《太阳月刊》的作品，无不"十分动人""令人奋发""难能可贵"

1928 年 2 月 1 日

《太阳小丛书》在《太阳月刊》二月号开始刊登广告，到停刊号。载封二，占一版的篇幅。

凡三种：钱杏邨《革命的故事》、杨邨人《战线上》、王艺钟译《玫瑰花》（德国米伦女士著）。从四月号起，增加第四种：蒋光慈的长诗《哭诉》。

---

① 原文无书名号。

其广告词是："蒋光慈著。这是一首长诗。是蒋光慈先生最近的创作。全国青年朋友对于蒋先生的诗歌，久已有了相当的欢迎，在这哭诉诗里头，将更使朋友们满意。全书字数虽不多，但甚有价值，且系用顶上的纸精印。每册实价大洋二角。"

《太阳月刊》五月号，刊末又有春野书店新书预告：

刘一梦著《失业以后》。"这部集子，内收作者近著七篇（1）失业以后（2）工人的儿子（3）谷债（4）雪朝（5）车厂内（6）斗（7）沉醉的一夜。大都是描写工农生活及劳资冲突的事件，文笔流畅，描写深刻，从事劳动文艺者不可不读。全书六万言。现已付印，不日出版。"

赵冷著《一个女郎》。"本书内收小说五篇（1）徘徊的痛苦（2）一个女郎（3）出路（4）唔（5）逃犯。都是革命时代的表现，写父与子的冲突，或写理想的革命人物，或写统治阶级的罪恶，把这时代的许多人物的心理解剖的明晰异常。全书特具一种风格，足供青年读者之研摩。全书七万余言，现已付印，不日出版。"

七月《太阳月刊》停刊号上，还是春野书店的预告，有太阳社创作集《日光》。"太阳社编　革命文学的运动发展到了现在，还未看见一部能使大家满意的革命文学的创作集，这一部小说集，是太阳社自己修定编辑的，可以作革命文学的范本，可以作中学校的课本。"本书似未出版。

在停刊号另有春野书店的新书出版广告，计三种：

《地狱》，日本金子洋文著，沈端先译，实价五角。广告词曰："地狱是一部日本的名著，它在世界的文坛上占有极高之位置。而沈端先先生的译笔，素以诚实畅达有名，这部书又系其得意之译笔，其价值可知。研究文艺者不可不读。"

《处女》，纪元著。广告词曰："纪元先生的散文，笔风雄浑，格调亦饶有趣味。现在他的散文集处女已出版，读者如争先阅读，可以激发许多笑不得哭不得的情绪。书价从廉，每册实价二角五分。"

《残梦》（辘轳小刊），迦陵（孟超）著。"这是一部柔情的恋诗，全部尽是悲哀郁痛的歌唱，在热情的飞进中高呼狂喊出'恋'与'思'的苦闷，'爱'与'死'的忧烦；而造句的优美，辞藻的清丽，在现在中国诗坛上，又开一新的意境。加以吴清玠先生富有诗意的插图，钱君匋先生文雅精美的封面，更在装潢方面添加上无限艺术的美意。毛绒纸精印，定价低廉，仅售实价大洋三角五分。"

从四月号起，在封底，有《达夫代表作》出版了的广告。

关键词：《太阳小丛书》　　春野书店书籍广告

1928 年 2 月 1 日

《浮士德》第一部，德国歌德著，郭沫若译，由上海创造社出版部出版。为《世界名著选》第 8 种。

郭沫若在《译后记》中记述了 10 年来翻译本书的过程，并就翻译表达了他的观点，他的"译文是在尽可能的范围内取其流畅"，"对于原文也是尽量地忠实的"。还说，"译文学上的作品不能只求达意，要求自己译出的结果成为一种艺术品。这是很紧要的关键"；然而"有许多人把译者的苦心完全抹杀，只在卖弄自己一点点语文学上的才能。这是不甚好的现象"。

关键词：郭沫若　《浮士德》　译文应该是一种艺术品：忠实原文，尽可能流畅

丁玲发表《莎菲女士的日记》

1928 年 2 月 10 日

丁玲发表小说《莎菲女士的日记》，载《小说月报》第 19 卷第 2 号头条。这是丁玲的成名作、代表作，也是中国现代文学史上的名篇。

小说着重刻画女知识青年莎菲矛盾、骚动的心理。作品以其大胆的性爱描写和细腻的心理刻画，立即引起文坛的注目，并以此为起点，奠定了丁玲一生的文学道路。

小说完全写的是一个少女的心理。莎菲对男人的占有欲，与其说是意识的，毋宁说是性欲本能的。莎菲已经 20 岁，是一个成熟的、有文化的女性。无论是生理的、心理的，还是病理的（肺病患者容易性欲亢进），她都处于渴望性爱的癫狂时期。她耐不住寂寞，时刻需要男人陪伴她、抚摩她。莎菲所以嫌弃苇弟，不是因为别的，就是因为他太缺乏男子气，不敢去爱她的肉体，不能浇灭她的欲火。莎菲第一次与凌吉士见面，便因为他的高大、丰仪而爱上了他。为了这爱，她不惜以重病之躯搬进低矮、潮湿的房子；为了这爱，她驱赶、欺骗其他朋友。她渴望他的抚摩（只要"能获得骑士一般的那人儿的温柔的一抚摩，随便他的手尖触到我身上的任何部分，因此就牺牲一切，我也肯"）、拥抱与亲吻（"想到那红唇，我又癫了！""我常常想，假使有那末一日，我和他的嘴合拢来，密密的，那我的身体就从这心的狂笑中瓦解去，也愿意"），占有她（"他

会给我需要的"）。后来，当她了解了他的思想和行为时，从理智上，她厌恶他，但在感情上，在梦里，她又思念那个人，盼望他来，并为他而梳洗打扮，带着爱摩挲他遗下的书。她企望他的占有，即使他是魔鬼，为了满足自己本能的欲望，她也愿意献出一个女人的一切。她相当坦白，急于暴露自己。这创作本身，就是性欲的一种转移、升华或替代。

关键词：丁玲 《莎菲女士的日记》

日本平林初之辅论生产力的发展与
文学艺术生产的关系

1928 年 2 月 10 日

〔日本〕平林初之辅作、陈望道译《文学之艺术之技术的革命》（论文），载《小说月报》第 19 卷第 2 号，第 224 ~ 232 页。

平林初之辅在本文的序言中说："我们向来，只将文学及艺术底进化，作为一般观念形态底进化底一部分，下考察。将所谓经济的基础底变化决定上部构造底变化的史的唯物论的公式，应用在文学及艺术上，是我们过去期间里在理论上努力底全内容。而其结果，就有文学及艺术底历史性，社会性，而且因此而有阶级性，底暴露，分析，与证明。而其具体的生产或论理的归宿，也就有了无产阶级文学底运动。

"然而，单是这样，也还不能说是，已经说清了文学及艺术变革底实相。我们不应忘记：文学及艺术全为这样社会构造底变革所决定的，大抵不出看作一般观念形态了的文学及艺术；至于构成文学及艺术的技术的要素，还是常常受着另外更直接的影响而变化的。例如我说过几次了的，号叫小说的这一种文学形式，便是那印刷术和造纸工业和德谟克拉西底发达使它决定地隆盛起来的。"由此可知，文学艺术的变化，并不只是随着经济基础的变化而变化的上部构造，即所谓意德沃罗基底变化，"就是技师手里造出的机械，也是直接地，能使艺术底式样，形态，品类，有大变化的"。（第 224 页）

平林初之辅的意思是：技术的进步，生产力的发展，必将影响文学艺术的表达以至于生产。先是"影戏和无线电话"，而后就是小说这种样式。"一切的艺术，现在都在技术的革命底前夜。"（第 232 页）

关键词：平林初之辅 陈望道 生产力的发展必将影响文学艺术的生产

1928 年 2 月 10 日

杜衡《石榴花》（短篇小说。写于 1926 年 7 月 29 日），载《东方杂志》第 25 卷第 3 号，第 103～108 页。

郭沫若诗集《前茅》《恢复》出版

1928 年 2 月 10 日

《前茅》，新诗集，郭沫若著，由上海创造社出版部出版。为《创造社丛书》第 22 种。

收新诗 23 首。集前有诗人写于 1928 年 1 月 11 日的《序诗》1 首。这些诗，除《暴虎辞》写于 1921 年，《黄河与扬子江对话》《哀时古调》写于 1922 年，《太阳没了》写于 1924 年外，其余均写于 1923 年。

《序诗》说："这几首诗或许未免粗暴，/这可是革命时代的前茅。"这些"喊叫"，在当时不但"应者寥寥"，"还听着许多冷落的嘲笑"。诗人以粗犷的声音歌颂革命。他认为如果不像"俄罗斯无产专政一样，/把一切的陈根旧蒂和盘推翻，/另外在人类史上吐放一片新光"，中国就"永远没有翻身的希望"。他预感到"静安寺路的马路中央，/终会有剧烈的火山爆喷"。他要同"世上一切的工农"一起，"把人类救出苦境"，"使新的世界诞生"。《我们在赤光之中相见》以一连串富于象征性的诗句显示：黑暗腐朽的反动统治终将灭亡，人民群众的革命理想定然胜利。《太阳没了》为追悼列宁而作。《留别日本》《上海的清晨》《怆恼的葡萄》《欢笑在富儿们的园里》等诗，艺术上比较细腻。

关键词：郭沫若　《前茅》　诗人以粗犷的声音歌唱革命

《文化批判》第 2 号出版

1928 年 2 月 15 日

《文化批判》第 2 号出版。共 136 页，约 93000 字。

刊登李初梨的《怎样地建设革命文学》，彭康、朱镜我、李铁声的社会科学论文，美国作家辛克莱的《拜金艺术》（冯乃超译），冯乃超的诗《流血的纪念日》、*Demonstration*（示威），龚冰庐的小说《裁判》。

写于 2 月 10 日夜的《编辑杂记》说：第 1 期出版后，我们马上觉得它"太唐突而笨重了"。"我们的一般读者没有想到我们会这样提出这些问题，也从来没有见过我们这样的论述的方法"，因此，短期内，或许"不容易完全使一般读者满意"。（第 135 页）

我们不会像那些"狗教授与鸟记者"那样，"专把一些枯燥的理论与陈旧的史实"来"重苦"读者。"我们将要使读者把捏着辩证法的唯物论，应用于种种活生生的问题，在历史的必然性上观察，而理会自己的努力。""我们将要关于现在社会的内容做一番明确的分析呈献于我们的大众，我们将要由历史的发展过程陈述我们现在所要求的 democracy 的性质，兼及于一般的战略与怎样克服小资产阶级的领导。"（第 136 页）

关键词：《文化批判》要使读者把捏着辩证法的唯物论

成仿吾《从文学革命到革命文学》《打发他们去！》《全部的批判之必要》，冯乃超《艺术与社会生活》，李初梨《怎样地建设革命文学》：全面阐述创造社关于革命文学的理论，"围剿"鲁迅

1928 年 2 月 15 日

成仿吾《打发他们去！》，载《文化批判》第 2 号。

用诗体形式排在首页，加边框。

新时代的文艺家应该完成的工事是："一般地，在意识形态上，把一切封建思想，布尔乔亚的根性与它们的代言者清查出来，给他们一个正确的评价，替他们打包，打发他们去。特殊地，在文艺的分野，把一切麻醉我们的社会意识的迷药与赞扬我们的敌人的歌词清查出来，给还他们的作家，打发他们一道去。

"他们是不肯死心塌地自己出去的，他们有时是要与支配势力勾结而拼命反攻的，这时候，我们还得预先下个决心，踢他们出去。"（第 1~2 页）

重要的是：对过往的作家，要"打发他们去"，要"踢他们出去"。

关键词：成仿吾 对过往的作家要"踢他们出去"

1928 年 2 月 15 日

李初梨《怎样地建设革命文学》，载《文化批判》第 2 号，第 3~20 页。

本期的《编辑杂记》说：李初梨的《怎样地建设革命文学?》一文，"是革命文学理论上的一番基础工事。在现在的文坛，只有创造社能够自己批判，

能够勇敢地前进。李君的论文又是他们自己批判的一番表现。反动派和脱逃者尽管诅咒与摧残，创造社仍是文坛唯一的生力"。（第136页）

本文共讲四题：（一）导言。（二）什么是文学。（三）文学革命底历史的追踪。（四）革命文学底建设的展望。

作者说，到此时，"革命文学已完全地成了一个固定的熟语"。（第4页）目前的客观形势，"不仅在逼促我们观念地解答这个问题，而且在要求我们现实地去建设我们的'革命文学'"。（第4页）

关于"什么是文学"：

"我们不惟应该把我们对于文学的见解，与有产者的对立起来，而且非把有产者文学论克服，实无从建设我们的革命文学。"（第4页）

文章接着批判文坛已经流行的两种观点：

一个是创造社当年崛起时的口号"文学是自我的表现"。作者认为，这是"观念论的幽灵，个人主义者的呓语"，并且它"现在适成为一般反动作家的旗帜"。另一个是"现在自称为革命文学家的流行的标语"："文学的任务在描写社会生活"。作者认为，这是"小有产者意识的把戏，机会主义者的念佛"。（第5页）

至于文学的本来面目，作者引辛克莱《拜金艺术》中的一句话："一切的艺术，都是宣传。普遍地，而且不可避免地是宣传；有时无意识地，然而常时故意地是宣传。"从而得出他的定义，并用大号字排出。

"一切的文学，都是宣传。普遍地，而且不可避免地是宣传；有时无意识地，然而常时故意地是宣传。"（第5页）

并进一步解释说：

"文学，与其说它是自我的表现，毋宁说它是生活意志的要求。

"文学，与其说它是社会生活的表现，毋宁说它是反映阶级的实践的意欲。（第4～5页）

"一切的作品，有它的意志要求；一切的文学，有它的阶级背景。"（第5页）"无论什么文学，从它自身说来，有它的阶级背景，从社会上看来，有它的阶级实践的任务。"（第8页）

李初梨于是得出结论：

"文学，是生活意志的表现。

"文学，有它的社会根据——阶级的背景。

"文学，有它的组织机能，——一个阶级的武器。"（第9页）

在对文学革命的历史进行一番追踪之后，文章又用大号字排出：

"革命文学，不是谁的主张，更不是谁的独断，由历史的内在的发展——连络，它应当而且必然地是无产阶级文学。"（第13页）

那么，这"无产阶级文学又是什么？"

文章先批判、否定五种观点：

"有人说：无产阶级文学是写穷的文学。不是。因为我们可以在有产者文学里面，找得出许多写穷的杰作来。

"有人说：无产阶级文学，是无产者自身写出的文学。不是。因为无产者未曾从有产者意识解放以前，他写出来的，仍是一些有产者文学。

"有人说：无产阶级文学，是写'革命''炸弹'的文学。不是。因为某博士也可做出'炸弹炸弹，干干干'的诗来。

"有人说：无产阶级文学，是写出无产阶级的理想，表现他的苦闷的文学。不是，这可让那些同情于无产阶级的自称革命文学家去做。

"有人说：无产阶级文学，是描写革命情绪的文学。这不如去读当年梁启超，章太炎的诗文。"（第13~14页）

李初梨的结论是：

"无产阶级文学是：为完成它主体阶级的历史的使命，不是以观照的——表现的态度，而以无产阶级的阶级意识，产生出来的一种的斗争的文学。"（第14页）

为此必须解决两个问题：

第一，无产阶级文学的作家问题；

第二，无产阶级文学的形式问题。

关于无产阶级作家的问题：

"我以为一个作家，不管他是第一第二……第百第千阶级的人，他都可以参加无产阶级文学运动；不过我们先要审察他的动机。看他是'为文学而革命'，还是'为革命而文学'。

"他如果为保持自己的文学地位，或者抱了个为发达中国文学的宏愿而来，那么，不客气，请他开倒车，去讲'趣味文学'。

"假若他真是'为革命而文学'的一个，他就应该干干净净地把从来他所有的一切布尔乔亚意德沃罗基定（完）全地克服，牢牢地把握着无产阶级的世界观——战斗的唯物论，唯物的辩证法。

"第二步，他就应该把他把握着的理论，与他的实践统一起来。这样，他就可以把'革命情绪的素养'，'对于革命的信心'，'对于革命之深切的同情（?）'（按：这是蒋光慈的话），一齐都得着了。换句话说：他就有了无产阶级的阶级意识。

"所以，我们的文学家，应该同时是一个革命家。他不是仅在观照地'表现社会生活'，而且实践地在变革'社会生活'。他的'艺术的武器'同时就是无产阶级的'武器的艺术'。所以我们的作品，不是像甘人君所说的，是什么血，什么泪，而是机关枪，迫击炮。"（以上第16～17页）

文章再次得出结论：

文学当然是"无产者的重要的战野"。

"所以我们的作家，是

'为革命而文学'，不是

'为文学而革命'，

我们的作品，是

'由艺术的武器

到武器的艺术'"（第17～18页）

为此，文学青年应该"获得无产阶级的阶级意识"，"克服自己的有产者或小有产者意识"，"把理论与实践统一起来"，这样才能成为一个无产阶级文学家。（第18～19页）

李初梨此文所批判、否定的作家是：周作人、鲁迅、刘半农、《新青年》作家、甘人、蒋光慈等。对鲁迅：

认为鲁迅就是讲趣味的人，写的是趣味文学。而趣味文学的罪状则有：

第一，以"趣味"为中心，使他们自己的阶级更加巩固起来。

第二，以"趣味"为鱼饵，把社会的中间层，浮动分子，组织进他们的阵营内。

第三，以"趣味"为护符，蒙蔽一切社会恶。在中国社会关系尖锐化了的今日，他们惟恐一般大众参加社会斗争，拼命地把一般人的关心引到一个无风地带。

第四，以"趣味"为鸦片，麻醉青年。（第9页）

又问甘人："鲁迅究竟是第几阶级的人，他写的又是第几阶级的文学？他所曾诚实地发表过的，又是第几阶级的人民的痛苦？'我们的时代'，又是第几阶级的时代？"（第15页）

关键词：李初梨　《怎样地建设革命文学》　目前的现实到了建设革命文学的时期　后期创造社关于革命文学的基本观点——一切文学都是宣传："一切的文学，都是宣传。普遍地，而且不可避免地是宣传；有时无意识地，然而常时故意地是宣传。"革命文学是"生活意志的要求"，"反映阶级的实践的意欲",是阶级的武器。"革命文学,不是谁的主张,更不是谁的独断,由历史的内在的发展——连(联)络,它应当而且必然地是无产阶级文学。"

《文化批判》编者说:此文是革命文学理论的"基础工事"

1928 年 2 月 15 日

彭康《科学与人生观——近几年来中国思想界底总结算》,载《文化批判》第 2 号,第 21 ~ 47 页。

本文就"五四"时期科学与人生观讨论再评论。其小标题是:1. 为什么我现在提出这个问题来批判?2. 促起这次论争之社会的契机。3. 欧洲大战底原因。4. 精神文明与物质文明。5. 知识论。6. 自由意志。7. 结论。

作者的结论中有这样的话:"确立辩证法的唯物论以清算一切反动的思想,应用唯物的辩证法以解决一切紧迫的问题。"(第 47 页)

他们认为,辩证法的唯物论和唯物的辩证法,就是马克思主义的世界观和方法论。

朱镜我《科学的社会观》(续)(第 48 ~ 71 页)

本文的这部分要解决的是:1. 阶级是什么?2. 阶级发生的原因及条件是什么?3. 阶级与生产过程——生产样式——生产关系间的关系如何?4. 阶级与身份(stand)的区别如何?5. 阶级的运命如何?

李铁声《目的性与因果性》(第 72 ~ 83 页)

作者说,本文所要逐次讨论的问题是:人类欲到达最终的自由,及到达这结论之前,"必须经过讨论之因果法则性,目的论,必然自由意志等问题"。(第 73 页)

关键词:彭康《科学与人生观——近几年来中国思想界底总结算》、朱镜我《科学的社会观》、李铁声《目的性与因果性》

辛克莱"一切艺术都是宣传"

1928 年 2 月 15 日

〔美国〕Upton Sinclair 作、冯乃超译《拜金艺术(艺术之经济学的研究)》,载《文化批判》第 2 号,第 84 ~ 91 页。

辛克莱的观点是:

"一切的艺术是宣传。普通地,不可避免地是宣传;有时是无意识的,大

底是故意的宣传。"（第 87 页）

艺术是什么？

"艺术是人生的表现，经过艺术家的个人性的修改，用以修改他人的个人性，促他们变换他们的感情，信仰和行为。"（第 88 页）

进一步，伟大的艺术是什么？

"富有生气而重要的宣传，用适宜的技巧，由所选的艺术发挥出来的时候，就是产生了伟大的艺术。"（第 88 页）

辛克莱的《拜金艺术》一书，由郁达夫译，从 1928 年 4 月 1 日出版的《北新》半月刊第 2 卷第 10 期起连载，一直延续到 1929 年 8 月 1 日的第 3 卷第 14 期，共刊 19 期，每期都有译者写的《译者按》《译者附记》之类。郁达夫所译，不见单独出版。1930 年 5 月上海联合书店出版陈恩成译的《拜金主义》；同一出版社在同年同月，又以《美国文艺界的怪状》为书名出版。

辛克莱在书中的一句话——"一切的艺术，都是宣传。普遍地，而且不可逃避地是宣传；有时无意识地，然而常时故意地是宣传"（从李初梨译）成为中国普罗文学家们的座右铭。辛克莱本人亦被看成是国际革命文学运动中美国左翼文学思潮的代表作家。

辛克莱的长篇小说中国翻译出版的有：《石炭王》（坎人即郭沫若译，上海乐群书店 1928 年 11 月）、《屠场》（易坎人译，上海南强书局 1929 年 8 月）、《煤油》（郭沫若译，分上下册，上海光华书局 1930 年 6 月），这三部是他的代表作。此外，中国翻译出版的还有《钱魔》（林微音译）、《工人杰麦》（黄药眠译）、《太平世界》（葛藤译）、《实业领袖》（邱韵铎、吴贯中译）、《密探》（陶晶孙译）、《山城》（麦耶夫，即林疑今译）、《都市》（彭芳草译）、《追求者》（曾广渊译）、《波斯顿》（上下册，余慕陶译）等。

关键词：冯乃超　辛克莱《拜金艺术》：一切艺术都是宣传　辛克莱小说的中译本

1928 年 2 月 15 日

〔法国〕巴比塞作、李初梨译《告反军国主义的青年》，载《文化批判》第 2 号，第 92～96 页。

文末缀冯乃超附记《安理·巴比塞的事情》说，巴比塞已经变成一个社会主义的人了。（第 95 页）"关于他的事迹，免不了要说及他的小说《光明》（Clarté），这篇小说出现的翌年（1919）欧美的思想家及艺术家，因此团结起来，组织'光明团'（Le Groupe Clarté）的思想的团体，本着这篇小说的真义作具体的运动。那么，这篇小说对于欧美的思想界及艺术界，涌起怎样重大的波痕，可想而知的。这篇小说……它是打破过去的传统与偶像，启示人类的黎明，又是我们民众的圣典。譬如你们爱'光明'恶'黑暗'，爱'真理'恶'虚伪'，爱'秩序'恶'混乱'，爱'正义'恶'不正'，爱'平等'恶'不平等'，爱'自由'恶'锁练'，爱'和平'恶'战争'，爱'人'恶'神'，那么这本小说是不能不读的。"（第95页）

关键词：巴比塞 李初梨 冯乃超说巴比塞已经变成一个社会主义的人了，他的小说《光明》是"我们民众的圣典"

龚冰庐工人小说

1928 年 2 月 15 日

龚冰庐小说《裁判》，载《文化批判》第2、3号，第2号第97～111页，第3号第79～102页。

已经被压断一条腿的矿工陈兆老伯一改再也不到矿山的初衷，今日又来到矿山。原因是他的儿子现在又被压断了腿和胳膊，正在等待死亡。一路写矿山条件之恶劣，矿山事故后，工人死的死伤的伤的惨相。矿主只顾挣钱、不管工人的死活的做法，引起工人及死伤者家属的不满，并由不满酿成反抗斗争。陈兆老伯被裹胁，居然成了带头反抗的领袖。他喊到："……现在终于到来了，兄弟们，现在是我们工人自己靠自己的时候了！"（第111页）厨子老赵说陈兆老伯今天领着伤者和家属抗议是"激烈"。但他不信命运，"命运叫谁去相信呢？我要求公平的裁判！"（第3号第82页）等了几年，以为有"英雄"会来"可怜我们"，从而"救助我们"。但没有等到。"我们今天才知道，救助我们的就是我们自己！"（第3号第83页）因此，在因伤矿工中，他是"喜欢暴动的英雄"（第3号第85页）。陈兆老伯知道，矿工的命运不是死在矿里，就是饿死在路上。有人说陈兆老伯带头抗议是"老流氓"，是"犯法"。他则说："我犯了什么法呢，法是恶鬼们定出来的。他们因为要杀人，要吃血，所以这样做的。假使我能够定法律的话，就老实不客气只要一句话'不做工的没得吃'，其余一概都不要的。"（第3号第89页）但他还是不被理解，首先是矿工家属就反对他，因为一罢工，就没有吃的。矿工及其家属并不理解他，甚至骂他是"老流氓"，这是这篇小说最出彩的地方。这是生活的真实。

关键词：龚冰庐工人小说《裁判》 "现在是我们工人自己靠自己的时候了！" 救助我们工人的只能 "就是我们自己" 芸芸众生不理解陈兆老伯的抗议

1928 年 2 月 15 日

冯乃超诗《流血的纪念日》，载《文化批判》第 2 号，第 112～114 页。"五月三十日，／我们的流血的纪念日！"这是对 "五卅" 的纪念。

冯乃超小说 *Demonstration*①（第 115～126 页）

关键词：冯乃超诗文纪念 "五卅"

1928 年 2 月 15 日

《文化批判》第 2 号：本期《文化批判》还有两点值得注意：一是在补白处，刊载 11 条马克思《费尔巴哈论纲》的语录。二是辟《新辞源》专栏，刊载名词解释。本期所解释的名词共 9 个（第 131～134 页）：

1. 帝国主义（Imperialismus）
2. 原始共产制（Urkommunismus）
3. 生产（Produktion）
4. 生产力（Produktionskraft）
5. 独占（Monopol）
6. 托辣斯（Trus't）
7. 新地开特（Syndikat）
8. 加尔特尔（Kartel）
9. 观念论（Idealismus）

关键词：《文化批判》 马克思语录 解释 《新辞源》

郭沫若离沪去日本，开始 10 年流亡生涯

1928 年 2 月 24 日

为躲避国民党当局的迫害，郭沫若携家人乘船离沪去日本，开始为期 10

---

① 示威。

年的流亡生涯。

在日本期间，郭沫若除了撰写回忆录、文学批评、历史小说、杂文，翻译马克思主义经典著作，进行文学创作外，以更多的精力从事中国古代社会历史的研究。著有《中国古代社会研究》《甲骨文字研究》《卜辞通纂》《殷契粹编》《两周金文辞大系考释》《金文丛考》《古代铭刻汇考》等。（参见《郭沫若研究资料》）

关键词：郭沫若流亡日本

1928 年 2 月

创造社和太阳社召开联席会议，商讨组成联合战线，共同开展革命文学运动事宜。成仿吾主持。冯乃超、彭康、李初梨、郑伯奇、张资平、华汉、李一氓、龚冰庐、李铁声、朱镜我、王独清、蒋光慈、钱杏邨、杨邨人等出席会议。

关键词：创造社和太阳社召开联席会议

托洛茨基《文学与革命》汉译出版

1928 年 2 月

〔苏俄〕特罗茨基（通译托洛茨基）著，韦素园、李霁野合译《文学与革命》，北新书局出版。

比较详细的论证见 1927 年 3 月 25 日～6 月 10 日条所叙述。

托氏在书中阐述一种观点：无产阶级文化和无产阶级艺术"是决不会存在的，因为无产阶级的统治是暂时的，过渡的"。通常将这种观点简称为"无产阶级文学否定论"。

关键词：托洛茨基《文学与革命》中译本出版　无产阶级文学否定论

1928 年 2 月

潘汉年短篇小说集《离婚》，上海光华书局出版。

内收《离婚》《情人》《混沌中》等小说 8 篇。

作者在《自序》中说，这些小说都是"为了骗钱用"而"提起笔来画符似的写下"的"粗制滥造的东西"。至于说在文学的思潮流派方面，"我自己做梦也没有想到究竟属于哪一派哪一项！"

关键词：潘汉年短篇小说集《离婚》

1928年2月

郑伯奇戏剧小说集《抗争》，创造社出版部出版。为《创造社丛书》之第19种。

内收《抗争》《危机》《合欢树下》三个剧本；以及《最后之课》《忙人》《A与B的对话》三篇小说。

关键词：郑伯奇《抗争》

1928年2月

郁达夫有感于梁实秋等"英美派正人君子"批评卢骚"一无是处"，配合鲁迅对梁实秋的批判，1月至2月，在《北新》半月刊第2卷第6～8号上，连续发表《卢骚传》《卢骚的思想和他的创作》《翻译说明就算答辩》三篇文章。

关键词：郁达夫谈卢梭

1928年春

丁玲、胡也频由北京到上海。计划去寻求新的生活道路，开创新的文学事业。

关键词：丁玲、胡也频到上海

1928年3月1日

《创造月刊》第1卷第10期出版。

本期刊载的重要文章有：成仿吾《全部的批判之必要——如何才能转换方向的考察》、穆木天《维勒得拉克》（介绍），小说有：张资平《兵荒》、段可情《查票员》《一只手》《牺牲》《菊芬》皆连载。

关键词：《创造月刊》第1卷第10期出版

1928年3月1日

成仿吾论文《全部的批判之必要——如何才能转换方向的考察》，载《创造月刊》第1卷第10期。

文章从经济基础与上层建筑既相适应又相矛盾这个马克思主义的基本原理出发，探讨革命文学如何才能跟上形势，为无产阶级的政治斗争服务。文章说："我们的文艺现在已经到了应该实行方向转换的阶段。在这个分野认定自己的天职的人们应该起来做一次文艺的良心的总结算，而获得革命的意识。""我们应该由批判的努力，将布尔乔亚意德沃罗基（Ideologie）与旧的表现样式奥伏赫变①。""应该由不断的批判的努力，有意识地促进文艺的进展，在文艺本身，由自然生长的成为目的意识的，在社会变革的战术上由文艺的武器成为武器的文艺。"

作者在考察新文学的发展和现状时，认定"语丝派""早已固结而反动"；蒋光慈提出"革命情绪的修养"是无知而肤浅，"是反唯物论 unmarxistisch，而反动的"；嘲笑《泰东月刊》是"可怜的追随派"。惟有创造社才无愧于时代。

本文新概念成堆：经济基础与上层建筑既相适应又相矛盾，方向转换，批判的努力，布尔乔亚，意德沃罗基，奥伏赫变，自然生长、目的意识，文艺的武器、武器的文艺……

关键词：成仿吾　文艺要有意识地由文艺的武器成为武器的文艺　对非本派作家"全部批判"

1928 年 3 月 1 日

张资平小说《兵荒》（1927 年 11 月 23 日写于武昌），载《创造月刊》第 1 卷第 10 期，第 9 ~ 28 页。

本篇写一个在 W 城大学教书的 V 教授的生活：他靠翻译《岩与矿》挣点稿费维持一家人的生活。主要情节是：与妻子争议要不要搬到上海去，妻子已经有身孕；街上兵荒马乱，家里赶快储米、积水，将贵重衣物装箱藏到楼上去，将仅有的 200 元大洋积蓄和妻子的首饰埋到庭院的树下；3 个孩子中已经有一个生了病；有人劝他躲到日租界或法租界……这篇作品可以看作是作者的自叙传，就是他的生活和经历的简单素描，写他在社会动荡之中的惶恐、紧张和慌乱。

关键词：张资平小说《兵荒》　社会动乱中文化人的惶恐、紧张和慌乱

1928 年 3 月 1 日

《太阳月刊》三月号在上海出版。

---

① 奥伏赫变，原文为 aufheben，作者在本文的开头意译为"扬弃"。鲁迅译为"除掉"，为此，彭康还发表《"除掉"鲁迅的"除掉"!》，与鲁迅辩论。郭沫若曾译为"蜕变"。

刊载钱杏邨的评论《死去了的阿 Q 时代》、书评《幻灭》、通信《关于〈现代中国文学〉的通信》。刊载的小说有：刘一梦的《雪朝》、圣悦的《巴里亚的胜利》、楼建南的《蒙达珂的夜》、孟超的戏剧《铁蹄下》、杨邨人的随笔《红灯》，翻译有：蒋光慈译《寨主》、绍川译《达努蒲的秘密》、艺钟译《诗选》。

关键词：《太阳月刊》三月号出版

1928 年 3 月 1 日

刘一梦短篇小说《雪朝》（1928 年 2 月 15 日写于上海），载《太阳月刊》三月号。

小学老师李和夫带领曹家镇农民（共四五十人）暴动：放火杀人。他们夺了警察局的枪，抢了 5 个村子，烧了 14 家，出了二十几条人命，作者说他们感到"无聊的自慰"。最后却被团长捉住，全体枪毙。李和夫认为失败是由于"决策错了"，不该盘踞在曹家镇，坐以待毙。

关键词：刘一梦小说《雪朝》　农民暴动：杀人与被杀

1928 年 3 月 1 日

圣悦短篇小说《巴里亚的胜利》，载《太阳月刊》三月号。

小铜匠王雪生领导工人通过武力斗争，取得夺取军营的胜利。全篇渲染城市的恐怖气氛。

关键词：描写工人武装斗争的小说

1928 年 3 月 1 日

建南的短篇小说《蒙达珂的夜》，载《太阳月刊》三月号。

在街头卖报的失业老工人华索尔，妻子死了，女儿失踪了，儿子杰克因为参加暴动被打死了。实在没有活路的时候，他夺过兵士手中的枪，向兵们扫射，汇入暴动工人的潮流。女儿丽丽以妓女的身份，怀揣手枪，将大资本家璞明斯骗到饭店，说他是"万恶的狗"，"杀人的刽子手"，"吃人的恶魔"，"杀死 300 工人的正凶"，"一切作恶的人类的代表"，要亲手杀死他。而璞明斯则理直气壮地说："全个蒙达珂百万的人家，大半养活在我的场里。"正在这时，华索尔冲进房间，用枪杀死璞明斯，并将女儿抱在怀中。街上响起了国际歌声。

本文末注明："8，2，1929，在太平洋滨的一个大都市的晚上。"1929 年恐系 1928 年之误。

关键词：楼建南小说《蒙达珂的夜》 工人被迫参加暴动，夺枪杀人

1928 年 3 月 1 日

孟超独幕剧《铁蹄下》，载《太阳月刊》三月号。

本剧写工人罢工，而且还是革命+恋爱的模式。工厂打死了工人李阿顺，引起工人罢工。要求惩办凶手，补发罢工工资，减少工作时间，并且增加工资。持久罢工而没有结果，工人生活有实际困难，产生厌倦情绪。瑞姑则说："要知道我们只有争斗，只有反抗，才能得到胜利。"瑞姑爱着李阿兴，但青年张泽苍又爱她。张泽苍对瑞姑说："你答复了我，我好安安稳稳的把整个的心拿到我们的动作上去。"李阿兴带领罢工工人冲工厂，挨了两枪，又被后面的人踩踏，伤势垂危。瑞姑抚着还有一口气的阿兴，答复张泽苍，也是解释："他合我是机器底下压迫出来的爱情，他合我是患难相共的朋友，他死了，我碎了的心也随着他去了，现在呀！现在呀！我不愿再爱甚么人，不愿再受甚么人的爱，你的好处，你的好意，我只希望你在作事上指导我，在友谊上帮助我，我们常常的，常常的，做一个永世不断的好朋友。"张泽苍的回答也是一串革命豪言："现在他死了，我也觉悟了，我深深的觉悟了，在这种资本主义的铁蹄之下，厂主是刽子手，厂主是杀人精，我们的生活尚且不能稳固，我们再不必讲甚么爱了；我们的前途，只有挣扎，只有奋斗，只有努力。""我们的结局，只有死，只有坐牢，只有枪毙，我们不要做甚么快乐的好梦了……我不惧怕，我不惧怕，我怕的是你的悲伤，我怕的是你的苦痛。"瑞姑也有一番"报仇！报仇！"的叫喊。

关键词：孟超 革命+恋爱模式的工人罢工

1928 年 3 月 1 日

冯宪章诗《战歌》，载《太阳月刊》三月号。

这是诗中的一节：

> 快酿你兴宁老酒长乐烧，
> 快备你锐利斧头和镰刀！
> 烧！烧！烧！心火烧！
> 号！号！号！热血号！
> 喝罢兴宁老酒长乐烧，

紧持锐利斧头和镰刀！

冲破敌人的营巢！

冲破敌人的营巢！

一切取消！

一切打倒！！

关键词：冯宪章诗 "烧！烧！烧！"

1928 年 3 月 1 日

《太阳月刊》三月号刊载两篇译文：一是绍川据世界语译，保加利亚 St. Liljanov 的散文《达努蒲的秘密》，一是蒋光慈译，苏俄 Sobole 的小说《寨主》。

《达努蒲的秘密》是一篇短文，写一个月黑夜，车夫等将已死的尸体和未死的活人抛入河中。被抛入河中的都是参加暴动的人。全文就写抛尸者的恐慌心理和周围环境的恐怖。

译者附言说：法西斯蒂者在保加利亚夺取了政权以后，在 1923 年 9 月间民众因不堪他们的虐待，作了一次暴动，不幸失败了！在暴动中没有什么大损失。事后被法西斯蒂军队所杀或在达努蒲（Danubo）河流域所沉的不知凡几。这便是描写那时惨状的一篇。原文本在保加利亚文报《新路》上发表，由 Stebeek 译成世界语，此篇据世界语 *Sennacia Revuo* 月刊转译的。

蒋光慈译《寨主》写的是俄国革命者。他是摩陀维民地方的一个木匠，1908 年 "引导一团人跟着自己的时候"，获得寨主的称号。革命失败，他被流放到乌拉岭那地方当苦工。他身材高大，沉默寡言，只是干活，从不屈服。二月革命之后，他获得解放，于工作他 "要求很危险的位置"。在搜索白党时，他看见一位少女被强奸致死，躺在地上，他就脱下自己的衣物盖在少女身上，并 "把她送到附近的村庄里去"。革命占据 B 城后，寨主被派为革命非常委员会主席。不久，又从中央来了一个新同志，名叫娜达莎，一个不曾出嫁的 25 岁的姑娘。娜达莎疯狂地爱着寨主，他们一有闲就拥抱接吻。很快，他就接到电话，原来娜达莎是奸细，本名摩木芙林公主。寨主不动声色地将她约上船，用铁一般的手掩住她的嘴，"把她从自己的身上甩到水里去了"。

关键词：绍川译保加利亚革命小说 蒋光慈译俄国革命小说：革命战胜恋爱

钱杏邨《死去了的阿 Q 时代》

1928 年 3 月 1 日

钱杏邨论文《死去了的阿 Q 时代》（1928 年 2 月 17～18 日写于上海）、书评《幻灭》，载《太阳月刊》三月号。

《死去了的阿 Q 时代》占刊物的头条。文章的内容提要是："鲁迅创作中所表现的时代——庚子暴动与辛亥革命——超越时代与追逐时代——过去的呐喊与现在的彷徨——人生咒诅论与《野草》①——六面找不着出路的碰壁——坟的前途——小资产阶级的观察者——病态的国民性的表现者——《阿 Q 正传》的评价——死去了的阿 Q 时代——时代文艺与时代技巧。"

文章首先讲时代，即社会思潮与文艺思潮。远的不说，就说最近 10 年的思潮：

"10 年来的中国文艺思潮的转变"，"它的速度和政治的变化是一样的急激"。

"我们便从五四运动说起。五四运动在形式上固然是起源于外交的刺激，实际上却是潜伏在青年内心的初期文化运动的精神的推动，这是谁个都不能否认的事实。初期的文化运动创造了光荣的五四，复又因五四的冲激而得到尽量的发展，新文化运动的第一期思潮便这样的建立了它的基础。这个时期的思潮，个人主义已经变成了可咒诅的名词，社会的职任已被青年认为切身的责职，引起了青年的对于一切的怀疑，怀疑社会，怀疑家庭，怀疑社会上的一切旧势力，旧制度，大家都站起身来走向社会，去做社会改革的伟业。所以真能代表这个时期的作家，他的创作是涂满了怀疑的色调，对于社会是整个的不信任，个人主义的精神是死亡了的。

"这种思潮渐渐的伸展，还没有到十分展开的时候，便遇到孙中山的死，接着就是五卅惨案的继起，因为这内外两大激刺的侵袭，以及几年来主义思潮在青年内心暗地的酝酿，遇到五卅这个时期，便如伟大的火山突兀的爆发起来，于是思潮又有了一大转变。这时期的思潮是有了绝大的进步，举国的青年有了民族的觉醒，有了阶级的觉醒，有了对于帝国主义的认识，同时有了很强烈的革命的要求，个人的家族的观念在青年的心里差不多完全死亡了。

---

① 原文无书名号。此条引文的书名号系引者所加。

而潜伏的革命文学的呼喊也渐渐的接着第一期的文艺思潮伸起头来，在文坛上得到了许多进展。

"五卅惨案发生以后，中国的阶级地位又突然的起了一大变化，工农阶级的力量逐渐的表现出来，上海的工人对于惨案的奋斗，香港工人的 19 个月的大罢工，湘鄂工人的响应革命军运动，上海工人驱逐奉鲁军的三次大暴动，以及前此的京汉路的二七惨案，以及革命军所到的地方的农民对于革命的帮助，以及革命军的以工农为革命的主力军，在在都给予青年以莫大的激刺，使他们对于第二期的思潮发现了不满，彻头彻尾的站到工农一方面来向着压迫他们的资产阶级抗斗，激起了还没有终止奋斗的激烈的血潮，逃出了国的制度的束缚，思潮转向全世界被压迫阶级联合的抗斗。所以在这个时候，酝酿了很久的第四阶级文艺运动的呼喊，又渐渐的高涨起来，造成了现在的革命文艺与劳动文艺交流的局面。"

概述了 10 年来中国文艺思潮的转变，"我们现在可以再回转来一检鲁迅的创作，究竟能代表新文艺运动的哪一个时期的思想呢？除去在《狂人日记》里表现了一点对于礼教的怀疑，除去《幸福的家庭》表现了一点青年的活性，除去《孤独者》，《风波》表现了一点时间背景而外，大多数是没有现代的意味！不仅没有时代思想下所产生的小说，抑且没有能代表时代的人物！阿 Q，陈士诚，四铭，高尔础这一些人物究竟是什么时代的人物呢？……他的创作在时代的意义上实在是没有什么好处的。他不过是如天宝宫女，在追述着当年皇朝的盛事而已；站在时代的观点上，我们是不需要这种东西的"。

钱杏邨的结论是："所以鲁迅的创作，我们老实的说，没有现代的意味，不是能代表现代的，他的大部分创作的时代是早已过去了，而且遥远了。他的创作的时代背景，时代地位，把他和李伯元，刘铁云并论倒是很相宜的，他的创作的时代决不是五四运动以后的，确确实实的只能代表《新民丛报》时代的思潮，确确实实的只能代表清末以及庚子义和团暴动时代的思想，真能代表五四时代的创作实在不多"。"无论从哪一国的文学去看，真正的时代的作家，他的著作没有不顾及时代的，没有不代表时代的。超越时代的这一点精神就是时代作家的唯一的生命！然而，鲁迅的著作何如呢？自然，他没有超越时代；不但不曾超越时代，而且没有抓住时代；不但没有抓住时代，而且不曾追随时代。""所以，关于鲁迅的创作的时代地位问题，根据《呐喊》《彷徨》和《野草》说，我们觉得他的思想是走到清末就停滞了；因此，他的创作即能代表时代，他只能代表庚子暴动的前后一直到清末；再换句话说，就是除开他的创作的技巧，以及少数的几篇能代表五四时代的精神外，大部分是没有表现时代的!"

关于鲁迅的创作:

钱杏邨说,"展开《野草》一书便觉冷气逼人,阴森森如入古道,不是苦闷的人生,就是灰暗的命运;不是残忍的杀戮,就是社会的敌意;不是希望的死亡,就是人生的毁灭;不是精神的杀戮,就是梦的崇拜;不是咒诅人类应该同归于尽,就是说明人类的恶鬼与野兽化……一切一切,都是引着青年走向死灭的道上",他为跟着他走的青年掘了坟墓。鲁迅对人生的观察,"说明他是一个怀疑现实而没有革命的勇气的人生咒诅者而已"。

"《阿Q正传》藏着过去了的中国的病态的国民性","同时解剖了在辛亥革命初期的农村里一部分人物的思想",扩大点说,"阿Q的思想也代表了那时都市里一部分民众的思想"。因此,《阿Q正传》"是鲁迅创作中最可纪念的一篇"。然而《阿Q正传》究竟不能代表时代,不是中国10年来文坛的力作。"10年来的中国农民是早已不像那时的农村民众的幼稚了。所以根据文艺思潮的变迁的形式去看,阿Q是不能放在五四时代的,也不能放在五卅时代的,更不能放到现在的大革命的时代的。现在的中国农民第一是不像阿Q时代的幼稚,他们大都有了很严密的组织,而且对于政治也有了相当的认识;第二是中国农民的革命性已经充分的表现了出来,他们反抗地主,参加革命,近且表现了原始的 Baudon 的形式,自己实行革起命来,决没有像阿Q那样屈服于豪绅的精神;第三是中国的农民智识已不像阿Q时代农民的单弱,他们不是莫名其妙的阿Q式的蠢动,他们是有意义的,有目的的,不是泄愤的,而是一种政治的斗争了。""现在农民的趣味已经从个人的走上政治革命的一条路了。"

《阿Q正传》"没有代表现代的可能,阿Q时代是早已死去了!阿Q时代死得已经很遥远了!我们如果没有忘却时代,我们早就应该把阿Q埋葬起来!勇敢的农民为我们又已创造了许多可宝贵的健全的光荣的创作的材料了,我们是永不需要阿Q时代了!"

"不但阿Q时代是已经死去了,《阿Q正传》的技巧也已死去了!……现在的时代不是阴险刻毒的文艺表现者所能抓住的时代,现在的时代不是纤(按:原文为忏)巧俏皮的作家的笔所能表现出的时代,现在的时代不是没有政治思想的作家所能表现出的时代!旧的皮囊不能盛新的酒浆,老了的妇人不能恢复她青春的美丽,《阿Q正传》的技巧随着阿Q一同死亡了,这个狂风暴雨的时代,只有具着狂风暴雨的革命精神的作家才能表现出来,只有忠实诚恳情绪在全身燃烧,对于政治有亲切的认识自己站在革命的前线的作家才能表现出来！《阿 Q 正传》的技巧是力不能及了！阿 Q 时代是早已死去了！我们不必再专事骸骨的迷恋，我们把阿 Q 的形骸与精神一同埋葬了罢，我们把阿 Q 的形骸与精神一同埋葬了罢！"

作者在本篇《附记》里的几句话读者不能漏掉。他说，本文的根据只是鲁迅的《呐喊》《彷徨》《野草》，因此不能算是一篇"完善的鲁迅论"。"我觉得鲁迅的真价的评定，他的论文杂感与翻译比他的创作更重要。他在中国新文艺运动的初期是很有力量，很有地位的，同时他的创作对于新文坛的推进，也有很大的帮忙，这是不可抹煞的事实。"

书评《幻灭》（茅盾著）是肯定这部小说的，实属难得。他说："《幻灭》是一部描写在大革命时代及革命以前的小资产阶级女子的游移不定的心情，及对于革命的幻灭，同时又描写青年的恋爱狂的一部有时代色彩的小说。全书把整个的小资产阶级的病态心理写得淋漓尽致，而且叙述得很细致，结构很得力于俄罗斯的文学，已有了相当的成绩。"

作者的观点是：一部作品的技巧幼稚不关紧要，关键是要"适合时代"，"技巧幼稚，是不难修养的，思想的落伍，却永没有方法追赶得上！"

关键词：钱杏邨 《死去了的阿 Q 时代》 鲁迅的创作不能追随时代、抓住时代、超越时代，总之是不能代表时代，只能代表清末以及庚子义和团暴动时代的思想。他的思想走到清末就停止了 作品的关键是要适合时代 阿Q 时代早已死去了。我们不必再专事骸骨的迷恋，应该把阿 Q 的形骸与精神一同埋葬 狂风暴雨的时代只有具着狂风暴雨的革命精神的作家才能表现出来 若要全面论述鲁迅的真价，他的论文杂感与翻译比他的创作更重要 肯定茅盾的《幻灭》

创造社和太阳社之间争论谁最先倡导革命文学

1928 年 3 月 1 日

钱杏邨《关于〈中国现代文学〉》，载《太阳月刊》三月号。

自本月起，太阳社和创造社之间展开了一场争论，争论究竟是谁最先倡导革命文学。创造社众口一词，说"革命文学"口号起于 1926 年郭沫若的《革命与文学》。在《太阳月刊》三月号上，太阳社的钱杏邨则说"革命文学"口号最早是由蒋光慈提出的。理由是：

"在《新青年》① 上光慈就发表过一篇《无产阶级革命与文化》，在1925年在《觉悟》新年号上就发表过《现代中国社会与革命文学》，并且在1924年办过一个《春雷周刊》专门提倡革命文学。"还说，"他在1920年到1923年所写的革命歌集《新梦》和小说集《少年飘泊者》，在1925年也就先后发行了。……光慈的革命文学的创作《鸭绿江上》，和《死了的情绪》在《创造月刊》2号上也就发表了"。

创造社的观点见下文李初梨《一封公开信的回答》。

关键词：太阳社和创造社谁最先倡导革命文学

1928年3月1日

《太阳月刊》三月号的《编后》又署名编者，不署编者真名了。

这篇《编后》首先说："现在，我们再郑重的声明：太阳社不是一个留学生包办的文学团体，不是为少数人所有的私产，也不是口头高喊着劳动阶级文艺，而行动上文学上处处暴露着英雄主义思想的文艺组织；我们欢迎一切同情的青年和我们联合起来为新时代的文艺而战斗，共同的担负时代的最大的任务。所以，在这一号里，我们要特别介绍圣悦的创作，绍川的译文，和林林的绘画，他们是用他们的真诚来帮助我们，来和我们一同努力的。"

然后是对本期发表的作品的介绍和评论："在上期预告中，光慈的文学上的革命与恋爱的问题，因为他病到现在还没有好，不能执笔，《夜话》就不能整理，这使我们对读者非常抱歉。我们怕使读者太失望，所以把他的旧译《寨主》② 拿来发表了，这是一篇革命战胜恋爱的小说，或者鲁迅看来，又是一件不近情理的反常的事。不过这一篇不是全译，光慈不能执笔，也就无法补译校正，好在删去的仅止于不重要的部分，对于全篇精神毫无损害，全国的青年很久就渴望光慈为他们翻译一些新俄的创作，我们想读者对于这一篇是很能满意的。

"在这一号里，杏邨的《死去了的阿Q时代》，是值得注意的一篇估定所谓现代大作家鲁迅的真价的文学（章）。很多的人总以为鲁迅是时代的表现者，其实他根本没有认清10年来中国新生命的原素，尽在自己的狭窄的周遭中彷徨呐喊；利用中国人的病态的性格，把阴险刻毒的精神和俏皮的语句，来混乱青年的耳目；这篇论文，实足澄清一般的混乱的鲁迅论，是新时代的

---

① 书名号系引者所加，原文无书名号。下同。
② 原文无书名号。下同。

青年第一次给他的回音。

"此外，如孟超的《铁蹄下》，虽是他的初次试作的戏剧，但全篇命意的伟大，情绪的跳动，使我们完全可以看到革命青年的血的涌流。一梦的《雪朝》，是一篇写农民运动的创作，使我们看到农村的革命战士是怎样的在军阀的刀斧下挣扎的情形，我们只觉得心痛，只觉得愤激……建南的《蒙达珂的夜》，全文涂满了阴暗的调子，他不仅使人感到悲酸，同时也令人愤发，结构遣词都有独到的地方。"

关键词：《太阳月刊》三月号文章自评　《死去了的阿Q时代》实足澄清一般的混乱的鲁迅论："其实他根本没有认清10年来中国新生命的原素，尽在自己的狭窄的周遭中彷徨呐喊；利用中国人的病态的性格，把阴险刻毒的精神和俏皮的语句，来混乱青年的耳目"

1928 年 3 月 1 日

郁达夫《奇零集》（《达夫全集》第 4 卷），由上海开明书店出版。

内收《寒灰集》《鸡肋集》《过去集》没有收录的文字。作者在《题辞》里说，"最近一年中，思想上起了剧变"。这剧变的径路，此集的文字可"窥见一点端倪"。

关键词：郁达夫《奇零集》反映一年来的思想剧变

《新月》创刊

1928 年 3 月 10 日

《新月》月刊在上海创刊。

由徐志摩执笔的发刊词《〈新月〉的态度》打出"健康"与"尊严"两大旗帜，矛头对准无产阶级革命文学。他们说：在这"荒歉""混乱"的年头，在这主义繁杂、自由太多的"扰嚷的市场上"，他们要尽"补救"时政、"收拾"局面、"扫除恶魔""解放活力"的职分，防止思想园地发生"不可收拾的奇灾"。他们的口号是："我们不能不醒起，不能不奋争，尤其在人生的尊严与健康横受凌辱与侵袭的时日！"

关键词：《新月》创刊　提出"不妨碍健康""不折辱尊严"两大旗帜

1928 年 3 月 10 日

许杰短篇小说《到家》，载《小说月报》第 19 卷第 3 号，第 399 ～

407 页。

中学二年级辍了学，在外面飘零了二三年的旭东，回到农村。没想到家乡还是北窗先生及其"五六个如虎一般的蛮强的子侄"横行乡里。北窗先生欺压旭东父亲已经几十年，如今愈演愈烈。旭东想为父亲报仇，又因"弱者的悲哀与被压迫者毫无挣扎能力的惧怕"，而无所作为。在父亲再次被无理欺压时，旭东说了声不跟"这种东西"计较，即被北窗先生豢养的虎狼打得半死。

这是他们家："旭东的女人已经把早饭烧好了，含着惊恐的眼泪等待着。小菜已经排在食台上，碗筷亦已放好。旭东隐在里面杂物间里，他的父亲只是坐着发呆。他们一时气昏了，尤其是旭东，他自出世以来，永没有受到这种无理的挫折过。他心灵盘旋着，愤恨，报复，革命，封建社会，暗杀，等不连贯的思想；但终于想不出有系统有条理的对付方策来。"（第403页）

关键词： 许杰　乡村普通民众的艰难处境

1928 年 3 月 10 日

〔日本〕谷崎润一郎小说《富美子的脚》，沈端先译，载《小说月报》第19卷第3号，第408～423页。

谷崎润一郎是日本有名的唯美主义作家，此篇是他的唯美主义创作的代表作。小说以通信的形式叙述年仅17岁的富美子（先是妓艺，后是冢越的小妾）的美，它把美写到极致。这篇小说在中国有多人翻译，并以多种形式反复出版。

关键词： 沈端先　谷崎润一郎　《富美子的脚》　唯美主义

1928 年 3 月 10 日

钱杏邨《德国文学漫评》，载《小说月报》第19卷第3号，第430～436页。

含两题：（一）《劳动儿童故事》；（二）《强盗》及《尼拔龙琪歌》。

《劳动儿童故事》"是一部写出现代的苦闷和光明的创造的童话"，原著德国米伦女士（Herminia zur Muhlem），由戴尔士（Ha Dailes）译为英文。含童话4篇：《玫瑰花》《小麻雀》《小灰狼》《为什么？》。"这部书虽是一部童话，同时也可以说是一部解决世界问题的伟大著作。"（第432页）

《强盗》的作者是席劳（F. Chillers），《尼拔龙琪歌》则是12世纪的民间故事。"《强盗》和《尼拔龙琪歌》特有的精神究竟在什么地方呢？我是一个力的崇拜者，力的讴歌者，这两书的特长是他们表现了最伟大的，最震动的，最咆哮的，最不肯妥协的，一种神圣不可侵犯的伟大的德意志民族的力！在席劳的《威廉退尔》（William Tell）里虽然也说明了伟大的力的可歌可泣的故事，所表现的我终竟觉得不如《强盗》的伟大。在《强盗》里所表现的力是和火一般的热，是和铁一般的坚强，是一种充塞了宇宙，使天地都为之震动，全人类都为之颤抖的力！这种的力在过去的世界的其他国度里是没法子寻得出的。在《尼拔龙琪歌》里所表现的也是如此。……两书里所表现的力都是狂风暴雨时代的力，都是伟大的英雄的力的表现的象征，姑无论其为人性的抑非人性的，终竟是人间所不可缺少的力的表现。我们试想，在现代的世界上能找到几个这样火热的健者呢？能找到几部这样火热的著作呢？我们读的时候，觉得每一个字都在震动，都在咆哮，都成了一把火，都深深的侵入读者的内心。这样的著作，是能够表现人类永久不死的精神的著作，我觉得是我们目前所急切需要的食料。"（第 436 页）

关键词：钱杏邨　评德国文学　极力称赞力的文学：狂风暴雨的时代的力，伟大的英雄的力

鲁迅发表《"醉眼"中的朦胧》，回击创造社、太阳社的攻击　"革命文学"论争全面展开

1928 年 3 月 12 日

鲁迅《"醉眼"中的朦胧》（杂文），写于 2 月 23 日，载《语丝》周刊第 4 卷第 11 期。

这是鲁迅第一篇回击创造社和太阳社的文章，主要抨击的对象是成仿吾、李初梨。他用《创造月刊》《文化批判》《太阳月刊》中的字句，反戈一击，直指这些革命文学家的痛处。

关键词：鲁迅　反击创造社和太阳社　"革命文学"论争全面展开

1928 年 3 月 15 日

《流沙》半月刊在上海创刊。为后期创造社刊物。华汉、李一氓编辑。创造社出版部出版。32 开，创刊号 48 页，约 24000 字。

主要作者有成仿吾、黄药眠、邱韵铎、王独清、龚冰庐、高振清、冯乃超等。所刊文章文学和社会科学并重。

编者署名同人的《前言》称：本刊上没有"风花雪月的小说"，没有"情人的恋歌"，"所有的只是粗暴的叫喊！""你听，霹雳一声的春雷何曾有什么节奏？卷地而来的狂风何曾有什么音阶？我们所处的时代是暴风骤雨的时代，我们的文学就应该是暴风骤雨的文学。"（第 1 页）"我们在思想上有一致的倾向，在文学上亦同样的应有一致的倾向，——唤起阶级意识的一种工具。我们对于艺术的手法的主张，是 Simple and Strong。"

这篇《前言》的结语是："全国的爱好文艺的青年们……来，我们大家一齐举起鹤嘴斧打倒那些小资产阶级的学士和老爷们的文学，转过方向来，开辟这文艺的荒土！"（第 2 页）

本刊编者的《后语》又说："我们不敢学时髦者的矜持，说我们这小小的刊物的使命是什么指导青年，唤醒青年，我们只想一方面紧紧的把握着无产阶级的意识和精神来否定这趣味十足和风光满纸的文坛另辟一块荒土，一方面也想帮助我们一般的青年多多少少得些正确而且必要的社会科学的知识。"编者说他们还有一个更大的宏愿，就是"在这大半封建化了"的出版界，"当成大众的喉舌"。（第 47 页）

两位编者两次说当前的文坛是"荒土"，就表明他们无视并否定"五四"以来的新文学。

创刊号刊载的文章主要有：王独清的《知道你的时代》、李一氓的《改良主义》、高振清的《新帝国主义战争的危机与中国》、黄药眠的论文《非个人主义的文学》、邱韵铎译的小说《凤凰》（原作者 Stridberg）、龚冰庐的散文《血笑》、黄药眠的诗《拉车曲》、华汉的小说《马林英》。

本刊又以"游击"之名，发表三言两语的杂文，矛头直指鲁迅、茅盾、郁达夫、胡适、徐志摩等。"游击"的作者署名氓、民治、心光等，都是李一氓的笔名。

关键词：《流沙》创刊 我们的文学应当是暴风骤雨的文学，是唤醒阶级意识的一种工具 当前文坛是"荒土" 大家一起举起鹤嘴斧打倒小资产阶级的文学 "游击"专栏的杂文反鲁迅

1928 年 3 月 15 日

黄药眠《非个人主义的文学》，载《流沙》半月刊创刊号，第 21 ~ 26 页。有两段话表明作者的观点：

一曰："到了现在，个人主义的文学已经达到嵫崃日暮的时期了。虽然他们也自知失败，炫奇斗异地创造出许多新花样，什么神秘主义，象征主义，

未来派，表现派……然而文学的背景已经换过，就是怎样去变化，也只越可以表现出它们是代表资本主义文化达到烂熟时期而渐趋于灭亡的表示。文艺是不能独立的，必须随着时代而转移它的方向；现在时代已经变了，大规模的生产已训练出一队一队的工人，我敢断定这一队一队工人联合起来向现有制度革命的团结精神就是新的文艺的新生命……"（第 24 页）

二曰："个人主义文学家对于现在的社会组织虽然不满意，但那时候他们是厌弃它，批评它，却总没有寻到出路；现在则社会的自觉心已达到高潮，文艺家亦当然会随着这个高潮而得到一条出路，故我相信凡是稍有志气的青年都会感觉到伟大的时代已摆在我们的面前，而且都会愿意同被压迫的民众紧抱在一起，体验出他那种集体的精神来发抒出灿烂的文学。这种民众心里的热情，民众的勇敢的力量，民众的伟大的牺牲的精神如果表现出来时，一定可以洗去从前个人主义文学的颓废的伤感的，怯懦的，叹息的缺陷，而另外造出一刚强的，悲壮的，朴素的文学来。这种文学是充满着人的精神的：它不特要攻击现代的社会制度，而且还要努力指出我们应走的方向，它不特批评人生而且要表现出生之可能。"（第 26 页）

关键词：黄药眠　《非个人主义的文学》　个人主义的文学已经达到嵫崄的时期，神秘主义、象征主义、未来派、表现派等是资本主义文化达到烂熟时期的产物　表现伟大时代的文学应该以集体主义的精神做主导

《文化批判》第 3 号出版

1928 年 3 月 15 日

《文化批判》第 3 号出版，第 148 页，约 10 万字。

刊载的理论文章主要有：石厚生（成仿吾）《维持我们对于时代的信仰！》、麦克昂《留声机器的回音——文艺青年应取的态度的考察——》、彭康《思维与存在——辩证法的唯物论》、李铁声译《辩证法的唯物论》、朱镜我《政治一般的社会的基础——国家底起源及死灭——》、马公越（冯乃超）译《国际政治的最近形势》、李初梨《一封公开信的回答》等。

冯乃超的七场戏曲《支那人自杀了》（第 4 号、第 5 号连载）是唯一的一篇创作。

关键词：《文化批判》第 3 号出版

1928 年 3 月 15 日

成仿吾化名厚生写的散文诗《维持我们对于时代的信仰!》，载《文化批判》第 3 号，以"卷头寸铁"的栏目，刊于卷首，并加方框。

文章号召："革命的文艺家要振作起来，巩固我们的阵营，支持我们的革命。""文艺家必须克服一切虚无主义的妖魔，维持他对于时代的信仰。"

关键词： 成仿吾

1928 年 3 月 15 日

麦克昂（郭沫若）《留声机器的回音——文艺青年应取的态度的考察》，载《文化批判》第 3 号，第 1~12 页。

此文是回答李初梨在《怎样地建设革命文学?》中的有关异议。

文章说，中国现在的文艺青年"老实说，没有一个出身于无产阶级的，文艺青年们的意识都是资产阶级的意识。这种意识是什么？就是唯心的偏重主观的个人主义"。不克服这种意识，中国的文艺青年是走不到革命文艺这条路上去的。而克服资产阶级意识必经的战斗过程则是：

1. 他先要接近工农群众去获得无产阶级的精神；

2. 他要克服自己旧有的资产阶级的意识形态；

3. 把新得的意识形态在实际上表示出来，并且再生产地增长巩固这新得的意识形态。（第 2 页）

他说："我们同一是小有产阶级的份子，克服了旧社会的观念形态，而战取了辩证法的唯物论。"（第 4 页）

还说，我们要当"Marx—Engels 的留声机"。（第 5 页）

郭沫若说："语丝派的'趣味文学'是资产阶级的护符。"（第 7 页）

研究系的徐志摩则是"积极的有意识的反革命派"。"不仅在文学上是反革命，他所有一切的思想行动都是反革命"。（第 8、9 页）

本文的结尾，郭沫若号召：

"青年们，中国的文艺青年们！你们都是大中小资产阶级的少爷公子，你们不想觉悟则已，你们如想觉悟，那吗你们请去多多接近些社会思想和工农群众的生活，那你们总会发现出你们以往的思想的错误，你们会翻然豹变，而获得一个新的宇宙观和人生观，成为未来社会的斗士。"

他高呼（刊物用大号字排）：

"不要乱吹你们的破喇叭（克服你们快要被蜕变的布尔乔亚意德沃罗基），

当一个留声机器罢！（战取辩证法的唯物论!)"（第 12 页）

关键词：郭沫若 要战取辩证法的唯物论 文艺青年要当留声机

1928 年 3 月 15 日

彭康《思维与存在——辩证法的唯物论》，载《文化批判》第 3 号，第 13～27 页。

文章运用马克思主义的唯物史观，抓住两千多年哲学史上唯心主义与唯物主义对峙最根本的思维与存在、精神与物质的问题，系统地进行了论证，说明什么是物质与精神，存在怎样决定思维，以及思维与存在之间的辩证关系：思维虽然受制于存在，"可是人在社会的存在，他在这种生活样式里，有说明自然，变动社会，解释历史的任务"。但真理是相对的，而不是绝对的，思维的真理性要实践去证明，"实践是最后的批判者"。

李铁声译《辩证法的唯物论》（第 28～49 页。未完）

一、历史上的唯物论与观念论，客观底问题

二、社会科学内底唯物论的问题

三、动的见地及诸现象间底联系

文末注：本文译自 *Theorie des historischen Materialismus* 底第三章。

朱镜我《政治一般的社会的基础（国家底起源及死灭)》（第 51～69 页）

马公越（冯乃超）译《国际政治的最近形势》（第 70～78 页。未完）

一、导言

二、苏俄共和国之经济的发展

三、资本主义国家之经济的安定

四、帝国主义国家之政治的最新倾向

五、一九二七年布尔乔亚的国际诸会议

六、反苏维埃战线之展开

七、殖民地之革命的民族运动

关键词：彭康 李铁声 朱镜我 冯乃超 社会科学论文

1928 年 3 月 15 日

龚冰庐《裁判》（小说，续完），载《文化批判》第 3 号，第 79～102 页。

冯乃超《支那人自杀了》（戏曲七场）（1928 年 2 月 15 日初稿），载《文化批判》第 3 号，第 103～118 页。（未完）

1928 年 3 月 15 日

李初梨《一封公开信的回答》，载《文化批判》第 3 号，第 119～128 页。这封公开信以回答钱杏邨为名，与太阳社辩论。

首先，不同意蒋光慈关于现代中国社会与革命文学的观点，认为它"完全错误"（第 123 页），"至少是非马克思主义的说法"（第 122 页）。因为：

第一，光慈在他的文章里，完全忽略了社会的阶级关系。

第二，光慈忽略了文学的阶级背景，尤重要的是他忽略了作家的实践的要求。

第三，光慈未曾注意在这样阶级对立、意识分裂的时代，就是对于同一的社会事象，阶级背景及实践的要求要是不同的时候——即有产者与无产者的见解，完全是不同的。退一步讲，依光慈的意见，把文学作为社会生活的表现，那么有产者作家与无产者作家所表现出来的东西，完全是两样的。（第 122 页）

再回答钱杏邨说的创造社"只许州官放火，不许百姓点灯"，他们的团体是少数留学生包办的文学私产的说法。还与太阳社抢谁先提出"革命文学"的口号。

关键词：李初梨　指出蒋光慈、钱杏邨的理论错误

1928 年 3 月 15 日

《文化批判》第 3 号《读者的回声·普罗列搭利亚特意识问题》（鍾员，1928 年 3 月 27 日）说：

普罗作品"由于作者的艺术手腕太差，说教的态度太重，惹人讨厌"，更主要的是"他们的作品之内容依然是带有布尔乔亚氾的意识形态和传统的思想。"（第 134 页）"他们作品里的主人翁，往往只是小资产阶级的革命领袖的活动"。（第 135 页）编者丁恝的回答是："小布尔乔亚领导革命是很危险的。不过不问是小布尔乔亚，或是普罗列搭利亚，要紧的是要获得普罗列搭利亚的社会意识。"（第 136 页）

关键词：刊物读者来信指出普罗作品艺术手腕太差　编者回答要紧的是获得普罗的社会意识

1928 年 3 月 15 日

《文化批判》第 3 号的**补白语录**有：

《经济学批判序言》，第 49 页

《什么是人民之友》，第 50 页

《政权之日程的任务》，第 50 页

《费尔巴哈论》，第 78、128 页

《Gegen den Strom》，第 128 页

《哲学的贫困》，第 148 页

《新辞源》 栏解释的条目：

商品（Ware，Conmodity）

资本（Kapital，Capital）

可变资本（Variables Kapital，Variable capital）

恐慌（Krach，Panic）

产业预备军（Industrielle Reservearmee，Industrial reservermy）

范畴（Kategorie，Category）

即自，即自的，即自地（An sich，In itself）

向自，向自的，向自地（Fuer sich，For itself）

即自而且向自的（Anund fuer sich，In and for itself）

关键词：马克思语录、《新辞源》

华汉首次发表小说《马林英》

1928 年 3 月 15 日

华汉短篇小说《马林英》，自《流沙》半月刊创刊号起连载，至第 4 期载完。小说写一个叫马林英的革命女青年风流倜傥，勇往直前，视死如归。

马林英不擦胭脂不抹粉，行动男性化；没有悲悲戚戚的儿女情长，专一从事革命；她驰骋疆场，英勇无畏，雷厉风行，在官兵中很有威信；她集合失败之后的零散部队，稳定军心，寻找依靠力量，化险为夷，柳暗花明又一村；她临危不惧，刀架在脖子上还慷慨演说，鼓舞民众对革命的信心，启发敌军士兵的觉悟，从容就义。

这是华汉发表的第一篇文学创作。此前，他发表的文章有：《一年来学生运动之概况》《五一节与中国农民运动》《一年来国内政治概况——革命与反革命斗争形势之回顾》等。

关键词：华汉发表第一篇文学创作《马林英》

1928 年 3 月 15 日、4 月 15 日

冯乃超七场戏曲① 《支那人自杀了》，载《文化批判》第 3 号、第 4 号、第 5 号。

本剧故事发生在 1927 年盛暑的 8 月中旬，在日本某都会。

第一场贫民窟

几个工人对社会的议论：

工人三："若果我们无产阶级都觉醒起来，高楼大厦也是我们的。"

工人一："我总劝人家忍耐。""忍耐是成功之母。"

得到一个信息：到日本人家里做工的老汪被主人用棍棒活活打死。

第二场警察署

无故被拘押的中国无产青年与警察、署长讲理——其实是无理可讲；

打死老汪的铃木请求署长帮忙说他无罪。果然传出鬼话：老汪爱铃木的女儿不成，自己羞愧自杀。

第三场学生公寓

学生一："眼泪是脆弱的，和平是姑息的，我们要武力，反抗，民族的呐喊，国民的突击！对的，以目对目，以齿对齿，只有鲜血才能洗去血迹！（站起来）战争！战争！"

第四场中国领事馆

大学生求中国领事馆替一个被害的国人向日本外务省提出抗议。领事不予理睬。

第五场铃木家庭

铃木女儿喜久子谴责父亲杀了中国人老汪，遭到父亲的责罚，并怒斥女儿，还欲杀她。

第六场街路上

喜久子以死抗议杀人的父亲。各色人等对喜久子自杀（被救）的议论。

关键词：冯乃超剧本　抗议日本人随意杀害中国人

1928 年 3 月 15 日

郁达夫《达夫代表作》，钱杏邨、孟超、杨邨人合编，由上海春野书店出版。

---

① 标题标 7 场戏曲，实际只有 6 场。刊物第 5 号未标出版时间。

内收郁达夫短篇小说代表作《银灰色的死》《采石矶》《春风沉醉的晚上》《薄奠》等 13 篇，前有作者的自序，后有钱杏邨的后序。

作者写于 1928 年 1 月 28 日的自序说：（一）他"以为作品愈新愈好，作家也愈新愈有力量……我就愿意成一个永久的未成熟的作家，永久的新进者，可是自己的落伍的思想，落伍的头脑已经不行了，就是坐了飞机追赶，也追不上时代潮流了，所以只好以新进让人，以老朽自甘。在文艺的王国里，本来是没有辈次，没有第一把第二把交椅之分的，谁有力量，谁有新味，谁有为时代先驱的思想，谁就是王者。……总之我觉得'新'是文艺上的一个重要成分，若没有'新味'，那文艺的价值就等于零了，我们何必要文艺呢？所以我可以很坚决的在此地主张，'新'的思想，要'新'的作家才能宣传的，时代落伍的'老'者，只配在旁边喝喝彩，助助兴，决不是'新思想'的代表者"。（二）"新时代开始了，中国的文学，也渐渐的到了一个转变的时机了，我只希望在最近的将来，我们中国也有可以压倒一切，破坏一切文学理论的大作家出现，来作我们的旗手。"自己的这本书，就聊作巨人的垫脚石吧。

关键词：郁达夫　作品是愈新愈好　没有"新味"的作品的价值等于零自己已经落伍，只愿站在路旁，聊作巨人的垫脚石

1928 年 3 月 18 日

蒋光慈长诗《哭诉》，上海春野书店出版，为《太阳小丛书》第 4 种。

这首长诗写于 1927 年 10 月 16 日。共 6 节、43 段、177 行。每行 20 字左右，除第五段而外，其余均为 4 行一段，隔行押韵。

诗人在后记中述说了他在大革命失败后的经历、心情和该诗的特点。他说："我自小就具着一副不安分的，倔强的，也可以说有几分浪漫的性格。我不满意于我周遭的生活，同时我又渴求自由与光明。"革命的失败使他悲愤，但没有"失望或衰颓的情绪"；本诗就是为了发泄其"满腔牢骚，一腔悲愤"。又说："我知道我的诗同我自己本身一样，太政治化了，太社会化了。"这是暴风雨的时代"所给与我的使命"，无法避免。因此，这部长诗可以说是诗人生平和思想的自叙传。它写给母亲，也是写给祖国。他向母亲哭诉社会的黑暗，人心的残酷，孩儿的倔强、奋斗和吃苦。诗人认莫斯科为"亲爱的乳娘"，"第二故乡"，然而军阀统治下的悲哀的祖国，却满目荒凉，如荆棘蓬曼的荒原，到处是炮火烽烟，鬼气森森。他说自己是一个生有傲骨的穷困的流浪诗人，但是"在别人面前示弱，乞怜，哀语，我心不甘愿"，"我只知道

倔强，抵抗，悲愤，顽固，至死也不变"。"我恨不能跑到那高入云霄的昆仑山巅，／在那里做巨大的，如霹雳一般的狂喊；／我恨不能倾泻那浩荡无际的东海的洪波，／洗尽人类的羞辱，残忍，悲痛与污点。"痛苦使诗人发出愤激之声："我几次投笔从军，将笔杆换为枪杆，／祖国已经要沦亡了，我还写什么无用的诗篇？／而今的诗人是废物了，强者应握有枪杆，／我应当勇敢地荷着武器与敌人相见于阵前。"

作者珍视这首长诗。它抒发了诗人的真情实感，也隐约透露出诗人的悲观和矛盾心理。

关键词：蒋光慈长诗《哭诉》可以说是诗人生平和思想的自叙传　"我的诗太政治化了，太社会化了"，这是暴风雨的时代"所给与我的使命"

1928 年 3 月 25 日

顾仲起《告读者——〈生活的血迹〉自序》，载《文学周报》第 309 期（第 6 卷第 9 期）。

作者在书前的《告读者》中说："这集子虽然不是艺术，却是深深地涂着血的颜色，模糊的血涂成了这本集子。"书中所收的 9 篇小说《镜子》《自杀》《笨家伙》《老妇人的三儿子》《箱子》《最后的三封信》《归来》《风波之一片》《碧海青天》全系现实主义之作。

关键词：顾仲起　作品涂着血的颜色

1928 年 3 月 25 日

郭沫若诗集《恢复》，由上海创造社出版部出版。为"创造社丛书"第 23 种。

收新诗 24 首。这些诗全都写在大革命失败以后白色恐怖严酷的岁月里。诗人当时正经历了一场大病。此时，无产阶级革命文学正在中国兴起，这些诗作大都是为革命而歌。他在《诗的宣言》中说："你看，我是这样的真率，／我是一点也没有甚么修饰。""我是诗，这便是我的宣言，／我的阶级是属于无产。"《我想起了陈涉吴广》以中国历史上第一次农民革命运动为题材，由陈涉、吴广的"斩木为兵，揭竿为旗"，联想到当前农民的悲惨地位，不仅为农民的痛苦生活提出控诉，还揭示了造成痛苦的根源是"中国出了无数的始皇"，即"外来的帝国主义者"和"他们豢养的走狗，军阀，买办，地主，官僚"。中国的出路就在于"工人领导之下的农民暴动"。《黄河与扬子江的对话》（二），借扬子江对中国革命的真正力量的歌颂，预言"三万二千万以上的贫苦农民"和"五百万众的新兴的产业工人"，是足以"使整个的世界平地分崩"的"最猛烈，最危险，最庞大的炸弹"。《如火如荼的恐怖》《电车复了工》《战取》，抒写革命情怀；《峨眉山上的白雪》《巫峡的回忆》等，描绘祖国壮丽的山川和对故乡的怀念。

《恢复》是郭沫若世界观转变后创作的第一部诗集，在其诗歌创作道路上具有里程碑的意义。其创作方法与艺术风格同《女神》也不同，现实主义因素增长了，并与浪漫主义相结合了。《恢复》是无产阶级革命文学的实践，它出现于白色恐怖的岁月，具有不可低估的社会影响。

关键词：郭沫若诗集《恢复》　里程碑意义：无产阶级革命文学的实践

1928 年 3 月 29 日

高尔基 60 岁诞辰和他的文坛生涯 35 年纪念，从是日起，苏俄在一星期之内，"全国举行盛大的祝贺会，表现了空前的盛况。苏联人民委员会议长赖可夫特用人民委员会名义，发布训令，表彰高尔基为劳动阶级，普罗列塔利亚革命及苏维埃联邦所尽伟大的功绩，并将这个祝贺会的意义宣告于全国民众。在举行祝贺会的那一天，凡在联邦领域内所发行的新闻杂志，不是把全幅献给高尔基，便是出特刊来纪念他。又凡在莫斯科以及全国各地的大会堂，劳动者俱乐部，图书馆等公共机关，莫不有关于高尔基的名人讲演；到了晚上，各剧场皆把高尔基的戏曲上演。自古以来的文学家，要像他那样在生前即由国家举行盛大的祝贺，实是未尝有过的"。

这段介绍和评论出自日本昇曙梦《最近的高尔基》，见徐调孚《一九二八年世界文坛大事记》，载 1929 年 1 月 1 日《文学周报》第 8 卷第 1 期（总第 351 期），摘自《文学周报》第 8 卷合订本，第 10～11 页，远东图书公司 1929 年 7 月印刷。

关键词：高尔基　苏联对高尔基 60 岁诞辰及其从事文学活动 35 周年的纪念　自古以来的作家在生前即由国家举行盛大祝贺实是未尝有过

1928 年 3 月

钱杏邨长篇小说《一条鞭痕》，上海泰东图书公司出版。

小说描写一群青年革命者在保加利亚革命中的经历。作者在书前的《自序诗》中唱道："诗人的命运我不悲悯，／只歌唱那勇往直前的牺牲；／女性中能有几个莎菲？／诗人不过是那暴力下生活的象征。"又说明小说的故事"写的仅只是抗斗者的一群，／人生又著上一条鞭痕"。

书后附《后记》（1928 年 3 月 2 日写于病中）一篇。

自言：本欲憎恶白尔森涅夫那样的病态人物，赞美"英勇的莎菲，能不顾一切，为劳动阶级去牺牲的莎菲"，但由于"我的技巧究竟是不成"，书中的两个人物却适得其反。这本书"很多的地方，差不多被我写成报告书，缺乏小说的风味"。作者承认作品是"不健全的粗制"。然而"在披靡一世的恋爱小说盛行的现在"，它应该是一朵"异卉"。

关键词：钱杏邨长篇小说《一条鞭痕》 尽管写成了报告书，却是一朵"异卉"

《太阳月刊》四月号出版

1928 年 4 月 1 日

《太阳月刊》四月号出版。

刊载的关于"革命文学"的论文有：华希里（蒋光慈）的评论《论新旧作家与革命文学——读了〈文学周报〉的〈欢迎《太阳》〉以后》、钱杏邨的随笔《批评与抄书》、杨邨人的札记《读〈全部的批判之必要〉》。

发表小说 6 篇：顾仲起的《离开我的爸爸》，建南的《革命的 Y 先生》，Y. Tchehov 作、绍川译《黑暗》，杨邨人的《藤鞭下》，迅雷的《火酒》，赵冷的《唔》。诗歌有任夫的《死神未到之前》。

关键词：《太阳月刊》四月号出版

1928 年 4 月 1 日

华希里（蒋光慈）评论《论新旧作家与革命文学》，载《太阳月刊》四月号。

本文是针对茅盾的《欢迎〈太阳〉》，谈对革命文学的看法。他认为，"从革命潮流涌出的新作家"，不但是文艺的创造者，还应该是时代的创造者，应该追随时代或走在时代的前面。"革命文学随着革命的潮流而高涨起来了。中国文坛已进入一个新的时代。"旧作家不容易甚至不可能转换方向，改变立场。因此，建设革命文学的任务就历史地落在新作家的肩上。

关于革命文学的题材，蒋光慈说："革命文学的范围很广，它的题材不仅只限于工农群众的生活，而且什么土豪劣绅，银行家，工厂主，四马路野鸡，会乐里长三，军阀走狗，贪官污吏等等的生活，都可以做革命文学的题材。

将一个革命党人的英勇表现出来，固然是革命文学，就是将一个反革命派的卑鄙龌龊描写出来，也何尝不是革命文学呢？问题不在于题材的种类，而在于作者用什么态度，用什么眼光，以何社会团体做立足点，来描写这些种类不同的题材。"

关键词：蒋光慈 建设革命文学的任务历史性地落在新时代的新作家身上 革命文学的题材范围很广

1928 年 4 月 1 日

钱杏邨《批评与抄书》、杨邨人《读〈全部的批判之必要〉》，载《太阳月刊》四月号。

《批评与抄书》写于 1928 年 3 月 20 日，作者称为"随笔"，"可以说是病中杂感"。文章的矛头指向成仿吾、鲁迅和许钦文等。

他嘲讽创造社只会抄外国书，"具着小偷的技能"，以深奥难懂的名词术语吓人。没有革命情绪的人，是创造不出革命文学的。作者一再引用"没有革命的理论，没有革命的行动"的名言，说明既要理论，又要行动。

成仿吾与创造社的一个观点是："革命运动停顿了，革命文学的空气却高涨了起来。"钱杏邨和太阳社的成员是不这样看的，他们认为现在仍然是革命运动的高涨时期。钱氏的文章写道：

"我们说，革命运动是在进展着并没有停顿。在帝国主义与军阀的压迫底下，革命的势力能不进展么？在一般民众感到经济颠动得生活不安，能不促进革命力量的进展么？各地的革命群众的革命的行动，能不促成民众的革命情绪的进展么？……从每天的新闻纸上去看，革命的运动究竟是停顿是进展，是高涨是低落，总该可以看得出来罢？"（本文第 8~9 页）

（按：这分明是瞿秋白的观点。一说瞿秋白曾参加他们的会，这倒相吻合。）

钱杏邨说鲁迅以其"和绍兴师爷卑劣侦探一样的观察"对待革命文学作家，藏了"阴险刻毒的心"，"手腕比贪污豪绅还要卑劣！"

（按：这不是理论上的严肃的论争，而是从道德层面，从人格上对人的侮辱。）

他认为许钦文的小说《幻象的残象》正好证明了作者的"没有革命情绪"。因为，"第一，我们可以看出作家是一个革命的旁观者，不是革命的表现者，对于革命只有一种远眺，而这远眺还是戴着趣味的眼镜。对革命没有认识与了解，对革命没有信任与同情，结果，虽然人物都穿着中山服，挂着三角皮带，实际上并没有把革命的实际，无论是病态的抑健全的，表现得一点出来。

"第二，我们可以看到不能深入革命群众，而只客观的瞻仰革命的作家，他们无论如何是没有方法捉到革命的生命，这正等于徒托空言的理论家不能做实际工作，提起笔来写创作一样。所以《幻象的残象》一书，我们把里面人物的衣服一换，几个口号一除，是彻头彻尾的一部恋爱小说，他何曾表现得一点革命精神来！

"第三，我们看到没有深入革命的力量里的作家作品的空虚，《幻象的残象》一书的内容，实在说来，是贫乏得不堪的，有的只加上几个革命的名词，有的全部是恋爱，只在收梢加上一个被捕的尾巴，有的只人物换了衣服，有的连革命的尾巴都不加……一切都足证明作者的不接近革命。

"第四，我们所看到的行动，只有单纯的恋爱的行动，没有革命的行动。除去一两页愤慨的话而外，民众的革命心理是丝毫找不着的。杭州的革命青年的行动，在许钦文的笔下是如此的可怜，如此的贫乏。"

总之，"一是没有革命情绪的作家是写不出忠实于革命的文学来的，二是不深入革命力量里的作家，是没有力量表现革命的"。（本文第 13 ~ 14 页）

杨邨人不同意成仿吾在《全部的批判之必要》中的"革命运动停顿了，革命文艺运动的空气却高涨起来"的论点，而"认定现在革命运动是更为高涨"。"只有那一班投机，堕落的人，利欲熏心，眼睛昏聩，他们才会发出这么一种'无知反动的言论'。"（本文第 3 页）

关键词：钱杏邨、杨邨人都认为现在是革命运动更为高涨的时期，在对形势的看法上与创造社严重对立 钱杏邨诬鲁迅"卑劣""阴险""刻毒" 说创造社只会抄书，以深奥难懂的名词术语吓人 许钦文的小说《幻象的残象》"没有革命情绪"

1928 年 4 月 1 日

顾仲起《离开我的爸爸》、建南《革命的 Y 先生》、杨邨人《藤鞭下》、迅雷《火酒》、赵冷《唔》、绍川译《黑暗》6 篇小说，载《太阳月刊》四月号。

顾仲起《离开我的爸爸》是革命者"我"向爸爸的告别词，也可以说是独白。他对自己的爸爸表示"憎你，恨你，怨你"，要做一个思想、意志都自由的人。他否定法律、人道主义和宗教，说人道主义"不过是资产阶级欺骗第四阶级的滑稽把戏"，他讨厌法律家、资本家，以至于文学家、艺术家。

（楼）建南《革命的 Y 先生》（写于 1927 年 7 月 11 日）描绘一个投机者的嘴脸。他根据形势的变化，不断改变自己的颜色：基督徒、北军（军阀）、南军/革命党（北伐军）、CP 分子（共产党）、农会，甚至可以一日三变，毫无节操。

杨邨人《藤鞭下》写南海渔民的艰难生活。八爷出海打鱼空手而归，但必须缴"爱民清×捐，混×捐"。有谁不缴，治"罪"的办法多得很：对有钱人，说你读书的孩子有反动嫌疑；对无钱人，说你通农会。作品暗示：只有真投农会才是真正的出路。

迅雷《火酒》写小资产阶级在实际革命行动中的恐惧心理。常委郑秋南说："小资产阶级，知识分子，多是摇动的"，"多是临阵脱逃的"。但还是派仲豪去放火，考验他；仲豪不敢不接受，但恐惧万分。不免要想到漂亮的女友："同时一个苗条的少女，团团的脸儿，流动的双眸，在他面前一跃，——牺牲了！怎样对得起她呢？"在紧要关头，他自责，又豪情满怀："我是火攻的指挥者，竟然抛弃了群众，怎样对得起群众呢？怎样的对得住自己呢？怎样的对得住党呢？难道是没有阶级的觉悟吗？难道是对于时代还没有认识吗？哦！哦！羞辱的生存！""勇毅起来！抑制小资产阶级的习气……起来！起来！用铁一般的意志，去执行我们的策略。一起来！一起来！""报仇！报仇，一定去报仇！……用不到害怕，也用不到痛哭，只要加紧我们的力量，用铁与血向敌人阵线上冲去，黑夜终有黎明的时候，胜利终属于我们。"小说鼓吹杀人放火。

赵冷《唔》（写于 1927 年 12 月 6 日）写一个 40 多岁的老农民在南方土地革命运动中觉悟得晚，但一当觉醒，就坚定不移。他"铁青着脸，咬着唇"，对什么问题、一切拷打，都只是一声"唔"，没有多的话。他内心却是有思考、有决断的："在他心中，也无所谓生，也无所谓死，只有仇恨！永生的仇恨！死了也还是要仇恨！"

关键词：顾仲起、楼建南、杨邨人、迅雷、赵冷的创作　《离开我的爸爸》否定一切

殷　夫

1928 年 4 月 1 日

任夫的诗《死神未到之前》，载《太阳月刊》四月号。

任夫即殷夫。此诗于 1927 年 6 月 5 日写于狱中。这是迄今为止所知道的殷夫发表的第一首诗。此时作者 17 岁。

全诗 136 节，每节 4 行，偶行押韵。诗句完全是白话，大体整饬。

作者表示自己是"革命的诗人"。他在狱中做好了牺牲的准备，向一切亲友告别。诗中写道："牢狱应该是我们的家庭；／我们应该完结我们的生命，／在森严的刑场上，／我的眼泪决不因恐惧而洒淋！

"忏悔吧，可怜的弱者，／死去！死是最光荣的责任，／让血染成一条出路，／引导着同志向前进行！"

关键词：殷夫发表的第一首诗《死神未到之前》

1928 年 4 月 1 日

《太阳月刊》四月号，署名编者的《编后》说：

"仲起的小说，是他在穷窘忙迫之中为我们写的，这里面藏了很多的革命青年的悲愤。任夫的一首几百行的长诗，是他去岁在狱中所作，技巧虽然不怎样的成熟，但出于一个 17 岁被捕以后的革命青年之手，在我们觉得是最值得纪念的。我们在这一首诗里，可以看到一个革命青年的情绪在当时是怎样的奔进；全诗的情绪虽然带着一点病态，然而没有一点幻灭的调子，在这样的环境之中，有这样的作品，我们觉得是很足以矜持的。赵冷的《唔》，写的是我们现在常常看到的冤死的农民的故事，是革命内面暴露的描写；这不是作者一个人的悲哀，差不多是全民众都有的叫喊。运勤的绘画，把《兵过之后》给予我们的印象全部暴露了，我们可以看到那调子是怎样的阴惨！"

这篇《编后》还告知：蒋光慈的"病依旧没有好，到青岛朋友家休养去了；杏邨在最近病了，不能执笔写有系统的东西"。

关键词：《太阳月刊》文章自评

华汉《文艺思潮的社会背景》

1928 年 4 月 1 日

华汉论文《文艺思潮的社会背景》，载《流沙》半月刊第 2 期，第 1～14 页。

本文分析从 18 世纪的古典主义到 20 世纪当前的文艺思潮，其任务是：要把产生这文艺的社会背景指出来，把它反映的阶级意识指出来，把它的阶

级的实践任务指出来。（第2页）

他的结论是：

古典主义——"它是封建社会的产物。／它是封建阶级的文艺。／它是代表封建阶级的利益来压服或麻醉一切封建阶级的反抗者的。"（第4～5页）

19世纪前半期的浪漫主义——"它是新兴的资本主义社会的产物。／它是新兴的资产阶级的文艺。／它的实践的任务是在粉碎封建阶级所给予一般平民的精神上的桎梏和打翻封建阶级的统治地位。"（第8页）

19世纪中叶的自然主义——"它是稳定的资本主义社会的产物。／它直接是警醒资产阶级的文艺，其实间接还是资产阶级的文艺。／它的实践的任务一方面是警告资产阶级急宜补苴隙漏，一方面缓和劳动阶级的革命情绪。"（第11页）

19世纪末到现在的新浪漫主义（主要是神秘主义和象征主义）——"它是资本主义发达的末期的产物。／它外表虽然是超阶级的，其实还是资产阶级的文艺。／它的阶级的实践任务，是抑制无产者前进的精神而促进资产阶级的反动。"（第14页）

文章的结尾落实到无产阶级文艺思潮："反映这新时代而产生的无产阶级的文艺运动，已经挟着排山倒海之势，在全世界的文坛上汹涌起来了！／历史也将给予这新兴的文艺运动以必然的胜利！"（第14页）

一个时代有一个时代的文艺。无产阶级文学有其产生的历史必然性。

关键词： 华汉 《文艺思潮的社会背景》 无产阶级文学必然会产生

1928 年 4 月 1 日

李一氓《社会科学与社会科学名词》，载《流沙》第2期，第15～21页。

作者说，他是"从纯理论的立足点上，举出几个名词来还它一个真面目"。不是要作"辞典式的解释"，只从反面洗清洒在它们上面的污浊。（第15页）

李一氓所解释的社会科学名词有："唯物史观""无产阶级专政""阶级斗争""智识阶级""价值""使用价值""交换价值"。作者正面解释这些名词，并针对人们常有的错误理解作了辨正。文末还鼓励人们与其有时间去读"戴东原哲学"，"不妨去读一两本社会科学的入门书"。

关键词： 李一氓 社会科学及"唯物史观""阶级斗争"等名词的解释

1928 年 4 月 1 日

《流沙》第2期所发表的文学作品，除华汉的《马林英》外，还有成仿吾译诗《倚锄的人》（Edwin Markham 原作）、黄药眠诗《握手》、药眠短篇小说《毒焰》（英国水兵杀死中国妓女）、龚冰庐短篇小说《贼》。

本刊编者在《后语》中提供了一些信息：创造社出版部转给他们一箱《洪水》收到的来稿。读过之后，"才令我大失所望"。因为，它们是："含象征主义味儿很深的乃超式的诗。带感伤主义色彩很浓的独清式的歌调。穷愁抑郁的所谓徘徊歧路的'自我表现'，陶醉在老七老八怀中的变态的性欲生活。明酸暗醋的三角恋爱。……这一大箱的旧稿，十分之八九都是些这么样的作品。"虽知，"感伤主义的时代已经过去了，自我表现的时代已经过去了……一切表现小资产阶级的丑态的时代都过去了。创造社的同人早已踏在时代的前头，严重的否定了一遍自己，正在努力的克服自己小有产者智识阶级的意识。处在我们这极端骚动的革命时代，我们的文艺运动当有新的目标和新的旗帜"。（第 56～57 页）

关键词：《流沙》收到的《洪水》转来的来稿令人失望　革命文艺应当有新的目标和新的旗帜

1928 年 4 月 1 日

〔美国〕Upton Sinclair（辛克莱）著、郁达夫译《拜金艺术》，从本日出版的《北新》半月刊第 2 卷第 10 号起连载。

关于本书的作者　载本期　第 25～41 页

第一章　"阿嶷，阿葛的儿子"　载本期　第 41～51 页

第二章　艺术家是谁之所有？　载 4 月 16 日第 2 卷第 11 号　第 41～51 页

第三章　艺术与个人性　载 5 月 1 日第 2 卷第 12 号　第 37～43 页

第四章　劳动者和他的报酬　载 5 月 16 日第 2 卷第 13 号

第五章　沐神恩的人们　载 6 月 1 日第 2 卷第 14 号　第 37～41 页

第六章　虚饰的幼稚时代　载 6 月 16 日第 2 卷第 15 号　第 43～47 页

第七章　阿嶷夫人出现　载 7 月 1 日第 2 卷第 16 号

第八章　马的买卖　载 7 月 16 日第 2 卷第 17 号　第 47～52 页

第九章　阶级的虚言　载 8 月 1 日第 2 卷第 18 号　第 31～35 页

第十章　阿嶷夫人说要"及时"舞乐　载 11 月 16 日第 2 卷第 24 号　第 41～46 页

第十一章　甘萨斯与犹太　载 1929 年 1 月 1 日第 3 卷第 1 号　第 101～106 页

关键词：郁达夫译辛克莱《拜金艺术》

1928 年 4 月 1 日

〔美国〕辛克莱著、郁达夫译《拜金艺术·关于本书的作者》，载《北新》半月刊第2卷第10号，第25～41页。

郁达夫介绍了辛克莱的生活及作品。文中的主要材料来自"美国1927年出版的，也是一位文学家 Floyd Dell 著的 Upton Sinclair, A Study in Social Protest，一篇评传"。

辛克莱是"全世界所尊敬的一位正义的战士"，"劳农群众的伴随者"，但他在美国却到处都在受攻击和逼迫。

他在中学学习了德国、法国、意大利的近代文字，"养成了一种可以读破万卷的能力"。（第29页）"辛克莱本具有骄强的性格，明晰的头脑，而又偏在少日尝尽了贫困的摧残，他的接受社会主义，本来是当然的事情，可是和 Dr. Herton 的接触，却确是造成他日后社会主义信心的一个重要基础。以后的他，就是一位自觉的'主义的战士'了。"（第31页）

1905年，他为写 The Jungle，亲自到猪牛屠杀场去作实地调查，写成后，在一个社会主义的周刊上发表。"劳动者家庭的苦况，资产阶级的恶毒的阴谋，商人的不顾旁人死活的自利之心，和有产阶级的联合阵内的丑态等，都毫无掩饰地暴露出来了。"（第32页）The Jungle 问世后，引起美国国内外极大的轰动，造成一个事件。

"1925年的《拜金艺术》是痛论古今来文艺思想的大作，大家都以为他的态度变了直接用论文来宣传的方法，不再做长篇小说了，殊不知到了1926年，却破了8年的沉默，出现了他的一部到现在为止，可以说是他的最伟大

的创作小说 *Oil*。"（第 38 页）

Oil 是他 8 年中静思默考所产生的大小说。背景起于加州，扩张到世界的舞台。内容有煤油工业，有世界大战，有苏俄的政策，有劳动运动，有恋爱，有革命，有电影明星，有外交阴谋，差不多现代世界潮流都被他描写到了。全书笔致沉着，气魄雄浑，是在 *The Jungle* 里所看不见的。（第 38 页）

关键词：辛克莱的生活及其作品

1928 年 4 月 1 日

鲁彦译《显克微支小说集》广告，载《北新》半月刊第 2 卷第 10 号封底。

广告词曰："显克微支的小说最能探得人生的痛苦烦闷，忧郁，悲哀——人心的深处，但他又能从绝巅转过来，使失望变为希望，悲观变为乐观，痛苦变为甜蜜，他的长篇小说出版后，全世界认识，惊异赞扬，得到诺贝尔的文学奖金，但是许多人说，他的短篇比长篇更好，此集所收老仆人，乐人扬珂，泉边等篇都是最有名的作品，从世界语译出，又参照英译本略加修改，可当得信达雅三字。"

关键词：鲁彦　显克微支

1928 年 4 月 1 日

蒋光慈中篇小说《菊芬》，由上海现代书局出版。

小说的故事围绕革命文学家江霞和女青年菊芬展开。江霞在汉口认识从四川逃出来的两位女学生梅英和菊芬。她们是为逃避重庆"三三一"惨案才到 H 城来的，两人都是小学教师。菊芬与同学薛映冰相爱。江霞因为菊芬的美丽，天真无邪，崇拜他的文学天才，便对她产生爱恋之情。菊芬对江霞讲了自己的出身、经历、现在的工作和思想状况。她纯真、率直，心地透明。她希望江霞把她写成小说。江霞爱菊芬不成，遂认为文学无用。他说："现在是拿枪的时代了！什么文学，什么革命文学，这都是狗屁！"他想去从军，但菊芬认为他身体不行，还是写诗和小说于革命有用。武汉革命变色之后，梅英被捕，菊芬重病之后，搞到一支手枪，去暗杀政府 W 委员，被捕。

江霞无疑就是作者自况。从书中的情节还不能明确判断他是否在歌颂暗杀。在文学与武力之间，他是矛盾的。他看重自己的天才以及读者的颂扬和崇拜，但又从现实生活中觉得只有武力对革命有实际作用，什么文学，什么革命文学，都是狗屁。在恋爱观上，郎才女貌、英雄美人的思想也有所流露。

关键词：蒋光慈　《菊芬》　歌颂暗杀　英雄美人式的恋爱观

1928 年 4 月 10 日

〔法国〕布轮退耳作、陈鸿（陈望道）译《批评家泰纳》，陈鸿《泰纳重要著作梗概》，同载《小说月报》第 19 卷第 4 号，第 446～455 页。

介绍法国文艺理论批评家泰纳的自然主义文学理论。泰纳认为影响文学发展的三大要素是：种族、环境和时代。

陈望道所说泰纳的重要著作是：《英国文学史》《艺术哲学》《过去的时代》《法国革命》《新朝代》《旅行杂志》。

关键词：法国泰纳　陈望道　自然主义文学理论

《文化批判》第 4 号出版

1928 年 4 月 15 日

《文化批判》第 4 号出版。162 页，约 11 万字。

"卷头寸铁"专栏文章（用方框框住）有厚生《智识阶级的革命份子团结起来！》：

我们背着"三重的十字架"：第一，封建势力的余焰；第二，产业落后的痛苦；第三，帝国主义的压迫。反映在意德沃罗基上面则是：第一，封建思想的束缚；第二，意德沃罗基的落后；第三，全民族的颓废化。

"我们目前的阶段应由经济的及政治的斗争，扩大到意德沃罗基的斗争。"（卷前第 1～2 页）

本期发表的关于"革命文学"论争的文章有：李初梨《请看我们中国的 Don Ouixote 的乱舞——答鲁迅〈醉眼中的朦胧〉》、冯乃超《人道主义者怎样地防卫着自己？》、彭康《"除掉"鲁迅的"除掉"》、另境《文学的历史任务——建设多数文学》、龙秀《鲁迅的闲趣》、何家槐、吴健、孤凤以及编者的《读者的回声》；另有哲学、社会学方面的文章：朱镜我《关于精神的生产底一考察》、洪涛《什么是"辩证法的唯物论"》。

关键词：《文化批判》第 4 号出版　成仿吾说我们背着三重十字架：封建势力的余焰、产业落后的痛苦、帝国主义的压迫

李初梨《请看我们中国的 Don Quixote 的乱舞》

1928 年 4 月 15 日

李初梨《请看我们中国的 Don Quixote 的乱舞——答鲁迅〈醉眼中的朦胧〉》，写于 1928 年 4 月 10 日，载《文化批判》第 4 号，第 1~12 页。

文中充满诋毁：说鲁迅是"文坛上的老骑士"，已经"老态龙钟"，是"Don 鲁迅"，曾有"一片神经错乱的'呐喊'"（第 2 页）；他"狂吠""无聊""无知""故意歪曲事实"（第 3 页）；"对革命运动是白痴"（第 4 页）；"同风车格斗的 Don Quixote"，"鲁迅不能认识意识（形态）斗争的重要性及其实践性"（第 5 页）；"头脑错乱"，"王婆骂街"（第 6 页）；"我们这勇敢的骑士原来是一个战战兢兢的恐怖病者"（第 8 页）；"他在这里一方面，积极地，抹杀并拒抗普罗列搭利亚特的意识斗争，他方面，消极地，固执着构成有产者社会之一部分的上部构造的现状维持，为布鲁乔亚汜当了一条忠实的看家狗！"（第 11 页）

所以，鲁迅：

"对于布鲁乔亚汜是一个良好的代言人，

"对于普罗列搭利亚是一个罪恶的煽动家！"（第 12 页）

关键词：*李初梨　鲁迅是中国的唐·吉诃德，是布尔乔亚忠实的看家狗*

1928 年 4 月 15 日

冯乃超《人道主义者怎样地防卫着自己？》，写于 1928 年 3 月 25 日，载《文化批判》第 4 号，第 52~58 页。

本文的小标题是："一、看吧，胁迫于幻影的病人的精神错乱！二、醉眼中的朦胧，毕竟是朦胧的醉眼！三、看吧，人道主义者的裸体照相。"

文中有这样的句子：

"缩入绍兴酒坛中"，"依旧讲趣味"（第 53 页）；玩的是人道主义者的把戏。

关键词：*冯乃超：鲁迅玩的是人道主义的把戏*

1928 年 4 月 15 日

彭康《"除掉"鲁迅的"除掉"！》，载《文化批判》第 4 号，第 57~

64 页。

鲁迅到底只是一个人道主义者。

"文艺也是意德沃罗基的一部门，要尽它应尽的义务，它应是无产阶级的文艺，因而应是武器的艺术。"（第 62 页）

创造社"战取了唯物的辩证法"，"获得了阶级意识"。（第 60 页）

写于 1928 年 4 月 10 日的《编辑杂记》说：

"初梨和乃超的论文，彻底地暴露了鲁迅底朦胧的毒舌之来源与去向，读者在此当能明了一切中间派的人物，任他们在口头上如何地花言巧语，本质上只是演着反动的煽动的任务。彭康的论文更把鲁迅底无智暴露无遗。我们对于鲁迅这人，本无什么恶感，不过他的似是而非的议论，不但混淆听闻，而且还是一部分自鸣得意的智识阶级底思想之典型，所以，我们不惜浪费精神，决然地应了他的挑战，发表这三篇克服他的议论的文章。"（第 161～162 页）

关键词：彭康："除掉"鲁迅、"克服他"　鲁迅以其"朦胧的毒舌"、花言巧语地在本质上演着反动的煽动的任务　无产阶级文艺是武器的艺术　创造社已经"战取了唯物辩证法"

1928 年 4 月 15 日

朱镜我《关于精神的生产底一考察》，载《文化批判》第 4 号（第 13～28 页）

李铁声译《辩证法的唯物论》（续。第 29～51 页）

四、社会科学内底历史的解释

五、矛盾底见地与历史发达底矛盾

六、飞跃的变化论及社会科学内底革命的变化论

马公越译《最近国际政治形势》（续。第 65～83 页，未完）

洪涛译《什么是"辩证法的唯物论"?》（第 84～100 页）

关键词：朱镜我、李铁声、冯乃超、洪涛　社会科学论文

1928 年 4 月 15 日

《文化批判》第 4 号发表的创作有：

君湹《狱中诗两首》（第 101～106 页）：《吊死者》（1928 年 3 月 7 日于狱中），《叛徒的呼声》（1928 年 3 月 8 日于狱中）。

白石《弟兄! 这会儿不许优容》（诗，第 107～108 页）

苑尔《趋上前》（诗，第 108～111 页）

龚冰庐《悲剧的武士》（小说，第 112～122 页）

方玮德《二十生辰》（诗，第 138～140 页）

吴乃立《这不是我们的世界》（诗，1928 年 3 月 21 日于南京中大。第 140～142 页）

龙秀《鲁迅的闲趣》（杂文，1928 年 4 月 4 日于香港。第 142～143 页）。此文最后说："只可惜，鲁迅先生此举未免'张脉奋兴'得太厉害了，有伤半点'闲趣'的气概（慨）。我在'醉眼'的朦胧里，看见一个'老人，名流，学士，大师，权威者，落伍者，开到（倒）车者'的老（恼？）羞成怒的脸孔了。"（第 143 页）

《编辑杂记》说：

"冰庐的《裁判》是整个暴露的作品的好例，他的粗厚的笔触恰巧配称他的奔放的反抗情热。本期的《悲剧的武士》略有逊色，作者的强烈的主观征服了他的冷静的客观态度，然而冲动的反抗心毕竟是没有理性的盲动，个人主义的色彩很浓厚，这是希望作者去克服的。

"乃超的戏剧第一场稍显散漫，第二场也觉无力，但是作者的企图在把警察署化为 Caricature，这也是一种暴露的手段。不过乃超的作品里面的人物总脱不了观念的地方，（第一期的一幕剧最甚），这一点他当会努力克服的。"（第 162 页）

关键词：龚冰庐的小说笔触粗厚，冯乃超的戏剧人物观念化

1928 年 4 月 15 日

另境的短文《文学的历史任务——建设多数文学》，载《文化批判》第 4 号《读者底战垒》专栏，第 131～133 页。

文章提出"多数文学"的口号。

文章说："文学的新的阶梯已经开展着，它跟政治一般地已到历史任务的爆发期，它已不是文人舞文弄墨的工具，而是急迫的剧烈的政治煽动者；它已不是贵族式的中等阶级的专有品，而是大多数被压迫的劳苦群众情绪的传达者了。"（第 131 页）

"这样，劳动者既因学历上与工作上的限制，无法能致力于文学的创造，小有产的闲空阶级却又不能负起这文学新阶梯的任务，中国多数文学的创造，在此不就生出了严重的问题。其实问题倒不是人才，而是这般人才从何处来？因为多数文学的建设，正不必一定是多数阶级，和无产阶级政党的党员正不

必一定是无产阶级一样，他只要是实地体觉到中国新文学的出路，文学分野的任务，文学内涵的意义，他就可以有资格努力追求多数文学创造的条件了。

"有了上述多数文学作家的资格，但他还不能成为一个多数文学的创造者，而只是多数文学的同情者，一个多数文学的创造者，他有更刻苦的条件，不仅在了解文学的出路，而且应该了解政治的出路，不仅了解文学分野的任务，同时要了解社会阶级分化的意义，并且，最重要的一点是：一个多数文学的创造者，同时应该是一个多数政治的实行者！"（第 132 页）

作者解释多数文学："多数文学的意义是握了多数政治的理论替多数政治宣传，替多数政治做煽动者，这样一个多数文学的作家如果他自己没有实地去体会劳动群众的生活和情绪，虽然他理论如何明白而他的作品一定只是狂喊浮薄失去鼓动力量的。所以总括一句，一个多数文学的作家，同时须是一个革命的行动者，在他革命的行动当中才能由实感而写出含有多量煽动性的伟大的多数文学作品！"（第 133 页）

关键词：孔另境提出多数文学的口号

1928 年 4 月 15 日

君涴《狱中诗两首》，载《文化批判》第 4 号。

这两首诗写得都颇有真情实感，尤其是前一首《吊死者》。同狱的战友牺牲了，后继者自然有着"无限凄绝的情怀"和"无限的敬仰的热情"。

编者在本期的《编辑杂记》中盛赞："在革命文学的旷野得君涴的诗稿，这是我们的一个喜悦。富于生活力的，而且对于无气力的感伤主义或躲避现实的小资产阶级的咏叹的诗坛投以炸弹的诗歌，是我们要求的一种。听惯甜美的喁喁私语的人，或许讨厌这种有力气的怒号，然而我们以衷心的喜悦介绍君涴的作品，并希望他能源源送稿来。"

关键词：颇有真情实感的狱中诗，有力气的怒号

洪灵菲《流亡》三部曲陆续出版

1928 年 4 月 15 日

洪灵菲自传体长篇小说《流亡》，由上海现代书局出版。

小说写的是 K 大学的毕业生、M 党部重要职员沈之菲在"四一二"之后几个月的流亡生活，其过程与作者的经历大体相似。沈之菲在老家有由父母

包办的妻子纠英，在外有情投意合的十七八岁的中学毕业生黄曼曼做情人（黄另有未婚夫）。家妻叫他苦恼，情人令他兴奋。他对家妻言："我需要着革命！革命！革命！"给曼曼信："惟有冲锋前进，才是我们的生路！"革命第一，恋爱第二，方为革命者。

作者在《自叙》中说："在描写的手段，叙述的技巧，修辞的功夫各方面批判起来，我自己承认，《流亡》这篇幼稚的产物，可说完全是失败的！但取材方面，和文章立场方面，总可以说是一种新的倾向，和一种新的努力！"

《流亡》和稍后出版的《前线》《转变》，合称"流亡三部曲"。

三部曲用粗线条勾勒了从"五四"到土地革命时期的开始阶段，一部分小资产阶级知识分子的人生经历和精神面貌，作为背景和主人公的生活内容，则程度不等地展示了大革命的进行、国民党新军阀叛变和共产党内的路线之争。这些小说结构大都比较松散，人物形象也不大丰满，或者说缺乏个性，但它们都散发着扑面而来的革命气息，表现了坚定的革命意志，在当时的具体历史条件下，无疑起着不可低估的社会作用。况且，文字的清新流畅，用自然景色烘托人物的内心活动，再加上生活画面广阔，内容真实，因而小说还是有一定的艺术感染力。

关键词：洪灵菲 《流亡》 出版 "革命+恋爱" 模式

鲁迅《文艺与革命》：一切宣传并非全是文艺

1928 年 4 月 16 日

鲁迅文论《文艺与革命》，载《语丝》第 4 卷第 16 期。

这是鲁迅给冬芬的复信。鲁迅在这篇通讯中，表述了他对革命文学的重要观点：（一）"世界上时时有革命，自然会有革命文学。"（二）"超越时代其实就是逃避"，要有正视现实的勇气。（三）不相信文艺有旋乾转坤的力量。（四）"一切文艺，是宣传，只要你一给人看。即使个人主义的作品，一写出，就有宣传的可能"，作为工具的一种，也可以。"但我以为当先求内容的充实和技巧的上达，不必忙于挂招牌。……我以为一切文艺固是宣传，而一切宣传却并非全是文艺"。"文艺所以于口号，标语，布告，电报，教科书"之外，"要用文艺者，就因为它是文艺"。（五）目前那些"革命文学家"的"革命文学作品"，其技巧简直"低劣到连报章记事都不如"。没有真正的货色，其实是不必忙于挂招牌的。（六）目前中国文学批评的尺度非常多，有英美尺，有德国尺，有俄国尺，有日本尺，也有中国尺，或者兼用各种尺。

　　关键词：鲁迅论革命文学　"我以为一切文艺固是宣传，而一切宣传却并非全是文艺"

1928 年 4 月 16 日

　　〔美国〕辛克莱著、郁达夫译《拜金艺术》第二章《艺术家是谁之所有?》，载《北新》半月刊第 2 卷第 11 号，第 41~51 页。

　　著名的"一切艺术都是宣传"的理论即出自本节。

　　关于"你是谁的所有? 并且为什么?"

　　辛克莱说："本书系从阶级斗争的观点来解说艺术的。是社会的支配阶级用了艺术作品来作宣传和压制的器具，或新兴权势阶级用它们来作攻击的武器的研究。"（第 42 页）

　　关于"艺术是什么? 艺术应该是什么?"

　　"现在我们把世上流行的，也就是本书所要讨论的六大艺术的欺人伪语表列在下面：

　　"欺人伪语的第一种：'为艺术的艺术'的主张；就是艺术的目的是在艺术作品之中，艺术家的唯一事业，是在形式的完美的观念。这一种伪语，我们将在底下证明它是一群将就衰落的艺术家用着自己防卫的机械的虚言，而且不但在艺术界，就是在这种艺术出现的社会里，凡此伪语流行的时候，也便是堕落的表明。

　　"伪语的第二种：艺术自大的虚言；就是艺术是为少数人的一种奥妙的东西，并非是大众所能享有的观念。我们在底下将要证明除了少数的具有特异性质的东西以外，大艺术常常是大众的艺术，大艺术家常在左右民众的。

　　"伪语的第三种：艺术传统的虚言；就是新艺术家必须尊崇旧则，必须从古典里学习创造的方法的观念。我们将要证明凡有生命力的艺术家的技巧都是独异不蹈袭的，并且现代的技巧，比前代的任何艺术期的技巧都要优秀。

　　"伪语的第四种：艺术享乐主义的虚言；就是艺术的目的是在娱乐和消遣，是现实的逃避的观念。我们将要证明这种虚言，是心意劣弱者的产物，艺术的真正目的正是在改变现实的地方。

　　"伪语的第五种：艺术叛道的虚言；就是艺术和道德问题无关的观念。我们将要证明艺术都是论道德问题的，因为除这问题之外，另外并没有别的问题好论。

　　"伪语的第六种：艺术无利害关系的虚言；就是艺术须排除宣传，与自由和正义无关的观念。毫无暧昧的对于这论点的报复，我们主张：

"一切艺术皆是宣传。一般的，不可避免的艺术是宣传；有时候也许是不自觉的，但总常是熟虑之后的（故意的）宣传。(第43～45页)

"艺术是什么？

"艺术是以改变他人的个人性的感情信仰和动作为目的，依艺术家的个人性而改变的人生的表现。

"什么是伟大的艺术？

"合乎精选过的艺术形式的条件，以技巧的权能，为有生命和意义的宣传而创制的艺术，是伟大的艺术。"(第46页)

关键词：辛克莱：一切艺术都是宣传

1928 年 4 月 16 日

鍾贡勋《关于太阳月刊种种》，载《北新》半月刊第 2 卷第 11 号，第 77～79 页。

先说"革命文学"："本来'革命文学'，在现代这种情形之下，应该是一个必然的产物。因为文学决不是超越时代，超社会，而只专来表现作者个人生活和个性的东西。他是离不了现实的社会和环境，处在革命热潮澎涨（膨胀）的今日，自然不应再有那开倒车的现象。不过自从'革命文学'的热潮高涨以后，因为大众都来趋附，渐渐会变成一个时髦名词。"(第77～78页)

再说《太阳月刊》："《太阳月刊》打着鲜明地革命文学的旗帜，这样狠（很）足以号召若干青年去买来捧读。然而我读完之后，觉得里面的作品，虽然是加入了许多革命的名词，描写了很多工人痛苦的生活，与夫所谓青年革命家的事实；但是也没如他们自己所说：贯输（灌输）了许多热烈革命情绪于读者的脑筋里面，也许我的脑筋太迟钝了吧！不过他们的作品，以我浅薄的愚见，似乎是着力于描写的艺术，只知道一事一物详细地写出来。工厂中工人生活的痛苦资本家和工头的压迫，都详细的写在纸上，固然是使读者狠（很）明白这些事实，但是流于太平庸。况且这一类事实，已经和专制皇帝的罪恶一样，成了人人知道的一回事，便应该含蓄一点，使读者从暗示中领悟出来，似乎比这样表现出来要好些。这一层尤其是关于艺术家的手腕描写的力量，不独讲革命文学才注意的。"(第78页)

个例《车厂内》："《车厂内》是描写工人罢工的事实，不过我们仔写（仔细）去看一下内容，写在张茂家里开会的情形，当他报告说明天起要'罢工'，大家就仿佛受了一个意外的感觉，全个面孔都现得（显得）有些呆怔了。以后有人提出为什么要罢工的疑问和恐怕又遭失败的质问。然而张茂总是给他一个强梗（强硬）和独断的答复，语气中只让人赞成不让人反对的神气，终于用手枪威骇，才议决下来。在这一段写得狠（很）长，也许作者自以为是全文的巧妙处。现在且不管他艺术的手腕怎样。但看一看事实，破碎处令人不快！工人的罢工，为的是谋他们自己的利益，当然自己去干，而《车厂内》写得竟是张茂一个人的压迫所酿成，这种专制的工人领袖，如果不是共产党的手段，决不这样。"（第 79 页）

这位读者指出的问题相当尖锐，击中了要害。

关键词：革命文学创作太平庸

1928 年 4 月 20 日

冯乃超诗集《红纱灯》，上海创造社出版部，初版。为"创造社丛书"第 20 种。

这是一部象征派诗集。写于 1926 年。收诗歌 43 首。书前有作者写于 1927 年 9 月 7 日的《序》。43 首诗分为八辑："哀唱集""幻窗""好像""死底摇篮曲""红纱灯""凋残的蔷薇""古瓶集"和"礼拜日"。自序说，这些诗像小鸟振落的"毛羽"，昆虫脱落的"旧壳"，只是自己"过去"心境情调的记录。"我的诗集，也是一片羽毛，一个蝉蜕。"爱情失意的痛楚和人生苦恼的哀怨，是这本诗集的一个主调。

《哀唱·序曲》唱出感伤消沉的情调："青春是瓶里的残花／爱情是黄昏的云霞／幸福是沉醉的春风／苦恼是人生的栖家"，"苦恼是人生的栖家／墓石是身后的代价／不用镌我庄严的碑文／要是常常供奉蔷薇花"。对青春、爱情和人生充满痛苦的吟咏，回响在诗人心中的"只有枯凋了的怨艾的悲哀"（《我愿看你苍白的花开》）、"悲我沉默的人生憔悴，／哀我多感的青春告衰"（《凋残的蔷薇恼病了我》）的感叹，几乎弥漫于整部诗集。《死底摇篮曲》《死》《冬夜》等在死亡中寻求生命痛苦的解脱。《默》写"冬天来到疲乏的草根头／静悄悄地杀着苍白的微笑"，隆冬季节自然景物的肃杀，象征迟暮的灵魂。诗的语言和意象都给人一种沉重而朦胧的感觉。诗人很注意给自己的情调找到富于音乐美的外在形式，由注重视觉的新鲜转到重视听觉的美感。《酒歌》《现在》《默》《残烛》等诗，节奏、韵脚都比较整齐、和谐，接近于格律诗。《古瓶咏》《苍黄的古月》《榴火》等诗色调丰富而浓重，并使视觉的色彩感、听觉的韵律感受交叉出现，增强新奇的艺术效果。

朱自清评论说："冯乃超氏利用铿锵的音节，得到催眠一般的力量，歌咏

的是颓废，阴影，梦幻，仙乡。他诗中的色彩感是丰富的。"（《中国新文学大系·诗歌集·导言》）

诗人是从日本回国的后期创造社主要成员，是倡导无产阶级革命文学的得力分子。

关键词：冯乃超象征派诗集《红纱灯》

1928 年 4 月 22 日

〔俄国〕皮涅克（Boyis Pilnyak）著、傅东华译《皮短褐》，载《文学周报》第 313 期（第 6 卷第 13 期）。

1928 年 4 月 23 日、30 日

鲁迅杂文《扁》《路》《头》《通信（并 Y 的来信)》《太平歌诀》《铲共大观》，载《语丝》第 4 卷第 17、18 期。

这些杂文讥讽创造社的勇士们不敢正视现实，其实就是回避黑暗的时代。《扁》批评文艺界"尽先输入名词，而并不绍介这名词的函义"的浮夸倾向；《路》说"上海的文界今年是恭迎无产阶级文学使者，沸沸扬扬，说是要来了"，批评文艺界"口头不说'无产'便是'非革命'……'反革命'"的极左倾向。《通信》揭示："那些革命文学家，大抵是今年发生的，有一大串。"他们都有"一副英雄嘴脸"。鲁迅说自己"希望中国有改革，有变动之心，那的确是有一点的"；曾经相信过进化论："我总以为下等人胜于上等人，青年胜于老头子，所以从前并未将我的笔尖的血，洒到他们身上去"。"我还欠刻毒"。又说，"近大半年来，征之舆论，按之经验，知道革命与否，还在其人，不在文章的"。

《太平歌诀》说："（民谣）'叫人叫不着，自己顶石坟'。则竟包括了许多革命者的传记和一部中国革命的历史。""近来的革命文学家往往特别畏惧黑暗，掩藏黑暗"，"不敢正视社会现象"，捡一点吉祥之兆来陶醉自己，"就算超出了时代"。

《铲共大观》里有一句名言："革命被头挂退的事是很少有的，革命的完结，大概只由于投机者的潜入。也就是内里蛀空。这并非指赤化，任何主义的革命都如此。但不是正因为黑暗，正因为没有出路，所以要革命的么？倘必须前面贴着'光明'和'出路'的包票，这才雄赳赳地去革命，那就不但不是革命者，简直连投机家都不如了。"

关键词：鲁迅讥讽创造社不敢正视现实，畏惧黑暗　创造社的人都有

"一副英雄嘴脸" 谨防"内里蛀空"

1928 年 4 月 23 日、30 日

（李）伟森译《朵思退夫斯基与屠格涅夫（关于他们间的争端之信件）》，载《语丝》第 4 卷第 17、18 期。

1928 年 4 月 25 日

济之《高尔基——为纪念他 35 年创作和 60 年生辰而作》，载《东方杂志》半月刊第 25 卷第 8 号，第 73～77 页。

文章说："在现今俄国文学家中最受人尊敬，最为人所爱读，而且享受世界的盛名的要推玛克西姆·高尔基了。

"19 世纪的末叶一个出身贫窭，孤苦伶仃的青年历尽人间的艰辛，遍尝社会的恶毒，从 10 岁起就到混浊的人群里谋生，曾在靴子铺当学徒，轮船上做帮厨，糖果工厂里做工，替人家劈过木柴，在码头上做苦工，面包房里烤面包，教堂里充唱手，还做过零贩商，当过律师家的信差和铁路上的看役，在铁路工厂里做过工人。但是他的意志力极强，他的向上心极盛，他的良心在社会的染房里越染越形洁白。他从未受过一点家庭和学校的教育……社会是他的学校，人生是他的教科书，而他天生的聪明智慧是他最好的教师呢。他从一个行业转到别个行业，——那是他从学校的第一年级升到别一年级；他足迹走遍全俄国，从这城游荡到那城，——那是从小学转到中学，从中学转到大学去。在这'社会'的学校里他养成了敏锐的观察力，在这'人生'的教科书里他取得了丰富的文学材料，同时他还偷暇读遍了不少名家的书籍。"（第 73 页）

高尔基初期的小说大半是描写所谓"游民"的人物，充满反抗的气息。如《玛卡尔·处得拉》《柴尔卡司》《筏上》《过去的人》《淘气者》等。作品中的人物多半是属于下层社会、劳动社会的。"从高尔基起，才有真正的描写俄国下层阶级的作品，才有从这阶级出来的人自己写自己阶级的作品。""高尔基知道自己的任务并不在叙写非社会性的'游民'，所以在文坛上立住脚，取得一定位置以后，就从'游民'的小说转到带社会问题的作品，要根本的描写俄国当时社会的各方面。"（第 74、75 页）

《母亲》是高尔基"政治"小说时期的代表作。其后，再转方向，"其题材已从劳动阶级移到全体俄国人民方面"。在"这些作品里高树着人道的旗帜"。"从这里起高尔基已由游民社会和劳动阶级的浪漫的唱手，一变而为俄

国人情风土的写实的作家了。"（第 75 页）

俄国革命后，高尔基移居意大利。"近年来他发表《阿尔唐莫夫的事务》和《克里姆·萨姆金的一生》（1927 年）两本巨著。这两书纯粹是高氏观察 50 年来俄国生活所得的结晶品。其结构的伟大和描写的精细，我们从这里可以看出高氏的创作能力愈老愈见强大了。"高尔基 35 年创作的总题目是"俄国民族"。（第 76 页）

关键词：高尔基　从高尔基起，才有真正的描写俄国下层阶级的作品，而且是真正自己写自己阶级的作品　《母亲》是政治小说的代表作　创作主题有变化，总题目是"俄国民族"

1928 年 4 月 25 日、5 月 10 日

高尔基著、济之译《我的旅伴》，载《东方杂志》半月刊第 25 卷第 8、9 号。

小说的开头写一个流浪的劳动者在码头上遇着一个失意的、饿着肚子的贵族公爵沙克落："在渥台萨的码头那里我遇见了他。他那短小强干的身材和东方人模型的脸庞，镶着美丽的胡须，连着三天引起我的注意。他常在我面前闪来闪去；我常看见他在码头边上好几点钟的站立着，把手杖的头伸入嘴内，两只像杏仁般大小的黑眼珠没精打采的望着浑浊的水；一天总有十次他跨着那无挂虑人所走的步伐，在我面前经过。他是谁？……我不由得留心侦察他起来了。他却仿佛故意逗我似的，更常在我眼前转着。他穿着有格淡色的时髦衣裳，戴着黑帽，走起路来懒洋洋的，眼神迟钝而且烦闷。他一走过来，我远远里就辨出他来了。在这码头上，轮船和机车呼呼的啸着，工人大声的喧闹，震人脑筋的忙乱状态从四面八方包围过来，在这种地方出现这种人简直是无从索解。在这里大家都烦恼而且累乏，大家都跑着，满身是尘土，满头是汗，喊嚷着，对骂着。在这忙乱的工作里，这奇怪的人物，却举起死愁的脸，来回慢慢的走着，对一切都冷淡，看一切都不相干。"（第 115 页）

中国普罗作家要向高尔基学习的正是这种观察力和表现力。

关键词：高尔基　流浪劳动者　失意公爵　学习高尔基的观察力和表现力

1928 年 4 月 25 日

茅盾《创造》（短篇小说），载《东方杂志》半月刊第 25 卷第 8 号，第 99 ~ 114 页。

君实要将妻子娴娴创造成他所需要的人，但没有成功。有关对话和想法是：

"他觉得夫人是精神上一天一天的离开他，觉得自己再不能独占了夫人的全灵魂。这位长久拥抱在他思想内的少妇，现在已经跳了出去，有自己的思想，自己的见解了。这在自负很深的君实，是难受的。他爱他的夫人，现在也还是爱；然而他最爱的是以他的思想为思想以他的行动为行动的夫人。不幸这样的黄金时代已成过去，娴娴非复两年前的娴娴了。"（第101页）

君实："我想把你造成为一个理想的女子。"可"（你）一点一点的改变了。你变成了你自己，不是我所按照理想创造成的你了"（第104页）。

他本想有个"理想的夫人"。"我所谓理想的，是指她的性情见解在各方面都和我一样。"（第105页）"我是要全新的"女人，"但是不偏不激，不带危险性"。没有，就找一块璞玉，"由我亲手雕琢而成器"。即是说，"只要一个混沌未凿的女子"。（第106页）

娴娴的思想里"隐伏着乐天达观的出世主义"（第108页）。她对君实说："再不要呆头呆脑的痴想罢。过去的，让它过去，永远不要回顾；未来的，等来了时再说，不要空想；我们只抓住了现在，用我们现在的理解，做我们所应该做的事。"（第110页）

君实"终于不得不承认，他的所谓创造，只是破坏。并且他所用以破坏的手段却就在娴娴的脑子里生了根"。（第112页）

关键词：茅盾小说《创造》 现代女性人格的独立

1928 年 4 月

鲁彦短篇小说《阿长贼骨头》，载《新生命》第1卷第4期。

作品描写生长于农村破产者之家的孩子阿长，虽有聪明智慧和普通人的感情，但由于家庭的影响和被传染了病态社会的恶习，以及为贫困所逼迫，变成了"天才的小偷"，最后因遭到缉捕，而出逃到异地。作者祈祷阿长能找到"新的更好的地方"，表现了他的朦胧的人生理想。

关键词：鲁彦《阿长贼骨头》

1928 年 4 月

胡也频短篇小说集《活珠子》，上海光华书局出版。

内收作品7篇：《活珠子》《小人儿》《初恋的自白》《小小的旅途》《僵

骸》《家长》《登高》。

《活珠子》：12 个少年和中年的泥水匠——

陈老三说给九尾蛇听：白云山老道士说，那个人的脑壳里有一颗活珠子；假使谁得了这颗活珠子，在人间会富贵，想什么就是什么，并且愿意修道、成仙也行。

王大保头有点扁，娶不上老婆，孤零零一个人。泥水匠却修不起自己的屋。如果从他自己的脑中取出活珠子，不就可以有钱修屋吗？

这天晚上王大保的头就被人开了。第二天所有的泥水匠（只少了盖瓦的王大保）照常修房盖屋，像什么事都没有发生一样。

人性的残忍！冷酷！

《小人儿》：8 岁小女孩儿，除了家务事外，就是放羊。母亲是守了 8 年寡的寡妇，已经 38 岁。父亲因赌博、嗜酒，留下一屁股债死去。她是遗腹子，遭母亲嫌弃。母亲把一切对贫困、不如意的不满，通通发泄在她身上，想尽种种办法折磨她。她只有出外放羊，跟羊儿和小名土地的小朋友在一起才快乐。

寡妇把自己的一切不顺都怪罪于年仅 8 岁的女儿。

还是写的普通老百姓人性的弱点，落后，甚至是残酷。

《家长》：张先生是一个普通不过的公务员，每天虔诚地念佛，认真地读报，却遭到裁员。他不声不响地削发为僧，把一儿一女、困难、债务，留给孤苦的太太。

胡也频、柔石等有一部分作品都是揭示、批判、鞭笞普通人的人性的。

关键词：胡也频《活珠子》 揭示普通人的人性

1928 年 4 月

论文集《从文学革命到革命文学》，成仿吾、郭沫若等作，创造社出版部编辑出版。

内收有关新文学的论文 14 篇。其中有《新文学之使命》《我们的文学新运动》《艺术家与革命家》《艺术之社会的意义》《文艺之社会的使命》《民众艺术》《文学界的现形》《革命与文学》《从文学革命到革命文学》等。该书是为"革命文学"论争而编辑出版的。

关键词：关于"革命文学"论争的第一个论文集

《太阳月刊》五月号出版　戴平万、冯宪章、林伯修

1928 年 5 月 1 日

《太阳月刊》五月号出版。

本期刊载的创作小说有：平万的《小丰》、孟超的《盐务局长》、刘一梦的《失业之后》、赵冷的《出路》；诗歌有：冯宪章的《警钟》、洪灵菲的《在货车上》、杜力夫等的《诗选》；钱杏邨的论文《批评的建设》；翻译有：林伯修译《牢狱的五月祭》、华希理译《冬天的春笑》。

关键词：《太阳月刊》五月号出版

1928 年 5 月 1 日

平万小说《小丰》，载《太阳月刊》五月号。

小丰是铁路工人的儿子。因为要参加"五卅惨案示威运动群众大会"的游行，他起床比父母都早。他白天做工，晚上进夜校。在路上碰到同学阿明（皮鞋工人的儿子）。小丰懂得帝国主义分子是"惨杀工人和学生"的母夜叉。他参加示威游行，游行队伍遭到屠杀，同学阿明也牺牲了。

"小丰虽是年轻，但是那惨无人道的惨杀，帝国主义的强横，被压迫民族的痛苦，这一切都深印在他的脑里，搅动他的天真的心儿，助长了他的反抗的精神了。"伤病中，他想："明天……走到学校里去，召集开会……提议……通过……散传单……演讲……我一定要把那里巨人帝国主义的强横，阿明的惨死，向他们报告，鼓励他们一同联合起来，把那个巨人斫做肉酱！……"

小说写出了小丰的活泼，单纯，好动，聪明，也有人为拔高的成分。

关键词：戴平万写铁路工人儿子的小说《小丰》

1928 年 5 月 1 日

孟超短篇小说《盐务局长》，载《太阳月刊》五月号。

陶庄里有名望的王三老爷从县里谋到盐务局长的职位。不料，摊子还没有铺开，牌子刚刚挂起来，就被各村自发的盐民砸了。县长也没有办法救他，只得将职位转授给李六爷，还把这次闹事的几个重要分子枪毙了。

关键词：孟超小说《盐务局长》　盐民的革命暴动

1928 年 5 月 1 日

刘一梦小说《失业以后》（写于 1928 年 4 月 14 日），载《太阳月刊》五月号。

小说写 S 纱厂工人罢工，以青年工人朱阿顺为代表。罢工是因为工厂开除了 20 多个工人，厂方不但不让那 20 多个工人复工，反而继续开除工人，朱阿顺也在其中。不开工，领不到工钱，许多工人家里就无钱买粮，揭不开锅，老人和小孩饿得没法。朱阿顺家里有病弱的妻子淑贞。实在走投无路之时，他从箱子里翻出一张写有英文字母"N——L——"的照片，立即改变了一切：

"他此刻拿着像片低头默想着，他心里就随着触起了一种莫名的忏悔来，他对于家庭，淑贞……一切的烦念，立刻冰化了。他很决然的想：这又算了些什么呢？……"

关键词：刘一梦《失业以后》 失业工人要以斗争来自己救自己

1928 年 5 月 1 日

赵冷（王任叔）短篇小说《出路》（写于 1927 年 11 月 2 日），载《太阳月刊》五月号。

小说写 N 市全民罢市，"反抗当地长官——镇守使黄仁的高压政策的实施"。罢市的领导人之一是欧阳尼夫，作品就写欧阳尼夫的心理活动，以及他和黄仁的女儿黄卓群的关系。罢市"所得到的利益，是杀头，枪毙，失业，贫苦"（本文第 18 页），一个一个的出头人物都被收监了，杀戮了，革命陷入低潮。

欧阳尼夫对黄卓群说："我刚才在这静谧的自然中，我感到宇宙生命的和谐，我的心不觉大恸了。我想，我们的人生，为什么充斥在地上的总只有刀，剑，枪，血痕，愤怒，怨恨，咒骂，野杀，决斗，枪毙，绞头，斩头……这些怕人的悲惨的事物呢？现在，我见到了你，听到了你的叫我名字的声音，我知道，啊！天哪！人世间正还有爱呀！……我烦闷极了！我恨不得，在你的面前，把我自己杀却！……"（本文第 30 页）但他又说："我们要造成人间的和谐，我们就得这样做。……我们不要短视，只怕眼前的惨剧，不想将来的天国是要从这惨剧中生出来，这都是资产阶级怯弱的心理。——而且，我们还要承认，如其他们，不是为自利，不是为自私，真正的为了他们的主义的缘故，为了想实现他们的理想的缘故，这样做去，是不错的。……我们的

行动，是天地间最光明的行动。"（本文第 31 页）

黄卓群对此的心理活动和决定是："黄卓群被这环境的袭击，理性的意识似乎渐渐的回复过来。她觉得每一种声音都可使她想到他们的苦痛。年届古稀的巡更老，为了生活的关系，不吝惜他风烛残年中有限的精神，深更半夜的去给资产阶级统治者阶级报警，保护他们的安闲；鸠形鹄面的工人，一天做了 12 小时的工，还不能养活自己的家庭，不得已去继续做他们的夜工，以有用的劳力，商品也似的贱卖了，以送死的工作的价值（？）去维持他们不能死去的苟延残喘的生命的暂安。……至于兵士们，更以多少的头颅，多少的血，去换伟人的地位与荣誉……""——唉！现在我明白了，我决定了！黄卓群决定似的自语着。我应该明白，现在就是父与子的时代，我不能因私人的关系，从子的时代投降到父的时代去。我断不能做自利，自私，家庭里的人，我更不能帮同贪官，污吏，军阀，帝国主义的走狗，工作，间接的助长他们的恶焰，我应该，而且十分应该，铲除，手戮，这批贪官，污吏，军阀，帝国主义的走狗……"于是她亲手杀死自己的父亲，与欧阳尼夫一道前进。

关键词：赵冷革命小说《出路》　革命是天地间最光明的行动

1928 年 5 月 1 日

冯宪章《警钟》、洪灵菲《在货车上》、杜力夫《血与火》，载《太阳月刊》五月号。

冯宪章的《警钟》含《致被难的朋友》《心坎里的微音》《警钟》三首诗。《警钟》有这样的诗句："啊！一钱不值的工人和农人，／从速的执着光明的旗帜努力地前进！／轰！轰！轰！振起精神，／轰！轰！轰！步伐齐整！／啊！甚么痛苦我们受尽，／如今我们该做世界之主人！"

洪灵菲《在货车上》近 30 节，每节 4 行，每行 20 字左右，比较散。货车上装的是死尸。诗中有这样一节："他们把平日被工头压逼得不敢呻吟的怨气喊出来，／他们把平日被警察的棍杆擦伤了的愤恨在此间大呼：／'他妈的！和他们算个总帐！和他们算个总帐！／冲锋！冲锋！用我们的刺刀刺开我们的血路！'"

杜力夫的《血与火》写道："咯，咯，咯！咯，咯。哈！哈……／那边在放机关枪，／——同志们，挥起锤，擎起枪！／杀！杀！杀！……／猛烈向前冲！"最末一节是："鲜红的血流着，／猛烈的火燃烧着，／血，血，血，／火，火，火／笼罩大地，弥漫太空！"

关键词：革命作品中的"轰轰轰""杀杀杀""火火火"

1928 年 5 月 1 日

钱杏邨的论文《批评的建设》①，载《太阳月刊》五月号。

本文可视为太阳社关于文学批评理论的基本主张。

文章认为，"1928 年的中国文坛，表现了新文学运动以来所不曾有过的活气"，"每一种文艺的组织以及文艺的刊物，旗帜都是很显明的"。有三种不同的倾向："一种是反动的资产阶级文艺的运动，一种是代表小资产阶级转换方向的劳动阶级文艺运动，一种是直接的走上劳动阶级的劳动阶级革命文艺运动。""文艺和政治分不开"，繁复的政治斗争是阶级斗争的表现。"文艺是有阶级性的，文艺是离不开时代的。""阶级是没有混合的可能的，有阶级存在的时候，冲突是不可避免的。"

中国的新文坛虽然伟大的著作还没有踪影，但已经有了相当的成绩。而批评则"根本上是走错了路。根本上没有认清批评的意义"。文坛上所能找到的，"只有抄书的批评，趣味的批评，或者是寻章摘句，捧场谩骂，或者是抹杀客观的事实，只有技巧的批判，这一切都是错误的"。"批评家的任务，最重要的是估定作品的价值，为读者指示解释作品的思想和技巧，以及改正作品的思想和技巧的错误，以促进文化的发展。""批评家是作家读者双方的指示者，解释者。"批评是文学史"不可缺少的科学"。因此，"批评家应该很清晰的了解时代思潮，观念要清楚，阶级的分野要看得显明"。

钱杏邨说，中国的批评坛的错误是：第一，没有统一的、系统的文艺批评原理；第二，没有科学的方法；第三，态度不诚恳，不谦虚。

目前中国文坛的几种错误：第一，"反革命的资产阶级文艺，这完全是一种坟墓里的游戏。这一种供给资产阶级玩弄，寄生于资产阶级的文艺，它本身就是毫无意义毫无作用的东西。""文艺是有阶级性的，资产阶级的文艺早已到了进墓洞的时候了。""我们在政治上要肃清残余的封建势力，在文艺上我们也要肃清资产阶级文艺的残余的毒焰。""资产阶级文艺的作家，是反革命的，没有法子救济了"。第二，小资产阶级转换方向的劳动阶级的革命文艺运动。小资产阶级是可以革命可以不革命的，"在某一阶段他们很革命，在某一阶段他们因着一点打击，可以不革命，甚至反革命。游移不定的心情，倔强的个性，浮泛的研究，冲动的行为，虚伪的面孔，坚强的自信，都是这个

---

① 本文的题目、目录和每一页的肩题，作《批评与建设》，但正文首页为《批评的建设》。本书从首页。

阶级的特征"。"他们不是独立的，必得有所属，或是属于资产阶级，或是属于劳动阶级。"第三，劳动阶级的革命文艺运动，"这一班文艺作家，他们是早已无产化了，早已不是唯心的主观的个人主义的了。他们都是听凭革命的浪潮的群众的集体在指挥着，没有个人的行动。我们觉得对于这一班作家，所谓阶级的意识，他们在过去的长时间的下层实际经验里早已获得了，是用不着再用全力克服的。"（本文第 18 页）对于这一班作家来说，"无论什么都是可以表现的，只要作品表现的目的是帮助革命"。（本文第 19 页）

本文最后一个观点是："文学史是一部创作史，不是理论所砌成，我们要创作。"

关键词：钱杏邨论文学批评　太阳社关于文艺理论批评的基本主张　批评是文学史"不可缺少的科学"　批评家的任务是估定作品的价值，为读者指示解释作品的思想和技巧的路径　劳动阶级的革命文艺运动的作家早已无产化了、早已不是唯心的主观的个人主义的了，没有个人的行动，他们已经获得无产阶级意识　中国文坛还没有伟大著作的踪影　资产阶级文艺作家是反革命的

蒋光慈译爱伦堡的小说

1928 年 5 月 1 日

〔苏俄〕爱莲堡著、华希里译小说《冬天里的春笑——〈冉娜的爱〉之第二章》，载《太阳月刊》五月号。

冉娜是住在俄罗斯的法国少女，现在 19 岁。在莫斯科郊外加兰廷这个地方，她偶然遇到 5 年前见过一面的俄罗斯青年军官安得来。从安得来口中，她听到"红党""青党""白党"等名词。6 年前，俄罗斯进行过"恶魔的革命"，革命者是些"强盗！刺客！"革命后的俄罗斯是"野蛮的国度"。"冉娜的世界是很狭小的。"但就这一次邂逅，她有了爱情的意识，过去是朦胧的，现在浮出水面，清晰了。"我无论如何不能没有他呵！"甚至相依为命的父亲都可有可无，唯一不能没有的是安得来。

关键词：蒋光慈译爱伦堡小说　爱情可以战胜阶级的偏见

1928 年 5 月 1 日

〔日本〕林房雄作、林伯修译小说《牢狱的五月祭》，载《太阳月刊》五

月号。

小说以一个狱中人的自述,讲他们的生存状况、心理活动和狱中斗争。作品写得细腻,没有干巴巴的口号,赤裸裸的说教,耳提面命的宣传。也有费解的文字,不知原文如此,还是译文的不高明。如,"好像在和人类的生活绝无毫发关系的森林的深处似的,或像被送到绝海的无人岛里面而最后的便船最后的可恋的缆解了的时候似的,无可奈何的孤独之感继续了好几天。……"(本文第 11 页)

关键词:林伯修译日本林房雄小说

1928 年 5 月 1 日

《太阳月刊》五月号刊载《苏联的戏剧》(作者申东造),提供消息道:莫斯科剧院上演中国题材的戏剧《怒吼吧,中国!》。

这篇介绍据伦敦出版的《观察报》(Observer)的"莫斯科通讯"说:莫斯科剧院的导演米哀尔霍尔特(Vsevolod Meierhold)导演的戏,"最近米哀尔霍尔特的最出名的剧本是《吼着呀,中国》和《巡按》。前者是一个在中国住过一些时候的俄国人脱莱铁阿科夫(Tretiakov)做的剧本。剧中故事是说一个美国人在和两个中国水手打架的时候被打死了,于是一个英国的海军司令以炮击城市为恫吓要求那两个水手抵命。这自然是一个很好的宣传的材料,而脱莱铁阿科夫和米哀尔霍尔特也运用得很出色。再加以剧中插进了中国服装和中国音乐,所以这个剧本是很动人而且充满了异国情调的。"

关键词:莫斯科剧院上演中国题材的戏剧《怒吼吧,中国!》

1928 年 5 月 1 日

《太阳月刊》五月号,刊载署名编者的《编后》(写于 4 月 20 日)。

此篇《编后》提供信息:《太阳月刊》四月号出版之后,"我们邀集社内外从事革命文艺的同志们,开了两次的批评大会,检举本刊过去 4 号及本社已发行及在印刷中的丛书的错误,并决定以后改进的方针。在这两次大会中,指出过去的本刊没有注意系统的理论的建设,缺乏重要的介绍与翻译,描写的范围狭小单调,札记通信随笔缺乏友谊的态度,灰色的思想仍不免偶尔流露,创作时没有顾到读者的意识,技巧缺乏暗示的力量,许多地方表示了本刊忽略了对于社会所负的使命。丛书方面有时表现的行动太浪漫,缺乏深刻的描写与暗示的力量,有的还没有充量的劳动阶级意识的表现。决定以后改正以上所有的错误,特殊的注意充实本刊及丛书的内容,尤其要避免无重大意义的及非文学的理论的争辩，重要的讨论完全以友谊的态度出之。这是本月内重要的社务报告"。

关键词：《太阳月刊》的自我批评　创作中描写的范围狭小单调，讨论缺乏友谊的态度

《创造月刊》第 1 卷第 11 期出版　说鲁迅"无理取闹" "要紧的是看你站在哪一个阶级说话"

1928 年 5 月 1 日

《创造月刊》第 1 卷第 11 期出版。本期署名石厚生（成仿吾）编。

本期主要文章有：麦克昂《桌子的跳舞》、石厚生《毕竟是"醉眼陶然"罢了》、冯乃超《为什么褒姒哈哈地大笑》、潘怀素《波浪》、李果青《诗三篇》、龚冰庐《黎明之前》（连载）、沈起予《诺托的左页》等。连载的有《一只手》和《牺牲》。

成仿吾在《编辑后记》中说：

"麦克昂的《桌子的跳舞》，怀素的《波浪》，冰庐的《黎明之前》等都是近来的努力的结晶。冰庐曾在《文化批判》上发表过几篇创作，但是在本刊还是第一次。他从前是一个矿山的 Salary man，近从北方归来，在教育工人子弟；他是一个很努力的青年，至于他的性格，我请读者诸君从他的作品中看取。

"《波浪》描写革命时期的一部分智识阶级的踌躇不决与对于目前一切的不满。这是不觉悟的小有产者最困险的通病。他们对于外界一切的现象不满，但是又没有决心自己去干。不去革命吗，又觉得不可；去革命吗，又觉得目前的一切都不如意。于是对于什么都取'不管'主义，对于什么都是 Lassez-aire①，责任到了身上时，就只有一走了事。这种小有产者是绝对干不了甚么的，迟早要被弃绝的，而且他的最后的解决不是无耻的虚无主义，就只有屈服于波浪的招诱。智识阶级多少含有这种成分，不把这种成分克服，智识阶级是不能遂行他的历史的任务的。作者在技巧上也有相当的成绩。"

成仿吾说鲁迅是"无理取闹"，已经造成"不良影响"。

他说："革命文学的激潮已经传到四方，智识阶级的青年大众已经完全接

---

①　原刊字体不清，可能有误。

受，以后必然进入一个新的阶段。我们在最近的努力中愈加明白了我们的历史的任务，此后我们要更加倍努力。

"在革命文学的全运动上，文学理念的建设与作品行动只是形式上的区别。指导理论的发扬，由指导理论的灯光去照透有产者家犬的虚伪的衣裳，点破一切新旧文妖的本性——这些都是最重要的工作。我们今后将要更努力于这方面；正确的理论决不是空虚的，它是轰破敌军的强有力的炮火。

"旧的怎样吸收，新的怎样进展，作家怎样养成，大众怎样接近？以及这不三不四的语体的改革的问题——摆在我们前面的问题实在太多了，我们要一个一个的解决起去，但是这儿必须有相当的年月。"（第 123～124 页）

关键词：成仿吾说鲁迅是"无理取闹"，已经造成"不良影响"　特别推荐龚冰庐

1928 年 5 月 1 日

麦克昂（郭沫若）文论《桌子的跳舞》，载《创造月刊》第 1 卷第 11 期。

文章的主要论点是：没有时代精神的作品是没有伟大性的。"中国文坛大半是日本留学生建筑成的"，日本文坛的毒害也流到中国来了，这就使中国文坛至今没有伟大作品产生。文艺是生活战斗的表现，应该有无产阶级精神；但我们的文坛却是小资产阶级的劣根性太重了，所以"一般的文学家大多数是反革命派"。"无产者的文艺也不必就是描写无产阶级"，"要紧的是看你站在那一个阶级说话"。"拜金主义的群小是我们当前的敌人"。

此文横扫一切，有打倒一片的倾向。

关键词：郭沫若　"一般的文学家大多数是反革命派"　"要紧的是看你站在那一个阶级说话"　"拜金主义的群小是我们当前的敌人"

1928 年 5 月 1 日

石厚生（成仿吾）论文《毕竟是"醉眼陶然"罢了》，载《创造月刊》第 1 卷第 11 期。

文章说，鲁迅是一位"梦游的人道主义者"，"中国的琐吉诃德"，"不仅见了风车要疑为神鬼，而且同时自己跌坐在虚构的神殿之上，在装做鬼神而沉入了恍惚的境地"，从鲁迅这里，"可以看出时代落伍的印贴利更追亚的自暴自弃"。文章说，"传闻他近来颇购读社会科学书籍"，且"预言""不远总有一个大时代要到来"，"相信这是呈鲁迅趋向革命的披露"。

石厚生在本期《创造月刊》的《编辑后记》中又特别指出：

"鲁迅近来的 Demagogie，我们本无加以驳斥的必要，因为他完全是不服气而无理取闹——这是有眼共见的。但是这种倾向是非常无聊的，我们不能不加以克服。我们为全运动着想，有时候对于个人的作品有所指谪（按：原刊如此），但是我们是把它当做一种倾向的。对于个人，在他没有不良的影响及于他人的范围内，我们一任他高高地坐在自己虚构的宝殿之上；我们不去惊扰他。但他既有不良的影响的时候，我们自不能不说话，不能不以正确的理论去消灭这不良的影响。由理论可以达到真理，有理可以据理论争，这儿用不着丝毫无谓的意识化。"（第 124 页）

关键词：成仿吾　鲁迅是中国的唐·吉诃德　他的表现是不服气而无理取闹，非常无聊

1928 年 5 月 1 日

冯乃超《为什么褒姒哈哈地大笑——一篇木头戏脚本的草案》，载《创造月刊》第 1 卷第 11 期，第 12～24 页。

周幽王为博得犬戎少女褒姒一笑，不惜点燃烽火，引起全国大乱。

关键词：冯乃超木偶戏周幽王宠褒姒

1928 年 5 月 1 日

龚冰庐小说《黎明之前》，载《创造月刊》第 1 卷第 11 期，第 12 期连载。

这篇小说着重写矿工洪德的心理活动。

洪德夜间走山路，去会阿兰。一路上他感到孤独、凄清。他是工人，阿兰是矿山总办家里的使女。两人相爱，海誓山盟。洪德想："工人永远不是一个人。"（第 11 期，第 95 页）"他仇恨着一般工人，仇恨着机器，厂房，铁块，钢板……"他由苦闷造成了不安，由不安"造成了他的消极的颓废的怀疑的全部意识"。（第 11 期，第 100 页）

总办说："昨天晚上你到我家来调戏阿兰，你滚！你是不知恩的狗才！""现在的共产党就是像你这样的坏蛋。"（第 11 期，第 101 页）

回到住处，隔壁年轻夫妇（男人是火车司机）做爱的幸福声浪引起他的愤怒："他的愤怒是广泛的，他是要向全人类报复。这就是他的绝对的憎和广泛的恶。"（第 12 期，第 28 页）总办，火车司机，"学坏了的小流氓"，都是他憎恨的敌人。"他经过了深重的刺激，失业的苦闷，邻人的嘲弄，资本家的

压抑，并且深感了失恋的悲哀，性的烦闷。……"（第 12 期，第 41 页）

他被矿山开除，乘火车到了青岛，求弟弟找工作未成。醉酒后，他跟踪一个女人，被捉到警察局，关囚牢。在押解途中逃脱。乘日本人的船到了上海。得表哥介绍，进沪南一家铁工厂当车床工匠。

跟表哥一起去参加总罢工。他有无数个问题要问表哥，而且急切地要得到回答，但表哥回答不了，也不想回答他。越是这样，他越是烦躁不安，并"无师自通"，找到了答案："他现在正在去破坏这现存的世界，毁灭这腐化了的旧社会。"洪德走在工人队伍中。"他想革命是应该这样的，革命就是暴动，革命的本身就是沸腾的热血，革命用不着踌躇退缩，又（尤）其是不应该沉默。我们是在负着破坏这旧的一切的使命，我们就应该破坏，我们要杀人，要流血。"（第 12 期，第 60 页）蹊跷的革命。大众罢工，跟着走就是革命。他却希望轰轰烈烈，天翻地覆。他想喊，想冲，想杀。他无序地冲到队伍的最前头，可是队伍已经没有了，所见皆屠杀后的尸体。

全篇处处是工人洪德的心理活动，而所思所想，不少地方却不合他的身份。

关键词：龚冰庐　矿山工人的心理活动

1928 年 5 月 1 日

忻启介论文《无产阶级艺术论》，载《流沙》第 4 期。

文章说："表明无产阶级底阶级意识，鼓舞无产阶级的人底战斗意志，而为意识争斗的武器的，才是无产阶级的艺术。"无产阶级艺术"是宣传的，煽动的，革命的"。"无产阶级艺术，完全是无产阶级自身之事，故须由无产阶级自身来创造。"

关键词：无产阶级艺术"是宣传的，煽动的，革命的"

胡秋原《革命文学问题》、甘人、侍桁：
对"革命文学"的另一种声音

1928 年 5 月 1 日

冰禅（胡秋原）论文《革命文学问题——对于革命文学的一点商榷》，载《北新》第 2 卷第 12 期，第 93 ~ 105 页。

作者引用布哈林、辛克莱、普列汉诺夫、纳巴斯徒派、托洛茨基、滕森成吉、厨川白村、杜勃罗留波夫、周作人等人的观点，探讨"革命文学的标准究竟是什么，文学的真价值究竟是什么"，以弄清楚"文学"与"革命"的关系。

作者认为，虽说一切文学都在有意的或无意的起宣传的作用，但不能因此就说一切文学都是"武器的艺术"，都是"阶级的武器"。文学与艺术不见得都为某阶级宣传某种政治主张。文学艺术固然要受经济基础的制约，但它不像政治、宗教那样，与经济有直接的关系，文艺有它相对的独立性。又说，凡文学都与人生有关，都要表现、批评人生，都要指导、创造人生。因此，文学家都是文化的先驱、时代的先驱、革命的先驱，都是社会民众的喉舌，不必专门去加些"革命"的字句，使之成为"武器"和"工具"。

接着，甘人（鲍文蔚）在《北新》第 2 卷第 13 期发表《拉杂一篇答李初梨君》，侍桁（韩侍桁）在《语丝》第 4 卷第 19、20 期发表《评〈从文学革命到革命文学〉》、在《语丝》第 4 卷第 22 期发表《个人主义的文学及其他》、在《语丝》第 4 卷第 25 期发表《又是一个 Dan Quixote 的乱舞》。这些文章都支持鲁迅（尽管观点与鲁迅并不完全一致），不同意创造社和太阳社的理论主张。

冰禅、甘人、侍桁、冬芬（董秋芳），再加上郁达夫和茅盾，在"革命文学"论争的阵营划分上，他们被当作鲁迅派，或称"语丝派"。

关键词："革命文学"论争中的鲁迅派或"语丝派"　胡秋原处女作《革命文学问题》

1928 年 5 月 7 日

鲁迅杂文《我的态度气量和年纪》，载《语丝》第 4 卷第 19 期。

本文直接原因是由《战线》上署名弱水的文章《谈中国现在的文学界》而发的。这是鲁迅继《"醉眼"中的朦胧》之后，在"革命文学"论争中发表的又一篇引起创造社和太阳社非常反感的文章。文章说："我自信对于创造社，还不至于用了他们的籍贯，家族，年纪，来作奚落的资料，不过今年偶然做了一篇文章，其中第一次指摘了他们文字里的矛盾和笑话而已。"

关键词：鲁迅《我的态度气量和年纪》

1928 年 5 月 10 日

丁玲小说《暑假中》，载《小说月报》第 19 卷第 5 号头条，第 564～587 页。

小说写湖南湘西自立女校一群年轻女教师的寂寞、苦闷，她们无所事事，却矛盾重重，心烦意乱。说到底，她们是性苦闷，想有一个可心的男人来熨帖她们的寂寞的心。

小说以承淑为中心。她与嘉瑛搞同性恋，而嘉瑛想有自己的生活，自己想要的男人，因此两人常起摩擦。承淑的父亲被老鸦山的土匪屠村时杀害。她是遗腹子。八九年前母亲去世。"恍恍忽忽看见自己孤另的，无所依恋的命运"。"时时为了哭泣而变得很有摺绉的眼眶"，脸上"已经铺上不少痘瘢"。德珍结婚搬走后，庙里寂静了，承淑又"什么也无从去掀动她那被寂寞浸透了的一颗心"。承淑希望有一个人，"又要能爱她，又要能体会她，听她说出那曾经有过的一缕凄清的心，又要细心的能陪伴她走向生活的正路"。嘉瑛多次决定回家，看望父母。承淑一再请求："爱我！我要你爱我！"两人吵后再相爱，但这种相爱，"是并不能满足那真真的所需要的欲望"：要真实的男人，要性爱。

嘉瑛"是一个十八九岁的很令人一见便感到满意的清秀的姑娘"。刚刚师范毕业，来自立女校教书。被承淑"眷爱"，"犹紧握在承淑的爱掌里"。嘉瑛赌气离开承淑，天天到娟子家打牌。

德珍和春芝又是一对。德珍终于和她的明哥结婚，放弃了春芝。

志清："只有我才是真真的独身主义者！"却"永远也找不到一个朋友"。她"苦到每月只有16元薪水"；拿这钱去放债，吃利息。别人对她的印象是吝啬。她认识到：过去奉行的独身主义是"骄矜"，"那种矫作的思想很可笑"。

在佣人田嬷看来承淑们的哭哭啼啼，只是她们这种先生"闹着玩"的生活的一部分。

寂寞的心需要熨帖，而且必须是男人的，说到底她们其实是性苦闷。

小说最后，校长来布置课程，大家各就各位，一齐忙碌起来。一做事，生活充实，她们的矛盾或苦闷就天然有所缓解。

小说文风举例："是毫无可挽回你决定的心，明晨就准走吗？"（第564页）这开篇第一句话，是承淑问嘉瑛的话，欧化太厉害，读起来别扭。

关键词：丁玲《暑假中》 一群年轻女教师的性苦闷

1928 年 5 月 10 日

〔西班牙〕伊本纳兹著、杜衡译《良夜幽情曲》（小说），载《小说月报》第 19 卷第 5 号，第 607 ~ 616 页。

同期有孙春霆的《伊本纳兹（Vicente Blasco Ibanez）》介绍文章（第598～606 页）。伊本纳兹是西班牙作家，1928 年 1 月病逝于法国。这篇介绍据《巴黎杂志》的伊本纳兹评传编写。全面介绍了伊本纳兹的生平和思想及他所从事的典型活动。介绍说，"伊本纳兹永远不能在生活中静处着，一种生命力的活跃在刺激他前进"。（第 601 页）"伊本纳兹的小说中，一般读者都感着的是他表现力的生动，生命力的活跃，浓厚的色彩，热烈的火花！"（第604 页）"在他著作等身的一生中，可分出几个段落来：第一期的小说是纯粹Valence 的风味，继续下来的一个时期是充满着西班牙的色彩，后来又转到南美洲了。因为受了左拉的洗礼，伊本纳兹的著作常随着地方转变他的成分。大战的开幕呈献给他一个完整的世界，在这印象下的作风又移转到一个更广更新的方向。伊本纳兹的性好游历，有重大的影响在他的小说上的。他还爱看电影，这嗜好也曾发展他对冒险事迹的叙述的兴趣。"（第 606 页）

关键词：杜衡　西班牙伊本纳兹

1928 年 5 月 10 日

钱杏邨《英国文学漫评》，载《小说月报》第 19 卷第 5 号，第 664～673 页。

此评含两题：《高尔斯华绥与劳动问题》《萧伯纳与职业问题》。

钱氏以高尔斯华绥的《争斗》立论。《争斗》，郭沫若译："趋于极端的工厂主安东尼是失败了，同时，趋于极端的工人首领罗伯池也是失败了，最后胜利归于改良主义的工会的领袖哈刺司。这是很明白的社会民主党一类的思想。——是脱不了历史的因袭的观念的改良主义的思想。"（第 665 页）这三派在作品中有各自三个发展阶段。高氏的戏剧结构"是超越一般戏剧的结构，有小说的风趣，有诗歌的味道"。（第 668 页）

钱氏谈萧伯纳，以他的剧本《华伦夫人之职业》为例。有人说：易卜生、萧伯纳、高尔斯华绥三人的不同点是"易卜生只源代码病症，不开药方，萧伯纳不仅举病原体症，而且开药方，可是他的药方是没有高尔斯华绥的审慎深入的"。（第 669 页）

关键词：钱杏邨　高尔斯华绥　萧伯纳

1928 年 5 月 10 日

《小说月报》第 19 卷第 5 号刊载《本报第 6 号要目预告》中，对茅盾的《追求》有言：

"本篇也是现代青年的描写。在此大变动时代，青年们一方面幻灭苦闷，一方面仍有奋进的热望；《追求》所写照的，就是这一班人。书中没有主人翁，但也可说书中人物几乎全是主人翁。照他们的性格和见解分类，篇中的人物可以分为四类。他们有一个共同的缺点，即是都不免有些脆弱，所以他们的追求的结果都是失败。在青年心理的变动这一点上，本篇和《动摇》仍是联结的。"（第674页）

关键词：茅盾《追求》预告

1928 年 5 月 10 日

黄药眠诗集《黄花岗上》，由创造社出版部出版。

收新诗36首。书前有写于1928年3月26日的序诗。序诗告白："这是我三四年前浪漫的歌。／现在浪漫的时代已经过去了，我的歌也死了。／好，过去的东西由它死了罢，让我自己来敲我自己的丧钟！"

36首诗分为三辑：第一辑《诗人之梦》，第二辑《山僧》，第三辑《短歌六首》。《诗人之梦》迷离惝恍。诗人踱进迷人的花径，隐入朦胧的花影，耳闻絮语的花魂，穿着花衣，醉眠花坞。他浮着轻槎，遨游于云海，弹奏清冷的心琴。在茫茫宇宙，看撕碎的诗章，化为翩跹的蝴蝶；驾一叶花舟，在风中婀娜，"直飞入到超出其不意玄思的虚无飘渺（缥缈）的仙乡"，表现出对现实的厌恶。《赠东堤的歌者》倾吐凄冷，"一段的春愁，岂是春江的烟雨能描？""无限的悲哀都暗向（弹琴的）指间偷诉"。《我梦》说明无论怎么样设法逃离人寰，最终"只得挟着血丝哀唱，／把柔弱的歌声，／埋没了自己的悲伤！"诗人宣称："他从此要与狡猾的人们告别，／他从此要与污秽的尘寰断绝！"（《白马》）《晚风》思念故国，问"海上的骚魂何时归得！"《隔绝》发出"孤独的悲哀谁侣？"的痛苦呼喊，《枕上》叹息"好梦已在枕上消亡"，《海上的黄昏》吐露心迹："我若能效那海上的沙鸥自在，／我宁舍弃了这羁绊的人间！"《山僧》写小尼姑凡心未泯，与山僧醉卧蒲团。《病后游西原作》宣告"我的心怀早已枯化成灰"。

这些诗情绪低落，哀音缕缕，愁怀片片，如泣如诉，如仙如梦。诗人是以古典诗词的意境，写现代青年的惆怅，故诗意浓郁，诗韵幽香。

关键词：黄药眠诗集《黄花岗上》

1928 年 5 月 13 日、6 月 3 日、6 月 24 日

玄珠（茅盾）《中国神话的保存》，载《文学周报》第 315、316 期合刊

（第 6 卷第 15、16 期合刊）；《人类学派神话起源的解释》，载《文学周报》第 319 期（第 6 卷第 19 期）；《神话的意义与类别》，载《文学周报》第 322 期（第 6 卷第 22 期）。

关键词：茅盾　神话研究

1928 年 5 月 15 日

《文化批判》第 5 号出版，为终刊号。（刊物未标出版日期）190 页，约 13 万字。

本期刊物封面仅余"文化"二字，目录页仍为"文化批判"。

本期《文化批判》主要是政治、经济、社会方面的论文，文学所占份额极小。

关键词：《文化批判》第 5 号出版——文学的分量极小

1928 年 5 月 15 日

《文化批判》第 5 号，刊载社会科学方面的论文：

彭康《唯物史观的构成过程》（未完）（第 1～16 页）

前言

一　唯物史观底发生原因

二　唯物史观是辩证法的唯物论底具体的表现

朱镜我《德模克拉西论》（1928 年 5 月 3 日。第 17～30 页）

1. 德模克拉西与阶级

2. 德模克拉西底历史的形态

3. 布尔乔亚德模克拉西的真象

4. 普罗列搭利亚德模克拉西底意义

10. 德模克拉西底死灭

马公越（冯乃超）译《国际政治的最近形势》（续。第 31～68 页）

四　帝国主义国家之政治的最新倾向

五　1927 年布尔乔亚的国际诸会议

六　反苏维埃战线之展开

七　殖民地之革命的民族运动的最近的展开

德博林著、李初梨译《唯物辩证法精要》（第 69～80 页）

吕珩《日本帝国主义的研究》（1928 年 4 月 30 日。第 81～106 页）

韵英《中国农民阶级的出路》（1928 年 3 月 29 日。第 107～112 页）

关键词:《文化批判》刊载社会科学论文

1928 年 5 月 15 日

《文化批判》第 5 号刊载的创作和翻译有:

巴尔特尔著、李铁声译《浪漫主义的变革》(内文作《Romanticism 的变革》。小说。第 140 ~ 145 页)

孤凤《初到上海》(诗。1928 年 3 月 3 日上海。第 162 ~ 164 页)

爱光《牺牲》(诗。1927 年 9 月 5 日上海。第 164 ~ 166 页)

章瑞元《我们的恐怖》(诗。1928 年 4 月 20 日。第 166 ~ 170 页)

张飞瀑《惊呼? 狂歌》(1928 年 4 月 29 日。第 170 ~ 171 页)

关键词:《文化批判》刊载的文学作品

1928 年 5 月 15 日

另境《时代作家的修养》,写于 1928 年 4 月 24 日,载《文化批判》第 5 号,第 146 ~ 156 页"读者底战垒"专栏。

"革命文学是由历史的唯物论所产生的一种艺术,我们也这样承认。但这艺术却有它特殊的价值,它已成为被压迫阶级的喊声,革命的宣传品,资本主义社会制度的死刑执行者;换句话说,它已成为变革社会制度的一种手段。所以革命文学已不是资产阶级的消闲品,已不是智识阶级发牢骚的工具,已不似小茶馆里的说书先生,而是革命的教科书,酵母,和群众里的鼓动者。"(第 150 页)

关于现代作家的修养分为内在的和行动的两个方面。内在的指世界观,行动的指革命实践。(第 154 ~ 156 页)

关键词:孔另境 革命文学是革命的宣传品、教科书

1928 年 5 月 15 日

《文化批判》终刊号刊载读者对创造社出版物、对《文化批判》的反映:

1928 年 3 月 2 日吴耀南于星嘉坡:"《文化批判》第二期,我已从此处一家 S 书局里买来了。我是向来喜欢《创造月刊》的,因为它是代表现代一般痛苦的呼声,时代变革中的自然哀鸣。它是阴沉静寂中的一线微光。但是,它美而不完。它只抒述及文艺方面,其余如社会,思想,甚少论及。《文化批判》却可补这点缺憾了。它要自文学以至于思想,都分别批评而判断之,示人以标准。它是何等的贵重,何等的需要啊!我欣喜的了不得了!我急要买

上期的创刊号，可是在此处的书局都售罄了。就是这第二期的亦仅存二本呢。可见这边的民众，对于此刊的同情及欢迎了。"（第 172 页）

会赤说："你们出版的《文化批判》前天才给我买到读。刚刚只读了一遍，便使我感觉到非常兴奋！我料不到在这样孙行者闹天宫的时代，还有这样的书出版。在现在的出版界里，我只晓得有些什么伟大的上帝呀！可爱的哥哥呀！妹妹呀！等等书籍印出骗钱，那里会猜到有你们出来向社会算一笔总账的定期刊物出现？呀！真是多么伟大！你们这种先觉的事业。在这时乌烟瘴气的道路上，会有你们的明灯照着我们行人，真是感谢极了！"　（第 174～175 页）

关键词：新加坡读者对《文化批判》的反映：伟大！明灯！

作者的话：

《文化批判》终刊。共出版 5 期，约 50 万字。

尽管有新加坡华侨称赞：刊物"伟大"，是"先觉的事业"，如"明灯照着我们行人"，但从内容看，却远远不如前几期，简直就构不成阵势。

确有"启蒙"，输入了一些理论，说了些中国人觉得新鲜的话。马克思主义哲学、政治经济学、科学社会主义的一些基本原理，它的文章都涉及了，都有介绍和解说。它在中国文学艺术家面前开启了新的认知天地。剥去浮泛、生硬的表皮，其内核大都是合理的，是人类最先进的理论创造。正确掌握它，就能成为中国革命的指南。可惜的是未经消化。

而合力围剿鲁迅，否定过往的一切作家和作品，更做得不合情理，不讲历史，不尊重社会现实。唯我独革，有时还显得面目可憎。

这是一种有个性的刊物，是会载诸史册的刊物。

1928 年 5 月 15 日

刘大杰论文《〈呐喊〉与〈彷徨〉与〈野草〉》，载《长夜》第 4 期。

文章说：在中国写实主义的作家里面，鲁迅是成功的一个。他有最丰富的人生经验，有最锐利而讽刺的笔锋。在《呐喊》与《彷徨》里面，差不多没有一篇不是写自己的人生路上体验过或看见过的事情。作者进一步说，鲁迅创作的时代似乎已到了末路，他由《彷徨》而《野草》，即由壮年到了老年，由写实时代到了神秘时代了。因为《呐喊》的作者，是对于人生对于社会对于一切，都抱有希望；到了《彷徨》，已由失望走到绝望之途；至于《野草》，人生已走近坟墓了。"鲁迅的心是老了，是到了晚年了。"

关键词：刘大杰说鲁迅的心老了，他的创作已经到了末路

柳絮、毛一波等无政府主义派的文艺观

1928 年 5 月 15 日

柳絮《无产阶级艺术新论》，载《文化战线》① 第 1 卷第 1 期，第 14 ~ 24 页。

本文表达了这样一些零零碎碎的观点：

"目下无产阶级的最切近的问题，并不是艺术而是解决衣食住的问题，艺术不过是为满足人类的奢侈的欲求的唯一的工具罢了。现在勿论怎样高唱阶级艺术，但现在社会的制度与人类的生活状态，没有变更以前，所谓无产阶级的艺术，始终成为不能够完成的未成品而已。"（第 15 ~ 16 页）

"反对狭义的阶级艺术。"无产阶级与资产阶级对立着的时候，才可以说有阶级艺术；当阶级没有了的时候，即艺术为全社会所有的时候，就要称为"民众艺术"才妥当。"所谓阶级的专政，因其专政的缘故，必是指少数的独裁的，并不是无产阶级的全体，那末，正像现在的劳农俄国一样，少数共产党——尤其是其中的少数官僚的执政，因此所谓阶级艺术，不过是少数独裁的官僚化的艺术而已。与阶级专政并行的阶级艺术，还（不）过一种政府所御用的艺术，并为颂扬它的赞美诗与颂德碑罢了。我们非把这种的阶级艺术，从真正的艺术圈内逐出而且扑灭不可。"（第 17 页）

"大多数平民是没有鉴赏艺术的常识的。"（第 21 页）

艺术由体验而来。"不是从体验而来的艺术，只可为空想的艺术，无病呻吟的艺术罢了。""自己不拿鱼钩到河边去钓过鱼，怎能知道渔翁钓鱼的趣味呢？自己不到工厂去当过工人而劳动，怎能如实的描写劳动者的流血汗的痛苦呢？"（第 23 页）

本刊第 2 期（5 月 22 日出版）的《Satan 底梦》（有恒）之Ⅰ《几场闹不清的鲁迅风潮》，第 3 期（5 月 30 日出版）的《论无产阶级艺术》（毛一波）、《杂缀》之一《"拖住"鲁迅》（毛一波），第 4 期的《现代中国文学的新方

---

① 《文化战线》，编辑者署现代文化社定期刊物编辑部，发行所是上海华龙路华龙里 10 号南华书店。周刊，小 32 开本。主要作者有：卢剑波、毛一波、谦弟、柳絮、尹若、有恒等。

向》（尹若）、《突击》之三《日本的病毒流到中国来了》（尹文彬）等文，都对无产阶级革命文学的提倡、对鲁迅，有所贬损或嘲讽。

关键词： 柳絮、毛一波等反对狭义的阶级艺术，要将阶级的艺术从艺术圈内逐出、扑灭

1928 年 5 月 15 日

张子三（许杰）《新兴文学概论》，上海现代书局出版。

本书对新写实主义作出了自己的解释。

他说："到了最近，因为发生新浪漫主义的社会的经济的背景，已经变了。因为资本主义，已经发达最近时期，财产制度，已经露出崩溃的朕兆，社会的历史的必然，已经转换到另一个环境，所以在文艺上，又有向新浪漫主义之反动的新写实主义的产生。"而这新写实主义，应该等于旧写实主义加上新浪漫主义。旧写实主义"是个人的、悲观的、冷酷的、丑恶的、人生的横断面的、现实的、兽欲的等等"。根本的问题是它带着"小资产阶级的脾气"，找不到出路。所以需要新写实主义，是因为它与上述情形完全不同，它"已经经过了一次新浪漫主义的洗礼"。新浪漫主义的主要特点是"在失望中生出希望，从悲观中生出安慰，从冷酷中生出热情，从惨酷中生出温情"。但我们不能停在新浪漫主义的阶段，必须跑到新写实主义的阶段。新写实主义与旧写实主义最大的不同是：它也咒诅机器，咒诅资本主义，但并不绝望；也描写丑恶，描写疾苦，描写冷酷，但并不是没有出路，没有光明。新写实主义与新浪漫主义最大的不同是：它描写希望，暗示光明，但那却不是不能实现的希望，不真实的光明；也曾描写安慰与同情，但不是那种口头上的同情。"总之，新写实主义，是一个新的社会的历史的必然的结果。它是指示着方法，指示着步骤，指示着实地的助手；而去创造的一个新的社会，新的经济组织的文艺。"

关键词： 许杰释新写实主义　新写实主义是迈过新浪漫主义的思潮，是一个新的社会的历史的必然的结果

1928 年 5 月 16 日

叶灵凤漫画《鲁迅先生》，载《戈壁》文学半月刊第 2 期。

作者的文字说明是："阴阳脸的老人，挂着他以往的战绩，躲在酒缸的后面，挥着他'艺术的武器'，在抵御着纷然而来的外侮。"

关键词： 叶灵凤作鲁迅漫画

1928 年 5 月 16 日

甘人《拉杂一篇答李初梨君》，载《北新》半月刊第 2 卷第 13 号，第 19 ~ 33 页。

本文"拉杂"，主要有以下几点。

关于阶级："在我们的时代，则无产阶级的不稳固不健全是无可讳言的。现在的现象是成了：有产阶级压迫无产阶级；有产阶级亦压迫有产阶级，无产阶级亦压迫无产阶级。现今在社会革命家指挥之下，无产阶级的压迫者，被编入了有产阶级的压迫者，有产阶级中的一部分被压迫者也加入了或自比于无产阶级的被压迫者。其结果一：从此阶级的分疆已经摇动而模糊了。其结果二：此后的阶级争斗不是有产和无产之争，而是压迫者和被压迫者之争了。在现今的社会里，则成为：这争斗不仅是横切的社会生活的阶级之间的事，而且是纵亘的各阶级中都有着；在将来的恶化的社会里——假使不幸而这样，——则就脱离了一切阶级之分而成为更简单的，更明显的压迫者与被压迫者之间的事了。"（第 25 页）

关于鲁迅："到现在为止，鲁迅在中国文坛上是独步的，别的人虽也有时能叫几声，但是都不及他的深刻有力。但是鲁迅也有他的缺点，他不是英雄，不是导师……所以他不长于鼓动，不善于教导。他的锐敏的眼光一面即看透了第一第二阶级的罪恶，他的怀疑的性格一面又不信任第三第四阶级的天真（innocence）。他虽有解放的意识，不肯攻击尚在压迫之下挣扎的人们，免张压迫者的气焰，但他缺乏热烈，即不会学社会革命家大呼疾走，永远戴革命领袖的荣衔，又不肯盲从，替人家摇旗呐喊。他只是一个清道夫，一步步，慢慢的，稳健的，细致的，剥掘，扫除。一群自命无产阶级的游卒，打着旗号，卤撞地冲过去，拉他同走，他不肯，游卒大笑，骂：'第一第二阶级的拥护者'。未几，游卒大败，乌合之众，片时星散，战场上更不见一个革命的战士，只剩下清道夫还在剥掘扫除。他剥掘扫除出来的是什么？是帝国主义的爪牙与军阀政客的压机下的中国人民的脓血，是青年志士失败的余灰，是旧道德，旧思想，旧迷信下的平民的枯尸——被压迫的人民的苦痛。"（第 27 ~ 28 页）

关于"文学是宣传"：辛克莱说"文学是宣传"。"李初梨鸡毛当令箭，弄成了'宣传即文学'。李君说，文学是宣传，又说，文学是阶级的武器，又说文学应有使命……然而他的负有使命的阶级之武器的宣传的文学，却并不是真情的流露。去了真情的武器的文学，遂完全成了宣传。所以：宣传即文

学了"。然而，"宣传，不是文学"。（第 28～29 页）

关于文艺家的处境与文学：文艺家"往往以他的精神生活为造成个性的主要标准。文艺所依赖的不是物质的供给，不是吃了珍馐肴馔，便一定做珍馐肴馔的作品，正如我们虽吃了诗人吃的饭，还是做不出诗一样。在这里，迷信唯物主义者是束手无策的。文学史上常有例子，诗人的作品瑰发奇伟，而生活却是很苦，也有作品沉郁愤激，而生活却又很是快乐。这是因为人的物质方面可以受限制，分阶级，而精神生活却不能。因此他虽是第几阶级的人，就不能限定他是第几阶级的作者"。（第 32 页）

关键词：甘人驳李初梨　鲁迅在文坛上是独步的，他是清道夫　宣传不是文学　第几阶级的人未必是第几阶级的作家

1928 年 5 月 16 日

储安平书评《布洛克及其名作——十二个》，载《北新》半月刊第 2 卷第 13 号，第 55～61 页。

储安平说："旧俄罗斯的作家中而接受十月革命的，只有倍莱 Andrey Bely，沙莱费·莫费基 Serafi Movieh，格罗特斯基 Gorodetsky，布留梭甫 Valeri Bryusoe，和本文所要讲的亚历山大·布洛克（Alexander Block，1880～1921）等。其中尤以布洛克为最伟大。他是维系旧俄罗斯和新俄罗斯的一个枢纽。他是这时期中的最伟大的诗人，是 19 世纪末叶最有文学天才的一个，而在俄国，也被称为普希金的后继者中的一个最健者的。在技巧上，他或者不如 Iranov 和 Sologub，但他的诗风，是和 19 世纪初叶的伟大的罗曼谛克诗人相同的。他和 Shelley 及 Lermantov 一样，天赐的才智，鼓舞起了他们的灿烂的生命。他的天才，并不是表面的，而是含蓄在他的心灵上的。他的灵感，并不像唯美派诗人般虚渺，而是比较凭实些的。他的特质是环境之认识及真理之想像。他的诗歌是浪漫谛克，神秘，幻虚，幽奥，和没有一定的规律，但都是含有深意而有他真实的生命的。"（第 56 页）

评论又说：布洛克"认识了革命，革命的风雨将来的时候，那种伟大的必然性，已将布洛克的心灵，荡震了起来。他看见了俄罗斯的热烈的，活泼的灵魂，他便在那种感动之中，他写成了他唯一的伟大的工作——《十二个》*The Twelve*"。"所谓'十二个'，便是指 12 个红军的兵士。布洛克将他们比为引导被压迫的人类走到正义之路的天使，但在别人看来，则他们是有如残忍的刽子手，可怕的恶魔，神圣的破坏者，无恶不作的匪盗。人类是永远地幻想正义，希求正义之实现。——那 12 个红军，为要实现正

义，于是他们都一个个，鼓着全身的勇气，在血路上前进，而即由手执红旗的耶苏（稣），作为前导，可说是一个世界革命的象征。""抒情的和写实的融合在一起，而使这诗成了无上唯一的伟大的；在这无上唯一的地位上的《十二个》，不但光荣了她的作者，布洛克自己，并且也光荣了那个时代。"（第 57~58 页）

关键词： 储安平评布洛克《十二个》 布洛克的诗充满"真实的生命"，《十二个》是"无上唯一的伟大的"

《我们月刊》创刊　我们社成立

1928 年 5 月 20 日

《我们月刊》在上海创刊。编辑者我们社，发行者上海晓山书店。① 仅出 3 期。

主要作者有洪灵菲、林伯修、戴平万，和太阳社的钱杏邨、蒋光慈、孟超、森堡、殷夫、冯宪章，创造社的成仿吾、王独清、李初梨、黄药眠等。

创刊号发表关于"革命文学"论争的文章：王独清《祝词》、编者《卷头语》、石厚生《革命文学的展望》、钱杏邨《"朦胧"以后》；创作：小说有《丁雄》《去家》（皆罗澜）、《前线》（连载，洪灵菲）、《激怒》（戴万叶）、《食》（李一它），诗歌有洪灵菲《躺在黄浦滩头》及罗澜、礼逊《诗选》，戏剧有林少吾《降贼》（连载），翻译有林伯修译《一束古典的情书》（日本林房雄）、戴万叶译《如飞的奥式》。

编者的《卷头语》是 4 节诗歌，每节 9 行。诗歌反复吟唱：

"那是我们的战鼓的声音！"这声音"一些儿也不悦耳，也不谐和"；"一些儿也不优美，也不和平"；"一些儿也不斯文，也不规矩"；"一些儿也不微妙，也不温柔"。

王独清的《祝词》称：同路人都是"我们底敌人"，必须先行"打倒"！

关键词：《我们月刊》创刊

1928 年 5 月 20 日

王独清为《我们月刊》创刊号写的祝词（1928 年 4 月 25 日）一开头就

---

① 版权页标的定价是：每号定价二角半，半年一元三角，全年二元四角。

引布莱哈诺夫（普列汉诺夫）的话："艺术家是为社会而存在的。艺术必须成为帮助人类意识底发展和社会构造底改善的物事。"其任务有两项：（一）帮助人类意识的发展；（二）改善社会的构造。

而"现在还强自立脚于文学运动场中"的却是这样两派人："一派是自尊狂的人物和代表无聊的智识阶级的文人底联和。他们有时虽然也穿一穿时代的衣裳，可是终竟是虚无的劣种。一派是有意识的反动的群集，他们已经在明目张胆地反对革命文学，明目张胆地反对武器艺术。"

他说，"现在我们底文学还不能与普罗列搭利亚特接触"，但我们第一步的工程应该是"唤醒一般智识阶级，至少唤醒一般从事文学运动的人，使大家都能克服了小资产阶级的根性，而能获得真正普罗列搭利亚特的意识"。

他斩钉截铁地说："这些，都是我们底敌人！我们现在的工程就是要把这些敌人打倒！""在这第一步的工程中，不能和我们联合战线的就是我们底敌人！当然，我们须先把这些敌人打倒！"

关键词：王独清：不能和我们联合的都是敌人，必须先行打倒

1928年5月20日

创造社石厚生（成仿吾）的论文《革命文学的展望》、太阳社钱杏邨的杂评《"朦胧"以后》，载《我们月刊》创刊号。

成仿吾提出一个重要观点：普罗文学要获得大众。文章说，普罗文学作品必须得到民众的理解与欢爱。普罗文学"最要的急务"是"作者的意德沃罗基的修养及用语的接近大众"。"获得大众"就是要"结合大众的思想，感情与意志，加以高扬，使达到解放自己的目的"。

成仿吾说："我们的文学必然进展到普罗列塔利亚文学。""要怎样养成普罗列塔利亚文学的作者？要怎样获得大众？"答案是：

"普罗列塔利亚文学的作者，不论是普罗列塔利亚或是非普罗列塔利亚，他必须高扬普罗列塔利亚的意识。为这个原故，意德沃罗基的相当的成熟是必要的。

"普罗列塔利亚文学的作品必须得民众理解与欢爱。为这个原故，用语的通俗化是绝对必要的。

"作者的意德沃罗基的修养及用语的接近大众，这些实是普罗列塔利亚文学目前的急务。

"普罗列塔利亚文学已经存在。"

成仿吾不忘鲁迅：

"我们要获得大众。这'获得大众'并不是醉眼陶然的老朽所误解的'子万民'，而是结合大众的思想，感情与意志，加以高扬，使达到解放自己的目的。"

"我们的文学，如果不能获得大众，将要成为什么样的东西呢？结局，还是小有产者的手淫罢。"

"我们要获得大众，我们的文学必须得到大众的理解与欢爱。"

钱杏邨判定鲁迅"始终是一个个人主义者"，"一个个人主义的享乐者"，"一个彻头彻尾的小资产阶级者"。

钱杏邨的文章中充满这样的话语：

"小资产阶级智识分子特有的坏脾气，也是一种不可救药的劣根性。""个人主义的小资产阶级者的丑态。""出发点，不是集体，而是个人"，"他的心目中，何尝有群众"。"只是任性"，"不是革命的"。鲁迅创作的"价值究竟值得几何"？是"革命的旁观者"，"只有描写黑暗面"。"捏造事实，欺骗读者，完全采用绍兴师爷的故伎，我们不能不说他的态度是卑劣。""鲁迅的出路只有坟墓，鲁迅的眼光仅及于黑暗。""鲁迅不但理论错误或缺乏理论"，还"含血喷人"。

编者的《编后》对这两篇论文却评价甚高："厚生的论文《革命文学的展望》，理论很正确，而且在革命文学的进展上有了很具体的办法。杏邨的《朦胧以后》，给'鲁迅先生'最后一个致命的打击；可是本文的态度却还是恳挚而庄严的。"

关键词：成仿吾：普罗文学要获得大众；钱杏邨：鲁迅的出路只有坟墓

1928 年 5 月 20 日

罗澜的《丁雄》《去家》，戴万叶（戴平万）的《激怒》，李一它（李春鍏）的《食》，载《我们月刊》创刊号。

《丁雄》：惠琪、叔和、维良、丁雄 4 人，都是革命者，都只有 20 来岁。"惠琪是叔和新近交结的情人"，但惠琪原来爱的是丁雄。他们有一项炸桥的计划，丁雄主动争取到这一任务。执行这任务就意味着牺牲。惠琪等 3 人在等待丁雄时的议论，就写了丁雄的一切。他的外貌特征和对他的评价："我看丁雄真是一个社会主义式的英雄，他虽是粗暴，但做事却是非常周密；慷慨；豪爽；诚恳而又勇敢。"丁雄到来时解释他迟到的原因是"做了些闲事"："一共写了一封绝命书，一通遗嘱，还有一首诗"。多么浪漫！

《去家》写一个农村青年读了大学，成为革命者。"他当领袖了五六万人①，在 C 城大暴动，杀死了几千人，焚了七条街道。现在各处都在严密的侦缉他！"革命者这样地烧和杀，不可爱，不可取。他躲回家，但家里的人都不理解他，只有读书的弟弟才在心中朦朦胧胧地认为"二哥是一个伟大到不可思议的人"。他对父亲说："父亲，不过与其说我是你的儿子，无如说我是时代的儿子罢！"他只好冒着危险，再次离家。

戴平万的《激怒》几乎没有故事。写农村的阶级压迫和阶级斗争。农民的儿子文生到池边放牛，让牛喝水，他则津津有味地看池中的游鱼。地主李大宝李老虎无中生有地说文生偷了他的鱼，举起手中的如意棒就狠狠地打。文生的妈闻讯赶来要跟地主拼命，但围观的群众也不敢支持。至此，小说是写得好的。这时突然冒出一个革命者，发表演说，号召群众起来斗争，就显得生硬造作了。

李一它的《食》写一个名叫柴仇的革命者：革命高涨时，他从事工人运动，革命失败后，他生肺病，衣食无着，沦为从垃圾筐里找寻吃食的乞丐。小说对他的外貌和动作的描写是逼真的："街的东边有着一条长长的黑影，从那边缓缓的走到街这边来；细看时，原来却是个瘦得只存皮包着骨的，年青的乞丐。他身上穿着一件破得不像样子的灰色布衣，上面披着一件草结的不像样的蓑衣，下身穿着一条涂满泥土，百补尚留着小孔的杂色裤，脚下拖着一双破草鞋。他乱七八糟的赤发，长得把耳朵都遮进去了。他的面色简直像死人一样苍白，眼睛凹入到几乎粘着后脑壁，鼻子像一条剃刀背一样。唇的上下长着很多的赤色的髭须，牙齿作黄金色。""他用着两条竹竿似的长脚，缓步从街那边走过来。""把他那瘦得像冬天被雪冰冻死了的干树枝一样的手，伸进垃圾桶里面去。""很失望地再运用他那没劲的颈项，载着他骷髅般的头，转向左边来。他仗着他的没光芒的眼睛，再向地上望了一望，又细看了一回。""他把他的像死虾一样的背，屈弯了下去。他用鼻子向竹筐嗅了一嗅，急速地用他的干柴般的手，将竹筐子狠狠地尽着死力翻倒过来。"

编者的《编后》对本期的创作有简要的评说：

"罗澜的《丁雄》，活描出一个革命党人的性格声音笑貌来。笔很简练，结构也很有力。《去家》充满了阴沉严肃的空气；虽然单调了一些，但却还不失是一篇有力的作品。万叶的《激怒》有了新的描写方法和深入的解剖；那只 Mar 的一声的牛，写得最好。这一篇把农村的土劣的横暴和农民的不屈的

---

① 按：原刊文字如此。

精神很经济地表现出来。少吾的《降贼》第一幕，在对话间把农村全部的痛苦都暴露出来。剧中人所说的话，的确是现代的农民的说话。在这一点，他是成功的。灵菲的《前线》，把一个小资产阶级者从事革命的心理过程解剖得很为透彻，他的文笔的优美方面比较郁达夫的《沉沦》和《银灰色之死》等篇，确有点相像。一它的《食》，描写也还不错，不过似乎有点过火了。……翻译方面，伯修的《一束古典的情书》写出一个女性的热烈而迫切的要求，和一个革命家的理性而严峻的态度来。这种情书，在情书界是别开生面的。译笔也很凝练，很传神。万叶的《如飞的奥式》写出一个革命党人的伟大的灵魂来。树梢的新月，幕底的六弦琴，都一样地可以震动读者的心弦的。……这一期的诗，灵菲的《躺在黄浦滩头》，写一个小资产阶级的革命者的命运，时代色彩很浓厚，技巧也还不坏。但结束稍为（微）匆促了一点。"

关键词：评《我们月刊》的创作　戴平万小说《激怒》、李一它的《食》

1928 年 5 月 20 日

洪灵菲的长篇小说《前线》开始在《我们月刊》连载。单行本本月由上海晓山书店出版。

这是作者的"流亡三部曲"之一。叙写小资产阶级青年霍之远参加大革命的经历，是典型的革命加恋爱的小说。国共合作时期，主人公霍之远在 K 党（国民党）党部工作，后来入了 X 党（共产党），又兼 X 党的几项工作。书中无数次说他很忙，但究竟做什么，又无具体描写。他有老婆和孩子，都在农村。为了寻找刺激，参加了革命。他先是逛妓院，爱二十一二岁的张金姣（娇）；又曾经与林病卿恋爱过；后又与十八九岁的学生林妙婵（已有恋爱对象，并已同居）过浪漫生活，"哥哥""妹妹"，卿卿我我，又哭又笑。他（她）们之间的爱又主要表现为肉体的情欲。全书写的就是这种生活，其间充满革命和恋爱的矛盾。书中说："他对于革命的努力和对于恋爱的狂热可说是兼程并进。"主人公霍之远说："我们的人生观便绝对须要革命化，我们的生活便绝对须要团体化，我们的意识便绝对须要斗争化。"他对于革命和恋爱的关系的看法是："我们也不要牺牲爱情，亦不要牺牲革命。""为革命而恋爱，不以恋爱牺牲革命！"霍之远为革命奔忙，在恋爱的纠葛中徘徊。在敌人的血腥屠杀到来的紧要关头，他销毁文件，挺身而出，保护党的利益和同志的安全，甘愿自我牺牲，成为英雄。

关键词：洪灵菲《前线》：革命+恋爱模式　口号是："我们的人生观便绝对须要革命化，我们的生活便绝对须要团体化，我们的意识便绝对须要斗争化。"

1928 年 5 月 20 日

林少吾四场话剧《降贼》，从《我们月刊》创刊号起连载，至 8 月 20 日第 3 号载完。

剧本写南方农民自发反抗。蔡三爷及其管家、团丁代表压迫阶级，蔡五哥、阿金、蔡伯等代表贫苦农民，王二哥、谢炳文是组织者。农民租地主的地种，除了交铁租而外，还要交地租。农民种不起水田，退回到山上开荒，种点杂粮，而租子却越来越高。农民已经无法生活。阿乾借蔡三爷 30 元钱，无法按时还债，就把他的才 14 岁的小妹拉走（或者强迫做小，后被打死，或者被卖到妓院）；蔡三爷将公山说成是自家的己产，旁人要埋人，就是破坏了他家的风水，蔡五哥与之争辩几句，却被蔡三爷的团丁活活打死。农民左右不能活。蔡伯说："横直我们穷人，处处是要捱大苦的！今天不是田主讨租，明天便是官兵收钱，后天又是什么团局要讨粟……""现在的世界，有钱有势的人，他的生命便是金的银的生命；没有钱没有势的人，他的生命便是猪的狗的生命，你今天要杀便杀，像杀猪，杀狗一样容易的杀……"

王二哥鼓动大家："这不难的，只要我们热烈地团结，严密地组织，勇敢地前进……我相信，最后的胜利终归是属于我们的。……我们给他们当奴隶，当牛马，他们还认为不够，他们还是天天压迫我们，天天打杀我们……我们怎么能够长此忍耐，怎么能够不起来抵抗呢？"

谢炳文号召："现在做贼是多么伟大呀！"

最后群众高呼："做贼去，做贼去！"（其说明词是：全场农夫农妇混乱，高声喊着做贼去。幕下，犹闻我们惟一的出路，只有做贼！）

关键词：写南方农民自发反抗的《降贼》

1928 年 5 月 20 日

〔日本〕林房雄《一束古典的情书》（林伯修译）、〔苏联〕Ivan Kasatkin（加式金）《如飞的奥式》（戴万叶，即戴平万译），载《我们月刊》创刊号。

林房雄的小说写的是：一个住在日本的法兰西少女不断地给一个安南（越南）青年写信，约他相见。这安南青年说，他们 6 个安南人就余下他一个人了，他不能沉湎于情色之中，他有更多的任务。所谓"古典的情书"大概是指理性高于一切。

《如飞的奥式》：苏联国内战争时期，白党军队杀了奥式一家。妻子娜他莎被白军捅死，剥光衣服，插在木棍上，暴尸示众。他是一位乡村教师。他领着队伍，奔波，疲惫，劳顿，像一只巨大的松毛的狗。人们只有仇恨。

关键词：林伯修、戴平万译日本、苏联小说

1928 年 5 月 20 日

《我们月刊》的创刊，标志着我们社的成立。

我们社由洪灵菲、林伯修、戴平万等组成，他们同时也是太阳社成员。我们社成员还有陈礼逊、秦孟芳、罗澜、罗克典、李春锌（李一它）、李春秋（李伍）等。他们都是广东省潮汕地区的革命文学青年。①

关键词：我们社成立

1928 年 5 月 20 日

郭沫若小说散文集《水平线下》由上海创造社社部出版，为《创造社丛书》第 26 种。

内收作者 1924 年至 1925 年写作的《到宜兴去》《尚儒村》《百合与番茄》《亭子间中》《后悔》《湖心亭》《矛盾的调和》等 7 篇小说与散文，反映了郭沫若 1924 年 11 月回国后的思想和生活。书前有作者的《序引》。

同时出版的还有《水平线下全集》，仍作为《创造社丛书》第 26 种。除"第一部　水平线下"仍收上述 7 篇创作而外，还有"第二部　盲肠炎"，收录了作者学习马克思主义以后所写《盲肠炎》《一个伟大的教训》《五卅的返响》《穷汉的穷谈》《双声叠韵》《马克斯进文庙》《不读书好求甚解》《卖淫妇的饶舌》《向自由王国的飞跃》等 9 篇批驳国家主义者对共产主义的攻击以及宣传马克思主义的文章。

关键词：郭沫若《水平线下》出版

1928 年 5 月 25 日、6 月 10 日、6 月 25 日

〔德国〕嘉米琐著、鲁彦据世界语译《失了影子的人》（小说），载《东方杂志》半月刊第 25 卷第 10、11、12 号。

关键词：鲁彦

---

① 参见杜运通、杜兴梅《我们社：一个独立而富有特色的文学社团》，《我们社研究及精品选读》，广东花城出版社，2008 年 10 月第 1 版，第 2 页。

1928 年 5 月 25 日

郭沫若《沫若译诗集》（印度伽里达若等著）由上海创造社出版部出版，为《世界名著选》之第 10 种。

内收印度伽里达若《秋》、德国歌德《湖上》《渔夫》、席勒《渔歌》，以及俄罗斯屠格涅夫《睡眠》等诗歌 32 首。附有作者简介。

关键词：《沫若译诗集》 出版

潘汉年编《畸形》创刊

1928 年 5 月 30 日

《畸形》文学半月刊在上海创刊。潘汉年编辑。仅出两期即停刊。

撰稿人多系创造社、太阳社的成员，如何大白（郑伯奇）、冯乃超、黄药眠、龚冰庐、丘韵铎、王独清和钱杏邨等。

关键词：潘汉年编《畸形》 创刊

成仿吾离上海，经日本去欧洲

1928 年 5 月

成仿吾离开上海，经日本去欧洲。此行的目的是为了系统地学习马克思主义理论。

在离沪之前，成仿吾对创造社的工作做了周密的安排：成立长江局，以备创造社一旦被封之后活动不致中断；在出版部门市部楼上开设上海咖啡店，作为掩护。这些事，成仿吾不仅筹划安排，还提供资金。直到一切就绪，方才出国。

途经日本时，停留月余，并在中国驻日本大使馆用假名办理了经莫斯科去法国的护照。期间，曾在市川郭沫若寓所留住数日，谈到创造社的活动时，"仿吾也开始感觉矫枉有点过正了。他说在动身之前，已经提议过组织作家联盟，把分裂的局面再结合起来"。他还访问过东京的一些日本左翼作家，他们称成仿吾"是中国无产阶级选出的文化代表"（郭沫若《跨着东海》）。7 月中旬到莫斯科，见到张闻天和林伯渠。7 月下旬到柏林。8 月到达巴黎，并在那里加入中国共产党。此后即留在德、法两国，从事中国共产党的组织、宣传和联络工作。他由德文学习了《资本论》等书，并由德文翻译了《共产党宣言》。1931 年 9 月回国。

关键词：成仿吾离沪到欧洲　在东京会晤郭沫若　在巴黎入党　翻译《共产党宣言》

鲁彦《黄金》、魏金枝《七封书信的自传》、楼建南《挣扎》出版

1928 年 5 月

王鲁彦短篇小说集《黄金》，由上海人间书店出版。

收入《黄金》《毒药》《一个危险的人物》《阿长贼骨头》《微小的生物》等 5 篇作品。除《微小的生物》主要写作者自己的心情外，其他各篇分别写了农村小有产者史伯伯、作家冯介、革命者子平、农村小偷阿长的生活。创作题材范围较前大为扩展，人物形象也有较多式样。由于作者年岁的增长，创作《柚子》时期的"热情也就有意无意地减少起来。《黄金》这一集子便代表了我那一时期的改变：其中一部分仍是带着热情写的，一部分是冷静地写的"，"因为热情的低降或有意的遏抑，所以那一时期的小说的面貌以及内容，也就和以前的渐渐不同起来"（鲁彦《关于我的创作》）。

1929 年 7 月上海新生命书店再版时增收《未曾写成之序——即以此代序》和短篇小说《最后的胜利》。

关键词：王鲁彦《黄金》集出版　和短篇集《柚子》相比热情有所降低

1928 年 5 月

魏金枝短篇小说集《七封书信的自传》，由上海人间书店出版。

内收《七封书信的自传》《留下镇上的黄昏》等小说 6 篇。冯雪峰在序言中说，这些作品是"五卅"以前一二年的创作，它反映了劳动阶级"分明地上了武场，成为斗争的盟主"的历史转变，而且是"真诚的纯粹的艺术品"。鲁迅在稍后的杂文《我们要批评家》中，称该书为"优秀之作"。

关键词：魏金枝《七封书信的自传》出版　是"真诚的纯粹的艺术品"

1928 年 5 月

楼建南短篇小说集《挣扎》，上海现代书局出版。

内收小说《爱兰》《被忘却的人》《憔悴了》《老宣》《酒鬼阿同和他的丑太太》《报复》《怯弱》《秧歌灯》8篇。另《前记》1篇。集中的小说写的是在封建主义束缚下的女性为争取恋爱、婚姻自由的挣扎，长工、佣人为争取做人的权利的挣扎。《爱兰》是作者的成名作。小说写当佣人的爱兰与公子相爱、怀孕，被赶出家门，后惨死在医院的故事。题材和主题都是"五四"时代的，但读来依然新鲜，具有强烈的反封建的气息。其他有关篇章写了大革命前后的社会情状。

关键词：楼建南短篇集《挣扎》出版 反映大革命前后的社会情状

1928年5月

霁楼编《革命文学论文集》，由上海生路社出版。

内收郭沫若、郁达夫、成仿吾、鲁迅、蒋光慈、钱杏邨、李初梨、赵冷（王任叔）等人讨论革命文学的文章18篇。选自《创造》《洪水》《文化批判》《太阳月刊》《泰东月刊》《秋野》《文学周报》《生路月刊》等刊物。

关键词：《革命文学论文集》出版

1928年5月

本月，各报刊发表关于"革命文学"论争的文章达50篇以上。举其要者有：

《创造月刊》第1卷第11期（1日）的《桌子的跳舞》（麦克昂）、《毕竟是"醉眼陶然"罢了》（石厚生）；

《洪荒》创刊号（1日）的《今后的文化运动》（宰木即潘梓年）；

《流沙》第4期（1日）的《无产阶级艺术论》（忻启介）；

《太阳月刊》五月号（1日）的《批评的建设》（钱杏邨）；

《文化战线》创刊号（1日）的《无产阶级艺术新论》（柳絮）；

《北新》第2卷第13期（6日）的《拉杂一篇答李初梨君》（甘人）；

《语丝》第4卷第19期（7日）、第20期（14日）的《我的态度气量和年纪》（鲁迅）、《评〈从文学革命到革命文学〉》（侍桁）；

《流沙》第5期（15日）的《文艺家应该为谁而战？》（药眠）；

《我们月刊》创刊号（20日）的《祝词》（王独清）、《革命文学的展望》（石厚生）、《"朦胧"以后——三论鲁迅》（钱杏邨）；

《文化战线》第3期（20日）的《论无产阶级的艺术》（一波）；

《民众日报》副刊《民众文艺周刊》（27日）的《检讨马克思主义的阶

级艺术论——批评忻启介君的〈无产阶级艺术论〉》；

《语丝》第4卷第22期（28日）的《个人主义的文学及其他》（侍桁）等。

关键词：5月份关于"革命文学"论争的文章

1928年6月1日

《太阳月刊》六月号出版。

刊载的小说有：甘荼《屎坑老鼠》、洪灵菲《路上》、平万《恐怖》、祝秀侠《小小事情》、蒋光慈《夜话》；新诗有：絮絮《争自由的波浪》、龚冰庐《晨光在望》；谷万川的童话《黄莺与秋蝉的传说》；评论有：钱杏邨《艺术与经济》；翻译有：林伯修译《废人》（苏联赛甫林娜作）。

关键词：《太阳月刊》六月号出版

1928年6月1日

《太阳月刊》六月号刊载4篇短篇小说：甘荼《屎坑老鼠》、洪灵菲《路上》、平万《恐怖》、祝秀侠《小小事情》。

《屎坑老鼠》写南方农民运动。

《路上》系日记体散记，记录一队女兵的快乐心情。她们起初觉得"拍哗，砰硼"的"枪声比一切的声音都要伟大"；但天天行军，还是觉得"太苦了！太苦了！太苦了！"最后，虽说吃了败仗，受了伤，还是照旧笑着，快乐着。

戴平万《恐怖》写范县长制造恐怖，又自己陷入恐怖。小说就写他的心境。作品一开头就写范县长杀死两名女革命后的环境：

> 狂暴的夜风把黑暗驱逐到大地上来。淡黄的街灯闪着许多灰黑的幻影。街上很凄寂，一个行人都没有。一只浪游的松毛小狗，自在灰暗里嗅着街石，有时临风发出一种稚弱而短促的吠声。忽然它好像找到了甚么东西似的，猛走向灯柱旁边去。它的尾巴紧贴在两腿的中间；它在嗅着躺在灯影下的两具流血的农妇的死尸，又凄凉地低吠了一声。死尸躺在地上，冰冷而且僵直，只有蓬松的头发被夜风吹得乱颤着。……

接着写范县长处死两个女革命后的恐怖心境：

今天下午，他虽然把那两个女叛徒处死，而他的心里更增加了畏惧。——村里的妇人，亦是这样的英勇！刚才那两个女叛徒的声音，她们的眼睛，她们的答话，话里的意义……她们好像带来一个巨大的，看不见的，叛反的怪物，在他的周遭作祟，直把他的身体的每一部分都播弄得麻木了，不听他的脑神经的命令似的。他觉得他的前路是黑暗，他的生命在黑暗里彷徨，飘荡，死神像在他的头上飞舞了！

一只蝙蝠误闯入室里来，碰着玻璃窗啪的一声，把他吓得猛然站将起来，全身颤抖着。等到他看见是蝙蝠，不觉摇头，惨笑着。于是他熄了电灯，仍坐下去，呆望着窗外。

待到农民革命军把范县长捉住以后，全城的氛围又是另一个境况：

太阳的美丽的红光，晒遍万家的屋顶，映着玻璃窗，窗沿的残露亦在闪烁着。全城都由恐怖而入于黑暗，由黑暗而入于大骚动，由大骚动而达到黎明。现在渐渐地安定了，将变成金光灿朗的城市了。

戴平万的作品贴近生活，有实感。

《小小事情》写的是：团长要打军阀，向县长要夫子 200 余名；县长在家里与抢占来的老婆调戏，留守衙门的手下到乡下拉夫，凑够人数。仍然是写大革命中的黑暗。衙门的人说军阀："大兵就是皇帝！皇帝就是大兵！亦是野兽！又强蛮，又残酷，此吾之所以主张裁兵也！古不云乎？兵犹火也，不戢将自焚！老子曰兵者不祥之气也！吾更曰民无兵则天下太平！"

《太阳月刊》编者在本期的编后记中对这几篇作品的评价是：

"甘莱的创作《屎坑老鼠》[1]，把农民的一部分的封建思想表现无遗，而且加以一种提醒驳倒，最后引出老鼠世界的阶级论的寓言，确是一篇农民文学的良好作品。作者是一个农民运动者，他如果没有这种丰富的阅历，确实不能写出这样可贵的作品。祝秀侠的创作《小小事情》写出拉夫的一幕惨剧，官僚的腐化和罪恶表现得透彻精细。龚冰庐的诗《晨光在望》写无产阶级对于光明的期待的热烈，确是一首值得吟诵的力作。谷万川的创作童话《黄莺与秋蝉的传说》，是开中国文坛的童话界的新纪元，在现在我们这革命文学运动当中，有了这种创作，我们很觉得可以庆幸。絮絮的诗《争自由的波浪》，

---

① 原文无书名号。下同。

情绪异常热烈，表现得非常含蓄，声调也非常和谐。"编者特别提醒读者，甘茶、祝秀侠、龚冰庐、谷万川、絮絮，都是首次和读者见面的作者。（按：龚已非首次。）

关键词：戴平万小说《恐怖》

1928 年 6 月 1 日

《太阳月刊》六月号发表新诗：絮絮的《争自由的波浪》，龚冰庐的《晨光在望》以及《狂飙》《我们有历史的保证》。

前者有这样一节：

> 怒沸的群波，冲向狞狰的巉岩，
> 腥红的热血，殒星似四散飞溅。
> 只轻轻一颤，轻轻一颤，巍岩，
> 潮落波退，依稀闻愤恨的叫喧。

洪灵菲《我们有历史的保证》，其中一节高唱："哦，起来，起来，起来，起来，起来，／我们要夺回我们的所有；／并且我们要创造我们自己的财富。／看，窗外的热风不时地吹来，／工友们，这不是战栗的时候！／我们快把这铁骨的窗棂打破，／让热风来扫荡这死寂的妖魔！"三首诗都是写工人的生活和斗争。

关键词：写工人生活和斗争的诗歌

1928 年 6 月 1 日

谷万川童话《黄莺与秋蝉的传说》，载《太阳月刊》六月号。
写男青年烈火和女青年红焰的革命故事。

关键词：谷万川的童话《黄莺与秋蝉的传说》开中国文坛童话界的新纪元

1928 年 6 月 1 日

钱杏邨论文《艺术与经济》，载《太阳月刊》六月号。
文章开篇的一句话是："超经济的艺术的产生是不可能的。"托尔斯泰的说教是完全没有错的。"艺术不是遣闷的东西。为艺术而艺术，在现代只是一个肉麻的名词。几曾见作家的创制脱离了经济的关系呢？这只是梦，这只是梦。"（本文第 4 页）"在现代的社会里，没有真正的艺术。真正的艺术即使偶尔抬起头来，也是要被践踏的。艺术始终是经济的产儿，超经济是绝对的不可能。"（本文第 6～7 页）"以经济建筑而成的这个世界，所需要的艺术是要能代表经济制度的特有精神，经济制度所浸润的人生，表现经济制度底下文化的特质的艺术，是该属于资产阶级的，而不是属于劳动阶级的。"（本文第 9 页）

文章说："艺术是一种商品。艺术不是日常生活中所不可缺少的商品。艺术只是一种享乐。""现代的艺术论只是一部经济论。"（本文第 10 页）"艺术纯粹是一种商品。艺术的贩卖方法和商品一样。"（本文第 11 页）"艺术家也是不如资本家足上的灰尘的足以使他们自己注意。资本主义制下的艺术是艺术的末日。于此可见艺术贩卖商心目中的艺术家，一种普通的商品制造者而已，没有艺术只有经济。"（本文第 12 页）"资本主义社会里的艺术家，无论从哪一方面看，始终是被压榨的劳动者，没有力量用经济建筑自己的地位，只是这样社会里的零余者，严格的说是一文不值的狗东西。因为艺术家没有经济的基础。"（本文第 13 页）

"艺术家都变成现代经济制度底下的牺牲者。"（本文第 15 页）"艺术家是商品的创制者，也是经济的创造者。而且被艺术商人在榨取着剩余价值，艺术家所得到的只是他们的一点剩余。""无论资本主义拥护的作家抑比较有觉醒的作家，都是一样的在被压榨。资本主义不毁灭，真正艺术的产生是永没有希望。"（本文第 18 页）

本文的结尾是号召，而且引列宁的话号召："艺术家！你在资本主义治下挣扎痛苦的艺术家！你希冀超经济的艺术产生的艺术家！我们不要永久的屈服在经济下面！我们不要再为经济卖掉我们的灵魂！现在该是我们觉醒的时候，要有阶级觉醒的时候了！我们要如 Linen 所说，要去创造一个丰富的文学，不过同时要严格的受社会主义工人运动的约束。我们要如 Linen 所说，不要让腐败和野心在这里占着地位，对于被压迫者的社会主义的理想与同情，将给这种新的力量和新的基础。我们要如 Linen 所说，不要以耽于酒色的女英雄几千百个肥头大额的笨伯做题材，我们的题材该是几万万的工人——国度的主要角色。我们要如 Linen 所说，用革命思想的最新颖的发明和社会主义无产阶级的工作经验去使我们的内容丰富。你穷无所归的艺术家们！我们应该用我们的血去创造我们的艺术，我们应该在压迫底下去找出路。"（本文第 19～20 页）

关键词： 钱杏邨　艺术是经济的产物　列宁对艺术家的号召

1928 年 6 月 1 日

法国公民 Louis Pujol 作、李伟森译《不幸的预言》，载《北新》半月刊第 2 卷第 14 号，第 21～26 页。

译者在文前有说明，谓作者路易·朴约耳是法国 1848 年革命的工人领袖之一。

这篇政治散文的最后一段云："自由，自由，你会在革命的怒潮中，如太阳一样，射出灿烂的光辉，带来和平与无量的幸福。为你而获得光荣的死的英雄，将会在你的祭坛前，在高唱入云的凯歌声中，受民众的顶礼，他们的胜利的英名将永远镌刻在'永生寺'的门前！"（第 26 页）

关键词： 李伟森译政治散文

1928 年 6 月 1 日

芳孤论文《革命文学与自然主义》，载《泰东月刊》第 1 卷第 10 期。

此前，该刊发表丁丁的《文艺与社会改造》、香谷的《关于"革命文学"的几句话》、邬孟晖的《恋爱与革命》（第 1 卷第 4 期）、香谷的《革命的文学家，到民间去！》（第 1 卷第 5 期）、梓艺的《文学的永远性》（第 1 卷第 6 期）、顾凤城的《文学与时代》（第 1 卷第 7 期）、铜丸的《"革命文学家，到小姐的绣房去！"》等论文或杂感，参加"革命文学"论争。

关键词：《泰东月刊》与"革命文学"论争

1928 年 6 月 10 日①

《流荧》半月刊在上海创刊。上海流荧社编辑发行（创刊号误印为光华书局发行）。32 开本。

第 1 卷第 2 期封二上的广告《本刊创刊号要目》是：冯润章论文《文学上的界线》、小说《欢呼》，范浴浮小说《一生的遭遇》、戏剧《复仇》，王又知的小说《假期》，刘锡五的短评《胡适之与梅兰芳》。

第 2 期封底有《欢迎投稿》的稿约。说："本刊是一群无名的无产青年组织的，因为处在这非人的社会里，随处都使得我们流泪，狂呼，乱击……但是我们那里有这般的自由。满腹的愤激，那里去发泄。而社会上所流行的刊

---

① 据本刊第 1 卷第 2 期封三《本刊特别启事》第三条："本刊创刊号是五月卅号付印，原定六月十号出版，因校对疏忽，误印为五月卅号出版，特此更正。"

物，大半都是私有的，他们所登载的文章，至少都含着下面这三种成分：
（一）有亲戚关系的肉的成分。（二）有朋友关系的情的成分。（三）有轰动
一时的大人物关系的名的成分。像无肉，无情，无名的我们，自然是没有那
样的资格。但是我们身受现社会的酷刑，是再也不能忍耐了，要哭，要呼，
要击。这片新辟的小战场，是给我们无数的无名青年的，所以我们无条件的
欢迎与我们同受酷刑的苦闷朋友的稿件。无论是小说，诗歌，戏剧，论
文……都是一律欢迎。"

关键词： "无名的无产青年组织"的《流荧》创刊

茅盾《追求》发表

1928 年 6 月 10 日、7 月 10 日、8 月 10 日、9 月 10 日

茅盾中篇小说《追求》，载《小说月报》第 19 卷第 6～9 号。同年 12 月，
由上海商务印书馆出版单行本。

小说着重描写"大革命失败后的小资产阶级知识分子的思想动态"（《茅
盾选集·自序》）。他们大都参加过大革命，深刻感受到革命失败的痛苦，由
于找不到出路，一个个陷于悲观、消沉以至颓废。他们的追求（且不论目的
正确或手段正当与否）无一不是以失败而告终。从这个意义上来说，《追求》
较之《幻灭》，幻灭得更严重，更彻底。之所以如此绝望，除了大革命失败以
后的社会现实特别令人感到窒息以外，也和作者当时的思想状态不无关系。
这就使得作品"有一层极厚的悲观色彩"，并且"缠绵幽怨和激昂奋发的调子
同时并存"（茅盾《从牯岭到东京》）。

《追求》的中心人物是：主张"教育救国"的张曼青，叫喊"新闻救国"
（又称"半步主义"）的王仲昭，追求官能享受的章秋柳（染上了梅毒），无
可救药的史循。

找不到出路，《追求》的调子是低沉的，甚至散发着"世纪末的苦恼"。

关键词： 茅盾中篇小说《追求》发表

1928 年 6 月 10 日

杜衡《还魂草》（小说），载《小说月报》第 19 卷第 6 号，第 721～
739 页。

小说写何英、何华、思玄、丹若 4 个青年之间的情感关系，有的是明写，

有的是暗写。没有明显的是非，更无阶级意识的区别和争斗。

关键词：杜衡《还魂草》

1928 年 6 月 10 日

钱杏邨《"曾经为人的动物"（为高尔基创作 35 周年纪念作）》，并《附记》，载《小说月报》第 19 卷第 6 号，第 764～773 页。

《曾经为人的动物》，高尔基小说，宋桂煌译，收入民智书局版《高尔基小说集》。

文章一开头引《俄罗斯文学》一书的话，称高尔基创作的特质是：

"八九十年代，社会里觉着一般的空泛沉滞，正在急急乎要新生活，圆满，有内容；在高尔基的小说里，就有了这样的新调，新派的人物——社会地位很低的，贫民栖流所里的人，赤脚汉，'过去的人'，他们正是当时社会的对症药。社会恶浊尘俗，拘束在繁文缛节里，高尔基创作里的英雄恰好是不顾一切繁文缛节的，要什么便做什么。社会里没有强盛的习性，高尔基的英雄正是强盛的习性，有力量，虽然还并不能做实际事业，可是对社会的抗议声便是他们的力量的表现。社会里已定的秩序是很宝贵的，一部分为琐琐屑屑的经济关系所束缚，高尔基的英雄却洒脱一切物质生活的锁链，甚至于轻视那'啃面包的农民'的市侩主义，心心念念只记得饱暖，有什么事业可做。高尔基是反对市侩主义的健将——他不仅只显示平民的人性，求高等阶级的怜惜，更且进而指出平民的威力，足以颠覆高等阶级的恶浊社会。他的平民是'游民的无产阶级'，他的文学是所谓'赤脚汉'的文学。他把文学的风气从农民生活转入城市劳工生活这一方面来。"（第 764 页）

钱杏邨接着说："他的描写的对象，完全是劳动阶级，被压迫的，被残害的，反抗着统治阶级的，以及无产阶级对资产阶级的报复事件和愤慨心理。他实在是一个伟大的天才，他解剖贫民的心理，游隋阶级的心理，我们不曾看见别的作家比他更精细，更深入。我们从他的著作里，可以看到从来不曾看到不曾想到的第四阶级生活的全部，物质的，心理的，行动以及思想。在过去的创作界里，真正忠实于劳动阶级描写的，恐怕除去高尔基而外，还没有第二个。"（第 764 页）

钱杏邨以下还说：

"我们纪念高尔基，是不能忘却文学的阶级的意义的。"（第 765 页）

"高尔基的创作对于俄罗斯革命运动的推进，是具有很大的力的。"（第 765 页）

高尔基创作的人物："他们都是一般人所贱视的被践踏者。这一种人物，是从生命中驱逐出来的，衣服褴褛，终日醉昏昏的，放荡不羁而无所倚靠的游堕阶级。《曾经为人的动物》里所表现的便是这样的人物的一群。这一群人物，在资产阶级或小资产阶级的眼里，都是贼和流氓，连一眼都不屑看他们的；但这一班人却怀有自尊之心，承认自己是伶俐的人；他们有谈论各种问题的才能，他们思想自由，他们巧答敏对，他们不畏权势。有的还精通法律，会为人解纠纷，撰呈文，设计谋。所以从实际上看，他们并不如在他人眼中那么坏。他们还有一个特点，就是他们中间没有一个人想表白自己优于别人，也不想强迫别人承认自己的优点。……这样的一群人物，在资产阶级的作家看来，都是丑恶的，不值得描写的。但是，从高尔基的表现里，却可以看到他们有一种通常文学里永远找不到的东西，所谓能力与希望——这就是人间最伟大的活力！……他们有强烈的反抗心思，他们有伟大的意志！"（第765页）

高尔基"最伟大的地方"在于："他不仅要表现劳动阶级的（现）实生活，还要指示出他们的一条光明的出路。""他指出劳动者是世界上最新奇的人物。他说明要在压迫底下找活力。他指出被压迫者不要颓废，要报复，要反抗！他指出被压迫者的时机到了，大家应该起来建设自己的世界。"（第768页）

总之，高尔基最伟大的地方是：他表现被压迫者，"尤其是被压迫者的活力"。（第773页）

关键词：高尔基是反对市侩主义的健将　　他忠实于劳动阶级的描写　　高尔基的创作特色：表现被压迫者的伟大的活力

梁实秋的文学观：文学是没有阶级性的，文学是天才的产物

1928年6月10日

梁实秋论文《革命与文学》，载《新月》第1卷第4期。

其主要观点是：

"一切的文明，都是极少数的天才的创造。科学，艺术，文学，宗教，哲学，文字，以及政治思想，社会制度，都是少数的聪明才智过人的人所产生出来的。当然天才不是含有丝毫神圣的意味，天才也是基于人性的。""但是人性不是尽善的。"

文学家"因为他们的本性和他们的夙养，能够做一切民众的喉舌，道出

各种民间的疾苦"。"文学家永远是民众的非正式的代表，不自觉的代表民众的切身的苦痛与快乐，情思与倾向。""文学家是民众的先知先觉。"

"在文学上讲，'革命的文学'这个名词基本的就不能成立。在文学上，只有'革命时期中的文学'，并无所谓'革命的文学'。站在实际革命者的立场上来观察，由功利的方面着眼，我们可以说这是'革命的文学'，那是'不革命的文学'，再根据共产党的理论，还可以引申的说'不革命的文学'，就是'反革命的文学'。""并且伟大的文学乃是基于固定的普遍的人性，从人心深处流出来的情思才是好的文学，文学难得的是忠实——忠于人性；……因为人性是测量文学的唯一的标准。"

"我们决不能强制没有革命经验的人写'革命的文学'。文学的创作经不得丝毫的勉强。""文学家的创造并不受着什么外在的拘束，文学家的心目当中并不含有固定的阶级的观念，更不含有为某一阶级谋利益的成见。""文学家不接受任谁的命令，除了他自己的内心的命令；文学家没有任何使命，除了他自己内心对于真善美的要求使命……""把鼻涕眼泪堆在纸上，为民众诉苦呼冤"，并不是"革命的文学"。

"文学是个人的文学"，"大多数就没有文学，文学就不是大多数的"。"文学所要求的只是真实，忠于人性。""文学一概都是人性为本，统无阶级的分别。""文学作品创造出来之后，即（既）不属于某一阶级，亦不属于某一个人，这是人类共有的珍宝，人人得而欣赏之，人人得而批判之，人人得而领受之。"

"文学愈来愈成为天才的产物。"

"文学是没有阶级性的。"

"'革命的文学'这个名词实在是没有意义的一句空话。"

什么人都可以把文学当工具用。

梁实秋以人性论否定阶级论，以天才论反对无产阶级革命文学的提法。

关键词：梁实秋的文学观：文学是没有阶级性的　文学是天才的产物只有"革命时期中的文学"，没有"革命的文学"

1928 年 6 月 10 日

《西窗》，新诗，徐志摩（署名仙鹤）作，载《新月》第 1 卷第 4 期。

第三节谴责"人的贪嗔和心机"如"经络里的风湿，话里的刺，笑脸上的毒"。还有几行诗历来被认为是对创造社的革命文学家的污蔑。诗句是："从上帝的创造里单独创造出来曾向农商部呈请创造专利的文学先生们"的"职业秘密"是喝青年的血："青年的血，尤其是滚沸过的心血，是可口的：……/他们借用普罗列塔里亚的瓢匙在彼此请呀请的舀着喝。/他们将来铜像的地位一定望得见朱温张献忠的。"

关键词：徐志摩诬蔑创造社的革命文学家

《沫若诗集》出版

1928 年 6 月 10 日

郭沫若新诗集《沫若诗集》，上海创造社出版部，初版。为"创造社丛书"第 21 种。1929 年 12 月 10 日上海现代书局出第三版；1930 年 8 月 10 日现代书局出第四版，改名为《沫若诗全集》；1932 年 11 月 20 日出第七版。

诗集共分十辑：

第一辑《女神三部曲》，收诗剧《女神之再生》《湘累》《棠棣之花》三种。

第二辑《凤凰涅槃》。

第三辑《天狗》，收诗 10 首。

第四辑《偶像崇拜》，收诗 9 首。

第五辑《星空》，收诗 10 首。

第六辑《春蚕》，收诗 28 首、童话 1 篇。分为："A. 爱神之什" 10 首；"B. 春蚕" 8 首；"C. Sphinx 之什" 10 首；"D. 广寒宫"（童话剧）。

第七辑《彷徨》，收诗 35 首。分为："A. 归国吟" 5 首；"B. 彷徨之什" 10 首；"C. Palol 之什" 10 首；"D. 泪浪之什" 10 首。

第八辑《瓶》，收诗 42 首（此辑只见于现代书局第四、第五、第七版）。

第九辑《前茅》，收诗 14 首。

第十辑《恢复》，收诗 24 首（第九、第十两辑只见于《沫若诗全集》）。

这本诗集汇集了诗人《女神》《星空》《瓶》《前茅》《恢复》5 本诗集中的诗（有个别删削）和部分集外的诗。这是郭沫若早期诗歌创作的首次较为完整的结集出版。

关键词：《沫若诗集》出版

1928 年 6 月 15 日

冯乃超诗《红灯》，载《畸形》半月刊第 2 号。

本诗 11 节，每节 4 行，音韵自由。前 9 节的第三句都是同样的："同志哟，点火的人哟。"诗人唱道："我们的火是向导的红灯。""今天的火虽然是点点的火星，／点点的火星明天化作火炎上升，／同志哟，点火的人哟，／马克西斯特的我们明白历史行程的路径。"诗人坚信"星星的火可以燎原"，"没有我们的火没有人类的新园地"。

关键词：冯乃超《红灯》：坚信星星之火可以燎原。

1928 年 6 月 15 日

王独清诗集《独清诗集》，由上海新宇宙书店出版。

内收《失望的悲哀》《三年以后》《最后的礼拜日》《死前》《留别》《谭诗》等 11 篇诗及小说和书信。

关键词：《独清诗集》出版

1928 年 6 月 16 日

侍桁杂感《又一个 Don Quixote 的乱舞》，载《北新》半月刊第 2 卷第 15号，第 91 ~ 96 页。

小题之一："小资产阶级的意识"。由日本首相到修善寺修养，想到无产阶级文学家成仿吾也到那里养病。养则养矣，为何不加"隐藏"，反而张扬？原来是小资产阶级意识在作怪。

小题之二："主义者与主义的奴才"。"信主义的人也不必定要了解主义，只能明白个大概也就够了，其实只要了解几个口号已经算很高明底信徒了。"就阶级分，"明白主义而后信的是一类，不明白主义而就信的又是一类"。前者是主义的支配阶级，后者是主义的被支配阶级；"前者是主义者，后者是主义的奴才"，或说走狗。"现代的聪明人""当个主义的奴才又是不心服，所以不肯去实地工作，受主义的支配阶级去支配，自己跑到圈外来，借着文学为武器，顺便宣传不通的主义，得了盲目的青年捧场之后，将来自己一步升天，走入正宗而成为主义的支配阶级！"（第 93 页）

小题之三："克服的文章"。称《文化批判》就是"批判鲁迅"。就鲁迅购买社会科学书籍、读社会科学方面的书，遭到创造社的讽刺，侍桁说："我再向他们说一句笑话，把他们创造社的人们都合在一起，问问读过几本社会科学的书？有什么了不得的了，便这样地骄傲！人家读晚了，他们才读过几天哪？"（第 96 页）

关键词：侍桁批判创造社是主义的奴才

1928 年 6 月 20 日

《我们月刊》第 2 期出版。

李初梨的论文《普罗列搭利亚文艺批评底标准》放在头条。

本期的创作有小说：戴万叶的《树胶园》、李一它的《穷孩子》、罗克典的《立契之后》、洪灵菲的《女孩》；诗歌：罗澜的《暴风雨之夜》、冯宪章《三一八》、陈礼逊的《马路上》；另有孟超的杂记《樱花前后》；翻译有：蒋光慈译《在火中》（诗，苏联亚历山大洛夫斯基作）、林伯修译《波支翁金·搭布利车斯基》（剧本，日本藤田满雄作）、洪灵菲译《一个秋夜》（高尔基作）、戴万叶译《美国人》（Ivanov）。

本期《我们月刊》的出版正值"五三"济南惨案之后。编者在其《编后》中对此有强烈反应：

"在如血般的，太阳似的五月，当我们悲愤地纪念着旧的耻辱的时候，日帝国主义又出兵济南，惨杀我国民众，外交的人员，亦被割耳劓鼻；这是何等强横，何等残忍的行动；又是怎样地一种耻辱！

"不过我们要知道，这回的屠杀惨剧，又给我们多一次新鲜的，悲痛的教训，一种使我们被压迫民族更清楚地认识了我们的敌人的教训！我们一定要不妥协地，不屈服地努力奋斗，直至得到我们被压迫民族的最后的自由。

"亲爱的读者啊，我们的心房已被热血涨裂了！我们的眼睛已被怒火烧焦了！我们起来！起来！一齐起来参加反帝国主义的组织，一齐起来打倒一切的妨害我们被压迫民族的解放运动的敌人！"

关键词：《我们月刊》对"五三"济南惨案的反映

李初梨论普罗文艺批评的标准

1928 年 6 月 20 日

李初梨论文《普罗列搭利亚文艺批评底标准》，载《我们月刊》第 2 期。

文章一开始就说，在布尔乔亚学者中，文艺批评有主观的批评、客观的批评、内在的批评、外在的批评、观照的批评、印象的批评，等等。名词虽多，实可分为两类：

"1. 承认文艺的批评，有一个客观的方法，外在的标准，一切作品的价值，都由此标准而决定。

"2. 主张艺术是不受任何外的制约，它是独立地自行发展的东西，所以文艺批评的对象，应该限于'纯'艺术方面，而批评的基准，则不得不求之于批评家对于作品所得的主观的印象。"

这篇短文的理论出发点是文中引用的朴烈哈诺夫的几段话：

"艺术家及对于艺术的创作有直接兴趣的人们底为艺术的艺术底倾向，是发生于他们与环绕他们的社会环境间绝对的不调和上面。"

"对于艺术所谓功利的见解，——即想在作品上面，附加一种生活现象的判决底意义底倾向，及随伴着这种倾向底情愿参加社会斗争的觉悟，是发生于社会的大部分与对于艺术创作多少有点实际的兴趣底人们之间底相互的同情。"

"艺术是阶级对立的强有力的武器。"

"文艺批评家，当他批评一个文艺作品的时候，应该首先指示出在这一个作品里面所表现的，是社会的那一方面（或阶级）的意识。黑格尔派的批评家，观念论者们说，哲学的批评的任务，是在于把艺术家所表现于作品中的观念，由艺术的语言，翻译成哲学的语言，由形象的语言，翻译成论（伦）理学的语言。我，以唯物论底信奉者底资格，想这样说：批评家底任务，是在于把一个艺术作品的观念，由艺术的语言，翻译成社会学的语言，以发现一个文学的现象底社会学的等价。"

以普列汉诺夫的话为根据，则无产阶级文学批评的标准应该是：

第一，当我们批评一种文艺作品的时候，在检察它的结构或技巧之成功与否以前，应该首先分析这个作品是反映着何种的意识。

"譬如我们要批评鲁迅底作品，不仅说他的文章'峭刻'就算完事，我们在检讨他的技巧的好坏之先，应该指示它的内容是代表哪一个阶级的意识。是封建的？是布尔乔亚的？还是普罗列塔利亚的？即或是同属于布尔乔亚底意德沃罗基，还要看它是新兴的布尔乔亚的？抑是濒于没落的布尔乔亚的？这是我们第一段的工作。"

第二，我们既决定了一种作品所代表的意德沃罗基，那么，就应该再进一步，去检讨它在那个时代所以能发生的社会根据。

"譬如伊力几底杜尔斯泰论，他把杜尔斯泰作 1905 年俄国革命的反射镜。因为杜尔斯泰在他全艺术的作品中，最明了地反映着当时俄国农民的意识。宿命的，宗教的，无抵抗的人生观，是当时大多数农民底意德沃罗基，亦同时是穿贯着杜尔斯泰全艺术底一条鲜红的线索。"

第三，然而应该注意的是，我们对于作品的批评，绝不能只把她所反映的意德沃罗基来分析分类，就算完事。我们要看一个作品对于一定的社会，所演的是什么一种脚（角）色，担当的是什么一种任务；再从批评出发，去决定一切作品的价值。自然，这价值决定的标准，当然由完成普罗列塔利亚底解放运动底这个实践的观点出发。

第四，再去检讨它是怎样地表现的，即最后的技巧批评。

关键词：李初梨论普罗文学的批评标准　以普列汉诺夫的话为根据，一看作品反映何种意识，二看它的社会根据，三看对于社会担当的任务，四看艺术技巧

1928 年 6 月 20 日

〔日本〕藤田满雄作、林伯修译剧本《波支翁金·搭布利斯基》，载《我们月刊》第 2 期。附钱杏邨的评论。

波支翁金号舰的水兵都受了伤。但当黑海舰队到来的时候，他们都能全力参加抵抗。一位水兵说："母亲算什么？妹子算什么？家庭算什么？负了伤的这个身体又算什么？"无保留地将自己的一切献给战斗。

钱杏邨的评论也强调的是这一点。"群众的力量于是在这一篇里尽量的发展了开来。我们可以看到全世界的被压迫阶级是怎样的为着他们的未来的光明抗斗，压迫阶级怎样穷凶极恶的藉着武器在压榨，以及群众觉醒而后他们是如何的在伟大的力量的面前颤抖。确是一幅世界现势图。作者是着力于群众力量的表现。他用哇克翰秋做了觉醒的暗示，用水兵全体做了力量的象征。"

关键词：林伯修译日本剧本　钱杏邨评论：肯定群众力量的表现

1928 年 6 月 20 日

戴万叶小说《树胶园》，李一它小说《穷孩子》，洪灵菲小说《女孩》、孟超杂记《樱花前后》，罗澜诗歌《暴风雨之夜》《黑暗的荒野》《北风》《荒原的火种》《时代之布幕》《战歌》等，载《我们月刊》第 2 期。

戴平万的《树胶园》反映从中国唐山到马来西亚的流民割胶的艰辛。他们被称为"猪仔"，没有生的权利。老工人阿宝被火车轧死，女人被红毛鬼强奸。他要报仇被开除，到处找不到工作，只得饿死。饿死，轧死，都是一回事。

李一它的《穷孩子》展示穷人的惨状：才 27 岁的母亲眼睁睁地被饿死在草屋内，她的儿子则饿死在冰天雪地里。由群众的七嘴八舌知道："听说那个

寡妇是 S 县人。她的丈夫是一个最纯朴的读书人。他待人极忠厚,又极和蔼。他很怜恤穷苦的人,并且时常帮着穷人说话,或是做事。……后来不知因为什么,说被官兵捉去,用乱棍打死……"

孟超的《樱花前后》直接反映日本帝国主义侵略济南的现实。"沿海岸扎满着飞红飘绿的彩棚,长堤上站满雄纠纠(赳赳)气昂昂的水兵,×国人士,×国旗帜×国船只,在这时候,几乎疑心是已经置身东瀛岛国,忘却了还是在中国的国境。"哪有心情欣赏樱花?

罗澜的诗歌中充满这样的句子:"杀呀!杀呀!杀!杀!杀!""你的腕臂是一双沉重无情的铁绳,/如飞的挥动,要打烂资本家的肚皮!/你的心是一颗暴烈无比的炸弹,/勇猛的抛掷,要炸断帝国主义者的腰肢!""前进!前进!前进!/我们颠(癫)狂地尽力欢呼!/砰!砰砰!砰砰砰!/一颗弹,要碎一个头颅!"

关键词:《我们月刊》第 2 期上戴平万、洪灵菲、孟超等人的创作

1928 年 6 月 20 日

《奔流》文艺月刊在上海创刊。鲁迅、郁达夫主编。北新书局发行。

该刊以发表译文为主,大量译介外国作品,也刊登创作。鲁迅曾撰写《凡例五则》和《编校后记》12 则,为刊物的编校付出大量心血。

创刊号刊登俄国、美国、英国、西班牙等国作者的演讲、论文、随笔和小说,译者分别是郁达夫、语堂、克士(周建人)和鲁迅;还有白薇的三幕社会悲剧《打出幽灵塔》和杨骚的诗。

1929 年 12 月 20 日出至第 2 卷第 5 期时停刊,共出两卷 15 期。

关键词:鲁迅、郁达夫主编的《奔流》创刊

鲁迅译《苏俄的文艺政策》

1928 年 6 月 20 日

《苏俄的文艺政策》,论文,鲁迅译,从《奔流》创刊号起连载。

"文艺政策"是指 1924 年苏联文艺界各派(大致可分三派:瓦浪斯基及托洛茨基派、瓦进及"那巴斯图"派、布哈林及卢那察尔斯基派)论战的会议记录,及第一次无产阶级作家全联邦大会的决议。

鲁迅在《〈奔流〉编校后记(一)》中指出:"俄国关于文艺的争执,曾

有《苏俄的文艺论战》介绍过，这里的《苏俄的文艺政策》，实在可以看作那一部的续编。如果看过前一书，则看起这篇来便更为明了。序文上虽说立场有三派的不同，然而约减起来，不过是两派。即对于阶级文艺，一派偏重文艺，如瓦浪斯基等，一派偏重阶级，是'那巴斯图'的人们；Bukharin 们自然也主张支持劳动阶级作家的，但又以为最要紧的是要有创作。"

鲁迅还指出："从这记录中，可以看出在劳动阶级文学大本营的俄国的文学的理论和实际，于现在的中国，恐怕是不为无益的。"（写于 1928 年 6 月 5 日）

关键词：鲁迅译《苏俄的文艺政策》

1928 年 6 月 25 日

《流荧》半月刊第 1 卷第 2 期出版。共 74 页。

冯润章论文《青年文学家怎样的修养》（第 1～12 页）共谈 4 个问题：绪言、无产阶级文学为何到现在产生了、青年文学家的修养、结论。

略谓："五卅惨案"以来，中国工人运动高涨，流血不断，但反映到文艺上却是一张白纸。"这是多么可耻多么的伤心哟！"从事文艺的青年也很多，但"为甚么没有一件伟大的作品，也找不出一个能够表现时代精神的伟大作家呢"？（第 2 页）原因是"从事文艺的青年，还仍然躺在沉沉的甘梦里，不肯克服自己那小资产阶级的劣根性"。（第 2～3 页）不过，社会在发展，时代在进步，文艺青年也在前进，他们已经找到了"正确的路径"，这就是无产阶级文学。"这是近一年来中国革命高涨激荡转变的结果。"（第 4 页）

关于青年文学家的修养，文章说："我们晓得现在青年文学家，他所处的时代和地位，决定他不能够做吟风弄月的散人，不能够做豪饮高歌的狂人，不能够做叹天伤时的骚人，更不能够做鹤立鸡群的英雄，现在的文学家就是为全人类生活意志解放的冲锋走卒，他不能住在清风明月的山林里，他不能住温柔娇香的秀闺里，我们要袒着腹赤着脚踏进这暴雨的黑夜里去。"（第 9 页）

为此应当有的修养是：

把握着社会的根据：这才可以把社会的矛盾、社会的丑恶暴露出来，才可以把人类意志的要求充分地表现出来，以文艺家个人革命的热情来鼓舞群众的革命热情。因而，青年文艺家应该要用唯物的目光来确定文艺的任务，要深刻地明了社会的组织，对于各种社会科学要有相当的认识，尤其是经济学，这样才有把握住社会根据的可能。（第 10 页）

痛快地克服小资产阶级的劣根性：小资产阶级知识分子常常是动摇的，其劣根性的表现是：偷懒，犹豫，怯懦，妥协……"现在的文艺家，不特要有极明确的社会认识，极热烈的革命情绪，更要有极强悍的行动，若果不能根本的铲除这小资产阶级的劣根性，就根本没有做现代文艺家的可能。"（第10页）

要过集体生活：没有世外桃源。一个文艺青年，若离开了集体生活，"必然的要沉沦，消极的"。文艺家是社会潮流的领导者，他若果失去了集体，就必然会堕落。（第10~11页）

走向社会的最下层去：作者认为现在社会是由三个阶级构成的：资产阶级、小资产阶级和无产阶级。要表现革命群众的意志和热情，要以自己的革命热情来鼓舞群众的热情，只有投身到无产阶级的队伍里去，"这儿不特是新文艺的出发点，而且是新时代的出发点"。（第11~12页）

关键词：近一年来中国革命高涨激荡转变的结果是文艺青年找到了无产阶级文学的正确路径　青年文学家应当有的修养是：把握着社会的根据，克服小资产阶级的劣根性，过集体生活，走向社会的最下层去

1928 年 6 月 25 日

《流荧》半月刊第1卷第2期所刊作品有冯润章的小说《逃兵》、范浴浮的戏剧《山坡下的聚会》等。

该刊的《编完后语》说：本刊来稿很多，且大部分是"非常精彩"；本期"所登的在现在的中国创作里算是别开生面的作品"。冯润章的《逃兵》"是描写一个贫农被军阀征去当兵，以至于枪毙，把这土豪劣绅军阀的心骸完全表露出来了。这是中国北方一种普通的事实"。范浴浮的戏剧《山坡下的聚会》"是描写一个小资产阶级觉悟了的女子，她那种伟大的精神是足以鼓舞我们的"。（第74页）

关键词：别开生面的作品

蒋光慈《最后的微笑》

1928 年 6 月

蒋光慈小说《最后的微笑》，上海现代书局，初版。

这部小说用了较多的现代派手法。作品写暗杀复仇，在思想上是一种倒

退。整部小说的格调和气氛都不同于以前的几部。尽管时空没有错位，但现实和梦幻交错，使作品笼罩着一层神秘的色彩。对工人王阿贵的心理刻画是成功的，他思绪无定，大起大落。由于抑郁、悲愤、紧张、恐怖，在他面前，不断出现幻觉，似睡非睡，似梦非梦，于是他想了许多在常态情况之下不会想到的事，更看到不少在现实中不易见到的情景。其所想所闻所见所做，当然又都是生活里必然会出现的真实。这样写的好处是：容量大，性格丰富，情节跌宕，易于集中和突出。

全书共六节，每一节之前都有题词，概括主题，这是他的其他作品所没有的。

蚂蚁尚能挣扎反抗的细节贯穿全书始终。每当主人公对于反抗、复仇稍有动摇时，立即想起蚂蚁之战。

关键词：蒋光慈小说《最后的微笑》　歌颂暗杀是倒退　用现代派手法写心理活动

1928 年 6 月

李伟森重译《朵思退夫斯基——朵思退夫斯基夫人之日记及回忆录》（科捷连斯基原辑英译），上海北新书局，初版。

关键词：李伟森译文

1928 年 6 月

本月发表的关于"革命文学"论争的文章，举其要者有：

宰木的《文学批评的意义与价值》（《洪荒》第 1 卷第 3 期）、钱杏邨的《艺术与经济》（《太阳月刊》六月号）、芳孤的《革命文学与自然主义》（《泰东月刊》第 1 卷第 10 期）、少仙的《一个读者对于无产阶级文学家的要求》（《语丝》第 4 卷第 23 期）、梁实秋的《文学与革命》（《新月》第 1 卷第 4 期）、青见的《阿 Q 时代没有死》（《语丝》第 4 卷第 24 期）、何大白的《革命文学的战野》、谷荫的《艺术家当面的任务》（《畸形》第 2 号）、侍桁的《又一个 Don Quixote 的乱舞》（《北新》第 2 卷第 15 期）、李初梨的《普罗列塔利亚文艺批评底标准》（《我们月刊》第 2 期），等等。

从论争的总的情势看，有两个特点：一是文章的数量大大减少；二是注重正面的理论建设。钱杏邨说："现代艺术的重大使命，是否定资本主义的社会"，因为资产阶级社会里永远没有真正的艺术。谷荫（朱镜我）说："艺术活动是社会生活中一个分野，所以在阶级斗争尖锐化的现代，站在无产阶级立场的文艺作家，应该以无产阶级的意识，感情和意志去暴露各种社会事实的真相，促进和鼓动无产大众及中间分子的革命的斗争为目的而从事创作；这就是觉悟的文艺作家当面的任务，也是无产阶级艺术论的目前的大纲。"

关键词：六月份发表的关于"革命文学"论争的文章

《太阳月刊》出版七月号后停刊　中国还没有无产阶级文学

1928 年 7 月 1 日

《太阳月刊》出版停刊号。

代表性文章有《停刊宣言》、林伯修译《到新写实主义之路》，小说有孟超《梦醒后》、甘荼《欢迎》、杨邨人《一尺天》、蒋光慈《诱惑》，此外，还有冯宪章新诗《匪徒的呐喊》，钱杏邨的书评《动摇》等。

关键词：《太阳月刊》 出版停刊号

1928 年 7 月 1 日

停刊号《太阳月刊》头篇文章为《停刊宣言》。这篇宣言有几个重要观点：

第一，停刊是受外界的强力所致。"环境所威逼"，"强力的压抑"，使刊物暂时"自动的切断了它自己的生命"。

第二，《太阳月刊》的发行使文坛转换了方向。"《太阳》^① 虽仅仅的发行了 7 期，虽仅仅的以五六十万字和读者相见，但它已经完成了它的使命的一部分，在作家和读者之间它已发生了相当的作用。自《太阳》开始发行以后，整个的中国文坛，除去顽固不化的一部分外，都很急遽的转换了方向。这自然不能说不是由于政治的社会的以及其他一切的环象所促成。是必然的适应于时代的无可抵抗的一种现实。然而，《太阳》的发行，却是促动这火山开始爆裂的火花。假使没有因袭的成见历史的偶像的崇拜的人们，他们回顾过去的《太阳》和整个的 1928（年）的文坛，他们是不会否认这种事实的。因为《太阳》的发行，引起了许多的作家转换了方向；因为《太阳》的发行，许多的读者发现了新生的道路；因为《太阳》的发行，使从来浑沌的文坛思想很明显的分野，矇昧的意识完全被摧毁了，每种刊物的阶级意识都是旗帜显

---

① 书名号为本书作者所加，原刊文章没有书名号。

明。这一切的现象，我们固然是承认它有着巨大的历史背景，但也都是《太阳》发行后才有的事实。《太阳》对于今年中国文坛的骚动，实际上并不亚于游行在成长的芦苇中的火蛇，游踪所及，烈火随之。"

第三，中国现在还没有无产阶级文学，《太阳》也没有提出过无产阶级文学的口号。"中国还没有成熟的无产阶级文学。无产阶级文学的作家，虽不一定要出身无产阶级，但最低限度是要能把握得无产阶级的意识的，接近无产阶级的，了解无产阶级生活的现状的。目前的中国作家，没有真正出身无产阶级的。所谓现在的无产阶级文学，是仅止（只）有了这一种倾向，有很幼稚的。中国目前还没有比较完成的无产阶级文学。所以，我们不愿说，《太阳》的创作是表现无产阶级的意识的，虽然我们要努力的向这一方面做去。在过去的《太阳》时代，我们的口号只是革命文学，只有一种倾向而已。以后的工作是要转变了，这口号我们让它和本刊一同成为第一个阶段的历史的陈迹。《太阳》的第二个阶段的创作，我们是要注意于无产阶级意识的把握及技巧的完成了。许多人以为中国已有了很好的无产阶级文学，我们在目前所感到的却是一空，二空，三空。《太阳》的创作，7个月来，确实有了不少的进展，以最初的一期和最后的一期相较，其相差为何已不用铨解。《太阳》没有提出无产阶级文学的口号，但实际上做的却是建设无产阶级文学的基础的工作。《太阳》的同人是不会放弃自己的使命的，在环象的压迫之中，依旧要勇猛的向前走。"

第四，中国此后的无产阶级文学的表现方法要走那时代俄罗斯作家的路。目前中国的黑暗，是中国作家的幸运，是整个中国文坛的幸运，因为"无产阶级文学作家的取材，将因此而避免笨拙的一条路。这将促进他们更进一步的去精心结构的创作。在这样的环境之下，无产阶级文学是更容易成功的"。

关键词：《太阳月刊》的发行使文坛转换了方向　中国还没有无产阶级文学，目前所感到的是"一空，二空，三空"

藏原惟人论新写实主义

1928 年 7 月 1 日

〔日本〕藏原惟人作、林伯修译《到新写实主义之路——（Proletarier Realism）——》，载《太阳月刊》停刊号。译自日本《战旗》五月号，原题为《到无产阶级现实主义之路》。共 19 页。

所谓新写实主义就是普罗列搭列亚写实主义。

文章的主要观点是：

理想主义的艺术和写实主义的艺术的区别："理想主义的艺术是主观的，空想的，观念的，抽象的；写实主义的艺术是客观的，现实的，实在的，具体的。"一般说来，"理想主义是渐次没落的阶级的艺术，那末，写实主义可以说是渐次勃兴的阶级的艺术"。（本文第 2 页）有古代的写实主义、封建的写实主义和近代的写实主义。

近代写实主义就是布尔乔亚写实主义。它是和自然主义同时发生的。"文学上的自然主义，无论在哪个国度里，都是以浪漫主义的反动而发生。"文学上巨大的流派的交替，"常隐藏着那个时代的阶级的对峙"。19 世纪文学之从浪漫主义向自然主义转变，也有着渐次没落的地主阶级和渐次勃兴的近代布尔乔亚氾①的阶级斗争。"浪漫主义是渐次没落的地主阶级的文学。而它是空想的，观念的，传统的，则为没落下去的阶级的意德沃罗基的常例。反之，自然主义文学，则以归于现实，打破因习，解放个性这标语而出现。那是完全和当时的新兴布尔乔亚氾的意德沃罗基一致，同时，和一切新兴阶级的意德沃罗基，也有共通的东西。"（本文第 4 页）布尔乔亚氾在人类历史上的使命是"个性的解放"。只要了解福禄倍尔的《波瓦利夫人》，莫泊三（桑）的《女之一生》《美貌之友》，阿志巴绥夫的《沙宁》等自然主义文学作品，就知道："在那里，一切人的生活都被还元（原）于人的生物的本性，人的性格，遗传等等。换句话说，他们对于生活——现实的认识的态度，彻头彻尾地是非社会的，个人的。那里既没有社会生活对于个人的支配，也见不到社会组织对于个人的压迫。在那里一切的力点被置于个人。同时，他们的题材，也被限定于人间的个人的生活。"（本文第 5~6 页）

小布尔乔亚氾在资本主义社会的位置处于布尔乔亚氾与普罗列搭利亚特之间，他们不能纯粹地站在布尔乔亚氾的立场，也不能积极地移位于普罗列搭利亚特的立场，其思想和行动不断地动摇于两个阶级之间。"因之，他们的立场，在经济上，政治上比较地多是偏于阶级协调的；在思想上，道德上，则易成为博爱，正义，人道等的参加者。"（本文第 8 页）

普罗列搭利亚作家对于现实的态度应该是"彻头彻尾地客观的现实的"。小布尔乔亚写实主义所写的是"社会的正义，博爱"，是"抽象的正义"，社

---

① 这篇译文中，一会儿译作布尔乔亚，一会儿又译作布尔乔亚氾；一会儿译作普罗列搭利亚，一会儿又译作普罗列搭利亚特。引用时，一律从原文，以存真。

会立场是"阶级协调"；普罗列搭利亚写实主义能从"全体性""发展中"去观察现实。它要"首先获得明确的阶级的观点"——"所谓获得明确的阶级的观点者，毕竟不外是站在战斗的普罗列搭利亚的立场。如果用'越勃'（全联邦普罗列搭利亚作家同盟）的有名的话说来，他是不可不'用'普罗列搭利亚前卫的'眼光'观察这个世界而把它描写出来。"（本文第15页）普罗列搭利亚作品的主题是阶级斗争。然而，它也决不单以战斗的普罗列搭利亚为题材，"他描写劳动者，同时也描写农民，小市民，兵士，资本家——凡与普罗列搭利亚特的解放有什么关系的一切东西"，"能够包含现代生活的一切方面尤所欢迎"。（本文第16页）

总而言之，第一，"纳普"的作家必须是战斗的无产阶级作家，用普罗列搭利亚前卫的眼光去观察世界、反映现实；第二，他们的创作方法是和资产阶级、小资产阶级写实主义不同的无产阶级写实主义。用严正的写实主义者的态度去描写。——"这就是唯一的到普罗列搭利亚写实主义之路。"

关键词：林伯修译藏原惟人论新写实主义（无产阶级写实主义）：普罗作家对于现实的态度应该是"彻头彻尾地客观的现实的"；它要从"全体性""发展中"去观察现实；要"首先获得明确的阶级观点"，即用"前卫"的眼光观察世界；普罗作品的主题应该是阶级斗争——"他描写劳动者，同时也描写农民，小市民，兵士，资本家"

1928 年 7 月 1 日

孟超《梦醒后——一个失恋青年的来信》、甘荼《欢迎》、杨邨人《一尺天——长篇小说〈一个战士〉的一段》，载《太阳月刊》停刊号。

孟超《梦醒后——一个失恋青年的来信》："将这一条条泪丝织成的灰痕"赤裸裸地呈现在朋友面前。去年秋天，黄玉璞在军队做政治工作。每天，"吃了丰腴的饱饭以后，只有穿上那新做的华达呢的中山制服，系上皮带，蹬上皮鞋，踯躅徜徉在江边山影之间，度那逍遥而迷茫的悠荡生活"。武装青年旁边，总少不了"粲丽的女郎"，"漂亮的少女"。他也是"五皮"主义者：皮带，皮鞋，皮包，皮鞭，皮绷腿。终于像其他人一样，也找到了吴女士，过了一段如醉如痴的甜蜜的生活。但好景不长，他们分散了。她把自己献给了一个名叫张季禅的男人，因为"他有多空的时间，他有多量的金钱，供给她经济上的补助，介绍她愉快而合适的工作"。因此，黄玉璞诅咒："在现在的社会制度底下，恋爱是受了势力，名誉的支配，恋爱是有闲阶级的把戏，恋爱为资产阶级所独占。""革命者不反对恋爱，革命者的恋爱，是建筑在他们的工作上边。不同那资产阶级底下的恋爱是建筑在钱眼里边一样。"

甘茶《欢迎》：禾港总督要来某省答拜，总部副官长请教夫人办法，如何借此机会再次大捞一把。夫人出的主意是三部曲："礼仪隆重""观瞻壮丽""心意舒适"。作品带有讽刺戏谑性。

杨邨人《一尺天》是拟订中的长篇小说《一个战士》的一段，写萧伯英坐监。先写监牢的脏、臭，次写收监人的身份，再写他们设法沟通，团结起来与当局斗争。

关键词：《太阳月刊》停刊号刊载孟超、甘茶、杨邨人的小说

1928 年 7 月 1 日

《太阳月刊》停刊号刊载新诗二首：沈音朋《伤逝》、冯宪章《匪徒的呐喊》。

《伤逝》有这样的诗句："每当此胸刚贴着彼胸，两唇才落在两唇，／我们底耳朵里便猛然听见：战号在怒吹。战鼓在雷鸣。""因为我们知道历史的使命伟大于个人的爱情。"

冯宪章的诗写于"4 月 14 日初到上海的时候"，它笼统地要"粉碎富人的洋楼！／焚烧富人的园丘！"还要"杀尽厂主与地主！"

关键词：冯宪章诗：烧！杀！

1928 年 7 月 1 日

钱杏邨书评《动摇》（写于 1928 年 5 月 29 日），载《太阳月刊》停刊号。

作者肯定茅盾的小说《动摇》。文章的首尾有言："动摇①写的比幻灭进步。就革命文艺创作坛已有的成绩看，这是一部很能代表很重要的创制。不仅作者笔下的革命人物很生动，1927 年的社会和政治的情状，也有了很鲜明的轮廓。全书当然是以解剖机会主义的心理和动态见长。""就目前的革命文坛的成绩看，这是很重要很能代表值得一读的。虽然技巧有一些缺陷，但是规模俱在；虽然象征的模糊，我们终竟能在里面捉到革命的实际。"

书评先把全书的革命人物象征化："胡国光当然是豪绅阶级的投机分子。方罗兰是改良主义的代表，具有社会民主党的不彻底的思想。史俊的行动，完全代表了热血在内心沸腾，只知勇往直前，具着冲动性的青年革命党人。

---

① 原文无书名号。下同。

李克是一个健全的革命党人的象征。大体说来，只是革命的小资产阶级的一群。没有女革命党人。孙舞阳不过是点缀革命的浪漫新女子。方太太距离革命，当然更是遥遥地遥遥地。作者最着力的人物是胡国光。解剖胡国光的心理确是很精细，尤其是最初的钻营和许多关系人物的联想。"

"就本书采用的事实的描写说，比较懦弱的机会主义者的个性写得很周密的。"

"就幻灭与动摇两书而论，作者很长于恋爱心理的表现，比表现革命来得深刻。把方罗兰的恋爱心理表现得真是精细入微。也恰合于他的性格。"

"作者采用的完全是旧写实主义的方法，始终注意环境。"这部小说"不仅可作小说读，也可以作史的记载读"。

关键词：钱杏邨评茅盾的《动摇》：作者创作时用的是旧写实主义的方法 此篇"可作史的记载读"

作者的话：

《太阳月刊》出版七月号以后停刊。

"革命文学"论争、普罗文学建设的重要文章，皆载此刊。举其要者如：蒋光慈的《现代中国文学与社会生活》《关于革命文学》《论新旧作家与革命文学》，钱杏邨的《批评与抄书》《批评的建设》《艺术与经济》，以及评《英兰的一生》《野祭》《短裤党》《幻灭》《动摇》，尤其是针对鲁迅的《死去了的阿 Q 时代》《"朦胧"以后》等，杨邨人的《读〈全部的批判之必要〉》等。

关于革命文学——普罗文学，他们的主要观点是：

社会急遽变化，发展太快，一般作家跟不上形势，普遍落后于时代。

倡导革命文学是大势所趋。文学是社会生活的表现。

伟大的创作不但不能离开时代，有时还要超越时代，创造时代。

革命文学应当是反个人主义的集体主义的文学。

他们将文坛的作家分为新作家和旧作家两部分。认为他们这批从革命潮流所涌出的新作家，"自身就是革命"。劳动阶级的革命文艺运动的作家早已无产化了，早已不是唯心的主观的个人主义的了，没有个人的行动，他们已经获得无产阶级意识。而旧作家则不容易甚至不可能转换方向、改变立场。因此，建设革命文学的任务就历史地落在新作家的肩上。

钱杏邨的庸俗社会学理论批评：

钱杏邨的《死去了的阿 Q 时代》是现代文学批评史的典型。文章说：鲁迅的创作不能追随时代、抓住时代、超越时代，总之是不能代表时代，只能代表清末以及庚子义和团暴动时代的思想。他的思想走到清末就停止了。认为作品的关键是要适合时代。阿Q时代早已死去了。我们不必再专事骸骨的迷恋，应该把阿Q的形骸与精神一同埋葬。狂风暴雨的时代只有具着狂风暴雨的革命精神的作家才能表现出来。这些观点既不符合《阿Q正传》，更不符合鲁迅。粗暴，武断，盛气凌人。

认为革命文学的生命就是粗暴。

转译了藏原惟人论无产阶级写实主义。

钱杏邨提出了太阳社关于文艺理论批评的基本主张：批评家的任务是估定作品的价值，为读者指示解释作品的思想和技巧的路径。

钱杏邨的庸俗社会学理论批评引起普遍不满。

中国文坛还没有伟大著作的踪影，环顾文坛，是一空，二空，三空。

但蒋光慈（如《蚁斗》《往事》《夜话》，及翻译苏俄文学）、钱杏邨、洪灵菲、戴平万（如《小丰》《恐怖》）、杨邨人（如《女俘虏》《田子明之死》《三妹》）、孟超（如《冲突》《茶女》《盐务局长》《梦醒后》《铁蹄下》）、刘一梦（如《沉醉的一夜》《车厂里》《雪朝》《失业之后》）、楼建南（如《烟》《蒙达珂的夜》《革命的Y先生》）、殷夫（如《死神未到之前》）等的创作，总还是太阳社、我们社创作的代表。

1928 年 7 月 10 日

《创造月刊》第 1 卷第 12 期出版。本期署文学部编，实际是从本期起至第 2 卷第 6 期，皆由冯乃超编辑。

本期刊载的文章主要有：理论批评类，彭康《什么是"健康"与"尊严"?——〈新月的态度〉底批评》、郑伯奇《东京观剧印象记》、冯乃超《留声机器本事》；小说类，赵伯颜《慧珍》、羽农《火光中之死》、华汉《女囚》；诗歌类，黄药眠《五月歌》、王独清 Incipit Vita nova。

关键词：《创造月刊》第 1 卷第 12 期出版

创造社彭康、冯乃超批判新月派

1928 年 7 月 10 日

创造社发表两篇文章，与新月派论争。本日，针对徐志摩执笔的《新月》

发刊词《新月的态度》，彭康发表论文《什么是“健康”与“尊严”——〈新月的态度〉底批评》，载《创造月刊》第 1 卷第 12 期；8 月 10 日，冯乃超针对梁实秋的《文学与革命》，发表《冷静的头脑——评驳梁实秋的〈文学的革命〉》，载《创造月刊》第 2 卷第 1 期。

彭康就新月同人揭橥“健康”与“尊严”两大旗帜，说：“‘折辱’他们的‘尊严’，即是新兴的革命阶级获得了尊严，‘妨害’了他们的‘健康’，即是新兴的革命阶级增进了健康。”无产阶级和资产阶级势不两立。冯乃超用马克思主义阶级论批驳梁实秋的资产阶级人性论和天才论，并正面宣扬了波格丹诺夫的文艺“是生活的组织”。这一理论在后来的苏联被认为是错误的。

关键词：创造社批判新月派

1928 年 7 月 10 日

华汉（阳翰笙）短篇小说《女囚》，载《创造月刊》第 1 卷第 12 期。本年由上海新宇宙书店出版单行本。

小说以书信体形式和第一人称的手法，写大革命时期 4 个知识分子（3 女 1 男）进行革命活动、被捕和在狱中同新军阀作斗争的经过，并表现他们之间纯真的爱情。

《女囚》是作者构思和写作最早的小说。全篇是赵琴绮在狱中写给冰梅的信。赵琴绮向冰梅讲述了她和岳锦成在革命中建立友谊，由友谊而产生爱情，以至于结合在一起的经过。在“四一二”的血腥日子里，他们一同被捕。岳锦成受酷刑不招供，被枪杀；她本人在熟睡时被刽子手奸污，醒来后，用手电筒击杀这个衣冠禽兽，被判处 10 年徒刑。作品描写了监狱的黑暗和监狱生活的凄苦。其中写了惨不忍睹的血淋淋的现实，也写了对光明前途、对革命未来的美好憧憬。全篇作品，从整体上说，急管繁弦，密锣紧鼓，节奏紧凑，但也不无舒缓、抒情的段落。疏密相间，十分和谐。

关键词：华汉小说《女囚》

1928 年 7 月 10 日

黄药眠《五月歌》（诗歌），载《创造月刊》第 1 卷第 12 期，第 66～72 页。

本诗为纪念“五一”“五四”“五卅”而写。20 字左右的长句子是“叙事”，5 字短句是讴歌。诗人唱道：悲壮的五月，是“富人的金，／工人们的铁！”“权威者的威，／工人们的节！”“魔鬼们的刀，／工人们的血！”

对"五四",

> 啊，顽固的老人会在那里叹息嘘吁，
> 说现在的青年竟会杀人放火，
> 但我觉得在这不合理的组织之下，
> 惟有杀人放火的才值得我们讴歌！（第 69~70 页）

最后，诗人号召，"啊，起来罢，你那些劳苦的，无知的，可怜的奴隶"，"搴起了革命的大旗把一切的魔露，都一齐扫荡！"（第 72 页）

关键词：黄药眠诗《五月歌》：现在"惟有杀人放火的才值得我们讴歌"

1928 年 7 月 10 日

王独清组诗 *Incipit Vita nova*，载《创造月刊》第 1 卷第 12 期。

组诗由《献诗》《改变》《伟大的死》、*Terreur blanche*、《帝国主义杀人》《我再也不能平静了……》和《壮伟的离别》7 首组成。是诗人在广东经历了大革命的风雨回到上海以后的创作。在诗中，诗人对死去的革命者表示了沉痛的哀悼，对帝国主义与新军阀相勾结，屠杀工人和革命人民表示无比的愤怒，并表示要告别昔日的人生态度。

《创造月刊》文学部编者在《编辑后记》中说："独清的诗是我们的一种感激的喜悦，短小的沉默之间，他能这样地苏生起来，反复地说，这是我们的感激的喜悦。"

关键词：王独清诗：告别昔日的人生态度

1928 年 7 月 10 日

《创造月刊》第 1 卷第 12 期封底刊登该刊第 2 卷第 1 期的目录。

目录之前有一段文字。其题目是《一个伟大的从新的开场!!!》。文曰：

"第 1 卷的创造月刊，是中国新文坛上唯一的纯文艺杂志，曾得了万千读者的热爱。现在是第 2 卷在开始了！它将从新开始它的步武，将积极地从商品化的，奴隶化的现代艺术，求她真正的解放，更将建设解放的艺术，建设人类解放的艺术，建设 Proletarian 的艺术，同时还要消极地肃清庸俗的批评家的见解，克服一切反动的著作家的言论。因此，以后的创造月刊是不再以纯文艺杂志来自缚，它将以战斗的艺术求它的出路。"

关键词：《创造月刊》表示以后的刊物将告别"纯文艺杂志"的方向，

改为战斗的阵地

1928 年 7 月 10 日

丁玲《阿毛姑娘》（小说），载《小说月报》第 19 卷第 7 号头条，第 792～815 页。

阿毛是生长在山谷里的一个纯朴的姑娘。她对外界一切浑然不知不解。嫁到杭州西湖葛岭划船的人家。丈夫陆小二 24 岁，比她大七八岁。阿毛跟邻居三姐、阿招嫂等进了一趟城，看到游西湖的男男女女的穿着打扮，这外在的衣着所透露出来的内心生活使阿毛很向往。不只是向往那自由自在的"幸福生活"，更想满足那可能的爱的抚慰、性的饥渴。这一份向往，这一种愿望，她不能说，不能让人知道。她只有将它埋在心灵深处，天天以泪洗面，忧郁而病，最终以自杀了却了不到 20 岁的年轻生命。

阿毛没有把出嫁当一回事。"在她的意识里，对于嫁的观念始终是模糊的，以为暂时做着一个长久的客。"（第 793 页）结婚是"被许多人拿来玩弄着，调笑着"（第 794 页）。

十多年都"生长在那样恬静，那样自由的仙谷里"的阿毛（第 794 页），进一趟城，"把她那在操作中毫无所用的心思，从单纯的孩提一变而为好用思虑的少女了"。（第 796 页）

第二章开头写阿毛的变化：

"在那还依旧保存原始时代的朴质的荒野，终身做一个作了工再吃饭的老实女人，也不见得就不是一种幸福？然而，现在，阿毛是已跳在一个大的，繁富（复）的社会里。一切都使她惊诧，一切都使她不得不用其思想，而她又只是一个毫无知识，刚从乡下来的年轻姑娘。环境呢，又竭力去把她望（往）虚荣走。自然，一天，一天，她的欲望加增，而掉在苦恼的里面，也就日甚一日了。"（第 799 页）

"阿毛虽说很天真，但她却常常好用她的心思，又有三姐，阿招嫂等的教诲，所以也就早不是从前的阿毛了。这算是她唯一的损失，她已懂得了是什么东西来把同样的人分成许多阶级。"（第 803 页）那就是金钱。从前"总还可以消极的压制住那欲望，然而现在阿毛不信命了。现在她把女人的一生，好和歹一概认为是系之于丈夫"。（第 803 页）"当她一懂得都是为了钱时，她倒又非常辛勤的做着事，只想替她丈夫多帮点忙才好。"公公还夸奖她："这孩子倒不懒呢！"丈夫小二只知道忙，不知道妻子被压制着的"野心"。（第 803 页）阿毛拼命干活，人也消瘦了。她用干活来控制"焦躁的欲念"。她认为"富贵之来","一定要经过长久的忍耐"。(第 804 页)在这种情况下,阿毛更需要"性的安慰"。(第 804 页)但小二浑然不知。

阿毛丢下活路不做,成天往山上跑,为的是看城里人的打扮,和怎样生活。为了挣钱,阿毛愿意去当绘画模特儿,遭到全家的恶骂。丈夫还打她。阿毛看到生肺病的年轻姑娘幸福地被男人拘着手臂快乐地走着。这女孩死了,阿毛"也没有觉得那死是有什么可怜。她只感到这个生是太无味"。(第 912 页)

阿毛得了相思病。小二不知道用爱的方式去安慰她,抱她,吻她,却只知骂她。"他只是一个安分的粗心的种田的人,他知道妻是应该来同着过生活的,他不知道他却还应该去体会那隐秘着的女人的心思。"(第 811 页)世间本无所谓幸福。"幸福只在别人看去或羡慕或嫉妒,而自身是始终也不能尝着这甘味"的。这是阿毛从她认为幸福的邻居女人那里体悟出来的道理。(第 814 页)

阿毛吞火柴自杀。小二问她为什么,她答:"不为什么,就是懒得活,觉得早死了也好。"(第 815 页)懒得活,是因为活得不自由,不舒展,是因为人性得不到张扬,想象中的情爱、性爱得不到满足。

关键词: 丁玲《阿毛姑娘》 农村姑娘对情爱、性爱的憧憬

1928 年 7 月 10 日

〔瑞士〕奥立佛(Juste Alivier)著、戴望舒译《在林中》,载《小说月报》第 19 卷第 7 号,第 886 页。

此诗共 4 节,每节 5 行,皆短。如第一节:

> 在林中,在林中,
> 有个声音飘动,
> 是否在流水蜿蜒处,
> 小鸟儿款语
> 在林中?

开头还听见有声音飘动,至第 5 节,这声音没了,"已无声息飘动,/只有那踽踽的沉静,/排着树木向前行,/在林中"。

诗人寻觅,等待,但最终什么也没有等到,空空的,静静的,连"树荫下徘徊不定"的幽魂都不见。这正好是戴望舒此时的心境。翻译即创造,这首译诗融入了戴望舒的情绪和对新诗创作形式的新的探索。

关键词: 戴望舒译瑞士诗《在林中》

"革命文学"产生的背景

1928 年 7 月 16 日

MT① 杂谈《新广州的学生们》，载《北新》半月刊第 2 卷第 17 号，第 85～97 页。

本文只能算是一家之言，其中的一段话有助于理解"革命文学"产生的背景：

"国民党改组后，广州为革命策源之区，空气是极为紧张了。党的政策是联俄，容共，农工以及其他民众运动的开始，这时候，广州学生似乎不能不受政治势力的支配了。教育以党化为主，学生以入党为上，否则便是反革命，纵使性情好静也仍不许你有闭户读书的一回事了。不幸得很，一切民众运动的机关多为共党及左派所把持，学生不入党便有反革命之嫌，入党而不从事民众运动也不免有伪革命之谤。学生一方面并不是老于世故的政客，读书既读不到，反而当了引线人，被政客们支配着他们真挚的情感和简单的理性，便各自的跟政客们一样抖起来，分起左右派来。什么西山派，左派，右派，共派，树的派……多极了，你骂我反革命，我咒你不革命！浅薄而简单的政论和争执，又引起了传统的残暴性来，广州学生便自己争斗起来了。……

"在当时广州的革命青年——学生——以能从事农工运动，青年运动为有劲，书也可以不读，然而宣传部的刊物，《洪水》，《向导》，《少年先锋》，《创造月刊》，《新小说》及许多新文艺的刊物，《性史》也很秘密流行，是不可不人手一卷，看不看没有关系，看得懂与否也不在乎，心中以为能如是始可与言革命矣罢了。有工作做是能革命，有这些书是不看也可以表示他们懂得理论。洋装穿得漂亮时是当分某一区的委员了，女同志也可以找个把两个到手了。

"不管是那一派了，革命空气总是很紧张了吧，不入党者为反革命，入党而不知派别者为伪革命，知派别而不工作者为投机分子，为不革命，书既不读，整天游行工作，到头来受了一顿清党的教训，死的死，杀的杀，囚的囚，至今还有几百人在不分皂白中过活着！这罪过是谁来负担……"（以上第90～91 页）

关键词：从一家之言看"革命文学"产生的背景

---

① 目录署 MT，正文无署名。

1928 年 7 月 22 日

赵景深《最近的俄国小说界》，载《文学周报》第 326 期（即第 7 卷第 1 期），第 7 卷合订本第 2~8 页。

开篇说，本文据梅尔斯基（Mirsky）的《近代俄国文学》（*Contemporary Russian Literature*）编写。译名大半据画室所译《新俄文学的曙光期》。

总的情况是："新俄的小说家大半都是些'扑普起克司'（Poputchiks）。所谓'扑普起克司'，就是'达到某种限度的同伴'的意思。也就是说，他们对于新俄的政策与革命，都很同情，但实际上是只会用笔头宣传，不像是无产阶级的诗人那样，还能够做一些实际的工作。不过真正的无产阶级诗人，大都没有受过教育，所以做出来的诗只有思想可看，文字是误谬百出，不堪卒读。这真是一件没法的事，一些小说家竭力要想左倾，结果依旧有些右倾，知识阶级的根性总是铲除不掉的。"（第 3~4 页）

到中国来过的皮涅克：他的作品，傅东华译过短篇小说《皮短褐》（叶灵凤也译过），蒋光慈有《介绍来华游历之苏俄文学家皮涅克》，向培良从他的《荒原故事》里选译过《雪风》《临谷》。此外，《文学与革命》《新俄文学的曙光期》《俄罗斯文学》等书都对他有较多介绍。皮涅克的《赤裸裸的年头》（*The Bare Year*）体裁很新颖，没有对话，像是散文，简直不像是小说。也可以说，这部小说是俄国的透视画，表现出革命时期的苦痛。全书的主人公就是俄国，俄国是原动力，是历史的实体。接着出版《伊凡德梅丽》和《第三都城》，还有许多短篇小说。皮涅克不曾受过多少教育，所以文章不大讲求结构。

吴礼甫有《优那西共和国的肉汁》。青年作家刘乐夫有一首散文诗，写成吉思汗的一个军佐，同时还写俄国人的败绩和蒙古人的胜利，诗中充满了凶暴和野蛮的情绪。"批评家说他是反革命的危险人物。"

小说界的中心是"舍拉披翁兄弟"（Serapion Brothers）。这一群人中有诗人，有批评家，有戏曲家，但最多的要算是小说家。最著名的是尼克艇、曹西钦珂、飞定、伊凡诺夫 4 人，他若加维林、思洛尼姆司基亦颇有名。尼克艇最好的短篇是《石头》，曹西钦珂的小说中国已译过一篇《病人》，飞定有《庭园》。最著名的是伊凡诺夫，生于西伯利亚，生活浪漫而且危险，"最伟大的代表作是短篇小说《婴儿》，结构紧（谨）严，极可称赞"。叶灵凤的《新俄短篇小说集》译过他一篇《轨道上》，戴平万译过他的《美国人》。出生西伯利亚的作家还有谢西珂夫、谢芙林娜。最后的成功者是白倍尔，他最好的作品是《骑兵队》。

关键词：最近俄国的小说　皮涅克　"塞娜皮翁兄弟"

1928 年 7 月 25 日

冯宪章诗集《梦后》，由紫藤萝出版部出版。

1928 年 7 月 29 日

顾仲起《哭泣——〈笑与死〉的序》（写于 1928 年 6 月 7 日上海），载《文学周报》第 327 期（第 7 卷第 2 期），第 7 卷合订本第 46～50 页。

起笔是自述处境和心境："6 月 3 日的夜，我这样为家庭所遗弃，为亲戚所痛恨，为朋友所咒骂，而仍然坚决地抛弃了一切封建关系的小人，又别离了天津一带破落社会的农村，逃囚似地来到了帝国主义东方商场的上海。在上海，我仍然不算是什么伟人，仍然是一个面孔瘦削而黝黑破衫一件丑得怪难看的穷青年！——当然是奇怪，我这样的怪物，总是不忍一睹现代的社会，却是永远不断地和现代社会去挣扎。"（第 46～47 页）

第一本集子《生活的血迹》"引起了文学界里许多老前辈的诋毁"。它不是"为艺术的艺术"，不是"自我的艺术"，不是"资产阶级的艺术"，当然也够不上"无产阶级的艺术"。它是"破碎残缺的集子"。（第 47 页）因"顾虑环境"，为"避免反动派目光的注意"，《生活的血迹》不免前后矛盾，对于文艺本身不够忠实。总之，它"不是时代作，也不是力作，更不是无产阶级的文学，是我个人牢骚的产生品"。（第 47～48 页）

"我是抱了一种决心到天津过文艺的农村生活去的。"（第 48 页）

"《笑与死》仍然是和《生活的血迹》一样的滑稽，末了的一篇不但是麻醉的灰色作品，甚且是肉麻的东西！我的计划，是：一方面不愿意失去我过去没头脑的生活，以留示我生活上转变的一个痕迹；一方面使读者自己作一个对照，以便由这个滑稽的故事而认识自己的时代。"（第 49～50 页）

关键词：顾仲起自评《生活的血痕》和《笑与死》，自嘲它们还不是无产阶级的文学

茅盾避难去日本

1928 年 7 月

为躲避白色恐怖，茅盾离开上海去日本，先住东京，后迁京都高原町，

直至 1930 年 4 月回国。

留居日本期间，完成了长篇小说《虹》以及重要论文《从牯岭到东京》《读〈倪焕之〉》和《骑士文学 ABC》《神话杂论》《西洋文学通论》等论著的写作。回到上海，即加入中国左翼作家联盟，成为左联重要领导人之一。

关键词：茅盾去日本

1928 年 7 月

高长虹散文集《走到出版界》，由上海泰东图书公司出版，为《狂飚丛书》第 2 种。

收文 100 余篇，保留不少文坛掌故。其中《1925 年北京出版界形势指掌图》等文，涉及作者与鲁迅的关系。

关键词：鲁迅　高长虹

1928 年 7 月

叶灵凤散文集《天竹》，由上海现代书局出版。

收文 19 篇。分为 4 辑。第一辑《她们》，第二辑《天竹》，第三辑《摘译》，第四辑《噩梦》。这些散文写了上海租界，写了故都北京，写了男女情爱，也写了革命，字里行间弥漫着男女之情和性爱心理。文字优美，比喻贴切，描写精彩，文情并茂，内容与形式达到了和谐统一。

关键词：叶灵凤散文集《天竹》

钱杏邨作家评论集《现代中国文学作家》

1928 年 7 月

钱杏邨作家评论集《现代中国文学作家》，由上海泰东图书公司出版，1929 年 4 月第 3 版。

收作者论鲁迅、郭沫若、郁达夫和蒋光慈的文章各一篇：《死去了的阿Q时代》《诗人郭沫若》《〈郁达夫代表作〉后序》《蒋光慈与革命文学》。书前有《自序》一篇。

钱杏邨说蒋光慈："他是这个时代中国多数民众所要求的诉说者！实在的，假使我们展开他的创作，是没有一本离开群众的，是没有一本不革命的……他的叫喊，是民众的叫喊；他的情绪，就是民众的情绪；他的思想，也就是民众的思想。民众所感到的痛苦，他替他们说出了；民众所感到的对革命的欢愉，他也就感到了。"《少年飘泊者》代表初期的青年，对于一切怀疑，想找出路，而有了革命的要求的时期，但要求哪一种革命，他们是说不出来的。《鸭绿江上》代表了青年革命的第二期，在这一期里的青年是认清了自己所需要的是哪一种的革命了，然而还没有挺身向前。《短裤党》代表了第三期，代表了青年的革命家表现他们最伟大的力的时期，是青年革命家的血沸腾到最高点的时期，是他们勇敢向前，走上牺牲的血路的时期。在这三部创作里，把四五年来的青年心理整个的表现了，把近几年来的革命在青年心里力量的进展全部表现了……"（第 158 页）

写于 1928 年 7 月 6 日的《自序》说："中国文坛已经走到了一个新的阶段。过去十年的努力，只算建设了这新时代文艺的奠基石。"作者仍然坚持他对鲁迅《阿 Q 正传》已经死去了的观点："'阿 Q 的时代'究竟死去了没有呢？只要不是主观的近视眼，种种的事实是可以帮我们证明是死去了的。"

关键词：钱杏邨出版《现代中国文学作家》，评鲁迅、郭沫若、郁达夫、蒋光慈　蒋光慈的《少年飘泊者》《鸭绿江上》《短裤党》代表"五四"以来青年革命历程的三个时期

1928 年 7 月

戴万叶（平万）短篇小说集《出路》，由上海泰东图书公司出版。
内收小说 5 篇：《出路》《上海之秋》《流氓馆》《三弦》《在旅馆中》。
关键词：戴平万《出路》

1928 年 8 月 1 日

迦陵（孟超）诗集《残梦》，由上海春野书店出版。
这是一部爱情诗集。收新诗 38 首。在形式上做了多种尝试。
关键词：孟超爱情诗《残梦》

1928 年 8 月 5 日

王独清讲演录《文艺上之反对派种种》，载《澎湃》创刊号。
文章指出，革命发展的方面很宽，我们的文学是革命的一个战野，"文学家与战士，笔与迫击炮，可以说是一而二，二而一的东西"。因此，"反对目前革命文学的人，反对目前革命文学作品的人，更说革命文学的工作不是革

命工作的人，都一样是 Demagogues①，都一样是支配阶级底律师，亲随，走狗！"

关键词：王独清斥革命文学反对派，他们都是支配阶级的走狗

1928 年 8 月 10 日

《创造月刊》第 2 卷第 1 期出版，158 页。

卷头语是王独清的《新的开场》。

"论文"栏载文两篇：冯乃超《冷静的头脑——评驳梁实秋的〈文学与革命〉》、沈起予《演剧运动之意义》；"文艺时评"栏载文一篇：何大白（郑伯奇）《文坛的五月》；"批判"栏载文两篇：杜荃《文艺战线上的封建余孽》、梁自强《文艺界的反动势力》（通讯）。

"创作"栏刊载作品 7 篇：郑伯奇小说《帝国的荣光》、陶晶孙木头戏脚本《勘太和熊治》、龚冰庐戏剧《乳嬢》、冯乃超诗《外白渡桥》、君涊诗《伟大的时代》、段可情随笔《火山下的上海》（连载）、陈极小品《王七豹的出路》。

"翻译"栏载文 4 篇：嘉生译《高尔基论》（倭罗夫斯奇作，连载）、李初梨译《高尔基是同我们一道的么？》（塞拉菲莫维奇作）、张资平译小说《矿坑姑娘》（松田解子作）、李初梨译小品《不拍手的人》（藤森成吉作）。

王独清的卷头语发出的声音有点突兀：

"时期到了，我们要切实努力于我们艺术底解放的时期了！"

"我们认清了艺术底职务是要促社会底自觉，艺术决不能为少数者所私有，决不能只作少数特权者底生活和感情的面镜。我们认清了艺术若不去到多数者底大队里面，它底根本便不能成立。"

"我们曾经把艺术当作了一个泥塑的菩萨，在所谓艺术至上主义的声浪中我们曾经作过些无意义的膜拜。／这个是因为被一向排斥多数者的艺术底本质所迷惑，结果自然成了艺术底奴隶。"

今后艺术制作的唯一信条是："那不是解剖刀而是武器。"（第 1~2 页）

关键词：艺术是武器　艺术家要到"多数者底大队里面"去

1928 年 8 月 10 日

冯乃超《冷静的头脑——评驳梁实秋的〈文学与革命〉》，载《创造月刊》第 2 卷第 1 期，第 3~20 页。

---

① 蛊惑人心的政客。

本文列 7 题：小引，革命与人性，天才是什么，文学的阶级性，浪漫主义与革命文学，革命文学，结语。这是创造社对新月派展开批判。但语焉不详。可以提炼的观点有：

梁教授"犯了在抽象的过程中空想'人性'的过失。人间依然生活着阶级的社会生活的时候，他的生活感觉，美意识，又是人性的倾向，都受阶级的制约"。（第 11 页）"艺术是有阶级性的！"（第 12 页）"文学是有阶级性的！"（第 13 页）

作者批判的矛头也没有放过鲁迅：说鲁迅是"好一个深刻的孤独的巡礼者！……这就是鲁迅先生的自画像。然而这是夸大妄想狂症的患者，不是健康的现代人"。（第 15 页）

"艺术——文学亦然——是生活的组织，感情及思想的'感染'，所以，一切的艺术本质地必然是 Sagitation，Propaganda。"（第 17 页）

"革命绝对不是个人的解放，不论谁人都晓得的。文学，它若是新兴阶级所需要的文学，必然地是革命阶级的思想，感情，意欢①的代言人。新兴阶级自有他的人生观，同时，也有他们的思想家和文学家。"（第 18 页）"无产阶级文学是根据于无产阶级的艺术的憧憬，同时，无产阶级若没有自身的文学，也不能算是完成阶级的革命。在这一回'革命期中的文学'，它必然地是革命文学——无产阶级文学。"（第 19 页）

沈起予的《演剧运动之意义》（第 21～29 页）对辛克莱的"一切的艺术是宣传"持异议："这个定义，仍然不是正确的辩证法的唯物论者底解释方法。""艺术不过是人底一种意识之显现，意识既系依据社会的存在而变更，所以艺术当然亦随着其所处之阶级而发生变化。在某个时代必有某个阶级为其重心，由这个重心的阶级所产生出来的艺术，即为当时艺术之力点而规定其自身的样式。"（第 22～23 页）

文艺要有"蒲罗列搭利亚特底意识"。

"这当然是与个人主义相对抗，而要求社会的集团生活之实现，由这种意识规定出来底艺术，当然是带有集团主义底艺术，内面所包含底一切个人底问题，都不得不站在社会的观点上去求解放了。

"最适合于这种性质底艺术样式，当然要推演剧，因为演剧是一切艺术底综合，而且是最带有民众的集团的社会性的。"（第 24 页）

关键词： 冯乃超批判梁实秋的人性论　艺术是生活的组织　给鲁迅画像：

---

① 原文如此。疑为"意识"。

他不是健康的现代人　革命期中的文学必然地是无产阶级文学

沈起予：普罗艺术是集团主义的艺术

1928 年 8 月 10 日

君淦《伟大的时代——一九二八，五一节，狱中歌》，载《创造月刊》第 2 卷第 1 期，第 86～88 页。

其中一节写道：

> 兄弟们哟！我们有何怕惧？
> 杀不尽的是我们的头，流不尽的是我们鲜红的热血，
> ——我们有的是无量数的继起者！
> 看呀，一团火花灭了，又爆发了一团火花，
> 一个头颅被斫了，又还有头颅！（第 87 页）

关键词：诗歌主题："杀不尽的是我们的头"

1928 年 8 月 10 日

段可情随笔《火山下的上海》，载《创造月刊》第 2 卷第 1 期，第 89～99 页，第 2 卷第 3、4 期连载。

随笔的题目分别是：序言，畸形社会之上海，五分钟，跳舞，水门汀上的梦，雨中车，赛球。

序言说：在上海，"那些上层阶级的人们，天天浸润在酒色的深渊里。他们是在昏沉的状态中过日子，那里知道上海附郊的四围，潜伏着这样一个惊人庞大的恶魔（无形的火山），只觉得上海是唯（独）一无二的安乐窝。汽车，华屋，华美的服装，精致的饮食，咖啡馆，跳舞场，美女，俊娃，娇艳的妓女，冶荡的优伶，葡萄美酒，樱桃香唇，迷人的音乐悠扬，陶醉的歌喉婉转，把榨取下层民众的血汗的金钱，如瀑布般流到销金窝去，他们暗中在助长火山的爆发，但是他们是顽泯无知的蠢物，还在那里做富贵骄人的迷梦"。"所以我不厌繁琐，把在黑暗世界，污浊社会中底形形色色的事物，一一描写出来，使掘发喷火口的工人们，更加努力，使它赶快地爆发，来毁灭这不平等，不自由，黑暗，污浊，腐败，奢侈的都市。"（第 90、91 页）写法上是将上层和下层社会对比展示，给读者强烈的刺激。

关键词：上海现实世界素描

杜荃（郭沫若）《文艺战线上的封建余孽》：鲁迅是二重 反革命人物，不得志的法西斯蒂；梁自强：鲁迅反驳创造社的 文字是妾妇骂街；郑伯奇：没有算到鲁迅会是我们的敌人

1928 年 8 月 10 日

杜荃（郭沫若）杂文《文艺战线上的封建余孽》（写于 1928 年 6 月 1 日），载《创造月刊》第 2 卷第 1 期，第 142～150 页。

该文是郭沫若流亡日本半年左右，在日本文坛"左"的思潮影响下写就的一篇批评鲁迅的《我的态度气量和年纪》的文章。文章说："鲁迅的时代在资本主义以前"，所以"他还是一个封建余孽"，"他连资产阶级的意识形态都还不曾确实把握"，"不消说他是根本不了解辩证法唯物论"，"资本主义对于社会主义是反革命，封建余孽对于社会主义是二重反革命"，因此，"鲁迅是二重的反革命的人物"，"他是一位不得志的 Fascist（法西斯谛）！"

梁自强的《文艺界的反动势力》（第 151～155 页）也是指名道姓针对鲁迅的：

"鲁迅及其徒子徒孙反驳创造社的文字有什么理论的基础？是不是算得堂堂之鼓正正之旗？除了莫须有的冷嘲热讽的讥刺——妾妇式的讥刺外，还有什么足以引起近代思想进步的青年的同情的文字？"（第 152 页）鲁迅谩骂创造社的文字"全属无理论根据的，冷嘲热讽的，妾妇式的文字"。"在鲁迅的意思，凡是有志革命的人就该伸长头颈，向统治阶级自首，给他们杀才算得是有勇气，才算是革命者。"把青年杀光了，没有人敢批评他了，他就可以坐牢文艺界的"第一把椅子"了。（第 153 页）鲁迅"只有发点牢骚，向青年乞怜，乞同情，说我老了，说我是快要死的人了，看你们后进将来赶得上我么，能得到和我一般的名气么。……像鲁迅那样古朽的，臭而且丑的名气，我们不安分的青年是决不羡慕的"。鲁迅应该"早点忏悔"。（第 154 页）

关键词：郭沫若：鲁迅是"二重反革命的人物"，是一位不得志的法西斯 梁自强说鲁迅反驳创造社的文字是"妾妇式的文字"，其目的是求其坐稳"第一把椅子"

1928 年 8 月 10 日

何大伯（郑伯奇）文艺时评《文坛的五月》（写于 6 月），载《创造月

刊》第 2 卷第 1 期。

文章的主要内容和观点是：（一）《创造月刊》自第 2 卷起，"扩张批评的范围"，增加《文艺时评》和《创作月评》等新栏目。（二）5 月的文坛有两种新现象：一是新刊物的簇生，二是关于革命文学全文坛的论战。不管是艺术至上主义者也好，人道主义者也好，既成的作家也好，新近的批评家也好，一齐都参加到这个"革命文学"的论战中来了。（三）关于革命文学论战，"我们其初没有算到我们的敌人乃是鲁迅周作人等语丝派的诸君"，"然而我们的革命文学的旗帜一揭起来，鲁迅先生先成了我们的敌人"。"这不是我们和鲁迅的冲突，也不是创造社和语丝派的冲突，这是思想和思想的冲突，文坛上倾向和倾向的冲突。"（四）我们的文坛不能如法国之非议法郎士、苏联文坛之非议高尔基那样，批评既成作家如鲁迅者，说明还没有脱离封建的、基尔特的支配。（五）"要作一个革命文学家，先要有彻底的革命意识和强烈的革命情绪"，而中国文坛依然是被一团乌烟瘴气的"艺术至上""自然主义的手法"等所笼罩。

关键词：郑伯奇：没有算到我们的敌人是鲁迅　创造社和语丝派的冲突是思想和思想的冲突、倾向和倾向的冲突

1928 年 8 月 10 日

郭沫若短篇小说集《水平线下》广告，载《创造月刊》第 2 卷第 1 期封底。

广告词曰：

"水平线下，郭沫若著，短篇小说集，每册六角

"作者此集，共收容到宜兴去，尚儒村，亭子间中，湖心亭，百合与番茄，后悔，矛盾的调和等篇，题名水平线下，读者当不难知道他的内在的意义。

"在这几篇的文章里，你们会领悉作者的一切过程。这过程，概括一句起来，可以说作者是从女神，星空，塔上面降落到水平线下了。但是，并不打紧！他却又从那最低陷的深处翻过斤斗出来了，这条出路，是可以从他的三部著作：前茅，恢复和将出版的盲肠炎（以上三册各三角）里看取。

"上海创造社出版部出版"

关键词：郭沫若《水平线下》出版广告

1928 年 8 月 10 日

《创造月刊》第 2 卷第 1 期封二刊载该刊《投稿规约》，其中

"6. 来稿登取者，斟备稿费如下：

　（A）创作

　　　（a）散文每千字二元以上。

　　　（b）诗每千字三元以上。

　（B）论文每千字二元以上。

　（C）介绍每千字一元半以上。

　（D）翻译及杂文每千字一元以上。"

录以备查。

关键词：创造社刊物稿费标准

戴望舒诗《雨巷》发表

1928 年 8 月 10 日

戴望舒诗《雨巷》、《残花的泪》、《静夜》、《自家伤感》、《夕阳下》、*Fragmehts* 等六首，载《小说月报》第 19 卷第 8 号，第 979~982 页。

《雨巷》是戴望舒的成名作、代表作，并由此获得"雨巷诗人"的称号。

> 撑着油纸伞，独自
> 彷徨在悠长，悠长
> 又寂寥的雨巷，
> 我希望逢着
> 一个丁香一样地
> 结着愁怨的姑娘。

这是《雨巷》的第一节，诗作的情调、节奏和韵律都已显露出来。希望那个姑娘有"丁香一样的颜色，／丁香一样的芬芳，／丁香一样的忧愁"，传递出"太息一般的眼光"，还有"她丁香般的惆怅"。长街深巷，颓垣断壁，雨声淅沥。"我"独自徘徊，撑着油纸伞，默然彳亍，有所期待，想要倾诉。

《残花的泪》6 节，每节 4 行，每行五六字。"一支凄艳的残花，／对着蝴蝶泣诉"，止不住"我流着香泪"。

《静夜》："像侵晓蔷薇的蓓蕾／含着晶耀的香露／你盈盈的低泣，低着头，／你在我心头开了烦忧路。"

《自家伤感》仅两节，每节5行。写爱情的失落。

《夕阳下》4节，每节4行。"远山啼哭得紫了，／哀悼着白日的长终；／落叶却飞舞欢迎／幽夜的衣角，那一片清风。"

象征主义诗歌的特色全方位展现。

关键词： 戴望舒　"雨巷诗人"

1928年8月10日

〔法国〕绿蒂著、徐霞村译《菊子夫人》（小说，连载），并《译者前记》，载《小说月报》第19卷第8号，第906～924页（未完）。

徐霞村的前记首先介绍比尔·绿蒂的生平。八国联军侵略中国的时候，"他也是占据北京的法国兵士中的一个"。（第906页）

徐霞村介绍说："当他每到一个新地方的时候，他总爱把自己的所得的每一个新印象都记下来：一片风景，一个落日，一种特别的空气，一个典型的面孔，建筑，衣服。除了这些客观的记录之外，占大部分的还有他自己的感想和印象。他的小说就是从他的日记上取下来的。""在法国文学里，没有人能把异国的一切描写得像他一样动人，没有人能从最小的东西里像他一样找出独创的美；他完全不属于哪一派，他自己就是一派的创首者；他的小说并没有什么结构，但你读起来就好像有结构一样；他没有哲理的思想，有时甚至非常荒谬，但在他的感伤的感觉的背面却藏着一种迷人的吸力。"（第906～907页）

绿蒂的《菊子夫人》当然是以日本生活为题材。"……这位太太自身就是一个隔着异国人的镜头摄下来的照片。""这里是充满了清淡的幽默，美丽的小景致，快乐的阳光，一切都像一个甜蜜而又飘渺（缥缈）的梦。……在这里面你可以找到一个和你完全不识的仙境，虽然实际上那些寺院，那些蝉鸣，那些人物和我们眼前这些都是几乎相仿的东西。"（第907页）

关键词： 徐霞村　侵略中国的八国联军士兵写日本题材的小说

1928年8月10日

〔日本〕昇曙梦作、李可译《最近之高尔基》，载《小说月报》第19卷第8号，第925～932页。

1928年3月29日，恰逢高尔基60岁诞辰及文学创作生活35周年纪念，此文为纪念而作。

日本作者说，60年中，高尔基有30卷、1万页以上的作品贡献给"劳农之国俄罗斯"。

昇曙梦首先介绍苏联政府、团体和民众对此的重视。国际上，西欧的罗曼·罗兰、显志尼劳，皆有纪念文章。

高尔基反映了俄罗斯由资本主义、封建主义转变到社会主义的整个历史进程中的历史、时代面貌、精神追求。"高尔基是在革命前的俄罗斯，当作革命作家而获得世界名声的唯一文豪，他的生平深尝着普罗列塔利亚革命的滋味。固然，与过去的革命运动有多少关系的天才艺术家，即就现在而论，也还不少。即如科普林、契利可夫等人都是，但是他们现在到何处去了？他们不是躲在外国，一面诅咒祖国革命的成功，一面即将在亡命生活中埋藏自己的时代吗？只有高尔基一人，他才能在革命的火焰中，受得起试练。"（第926页）

高尔基的生平与文学："在许多文学家中间，要像他那样过着复杂而多趣的生涯的，怕是没有的了。"可贵的是，创作上，他能"不断地企图由个人主义转向普罗列塔利亚集团主义"。列宁"把高尔基看作一个用艺术的武器为一般革命事业而努力作战的同志"。（第926页）

高尔基晚年的杰作三部曲《四十年》，其第一部《克里姆塞根之生活》已经完成，它写的是"自革命前至革命后列宁回国为止所有近代俄罗斯的复杂形态"。正准备"关于新俄罗斯的创作"。为此，他想回国后到原来流浪过的地方去走走看看。他说："旅行的目的，是想看一看在我的生涯的这5年间，在此等地方所做成的一切事情。我想对新俄罗斯有所著述。……我更要（微行）到工场，俱乐部，农村，啤酒店，大建筑物，青年共产党员，专门学校学生，小学校的授课，不良少年殖民地劳动通信员，妇女代表委员，回教徒妇人及其他种种地方去看。"（第927页）

高尔基虽然住在意大利，但他天天读俄罗斯的报纸，读苏联作家的作品（哪怕是二流作家的创作，甚至是原稿），关心俄罗斯祖国的一切。

高尔基"是普罗列塔利亚艺术的鼻祖，是这种艺术最伟大的代表者"。（第929页）

本文提供的一串统计数字很有趣：据列宁格勒市立中央图书馆统计，"在所藏书籍之著者2700人中，多少能获得读者的，不过700人；其余2000位作者全然是在读者注意的范围以外的。又，在这700人中，能每日获有读者的著者只不过38人。而在这38位著者中最能得大多数人的需要者，就只有高尔基的作品。该图书馆去年阅读书籍的统计，为高尔基的作品1500卷，托尔斯泰的772卷，杜斯退益夫斯基的556卷。……再就阅览这1500卷高尔基作品的人言之，计学生 996 人，职员 232 人，劳动者 104 人"。以下还有其他图书馆的统计，以及读高尔基的什么作品的统计。

关键词： 昇曙梦 高尔基是普罗艺术的最伟大代表者

1928 年 8 月 10 日

钱杏邨批评《〈牢狱的五月祭〉》，载《小说月报》第 19 卷第 8 号，第 1007 ~ 1014 页。

《牢狱的五月祭》"是日本无产阶级文学作家林房雄的创作集"。含《密会》、《一束古典的情书》、《茧》、《牢狱的五月祭》、《爱的开脱》、*Epilaque* 6 篇小说。系林伯修、郁达夫译。钱氏就每篇各写一段短评。

钱杏邨说："文学是表现生活认识生活而具有 propaganda 作用的作家的最高的手术。"（第 1007 页）

关键词： 钱杏邨评日本林房雄的小说

1928 年 8 月 12 日

博董（赵景深）《戴万叶的翻译小说》，载《文学周报》第 329 期（第 7 卷第 4 期），合订本第 91 ~ 98 页。

文章说，近来翻译的新俄小说，大半是据英译本《飞腿儿奥西普》（*Flying Osip*）。戴万叶（戴平万）译的有《如飞的奥式》（载《我们月刊》，晓山书店出版）、《美国人》（载《我们月刊》）。文章指出戴译的错误，并列出原文，和叶灵凤译本、傅东华译本对照。"我觉得三位先生中以傅东华为最译得好，不但他最准确，而且也最流利。有些话是纯粹的京话，或者是北边话，酷肖兵士的口吻。"（第 95 页）

关键词： 戴平万的翻译与叶灵凤、傅东华比较

1928 年 8 月 15 日

王独清诗集《威尼市》，由上海创造社出版部出版。

内收诗人短诗 10 首。书前有作者代序，写于 1928 年 6 月。《代序》说："这几首短歌都是我住在威尼市的时候写的"，"我把这几首短歌从新读了一遍，我自己也不觉吃了一惊。我以前对 Stimmungsknnst 的倾心，真要算达到发狂的状态了。你只把这几首短歌中的任何一首挑出来细细地读一下罢，你看我对于音节的制造，对于韵脚的选择，对于字数的限制，更特别是对于情调的追求，都是做到了相当可以满意的地步"。"我已经用我心中的炸弹把威尼

市炸得粉碎了！"如第一首："是谁在那儿缓缓地轻歌，／在打动着我有病的心窝？／我无言地在这桥上走过，／好像是带着感伤的虚弱……／桥下的水流得是这样的平和，／啊，迷人的呀，这是谁在那儿缓缓地轻歌？……"低沉的调子，感伤的情绪，弥漫整部诗集。

关键词：王独清诗集《威尼市》　诗人自称对于音节的制造、韵脚的选择、字数的限制、情调的追求"都做到了相当可以满意的地步"

1928 年 8 月 16 日

文艺半月刊《山雨》，在上海创刊。王任叔、李匀之编辑。12 月 16 日停刊，共出 9 期。

刊物发表了胡也频、王任叔等人的小说，以及钟敬文等人的散文，还翻译介绍了拜伦、惠特曼、华兹华斯等人的诗歌，莫泊桑、国木田独步等人的小说。

关键词：《山雨》创刊

郁达夫再次解释脱离创造社的原因
认鲁迅是"中国作家中的第一人"

1928 年 8 月 16 日

郁达夫杂文《对于社会的态度》，载《北新》半月刊第 2 卷第 19 号，第 35～47 页。

文章再次谈到他脱离创造社的原因，并就创造社部分成员对鲁迅的批评提出了反批评。

郁达夫说："至于我对鲁迅哩，也是无恩无怨，不过对他的人格，我是素来知道的，对他的作品，我也有一定的见解。我总以为就作品的深刻老练而论，他总是中国作家中的第一人者，我从前是这样想，现在也这样想，将来总也是不会变的。所以对于 C 君的那一种偏见，我是始终想为鲁迅在这里辨（辩）白，辨（辩）白他没有那么大的势力，辨（辩）白他没有那一种恶伏快变之才，不管你骂我是鲁迅的共谋犯也好，骂我'没有辩护的余地'也好。"（第 45～46 页）

他对"阶级文学的理论"的态度：

"我对于中国无产阶级的抬头，是绝对承认的。所以将来的天下，是无产阶级的天下，将来的文学，也当然是无产阶级的文学。可是生在 19 世纪的末期，曾受过小资产阶级的大学教育的我辈，是决不能作未来的无产阶级的文学的一点，我是无论如何，也不想否认的。……不过我对于不是工人，而可以利用工人，来组织工会，不是无产阶级者，而只教有一个自以为是无产阶级的意识，不管你有几千万家财，有几十乘汽车，有几十间大洋楼，只教你有一个自以为是无产阶级的心，你就可以变成一个无产阶级者的这一种理论，我是绝对否认的。"（第 46~47 页）

关键词：郁达夫：脱离创造社的原因　为鲁迅辩护——鲁迅是"中国作家中的第一人"　中国将来有无产阶级文学是不成问题的，但现在不会有

鲁迅：无产阶级文学是最高的政治斗争的一翼，希望有切实的人来翻译唯物史观的书

1928 年 8 月 20 日

鲁迅杂文《文坛的掌故（并徐匀来信）》，载《语丝》周刊第 4 卷第 34 号。

徐匀 7 月 8 日于重庆写给鲁迅的信，介绍了成都关于"革命文学"论争的情况（提供了难得的史料）：

"这争论的起原（源），已经过了长时期的酝酿。双方的主体——赞成革命文学的，是国民日报社。——怀疑他们所谓革命文学的，是九五日报社。最先还仅是暗中的鼎峙；接着因了国民政府在长江一带逐渐发展，成都的革命文学家，便投机似的成立了革命文艺研究社，来竭力鼓吹无产阶级的文学。而凑巧有个署名张拾遗君的《谈谈革命文学》一篇论文在那时出现。于是挑起了一班革命文学家的怒，两面的战争，便开始攻击。

"至于两方面的战略：革命文学者以为一切都应该革命，要革命才有进步，才顺潮流。不革命便是封建社会的余孽，帝国主义的爪牙。同样和创造社是以唯物史观为根据的。——可是又无他们的彻底，而把'文学革命'与'革命文学'并为一谈。——反对者承认'革命文学'和'平民文学'，'贵族文学'同为文学上一种名词，与文学革命无关，而怀疑其像煞有介事的神圣不可侵犯。且文学不应如此狭义；何况革命的题材，未必多。即有，隔靴搔痒的写来，也未必好。是近乎有些'为艺术而艺术'的说法。加入这战团的，革命文学方面，多为'清一色'的会员；而反对系，则半属不相识的

朋友。

"这一场混战的结果，是由革命文艺研究社不欲延长战线，自愿休兵。但何故休兵，局外人是不能猜测的。"①

鲁迅写于 8 月 10 日的回信说：

"我在'革命文学'战场上，是'落伍者'，所以中心和前面的情状，不得而知，但向他们的屁股那面望过去，则有成仿吾司令的《创造月刊》，《文化批判》，《流沙》，蒋光×（恕我还不知道现在已经改了那一字）拜帅的《太阳》，王独清领头的《我们》，青年革命艺术家叶灵凤独唱的《戈壁》；也是青年革命艺术家潘汉年编撰的《现代小说》和《战线》，再加一个真是'跟在弟弟背后说漂亮话'的潘梓年的速成的《洪荒》。但前几天看见 K 君对日本人的谈话（见《战旗》七月号），才知道潘叶之流的'革命文学'是不算在内的。

"含混地只讲'革命文学'，当然不能彻底，所以今年在上海所挂出来的招牌却是无产阶级文学，至于是否以唯物史观为依据，则因为我是外行，不得而知。但一讲无产阶级文学，便不免归结到斗争文学，一讲斗争，便只能说是最高的政治斗争的一翼。这在俄国，是正当的，因为正是劳农专政；在日本也还不打紧，因为究竟还有一点微微的出版自由，居然也还说可以组织劳动政党。中国则不然，所以两个月前就变了相，不但改名'新文艺'，并且根据了资产社会的法律，请律师大登其广告，来吓唬别人了。

"向'革命的智识阶级'叫打倒旧东西，又拉旧东西来保护自己，要有革命者的名声，却不肯吃一点革命者往往难免的辛苦，于是不但啼笑俱伪，并且左右不同，连叶灵凤所抄袭来的'阴阳脸'，也还不足以淋漓尽致地为他们自己写照，我以为这是很可惜，也觉得颇寂寞的。"

关键词：鲁迅：无产阶级文学是最高的政治斗争的一翼

1928 年 8 月 20 日

鲁迅杂文《文学的阶级性（并恺良来信)》，载《语丝》周刊第 4 卷第 34 号。

鲁迅写于 8 月 10 日的回信的第一句话就说："我对于唯物史观是门外汉，不能说什么。"然而也说了他的看法：

"来信的'吃饭睡觉'的比喻，虽然不过是讲笑话，但脱罗兹基曾以对于

---

① 见《鲁迅全集》第 4 卷，第 94～95 页。

'死之恐怖'为古今人所共有，来说明文学中有不带阶级性的分子，那方法其实差不多的。在我自己，是以为若据性格感情等，都受'支配于经济'（也可以说根据于经济的组织或依存于经济组织）之说，则这些就一定都带着阶级性。但是'都带'，而非'只有'。所以不相信有一切超乎阶级，文章如日月的永久的大文豪，也不相信住洋房，喝咖啡，却道'唯我把握住了无产阶级意识，所以我是真的无产者'的革命文学者。

"有马克思学识的人来为唯物史观打仗，在此刻，我是不赞成的。我只希望有切实的人，肯译几部世界上已有定评的关于唯物史观的书——至少，是一部简单浅显的，两部精密的——还要一两本反对的著作。那么，论争起来，可以省说许多话。"

关键词：鲁迅：关于文学的阶级性　希望有切实的人翻译几部有定评的关于唯物史观的书

1928 年 8 月 20 日

《奔流》第 1 卷第 3 期出版。本期为《H. 伊孛生诞生一百周年纪念增刊》。

刊载 5 篇文章：《伊孛生的事迹》（挪威 L. Aas 作，梅川译）、《伊孛生论》（英国 Havelosk Ellis 作，郁达夫译）、《伊孛生的工作态度》（日本有岛武郎作，鲁迅译）、*Henrik Ibsen*（丹麦 Georg Brandes 作，林语堂译）和 *Henrik Ibsen*（英国 R. Ellis Roberts 作，梅川译）。

鲁迅在本期《奔流》的《编校后记》中，首先揭示了 10 年前《新青年》出《易卜生专号》的原因："因为要建设西洋式的新剧，要高扬戏剧到真的文学底地位，要以白话来兴散文剧，还有，因为事已亟矣，便只好先以实例来刺戟天下的读书人的直感"；更因为易卜生"敢于攻击社会，敢于独战多数，那时的绍介者，恐怕是颇有孤军而被包围于旧垒中之感的罢，现在细看墓碣，还可以觉到悲凉，然而意气是壮盛的"。又说，计算起来，今年距作者的诞生是 100 周年，距《易卜生号》的出版已满 10 年。"我们并不要继《新青年》的遗踪，不过为追怀这曾经震动一时的巨人起见，也翻了几篇短文，聊算一个纪念。"还说，这几篇文章虽说无系统，但依然有线索可寻。

关键词：《奔流》纪念易卜生百年诞辰

1928 年 8 月 20 日

《我们月刊》第 3 号出版。

〔日本〕田口宪作、林伯修译《日本艺术运动的指导理论底发展》载刊物头条。

本期发表的创作有小说：戴平万《交给伟大的革命事业》、罗澜《血之潜流》、克典《决心》，诗歌：森堡（任钧）《献给既经死了的 S. T.》、藏人《重来》、任夫（殷夫）《呵，我们踯躅于黑暗的丛林里!》、孤凤《拖纤夫之歌》、陈礼逊《血花》。翻译有：高尔基作、洪灵菲译《沉郁》，美国 Jack London 作、黄药眠译《月样般圆的脸》。

还有钱杏邨（目录页作岛田）的书评《〈流亡〉》。

本期刊物延期 1 个月才出版。这也是它的终刊号。

关键词：《我们月刊》 出版终刊号

1928 年 8 月 20 日

林伯修译文学史论《日本艺术运动的指导理论底发展》，日本田口宪作，载《我们月刊》第 3 号。全文 33 页，22 千字。[①]

本文"专在历史地叙述着日本底普罗列塔利亚艺术运动理论是怎样地根据着'艺术家'底意识而被构成着发展着来呢"。讲日本普罗文学运动的几个时期及其相关理论。

"前史"时期：

据青野季吉说："溯日本普罗列塔利亚艺术运动所走来的径路，在它取着一个意识的艺术运动底形式而呈现出来以前，有个可以称为前史的时期。那是，明治四十年前后，木下尚江、堺利彦，及继续着的大衫荣，荒畑寒村，山川菊荣氏等在《近代思想》，向着当时底文学现象从唯物史观的立场继续着批判暴露的时代。"（青野季吉《日本普罗列塔利亚艺术史论》，载《改造》第 9 卷第 11 号）（本文第 3 页）

青野季吉还说："为那意识底基础的……是以艺术为便利的用具而要藉这假面来普及当时底社会主义思想。普通的意味底宣传艺术即其全部。依着当时底支配的理论，所谓艺术者不外是支配阶级麻醉民众的阿片（鸦片），在无产阶级是没有什么用途的东西。但是，藉着艺术的形式而使社会主义思想侵进民众之心的事，最少，从避去支配阶级的压迫上也是便利的。"（本文第 4 页）

---

① 按：本文译文非常糟糕，阅读时受苦。而且一些词汇出现几种译法，比如，普罗列塔利亚，普罗列搭利亚，普罗列塔利亚特，等等。笔者引文时，照录，以存真。

《近代思想》运动以荒畑寒村的《社会主义和文艺》为标志。

当时的社会主义思潮、运动都是幼稚的。"当时的社会主义思潮是,谁都晓得的,工团主义,无政府主义,自由主义及其他底混合物。以那里头工团主义尤其呈现着浓厚的色彩一事也可以明白一样,一说无产阶级运动便是劳动者运动,一说劳动者运动便是经济运动。"就是经济运动,也还处在萌芽状态。(本文第6页)

大正十年(或说从十年到十一年),日本普罗艺术才勃然兴起。

《播种人》时代:

《播种人》发刊于1919年。这是"播种社"运动的初端。在这前后二三年间,所谓普罗艺术运动底"艺术理论"可以说就已经确立了。

"播种社"运动彻头彻尾地是艺术家底思想运动。"那是艺术家和社会主义结合的结果。""在布尔乔亚乃至小布尔乔亚的世界观之下生活着的一群艺术家,不知不觉之间已怀抱社会主义世界观了。""艺术至上主义被摒弃了。""他们对于青年运动,对于妇人运动,对于对俄非干涉运动,对于俄国饥馑救济运动,都不以艺术而以直接底檄文和行动去参加。"他们"不是艺术家而是政治家"。(本文第7~8页)

"因而,'播种社'在形势(形式?)上,究竟是艺术家底组织,但是瞬间的也是漠然的(不是前卫党的意味)政治的结社。

"那不过是'播种社'运动,不是纯然的艺术家运动,也不是在艺术斗争底政治家和艺术家底结合的运动——即我所意味着的艺术运动,实在是艺术家底思想运动的缘故。

"从来,都说着'播种社'运动,为普罗列塔利亚艺术家底滥觞,真实上,那是兼含着普罗列塔利亚艺术家底滥觞的,更为广泛的运动。

"所以我们把'播种社'看做艺术家的运动底最初结社。"(本文第9~10页)

《播种人》并没有发表什么关于理论的宣言之类,只是个人有几篇文章。

平林初之辅《无产阶级的文化》说艺术的历史性、时代性:文学是和法律、道德、宗教、哲学同为社会的意识的一形态,是一要素。于是,一时代的文学总会多少感染于支配阶级的偏见,毫无可疑的。而这阶级的偏见之所由来,不外是产生阶级对立的社会的关系也没有疑问的余地。……(因而)这些观念,这些范畴不是比它所表现着的社会关系以上地永久的。这些是历史的,一时的之产物。——怎样地相信艺术的永远的人,也没有勇气主张德川时代的文学和明治时代的文学没有变化吧。

加藤一夫《普罗列塔利亚特要求其自己的文学》说艺术的阶级性问题："布尔乔亚和普罗列塔利亚特的对立，无论在其生活上底利害关系，或在思想及感情，都很明显地被区别着。……然则，虽然是同样地在欲以文艺表见（现）自己的人，因他所属的阶级底如何，不消说其思想，感情会生出非常的差异，因而，这些的表现即文艺上也有划然的区别是当然的。即是文艺之加上阶级的意识的是当然的事，也是不得加上的。……不属于两阶级的中间艺术的存在是不被许可的。"

在征引平林和加藤的话以后，田口宪说："但是，由对于这些艺术的唯物史观的解释，生出不把普罗列塔利亚艺术（家）运动看做单纯的艺术（家）运动，而看做阶级斗争的一翼的理论的，是必然的吧。"（本文第 11～12 页）

田口宪进一步说："艺术运动不是单纯的艺术运动。那是阶级斗争的一翼。为什么呢？艺术是阶级的，历史的。故对于布尔乔亚艺术，有普罗列塔利亚特的艺术。二者不得不必然地对立着。但是，艺术只有真的到了无产阶级社会的时候会开着芳润的花吧。现在无产阶级的一切的努力，不可不被集中于社会底物质的构造底变革。所以，艺术也作为这种斗争的一翼，换句话说，'连续于'无产阶级运动的'一大战线'始能够有现实的意义。"（本文第 13 页）

从《文艺战线》创刊到方向转换的时代：

《播种人》到 1923 年东京大地震就自然废刊了。普罗艺术运动在表面上也一同消失了。1924 年《文艺战线》创刊，标志着普罗艺术运动又"勃然兴起了"。（本文第 15 页）

《文艺战线》揭出的"纲领"说：

"一、我们站在无产阶级解放运动的艺术上底共同战线。

"二、在无产阶级解放运动的各个底思想及行动是自由的。"（本文第 16 页）

本期的论文有：青野季吉《不是艺术的艺术》《调查了的艺术》、平林初之辅《艺术家与政治》、佐野袈裟美《文艺底大众化》、武藤直治《作为社会科学底美学与文艺批评》等。

这表明日本普罗列塔利亚文艺联盟的成立。

联盟的纲领是：

"一、我们期望着无产阶级底完全的解放。

"二、我们期望着黎明期的无产阶级斗争文化底树立。

"三、我们期以团结和互助底威力广泛地在文化战野和支配阶级及其文化

底支持者斗争。"（本文第 18 页）

《文艺战线》还发表以下的指导性论文：内山房吉《文学运动底中心点》、青野季吉《文化斗争底基调》、山内（按：原文如此）《教化运动与文学运动——再论文学运动底中心点》、青野季吉《自然生长与目的意识》。

方向转换时代——

日本无产派文艺联盟：

"日本无产派文艺联盟底指导精神，是要绝对由艺术运动排斥政治家的要素的意志底完全意识化了的东西。"

《宣言》说：无产阶级文学"把政治和艺术混同着，把宣传误认做艺术底本质，堕于功利主义，不自觉那反是资本家的艺术观。无视着艺术政策与艺术底界限而把艺术手段化着，粗恶化着的事，除是资本家的功利主义以外还有什么东西"。

《宣言》继续说："我们是在无产阶级的认识之下，欲于其正当的社会的机能和领域去认识文艺者。文艺就是文艺，既不是政治也不是经济。既不是宗教也不是道德。更不消说不是它们的奴隶婢仆。它有相互地对等的存在底理由。正如政治没有成为道德的奴隶一样，文艺也没有隶属于经济底理由。正如法律和经济，哲学和科学有其独自底领域和机能一样，文艺有其自身底领域和机能。"（以上两段，本文第 22～23 页）

作者说："在日本无产派文艺联盟，因为艺术运动就是艺术家运动（作品行动），所以艺术运动底认识毕竟仅以艺术底认识完成。"（本文第 23 页）

劳农艺术家联盟：

它的纲领说："普罗列塔利亚艺术运动，如果认为是在被导至马克思主义的东西，那末，不存在于和无产阶级解放运动底紧密关联性的事是完全没有意义的。只有作为无产阶级运动底一翼，一个要素而存在的时候，那才真地被赋与阶级的意义。"（本文第 24 页）

前卫艺术家同盟：

它有行动纲领，有林房雄的论文《普罗列塔利亚艺术战线统一底问题》。林氏把"一般地艺术家所社会地遂行着的运动"分为三部分：第一是经济的运动，第二是政治的运动，第三才是艺术的运动。（本文第 26 页）"艺术从属于政治"（本文第 30 页），这是他的结论。

日本普罗列塔利亚艺术联盟：

"'普罗艺'底理论，是把艺术运动的确地由政治家底立场把握了的理论。"（本文第 32 页）

有两点是明确的：　（一）普罗列塔利亚艺术是无产阶级斗争的一翼；（二）文艺要从属于政治。

关键词：林伯修　日本普罗文学艺术发展史　"艺术从属于政治"

1928 年 8 月 20 日

《我们月刊》第 3 号发表的小说有：戴平万《交给伟大的革命事业》、罗澜《血之潜流》、克典《决心》。

戴平万的小说以一个已经是革命者的 14 岁的小孩子的口气夸赞侠姑背叛家庭，从事革命的英雄气概。她们/他们只知道风风火火地干革命，而不懂得恋爱为何物。侠姑和一群男青年一起吃，一起睡，一起打闹，也猛烈地抽烟。

关于爱情，这小革命者说："我们不需要爱情呢，爱情不是我们的工作，那是有闲的先生们才研究着这个问题。我们只晓得干，干，努力地干下去！爱情，它妨害我们的工作的进展。""因为有爱情的人容易不努力，怠慢了工作，那不就是反革命了么？唉，我们的生活是太紧张了！"侠姑常和一个外号"飞毛腿"的男青年在一起，同志们开玩笑以为这就是在恋爱。说"飞毛腿""他亦是一个很好的同志呀！他真努力，他不知道疲倦。他整天整夜地跑，他愿意把他的生命交给工作，直至他的生命停止了的时候"。侠姑向大伙儿保证："现在，我十二分诚恳地请你们监视着我，如果我和他恋爱了，搅出许多不努力，甚至不革命反革命的事情来的时候，我自愿处分！我是服从纪律的！"

小说中孩子的话口吻毕肖，但也有不少流氓腔。如，"他妈的""他妈的，那反动的狗""滚你娘的""你娘的""小王八旦""反革命的狗儿们"之类。

罗澜的小说《血之潜流》写革命者的饥饿，只有真正饿过饭的人才写得出来。两个革命者，一个叫老韩，一个叫老朱，在革命失败之后，与组织失去联系，没有生活来源，靠沿街叫卖报纸挣几个铜板，买几磅面包，饥饿度日。

老韩初次见到的老朱的模样："但是他变得多么厉害哟！……他的眼眶低陷了进去，颧骨显得怕人的高，眉好像亦低垂了！鼻尖瘦削得高了起来，嘴唇在不说话时亦像微微的颤动着。眼光凝滞而暗淡，充满了晦气。"

老韩饥饿的情景：

"我走动着，只觉得全身空虚，轻飘飘的，有时若不倚着东西，就怕会向前扑下去。遇到这样的情形时，我就倚着电杆，渐（暂）时不动，等好了一点才走。这种感觉起先只是在近午时才有，到后来就时时有了，甚至于倚着电杆，亦觉得好像身在半空似的，四下的土地都在移动颠簸着。我只想在随便的什么地方倒下去躺一躺。我的眼皮老是抬不起，就像上面有着千斤的重压似的。

"在像这样的发晕未来以前，我的肚肠是如何的绞着哟！腰部酸痛得令人不敢挺直身子。心房怦怦的跳动着。左手自自然然的时常去摸着袋里的半磅（下一顿才能吃的面包），口水一阵阵的涌出来又吞咽下去。这样的痛了许久，后来就手足都酸软无力，再后来就觉得浑身轻飘飘了！在这种轻飘飘的感觉中，我觉得比肚肠在绞痛时好过。"

"他的神经是饿得错乱了！"这说的是老朱。写老朱的饿，则写他吃东西的凶狠。吃的东西是老韩从自己嘴里匀出来的。

小说的结局是老朱在饱餐一顿之后"胀"死了。

克典的《决心》写的是：革命，就是暴动，暴动就是烧自家的房子。要烈人烧自家的房子，他有所不忍。他称那些杀人放火者是"强盗""粪蛆"。他的心理活动是：

"是黄昏的时候了，烈人从床上急忙的跳了起来，他的错乱的思想如乱丝一般的纠缠，他的脑儿，他的心也在胸膛里急跳着，仿佛要裂了的样子，他的眼前旋转着红的和金的圈儿，他全身都流满了热的粘汗。他想睁大了眼睛，定一定神，但眼眶好像有千斤重似的，不受他的支配。于是他仍倒在床上，闭上了眼睛，抽搐着，蟠屈着。他的心头剧痛起来。他像负伤的野兽似的呻吟着。"

关键词：戴平万等的小说　罗澜写饥饿字字逼真　克典写革命就是烧房子

1928 年 8 月 20 日

《我们月刊》第3号发表的诗歌有：森堡《献给既经死了的 S. T.》、藏人《重来》、任夫《呵，我们踯躅于黑暗的丛林里!》、孤凤《拖纤夫之歌》、陈礼逊《血花》。

森堡的诗，说同志死得"何等热烈而悲壮！"因此，"你死了我们并不悲伤"，"并不颓伤"，"并不惊慌"，"并不彷徨"。

孤凤的诗写纤夫之苦，藏人、任夫（殷夫）、陈逊礼的诗全都写革命。任夫还展望世界大同。

关键词：任堡、殷夫的诗

1928 年 8 月 20 日

高尔基自传《我的童年》第六章《沉郁》，洪灵菲译，载《我们月刊》第 3 号。黄药眠译、美国 Jack London 作的《月样般圆的脸》，同刊此期。

高尔基的《沉郁》写的是祖母和她的母亲，重点是绣花边；祖父和祖父的父亲，法国侵略军，祖父打祖母。亦即祖上第三代的故事。絮絮而谈，娓娓动听。

杰克·伦敦的小说很有趣："我"仅仅因为约翰·克拉发号斯有一张"月样般圆的脸"，且永远乐观，就不喜欢他，并搞一些小破坏，但约翰始终不介意，直至被炸死为止。

关键词：洪灵菲译高尔基自传《我的童年》　黄药眠译杰克·伦敦的小说

作者的话：

《我们月刊》第 3 号为终刊号。

本刊是普罗文学运动已经起来，几个来自广东（有的还流浪南洋）的革命青年，紧跟形势，努力著译，在文学史上留下的印痕。

在理论上，除了林伯修翻译日本人写的《日本艺术运动底指导理论的发展》而外，没有其他文章。

在创作和翻译方面，他们的努力是有助于普罗文学成长和发展的。

他们有自知之明，虽说我们社和太阳社是一而二、二而一，难分彼此的，但他们没有参与围剿鲁迅。

他们稚嫩，但坚贞可贵。

1928 年 8 月 25 日

综合性月刊《思想》，在上海创刊。出版第 5 期以后停刊。

后期创造社自《文化批判》停刊以后所办的刊物，主要撰稿人有李初梨、彭康、朱镜我、冯乃超、王学文、傅克兴、龚冰庐、冯宪章等。

以刊载社会科学论文为主，如朱镜我《社会与个人底关系》《中国社会底研究》，彭康《思想底正统性与异端性》《厌世主义论》《新文化底根本立场》，李铁声《社会底自己批判》、《〈哲学底贫困〉底拔粹（萃）》（马克思著）、《社会革命底展开》，李初梨《自然生长性与目的意识性》等。

关键词：《思想》月刊创刊

1928 年 8 月

玄珠（茅盾）的科学普及读物《小说研究 ABC》，由上海世界书局出版，为《ABC 丛书》之一种。

内分《研究的对象》《古埃及的故事》《古希腊的恋爱记》《中世纪的传奇》《近代小说之先驱》《人物》《结构》和《环境》等 8 部分。前者属于小说史的考察，后者属于小说理论的探讨。书前有作者 1928 年 8 月 15 日写于东京的《凡例》。

关键词：茅盾通俗读物《小说研究 ABC》出版

1928 年 8 月

《马克思主义文艺论丛》由上海水沫书店开始出版。

本月出版的有俄国佛理契著《艺术社会学》（刘呐鸥译），10 月出版的有苏联伊可维支（流亡到苏联的法国人）著《唯物史观的文学论》（戴望舒译）。

关键词：《马克思主义文艺论丛》开始出版

国民党中人亟盼也有国民党的文艺政策

1928 年 8 月

廖平论文《国民党不应该有文艺政策吗》，载《革命评论》第 16 期。该刊为国民党汪精卫系统的刊物。

文章说，有人认为，自从革命文学论争以来，上海文坛的情形，"大略可以分为共产派，无政府派，以及保守派，至于我党（按：指执政的国民党）的文艺上的刊物可谓寥若晨星了"。因此，第一，"我们国民党的文艺界要联合一起"，成立"中国国民党文艺战争团"；第二，政府要给这种团体以相当的援助和指导。

可见到这个时候，国民党还没有自己的文艺，既没有政策和人马，也没有理论和创作。差不多在 1 年以后，国民党才制定了三民主义文艺政策，两年以后才算是创办了几种刊物。

关键词：国民党应该有自己的文艺政策

1928 年 8 月

鲁彦译《世界短篇小说集》（库卜林、普鲁士等作），由上海亚东图书馆出版。至 1941 年 10 月，共出 8 版。

收入俄国库卜林的《月桂》，波兰普鲁士的《古尔达》、先罗什伐斯基的《对神的牺牲》，保加利亚加尔陀尼的《二金虫》、斯太马妥夫的《海滨别墅》和《墓地》，芬兰哀禾的《小人物和大人物》、爱尔柯的《雏鸟》，乌克兰波尔调侠克的《荒田》，瑞士柴恩的《月光》等 16 篇小说。

译者是根据世界语本重译的。他在《序》中说：16 篇小说多为弱小国家或受压迫的民族的作品，"它们一样有生活，有人民，有文字，有痛苦与快乐，有呻吟与叫号，有科学与文学——一句话，无论如何弱小的国家都有它们自己的灵魂。或者，我们可以说，正因为它们弱小，而从这里所发出的呼声愈比大国的急切、真挚、伟大。文艺正是从灵魂中发出来的呼声，我因此特别爱弱小民族的文艺"。

关键词：鲁彦译《世界短篇小说集》出版　世界弱小民族或受压迫民族的文艺　文艺是从灵魂中发出来的呼声

局外人论革命文学

1928 年 8 月

胡行之论革命文学：

"好的文学的产生，完全要感谢时代，而不是个人多么努力所能得到的。——虽说技术方面，也要赖个人的修养和天才。

"现在革命文学，滚到高潮，但这个革命文学之由来，并不是个人或一派所能有意掀起，实在是时代的背景所赐给，所赠与。进一步说，而这种革命文学之产生，并不是中国到了革命的时期了，才产生了这个文学，实在是环境榨出了这种印象，给于（予？）文艺的作家，使文艺的作家，为一般民众写照，代一般民众叫喊，而要造成一个更彻底的革命局面。

"革命文学就广义的说，我觉得凡是真的文学，好的文学，都是带有革命性的。我相信真的文学家，总不肯做一时代权力者的御用品，文学家的眼光，是超越现实的，凡不满意现实——当时的权力——而叫喊出来的作品，都是革命文学。换句话说，只是徒作主义的装饰品，迎合一个学说作片面的宣传者，或反不是真的革命文学。

"所以我以为真的革命文学，必须具备两个条件：

"一、由感情逼真的流露的东西，而没有掺杂半分的理智，用以为有意的宣传。

"二、从客观感到真实的群众的痛苦，区真（逼真？）的写出来，并不是个人浪漫的笔淫。

"由前一个条件说，即是具备文学的实质；否则文学便变做传单，有什么意义呢！由后一条件说，即是具备革命的实质；否则文学是个人的发泄品，文学虽是文学，却加不上革命二字。现在就我个人的意见说来，'革命文学，乃是客观的感到群众真实的痛苦，用真情的自然的写出来'——如果是有意的做出来，虽是满纸手枪炸弹，干！干！干！打倒！打倒！只可算是革命传单，总不说是革命文学。"

这是胡行之为陈瘦石短篇小说集《秋收》写的序言中的话，写于 1928 年 6 月 25 日。

关键词："革命文学"论：革命文学是时代使然，不是个人行为　革命文学是真的文学　革命传单不是革命文学

1928 年 9 月 1 日

钱杏邨诗集《饿人与饥鹰》，由上海现代书局出版。

作者写于 1928 年 7 月 10 日的自序说：

"这两卷诗代表了我的两个时代。前一卷大都是在极困窘时写定的，其间多经济苦闷的喊叫。后一卷则系逃亡途中所成，大半是（革命）失败后的悲愤心情的表演。

"我自己作诗有一个信念。我反对做句子。这诗集的技巧固然不完善，但都是写的而不是做的。语句没有经过雕琢。都是在情绪极奔进时随手写下的。从这集子里，我证实了自己的主张没有失败。

"假使读者能从这诗集里捉到破产的小有产者的经济的苦闷情绪，和离乱时代人民的悲哀，和失败的党人的愤激的心理，那我的希望就算完成了。这一部诗，还不是以群众为对象写定，我没有什么特殊的希冀的。"

关键词：《饿人与饥鹰》还不是为群众写的

1928 年 9 月 2 日

李作宾《革命文学运动的观察》（1928 年 7 月 8 日作于神户），载《文学

周报》第332期（第7卷第7期），第7卷合订本第181～184页。

这篇文章是为"革命文学"论争做总结的。

他说："这次论战虽然掀起这么一个大波，其结果是早就使人料想得到的。一班先从事于政治运动的朋友们，在没有准备的认识文艺之前，就想把'文艺'整个推翻将他们的政治理想代替了。他们自己连20世纪的骨骼还不曾长成，就戴上了21世纪的大礼帽；这种Adventure是可惊的。

"在事前他们或许早把紧了他们的'战略'。中国新文坛还没有几根野草长成，在他们看来是不值得他们一抬脚踢翻的，所以众矢之的聚集在鲁迅的偶像上了。如其鲁迅的偶像被他们无条件的打倒了，文坛也许将有'清一色'的可能，由是他们还在预备制造的21世纪作家——赛皮涅克，叶赛宁，赛N. Klinev便永远充贮了新生命了。

"这战略初发动的时候，鲁迅和其他的偶像在一班人眼中确实有几分动摇了，虽然于鲁迅的本身毫没有利害关系。鲁迅的回手几乎还算不得自卫，只是因为这声音在他的周围太嘈杂了，他用手拂开去，想得到一点安静。

"他（鲁迅）并不曾反对过革命文学。不过这班革命文学的倡始者，我想，太令人可疑了：昨天还是十七八世纪诗人的保护者，今天便诞生在21世纪了；走过一次广东就等于跳过了三四个世纪，这真是一场幻梦里的人物。

"他们所用的武器是临时抓来的：屈洛茨基的'气势'和一点点辛克莱的'口号'。他们用这武器只为着它们是时代的利器。用的效果怎样：他们事前并不预闻，因为事后还可以挣扎。但我们要知道屈洛茨基在《文学与革命》那样的扬眉吐气是有他的苏维埃联邦的盛况作背景的；而中国的革命文学家的背景是什么呢？——不过是那伤感文学的大本营罢。

"屈洛茨基对于俄国旧派文人的攻击是具有历史和批评眼光的；他并没有冤枉过托尔斯泰、屠格涅甫、杜思退益夫斯基……他所攻击的对象只是……一般现存的旧俄作家。使屈洛茨基得以创成这部《文学与革命》的钜（巨）著，一方面固然是他有一个可骄傲的环境使他敢于说话，一方面还是有俄国文学的历史过程使他说话有根底。《文学与革命》是一部精心的著作，并不是一种'精神暴动'。中国的革命文学家不但是精神暴动，而且是'玄学的暴动'，效果是使那些崇拜他的人们多学了几个新名词而已。

"中国的革命文学家对于他们所攻击的目标——据我最近的想见，不特是无意的冤屈对方，而且是有意的。无意的是：他们不了解对方，同样的不了解文艺；有意的是：他们想把目前文坛的偶像打倒了，将自己来代替一班人的信仰。因为不了解对方，不了解文艺，他们无意的冤屈手段是失败了；而且，他们没有革命的后防地（一个新社会的背景），没有粮食（新代表作家），没有子弹（新代表作品），同样'战略'也是失败了，虽然他们的总司令是那样的勇猛，四方的援军有那样的多。

"总之，我觉得革命文学还是'创始'的时期，不是'倡始'的时期。一切事都是以'创'较'倡'为稳当些，如其有了好作品的话，那实在用不着倡了。"

关键词：为"革命文学"论争做总结　鲁迅并不曾反对过革命　那些革命文学家实在是没有准备　中国的革命文学家搞的"玄学的暴动"，他们不了解文艺，更不了解文坛

列宁《列·尼·托尔斯泰》首次汉译

1928 年 9 月 9 日

〔苏俄〕尼古拉涅宁著、故剑译《托尔斯泰论》，载《文学周报》第 333、334 期合刊"托尔斯泰百年纪念特别号"，第 7 卷合订本第 229～236 页。

《托尔斯泰论》现在通译为《列·尼·托尔斯泰》，这是该文第一次被介绍到中国。

列宁纪念文章的第一句话就说："业荗·托尔斯泰（Leo Tolstoy）死了。艺术家的托尔斯泰底世界的意义，及思想家与道德说法家的他底世界的声名，都相应地反映了俄国革命底世界的意义。"这一句话现在通译为：托尔斯泰"他作为艺术家的世界意义，他作为思想家和说教者的世界名声，这两者都各自反映了俄国革命的世界意义"。

列宁在本文中详细分析了托尔斯泰思想的矛盾、托尔斯泰作品和托尔斯泰主义的世界意义。

关键词：列宁《列·尼·托尔斯泰》第一次被输入中国

1928 年 9 月 10 日

茅盾短篇小说《自杀》，载《小说月报》第 19 卷第 9 号，第 1029～1038 页。后收入短篇小说集《野蔷薇》。

小说写 23 岁的环小姐因失身怀孕而选择自杀。小说什么都没有正面写，始终是写主人公的心理活动。环小姐父母双亡，无家可归，襁褓之中就寄居在姑母家。姑母、表哥、后来的表嫂对她都很好。她过得快活。但最近半月

来，她忽然变得寡言少语，人们猜不透是为什么，表哥理解为烦闷。而这又"绝对不是起于身世飘零的感触"。青春年少者刹那的欢娱，使"她已是破碎不全的人"。她把自己"神圣的肉体全部开放给他的手和口"，情感到达高潮；连续两次到他的宾馆偷食禁果，是必然逻辑。一切都是自然的，没有丝毫勉强。"他不是坏人"，他是"磊落的大丈夫"。没想到身体很快就发生变化。她没有勇气"挺身出来宣布自己的秘密"。"环小姐悲愤到几乎发癫了。她不愿死；只要还可以逃避，她决不愿死。但现在似乎死是唯一的逃避处所了。挺身出来宣布自己的秘密，把冷笑唾骂都付之一笑，如何？环小姐再三想来，没有这么多的勇气；自杀所需要的勇气还只是一时，而这却是长期。找另一个男子来做掩护么？那也是未必竟有把握。况且这一类的事是性急不来的，万一误近了坏人，岂不是更糟？"经过复杂的思绪，结果还是以自杀为遁逃薮。作品通篇是心理描写，幻觉，梦，内心的矛盾与苦闷……由于作者把主人公（环小姐）的内心活动挖掘得很深，描写得很细，所以作品感人至深。这是一篇相当细腻的心理分析小说。

关键词：茅盾　短篇小说《自杀》

1928 年 9 月 10 日

钱杏邨书评《〈饥饿〉》，载《小说月报》第 19 卷第 9 号，第 1126～1131 页。

苏俄塞门诺夫（Semenov）长篇小说《饥饿》，中国有两种译本，一为傅东华译，载《东方杂志》，一为张采真译，北新书局出版。小说真实地描写革命后的彼得格勒的民众所忍受的几个月中的可怕的饥荒，及由此引起的疾病、死亡、颓废、道德上与心灵上的堕落，但也有青年革命者的坚定。几个饥饿中的人——父亲亚历山大、女儿菲姑娘、儿子波尔克等，都写得形象鲜活、性格突出、思想深刻。

关键词：钱杏邨书评　苏俄塞门诺夫长篇小说《饥饿》

1928 年 9 月 10 日

《创造月刊》第 2 卷第 2 期出版。128 页。

本期头三篇文章是：冯乃超的卷头语《怎样地克服艺术的危机》、论文《中国戏剧运动的苦闷》、毛文麟《演剧改革的几个基本问题》；"批判"栏：克兴的批判文章《评驳甘人的〈拉杂一篇〉》。

创作有：赵伯颜戏剧《沙锅》、龚冰庐小说《炭矿夫》、段可情《一封英兵遗落的信》、汪锡鹏《穷人的妻》、龚冰庐诗《汽笛鸣了》、冯乃超诗《快走》,另李铁声译 20 世纪社会革命剧七场《群众＝人》(Ernst Toller 作)。

关键词:《创造月刊》第 2 卷第 2 期作品

冯乃超横扫一切

1928 年 9 月 10 日

冯乃超《怎样地克服艺术的危机》,载《创造月刊》第 2 卷第 2 期,作为卷头语,加方框,不算总页码。

作者横扫一切:

"布尔乔亚的趣味文学""这个危险不能不是我们的斗争的对象!"这是对所谓"语丝派"。

"'大多数就没有文学,文学就不是大多数的'这样厚颜无耻地宣言着的小布尔乔亚的文学家,奴颜婢膝地跪倒在他们的主人的支配下,为保持'稀有的幸福'的特权阶级的少数人,做他们的趣味文学。"这是对梁实秋。

"我们的斗争的对象不能不直(指)向借革命艺术的美名密输布尔乔亚的意识的所谓'民众艺术''农民艺术',揭破它的美丽的面纱,暴露愚民政策的真相。"这是对郁达夫。

他开的药方是:"解决问题的答案在建设普罗列搭利亚艺术的问题里。我们的艺术是阶级解放的一种武器,又是新人生观新宇宙观的具体的立法者及司法官。革命的整个的成功,要求组织新社会的感情的我们艺术的完成。"

关键词:冯乃超:斥梁实秋 批郁达夫 横扫语丝派 普罗艺术是阶级解放的武器

1928 年 9 月 10 日

冯乃超论文《中国戏剧运动的苦闷》、毛文麟《演剧改革的几个基本问题》、赵伯颜独幕剧《沙锅》,载《创造月刊》第 2 卷第 2 期,第 1 ~ 37 页。

冯乃超针对的是余上沅、闻一多、徐志摩、陈大悲等人的戏剧理论。

"旧剧评价的态度:

"传奇,演义大受识字的人民的爱抚的时候,一般的大众(乡愚百姓)只有他们的村戏。这是他们的所能享受的艺术的恩赐,虽然内容上只是上京求名,锄奸诛恶的一套人情的旧话,又是官僚支配阶级的意德沃罗基的迷魂药。

旧剧，它的内容依然是这样的支配阶级的意德沃罗基的宣传人，社会感情的组织人，官僚阶级支配下的社会是必定要求它的。旧剧在社会上所演的任务不能不是这样。"（第 5 页）

旧剧"不能不是美丽的毒草，非把一般的民众整个毒害不肯干休"。（第 6 页）

"怎样地扬弃旧剧？"

"没有该阶级的意德沃罗基的确立，当没有该阶级的革命的成功。"

"一切的艺术，不把它高级化，——不把它从社会生活游离化的时候，它是社会生活（感情，情绪，意欲等）的最良好的组织机关。"（第 6 页）"同时，从扬弃旧剧的问题身上，只有民众用自己的感情为感情，用自己的意欲为意欲，用自己的头脑来思索，才能有取替旧剧而生长的新剧的发生的可能性。""没有建设民众自身的戏剧，民众戏剧的革命化，这不过是一种废话。""民众的戏剧，在能够组织自己阶级的感情，抒扬自己阶级的意欲的限内，它不能不是革命的戏剧，又不能不是良好的艺术。"（第 7 页）"建设民众自身的阶级的戏剧，这是一切。"（第 8 页）

"戏剧运动的歧途"

以闻一多为代表的国剧运动的一班人"蹈入艺术至上主义的泥沼里"，"这不单是戏剧的歧途而是戏剧的末路！""一般地，艺术变成了感官的刺激的对象，——就是说艺术成为特权阶级的消遣品的时候，艺术不能不失掉它的社会的存在性，这是诱致艺术的颓废的根本原因。"（第 9 页）

"怎样地建设革命的戏剧？"

"民众戏剧的革命化，根本地，若不站在民众自身的社会的关系上，代表他们自己阶级的感情，意欲，思想，它永远不会成为民众自身的戏剧。……我们的新戏剧的运动——革命戏剧运动，根本地不能不是新的民众的戏剧运动。"（第 10 页）

冯乃超全文涉及所谓国剧运动，对旧剧评价的态度，怎样地扬弃旧剧，戏剧运动的歧途，怎样地建设革命的戏剧等问题。

毛文麟的《演剧改革的几个基本问题》，像是一篇教材，分别讲剧场（观众坐席、舞台构造、配光、脚灯、布景、入口）、剧本（创作、翻译）、实演（综合艺林、导演、舞台艺术）、观众（旧弊、鉴赏）。

关键词： 冯乃超谈国剧　旧剧是"美丽的毒草"　"建设民众自身的阶级的戏剧"这是一切

1928 年 9 月 10 日

赵伯雄独幕剧《沙锅》，载《创造月刊》第 2 卷第 2 期。

《沙锅》写几个穷知识分子生活的艰难。其中一句台词是：

"公权！我们连生存的权都没有了，那里还谈得上公权！"（第 32 页）人，首先要生存。

还有一句台词，妻子不无讽刺地对自己的丈夫（归国留学生）说：

"一来就说到你的书！一来就自夸你的学问怎么（样）！老实说我们之所以要受冻饿，不是你的书读得不好，是怪你吹牛拍马的本领不会。而今的事，你要知道，岂是凭书本，凭学问可以找到饭吃的。"（第 34 页）

关键词：赵伯雄独幕剧《沙锅》写穷知识分子生活的酸辛

龚冰庐《炭矿夫》

1928 年 9 月 10 日

龚冰庐短篇小说《炭矿夫》，载《创造月刊》第 2 卷第 2 期，第 38～54 页。下两期连载。

这是龚冰庐的代表作，写煤矿工人的苦难生活及其自发反抗。

小说写了三代人：矿工、他的女婿老陈、他的外孙阿根。三代人都把青春和生命献给了煤矿。

小说以老工人怀揣 3 个煎饼到棚户区看望外孙开头，写出棚户区工人祖祖辈辈生活的艰辛、黑暗。他们默默地生，默默地奉献，也默默地死。老矿工教育女儿，把希望寄托在下一代身上，有一点愚妄。矿上发了钱，女婿老陈"无计划"地买回来吃食，今朝有酒今朝醉。外孙周岁，老工人一天只吃一顿饭，节约钱，买了 5 斤面粉、1 斤猪肉，预备包包子，给外孙做周岁生日。老工人特别高兴，特别兴奋，逢人就说，见人就请去他女儿家吃包子，以致别人都有点烦他。过度亢奋，他从烧锅炉的高温地方走到冰天雪地，暴死。女婿老陈要求增加工资，遭矿局枪杀。旷日持久的罢工又无结果，遭工人怨恨。罢工，对工人来说，就意味着断了生路。为了生存，全矿五千多矿工迫切希望复工。罢工维持委员会失去威信。矿主轻易地就让工人复了工。罢工维持委员会，及未上工的流氓，采用破坏矿山设备的办法，企图继续斗争。结果是：

"升降机的橹虽则还没有倒坍，但是铁索断了！我们再不会听见绳索抽搐的轧轧声，再不会看见满筐的煤块吊上来了。

"还有这些矿坑里的勤谨的工友们，他们还卷（蜷）伏在好几百米达深的矿道里做着几世传下来的职业，过着他们传统的运命！

"升降机不能再上下了，矿坑里的成千的勤谨的工友们没有再见太阳的时候了！

"就是在我们一开始就讲到的小阿根，虽则他仅仅只有 8 岁，但他也没有逃出这命运的圈套！"（第 2 卷第 4 期，第 45 页）

小说有实感。结尾是对无理性斗争的谴责。

关键词：龚冰庐小说《炭矿夫》：三代矿工的命运

1928 年 9 月 10 日

胡也频短篇小说集《往何处去》广告，载《无轨列车》第 1 期封三。

这是第一线书店的新书广告。该书广告云："胡也频君的小说，已有他许多已出版的单行本和数千读者替他证明了价值了。我们似乎不必广告式地替他鼓吹了。只是有一句话是要声明的，收在这本集子里的短篇小说 9 种，是胡君最得意的作品。买了这一本集子，其他的集子是可以不看了。现已付印，不日出版。"

关键词：胡也频小说集《往何处去》广告

李初梨《自然生长性与目的意识性》

1928 年 9 月 15 日

李初梨论文《自然生长性与目的意识性》，载《思想》月刊第 2 期。

此文根据日本文艺理论家青野季吉的论文《自然生长与目的意识》和《再论自然生长与目的意识》写成。青野的理论根据是列宁的《怎么办？》。自然生长指自发性，目的意识指自觉性。列宁认为，工人阶级可以进行自发斗争，但不会产生自觉的阶级意识，这种意识必须由外部灌输进去，使之由自发进入自觉。据此，青野认为，无产阶级文学可以自发产生，而无产阶级文学运动则必须是有目的的教育和组织的结果。

李初梨在文中引用列宁和马克思的话，左右开弓，批判鲁迅和郁达夫，校正郭沫若。他说鲁迅和郁达夫都主张"无产阶级文学要无产者自己来创造", 这是一种自然生长性。劳动大众只有自然生长的觉悟, "在意识过程方面, 只能达到一种粗杂的唯物论或经验论"。"智识阶级则相反, 这一个阶级的特点, 就是他广泛地生活于政治过程及意识过程, 而且在一定的条件下面, 还可以接近物质的生产过程, 同时也能有批判它的生活要求。"因此, 智识阶级就可以从外部把无产阶级的意识注入于无产阶级。又说: "无产阶级的出身者, 不一定会产生出无产阶级文学, 一切的知识者, 在一定的条件之下, 都可以参加无产阶级文学运动。"要看意识, 不能看出身。凡能创作出无产阶级文学者, 绝非纯粹工人, 一定是已经"革命智识阶级化了"。普罗文学要以实践为基础, 否则就是概念的罗列。鲁迅要问黄包车夫的话, 那是"对于自然生长性的屈服, 不可救药的机会主义!""简直是背叛无产阶级了。"

关键词: 李初梨 青野季吉 "自然生长性和目的意识性" 无产阶级的阶级意识要靠知识分子从外部注入 普罗文学要以实践为基础 鲁迅是不可救药的

1928 年 9 月 15 日

蒋光慈诗集《光慈诗选》, 上海现代书局, 初版。1929 年 6 月再版, 1930年 5 月 3 版。

收新诗 11 首。其中最早的写于 1923 年 1 月, 最后一首写于 1926 年 10月, 跨越 4 年时间; 写作地点分别是莫斯科、上海、北京。这 4 年正是中国工人运动高涨的时期。诗篇歌颂苏联的美好, 诅咒帝国主义侵略和军阀统治下的现实的黑暗, 赞颂为自由、为正义而献身的英雄。蒋光慈是革命浪漫主义诗人。他在《〈鸭绿江上〉的自序诗》中剖呈心迹, 说他幼时爱读游侠的事迹, 小小的心灵中早种下不平的种子, "我也曾爱幻游于美的国度里, / 我也曾做过那温柔的蜜梦", 现实磨粗了他的神经, 磨钝了他的嗓音, 他再不能做"在象牙塔中漫吟低唱的诗人", "我只是一个粗暴的抱不平的歌者, / 我但愿立在十字街头呼号以终生!"诗人以拜伦自况, "十九世纪的你, / 二十世纪的我", 同样要做"黑暗的反抗者", "上帝的不肖子", "自由的歌者", "强暴的劲敌"(《怀拜伦》)。20 年代初, 他曾到苏联学习, 把最美的歌唱给苏联, 把最纯洁的心献给苏联, 把苏联比作天国, 梦回萦绕, 心向往之。在那里: "花儿香薰薰的, 草儿青滴滴的, / 人们活泼泼地沉醉于诗境里; / 欢乐就是生活, 生活就是欢乐啊! / 谁个还知道死亡劳苦是什么东西呢?"(《昨夜里梦入天国》); 但在黑暗统治下的中国, 却到处可以听到痛苦人们的哭声和强暴人们的笑声, "到处是黑暗, 是荆棘, 是囚城", "帝国主义者的恶毒,资本家的钱，／军阀的枪，结合起来打成一片"。诗人说，在强暴面前不能讲公道，公理对于弱者是永远没有的，必须斗争，"顶好敌人以机关枪打来，我们也以机关枪打去！／我们的自由，解放，正义，在与敌人斗争里"。这些诗都是自由诗，大体押韵，明白晓畅。

关键词：《光慈诗选》 "我是一个粗暴的抱不平的歌者"

时人以读第四阶级的文学为时尚

1928 年 9 月 16 日

《北新》半月刊第 2 卷第 21 号《杂谈》专栏，一封署名振扬的《自动停刊》（第 96 页）的来信，透露这样的信息：

"在第四阶级文学勃兴的现在，革命刊物委实像雨后春笋一般，不知产生了多少！许多盲目的青年，也非拿着一本革命刊物不能算是 20 世纪——伟大的时代——的青年，如果你在看旧出版物，甚至《北新》和《语丝》，也要被讥为时代的落伍者，学究，骨（古）董……有的还要骂你几声，反革命，不革命的份子！

"有几爿书局，本来发行的杂志内容是倾重唯美文学，后来为适合一般青年的心理，藉以扩充销路，便于某期起大加刷新，专载无产文学，并且在卷首或编后写一篇几万字……"（按：笔者所借的这一期《北新》，少了此后的一页，即没有第 97～98 页）

关键词：时人以读第四阶级的文学为时尚

《大众文艺》创刊

1928 年 9 月 20 日

《大众文艺》月刊在上海创刊。现代书局①发行。每期定价 2 角 5 分。25 开，横排。1930 年终刊，共出两卷 12 期。第 1 卷由郁达夫、夏莱蒂编辑，第 2 卷实际由陶晶孙、龚冰庐编辑。第 2 卷第 3 期起为左联机关刊物。

主要作者有郁达夫、鲁迅、夏莱蒂、叶鼎洛、李守章、陶晶孙、张资平、段可情、龚冰庐、郑伯奇、冯乃超、孟超、杨邨人、沈端先等。

---

① 上海四马路。

郁达夫在《大众文艺释名》的发刊词中说:"文艺是大众的,文艺是为大众的,文艺也须是关于大众的",它不应仅仅"局限隶属于一个阶级"。这实际上是不同意无产阶级文学的主张。

创刊号刊载的创作有:夏莱蒂《基督与猪》、李守章《梦流》、楚狂《青年》、郁达夫《盂兰盆会》。刊载的翻译有:俄国淑雪兼珂《贵家妇女》(鲁迅译)、美国白雷朋尼非尔《嘉丽史聂德》、法国哀特蒙约罗《入地狱》(庄夫译)、美国爱伦坡《幽会》(林微音译)、爱尔兰奥法兰赫德《美》(夏莱蒂译)。

叶鼎洛在该刊发表《双影》《苦恼中的哀乐》《阿巧》《重来上海》《在小圈子里》,许杰发表小说《剿匪》《榴莲》。

关键词:《大众文艺》 创刊

1928 年 9 月 20 日

郁达夫《大众文艺释名》,载《大众文艺》创刊号,第 1~3 页。

他说:"大众文艺"取自日本目下正在流行的所谓"大众小说"。日本的"大众小说"是指那种低级的迎合一般社会心理的通俗恋爱或武侠小说等而言。"我们的意思,以为文艺应该是大众的东西,并不能如有些人之所说,应该将她局限隶属于一个阶级的。更不能创立出一个新名词来,向政府去登录,而将文艺作为一团体或几个人的专卖特许的商品的。因为近来资本主义发达到了极点,连有些文学团体都在组织信托公司,打算垄断专卖文艺了……我们并没有政治上的野心,想利用文艺来做官。我们也没有名利上的虚荣,想转变无常的来欺骗青年而实收专卖的名声和利益。我们尤其不想以裁判官,天才者,或个人执政者 Director 自居,立在高高的一个地位,以坛下的大众作为群愚,而来发号施令,做那些总司令式的文章。我们只觉得文艺是大众的,文艺是为大众的,文艺也须是关于大众的。"(第 1~2 页)

关于刊物介绍外国文艺,郁达夫是这样说的:"中国的文艺界里,虽然有些形似裁判官与个人执政者的天才者产生了,但平庸的我辈,总以为我国的文艺还赶不上东西各先进国的文艺甚远,所以介绍翻译,当然也是我们这月刊里的一件重要工作。不过我们的良心还在,还想分别分别尔我,决不敢抄袭了外人的论调主张,便傲然据为己有,作为专卖的商标而来夸示国人。"(第 3 页)

关键词:文艺是大众的,不应仅仅"局限隶属于一个阶级" 中国文艺还赶不上东西方各先进国家的文艺甚远

1928 年 9 月 20 日

《大众文艺》创刊号封底刊载上海现代书局发行的创作小说广告。计有：蒋光慈《最后的微笑》（实价 6 角半）、蒋光慈《菊芬》（实价 3 角）、金满成《林娟娟》（实价 5 角半）、金满成《爱与血》（实价 3 角）、彭家煌《茶杯里的风波》（实价 5 角）、彭家煌《皮克的情书》（实价 3 角）、洪灵菲《流亡》（实价 7 角）、叶鼎洛《乌鸦》（实价 5 角）、罗西《莲蓉月》（实价 4 角半）、顾仲起《生活的血痕》（实价 5 角）、钱杏邨《欢乐的舞蹈》（实价 5 角）、楼建南《挣扎》（实价 4 角）、沈从文《老实人》（实价 6 角）、高长虹《实生活》（实价 3 角）、叶灵凤《天竹》（实价 4 角半）、黎锦明《马大少爷的奇迹》（实价 3 角半）、胡也频《诗稿》（实价 3 角）。

关键词：现代书局创作小说出版广告

1928 年 9 月 20 日

〔俄国〕马克希莫夫作、萧林重译《俄国革命后的文艺一般问题》，载上海《未明》月刊第 1 卷第 1 号，第 1～11 页（未完）。

这是一篇很难令人读明白的译文。

文章说，俄国革命初期的文学陷入假死的状态了。旧的文学艺术"几乎灭亡"了，代之以新的普罗列塔利亚特文学艺术。什么是新的普罗文艺？1918 年，在一次全俄无产阶级开发编制会议上，由著名的马尔契斯托·亚·白哥达诺夫所提议作的决议是：

"为了新的社会的事业，斗争，建设'普罗列塔利亚'须有自己的艺术的必要。文学是艺术的灵魂。是劳动集产主义。他的阶级艺术，是从劳动集产主义的意味来接受，来反射，而且表示情感，斗争，或创造意志的连络。"（第 4～5 页）

编制会议和白哥达诺夫的决议，引起了第三国际的第二次会议所组织的普罗列塔利亚托文化开发万国事务局实行委员会的留心。在有多人署名的布告《给——万国的普罗列塔利亚同胞》之中，明明写着：

"第一、普罗列塔利亚特必须创造自己的阶级的艺术。

"第二、劳动的集产主义必须要是艺术的灵魂。

"第三、旧的艺术的继承是只可'在批判的文化没有错误的条件之下'摄取的意见，这个意见很明白的显示着。"（第 7 页）

在 1923 年中叶作出的"克兹尼札"宣言中，揭示了如下的纲领：

"普罗列塔利亚特艺术是把各阶级的人集中于一点，像三棱镜（Prism）一样的东西，劳动家们描写自己，来做观察他们的工作，独创，或未来的一面镜。"

"那目的和问题是创造，并且表示共产主义社会的典型（Form）的。"

又，"锻炼新的人类的革命的 Type"：

"以劳动所产生的言语做武器，去耕种助成新的存在的条件的未垦地"

"发见新的生活"

"启示主张纯理革命的马克斯主义者的世界领略的艺术的典型"

"用艺术的来破坏布尔乔亚的 Ideology"

"成革命的总结算，作前途的目标"（第 8～9 页）

"克兹尼札"团体认为：象征主义、未来派、幻想主义等均是"资产阶级的义兄弟"。（第 9 页）

关键词：俄国革命后的文艺的一般问题

冯雪峰《革命与智识阶级》 论鲁迅与革命

1928 年 9 月 25 日

《革命与智识阶级》，论文，画室（冯雪峰）作，载《无轨列车》第 2 期，第 43～51 页。

文章说：在革命运动中的智识阶级除少数人根本反对革命而外，多数人都取两类角色。或者毅然决然地投奔革命，毫无痛惜地抛弃个人主义，投入社会主义，或者也承受革命，向往革命，但反顾旧的，依恋旧的，总在徘徊着，痛苦着。中国的智识阶级在辛亥革命以来的政治历史运动中，是与封建势力斗争过的。

在"无产阶级文学之提倡"和"辩证法的唯物论之确立"的现阶段，在创造社以"狭小的团体主义"攻击鲁迅的时候，画室对鲁迅的评价是：

"实际上，鲁迅看见革命是比一般的知识阶级早一二年，不过他也常以'不胜辽远'似的眼光对无产阶级的，但无论如何，我们找不出空隙，可以断言鲁迅是诋谤过革命的。鲁迅自己，在艺术上是一个冷酷的感伤主义者，在文化批评上是一个理性主义者，因此，在艺术上鲁迅抓着了攻击国民性与人间的普遍的'黑暗方面'，在文明批评方面，鲁迅不遗余力地攻击传统的思想——在'五四''五卅'期间，知识阶级中，以个人论，做工做得最好是鲁迅；但他没有在创作上暗示出'国民性'与'人间黑暗'是和经济制度有关的，在批评上，对于无产阶级只是一个在旁边的说话者。所以鲁迅是理性主义者，不是社会主义者。到了现在，鲁迅做的工作是继续与封建势力斗争，也仍立在向来的立场上，同时他常常反顾人道主义。

"但是，反顾人道主义并非是十分坏的事情。革命在它的手段上，因为必要，抛弃了人道主义；但是在理想上，革命是无论如何都不肯抛弃彻底的人道主义的。同样，革命也必须欢迎与封建势力继续斗争的一切友方的势力；革命自己也必须与封建势力继续斗争的。"（第49～50页）

在中国现代文学批评史上，这是第一篇正面评价鲁迅，评价鲁迅的思想与价值，评价鲁迅与革命的关系的文章，它"把中国的鲁迅研究正式提高到了研究的高度"。"没有任何一篇文章，如此明确地体现了鲁迅与中国共产党领导的革命实际斗争的实际关系，这关系也是鲁迅所追求的改造国民性的思想文化革命与中国共产党领导的革命运动的辩证关系。"（参见《鲁迅研究月刊》1994年第2期，第35页）

关键词：冯雪峰《革命与智识阶级》　第一篇论鲁迅与革命

1928 年 9 月 25 日

〔美国〕John Reed 作、杜衡译《公判底试验》，载《无轨列车》第 2 期，第 79～84 页。

1928 年 9 月 25 日

《诗稿》，短篇小说集，胡也频著，上海现代书局出版。

内收《诗稿》《傻子》《那个大学生》《北风里》《爱之潮》《土地庙》《螃蟹》等 7 篇作品。书前有作者写于 5 月 2 日的《写在〈诗稿〉前面》。

同月，上海第一书局还出版胡氏短篇小说集《往何处去》。内收作品 9 篇：《往何处去》《黑点》《一群朋友》《约会》《坟》《毁灭》《海岸边》《生命》《雪白的鹦鹉》。

这些作品有的写于北京沙滩，有的写于杭州葛岭山庄。一部分发表在《现代评论》杂志，有几篇刊载于《中央日报·红黑》副刊，近一半直接收入小说集。

关键词：胡也频短篇小说集《诗稿》《往何处去》出版

洪灵菲《转变》出版　许杰、杜衡、沈起予

1928 年 9 月

洪灵菲著长篇小说《转变》，上海亚东图书馆，初版。

小说写的是：小有产者家庭出身的青年李初燕，在"五四"时代要求婚姻自由，先爱自己的嫂嫂秦雪英（秦正值妙龄，丈夫又不在家），因碍于伦常，不能尽情相爱；上学后，住同学家，又爱上同学的妹妹张丽云。在爱情上得不到满足，家庭又无温暖，就纵酒，慢性自杀。对发财、做官，他都骂。这种生活，长达四五年之久，反映出"五四"高潮过后，一部分小知识青年的彷徨与苦闷。

五卅惨案之后，北伐战争中，李初燕忽然成了革命家。他离开了家庭，飞出了牢笼，参加了革命，加入了中国共产党，思想也无产阶级化了。他站在被压迫者一边，站在农民一边。小说写了知识青年的分化，还批判了陈独秀路线。

小说在艺术上的特色之一是心理描写比较成功。主人公因为神经衰弱，所以对任何事物都比较敏感。作者又用自然风景的色彩、变化，来反映人物心理的细微活动。这些描写大都不是外加的，而是跟人物、事件构成有机体，和谐一致。

关键词：洪灵菲《转变》

1928 年 9 月

钱杏邨短篇小说戏剧集《欢乐的舞蹈》，上海现代书局，初版。

内收《白烟》等作品 5 篇。其中《欢乐的舞蹈》为戏剧。一写青年知识分子的生活，二写国民党新军阀的为非作歹。

关键词：钱杏邨作品集《欢乐的舞蹈》

1928 年 9 月

钱杏邨短篇小说集《义冢》，上海亚东图书馆出版。

内收《石膏像》《穷人的苦恼》《人坑》《自杀》《一个青年的手记》等小说 9 篇。《石膏像》：穷教师 M 爱好艺术，但没有钱。《义冢》：老教育家 L 在穷困中生活并死去。《穷人的苦恼》：一群教师开咖啡店，无资本；一个老

人没法生活；一个乞儿没饭吃。《人坑》：同为工人的筱山父子的惨死。《自杀》：一个自称要自杀的颓废青年六郎。《一个青年的手记》：喝酒，打牌，做诗，上街，跑书店，事事无聊。《贫民窟日记》：工人自杀；大家无房住；铁匠让妻子去偷汉；孀妇、女工、疯人、船工妻，都生活艰难。《家书》：青年萍水飘（漂）流上海，穷愁潦倒，妻子来信告苦。《银汤匙》：穷青年没钱给儿子买玩具。

作品通过对旧中国下层的穷教师、碾米工人、铁匠、木匠、袜厂女工等劳动人民的悲惨生活和不幸遭遇的描写，揭露了旧社会的黑暗，愤怒地控诉了统治阶级的凶残和旧制度的吃人本质。仍不像小说，只能说是点滴思想的记录，连随笔都说不上。

关键词：钱杏邨小说集《义冢》

1928 年 9 月

许杰短篇小说集《子卿先生》，上海开明书店出版。

内收小说 7 篇：《末路》《邻居》《改嫁》《纪念碑的奠礼》《出嫁的前夜》《子卿先生》《到家》。它们大多以浙东乡镇生活为题材，或描写农村妇女不幸婚姻的悲惨命运，或勾画土豪劣绅的横行乡里、欺压百姓。

关键词：许杰作品集《子卿先生》

1928 年 9 月

杜衡短篇小说集《石榴花》，上海第一线书店出版。

内收小说 5 篇：《石榴花》《最初的眼泪》《还魂草》《人去后》《火曜日》。《石榴花》描写一个女子因情人另寻新欢，而引起种种心态变化。作者以第一人称的手法，勾画人物心态，有真切之感。《最初的眼泪》写一个私生女长得像母亲一样漂亮，同时被两个青年爱着。一个是收养她的医生的儿子，另一个是玩世不恭的青年。前者老实忠厚，后者却对她更具有吸引力。私生女忘了母亲留下的忠告，结果重蹈母亲的覆辙。《人去后》讲述一对相爱的堂兄妹陷入爱情而不能自拔的故事。5 篇小说从各个角度发掘了由爱情而生的种种烦恼，其间自然也有欢快。

关键词：杜衡作品集《石榴花》

1928 年 9 月

沈起予中篇小说《飞露》，上海世纪书局出版。

小说描写了日本姑娘静子与赴日留学的中国山东青年康维的爱情生活和悲惨遭遇。

关键词：沈起予中篇小说《飞露》 日本女子与留日中国青年的恋情悲剧

1928 年 9 月

龚冰庐中篇小说《黎明之前》，由上海创造社出版部出版。

小说曾在《创造月刊》连载。写的是青年工人倪洪德由自发革命逐渐走向自觉革命的过程。

关键词：龚冰庐《黎明之前》 青年工人的革命觉醒

鲁迅《朝花夕拾》出版

1928 年 9 月

《朝花夕拾》，散文集，鲁迅著，北京未名社出版。

此系鲁迅 1926 年所作回忆录的结集。共 10 篇，即《狗·猫·鼠》《阿长与〈山海经〉》《〈二十四孝图〉》《五猖会》《无常》《从百草园到三味书屋》《父亲的病》《琐记》《藤野先生》《范爱农》，并《小引》和《后记》。前 5 篇写于北京，后 5 篇写于厦门。最初用《旧事重提》的总题，陆续刊载于《莽原》半月刊。《小引》叙述了自己写这些回忆性的散文的过程和当时寂寞、"芜杂"的心情。他说，它们都是"从记忆中抄出来的"。在这些散文中，鲁迅比较完整地记录了自己从幼年到青年时期的生活道路和经历，生动地描绘了从清末到辛亥革命失败那个时代的生活画面。这是研究鲁迅早期思想和生活以至当时社会的重要艺术文献。

关键词：鲁迅《朝花夕拾》

1928 年 9 月

王独清书信讲演集《前后》，由上海世纪书局出版。

内收书信 7 函，讲演《街头与案头》《今后的文艺家》《知道自己》等 5 篇。书前有作者的《叙言》。

关键词：王独清作品集《前后》

1928 年 9 月

《初春的风》，日本新写实派作品集，沈端先辑译，上海大江书铺出版。

内收短篇小说 4 篇：平林泰子的《抛弃》、中野重治的《初春的风》、叶山嘉树的《印度的鞋子》、林房雄的《油印机的奇迹》，还有金洋文子的剧本《镜火》。

关键词：夏衍译日本新写实派作品集《初春的风》出版

1928 年 9 月

《色情文化》，日本小说集，刘呐鸥辑译，上海第一线书店出版。

内收作品 7 篇：片冈铁兵的《色情文化》、横光利一的《七楼的运动》、谷池信三郎的《桥》、中河与一的《孙逸仙的朋友》、林房雄的《黑田九郎氏的爱国心》、川崎长太郎的《以后的女人》、小川未明的《描在青空》。

刘呐鸥在译者题记中首次介绍了新感觉派。他说："现在的日本的文坛是在一个从个人主义趋向集团主义文艺的转换时期内……在这时期要找出它的代表作品是很不容易的，但是文艺是时代的反映，好的作品总要把时代的色彩和空气描出来的，在这时期里能够把日本时代的色彩描给我们看的只有新感觉派一派的作品。这儿所选片冈铁兵，横光利一，池谷信三郎等 3 人都是这一派的健将，他们都是描写着现代日本资本主义社会的腐烂期的不健全的生活，而在作品中露着对于明日的社会，将来的新途径的暗示，其余几个人也都是用着意识来描写现代生活的。"

关键词：新感觉主义输入中国

1928 年 9 月

田汉辑译外国剧本《日本现代剧三种》，由上海东南书店出版。

内收三本有三的《婴儿杀戮》、中村吉藏的《无籍者》和小山内薰的《男人》。

关键词：田汉辑译日本作品《日本现代剧三种》出版

太阳社创刊《时代文艺》

1928 年 10 月 1 日

《时代文艺》月刊在上海创刊，是蒋光慈主编的太阳社刊物。仅出 1 期。

蒋光慈（署名华维素）在该刊卷头语中说：在无产阶级文学运动中，高喊口号的时期已经过去了，现在应当从事建设，努力于无产阶级文学的创作。

关键词：太阳社创刊《时代文艺》

1928 年 10 月 1 日

文学刊物《乐群》在上海创刊。初为半月刊，自 1929 年 1 月 1 日起改为月刊。共出 17 期。创作和翻译并重。经常撰稿人是张资平、陈勺水、周毓英、陶晶孙、马宁、徐悲鸿等。

关键词：《乐群》创刊

1928 年 10 月 1 日

秋原论文《文艺起源论》，载《北新》半月刊第 2 卷第 22 号，第 33 ~ 57 页。

文章说，关于艺术的起源，可以简单地分做两派："第一派就是所谓艺术的冲动（Artimpulse）的学说，就是从心理学生物学的见地，来解释艺术的起源的，也可说是唯心派。第二是从艺术发生学上来研究原始人民艺术的起源，就是根据社会学的见地来讲的，这可说是唯物派。"（第 33 ~ 34 页）

具体说来有：（一）艺术冲动说：包括模仿说、表现说、装饰说、吸引说、游戏说。（二）艺术起源于生活必要说。（三）唯物史观之艺术起源说。（四）祈祷劳动与原人的梦。

胡秋原的观点是唯物史观的艺术起源说。他说，德国的格罗斯、芬兰的希伦"从人类学人种学社会进化史来研究"艺术的起源，"但不曾注意到社会的经济程序与艺术作用的关系。到了朴列汗诺夫 Plehanov（引者按：作者在此文中，一会儿译作朴列汗诺夫，一会儿又译作蒲列汗诺夫），马克斯主义文化批评家艺术理论家，科学社会主义的美学的创始者，才给了我们新的唯物艺术史观。／朴列汗诺夫指明这个问题研究的正当方向，不仅应根据生物学，并须根据社会学，应当从达尔文转到马克斯，应当在原人生活状况，经济状况，社会情形中，寻求艺术的本原。抛开了原始的经济组织，想去寻求原始艺术的产生，只是堕入抽象的形而上学的五里雾中"。（第 39 页）

胡秋原说：普列哈诺夫指明"原人游戏是实利的作用，决不是什么'玩意'，决不是'闲散的娱乐'。他又指明：原始人艺术是在共同生活中产出，是社会的现象，是社交的产品；不是个性的现象。我们如不明白原始人是一种团体的生活，就不能明白他们为什么要做那些游戏。所以他告诉我们：工作是艺术的本原，最早最初的艺术是直接受经济的影响而发达，原始的艺术无不反映并且受规定于原人社会状况。原始艺术的主要目的，是为了节省致用的需要。原始的图画是符号，加添文采却是后来的事。舞蹈，歌谣，诗，发生在经济活动程序中，也是随着叫号的动作，与协和的语言变化出来的。原始狩猎民族的戏剧，带有动物哑剧的性质；农业民族的戏剧，亦是表现他们的农业状况：原始戏剧无不是表现他们的社会状况——经济状况，已是为一般人所公认的事了"。（第40页）

本文特别指出：普列哈诺夫早已指明，人类"在分成阶级的社会中，生产动作和艺术就没有直接的关系，所以从艺术的起源转到艺术的发达，就离开直接的经济艺术观，通过心理学的因子而研究艺术了。这在（他的）《马克斯主义之根本问题》中有详细的说明"。（第42页）胡秋原还认为，美国的辛克莱"虽然不是一个纯粹的马克斯主义者"，但是他关于"文艺是宣传"的说法，"是站在阶级斗争的观点来解释艺术的，所以大体上还是和朴列汗诺夫的说法可以相通的"。（第43页）胡秋原再评日本厨川白村的《苦闷的象征》说，"生命力受了压抑而生的缺陷和不满，是人类懊恼苦闷的根源。所谓生活者就是寻求弥补这缺陷与不满。文艺就是这苦闷的象征。这是他的对于文艺的根本意见"。（第45页）

由此，胡秋原得出他的结论："人类最初艺术发生与发展，大部分是起源于实用的动机——工作先于艺术。实用是艺术最原始的动因，最初的艺术是从实生活的必要而起。"（第49页）"生产活动直接地左右艺术的生与长，换句话说，（1）经济促进伴随艺术的产生与发展，（2）经济影响艺术的形态与变化。"（第50页）

胡秋原是中国将普列汉诺夫理论用于文艺研究的第一人。

关键词：胡秋原《文艺起源论》 普列汉诺夫理论 文艺起源于实用：工作先于艺术，实用是艺术的原始动因

茅盾长篇论文《从牯岭到东京》

1928年10月10日

茅盾论文《从牯岭到东京》，载《小说月报》第19卷第10号，第1138～1146页。文末自注1928年7月写于东京。

这是研究茅盾十分重要的一篇论文。作者借本文表述了他在大革命失败之后的思想、情绪，发表了他对无产阶级革命文学的看法，自述他创作《幻灭》《动摇》《追求》三部曲的过程和意图。

他说，他曾经热心地鼓吹过左拉的自然主义，可是到自己试作小说时却更近于托尔斯泰了。"虽然人家认定我是自然主义的信徒"，"然而实在我未尝依了自然主义的规律开始我的小说创作生涯；相反，我是真实地去生活，经验了动乱中国的最复杂的人生的一幕，终于感得了幻灭的悲哀，人生的矛盾，在消沉的心情下，孤寂的生活中，而尚受生活执着的支配，想要以我的生命力的余烬从别方面在这迷乱灰色的人生内发一星微光，于是我就开始创作了"。创作三部曲"前后 10 个月，我没有出过自家的大门"，来访的朋友也几乎没有。

关于三部曲的整体构思是"要写现代青年在革命壮潮中所经过的三个时期：（1）革命前夕的亢昂兴奋和革命既到面前时的幻灭；（2）革命斗争剧烈时的动摇；（3）幻灭动摇后不甘寂寞尚思作最后之追求"。三部曲所写的时间正是中国的多事之秋，作者"有许多新感触，没有法子不流露出来"。然而，"我素来不善于痛哭流涕剑拔弩张的那一套志士气概，并且想到自己只能躲在房里做文章，已经是可鄙的懦怯，何必再不自惭的偏要嘴硬呢？"说实话，"我有点幻灭，我悲观，我消沉，我都很老实的表现在三篇小说里"。但"我倒并没有动摇过"。三部曲只是时代的描写，"是自己想如何忠实便如何忠实的时代描写"。

具体说来，《幻灭》是写"1927 年夏秋之交一般人对于革命的幻灭"。但"这是幻灭，不是动摇！幻灭以后，也许消极，也许更积极，然而动摇是没有的"。《动摇》所写的就是动摇，革命斗争剧烈时从事革命工作者的动摇。《追求》是作者自己所爱的，"爱它表现了我的生活中的一个苦闷的时期"。"我那时发生精神上的苦闷，我的思想在片刻之间会有好几次往复的冲突，我的情绪忽而高亢灼热，忽而跌下去，冰一般冷。""这使得我的作品有一层极厚的悲观色彩。"

茅盾表述了他对国内文坛的不满。大家都说明日的新的文艺应该是无产阶级的文艺。什么是无产阶级的文艺呢？提倡革命文艺的朋友的共通的观点是："（1）反对小资产阶级的闲暇态度，个人主义；（2）集体主义；（3）反抗的精神；（4）技术上有倾向于新写实主义的模样。"然而目下的"新作品"，却使原先赞成革命文艺的人摇头。原因是："我们的'新作品'即使不是有意的走入了'标语口号文学'的绝路，至少也是无意的撞了上去了。有革命热情而忽略于文艺的本质，或把文艺也视为宣传的工具……狭义的……或虽无此忽略与成见而缺乏了文艺素养的人们，是会不知不觉走上了这条路的。"再就是革命文艺作品的读者对象，目前不会是"劳苦群众"，而只能是小资产阶级知识分子。"劳苦群众"还只能欣赏"滩簧小调花鼓戏"一类的读物。而小资产阶级指的就是"小商人，小中农，破落的书香人家……"要把题材转向他们的生活。在表现形式上，在技术上，要做到"不要太欧化，不要多用新术语，不要太多了象征色彩，不要从正面说教似的宣传新思想"。

茅盾这篇文章一发表，即遭到创造社和太阳社的强烈批驳。

关键词：茅盾　《蚀》三部曲是时代的描写　现今的无产阶级文学都是"标语口号文学"　革命文学的读者对象目前只能是小资产阶级知识分子

1928 年 10 月 10 日

《巴札洛夫与沙宁——关于二种虚无主义》，论文，〔俄〕伏洛夫司基作，雪峰据日译重译，载《小说月报》第 19 卷第 10 号，第 1157～1176 页。

《译者附记》介绍说：伏洛夫司基生于 1872 年，1923 年 5 月在日内瓦被暗杀。他是正统的马克思主义者，布尔什维克党的创始人之一，是将党的组织者、苏维埃外交官和马克思主义批评家结合为一身的人。译者说，中国读者如要正确理解《父与子》和《沙宁》这两部俄罗斯名著，"则我以为像本文似的批评文章是很有用处的，它给与我们对于巴札罗夫与沙宁这二个主人公之社会底构成的正确的观念，同时并能窥见俄国革命前的知识阶级的社会心理的变化痕迹"。（第 1176 页）

关键词：伏洛夫斯基　马克思主义批评家

1928 年 10 月 10 日

胡也频短篇小说《消磨》，载《小说月报》第 19 卷第 10 号，第 1212～1216 页。

小说写一个名叫白川的不安定的著作者、浪荡的游民，每天无所事事，就看无聊的来信、报纸广告消磨时光，或者完全无计划地替朋友宛约抄稿子，再不就是看渔翁钓鱼。他还不到 30 岁，却显得已近中年的忧郁而憔悴。

关键词：胡也频　《消磨》　无所作为的知识青年的生存状态

1928 年 10 月 10 日

顾均正译美国辛克莱的独幕剧《住居二楼的人》，载《小说月报》第 19 卷第 10 号，第 1233～1241 页。

顾均正在《译者识》中，对辛克莱有以下介绍："辛克莱是现代美国的一个社会主义者和文学作家。……他的代表作为 The Jungle，是一部描写一个屠宰公司的黑幕的长篇小说。其中对于劳动者家庭的苦况，资产阶级的恶毒的阴谋，都毫无掩饰地暴露出来。这作品在当时曾经引起芝加哥全市的骚动。所以他在全世界虽被尊为一个'正义的战士'，而在他资本制度根深蒂固的故国，却不免被视为眼中钉。他还著了许多别的小说，但介绍到中国来的，只有一部论文 *Mammonart*（郁达夫译，名《拜金艺术》）。"（第 1241 页）

关键词：辛克莱　社会主义者和文学家　*The Jungle*（《屠宰场》）《拜金艺术》

1928 年 10 月 10 日

《创造月刊》第 2 卷第 3 期出版，共 119 页。

本期刊载的主要文章有：

论文类：沈起予《艺术运动底根本观念》、冯乃超介绍《革命戏剧家梅叶荷特的足迹》、嘉生（彭康）译《托尔斯泰论》、克兴译《资产阶级的小丑——萧伯讷》（德国魏特和格作）；创作类：泣零《三色旗与桑茶西》、冯乃超《今日的歌》、日本上野壮夫作《读壁报的人们》（N. C.，即冯乃超译）等。

关键词：《创造月刊》第 2 卷第 3 期出版

1928 年 10 月 10 日

沈起予论文《艺术运动底根本观念》，载《创造月刊》第 2 卷第 3 期，第 1~7 页。

文章的前言部分首先分析说明了当前的文艺形势和走向：

"中国底无产阶级艺术运动，自从它具体的出发以来，已经走了半年以上底路程了。在这简短底路程上，一方面确立了无产阶级艺术之理论上的根据，一方面克服了反动派的底意识的反动主张。这两部工作，是互相连锁的，而且，亦是艺术——自然是无产阶级的——运动底必踏底阶段。

"但是，现在在客观上看来，首先反对'大师'，'领袖'，'……'底鲁迅，已经发出了'根本不懂唯物史观'底悲鸣，其余跟着吼和底门徒小丑，除了冷嘲热骂而外，亦找不出有一个整个的反对理论来。新月派底 Bourgeois 学者们，虽然还有吹着破喇叭来反对的，但这自然是经不起辩证法的唯物论底宝刀，而同样的一定要被送到鲁迅'大师'底坟墓里去。

"所以，我觉得我们底艺术运动底 ABC 工作，在客观上已经达到可以告一段落底时候，以后我们不得不努力检讨我们自身底理论，批评自身底作品，

寻找自身底运动的途径了。"（第 1～2 页）

关于艺术运动之根据，沈起予的文章作了总括：

"艺术是甚么东西？

"它不单是一种产业底特殊种类，而且是一种意识形态（idéologie）"；意识形态"它是成了体系的实在反映到人类底意识底东西，它是由现实社会发达出来，而带有一种现实社会底特征的"。所以，"意识形态者（idéologie）不能离去一定底社会的兴味，因之意识形态者，常是一种倾向的。即是他用一定底目的，来努力着，组织他底材料。

"普罗列搭利亚艺术，自然是普罗列搭利亚特底意识之表现，我们只要获得普罗列搭利亚特底意识，而成为一个普罗阶级底意识形态者，即可制作普罗艺术了。

"读者在此地不难见着无产阶级底艺术，是一种代表无产阶级所倾向之艺术，以该阶级底倾向为倾向之艺术，以该阶级所有之一定底目的，来组织一切材料底艺术了。"（第 2～3 页）

总而言之，无产阶级艺术是"倾向社会变革的艺术，是要求社会主义完全实现底艺术"。（第 3 页）"鲁迅那样的趣味作家"是上海黄浦滩上的黄包车夫的"敌人"。（第 5 页）

艺术运动"应当与政治合流"，"作为政治运动底辅助"。普罗艺术"不外乎是普罗列搭利亚特正当的侵入艺术底历史中心底意思"。（第 6～7 页）

关键词：沈起予　艺术是一种意识形态　只要我们获得了普罗意识，即可制作普罗艺术　艺术运动应当与政治合流　鲁迅是上海滩上黄包车夫的敌人

列宁《列夫·托尔斯泰是俄国革命的镜子》首次汉译

1928 年 10 月 10 日

《托尔斯泰——俄罗斯革命的明镜》（即目录上的《托尔斯泰论》），论文，伊理支（列宁）作，嘉生（彭康）译，载《创造月刊》第 2 卷第 3 期，第 78～87 页。列宁此文现通译为《列夫·托尔斯泰是俄国革命的镜子》，这是首次被介绍到中国；之后，还有不同的人，在不同的历史时期，反复翻译介绍过。

列宁最关键的一段话是：

他是"从俄罗斯革命的性质及推动力这个见地来分析"托尔斯泰的著作

的。他说：

"事实上，托尔斯泰的著作，见解及教理中的矛盾是很可惊的。一方面他是天才的艺术家，不但提供了俄罗斯生活的无比的形象，而且创造了世界文学的第一流的著作。而他方面他是地主，基督教信者的痴人。一方面，对于社会的虚伪与无耻很激烈地，诚实地抗议；他方面，是一个'托尔斯泰主义者'，即称为俄罗斯智识阶级的颓废的感伤的，而且公然地声言'我是恶人，我是应诅咒的人，但我努力于道德的自己完成，以从（后）决不食肉了，现在我只以米食养着身'。一方面，无忌惮地批判资本主义的榨取，剥去政府的暴行，裁判及行政的喜剧的假面具，且暴露了富与文明成果的增大和劳动大众的贫困，野兽化，苦痛的增大间的矛盾之深刻的根据，但他方面，提出了'抗恶勿用暴力'这个愚劣的说教。虽然以清醒的现实主义剥去一切的假面具，但同时又是世界中最卑污的人即宗教的说教者。

"藏着这样矛盾的托尔斯泰之不能理解劳动者运动及它对于社会主义的任务——即俄罗斯革命，是显而易见的事。但托尔斯泰的见解与教理中的矛盾决不是偶然的。倒是俄罗斯生活在19世纪最后的三分之一中所经验的，充满着矛盾的许多条件的反映。……发明了人类救济的新妙药的预言者托尔斯泰是可笑的。……托尔斯泰表现了在布尔乔亚革命的爆发时代中把握着俄国莫大的农民大众的思想及心情，只在这一点，他是伟大的。正因为他的见解底全部——全体地虽然是有害的——表现了布尔乔亚农民革命的我们革命的特殊性，托尔斯泰是独创的。从这个见地看起来，托尔斯泰的见解中的矛盾正是在革命期间制约了农民阶级底历史的活动的，那些充满着矛盾的条件之真正反映。（以上第79~80页）

列宁这篇文章的观点在中国产生了广泛的影响，它成了革命批评家衡量作家作品的指导思想。列宁在文中说：一个真正伟大的艺术家，"他就一定会在自己的作品中至少反映出革命的某些本质的方面"。又说，"作为俄国千百万农民在俄国资产阶级革命快到来的时候的思想和情绪的表现者，托尔斯泰是伟大的。托尔斯泰富于独创性，因为他的全部观点，总的说来，恰恰表明了我国革命是农民资产阶级革命的特点"。"托尔斯泰的思想是我国农民起义的弱点和缺陷的一面镜子，是宗法式农村的软弱和'善于经营的农民'迟钝胆小的反映。"①

---

① 这里所引是现今通译。见中国社会科学院文学研究所文艺理论研究室编《列宁论文学与艺术》，人民文学出版社，1983年2月第1版，第201~205页。

本文之后附译文《托尔斯泰》，也是列宁纪念托尔斯泰的文章，现通译为《列·尼·托尔斯泰》。

关键词： 彭康　列宁《托尔斯泰论》（《列夫·托尔斯泰是俄国革命的镜子》）第一次全文输入中国

1928 年 10 月 10 日

冯乃超诗歌《今日的歌》，载《创造月刊》第 2 卷第 3 期，第 58～59 页。

《今日的歌》共 3 节，每节 11 行。歌的是"被绑搏的，被强迫的今日的劳动创造明日的新生活"。这就必须"捣碎""加上我们身上的铁练（链）的桎梏"，"驱逐""君临我们头上的残虐的强盗"！

N.C.（冯乃超）译《读壁报的人们》（日本上野壮夫作），载同期第 113～117 页。诗人在《译者附记》中介绍："上野壮夫是日本的新诗人，又是全日本无产者联盟的一员。我们的诗人怎样地喜我们的欢喜，悲我们的悲哀；我们的同情现在国际地交通起来。这就是使我翻译这篇作品的动机，同时缺乏表现形式，我们的年青诗人们也可以拿它来参考一下。我不是顾虑译笔巧拙的人。"（第 117 页）

冯乃超本年发表的新诗，除象征派诗《凋残的蔷薇》外，还有革命诗歌：《上海》、《街上人》（载 1 月 15 日《文化批判》创刊号）、《流血的纪念日》（载 2 月 15 日《文化批判》第 2 号）、《纪念我们的纪念日！》（载 5 月 1 日《流沙》半月刊第 4 期）、《夺回我们的武器》（载 5 月 30 日《流沙》半月刊第 6 期）、《民众哟，民众！——为五三济南事件送民众》、《诗人们——送给时代的诗人》（载 5 月《文化》月刊第 5 号）、《红灯》（载 6 月 15 日《畸形》半月刊第 2 号）、《外白渡桥》（载 8 月 10 日《创造月刊》第 2 卷第 1 期）、《快走》（载 9 月 10 日《创造月刊》第 2 卷第 2 期）、《河》（翻译，日本森山启作，载 12 月 10 日《创造月刊》第 2 卷第 5 期）。以上诗歌曾编为诗集《今日的歌》，因书店被封，未出版。

关键词： 冯乃超发表的革命诗歌

1928 年 10 月 10 日

《东方杂志》第 25 卷第 19 号的《托尔斯泰诞生百年纪念》专栏，刊登 7 篇文章，它们是：记者的《托尔斯泰 1828～1928》、陈叔谅的《托尔斯泰诞生百周年纪念——托翁的生涯与他的思想一瞥》、愈之译《托尔斯泰与东方》（罗曼罗兰著）、彭补拙译《托尔斯泰的艺术》（德国 Stefan Zweig 著）、巴金译《脱洛斯基的托尔斯泰论》、味荔译《托尔斯泰的两封信》（给辜鸿铭、给甘地）、哲生译《高尔斯华绥论托尔斯泰》。

记者的《托尔斯泰1828～1928》一开始就引托洛茨基的《托尔斯泰论》的话："我们要永远赞他的伟大的天才。实则只要艺术本身一日不灭，这伟大的天才也是一日不死的。而且还要赞美他的不可制服的道德的勇气；这勇气不许他留在教会里，留在他的社会中，留在他的国家内；这勇气又制定他便在他的无数的赞美者中间，他依然是一个孤立而不得人了解的人。"（第38页）

本文提到托尔斯泰的两部杰作：描写1807～1813年俄国国民生活的《战争与和平》，描写19世纪70年代俄国上等阶级生活的《安娜·卡列尼拉》。"在《战争与和平》中，背景的丰富与生动，描写社会环境的真实，表现男女人物性格的深入，为自来巨匠所得未曾有。《安娜克雷里娜》尤为写实主义文学的杰作，描绘人生的图画，宽广深无不与实生活相称，而又处处觉得生动而灵活。"（第39页）

50岁以后的托尔斯泰笃信宗教。他在《我的宗教》的著作中，规定行为的五大戒律：勿忿怒；勿贪婪；勿立誓；勿抗恶；对于义与不义均以善报之。

陈叔谅引他人的话评托翁："他是世界的人物，其力量之大，足以超绝现代而直贯将来，不仅是一时代一国的伟人。"他说，"托氏之所以受世人景仰，决不仅因他在文学上或任何一方面的成就，而在他的整个的伟大。他的过人之处，特别值得我们注意的，至少有下列几点。第一是他的思想的广博与著作的繁富。他是无所不学，无所不思，无所不发言立说的。他以一身而为文学家，宗教家，教育家，政治家，社会改良家，艺术评论家，乃至广泛的批评家。一生著作，可成单本的已百余种，此外短文还不胜尽计。其次是他的思想的卓特的精神。他的思想虽然也有所因，终究是他自己的思想。他是不计成败，不论荣辱，不畏权势，不怕孤行的。他认定'善恶的标准，不关众人所言所行怎样，亦无所谓进步与不进步，而只在我的良心'。所以只要他心以为是，以为合于真理，虽至违逆全世界，他还是尽力倡导的。虽然他的言论不无偏激之弊，但思想的大勇，实非常人所可及。第三是他力行救世的精神。他不仅是一位博学深思的学者，同时也是刻苦笃行的实行家。他的早年的放纵，引起中年以后的深刻的忏悔；因此劳作自苦，尽他的力以爱人救人。他的学问愈深，实行愈苦；年事愈高，愈成其为修道士"。（第41～42页）

陈叔谅还谈到纪念托翁的意义："他那博大宏肆的精神，足以矫正今日思想界狭隘浮浅的现象；他的卓然独立的精神，足以振刷今日国人比附依违的颓风；而他的刻苦笃行，尤足以激励国人空谈欺人苟且自利的末俗。"（第 42 页）

罗曼罗兰考证：和托尔斯泰通信的中国人仅两个："一个是学者，名 Tsien Huang-t'ung；另一个是文学家辜鸿铭，他在欧洲是很著名的，他曾任北京大学教授，革命后被斥，亡命日本。"托翁劝中国不要抵抗欧洲对中国的侵略，即或俄国人占了中国的旅顺、大连，也不要反抗。"用无抵抗的方法对待本国政府，又用无抵抗的方法对待各国政府。"要发扬中国的三大教义："己所不欲勿施于人的孔教，无为而治的道教，与主张献身与泛爱的佛教。"（第 56、57 页）

巴金译《脱洛斯基的托尔斯泰论》文前有几句 1928 年 9 月 9 日写于巴黎的话："据说近来在中国有所谓'革命文豪'从日本贩到了一句名言：'托尔斯泰者卑污的说人也'。好一句漂亮的话！其实昆仑山之高，本用不着矮子来赞美，托尔斯泰的价值也用不着'革命文豪'来估定。"（第 75 页）

关键词：《东方杂志》编发《托尔斯泰诞生百年纪念》专栏 托尔斯泰伟大之处 托尔斯泰劝中国不要抵抗欧洲对中国的侵略，要发扬中国的三大教义："己所不欲勿施于人的孔教，无为而治的道教，主张献身与泛爱的佛教"

巴比塞《高尔基访问记》

1928 年 10 月 10 日

〔法国〕巴比塞作《高尔基访问记》（未署译者），载《无轨列车》第 3 期，第 85~103 页。文章之前，有高尔基的肖像。

访问记的内容共两部分："新人"、普鲁列达利亚艺术。

说高尔基是受到苏维埃联邦全体民众欢迎的文坛巨匠。巴比塞说，他眼中的高尔基跟一般刊物上的肖像不太相同。他之所见是："葬在背垫子或是安乐椅上的他的瘦躯是十分曲折的。两面的肩膀高高地突起来，小小的头上黄金色的头发已经错杂着了白麻。高罗式的胡子金灿地向下垂着。这是他的肖像的特点，其他的部分总是消瘦紧张的。脸上虽然没有多大的光泽，却很是明快，而那澄清的碧眼里又浮着不能形容的瞳孔。"（第 87~88 页）

巴比塞还强调：

"……但是在高尔基他注视的却是一国的原动力的主义，主张，倾向，全般的洞察力,这以外他是不问的。所以他对于那儿一切的缺点和不满的地方也都拿着眼光去观察。他的眼睛是大人物对于大问题的凝视。这样他就打了一个结论.'苏维埃的大众运动是在这地上最重大最壮观的事变.'这种评价是含有历史的意义的。

"但他自己当做一个往昔的旧人讲着的。虽然有些古旧的地方,但是同时他是新人,照路纳却尔斯基的话,他是在今日的俄罗斯最光耀,最有明晰的意识的主人,最好的劳动者的'新人'。"(第 92 页)

高尔基还预计:"今后 5 年,俄国文学一定完全是这些劳动通信员执牛耳的。/ 但是,他也是主张给这些新来者灌入最上的教化和文学的技术的。"(第 102 页)

关键词:巴比塞眼中的高尔基

1928 年 10 月 15 日

《大江》文学月刊在上海创刊。署"大江月刊社"编辑,实际由陈望道、汪馥泉编辑。共出 3 期。

该刊以"论文多""创作多""杂拌多"的"三多主义"(馥《编辑后记》,见第 2 期)自诩。"文坛逸话""随笔""补白""文坛近讯""出版界消息""是非场"等栏目占有相当比重。该刊主要撰稿人有:陈望道、茅盾、鲁迅、汪静之、王任叔、刘大白、赵景深、沈端先、钟敬文等。发表的创作有:茅盾的小说《诗与散文》,叶鼎洛的《秋愁》《到溧阳去》,汪静之的《北老儿》,王任叔的《影子》,滕固的《南行》等。

关键词:陈望道 《大江》创刊

1928 年 10 月 16 日

〔日本〕黑田辰男作、鲁迅译《关于绥蒙诺夫及其代表作〈饥饿〉》,载《北新》半月刊第 2 卷第 23 号,第 39～45 页。

黑田辰男说:"《饥饿》也如《伤寒》一样,是生活记录的小说。借了 16 岁的少女菲亚的日记的形式,来记录 1919 年的饥馑年间,在彼得堡的一个工人的家族的生活的。"(第 41 页)"为了'饥饿',父亲和亲生的孩子和妻隔离,变成冷酷,于是为了'饥饿'死下去。为了'饥饿',女儿憎恶父亲,妻憎恶夫。为了'饥饿',幼儿的心也被可怕的悲惨所扭曲。——一切为了'饥饿',为了'饥饿'而人的生活悲惨,偏向,堕落,衰亡。这便是这部小说的主题。这战时共产时代的心理生活,便是这部小说的主题。在这里,有

可怕的现实。"（第43页）

关键词：鲁迅　苏俄小说《饥饿》：饥饿年代可怕的现实

1928 年 10 月 16 日

〔美国〕Maurice Hinduswt 作、伟森译《最后的一个哈姆雷德》，载《北新》半月刊第 2 卷第 23 号，第 47～69 页。

译者在文章之前有简短的说明："这是 Maurice Hinduswt 著的 Broken Jarth 中一章。本书描写的是革命后新俄农民生活的情形，物质方面的和精神方面的。著者是一位生长在俄罗斯农村中的美国人，在他的叙述中就可以感到那种宽大为怀的气概；但是他在这一章中描写那位'智识分子'的叶琦在革命前对于革命的幻想以及革命后的灰心，失望，怠工等等，却是十分逼真的。"（第47页）

译文相当流畅，明白简洁。十分好读。

关键词：李伟森　美国人眼中的新俄农民生活

1928 年 10 月 16 日

《白华》文艺性半月刊在上海创刊。仅出 3 期。中国济难会主办，实际由钱杏邨、郁达夫主编。

创刊号上，钱杏邨的《我们的态度》、郁达夫的《白华的出现》，阐述了办刊的宗旨。该刊刊登冯宪章的诗，郁达夫、楼适夷、钱杏邨的小说和散文，伯川（杜国庠）的国际评论。

关键词：《白华》创刊　钱杏邨　郁达夫

1928 年 10 月 20 日

〔法国〕查理路易·腓立普作、鲁迅译《食人人种的话》，载《大众文艺》第 2 期，第 113～180 页。

小说讲的是：非洲一个部落打败了另一部落，俘虏回来一个 20 岁的女人和她的小女儿。按部落规矩，要将战利品吃掉。人人都吃了那个女人的肉，唯小女儿怎么也不吃妈妈的肉，只是哭。小说最后是这样结束的：

"的确，这筵宴，是凄凉的筵宴。一个孩子的眼泪，就够在国民全体的心里，唤起道德之念来，酋长站起身，说：

"'不要为这个女孩哭泣了罢，因为我感于她的诚心。要收她为义女了。可怜，死了的母亲，是已经迟了，一点法子也没有！只有因为她的死，弄出

来的这悲哀的事，但愿作为我们的规诫。我们永远不要忘却，人肉的筵宴是悲哀的，而不给一点高兴的事罢．'

"食众都垂了头，而在心底里，是各在责备自己，竟犯了那么可耻的口腹的罪过。"（第 179～180 页）

鲁迅的《译者附记》说，本篇译自日本掘口大学的《腓立普短篇集》。

关键词：鲁迅 非洲吃人部落的悲哀

柔　石

1928 年 10 月 30 日

柔石小说《人鬼与他的妻的故事》，载《奔流》第 1 卷第 5～6 期。

作品中的"人鬼"，是一个愚拙、麻木的殓尸夫，他不避毒病热臭，终年做着"死尸的朋友"。他娶了小寡妇，却将妻儿迫害致死。小说的气氛阴惨而沉重，它以一种苦涩的笑，谛视那个以人为鬼的乡镇社会。而在这样的社会，是几乎没有人的尊严与人的价值可言的。

关键词：柔石 麻木的人群

1928 年 10 月 30 日

林语堂作独幕悲喜剧《子见南子》，载《奔流》第 1 卷第 5 期。

次年 6 月，山东曲阜省立第二师范学生编演了此剧。而孔丘后裔竟以该校"侮辱宗祖孔子"为由，向教育部提出控告，教育部公然为此发出"训令"，校长还发表了《答辩书》，各报刊亦纷纷发表通讯和评论。鲁迅的杂文《关于〈子见南子〉》（载 1929 年 8 月 19 日《语丝》周刊第 5 卷第 24 期），记录了这一场闹剧。

关键词：林语堂《子见南子》

丁玲、周毓英、塞克作品集

1928 年 10 月

《而已集》，散文集，鲁迅著，上海北新书局出版。

这是鲁迅 1927 年所作杂文的结集，收作品 29 篇，作于广州和上海。关于书名，作者在《题辞》中说："这半年我又看见了许多血和许多泪，然而我只有杂感而已。……连'杂感'也被'放进了应该去的地方'时，我于是只有'而已'而已！"这一时期，鲁迅经历了"四一二"事变，目睹了国民党反动派对中国共产党人和革命群众进行迫害、屠杀的血的事实，思想上受到很大震动。他在《三闲集·序言》中曾说："我是在二七年被血吓得目瞪口呆，离开广州的，那些吞吞吐吐，没有胆子直说的话，都载在《而已集》里。"《革命时代的文学》《答有恒先生》《魏晋风度及文章与药及酒之关系》《文学和出汗》等是该集内的名篇。

关键词：鲁迅《而已集》　自我解剖

1928 年 10 月

丁玲短篇小说集《在黑暗中》，上海开明书店出版。

内收小说 4 篇：《梦珂》《莎菲女士的日记》《暑假中》《阿毛姑娘》。这是丁玲的第一本小说集。她在题为《最后一页》的后记中说："这书算为我生活中的一个纪念。"又说她不愿"只能够写出一些只有浅薄感伤主义者最易于了解的感慨"。因而她不愿听到"过分的，不切实的赞歌"，和"一些含混的，不负责的攻讦"。稍后，有评论说："女作家笔底下的爱，在冰心女士同绿漪女士的时代，是母亲或夫妻的爱；在沅君女士的时代，是母亲的爱与情人的爱的互相冲突的时代。到了丁玲女士的时代，则纯然是'爱'了。爱被讲到了丁玲的时代，非但是家常便饭似的大讲特讲的时代，而且已经更进了一层，要求较为深刻的纯粹的爱情了。"（见 1930 年 7 月 1 日《妇女杂志》第 16 卷第 17 期《当代中国女作家论》）钱杏邨则说这些小说"表现了一个新的女性的姿态，也就是其他的女性作家的创作中所少有的甚至于没有的姿态，一种具有非常浓厚的'世纪末'的病态的气分（氛）的所谓'近代女子'的姿态"。（钱谦吾《丁玲》）

关键词：丁玲小说集《在黑暗中》

1928 年 10 月

周毓英小说散文集《在牢中》，由上海乐群书店出版，为《新进作家丛书》之一种。

内收《贫民的火灾》《灰色的兵》《黄蜂及其他》《一群人形的野兽》《在牢中》等小说和散文。

关键词：周毓英作品集《在牢中》

1928 年 10 月

塞克新诗集《追寻》，由励群书店出版，为《四潮丛书》之第三种。

收新诗 51 首。书前录书中的诗句作为《代序》，书后附录散文《狱中》和《写在枫叶上的日记》。

全书分 4 辑：第一辑《归来》写游子对故乡的思恋，以及对青春期的爱情滋味的反刍。"旅心已倦得绵软，／归去看看那幽默的姑娘"，"乘青春未去得遥远"。诗人走尽沙漠万里，原只为去寻觅一滴解渴的清泉，而今带回的只有"人世的悲哀"，看见的只是埋葬美人的荒冢。一片悲凉袭上心头。第二辑《流浪》是一曲悲歌，显见诗人对人生已感到厌倦。第三辑《追寻》写人生的道路到处是陷阱，"前梦何值得再去重温？"第四辑《零滴》是一束小诗，写诗人对生活的感受和饥渴、苦痛的心理，同时也折射出作者的艰难经历和所遭受的挫折。

关键词：塞克诗集《追寻》

1928 年 11 月 1 日

《无产阶级文艺略论》，论文，祝铭（疑即祝秀侠）作，载《青海》创刊号。

作者深感无产阶级文艺有人倡导，却无人作理论的探讨。作者所拟的纲目是：无产阶级文艺之由来……无产阶级文艺之特质……初期无产阶级文艺之幼稚……略评我国主张无产阶级文艺者与反对派……我国所谓革命文学之缺点。此文只论述了第一点，第二点"特质"载该刊第 3 期。

关键词：《无产阶级文艺略论》

1928 年 11 月 4 日

〔日本〕本间久雄著、沈端先（夏衍）译《欧洲近代文艺思潮论》广告，载《文学周报》第 342 期（第 7 卷第 17 期），第 7 卷合订本第 560 页后的插页。

广告词曰："本书从文艺复兴时代起，历述古典主义，浪漫主义，写实主义，自然主义，及颓废派，浪漫派，象征派，唯美派的内容与其作家的性格，略传，并揭示各作家名作的梗概，及其思想的特征。读者不但因此明了近代文艺上各主义，各流派的系统，并且恍如读过世界著名的文艺作品。至于引证的赅博，叙述的详细，论断的平允，尤为著者的特长。全书 380 页，铜版

图 35 幅，高级中学及大学预科用作教本，最为适宜。"

上海开明书店发行，布面 1 元 5 角，纸面 9 角。

关键词：日本本间久雄 夏衍 《欧洲近代文艺思潮论》

1928 年 11 月 5 日

综合性刊物《日出旬刊》在上海创刊，创造社出版部出版发行。主编李一泯、华汉。

这是一个以社会科学为主的综合性刊物，立足于向青年进行马克思主义的启蒙教育。编者在第 1 期的《校后补记》中谈到他们想做的"几件小事情"：（一）介绍一点系统的浅近的政治、经济、社会的理论；（二）对现在的社会科学出版物进行批评；（三）介绍重要的国际事件。"总之是使读者得点正确的远大的观念。"该刊以小报的形式发行，4 开本，每期 8 版。于本年12 月 15 日终刊，共出 5 期。

关键词：《日出旬刊》创刊 李一泯 华汉 该刊立足于对青年进行马克思主义的启蒙教育

1928 年 11 月 10 日

《创造月刊》第 2 卷第 4 期出版，共 134 页。

本期主要文章有：

戏剧类：王独清《国庆前一日》、郑伯奇《轨道》（三幕剧）、冯乃超《县长》（三幕戏曲）；小说类：华汉《趸船上的一夜》、陈芳《老大》；诗歌类：王独清 Fête Nationale、宛尔《从工厂里走出来的少年》、黄药眠《今天的早晨》、少怀《新时代底展望》；论文类：彭康《革命文艺与大众文艺》。

关键词：《创造月刊》第 2 卷第 4 期出版

1928 年 11 月 10 日

《革命文艺与大众文艺》，论文，彭康作，载《创造月刊》第 2 卷第 4 期，第 117～126 页。

本文的批判矛头指向郁达夫的"大众文艺"理论。

说郁达夫的"大众文艺"是"与革命文学似相接近而实相反的主张"，它与"趣味主义""健康与尊严的原则""理想主义""天才主义及英雄主义"等流派一样，同属于"反动的文学阵营"。说郁达夫的用意是以"大众"二字偷偷地替换普罗列塔利亚，"来攻击革命文艺"。（第 117～118 页）还说，

"本来郁达夫是一个极端的个人主义者，堕落的享乐主义者，他那种décadent式的萎靡的生活使得他完全为小资产阶级的劣根性所支配，反映到文艺上成为一个专描自家的私生活及社会底畸形的部分现象的作家"。（第118页）郁达夫"先前以个人主义的颓废文学来迷误青年，后来又提倡Raymond的农民文学来使青年走入歧途，现在又是什么大众文艺来缓和青年的阶级意识及革命精神。我们不必学他的同道鲁迅来阴骂阳讽，我们只明白说大众文艺是反动的东西，不管它是基于认识的错误，是有意识的或无意识的"。（第125页）"他想抹杀文艺的阶级性，这是与革命文艺根本地不能相容的地方，也就是郁达夫在文艺上之所以反动的根本原因。"（第119页）"他的根本的立场在全民的民主主义，即所谓'By the People，for the People，of the People'。这是政治上的Democracy……而它的理论是基于社会的错误的认识，实践的动机是想蒙蔽被压迫民众的耳目而缓和他们的反抗。"（第120页）

作者的正面主张是：文艺是生产关系上的一定的上部构造，是"生活的组织化""思想的组织化""感情的组织化"。他说："伟大的文艺家同时又是伟大的思想家，在他们底作品中可以看出对于一个时代的正当的倾向及对于这些倾向的态度。"（第122页）"文艺家对于社会不只是从纯智性的系统上去理解，还要确立一种一定的感情的，即道德的及美的关系。这种关系是纯思想家所没有的。思想家的认识还是一般的，抽象的，间接的，而没有实感；文艺家的认识是直接的，活生生的而在作品里形成一种生活感情。文艺与别的意识形态一样，虽然也是现实社会底反映，但以与内容相适合的音调，色彩，形态，言语表现出来格外使得文艺是感情的，强有力的。文艺是思想的组织化，同时又是感情的组织化。文艺不仅是现实社会底热烈的直接的认识机关，还是文艺家对于现实社会的一定的见解及最期望的态度之宣传机关。这是一个宣传机关，不是为艺术的艺术，不是无病呻吟，更不是迎合社会的低级的通俗的东西了。这点是文艺的实践性。"（第123页）

作者还从"阶级的立场及政治的意义"（第124页）两个要素来阐释中国现阶段所需要的革命文艺，尤其是它的阶级性。

高长虹在《长虹周刊》第8期（12月1日）以《大众文艺与革命文艺》为题，发表另一种见解。以为革命文艺的最大障碍不在郁达夫的"大众文艺"，恰恰在这所谓的革命文艺"是不是真正的革命文艺"。因为"真正的大众文艺同时一定是革命文艺，真正的革命文艺同时也一定是大众文艺"。

关键词：彭康　郁达夫的"大众文艺"同属于"反动的文学阵营"　文艺是"生活的组织化""思想的组织化""感情的组织化"　文艺是"宣传机关"

1928 年 11 月 10 日

郑伯奇三幕剧《轨道》，载《创造月刊》第 2 卷第 4 期，第 11~33 页。

本剧写中国铁路工人策划拆铁路轨道，破坏日本帝国主义军队的运输，保卫济南，保卫山东。其中工人有这样的对话：

"……什么都是靠不住的。无论如何，我看总得我们自己去干。现在中国，试问哪个英雄能和日本政府翻脸？谁也不能！现在日本政府已经派兵来了，试问哪位将军敢去用兵阻挡？谁也不敢！但是我们呢？我们这些穷苦人却是眼睁睁要受苦受难的。别说我们父母妻子得叫他们作贱；就是我们自己安分守己地照样作我们的工，万万都是不能够的。他们变成了主人，他们有枪在手里，他们要你什么时候死你要想活多一刻都不能够的。"（第 14~15 页）

"帝国主义最怕的是革命的，不屈服的民众。所以我们就是明晓得有危险也得干他一下。"（第 16 页）"我们只要自己强硬，日本就是得了山东，也是没有办法。不仅没有办法，他自己国内还要发生问题。"（第 17 页）

"只要中国人自己争气干将起来，谁还敢欺负我们中国。"（第 18 页）

关键词：郑伯奇　《轨道》　工人的反帝意志与行为

1928 年 11 月 10 日

冯乃超三幕戏曲《县长》，载《创造月刊》第 2 卷第 4 期，第 77~97 页。

作者写于 1928 年 10 月 16 日的《后语》说：

"这篇戏曲不能诬它作虚构，或许我的表现还去现实稍远，然而，这不外我的艺术的手腕的问题。这篇是意识地模仿哥哥里的《巡按使》的那篇。所以人名的取法也照他的办法。不过我还是和中国社会没有发生很密切的关系，所以我还没有观察种种社会形相的机会。这一点对于我这篇戏曲的会话术上发生了致命的打击。

"写这篇的发意，远因在四五年前读了哥哥里的《巡按使》，去年又因读了 B. 罗马梭夫的《空气馒头》（这篇又是在日本筑地小剧场上演时有了观看的机会）及 Griboedov 的《聪明苦》，最近读了 Erdmann 的《委任状》，我便发心写一篇中国的现代的喜剧。然而，结果是怎样呢？我因为还欠了沉稳冷静的心情，不应该动感情的地方，我却放了感情进去。结果，理想主义者的 Sentimentalism 点点地散在。同时对于中国现代的官僚阶级的生活感情，很遗憾的，我不能不告白我还是不能理解。

"这篇可算是一气呵成的作品，以现在的我，是没有能力去修改。这篇作品之完成不能不候我对于中国社会的理解更有进步的时候。"（第96~97页）

关键词：冯乃超喜剧《县长》 自述受果戈理《钦差大臣》等名著的影响而创作此剧，但因为对中国社会还是不太了解，因而离现实稍远

1928 年 11 月 10 日

据《创造月刊》第2卷第4期所转载文珉的通讯《关于"看书自由"》①（第130~132页）透露：福建厦门的集美学校禁止创造社的书籍，学校不藏，学生不准有。

本刊文学部在《编辑后记》中说："我们晓得这个现象不局限于福建一省，差不多中华全国的各地都有这样的事情。"（第134页）

关键词：集美学校禁读创造社书籍

1928 年 11 月 10 日

《库兹尼错结社与其诗》，论文，日本黑田辰男作，画室（冯雪峰）译，载《无轨列车》半月刊第5期，第211~234页。

本文论述十月革命以后苏联诗歌领域的思潮流变。"库兹尼错"即"锻冶工场"的音译。文章讲了"库兹尼错"的历程。在"无产阶级诗底美学的基础"一节说：无产阶级文学不是一个流派或倾向，它反映和表现着因革命而成为支配阶级的苏维埃的勤劳阶级的生活、感情和意志，及意识形态的文学。在"浪漫主义与宇宙主义"一节讲：时代进入了浪漫蒂克，诗人就不能只写实在的工场，而要写梦想的东西了。在谈到"集团主义与唯物主义"时，作者说：诗作里"我"字隐去了，而代之以"我们""群众""大众""大队""队伍""劳动军""无产阶级"，并填上唯物主义。这是比较典型的"拉普"的观点。

第一题"'库慈尼错'的概史"说："在苏维埃俄罗斯，无产阶级文学，以集团的势力进出着文坛的中央的，是无产阶级掌握了支配权的十月革命以后的事。"（第211页）

"库慈尼错"之前有"无产阶级文化会"。"库慈尼错"是以莫斯科为中心的无产阶级诗人的结社，1920年5月创刊《库慈尼错》，1923年被"十月"

---

① 原载10月9日厦门《思明日报》。

所代替。直接参加库慈尼错的成员，农村出身的有格拉西莫夫、基里洛夫、亚历山大洛夫斯基、尼佐伏伊、涅威洛夫等，出身都会的有阿布拉陀维奇、菲里普钦珂、莎尼珂夫、加晋、玛加洛夫、阿伊克尼、略西珂等，此外还有阿尔斯基、伏尔珂夫、陀洛戈伊钦珂、莎加特金、萨莫背特尼克、玛拉式金、诺伊珂夫、勃里仆夫、普列特涅夫、思铁普诺夫、西瓦契耶夫、西克里耶夫、亚洛伏伊等，约 40 名。

第二题 "无产阶级诗底美学的基础" 一节说：无产阶级文学不是一个流派或倾向，它反映和表现着因革命而成为支配阶级的苏维埃的勤劳阶级的生活、感情和意志，及意识形态的文学。"无产阶级诗，是从无产阶级的生活里直接地生出来的诗。——照这样解释看来，则无产阶级诗，既不是书斋的诗，也不是研究室的诗，它应该是从那为无产阶级的生活的工场，从炭坑里生出来的诗。"（第 216 页）"对于无产的诗人，工场是他们的诗的摇篮，无产阶级诗从工场之中生出来，随后就在工场的上面高高地，在热烈地无产阶级的胜利里呼吸着，向空中飞翔着去了。"（第 223 页）

第五题 "浪漫主义与宇宙主义" 一节讲："十月革命以后，无产阶级的阶级战线是亘及一切方面，博得着有光辉的胜利去的。新的苏维埃是向辉煌的组织，一路上继续着跃进。无产阶级的无限的力，世界革命的迅速的发展，理想的急速的实现，对于资产阶级灭亡的充满着夸耀的自信，这等的理想和感觉是使无产阶级在激烈的感激与热中里飞翔着了。在这有光荣的 '周间'，无产阶级诗人们是不能朴素地实质地描写工场歌咏劳动的。第一不能不叫喊；不能不歌无产阶级的颂歌，不能不奏它的凯旋歌。"（第 224 页）时代进入了浪漫蒂克，诗人就不能只写实在的工场，而要写梦想的东西了。"这梦想是取了叫作宇宙主义（Cosmism）的那物事的形态的。宇宙主义——这不是浪漫蒂克的世界主义，也不像过去的象征派和颓废派的诗人们逃避着现实而以极疲乏的眼看着天涯，在宇宙的幻想之中要求自己忘却，依据病的空想憧憬着宇宙的世界的那样的寂灭主义。这是从无产阶级的呼气着的魂的精力的横溢里生出来的，爱着 '统一了一切的伟大的全体' 的情热。"（第 226～227 页）

第六题 "集团主义与唯物主义" 一节，作者说：诗作里 "我" 字隐去了，而代之以 "我们" "群众" "大众" "大队" "队伍" "劳动军" "无产阶级"，并填上唯物主义。"诗人已经不是一个人在歌着，他是和他的同志一道地歌唱着的。他的诗是集团的代辩。"（第 228 页）与此有关的特点是：他们的诗是动的，不是静的。他们将它称为 "力学的诗" "劳动者的锤音的诗"

"电光诗""铁的花"等。（第 230 页）

这是比较典型的"拉普"的观点。

关键词：冯雪峰 "拉普""库兹尼错"观点 诗里要隐去"我" 典型的"拉普"理论

华汉《疍船上的一夜》

1928 年 11 月 10 日

华汉短篇小说《疍船上的一夜》，载《创造月刊》第 2 卷第 4 期。

小说写南昌起义失败后一个革命者在香港街头的困境和感受。这是文学创作中第一篇涉及 1927 年南昌起义的作品。

小说可以说是作者本人生活的一段实录。

小说没有什么情节，只记录了革命家本夫在革命（南昌起义）暂时失利之后，流亡到 E 港（即香港），在未找到组织之前，饥寒交迫，连在水门汀地上像猪狗一样躺一夜的权利都没有，最后在码头工人弟兄的指点和帮助之下，藏在疍船上去，才得过一夜。小说注重对本夫的心理活动的描写。它如实地烘托了白色恐怖的气氛，烘托了此时此刻这一个革命者的艰难处境和复杂心理。"他摸摸他头上那毛毿毿的长发，看看他那破旧了的青布短衣衫，再摸摸他那空空如也的衣袋，他想朝明亮点的地方走去，又怕被巡捕盘诘，想朝旅馆里去呢，他又囊空如洗，想就在这蒙着风霜，鹄立一宵呢，更怕被路人当他成小偷，给他以难堪的侮辱。这时，他焦灼的心竟被那无情的毒爪撕成碎片去了！他愤然窘然而又惶惶然的望着头上那一片渺渺茫茫的低空，深深的发出了一声半伤感而又半激愤的长叹。"高楼大厦一幢接一幢，却没有一方寸供他容身；商店橱窗里的食品琳琅满目，眨着鬼眼的霓虹灯也在招徕顾客，但没有一种可以用来充他的枵腹；车站、码头、阶沿、街道，这些公共设施也成了警察巡捕敲诈穷人的私产，在那上面躺一晚上得付 5 分钱，腰无半文的本夫也无法买到这躺卧权。疲劳、饥饿、寒冷、孤独、颓丧，一齐向他袭来。语言不通，举目无亲。问题还在于本夫不同于没有饭吃和栖身之所的流浪者或乞儿饿殍，他是革命的逃亡者，他得处处留心不要暴露身份，他得时刻提防，不要被巡捕抓去。他的痛苦主要不在于皮肉受冻，饥腹待填，而在于对革命失败的痛惜，对组织的寻找，对前途的探索。心痛才是真正的痛。幸运的是，他很快得到工人的同情和帮助。作品突出了革命知识分子的形象，深化了主题，增强了反帝国主义反殖民主义的色彩。

关键词：华汉　《囚船上的一夜》　南昌起义失败后的革命者形象

1928 年 11 月 10 日

《小说月报》第 19 卷第 11 号出版。刊载的小说有茅盾的《一个女性》、落华生的《在费总理底客厅里》、甲辰的《第一次作男人的那个人》等。

1928 年 11 月 10 日

茅盾短篇小说《一个女性》（1928 年 8 月 20 日至 25 日写于日本东京），载《小说月报》第 19 卷第 11 号，第 1256～1272 页。后收入短篇小说集《野蔷薇》。

小说描写少女琼华短促的一生，塑造了另一类型的年轻女性的形象。琼华 14 岁时初中毕业；父亲是小镇上的望族，"民元"新党。琼华从爱人类而至于憎恨人类，终成为"不憎亦不爱"的自我主义者，但自我主义也就葬送了她一生，最后患"女儿痨"死去。作品所采用的主要也是心理分析的手法，着重描写周围人们对琼华态度的变化（从崇拜到冷落、鄙视），描写琼华的思想和生活态度的变化（从爱人类到憎恨人类），描写她随着家庭从望族转向败落而带来的自身命运和遭际的变化（从一个 14 岁的天真幼稚的女学生变成 17 岁的"一乡的女王"，又变得连普通的女学生都不如，到处受人冷淡、受人奚落）。上述种种变化交织在一起，互相影响，恶性循环，终于造成了琼华的悲剧。

关键词：茅盾　《一个女性》

1928 年 11 月 10 日

钱杏邨批评《〈血痕〉——阿尔巴绥夫的短篇小说评》，载《小说月报》第 19 卷第 11 号，第 1352～1356 页。

评阿尔志跋绥夫的短篇小说《宁娜》与《血痕》中的人物：

"《宁娜》的重心意义，当然不在宁娜，作者的目的是很显然的要写出当时俄罗斯官吏的黑暗，和被压迫的民众的反抗精神，写出人民的怨恨和潜在的力。"（第 1352 页）评论说，作品为躲避当局的迫害在技巧上所用的工夫，如"隐讳"，如"象征"，"是很适宜于今日的被压迫的作家的"："《宁娜》是象征的，表现了统治阶级的残暴与丑恶，小有产者阶级的思想与行动，民众的愤懑与反抗，思想是虚无的，技巧却是很完善的。"（第 1354 页）

"《血痕》是虚无主义的创作，行动是浪漫的，思想是空幻的。"要写1905 年革命，"这是最复杂，而又最难写的，然而在技巧上，这一篇是最成功的"。阿尔志跋绥夫这一时期的作品，就写两件事："性与死!"（第 1356 页）

关键词：钱杏邨书评　阿尔志跋绥夫躲避当局迫害的技巧

1928 年 11 月 10 日、25 日

〔日本〕芥川龙之介著、沈端先译《齿轮》（短篇小说），载《东方杂志》半月刊第 25 卷第 21、22 号，第 127 ~ 137 页、第 121 ~ 130 页。

译者写于 1928 年 4 月 20 日的译后附言说："这一篇《齿轮》和《暗中问答》《某呆人的一生》同为芥川氏三大遗著。《某呆人的一生》是氏的自叙传，而这篇《齿轮》，却是描写他自身病态心理的作品；不断他为病的神经及幻觉所苦而终于选定了死的和平的过程，在这篇《齿轮》及最后的《致某旧友的手札》中，最能如实地表现出来，假使我的拙译能够多少的传达一点原作的面影，那么请从他的纤细而奇刻的神经描写中，去认识这一位现存阶级没落过程中的 Petronius 吧。"（第 130 页）

关键词：沈端先　日本芥川龙之介小说《齿轮》描写病态心理的作品

1928 年 11 月 15 日

《春潮》文学月刊在上海创刊，夏康农、张友松主编。共出 9 期。主要撰稿人有鲁迅、钱公侠、林语堂、江绍原、缪崇群、龙冠海、杨骚、柔石、孙福熙、石民、陈醉云、侍桁等。

关键词：《春潮》创刊

1928 年 11 月 15 日

勺水发表论文，提倡"有律现代诗"。主张诗要有韵律。一面用"相关韵"的韵脚，一面确定每首诗每句诗的音数和逗数。这样，一面表示它是有格律的诗，不是自由诗，一面又表示它是使用现代话语的诗，不是使用死语的诗。（见《有律现代诗》，载《乐群》半月刊第 4 期）

关键词：陈勺水提倡有律现代诗

1928 年 11 月 16 日

〔日本〕小山内薰作、杨骚译三场话剧《Taxicab 的悲哀》，载《北新》半月刊第 2 卷第 24 号，第 61 ~ 74 页。

关键词：杨骚

1928 年 11 月 18 日

许杰著短篇小说集《子卿先生》广告，载《文学周报》第 344 期（第 7 卷第 19 期），第 7 卷合订本卷末插页。

广告词曰："作者的名字，已经为大家所知道，这里可以无须我们再来介绍了。

"这是他最近编集的短篇小说集，共含作品 7 篇，这里面所表现的现代生活的苦闷，可以使读者引起深切的共鸣，而作者的表现手段的高超，更为爱好文艺者所惊诧。爱读许先生作品的，不可不读此书。"

7 篇作品是：《末路》《邻居》《改嫁》《纪念碑的奠礼》《出嫁的前夜》《子卿先生》《到家》。

上海开明书店发行。平装，实价 5 角。

关键词：许杰小说集《子卿先生》出版广告

鲁迅译俄国雅各武莱夫的《农夫》

1928 年 11 月 20 日

〔俄国〕A. 雅各武莱夫作、鲁迅译《农夫》，载《大众文艺》第 3 期，第 333～351 页。

小说写的是：行军一天，谁都想休息，不愿意去放哨。只得叫老实的、原来是农民的士兵毕理契珂夫去。作品就写毕理契珂夫去哨卡的路上紧张、恐怖的心理活动。在黑暗无边的夜晚，他走到敌军阵地，发现奥太利"那小子"睡得正香，还打鼾，他就没有杀他，只拿了他的枪和背囊。回到营地，队长训他蠢。他据理坚持："那小子"在睡觉、打鼾。

鲁迅在《译者附记》中说，他所以重译这篇作品，是想让人看看俄国"同路人"作家"做的是怎样的作品"。他并且引用日译者冈泽秀虎的话说：

"雅各武莱夫（Alexandr Iakovlev）是在苏维埃文坛上，被补为'同路人'的群中的一人。他之所以是'同路人'，则译在这里的《农夫》，说得比什么都明白。

"从毕业于彼得堡大学这一端说，他是智识分子，但他的本质，却纯是农民底，宗教底。他是禀有天分的诚实的作家。他的艺术的基调，是博爱和良心。他的作品中的农民，和毕力涅克作品中的农民的区别之处，是在那宗教底精神，直到了教会崇拜。他认农民为人类正义和良心的保持者，而且以为惟有农民，是真将全世界联结于友爱的精神的。将这见解，加以具体化者，是《农夫》。这里叙述着'人类的良心'的胜利。但要附加一句，就是他还有中篇《十月》，是显示着较前进的观念形态的。"

鲁迅说：

"日本的《世界社会主义文学丛书》第4篇，便是这《十月》，曾经翻了一观，所写的游移和后悔，没有一个彻底的革命者在内，用中国现在时行的批评式眼睛来看，还是不对的。至于这一篇《农夫》，那自然更甚，不但没有革命气，而且还带着十足的宗教气，托尔斯泰气，连用我那种'落伍'眼看去也很以苏维埃政权之下，竟还会容留这样的作者为奇。但我们由这短短的一篇，也可以领悟苏联所以要排斥人道主义之故，因为如此厚道，是无论在革命，在反革命，总要失败无疑，别人并不如此厚道，肯当你熟睡时，就不奉赠一枪刺。所以'非人道主义'的高唱起来，正是必然之势。但这'非人道主义'，是也如大炮一样，大家都会用的，今年上半年'革命文学'的创造社和'遵命文学'的新月社，都向'浅薄的人道主义'进攻，即明明白白说明着这事的真实。再想一想，是颇有趣味的。

"A. Lunacharsky 说过大略如此的话：你们要做革命文学，须先在革命的血管里流两年；但也有例外，如'绥拉比翁的兄弟们'，就虽然流过了，却仍然显着白痴的微笑。这'绥拉比翁的兄弟们'，是十月革命后墨斯科的文学者团体的名目，作者正是其中的主要的一人。试看他所写的毕理契珂夫，善良，简单，坚执，厚重，蠢笨，然而诚实，像一匹象，或一个熊，令人生气，而无可奈何。确也无怪 Lunacharsky 要看得顶上冒火。但我想，要'克服'这一类，也只要克服者一样诚实，也如象，也如熊，这就够了。倘只满口'战略''战略'，弄些狐狸似的小狡狯，那却不行，因为文艺究竟不同政治，小政客手腕是无用的。"（第 351~353 页）

关键词：鲁迅译俄国雅各武莱夫小说《农民》 日本冈泽秀虎说作品表现农民的博爱和良心 鲁迅说从中可看出俄国"同路人"作家的基调 文艺究竟不同政治

1928 年 11 月 20 日

〔日本〕叶山嘉树作、君乔译《卖淫妇》，载《大众文艺》第 3 期，第 355~382 页。

所谓卖淫妇已经得了子宫癌，连呼吸的力气都没有了。她一丝不挂，仰卧在破草席上，供男人参观、满意。水兵被逼进到卖淫妇跟前，看到惨不忍睹的这一幕。他想解救卖淫妇，但她"已经连希望都怕了"（第372页）。水兵的反应是："我从英雄的地位一变就落掉到丑角的地位了。"（第347页）

本篇收入中国各种日本创作选本。

关键词：日本叶山嘉树 《卖淫妇》

1928 年 11 月 20 日

许杰《剿匪》，载《大众文艺》第3期，第383～417页。

浙东沿海农村。东乡有土匪，西乡有共产党。县里派省防军进村剿匪。小说写由一个学生兵连长率队前去剿灭土匪的过程。这是一支乌合之众，他们对老百姓的骚扰、为害，胜过土匪百倍。结果抓了两个乞丐，就大奏凯歌回朝。完全是一场闹剧。

关键词：许杰 《剿匪》

1928 年 11 月 25 日

〔美国〕John Reed（约翰·里德）作、杜衡译《革命底女儿》，载《无轨列车》半月刊第6期，第287～316页。

《译者附笔》对作者有所介绍：

"John Reed，革命的美利坚诗人，戏剧家，小说家，尤其是历史（学）家，在中国几乎还很少有人知道。他一生过的是飘（漂）泊的生活：十月革命的时候，他正在俄罗斯；那儿他把所见所闻的齐集起来，写成一部不朽的记载，《震撼世界的十天》（*Ten Days That Shook the World*）。后来回到本国从事政治活动；但是最后他还是病死于苏俄（1929）。存年32。

"他底小说，也大都是他底经历底活泼的记述；他依据着流浪的革命者底观察，向我们表现了热情和反畔（叛）。作品虽然不多，但是有了相当的地位的。"

《无轨列车》曾译载过他的《公判底试验》。

关键词：美国约翰·里德

1928 年 11 月 25 日

《无轨列车》第6期封底，刊载上海第一线书店四种丛书预告。

其一是《前卫丛书》：

革命的女儿 J. Reed 著 杜衡译

世界"普洛派"短篇集 前卫社编

一周间 Libedinsky 著 江思译

蒲格达诺夫文艺论集 苏汶译

艺术与社会生活 Plekhanov 著 画室译

第 7、8 两期继续刊载。

关键词：《前卫丛书》出版预告

1928 年 11 月 25 日

沈绮雨（沈起予）《日本的普罗列塔利亚艺术怎样经过它的运动过程》，载《日出》旬刊第 3、4、5 期。

关键词：沈起予论日本普罗文学运动简史

1928 年 11 月 30 日

白薇《炸弹与征鸟》（小说），载《奔流》第 1 卷第 6 期，连载，至 1929 年 8 月 20 日第 2 卷第 4 期载完。全文 26 节，共载 8 期。

关键词：白薇《炸弹与征鸟》

1928 年 11 月 30 日

林语堂《子见南子》（独幕悲喜剧），载《奔流》第 1 卷第 6 期。第 921～953 页。

易坎人（郭沫若）译辛克莱《石炭王》

1928 年 11 月 30 日

〔美国〕Sinclair（辛克莱）著 Upton（石炭王），坎人（郭沫若）译，上海乐群书店，初版，印 1500 册。小 32 开，纸精装，516 页，268320 字，定价一元五角。1929 年 3 月 9 日再版，印 3500 册；1929 年 5 月 30 日三版，印 6500 册；1930 年 5 月 20 日四版，印 10000 册。不到两年时间，仅一个书店，前后就印 21500 册。

作者的《屠场》是写美国的屠宰行业和食品加工业的黑暗，这一本《石炭王》则是一方面暴露美国煤炭开采业（矿山）的黑暗，另一方面同情工人，鼓吹工人运动。

本书的艺术成就远远低于《屠场》，可以说就是平铺直叙。

小说写大学生赫尔（佐司密司）为了写毕业论文，只身到一个叫北谷的煤矿作社会学调查。十多天中，他看到了、听到了、感受到了矿山的黑暗，工人的痛苦，亲身当了采煤工，经历了矿山爆炸，工人罢工，使他在理性上经历了由一个阶级到另一个阶级的变化。

第一编　石炭王的领土　第 1～119 页　共 29 章

大学生赫尔到北谷炭阬（全书都用的是这个字，即坑）求职。经过种种波折，通过行贿，先是得到一个到井下管骡子的工作，后来为了了解工人在矿井的实况，买通工头施通，下井当了一名采煤工。遇到工会组织者沃尔松（全国总工会的运动员），商议在矿上建立工会，依法保护工人的权利。

赫尔在矿上结识农村姑娘玛利白克。

在矿上，凡工头、警察不高兴的人，就得滚。因为上了"黑表"（黑名单），"你走遍全国都找不着工作"。（第 46 页）

在矿区，工人吃住都是固定的，不能自己选。有一位母亲在山下为自己生病的女儿买了一杯牛奶，就被赶下山。（第 48 页）

井下的工人采的煤都要在过磅房过秤。矿山的工头就在磅上做手脚，多采少秤，剥削工人的血汗。

玛利说，在炭坑，最受苦的是妇女。姑娘们太难生活。天天有工头一类的人来骚扰。

在矿区，它能把一个人变成一个没有志气的人。你想少死点人，你想向酒店"多贳点帐"，病了想请医生，屋漏想请房主修缮，都得求工头、房主，要看他们的脸色。（第 80 页）

井下死了人，工头就说是你操作错误造成的；或说没有亲人认领，随意就埋了。更有甚者，根本就弃在矿里，这样更少花钱。（第 81～85 页）

第一线的采煤工都来自世界各地，主要是欧洲，说着"20 种以上的国语"，语言不通，组织工会也有一定的难度。

第二编　石炭王的家奴　共 34 章　第 123～272 页

"有一个总工会的工人运动家走来了，他准备要叫这儿的奴隶们起来反抗。"（第 131 页）这人就是杰侣。他们所从事的是"无产阶级的运动"。（第130 页）

玛利劝赫尔不要冒险。60 多岁的老工人约翰·弈斗士屈伦（他是 8 年前大罢工的参加者，4 个儿子都上了黑表）对玛利说：

"但是总有一天，人是可以达到彼岸的，我在一生之中决不曾怀疑过。人决不会是永远做奴隶的，他们所做的工作不会被怠惰者荒废。……我们劳动者无论是男工女工，要是没有这种信念，那是失掉了我们生存的理由的。"（第 141 页）

老人还以"非洲蚂蚁"的精神来鼓励、启发玛利：

"几千几百万的蚂蚁排成一条条很长很长的纵队出发。它们走到一个沟渠，先锋队便落下水去，等到把沟渠填满，其余的蚂蚁从上面走过。"（第 140 页）一定要达到目的。这种非洲蚂蚁的精神，书中数次被提到。

为了抵制工头们搞的过磅房多采少秤的把戏，工人决定选出自己的秤中人监督过秤。大家都推赫尔，因为"你是美国人"。这是"政治运动"。（第 158 页）

赫尔以为这是依法行事，却有几个暗探始终跟踪他，使他没法工作。

工头更派人将钱藏在他身上，诬蔑他受了贿。他虽有所警惕，还是被监禁。后被强行逐出矿山。

一个童工在矿下因为力气不足，操作不当，引起炭坑爆炸。

赫尔与玛利的纠葛。玛利再次问他："你到底是甚么人呢？你到这儿来做甚么？"（第 251 页）

赫尔是一名 21 岁的大学生，他利用假期到北谷炭坑调查煤炭生产情况，主要是工人的状况。他不是社会主义者，本不想到矿区组织工会，煽动罢工。但到了矿区，听到、见到种种黑暗和从各国来的工人受压迫、受剥削的情况，便身不由己地站在工人一边，卷入斗争，成为替工人说话的代表。工人们称他为"二把手"。

第三编　石炭王的臣仆　共 24 章　第 276～384 页

北谷矿坑中有 107 人埋在坑里，公司却不但不通风，不营救，还要封坑口，闷死坑内的所有工人。

赫尔找到记者反映情况，希望能够将事实真相披露于报端，引起世人注意，救出被埋的矿工。但老记者告诉他："政府只是燃料总公司的一个支店。官吏是些骗子——是公司的走狗，没有一个是例外的。"（第 287 页）

赫尔找新闻，找法官，找政府，找警察，目的是向他们说明：他被选为秤中人，却不准接近天秤；炭村警长弈夫克东夜间拘捕他，搜查他；没有拘状、没有审问，就拘禁 36 小时；非法将他驱逐出炭坑，还用暴力威胁。关键是他要呼吁：赶快援救埋在井下的 107 个矿工。

赫尔投诉无门。找到乘坐旅游车的矿主的儿子、赫尔的同学陌尔西·哈里岗。但别人玩了点花样，骗骗赫尔，就把车开走了。车内有赫尔的女友吉西。

赫尔也是矿主的儿子。其父开的是瓦纳公司，也是炭矿。

第四编 石炭王的意志 共31章 第388～516页

工人们自发地聚集起来，要干，要去冲！他们唱着《马赛曲》，"前进！前进！万众都是一心！""革命已经起来了。"（第397、398页）

社会主义者觉得应该去组织群众，领导群众。但包括赫尔在内，他们的意见是分歧的。他们认为这样暴动只有牺牲，但这是群众的积极性。

玛利对群众讲演：

"我们要团结！我们要同盟罢工！"（第402页）这提议，这号召，得到所有群众的认同。赫尔听此话，见此状，认识到："北谷中生出了希望。"认为玛利"她是群众的领袖"，"她是有心思有性格的一位女人。她的眼光远大，她比一般薪金奴隶的见解更深切"。她"可以成为工人的导师，工人的领袖的"。（第405～406页）

赫尔阻止工人蛮干。他说，你们不是要打架，是要组织工会，搞同盟罢工。

哈里岗打电话给赫尔的兄长爱德华，要爱德华劝赫尔离开矿山，不要跟工人一起搞罢工。爱德华说赫尔现在是"坐在一座火山顶上一样"，时刻要爆炸。（第454页）赫尔则觉得他现在"不仅是得了工人的阶级意识，同时是得到金钱意识"。（第454页）爱德华说他是"疯子"，以父病为由，骗他下山。

把赫尔骗走，才对工人下毒手。工人罢工失败。

临行前，赫尔与玛利告别。玛利说：

你以为你到这儿来，就是"我们工人阶级的一员"了，实际不是，中间隔了"好几万里的深谷"。（第498页）"你的女友吉西就把我当作臭虫。"玛利对他诉肺腑，说她那天在迷纳梯家里看见吉西后的感受是：

她虽然在矿区长大，这才第一次知道有钱人"钱的来源"，知道他们为什么"要剥削我们，要榨取我们的生命"。（第499页）

又说，像吉西那样的贵妇人，"她有美好的东西，她永远会有，她有的权利！我有我的权利是受苦，我每天每天都被饥寒穷苦恐怖逼近，我风吹雨打，我找不着藏身的地方！"这些，"你尽可以费几年工夫去体验"，但你体验不出工人的"感情"。我们这次罢工是失败了，但"今后我还要干多少次的同盟罢工"，"这是阶级斗争的赤裸的精神！"（第500～501页）

赫尔听了玛利的血泪话，他不想回家了。他要留在北谷矿区，依照法律，"开始政治斗争"。"赫尔瓦纳竟公然想出马做州长的候补者"。（第506页）

他对玛利发誓："我要永远为工人而战。"（第 510 页）

全书最后一节写的是：赫尔由兄长做主，洗了澡，理了发，修了指甲，换上新买的衣服，像一个绅士。路遇工人买克。就在爱德华面前，他们又是拥抱，又是亲吻，又是一起吃饭，还给了买克 20 元钱。两人极为高兴，互说别后经历。这就意味深长。

赫尔，一个矿山公司老板的儿子，还是在校大学生，本来并没有什么政治意识，到矿山十来天，就成了工人运动的组织者，就与工人站在一边，为工人利益说话。

玛利，一个住在矿山的农村姑娘，和炭坑并没有必然的联系，一下又成了他们的领袖。

弈斗士屈伦，一个老工人，却说一篇哲理性极强的鼓动话。

这些都是中国初期普罗文学的共同倾向。

关键词：郭沫若译辛克莱小说《石炭王》

1928 年 11 月 （?）

冯乃超论文《他们怎样地把文艺底一般问题处理过来?》，载《思想》第 4 期。

本文根据《苏俄文艺论战》一书的有关内容编写，除导言和结论外，主要讲 5 个问题：革命后的社会与文艺的关系；普罗文学的发展；普罗文化的问题；艺术的左倾派的理论；政治上的诸问题及其实际。

关键词：冯乃超　苏俄文艺问题

1928 年 11 月

田汉散文集《银色的梦》，上海中华书局出版，良友图书印刷公司发行。

内收《白天的梦》《云》《靴子》《两个少年时代》《到民间去》《杏姑娘》《卡利格里博士的私室》《鬼梦表现派》《海贼文学电影》《森林之人与罗宾汉》等散文 15 篇。书前有作者序。

卢梦殊在序言中说：本书是"作者田汉兄随时在文学与电影中的连带的感想断续地写出来的……我对于田汉兄的作品，说句笑话，好像在十字街头见着一个肉感女郎，不由你不追逐芳踪，跑断双腿而不顾惜。同时，读了他的作品，对于文学又会油然多加上一种爱心。总之他的作品里头蕴潜着无上的诱（惑）力"。（写于 1928 年 11 月 23 日）

关键词：田汉《银色的梦》

1928 年 11 月

台静农短篇小说集《地之子》，北平未名社出版部出版。为鲁迅所编《未名新集》丛书之一。

内收作品 14 篇：《我的邻居》《天二哥》《红灯》《弃婴》《新坟》《烛焰》《苦杯》《儿子》《拜堂》《吴老爹》《为彼祈求》《蚯蚓们》《负伤者》《白蔷薇》等。并作者附记。

这些小说最初都刊登在《莽原》半月刊，鲁迅在编《中国新文学大系·小说二集》时，选收其中 4 篇，并说作者以冷隽（峻）、沉郁的笔调"将乡间的生死、泥土的气息，移在纸上"（《导言》）。《天二哥》描写在阴冷的气氛中一个乡间，酒徒天二哥糊里糊涂地生、糊里糊涂地死，表现了农村中的封建陋习和农民思想的麻木；《红灯》写寡妇汪家嫂子，其子得银被杀，想借钱糊几件纸衣以慰亡灵，竟然也无法如愿以偿，只好用儿子留下的一张红纸，糊了一盏美丽的小红灯去超度亡魂；《新坟》写守寡的四太太一生寄希望于儿婚女嫁，不料一场兵变，女儿被兵强奸，儿子被兵杀害，家产被族人骗了，她流落街头，乞讨度日，神志疯癫；《蚯蚓们》描写荒年造成"民变"，灾民遭残酷镇压，农民李小求贷无门，无法养活妻孥，忍痛以 40 串钱的代价卖掉妻子；《烛焰》写"冲喜"给女子造成的不幸；《拜堂》写寡嫂与其叔子结合所受的非难；《负伤者》写贫困所造成的卖妻悲剧。

这些小说把安徽农村的黑暗、闭塞、冷酷充分地反映出来了，饱含着愤怒的批判精神。他用精湛的心理描写，挖掘人物灵魂深处的愚昧、麻木、迷信和痛苦。

这些小说皆乡土文学的"优秀之作"（鲁迅《我们要批评家》）。

关键词：台静农 《地之子》 乡土文学中的"优秀之作"

1928 年 11 月

杨骚新诗集《受难者的短曲》，上海开明书店，初版，1929 年 5 月再版，1931 年 10 月 3 版。

收新诗 20 首。作者于 1925 年夏去新加坡教书，1927 年回国，课余从事创作，其诗歌收入这本集子中。诗人在序诗中说："我自由，我绝对的自由，/我这样地生，/我这样说出我的心。"诗篇真实地记录了诗人浪迹天涯、旅居异国的心境。《受难者的短曲》如泣如诉，如梦如幻，混乱的社会现实，矛盾的游子心情，准确地反映在诗中。天上黑云多，地面阴影多，山里顽石多,人间苦痛多,心中柔情多,"多舌的小鸟取笑我,/阴郁的太阳睥睨我,/黑漆的时光拖迫我,/自家的出血淹溺我……"路途多荆棘,人生如履薄冰。心灵撞击,魂落荒郊。"曾将我心放在蔷薇丛里,/怕血腥了蔷薇,又怕多刺,/借来水月梦幻的轻纱,/将他重重地裹起。"对生的追求,对爱情的渴望,是诗人反复吟咏的主题。《诗的更生》《泪河中的漪涟》《诱惑》《旅店内买小唱》《酒杯中的幻影》《投在妓女身上》等,写得缠绵悱恻,流泄着血与泪。人间一切都是罪恶,"只有那永不死灭的爱欲,/要永在人间发光辉!"(《诗的甦生》)诗人既欲从女人身上找安慰,又同情不幸的妓女,抨击将无邪的少女推入深渊的社会。

诗篇用抒情主人情感的真来衬托社会的污浊。作者注重将声音、色彩、心境、氛围融合在一起,创造一种意象,传达诗人的心声。诗人为了押韵,集中不乏词序倒置、缺乏自然美的句子,如:"十三岁的年轻","一首好诗作出我未曾","我朝招呼,暮招呼,/兄弟呀,你听见了无!?"

关键词:杨骚 《受难者的短曲》

1928 年 11 月

本月出版的创作还有:散文集《流离》(寒星,即钱杏邨,上海亚东)、《麦穗集》(钱杏邨,上海落叶书店),短篇小说集《到大连去及其他》(孙席珍,上海春潮书局),中篇小说《女囚》(华汉,上海新宇宙书店)等。

关键词:普罗或准普罗作者创作

1928 年约本月

鲁迅与柔石、王方仁、崔真吾等组成朝华社,"目的在绍介东欧和北欧的文学,输入外国的版画"。(参见鲁迅《为了忘却的记念》)并决定出版《朝华周刊》,附出《艺苑朝华》画刊。《朝华周刊》于 12 月 6 日创刊。出至第 20 期以后,改出《朝华旬刊》。该刊除发表朝华社(亦称朝花社)成员的创作外,还介绍许多外国作品,尤其是北欧、东欧的文学和版画,对推动我国新兴木刻的发展起了重要作用。

关键词:鲁迅 柔石 朝花社

1928 年 12 月 1 日

《熔炉》文艺月刊在上海创刊,徐霞村主编。仅出 1 期。

刊登丁玲、胡也频、沈从文、刘纳鸥的小说,蓬子的新诗,戴望舒译保尔·穆杭的诗，徐霞村译皮蓝得娄的剧本并关于皮氏的介绍，杜衡译波格丹诺夫的论文。这表明他们对现代派艺术的关注。

关键词：《熔炉》创刊　徐霞村

1928 年 12 月 1 日

《文艺生活》周刊在上海创刊。郑伯奇编辑。出第 4 期后终刊。

撰稿人有郑伯奇、冯乃超、许幸之、沈叶沉、王一榴、樱影、蒋光慈和殷夫等。

关键词：《文艺生活》创刊　郑伯奇

1928 年 12 月 2 日

丁玲创作集《在黑暗中》广告，载《文学周报》第 346 期（第 7 卷第 21 期），第 7 卷合订本卷末插页。

广告词曰："新进的女作家，以其处女作震惊一代的文艺界，就是丁玲女士的《在黑暗中》！本集含创作 4 篇，《梦珂》的描写女子的受环境压迫而堕落，《暑假中》的描写职业女子的烦闷，《莎菲女士的日记》的描写患肺病女子的心理，和《阿毛姑娘》的描写乡村女子的心理，以女子而写女子，其用笔之细腻，思想之空灵，手段之高超，直可压倒一时的创作家！刘既漂先生装饰书面。"

上海开明书店发行。全书约 300 页，实价大洋 8 角。

关键词：丁玲《在黑暗中》出版广告

1928 年 12 月 6 日

柔石小说《死猫》，载《朝花周刊》第 1 期。

作者在《朝花周刊》发表的诗文还有：《夜半的孤零的心》、《夫与妻的笑骂》、《人之一种》、《狗的自杀问题》、《上当》、《雌之笑》、《一个白色的梦》、《夜底怪眼》、《大小孩》（丹麦格斯答夫·惠特作）、《果筵散后》、《别》等。

关键词：柔石

1928 年 12 月 9 日

据鲁迅日记记载，经柔石介绍，鲁迅第一次会晤冯雪峰。

1928 年 12 月 9 日

博董《高尔基著作年表》，载《文学周报》第 347 期（第 7 卷第 22 期），第 7 卷合订本第 692～700 页。

1928 年 12 月 10 日

丁玲《一个男人和一个女人》（小说），载《小说月报》第 19 卷第 12 号头条，第 1362～1375 页。

小说写诗人鸥外鸥和女子薇底之间的性心理。薇底是有夫之妇，既与鸥外鸥偷情，又觉得不妥。二人各怀心思，互不信任，但又不安地践约。写法上是各人一段，对比着，映衬着。

关键词： 丁玲 《一个男人和一个女人》 男女主人公的性心理

1928 年 12 月 10 日

钱杏邨批评《〈织工〉》，载《小说月报》第 19 卷第 12 号，第 1467～1472 页。

德国作家霍甫脱曼（通译霍普特曼）的《织工》《火焰》和英国作家高斯华绥（通译高尔斯华绥）的《争斗》《女工马得兰》都是以工人生活为题材，这篇评论始终对照着这几篇作品立论。

评论说：霍氏"是德国最重要的剧作家，在他所著的平民戏曲之中，以这一部为最著。描写那希坌细亚的劳动者对于工厂主的激烈的反抗，而且得着了最后的胜利，就是替工厂主方面保镖的军队，也给工人群众打退到村外去了"。（第 1467 页）不过，作者"也终于是站在小有产者的立场说话，并不是无产者自己的东西"。"这一点，我们从《织工》的结束方面就可以看到，作者至多也不过是对无产者表示一些同情，并不曾在他的作品里确定无产者永久的胜利的生命，甚至如他自己所说，对《织工》所希冀的决不是导劳动者于叛乱，而是促企业家的反省。他仿佛是一个人道主义者，不是真正的站在无产者的阵线里的作家。"因而，"《织工》虽值得我们精细的研究和表演，终于是小有产者的立场的东西，不是无产者自己的创制"。（第 1468 页）

钱杏邨在评论中多次引用日本藏原惟人和厨川白村不同的观点来说事，最终认为以厨川的态度"谈劳动问题文学，终是不彻底的……他不仅没有把握住什么是劳动文学，也没有看到无产的劳动者的营垒究竟在什么地方"。（第 1472 页）

关键词：钱杏邨评霍普特曼的《织工》　无产阶级立场　劳动文学

1928 年 12 月 10 日

为纪念托尔斯泰一百周年诞辰，《小说月报》第 19 卷第 12 号刊登托氏画像一幅、摄影七帧、有关文章三篇：《托尔斯泰论》（劳伯兹作，赵景深译）、《阿尔肯特》（托氏作小说，王春埜译）、《托尔斯泰的情史——几封致女友的书简》（济之）并济之的《附志》。

关键词：纪念托尔斯泰一百周年诞辰

1928 年 12 月 10 日

戴望舒诗《断指》，载《无轨列车》第 7 期。

全诗共 7 节，每节 4 行，每行超过 10 字。"这断指上还染着油墨底痕迹"，一句话就传达了它的主人的身份和所从事的事业。这是对于革命的巧妙的歌颂。

诗人的《对于天的怀乡病》，载《无轨列车》第 8 期。

关键词：戴望舒《断指》

1928 年 12 月 15 日

茅盾短篇小说《诗与散文》，载《大江》第 1 年第 3 期。后收入《野蔷薇》。

小说描写的是男女关系：一种是"诗样"的，空灵、神秘、合乎旋律、无伤风雅；另一种是"散文"式的，十足的现实、丑恶、淫荡。青年丙和年轻的寡妇桂奶奶之间的关系就如同"散文"一样，他希望和表妹有一种"诗样"的爱情，但桂却死死缠住他不放。——"我知道你的心已经变了，我知道你十分讨厌我——十分，正好像你从前的十分爱我；可是我不肯放松你。你们那些新名词，我全不懂；我没有学问，没有思想，没有你们那些的新思想，我是被你们所谓绅士教育弄坏了的人；可是我知道我自己。如果我是不乐意，从前你休想近我的身体；如果我还是乐意的，现在你也休想一脚踢开我，我不能让你睡在别个女人的怀里！"结局是丙要去参加"史诗"似的生活——即参加革命斗争。小说中的主人公是桂奶奶，而不是青年丙。桂是一位性格刚毅的女性，她在打破了传统思想的束缚以后，鄙弃"贞静"，追求青春快乐的权利。"我不是空话喂得饱的。"这句话表示桂奶奶的坚定性和要过人生实实在在的生活。

关键词：茅盾　《诗与散文》　"诗样"的生活和"散文"样的生活

华汉《暗夜》出版

1928 年 12 月 15 日

华汉中篇小说《暗夜》，上海创造社出版部出版。为《创造丛书》之第30 种。毛边，小 32 开，共 167 页。构思于 1927 年 11 月，写成于本年 8 月 1日。后改名《深入》，上海平凡书局 1930 年出版；并与《转换》《复兴》连缀而成长篇小说《地泉》，先后由平凡书局和湖风书局出版。

小说写大革命时期岭南的农民运动，作者"力图在文艺作品中反映和宣扬土地革命的斗争"。

小说的题材来源于作者 1927 年秋冬的耳闻。南昌起义部队在流沙突围以后，阳翰笙经普宁，转到陆丰农村。他因病和等船，在那里滞留一二十天，听当地的农民、渔民和基层干部讲述了在彭湃领导下，这儿掀起农民运动高潮的壮举。辗转到上海后，又到松江乡下养病，其时那里正爆发农民运动，他又感受到土地革命的咆哮。1926 年在黄埔军校工作期间，他不止一次地到过广州农民运动讲习所，见过毛泽东；那时候，他与周恩来过从密切，第二次"东征"之后，周恩来曾任惠来地区的专员，了解并支持过彭湃领导的农民运动。就是说，阳翰笙从毛泽东、周恩来及农讲所的其他同志那里，也可以听到种种关于农民运动的消息和传闻。

《暗夜》写的是：1927 年秋，在沿海某农村，农民老罗伯一家交不出给田主王大兴的租谷，交不出就得退佃，无田种就得饿饭。怎么办？罗妈妈自认命不好，老罗伯也一筹莫展。他怀念上半年农会的威势，农民的舒展，但不幸农会被打散了。儿子罗大从重新秘密活动起来的农会那里带回消息，农民决定抗租，杀田主。老罗伯虽然对儿子要参与的这种活动不反对，但想到杀人究竟是大事，他就去请教"同宗"富户罗九叔。罗九叔不但不出主意，反而从老罗伯口中套去农会的秘密，把农会大骂一顿。这正好从反面坚定了老罗伯抗租的决心。职业革命家、农会会长汪森领导四乡农民，重视调查研究，决定先摸清对方的情况。陈镇年轻的小学教师梁子琴自告奋勇，与乡董钱文泰、警察局局长胡奎、田主王大兴巧妙周旋，将他们的武装力量及其部署摸清，又施美人计，智夺警察局枪支，杀死警察局局长胡奎。农会武装包围钱文泰、王大兴两个庄舍，在激烈的战斗中，老罗伯负伤，罗大牺牲，钱、王就擒。在祝捷会上，被群众称为"老英雄"的老罗伯大义凛然，慷慨演说。

大会在怒吼声中一致决定当场枪毙几个大地主。汪森最后宣布："第一，我们要全体武装来对付我们的敌人，来保障我们的胜利。第二，要组织一个贫民委员会来分配土地处理政务。"

书中有这样的字句：

"杀！杀！杀！杀完了田主我们好分土地。"（第 20 页）

"干吧！干吧！干也是死，不干也是死，干呢，还可以从死里求生呢！

"拼吧！拼吧！把这条老命拿去拼吧！"（第 58 页）

"为什么不组织杀人队呢？我主张把那些王八蛋杀一个干干净净！杀一个痛痛快快！"（第 67 页）

"不错！不错！又为什么不组织放火队呢？我主张把那些王八蛋的高楼大屋都烧他妈一个精光，都烧他妈一个痛快！"（第 68 页）

农会长汪森有一个总的回答：

"啊啊，杀人！放火！这两个问题是多么的重要呀！……是的，是的，我们要打翻这不良的社会制度，绝对不是和和平平可以了事的，我们要杀人！我们必须杀人！我们要放火！我们必须放火！但是，这绝对不是说我们走一路杀一路，走一处烧一处！我们是有一定的限度的呀！要知道我们是不得已而杀人！我们更是不得已而放火！我们要杀的人都应该是我们的真正敌人，我们要烧的楼屋都应该是我们的敌人所盘据（踞）着的楼屋。因为我们不扑灭它，他们便要集中力量来扑灭我们。所以，这都是不得已的事情。绝对不是图痛快搅来好玩的事呀！啊啊，各位农友！我们应当不仅是一个社会的破坏者，还应当是一个社会的创造者才对，这一层还望大家注意！千万注意！"（第 68～69 页）

这种解说自然也有错误，但在 1928 年写的小说，反映大革命时期的农民运动，有这么高的政策水平，有这么宽阔的胸襟，这么远大的眼光，已经实在是不容易。

在中国现代文学史上，写农民武装革命的中篇小说，《暗夜》是第一篇。和蒋光慈、洪灵菲、戴平万、杨邨人的作品一样，具有拓荒和探索意义。

关键词：华汉《暗夜》描写岭南农民武装革命运动

1928 年 12 月 16 日

虚白《文艺的新路——读了茅盾的〈从牯岭到东京〉之后》，载《真美善》月刊第 3 卷第 2 号，第 1～13 页。

茅盾在《从牯岭到东京》的长文中说，初期普罗那些"新作品"走上了

"标语口号文学"的绝路，有革命热情而忽略于文艺的本质；并且革命文艺的读者的对象该是无产阶级，而无产阶级却决不能了解这种太欧化或是太文言化的革命文艺。茅盾说出路在于："去除欧化，去除术语，去除象征，去除正面说教，消灭悲观颓丧，消灭狂喊口号，努力着做小资产阶级所能了解同情的新文艺。"（第 3 页）

虚白认为，茅盾的"动机却是一个重大的错误"（第 3 页）。第一，"我们该认明文艺是没有时间性也没有阶级性的一个整个，不论它为的是人生或为的是艺术，永远是一个拆不开的整个，决不能给人家鸡零狗碎地切成了片段来供给某一时代或某一部分人所独享的。""凡是硬给文艺规定某种目标的举动，是错认了文艺，不，简直侮辱了文艺。"（第 4 页）第二，千万别忘记创作是作者自己的表现。无论哪一派的文学都是"自我"的表现，离开了"自我"，文艺就遗失了存在。茅盾努力于小资产阶级的文艺，"我是极端的赞成"。（第 9 页）

虚白的结论是："文艺的趋向是用不着领导，用不着高呼口号的。硬分阶级，固然是无聊，就是给它清理出什么浪漫派，写实派等等的名目也不是作者所应该措意的。我是个作家，我的工作只在修养我自己的灵魂，目的在使它能发扬出我内在的光明。文艺的园地是一片极自由而极丰饶的场所。每个有天才的作家，不论他是属何阶级，总希望从他灵魂的内在抽出一种有价值的光芒来助成这全体的伟大。"文艺家的当务之急是找回"自我"。（第 12 ~ 13 页）

关键词：读茅盾《从牯岭到东京》　表现小资产阶级　找回"自我""文艺是没有时间性也没有阶级性的一个整个"

1928 年 12 月 20 日

〔俄国〕康士坦丁·斐定作、鲁迅重译《果树园》，载《大众文艺》第 4 期，第 503 ~ 523 页。斐定，现通译费定。

花树匠希兰契和主人老爷一起创业经营这座果树园。革命后，主人逃了，他主动经营。但什么都缺，尤其缺人力和畜力。老师带着孩子们进果园，破坏了从来的宁静和秩序，说是还要占用。他找苏维埃政府，无人回答。他用火烧了别墅。

本文是据日本米川正夫的译本重译的。米川对斐定有所介绍：他也是"绥拉比翁的弟兄们"中之一人。他爱好音乐，"善奏瓊亚林，巧于歌唱"。米川说："斐定是有着纤细优美的作风的作者，在劳农俄国的作者们里，是最像艺术家的艺术家（但在这文字的最普通的意义上）。只要看他作品中最为有名的《果树园》，也可以一眼便看见这特色。这篇是……他的出山之作，描写那古老的美的传统渐就灭亡，代以粗野的新事物这一种人生永远的悲剧的，题目虽然是绝望底，而充满着像看水彩画一般的美丽明朗的色彩和绰约的抒情味（Lyricism）。加以并不令人感到矛盾缺陷，却酿出特种的调和，有力量将读者拉进那世界里面去，只这一点，就证明着作者的才能的非凡。"（第522～523 页）

关键词：鲁迅　费定　"同路人"　作品"充满着像看水彩画一般的美丽明朗的色彩和绰约的抒情味"

1928 年 12 月 20 日

〔法国〕亨利·巴比塞作《兄弟》，崔野据英译本重译，载《大众文艺》第 4 期，第 525～531 页。

新格山谷两边住着捷克干诺和根根。两家原先亲如兄弟。后来生了妒忌，起了竞争，根根输给捷克干诺，以至于根根死了，捷克干诺得到根根的所有财产，连他喜爱的姑娘。唯根根养的一头驴雷米却始终守恋着主人，被逼归附捷克干诺后，将胜利者全家拖下山崖，一起同归于尽。

关键词：巴比塞

1928 年 12 月 20 日

柔石《会合》，载《大众文艺》第 4 期，第 533～538 页。

本篇写国民党新军阀、党棍、政客之间脸谱的变化。王老爷是捞到实际好处的新官僚，李同志是由共产党转变而来的国民党新同志。李同志气冲冲地上门，本欲兴师问罪，但经王老爷一番中庸之道的解说，两人便在牌桌上和好。请听王老爷的高论："你以前的态度是过激了，谁都说你是共产党，我们指摘你的地方也在赤化。现在，你好了，你当然是我们党的忠实同志。我以前是帝国主义；现在，也好了，我当然也是我们党的忠实同志。所以革命成功的意义就在这一点……你们以前是个太新的青年，现在是倒退一步；我们以前是太旧的老年，现在赶上一步；我们都成功了信奉总理遗嘱的党员。这就是所谓中庸之道呀。我们中国人的精神，国民性，就在中庸二字。所谓不偏不倚，不太过，不太多。你以前太过，我以前不及。现在好了，我们同努力于三民主义，已经中庸了。照此做去，孔子的道理，孙中山先生的方法，何患国不强？何患家不富？何患洋人不服？何患倭奴不死？"（第 536～537

页）

关键词：柔石创作《会合》，国民党政客宣扬中庸之道

1928 年 12 月 20 日

郁达夫在《大众文艺》第 4 期的《编辑余谈》（写于 1929 年 1 月，可见本期刊物出版愆期）里，谈自己在文坛生存的艰难：

"自己因为不会应时豹变去出出风头，或者去拍拍吹吹，所以到了革命大成功的现在，也还弄不到一点职业，做不到'委员'或'时代不落伍者'等有光彩的要人。更因生性直笨，争不到外国帝国主义者赐与我们的庚子赔款，吃不到先辈的版税或已为我们造好在那儿的地盘，又因还保持着一点封建时代遗留下来的道德与良心，所以也当不著野鸡大学的教授，吞不著可怜的穷学生们的 5 块 5 块的股款及 10 块 10 块的学费。到了万不得已只剩了饿死与干死的一途的末路，才去替书局编辑杂志，出卖出卖些萎靡堕落反动而且又极端的个人主义的为小资产阶级的劣根性所支配的文章。这些杂志文章之类，似乎也有了一点销路，所以又无端挑起了许多文学青年的暴怒。"（第 691 页）

关键词：郁达夫　自己在文坛生存之艰难

1928 年 12 月 20 日

《大众文艺》第 4 期刊末插页，刊载上海现代书局的新书预告：蒋光慈著《最后的微笑》。

广告词曰："本书是蒋先生的最近得意之作，他说：'从前的著作是童年的，现在是成人的。'这就是他觉得这册书是比较以前更进步的表示。我们从前看过关于他的著作，如鸭绿江上，菊芬等，莫不有口皆碑地称赞，叹为观止。但在蒋先生还是认为童年的作品，那末这册书的价值也是可想而知了。每册实价 6 角 5 分。"

这页的背面是王匠伯著《负生的日记》。

关键词：蒋光慈《最后的微笑》出版广告　这已经是"成人"之作

茅盾的《蚀》具有"永久的价值"

1928 年 12 月 23 日

复三《茅盾的三部曲》（1928 年 10 月 27 日写于松江），载《文学周报》

第 349 期（第 7 卷第 24 期），第 7 卷合订本第 783～788 页。

茅盾的三部曲是：《幻灭》，5 角 5 分，商务出版。《动摇》，定价 7 角，商务出版。《追求》，在印刷中，商务出版。

这篇评论的作者说，他不知道茅盾系何人，但据作品推度，"作者必也是个曾参预实际工作的一员战士，所以才能这般忠实地握住时代，表现时代，而且深入时代的核心"。（第 784 页）

"不用说，第一部《幻灭》，是写着在革命前期青年的迷惘，摸索的苦闷。书中静和慧两个性格不同的主人公，已表现出这时代青年的心理和生活的态度来。到了《动摇》可以说青年的思想和生活，已明显地界分了三种：代表新派的是孙舞扬，是一种已认识了时代，认识了生活，勇敢地谋彻底的革命的青年。恰恰相反的是方太太，完全表现一种踌躇的，退缩的，落在时代后面的青年。介乎两者之间的是方罗兰，那种怀疑，妥协，进退失据的态度，正是革命期中一般所谓'骑墙派'者的现象。革命失败了。不要说如方罗兰辈感到深深的灰色的失望，就是如孙舞扬那般热烈的，勇敢的青年，此时也会因突然失却了现实'黄金世界'的幻象，而沉于极度幻灭的悲哀，时代既突变，生活又失了罗针。'现代人'之需要强烈的戟刺和肉欲的欢乐，于是在胸中渐渐滋长。生活乃一变而浸沉于灰色的，极度的肉的纵欲中。虽在这灰色的，纵欲的生活中，尚有青年的未烬之生命之火在内中燃烧，所以是时时挣扎着，企图追求最后的憧憬，以自慰自欺这自己已创伤的心。可是青年终究是青年，终有某种的缺点，在于最普遍的所谓意志薄弱和理想过高；而且命运又这样的喜于弄人，所以虽稳健如仲昭者，也到底不能免意外之虞，更不必说如章女士的这般人，——这《追求》就是描绘着革命失败后青年的灰颓生活和各各不同的心理变态。

"这是三部曲连缀着一线的思想。虽是三部表现的是三个时期，用了三个题目，其实通篇写的只是幻灭的悲哀；而且把'我们的时代'，很扼要地详细的刻划出来。"（第 784～785 页）

《三部曲》"实在是沙漠中希有的，宝贵的绿洲了，而且它还有它更大的使命，价值和位置的"。"如果说文艺的使命，不仅是反映时代，还能影响时代，其内容不仅再现过去，还要预示未来，那么我相信——至少在我这三部曲自有它永久的价值，在中国文学史上也占有特殊的位置。"（第 785 页）

关键词：茅盾《蚀》三部曲具有"永久的价值"

1928 年 12 月 30 日

中国著作者协会在上海正式成立。出席成立大会的有郑振铎、孙伏园和张崧年（张申府）等 90 余人。大会选举郑伯奇、沈端先、李初梨、彭康、郑振铎、周予同、樊仲云、潘梓年和章锡琛等 9 人为执行委员，钱杏邨、冯乃超、王独清、孙伏园和潘梓年等为监委。这是结束"革命文学"论争，建立统一的革命文学社团的一种努力。该协会成立之后无活动。（见 1929 年 1 月《思想》月刊第 5 期）

关键词：中国著作者协会成立

1928 年 12 月 30 日

《奔流》第 1 卷第 7 期出版，编《莱夫·N. 托尔斯太诞生百年纪念增刊》。

刊载 7 篇纪念文章：《托尔斯泰》（Lvov-Rogachevski 作，鲁迅译）、《小泉八云论托尔斯泰》（侍桁译）、《托尔斯泰回忆杂记》（高尔基作，达夫译）、《托尔斯泰自己的事情》（L. L. Tolstoi 作，赵景深译）、《托尔斯泰和马克斯》（讲演，卢那察尔斯斯作，鲁迅译）、《托尔斯泰》（讲演，Maiski 作，鲁迅译）、《访革命后的托尔斯泰故乡记》（日本藏原惟人作，许霞，即许广平译）。

鲁迅在《编校后记》中称托尔斯泰为"19 世纪的俄国的巨人"。这"生存 82 年，作文 58 年，今年将出全集 93 卷的托尔斯泰"，"中国前几年虽然也曾经有人介绍，今年又有人叱骂，然而他于中国的影响，其实也还是等于零。他的三部大著作中，《战争与和平》至今无人翻译"。（第 1369～1370 页）

在《奔流》所刊载的文章中，鲁迅特别推崇高尔基的《回忆杂记》，称它"用极简洁的叙述，将托尔斯泰的真诚底和粉饰底两面，都活画出来，仿佛在我们面前站着。而作者 Gorky 的面目，亦复跃如。一面可以见文人之观察文人，一面可以见劳动出身者和农民思想者的隔膜之处"。鲁迅也称赞卢那察尔斯基的讲演："从思想方面批评托尔斯泰，可以补前篇之不足的，是 A. Lunacharski 的讲演。作者在现代批评界地位之重要，已可以无须多说了。这一篇虽讲在 5 年之前，其目的多在和政敌'少数党'战斗，但在那里面，于有产阶级底唯物主义（Marxism）和非有产阶级底精神主义（Tolstoism）的不同和相碍，以及 Tolstoism 的缺陷及何以有害于革命之点，说得非常分明。这才可以照见托尔斯泰，而且也照见那以托尔斯泰为'卑污的说教者'的中国创造社旧旗下的'文化批判'者。"（第 1372～1373 页）

鲁迅的《编校后记》还顺手捎带说到他的"论敌"："我们有开书店造洋房的革命文豪，没有分田给农夫的地主——因为这也是'浅薄的人道主义'；

有软求'出版自由'的'著作家'兼店主，没有写信直斥皇帝的胡涂虫——因为这是没有用的，倒也并非怕危险。至于'无抵抗'呢，事实是有的，但并非由于主义，因事不同，因人不同，或打人的嘴巴，或将嘴巴给人打，倘以为会有俄国的许多'灵魂的战士'（Doukhobor）似的，宁死不当兵卒，那实是一种'杞忧'。"（第 1369～1370 页）"但是住在都市里的小资产阶级，实行是极难的，先要'到民间去'，用许一番苦功，否则便令像创造社的革命文学家一样，成仿吾刚叫到劳动大众间去要想指导他们（见不半《创造月刊》），而'诗人王独清教授'又来减价，只向'革命的印贴利更追亚'说话（见《我们》1 号）。但过了半年，居然已经悟出，修善寺温泉浴场和半租界洋房中并无'劳动大众'，这是万分可'喜'的。"（第 1373 页）

关键词：鲁迅　高尔基的《托尔斯泰回忆杂记》将托氏的两面活画出来了　托翁在中国的影响"其实也还是等于零"

鲁迅译《苏俄的文艺政策·观念形态战线和文艺》

1928 年 12 月 30 日

《苏俄的文艺政策·观念形态战线和文艺》，鲁迅据日译重译，载《奔流》第 1 卷第 7 期，第 1355～1367 页。正文题目是：《观念形态战线和文艺·第一回无产阶级作家全联邦大会的决议》（1925 年 1 月）。

决议分 5 部分，共 12 条。主要内容略为：

第 1 条："文学是阶级斗争的强有力的武器。""倘若在那独裁期间，无产阶级没有逐渐获得一切观念形态底地位，那便将停止其为支配阶级罢。在阶级社会里的文学，不能是中立底的，这一定积极底地效力于某一阶级。"（第 1355 页）

第 2 条：在战争和革命的时代，尖锐化的阶级斗争时代，"以为在文学的领域上，各种文学底观念形态底倾向，可以平和底协同，平和底竞争"，"不过是反动底空想。""在观念形态的领域，文学的领域，也如在社会生活的别的领域上一样，为阶级斗争的法则所支配。"（第 1356 页）

第 3 条：在现在的条件下，惟文艺是无产阶级和有产阶级为"要获得主权"而"开演的激烈的阶级斗争的最后的舞台的一折"。（第 1356 页）

第 4 条："无产阶级文化"，"新的阶级的文化"，"依据于过去的支配阶级的遗产上过渡底文化"，在劳动阶级，都是"理论底地，实践底地"解决了

的问题。对无产阶级文化和无产阶级艺术抱"否定态度"的人，都是小有产阶级的"清算派的立场"。（第 1357 页）

第 5 条：无产阶级文化和文学最彻底的反对者，是托洛茨基和瓦浪斯基。瓦浪斯基的原话是："无产阶级艺术未尝存在。在无产阶级独裁的过渡底时代，也不会存在的。文化领域上的这时代的课题，归结之处，是在无产阶级首先获得过去几世纪的技术，科学，艺术，所以当面的问题，并不在无产阶

维持无产阶级对于有产阶级的胜利之助那样的革命底过渡底艺术。问题之所在，是在为无产阶级的利益起见而作的有产阶级文化和艺术的适应。但这和在我们的时代，较好地适应了的新的形式和样式的探求，毫不反对，是不消说的。"（第 1358 ~ 1359 页）

第 6 条：托洛茨基"否定着阶级底无产者文学和艺术的可能"；少数主义否定着阶级底独裁，阶级国家的必要；无政府主义否定着党和国家的必要。（第 1357 ~ 1358 页）

第 7 条：若依托洛茨基和瓦浪斯基的理论，"在艺术上，阶级斗争的法则是不通用的"。无产阶级也用不着去创造自己阶级的文学艺术，只消继承和普及"古典底和现代有产阶级文化"就行了。（第 1360 ~ 1361 页）

第 8 条：从资产阶级到无产阶级专政的过渡时期，无产阶级文学艺术的缺失意味着什么？意味着"主宰的无产阶级"倘不以自己手中的文学、电影、演剧去影响农民，倘不从"由苏维埃，协同组合，学校，电化，军队，文学，电影，演剧"等方面，"全领域上"去指导农民，就会使他们退回到资本主义去。"没有自己独立底文化，没有自己的文学，无产阶级即不能确保对于农民的主权。"（第 1361 ~ 1362 页）

第 9 条：无产阶级文学应该从古典以及现代有产阶级的文化与艺术，"采取有价值的一切的东西，依照列宁的指示，还必须改造它。"（第 1363 页）

第 10 条：关于对"同路人"的政策。全联邦无产阶级作家联盟是文学上无产阶级的"中核"。"同路人"作家应该团结在这"中核"的周围。（第 1364 页）

第 11 条：苏维埃联邦内的无产阶级文学，在短时间内，已经成了显著的社会现象了。反对它的人也改变了战术。

第 12 条："全世界有产阶级的文化和文学，现在都正在经验着最大的危机，颓废，腐败。"而苏维埃联邦的无产阶级文学却"在强有力的单一底组织的周围，统一了新的阶级的一切文学底诸势力"。"无产阶级文学是将要克服

有产阶级文学的，因为无产阶级 XX（专政），必然底会将资本主义绝灭。"
（第 1366～1367 页）

关键词：苏俄的文艺政策　无产阶级文学是阶级斗争的有力武器　在苏维埃联邦无产阶级文学已经存在　批驳托洛茨基和瓦浪斯基的无产阶级文学否定论　关于"同路人"作家及其对他们的政策

《中国近代短篇小说杰作集》，鲁迅等著，上海三民公司出版。

内收鲁迅的《孤独者》、郁达夫的《薄奠》、叶鼎洛的《双影》、郭沫若的《歧路》、倪贻德的《初恋》和胡也频的《雪白的鹦鹉》等。

关键词：鲁迅等作家的作品收入杰作集

1928 年

据谢六逸《1928 年的日本文学界》介绍，1928 年日本文学界有几个特点：

特点之一是："大众文学（广义的）的决定的胜利"。因为"纯文学"的萎缩，才显示出大众文学的兴盛。一些原先作纯文学的作家，都做起大众文学来了。

特点之二是："无产阶级文学在文坛上完全获得了市民权"。"对于无产阶级文学，一向反复说着的不了解的批评，已经绝迹了。在旧作家之中，不仅陆续出了对于无产阶级文学同情的作家与批评家，有志于文学的青年的大部分都显然具有'普罗列塔利亚'的倾向。这事的原因颇复杂，消极的原因之一，就是因为旧作家的没落萎缩，文坛上有了空席。其次因为文坛人士对于社会的认识已高，听着'普罗列塔利亚'就头痛的倾向已经没有了。还有无产阶级文学运动到了今年已前进一步向着建设的方向进行；又如时代之能支持'普罗列塔利亚'运动，也是主因。"（第 8 卷合订本，第 16～17 页）

特点之三是：批评的活泼生动。旧的批评家没落了。"新的批评家，是从无产阶级文学的阵营或其邻近地带出来的。这批评界并非文坛一般的问题，只是在无产阶级的文学的内部活泼地议论着的。关于'文学的大众化'这问题，曾有中野重治与藏原惟人两氏的论战，在最近的批评界，是可以注意的。同时马克斯主义者的艺术或文学的理论也兴盛地被翻译介绍。如鲁那卡尔斯基、柯干、普勒哈洛夫、路麦尔登的著作，都有了译文。"（第

8 卷合订本，第 17 页）① 马克思主义文艺批评理论在日本有了译文，也就等于在中国有了译文，因为中国从日本输入的时差也就两三个月。

关键词：1928 年日本文学界；大众文学的决定的胜利；无产阶级文学运动前进到建设的方向，完全获得市民权；马克思主义文艺理论被兴盛地翻译介绍

太阳社《海风周报》创刊

1929 年 1 月 1 日

文学周刊《海风周报》在上海创刊，是太阳社在《太阳月刊》《时代文艺》先后停刊之后创办的又一种文艺刊物。编辑者海风周报社，实由蒋光慈、钱杏邨主编。泰东图书局（上海四马路）发行。共出 17 期。

该刊创作、批评、翻译并重。继续鼓吹无产阶级革命文学，并以较大的篇幅翻译、介绍苏联文学理论和创作。主要撰稿人是：蒋光慈、钱杏邨、林伯修、戴平万、洪灵菲、森堡和祝秀侠等。

创刊号刊登戴平万的小说《山中》，苏联拍高根的《理论与批评》（林伯修据日译本重译）。半年内，林伯修（杜国庠）在本刊翻译介绍的作品即有拍高根《俄罗斯文学》、卢那查尔斯基《关于文艺批评的任务之论纲》、《艺术之社会的基础》和藏原惟人的《普罗列塔利亚艺术底内容与形式》。

关键词：太阳社《海风周报》创刊

1929 年 1 月 1 日

戴平万小说《山中》，载《海风周报》第 1 期，第 1～6 页。

听说官军要来抄乡，全村的人都躲到山上过夜。胆小的元兴老伯，一个孤独的老人，过着一种孤寂的生活，被青年人骂，说他是老废物。五顺的老婆在路上遇见蛇。五顺和阿牛到城里通消息。年轻的昭骏辱骂劣绅三老爷。三老爷是一个劣绅，反革命的狗。三老爷骂农民是"农匪"。他勾结官军来抄乡，还烧民房。在事实面前，胆小的元兴老伯也觉悟了，也跟着昭骏等年轻人高喊反抗的口号。

---

① 谢六逸：《一九二八年的日本文学界》，载 1929 年 1 月 1 日《文学周报》第 8 卷第 1 期（总第 351 期）。

关键词：戴平万写农民觉醒的小说《山中》

1929 年 1 月 1 日

〔苏联〕拍·高根著、林伯修据日译重译《理论与批评——无产阶级文学论末章》，连载《海风周报》第 1～5 期。拍·高根，现通译柯甘（1872～1932）。

论文首先列举关于无产阶级文学的不同派别：

托洛茨基和瓦浪斯基的主张是：无产阶级底历史的使命是争斗的事，即归着于无产阶级底使命在于准备为创造没有阶级的社会底斗争；其次，无产阶级底专政期是短促的斗争期，因而在这短期间期待着特殊的无产阶级文化底创设是困难的，并且也没有勉强期望它底必要；最后伴着共产主义的制度底确立，人类底历史将见从来未曾知道的新的共产主义文化和新的艺术底隆盛。

另一见解的人包括：瓦进、列伯得夫、波利安斯基、烈烈威支、罗得夫、台明·培特明、"拿波士特"派、培赛勉期、"年青的亲卫队"、迈斯基等。他们反对托洛茨基的观点，主张：无产阶级在今日的斗争过程不可不建设自己底新的文化，而且事实上无产阶级不消说已有它底哲学的及经济的体系，及为他们所创造、所坚固地接踵而成为新的文化底萌芽的几多新的生活样式，并且也已经有了新的文学。

中立的观点的代表人物是卢那查尔斯基、某种意味的布哈林。（以上第 1 期第 7 页）

本文一续（载第 2 期）引瓦浪斯基的论文《关于无产阶级艺术与我党底艺术政策》，阐述托洛茨基的观点。

本文二续（载第 3 期）引托洛茨基和瓦浪斯基的反对者迈斯基（Masky）的论文《关于文化，文学及共产党》，"看到拥护无产阶级的文化和文学底发生底必然性及可能性的最委曲详尽的论证"。迈斯基的结论是：到共产主义的制度的过渡期是有充分的时日可以创造无产阶级的文化。

本文三续（载第 4 期）引烈烈威支的论文《艺术上的共产党底政策》，表示他是一个"无产阶级文学思想底热狂的拥护者"。

本文四续（载第 5 期）引卢那查尔斯基演说的片断，其一是他在 1924 年 5 月 9 日俄罗斯共产党中央委员会出版部召集的会议的演说，其二是 1925 年 1 月 7 日在无产阶级的作家全联邦大会上的演说。他说，不可盛赞同路人作家，更不可看不起无产阶级作家的幼稚。要重视农民作家，把他们绑在无产阶级作家的拖船后面拉着走。无产阶级作家应该着重创作，不要只埋头于纲领的制作。

本文最后抄写一段《俄罗斯共产党中央委员会底决议》

"极力给与他们的发达以助力，从一切方面援助他们与其团体，同时觉不可不用尽百般手段来预防在他们当中最有害的现象——共产党的骄傲之发生。党因为实在在他们当中见到苏维埃文学之将来的思想的指导者，故不可不极力防止他们对于旧的文化的遗产及同样地对于文学的词藻底专门家的轻薄的侮蔑的态度。和这个一样地，不能十分地估价无产阶级作家底为思想的霸权而战斗的重要性的立场也是值得非难的。从一方面反对无条件的降服，从他方面反对共产党的骄傲的事——这不能不是党的标语。党对于纯温室的'无产阶级的'文学的尝试，也不能不斗争。在其一切的复杂性上广泛地把握一切的现象；不单踟蹰于一工厂的圈内；不是一职工组合底文学而是成为在自己的背后率领着数百万底农民而战斗着的伟大的阶级底文学——这不能不是无产阶级的文学底内容底范围。"（第 5 期，第 12 页）

第 1 期《编辑室消息》说："这是一篇很重要很有价值的论文，每个研究无产阶级文艺的青年都应该细读。希望不要因为艰深而忽略了它。"（第 16 页）

关键词：苏联文学理论与批评　无产阶级文学的派别　俄共中央的态度 无产阶级作家为思想的霸权而战斗的立场应该受到非难

1929 年 1 月 1 日

钱杏邨书评《〈在黑暗中〉——关于丁玲创作的考察》，载《海风周报》第 1 期，第 11～13 页。

作者认为丁玲的短篇小说集《在黑暗中》已经表明她的"脚尖不仅是踏入了社会的门限，对于社会已有了相当的了解，并且是触着社会的经济困厄的现实关系，把握到现代人心中的苦闷，虽然她离开生活的象牙之塔还不怎么遥远"。又说，丁玲的小说每一篇都涂着很浓厚的伤感色调，显示出作者对于"生的厌倦"而又不得不生的苦闷灵魂。"作者创作里的女主人公，便完全脱离不了一个'固定的伤感的型'，对社会表示绝望，只生活在生的乏味与死的渴求的两种心理之间，甚至放上一个死亡的结束。"总结全集的小说，"作者只送出这样的一种哀喊，'社会是黑暗的，生是乏味的，生不如死'，所以，这些人物便乐意的把'生命当做自己的玩品，要尽量的浪费掉'，而把一切的幸福看作‘水月镜花’”。“作者不曾指出社会何以如此黑暗，生活何以这样的乏味，以及何以生不如死的基本原理，而说明社会的痼疾的起源来。”（以上第 11 页）

又说，《在黑暗中》的作品是一部写实主义的创作，但具有世纪末的病态。

简单的附记又有几句分论：《梦珂》写女子职业问题。《莎菲女士的日记》写性恋心理。《暑假中》以同性恋为描写的对象。《阿毛姑娘》写女性的物质欲望的发展及其打击。在技术方面，“作者似长于性欲描写。那种热情的，冲动的，大胆的，性欲的，一切性爱描写的技巧，实在是女作家中所少有的”。（第 13 页）

钱杏邨在《海风周报》发表的书评还有：第 2 期评凌叔华的《花之寺》；第 3 期评陈衡哲的《小雨点》；第 4 期评一位波兰作家的创作，题为《被损害的灵魂》；第 6/7 期合刊是《徐志摩先生的自画像》，说徐志摩“彻头彻尾的是中国资产阶级的进步分子的代言人，他是彻头彻尾的一个进步的资产阶级作家”；第 9 期有论文《关于文艺批评》；第 10 期评顾仲起；第 14/15 期合刊评茅盾，题为《幻灭动摇的时代推动论》；第 17 期评苏联作家，题为《安得列夫与〈红笑〉》。

关键词：钱杏邨评丁玲小说集《在黑暗中》　丁玲长于性爱描写　作品呈现世纪末的病态，流露出生的厌倦

1929 年 1 月 1 日

魏克特（蒋光慈）国外文坛消息《革命后的俄罗斯文学名著》，载《海风周报》第 1 期，第 17～18 页。

本文列举了他所读过的“革命后的俄罗斯文学名著”。而且仅限于长篇，不包括诗歌、戏剧。有史料价值。它们是：

哥尔基：《沙苗根的一生》《阿尔托曼诺夫的家事》《回想录》

阿·托尔斯泰：《爱丽达》《在苦恼中的行程》

维列塞也夫：《碰壁》

爱莲堡：《库尔波夫之生与死》《呼宁泥陀及其学生》《姐娜的爱》

谢拉菲莫维奇：《铁流》

谢门诺夫：《饥饿》

普里司文：《阿尔巴托夫的青年时代》

皮涅克：《赤裸裸的年头》《第三都城》

乌谢沃·伊万诺夫：《钢甲列车》《平民》

谢芙林娜：《肥料　　　　　　克》

里别丁斯　　　　　问》

　　　　　露西》《爱的分野》

　丁．《落伍者》

马拉斯金：《不寻常之爱情》《两个和平与两个战争》

里昂诺夫：《巴尔叔克》《贼》

弗尔曼诺夫：《叛乱》

卡达也夫：《消耗者》

尼克廷：《鲁登珂的犯罪》

白尔金：《爱情胡调与投机》

格拉得可夫：《水门汀》

诺威可夫·普里波伊：《海女》

关键词：十月革命后的俄罗斯革命文学作品

1929 年 1 月 1 日

林玉堂（林语堂）作、光涛译《鲁迅》，载《北新》半月刊第 3 卷第 1
号，第 85～93 页。副题是：China Critic, December, 1928。

关键词：林语堂《鲁迅》

1929 年 1 月 1 日

赵景深《高尔基评传》，载《北新》半月刊第 3 卷第 1 号，第 107～
117 页。

小标题是：一、流浪生涯　　二、创作短篇小说的第一时期　　三、创作长
篇小说与戏剧的第二时期　　四、创作回想录的第三时期。

作者一开头就说他写此文的动机："今年是高尔基创作的 35 年纪念，又
逢他老人家的六旬大庆，各国都替他贺寿。我国各杂志上也登载了好几篇纪
念的论文，有的讲高尔基的思想与现今的苏俄政策是否不相冲突，有的讲高
尔基最近怎样受本国人的热烈欢迎，但对于高尔基的一生和他的著作似乎还
没有人详细的谈到。"（第 107 页）他的这篇短文就是拾遗补缺。

文章说，高尔基是个社会主义者、国际主义者。早期的短篇小说在写实
主义内带了一点浪漫主义的气氛。其长篇小说中，"所写大都是俄国普罗列塔
利亚的野蛮，污秽，黑暗等等"。（第 115 页）

关键词：赵景深《高尔基评传》

《北新》认为目前还没有无产阶级文学

1929 年 1 月 1 日

《北新》半月刊第 3 卷第 1 号刊末《编者的话》回答读者：

"曾经有一位投稿者来信，他问本刊是否反对'无产阶级文学'。他的意思就是问我们在作品的选择上是否有'派'的成见。其实本刊的'地盘'一向是公开的，本无所谓派。至于'无产阶级文学'，在现在究竟真有这东西产生么？如果有，反对自然是无效而且无聊；如果还没有，又何用其反对？总之，我们所欢迎的是有生命的有力量的作品。"（第 392 页）在编者眼中，现在还没有无产阶级文学。

关键词：《北新》编者认为目前还没有无产阶级文学　无产阶级文学是有生命有力量的文学

1929 年 1 月 1 日

《金屋月刊》在上海创刊。邵洵美、章克标编辑。

在《色彩与旗帜》的发刊词中，暗示革命文学作家"多抄些铁铲铜斧等字样"来欺骗穷人。说："我们要打倒浅薄，我们要打倒顽固，我们要打倒有时代观念的工具的文艺，我们要示人们以真正的艺术。"他们不受时代、色彩与旗帜的"束缚"。"我们的作品，可以与任何相像，但决不属于任何派。我们要超过任何派。"

关键词：《金屋月刊》要"打倒工具文艺"　文艺不受色彩的"束缚"

1929 年 1 月 6 日

〔苏俄〕里别丁斯基著、魏克特（蒋光慈）译《一周间》（长篇小说），载《海风周报》第 2 期，第 1～6 页。

本期只刊一章。因戴平万也有此著的译本，故《海风周报》不续刊。

关键词：里别金斯基《一周间》

1929 年 1 月 6 日

钱杏邨书评《〈花之寺〉》，载《海风周报》第 2 期。第 9～11 页。

《花之寺》，凌叔华短篇小说集。评论说："她的特色是在描写资产阶级的太太们的生活和各种有趣味的心理。她的取材是出入于太太，小姐，官僚，以及女学生，以及老爷少爷之间，也兼写到不长进的堕落的青年。

"应用绘画上素描的方法，来表现以上的种种人物，风格朴素，笔致透逸。她的态度，当然是对这种种的生活表示不满，她表现了她们的丑态和不堪的内里，以及她们的枯燥的灵魂。"

作者善于描写"宗法社会思想下的资产阶级的女性生活，资产阶级女性的病态，以及资产阶级的女性被旧礼教所损害的性爱的渴求，和资产阶级青年的堕落"。她"长于描写资产阶级的小姐少奶奶们的慵懒，春困，娇憨，愁思等等的过去的'美人的必然的形态'"。

"她显然的是取着进步的资产阶级知识分子的立场，以大部分力量在描写资产阶级以及破产的资产阶级的太太小姐们的生活和心理，而表示不满，是代表进步的中国资产阶级的知识分子思想的女性的意识。"

关键词：钱杏邨评凌叔华《花之寺》 "她的特色是在描写资产阶级的太太们的生活和各种有趣味的心理"，"代表进步的中国资产阶级的知识分子思想的女性的意识"

1929 年 1 月 10 日

彭家煌小说《勃谿》，载《小说月报》第 20 卷第 1 号，第 281~295 页。作品中有这样的句子：

"强盗似的从口袋里抢出钥匙，粗重的开了锁，猛烈的推开了门"。"急忙窜到家，一直冲进房。""一步高一步低的僵尸般将自己搬到家之后，原想顺顺畅畅的在冷静的被里埋葬了自己。"

"年关来访问这家庭，然这家庭却无意于接待。"

关键词：彭家煌

鲁迅译《竖琴》：革命文学创作不畏惧血和污秽

1929 年 1 月 10 日

〔俄国〕理定原著、鲁迅重译《竖琴》（小说），并鲁迅《附记》，载《小说月报》第 20 卷第 1 号，第 109~123 页。理定，现通译费定。

在《竖琴》的译后《附记》中，鲁迅对革命文学发表重要看法，他称之为"几句不大中听的话"。他说："这篇里的描写混乱，黑暗，可谓颇透了，虽然粉饰了许多诙谐，但刻划分明，恐怕虽从我们中国的'普罗列塔利亚特苦里替开尔'看来，也要斥为'反革命'，——自然，也许因为是俄国作家，总还是值得'纪念'，和阿尔志跋绥夫一例待遇的。然而在他本国，为什么并不'没落'呢？我想，这是因为虽然有血，有污秽，而也有革命；因为有革命，所以对于描出血和污秽——无论已经过去或未经过去——的作品，也就没有畏惧了。这便是所谓'新的产生'。"

关键词：鲁迅 革命文学创作不畏惧血和污秽，它预示"新的产生"

1929 年 1 月 10 日

〔俄国〕安特列夫著、梅川译《红的笑》（小说），载《小说月报》第20卷第1号，第183～219页。

小说写一支革命军队艰难行军。它不避血和污秽，但总有红的笑——理想和希望。刊物刊载的是一些断片，都是呈现苦难、流血和死亡的描写。

断片一：大队行走，太阳暴晒，敌人追赶，热，饥渴，饥饿，疲惫，瞌睡，死亡，还是无声地走。小说写得非常细：

"天气很热。我不知道有多少度——120 度，140 度，或者还要多——我只知道热气是接续的，无情的普遍，无微不至。太阳是如此的暴戾，如此的凶猛与可怕，似乎地球已经移近了它，不久就要被它的不怜恤的光所燃烧。我们的眼睛已不能看东西。小的聚拢的瞳人，小得像一粒罂粟子，在紧闭的眼皮之下还找不到荫庇；太阳射透薄的眼皮，血红的光刺进乏极的脑里来。但是，虽然如此，闭着眼皮总好些；过了多时，恐怕有几小时，我闭着眼走路，听见大众在我四周走动；人的马的许多足的重而参差的步伐，铁轮的轧轧，压碎小石，人的深重用力的呼吸和焦躁的唇吻干啜声。但我听不见说话。全体静默，宛如哑子的军队在走动，当无论谁跌倒，他是默默地倒下……"（第183 页）

断片二：战士就在自己身边死，血喷出，涌出，流出，如红的笑。

断片四：死亡是红的笑，国家是红的笑。

断片五：五天五夜没有睡觉，人人都像死人，人人都要发疯。自杀时有发生，习以为常，不以为怪。运伤员，医生无能为力。

断片六：由于疲惫，混乱，部队自己打自己，死伤数百人。"我"失去双腿。医院更糟："剖开胸胁的，挖去眼睛的，截断两腿的，睡着的痛苦……病房中充塞无量，磨锉般，哭泣的呻吟；各方面灰白，黄色，疲乏的脸孔，有的没有眼睛，有的是这样奇形地残割过，似乎他们是从地狱回来的。"（第

198 页）但"我"眼前始终漾着红的笑。

关键词：安德列耶夫《红笑》（通译）　小说写一支革命军队的艰难行军，时时有流血和死亡，但始终漾着红的笑

1929 年 1 月 10 日

MD（茅盾）随笔（散文诗）《叩门》，载《小说月报》第 20 卷第 1 号，第 108 页。

冥冥之中，听到叩门声，却是"一个空虚"。

近期，作者以 MD 署名的随笔还有：《卖豆腐的哨子》《雾》（以上第 2 号），《虹》《红叶》（以上第 3 号），《速写一》《速写二》（以上第 4 号）。

关键词：茅盾　散文诗

1929 年 1 月 10 日

（樊）仲云论文《通过了十字街头——今后文艺思想的进路》，载《小说月报》第 20 卷第 1 号，第 33～41 页。

此文共五题：（一）从象牙塔到十字街；（二）浪漫主义与写实主义；（三）文艺思想之下层基础；（四）唯心思想与唯物思想；（五）所谓"普罗列塔利亚"文学者。

文章说：中国今后文艺思想的进路必然是"唯物思想的新写实主义的路"。普罗列塔利亚的美学观"是以能充分的表示劳动能力与坚忍不拔的力量为美的"；"他们所认为善的，必是能不畏强暴，勇敢的作反抗的斗争的"。（第 40～41 页）

作者阐述了他对普罗文学的见解："总之，现在的文学界，凡掉文弄墨的，都属智识阶级中人，欲求其能绝对的纯粹怀抱普罗列塔利亚的意识是很少的，故我觉得当此过渡时代，凡能以普罗列塔利亚的观点观察事物，笔之于书的，亦尽可说是普罗文学了。

"苍白幽暗的神秘主义，神经衰弱的浪漫主义，妄自独断的印象主义，个人独立的写实主义，以及朦胧不明的象征主义，现在是都过去了，正在到来的是新写实主义（proletaire réalisme），在这资产阶级统治的社会，强烈激动的机械文明的时代，我们非有伟大的毅力是不能够前进通过。所以为新时代的意识的表现的普罗文学，必然的须为男性的，勇敢的，唯物的，乐观的，社会的，现实的。这便是普罗文学的特点，与以前的一切文学所不同的。"（第 41 页）

关键词：普罗列塔利亚美学观　普罗文学的特点："须为男性的，勇敢的，唯物的，乐观的，社会的，现实的"　正在到来的是新写实主义

1929 年 1 月 10 日

〔俄国〕Alexander Bakshy（白克许）著、刘穆译《苏俄革命在戏剧上的反应》，载《小说月报》第 20 卷第 1 号，第 85～90 页。

本文共 5 题：革命前的戏剧，革命的影响，梅雅荷尔（Vsevotod Meyerhold）的影响，"建设主义"的理论，其他的现代排演家。

文章说：革命潮流汹涌高涨的时候很少产生伟大的艺术，唯戏剧能得到惊人的发展，是个例外。就一般民众来说，在革命时期，生活紧张，"实没有余力来作艺术的欣赏。然在别一方面，日常生活的困难和纷扰又需求一种情感的慰解（藉），那末，除了戏剧外没有别样艺术能够满足这样需求恰到好处了。因此，在革命的初年所谓'英雄'时期，人们对于戏剧的娱乐简直是趋之若狂。还有一层，苏联政府视戏剧为宣传的最有效的方法，故极力予以经济与政治上之援助"。（第 85 页）遂产生"纯普罗阶级艺术"的政治剧，并欲发展为"一种新的非职业的普罗阶级戏剧的运动"。（第 86 页）

关键词：苏俄革命对戏剧的影响　"纯普罗阶级艺术"的政治剧　非职业的普罗阶级戏剧运动

1929 年 1 月 10 日

赵景深《现代文坛杂话》五则：《柴霍甫与高尔基》《俄国工人与俄国文学》《高尔基论谋杀》《农民诗人与俄国》《苏俄文人的职业组合》等，载《小说月报》第 20 卷第 1 号。本刊第 2 号，作者又有《新俄小说家吴礼甫》。

这些杂话，提供以下的信息和观点：

从高尔基的书信看来，"他是一个轻视金钱的人，无论有多少钱，立即用完"。（第 321 页）

"俄国批评家美海洛夫斯基（Mihailovsky）说，文学家总是一对一对的，所以卢骚与福禄特尔是一对，迭更司和萨考莱是一对，托尔斯泰和杜思退益夫斯基是一对，最后说，柴霍甫和高尔基也是一对。"（第 322 页）

俄国工人喜欢读的本国作家的作品就战后新文学说，有：格来可夫（Gladkof）写俄国内乱的小说《胶灰》（*Cement*），刘诺夫（Leonof）的《刺猬》（*Barsuki*），讷甫罗夫（Neverof）的《面包城》（*City of Bread*），西拉费莫威契（Serafimovitch）的《铁潮》（*The Iron Torrent*），谢芙林娜（Seyfullina）

的 *Virineya*，罗美诺夫（Romnof）的短篇小说。"俄国工人所爱读的名著以高尔基为第一，他的《母亲》，《阿尔泰麻拿夫家之事件》，《人间之中》，《幼年时代》，《短篇小说集》等都很受欢迎。其次为屠格涅甫的《新时代》，《父与子》，《贵族之家》，《猎人日记》；托尔斯泰的《战争与和平》，《婀娜小史》，《复活》；杜思退益夫斯基的《罪与罚》；柴霍甫的短篇和哥郭里的《塔拉史蒲巴》。"（第 322 页）

俄国农民诗人眷恋祖国，而无产阶级诗人"却不爱歌颂，与农民诗人相反"。无产阶级诗人是列宁和特洛茨基的信徒。他们要做国际宣传，扩大苏联的影响。"在他们看来，'俄国'两个字已经不时髦了，才用苏联或缩写 U.S.S.R. 来替代。"他们嘲笑农民浅薄。（第 323 页）

关键词：高尔基 文学家总是一对一对地出现在历史舞台上 俄国工人喜欢读的作品 农民诗人 无产阶级诗人

1929 年 1 月 10 日

《小说月报》第 20 卷第 1 号《最后一页》预告："近来文坛上讨论文学的'普罗'化，很显得活气，但在苏俄的本身是怎样的？日本冈泽秀虎君新近发表了《苏俄十年间的文学论研究》一文，可以使我们注意。陈雪帆君特地译出，将于 2 月号起陆续刊于本报。耿济之君也答应着供给我们以关于他们的新颖的材料。"（第 311 页）

关键词：文学"普罗"化显得活气 日本冈泽秀虎作、陈雪帆译《苏俄十年间的文学论研究》 耿济之

戴望舒新诗《我底记忆》

1929 年 1 月 10 日

戴望舒新诗《我底记忆》，载《未名》第 2 卷第 1 期。

这是戴望舒的代表作之一，写于 1927 年夏季诗人蛰居故乡期间。全诗共 5 节 32 行。诗人把"记忆"当作具有复杂情感的友人来表现，写出了诗人对平庸琐屑生活虽有抱怨而又感慰藉的心态。作品采用现代日常口语，诗句舒展自然，甩掉了音韵的镣铐，注重诗的内在情绪的表现，成功地创造了既有民族特点，也有个人特点的白话诗体式。作者曾称这首诗是"我底杰作"。

关键词：戴望舒《我底记忆》是"我底杰作"

1929 年 1 月 10 日

文艺月刊《红黑》在上海创刊。主编胡也频、沈从文、丁玲。共出 8 期。

该刊前期倾向唯美主义，后期呈现出革命色彩。编者也就是刊物的主要作者。胡也频发表的小说有《子敏先生的功课》《便宜货》《一个村子》《三个不统一的人物》《苦刑》《一个猎人的自叙》等，丁玲有《庆云里中的一间小房里》《过年》《小火轮上》《日》《野草》等。

关键词：《红黑》创刊

《创造月刊》出版终刊号

1929 年 1 月 10 日

《创造月刊》第 2 卷第 6 期出版，为终刊号。

刊载的论文有李初梨的《对于所谓"小资产阶级革命文学"底抬头，普罗列塔利亚文学应该怎样防卫自己？——文学运动底新阶段》、朱镜我译《关于马克思主义文艺批评底任务之大纲》（卢那察尔斯基作）、沈一沉的《演剧运动的检讨》和沈起予的《H. Barbusse 之思想及其文艺》。创作方面刊有王独清的《子畏于匡》、郑伯奇的《佳期》、龚冰庐的《矿山祭》、华汉的《血战》、汪锡鹏的《母亲千金》、实味的《陈老四的故事》、弱萍的《红色的爱》和冯乃超的《抚恤金》《忧愁的中国》等。

沈起予的文章介绍了法国当代革命作家巴比塞的思想、作品及其"光明团"运动，与罗曼·罗兰关于"革命暴力"问题的争论。

关键词：《创造月刊》出版终刊号

1929 年 1 月 10 日

李初梨《对于所谓"小资产阶级革命文学"底抬头，普罗列塔利亚文学应该怎样防卫自己？——文学运动底新阶段》，载《创造月刊》第 2 卷第 6 期。

李初梨的论文针对茅盾的《从牯岭到东京》讨论了 8 个问题：普罗文学运动的回顾，所谓"小资产阶级革命文学"，"小资产阶级革命文学"发生的社会根源，"小资产阶级革命文学"发展的今后的预测及其社会任务，茅盾怎样理解普罗文学，所谓"读者对象"的问题，什么叫作"标语口号文学"，形式问题。

在"形式问题"一题中，李初梨根据林伯修的译文，几乎是全文译介了藏原的文章。他说："我认为今后我们的文学，应该采取这普罗列塔利亚写实主义的形式。""不过我们应该注意的，正因为我们的作家与读者都是些知识阶级的缘故，或许还有其他形式的发生或利用的可能，我们对于这样的优秀的作品，是不应该摧残的。然而，普罗列塔利亚写实主义，至少应该作为我们文学的一个主潮！"

关键词：李初梨　今后我们的文学应该采取普罗写实主义的形式　普罗写实主义应该作为普罗文学的一个主潮

1929 年 1 月 13 日

钱杏邨书评《〈小雨点〉——关于陈衡哲创作的考察》，载《海风周报》第 3 期，第 1~4 页。

评论认为陈衡哲小说集《小雨点》的创作特色是："暗示积极的人生见解，以及创作关于问题的小说。"她所暗示的问题如："为现今时代一切受教育女子共有的结婚与学业的影响问题，爱情与义务的战斗的问题，以及人生的态度的问题等等。作者的创作的内里，大部分是潜藏有重要的人生问题的。"她喜欢采用象征的表现方法。

关键词：钱杏邨评陈衡哲小说集《小雨点》

1929 年 1 月 13 日

杨邨人短篇小说《董老大》，载《海风周报》第 3 期，第 9~15 页。
董老大与赵老三争论：干不干农会，以及对于青年人干农会的态度。

关键词：杨邨人《董老大》

1929 年 1 月 13 日

李白裕杂文《介绍鲁迅先生的做人秘诀》，载《海风周报》第 3 期，第 15~16 页。

本文引林玉堂的文章，说鲁迅在北京、在厦门、在广州根据不同的政治环境，采用不同的处世哲学：第一是"装死"，第二是"逃跑"，第三是"装糊涂"。

关键词：引林语堂的文章说鲁迅的处世哲学　歪曲鲁迅

1929 年 1 月 16 日、23 日

高滔《论革命文学》，载河北民国日报周刊之一《鸮》① 第 5 期第 1～4 页、第 6 期第 1～4 页。

文章分两题：一、革命文学的各种定义；二、革命文学的真义及其他。

文章说："主张革命文学的人，多半是过着革命生活的人，他们主张在这时代所需要的是革命文学，从前所遗留的文学都在被时代宣告死刑之例；反对者主张文学不受时代的影响，文学的成因是作家自我的表现。"（第 5 期第 1 页）前者为革命派，后者为趣味派。

作者综述革命文学主张者的意见，以为革命文学得有几点：

"一、革命文学是以革命为目的的手段的文学。

"二、革命文学是以被压迫阶级生活为题材，或描写革命家的生活及暴动的情形的文学。

"三、革命文学必出于被压迫者之手。"（第 5 期第 1～2 页）

在阐述第一题，当说到文学的煽动性时，他说："我以为真的艺术都富有煽动性，并且煽动性愈大则艺术的作值（价值）也愈高。若以宣言标语为煽动性的艺术那才是大错呢。……为煽动而造作的艺术，煽动力一定是微弱的。"总之"不能说艺术的本质是没有'煽动'的"。

在阐述第二题时，他认为："举凡社会一切现象，都可以做革命文学的材料。"文学是流动性的东西，根本不能过于刻板。

在阐述第三题时，他认为：一个作家，"他的意识若是不正确，他的精神若是不切实，虽然他是被压迫阶级中人，也不能算做革命文学的创作者"。（以上第 5 期第 3 页）

关于文学的本质，归纳起来，不外乎两种见解：

"一种便是被革命派所攻击的趣味派的标帜；一种是自认为革命文学家的投机主义者的口号。前一派说文学是自我的表现，是不受环境与时代影响的。——这文学疑似（是——此字疑衍）人以外的产物。这派作家便是个人主义者，观念论者。后一派说文学是描写社会生活的家活。——这文学将要变成呆板无用的东西。这派作家则是投机主义者，小有产者。

"若是说文学是自我的表现，便不如说文学是人类生活意志的要求。若说文学是社会生活的速写，便不如说文学是阶级的实践的意欲的反映。"

---

① 《鸮》由于赓虞主编，通讯处是：北平宣内头发胡同 10 号转。系唯美主义刊物。

"自然力无形中将人类分为许多阶级；而作家的生活，亦赖其所居之阶级而决定。"

"所以，无论在何等作品中，都蕴含着它那意志的要求；无论任何作家的生活，都潜伏着他那阶级的背景。

"所以，压迫阶级的作家，为了巩固自己阶级的战线永是为他自己的阶级宣传，煽动，根据他自己的阶级利益而煽动。调和阶级因为自己阶级的不稳固，永是满足自己阶级的主张去煽动，使这社会由煽动而变为灰色，藉此满足自己阶级的要求。被压迫阶级也为了自己阶级的利益，而有要求革命，要求解脱铁链的欲望。

"这样，我们可以确定：文学是生活意志的表现；文学（生）有它阶级的背景；文学有煽动性。这种煽动不一定是有意识的，多半是无意识的；因生活意志的要求及阶级的背景是自然的，不一定存于意识之内。"（第 6 期第 1~2 页）

文学史上有影响文学发展，使其"停滞与（走上）绝路"的"多种畸形的谬论"：一是"文学没有利害关系之论"，二是"为艺术而艺术之论"，三是"文学因袭之论"，四是"文学上享乐主义之论"，五是"文学自尊之论"。"综上 5 种偏见，经过反复推论之后，我们知道所需要的文学是有煽动性的，不是微温的；是为社会的，不是为艺术的；是创作的，不是因袭的；是入世的，不是超世的；是大众的，不是自私的。"由此可知文学的定义应是：

"文学是普遍的煽动；生活意志的要求，经过文学家的技巧，反映出来伟大而普遍的文学。"（以上第 6 期第 2 页）

关键词：革命文学　真的艺术都富有煽动性，文学是普遍的煽动，是生活意志的表现

1929 年 1 月 16 日

国民党中央执委会秘书处致函国民党政府文官处，称，据中央宣传部函，《喇叭》《未明》《创造月刊》《思想》《流荧》《11DEC》《湖波》《战迹》《出路》《白华》等 10 种刊物"确系共产党宣传刊物"，要求"通令全国各省市""从严查禁"；并命令"转饬上海临时法院将印发共产党反动刊物之上海北四川路创造社即行查封"。

关键词：国民党中央要求查禁《创造月刊》等刊物

1929 年 1 月 20 日

〔苏俄〕谢芙林娜女士著、蒋光慈译《信》（小说），载《海风周报》第

4 期，第 1～7 页。

革命后的新俄农村，非常偏远。牧牛儿谢门嘉，是个 17 岁的孩子，却显 40 岁的老相。他爱思考问题，到夜晚也写写画画，总在心里打算着一切。他是党员，常到 6 里外的地方去开会。他想为集体做点事，但没有人要他，他也找不到门径。他写信向上级诉苦，并反映基层党员无所作为的情况；不幸的是，他没有贴邮票，也没有时间去邮寄。他的信被有权者拆看，还被"7 个人把他打了个饱"。

〔德国〕爱弥尔·根凯儿作、建南译《失业者》，〔波兰〕勃频斯基（S. Bobinski）原著、舒夷译《弥海儿溪亚》，同载本期《海风周报》。前一篇写一个失业者流浪街头的困境，后一篇写一个年仅 13 岁的革命后代在监狱中的英勇，无不动人心弦。

李铁郎《读了高尔基的我的童年》，同载本期《海风周报》。

《译者附志》说："谢芙林娜女士成了现代俄国文坛的名家。其作风朴直可爱，无女性的缺点。她的中篇小说《粪土》使她成了名。"（第 7 页）

关键词：苏俄、德国、波兰的革命小说

1929 年 1 月 20 日

伯川（杜国庠）辑译《全世界左翼战线作家传略》，载《海风周报》第 4 期，第 28～32 页。

介绍的左翼作家是：卢那查尔斯基、傅利采（佛理契）、格拉得可夫、高根、巴比塞。

关键词：全世界左翼作家传略

约翰·里德

1929 年 1 月 20 日

戴平万《李特的生平及其小说》（李特，目录作 Reed），载《海风周报》第 4 期，第 7～10 页。

本文介绍美国普罗作家约翰·里德。文章说："约翰李特（John Reed）用着他的鲁莽的青年人的革命眼光，用着他的诗意的，生动的描写，把他从世界的每一个角落里所体验着的各种人生，写成简短而有力的小说，表现着被压迫者的悲苦的命运和他们的伟大的精神。他是一个青年人，一个天才的

诗人，一个热情的理想者。而且他是斗争中的一员战士啊！""他反抗着现实的世界，反抗着出版界的包办情形，反抗着一切的代表特殊利益的，和蒙着一层虚伪的美的艺术。他立意要向美国的诗文界斗争，为着无产阶级的自由和自立而斗争。"他访问十月革命之后的俄罗斯，写成的《震撼全球的十日记》，"那是他的一部 Bolshevik 的革命史"。他是"可敬爱的青年战士，热情的理想家，天才的诗人，小说的作者"；"他的作品都完满着一种真切的人性，革命的情绪，美妙的诗意"。

他是第三国际执行委员。

关键词：美国无产阶级作家约翰·里德

1929 年 1 月 20 日

钱杏邨介绍被放逐到西伯利亚的波兰作家先罗什伐斯基（Sierosjewski）的小说，题为《被损害的灵魂》，载《海风周报》第 4 期，第 23～26 页。

原著的名字记不得。但这篇介绍详细叙述了原著的内容，女主人公的性格大起大落的变化。她是一个被严重扭曲的女人。她渴望死，但"生的欲求却强烈的在她的内心里燃烧着"。小说中，女主人公变态的性格与动作，那种趋于极端的个人主义的虚无主义的思想，给读者强烈的印象。读钱氏这篇文字，我们也感到心的战栗。

关键词：钱杏邨书评《被损害的灵魂》

1929 年 1 月 20 日

〔俄国〕A. 雅各武莱夫著、鲁迅重译中篇小说《十月》，载《大众文艺》第 5 期，第 691～703 页。其后几期连载。

在正文之前，鲁迅的《译者识》说：

"同是这一位作者的'非革命'的短篇《农夫》，听说就因为题目违碍，连广告都被大报馆拒绝了。这回再来译他的一种中篇，观念比那《农夫》是前进一点，但还是'非革命'的，我想，它的生命，是在照着所能写的写：真实。

"我译这篇的本意，既非恐怕自己没落，也非鼓吹别人革命，不过给读者看看那时那地的情形，算是一种一时的稗史，这是可以请有产无产文学家们大家放心的。"

据日本井田孝平译本重译。

关键词：俄国雅各武莱夫　鲁迅　中篇小说《十月》

1929 年 1 月 20 日

李守章《寒宵》，载《大众文艺》第 5 期，第 795～836 页。

小说写三个小资产阶级知识分子的穷愁。重点又写寄食在朋友处的冰谷的走投无路。他们穷到去老虎灶打一壶开水的钱都没有，甚至要当自己的眼镜，偏偏人家当铺又不收。至于住房、吃饭、穿衣就更是大问题，养活爱人，尤其成为奢谈。

关键词：李守章描写小资产阶级知识分子的穷愁

1929 年 1 月 20 日

文学月刊《人间》在上海创刊。主编胡也频、沈从文、丁玲，系《红黑》的姊妹刊物。共出 3 期。

胡也频在此刊发表小说《一幕悲剧的写实》，丁玲发表《岁暮》，蓬子发表诗《莫心痛》等。

关键词：《人间》创刊　丁玲　胡也频

1929 年 1 月 23 日

胡也频新诗《时代之火》，载河北民国日报周刊之一《鸮》第 6 期，第 5 页。

此诗共 4 节，每节 4 行。第 4 节说："啊，压迫于黑暗的深渊，／生命应如烈火，／毁灭那奢侈的宫殿，／并以鲜血的疾流，纪念这时代！"

诗末有附言（写于 1928 年 12 月 18 日夜，在上海）："再过 11 天，我是整整的 1 年没有作诗了。为了极可怜的偷偷的生存，我是不能作诗的，因为诗卖不到钱。这真是我的生命颇大的屠杀！但今天因想到赓虞，为了他始终对于诗的努力之故，心灵又重新活动，便作成了这一首——似乎和以前的诗很不相同的一首。倘若朋友们乐意，我愿把这一首诗作为久别的礼品，并志也频的怀念之意。"

关键词：胡也频新诗《时代之火》

林语堂论鲁迅："青年叛徒们的领袖"

1929 年 1 月 23 日

林玉堂随笔《鲁迅》，载河北民国日报周刊之一《鸮》第 6 期，第 5～

8 页。

文章称鲁迅是"现代中国最深刻的批评家而且大约是少年中国之最风行的作者",是"叛逆的思想家","'青年叛徒们的领袖'"。(第 5 页)

他说:"他这篇短文不是来论鲁迅的思想,亦不是来说明他的闪烁的文章,放浪的诙谐,和极精明的辩证(他运用这一切来嘲讽中国的旧观念和旧制度,自中国的拳术以至中国人下巴的毛病,自那乡下的愚夫以至那英国回来而假充古之学者的教育总长)——说明这一切如何给他在现代的中国文学界中赢得一种独特的地位。我只想说一说这位深湛的年老的中国学者(学者这个字我用的是它真切的古义)在过去两年中如何度过了他的生活,在那时,如他对我所说的,要'作人'实在不容易。他如何从那些极艰难的境况中爬出来的办法,即足以佐证我所说的关于他深知中国人生活及其生活法的那些话。"

林玉堂说:"鲁迅固然还活着,但是你决不能预知他什么时候愿意死。"鲁迅的"作人"法是"装死",或曰"蛰伏"。共三次:一次是:"他曾经死了似的不闻一切外事,一心抄他的汉碑,玩他的古董,活埋于一间闹鬼的屋子里";二次是移居厦门,与公墓为邻,做他的学问;三次是广州"七一五"之后,到上海之前,他躲在广州的一间楼房里。

关于第三次"装死"尤其难。鲁迅所处的那种不容易应付的环境是:"退出了中山大学,于是住在那广州城中某地方的一间楼房里。空气是充满了残杀;随处都要小心,甚至于要莫吸从哈尔滨或海参崴输入的烟卷,而且甚至于要小心着在自己的'朋友们'中发表私人的意见,以及诸如此类的小事情。鲁迅之名可是太大了,使他不能享受他的隐晦生活;有些学生们被遣来窥探他的意见北(按:原文如此)论这个,论那个,及其他的许多题目。但是,我已说过,鲁迅是深谙在中国社会中'做人'的术法的。他不缄默,怕的是受害;他做得更聪明些,他谈出一大堆话来,关于一些他的对方简直莫明其妙的事情(例如,安特列夫哪,陀思托也夫斯基哪)。当然,那些来谈的人是十分愕然的回去了——他们如何报告那种'访问'于他们的上司,则非我们所得知。

"还有一种策略哩。他的态度是定要测度出来的,理所当然的。由那些有权势的当局作后台老板的一个大学便请他讲演。这恰似从前那法利赛人将一个西撒像的钱币交给耶稣时所询问的那个问题(见马可福音第 12 章),那情形是相同的。如果鲁迅拒绝了,那便会视为是表明不尊重那些当局们的一种'态度'。鲁迅却不那样,他更聪明些。他答应了;他洋洋洒洒地演了一大篇有趣的话，谈的是纪元前三世纪的文学状况（按：即《魏晋风度及文章与药及酒之关系》），在那一篇演说里，他解释当时有些学者为了避免政治上的纠缠之故不得不‘一醉就是两个月’的故事。那些听众都觉得有趣味，赞叹他的创见与通篇中精彩的解说，而且，当然的，并没有看出那要点。"（第 7～8 页）鲁迅达到了目的，他向当局"表示了他不过是一个将心思用于古代的一些玩意的问题上的学者罢了。这使得当时那班权势者满意了"。（第 8 页）当他们的注意力放松的时候，鲁迅却乘船到了上海。

关键词：林语堂论鲁迅："中国最深刻的批评家""少年中国最风行的作者""叛逆的思想家""青年叛徒们的领袖" 大革命失败后在广州的艰难而危险的处境，为求生存的战法之一是"装死"

1929 年 1 月 23 日

于赓虞短论《跋〈鲁迅〉》，载河北民国日报周刊之一《鸮》第 6 期，第 8 页。

这篇紧排在林玉堂文章《鲁迅》之后的短论是这样论述鲁迅的：

"鲁迅是新中国灵魂的主宰，他的眼睛之光永远注射着隐于肉体之灵魂：从这里他发出毒刺般使人战栗之言词。

"鲁迅的武力是生命的解剖，不，是生命的建设，不，乃生命自身的扩张。我们的时代有着险恶的洪流，其波浪淹没了无数的生命，然而，这时代又十分的沉寂。鲁迅就在这险恶的洪流中，镇静的（还不是装死），寂寞的（还不是潜心于三世纪前文学的研究），锻炼着他的深邃的思想，燃烧着他的生命之巨火。他看见了那巨浪中沉没的灵魂，他看见了那搅动巨浪的巨魔，于是，从他的灵眼与活笔下，一切善，一切恶，一切光，一切暗的影像都活跃的跳着，不，有的在沉思的立着。时代与社会在他手中不过是一个玩物，而他是主人。

"在福建，他徘徊于‘那有乞丐的和北兵的尸体腐烂着而且毫无遮拦地发出臭气’的小山上，那正是生命的天堂，那正是与鲁迅相反的国度的文化之特征。鲁迅呵，那不是乞丐与北兵，那是生命，那是饥饿，那是希望，那是幸福！

"奴隶般躲在这世界的角落里，我们也没有平静，肉体正有着千创万痕，灵魂正被毒鹫啄食：唯英雄的剑才能与敌相抗而救肉体于毁灭，唯鲁迅的笔才能杀死毒鹫而使灵魂生长。鲁迅所到的地方，非孔的空气就慢慢浓厚，嗟呼，孔丘何人，古妖而已！孔丘使世界死亡，鲁迅使世界生长，故孔丘为无灵魂的人之偶像，亦鲁迅之所以遭人毒忌之原因也；鲁迅胜过亿万孔丘！"

于赓虞还感慨："这古京是病了，是死了，因为鲁迅不来，这无遮拦的腐尸所发出的臭味，也无人打扫了。"

林语堂、于赓虞笔下的鲁迅才是真的鲁迅，活的鲁迅。身处逆境，生命悬于一线，如何生存，如何与治者周旋，其文字令人战栗。他们探得鲁迅灵魂的深处。

关键词：鲁迅是新中国灵魂的主宰 "鲁迅胜过亿万孔丘"

1929 年 1 月 27 日

沈端先《关于金子洋文》，载《海风周报》第 5 期，第 1~2 页。

介绍日本作家金子洋文的简历和作品。大正十年，与小牧近江办《播种人》杂志，"决定了普鲁列塔利亚文学的路径"。空想社会主义时期的代表作是《女人》《犬》《针》等；"小儿病"时期的代表作是《地狱》《载着废兵的最后电车》；《地狱》以后时期的代表作是《理发师》《偷电》《铳火》《天花板的善公》等。

其作品"多有一种描写普鲁列塔利亚的纯情苦恼和争斗的抒情的倾向"。

关键词：日本普罗作家金子洋文

苏俄柯甘论苏联文学

1929 年 1 月 27 日

〔苏俄〕拍·高根原著、林伯修据日译重译《俄罗斯文学》，载《海风周报》第 5 期，第 3~4 页。

此文为日译《无产阶级文学论》的序言，讲两三百年间俄罗斯文学的发展概况，特别是十月革命后劳动文学、无产阶级革命文学的状况。

关键词：俄罗斯无产阶级文学论

1929 年 1 月 27 日

光慈诗《从故乡带来的消息》、钱杏邨诗《写给一个朋友》，同载《海风周报》第 5 期。

蒋光慈诗共 25 节，每节 4 行。本诗写从家乡传来消息，旧时的儿伴黄牛，谁也看不起的黄牛，如今成了农民运动的领导人，但不幸被统治阶级所杀害。"我乡的农民也有点兴起，／他们不如从前那般的昏愚；／这个从前为人所鄙弃的黄牛，／现在做了农民协会的执委……／／他专与豪绅做对，／任谁也不奈何他，／从前是轿夫的儿子，／现在变成了穷人的大哥。"

钱杏邨诗《写给一个朋友》是反对改良主义的，说"改良主义本是人间最可怕的恶鬼"。（第15页）

关键词：蒋光慈《从故乡带来的消息》　歌颂农民革命运动

1929 年 1 月 30 日

柔石小说《没有人听完她的故事》，载《奔流》第1卷第8期。收入短篇小说集《希望》时，改名为《没有人听完她底哀诉》。

"尖利的北风。巍峨古旧的城下。一个50多岁的老婆子，坐着哭她末路的悲哀"：她有一个60多岁的丈夫，有3个儿子，应该有"福"。但22岁的大儿子当兵回不来了；12岁的二儿子上山砍柴，摔死了；6岁的小儿子被狼吃了；老头子则卧病在床已经数月。妇女们，农民，工人，学生，商人，一群流浪儿童，不同的人群听了她的哭诉，有不同的反应。不无讥讽。但总的是沉重。

杨骚的诗《最后的心》，载同期。

关键词：柔石　杨骚

1929 年 1 月 30 日

高滔论文《关于中国今日的文艺界》，载河北民国日报周刊之一《鹃》第7期，第7～8页。

文章说：文学革命之后，中国文艺界已经形成两派：趣味派和革命派，它们各有着不同的见解，各有着不同的社会背景，"然而叩其实际，则深蕴着不可捉摸的畸形与混乱"。

"我们的时代，是伟大的进步的物质的，同时又是破产的一个时代。处在这崩溃的时代，我们的文艺又怎样呢？

"文艺也如其他上层建筑与下层建筑一样的纷乱，处处感觉到有颓废的表现。说是丰富，然而却朦胧；说是狂热，然而却近于空论；说是维新，然而却有迷信的复旧——混乱与无秩序。"

"在这危机四伏之中，有一个反动的导火线，便是观念论，观念论可以界青年人以乌托邦的梦想。"

"文艺是人类生活意志要求的武器。""'要求'，是大众的要求，大众合起来构成有机体的社会，我们也便是这大有机体中的一个机件。所以我们第一要认识的，便是'社会人'，而不是'个人'。我们的步伍应该走入人群去。"

"经济的历史上的使命，已竟诏示我们了。它迫着我们走入大众的集团里去了，并且把这使命加在我们的肩上，无论你愿意与否，这责任是摆脱不下去的。"

我们的任务，我们的社会地位，决定我们的使命是：

"一、废除观念论，以防反动影响之侵入。

"二、使手的劳动者与头的劳动者联合起来，帮助集合文艺的孵化。"

作者对两派的总的看法是："所谓趣味派在主张上虽然持着艺术无利害关系之见，而态度渐呈灰色，并无和革命派旗鼓相当的驳论；革命派虽然有他的主张，而常有文艺呆板化的危险，而且也还是和大众相远，根基也还没确定。"

关键词：今日中国的文艺界有趣味派和革命派之分　革命文艺家的使命是"使手的劳动者与头的劳动者联合起来"，孵化"集合文艺"

1929 年 1 月

冯乃超短篇小说集《傀儡美人》，由上海长风书店出版。

内收《傀儡美人》《眼睛》和 Demonstration（示威）等 9 篇小说。书后有《作者的话》，说："这集里面所选出的依然是不健康的小生命。""我晓得我的生活的变革还不是飞跃的，过去的黑影渐次 Fade out（淡出）的时候，就是新的生活渐次 Fade in（淡入）的时候。过去及现在的错综，梦幻和现实的交叉，这个特征必然地着色我的作品，一切是 Double exposure 的反复及连续，然而，在进行的过程中，生活的飞跃的变化会来的。我希望这个。"《傀儡美人》原名《为什么褒姒哈哈地大笑》，作者在《附记》中说："我要尝试用客观的描写表现一件事情，或者无聊的是历史的事实本身。"不久，长风书店被查封。作者将此书改名《抚恤》，作了修改，并增补《抚恤》《断片》，于同年 12 月由上海沪滨书局出版发行。

关键词：冯乃超短篇小说集《傀儡美人》

1929 年 1 月

胡也频诗集《也频诗选》，由上海红黑出版社出版。

收新诗 22 首。书前有诗选编者丁玲以曼伽为笔名的《序言》。作者作诗在 200 首以上，这是他生前出版的唯一的一本诗集。22 首全是抒情诗，爱情诗占多数。这些情诗都是写给丁玲、献给丁玲的。他直抒胸臆，表现诗人对爱情的真诚、率直和坦白。如《愿望》："我凝睇着窗外的柳枝，／我爱，是望你来临这夜里，／假如你这时已脱去了睡衣，／你就裸体的来到我枕畔。／莫因穿衣而迟延，／莫因羞怯担忧而不敢闪开媚眼；／月影朦胧，／星光无法偷看。""你的素脚"，竹林小径上的软草也将"隐秘你的脚音"。《自白》说："我是你永世尽忠之侍臣"，"落霞的天边""那是我们爱情的别墅"，明示爱情的力量和意义。其他如《别曼伽》《给爱》《寄曼伽》《低语》《温柔》《慰藉》《我喜欢裸体》《爱神的降临》《春神》《离情》等，或忆爱的狂欢，或写离情别绪的酸楚："从你如春光般飘去，／我的花园便变了景色：／蟋蟀唱秋天的曲子，／草坪为乌鸦的战场。"（《给爱》）其他抒情诗，有的抨击世界的丑恶，如《因我心未死》，有的憎恨人间之虚伪，如《恨》：他"披发望天"，"泪滴成流"，发誓："倘黑夜能长征，／我愿意为小卒，／纵横于这宇宙，／屠灭世人之作伪！"但更多的是写诗人在白色恐怖的黑暗社会的孤独与寂寞。他关心社会和人生，也有空虚和失落感，甚至歌颂死神，如："死神蹑脚在脑后"，"死神呵，我愿为你的俘虏！""岁月是死神的法宝"，"死神之脚音何以如此其渺茫！"

他的诗偏重象征，但不朦胧，是象征主义、唯美主义和浪漫主义的结合。

关键词：胡也频《也频诗选》，是象征主义、唯美主义和浪漫主义的结合

1929 年 1 月

玄珠（茅盾）论著《中国神话研究 ABC》，由上海世界书局出版。

内分：保存与修改，演化与解释，宇宙观，巨人族幽冥世界，自然界的神话及其他，帝俊及羿、禹，结论等 8 部分。书前有序，书后附有参考书目。

关键词：茅盾《中国神话研究 ABC》

1929 年 1 月

梅子编论文集《非"革命文学"》，上海光明书局出版。

内收梁实秋《文学与革命》、冰禅《革命文学问题》、尹若《无产阶级文艺运动的谬误》、甘人《拉杂一篇答李初梨君》和鲁迅的《"醉眼"中的朦胧》等 12 篇论文。该书主要搜集的是非创造社、太阳社观点的论文。

关键词：论文集《非"革命文学"》

1929 年 1 月

林伯修辑译日本短篇小说集《俘虏》，由上海晓山书店出版。

内收小说 5 篇：金子洋文《俘虏》、鹿地亘《兵士》、藤森成吉《草间中尉》、西泽隆二《御加代》和叶山嘉树《卖淫妇》。

关键词：林伯修辑译日本短篇小说集《俘虏》

周 扬

1929 年 2 月 1 日

（周）起应书评《辛克来的杰作〈林莽〉》，载《北新》半月刊第 3 卷第 3 号。第 61～70 页。

这是迄今所能找到的周起应即周扬发表的最早的一篇文章。《林莽》即《屠场》，美国作家辛克莱著，是一部轰动世界的名著。

周扬此文主要是复述小说的故事。

周扬的评论一开头就引辛克莱的话"一切的艺术是宣传"。他说："我们在他的《林莽》中，便可看出这种艺术的伟大意义，便可看出他显然地是一个大声疾呼的 Muck-raker①，是一个社会主义的 Propagandist②。""劳动者家庭的苦况，和资产阶级的恶毒的阴谋及联合阵内的丑态，都活活地给这本书暴露无余（遗）了。"这本书"对于将来的社会革命"是有功绩的。

关键词：周扬评辛克莱的《林莽》（《屠场》）

1929 年 2 月 3 日

张钦珮《关于自杀的顾仲起》（写于 1929 年 1 月 8 日），载《文学周报》第 8 卷第 6 期（总第 356 期）。

文章简单地回顾了顾仲起到广州追随郭沫若，组织革命文学研究会，再到黄埔军校，参加北伐，策马长江，不相信他会自杀。

"听说顾先生是自杀的。世界本是黑漆漆的世界，醒醒的世界，吃人的世界，我们这些弱小者，无补时艰，痛心疾首，自然很容易由灰心而自杀的。

---

① 专门报道社会丑事的人，黑幕揭发者。
② 宣传者。

自杀，是弱者的表现，我不信倔强热烈的顾先生会这么的了此一生。"（第 8 卷合订本，第 180 页）

关键词：关于顾仲起的自杀

1929 年 2 月 10 日

胡也频小说《少年孟德的失眠》，载《小说月报》第 20 卷第 2 号，第 409～412 页。

少年孟德听房东两夫妻吵架：这对靓女丑男不但吵，有时好像还打骂。他替靓女抱不平，几次想进门为靓女讨公道。待他以为屋里发生了血案之时，原来"那一对房东夫妻，却动情地响着极放纵的笑声，因为那女人正向着她丈夫作一种大胆的姿态……"真相大白，少年孟德更加失眠了。

本篇就是写一种极普通的社会心理。

关键词：胡也频 《少年孟德的失眠》

1929 年 2 月 10 日

〔美国〕约翰李特著、傅东华译《资本家》（小说），载《小说月报》第 20 卷第 2 号，第 385～389 页。

小说写资本家青年威廉·布次·芮恩在一个寒冷的晚上遇到穷老年女工铁灵波夫人，对话中透露各人立场、观点并不一致。

文末有对著者的简介："约翰·李特（John Reed），为美国天才的战士通讯员而兼诗人小说家，剧作家者。俄国革命事起，他适在彼得格勒，目击当时情形。著为《震撼世界十日记》（*Ten Days that Shook the World*）一书，颇得好誉。归国后，宣传社会主义不遗余力，旋复至俄，加入第三国际。1920年以热病卒，年仅 33（岁）。此篇由他的《革命的女儿及其他的故事》（*Daughter of the Revolution, and Other Storis*）译出。书为其 1912 年至 1916 年所作的短篇小说集，所写都是他在本国，欧洲，墨西哥，及俄国身历的事实，单朴有如随笔，而风趣盎然，为短篇小说开一新面目。"（第 389 页）

关键词：约翰·李特（里德） 《资本家》为短篇小说开一新面目 《震撼世界十日记》

1929 年 2 月 10 日

赵景深《现代文坛杂话》：《辛克莱的波士顿出版》《新俄小说家吴礼甫》，载《小说月报》第 20 卷第 2 号。

辛克莱的长篇小说《波士顿》:"这部小说正如辛克莱自己所说,'除了真实以外不再有什么主人翁,它的女主人公是两位妇人,一老一少,都是热烈的寻求真理的人'。这'一老'就是前马萨诸赛的总督之妻柯丽尼亚,在传统的家庭里舒舒服服的过了 40 年的庇荫生活,一旦觉悟,要想替社会尽一点力量,便脱离了家庭,跑到普里穆斯,以一个 60 岁的老太婆,竟情愿做着劳苦的女工。她寄食在一个意大利人的家里,恰巧樊萨特也寄食在那人家里。因此樊萨案件自始至终,这老妇都看得清清楚楚。老妇家里的人,都不同情她,只有一个孙女碧苔非常同情她,因在普里穆斯访友,遇见了祖母,因此也变成了急进党。这位碧苔也就是辛克莱所谓'一少'了。此后祖孙被缉,孙女逃到匈牙利做工,为人看破。后又遇祖母,同受一法国抗闵主义者与一美国学者保护。再后碧苔与美国学者结婚。并言及樊萨处死刑。中间描写工人生活并攻击旧式家庭。《纽约时报》上批评此书,颇病其杂乱。"(第 471 页)

新俄小说家吴礼甫(N. Ognyov)是皮涅克的继承者,作风相似。他的《一个抗闵尼司特学生的日记》(*The Diary of a Communist Schoolboy*)"轻松活泼,逸趣环生,读之使人忘倦。他写一个 15 岁的男学生柯士泰,简直完全是孩子口吻,天真烂漫,直率而不假修饰,并不像缩小的成人。"(第 472 页)

关键词:辛克莱 《波士顿》写追求真理的一老一少两个女人 新俄小说家吴礼甫

1929 年 2 月 10 日

商务印书馆出版《文学研究会丛书》广告:

茅盾著《幻灭》,一册,定价五角五分;《动摇》,一册,定价七角;《追求》,一册,定价八角。"革命的浪潮,打动古老中国的每一颗心。摄取这般的心象,用解剖刀似的锋利的笔触来分析给人家看,是作者独具的手腕。因有作者的努力,我们可以无愧地说,我们有了写大时代的文艺了。分开看时,三篇各自独立;合并起来,又脉络贯通——亦惟有并看,更能窥见大时代的姿态。"(第 400、401 页之间的插页)

关键词:茅盾 《幻灭》《动摇》《追求》是写大时代的文艺

卢那察尔斯基论文学批评

1929 年 2 月 10 日

〔苏俄〕卢那查尔斯基著、林伯修据藏原惟人的日译重译《关于文艺批评

的任务之论纲》，载《海风周报》第 6、7 期合刊。（按：这篇译文相当难读）

此论纲计 13 条。略谓：

决不能把现在的苏俄文学看成单一的无产阶级文学。"即使不说关于农民的及普罗的文学底倾向已经有多少相异底必然，但在国内还有旧习性——或是全然不能与无产者独裁和解的，或是无论如何甚至不能适应于普罗底社会主义的建设之最基本的倾向的，诸要素是残存着。"还有"小市民的日常生活的现象底要素"。"新与旧之间斗争仍继续着。"（第 1、2 页）

让马克思主义文艺批评"成为向着新的人类及新的日常生活底生成底过程之强有力的精力的参与者"。（第 2 页）

"马克思主义文艺批判，它第一不得不具有社会学的性质。"（第 2 页）

批评家·马克思主义者"是把社会生活，作为其各部在互相连系着的有机的全体观察，而且相信演着其决定的角色的东西是最物质的，最合法则的经济关系，第一就是劳动底形态"。艺术作品"是通过其他的连环——即通过社会底阶级构成和在阶级的利害底地盘上成长的阶级心理间接地依据于"所与的社会之生产形态。（第 3 页）

作品的社会性质由内容而决定。

"形式往往不和作品结合而是和全时代及全流派结合着。""形式是全然为内容所决定。"（第 4 页）

批评家·马克思主义者"是一个斗士，是一个建设者"。（第 5 页）

估定价值的规范是"帮助普罗事业底发达和胜利的一切东西"。（第 5 页）

批评家·马克思主义者自内容的估价移到形式的估价的时候，问题会更复杂。"形式不可不保证着最大限度地适应于其内容而给与它以最大的表现力，并且给与其作品所期待底读者底范围，以最强的影响底可能性。"要保证"作品底形式的独自性"，（第 8 页）及大众性。

"批评家·马克思主义者对于作家应该成为教师。"由此"导出他应当是一个极坚定的马克思主义者，并且是一个有着优秀的趣味和赅博的知识底人底结论之必要"。（第 9 页）他应当是读者的"引路人"。（第 11 页）

关键词：卢那察尔斯基的文艺批评论纲　现今苏俄文学还不是单一的无产阶级文学　马克思主义文艺批评家是一个斗士，是作家的教师，是读者的引路人

1929 年 2 月 10 日

钱杏邨评论《徐志摩先生的自画像——〈关于徐志摩的考察的断片〉》的

一节》，载《海风周报》第 6、7 号合刊，第 13~17 页。

评论引用徐志摩散文《自剖》和《再剖》中的话说，徐志摩"代表中国的资产阶级"。"对于现实既没有怎样的不满，每天只是追逐于过去未来的幻想，做着怎样才能'飞'到天上的梦"。（第 13 页）"他没有稳定的思想的，只如天空的一缕轻烟，四向飞扬，随风飘荡而已。他的思想是飘浮的。因此，他想脱离现实，然而他终于歌颂了现实；他想形成种种的美梦，他又知道美梦是没有实现的可能；他不得不连带的咒诅过去是空幻，然而，他终竟要追怀过去。"（第 15 页）

钱杏邨的结论是："我们的徐志摩先生彻头彻尾的是中国的资产阶级（外国的资产阶级的代言者的思想没有这样的贫弱可怜）的进步分子的代言者，他是彻头彻尾的一个进步的资产阶级作家。"

关键词：徐志摩是一个彻头彻尾的中国资产阶级进步分子的代言者，是一个彻头彻尾的进步资产阶级作家

1929 年 2 月 10 日

祝秀侠书评《茅盾的〈一个女性〉》，载《海风周报》第 6、7 号合刊，第 17~21 页。

评论将茅盾的《一个女性》与莫泊桑的《一生》对比，说两个作品，尤其是它们的前一部分何等相似。虽"不敢说"茅盾是"变相抄袭"莫泊桑，至少是"有点嫌疑"。

说茅盾的思想，"他根本上就是站在小资产阶级说话的人"，他"终于把小资产阶级的根性裸露出来"了。"他的创作并不是革命文学，里面找不到一点革命思想。他所有了的，只是幻灭动摇——思想的动摇。"（第 20 页）

关键词：茅盾是站在小资产阶级说话的人 《一个女性》不是革命文学

1929 年 2 月 10 日

蒋光慈《致张资平君的公开信——读了〈乐群月刊〉二期张资平骂我的话以后》、钱杏邨《致岳真先生的一封公开信》，同载《海风周报》第 6、7 号合刊，第 21~26 页。

蒋光慈致张资平信：蒋光慈曾说张资平"是恋爱小说专家"，"只注意于什么三角和四角"，张资平说这是冷嘲热骂，是借机发泄私愤，蒋光慈否认此说。蒋光慈又说，张资平现在是转换方向了，"开始在从事于革命文学运动了！"不过，"革命文学作家考察一切，他的眼光应该是唯物的，不应该是唯

心的"。蒋光慈特别说："我生平是讨厌人家摆架子，因此也就怕人家说我摆架子。"

钱杏邨的公开信是就岳真发表在《红黑》杂志上的《批评钱杏邨的批评》而写的。他先借此说两个理论问题：

一是文学是有阶级性的，而且是阶级的武器。"历史的事实是很明白的告诉我们，自从原始社会崩坏之后社会有了阶级对立以来，艺术便老早从人类共有的变成特权阶级专有的艺术，以后不（便？）随着阶级斗争之发展而变迁；这样便形成了古代的历史上的奴隶专有者的艺术，中古的封建地主的艺术和文艺复兴以后的资产阶级的艺术。文艺是始终的直接的间接的有意的无意的做了阶级的武器，替每个时代的统治者组织了大众，模糊了大众的意识。现在，无产阶级为着自己的前途，拿文艺来做斗争的一种工具，来唤醒及组织群众，用唯物辩证法去看，正是必然的而且应该的事实，毫无足怪的事实。"

二是文艺不是超然独立的东西。"事实上，任何一种的观念和现象是不会超然独立的。它必然的是和以前的，周围的，以及未来的事象有相互联络的关系。所以文艺的批评者必然的要应用着唯物辩证法去论断文艺，严格的说起来，'若不知道艺术以外的一般社会现象及解决方策，就没有了解文艺的可能。要真的置身实社会的正中，才能理解真的彻底的文艺。又把它和其它的社会现象或文化现象比较联络起来，才能够究极它的本质和组成它的科学。若不向这方面进行，无论头脑如何美好的学者，他的学术是旧的，他所说的也和我们没有甚么关系。'"（第 23 页）

至于钱杏邨的批评原则：一是"不信任非 Marxism 的批评"；二是"我用唯物辩证法去考察他们"；三是"我肯定一个作者的思想以及艺术态度是根据着我能找到的他当时已有的著作的全量，我并不依据'一言一语'来肯定"。

关键词：文学是有阶级性的，它是阶级的武器　要应用唯物辩证法去论断文艺　不信任非马克思主义的批评　对一个作家的研究应根据他的全部作品

1929 年 2 月 15 日①

A. 卢那卡尔斯基作、鲁迅重译《托尔斯泰之死与少年欧罗巴》，载上海

---

① 本期刊物目录页的出版时间作"1928 年 2 月 15 日"，有误。下一条谢冰莹《从军日记》广告，同此。

《春潮》月刊第 1 卷第 3 期，第 1～19 页。

鲁迅写于 1929 年 1 月 20 日的《译讫附记》说：此文据日本杉本良吉的译文重译。

关键词：卢那察尔斯基　鲁迅

1929 年 2 月 15 日

谢冰莹女士著《从军日记》广告，载《春潮》月刊第 1 卷第 3 期，第 38 页。

广告词曰：

"'革命文学'的名辞我们听到了许久了。但是革命文坛里面到底是怎样的一回事，却常叫人发生'只听楼板响不见下楼来'似的感觉。革命文学的名辞如果可以成立，似乎应该是除了革命以外看不出人生意义的纯洁心灵在革命程途上发出来的真挚的声音。

"这几则'行军日记'是两年前革命怒潮澎湃的时候激荡出来的几朵灿烂的浪花，是一个革命疆场上的女兵在戎马仓皇中关不住的几声欢畅。这算不算得是'革命文学'呢？只有作者与读者知道。读者请听听作者今日的忆恋吧：

"'不堪回首的两年前的今天呵，那正是 150 个健儿健女高唱着歌在湘鄂道上前奔着前奔着，去追求人生之意义，努力人生之工作，创造人生之世界。那时也有这般狂风，这般淫雨，但我们不知道是苦，只觉得明天就是暖和的晴日，血红似的太阳，前面是光明的大道，美丽的花园。'

"如今是：'朋友们，爱我的朋友们，我正过着厌倦了的生活，我正想游戏人间，糟蹋一生！'

"读者们，看了这几句话以后你们的感想怎样？"

署"上海春潮书局发行，十八年一月出版"。丰子恺题卷面及插画。

关键词：谢冰莹　《从军日记》广告

1929 年 2 月 20 日①

《大众文艺》第 6 期刊尾，刊载蒋光慈著《丽莎的哀怨》出版预告：

"此书系蒋光慈先生近著。内容叙述一个俄国贵族女子，因为俄国政变的

---

① 本期出版时间，版权页标 2 月 20 日，但郁达夫的《最后一页》则写于 1929 年 4 月。可见本期的出版也在 4 月或 4 月之后。

经过，把她驱逐出国，漂流到上海来，本来是贵族妇人，一变而惨度卑微的贱业，谁说不是受着赤党的毒害吗？谁说不是受着金钱的祸胎呢！文笔描写细腻，读之令人可歌可泣。全书 6 万字，兹为优待读者起见，特发预约。"准予 8 月 1 日出版。"优待读者，欢迎预定。"预约售大洋 4 角，实价大洋 5 角 5 分。

关键词：蒋光慈《丽莎的哀怨》出版预告

1929 年 2 月 20 日

〔俄国〕毕勒涅克作、柯西译短篇小说《革衣人》，载河北民国日报周刊之一《鸮》第 10 期，第 5～8 页。

小说写穿着皮茄克的布尔什维克阿奇朴·阿尔波夫指挥矿井下的洞穴内点火爆炸，就这一个情节，一个无人物个性的画面。

文后有译者对作者皮涅克的简介和本篇小说的看法。录如下：

"勃里斯毕勒涅克（Boris Penyak）是十月革命后一个写实的作家。他不是一个共产党。十月革命后，他曾到过中国和日本。听说他在日本做了两个月的寓公还写了一本杂记；在中国不过略停即去，也没有什么关于中国的作品，——这自然没有什么奇怪，他既不通中国的语言文字，中国人又因为他有赤化嫌疑不大敢接近；况且中国人心目中的外国人，除去因为战舰大炮碧眼黄须而发惧之外，因（只）有跳舞和歌唱了。他不会跳舞和歌唱，又是俄国人，所以不致于大受欢迎。……

"他的作品我见过的很少，见过的几篇如其说是不成熟，不如说是尚在'生发'的时代。即如本篇也不过是赤裸裸的写实，且不见得怎样深刻。本来俄国今日的文学，尚在曙光时期，作家也都是躁动的青年，'老成自然难于'谈到；然而，我想，这就不是我们中国人所应尝味的吗？"（第 7～8 页）

关键词：皮涅克　《革衣人》是赤裸裸的写实，并不深刻　十月革命以后的苏俄文学尚处曙光期

1929 年 2 月 24 日

〔苏联〕曹斯前珂著、蒋光慈译《最后的老爷》（短篇小说），载《海风周报》第 8、9 号，第 1～5、10～16 页。

本篇写一个名叫朱宝夫的贵族在革命之后的堕落和毁灭。小说开篇展示的形象是："这个人具着不寻常的，稀奇的模样：他赤着两脚，如象一样，灰白的头发披在肩上。他在观众前如跳舞一般，走来走去，忽而用脚挖土，忽

而拍自己的肚子，忽而做着猪叫，忽而向污秽的泥土上躺下。……他拿起贵族的帽子，伸向观众们讨求……除开钱而外，向他帽子内投了一切东西：石头，粪土，间有一点面包。他把面包即时就吞食了。大家都笑起来。"（第8号第1页）他是地主，有过显赫的过去：出门则驷马高车，床帐是异常的精致。"他矜持自己的一切：姓氏，身材，资本，以及死去的皇帝曾同他下过棋，曾很亲热地拍过他的腮庞……"（第3页）他情人很多，但没有结婚。对女人，他不求漂亮，但一定要血统高贵。他相中了穆亨公爵的女儿丽普嘉公主。其人"跛着脚，生得异常地丑陋，简直难以形容出来。口鼻微小，身材不正，可以说是没有一处好看"。（第9号第12页）他没有如愿以偿，丽普嘉公主"跳到格里河内淹死了"。

关键词：毁灭的俄罗斯贵族的命运的真实写照

戴平万《都市之夜》

1929 年 2 月 24 日

戴平万短篇小说《都市之夜》，载《海风周报》第8号，第5～14页。

一个在街头流浪、找不到归宿的青年所听到的朋友老韩的故事。老韩在大学教书，算是有收入，能租阁子楼栖息。不料房东太太因为性苦闷，寂寞，一再以情色诱惑他，死死地缠住他，他不得不再次搬家。

关键词：青年房东太太的性苦闷

1929 年 2 月

王独清新诗集《埃及人》，由上海江南书店出版。

收新诗8首。其中，《埃及人》写于1924年3月。赞颂这文明古国"过去的荣幸"，"往日的伟大"，"建过那夸耀盛世的庙堂"，"有过可惊的黄金时代"，可现在呈现在诗人面前的却是贫穷和落后。诗的结尾写道："去罢，去罢，埃及人！快去罢，埃及人！／或是去死，或是去唤醒你们底灵魂！"《归不得》是一首散文诗，表现一个游子"不能忘怀的是我底故国"：大西洋海滨的"浪花不能洗除我底忧愤"，阿尔卑斯山的"白雪也不能冷退我胸中郁积的烦热"。《我归来了，我底故国！》则惊异于"一切都是依旧"，"像这样的故国于我何有？"他号召苦力们起来"把这惨白的故国破坏！破坏！"《留别》《别广东》《五卅哟……》分别写于1927年至1928年，标志着诗人思想和诗风的转变。

关键词：王独清诗集《埃及人》

1929 年初

周扬到日本。其目的是找党的组织关系（他于 1927 年"四一二"之后入党），并由英文大量阅读马克思主义和左翼文学书籍。

关键词：周扬到日本

太阳社《新流月报》创刊

1929 年 3 月 1 日

文学月刊《新流月报》在上海创刊，太阳社主办，蒋光慈主编。共出 4 期。

主编说："本月报发刊的意义很简单。就是想对目前如火如荼的新时代文艺运动，加上一点推进的力量。我们自己的能力很微弱，努力的结果也许对于文艺的前途没有什么帮助。但是我们一定要尽我们的力量做去。我们相信只要继续不断的努力，终久是不会没有相当的影响的。"（《编后》，第 149 页）主要作者皆太阳社中人，如蒋光慈、洪灵菲、戴平万、祝秀侠、林伯修和沈端先等。以刊载小说为主，创作与翻译并重。

创刊号刊载的创作有蒋光慈的长篇小说《丽莎的哀怨》（连载）、洪灵菲的《在木筏上》、祝秀侠的《黎三》、张萍川的《流浪人》；翻译小说有：日本平林泰子的《抛弃》（沈端先译）、俄国谢廖也夫的《都霞》（蒋光慈译）、俄国塞尔格·马拉修金的《劳动者》（伯川据日译重译）。

编者蒋光慈在《编后》中，对以上作品均有所说明：

洪灵菲的《在木筏上》"全篇描写南洋的木筏生活，是会给予读者以一种新的印象的，至于被压迫者的运命，以及他们是怎样的被践踏的生活着在这人间，也给予了我们的一种强烈的认识"。

萍川的《流浪人》"写的是一个参加革命的朝鲜青年的事件。在这一篇里，不但描写了党人的生活，铁一般的意志，也深刻的表现着；篇中的主人翁留给我们以不少的兴奋和激刺"。

秀侠的《黎三》"取材于一部分所谓野雉汽车的老板们，从这其间表现出被压迫者的'生之苦斗'。对于这一篇，我们虽然认为在事件的原理的暗示上不怎样充实，但仅止有这一点缺陷而已"。

对于他自己的《丽莎的哀怨》，仅说这是一个"尝试"。

三篇翻译小说，蒋光慈的评价是：

日本平林泰子的《抛弃》：作者"是日本普洛派的著名的女作家，今年才25岁。从这一篇我们可以得到对她的相当的认识。只要看本篇的末段，我们就可以看出她在思想意识方面和中国的女作家们距离有几何远，虽说这一篇里所表现的意识还不怎样的健全"。

马拉斯金①的《劳动者》"是描写一个劳动者对于过去的生活——工人生活和兵士生活——的回叙，表现着从他的苦斗的生活中，体认出两种战争的不同的意义来；他有一种特殊的作风，所表现的意识也是很健全的"。

谢廖也夫的《都霞》：编者引钱杏邨的随笔权作介绍。"在新俄的短篇小说中，曾经看过一篇叫《Thirteen》的，描写一个没有到入'团'的年龄，而渴望着，渴望着迫切的希冀入团的孩子的心理，从侧面写出党人的崇高与伟大。谢廖也夫的《都霞》用的是另一种事实，但手段和目的意识是同样的。都霞是一个贵族的女子，乞得党人华西理的哀怜，让她住在他的房子里。她对于别的男性是很鄙视的，男性，在她看来，都是如她所说，'为什么一切男人们都是这样地混蛋呢？自己先爬来接吻，然后……然后他们什么都不管了'。但是，对于华西理却不作如是想。她屡次的要勾引华西理，结果都失败了。后来，白党反攻过来，华西理跑了。都霞在他遗下的两本书中，发现他写给他的情人的一封'勇敢的'信，她在失望之余，对着这一封信，'仿佛强健的人望着残废的人一样'。在本身方面感到单恋的失恋的悲哀了。同时，'觉得有一种不相识的，巨大的，新的感觉包围了她'。就在这时，白军来搜查华西理，她当然是不知道华西理的所在，然而，她为'新的感觉沉醉了'。她自己觉得崇高，而以华西理的爱人自居了，她于是，反抗白党的探问，甚至自承与华西理同党。可是，在白党去后，'都霞，立在房子的中间，也就在此地顺着向地板躺下，将手掩住面孔，轻轻地继续着无从安慰的哭泣'。这种表现的手法，是万分值得从事普洛文学作家注意研究的。由此可以想到我们自己试作的一些'抱着柱子固定的转'的笨拙的表现法的可笑。所以为着某一种的意义而去创作时，取材一定要绝对的'求自然'，绝对要避免'抱着'的病态。不过，《都霞》这一篇的技巧，还有值得我们注意的，那就是她在觉悟之后，在白色圈中所悟到的党人的崇高。这样的表现，当然也许是事实，

① 目录、正文作马拉修金，《编后》作马拉斯金。

是比写都霞在'红'的环境中觉悟的更有价值。这种从侧面表现的方法感动人的地方，比从正面写来得深刻。至于题材的本身，也是很令人感动的一出恋爱的悲剧。"（以上第 150～153 页）

关键词：太阳社《新流月报》创刊　洪灵菲的《在木筏上》写南洋木筏工人的生活　萍川的《流浪人》写朝鲜青年的革命活动　钱杏邨评俄国谢廖也夫小说《都霞》，其艺术技巧十分值得普罗文学青年研究

陈勺水论新写实主义

1929 年 3 月 1 日

陈勺水论文《论新写实主义》，载《泰东月刊》第 1 卷第 3 期，又载《乐群月刊》第 1 卷第 3 号。

此文为作者编译的《日本新写实派代表杰作集》序。该书于本年 6 月由上海乐群书店出版。内收平林泰子的无产妇女小说《殴打》、黑岛传治的农民小说《泛滥》、叶山嘉树的海员小说《狗船"迦茵"》和社会运动小说《佃户的狗与地主的狗》、立野信之的兵士小说《发端》、太田千鹤夫的知识分子小说《跨过死尸》等 6 篇作品。

序言说，已有的无产写实主义的名称是不妥的，应称为新写实主义。有 5 种描写不能算作新写实派。即：单描写无产者对有产者的怨恨和反抗；专描写无产者生活的悲惨和痛苦；写理想化的无产者，产生广告式的作品；把无产运动的理论公式编入作品；专门暴露社会的丑恶。新写实派应该包含的性质是：（一）用社会的集团的眼光；（二）要描写意志；（三）要从性格看出社会的活力，新写实派的作品可以没有一个确定的主人公；（四）富于热情，引起大众美感；（五）真实；（六）有目的意识，即有教训的目的。"这样的完全作品，一定是能够教训大众的观点，暗示大众的出路，鼓舞大众的勇气，安慰大众的痛苦，满足大众的需要。"

陈勺水翻译《现代欧洲的无产作家》（匈牙利麻搓〔今译玛察〕原作，据日本藏原惟人重译）和《最近的日本无产作家》（日本青田三郎作）亦载此期。

关键词：陈勺水　新写实主义　用集团的眼光　没有一个确定的主人公有教训的目的

1929 年 3 月 1 日

杨忧天《一九二八年的日本文艺界》，载《北新》半月刊第 3 卷第 5 号，第 45～58 页。

此文介绍了日本文艺界 1928 年的运动、社团、理论批评、创作情况。

作者说，1928 年日本文坛变化的事实之一是"大众文学底决定底胜利"。"因为大众文学，每每迎合读者群众底低的趣味，从而驱逐了纯文艺作品，便不能不流于质的低下底倾向。"（第 47 页）

1928 年提倡无产阶级文学的杂志有：山田清三郎主编的《战旗》，青野季吉主编的《文艺战线》。

青野季吉是《文艺战线》的代表的理论家。《现代艺术家底阶级的性质》（载《改造》一月号）与《艺术运动中所表现的宗派的分裂主义底诸相》（载《文艺战线》一月号）"表现了党派的感情底理论化"。平林初之辅的《文学及艺术底技术的革命》（载《新潮》一月号）"在 Ideologie 以外，关于无产阶级文学底技术的革命底必要，加以一种有力的示唆。平林初之辅持论底特长，就在他底科学的平明性。他底客观的态度，对于文艺事象，以从一般性加以评论，为他底特长。他底思想是进步的，他底策致是稳健的。所以他取怒于人的地方很少"。（第 56 页）

1928 年"是日本旧文坛底洗刷期"。当这个彻底的洗刷期，而最活跃的评论家，便要算平林初之辅、藏原惟人、中野重治、林房雄、壶田繁治、前田河广一郎、小堀甚二、新居格、胜本清一郎等。"这些评论家，从广义上说，都是站在无产阶级的文艺的立场上。所以 1928 年日本文坛，可以说是无产阶级的文艺派获得最大胜利的时期。"（第 57 页）

关于无产阶级文艺运动的团体，从来是劳农艺术家联盟、前卫艺术家同盟及日本无产阶级艺术同盟三足鼎立。1928 年 4 月，前卫艺术家同盟与日本无产阶级艺术同盟合并，改名为全日本无产者艺术同盟。

关键词：1928 年日本文坛无产阶级文艺派获得最大胜利的时期　劳农艺术家联盟、前卫艺术家同盟、日本无产阶级艺术同盟合并，成立全日本无产者艺术同盟

1929 年 3 月 1 日

鲁迅《致〈近代美术史潮论〉的读者诸君》，载《北新》半月刊第 3 卷第 5 期，第 119～120 页。

在这篇通讯中，鲁迅再次重申他翻译介绍近代世界美术史到中国的初衷："关于绘画，我本来是外行，理论和派别之类，知道是知道一点的，但这并不足以除去外行的徽号，因为所知道的并不多。我所以翻译这书的原因，是起于前一年多，看见李小峰君在搜罗《北新月刊》的插画，于是想，在新美术毫无根柢的国度里，零星的介绍，是毫无益处的，最好是有一些统系。其时适值这《近代美术史潮论》出版了，插画很多，又大柢（抵）是选出的代表之作。我便主张用这做插画，自译史论，算作图画的说明，使读者可以得一点头绪。"

没想到，"登载之后，就得到蒙着'革命文学'面具的装作善意的警告，是一张信片，说我还是去创作好，不该滥译日本书"。（第 119 页）

关键词：鲁迅　谈译日本《近代美术史潮论》　翻译的初衷是介绍绘画的代表作

1929 年 3 月 3 日

《文学周报》第 360 期（第 8 卷第 10 期）为"茅盾三部曲批评号"，刊载罗美《关于〈幻灭〉》、张眠月《〈幻灭〉的时代描写》、林樾《〈动摇〉和〈追求〉》、辛夷《〈追求〉中的章秋柳》，见第 271～300 页。

评论充分肯定《幻灭》《动摇》《追求》三部曲反映了时代，揭示了作者心理，刻画了人物，创作是成功的，难得的。

罗美说：（一）"论体裁方面，你是很客观的叙述自武汉以至南昌时期中的某一部分的现象。中间的人物如慧，静，王女士，李克，等等，各人有各自的观点，而你对于他们不加丝毫主观的批评，将他们写下来。"（二）"题材是写那一时期革命潮流高潮中一部分站在潮流以外而形式上被卷入潮流之中的人（如慧，如静，两个主人公）的心理状态，而尤其是描写其中一个主要的主人公（静）的矛盾的心理。这个静真是一个 Typical 的小资产阶级的女子；她是诚恳的，可爱的，她的真诚处 Naivety 与经验丰富的慧适成一个最鲜明的对照；……"（第 8 卷合订本，第 271 页）"慧另是一样，而她对于当时的群众斗争是一个客人，也是一样。""真真为自己的阶级作求解放的斗争者便不是这样；他从现实中所得到的是更多的阅历，更少的乌托邦，但不是'幻灭'。如果《幻灭》在静是新得的教训，那么在慧是早已固着而不可变动的'主义'了。《幻灭》的真真的主人公要算是慧而不是静。"（三）"你从自己的阅历创作，下笔是自由的，左右逢源。""文学作品的读者在中国的文化条件下只能是广大的小资产阶级的智识分子群众。……忠实的去反映他们的

心理，而指示他们以出路，这绝不仅仅是政治宣传品的任务。"（第8卷合订本，第271~273页）

张眠月的《〈幻灭〉的时代描写》说："茅盾先生以很流畅的笔调很自然很忠实地将这个非常的时代描写出来了。"（第8卷合订本，第280页）

关键词：茅盾《蚀》三部曲"批评" 文学作品的读者在中国文化条件下只能是广大的小资产阶级知识分子群众 《蚀》忠实地把时代写出来了

沈端先（夏衍）文艺批评

1929年3月3日

若沁（沈端先）书评《我们的文艺》，载《海风周报》第9~12号。

分别评论的是：苏俄法及哀夫著《破灭》、美国辛克莱著《火油》（Oil）、苏俄里昂诺夫著《巴尔叔克（獾猪）》、倍·拉维来尼育夫著四幕剧《崩坏》。

关于法捷耶夫的《毁灭》：俄罗斯十月革命之后，在西伯利亚，由工农大众和少数革命知识分子组成一支游击队，"和帝国主义的日本驻军及反动的哥萨克军队对抗"。党给他们指令："不论怎样的困难，不论人数怎样的减少，总要保持着一个密接规律的战斗单位，留下来作为他日的应用。"他们经过了千难万险，到了后来，"终于敌不过敌人的进攻，而濒于破灭，但是，他们还依守着党委员会的命令，保存了一个19人的战斗组织"。作品不在写故事和情节，而是"对于当时每个构成员的性格及心理的描写"。（第9号，第4页）

关于辛克莱的《火油》：最近几年，辛克莱出版两部著作，一是以"萨樊事件"为题材的《波士顿》，一是以"油田贿赂事件"为中心的《火油》。"在狭义的小说概念上说来，辛克莱的这两部创作或许不能作为小说。因为这些作品的兴味中心不是作中人物的运命，而是忠实的美国资本主义的解剖。本来，辛克莱不单是一个普通的小说家，不单是一个社会主义的Jomnalist，同时还是一个现实的Idealist。他对于现存生活秩序的一切机构，不断的有一种锐敏的观察，有一种科学的解剖。将这种观察和解剖用他特有的绚丽而遒劲的技巧表现出来，这便是这两部作品的内容。"（第10号，第8~9页）

关于里昂诺夫的《巴克叔尔（獾猪）》："《巴克叔尔》的主题是革命后俄国农民对于苏维埃政府的反叛。在1923年，都市和农村的提携未曾实现，所以都市工人和农村群众，不知不觉的形成了两个敌对的要素。作者里昂诺夫捉住了这样一个有兴味的主题，精密地将它解剖，而给以明确而具体的艺术形象。作者的意见，以为农民反叛政府，决不是反对革命，所以酿成这种叛乱的主因，不外是这两种要素间的毫无理解。农民毫不理解都市普鲁列塔利亚的意向，政府也误用了对付农村的政策。当时的政府为着要在短期间内复兴因为市民战争而荒废了的都市，所以对于农民课了相当的重税。同时，因为不公平地解决了鲁金草场地方的政权，使一村的农民失却了支持生活的场所。于是全村的农民起来反抗，打死了政府的收税官吏。他们像'獾獾'一样的聚在森林里面不时的掠劫近村的财产。"（第11号，第9页）"里昂诺夫描写农村背叛都市，而特意选择了一个从都市里面跑回来的赛米荣做为他们的领袖，却是一件值得注意的事情。在这种地方，作者表示出乡村农民自己还没组织起来的力量，同时他又和都市小布尔乔亚有了许多共同的利害，所以，归根的说，农民没有都市，什么都不能成就，而一方都市工人没有农村，也和保惠尔所说一样的绝对'不能生存'。现代俄罗斯的今后发展，完全维系在这两个重要原素如何提携而决定。"（第11号，第11页）

关于倍·拉维来尼育夫的四幕剧《崩坏》：本剧写的是1917年10月，革命勃发之前，巴尔干舰队巡洋舰黎明号对于革命背叛者克伦斯基的政府所在地"冬宫"，放射了一颗伟大的炮弹！《崩坏》就是以此伟大的历史事件作题材的作品。

关键词：法捷耶夫《毁灭》 辛克莱《煤油》 里昂诺夫《猪獾》 拉维来尼育夫《崩坏》 《猪獾》写的是城市和农村、工业和农业、工人和农民的关系，而且是以农民为本位观照生活，问题尖锐

钱杏邨力的文艺

1929年3月3日

钱杏邨《关于文艺批评——力的文艺自序》，载《海风周报》第9号，第3～7页。

钱杏邨的论文集《力的文艺》是研究各国文艺的论集，即它是研究外国文艺的论文集。序言的观点是：

"我的批评的态度是一贯的，我写作的时候，丝毫不受步骤，环境，及其他任何种类的影响，写作的非常自由。"

"我们不能不应用 Marxism 的社会学的分析的方法。"

"这一部集子诚然的幼稚，不充实，而且关于新的批评方法运用的不纯

熟，但是，它是我个人开始学习文艺批评的纪念碑，它也是中国无产阶级文艺批评坛的关于研究各国文艺的最初的一块奠基的泥土。"

集子所以称为《力的文艺》的原因，"是被批评的各部名著，不是代表了人间的伟大的力，就是描写斗争的"。简而言之，凡是描写斗争的，就是力的文艺。

文章还说，迄今为止，中国翻译的文艺作品，不外改良主义的代言者高斯华绥，虚无主义的代言者阿志巴绥夫，不彻底的人道主义的卑污说教者托尔斯泰，进步的贵族的代言者屠格涅夫，以及紧密的穿着从来的小资产阶级——民治主义的靴子的易卜生……一类的作家的著作。（以上第 4~5 页）

该书由上海泰东图书局出版。

关键词：力的文艺　马克思主义的社会学分析方法　凡是描写斗争的就是力的文艺　无产阶级文艺批评坛奠基之作

1929 年 3 月 3 日

冯宪章诗歌《"是凛冽的"海风》，载《海风周报》第 9 号，第 10 页。

借风写革命势力，写工农一定会在风的吹动之下，"随着机轮奔动"，"大家一起动"。

关键词：冯宪章诗歌

日本冈泽秀虎作、陈望道译《苏俄十年间的文学论研究》

1929 年 3 月 10 日

〔日本〕冈泽秀虎作、陈雪帆（陈望道）译《苏俄十年间的文学论研究》，从《小说月报》第 20 卷第 3 号起连载。

这篇长文的小标题是：

一、"普罗列特卡尔特"底普罗列答利亚精神文化论

二、"普罗列特卡尔特"底普罗列答利亚文学论（以上第 3 号）

三、同上（续）（第 5 号）

四、"库士尼札"底文学论

五、普罗列答利亚文学团体"十月"底思想的艺术的倾向（以上第 6 号）

六、"库士尼札"底文学论（续）（第 8 号）

七、"那巴斯图"底极左文学论

八、同上（续）（第 21 卷第 8 号）

编者指出："这是一篇对于苏俄今日的文学论的极有系统的介绍。苏俄的文学作品已成为很多人注意的东西，即我们，也介绍了不少进来。独有为我们好些人争论的中心点的文学论，却始终没有仔仔细细的介绍。这 10 年来的苏俄方面的文艺论战的史迹是很值得我们注意与研究的。"（见同期《小说月报·最后一页》，第 617 页）

本文主要转述了无产阶级文化派和"拉普"前身"列夫"派的文艺观点。其要点是：（一）无产阶级为实现它的目的，光有经济运动和政治运动还不够，还必须有文化运动与之相配合。（二）普罗所以需要艺术，乃因艺术有调和组织人类意识及一般人类生活的能力，艺术是生活的组织，是组织人类的武器。艺术是教化的手段，是人类的社会组织的武器。艺术是将经验组织在活的形象中，而不是像科学一样，组织在抽象的观念之中。艺术的范围很广，它不但组织人们的知识和思想，还组织人们的感情和情调。艺术是人类的意识形态及生活组织。（三）普罗所需要的是集团主义的艺术。知识阶级是不能产生普罗文学的。知识阶级的潜在意识决不会是普罗的。普罗艺术最大的特色，最不同于其他阶级的就是集团主义。普罗必须有自己阶级的艺术，艺术有组织意识形态的力量。（四）关于文艺的内容和形式的关系：在一个文化的勃兴期里，总是崇重内容，总是内容和形式相调和的，而在崩坏期里，则过重形式。因此普罗文艺批评，首先就得批评内容，检讨内容的价值，即人生的价值，看有用还是无用。内容规定形式。（五）对于浪漫主义、未来主义和象征主义等一概加以排斥。

关键词：日本冈泽秀虎　陈望道　无产阶级文化派　普罗列塔利亚文学论　艺术是武器　普罗艺术有组织生活的作用　普罗艺术最大的特色是集团主义

1929 年 3 月 10 日

胡也频《在一个晚上》，载《小说月报》第 20 卷第 3 号，第 557～559 页。

上海法国公园，夜。一个男青年尾随一个并不相识的女青年，始终缠着她，要问她姓什么。女子感到他倒没有"邪念"，但就是紧跟着，直至她走进弄堂。在她以为完全感到安全的时候，没想到"跟着她的这个男人，便满足什么似的突然在她的脸上用力地打了她一个巴掌"。然后扬长而去。

无聊人的扭曲心态。

关键词：胡也频　《在一个晚上》

1929 年 3 月 10 日

〔苏俄〕P. Romanov（罗门诺夫）著、蒙生译《丁香》（短篇小说），载《东方杂志》第 26 卷第 7 号，第 117～125 页。

这篇小说写的是：一个女青年，邀约在街头邂逅相逢的男人到家里，并接受他的亲吻。整篇作品就写她的性心理活动，没有其他情节和故事。

这位女性说：在莫斯科，"……仿佛那个督察每人的私生活的卫兵走开了。现在青年妇女的人生观完全变更了。连我们阶级里的妇女都是这样"。（第 117 页）

对于这陌生男人的亲吻，她的想法是："对于我们女人亲嘴唇，那是一件使我们再也不好意思自己骗自己的事情。如果一个男子不能使你引起什么来，那是不能给他嘴唇去亲吻的。……这就等于对自身内一种最细微的，为我们所最宝贵的东西叛变和说谎。可以许人做许多事，但是这个却无论如何须是不可侵犯，而且不得加上污点的。它仿佛是为可能的，无心中期待着的，也许将来能降临的奇迹而珍藏着的。……"（第 123 页）

这位作者的句子长。例如这一句："尤其容易了解的，是你习见周围的新时代的人们在很随便而且自由地享用着一切在受我们这种教育的人们看来如不预先遵守一定的社会和宗教的要求便成为罪恶和堕落的事情。"（第 117 页）

文末的《译者附识》介绍说："以描写苏俄两性生活和妇人心理著名的罗门诺夫属于左翼同路派作家。他在革命前就从事文学。"他的处女作是《法庭》和《费道尔》。他的长篇小说《俄罗斯》竭力模仿托尔斯泰的《战争与和平》。

这篇介绍说：苏俄近年来的出版界充满了关于两性问题的文学作品。"经过革命震撼的青年，在疯狂的革命的盛怒的锐气消散到'一砖一石'的迟缓的建设事业去以后，自然未免有一部分人移转精神到异性的追求上去。这是一方面。还有革命把旧家庭和一切旧的组织所持为柱石的旧道德完全予以洗涤一空，随着发生建设男女间新关系（新家庭，新婚姻制度等等）的必要。这更是现在俄国社会非常注意性的文学的最大原因。罗门诺夫氏的许多短篇小说都着力于描写现在青年的性的心理。其中几篇比较'中心'的作品为《没有樱花》，《春日》，《妇人的信》，《乱绪》（又名《性问题》），《秘密》，《丁香》等。他这些性的小说发表后，跟着玛拉司金（Malashkin）的《右面升起的月亮》和古米莱夫司基（Goumilevsky）的《狗胡同》，同引起社会和批评界的注意。"

"贡献于读者的短篇小说《丁香》是描写俄国一个旧式的智识阶级女子复杂的性的心理。叙得比他篇还有力些。"（以上第 125 页）

关键词：罗门诺夫　苏俄革命初期的性心理文学　左翼同路派作家　蒙生（耿济之）

藏原惟人论普罗文学的内容与形式

1929 年 3 月 10 日、13 日

〔日本〕藏原惟人著、林伯修译《普罗列搭利亚艺术底内容与形式》，载《海风周报》第 10、11 号，第 1～8、6～8 页。

本文要讨论的论题是：

关于艺术一般底内容与形式、内容与形式的相互关系、内容与形式的辩证法的发展、普罗艺术的内容与形式。

孤立地说是内容决定形式还是形式决定内容，是永远也说不清楚的。马克思主义者不把它当作固定的东西，"而于其历史的发展之中去观察艺术上的内容与形式底问题"。"一切是流动而变化着的"。"于其辩证法的发展中观察着艺术的，才能够正当地理解关于内容与形式及其相互关系底问题。"（第 2 页）

艺术作品的内容是什么？"人类在其历史的发展底各瞬间当面着一定底社会的必要（必然），这个必要，在阶级社会，作为所与的阶级（或层）于所与的瞬间及所与的环境必然地所被课给的客观的课题而呈现出来。""阶级底必要"就是内容。亦即"人类的活动——政治，经济，宗教，哲学，科学等等底真实和客观的内容的东西"。（第 3 页）

艺术作品的形式是什么？"艺术底形式，可以说是为在终局规定着所与的时代，所与的社会底劳动底形式之生产力（技术）底发达所规定的。这是唯物史观底根本的原则。……生产力与艺术形式底关系只有因复杂的社会关系，阶级关系，及为这个所规定底形形色色的社会的阶级的心理底影响，无限底被复杂着。"（第 5 页）艺术形式可以遗传，也可以传播到他一国。但必须具备一定的历史环境和阶级环境。

关于普罗艺术的内容与形式："普罗列搭利亚艺术对抗着小布尔乔亚艺术底分散的个人主义的形式，已经到某一程度在逐渐制作出综合的，集团主义的形式来。那不久将会制作出比着埃及艺术，希腊艺术，Gothic 艺术，古典

的布尔乔亚艺术上的，更加 Monumentai 的，综合的，而且因把基础置于近代的工业与近代科学上底缘故而为这些艺术所未曾到达似的，合理的，力学的，计划的形式吧。"（第 11 号，第 7 页）普罗艺术决不是只摄取英雄时代的艺术形式，凡布尔乔亚艺术家所探索的结果，它都不会冷淡。"甚至连未来派，立体派，表现派，新原始派，构成派，及新感觉派底艺术"，都要批判地吸取。（第 11 号，第 8 页）

关键词：普罗艺术的内容与形式

1929 年 3 月 10 日

钱杏邨《关于顾仲起先生》，载《海风周报》第 10 号，第 10～14 页。

本文探讨顾仲起自杀的原因：

"现代的一部分革命的小资产阶级在政治上失败以后的共通的苦闷，和找不着出路而陷于消极或自杀的青年的心理状态"。顾仲起"是一个不彻底的小资产阶级。他所以终于免不了走入自杀的一途，其主要的动力就是不健全的小资产阶级固有的意识形态在作祟"。

具体说，第一，政治的苦闷。"他是革命的，但是他的参加革命多少是带有直觉的倾向。""他不能坚定自己的意志，从不断的苦斗中去找出路。在这种的情状之下，便形成了他的政治的苦闷。"第二，经济的苦闷。有时甚至整日没有饭吃。第三，主要原因是恋爱。感伤主义的情绪袭击着他，悲哀的基调笼罩着他。再说，他的创作取材范围太窄，不外乎个人的生活记录，表现出自传的倾向。

关键词：探讨顾仲起自杀的原因

1929 年 3 月 10 日

森堡《送行曲——送宪章，劲锋二兄留日》，载《海风周报》第 10 号，第 14～16 页。

关键词：森堡

1929 年 3 月 15 日

姚蓬子新诗集《银铃》，由上海水沫书店出版。为《水沫丛书》之一。

收新诗 38 首。书前有写于 1929 年 3 月的自序。诗集出版时，诗人 23 岁。集中的诗创作于"五卅"前夜，时十七八岁。他流寓北京城，白天读书，晚上有时竟自"跑上堕落者之集合所，以感伤的享乐来满足我变态的本能"（自序）。他叹息秋天的黄叶梦一般地"负露和泪坠落在地上"（《秋歌》）。《酒后》说"沉郁的乡思，凄凉的笑，／一向是侍候我颜色的奴才"。《蹀躞》写处女有爱，焦急"煮碎了伊底心"，但这种爱"我"得不到："我夜夜的相思，／夜夜都死在伊门外。"在诗人笔下，一切是秋，一切是冬，满眼凄凉，万物都"在秋风间吐着低微的叹息"（《重来》）。没有欢乐，没有生机，只有残破和空虚。他那"不安定的灵魂"觅不着栖息的地方，"我一切表现都是病的象征"。

诗人以"秋色的梦""衰老的记忆""是葡萄憔悴在藤蔓上的夜了""夕阳沉在山下如一老狗僵卧着""我愿我的心是一条可爱的小径"等象征主义的句式和表征，裸示该诗集的特色，也计量出它在初期象征诗创作中的地位。

水沫书店为诗集写的广告说："蓬子先生是研究着象征派的法国文学的人，所以他的诗也完全有着象征派的法国诗风。"

关键词：姚蓬子象征派诗集《银铃》

马克思、恩格斯论现实主义首次进入中国作家的视野

1929 年 3 月 20 日

河北民国日报周刊之一《鸮》第 14 期出版。本期头版头条刊载编者录自苏联瓦浪斯基《认识生活的艺术与今代》的语录，题为《马克斯与莎士比亚》。录如下：

"马克思①最爱的一个著作家是写实家莎士比亚。马克思承认莎士比亚或是马克思推重莎士比亚为写实家，这都是不甚重要的事，就是马克思从莎士比亚受得很深的美学乐趣，也是不甚要紧的事，最要紧的是马克思介绍莎士比亚给他的同时的优秀分子，作为写实的模范。在不久所发表的马克思和恩格勒给拉萨尔（Lassalle）的那信中，因为拉萨尔的戏曲'Frantz Von Sickingeu'的缘故，马克思劝拉萨尔'取法莎士比亚，不要模仿希勒尔（Schiller），把许多个性变为时代精神的号筒，如果如此，我就令你负最大之罪名。'恩格勒简直劝拉萨尔'不要忘了写实派的分子背后有唯心派的分子，不要忘了莎士比亚背后是希勒尔。'"（第 1 页）

这是马克思、恩格斯论现实主义的经典名言第一次被介绍到中国。这两

---

① 题目为马克斯，正文为马克思。

段话，现在通译为：

> "这样，你就得更加莎士比亚化，而我认为，你的最大缺点就是席勒式地把个人变成时代精神的单纯的传声筒。"
>
> "我认为，我们不应该为了观念的东西而忘掉现实主义的东西，为了席勒而忘掉莎士比亚……"

关键词：马克思、恩格斯论现实主义第一次输入中国

1929 年 3 月 20 日

龚冰庐中短篇小说集《炭矿夫》，由上海现代书局印行。

内收《炭矿夫》《裁判》《矿山祭》三篇小说。作者是鲁北矿区的一位职员，提倡普罗文学后，集中创作了不少反映矿山工人生活和斗争题材的小说，生活根底扎实，笔力稳健客观，在创造社作家中是颇具特色的一位。在整个新文坛，这样集中、大量地反映矿工生活和斗争的，也是少有的。

关键词：龚冰庐短篇小说集《炭矿夫》

林伯修《1929 年急待解决的几个关于文艺的问题》

1929 年 3 月 23 日

林伯修论文《1929 年急待解决的几个关于文艺的问题》，载《海风周报》第 12 号，第 4～12 页。

文章说："1928 年是中国普罗文学主张它的存在权的年头。1929 年应该是它开始确立它自己的理论和实际地解决当前的具体问题的年头。"作者认为，普罗文学在 1929 年亟待解决的问题至少有三个：

第一，普罗文学的大众化问题。①讨论大众化的问题，应该从具体的情势出发，即注意现阶段的客观要求及条件；②普罗文学大众化，不但文字力求浅显易懂，还必须把握着普罗意识，用这意识去观察现实、描写现实；③这大众，"决不是单指劳苦的工农大众"，"而是指那由各个的工人，农民，兵士，小有产者等等所构成的各种各色的大众层"；④大众化的目的在求给大众指出出路，以期达到普罗的解放；⑤不能因为要讨好大众，就去追随大众；⑥普罗文学的大众性，不是内容的性质，而是形式的性质；⑦不因大众化而减低其价值；⑧要使作品大众化，作家自身生活便应该普罗化。这是中国现代文坛倡导普罗文学运动以来，第一篇阐释大众化的论文。尤其要注意的是，文中还第一次用明确的语言将工农兵及小资产阶级并提。

第二，普罗写实主义的建设问题。作者认为，过去 1 年的普罗作品之所以不令人满意，有些是由于没有深入群众，遂陷入公式化概念化的描写。

第三，艺术运动的二重性的问题。关于这个问题，沈起予在《艺术运动底根本概念》（1928 年《创造月刊》第 2 卷第 3 期）一文中说，艺术运动应与政治合流，但毕竟是"副次的工作"。在处理政治与艺术的关系中，林伯修认为，普罗艺术是普罗解放的一种武器，它不能离开现实；普罗文艺运动与政治运动有着内在的必然的联络，它必须与政治运动合流。这实际上是提出了文艺与政治的关系的二重性的问题。

关键词：林伯修　1929 年急待解决的几个关于文艺的问题　普罗文学的大众化问题　新颖提法："工人，农民，兵士，小有产者"大众层　普罗写实主义的建设问题　1928 年的普罗作品陷入公式化概念化的描写，不能令人满意　文艺与政治关系的二重性问题

1929 年 3 月 23 日

徐杰书评《〈一个女性〉》，载《海风周报》第 13 号①，第 6~10 页。

作者说茅盾在小说《一个女性》中，表现了"虚无主义的倾向"，有"唯心派的理论"，是"小资产阶级的志士""小有产者的作家"，作品中流露为"小有产者诉苦"的"伤感主义"。"这一种感伤主义的叫苦只是教青年走到堕落颓废的路上去。"

他认为革命文学作品应该使读者"积极起来"，去"创造人生"。

关键词：茅盾的《一个女性》流露为小有产者诉苦的感伤主义

1929 年 3 月 23 日

〔美国〕辛克莱（A. A. Sinclair）著、疑今译《关于高尔基》，载《海风周报》第 13 号，第 10~13 页。

本文是高尔基访问美国的点滴记录。只因高尔基在一个声援革命者的文件上签了字，即被视为不受欢迎的人，连旅馆都住不上，几乎只得流浪街头。

---

① 按：本期《海风周报》的出版时间，刊物上明明白白地标的是 3 月 23 日，与第 12 号同。实则应为 3 月 30 日出版。

关键词：高尔基在美国

1929 年 3 月 25 日

茅盾短篇小说《色盲》，载《东方杂志》半月刊第 26 卷第 6、7 号。后收入小说散文集《宿莽》。

作品以大革命失败后知识分子的生活为题材，写林白霜、赵筠秋、李惠芳等去年今日在武汉，"那时是紧张兴奋的时代"，"也曾革过命来"，曾经"什么都要打倒"，然而实际上却"什么也不曾打倒"；革命失败了，理想幻灭了，新的苦闷产生了，但他们又不甘于虚空寂寞，渴求"有所为"而生活。

林白霜搅在两个女人的爱中。赵筠秋是"一个温柔的，理性的，灵感的，知道如何来爱你"：她是官僚阶级的叛逆的女儿；李惠芳是"一个活泼的，热情的，肉感的，知道如何引你去爱她"：她是新兴阶级的女儿。对事业与恋爱，林白霜发表了几通议论："我承认，我方有事于恋爱，但是并非为了恋爱而苦闷，却是为了苦闷，然后去找恋爱。""恋爱，恋爱！你只是浮生一日闲中休憩的小岛，不是人生的大目标！小岛，小岛！从今后，我不再费时失业地苦苦找了。如果有碰到手头的，我就抓；待情热过去了时，我就丢罢。一切精神，一切时间，我将用在打倒——""事业是事业，恋爱是恋爱；做事业应该有粘住了不放的韧力，做恋爱只该依照猫脸朋友的见解：碰到了女子想爱，就直接地去爱她；爱不到时就此丢开；丢不开，放不下，徒然妨碍了做事业的精神和时间，不如不恋爱！""我的苦闷是一种昏晕状态的苦闷。我在时代的巨浪中滚着，我看见四面都是一片灰黑，我辨不出自己的方向；我疲倦了，我不愿意再跟着滚或是被冲激着滚了，我希望休息，我要个躲避的地方，我盼望那浩森无边的黑涛中涌出个绿色的小岛，让我去休息一下，恋爱就是绿色的小岛。"

就淋漓尽致地表现大革命失败后小资产阶级知识分子的精神状态来说，《色盲》是《蚀》三部曲的一个补充。它同《蚀》一样存在着浓重的苦闷情绪，灰色黯淡的人生观使人物成为"精神上的色盲"，但也开始透露出《虹》的若干亮色。小说长达 28000 字，实际上是一部中篇小说。

关键词：茅盾 《色盲》

1929 年 3 月 27 日

〔美国〕辛克莱尔作、高滔译《〈波士顿〉小引》，载河北民国日报周刊之一《鸮》第 15 期，第 4 ~ 6 页。

作者说，在《波士顿》中，他"用了一番诚恳的努力来描写一个复杂的社会，惟妙惟肖。这篇故事没有英雄却有真理，它的主人公是两个女人，一老一幼，她们在热诚的寻求真理"。（第5页）

译者高滔的译后记写于1929年3月24日。他说："《波士顿》为现代世界左翼文坛已成名的作家辛克莱尔的最近巨著。"辛氏的《煤油》"震动举世文艺界。《波士顿》作在《煤油》之后，而较《煤油》更为吃力，以前年震骇全球的沙范案作背景，揭穿工业社会纠纷，小说之富有历史性者，以此为最"。（第6页）

关键词：辛克莱 《波士顿》 出现"左翼文坛"的提法

1929 年 4 月 1 日

茅盾短篇小说《昙》，载《新女性》第4卷第4号，初收《野蔷薇》。

去年秋季以前，她生活在革命的激情中，过着兴奋紧张的日子："灰布制服的同学，悲壮的军笳，火刺刺的集会，革命的口号，大江的怒涛"，无一不是生命火花的爆发。然而时代逆转，现实瞬息万变，专制的父亲又活跃起来，把她送进上海的学校，限制她的自由，想用她来结交权贵，一定要她嫁给南京的王司令。她本与何若华有交往，尚有进一步发展的空间，却在毫无知晓的情况下，被好朋友兰挖走，并亲眼看见他们在法国公园亲密幽会。在家里父亲的姨太太也颐指气使，想方设法监视她，讽刺她，并希望她早点出嫁。她本来"好胜心强"，"狷傲"，现在却变得"多思善感，肝火太旺，容易生气"。原先颇有理想，颇有作为的张小姐，而今在她意识上通过的却是些纷乱的碎断的问句缠绕在胸臆："脱离家庭？怎样生活呢？找恋爱？向兰报复？何若华？公园里长椅上的活剧？高大的女人和矮小的男人？盯梢的恶少？堕落？自由恋爱？悲剧？自立谋生？女职员？女作家，女革命党？……"

关键词：茅盾《昙》

1929 年 4 月 1 日

《新流月报》第2期出版。第155~337页。

发表的创作有：蒋光慈长诗《给某夫人的信》，其余皆小说，有戴平万的《母亲》、祝秀侠的《某月某日的那一天》、钱杏邨的《那个罗索的女人》、洪灵菲的《在洪流中》和蒋光慈的《丽莎的哀怨》（连载）。翻译小说有《烟草工厂》（日本窪川稻子作、林伯修译）、《在施医室里》（日本平林泰子作、沈端先译）。

刊物编者蒋光慈（以"我自己的《丽莎的哀怨》"为证）在《编后》中对上述作品的介绍是：

《母亲》："他把被损害的人类的母亲的性格，写得是那样的令人感动，我们是能因此去把握到被损害的人们的痛苦的灵魂的。至于那个义子，他描写得又是这样的充满着生命的活力。平万是长于写儿童的，请看在这一篇里是怎样的写了这个被损害的义子。高尔基在一篇创作里说：'人们是有多少种的……听上帝的意志……还有人比我坏些……更坏些……是的。'这种事实，在《母亲》里也是同样的存在着。……"

《在洪流中》："这一篇也是描写母爱的，但他所描写的事实是藏匿了从敌人手中逃回来的儿子的母亲的颤抖的灵魂。可是，如此的母亲，是终于毁不了子代的革命的意志的。取材的背景是在洪水泛滥的时代，和他的《在木筏上》一样的会给予我们以新的印象。"

《那个罗索的女人》："是一个取材于流亡在上海的罗索人的短篇。在这一篇里，我们可以看到，看到被罗索人所尊重的贵族的血统的关系，是怎样的一步一步的被经济的力量所摧毁了。内容的事实是一对罗索贵族青年的结婚和离开。"文末作者自注："罗索人是上海人对于俄罗斯人的通称。"俄罗斯贵族女人在十月革命之后，逃亡到上海，由于生活所迫，以卖淫为生。许多作品都以这种现象和生活为题材，蒋光慈的《丽莎的哀怨》写得更细。

《某月某日的那一天》："这是一篇讽刺小说。以一个党人的一天的生活为描写的对象。笔致是轻快的，事实是有趣的，包管读者诸君读了'皆大欢喜'！"

翻译《在施医室里》："事实是承接《抛弃》的，这一篇的写法，和高尔基《二十六男和一女》很是相似。她把在施医室里的生活写得如此的可怕。读者诸君要认识人间地狱么？这便是地狱的一面。全篇的内容和形式是比《抛弃》更好的，是更丰富的收获。……"《烟草工厂》"是一篇以去年大检举的事实为题材，描写烟草工厂里的女工的生活的小说。作者很精细的把女工的非人的生活暴露了出来。和《在施医室里》同样的是'人间地狱'的生活的实写的一面呵！"（以上第335～337页）

关键词：《新流月报》第2期　编者蒋光慈逐一评价戴平万、钱杏邨、洪灵菲、祝秀侠、日本平林泰子等所刊作品

洪灵菲《在洪流中》

1929 年 4 月 1 日

《在洪流中》，短篇小说，洪灵菲作，载《新流月报》第 2 期。

小说写的是：洪水漫村，阿进潜回家中，60 多岁的母亲 30 多年来第一次有了一点笑容。母亲要儿子不再出去干革命了，那太危险，就在家里老实种田，"只要我们品行好，对得住天地"，就不怕富人，即或眼下饿饭，自己也愿意忍辱负重，渡过难关。儿子向母亲解释，穷人的唯一出路是拿起武器来革命，永远向前，要说危险，藏在家里比上战场更甚，因为地主终究会发现。母亲渐渐明白了道理，又从瑞清嫂丈夫的活动中得到启发，不再因儿子又要出去而悲痛，支持儿子，她在儿子眼中"变成了一位半神性的巨人"。非常自然，这使人联想到高尔基的《母亲》。

小说歌颂青年农民的斗争精神，描写勤劳正直、吃苦耐劳的老农民由惧怕革命到支持儿子去斗争的过程，转变自然，水到渠成。结构紧凑，情节和人物都比较集中。

关键词： 洪灵菲　《在洪流中》　母亲转变立场，支持儿子出去干革命

1929 年 4 月 10 日

〔俄国〕波格达诺夫著、刘穆译《诗的唯物解释》（论文），并译者《附识》，载《小说月报》第 20 卷第 4 号，第 629～638 页。

"没有活的意像"不是诗。"倘若想像的结构不谐和，不相联属，不相调合，没有编配，那就不成艺术，也不成诗。""艺术是活的意像的配合；诗是活的意像取字的形式的配合。"（第 629 页）

诗歌的第一个起源是劳动，第二个起源是神话。

"在一个阶级社会里头，不能有非阶级超阶级的诗。"（第 632 页）

关键词： 波格达诺夫　无产阶级诗歌　没有"活的意像"不是诗　在阶级社会里"不能有非阶级超阶级的诗"

1929 年 4 月 10 日

丙生（茅盾）《泥泞》（小说），载《小说月报》第 20 卷第 4 号，第 639～642 页。

都是灰布衣兵在村子里进出，有的匆匆地逃，有的高高兴兴地来，还满村散传单，贴标语。老百姓都躲着，不敢出门。风言风语要共妻，又未能亲眼见到。"黄老爹自言自语地说：什么民国！还是皇帝爷好！民国十六年了，年年有仗打。今年，更不用说哪！春头是吴大帅的兵，后来是奉军，现在……他有一句话想骂出来。"黄老爹认得几个字，被村长李麻子强迫拉去帮忙登记农民协会的花名册。人心惶惶，谣诼纷纷。"一天内发生几次凶斗。也弄不明白谁同谁打，为什么打。"几天之内又换一次兵，"兵官"命令把黄老爹和他的老三拉出去枪毙了（没有说理由），村里恢复"惯常的老样子"，老百姓习惯这样的抢、杀的恐怖。

关键词：茅盾 《泥泞》 动乱，恐怖

1929 年 4 月 10 日

〔苏俄〕伊凡诺夫著、耿济之译《乞援泉》，载《小说月报》第 20 卷第 4 号，第 695 ~ 700 页。

小说写米哈尔·哥里哥里维奇·佛拉骚夫、卡台劳夫、皮莱克莱托夫三人在乞援泉边打猎时的心理活动。夹杂着共同对女人莎费亚·尼古拉夫那·达彭涅慈的爱。长篇叙述沉闷的心理。结尾说，佛拉骚夫和卡台劳夫是"两个英雄"。

文末介绍作者：伊凡诺夫是俄国现代最有名的小说家，新进作家中最有希望的一位。他著的《民团》和《装甲火车》两部小说极享一时的盛誉，成为俄国革命后文坛上的一件大事。他作品的题材大半是"革命"和"内战"。他现在主编俄国第一流的文艺杂志《红新地》。（第 700 页）

关键词：伊凡诺夫 耿济之

1929 年 4 月 10 日

茅盾《幻灭》出版广告：一册，定价五角五分。

"本书主人静女士是一位多愁善感的幽静温柔的女子。向善的焦灼与幻灭的苦闷织成了她的颠沛的生涯。她在恋爱上和社会服务上得到安慰。结果都是失望。国民革命的高潮曾卷了她去。然而她依旧回到原路。革命时代青年的心理的感应，在此书中有一个不客气的分析。时代背景为 1926 年夏至 1927 年秋，正是中国历史上一个极不平常的时期。"（见《小说月报》第 20 卷第 4 号，商务印书馆新书出版广告）

关键词：茅盾 《幻灭》 出版广告

1929 年 4 月 10 日

罪人辑录语录《文艺观念十家言》，载河北民国日报周刊之一《鸮》第17期，第1~3页。

所谓10家是：（一）辛克莱尔，（二）罗曼罗兰，（三）平林初之辅，（四）林癸未尖，（五）梅克考文，（六）斯宾嘉恩，（七）庖威斯，（八）周作人，（九）张定璜，（十）无名氏。

辛克莱的语录采自郁达夫的译文。曰：

"六大艺术的欺人伪语：

"欺人伪语的第一种：'艺术的艺术'的主张，就是艺术的目的是在艺术作品之中，艺术家的唯一事业，是在形式的完美的观念。

"欺人伪语的第二种：艺术自大的虚言，就是艺术是为少数人的一种奥妙的东西，并非大众所能享受的观念。

"欺人伪语的第三种：艺术传统的虚言，就是新艺术家必须尊崇旧则，须从古典里学习创造的方法的观念。

"欺人伪语的第四种：艺术享乐主义的虚言，就是艺术的目的是娱乐和消遣，是现实的逃避的观念。

"欺人伪语的第五种：艺术叛道的虚言，就是艺术和道德问题无关的观念。

"欺人伪语的第六种：艺术无利害关系的虚言，就是艺术排除宣传，与自由和正义无关的观念。

"一切艺术皆是宣传。一般的，不可避免的艺术是宣传；有时候也许是不自觉的，但总常是熟虑之后的（故意的）宣传。"（第1~2页）

罗曼罗兰的语录采自韩侍桁的译文。曰：

"诸君希望平民的艺术么？你们若是希望的话，须先从造平民做起。造出那些能够对于艺术的娱乐有自由精神的，能够不受过分的劳动与贫穷的蹂躏的有闲的平民。让他们离开所有的迷信，脱离开左党或右党的诱惑，让他们自己成为主人，并且成为现代正进展着的斗争的胜利者。如浮士德所说，'这才是有行为的'。……

"给人类浑沌底心中，加以更多的风，更多的光明，更多的秩序是最重要的。但是只要使人们的心到了能够想能够行的状态就算可以了。为平民而想，为平民而行是不可以的。特别的是，像那些讲经与教训是非避不可，平民的友人们，可以把艺术弄成使人极喜好的东西，同时也能有使人极嫌恶它的法

术。"（第 2 页）

平林初之辅的语录采自韩侍桁的译文。曰：

"第四阶级的艺术，在今日的社会里，也必然是'决定'者。因为有今日支配阶级是领有被支配阶级的这种事实，所以被支配阶级也必然是成为反抗阶级之思想底武器。这种艺术是从第四阶级中生出来的，决不是从宇宙中产生出来而造第四阶级的。因为阶级对立的这种事实，必然也就带来文学之阶级的对立。……

"但是民众不希望以布尔乔亚的魔法把他们拽起来，他们既然被压迫被榨取者，当然也赶紧地快快形成独立的艺术。这些民众们，将来能作出比今日戏剧还要高尚的创作出来，那时恐怕布尔乔亚的艺术家们，都一一地向他们献媚了罢。把旧艺术文学与民众切断了罢！民众们应当开始建设出新底艺术文学，那便是第四阶级文学。"（第 2 页）

林癸未尖的语录采自韩侍桁的译文。曰：

"若披着唯物史观讲，支配一切社会组织的唯一底本质，是经济组织；更适当地说一句，只是承认社会的生产关系而已。思想，感情，哲学，艺术，宗教，法律等，也只是以生产关系为基础，所有的不过是在其上所构成的一种上层建筑而已。"（第 2 页）

周作人的语录是：

"'为艺术的艺术'将艺术与人生分离，并且将人生附属于艺术，至于如王尔德的提倡人生之艺术化，固然不很妥当；'为人生的艺术'以艺术附属于人生，将艺术当作改造生活的工具而非终极，也何尝不把艺术与人生分离呢？我以为艺术当然是人生的，因为他本是我们感情生活的表现，叫他怎能与人生分离？'为人生'——于人生有实利，当然也是艺术本有的一种作用，但并非唯一的职务。总之艺术是独立的，却又原来是人性的，所以既不必使他隔离人生，又不必使他服侍人生，只在他成为浑然的人生的艺术便好了。"（第 3 页）

张定璜的语录是：

"鲁迅先生是一个艺术家，是一个有良心的；那就是说，忠于他的表现的，忠于他自己的艺术家。无论什么时候什么地方，他决不忘记他对于他自己的诚实。他看见什么，他描写什么，他把他自己的世界展开给我们，不粉饰，也不遮盖。"（第 3 页）

关键词：辛克莱"一切艺术都是宣传"　罗曼罗兰：平民艺术　平林初之辅：第四阶级的文艺　林癸未尖：思想、感情、哲学、艺术、宗教、法律

等都是一种上层建筑　张定璜：鲁迅是艺术家

1929 年 4 月 15 日

柔石中篇小说《三姊妹》，上海水沫书店出版。

小说以 20 年代的杭州附近为背景，写由学生而成为校长，后又成为军队师部参谋的章先生与农家三姊妹的恋爱关系，或说是写这农家三姊妹的悲惨命运。

起初，章先生仅 22 岁，是杭州德行中学最高年级的学生，年轻，貌美，且成绩特别好。他们学生办平民女子夜校。他去动员学校附近农村三姊妹来上学。这三姊妹，大姐莲姑，20 岁；二姐蕙姑，17 岁；三妹藐姑，14 岁。她们没有父母，没有上过学，由 50 岁的姑母托管，连家都没有。但三姊妹是"三朵花"，是"三位天使，三只彩色的蝴蝶，三枝香艳的花儿"。他爱上了大姊莲姑。学校校长则认为她是"土娼式的女子"，威胁要解散夜校。学生起来驱逐校长，不料反被军阀所驱逐。章只得到北京上学。上学 4 年，他给莲姑的信越来越少，竟至于没有；莲姑以为他变了心，不得不嫁给黄胖商人。章在北京学成归来，当了这所中学的校长。再到莲姑家，才知道莲姑已经因为不知道他的信息，为了生存而出嫁。他转而爱蕙姑。战争起，他离开杭州，到了上海。复从军，当上师部参谋。又是不给蕙姑消息，她们以为他战死了。蕙姑又出嫁，嫁给一个工人，天天被打得死去活来，生不如死。8 年过去了，谁知他又回来了，此时他已经 30 岁。他再到三姊妹家，不但姑母已经死了，蕙姑也出嫁了，连藐姑都已经是"一位脸孔黄瘦的约 30 岁的妇人"，"由一位伶俐活泼的姑娘，变做沉思忧郁而冷酷的女子"。她愤怒地告诉章："大姊已经是寡妇了！姊夫在打仗的一年，因为逃难就死去。现在大姊是受四面人的白眼，吞着冷饭过生活。二姊呢，姊夫是一位工人，非常凶恨，品性又不好的，他却天天骂二姊是坏人，二姊时常被打的！……几乎被打的死去！"章又提出要娶藐姑为妻。藐姑骂他"发昏"。他说他攒了一万元钱，那就与大姊结婚，三姊妹住在一起。"现在，我想做一做，竭力使你的姊姊们快乐，愿意自己成了一位奴隶。"作品在这里写了一句话："他似乎是个过去时代的浪漫派的英雄。"藐姑则说，恐怕她们不会上当。最终三姊妹提出的愿望是：大姊"请你送我到庵里做尼姑去"；二姊"请你送我到工厂做女工去"；三妹说："我不想怎样，除出被男人侮辱的事以外，什么都会做，我跟我的两位姊姊。"

关键词：柔石《三姊妹》

1929 年 4 月 16 日

〔美国〕辛克莱著、郁达夫译《拜金艺术》，载《北新》半月刊第 3 卷第 7 号，第 67~71 页。

此期刊载的是《拜金艺术》的第十六章 "支配阶级和被治阶级" （The Ins and the Outs）。

辛克莱说：

"人类在世界艺术作品之内自然表现在那里的气质与态度有两种不同的典型：就是美的艺术（The Art of Beauty）与力的艺术（The Art of Power）的两种。

"美的艺术是当支配阶级到了地盘稳固，只想求一点娱乐，而欲将他们自己的家族社会使与下层群众的隔离开来的时候产生出来的艺术。我并不是说原始的单纯的人类不会创造出一种纯朴天真的美来的；不过要想使这种艺术发展成熟，那就非要由特权阶级来把它采择了去，对艺术家给以保护与鼓励，把他的作品造成一种阶级特殊的种类形式不可。至于创制这一种艺术的艺术家们也许是从平民出身的这件事实，却是并没有什么重大关系的一件事实；因为支配阶级看到了这种艺术就在那里把他们所要的东西取去，而会使它形成与他们自己的阶级趋向相合的样子的。美的艺术的特色，不论在绘画里，雕刻里，音乐里，文字里，或动作里，总之是一种安稳沉静的色彩，是一种就世界万物的实际存在的情形而感得的喜悦；还有形式的清丽，也是这一种艺术的特点之一——因为闲惰阶级的艺术家总很富有研求技巧的余裕，而对于他将创制点什么的这件事情总是很有心得的。

"在无论那一个人类社会里，总有一群人是在那里掌支配之权，而另外总更有一群人是在那里想夺取这支配之权的；所以支配阶级和被治阶级，有产有权阶级和无产无权阶级总是在那里对立着的。凡在一个文化进展到十分的社会里，后者的那一阶级一定坚强到有一个他们自己的艺术的地步，这艺术是粗野而自然，饱含有汹涌的，一半是表现的一半是实践的热情。这一种艺术与其说重在形式，还是说重在实质的一方面的好；它的目的，或者说它的倾向罢，是在激起动作；所以我们就叫它作力的艺术。

"这一种艺术由已成的批评标准说起来，就是一般的被称为 '宣传' 的东西；同我们已在前头说过的一样，它的特色，就在它自己本身便是一片的 '宣传'。美的艺术也同样的是一种宣传；这是有产有权阶级的毒瓦斯弹幕，它的致命的死点是在它的外观很不像武器的这一件事实之上。但是由我看来，总以为这是很明显的，就是当一位闲惰阶级的艺术家将维持他自己的那种文化的优美娴雅描摹出来的时候，当他将那些高贵的人的形容状貌画出来的时候，当他把支配阶级的男男女女的想像的金言引用着的时候，他是在尽他的所能想如何的设法保护那些维持他的生活的人们的。当然一般的看来他也决不会不感知到在他周围汹涌着的那些粗暴危险的势力的，这些势力在他的周围，在攻袭他的象牙之塔，艺术之宫，神圣之薮，或不问是什么地方，总之是他的收藏工具之处。并且即使艺术家的天性有自然纯真的地方，而那个雇佣他的阶级对于他所做的是什么这一点却不会含糊的；这阶级知道什么是'安全清正的东西'，什么是'有健全的倾向的'；这阶级所赞许的就是这一种艺术，他们所乐于拿出钱来维持的也就是这一种艺术。"（第 67～69 页）

关键词：辛克莱 有闲阶级追求美的艺术，被治阶级追求力的艺术 艺术是宣传

1929 年 4 月 17 日、24 日

〔俄国〕高尔基作、肇颖译《近日之莫斯科》，连载于河北民国日报周刊之一《鸮》第 18、19 期。

高尔基的速写记录了他对莫斯科形形色色的民众的素描。不回避他们对新政权的谩骂，但总体上说是拥护这政权的。

4 月 24 日《鸮》第 19 期头版，有高滔对高尔基的简介。曰：

"高尔基为现代左翼文坛中已成熟的四大作家之一。其猛进之情绪虽似不如辛克莱尔，而其作品之激刺性则有以过之。"

高尔基"在孤苦的境域中竟使他成为唯一的民众文学的作者"。"十月革命后，他便跑到外国，对于劳农苏维埃颇致不满；因此他便极为消极，对于他的祖国，也丧掉了希望。同时他的作品也染上了颓唐消极的色彩。""后来，他目击祖国的复兴，高远的希望也日渐增加，终于近年在国民热烈的欢迎中回到了祖国。迩来他作了许多关于俄国的文章，有着兴奋的情绪，在兴奋中，有着强毅的力量，导引世界的小民族，向着光明途上快步前进。"

关键词：高尔基 莫斯科民众素描 左翼文坛成熟的作家

张天翼《三天半的梦》

1929 年 4 月 20 日

张天翼短篇小说《三天半的梦》，载《奔流》第 1 卷第 10 号，第 1789～

1807 页。

这是张天翼的成名作，是由早期的滑稽、侦探小说到现实主义的标志。小说带有自传纪实性，真实地记述了一个小知识分子回家几日的生活和感受，心灵的搏击和对人生道路的选择，使读者感到一种人的人性。尽管它没有多少社会意义，但它是一个成功的拐点。张天翼继之而创作的《三太爷与桂生》《二十一个》等，表现了更多的真实，1931 年的《皮带》就意味着成熟。

关键词：张天翼成名作《三天半的梦》

1929 年 4 月 20 日

柔石《盗船中》 （独幕剧），载《奔流》第 1 卷第 10 号，第 1809 ~ 1824 页。

此剧也可以说没有故事、没有情节。几个学生假期乘船回家，遇到土匪轮番进舱搜查，索要东西，钱、衣帽、手表、鞋袜，有什么要什么，甚至还对女学生说，女人身上有最值钱的东西。学生都吓得发抖，要什么给什么。女生张秀月倒也没有受到侮辱，还凭着她的机智，事前将戒指扔到痰盂盆里，没有被抢走。

此剧在几乎没有剧情的场面中，还保留了一丝 20 年代末浙东的民情：船舱里住 4 个人，其中李凤和与张秀月因为是情侣，两人竟同睡一床，所有的人都相安无事，照样谈笑风生。

关键词：柔石用戏剧形式写学生与土匪

鲁迅译《关于文艺领域上的党的政策· 俄国 ×× 党中央委员会的决议》

1929 年 4 月 20 日

《关于文艺领域上的党的政策·俄国××党中央委员会的决议》（1925 年 7 月 1 日 *Pravda* 所载），鲁迅据日译重译，载《奔流》第 1 卷第 10 号，第 1893 ~ 1902 页。

本决议共 16 条。

决议说：随着物质条件的改善，"创出了文化底期待和要求的大大的发达了"，即"无产阶级和农民文学的发达"。由于经济过程的复杂性，"引起新资产阶级的诞生和成长"，并随之出现代表该阶级的文学形态。阶级斗争未曾熄灭，"在阶级社会里，中立底艺术，是不会有的"。在无产阶级独裁期间，无产阶级要学会与农民、别的知识阶级共处，并"将他们从资产阶级夺了回来"。"无产阶级必须拥护自己的指导底位置，使之坚固，还有加以扩张"。事物的复杂性在于，无产阶级在社会领域已经取得独裁地位，但于文艺却不占优势。"作为文化底地受了压迫的阶级，他也不能造出自己的文艺，自己独特的艺术底形式，自己的样式来。"

"在文艺的领域上的无产阶级的指导者的政策，应该由上述的事而决定。在这里，首先第一，是和下列的诸问题相关联的——无产者作家，农民作家，以及所谓'同路人'和别的作家之间的相互关系；党的对于无产者作家的政策；批评的问题；关于艺术底作品的样式和形式；以及新的艺术底形式确立的方法的问题；最后，是组织底性质的诸问题。"

党应该帮助无产阶级作家取得"霸权"，"农民作家应该以友情底待遇被迎迓"。

"对于和'同路人'的关系，有计及下列的事的必要：（1）他们的分化；（2）作为有文学底技术的资格的'专门家'的他们之中的许多东西的意义；（3）在作家的这一层之间的动摇的现存。"一方面要将他们中那些"反无产阶级底，反革命底要素绝灭"，另一方面又要以"宽容"的态度和他们"周旋"。

"对于和无产阶级作家的关系，党应该取下列的立场——就是，虽以一切方法助他们的成长，尽力支持他们和他们的组织"，但要预防他们之间"自负"情绪的滋长。党的标语是：一方面"和无条件降伏的斗争"，另一方面"和自负斗争"。"党对于纯温室底的'无产阶级'文学的尝试，也有斗争的必要。"

"××××主义批评者，应该是一瞬也不出××××的立场，一步也不离无产阶级观念形态，解明着种种文学底作品的阶级底意义"，同时对于"一切文学层，则显出最大的节度，慎重，忍耐"，"排除文学上的命令的调子"。

党不能只支持一种文学流派。"因此之故，党不得不宣告在这领域上的一切各样的团体和潮流的自由竞争。""正和这一样，也不能由法令或党的决议，来许可对于或一集团或文学底团体的文学出版事业的合法底独占。"党虽则从物质上和精神上支持无产阶级作家和无产农民作家，援助"同路人"，但绝不许可他们以一集团的形式"独占"文坛。党应该竭一切手段制止"手制的，而且不懂事的行政上的妨害"。

关键词：俄共中央对文艺的决议　无产阶级在文艺上还没有取得独裁的

地位 党应该帮助无产阶级作家取得霸权 党提倡文学流派的自由竞争，反对行政干预

《文学周报》出版苏俄文学专号

1929 年 4 月 28 日

《文学周报》第 14～18 期合刊（总第 364～368 期）出 "苏俄文学专号"，第 391～560 页。

所收小说是：白倍尔《信》（徐调孚译）、捏维洛夫《马利亚》（叶绍钧译）、罗曼诺夫《大家庭》（映波译）、赛甫林娜《老太婆》（郑振铎译）、谢景琳《三架织布机》（赵景深译）、谢西珂夫《鹤》（刘穆译）、弗尔可夫《奇迹》（樊仲云译）、曹西钦珂《爱情》（耿济之译）、左祝梨《不过一点儿小事》（傅东华译）。编者丙的《编校后记》说：《大家庭》《爱情》是直接从俄文译出的，其余都是据英译重译。（第 8 卷合订本，第 560 页）此外，Joshna Kunitz 的《新俄文坛最近的趋势》（刘穆译）置于合刊之前。9 篇小说之后还有：谢六逸《苏俄的教育人民委员长阿拉德里·鲁纳却尔斯基》、编者甲《本号苏俄小说作者传略》、编者乙《中译苏俄小说编目》，皆极为难得的重要史料。

关键词：《文学周报》 苏俄文学专号

1929 年 4 月 28 日

刘穆（刘思慕）译《新俄文坛最近的趋势》（Joshna Kunitz 原作），载《文学周报》第 14～18 期合刊（总第 364～368 期）"苏俄文学专号"，第 391～410 页。原文为《蔚蓝之城》小说集序言。

本文有事实、有理论，提纲挈领，要言不烦，译文也好读好懂。

文章讲的是苏联十月革命后 10 年文坛情况，涉及思潮流派、论争社团、作家作品。

革命后最初的文坛

十月革命 "使俄国的文坛惊惶失措"。抛开象征主义者、颓废派、神秘主义者、Anthrofsosophists 弥赛亚和先知者的大部分不说，"即使那现实主义者，即使那过气的社会民主党和社会革命党也惊吓到目瞪口呆。珂罗连科甚至高尔基亦露出怯弱动摇之势，而蒲宁和库普林则简直变为反革命者。安特列夫

惊呼而有歇斯的里亚的‘S.O.S’之作。其他则急逃入他们的巢穴里，眼巴巴看着俄国的覆没而空自愤慨，等候机会跑到外国去”。（第8卷合订本，第391～392页）

俄国的未来主义

说布鲁衣索夫，比利（Biely），布洛克（Blok），高尔基，些拉非姆域奇（Serafimovich），维里沙耶夫（Veresaiev）之徒都“反抗十月革命，也非过甚其词”。恰逢其时，俄国的青年——未来派的歌者“由阴沉的睡窝里和波希米亚的咖啡店里出来，赢得公众的爱宠，博得普天下的阿谀，恍如重见天日一般”。“初时，未来派既晦藏而不蒙人之垂青，复为旧艺术界的耆宿所嗤笑，只得乞灵于种种把戏，俳谐，以惹起他人之注目——如戴耳环，穿花色的背心，作一种极端自己标榜自己的行为和实行流氓主义等。”在梅雅哥夫斯基（Veadriner Mayakovsky）的统率之下，“他们突进广场，攀上讲台，羼入旧学院的圣境，来夸说他们的崭新的，未来的，革命的艺术的福音。再没有人和他们竞争。往日的文坛老将已弃甲曳兵而逃了。梅雅哥夫斯基遂成为革命的骄子”。无论在人生观抑或艺术的运用上，“他们都不能成就为无产阶级的代表者。他们在文坛上的霸业只昙花一现，现在仍扯起‘左翼’‘Lef’的旗帜，算是俄国文坛中的一派，不过其能否存在下去，仍是在不可知之数”。（合订本第393～394页）

未来主义衰落之后，各种各色的文艺运动又跃登舞台：惟我的未来派（Ego Futurests），印象派（Imagists），Biocosmists Formlebrists 情感派（Emotionalists），表现派（Exprissionists），光派（Luminists），尼采服克派（Nichevokis），新古典主义派（Neo-Classicists），构造派（Constructivists）等。“其中印象派最为喧噪，最为虚美。他们的口号是‘摧毁那旧的造句法；廓清那旧的文法；打倒动词，不要前置词，把字句的次序颠倒，这是字句的最自然的地位，假如它能够产生新的印象；印象比生活还有意义，印象假造生活’。”未来主义之有梅雅科夫斯基，印象主义就有青年农民诗人叶赛宁（Yessenin），构造主义也有塞尔焚斯基（Selvinsky）的“伟大的史事诗‘Ulialiauvshchina’”。（合订本第395页）

这时候，苏联国内的情势是严峻的：“内争，封锁，外侮，饥荒；没有燃料，没有灯光，没有纸；往日一世之雄的帝国，而今却灾难交侵，让死亡和疾病蹑足踏遍全境。然而在莫斯科和列宁格勒的幽暗的咖啡店中，冻馁的诗人，批评家，艺术家，美学家却正聚在一起，朗诵他们的诗，读出他们的评语，高声呼喊，或互相赞美或互相非难，以至声嘶力竭。作品因为纸荒不能印刷；故诗人就用咖啡店权做他的讲台。"无产阶级在政治上取得了领导权，然而工农"完全没有准备"在文学艺术上"争领导的地位"。于是未来派、印象派"竟企图居工农苏维埃共和国的艺术独裁者的地位"。（合订本第395～396页）

"Smithy"派

不管是农民和工人，"他们不是饱更世故，也不疾恶旧的形式；老实说他们是没有甚么艺术的成见。他们所需要的不过是好的诗，小说，图画或雕刻，而又为他们所能了解者；无论是写实主义，象征主义，甚么都不打紧。在艺术上他们想看见他们自己的生活经验，自己的问题和自己的情感的反映"。"因此便怀着一胸希望欢迎以'The Smithy'名其派的无产阶级艺术家。"这班作家的最著名的人物是及拉西摩夫（M. Gerassimov），非立陈科（I. Filip Chenko）、利亚斯科（N. Liashko）等。"其实，早在19世纪之末，无产阶级文学的胚胎已在资产阶级社会的怀中长着。在某一种意义上说，高尔基也可称为无产阶级文学的先驱。""The Smithy"的刊行表明这是俄国工人阶级的"一种有组织的努力，表出他们自己阶级的意识和观念"。"这一派的作品仍是纯粹过渡的。""他们的诗表现出革命的蜜月时代的高涨的情绪，军事共产和内战胜利的英雄气概，新经济政策前的洋溢的神态。"（合订本第397～398页）

新的散文

"从战地回来的青年人，生气蓬勃，见闻丰富"，他们拥进了出版界。1921年至1922年，一群新的作家如火如荼地出现于文坛之上。有三个壁垒森严的刊物创刊于此时：《革命与出版物》（*Pechati Revolutsia*）、《新世界》（*Novi Mir*）和《红地球》（*Krasnaia Nov*）。"无数的新的题材注入于文学之中：内战，饥荒，产业的破坏和改造，婚姻和亲子关系的改变，逝去的资产阶级和胜利的无产阶级，富农'Kulak'和新商人Nepman，共产党与贫农和无家可归的飘泊者，新青年，新官吏，新妇女和一切的新生活，都是绝妙的题材。"历史小说空前发展。"这些历史小说的真主角，大都是一班人，一个阶级，或一个集体的代表，而不是个人。"（合订本第399～400页）

"文艺警卫军""The Literary Guard"

"文艺警卫军"是从The Smithy一派中分裂出来的。他们于1922年12月7日另组"十月"派"October"group。他们喊出"文学上独裁"的要求，要执文坛牛耳。他们排斥"同路人"作家。

党与"同路人"

1924年5月俄国共产党中央制定的文艺政策是"卓越无比的文艺政策"。

"同路人"的称谓出自托洛斯基的《革命与文学》。它有三点通性：同为非无产阶级出身，非共产党员，同接纳革命和无产阶级独裁。他们"信仰艺术的自由，而反对文学的党化。他们不肯视他们的艺术为某一阶级的工具，或某一政党的喉舌"。"来自田间和工厂的作家侧重无产阶级的内容，而智识分子的同路人则侧重于形式。"随着阶级对立的淡化，这种艺术上的区别也慢慢地消融了。（合订本第 403～405 页）

关键词：十月革命以后 10 年间的苏俄文学　革命后最初的文坛　高尔基可称为无产阶级文学的先驱　从战地回来的青年人涌入文坛　历史小说空前发展，其主人公不是个人，而是集体的代表　"文艺警卫军"派喊出"文学的独裁"的要求　1924 年俄共中央制定的文艺政策是"卓越无比的文艺政策"　"同路人"作家的称谓出自托洛茨基的《革命与文学》

1929 年 4 月

郭沫若自传体小说《我的幼年》，上海光华书局，初版。本年 6 月再版，1930 年 5 月三版。

在中国新文坛，这是较早出版的一部作家自传体小说。作者在《前言》中说，人的童年"是封建社会向资本制度转换的时代"，现在来写它，既不是"要表达甚么忏悔"，也不是"要描写甚么天才"，"我写的只是时代是一个天才的时代，让我们这些平常人四处碰壁"。在《后话》中，说它"纯然是一种自叙传的性质，没有一事一语是加了一点意想化的"。

关键词：郭沫若　《我的幼年》

1929 年 4 月

戴望舒新诗集《我的记忆》，上海水沫书店，初版。1931 年上海东华书局再版。收新诗 26 首。

这是诗人的第一部诗集，写于 1922 年至 1929 年，分为《旧锦囊》《雨巷》《我底记忆》3 辑。细腻的官能感受，情感色彩的捕捉，关注自己的心境胜过关注人生，这是体现在《旧锦囊》这一辑诗中总的审美倾向。第二辑《雨巷》情绪更加低落。《雨巷》写一位沉醉于感情追求的青年，常常独自彷徨在悠长的雨巷，等待一位如丁香一样姣好的姑娘，然而姑娘像梦一般地从"我身旁飘过"去了，除了春雨打在油纸伞上的声音，只剩下"颓圮的篱墙""寂寥的雨巷"。这首诗在《小说月报》上发表时，叶圣陶称它对新诗的音节开了一个新纪元，作者从此得到"雨巷诗人"的称号。《我底记忆》等记录了诗人爱情生活的风波及心灵上的痛苦。《断指》表达对一位革命烈士的敬悼，色调比较明亮，在新诗运用现代口语上有所突破。

关键词： 戴望舒第一部诗集《我的记忆》

鲁迅论短篇小说

1929 年 4 月

《世界近代短篇小说集》第一册《奇剑及其他》，由朝花社出版。

鲁迅为其写《小引》，对短篇小说这种体裁作了精辟的论述。他说："在巍峨灿烂的巨大的纪念碑底文学之旁，短篇小说也依然有着存在的充足的权利。不但巨细高低，相依为命，也譬如身入大伽蓝中，但见全体非常宏丽，眩人眼睛，令观者心神飞越，而细看一雕栏一画础，虽然细小，所得却更为分明，再以此推及全体，感受遂愈加切实，因此那些终于为人所注意了。""在现在的环境中，人们忙于生活，无暇来看长篇，自然也是短篇小说的繁生的很大原因之一。只顷刻间，而仍可借一斑略知全豹，以一目尽传精神，用数顷刻，遂知种种作风，种种作者，种种所写的人和物和事状，所得也颇不少的。"

小引还表述了"只要能培一朵花，就不妨做做会朽的腐草"的可贵的献身精神。

关键词： 鲁迅　论短篇小说

1929 年 5 月 1 日

《新流月报》第 3 期出版。第 339～513 页。

本期刊载的创作小说有洪灵菲的《归家》（正文署名李铁郎，第 349～364 页）、华汉的《奴隶》（第 365～395 页）、钱杏邨的《小林擒》（正文署名田岛，第 413～426 页）、戴平万的《春泉》（第 427～441 页），翻译作品有小说《奔哈德·力夫斯》（芬兰 Madame Aino Kallas 作、王抗夫译，第 339～347 页）、《油印机的奇迹》（日本林房雄作、沈端先译，第 397～412 页）、一幕五场话剧《炭矿夫》①（德国 Lu Maerten 作、林伯修重译，第 481～513 页）。

《奔哈德·力夫斯》写货车夫罢工，要求增加工资，其代表被处死。

---

① 正文题目、内文对话多作炭阬夫，也作炭坑夫，仅目录作炭矿夫。

"货车夫的代表是一个农民"，也是占领军眼中"比较重要的俘虏"。他有 5个孩子。当选择是挨鞭打 200 下，还是枪毙时，他说对他的孩子来说："宁可让他们做无父的孤儿，不愿意叫他们做奴隶的子孙。枪毙了我罢。"（第347 页）

《油印机的奇迹》：统治当局的暗探砂田私自放走运送传单、参加集会的反对党人士。革命者的一个心理活动非常耐人寻味：当砂田悄悄地放走运送传单的佐藤时，佐藤事后表白，当时应将砂田"痛打一下"，以表示自己的立场和英雄，哪怕是和同志们再次被当局抓走。（第 404 页）

《炭矿夫》写煤矿工人罢工。老工人布尔格尔是罢工的领袖。罢工 9 个星期了，矿主没有丝毫让步的意思，工人已经精疲力竭。布尔格尔的老婆死了，两个儿子、一个女儿也死了（都死于矽肺）。他没有力气再领导了。但女儿、儿子和工友们力劝他站起来。最后，他说："把这种苦痛燃成火焰"（第 494页），"把憎恶的火焰燃烧起来……把那火煽起来吧，煽成烧毁一切的火焰吧"。（第 512 页）

《小林擒》表现湖南人的倔强，对革命认识的转变。小林擒是一个 15 岁的小兵，"12 岁就吃粮"，"当了 3 年兵"，是"老兵"了。"和我一阵出来吃粮的朋友只剩下我一个了"。他认为，"哪个舅子不是为升级做官才来当兵吃粮"的！但革命者教育他："革命是为被压迫阶级的，是为全世界被践踏者解放。"而在他的心目中，"革命和不革命的分别，就是一个喊同志，一个喊老乡"。全篇的说教抵不上这一句话有趣。

关键词：《新流月报》第 3 期出版

1929 年 5 月 1 日

华汉小说《奴隶》，载《新流月报》第 3 期。

作品写矿工的悲惨生活和造反斗争。来矿已经 6 年、30 多岁的孙二，是因天灾人祸，从破产的农村来矿山当矿工的。他在矿上的劳动和生活都跟奴隶一般。同工人一起背矿石的有觉悟的水生启发工人兄弟：出路就是组织起来，跟矿主斗争，先要工钱，再由工人掌握矿山，当家作主人。小说最后一节写矿工们在去跟矿主作斗争的路上的心理活动。他们兴奋异常，发出了许多年郁结于心的怒吼。他们怀着不怕死的决心，必胜的信念，对未来当家作主的向往，不要做奴隶，要做人！

关键词：华汉小说《奴隶》写矿工的反抗

《社会科学丛书》要目

1929 年 5 月 1 日

《新流月报》第 3 期封三之前插一页重要广告：上海现代书局出版《社会科学丛书》。其词曰：

"'现代'是'社会科学的时代'！

"在不久以前的中国，一般人尚认社会科学为危险物视如洪水。可是，自从北伐告成，训政开始，时代需要社会科学；除了社会科学，无法解决中国的政治，社会，经济及民族等一切问题。这样，'社会科学的时代'就来临了。

"在'社会科学的时代的中国'，社会科学丛书的刊行，那是万万分需要的。

"可是，社会科学的范围是非常的广泛，题目是非常的复杂；如果要理解全部社会科学那非先从一般的通论的方面入手不可，本书局所刊行的《社会科学丛书》，就是根据这个顺序进行的。

"本丛书的刊行，一方使初学者得明了社会科学的大概，同时也可以给专门家和行动家以最新最正确的理论作参考。本丛书所刊行的完全是贵重的资料，所以本丛书的刊行，可说是替中国社会创立了个'公共社会科学的初步研究所'。

"再，本丛书的作者，如郭真，龚彬，潘梓年，高希圣，石英，杨剑秀，彭嘉生，毛一鸣，唐秋生，马公越，华汉诸先生，对于社会科学都是素有研究的，所以，本丛书的内容，一定能使读者十分满意。"（杨剑秀和华汉系一人，都是阳翰笙。马公越是冯乃超。彭嘉生是彭康）

本丛书的第一辑要目如次：

（一）社会科学概论 （二）现代社会学 （三）现代政治学 （四）现代经济学 （五）现代哲学 （六）现代艺术 （七）现代民族问题 （八）政治思想史 （九）经济思想史 （十）社会进化史 （十一）社会运动史 （十二）社会问题研究 （十三）帝国主义研究 （十四）唯物史观研究 （十五）世界经济研究 （十六）妇女问题研究 （十七）资本主义经济和社会主义经济研究 （十八）英美帝国主义冲突的研究

按：笔者曾经研读过其中的第一种《社会科学概论》和第十二种《社会

问题研究》，皆杨剑秀即阳翰笙著。

关键词：《社会科学丛书》广告　"社会科学时代"来临了

1929 年 5 月 1 日

杨骚著诗剧《心曲》上海北新书局广告，载《北新》半月刊第 3 卷第 8 号，第 76 页。

广告词曰：

"心曲是杨先生著的一本诗剧，全剧都用优美的诗句缀成。在清冷幽洁的月光下，在深浓寂静的森林里：一个漂泊孤独的旅人，一个仙袂飘拂的森姬，于是就造成了一段神秘的超自然的谈话，在那谈话里，却又包含着恍惚的纯洁的爱情。全剧中，无处不显示着黑夜的朦胧和幽秘，使读者竟会有身临其境的感觉。诗句的清丽，描笔的淡美，只要从以下两句中就可窥见一斑了：——'他的眉间好像锁着银青色的花心，他（她）的两颊好像开着两朵忧愁的白百合……'。"

关键词：杨骚诗剧《心曲》广告

1929 年 5 月 1 日

巴克《1925～1926 年的俄罗斯文学》，载《泰东月刊》第 2 卷第 9 期，第 1～20 页。

文章说，1925～1926 年后的俄罗斯文学，是"从诗歌移到散文，从抒情的自己表现而握住广大的现实的世界的长篇小说的复活"的过渡时期。它表现为：（一）反普罗列搭利亚文学的没落；（二）同路人中优越的份子的接近现实；（三）普罗列搭文学的新开展；（四）新农民文学的抬头。（第 2 页）

"俄罗斯革命后，反普罗列搭利亚文学，是很执拗的昏妄的建筑着自己的营阵。在国外移民文学，更不用说起，就是在国内各派有名的旧知识阶级，是很固守着反普罗列搭利亚的意德沃罗基的文学。"（第 3 页）1921 年 3 月实行新经济政策以后，随着新布尔乔亚泛抬头而有新立场的出现，这就重新发生了反普罗列搭利亚文学。"这个新产生的文学，是与从前象征派，亚克梅伊派的空想的，逃避的诸重要点不同而成为实际的，实行的。所以这时期的文学，我们说是由俄罗斯社会的阶级斗争的现实的经济的色彩所带来，亦不甚牴牾的。这个文学，最盛的时期是 1923 年至（19）24 年。"它有两个杂志出版：《俄罗斯》和《路斯基·沙凡列门尼古》。为刊物执笔的重要作家是：爱林布尔古、亚列库苏·托尔斯泰、布尔克诃夫、亚丽克·夫亚尔西、玛利耶·西耶尼耶、查密也庆，及批评家雪库洛夫斯基、利齐讷夫，还加上象征派、亚克梅伊派的作家。到 1925 年，他们就不幸而没落。（第 4 页）

"同路人"作家：

托洛茨基在《文学与革命》一书中，对他们的定义是："他们没有捉着了全体的革命。革命的共产主义的目的对于他们是不了解的。他们都多少超越过劳动者的头上而专希望注视农民。他们不是普罗列搭利亚革命的艺术家，他们是革命的艺术的'同路人'。"

"同路人"重要作家是：巴里史·皮涅克、乌西和洛得·伊凡诺夫、克留耶夫、尼古拉·杏洪诺夫、叶沙宁等。"从社会所属的见地看来，他们是知识阶级。故他们无论如何的热忱的描写农民及地方都市的住民，他们总不会舍弃自己的立场。"（第 5 页）他们这一派的代表作有：伊凡诺夫的《装甲列车第 1469 号》《彩色的风》，皮涅克的《裸的年》等。

普罗文学的新展开：

初期的代表作家是：克斯基侯夫、散特夫伊爱夫，继而有：基里洛夫、亚布拉特维奇、亚力山大拉夫斯基。他们是所谓"锻冶厂"的重要作者。他们"造成普罗列搭利亚文坛的中心时代"。在 1923 年至 1924 年间，为普罗文学之"秀作"的是：里倍定斯基的《一周间》、马尔伊雪庆的《达伊尔的没落》、碎拉夫伊麻乌兹基的《铁的流》等。到了 1925 年，古拉特诃夫的《焰的马》《水门汀》，里倍定斯基的《诃密兹散尔》，亚尔考磨·乌爱雪尔的《生的大地》等，则有"重大的进步"。《水门汀》和利亚诺夫的《獾》，同为俄罗斯文坛新近的"杰作"。（第 7 页）

农民文学的抬头："农民自身的作品，由农民的立场而描写农民的文学，古里爱夫，亚列斯，古尔基诃夫，及部分的叶沙宁的诗，都是这个社会立场而代表农民文学的艺术的作者。"（第 8 页）

1925 年至 1926 年的俄罗斯文学在形式方面的变化是：（一）形象派、未来派、构成派之衰退；（二）写实主义之复归。文章对这几种文学流派的兴衰有较详细的论述。

文章末尾有一句话："革命后的俄罗斯的普罗列搭利亚文学，其共通的缺点，就是不能达到这种一般化的文学的典型的描写。"而典型的描写是现实艺术的一般化手段，是文学描写的最主要的方法。（第 19～20 页）

关键词：十月革命后 20 年代中前期的苏俄文学；新经济政策时期出现的反普罗文学 "同路人"作家 "锻冶厂"作家；《水门汀》《獾》是俄罗斯文坛新近的"杰作" 革命后俄罗斯普罗文学共通的缺点是缺乏典型描写

1929 年 5 月 1 日

《泰东月刊》第 2 卷第 9 期刊载钱杏邨两种书的出版消息（第 84 页）：

《暴风雨的前夜》：定价 2 角

"这是杏邨先生新近所做的一部叙事长诗，格调与勃洛克的《十二个》极其相似，这里面充满革命诗人热狂的情绪。这里面没有幻想，没有悲哀，只有狂风暴雨快要来的时候，那阴云层里沉雷隆隆的声音。读者们你愿意在这个时代里，张开手臂去迎接未来的'暴风雨'么？"

《力的文艺》：定价 8 角

"钱杏邨先生是现代文坛上有力的批评家！这一册书就是他对于最近的世界各国的文学批评。对于现时世界各国的名著，加以严格的分析与介绍，为关心现时世界文坛的一般的现势，和与现时代所关联之作品者，不可不读此书。"

关键词：钱杏邨新书二种广告：叙事长诗《暴风雨的前夜》、论文集《力的文艺》

田汉《名优之死》

1929 年 5 月 1 日

《南国月刊》在上海创刊。田汉主编南国社刊物。32 开本，上海现代书局发行。创刊号共 260 页，约 13 万字。这是继《南国半月刊》和《南国特刊》之后，南国社的又一种刊物。

创刊号刊载田汉的三幕剧《名优之死》、五幕剧《黄花岗》、长篇小说《上海》、小说《忧愁夫人与姊姊》，皆连载。其他作者还有凝秋、左明、欧阳予倩、黄素、康白珊女士、吴似鸿等。

田汉为创刊号写的序谓：

"无论过去何等辛酸，将来何等艰巨，但现在能够实现这久想实现的东西是多么愉快的事。

"由这月刊我想慢慢地发表几篇比较有自信的，比较坚实的作品。同时想慢慢地吐露一些我的和我们的文艺观，社会观。

"在过去的中国文坛上我所呈献的花环，实在太幼稚了，太破碎了。但我也不悔，因为那也是对的，一个小孩子不能因为他的话太幼稚了，太破碎了，便放弃他说话的权利。那些只算他的序幕罢。比较好的，比较像戏的戏，以后一幕一幕地演起来。

"过去的几年间我实在不曾表现过什么像样的东西，就和演戏似的他太不卖力了，他的力被重大的悲哀吞蚀了，被不断的烦恼束缚了。现在他才稍稍地恢复转来。他将慢慢地把他的力用在有益的美的地方。

"同时南国这集团底力底总量与方向将由这月刊显示。它在文学，绘画，音乐，戏剧，影画，诸方面的努力都可由这月刊慢慢地看出。"（第1~2页）

田汉的名作《古潭的声音》（独幕剧）、《颤栗》（独幕剧）、《南归》（独幕诗剧）、《孙中山之死》、《第五号病室》（三幕社会剧）、《苏州夜话》（独幕剧）、《雪与血》（七幕史剧）、CARMEN（六幕社会剧）等皆在此刊发表。

关键词：田汉主编《南国月刊》创刊　田汉检讨过去太幼稚，只能算序幕

1929 年 5 月 1 日

田汉《名优之死》（三幕剧），载《南国月刊》创刊号，第1卷第2期续完。

这是田汉唯美主义戏剧创作的代表作。

说的是老生名角刘振声收养了被卖的丫头，抚养她成人，并请名师教她学戏，成了名角，艺名刘凤仙。凤仙经不起名利的诱惑，跟随恶霸土豪杨大爷，不以戏为重，活活将师父刘振声气死。他可是"一代名优"！刘振声们认一个理："咱们唱戏的玩意儿就是性命。""人总得有德行。……越有名越用功。""咱们吃的是台上的饭，性命固然要紧，玩意儿可比性命更要紧！""我们台上的人，犯不着和人家争台下的事，还是爱重自己的玩意儿罢，好的玩意儿是压不下的！""咱们学上了这个玩意儿，一辈子也没有休息的时候，好像命中注定了——他非得唱到死的那天不可！"

邪恶的势力，污浊的社会，看重名利的世界观，不但毁了青年艺术家的前途，更毁了老艺术家的生命。这是谴责，更是控诉！

关键词：田汉《名优之死》　唱戏的玩意儿（艺术）比生命还重要

1929 年 5 月 1 日

田汉在《南国月刊》创刊号的《编辑后记》中说：

"南国的戏剧运动现在应该在向他第二个阶段了。他曾允许降到民众的低地把民众引向艺术的殿堂，但第一期的运动中他还不免有些在艺术的殿堂中

徘徊瞻顾。现在请许他发表第一期第二次的剧目，这些虽然是第一期运动的完成，但已可以看见向第二期的推迁了。"

这些作品是：《古潭的声音》（一幕抒情剧）、《颤栗》（一幕社会剧）、《名优之死》（三幕社会剧）、《第五号病室》（一幕）、《南归》（一幕）、《秦淮河之夜》（一幕三场）、《不朽之爱》（三幕）、《狱中记》（一幕）、《到何处去》（一幕）、《活该》（一幕）。（第 259～260 页）

关键词：南国戏剧运动正迈向第二阶段

1929 年 5 月 1 日

《南国月刊》创刊号所登上海现代书局的广告：

《展望丛书》："展望丛书底刊行，我们敢说是有非常的抱负的；一方面发刊我国自己的新兴的有力的创作，他方面介绍今日世界文坛上的必读的杰构，特殊地是社会主义的文学，一般地至少也得选译一些有历史价值而又同时富于现代感觉的一切名著。现将已出版及将出版的书目列下，希望我们的读者们予以满意的证明。"

《炭矿夫》　龚冰庐著，短篇小说集　每册六角

《叶莱的公道》　伊凡康卡原著，王一榴译　在印

《死囚之末日》　嚣俄原著，邱韵铎译　即出

《魏都丽姑娘》　韩生原著，邱韵铎译　即出，每册六角

上海现代书局发行**四大文艺杂志**

《大众文艺》

《新流月报》

《南国月刊》

《现代小说》

《现代戏剧丛书》："近来戏剧运动风起云涌地兴起来了。本丛书就是为适应这个运动而请名家著编的。内容完善，宗旨纯正。不仅是文字上非常流利，而且适合于舞台上的表演。这可说是爱美剧团的福音，也便是社会人士所渴望的。"每册实价一律大洋三角。已出版的：陈大悲著《幽兰女士》（五幕剧）、胡春冰著《爱的革命》（五幕剧）、陈大悲著《张四太太》（五幕剧）、田汉译《檀泰琪儿之死》（名剧三编）；将出版的：胡仲持译《藤十郎的恋》（名剧二编）、魏肇基译《神与人们的戏剧》（三独幕剧）、谷剑尘著《杨小姐的秘密》（五幕剧）、朱穰丞译《狗底跳舞》（五幕剧）。

关键词：现代书局出版广告

1929 年 5 月 5 日

赵景深《鲁迅与柴霍甫》，载《文学周报》第 8 卷第 19 期（总第 369期），第 561 ~ 570 页。

这是作者在复旦大学的讲演词。从生活、题材、思想、作风四个方面讲二人的相同和区别。总的观点是：

"在生活上，鲁迅与柴霍甫都是弃医学文的。

"在题材上，鲁迅与柴霍甫都是描写乡村的能手。

"在思想上，鲁迅与柴霍甫都是对于将来有无穷的希望，但质地总是悲观的。

"在作风上，鲁迅与柴霍甫都是幽默而且讽刺的。"（合订本第 570 ~ 571页）

关键词：鲁迅与契诃夫比较

1929 年 5 月 8 日

高尔基作短篇小说、高滔译《她的爱人》，载河北民国日报周刊之一《鸮》第 20 期，第 4 ~ 7 页。

这只能说是一篇小小说。写在莫斯科时一个邻居女人感情上的凄苦。她本没有情人，却要请人代她给情人写信，——实则是她要倾诉爱；她本没有朋友，却要请人代她的朋友给女友写信，——实则是她希望听到有人对她吐露爱情。作品处处表现了高尔基观察人的本领。本篇一开始对这邻居的素描是："她是一个波兰人，人叫她做太里沙。她是一个长壮的黑色女人，长着两道漆黑丛集的眉毛和一张雕刻式的大而粗陋的面孔——她那眼中兽性的光辉，她那沉重的底音，她那车夫式的行步和强大的膂力，竟似一个渔妇，给与我惶恐的印象。"

关键词：高尔基小说《她的爱人》

1929 年 5 月 10 日

蒙生（耿济之）论文《社会的定货问题》（俄国通讯之一），载《小说月报》第 20 卷第 5 号，第 811 ~ 820 页。

本文为蒙生所写的《俄国通讯》的第一篇。作者在《前言》中说，革命以后的俄国文学是否仍追踪它的前人所走过的脚迹，往前发展，或另辟途（蹊）径，走上新的道路去？革命后的文学作家中有无突出的人才？文坛上的派别如何？所谓普罗文学的理论如何？它有何实际上的成绩？这些问题在留心世界近代文学的人是极愿意知道的。因此，作者根据《小说月报》的提议，将对俄国现代文坛的情况作系统的报道。其范围包括：文学理论问题的争论；文坛各派的主张；著名作家的系统介绍；新出版的有名作品的介绍。

编者在《最后一页》说："蒙生君的《文艺通讯》，我们想，读者们一定会对之发生很大的兴趣的。近来对于苏俄文坛消息的介绍，大都是由英、日文中转贩而来的。像蒙生君这末直接这末有系统的通讯，可以说是开了一个新纪元。"

关键词：从俄文直接介绍革命后的俄国文学情状

1929 年 5 月 10 日（实际出版愆期）

梁实秋杂文《论思想统一》（写于 6 月 6 日），载《新月》第 2 卷第 3 号。

文章说："鼓吹阶级斗争的文艺作品，我是也不赞成的，实在讲，凡是宣传任何主义的作品，我想不以为有多少文艺的价值的。艺术的价值，不再做某项工具，文艺本身就是目的。"

关键词：梁实秋　不赞成鼓吹阶级斗争的文艺

1929 年 5 月 10 日

朔一《高尔基访问记》，载《东方杂志》第 16 卷第 9 号《新语林》专栏，第 99~104 页。

本文是 1928 年 9 月 16 日日本作家昇曙梦在莫斯科会见高尔基的记录。

高尔基告诉日本客人，他已经停止了《四十年》的写作，专门处理全国青年的来信。他说："这是全俄各地方劳动青年寄到我处来的稿件与信件。我近来勉力把这种稿件各看一遍，写回信答复他们。对于他们，与以文学的指导，教以文学上的技术。这是我的天职。在意大利时也是一样。我每日接到这种信件总有 10 封。"高尔基从阅读和处理这些来信中，增长了对第四阶级文学取得胜利的信心。（第 100 页）

昇曙梦问："在现代苏维埃作家中，您对于哪一个最有希望及兴味？"

高尔基答："现在的俄罗斯，壮健而优美的文学很发达，而且荣盛着。其中伊凡诺夫，莱阿诺夫，罗俾利，拂齐，格赖独可夫，克尔基可夫这一起人，可算是最有前途的作家。我以异常的兴味读他们的作品。"如埃莱夏的《嫉妒》、苏罗呵夫的《静的潼河》，"二人都可成为伟大的作家吧！"

又问："帝政时代的作家您喜欢哪个呢？"

答："秦斯基，威莱沙夫，埃莱克衰，托尔斯泰……"流亡到国外的，喜欢蒲宁。

对日本艺术，高尔基说："日本为什么疏了自己所优长而有特色的文化（指浮世绘一类），而去模仿西欧文化？我实不解！日本人所须学于西欧的虽是不少；但却应该认明日本固有文化的尊贵而发挥其特色。"（第102页）

高尔基还就"最近俄罗斯所行的懈怠，失业，泥醉，浪子的跋扈，青年男女间的风纪问题等"，（第103页）回答了客人。

关键词： 高尔基　以全副精力阅读来信，并回答他们，努力于第四阶级文学将来的胜利

1929 年 5 月 10 日

哲生《苏俄的官僚教育家卢那却尔斯基》，载《东方杂志》第26卷第9号《新语林》专栏，第106～108页。

短文说：十月革命以后的10年间，"只有一个教育委员，以10年积久的工作，从事于教育与艺术上新倾向的形成，他的努力，不但影响了整个苏俄，而且也影响了世界上别个国家的教育和艺术"。这就是卢那卡尔斯基。"他是苏俄文化发展中的柴。他的职务，是引导那俄国群众被苏解而得发泄的新的艺术的力在他的处理之下。俄国的经济学说，虽不曾在世上遇到多大的欢迎，而新俄的电影技术，新俄的戏剧，新俄的跳舞，新俄的文学，却引起了世界不少人的钦仰和模仿了。"（第106页）

哲生说，卢那卡尔斯基对于印刷品的检查是非常严格的，"但在戏剧这个领域内，他却允许以异常的自由主义"。他保护旧俄的戏剧和音乐，认为无产者应该"接受和采取"（第108页）。

关键词： 卢那察尔斯基　无产者应该接受和采取旧艺术中的优良传统

茅盾论《倪焕之》　时下的革命文学只是标语口号式或广告式的无产文学

1929 年 5 月 12 日

茅盾评论《读〈倪焕之〉》，载《文学周报》第8卷第20期，第591～614页。

作者借评论叶绍钧长篇小说《倪焕之》，评论文坛现状，鸟瞰"五四"

10 年文学发展历史。这是一篇极为重要的总结性的论文。

本文论点举其要者有：第一，"五四"的骸骨是什么？"几本翻译的哲学书；几卷'新'字排行的杂志，其中并列着而且同样地热心鼓吹着各种冲突的'新思想'；几本翻译的法国俄国文学作品。"新文学的提倡是"五四"的主要口号，然而反映这个伟大时代的文学作品却没有创造出来。鲁迅的《呐喊》在攻击传统思想这一点上，不能不说是表现了"五四"的精神，然而并没有反映出"五四"当时及以后的刻刻在转变着的人心。鲁迅而外的作家，郁达夫的《沉沦》、许钦文的《赵先生的烦恼》、王统照的《春雨之夜》、周全平的《梦里的微笑》、张资平的《苔莉》等，大都用现代青年的生活作为描写的主题，只写了一些表面的苦闷。其原因是"因为当时的文坛上发生了一派忽视文艺的时代性，反对文艺的社会化，而高唱'为艺术而艺术'的主张，这样的入了歧途"！"'五四'时代是并没有留下一些表现这时代的文学作品而过去了。"第二，《倪焕之》第一次描写了广阔的世间。"把一篇小说的时代安放在近 10 年的历史的过程中的，不能不说这是第一部；而有意地要表示一个人——一个富有革命性的小资产阶级知识分子，怎样地受 10 年来时代的壮潮所激荡，怎样地从乡村到都市，从埋头教育到群众运动，从自由主义到集团主义，这《倪焕之》也不能不说是第一部。在这两点上，《倪焕之》是值得赞美的。"作者说："一篇小说之有无时代性，并不能仅仅以是否描写到时代空气为满足，连时代空气都表现不出的作品，即使写得很美丽，只不过成为资产阶级文艺的玩意儿。所谓时代性，我以为，在表现了时代空气而外，还应该有两个要义：一是时代给与人们以怎样的影响，二是人们的集团的活力又怎样地将时代推进了新方向，换言之，即是怎样地催促历史进入了必然的新时代，再换一句说，即是怎样地由于人们的集团的活动而及早实现了历史的必然。在这样的意义下，方是现代的新写实派文学所要表现的时代性！"第三，时下的革命文学作品，"既不能表现无产阶级的意识，也不能让无产阶级看得懂，只有'卖膏药式'的十八句江湖口诀那样的标语口号式或广告式的无产文艺"。原因是他们"仅仅根据了一点耳食的社会科学常识或是辩证法"，而不深入实际生活，不磨炼技术的结果。

关键词：茅盾　评《倪焕之》　"五四"时代并没有留下反映时代的作品，否定"五四"新文学　《倪焕之》描写了广阔的世间，值得赞美　时下的革命文学只是标语口号式或广告式的无产文学

1929 年 5 月 13 日

鲁迅为探望母病，离沪北上。15 日抵达北平。在北平期间，鲁迅先后会

晤了宋紫佩、陶望潮、李霁野、台静农、常维钧、马幼渔、沈尹默、徐旭生、冯至、陈炜谟和杨慧修，到西山病院探视正在疗养的韦素园。他在燕京大学、北京大学第三院、北京第二师范学院和第一师范学院作了讲演。在这些讲演中，鲁迅一方面讲形势，但更多的是讲革命文学的一些问题和自己的思想变化。于 6 月 3 日离北平返沪。

关键词：鲁迅北上探亲

《引擎》创刊

1929 年 5 月 15 日

《引擎》文学月刊在上海创刊。引擎社编辑发行，上海启智书局总代售。共 216 页。仅出 1 期。

"引擎"是英文发动机的音译。编者在《编后》中说，该刊的宗旨是"推动这部时代文化的火车前进"，"这是革命的智识阶级的任务！"

创刊号刊载的作品有：诗歌《五月祭》（K. F）、《贫民窟里》（莞尔）、《死守着我们的战壕》（少怀）、《一千二百万》（美国 M. Gold 作，韵铎译）、《都市旋律》和《黄花祭》（孤凤）；小说《陈涉吴广》（孟超）、《歧路》（黄日新）、《人类市场的悲剧》（孤凤）、《莉娜》（洁梅）；还有童话剧。刊登的理论文章有：芮生的《中国新文化运动底意义及特征》、画室据日本川口浩译文重译《现代艺术论》（德国梅林格作，该文观点之一是：不应过高估计艺术对无产阶级解放斗争的作用）、巴克的《近代资本主义构造的特质》、邬孟辉《社会的阶级观》和葛莫美译《欧洲新兴文学底路》①（匈牙利玛差作）。

关键词：《引擎》在上海创刊

1929 年 5 月 15 日

芮生论文《中国新文化运动底意义及其特征》，载《引擎》创刊号，第 1～16 页。

本文是这阶段中少有的好读的文章之一。

文章说，10 年前有五四运动，现在有新文化运动。"中国整个的情状是一个过渡时代，所以新文化运动也只有过渡的意义。因此，本文的目的是想

---

① 以上文章的题目，封面、目录、正文，在文字上略有差异。

详细地说明它底意义，对于以前文化的承继及今后文化的建设有什么关系和怎样的路线。""我们所要知道的是中国的文化运动在现在有什么意义？它对于中国整个的问题有什么作用？它朝着哪个方向走？"（第1～2页）

文章的主要论点是：

"中国的现状，比之资本主义发达了的国家，不但文化落后，政治也落后，经济也落后，总而言之，一切都是落后。可是这里有个相互的关系，我们可以说是因为文化的落后，所以一切都没有进步；但也可以说是因为没有经济的基础及稳定的政局，所以阻碍了文化的发达。"（第3页）

"所以文化运动对于革命，它底功效是使民众明了革命的意义，革命的对象，革命的性质，而意识地参加革命，增加革命的动力，减弱反动的阵营。""在革命时代，在过渡时代的文化运动，它的主要目标是在宣传。这种宣传是在使民众彻底地知道革命到底为着什么，革命的对象是谁，它的路线又是怎样。更进一步说，在使民众知道干什么，应该怎样干。所以从文化运动的成果及其发展过程来说，它总可以说是必然地包含了建设的要素，可是在中国这样的过渡时代里，它的意义及目标应该是如上所述的宣传。""文化运动，因此，它的主要任务，是附属于中国整个的革命运动之中遂行其宣传及组织的作用。""革命要成功，本来需要一定的文化的程度，所以现在的文化运动，从革命的整个的立场上讲，它总是宣传；而从文化程度这个革命的条件讲，它是文化的提高，它是一种启蒙。因此，在中国的特殊的情态之下，文化运动是一种启蒙运动。"（第2～3页、6页～7页）

"启蒙运动是用简明的形式及切要的内容来启蒙民众，教育民众。"这里有立场问题，内容问题。（第7页）不是没有立场地泛泛地输入一些我们所没有的东西进来，而是站在普罗列塔利亚的立场来开展我们的运动。"中国革命是一个资产阶级民权性的革命。一方面是从帝国主义的解放，他方面是从封建势力的解放。这两种解放的任务是谁来担负？在事实上已经证明了在帝国主义下所产生的中国资产阶级没有这个能力了。而后中国这样的次殖民地的革命本来有一个非资本主义的前途，所以革命的主体更只有无产阶级，劳苦大众，由他们完成这个民权革命而向未来社会推移。／在这样的革命过程中，如果文化运动是帮助革命而遂行其宣传作用，那末，也只有站在无产阶级的立场来提高他们的文化水平线而助成革命的条件，这个意思，再一般地说，就是确立唯物的世界观和历史观。再用这个唯物的方法来实践地解剖中国的社会，使大众明了只有这条路可走，并且能够接受，理解及应用革命的理论纲领及策略。"这是文化运动的主要任务，"第一个一般的任务"。"而从中国旧文化的传统上讲，更应先获得其世界观和思考法——辩证法的唯物论和唯物的辩证法。这两种是照彻历史上及社会上一切现象的明镜，是普罗列搭利亚特理论上的锐利的武器。"（第8~9页、12页）

关键词：芮生　认识中国新文化运动　辩证法的唯物论和唯物的辩证法是普罗的锐利武器

匈牙利玛察论欧洲文学输入中国

1929 年 5 月 15 日

〔匈牙利〕玛差著、葛美莫据日本译文重译《欧洲新兴文学底路》，载《引擎》创刊号，第60~70页。

译者在译后记中交代："以上乃是《战旗》12月号（1928）藏原惟人所译的《欧洲普罗列搭利亚文学底路》一文之重译。原著者为匈牙利的一革命家及文艺批评家，现亡命在俄国，努力于马克思主义艺术理论之建设。据原译者云，此文乃系原著者底近著《欧洲底无产阶级与文学》之最后一章《理论的结论》底一部分。"（第70页）

这篇译文相当难读。现择录几段（文字不作任何改动）：

"这样，在劳动者文学的发达里，我们就看见了由两个阶级的利害提起来的，表现着两个阶级底社会学的概念及政治的和一般意识形态的倾向的，两个原理了。在一方面有那站在革命的无产阶级的立场上拿着比较正确的定式给与艺术底形式的文学，而在旁的一方面，也有那站在做小资产阶级的前卫层的小资产智识阶级的立场上，表现着想用了妥协来克服现存的矛盾的希望的文学。"（第61页）

关于"阶级的倾向性的问题"：

"倘若只从在那根柢上的静的形态里的思想来判断文学作品底倾向之阶级的性质，我们是可以不叫做欧洲的'劳动者文学'，而叫做'无产阶级文学'的。然而，意识的地选择到艺术作品上来的基本的思想之被艺术家所提出，被读者或观客所摄取，并不是在于它的'纯粹的面目'，并不是直接地的，却是借着心理的，情绪的形象底力而遂行着的；而在这形象底选择和形而上是有作家的全心理意识形态作用着，它底决定的印象是在全体的读者底全心理学的意识形态中作成的：问题是在这点上。我们是有被社会加了条件的意识的和无意识的要素底复杂的机能底力学（Dynamic）在我们的面前的。"（第

61 页）

关于"混合阶级的性质"：

"所以我们若把欧洲的新的文学研究起来，我们确信除了极少数的一部分，其余的一切都是属于乱合阶级的性质底过程型底范畴里的。在它们的中间，我们可以看见一方面有小资产阶级的心理学的意识形态底意识的和无意识的要素与从无产阶级的意识形态借来的要素混合着的文学之型，而另一方面则有无产阶级意识形态底意识学要素出现成为小资产阶级的或甚至封建的心理遗传的要素的文学之型。

"劳动文学底这两个型底根本的相异点，就是倘若第一型是反映着想借了从别一阶级（在我们是无产阶级）借来的意识形态的要素的助力，使正在没落的阶级底意识形态的和心理的诸要素恢复均衡的这种努力，那么在第二型的文学中，我们便看得见同阶级，即在发达上升的阶级，想用了合理地遗传下来的心理的要素，使意识形态的和心理的要素恢复均衡的这种努力了。

"所以在第二型的文学中，不管它底构成要素底混合的阶级性质，我们是看见无产阶级的阶级文学底萌芽，在历史上完全正当的萌芽。"（第 62～63页）

关于"特征的四个种类""本质上不同的四个集团""劳动者文学的发达的四个重要的历史的阶段"：

谈第二阶段时，有"左翼的流派"的字样。

谈第四阶段："在现代欧洲的文学里现在只呈着萌芽的存在的最后的范畴，是表现着阶级斗争底具体的现象和正在发展的无产阶级革命底具体的课题之历史的，辩证法的理解。作家把劳动阶级的前卫队所给与的阶级的矛盾的定式具体地，现实地形成着。但是那具体性并不当作被隔离了的插话的东西而残留，乃在客观的历史的计划中发展着。这样，不承认当面的狭隘的政治的口号以外的东西的那文学的 Bernstein 主义就首先脱落，随后那当作不明确的，不明白的思索的扶助的形式的甜蜜的浪漫主义也脱落了。"（第 66 页）

"这样，无产阶级的世界观底基础的性质是阶级的地东西，然而应该不是主观的地阶级的，被隔离着，自隔离着的形式主义的地东西，——乃必须是客观的地阶级的，历史的综合的地东西。

"所以，那不但由于情节，连本质都是无产阶级的艺术作品底结构，也必须从阶级的主观主义移到阶级的，历史的客观主义——从分析的写实主义移到综合的写实主义去，而且现在也已经这样地移动着的。"（第 69 页）

这就是欧洲劳动文学底发达的路，也是"欧洲的无产阶级文学底始源"。

（第 69 页）

关键词：匈牙利玛察　欧洲新兴文学（无产阶级文学）

1929 年 5 月 15 日

孤凤小说《人类市场的悲剧》，载《引擎》创刊号，第 125～144 页。

一个刚满 3 岁就被卖到有钱人家当使女，不准出门，不准与人交往的农村女孩阿娟，居然有了这样的阶级意识和革命意识：

"不，妈妈！害我的不是妈妈，是那罪恶的社会，造出残害我的契约底社会！……妈妈，这是多么残酷的社会哟！"（第 140 页）

"母亲哟！你是死在旧社会的手里，富有者的手里！旧社会和富有者把你绞死了，绞死了！……我要为你报仇！"（第 144 页）

关键词：孤凤　《人类市场的悲剧》

1929 年 5 月 15 日

〔日本〕片上伸作、鲁迅译《新时代的预感》，载《春潮》月刊第 1 卷第 6 期，第 23～38 页。

鲁迅在写于 1929 年 4 月 25 日的《译讫并记》中说：这一篇"原不过很简单浅近的文章，我译了出来的意思，是只在文中所举的 3 个作家——巴理蒙德，梭罗古勃，戈理基——中国都比较地知道，现在就藉此来看看他们的时代的背景，和他们各个的差异的——据作者说，则也是共通的——精神。又可以藉此知道超现实底的唯美主义，在俄国的文坛上根柢原是如此之深，所以革命底的批评家如卢那卡尔斯基等，委实也不得不竭力加以排击。又可以藉此知道中国的创造社之流先前鼓吹'为艺术的艺术'而现在大谈革命文学，是怎样的永是看不见现实而本身又并无理想的空嚷嚷。"

"其实，超现实底的文艺家，虽则回避现实，或也憎恶现实，甚至于反抗现实，但和革命底的文学者，我以为是大不相同的。作者当然也知道，而偏说有共通的精神者，恐怕别有用意，也许以为其时的他们的国度里，在不满于现实这一点，是还可以同路的罢。"（第 37～38 页）

关键词：鲁迅　创造社的革命文学只是空嚷嚷

1929 年 5 月 15 日、22 日

〔美国〕辛克莱原作、波西译《反叛的天使》（《拜金艺术》之第五十八章），载河北民国日报周刊之一《鹆》第 21 期，第 1～4 页。本章写英国诗人

雪莱。

《死人之居》（《拜金艺术》第八十四章），高滔译，载《鹑》第 22 期，第 2～4 页。本章写陀斯妥也夫斯基。

关键词：辛克莱《拜金艺术》之二章

1929 年 5 月 20 日

柔石《革命家之妻》（独幕剧），载《奔流》第 2 卷第 1 号，第 83～94 页。

穷困中的青年夫妻关于要不要自杀的争论：青年起初认为不忍心妻子受苦，想杀死她，"因为我爱你，所以我要杀你"。后来两人想到："我们底敌人未死，我们是不能死的！"

关键词：柔石《革命家之妻》，生与死的哲学

1929 年 5 月 20 日

《文艺政策附录》：《苏维埃国家与艺术》，A. Lunacharski 作，原载 1924 年莫斯科发行《艺术与革命》，日本茂森唯士原译，鲁迅据日译重译，载《奔流》第 2 卷第 1 号，第 133～162 页。

本文共 4 部分：其一，作为生产的艺术；其二，作为观念论的艺术；其三，Proleteult；其四，苏维埃主权的艺术问题。

主要观点是：

要艺术接近生产是颇有些距离的。艺术"首先总得是观念论的。艺术者，应该是将和那国民及国民的前卫阶级有最密接的关系的艺术家的感激的精神，自行表现的东西。艺术者又应该是将现今正在作暴风底运动的人民大众的情绪，加以组织的手段"。（第 134 页）"我们的文化的目的，在创造人们的周围是美和欢喜的社会。"（第 135 页）现在，即或经济上极端穷困，但也要提高生产工艺，生产美的产品。

目前，"我们这里，几乎全没有观念论底无产阶级艺术"。（第 138 页）资产阶级继承了全部历史遗产，拥有全部艺术手段，而无产阶级"是作为仅有薄弱的文化的阶级"，要创造无产阶级的艺术是十分困难的。在文学领域，无产阶级作家凭着他的"文才"，也许能创造得出"有趣而意义多的什么东西来"，但在音乐、雕刻、绘画、建筑及别的领域，就全然不可能。（第 139 页）

"艺术底宣传"靠"传单，革命底的什么小唱，或者朗诵底的文章，以及煽动用的戏曲等"。（第 142 页）

"大众的社会主义底教化，是教化的中心。"像"艺术那样的伟大的武器"，为教化所必需。（第156页）

"过去的艺术，应该一切全属于劳动者和农民。"（第160页）

关键词："左倾"艺术家、"右倾"艺术家　艺术是组织的手段　是教化的武器

1929 年 5 月 22 日

鲁迅在北平燕京大学国文学会讲演，讲题为《现今的新文学的概观》。肯定南社的贡献，批评其弱点。鲁迅说："希望革命的人，革命一到，反而沉默下去的例子，在中国便曾有过的。即如清末的南社，便是鼓吹革命的文学团体，他们叹汉族的被压制，愤满人的凶横，渴望着'光复旧物'。但民国成立以后，倒寂然无声了。我想，这是因为他们的理想，是在革命以后，'重见汉官威仪'，峨冠博带。而事实并不这样，所以反而索然无味，不想执笔了。"

关键词：鲁迅　现今的新文学

1929 年 5 月

干釜《关于普罗文学之形式的话》，载《白露》第1卷第5期。

作者提出：只有大众化和严密的结构，才能引导普罗文学到新写实主义之路。而要做到这一点，又必须做到意识的集团化和感情的社会化。

关键词：普罗文学新写实主义之路——意识的集团化和感情的社会化

1929 年 5 月

叶灵凤短篇小说集《处女的梦》，由上海现代书局出版。

内收1928年5月至1929年3月创作的短篇小说《妻的恩惠》《摩伽的试探》《处女的梦》《国仇》《秋的黄昏》《落雁》等6篇。在这些小说中，作者对人的性爱心理作了一定的探索。

创造社中人的创作的思想倾向与艺术流派是多种多样的。

关键词：叶灵凤　小说集《处女的梦》　探索人的性爱心理

1929 年 5 月

段可情中篇小说《巴黎之秋》，由上海启智书局出版，1934年5月再版，1936年3月四版。

书前有作者1929年5月26日写于上海寓庐的《序言》，说小说写的是他

的朋友S君"一段失恋的故事"，"一段可歌可泣的情史"。写作的目的，一在让S君"以泄他胸中的幽怨"，"以慰他异国飘零的旅怀"；二在"借他人的酒杯，浇自己的块垒"。

关键词：段可情 旅外小说

1929年5月

茅盾论文集《现代文艺杂论》，由上海世界书局出版。

内分《未来派文学之今昔》《大大主义》《青年德意志文学》《欧战与意大利文学》《现代匈牙利文学》《巴西文坛与法国文学》《古巴文学》等14节，书前有《序》。一是介绍新兴文学思潮，一是介绍弱小民族文学的现状。

关键词：茅盾 《现代文艺杂论》 介绍新兴文学思潮

1929年5月

鲁迅编文艺丛书《科学的艺术论丛书》，由上海水沫书店出版。至1930年10月，共出版9种。

原计划出版14种。有蒲列哈诺夫著《艺术论》（鲁迅译）、《艺术与社会生活》（雪峰译）、波格达诺夫著《新艺术论》（苏汶译）、卢那卡尔斯基著《艺术之社会的基础》（鲁迅译）、蒲列哈诺夫著《艺术与文学》（雪峰译）、卢那卡尔斯基著《文艺与批评》（鲁迅译）、列什涅夫著《文艺与批评》（沈端先译）、梅林格著《文学评论》（冯雪峰译）、雅各武莱夫著《蒲力汗诺夫论》（林伯修译）、卢那卡尔斯基著《霍善斯坦因论》（鲁迅译）、佛理契著《艺术与革命（列宁、蒲力汗诺夫论托尔斯泰）》（冯乃超译）、《文艺政策》（鲁迅译）、伏洛夫斯基著《社会的作家论》（冯雪峰译）、《艺术社会学初探》（冯雪峰译）。

由于主客观的限制，仅出版7种。

关键词：鲁迅主编《科学的艺术论丛书》

1929年5月

〔苏联〕卢那卡尔斯基著、画室（冯雪峰）据日译本重译《艺术之社会的基础》，由上海水沫书店出版。（按：按前一条《科学的艺术论丛书》之计划，本书应由鲁迅译；但在实际译作中，又有种种变化。）

《译者附记》说："《实证美学底基础》是著者对于资产阶级形式美学的无产阶级实证美学建设之第一试，那立在唯物史观的解释底地盘上的艺术创造和进化之内的法则底究明,是最值得注意的。"

关键词:卢那卡尔斯基 冯雪峰 《艺术之社会的基础》

波格达诺夫《新艺术论》 艺术有组织生活的功能

1929 年 5 月

〔苏联〕波格达诺夫著、苏汶译《新艺术论》,上海水沫书店,初版,1930 年 2 月再版。为《科学的艺术论丛书》之三。

内收波氏的《无产阶级的诗歌》《无产阶级艺术底批评》《宗教、艺术与马克斯主义》《"无产者文化"宣言》四篇文章。

译者在写于 1929 年 5 月 8 日的序言中说:波氏是应用马克思主义研究艺术的人。"在对于新艺术底估价上,对于旧艺术的站在新立场的认识上,确实使俄国的,当然同时也是世界的,无产文学运动受了很大的影响。"本书"已经包含了他底艺术论最重要的部分"。

以下就是这"最重要的艺术论"的精华:

波格达诺夫在《无产阶级的诗歌》一文中论述了文学的阶级性。他说:"在阶级社会里,诗歌也是不同的阶级底代表。"诗歌的阶级性不表现在表面拥护哪一个阶级的利益,而"是在更深的地方。这是根植在诗人是从一种阶级底观点看到人生的这个事实上;他用哪一个阶级底眼光来看世界"。"在个人的作者之后是隐藏集合的作者,他底阶级;而诗歌是它底自觉底一部分。""在一个阶级底社会里是没有非阶级的诗歌立足地的。""无产阶级是一个幼稚的阶级,而它底艺术也是在孩提底阶段。……诗人甚至可以在他底经济地位上并不属于无产阶级的;但只要他是很熟悉于无产阶级底集团生活,只要他是真正地又诚意地深铭着它底努力、理想,和它底思维方法,只要它是以它底欢乐为欢乐,以它底悲哀为悲哀,总之,只要他能将自己底灵魂和在无产阶级底灵魂里面,这样他就能使无产阶级有艺术的表现。当然,这是很少有的;在诗歌上,像在政治上一样,无产阶级不能依靠它底范围以外的联盟。"这样的诗人"是他底阶级底组织者",这样的诗歌"可以把一个新同志引到社会主义的理想上去"。"让无产阶级的诗歌生长又成熟,让它去帮助劳动阶级完成它底历史底定命——单为了外界的必需才是一个战斗者和破坏者,而性质上却完全是一个创造者。"

波格达诺夫在其《无产阶级艺术底批评》一文中说:"批评底工作是要站

在某一集团底立场上来做的——在阶级社会里，是要站在某一阶级底立场上来做的。""我们要做的第一件事情就是要规定无产阶级艺术底界限，要清楚地划出它底范围，这样可以使它不会溶解在周围的文化环境里，不会混和在旧世界底艺术里。"为此，就要区别无产阶级艺术和农民艺术——小资产阶级知识分子艺术的界限。"我们底批评还应当在无产阶级艺术和知识分子社会主义之间划一条分界线。""劳动的知识分子是从资产阶级文化里出来的。"这个阶级不是集团的，它从娘胎里带来一种"原质"，"这原质在资产阶级社会和它底文化里是免不得要保留着"。这就是分散的、个体的。"为了这些原故，照大体说来，即使当劳动的知识分子对于劳动阶级起了深切的同情，对于社会主义的理想有了信仰的时候，过去的一切还保留着它们底影响，在思想底方法上，在他人生底认识上，在他力量底概念上，和概念发展底道路上。"比利时大雕刻家麦尼野"在他底描写工人生活的雕像里，显出了真正的劳工底崇拜。但不论这位艺术家对于他所描写的有多大的深爱，不论他有多大同情的了解——这依然不是集团底崇拜。虽然他底才识是伟大的"。"劳动阶级底艺术的自觉应当是纯粹的，清楚的，脱离了一切异种的原素的。这是我们底批评底第一件工作。"

关于无产阶级艺术的内容与形式："无产阶级艺术的批评，从它底形式底立场上说来，应当追求一个十分地显明清楚的目的：形式与内容之间的和谐。"无产阶级要从旧艺术学技巧。旧艺术是颓废的。过去的阶级，当他们在"兴盛时期"所发生的艺术，有可学的地方，但"也要留意着，不要染着了颓衰底胚种"。波格达诺夫不同意"烧去拉飞尔"，"毁坏博物馆"那样的观点。他认为："无产阶级应当永不忘记各时代底合作，这是和目前各阶级底合作绝然不同的。无产阶级应当永不忘记我们对于伟大的死者的应有敬意。他们为我们踏平了道路，将他们底精神遗传给了我们，并且从坟墓伸出手来帮助我们努力达到这个理想。""批评应当将每一种艺术品介绍到群众底整个阶级文化中去，介绍到无产阶级对于生活的关系底普通的计划中去，在生动的影像上，它应当找到，并且指出组织的立场底普遍的范围来。我们底批评如要本身成为一件创建的工程，这便是它必需遵行的道路。"

波格达诺夫在《宗教、艺术与马克斯主义》一文中就说到艺术是"组织生活"的问题。他说："一件艺术作品底灵魂是我们所称为'艺术的意念'那东西。这是它底计划和它底作法底本素，是那问题和它底解决底原则。那么，这问题是哪一种的？我们现在可以知道。无论艺术家自己以为它是怎样的，实际上，这常是一个组织底问题。在两种意义上，这是如此的：在第一个意义上，这是一个怎样将生活和经验底若干总量和谐地组织起来的问题；在第二意义上，这是一个怎样保证照这样子创造出来的一致可以作为一种为某一社会的组织底方法的问题。假使第一个是未完成，我们便没有艺术，但只有混乱；假使那第二个是未完成，那么那作品对于什么人都不会有兴味，除了作者自己，而且是什么用处都没有的。""在这儿，艺术教授了无产阶级那些组织的问题底普遍的安放法和普遍的解决法——这对于要完成普遍的组织的理想的无产阶级是必需的。""既然过去底艺术能够教养无产阶级底感情和心理，他便应当做一个加深又发挥这些感情和心理的，又沿着它底劳动底道路扩张它们底地域到人类底全生活上去的工具，而不应当做一个鼓动底工具、宣传底工具。"

在《"无产者文化"宣言》中，波格达诺夫论述了文化遗产的问题。他说，无产阶级"不能断绝这遗产，也不应该断绝。但它必须注意死的资本会把资产阶级底魂传授给它，它必须只把那可以做它的手中的武器的东西拿来。在旧文化之中是，于所有的点上，对于他有益的东西都是和那对于他有害的，把它底集团的意识弄成暗淡微弱的东西溶合在一起的。因此，无产阶级必须学得正确地分辨有害的和自己无缘的遗产的眼力，必须用自己的无情面的批评把旧文化底这个坏的方面粉碎。批评是，在看出好的东西来代替坏的东西的时候才完全地达到它底目的。因此，批评必须把它底基础放在无产阶级底独创上。以这样的理由，文化底独立——就正是完全地获得那从来由人类所蓄着的精神的宝物之唯一的方法"。

关键词：波格丹诺夫　苏汶　《新艺术论》　无产阶级诗歌　无产阶级艺术批评　无产阶级艺术的内容与形式　关于艺术是"组织生活"的问题　关于继承遗产的问题

1929 年 5 月

王独清翻译诗集《独清译诗集》，由上海现代书局出版。

内收但丁、彭斯、拜伦、雪莱、雨果、缪塞、歌德、魏尔冷、梅德林等诗 23 首。包括雪莱的《云雀歌》和拜伦的《哀希腊》。

关键词：王独清译诗集出版

1929 年 5 月

杨骚辑译日本现代戏剧选集《洗衣老板与诗人》，由上海南强书局出版。

内收长田雄秀的《死骸的哄笑》《接生院》，中村吉藏的《槛之中》，小山内薰的《Taxicad 的悲哀》和金洋文子的《洗衣老板与诗人》等 5 部剧本。

关键词：杨骚　日本现代戏剧选集《洗衣老板与诗人》

1929 年 6 月 1 日

柔石小说《遗嘱》，载《朝花旬刊》第 1 卷第 1 期。

作者在《朝花旬刊》发表的诗文（著译）还有：《"Maya"底序曲》（法国 S. Gantillon 作，柔石据 Ernest Boyd 英译重译）、《摧残》（小说）、《人间》（诗）、《遐思》（诗，署名金桥）、《母亲》（奥大利文新契万西作）、《六月的赐惠者》、《教堂中的船》（丹麦蜀拉舒曼作）、《一个春天的午后》（小说）、《晚歌》（诗）等。

关键词：柔石

1929 年 6 月 1 日

〔德国〕Franz Mehring 作、画室译论文《自然主义与新浪漫主义》，载《朝花旬刊》第 1 卷第 1 期，第 1～8 页。文末注：1908 年 9 月原作，1929 年 5 月译自川口浩的日译。[①]

梅林格的文章说："德意志底自然主义在支配的贫困之中仅看见今日底贫困，不曾看见向明日去的希望。""他们不应该单描写了在没落着的世界就算了，也应该描写在生长着的世界的。"（第 6 页）

又说，"新浪漫主义，历史的地说来，只是被抱着资本主义底衰萎的腕内的，艺术或文学底无力的休息。而且在究极上，使新浪漫主义成为这种样子的人，确实是资本家的大众底'意志'"。（第 7 页）

关键词：梅林格　冯雪峰

1929 年 6 月 1 日

Stoyan Christowe 作、梅川译通讯《保加利亚通信》，载《朝花旬刊》第 1 卷第 1 期，第 23～28 页。

文末注，此文译自 *The Dial* 1929 年 1 月号。

---

① 这篇译文不好读。如开篇第一段话："克尔特·伐尔塔·戈尔特修米特氏，在《文学反响》志上，关于自然主义与新浪漫主义从沙罗腾堡降垂着神谕。他看见极端的自然主义与同样地片面的并且独裁地现出来的新浪漫主义之间的很急激的转换的事实，清楚地知道——现今文学上的流行是如何急速地在转变着，连我们自己也怎样地接近着今天烧毁去昨天所礼拜的圣像的那文化的美学的乱行了。"（第 1 页）

本文介绍保加利亚文坛近期的态势，特别是个体的创作情况。

文章说，在保加利亚当作家只有"穷苦到死"，因为"一篇小说的普通价格是念五分"，刊物订户少，"一篇短篇小说最高的报酬是 5 元"。（第 23 页）

"保加利亚 500 万人民，400 万是农民，自然文学是农民文学。"作家们虽然住在首都索非亚，但"结构同观念仍离不开乡土"。（第 24 页）以伊凡·跋佐夫（Ivan Vazoff）为例，他是"一个伟大的作家，恐怕是巴尔干最伟大的作家了，想在新土上写一部都市生活的小说，但终于被迫回到给他'羁轭之下'（Under the Yoke）的乡土生活，这'羁轭之下'是与那些西欧杰作相较最有价值的保加利亚的小说"。（第 24 页）

关键词：保加利亚文坛近况　农民文学

1929 年 6 月 1 日

田汉独幕剧《古潭的声音》，载《南国月刊》第 1 卷第 2 期。

这是一部抒情味很浓、感伤情调很重的作品。作者以"古潭"比喻整个黑暗社会，他要向"古潭"复仇，要"搥碎""古潭"，正是对整个社会的不满和反抗。

本期《南国月刊》同时刊载田汉的独幕剧《颤栗》、黄素的小说《脱走》和康白珊女士的小说《狱中记》（连载）。

田汉在本期《编辑后记》中对《颤栗》有所说明：

"本期我的两篇创作，《颤栗》是去年写的，在南京演过。"其 Cast 如次：母亲唐叔明女士，儿子张慧灵，兄左明，警察陈凝秋。"虽然对话很长，但很有舞台效果。南京中山大学的同学有日夕念着此剧的台词的。此剧写完时，我曾念给我母亲和左明他们听，他们都很感动。那时那聪明的小鸟唐叔明女士由邻室听了跑出来叫道：'田 San 你成功了！'她那神经质的面容充满着感激，黑圆的眼里含着泪珠。她说：'让我来做这里面的娘罢。'于是她这个未满 18（岁）的小女孩便在南京做了三四次娘了。第一次上演那扮神经病的张慧灵君抱着她的娘的膝头真正大哭起来。……"（第 416 ~ 417 页）

关键词：田汉　《古潭的声音》《颤栗》

1929 年 6 月 1 日

上海现代书局在《南国月刊》第 1 卷第 2 期刊载的广告：

郭沫若先生著**《反正前后》**：优待读者欢迎预定。"此书为郭先生自叙传《我的幼年》之续篇。内容记述作者在辛亥革命前后之生涯。当时社会变革之真相，由作者生动流畅文笔之描写，令人不忍卒读。全书一十万言。兹为优待读者起见，发行特价预约。照原价再打七折。准八月十五日出版。"

蒋光慈先生著**《丽萨的哀怨》**：优待读者欢迎预定。"此书系蒋光慈先生近著。内容叙述一个俄国贵族女子，因为俄国政变的经过，把她驱逐出国，漂流到上海来。本来是贵族的妇人，一变而惨度卑微的贱业，谁说不是受着赤党的毒害吗（呢）？谁说不是受着金钱的祸胎呢！文笔描写细腻，读之令人可歌可泣。全书六万字，兹为优待读者起见，特发行预约。准八月一日出版。"

《大众文艺》第 6 期：郁达夫主编。"本月刊是以一方面尽量欢迎大众的作品，一方面竭力供给大众以适当的读物为宗旨，纯粹以大众的精神组成'大众文艺'。所以自创刊号至本期，虽然只有 6 期，但是读者倒非常之多，前四（期）有再版三版的继出，这也可见读者对本刊的信仰了。"

关键词：现代书局书刊广告

1929 年 6 月 1 日

杨骚诗剧《心曲》，上海北新书局，初版。

该诗剧 1924 年 10 月草成于日本东京。此时诗人正在日本读书。诗人运用象征手法，驰骋想象，写一个旅人在深秋的月夜，走入茫茫森林，俯仰徘徊，断续独白。他环顾森林黑影，侧耳听虫鸣，仰头看明月，迷离恍惚，不知自己因何而来，至何而去。他只觉得有迷魑暗魅缠着他，山狐野鬼跟着他，严霜冷露罩着他。有声音劝他借着无形有色的夜光飞去，但他不肯："我将张着虚无的天幕，/ 架着幻想的锦床，/ 安息我疲困的体魄，/ 做我微渺的冷梦……"这时，森姬出现。森姬自称原住古井，因逐音韵而赴宴，追流星而逃席，她决心"一定要用我千年借着月色纺就的白绢丝线"穿上流星——她认定这流星就是旅人。森姬说她脚下、头上、心中都是空间，"三重的虚无包围着我的"，她"原是无影无形无声无息的"。被森姬引诱，旅人和她偎依在一起，并将酿自心田的花露水去浇洒森姬。当森姬明白旅人不是她所追赶的流星时，又说："我深恨自然当然！""我恨矫揉造作！""我深恨装饰！"森姬随月夜隐去了，给旅人留下一片梦，一缕情。他似乎听到了森姬的歌声："我带着日月的华冠，/ 穿着四时的锦衣，/ 吸收青山绿水的精灵，/ 摄取四季五行的情性。/ 我来去自由的姬君哟！"晓光透过薄雾在旅人头上跳跃，这时又响起细妹子的歌声，唤他去追赶，不要停留等待。

全诗剧扑朔迷离，似有若无。苍莽的森林，溶溶的月色，精灵起舞，森姬献情，一派朦胧。但不晦涩，不暗淡，有憧憬，有追求，体现了杨骚象征诗的一大特色。

关键词：杨骚诗剧《心曲》

1929 年 6 月 2 日

刘穆书评《〈一亿二千万〉》，载《文学周报》第 8 卷第 23 期（总第 373 期），第 681～685 页。

120 Millions，著者 Michael Gold，出版者纽约 International Publishers。共 185 页，售价 1 元 5 角。

本文提供史料：

"本书作者是美国《新群众》（*New Masses*）杂志主笔哥尔德（Michael Gold）。内有小说或'速写'12 篇，诗歌和简单剧本（Recitation）8 篇。大部分是描写或讴歌无产阶级之作。

"中国的青年读者的口味变得很快，托尔斯泰，哈代早已弃之如遗，即莫泊桑和杜思退益夫斯基还嫌小资产阶级的气味太浓。去年高尔基在中国大走红运，今年又轮到辛克莱了。中国在突变着呵！……

"在福特，摩根，洛克弗勒构成的金元文化中，渐渐潜生着文坛的叛徒了，辛克莱是他们的先驱，约翰·李特是反叛的旗帜下的早死的战士，哥尔德是后起的有力的工人阶级的歌颂者，他所主编的《新群众》杂志是美国工人们在文学方面的大本营。"（合订本第 681 页）他是"工人阶级生活的忠实表现者，热烈讴歌者"。（合订本第 685 页）

关键词：哥尔德 《一亿二千万》

1929 年 6 月 5 日

处默文艺短论《鲁迅先生与革命文学》（1929 年 5 月 30 日写于旧京），载河北民国日报周刊之一《鸮》第 24 期，第 5～7 页。

文章系听鲁迅 28 日晚在北大三院讲演的感想。

"谁都相信鲁迅先生是我们青年的唯一导师，掌握着青年的灵魂，几年来受了他的影响而改变的人可真也不少，所以他不愧戴上'青年叛徒的领袖'的帽子，走上'思想界权威者'的高台来指导青年，他的经验，他的阅历，以及他所有的一切'世故'，新'新世故'也足以控制青年们的言行。可是近年来的鲁迅，已非当年在北京时代的鲁迅了，大概是深得'明哲保身'的意旨，经验世故愈深之故，所以将打'落水狗'的精神完全失掉了，于是一再'装死'而蛰息海上，据林玉堂先生的统计，已有 3 次之多。现在我们于鉴谅中却很杞忧他的'装死'，万一从此不醒那可大糟其糕了，所以我们希望他不再'装死'而遽然醒来，拿着斩'文妖'之剑，振起打'落水狗'的精神，扫荡文坛上的一切乌烟瘴气。"

"谁都知道鲁迅在文学革命的历史中是一个老前辈，并且在思想权威的台上大擂过鼓，所以我们都相信他是不会反动，开倒车的一位宿将，虽然在上海有人这样骂他。这次听了他的讲演以后，使我更坚决的相信他不曾反动，虽然没有听到他对革命文学具体的主张，但在字里行间已竟流露不少的鲜明暗示，更确定了我们对于革命文学进一步的信仰。"

"近一二年来中国文坛的热闹实不亚于革命后的官僚"，"所谓革命文学者也不过是一个无灵魂的躯壳，而甚嚣尘上的无产阶级文学也只有一个题目罢了，而理论仍是换汤不换药地老把戏，杂凑些新的份子来装装门面，一样的是贫乏得很。其实，所谓革命文学，无产阶级文学，我们何尝反对，在我个人是极端拥护无产阶级文学的生长者，不幸，任何好的主义一经到了中国，都以为奇货可居的大张其词，把招牌挂在自己门口想来包办，无怪乎鲁迅先生把他们分析得彻骨露尾，毫不留情的照出原形来。"

"革命文学不是几个人呐喊几声就会成功的，也不是几个人反对它就会消灭的，它自有时代的潮流和社会的背景来替它作证人。"关键是"我们能造成一个真正的革命的环境"。

鲁迅"显明的表示在中国革命的现状中不会有革命文学的产生，更谈不到无产阶级文学的生长，即说是有，仍是唯心的，不是唯物的，其作家是投机的个人主义者。诚然，若果空徒挂起革命文学及无产阶级文学的招牌，而不务实际的在杂志上，报屁股上你吹我打的浪费笔墨，倒不如把时代的真相暴露在民众的面前，给一个清楚的写真，使民众认识他们所处的是个什么时代大为有益。那么，若果是忠实于革命文学者，应该抓着民众的痛苦，掘发资本主义的罪恶，尽量宣泄在你的作品内，来指导，煽动民众的革命情绪，如此去揭穿压迫阶级的黑幕，而促醒被压迫阶级的自觉，想来对于革命文学以及无产阶级文学不无相当的助力"。

关于文学作家应负的使命："凡是同情于被压迫阶级而跳出个人主义典型外的作家们，能够提高革命的情绪，坚定革命的信心，无论他的阶级背景如何，只要能接受被压迫阶级的意识，而躬身实践的去创作文学，那么，这种文学无疑的也可列入革命文学之榜。"

同期《鸮》还刊载署名孜研的速写《慌张》，也是反映北平学生赶学校听鲁迅讲演的情况，"……不过我觉得听他的演讲如同看他的文章是一样的，文章中字字都耐人寻味，说话他是句句耐人思维，虽然他并没有耸人听闻激动情感的言词，只不过是些常人说的普通话，一经出诸他的嘴，好像又经了一番提炼，还不仅在趣味问题"。（第8页）

关键词：鲁迅　希望鲁迅重振"打落水狗"的精神　甚嚣尘上的无产阶级文学只是一个题目

茅盾发表《虹》

1929 年 6 月 10 日、7 月 10 日

茅盾长篇小说《虹》，1929 年 4 月至 7 月写于日本，载《小说月报》第20 卷第 6 号、第 7 号，两期发表了小说的第一章至第三章，全书 1930 年 3 月由上海开明书店出版。

这部小说是茅盾在 1929 年亡命日本期间写的，原计划要从 1919 年五四运动写到 1927 年大革命，为这近 10 年的历史壮剧留一印痕，事实上只写到1925 年的五卅运动。主人公梅女士是一个不断征服环境、征服命运的新女性，她在"五四"新思潮的影响与鼓舞下，毅然冲出封建旧家庭和旧式婚姻关系的樊篱，从成都来到上海，并在梁刚夫、黄因明的帮助下，接触了马克思主义，明确了斗争的社会意义，积极投身于"五卅"反帝爱国运动，"把身体交给了第三个恋人——主义"。虹一样的时代，造就了虹一样的革命者，也造就了梅女士虹一样的性格。小说时代气息浓厚，人物个性鲜明，表现了茅盾多方面的艺术描写的才能。从全书来看，梅女士在四川的活动描写得更为深刻细腻，真实感人；梅女士在上海参加政治活动，走上革命一段，则描写得不如前一段那么充分，相对来讲要简单化一些。用《虹》作书名，既寓有革命形势的好转，也借此表白作者在《幻灭》《动摇》《追求》中所流露出来的悲观失望情绪已经成为过去，他对革命又重新恢复了信心。

第 20 卷第 5 号《小说月报》的《最后一页》，引用作者的来信说："'虹'是一座桥，便是 Prosepine（春之女神）由此以出冥国，重到世间的那一座桥；'虹'又常见于傍晚，是黑夜前的幻美，然而易散；虹有迷人的魅力，然而本身是空虚的幻想。这些便是《虹》的命意；一个象征主义的题目。从这点，你尚可以想见《虹》在题材上，在思想上，都是'三部曲'以后将移转到新方向的过渡；所谓新方向，便是那凝思甚久而终于不敢贸然下笔的

《霞》。"

关键词：茅盾　长篇小说《虹》　从"五四"到大革命间的历史壮剧　"虹"是一座桥，是《蚀》三部曲"以后将转移到新方向的过渡"

1929 年 6 月 10 日

〔日本〕冈泽秀虎著、陈雪帆译《苏俄十年间的文学论研究》（续），载《小说月报》第 20 卷第 6 号，第 995～1006 页。

本期的内容为："四　《库士尼札》底文学论"。

文章说："普罗列特卡尔特"（无产阶级文化派）最活跃的时期是 1918 年至 1920 年。1920 年加里宁、培舍里珂去世，1921 年起实行"新经济政策"，文坛就由另一派新人所代替。这就是普罗列答利亚作家团体"库士尼札"，以及它的机关杂志《库士尼札》（锻冶厂）。从此，苏联的普罗文学运动开始了"库士尼札"时代。"'库士尼札'是纯全作家底团体。而这些作家又大部分是从劳动阶级和农民阶级出身。"（第 996 页）

实行新经济政策以后，经济有所好转，在 1921 年，就创办两大杂志：一是卢那却尔斯基主编的《印刷与革命》，一是瓦浪斯基主编的《赤色新地》（或译《赤色处女地》），皆国立出版社发行。

一时间，"同路人"作家的散文占了文坛的统治地位。

这期间，一批在前线打仗的年轻人退回到城市，加入文坛。他们几乎全是党员。结果，从 1922 年底起，产生了两个新的普罗列答利亚文学团体：一个是以青年共产党中央委员会为底座的"青年卫队"，另一个是以"劳动者底莫斯科"新闻为基础的"劳动者之春"。"青年卫队"团体简称《十月》，所办杂志是《那巴斯图》（亦即"在哨所"）。他们在 1922 年 3 月 15 日至 17 日召开了普罗列答利亚作家第一回莫斯科会议，组织"莫斯科普罗列答利亚作家协会"（简称"莫普"），并以罗陀夫的报告采用作"十月"派的纲领。

冈泽秀虎的文章在这里全文收录了"库士尼札"的宣言——《普罗列答利亚作家团体'库士尼札'底宣言》（载 1923 年《普拉瓦达》，即《真理报》186 号）。此纲领共 19 条：

1. 辩证法。2. 朝着自由王国的飞跃。3. 形式的力学。4. 作为特种武器的艺术。5. 所谓样式就是阶级。6. 被历史裁决了的（象征主义、未来主义、想像主义）。7. 尸室的艺术。8. 废墟上树起赤旗。9. "十月"底萌芽。10. 我们。11. 诗是普罗列答利亚特底实践。12. 艺术家是自己阶级底媒介。13. 内容与形式。14. 普罗列答利亚艺术。15. 除灭杂草。16. 都市和农村底联络。17. 突击队。18. 关于国际的库士尼札。19. 结论。

此宣言落款的是:"库士尼札"代表勃里先珂,代理略西珂,书记沙尼珂夫,执行委员爱尼克、契理罗夫。

第9条"十月"底萌芽,罗列各国普罗文学作家名单,史料珍贵:

"获得政权的普罗列答利亚特底艺术,是颓废的布尔乔亚艺术底否定。普罗列答利亚特过去并无自己底艺术,只站在与他有同感的艺术家底眼前。也就因此,早在资本主义底怀里,有了可观的萌芽。在英,有爱里奥,莫利斯,托马斯格特;在法,有杜朋,戈楷,裘勒,罗曼,培尔哈仑;在比,有梅尼爱,爱可忒;在德,有弗莱里大拉特,西泰隆,台美尔及霍甫特曼底一部;在意,有亚大内格里;在美,有霍特曼,及伦敦底一部,并辛克莱;在乌克兰,有弗兰珂及显孚先珂底一部;在匈牙利,有培得孚,斯亭凡克,培斯路契;在拉脱维亚,有扬·兰因斯;在俄,有涅克拉梭夫及高尔基底一部。"(第1000页)

关键词:苏俄十年间文学理论史 《库士尼札》(即锻冶厂)及其宣言 各国普罗作家名单

1929 年 6 月 10 日

赵景深《现代文坛杂话》:《最近的俄国的文学批评》,载《小说月报》第20卷第6号,第1037~1038页。

从波伦司基(Viacheslav Polonsky)和李伊纳夫(A. Lejnev)之批评白倍尔(I. Babel),尼基第那(E. F. Nikitina)和许维洛夫(S. V. Shuvalov)在《现代作家》一书中对格拉得可夫(Gladkov)和罗曼诺夫(Romanov)的批评,看出最近俄国文坛对文学作品,更重视思想内容。

关键词:最近俄国文坛的文学批评更重视思想内容

1929 年 6 月 10 日

〔俄国〕安特列夫著、汪倜然译《谎话》(短篇小说),载《东方杂志》第26卷第11号,第101~107页。

小说谴责一个女人的撒谎。作者诅咒撒谎。说,谎话,"它像蛇一样的缠在我手臂上,咬嚼我的心,咬到它的毒气使得我的头都昏晕了"。谎话是"永生不灭的。我在空气的每个原子里,都感觉到它的存在;而在我呼吸的时候,它就吱吱吱地钻进我的胸里,扯我的胸——扯我的胸!"(第103、107页)

小说朦胧,晦涩。无故事无情节,只有气氛渲染和心理活动。

关键词：安特列夫《谎话》

1929 年 6 月 11 日

〔法国〕Simon Gautillon 原作、英译 Evnest Boyd、柔石重译戏剧《“Maya”底序曲》，载《朝花旬刊》第 1 卷第 2 期，第 50～56 页。

这是一段水手与妓女的对话。其中几句是：

> 水手　这房子是你底么？
>
> 姑娘　连寝室都不是。
>
> 水手　这床是你底么？
>
> 姑娘　连被单都不是。
>
> 水手　你底身体是你底么？
>
> 姑娘　连心都不是。
>
> 水手　没有一样东西是你底么？
>
> 姑娘　我是人人的。
>
> 水手　那末，你是我底么？
>
> 姑娘　倘若你买了我。

柔石在《朝花旬刊》发表的作品还有：

小说《遗嘱》、诗《人间》、小说《摧残》、小说《怪母亲》、翻译小说《母亲》（奥大利文新·契万西作，柔石重译）、随笔《六月的赐惠者（人间杂志之一）》、翻译小说《教堂中的船》（丹麦 H. 蜀拉舒曼作，柔石重译）、小说《一个春天的午后》。①

小说《摧残》写的是：年轻农妇生下男孩三天了。家里穷，养不起，夫妻二人决定将儿子送到育婴堂去，然后，农妇（当母亲的）再到育婴堂当奶妈。这样不但自己有碗饭吃，还可以看到自己的儿子，并且亲自给他喂奶，

---

① 小说《遗嘱》（6 月 1 日，第 1 卷第 1 期，第 15～22 页）、诗《人间》（作于 1929 年 5 月 26 日，载 6 月 21 日，第 1 卷第 3 期，第 73 页）、小说《摧残》（作于 1929 年 5 月 17 日，载 7 月 11 日，第 1 卷第 5 期，第 131～140 页）、小说《怪母亲》（作于 1929 年 7 月 14 日，载 7 月 21 日，第 141～149 页）、翻译小说《母亲》（奥大利文新·契万西作，柔石重译，载 8 月 1 日，第 1 卷第 7 期，第 186～196 页）、随笔《六月的赐惠者（人间杂志之一）》（作于 1929 年 7 月 28 日，载 8 月 11 日，第 1 卷第 8 期，第 217～220 页）、翻译小说《教堂中的船》（丹麦 H. 蜀拉舒曼作，柔石重译，载 9 月 1 日，第 1 卷第 10 期，第 255～273 页）、小说《一个春天的午后》（9 月 11 日，第 1 卷第 11 期，第 295～306 页）

两全其美。不料，月黑夜，顶寒风，丈夫送儿子去育婴堂的路上，由于将孩子裹得太紧，竟将他捂死了。回到家，他没有敢对妻子说实话，撒谎说送到了。几天后，这农妇按计划去育婴堂当了奶妈。她暗查过所有的同龄婴儿，都没有发现自己的儿子；借故打听，管登记的人说，那天晚上根本就没有接收到任何弃婴。他们的计划败露，管事的反说他们那样做（两全其美的计划）是犯了法，要送交警察所。

《怪母亲》写的是：寡妇满60岁了。她有4个儿子，都娶了媳妇，且都孝顺。儿、媳们要为她做60大寿。但她却突然不吃不喝，躺下了。多名医生则说她没有病。不管儿子们怎样自责、怎样劝她，她就是不进食。最后才说：看到你们幸福、快乐，她太寂寞，想嫁人，"你们快给我去找一个丈夫来，我要转嫁了！……假如你们认为不可，那就让我去找你们的父亲去罢！"养老问题，特别是人性问题，这是普罗文学创作中谁也没有碰过的尖锐课题。

《一个春天的午后》：大龄女生爱上男老师；老师也爱她，但囿于自己已经有妻子，不能爱。老师的妻子已经带着孩子回娘家去了，宽敞的室内，就他们两个人。她投到他的怀抱，他的手按在她的胸脯上。"南风从窗外吹进来，春天底温存与滋味同时就带进来；美丽底火焰烧着各人底脸孔，火焰底力也激荡着各人的心内。""房内底空气是更紧张的异常，一种不能宣泄的春情之毒焰，在他底身内身外延烧着。"最后他用刀片割破自己的手，来分散这"春情的毒焰"不能喷射的内心的痛苦。短短的篇幅，将心理活动写得很充分。

妇女题材，是柔石作品一大特色。

《六月的赐惠者》：炎炎夏日，一个卖冰块的小孩，跑着卖冰块（不赶快卖完，冰块就溶化了）的辛酸。

关键词： 柔石　妇女题材的作品

1929 年 6 月 15 日

〔俄国〕G. V. 蒲力汗诺夫作、鲁迅重译《论文集〈二十年间〉第三版序》，载《春潮》月刊第 1 卷第 7 期，第 1 ~ 20 页。

鲁迅在写于 1929 年 6 月 19 日夜的《译者附记》中说：此文译自日本藏原惟人《阶级社会的艺术》。

对于普列汉诺夫，鲁迅说：他是"俄国社会主义的先进，社会主义劳动党的同人，日俄战事起，党遂分裂，为多数少数两派，他即成了少数派的指导者，对抗列宁，终于死在失意和嘲笑里了。但他的著作，则至于称为科学底社会主义的宝库，无论为仇为友，读者很多。在治文艺的人尤当注意的，是他又是用马克斯主义的锄锹，掘通了文艺领域的第一个"。

鲁迅说：这篇序言"内容却充实而明白"。如开首述对于唯物论底文艺批评的见解及其任务；次述这方法虽然或被恶用，但不能作为反对的理由；中间据西欧文艺历史，说明憎恶小资产阶级的人们，最大多数仍是彻骨的小资产阶级，决不能僭用"无产阶级的观念者"这名称；临末说要宣传主义，必须预先懂得这主义，而文艺家，适合于宣传家的职务之处却很少。都是简明切要，尤合于介绍给现在的中国。（第 19～20 页）

关键词：鲁迅　普列汉诺夫是用马克思主义的锄锹掘开文艺领域的第一人

1929 年 6 月 15 日

叶永蓁著《小小十年》广告，载《春潮》月刊第 1 卷第 7 号封底。

广告词用的是鲁迅为这本书写的小引中的几句话：

"这是一个青年的作者，以一个现代的活的青年为主角，描写他十年中的行动和思想的书。

"旧的传统和新的思潮纷纭于他的一身，爱和憎的纠缠，感情和理智的冲突，缠绵和决撤的迭代，欢欣和绝望的起伏，都逐着这'小小十年'而开展，以形成一部感伤的书，个人的书。……

"……他描出了背着传统，又为思潮所激荡的一部分青年的心，逐渐写来，并无遮瞒，也不装点……多少伟大的招牌，去年以来，在文摊上都挂过了，但不到一年，便以变相和无物，自己告发了全盘的欺骗，中国如果还会有文艺，当然先要以这直说自己所本有的内容的著作，来打退骗局以后的空虚。……"

（鲁迅的小引见本刊下一期第 37～40 页。）

关键词：《小小十年》广告　鲁迅说：倘若中国还会有文艺，当"先要以这直说自己所本有的内容的著作"来"打退骗局以后的空虚"

1929 年 6 月 17 日

不文译《新兴艺术论的文献》，载《语丝》第 5 卷第 15 期。

本文和冯乃超不久将要发表的《马克思主义艺术理论的文献》，材料均来自日本藏原惟人的文章。

关键词：新兴艺术论文献

魏金枝《父子》

1929 年 6 月 20 日

魏金枝《父子》(小说),载《奔流》第 2 卷第 2 号,第 193～219 页。

小说写浙江农民的苦难。主要写天兵老叔一家如何对待患先天性风瘫的儿子阿狗。

儿子阿狗一生下来就是残废。本想杀了他,或者送堂里去。女儿金花和孩子的妈哀求,终于留下这个只能坐在草囤里的"小废物"。天兵此时年轻,有的是力气,为东家酿酒,力大如牛。"小废物"用"忍耐""谦虚""阿谀"讨好家人,开头有效,后来不灵,但毕竟不讨厌。一个十年二十年吃闲饭的"废物",不会总是都有好日子过的。

母亲累死。依妻子的主意,给女儿金花招赘一名青年土根到家。

转眼土根也到了中年,膝下有了两个孩子,这样全家就是 6 个人吃饭。天兵老了,东家不要他了,回家闲着。逢天旱,庄稼歉收,全家只能吃稀饭,甚至稀饭也接不上顿了,土根到地里去刨蕃薯。

父亲想杀死"小废物",饥饿的残废人无权活着。阿狗撕心裂肺地喊"父亲!""父亲!"父亲下不了手,自己挣脱儿子的拖拉,跑出去跳井自杀。阿狗也步父亲的后尘,跳井自杀。

小说最后写"小废物"喊饿,天兵老叔说"你和我都没有喊饿的资格",最震撼人心:

> "我饿了!我饿了!"小废物喊着,简直像一只野兽的咆哮,眼睛里绷着许多红筋,身体向前挺出,做出一种要扑噬的样子。天兵老叔被这种情形惊愕着,一时说不出话来。于是小废物第二次更举起他的手,推着前面一条他平日靠身的凳子,凳被推倒了,他重复的嘶:"我饿了!我饿了!你知道么?"因为用力太过了,脸上变得毫无血色,终于颓然的将身子萎在草囤上。
>
> "不能!你没有喊饿的资格。"天兵老叔也暴躁的反应起来。小废物慢慢的抬起他的头,打量着坐在眼前的盛怒的父亲,暂时之间,被惯有的那家长的威严镇(震)慑住,但不久,别的一种勇气又使他振作起来了,他又嘶着:

"为什么？为什么？"

"一样的，你和我都没有喊饿的资格，我们只有死！"

天兵老叔回应着，用锋利的眼光注视他的儿子，这种盛怒几乎要将阿狗压得成为一个死尸。小废物受了威逼，竟有些寒颤起来。但这使天兵老叔的神气变得更为残酷……

小废物将头更其俯下去，眼里含着一泡泪水，流下来，流下来，滴在自己的膝踝上，也不说别的话，只是凄然的用低微而哽咽着的声音喊着"父亲"，仿佛求赦似的。一种人类的情焰，重复似暗绿的萤光般燃烧着，使天兵老叔再也没有能力振作，他蹒跚地走去，跪在儿子的前面，伸出手去拥抱，两个头正互相倒在各人的肩上，散乱的头发，蓬成一堆苍灰的乱草，一种干嘶的喘声从这乱发里发出，喃喃地夹着"只有去死"那句话。许多时候，天兵老叔才将头从拥抱中脱出，耽视着他儿子的无血气的藏在衣领下的头颈，凄然的一种生的观念在复炽，使他觉得虽然儿子没有活下去的希望，但也没有能力可以强制一个活人去灭亡。（第216～218页）

一方面是人性的尊严，生存的权利，一方面是劳动者活不下去的现实。就个体来说，你是弱者，只有死路一条。"小废物"一生下来就"该死"，他能在世上活一二十年，已经是父母给他的大恩大德。其实，小说的潜台词却是："我要活！"

关键词：魏金枝　《父子》　"我要活！"

1929 年 6 月 20 日

鲁迅名言："要之，倘若先前并无可以师法的东西，就只好自己来开创。拉旧来帮新，结果往往只差一个名目。拖《红楼梦》来附会 19 世纪式的恋爱，所造的还是宝玉，不过他的姓名是'少年威德'；说《水浒传》里有革命精神，因风而起者便不免是涂面剪径的假李逵——但他的雅号也许却叫作'突变'。"（见《奔流》第 2 卷第 2 号《编辑后记》，第 338 页）

关键词：鲁迅名言　讽刺创造社言论

1929 年 6 月 20 日

华汉（阳翰笙）短篇小说集《十姑的悲愁》，由上海现代书局出版。

内收小说 5 篇：《马林英》、《逛船上的一夜》、《血战》（并附记）、《十姑的悲愁》和《枯叶》。这是作者的第一部短篇小说集。全都写革命。

《枯叶》和《十姑的悲愁》都没有单独发表过。

《枯叶》以抒情的笔墨，通过一个靠卖文为生的穷知识分子到红十字医院求医时，目睹一位 12 岁的患肺痨的小姑娘的悲惨景象，控诉社会，为工人鸣不平。她是童工，为了挣钱养母，哪怕得了肺痨，也没钱吃药打针，只有等待死亡。她的生命不如地下一片残败的枯叶。作者发出感慨："像那位小姑娘的一定不止她一个呀！"他责问："这究竟是什么人杀她们或他们的呢？"穷知识分子和工人同命运。他同情工人的遭遇，控诉资本家的压榨和剥削。

《十姑的悲愁》和《枯叶》一样，也是没有多少情节。全香港的中外资本家预备欢迎三年前镇压省港大罢工的刽子手高将军莅港，十姑所在的德威织袜厂也提前放工，接受厂监训话。在回家的路上，十姑受到工头赵大狗的调戏。十姑向丈夫（工人冯忠）倾诉了自己的凄苦，夫妇俩沉浸在三年前震撼世界的省港大罢工的壮烈情景中，咒骂帝国主义和中外资本家对中国的掠夺，对中国工人的压迫和剥削，表示一定要掐断资本家的喉咙。

关键词：华汉小说集《十姑的悲愁》

1929 年 6 月 20 日

蒋光慈新诗集《战鼓》，由上海北新书局出版。1930 年 3 月 10 日二版。

内收新诗 57 首，其中译诗 4 首。书前有高语罕为《新梦》诗集所写的《序》和《自序》各 1 篇。诗集分上下两卷。上卷收诗 31 首，分别选自诗集《新梦》和《哀中国》，系诗人旅居苏联时所写。其中《红笑》《太平洋中的恶象》《新梦》《西来意》《中国劳动歌》《昨夜里梦入天国》《莫斯科吟》《哭列宁》《怀拜伦》等，都是新诗史上的名篇。下卷收新创作的诗歌 21 首，其中《余痛》《海上秋风歌》《我是一个无产者》《哀中国》《血花的爆烈》《我要回到上海去》《我背着手儿在大马路上慢踱》等为其代表作。

不少诗篇歌颂了十月革命：十月革命"吓倒了野狼恶虎，／惊慌了牛鬼蛇神"，十月革命如通天火炬一般，"后面燃烧着过去的残物，／前面照耀着将来的新途径"（《莫斯科吟》）。诗人得知列宁逝世的消息后，长歌当哭："列宁葬在哪里？／列宁葬在全世界资产阶级的欢笑里；／列宁葬在全世界无产阶级的哀悼里；／列宁葬在奔腾澎湃的赤浪里；／列宁葬在一个爱光明的人的心灵里。""死的是列宁的肉体，／活的还是列宁的主义"（《哭列宁》）。爱国主义是贯穿诗集的一条红线。如，《钢刀与肉头》形象地展示了中国的现实是军阀的"钢刀仓仓响"，小百姓的"肉头滚滚流"；《中国劳动歌》号召劳

苦同胞起来打破帝国主义的压迫，恢复中华民族的自主，推翻贪暴凶残的军
阀，解放劳苦同胞的锁扣，高举鲜艳的红旗，努力向那社会革命走。"这是我
们自己的事情，／快啊，快啊，快动手！"还有些诗描写爱情，直率地剖露心
迹。热情奔放，豪迈壮美，是这本诗集的特色。

关键词：蒋光慈诗集《战鼓》

1929 年 6 月 21 日

〔日本〕山岸光宣作、鲁迅译论文《表现主义的诸相》，载《朝花旬刊》
第 1 卷第 3 期，第 57～70 页。

表现主义运动"支配着现代德国文坛"。（第 57 页）

一、尊重空想、神秘、幻觉，排斥物质主义。"总之，表演派的诗人，是
终至于要再成为理想家，不，简直是空想家，非官能而是精神，非观察而是
思索，非演绎而是归纳，非从特殊而从普遍来出发了。那精神，即事物本身，
便成了艺术的对象。所以表现主义，和印象主义似的以外界的观察为主者，
是极端地相对立的。表现主义因为将精神作为标语，那结果，则惟以精神为
真是现实底的东西；加以尊崇，而于外界的事物，却任意对付，毫不介意。
从而尊重空想，神秘，幻觉，也正是自然之势。而其视资本主义底有产者如
蛇蝎，也无非因为以他为目的在实生活的物质文明的具体化，看作精神的仇
敌的缘故罢了。"（第 57～58 页）

"表现主义排斥物质主义，也一并排斥近代文明的一切。"（第 58 页）
"近代的思潮，是颇为复杂的，表现派的思想，也逃不出那例外。虽是同一个
诗人，那思想也常不免于矛盾。"他们"反对对于人生的单纯的进化论底解
释，高唱外界之无价值和环绕人们的神秘"。"从他们看来，人生正是梦中的
梦。要达到使我们人类为神的完全无缺的认识，是极难的，但总应该是人类
发达的目标。他们又反对以人类为最高等动物的物质主义底学说，而主张宇
宙具有神性，人从神出，而复归于神。""他们对于环绕我们的无限的神秘，
又发生战栗，而在外观的背后，看见物本体的永久地潜藏。……他们的利用
月光，描写梦游病者，都不过是令人战栗的目的。""因为他们喜欢神秘底冥
想，所以作品之中，往往有不可解的，他们又研究中世的神秘主义，印行其
著作。和神秘主义相伴，他们之间，旧教的信仰就醒转来了。"（第 59～60
页）

二、喜欢普遍。"表现派的诗人们，运用了哲学观念的结果，不喜欢特殊
底的，而喜欢普遍底的，是不足为异的。自然主义是从特殊底处所出发了，

但表现派之所运用者，是别一样的许多事件的象征。因此他们的主题，是普遍底的根本问题，如两性的关系，人生的价值，战争的意义等等。"（第60~61页）"表现剧的人物，往往并无姓名，是因为普遍化的倾向，走到极端，漠视了个性化的缘故。"（第61页）"和神秘底倾向相偕，幻觉和梦，便成了表现派作家的得意的领域。他们以为艺术品的价值，是和不可解的程度成正比例的，以放纵的空想，为绝对无上的东西，而将心理底说明，全都省略。尤其是在戏剧里，怪异的出现，似乎视为当然一般。例如砍了头的头子会说话，死人活了转来的事，就不遑枚举。也有剧中的人物看见幻影的，甚至于他自己就作为幻影而登台。"（第61~62页）

三、"去物质主义，而赴精神和观念的表现主义，在一切之点，都和印象主义反抗，正是当然的事。但以向来的一切事物为资本主义之所产，而加以排斥的极端的政治思想，于此一定也给了很大的影响的。……表现主义也想和向来的艺术全然绝缘。……艺术决不是现实的单单的模仿。否则照相应该比艺术好得多了。现实的世界就存在着，何须将这再来反复。表现主义的使命，是在建设征服自然的新艺术。

"表现派的人们反抗自然主义的结果，是轻视自然主义所尊重了的环境。惟有从人生的偶然底条件解放了的，抽象底的人间，才是他们的对象。在他们，即使运用历史上的事件之际，是也没有一一遵从史实的必要的。"（第62~63页）

"表现主义虽排斥自然主义的技巧，但在反抗现在的国家组织，和社会主义有着密切的关系之点，却和自然主义相同。假如以用了冷静的同情的眼睛，观察穷人的不幸者，为自然主义，则盛伟社会主义底政治思想者，是表现主义。表现主义大抵是极端的倾向艺术，不是为艺术的艺术。"（第64页）

表现主义的诗人"公然信奉社会主义，打破现存的经济组织"。（第65页）

四、鼓吹直接行动。"他们尊便捷，所以在作品中，往往鼓吹着直接行动。"他们的机关志或丛书，叫做《行动》《暴风雨》《奋起》《末日》《赤鸡》者，"神往于革命"。"他们的理想，是无政府主义，共产主义，无产阶级的政权获得。要建设新的国家，应该恰如俄国一般，先来破坏既存的事物的一切。"（第66页）

五、"表现派的诗人虽取极端的否定底态度，如上所言，但亦或在别一面，取着要将社会道德，根本底地加以改造的积极底态度。那时候，则对于物质主义，即对峙以道德底理想主义，对于尼采的超人主义，利己主义和资本主义，对峙以利他主义和博爱主义。自然主义非知悉了一切事物之后，是不下批评的，而表现主义却开首便断定善恶。这派的诗人，虽然还年青，但不在利益和享乐，而以博爱，服务，忍耐为理想。他们又相信人类的性善。在这一端，是和启蒙主义，人道主义有共通之处的。陀勃莱尔连弄死一个蚂蚁也不忍。"（第 68 页）

"唯美主义，是疲劳而冷静的，反之表现主义的理想，则是感情的最大限度，感情的陶醉。尤其是表现派的戏剧，往往流于感情的抒情底发扬。因此主角便当然多是忏悔者，忍从者，真理的探究者。""因此，用语也颇高亢，有时竟是连续着感激之极，痉挛底地所发的绝叫，而并非文学。""表现主义之喜欢夸张和最大级的表现，在本质上原是当然的事。加以受了政治底现象的影响，惟用心于耸动世人的耳目。因为现在是诗人也作为宣传者，站在街头了，不将声音提高，是听不见的。""题材也颇奇拔，而且是挑拨底。"（第 69 页）

关键词：*山岸光宣　鲁迅　德国表现主义*

中共中央文委成立

1929 年 6 月 25 日

本日，中国共产党召开六届二中全会。全会通过《宣传工作决议案》，决定在中共中央宣传部之下设立文化工作委员会，加强党对宣传工作的组织建设。决议规定"文委"的职责是"指导全国高级的社会科学的团体、杂志，及编辑公开发行的各种刊物书籍"。"文委"成立后，潘汉年任第一任书记。

关键词：*中国共产党文委成立*

1929 年 6 月

孙席珍短篇小说集《女人的心》，由上海真美善书店出版。

内收《哀愁夫人》《阿娥》等作品 5 篇。这些小说皆以女性为主人公，描写她们迷惑、繁杂和矛盾的心理状态。其中《阿娥》于 1935 年由斯诺收入《活的中国》。斯诺认为，这篇作品具有"戏剧性的现实主义感"、深化的社会意识和"罕见的感情的内涵"。

关键词：*孙席珍小说集《女人的心》*

1929 年 6 月

陈勺水辑译小说戏剧集《日本新写实派代表杰作集》，由上海乐群书店出版。

内收短篇小说 7 篇。有平林泰子的《殴打》、黑岛传治的《泛滥》、叶山嘉树的《狗船"迦茵"》和《佃户的狗与地主的狗》等，以及青柳信雄的剧本《第一声》。书前有译者序。

关键词： 陈勺水　《日本新写实派代表杰作集》

1929 年 6 月

〔波兰〕先罗什伐斯基作、鲁彦据世界语本译长篇小说《苦海》，由上海亚东图书馆出版，1932 年 8 月再版。

书前有译者的序，说书中的一切显得异常"忧郁，黑暗，悲痛而且绝望"，给人以"沉重的压迫"，但同时充满了"强烈的生的呼声"，"最不幸的人都有着热烈的希望和生的颤动"。并指出，中国急切地需要这种强烈的生的呼声。

关键词： 鲁彦译波兰长篇小说《苦海》　中国急切地需要强烈的生的呼声

1929 年 7 月 1 日

《朝花旬刊》第 1 卷第 4 期封三刊载未明社出版新书广告：

《比亚兹莱画选》，鲁迅编，为《艺苑朝花》第 1 期第 4 辑。每辑实价大洋 4 角。

鲁迅拟的广告词曰："比亚兹莱（A. Beardsley）的作品，因为翻印了《莎乐美》的插画，还因为我们本国时行艺术家的摘取，似乎连风韵也颇为一班所熟识了。但他的装饰画，却未经诚实地介绍过。现在就选印 12 幅，略供爱好比亚兹莱者看看他未经撕剥的遗容。"

《奇剑及其他》，近代世界短篇小说集之一，鲁迅等选译，每本实价大洋 6 角。

关键词： 鲁迅　比亚兹莱　《奇剑及其他》

1929 年 7 月 1 日

黄素《蛰居》（中篇小说），载《南国月刊》第 1 卷第 3 期（未完），第 477～519 页。续一、续二、续三分别载本刊第 1 卷第 4 期、第 5、6 期合刊、

第 2 卷第 2 期。

田汉在《编辑后记》中特别介绍："黄素兄的《蛰居》把暴风雨之后的湖南农民的心理反映得极深刻。读此篇时我们的神经跟着作品中主人公的神经颤栗。实在是革命文学中一篇有历史价值的作品，和康小姐的《狱中记》一样。可悲者作者写此篇未及终篇忽接其夫人噩耗，月来日以泪痕洗面，并以捶伤胸骨入院，本期迟迟未能出版也是这种原因。但现在他能稍稍恢复元气了。除在每期为周刊执笔外，又发愤续完此篇。"（第 589 页）

关键词：黄素《蛰居》　革命文学中有历史价值的作品

耿济之译苏俄文学史

1929 年 7 月 10 日

〔俄国〕A. Lesjnev 作、蒙生（耿济之）译《新俄的文学》，载《小说月报》第 20 卷第 7 号"现代世界文学"上，第 1043～1071 页。

本文共 14 题。

第 1 题的内容提要为：革命前的文学与革命后的文学——文学渐进性的破裂——革命与文学的形式

第 2 题的内容提要为：革命后文学的两时期——未来主义的硕果仅存——旧文学衰亡的原因——革命前文坛的状况——俄国文学的欧罗巴化

第 3 题的内容提要为：脱洛司基解释未来主义发展的原因——俄国文学的"咖啡店"的时期

第 4 题的内容提要为：未来主义的特点——玛耶阔夫司基与卡门司基——玛耶阔夫司基的创作——未来主义的弱点——构造主义的产生

第 5 题的内容提要为：意象主义的继起——意象派的两支城市派和乡村派——意象主义的倏生倏灭——叶贤宁与意象主义

第 6 题的内容提要为：布洛克的《十二个》——《十二个》诗的意义——勃洛克创作力的衰落——革命后的布鲁以骚夫

第 7 题的内容提要为：革命初年的普鲁文学——普鲁文学的两派——白德内宜——白德内宜的宣传文学——第二派的普鲁文学与象征主义——宇宙主义

第 8 题的内容提要为：俄国文学的第二期——文学数量上的增加——文学的聚合时期——散文复兴——文学作品材料的共同点——革命后俄国文学

第二期的特点——皮涅克——伊凡诺夫——赛甫琳娜

第 9 题的内容提要为：苏维埃的智识阶级的文学——爱莲堡——爱氏作品的西欧风味——万蕾萨夫的《尽路》小说——布利师文的复起——阿莱克谢·托尔斯泰

第 10 题的内容提要为：巴倍尔——巴倍尔作品的特色——莱昂诺夫——《猪獾》与《贼》——费金——罗曼诺夫——问题文学的盛行——渥格涅夫的《可司卡日记》

第 11 题的内容提要为：题旨的转换——心理主义的兴起——文学阵伍上的三翼——扎玛金与蒲尔卡阔夫，右派的代表——农人文学

第 12 题的内容提要为：普鲁文学的四源泉——高尔基与谢拉菲莫维奇——涅魏洛夫——格拉特阔夫的《水门汀》——青年普鲁作家数量的增加——普鲁文学的三种倾向：（一）心理的风情主义的倾向；（二）动的文学的倾向；（三）客观的写实主义的倾向

第 13 题的内容提要为：1921 年、1922 年以来诗坛的进化——奇霍诺夫的《游击群》与《绳索》——白再明司基——叶贤宁在诗坛的势力——青年的普鲁诗家——未来派的失势——伯司铁尔纳克——构造派——构造派的三将

第 14 题的内容提要为：结论——俄国文学的三度变化

这一题的全文是：

十月革命以后，"10 年来的俄国文学经历了几个实在奇怪的变迁。第一变迁是旧艺术的几乎灭迹。一切革命前的文派，除未来主义外，全被历史所扫尽。占胜利的一方面是宣言性质的，抽象的，着重宣传的诗，他方面是注意形式的，瑰奇的诗。（未来主义的发达，意象主义，宇宙主义的抒情诗，白德内宜等等。）散文简直的绝迹。

"新经济政策实行，发生了第二变迁。散文的复兴，但是完全是别种的，动的，为内战的情绪所产生的。'左'派开始减少势力，意象主义完全的消灭。普鲁诗转到'民歌'的风格和活人的寻觅方面去。

"第三变迁。'动'的散文渐渐的衰落。发现了对于'名家文学'的趋向。文学转到风情方面，社会心理小说方面。诗里发现了充满社会基调的抒情诗，而同时又有相反的，对于史诗的趋向。为左派的理论家所葬埋的文艺的实写主义在各方面复兴起来。俄国文学将在写实主义的倾向方面继续发展，是可以想到的事"。（第 1071 页）

关键词：十月革命以后的苏俄文学史　白德内宜的宣传诗　思潮流派的

三度变迁

1929 年 7 月 10 日

《小说月报》第 20 卷第 7 号、第 8 号为《现代世界文学号》（上下）。

该刊第 7 号刊有现代俄国作家头像，他们是：勃洛克、叶贤宁、伊凡诺夫、皮涅克、爱莲堡、赛甫琳娜、卢那卡尔斯基、渥洛涅夫。（目录之后的插页）

关键词：苏俄作家头像

1929 年 7 月 10 日

谢六逸《二十年来的日本文学》，载《小说月报》第 20 卷第 7 号《现代世界文学号》上册，第 1119～1130 页。

本文第八段讲"'普罗列塔利亚'文学运动"：

"日本无产阶级文学运动，在明治三十年（1897）时，已见其端，不过是极微弱的呼声罢了。那时有片山潜、安部矶雄等人在大阪刊行《劳动世界》杂志，是为运动的第一声。到了明治三十七年（1904），幸德秋水、堺利彦（枯川）、石川三四郎等发刊《平民新闻》（周刊），他们的主张已具有明确的形态。当时如德富芦花的《黑潮》，木下尚江的《良人的自白》，《火的柱》，《灵乎肉乎》等作，即是表现无产者的要求的作品。在日俄战争终了即明治四十一年（1908）时，《平民新闻》改为日刊，发行第二次，在文艺方面尽力者有白柳秀湖。白柳作长篇小说《黄昏》，并未受他人的注目。但在青年读书界所发生的影响，颇为不小。后来因为幸德秋水事件（即所谓大逆事件）发生，无产阶级文学运动便尔中止。到了大正三年（1914），世界大战爆发，促进日本产业界的发达，大正六年（1917）以降，日本国内兴盛，资本主义完全成熟，无产者的运动便从此渐进。先是，在政治方面，有吉野作造、大山郁夫等人，高唱民主政治，便影响到文艺，加藤一夫、小川未明、秋田雨雀、有岛武郎，均高唱民众艺术。在思想方面，因为受了俄国革命的刺激，从前屏息着的社会主义思想，便因而甦生，如河上肇、福田德三、长谷川如是闲、栉田民藏、森户辰男、堺利彦、小泉信三、山川均、高畠素之等人，他们的传播的功绩，甚为伟大。时代思潮既然激变，在文学方面，也随着起了变化。大正十一年（1922），平林初之辅氏在《解放》杂志上，有岛武郎在《读卖新闻》上，开始用'普罗列塔利亚'文学与第四阶级文学的名词，这恐为应用此名的最早的人。平林氏论'普罗列塔利亚'文学，有言曰，'普罗列塔利亚'的文学运动，应该实行与向来的文学运动不同的一种任务。须把'普罗列塔利亚'的解放，阶级的绝灭等标语，遍染在旗帜之上。劳动阶级对于资本家的经济争斗是与'普罗列塔利亚'各政党并行的文化斗争的一部，须把这个阶级战线，放在眼睛里，只有明确的懂得在这战线的任务的文学运动，才是真正的'普罗列塔利亚'文学运动，单是反抗的、破坏的、斗争的，还不能够说是'普罗列塔利亚'文学运动。达到了和'普罗列塔利亚'解放运动的一般战线在同一水准时，能够互相联系时，才可以说是'普罗列塔利亚'文学运动，即'普罗列塔利亚'文学的任务，就是有效的阶级战线的分担，是对于'普罗列塔利亚'解放的贡献。

"评论界里除了平林氏以外，尚有新居格、青野季吉诸人。作家则有小川未明、秋田雨雀、藤森成吉、宫岛资夫、前田河广一郎、中西伊之助、尾崎士郎等人。藤森成吉在学生时作有《波》（后改题为《青年时的烦恼》）为世所重。后作《新的土地》，《在研究室》，《烦恼》等，在文坛上占了确实的地位。他的作品里有磅礴的人道主义色彩，富于诗趣。有贯穿一切去把捉人生真义的炽烈的欲求。自加入社会主义同盟后，便从事实际社会运动。在大正十三年，自己变更姓名，加入劳动界，体验劳动生活。近来又作剧，有民众剧《礫茂左卫门》，《牺牲》（写有岛武郎）等作。宫岛资夫为富于劳动体验的作家，为社会运动家的先觉。《坑夫》是他的出世作。后作《金钱》，写银行界巨头田善次郎的被刺。前田河广一郎流浪美洲多年，体验劳动生活也很久，所作多写他的经验。《三等船客》、《大暴风时代》是他的代表作品。中西伊之助所作小说，多取材于朝鲜，对于'普罗列塔利亚'文学也有相当的贡献。

"最近的'普罗列塔利亚'文学运动，可借《文艺战线》与《战旗》两种杂志作观测的标准。《文艺战线》一系有前田河广一郎、叶山嘉树、平林泰子、里村欣三、里岛传治诸人。《战旗》一系有藤森成吉、片冈铁兵、藏原惟人、村山知义、林房雄、中野重治等人。这两系的背后的政治的立足点略有不同，前者可称体验派，后者可称头脑派。此外尚有以江口涣为中心的《尖锐》杂志一系，与村松正俊为中心的《第一战线》。无政府主义的文艺杂志《矛盾》（以宫岛资夫为中心），《黑旗前进》（以获原茶太郎、麻生久等人为中心）等系，也正在活跃。"（以上第 1128~1129 页）

关键词：日本普罗文学运动史

1929 年 7 月 10 日

Calverton 著、刘穆译《现代欧洲文学的革命与反动》，载《小说月报》

第 20 卷第 7 号《现代世界文学号》上册，第 1131～1147 页。

本文横扫第一次世界大战以后的欧洲文学态势。总体状况是：无产阶级文学在苏俄等国兴起，以颓废派为表现特征的现代主义文学畸形发展。由保罗·威布尔（Paul Veber）所著的 Lonte 一剧"尤博观众的热烈赞许"，可知"猥亵的东西，无地不流行，猥亵文学便是那时代的骄子"。（第 1132 页）

旧的价值观念被打破："战后即入欧洲文学的革命和反动，实际上是植根于现代文化的矛盾势力之中。它之所以以一种技巧诡异，实质怪僻的形式出之，不过是潜伏更深的心理动机的表现。无论在那一国，新的精神已入寇文学和生活的园地。旧理想的崇拜已经为世人所遗忘。旧的价值已为人所齿冷。旧时代对于道德伦理的挑战，在新时代的文学家视之，已无甚意义。譬如过去的戏剧家的义愤，一入新时代作者眼中，竟成为可笑的玩世主义。战前的作家的乐观的信仰今已贻笑于人，视同自骗者的迷梦。理想主义的怡然自得的幻想，今已成为可笑又复可鄙的失望后的悲哀。"在英国一地，大战前的时代精神，"萧伯纳，高尔斯华绥和巴克尔（Barker）的戏剧最充分表（现）出那时代的精神，虽然琼斯（Jones）、平尼罗（Pinero），甚至宾那脱（Benett）和摩根（Maughan）的作品也不应当忘记"。萧伯纳的《华伦泰夫人的职业》，"视娼妓制度为经济的罪恶，社会制度不良的结果。华伦夫人无罪，而有罪者实为社会。只有新的社会才能消灭她的职业"。（第 1133 页）"世界上没有甚么可以信仰，没有甚么值得努力。一切都是纷乱，除了个人的逃避和合理化之外，生活都没有甚么希望。"（第 1134 页）

关于巴比塞："恰与这时代作家的失望和玩世主义相反的有奇异的巴比塞的作品。他的作品之为大战的直接产物，犹如立体主义和 jazz 音乐之为机械时代的直接产物一样。《在火线下》一剧与其说由个人写的，不如说就是战争自己写的。不过它仍是一个智力磅礴的人心目里所见的战争，他不甘心于轻易退隐，如罗曼罗兰所为，也不肯学步法兰斯的庸俗的玩世主义。在巴比塞的早期长篇小说 L'enfir 和 Les Suppliantes，与及 Nons Autres 短篇小说集和 Plerenses 诗集里头，见有忧郁，惨淡和灰心的色彩，悲观的思想，满于字里行间。自从 1914 年 8 月 9 日他致函于《人道报》主笔之后，他显见态度之变更。"他对战争的看法变了，从前是拥护，现在是反对。创作《光明》可以证明。"巴比塞的作品渐渐在文学上表现出社会的潮流。他的人物所表现的不是个人的矛盾冲突，而是各种运动的不怕的趋势和力量。在这一方面，巴比塞的社会的倾向和革命的观念超出其同时代者之前的。"（第 1136、1137 页）

苏联之外，在德国出现了无产阶级文学和艺术。

现代艺术上文学上的社会主义：反个人主义，"也可以叫做现代艺术上文学上的社会主义"。（第 1142 页）"在文学的创作上头，个人已渐退居于无足轻重的地位。群的理想遮盖个人的理想。……在苏俄，这种趋势，发展得更为普及和复杂。以诗而论，如布洛克的《十二个》，和梅也哥夫斯基（Mayakovsky，现通译马雅可夫斯基）的《一万五千万人》（*150 Million*），以小说而论，如里伯丁斯基（Liebedinsky）的《一星期》（*A Week*），威耶刺沙耶夫（Vierresaev）的《死滞》（*The Deasioch*），格拉得可夫（Glodkov）的《水门汀》和伊凡诺夫的《美国人》（*Americans*）——差不多凡是现代俄国的小说和戏剧，除了像特生斯基（Tzensky）的 *Transformation* 那些残留的小说之外，都带着这种社会的态度。这是一件饶有历史意义的事实。"（第 1145 页）

关键词：第一次世界大战后的欧洲文学　巴比塞　苏俄无产阶级文学的代表作

1929 年 7 月 10 日（实际出版时间愆期）

梁实秋杂文《论批评的态度》，载《新月》第 2 卷第 5 号。

茅盾《野蔷薇》出版

1929 年 7 月 15 日

茅盾短篇小说集《野蔷薇》，上海大江书铺，初版。185 页，定价六角五分。

内收作品 5 篇：《创造》《自杀》《一个女性》《诗与散文》《昙》。

书前有写于 1929 年 5 月 9 日的《写在〈野蔷薇〉的前面》。

茅盾说："知道信赖着将来的人，是有福的，是应该被赞美的。但是，慎勿以'历史的必然'当作自身幸福的预约券，且又将这预约券无限止（制）地发卖"，"不要感伤于既往，也不要空夸着未来，应该凝视现实，分析现实，揭破现实；不能明确地认识现实的人，还是很多着"。

茅盾接着说："抱着这样的心情，我写我的小说。尤其是这里所收集的 5 个短篇，都是有意识地依了上述的目的而做的。不论是《创造》中的娴娴，《自杀》中的环小姐，《一个女性》中的琼华，《诗与散文》中的桂奶奶，《昙》中的张女士。不论她们的智识和经验是怎样地参差，不论她们的个性是怎样的不同，然而她们都是在人生的学校中受了'现实'这门功课，且又因对于这门功课的认识之如何而造成了她们各人的不同的结局。"她们都是作品的主人公。"主人中间没有一个是值得崇拜的勇者，或是大彻大悟者。自然，这混浊的社会里也有些大勇者，真正的革命者，但更多的是这些不很勇敢，不很彻悟的人物；在我看来，写一个无可疵议的人物给大家做榜样，自然很好，但如果写一些'平凡'者的悲剧的或暗淡的结局，使大家猛省，也不是无意义的。"

关于书名，他说：野蔷薇有色香，也有刺。"人生便是这样的野蔷薇。硬说它没有刺，是无聊的自欺；徒然憎恨它有刺，也不是办法。应该是看准那些刺，把它拔下来！"

关键词：茅盾小说集《野蔷薇》 应该凝视现实、分析现实、揭破现实平凡者的"悲剧的或暗淡的结局"更易"使大家猛醒"

李守章《秋之汐》

1929 年 7 月 20 日

李守章《秋之汐》（小说），载《奔流》第 2 卷第 3 号，第 391～435 页。

上海振世纱厂工人林二叔为了生存，容忍有几分姿色且比自己年轻 6 岁的妻子，在家里——就在他的眼皮底下，接待工头张学才来抽鸦片，并干淫荡的勾当，同时一起调情的还有自己的侄女——21 岁的凤英。在他们的淫乱中，他听工头说要杀死凤英的男友黄钧生。

小说接着写的是：林二叔冒死去给黄钧生报信；黄钧生在逃走前会见凤英，希望凤英和他一起逃亡，凤英不肯，对工头张学才寄予希望，说明她的革命工人的气质已经在蜕变；黄钧生等工人在一个荒郊月夜将工头张学才扔进江里。

小说里工人黄钧生有一段话意味深长：

"……那时候有许多工友还把我当作反动派，说我是厂主的走狗。笑话！那个时代有什么意思呢？那些小白脸的学生大爷，涂着满脸的雪花膏，抹着粉，手里挟着亮光光的黑漆皮包，跑到工厂里来，满嘴嚷着'我们无产阶级！''我们无产阶级！'什么'工人应当团结呀！' '全世界无产阶级万岁呀！'叫得振（震）天价响。还有那些党员，也满嘴是'工人是国民革命的先锋呀！''工人应当参加革命呀！'然而他们吊他们的膀子，谈他们的恋爱，上他们的菜馆！如果我们革命的领袖是这些东西，那么，我们工人是永不会

出头的了！"（第 419 页）

这是对大革命的狂热的否定。

关键词：李守章 《秋之汐》 工人暗杀工头 一线工人对革命狂热的否定

1929 年 7 月

田汉《一致》（独幕剧），载《南国周刊》第 1 期。

这是一出寓言式的讽刺喜剧。

天子说他也有忧郁。臣民不信。臣民说天子"可得到他所想要的一切"，因为"陛下是一切王者中的王者。是'万王之王'"。而天子却说："我觉得我的力量脆弱得很，有时候甚至赶不上一个小百姓，一个农夫。"比方说，他可以得到天下所有的女人，却得不到她们的爱。而百姓是有爱的，因而他们"犯了比王者更幸福的罪"。但"天之子"比不得"地之子"有力量。戏剧的结尾是地之子们掀倒了天子，他们的领导者号召：

"被压迫的人们，集合起来，一致打倒我们的敌人，一致建设新的理想，新的光明，光明是从地底下来的。"

关键词：田汉寓言式的讽刺喜剧

1929 年 7 月

段可情短篇小说集《铁汁》，由上海启智书局出版。

内收《一封退回的信》《铁汁》《查票员》《一封英兵遗落的信》《绑票匪的供状》等 5 篇作品。其特点是写实多于抒情。

关键词：段可情

太阳社、我们社、引擎社先后自动解散

1929 年 7 月

本月，太阳社、我们社、引擎社先后自动解散。

关键词：太阳社等解散

1929 年 8 月 1 日

田汉《孙中山之死》，剧本，载《南国月刊》第 1 卷第 4 期特大号，第

591~630 页。

作者在本期《编辑后记》中有《关于〈孙中山之死〉的声明》，如下：

"本期登了一篇戏曲《孙中山之死》。本剧作于总理'奉安'后不久，本预备在第二次旅京时上演的。但在第三次公演时却不曾实现，这不是我们没有准备，却是艺术同政治有些不合式。我们抵京后第二日，还不曾登广告时，就得了中央宣传部的公缄，要审查这剧本。我们把油印的稿本交去之后，得了这样的一封回信：

径启者：送来油印剧本《孙中山之死》一册细加审阅，在贵社视之，当然为苦心经营之作；但本部为薪求总理之伟大人格毕肖表现及贵社尊崇总理计，以为尚未至公开表现绝无遗憾之时期。本部深信此剧之说白动作宜加长时间之研究，多方面之体会，绝非三数人一时揣磨（摩）所能尽善尽美，若日不妨尝试，则以总理伟大崇高之人格为艺术家尝试之资，当亦为贵社与本部所不忍。本部对于总理平生之演剧愿与贵社长为共同之努力，以求心安理得之成功，此时在贵社固不宜仓卒公演，在本部亦不敢仓卒允许也。此致
　　南国社
　　　　　　　　　　　　　　中国国民党中央执行委员会宣传部

就是本剧的公演承中央宣传部很客气地'禁止'了。但此剧虽未达尽善尽美，然迹亦可寻言多有据，且亦无甚大逆不道之处。外间不察或谓此剧'诋毁党国'，或谓'有反动嫌疑'，都是未看原本所致。所以发表于此以待公评，不过未得当局许可前请大家不要公演。"（第852~853页）

关键词：田汉《孙中山之死》被国民党中宣部禁演

1929 年 8 月 1 日

《南国月刊》第1卷第4期特大号，刊载上海现代书局出版的郭沫若的书籍广告有：

《沫若诗集》："作者从事著述，而誉斐然，尤以诗作著名，作者的处女作《女神》出版后即享受诗人之荣誉，本书即系著者历年来呕尽心血之杰作，一字一句，皆系生命旋律之动力，感受旧势力束缚与苦闷之青年诸君，本书内容将予以火一般热的慰藉。"本书实价八角。

《浮士德》再版出售："这是一部世界闻名的伟大作品，也就是作者歌德

的一部最精心的杰作，也费了数十年的长时间才始写成，就可见它的内容的一斑了。而译者郭沫若先生，又是举国皆晓的，他的创作和译作，没有一册不是脍炙人口，由他的忠实的生动的笔头来翻译这部伟大的作品，可以说是再没有什么遗憾了，现由本局再版出书，印刷精良，并用穿线装订，便于翻阅。每册实价大洋一元二角。"

《橄榄》："《橄榄》是郭沫若先生的短篇杰作，内计20篇，著者凭着他的内在的火山喷发般的情感，用他生动的文笔，诉出时代的矛盾，与大众青年的悲哀苦闷，篇篇表现着时代精神的反映，使读者不仅感到著者所写的是自己的呼声，且给予我们生命一服新的兴奋剂。本书前在他家发行时，曾风行全国，现著者委托本局独家出版，装帧印刷，力求精美，诚为爱好新文艺诸君之良友。"

还有左明编的**《北国的戏剧》**："《北国的戏剧》是中国戏剧史上的重要史料，是五五剧社同志们的惨苦生活的实录，是编者左明先生从仅有的39期《五五剧刊》中的选集。全书计文章20余篇，都是可以给戏剧艺术爱好者，作为参考的材料。如茹芩的《东西戏剧之关系》，李朴园的《旧剧的如是观》，培良的《关于舞台光的一种考察》和左明的《北国的戏剧》等等，都是不易多得的文章。

"此外还有田汉先生替编者写的一篇《先驱者的精神》和洪深先生的一篇《北剧之将来》，尤为本书增色不少，凡在同一旗帜底下的，允宜人手一编。"每册实价四角。

关键词：《沫若诗集》等出版广告

1929 年 8 月 1 日、11 日

〔苏俄〕蒲力汗诺夫作、画室（冯雪峰）据藏原惟人的日译重译《论法兰西底悲剧与演剧》，载《朝花旬刊》第 1 卷第 7、8 期，第 169～178 页、第 197～210 页。

本文普遍地说，是回答"诗歌底始原""其后的发达怎么样呢？关于在社会发达底更高阶段上的诗歌，及一般地艺术，怎么样呢？认识在存在与意识之间的，即在社会底技术与经济（从一方面）和其艺术（从他方面）之间的因果关系之存在，果然是可能的吗？又在怎样的程度上是可能的呢？"（第170 页）

文章说，18 世纪的法兰西是"区分为阶级的社会"。在法兰西中世纪的舞台上，和在全欧洲同样，"所谓 Farce（笑剧）是占着重要的位置的。笑剧

是为民众而作，而且在民众之前排演的。它常常当作民众底见解，他们底努力"，及对上层不满的表现。但是，它"配不上给洗炼过的趣味的人们赏鉴，只不过和众仆相称的那娱乐之中了。悲剧就代了笑剧而出现。但法兰西底悲剧，和民众底见解，努力，及不满，并没有何等共通的东西。它是体现着贵族底意识，表现着上层身分底见解和趣味及努力的"。（第171～172页）

关键词：普列汉诺夫　冯雪峰　《论法兰西底悲剧与演剧》

1929 年 8 月 5 日

据本日上海《申报》报道：创造社被查封后，继续印行创造社书籍的江南书店，遭上海特别市公安局和公共租界总巡捕房搜查，抄去《恢复》等6种书籍121册，并传讯江南书店经理黄一民。6日，江南书店聘任法律顾问魏文翰在上海《申报》刊登启事，声明"嗣后如有人侵害该书店信誉及一切应享法益者，本律师当依法尽保障之责，特此通告"。

关键词：继续印行创造社书籍的江南书店遭搜查

1929 年 8 月 10 日

赵景深《二十年来的美国小说》，载《小说月报》第20卷第8号"现代世界文学号"下册，第1247～1251页。

其中谈到辛克莱。文章说："他的《拜金艺术》（Mammonart，1925）、《石炭王》（King Coal，1917）、《住居二楼的人》（The Second-story Man，1911）都已有了汉译，听说《屠场》（即《林莽》The Jungle，1906）、《煤油》（Oil，1926）等也都有人在从事翻译了。他生于马里兰（Maryland）的巴尔的摩尔（Baltimore），少年时想做诗人。他是在纽约的学院和哥伦比亚大学受过教育的。他曾帮政府的忙，去调查屠场；结果便写了《林莽》这部小说。全书充满了重压的影子和凄惨的阳光。后来写《石炭王》和《兑换银钱者》（The Money-Changers，1908）时，普罗意识更加明显；前者写科罗拉多（Calorado）矿夫大罢工的事件，后者写对于资本家阴谋的反抗。到了《煤油》和《波士顿》（Boston，1928）就更加激烈了，完全出之以大无畏的精神。替辛克莱作传的戴尔（Floyd Dell）相信'全世界要把他当作美国最特出的文学家。'"（第1250页）

关键词：辛克莱简介

1929 年 8 月 10 日

画室（冯雪峰）译《海外文学者会见记》：日本昇曙梦著《同高尔基谈

话》、米川正夫《和伊凡诺夫会面》，载《小说月报》第 20 卷第 8 号 "现代世界文学号" 下册，第 1313 ~ 1317 页。

昇曙梦画出高尔基的肖像：递过名片之后，主人 "即刻同秘书一起出来，如同旧相识一般亲切地说了 '你来了！' 用力地握了手。于是他底巨大的农民风的手像要拥抱我们似地把我们带到里面的一间寝室与书斋的，小小的朴素的屋里去，围着窗边的桌子坐下了。在骨格强逼的，两肩十分峻严的，大而瘦的身体上，穿着淡黄色的衬衣和鼠色的质素的上衣；在剪得短短的头上戴着绮丽地刺绣着的小小的屋内帽；有特色的嘴边的髯，自然地下垂着。刻在额上的数条皱纹在诉说着过去 60 年间的辛酸，但在透过粗大的鳖甲边的眼镜能够看见的澄澈的蓝色的瞳中，却满溢着不可言说的爱娇与魅力。……因长时间的呼吸器病的缘故，脸是有些衰弱了，在咳嗽时就表出非常苦痛的样子；但本人是非常有精神的，想不到他是病人。大概是病后底缘故吧，声音是低得不得了……"（第 1313 页）

关键词：冯雪峰　高尔基预言无产阶级文学的出现　喜欢日本古朴的浮世绘图画　伊凡诺夫

1929 年 8 月 11 日

戈理基（高尔基）著、梅川译《俄罗斯通信》，载《朝花旬刊》第 1 卷第 8 期，第 221 ~ 224 页，第 9、10、12 期连载。

这是高尔基在莫斯科的亲见亲闻。一个景象，一句街谈，一个小故事，全都反映着新社会的变化。

关键词：高尔基

1929 年 8 月 15 日

一修、贞柏的论文《论梁实秋先生的〈论思想统一〉》（第 1 ~ 12 页）、Roger N. Baldwin 著、张友松译论文《苏联对于言论出版之制裁》（第 13 ~ 36 页）、鲁迅序言《〈小小十年〉小引》（第 37 ~ 40 页）、美国 Michael Gold 小说、刘穆译《垃圾场上的恋爱》（第 63 ~ 78 页）、柔石小说《夜宿》（第 79 ~ 86 页）等，同载《春潮》月刊第 1 卷第 8 期。

一修、贞柏的《论梁实秋先生的〈论思想统一〉》提出三个疑问：（一）梁先生争的是什么自由？（二）争的是谁的自由？（三）怎样去争？（第 3 页）

张友松译《苏联对于言论出版之制裁》有言："共产党人辩解这种检查制度，是本着两种理由的：一为保护无产阶级的专政，不使它受反革命势力的破坏，一为发展共产党的政策，并发展一种劳动阶级的文化，不使它受资产阶级对于文学，艺术，和社会科学的观念之影响。"（第14～15页）

柔石的小说《夜宿》写一个老太婆将几个夜晚迷路的青年当作她死去的儿子，接回家里安顿。表现母性的伟大，慈祥。

关键词：梁实秋　苏联对于出版物的检查制度　柔石《夜宿》

1929 年 8 月 15 日

郭沫若著自传体小说《反正前后》，由上海现代书局出版。后因国民党政府查禁，曾改名《划时代的转变》出版。

该书记述作者1910年、1911年在成都分设中学堂求学期间所看到的辛亥革命前后四川的情况。

关键词：郭沫若自传体小说《反正前后》

1929 年 8 月 20 日

〔匈牙利〕L. Matsa（玛察）作、雪峰译论文《现代欧洲艺术及文学底诸流派》，载《奔流》第2卷第4号，第5号载完。

该文用马克思主义观点简要地叙述了第一次世界大战前后欧洲的文学思潮和流派。玛察的这些观点被介绍到中国之后，被革命文学家们奉为经典。

本文内容：（一）新时代。（二）意大利底未来派。（三）同时主义。（四）表现派与新原始主义。（以上第4号）（五）立体派及其破产。（六）新艺术上的神秘与绝对。

关键词：玛察　冯雪峰　第一次世界大战前后欧洲文学思潮流派

1929 年 8 月 20 日

罗西《死尸》（小说）、杨骚《蚁市》（独幕剧）、白莽《诗四首》，载《奔流》第2卷第4号。

罗西，后改名欧阳山。《死尸》写一个25岁、名叫白珏的青年，只会说谎，结果不但将第49军第147师政治部宣传科长的职务丢了，还失去了亲戚、朋友。表妹茜的母亲说他有一张"媒人嘴"，能将没有的事，说得振振有词，说得活灵活现。小说具体写的是，他说他"真的到过徐州，真的见过第49军驻徐办事处主任官"，实则他根本就没有到过前线，连徐州都没有到过。小说以从军车上往下丢死尸，来隐喻他就如那些被扔的死尸。

《蚁市》：年轻寡妇的丈夫死于大革命时期。从此，寡妇门前是非多。有人天天上门来好言苦劝（劝她振作），实则另有企图。楼上租户的太太又怀疑自己的丈夫跟寡妇有勾结。二房东只知收钱讨账，无事生非，杞人忧天。小资产阶级的裸观人生，通体透明，从内到外让人看得一清二楚。

白莽（殷夫）的《诗四首》是《夜的静默》《流浪的短歌》《青的游》《最后的梦》，写无业也就无钱的青年的孤苦，知识青年渴望爱情。"女人的腿，高的乳峰柔的身"属于他人，不属于彳亍街头的流浪者。

关键词：罗西（欧阳山）　杨骚　殷夫

1929 年 8 月 20 日

〔美国〕Michael Gold 作、刘穆译《走快点，美利坚，走快点!》（速写），载《奔流》第 2 卷第 4 号，第 583~596 页。

"美国是一列私人的专车奔到荷来坞去。"这一句话如全文的主旋律，反复播放。在这支主旋律中，在美国的电影大王德国人司米特先生拥抱着初出茅庐的美丽少女在享受；好莱坞的电影演职员们正在海吃海喝，狂跳乱舞；火车司炉把失去女人的气愤带到车上，将司机打死，让火车飞一样快速前进，终于车毁人亡。

译者说：这"也许不是一篇深刻的描写，但颇能象征出浅薄的美国的金元文化"。（第 596 页）

关键词：果尔德　美国的金元文化

1929 年 8 月 20 日

〔奥国〕Hermann Bahr 作、柔石译《他底美丽的妻》（小说），载《奔流》第 2 卷第 4 号。

朋友保罗·唐群结婚了，妻子美丽。他们到谋涅舒度蜜月。美丽的妻子要有人追捧和赞美，时刻成为视线和舆论的中心。如果她感受不到这种待遇，就会耍点小脾气。作品流露出美丽之累。

关键词：柔石　美丽之累

1929 年 8 月 20 日

鲁迅在《奔流》第 2 卷第 4 本的《编辑后记》中说：

"I. Matsa 是匈牙利的出亡在外的革命者，现在以科学底社会主义的手法，来解剖西欧现代的艺术，著成一部有名的书，曰《现代欧洲的艺术》。这《艺术及文学的诸流派》便是其中的一篇，将各国的文艺，在综合底把握之内，加以检查。……

"这篇里所举的新流派，在欧洲虽然已成为陈迹，但在中国，有的却不过徒闻其名，有的则连名目也未经介绍。在这里登载这一篇评论，似乎颇有太早，或过时之嫌。但我以为是极有意义的。这是一种预先的消毒，可以'打发'掉只偷一些新名目，以自夸耀，而其实毫无实际的'文豪'。因为其中所举的各主义，倘不用科学之光照破，则可借以藏拙者还是不少的。

"Lunacharski 说过，文艺上的各种古怪主义，是发生于楼顶房上的文艺家，而旺盛于贩卖商人和好奇的富翁的。那些创作者，说得好，是自信很强的不遇的才人，说得坏，是骗子。但此说嵌在中国，却只能合得一半，因为我们能听到某人在提倡某主义——如成仿吾之大谈表现主义，高长虹之以未来派自居之类——而从未见某主义的一篇作品，大吹大擂地挂起招牌来，孪生了开张和倒闭，所以欧洲的文艺史潮，在中国毫未开演，而又像已经一一演过了。"（第 701～702 页）

关键词：鲁迅　玛察以科学社会主义手法解剖西欧文艺　输入新潮还应有创作相证

1929 年 8 月 20 日

〔日本〕田口宪作、林伯修译《日本艺术运动的指导理论底发展》，载《我们月刊》第 3 期。

关键词：林伯修　日本艺术运动的指导理论

蒋光慈去日本

1929 年 8 月 25 日

本日，蒋光慈到达日本。一是为了养病（作者时患肺结核），二是为了摆脱文坛的某些矛盾。

在东京期间，他一方面与旅日的楼适夷、冯宪章、森堡等太阳社成员建立太阳社东京支部，开展部分活动；一方面又与日本左翼作家藏原惟人等取得联系，交流信息，求得支持。同时创作长篇小说《冲出云围的月亮》。

于本年 11 月 15 日启程回国。

关键词：蒋光慈到日本

郭沫若译辛克莱《屠场》出版

1929 年 8 月 30 日

〔美国〕辛克莱著、易坎人（郭沫若）译长篇小说《屠场》，上海南强书局，1929 年 8 月 30 日初版，印 3000 册；1930 年 2 月 15 日再版，印 5500 册。平装纸面定价：1 元 3 角。小 32 开，403 页，23 万字。只有正文，没有序跋之类。

《屠场》，现通译《弱肉强食》。写于 1906 年（《世界文学家大辞典》作 1907 年）。

本书写 20 世纪初年，一群立陶宛人卖了家产，移民美国芝加哥（文中作支考哥市）当屠宰工人的遭遇。作者用现实主义甚至是自然主义的手法，揭露资本的罪恶，展示美国现实生活的黑暗和腐败，反映工人的苦难。因为赤裸裸地揭示资本主义社会不平等，最后拖了一条宣传社会主义的光明尾巴，所以当年被当作革命文学介绍到中国。

以攸斐斯和温娜为首的一群立陶宛人，兴致勃勃地来到美国支考哥市，以为凭着自己的力气就能挣到大钱。有人说，先去的朋友已经"成了富翁"。"别人说，那儿一个男子一天可以找 3 卢布；攸斐斯把他本地的生活费来计算一天可找的 3 卢布的大钱，他决心到美洲去结婚，而且还要成为一世的富翁。别人说，在那个国度里无论你有钱没钱都是自由；他用不着被征去当兵，他不必做钱给一些贪官污吏，——他喜欢怎样便怎样，和其他的人全无差别。所以美洲是妙龄情侣所梦想的乐土。"（第 31~32 页）[①]

谁知，他们一行 12 人一踏上美国的国土，才领略到这里不但没有自由，更寻不着"乐土"，简直处处是苦难的渊薮。

他们进入支考哥屠场街就强烈感受到：这里空气恶臭，地面奇脏，噪声可怕，"那是由几千万的声音所聚集成的一种声音"。（第 35 页）

他们租房受骗：人们将旧房稍加涂抹，就说是新房，还房租昂贵，那房子是"想像以外的肮脏"；人们笑着说：主人将她所养的鸡放出来逮臭虫、虱

[①] 本书错别字（含标点符号）特别多，句子常常不通。不知是译者的原因，抑或出版社疏于校对。有些字只能从四川方言听出是什么意思，从普通话，或许竟是错。这里的引文照录，一字不改。

子，就是打扫卫生。（第38页）

他们租的房子里没有通水的设备，15年间的污水潴蓄在屋下成了一个大塘；那"淡薄无带青色的牛奶"是掺了水的，还加了佛尔马林的防腐剂；到药店去买救命的药，买到的粉末却是随盒凑集的；"他们的茶和咖啡，他们的砂糖和粉，都是受过医治的"；吃的罐头青豆是硫酸铜的铜绿染的；用的果子酱有亚尼林的洋红着色；买的棉衣是用旧棉烂缕做成的；杀臭虫的药是石膏粉……（第101～103页）

经过种种努力，他们大都先后找到了工作。攸斐斯先是在布隆公司屠行杀生，后是在达尔罕牟肥料厂当铲料工；温娜在包裹房缝火腿皮；安达南斯老爹在潮湿的地下室扫地；玛利亚画罐头；约纳斯是装卸工；孩子们卖报。

然而，在支考哥，生活就是一种酷刑。支考哥是"世界上最大的劳力与资本的集中。那使用着3万工人；直接养活着邻近的25万的邻居，间接的支持着50万人。那把它的成品送到文明各国的各地，那所供给的人口要在3千万以上"。"这在攸斐斯看来，一个凡人一落到这儿那是只好鞠躬尽瘁，听命惟谨；一个人能够在这儿得到一个位置，能够在这样的大功神业里做一份工那已经是无尚的光宠，就和人得以沾沐春阳和惠雨一样。"（第55～56页）攸斐斯十分珍惜这份工作，他干得起劲，认真，卖力。他不喝酒，不和人打架，循规蹈矩，只知干活，挣钱。但是，在达尔罕牟屠宰场，"从头至尾这儿只是一座嫉妒和憎恨的一个大洪炉……你一个人在大洋钱之前还赶不上一匹跳蚤（蚤）"。在培京顿，一个仅凭老实工作、出力卖命的人，是不会"出头"的，只有骗子、告密做工贼的人，才能出头。（第80～81页）移民有的是。"人们一群一群的来！老达尔罕牟便把他们箍得愈见愈见的紧，把他们鞭打起来，把他们磨成粉碎，又把他们换上一批新的。波兰人来过好几十万，他们是被立陶宛挤掉了，而现在立陶宛人又在让位给斯拉夫人。"人是"像潮水一样一潮一潮的涌来"。（第89～90页）

他们工作的环境极其恶劣，条件极差，劳动强度极大，收入低微。恶劣的环境，艰苦的工作，损害了他们的健康，袭击了他们的精神。他们一群不病就死，或者沉沦，或者逃亡。攸斐斯几次坐牢，失去一只手，失业，流浪；温娜遭蹂躏，失去贞操，死于难产；安达南斯老爹累死；玛利亚断了手指，靠卖淫为生，并养活家人；埃尔池边达老妈妈靠讨乞度日；佗摩丘士中了血毒，丢掉一根指头；小孩子施丹尼士先是冻掉了3个指头，后是被耗子咬死了；攸斐斯和温娜的1岁的儿子没人照料，淹死了；……

本书最大的特点是真实地揭露了20世纪初年芝加哥屠宰场的黑暗。这是劳动者的人间地狱，是坑蒙拐骗的发源地，是制造假冒伪劣产品的中心。据美国文学史记载，辛克莱的真实揭露，曾引起社会哗然，还打了官司。脏，臭，乱，挤，假，随处都有，俯拾即是。

攸斐斯卖命的肥料厂只有"最下等的工人"才去干活。人们一谈到那个地方都"有点惶恐"，十之八九不敢到那里去工作。那儿有比饿饭"还要厉害"的东西，那工人见它一眼就会"全身发抖地赶快走开"。（第167页）作者的具体描写是："工程只费了一分钟便学会了，在那前面的是那磨机上的许多孔穴中的一个，肥料在磨机里磨碎之后，喷成一道大的棕色的洪流冲出，更散成极细的粉末而为云雾。攸斐斯是接受着一把铲子的，和其他五六个人同这，他的工作便是把肥料铲进车去。别的人在做工他是由声音辨别出来的，有时或者是冲触着；不是这样你是看不见他们，因为在那尘雾中一个的眼面前看不出六尺远。他装满了一车之后，要去摩索另外的一驾车，摩不到手时总要摩到那车子的到来。在五分钟之内他自然是要从头至脚成为了一个肥料的集团了；他们拿了一个海棉（绵）给他塞口，那样他可以呼吸，然而海棉（绵）防备不了他的嘴唇和眼脸（睑）要为肥料所胶结，而两耳之塞着硬拴。他看来就像昏黄之中的一个棕色的鬼影。""穿着一件汗衫，在百度以上的温度里做工，磷酸盐类的粉末从攸斐斯全身的孔穴中都可以侵入，仅仅五分钟他便头痛起来，做到十五分钟简直快发昏了。血在他脑中沸腾就像一座引擎的汽罐；脑顶痛得有点不能支持，自己的手都不好驾御（驭）了。"他乘电车回家，把全车的乘客都臭下车了。他回家不到一分钟，"不消说又把全家都弄成了一座小小的肥料工场"。"他臭得来使全桌的吃食都臭，使全家的人都发呕。"（以上第169~171页）

芝加哥食品加工企业生产肉食罐头之腐臭到了惊心动魄的程度："假如肉是臭到不能作任何使用时，那不是用来装罐头，便是用来攘香肠。"资本家奉行的是：猪身上除了"猪的叫声之外甚么都是有用"的。"肉从卤渍房取出总是酸的，他们要用曹达去摩擦，去掉那种酸臭，那是卖给酒店里做下酒菜的；还有那化学作用的魔术他们也是执行着的，无论你是什么肉，是新鲜的或是盐的，是整块的或是碎的，尽你要甚么色彩，甚么花样，甚么香味，都可以制造出来。"往肉里注射色素，"只消两三秒钟便卤好了一只火腿。然而尽管那样，火腿还是要臭的，有的真是臭得难堪，你不好和它一同住在房里。对于这种臭火腿屠业主是又有一种针好打的，那打进去可以消除那种臭味……火腿在熏制过后，也还是有腐坏了的"。"有时候是欧洲不要了的陈老香肠，已经是起了泫发了白霉的——那会用朋酸和格里塞林油来洗濯一遍，又丢在那些大臼中，又做成常用的食品。有些肉是丢在地板上，和垃圾和锯末一道，在那上面工人们践踏自由还吐上无穷沙数的肺结核的微菌。有的是垒垒层层的盛在窖中；屋顶漏水下来浸湿着它，整千整万的老鼠在那上面赛跑。这些窖里很黑，你不能看得分明；只是你把手一伸进肉堆里去，会捉着一把又一把的老鼠的干粪。这些老鼠倒是麻烦的家伙，屠业主要设法来毒杀它们；它们死了，于是死老鼠，和毒老鼠的药，和肉，便一道搬进大臼中，等量齐观供人食料。……肉是要用铁铲铲上车的，工人们就看见一位死耗子，他也没工夫替你拣起来——其实毒死了的一匹老鼠比较起香肠里所含的其他毒物那倒是一毛之于九牛了。"工人们洗过手的脏水，用来灌香肠。"有腌肉的渣滓，肥胞肉的残屑，一切的菜头菜根之类都混盛在地窖里的旧槽中，储集中那儿"，再和着整车整车的铁钉与臭水，"和着新鲜的牛肉一同送肉臼，以供一切市民的晨餐"。（以上第 175～177 页）

辛克莱所揭露出来的这些惊人的黑幕，曾引起美国政府就此制定相关的食品卫生法。一部文学作品所产生的社会效应达到如此的程度，是会引起读者刮目相看的。

小说结尾是一条光明的尾巴：流浪中的攸斐斯听到社会主义者的演说和进一步阐述阶级关系、阶级矛盾、阶级斗争，资本的罪恶、工人的惨状，和社会主义的前途。社会主义者说："我们来把你造成一员战将。"（第 396 页）他们给他讲：世界上的人是分为资产阶级和无产阶级的，要有"阶级意识"，要树立"明天有好日子到来"的理想和信念。（第 397 页）全书以这样的一句话结束：攸斐斯"沉醉在那种灿烂的未来的荣光中，看见培京顿的民众进军，把'屠场'夺到手里了！"（第 402～403 页）

《屠场》以反映现实的及时性，表现生活的真实性，揭露黑暗的深刻性，在美国文学史上占有一席之地。

按中国普罗文学家的文学观，《屠场》有几大长处：（一）揭露资本主义的罪恶，说明美国并不是天堂。（二）痛斥资本家为了敛财，什么伤天害理的事都做得出来的恶行。（三）同情工人的遭遇和处境。（四）小说的结尾以社会主义的光明前途昭示于人。

关键词：辛克莱《屠场》　郭沫若

1929 年 8 月

综合性刊物《新兴文化》在上海创刊。新兴文化社向明编辑，江南书店代售。仅出 1 期即遭查封。

撰稿人有朱怡庵（朱镜我）、龚彬、汪水稻和陈豹隐等。编者在编辑后记中称："真理必能到达胜利之域。"声明该刊的任务是："将站在一个视角，惟一正确的视角来介绍学说思想，批评过去现在的俗恶的破廉耻的理论，并分析解剖国内及国际所生起的一切重要的事件来给它一个正确的解答。这样的任务因而只由新兴阶级的立场才能遂行的，所以我们也就名命它为'新兴文化'。"

关键词：《新兴文化》创刊

1929 年约 8 月

由陆侃如、冯沅君介绍，胡也频到济南山东省立高中教书。两个月之后，丁玲也到济南。

关键词：胡也频、丁玲行踪

蒋光慈《丽莎的哀怨》出版

1929 年 8 月

蒋光慈著长篇小说《丽莎的哀怨》，由上海现代书局出版。

小说写一个俄罗斯少女在十月革命之后流落到上海的生活、遭遇、哀怨和悲愁。作者的本意是写俄罗斯贵族阶级的没落和沉沦，衬托十月革命的正确，无产阶级天然应该掌握政权。但却因为小说对白俄少女流露过多的同情和渲染她们的困境——为了生存，一个贵族少女、将军夫人，竟然沦为妓女，而受到批评和指责。

关键词：蒋光慈 《丽莎的哀怨》

1929 年 8 月

叶永蓁著长篇小说《小小十年》，由上海春潮书店出版。

书前有鲁迅的《小引》，书后有作者的《后记》。鲁迅在《小引》中，就该书的内容、意义和特点作了说明："他描出了背着传统，又为世界思潮所激荡的一部分的青年的心，逐渐写来，并无遮瞒，也不装点，虽然间或有若干辩解，而这些辩解，却又正是脱去了自己的衣裳。至少，将为现在作一面明镜，为将来留一种记录，是无疑的罢。多少伟大的招牌，去年以来，在文摊上都挂过了，但不到 1 年，便以变相和无物，自己告发了全盘的欺骗，中国如果还会有文艺，当然先要以这样直说自己所本有的内容的著作，来打退骗局以后的空虚。因为文艺家至少是须有直抒己见的诚心和勇气的，倘不肯吐露本心，就更谈不到什么意识。"鲁迅又说，"还有好像缺点而其实是优长之处，是语汇的不丰，新文学兴起以来，未忘积习而常用成语如我的和故意作怪而乱用谁也不懂的生语如创造社一流的文字，都使文艺和大众隔离，这部书却加以扫荡了，使读者可以更易于了解，然而从中作梗的还有许多新名词"。

关键词：鲁迅　《小小十年》小引

1929 年 9 月 1 日

〔日本〕青野季吉作、勺水译《论日本无产文学理论的展开》，载《乐群月刊》第 2 卷第 9 期。

关键词：青野季吉　陈勺水　日本无产阶级文学理论

1929 年 9 月 1 日

〔日本〕藏原惟人作、勺水译《由日本文坛看来的欧美文坛的优点》，载《乐群月刊》第 2 卷第 9 期。

关键词：藏原惟人　陈勺水

梁实秋《文学是有阶级性的吗？》

1929 年 9 月 10 日（实际出版时间愆期到年底）

梁实秋论文《文学是有阶级性的吗？》《论鲁迅先生的"硬译"》，载《新月》第 2 卷第 6～7 期合刊。

《文学是有阶级性的吗？》：这是"革命文学"论争中，在新月派和鲁迅的论战中，非常重要的一篇论文。梁文的主要论点是：第一，文学是天才的事业。而据英国韦伯斯特大词典，普罗阶级只是国家里会生孩子的阶级，与文学的创造和鉴赏都无缘。第二，"现在还没有一个中国人，用中国人所能看得懂的文字，写一篇文章告诉我们无产文学的理论究竟是怎样一回事"。"革命文学"家们的"错误在把阶级的束缚加在文学上面。错误在把文学当做阶级斗争的工具而否认其本身的价值"。他说，"文学的国土是最广泛的，在根本上和在理论上没有国界，更没有阶级的界限。一个资本家和一个劳动者，他们的不同的地方是有的，遗传不同，教育不同，经济的环境不同，因之生活状态也不同，但是他们还有同的地方。他们的人性并没有两样，他们都感到生老病死的无常，他们都有爱的要求，他们都有怜悯以及恐怖的情绪，他们都有伦常的观念，他们都企求身心的愉快。文学就是表现这最基本的人性的艺术"。第三，"我们不要看广告，我们要看货色"。而现在却看不见真正的普罗文学在何处。第四，梁实秋的结论是："文学就没有阶级的区别，'资产阶级文学''无产阶级文学'都是实际革命家造出来的口号标语。文学并没有这种区别。近年来所谓的无产阶级文学的运动，据我考察，在理论上尚不能成立，在实际上也并未成功。"

《论鲁迅先生的"硬译"》：他"总以为译书的第一个条件就是要令人看得懂"。"曲译固是我们深恶痛绝的，然而死译之风也断不可长。"鲁迅的翻译却"离'死译'不远了"。梁实秋以鲁迅所译的《艺术论》和《文艺与批评》为例，说："读这样的书，就如同看地图一般，要伸着手指来寻找句法的线索位置。"这"硬译"和"死译"有什么区别呢？文末，他再次强调：翻译，"以使读者能懂为第一要义"。

关键词：梁实秋 《文学是有阶级性的吗？》 文学是天才的事业 文学是表现最基本的人性的艺术 文学没有阶级的区别 无产阶级文学运动不能成立 鲁迅的"硬译"与"死译"没有区别 翻译的第一要义是使读者能懂

1929 年 9 月 11 日

〔匈牙利〕I. 玛察著、画室（冯雪峰）据藏原惟人的日译重译《现代法兰西文学上的叛逆与革命》，载《朝花旬刊》第 1 卷第 11 期，第 281 ~ 294 页。

关键词：玛察 冯雪峰

1929 年 9 月 15 日

Lvov-Rogachevski 作、鲁迅译《人性的天才——迦尔洵》（第 1 ~ 13 页），爱因斯坦作、夏康农译《个人主义与集团的精神——爱因斯坦致苏联文学家的一封信》（第 15 ~ 17 页），约翰·理特（John Reed）著、何公超译《俄国大革命的酝酿期》（第 47 ~ 76 页），高尔基著、何公超重译《波助夫的哲学》（第 93 ~ 106 页），同载《春潮》月刊第 1 卷第 9 期。

关键词：《春潮》 鲁迅等

1929 年 9 月 15 日

〔美国〕约翰·理特（John Reed）著、何公超译《俄国大革命的酝酿期》，载《春潮》月刊第 1 卷第 9 期，第 47～76 页。

译者在写于 1929 年 6 月 29 日的前记中，对作者有所介绍：

"美国社会主义者约翰·理特当 1917 年'十月革命'的时候，驻在彼得格勒充当美国社会主义报纸的通信员，其后即以当时直接参加的经验，（曾有一次在前线上被兵士所误会，几遭枪毙）亲手采集的材料，做成了一本伟大的历史革命小说《震天动地的十天》（*Ten Days that Shook the World*）。全书共 12 章，连注解与附录，总有 20 万字里。列宁替他做了一篇劝全世界无产阶级都去读它的序言。诚然，我也觉得凡要明了'十月革命'的历史的经济的背景，鲍尔希维克的所以成功，其他政党的所以失败，工人，兵士，与农夫在革命中所处的地位的人，应该把这本书当作第一本读。

"在文艺价值上讲，在我读过的以'十月革命'为题材的文学作品里面，也没有一本比它更能把捉住当时革命民众的精神与情绪。勃洛克的长诗《十二个》，装上了一个'基督'的尾巴，真无异于'画蛇添足'，又岂能代表当时那数千万'饥寒交迫的奴隶'，革命的无产阶级不顾生死地推翻阻碍进化的旧统治（腐化的宗教也在里面），创造美满的新社会的真精神！在约翰·理特的著作里面，便没有这一种时代错误，没有这一种有意或无意的精神的污蔑。"（第 47～48 页）还说，"整个儿的这本小说，是一部启示录，启示着无产阶级在这开创人类历史的新纪元的伟大的革命运动的过程中的爱与憎，轻蔑与重视，欢喜与悲哀的一切群众心理！"（第 49～50 页）

关键词：*约翰·里德　《震撼世界的十日》*

1929 年 9 月 25 日

胡也频《小县城中的两个妇人》（短篇小说），载《东方杂志》半月刊第 26 卷第 18 号，第 101～106 页。

小年夜，在县城里两个新时代的旧式女人借酒浇愁。她们包小脚，读《女孝经》和《朱子治家格言》，嫁了人，但被丈夫遗弃。她们显着"愁苦的病态"，"忧郁"，"凄凉"，过着"孤独生活"，"单调的，毫无趣味的活寡生活"。她们感到："这世界没有我们的份了！""这世界真不是我们的世界。"

关键词：*胡也频　旧式女人的凄凉心境、孤独生活*

1929 年 9 月

楼适夷去日本。一面读文艺书籍,一面与日本和国内左翼文艺界联系,进行文艺活动。

关键词:楼适夷行踪

1929 年 9 月

胡也频短篇小说集《三个不统一的人物》,由上海光华书局出版。为《新世纪文艺丛书》之一。

内收《一个村子》《水果城中的两个妇人》《子敏先生的功课》《苦刑》《三个不统一的人物》《两个大学教授》《美的戏剧》《夜》《各人的满足》等小说。

关键词:胡也频

1929 年 9 月

王独清作品集《独清诗文选集》,由厦门世界文艺书社出版。为《世界文艺丛书》之一。

内文分为三部:第一部收《我飘泊在巴黎街上》《动身归国的时候》等11 首新诗。第二部收小说《三年以后》和剧本《国庆前一日》。第三部为演讲、书信和杂评。

关键词:王独清

1929 年 9 月

〔德国〕梅林格著、画室(冯雪峰)重译《文学评论》,由上海水沫书店出版。

译者在《译者小记》中对弗兰茨·梅林格(Franz Mehring, 1846～1919)有所介绍。他说,梅林格是德意志极著名的理论家。他的活动涉及政治、文学、历史、哲学各方面,其中以历史研究为最。主要著作有《德意志社会民主党史》《德意志史》《卡尔·马克思传》《关于史的唯物论》,以及关于文艺的《莱心传说》《美学的散步》《文学史的散步》等。他在马克思主义文艺批评史上"居了重要的地位"。

关键词:梅林格　冯雪峰　马克思主义文艺批评史

1929 年 9 月 30 日

（高）沐鸿现代抒情长诗《湖上曲》，上海南华图书局，初版。

1928 年 12 月 6 日完稿。共 2800 余行。《序曲》表达了全诗的思想情绪：
"我的脚下是踏着两条路子呀——／一条叫红色的争战，一条叫红色的爱情。"
诗篇写关山争战，湖上厮杀；有爱情的欢欣，也有失去爱情的痛苦。诗作勾
勒心理变化的轨迹，描绘梦幻似的情感。一会儿是慷慨悲歌，一会儿是软语
绵绵。"在战争里我发疯过一百次了，／在爱情里我也一百次发疯。""至不能
忘的是伊人的多情！／更不能忘的是湖山的雄影！"长诗以较多的篇幅写爱情
与战争的冲突："为爱情我也几乎忘了战争，／为战争我也几乎忘了爱情。"
全诗一韵到底，基本上是隔行押韵。

关键词： 高沐鸿　《湖上曲》　革命与爱情的冲突

中共中央直接关注"革命文学"论争，指示结束论争，筹建左联

1929 年秋

中国共产党注意到了"革命文学"论争，有关负责人找华汉（阳翰笙）
和潘汉年谈话，要求创造社和太阳社停止与鲁迅之间的论争，团结起来，组
成联合组织。据阳翰笙回忆，李富春对他说，你们的论争是不对头的，不好
的。你们中有些人对鲁迅的估计，对他活动的积极意义估计不足。鲁迅是从
"五四"新文学运动中过来的一位老战士，坚强的战士，先进的思想家，站在
党的立场上，我们应该团结他，争取他。你们创造社、太阳社的同志花那么
大的精力来批判鲁迅，是不正确的，你们要立即停止这场论争，与鲁迅团结
起来，使鲁迅站到党的立场上来，站在左翼文化战线上来。与此同时，潘汉
年也得到大致一样的指示。于是，阳翰笙和潘汉年即向夏衍、冯雪峰、柔石、
冯乃超、李初梨、钱杏邨和洪灵菲等人作了传达。他们决定接受党的指示，
停止论争，并由冯雪峰、夏衍、冯乃超去向鲁迅作解释，作自我批评，表示
停止论争，团结起来共同行动。由此，为时近两年的"革命文学"论争遂基
本结束。在此基础上，即着手筹备中国左翼作家联盟的组织工作。（以上参见
《左联回忆录》、夏衍《懒寻旧梦录》、阳翰笙《风雨五十年》等）

关键词： 中共中央提出结束"革命文学"论争　团结鲁迅　筹备左联

本篇结语

无产阶级革命文学的倡导和建设，是伴随着"革命文学"论争进行的。论争以上海为中心，波及全国各地文坛。1928年春夏为高潮期，一年以后进入尾声。

就像无产阶级革命的诞生有其历史的必然性一样，"革命文学"论争也有其历史的必然性。尽管中国自身也有产生无产阶级革命文学的因素，但1928年诞生的无产阶级革命文学却是从外国传来的，是从境外输入的。中国人对这"洋玩意儿"有一个认识过程，其筛选、吸收更是因人而异，而且有快有慢，有多有少，在扬弃之中还会有所批判。倡导"革命文学"的主力一方，大致是两部分人：一部分是从大革命的前线退下来的，一部分是从海外归来的。他们对文学都没有充足的准备，但他们都有冲天的革命热情，有自觉的历史主动性，有改变文学不能配合政治、不能与革命同行的现状的责任心。

创造社、太阳社方面投入全力掀起无产阶级革命文学运动。

其参加人员，举其要者即有：郭沫若、成仿吾、冯乃超、李初梨、彭康、朱镜我、郑伯奇、李一氓、华汉、叶灵凤、沈起予、黄药眠、潘汉年、潘梓年、王独清、傅克兴、忻启介、蒋光慈、钱杏邨、杨邨人、洪灵菲、林伯修（杜国庠）、戴平万等。他们办的刊物有《创造月刊》《文化批判》《流沙》《畸形》《日出》《思想》《太阳月刊》《我们月刊》《时代文艺》等。

论争涉及的主要问题有：

无产阶级革命文学产生的根据，无产阶级革命文学的性质和任务，无产阶级革命文学的批评及标准，无产阶级革命文学的作家，等等。

其核心命题是：

世界上有无产阶级便会有无产阶级文学；

无产阶级革命文学具有鲜明的阶级性；

它是无产阶级整个革命运动的一个战野（一个组成部分，一个方面军），是宣传的工具、战斗的武器、革命的解剖刀，文艺还有"组织生活""组织社会"的功能；

文学创作不但要反映时代，还要能超越时代；

无产阶级革命文学作家的品质和条件：要参加革命的实际斗争；要"获得大众"，"意德沃罗基"要实行"奥伏赫变"，以掌握战斗的唯物论和唯物的辩证法，在世界观上摒弃个人主义，换成集体主义；

"五四"文学革命的一代作家，除郭沫若外，都是不革命的。鲁迅尤其不行：他是"小资产阶级不良的代言人"，"资产阶级的走狗"，"封建余孽"，"二重反革命"，"不得志的法西斯蒂"。他没有创作过代表时代的作品，连《阿 Q 正传》都已经过时，不但内容过时，就是技巧也已经进了坟墓。郁达夫、叶圣陶、茅盾等莫不如此。

鲁迅一方偶一回应，举手之劳，以四两搏千斤。他们可以说就没有派，更无帮。不过是鲁迅、茅盾、郁达夫，以及部分小青年，如韩侍桁、胡秋原、甘人，或者再加上冯雪峰等。这哪里像一个阵营。

除少量的几篇杂文，如《"醉眼"中的朦胧》《我的态度气量和年纪》《革命咖啡店》等，是被迫应对而外，鲁迅就没有专门写文章反"围剿"；他的《文艺与革命（并冬芬来信）》《文坛的掌故（并徐匀来信）》《文学的阶级性（并恺良来信）》《〈而已集〉题辞》仅是附带涉笔，但分量都很重。尤其不可忽视的是他的翻译，如《苏俄的文艺政策——关于文艺政策评议会速记录》、《艺术与阶级》（〔苏联〕卢那卡尔斯基作）、《苏俄的文艺政策——观念形态战线和文艺》（1925 年 1 月第一回无产阶级作家全联邦大会的决议），虽说译文是"硬译"，但都是真货色，是最基本的理论建设。鲁迅通过他的杂文、书信、序跋和翻译，对无产阶级革命文艺做踏踏实实的耕耘，实实在在的添砖加瓦。

鲁迅的理论建设粗略地说就有：

关于无产阶级革命文学："含混地只讲'革命文学'，当然不能彻底，所以今年在上海所挂出来的招牌是无产阶级文学，至于是否以唯物史观为根据，则因为我是外行，不得而知。但一讲无产阶级文学，便不免归结到斗争文学，一讲斗争，便只能说是最高的政治斗争的一翼。"（《文坛的掌故》）

关于文艺与时代：文艺是时代的产物，不能超越时代。在大革命失败的当时，若说超越，那就是逃避现实，甚至是畏惧黑暗，掩藏黑暗。鲁迅的原话是："现在号称革命文学家者，是斗争和所谓超时代。超时代其实就是逃避，倘自己没有正视现实的勇气，又要挂革命的招牌，便自觉地或不自觉地必然地要走入那一条路的。身在现世，怎么离去？这是和说自己用手提着耳朵，就可以离开地球者一样地欺人。社会停滞着，文艺决不能独自飞跃，若在这停滞的社会里居然滋长了，那倒是为这社会所容，已经离开革命，其结果，不过多卖几本刊物，或在大商店的刊物上挣得揭载稿子的机会罢了。"革命文学家"对于目前的暴力和黑暗不敢正视"。（《文艺与革命》）"近来的革命文学家往往特别畏惧黑暗，掩藏黑暗……革命文学家不敢正视社会现象，变成婆婆妈妈，欢迎喜鹊，憎恶枭鸣，只捡一点吉祥之兆来陶醉自己，于是就算超出了时代。"其实不过是"闭了眼睛"，哪里超得了？（《太平歌诀》）

关于文艺的社会作用："我是不相信文艺的旋乾转坤的力量的，但倘有人要在别方面应用他，我以为也可以。譬如'宣传'就是。"

关于文学与宣传：相信一切文艺都是宣传的话。但当先求内容的充实和技巧的上达，因为一切文艺固然是宣传，而一切宣传却并非全是文艺。鲁迅的原话是："美国的辛克莱儿说：一切文艺是宣传。我们的革命的文学者曾经当作宝贝，用大字印出过；而严肃的批评家又说他是'浅薄的社会主义者'。但我——也浅薄——相信辛克莱儿的话。一切文艺，是宣传，只要你一给人看。即使个人主义的作品，一写出，就有宣传的可能，除非你不作文，不开口。那么，用于革命，作为工具的一种，自然也可以的。

"但我以为当先求内容的充实和技巧的上达，不必忙于挂招牌。……一说'技巧'，革命文学家又要讨厌的。但我以为一切文艺固是宣传，而一切宣传却并非全是文艺，这正如一切花皆有色（我将白也算作色），而凡颜色未必都是花一样。革命之所以于口号，标语，布告，电报，教科书……之外，要用文艺者，就因为它是文艺。"（《文艺与革命》）

文学的阶级性：人的性格感情都受经济支配，则文学都带着阶级性。因此，一切所谓超阶级的大文豪是不存在的。鲁迅的原话是："来信的'吃饭睡觉'的比喻，虽然不过是讲笑话，但脱罗兹基曾以对于'死之恐怖'为古今人所共有，来说明文学中有不带阶级性的分子，那方法其实是差不多的。在我自己，是以为若据性格感情等，都受'支配于经济'（也可以说是根据于经济或依存于经济组织）之说，则这些就一定都带着阶级性。但是'都带'，而非'只有'。所以不相信有一切超乎阶级，文章如日月的永久的大文豪，也不相信住洋房，喝咖啡，却道'唯我把握住了无产阶级意识，所以我是真的无产者'的革命文学者。"（《文学的阶级性》）

对初期普罗文学创作的评价：初期普罗文学作品虽然也发表了，"但往往拙劣到连报章记事都不如"。（《文艺与革命》）

要重视建设："中国文艺界上可怕的现象，是在尽先输入名词，而并不绍介这名词的函义。／于是各各以意为之。看见作品上多讲自己，便称之为表现主义；多讲别人，是写实主义；见女郎小腿肚作诗，是浪漫主义；见女郎小腿肚不准作诗，是古典主义；天上掉下一颗头，头上站着一头牛，爱呀，海中央的青霹雳呀……是未来主义……／还要由此生出议论来。这个主义好，那个主义坏……"（《扁》）

"有马克思学识的人来为唯物史观打仗，在此刻，我是不赞成的。我只希望有切实的人，肯译几部世界上已有定评的关于唯物史观的书——至少，是一部简单浅显的，两部精密的——还要一两本反对的著作。那么，论争起来，可以省说许多话。"（《文学的阶级性》）

自我解剖："……我自信并未抹杀一切。我总以为下等人胜于上等人，青年胜于老头子，所以从前并未将我的笔尖的血，洒到他们身上去。""我还不很有'毒笔'。""我还欠刻毒。"（《通信》）

关于革命文学家自身的修养（条件）："我知道做文章的人是大概只能做文章的。""革命者决不怕批判自己。"（《"醉眼"中的朦胧》）

"近大半年来，征之舆论，按之经验，知道革命与否，还在其人，不在文章的。"（《通信》）

"革命被头挂退的事是很少有的，革命的完结，大概只由于投机者的潜入。也就是内里蛀空。……不是正因为黑暗，正因为没有出路，所以要革命的么？倘必须前面贴着'光明'和'出路'的包票，这才雄赳赳地去革命，那就不但不是革命者，简直连投机家都不如了。"（《铲共大观》）

创造社、太阳社的革命文学家们"向'革命的智识阶级'叫打倒旧东西，又拉旧东西来保护自己，要有革命者的名声，却不肯吃一点革命者往往难免的辛苦"。（《文坛的掌故》）

总之，经过"革命文学"论争，中国现代文坛有几种观点已经根深蒂固：在经济基础与上层建筑的关系中，文艺是上层建筑，受经济基础的制约，为政治服务；文艺是武器，是革命的一个方面军；文艺要写工农；作家必须改造世界观，获得无产阶级集体主义的意识，掌握唯物辩证法。

"革命文学"论争的过程，就是革命理论的输入过程、建设过程。

翻译革命家的论著，输入、介绍了苏俄、日本及欧美部分国家的普罗文学运动史、理论史、创作史，并一定程度的读者接受史。

概而言之，翻译介绍的革命家的理论著述有：

1929 年 3 月 20 日河北日报文艺副刊《鸦》刊载苏俄瓦浪斯基辑录的语录《马克斯与莎士比亚》，首次输入了马、恩论现实主义的经典言论；

1929 年 8 月发表冯雪峰据日译重译的普列汉诺夫的《论法兰西文艺悲剧

与演剧》；

列宁的《列·尼·托尔斯泰》和《列夫·托尔斯泰是俄国革命的镜子》两篇文章全文被翻译输入。托洛茨基专著《文学与革命》出版，译者李霁野、韦素园对托氏的观点有所解说；

鲁迅主编的《科学论艺术丛书》开始出版。他译的有《艺术论》《文艺与批评》（皆卢那卡尔斯基著）。他翻译的苏俄文艺政策发表。耿济之译了苏俄文学史；

冯雪峰据日译翻译了匈牙利流亡革命家玛察的《欧洲文学诸流派》、德国理论家梅林格的《文学评论》。刘穆写有现代欧洲革命文学。美国作家辛克莱的《拜金艺术》被全面翻译介绍，他的"一切艺术都是宣传"的口号被普罗作家奉若神明；

林伯修译了日本普罗文学运动史。谢六逸在介绍20年来的日本文学时，重点谈了日本普罗文学发展史。

创造社和太阳社的成员在创作上是努力垦殖，辛勤劳作的。郭沫若、王独清、冯乃超、龚冰庐、华汉、蒋光慈、洪灵菲、戴平万、钱杏邨、杨邨人、孟超、楼建南等，对初期普罗文学建设立下了汗马功劳。比如：

郭沫若有小说《一只手》，小说散文集《水平线下》，诗集《前茅》《恢复》《沫若诗集》，翻译《石炭王》（辛克莱著）、《屠场》（辛克莱著）；

王独清有《我归来了，我底故国!》《五卅哟……》《独清诗集》《威尼市》《埃及人》等；

叶灵凤有小说集《鸠绿媚》、散文《天竹》；

潘汉年有《离婚》；

冯乃超除了有象征派诗集《红纱灯》（含《凋残的蔷薇》）外，还有《同在黑暗的路上走》（戏剧）、《流血的纪念日》、《支那人自杀了》（戏剧）、《红灯》、小说集《傀儡美人》；

龚冰庐有《裁判》、《贼》、《悲剧的武士》、《黎明之前》（小说集）、《炭矿夫》；

华汉有《马林英》《女囚》《逼船上的一夜》《暗夜》；

蒋光慈有《蚁斗》、《往事》、《夜话》、《诱惑》（后合成《最后的微笑》出版）、《哭诉》、《菊芬》、《光慈诗选》、《丽莎的哀怨》；

洪灵菲有《流亡》《前线》《转变》《路上》《女孩》《在洪流中》；

戴平万有《小丰》、《激怒》、《恐怖》、《树胶园》、《出路》（小说集）、《交给伟大的事业》、《都市之夜》、《母亲》；

钱杏邨有《革命的故事》《一条鞭痕》《欢乐的舞蹈》《义塚》《那个罗索的女人》；

杨邨人有《女俘虏》《田子明的死》，小说集《战线上》《三妹》《藤鞭下》《一尺天》《山中》；

孟超有《冲突》《荼女》《铁蹄下》《盐务局长》《樱花前后》《梦醒后——》；

楼建南有《梦的憧憬》《烟》《蒙达珂的夜》《革命的Y先生》《挣扎》；

刘一梦有《沉醉的一夜》《车厂内》《雪朝》《失业以后》；

殷夫有《死神未到之前》；等等。

本身是创造社、太阳社成员，或者在这两个社团的刊物上发表作品的还有这样一些人是值得注意的：郑伯奇、段可情、赵伯颜、圣悦、冯宪章、黄药眠、顾仲起、赵冷（王任叔）、冯润章等。

稍许小结，即可看到普罗文学创作是兴盛的，是有成绩的。它鲜明昭示：普罗文学作品主题是新的，题材是新的，人物是新的。工人、农民、革命的小资产阶级知识分子这样的人物，反抗、斗争、革命这样的主题，工人、农民要做历史的主人这样的叫喊，"五四"以来，第一次占据文学创作的中心，成了主旋律。在社会上产生惊世骇俗的效果。它使文坛焕然一新。

但蒋光慈却说还没有无产阶级文学创作出来，检讨全文坛，只见一空，二空，三空。

对新兴的普罗文学创作不满，甚至一概否定的言论来自各个方面，不少倒是出自革命营垒——普罗文学创作者自身之口。这是好现象。

新月派的梁实秋贬损普罗文学是必然的。他说：近年来的无产阶级文学运动，在理论上尚不能成立，在实际（创作）上也并未成功。征之历史，此话也不过分。

杂色人等说的倒是一种共通的话：普罗文学还不成熟，甚至就没有出现。

稍后，左翼文坛领军人物将此概括为"革命浪漫谛克"倾向，并作出科学的批判。

全面考察历史，更重要的事文坛还有：

鲁迅的著译有杂文集《而已集》、翻译《思想·山水·人物》（日本鹤见祐辅著，杂文集）、《壁下译丛》（论文集，作者有青野季吉等）；

茅盾有《动摇》《追求》《创造》《自杀》《一个女性》《诗与散文》《色盲》《昙》《泥泞》（以上集为《野蔷薇》出版）、《虹》，论文和评论有《从牯岭到东京》《读〈倪焕之〉》《王鲁彦论》；

郁达夫出版的作品集或发表的作品有《迷羊》《在寒风里》《奇零集》（《达夫全集》第4卷），《敝帚集》（《达夫全集》第5卷），《达夫代表作》，翻译辛克莱的《拜金艺术》；

叶圣陶长篇小说《倪焕之》在刊物连载，出版短篇小说集《未厌集》；

郑伯奇出版短篇小说集《家庭的故事》。作者在《自序》中说："在革命与恋爱两大批出版物中，加上那末一小册略带些怀旧性质的故事集，或者不会为读者所反对吧？"另有《牺牲》《轨道》；

还有鲁彦译《古尔达》、创作《阿长贼骨头》《黄金》，彭家煌《奔丧》，许杰《到家》《子卿先生》《剿匪》，魏金枝《七封书信的自传》《父子》，台静农《建塔者》《地之子》；

更有丁玲《莎菲女士的日记》《暑假中》《阿毛姑娘》《在黑暗中》《一个男人和一个女人》；胡也频《北风里》《一幕悲剧的写实》《三个不统一的人物》，短篇小说集《活珠子》《往何处去》《诗稿》《消磨》《牧场上》《三个不统一的人物》，戏剧集《鬼与人心》，诗集《也频诗选》；柔石发表《人鬼与他的妻的故事》《死猫》《没有人听完她的故事》，出版中篇小说《三姊妹》；白薇《炸弹与征鸟》；杨骚《迷雏》《受难者的短曲》；戴望舒发表《雨巷》《断指》《我底记忆》；杜衡《石榴花》《还魂草》；等等。

此外，不能不说的是：新起的老舍出版《老张的哲学》和《赵子曰》；

谷万川发表《黄莺与秋蝉的传说》，开普罗作家童话创作的新纪元；

翻译苏俄"同路人"作家的《乡下老的故事》（谢芙林娜著，曹靖华译）、《饿》（赛米诺夫著，傅东华译）、《竖琴》（费定著，鲁迅译），介绍了巴比塞，借用法国人的话，说他的《光明》是"我们民族的圣典"；多次介绍美国左翼作家约翰·里德。

韦素园、李霁野、台静农、曹靖华、沈端先、周扬、张天翼、徐霞村等不声不响地在文坛崭露头角。

普罗文学执文坛牛耳，成为主潮。这一历史阶段，举国之中，谈普罗，写普罗，发表、出版普罗，读普罗，成为时尚。

这是现代文学历史的新的一页。

随着郭沫若、成仿吾、茅盾、蒋光慈等避难到日本，或者经日本达欧洲；由于一批有识之士对论争不感兴趣，越来越多的人指出创造社、太阳社的"革命者"的种种不是、不当；由于中国共产党中央在六大以后逐渐腾出手来关注文艺，领导文艺，发出停止论争的指示，这一场轰轰烈烈的"革命文学"论争遂悄悄收场。

左翼文学（一）

（1929 年秋~1931 年春）

本篇要略

这一段历史，就文学运动说是一个大曲折：从紧锣密鼓的酝酿筹备，到轰轰烈烈的高潮，再到流血牺牲的低谷。

经过近半年的酝酿筹备，1930年3月2日，中国左翼作家联盟在上海成立。

左联的成立，标志着中国共产党不但从思想上，而且从组织上领导左翼文艺的开始。从此，左翼文艺运动、左翼文艺团体，就成为中国共产党领导的革命事业的一个方面军、一条战线。不过，它毕竟地位不合法，只能采取地下活动，国民党当局无时无刻不欲消灭它，把它掐死在摇篮里。大环境于它不利。再说，它没有职业干部从事领导工作，没有经费办刊物、开展活动，所以它开展的有效活动很少，尤其是根本就没有扎扎实实的文学以内的活动。

翻译马克思主义文艺理论，翻译已经有定评的革命文学作品，凭借扎实的生活搞创作，这才是有效的，有功于历史的事业。

创作和翻译都有上佳的成绩。

1930年"左"得热闹，有点忘乎所以。称它是"复兴"。说是"那个头脑发热的夏天"。不要行业组织，统一组成行动委员会。也喊"会师武汉"，"饮马长江"。

国民党解散组织、通缉作家、查禁书刊，也没有引起警觉。

从感觉上说，1930年6月以后一直到1931年4月这10个月，左翼文学好像是空白，没有刊物，作品极少，活动则无。

反观国民党一面却热闹非凡。

代表国民党文艺思潮的社团连续有举措：

表面的情况是：1930年6月1日《民族主义文艺运动宣言》发表，它标志着六一社、前锋社成立（问世），赓即创刊周报、月刊、评论。他们耀武扬威，兴高采烈，热闹非凡。说它们找到了"文艺的中心意识"，也就成了文坛的"中心"。说左翼（普罗）"没落"了，"崩溃"了，"倾圮"了。在南京，在上海，更有一批年轻人，愿"跟随"，乐意"帮同"，使出吃奶的劲，吹捧民族主义文艺，讽刺、谩骂、挖苦、嘲笑左翼文学。

8月，中国文艺社创刊《文艺月刊》，以《达赖满的声音》为开场白，宣布准备了两年之久的三民主义文艺正式开张。

1931年春天，国民党当局秘密杀害李伟森、胡也频、柔石、殷夫、冯铿，使左翼文艺运动跌入低谷。

本篇正文（1929 年秋 ~ 1931 年春）

1929 年 10 月 1 日

王独清六幕历史话剧《貂蝉》，由上海江南书局印行。

该剧写东汉末年司徒王允家的舞女貂蝉与董卓、吕布之间的关系。作品将貂蝉刻画成一个善良软弱但又愿解除平民百姓困苦、敢于斗争的女子。她联手吕布用流血的手段铲除了董卓。但终因误饮毒酒，卧倒在吕布的怀中死去。剧作家在《序》中明确宣称，自己"是用创作《杨贵妃之死》的目标来创作这个《貂蝉》的"。王独清阐述了他的"历史的艺术观"："我只是把历史当成一块被火山倾陷了的名胜的土地"，"我所采取的石头不妨是太古的化石，可是我不把它们仅仅作为陈列的死物去看待，我一样用我底情热把生命的火力吹进它们底身中，使它们成为我底建筑物底新的原料"。

关键词： 王独清　《貂蝉》

孙席珍战争小说

1929 年 10 月 10 日

孙席珍小说《火和铁的世界》，载《小说月报》第 20 卷第 10 号，第 1621 ~ 1630 页。

刊物编者在《最后一页》说：孙席珍写战事——中国式的战事的小说"很值得介绍"。"他自己到过前线作战，所以写得异常的真切动人"。（第 1681 页）

小说写南军（北伐军）与北军作战。提到黄得标、韦虎、裴上士、熊十一、吴寿仔、戴金发的名字，但他们谁都不是主人公。作者就写战争场面。且引几段看看他的身临其境，看看战争的残酷：

深秋的夜，已是冷得非常，刺骨的霜风拂着，但大家个个反而都吓得一身冷汗。弟兄们饮弹后四肢抽搐的样子，不绝如缕的呼声，轰轰的巨雷，劈拍的尖响，咳呛似的机关枪的轧轧，凄紧的军号，怒潮般的喊杀声，粗暴而混乱，大家都惊骇得目瞪口呆。举起捏着枪的战战兢兢的手，将子弹装上，然后不辨方向地向黑暗中继续放出去，于是眼前更加蒙上一层许多枪眼中喷出来的汇合而成的迷雾。脑袋是鼓胀欲裂，心是最高速度地跳跃着，但顷刻之间，又被更准确，更洪亮，更迫近的狂吼声所震碎……（第1622页）

黑夜中一切情形都辨不清楚，谁也无暇管谁，谁也不知道谁死了，谁受了伤，或者谁还活着；各自只能让钻心的枪炮把三魂六魄幌得东飘西荡没有着处，各自只能扳动枪机无休止地向着辽远的黑暗中放枪。这时各人的脸色定然是灰白的，四肢定然是拘挛着，而各人的左右也定然七扭八歪地挺着死尸，东一摊西一堆地凝着血痕。（第1622页）

大家这时都躲在各种明知其并不安全而在毫无遮掩的秃子似的山上却只有这里还可以勉强藏一藏身的掩护物背后：土岩的下面，山壁的凹处，荆棘旁边，长草丛中，都有许多人蹲着，伏着，或者卧着……又是一阵连发的排炮，砰砰，邦邦，砰砰，接续响了三次，五次，十九次……（第1622页）

大家还是射击，而北兵也仍然射击；这边的机关枪搭搭搭，那边的机关枪阁阁阁；重炮与重炮，互相应答，互相唱和，一似万马奔腾，巨浪澎湃的光景。大家头也眩了，耳也聋了，而双腿又发软，发麻；谁也愤懑得想狂跳起来发作一下，却又谁也无力地只能咬牙切齿数着不可计数的炮声而窥伺着。（第1624页）

……霎时间发出炸裂的巨声，而立刻，一颗又一颗地掠着火的羽翼的炮弹追踪上来，随后，邦邦，砰砰，搭搭，澎澎澎，格蓬，格蓬，必卜必卜，万头攒动似的，百兽同舞似的，一场嘈杂聒耳的合奏曲又开始了……（第1625页）

……无论什么人都已绝无思索一下的余裕；脑子里似被什么塞满了

一般，但实际又是空着；无所谓自己，无所谓一切，无所谓生，也无所谓死，只是要在刹那间，用刺刀去解决别人，或者让别人用刺刀来解决自己……（第 1629 页）

关键词：孙席珍　战争小说的真实感

1929 年 10 月 10 日

蒙生《苏俄的文学杂志》（俄国通讯之二），载《小说月报》第 20 卷第 10 号，第 1589～1594 页。

文章先给文学杂志定性："我们想要考察某国现代文学的状况，对它的面目有相当的认识和正确的观念，——最好的捷径便是去研究这一国所出版的各种文学杂志。文学杂志是观测文坛气候的晴雨计，照见文坛真面目的明镜，文学家成名的进身阶。……它显然是作家的考试官，或裁判官。……还可以认识文坛的派别和潮流。"（第 1589 页）

苏俄在 1921 年发行两种杂志：《红新地》和《出版界与革命》。之前，短暂出版过《生命杂志》《创造》《文艺之言》。

《红新地》是苏俄文学杂志中资格最老、年代最久的一种。它可以称为新俄文学的集合者，普罗文坛的先锋，在文学杂志中坐第一把交椅。它的创始人是伏郎司基（Vronsky），现在是团体制，由 5 人负责：瓦西里夫司基（V. Vasilievsky）、伊凡诺夫（Vianeslavovich Ivanov）、卡诺德奇阔夫（S. Kanatchikov）、拉司阔里阔夫（F. Raskoljnkov）、佛里柴（V. Fritche）。由于伏朗司基的努力，如伊凡诺夫、赛甫琳娜（L. Seifulina）、皮涅克（B. Ppiliniak）、莱昂诺夫（L. Leonov）、玛拉司金（S. Malashkin）、巴倍尔（I. Bbabel）、叶贤宁（S. Esenin，已死）、李白金司基（U. Libesinsky）、白再明司基（A. Bbzimensky）等，都是从这本杂志出来的新星。

《出版界与革命》是"读书的指南、文学批评的大本营"。主撰人是佛里柴（佛理契）。"它在俄国文学杂志中间是很有价值的。里面论到苏俄的，西欧的，少数民族的文学；有文学，有艺术，有银幕；有讨论现代俄国文学潮流的文章，又有评论作家创作的作品。"（第 1592 页）

此外还有：《新世界》、《星》、《十月》（为 Vapp，即全俄普罗作家联合会作机关的文学月刊）、《在文学岗位上》（文坛左派的机关杂志）、《苏维埃土地》、《三十日》、《文学与马克斯主义》、《外国文学杂志》（革命文学国际局的机关杂志，卢那卡尔斯基主撰）、《青年卫军》。其他通俗刊物则有：《星火》《探海灯》《书籍与革命》《大众杂志》《小说报》《文学报》等。

关键词： 耿济之　苏俄的文学杂志　《红新地》　《出版界与革命》

1929 年 10 月 10 日（实际出版时间愆期）

梁实秋杂文《"不满于现状"，便怎样呢?》，载《新月》第 2 卷第 8 期"零星"专栏。

关键词： 梁实秋

普罗小说《神奇》：革命革到天上去了

1929 年 10 月 15 日

叶灵凤短篇小说《神奇》，载《现代小说》第 3 卷第 1 期《十月扩充纪念特号》。

这是一篇革命革到天上去了的极为神奇的普罗小说。小说写 18 岁的漂亮的女革命者宁娜，和同志们一起将传单印好以后，因客观形势起了变化，不能散发。大家心急如焚。宁娜急中生智，决定去求助于正在追求她的表兄。表兄是飞机驾驶员，为了追求宁娜，早就提出要带她上天。此时，他正好接到命令，要他在城市上空低飞，以威胁聚众的革命者。宁娜利用这个机会，将传单带上飞机，从空中撒下五颜六色的革命传单。面对宁娜创造的奇迹，地上的同志们高呼："宁娜万岁!"

这是性心理小说家的突发奇想。

关键词： 叶灵凤　《神奇》　革命革到天上

中共中央文委书记的题材观：一切社会生活现象都可以写

1929 年 10 月 15 日

潘汉年论文《文艺通信——普罗文学题材问题》，载《现代小说》第 3 卷第 1 期《十月扩充纪念特号》。

潘汉年在文中就"什么题材是普罗文学"的理解，纠正许多爱好文学的青年"把普罗文学限制于普罗生活的描写"的倾向。文章说："在普罗文学的范围内，不是仅仅以无产阶级生活为题材，根据普罗自身的阶级意识，还要去理解去批判它上上下下，左左右右……一切现存的社会生活，它应当反抗压迫阶级的凶残，暴露资产阶级与封建地主阶级的丑恶，反抗帝国主义的阴谋侵略……总之，现在中国所有压迫，束缚，侵略，阻碍无产阶级利益的对象，都是我们普罗文学的题材。正是与中国现阶段的革命性质及其任务是一致的。"作者引樊仲云的话说："普罗列塔利亚文学的作家，应当把一切社会的生活现象，拉来放在他们的批判的俎上，他不仅应该写工人、农民，同时亦应该写资本家、小市民、地主豪绅……凡是对于普罗列塔利亚底解放有关的一切。"

潘汉年此时任中共中央宣传部文化工作委员会党团书记。他的这些观点，对于纠正"左"的思潮，无疑会起很大的作用。

关键词：潘汉年　普罗文学的题材问题　纠正"左"的思潮

1929 年 10 月

美国女作家史沫特莱以德国《佛兰克福报》驻华记者身份来华。本月，与鲁迅、宋庆龄等结识，并结成朋友。

关键词：史沫特莱　鲁迅

1929 年 10 月

李守章短篇小说集《跋涉的人们》，由上海北新书局出版。

内收作品 4 篇：《一哑钟的破碎》《蜕化》《寒宵》《秋之汐》。这些小说真实地反映了工农大众的斗争精神和小资产阶级的思想动向。鲁迅曾称它们为"优秀之作"（见《我们要批评家》）。

关键词：李守章　《跋涉的人们》　"优秀之作"

1929 年 10 月

柔石长篇小说《旧时代之死》，由上海北新书局出版。分上、下册，上册又名《未成功的破坏》，下册又名《冰冷冷的接吻》。

这是作者的第一部长篇小说。书前有作者写于 8 月 16 日的《自序》。他说："在本书内所叙述的，是一位落在时代的熔炉中青年，8 天内所受的'熔解生活'的全部经过。"又说，"这部小说我是意识地野心地掇拾青年苦闷与呼号，凑合青年的贫穷与仇恨，我想表现着'时代病'的传染与紧张"。

关键词：柔石　《旧时代之死》　表现现代青年的时代病

1929 年 10 日

卢那卡尔斯基著、鲁迅译《文艺与批评》，由上海水沫书店出版。

书后有《译者附记》，就本书所收各篇文章的主要内容作简要介绍，联系当时国内文艺界，尤其是普罗文学运动中的实际，批评创造社、太阳社中人以马克思主义文艺批评家自命，而又不懂马克思主义唯物辩证法。鲁迅强调，要真正掌握马克思主义文艺原理，必须从根本上学习原著："要豁然贯通，是仍须致力于社会科学这大源泉的，因为千万的论文，总不外乎深通学说，而且明白了全世界历来的艺术史之后，应环境之情势，回环曲折地演了出来的支流。"

关键词：卢那察尔斯基　鲁迅　《文艺与批评》　掌握"社会科学的大源泉"

李何林编《中国文艺论战》出版

1929 年 10 月

李何林编选文艺论文集《中国文艺论战》，由上海北新书局出版。

内收与"革命文学"论争有关的论文 47 篇。分为 5 组："语丝派及其他""创造社及其他""小说月报及其他""新月""现代文化及其他"。并将冯雪峰的《革命与智识阶级》一文"排在前面，作为论战的导言或者结论"。

4 月 5 日，李何林为本书写了《序言》。他说，1928 年的"革命文学"论争，"在中国文艺的进程上占一个很重要的地位"，收入集子的"这些文字一方面可以显示中国文艺进程的一个重要时期，他方面对于留心文艺的人也可以从这些文字里面知道一点中国文艺界的现形——了解这代表中国文艺界的几个文艺集团对于文艺究竟是怎样的态度"。

关键词：李何林　"革命文学"论争论文选编《中国文艺论战》

高尔基《母亲》上部汉译出版

1929 年 10 月

高尔基著长篇小说、沈端先译《母亲》第一部，由上海大江书铺出版。

第二部于翌年 11 月出版。

该书被认为是世界左翼文学思潮兴起以后，革命作家创作的第一部无产阶级革命文学作品。在中国普罗文学运动初期，曾把美国辛克莱的《屠场》、日本小林多喜二的《蟹工船》、德永直的《没有太阳的街》和苏联高尔基的《母亲》等视为楷模。

本书分第一部和第二部。第一部译完时间是 1929 年 6 月 13 日，第二部无翻译时间。

第一部 328 页，共 14 万字；第二部 354 页，共 15 万字，上、下部共约 30 万字。

本书的人物都是以工人为主体的革命者，还有革命知识分子，觉悟的农民，更有像母亲这样的觉醒的工人家属。

工人是通过社会主义者安排他们读禁书，向他们灌输真理后，才逐渐成为斗士的。

写母亲的觉醒过程，成长过程。

以儿子伯惠尔为代表的革命者就在她的眼皮底下读禁书，讨论问题、研究工作，也有争论。到工厂、街道、城乡各地散发传单，游行、演说，坐牢，探监。

她耳濡目染，真实可信地由反对、怀疑，到渐渐相信他们，崇拜他们，跟随他们，自己也一道参与革命活动，成为一位英雄的母亲。

本书既然是以工厂工人为主人公，却没有写工厂劳动，也几乎不写家庭生活，连母亲在死了丈夫、儿子被捕以后靠什么生活——生活来源也没有交代。她本人不做工，仅仅是工人家属，更不耕田种地，尤其不经商，却有面包吃，有茶喝，有咖啡喝。靠什么？

母亲的全名是伯拉盖耶·尼洛娜·维拉索华。

丈夫是酒鬼，喝醉了酒，回家对老婆不是骂就是打。母亲是一个被侮辱、被损害的普普通通的家庭妇女，工人家属。丈夫死于酗酒，儿子伯惠尔承继父亲的德性，也是酗酒，对母亲呼奴使婢，相当粗暴。母亲只得忍气吞声，苟活度日。

儿子读禁书，参加革命活动。他们是反对沙皇的社会主义者。对此，母亲首先是害怕，不理解，反对。但她一点一点地接受儿子们传播的真理，乐意接待工人革命者来家活动。她给他们烧水、倒茶、放哨，支持儿子们的活动。伯惠尔们在工人中散发传单，母亲"对于他身上的忧虑，和对于他身上的夸耀融和起来"（第一部第 79 页）。宪兵搜查伯惠尔的家，并带走小俄罗斯恩特莱·奥尼西莫依儿。母亲内心害怕，但表面平静。她憎恶宪兵，同情被抓的人。

儿子被捕后，她为了洗刷儿子散发传单、煽动革命的"罪名"，主动提出她到工厂去送传单，目的是说明那传单"不是"儿子们散发的。

同时，她开始识字，学文化，认为只有这样才能读革命书，懂真理。

"五一"节，她和儿子一起上街参加"五一"游行。有人问她："连你都参加这种暴动了吗？"她毅然回答："连死都不要紧的，我们非和真理一起走不可！"（第一部第299页）

她为举旗领队的儿子骄傲：那"是我的儿子"（第一部第307页）。

儿子被警察抓了，她向群众解释：儿子是"为了真理而去的——为了大家！"（第一部第323页）

以上第一部。

第二部

母亲和莎菲两人走80里路，到一个偏僻的农村，为躲藏在那里的罗平等革命者送革命书籍和报纸。

母亲"失却防范"地对农民们讲伯惠尔和他的同志们的革命行动，宣传革命道理。在母亲的启发下，那里的农民懂得了："没有思想的生活"，就"好像那些没有牧童的羔羊，胡乱地散着。——不论怎样，总是不能汇集拢来的……"（第二部第210~211页）

儿子伯惠尔因为举旗领队参加"五一"游行，被捕坐监，并被判充军。

母亲要完成儿子的没有完成的工作。她到车站上去散发印有儿子演说的传单，被暗探发现而被捕。在警察抓她的过程中，她用儿子的思想向周围的群众做宣传，启发群众的觉悟。她说："现在，财产就是权力。在财主看来，真理是他们可诅咒的敌人！我的孩子正在传播真理，正在向着洁白的诸位传导正义。"（第二部第349页）"我儿子的话，——是劳动者的洁白的话，是什么都不能收买的勇敢的话！请你们相信吧！时机到的时候，他们能够抛弃自己，去替真理奋斗的。"最后她用尽气力地喊："诸位！大家团结起来！！"（第二部第351页）

母亲的成长过程写得比较充分，是可信的。

这是第一部纯然以革命工人为主体的长篇小说，而且不是标语口号，而是通过行动、细节，刻画人物。

一部30万字的长篇，几乎没有家庭生活，始终就是读禁书，讨论、研究工作，散发传单，游行，坐牢，探监。似乎又有些单调。而中国的普罗作家所学到的也就是这样。

关键词：高尔基　夏衍　《母亲》

1929 年 11 月 1 日

《大众文艺》第 7 期（封面、版权页作第 7 期，目录上为第 2 卷第 1 期）出版，距上一期，相隔 9 个月。编辑者版权页署大众文艺社，实为陶晶孙编。

本期刊载剧本 3 篇：屋托·密拉作、陶晶孙译《运货便车》，陶晶孙作《羊的素描》（木人戏），龚冰庐作《悬案》。

《运货便车》是讽刺作品。一个未成年的男孩推一车货物，由于年纪小，力气不够，过不了坡。此时路过的枢密顾问夫人、牧师、知识青年、大学教授、巡警，不但都不帮忙，还都发空论，理所当然被男孩骂走。

木人戏《羊的素描》是根据上海《每日新闻》提供的新闻编写的。在中国土地上的外国庄园主不但用枪打死了误入庄园吃草的中国老太太的羊，更无法无天地开枪打伤农民王荣根父子，——枪杀中国老百姓甚至比杀一只羊还不算一回事。作者在附记里说，有人嫌这作品"不像事实"，偏偏有"不像事实的事实发生"（第 33 页）在先。

《悬案》写一个小缝纫店几个店员的生活。"老班为了赚钱，所以反对罢工，反对养老金，反对抚恤金，反对加薪金！"（第 90 页）引起工人不满，也要求正式罢工。

关键词：《大众文艺》　陶晶孙　木人戏　写工、农、儿童的困苦生活　有"不像事实的事实"发生在先，才有"不像事实"的创作

1929 年 11 月 1 日

段可情《婴儿的运命》，载《大众文艺》第 7 期（第 2 卷第 1 期），第 35～51 页。

此篇写一个妓女的悲剧，用的多是一些陈词滥调，了无新意。据小说提供的情节，最可恨的是妓院老鸨，而不是社会制度。

关键词：段可情

1929 年 11 月 1 日

陶晶孙编《大众文艺》第 7 期（第 2 卷第 1 期）辟"大众文艺小品"专栏，发表 4 篇作品：小堀甚二《秋晴》、岛田美彦《兵和兵》、村山知义《公共长凳》、细川隆之《海沿州纪行》。目录上署陶晶孙译，正文末署李无文译。

《秋晴》：在高空作业的老工人，想着家里女儿的事，出事故，致伤致残。

《海沿州纪行》：就亲身所见，写苏俄革命后贫富在慢慢扯平。

关键词：日本通俗文学作品

1929 年 11 月 1 日

〔日本〕林房雄作、陶晶孙译《死前的友情》，载《大众文艺》第 7 期（第 2 卷第 1 期），第 63 ~ 74 页。

小银行职员金井吉郎，在中专毕业时对同学夸下海口：10 年之内必挣大钱，成富翁。但 5 年过去了，却还只能跟下级公司职员、穷文士、车掌、舞女、女店员、插画画家、巡捕、暴力团员、新闻记者等一样住在狭小、简陋的"山手细胞房子"。他想偷钱、抢钱，都没有成功。最后，在恍惚之中，打死警察，然后自杀，为自己找到了下场。

关键词：林房雄 日本小职员的艰难生活

1929 年 11 月 1 日

〔美国〕辛克莱作，邱韵铎、吴贯忠合译《实业领袖》。载《大众文艺》第 7 期（第 2 卷第 1 期），第 97 ~ 142 页。第 2 卷第 2 期载完。

这部作品几乎都是叙述，很少描写，甚至连对话都不多。有的地方还抄录新闻报道稿，借以加强真实性。

作品写一个叫鲁拔凡伦沙利亚的人，继承父业，天生就是富翁。小时候，他有两个保姆、几个家庭教师、一个侍童、一群侍仆。成年后，父亲任他放荡几年，只要不出轨，爱怎么做就怎么做。但父亲说，人生不全是游戏，还有义务。放荡过后，就得理财，成家。他是匈牙维莱钢厂的总裁，还有很多大企业。他拥有极豪华和超级奢侈的汽车、别墅、游艇等，当然更有女人，如弟丝姑娘。后来，他不但拥有钢厂，更有外洋铁路公司、航空公司，有大量股票，他是瓦尔街最有钱的人。有钱就有权，有钱有权就可以视工人的生命如草芥，甚至可以明目张胆地开着车向工人冲去。他与自己的女儿（他不知情）纵欲，女儿认出他是自己的父亲以后，开枪自杀。他操纵股票市场，在博弈中，他赢了，但心理也反常了。在什么都没有准备、什么条件都不具备的情况下，不管天气如何，他命令彗星号游船出海。他葬身海礁。

关键词：辛克莱《实业领袖》 美国富人的穷奢极欲

柔石《二月》出版　鲁迅小引

1929 年 11 月 1 日

柔石长篇小说《二月》，由上海春潮书局出版。

《二月》成功地塑造了萧涧秋这样一个知识青年的典型形象。这是一个在革命潮流面前彷徨犹豫的"多余的人"的典型。萧涧秋离开学校后，在崎岖的世途上漂泊，6 年后来到芙蓉镇，希望过清静的生活。然而他在这想象的世外桃源中见到的，依然是凄凉、苦难和凡庸。对于这些，他不能熟视无睹，习以为常，他有所激动，希望用个人的努力，去改变现状。萧涧秋开始援助孤儿寡妇，想使那些善良的人离开悲哀的境地，但诬蔑非议也就随之而来，使他日益困惑。爱情纵然带来一些温暖，却仍然无法充实他空虚的心怀。他不能在生活的"浊浪"中随波逐流，结果又离开了这个地方。小说中的其他人物，如陶岚、文嫂等人，也都各具性格，给读者强烈的印象。小说诗意葱茏。

鲁迅在写于 1929 年 8 月 20 日的《柔石作〈二月〉小引》中对主人公有着深刻的分析：

"浊浪在拍岸，站在山冈上者和飞沫不相干，弄潮儿则于涛头且不在意，惟有衣履尚整，徘徊海滨的人，一溅水花，便觉得有所沾湿，狼狈起来。这从上述的两类人们看来，是都觉得诧异的。但我们书中的青年萧君，便正落在这境遇里。他极想有为，怀着热爱，而有所顾惜，过于矜持，终于连安住几年之处，也不可得。他其实并不能成为一小齿轮，跟着大齿轮转动，他仅是外来的一粒石子，所以轧了几下，发几声响，便被挤到女佛山——上海去了。

"他幸而还坚硬，没有变成润泽齿轮的油。"

在这篇小引的开头，鲁迅还用诗的语言，杂文的笔法，写出萧涧秋将要碰到的社会（典型环境）："冲锋的战士，天真的孤儿，年青的寡妇，热情的女人，各有主义的新式公子们，死气沉沉而交头接耳的旧社会，倒也并非如蜘蛛张网，专一在待飞翔的游人，但在寻求安静的青年的眼中，却化为不安的大苦痛。"

关键词：柔石《二月》　鲁迅小引　小说塑造的典型环境和典型性格

1929 年 11 月 10 日

〔美国〕高尔特著、刘穆译《到思想——文化之路的暗号》，载《小说月报》第 20 卷第 11 号，第 1743～1759 页。

编者的《最后一页》说：美国 M. Gold（果尔德）的小说近来在中国似乎颇为流行，他的名著《一千二百万》在中国也有了选译本。本文即书中的一篇，但中译本并未收入。

关键词：美国果尔德

1929 年 11 月 10 日

王西征《苏俄艺术运动片谈》（论文），载《小说月报》第 20 卷第 11 号，第 1755～1758 页。

"艺术，像教育一样，必然的表现一种阶级观。"劳动者在攫得权力后，就要着手建设无产阶级自己的艺术。（第 1755 页）

本文以下介绍了苏联的文化团体：普罗文化俱乐部、电影院、戏院、歌剧团、莫斯科艺术戏院、凯莫奈戏院、微支坦哥夫戏院、布尔雪戏院、莫斯科儿童戏院等。

关键词：苏俄文化艺术团体

1929 年 11 月 10 日（实际出版时间愆期）

梁实秋发表杂文三篇《答鲁迅先生》《"资本家的走狗"》《"无产阶级文学"》，载《新月》第 2 卷第 9 号"零星"专栏。

之后，梁实秋还在《新月》"零星"专栏发表杂文《鲁迅与牛》《"普罗文学"一斑》《思想自由》（以上 2 卷 11 号），《造谣的艺术》《文学与大众》（以上 2 卷 12 号），《所谓"文艺政策"者》《主与奴》《资本家与艺术品》（以上 3 卷 3 期），《文学的严重性》（以上 3 卷 4 期）等，持续地与鲁迅等作家辩论。

关键词：梁实秋　鲁迅

苏联革拉特珂夫《士敏土》汉译出版

1929 年 11 月 10 日

〔苏联〕格来考夫著，蔡咏裳、董绍明译《士敏土》。上海启智书局，初版。约 27 万字。

译者之一董绍明在写于 1929 年 12 月 15 日的《译后》中，对本书作者、内容及其特点有极简单的说明。

他说："士敏土，是 Cement 一字的音译，在广东最为流行。"它比之译作水门汀或水泥，都好。

他说："格来考夫在苏联文学界属于 Idealogist 一派，为无产阶级作家之杰出者，其作品最为工厂劳动者所嗜读。"高尔基曾对日本昇曙梦称他为"最有前途的作家，并以壮健优美许其文学"。日本本间久雄"以本书为足以凌驾当代世界一切文学作品；不仅思想的和感情的内容非常充实，即在艺术方面也达到完全的程度。这不能说是过奖"。

蔡咏裳说："本书取材于由军事共产主义到新经济政策的过渡时期。这一时期文学上的特征，是以日常的繁琐的职务代替革命的浪漫的情热，以具体的表现代替抽象的描写。"（以上《译后》第 1～3 页）

苏联在 1917 年十月革命之后，遭遇到各种反动势力的反扑，历时 3 年，史称"国内战争时期"。本书写国内战争之后，即由军事共产主义过渡到新经济政策时期，国内的状态，人们的心理、思想状况，以及红军将士、共产党员的心怀。这一时期，大批军人（红军）从前线复员，他们带来战争的硝烟，以及不符合新经济政策的革命性。新生的苏维埃政权面前摆着的是：残余的白匪及哥萨克还在破坏，各处的工厂凋敝，农民造反，物质严重匮乏，缺粮食，缺燃料。饥饿，寒冷，工厂破坏，田园荒芜，处处是无组织无秩序，人们没有理想，看不见前途，情绪低落，道德沦丧，思想颓废。

克利思特工程师心目中荒芜了的厂区是："工厂既已沉寂得像个坟墓，堆在潮湿的斜坡上的士敏土也在好久以前变成生铁一般的硬块，索道是坏了，电缆也断了，货车出了轨并且滚下山坡去，躺在草丛和垃圾中间为雨水蚀着，当这种时候谁还需要这位工艺家呢？机器师既已懒洋洋地沿着大路和小径徘徊，绕着空洞的建筑物并穿过庭院游走，把木柴带去当燃料，用机器的金属部分制造火媒，并从转运轮上拿去了带子，当这种时候，没有人需要这位工程师呵。"（第 147 页）

从前线回来的机械师格利·殊美罗夫则认为："工人们，工厂，以及运输全都缺乏燃料；铁索道坏了；工厂也差不多毁掉了；而那些工艺家们却像耗子一样躺在洞里边。"（第 154 页）

现在，格利"是首领"，"他指挥一切，掌握一切"。"他们有权力。"他们实行无产阶级专政，"把一切都翻转过来了"（第 157 页）。书中写道：

"他，从血水中复活过来，无所畏惧，无可克服，而且在他那一双可怕的眼中满含着力量。"（第 161 页）

格利团结工人，团结工程技术人员，对外与阶级敌人斗争，对内与官僚主义斗争，在家庭还得经受妻子去跟别人睡觉、女儿死了的苦痛。

格利眼中复苏以后的工厂、工业："……一种伟业，一种美观！不久以前它却是一个僵尸，一个龌龊的泥堆，一种毁坏，一个兔圈。而现在代希尔轰鸣了。钢缆带着电气震动，索道的滑车也唱起歌来。明天回旋炉第一个大汽筒就要开始旋转，蒸气和尘土的灰云就要从这个大烟囱里边滚了出来。""劳动阶级，共和国，他们正在建设伟大的生活。"（第 580、581 页）

本书名为"士敏土"，却不是写水泥生产，而是写像水泥那样的精神。正如格利的解释："士敏土是一种大能的结合原料。我们要用士敏土完成共和国伟大的建设。我们就是士敏土，同志们：劳动阶级。"（第 124 页）

如何消灭土匪，如何战胜饥饿及寒冷，如何恢复工业生产，都没有具体描写，主要是烘托气氛，写周围环境，写人的心理活动，由心理看他们的精神。

关键词：革拉特可夫 《士敏土》

1929 年 11 月 10 日

〔美国〕辛克莱著、黄药眠译《工人杰麦》（长篇小说），上海启智书局，初版。印 1000 册。504 页，22 万字，定价 1 元 4 角。

有译者的《译后》。

关键词：辛克莱 黄药眠《工人杰麦》

1929 年 11 月 15 日

社会科学理论月刊《新思潮》在上海创刊。朱镜我等编辑。新思潮社、江南书局出版发行。至 1930 年 7 月 1 日出第 7 期后停刊，停刊号改名为《新思想》。

主要介绍马克思主义理论。

撰稿人有谷荫（朱镜我）、彭康、李德谟（李一氓）、吴黎平、王昂、向省吾、郑景、杜荃（郭沫若）等。

关键词：《新思潮》创刊

1929 年 11 月 16 日

〔苏俄〕卢那卡尔斯基作、化青译《唯物论者的文化论》，载《北新》第

3 卷第 22 期。

关键词：卢那察尔斯基

1929 年 11 月 30 日

〔苏联〕柯根著、沈端先据日译本重译《新兴文学论》，上海南强书局出版。

本书除原著者自传、译者赘语外，共五章：十月革命以前、"铁工场"时代、"十月"时代、关于"少年亲（赤）卫队"、理论与批评。全面讲述苏俄十月革命以后 10 年间的文学历史的概况。

关键词：柯甘 沈端先 《新兴文学论》

1929 年 11 月

顾仲起短篇小说集《笑与死》，上海泰东图书局出版。

《哭泣》：多才多病的青年，美丽多情的少女。《笑与死》：写无产文学的革命青年尘与从事工运的女友吟在意识上发生冲突，吟提议"开除尘的革命党籍"，尘因吟不能了解他，而决定喝硫酸自杀。《写给梅波的信》：假借一个逃亡到中国的朝鲜青年樵子之笔，叙述中国大革命前后的历史，无人物，无情节。满纸革命口号，要革资本主义的命。《悲哀的回忆》：几个革命青年关于恋爱的争论。《离开我的爸爸》：一个革命青年对资本家爸爸的背叛。《创伤》：稍有进步，写张股长的心理活动和行为，人生哲学是，"我的心是革命的！"《大阿与小阿》：人不如主人的狗。《游浪的孤灵》：落魄青年对于爱的呼唤。

以上作品的特点是：（一）带有自传性：由上海而广州黄埔军校，由广州而北伐，经长沙至武汉到郑州，革命失败，回到上海。北伐军，农运，工人暴动，知青。（二）小资产阶级的狂热与小知识青年在革命退潮时的苦闷，这是顾仲起自杀的原因。（三）全是叫喊、述说，无故事，无人物，无描写，离小说远得很。

书末作者的《付印的时候》说："我是一个弃于家庭，绝于朋友，摈于亲戚的一个人……在 5 年以前，我曾因家庭内的黑幕，以致引起了我反对整个的旧社会，我由脱离家庭，失业，当兵，入狱，一直到现在，我依然是在反对旧社会。"（第 127～128 页）创造社不理他，求生无门，只得再到农民当中去。这些作品，自然"谈不到什么艺术，作风，形式"，还不是无产阶级文学，但"在思想上我们有一个共同的趋向，在行动上我们有一个共同的途径，

我们都是站在打毁旧社会的文艺立场上，来巩固我们的战线"。（第 129~130页）

关键词：顾仲起 《笑与死》 "我是一个弃于家庭，绝于朋友，摈于亲戚的一个人" "站在打毁旧社会的文艺立场上，来巩固我们的战线"

1929 年 12 月 1 日

郑伯奇《少女的梦》（一幕剧），载《大众文艺》第 2 卷第 2 期，第173~195 页。

穷少女白玉英和富少年绍光在公园约会。绍光用尽甜言蜜语想占有她，她始终有所警惕。最终，绍光露出了只欲玩弄她的马脚，玉英斩钉截铁地说："爸爸说得好：穷人的子弟要跟穷人，工人的姑娘要嫁工人。这是阶级，这是天理！"（第 194 页）并且由朦胧而清晰："恋爱是超越一切的，这是我少女时代的桃红色的梦。……恋爱是超越一切的，这是你们有钱人愚弄纯洁少女的老枪花。"（第 195 页）

关键词：郑伯奇 《少女的梦》 意识形态的说教

《大众文艺·大众文艺小品》专栏

1929 年 12 月 1 日

陶晶孙编《大众文艺》第 2 卷第 2 期，继续辟"大众文艺小品"专栏，发表 5 篇作品：红真《孩子》，高尔德作、ZY 译《碾煤机》，高尔德作、文渡译《白榄渡口的怪葬礼》，高尔德作、文波译《河畔的女子》，李无文《浓雾》，第 217~232 页。

高尔德的三篇作品，《碾煤机》写的是一个"不满 10 岁模样的童工"祥雪，母亲和弟弟等着他拿工钱回家救穷，他却以为"我已经是成人了"，"做工，喝酒，嚼烟，又还狎妓"，什么都会。这是资本社会对童工的摧残，对人性的扭曲。《白榄渡口的怪葬礼》写炼钢工人蒋克利柏的葬礼。"我宁愿替人家洗衣服去，打扫地板去，也宁愿作一个 5 毛钱的娼妇去，但千万不愿使我的儿女再进炼钢厂去作工。"这无疑是对大工业生产不顾工人死活的诅咒。《河畔的女子》是一首散文诗，一个女子被男子欺骗后，有了身孕，跳河自杀。

高尔德即果尔德。本期《大众文艺》的《附语》介绍说："蜜加儿高尔德（Machael Gold）是今日努力于国际文化运动的一人。他是美国产，特长于诗文，小说，戏剧底创造，现正主编左翼文艺《新大众》（New Masses），这在劳动群众中颇著功效。高尔德自从跑到莫斯科去后，就写起了很多具有新的形式的作品……（他的作品）在题材方面，大都描绘着美国石炭坑，炼钢厂，贫民窟和监狱，以及一切劳动阶级社会的生活。关于这点新的创作，他还有一篇序文说得颇透切（彻）。他说：'苏俄底诗人已经把诗歌底贵族艺术社会化了。他们的理论是，诗歌应当是有实用的。它应当使革命的情绪组织化，正像政治首领使理智组织化一样。诗歌在苏俄是用作熔合群众入于团结状态的一种工具。它是歌咏在群众大会中间的，它是提供新的典式的。苏俄底诗人已经把诗歌这种东西恢复到荷马式的（Homeric）原始形式了。'"（第230 页）

关键词：陶晶孙　"大众文艺小品"专栏　果尔德　"左翼文艺"　"诗歌在苏俄是用作熔合群众入于团结状态的一种工具"

1929 年 12 月 1 日

莞尔《爱之生灭》，载《大众文艺》第 2 卷第 2 期，第 235～258 页。

许芳在演剧活动中爱上徐斌，感到很幸福。但出身资产阶级的许芳不同意徐斌去从事革命，"我们不是靠革命后才有饭吃！"并威胁："你们若是要——，我便去告发！"徐斌只好断然与她决裂。

关键词：莞尔　恋爱与革命的关系

1929 年 12 月 1 日

〔日本〕村山知义作、陶晶孙译《鸦片战争》（多幕剧），载《大众文艺》第 2 卷第 2 期，第 311～364 页。

谴责英国政府以鸦片侵略中国。暴露清朝政府的软弱，各级官员的尔虞我诈、各怀鬼胎，林则徐禁烟得不到有力的支持。痛惜民智不开，民心不齐，民力不张。

全剧最后一句台词是：

"外国一切普鲁列搭里亚在立起来要同中国的普鲁列搭利亚合作了。"（第364 页）

关键词：村山知义　陶晶孙　《鸦片战争》

1929 年 12 月 1 日

青服《最近东京新兴演剧评——〈鸦片战争〉和〈呐喊呀，支那〉》，载

《大众文艺》第 2 卷第 2 期，第 259 ~ 262 页。

本文介绍日本"左翼剧团"，在"左翼剧场"，如筑地小剧场，演出"左翼的"戏剧，如《鸦片战争》《呐喊呀，支那》《蟹工船》等的情况。说："《呐喊呀，支那》是一个很凄壮的戏剧，和上面所述的《鸦片战争》不同，里面有全体一贯，渐次达到高潮的，没有接息的紧张，美国人和英国军舰的暴虐，对抗他们的码头苦力，此间所出人物都是很自然地在他的地位不得不然的行动，资产阶级戏曲所有的个人的性癖是只影都已没有了，在这意思，这剧是个典型的唯物论的演剧之一，演出完全是个无产阶级写实主义。"（第261 页）

此前，在鲁迅为任国桢编译的《苏俄的文艺论战》（1925 年 8 月出版）写的《前记》中，有"左翼未来派""左翼战线""左翼派""左翼队"等名称。这里又出现"左翼剧团""左翼剧场""左翼的戏剧"等提法。

关键词：左翼剧团　左翼剧场　左翼的戏剧　无产阶级写实主义

1929 年 12 月 1 日

《大众文艺》第 2 卷第 2 期《编辑后记》说：

"我们想对智识份子从事启蒙的工作。"

"我国文艺界似乎创作品产生率很低。"（第 365 页）

关键词：文艺界创作率不高

首次报道佛理契死讯

1929 年 12 月 8 日

汪馥泉《俄国艺术学者傅理契之死》，载《文学周报》第 378 期（第 9 卷第 3 号），第 22 页。傅理契即佛理契。

佛理契于 1929 年 9 月 5 日逝世。主要著作有：《欧洲文学史概要》《最近的欧洲文学》《世界文学的巨匠与苏联》《艺术概要》《艺术社会学》《莎士比亚》《20 世纪美国文学》《20 世纪欧洲文学》。"他是一个最优秀的马克思主义艺术学者，马克思主义艺术批评家。"他"以艺术上赅博的知识及严正的马克思主义方法，第一次将艺术发达底方法弄成分明，而且将那最初的系统，给与了马克思主义艺术学了"。

关键词：俄国学者佛理契　艺术社会学　马克思主义艺术学　马克思主

义艺术学者　马克思主义艺术批评家　马克思主义方法

1929 年 12 月 10 日

〔法国〕Mare Ichowicz 著、戴望舒译《小说与唯物史观》（论文），载《小说月报》第 20 卷第 12 号，第 1873～1896 页。

本文实际上是一部欧洲小说史。他认为，从欧洲小说的发生发展可以看出欧洲的社会运动、经济变迁、人心趋向。文章具体分析了《鲁滨逊飘流记》、浪漫主义革命与巴尔扎克、佛罗贝尔、左拉。他的结论是：巴尔扎克的《人间喜剧》"是 19 世纪前半叶法国社会的文学的综合"，佛罗贝尔的《感情教育》"是 1840 年至 1852 年的社会的文学的综合"，左拉的《卢贡·马卡尔家族》"便是 19 世纪后半叶的法国的生动广泛的综合"。"这三位小说家，在做小说的时候，做下了历史（学）家的工作。借着巴尔扎克，弗洛贝尔和左拉的声音，大革命以后的整个法国经济的，社会的，政治的，意识形态的法国向我们说话着。"（第 1896 页）

关键词：伊可微支　戴望舒　《小说与唯物史观》

1929 年 12 月 10 日

《小说月报》第 20 卷第 12 号刊载该刊第 21 卷内容预告：

《苏俄文艺概论》："苏俄 A. L. Vaesbrod 著，洛生译。关于苏俄文艺，介绍的人已不少，却没有一本书综述革命后的文坛概况与其趋势的。这部书是 1928 年底出版的；作者以极经济的手段，极畅达的文字，避免了文学上一切难于明白和记忆的术语，把苏俄的文坛概况说得异常的清楚。这是要明白俄国最近文坛的内容的人所不可不读的一部书。"

《韦护》："长篇创作，丁玲女士著。丁玲女士在本报上发表了《梦珂》等几篇创作之后，立刻得到了广大的读者社会的欢迎。但长篇创作，像《韦护》，却是她第一次试作。读者很可以在这部创作中，见出她的更成熟的风格与技巧来。"

关键词：《苏俄文艺概论》　丁玲《韦护》

《新流月报》出版终刊号

1929 年 12 月 15 日

《新流月报》第 4 期出版。第 515～696 页。此期离第 3 期相隔 9 个月。

这一期也是它的终刊号。"从第 5 期起，我们决计把《新流月报》改名为《拓荒者》，内容也大加扩充。"（《编辑后记》，第 696 页）

发表的创作有：蒋光慈新诗《我应当归去》；小说有泣零《火种》、徐任夫《音乐会的晚上》、杨邨人《入厂后——纪念亡友哑球》、许美埙《笠的故事》。翻译两篇：高尔基《莫斯科印象记》（沈端先译）、日本黑岛传治《橇》（沈端先译）。评论两篇：祝秀侠剧评《论剧》、钱杏邨书评《茅盾与现实》。

卷首的插页是几种刊物的出版广告：《拓荒者》第 1 卷第 1 期特大号目次、《现代小说》3 卷 3 期要目预告、《南国月刊》第 4 期特大号、《大众文艺》第 2 卷第 2 期目录。

关键词：《新流月报》第 4 期出版

1929 年 12 月 15 日

蒋光慈新诗《我应当归去》（1929 年 11 月写于东京），载《新流月报》第 4 期头条，第 515～519 页。

此诗表现诗人思念祖国，又难以回避现实生活中的复杂矛盾的心情。

诗中唱道："说起来东京的风光实在比上海好。／但是我，我不知为什么，／一颗心儿总是系在那祖国的天郊。""那里，也许没有谁向我展着微笑，／那里，也许给我的只有烦恼，／反不如在这生疏的异国里，／我可以有着相当的自由与逍遥。""我深深地深深地知道，／我所服务的或者对我讪笑，／我所仇恨的，那不用说，／更加要以仇恨向我相报。"

> "但是我的血液究竟是中国的血液，
> 我的言语也究竟是中国的言语，
> 如果我这个说着中国语的诗人，
> 不为着中国，而为着谁个去歌吟呢？"（第 517 页）

> "什么个人的毁誉?！让它去！
> 重要的不是在这里！
> 但愿在我祖国的自由史上，
> 我也曾溅了心血的痕迹。"（第 519 页）

关键词：蒋光慈　《我应当归去》"但愿在我祖国的自由史上，／我也曾溅了心血的痕迹。"

1929 年 12 月 15 日

泣零《火种》、徐任夫（殷夫）《音乐会的晚上》、杨邨人《入厂后——纪念亡友哑球》、许美埙《笠的故事》4 篇小说，载《新流月报》第 4 期。

《火种》和《入厂后》写工人生活。《火种》：40 多岁的工头王大奎强奸了病中的工人青云姑娘，并在群众中散布，说是校役沈生奸死了民女。青云的父亲德茂开始很软弱，王大奎在他眼皮子底下强奸并奸死了自己的女儿，也不敢吱声，只是气晕倒了。是沈生救活了他，他才对沈生说："我现在跟你反抗去！杀尽那些野兽。"（第 558 页）并发出绝叫："杀！杀！杀！"（第 559 页）起初，群众被王大奎所骗，指认沈生是革命党、强奸犯。沈生杀了王大奎，"反叛的群众，丝毫也没有畏缩"。（第 570 页）

《笠的故事》写中国农民被骗到新加坡当猪仔——开荒的悲剧。被骗的劳动者，"不许赎回，也不许逃走！每天从早上 4 点钟起便做工，一直要做到晚上 7 点钟，天天这样，无论风雨，无论病痛，都要做工！"（第 668 页）港主、工头对工人想打就打，甚至杀害。他们自发造反，被领主知道，调来军队，将全体捉拿，统统活埋，丢尸异国。血淋淋的，但缺乏艺术感染力。

《音乐会的晚上》换一个角度写俄罗斯逃亡者：十月革命后逃到上海的两个俄罗斯贵族青年。安得列坚持贵族立场，生活在幻想之中。玛利亚比较重视现实。她对安得列说："……或许真理是不在我们一边呢？或许（革命后的）俄国除了皇家，贵族，地主，资本家之外别无什么人在受苦呢？"（第 588 页）她帮助父亲开店，受中国布尔什维克青年 C 的影响，"我要向故乡去，我往俄国去吸新的空气，经验新的经验！我不去做小姐，我却想去做女工！"（第 596 页）也还是一些概念。

关键词：殷夫　杨邨人　许美埙

1929 年 12 月 15 日

高尔基作、沈端先据日译重译《莫斯科印象记》，载《新流月报》第 4 期，第 521～535 页。

亚历山大洛夫斯基停车场、车站附近的茶店、左哀尔斯加耶街酒店里教堂里的单调和寂寞、马工场、德尔倍街酒店、很下俗而挤满了人的酒店、夜间大街上的妓女：处处与革命前的俄国对比，歌颂新社会的新气象。学会观察日常生活，从细微中看变化。

关键词：高尔基　沈端先　《莫斯科印象记》

1929 年 12 月 15 日

祝秀侠《论剧》、钱杏邨《茅盾与现实——读了他的〈野蔷薇〉以后》，载《新流月报》第 4 期。

祝秀侠《论剧》评三个剧本：米尔波《幸福之贼》、河田广一郎《强盗》、辛克莱《居住二楼的人》。三个剧本都写盗贼。评论从社会学角度对剧中的贼进行了分析。

钱杏邨的书评首先引茅盾在他的《写在〈野蔷薇〉的前面》中的话："真的勇者是敢于凝视现实的，是从现实的丑恶中体认出将来的必然，是并没把它当作预约券而后始信赖。真的有效的工作是要使人们透视过现实的丑恶，而自己去认识人类伟大的将来，从而发生信赖。不要伤感于既往，也不要空夸着未来，应该凝视现实，分析现实，揭破现实。"再逐一分析收在小说集《野蔷薇》中的创作《创造》《自杀》《诗与散文》《一个女性》《昙》，认为篇篇都没有做到他所说的。"以上这些女主人公的行动，虽然她们的结局都有着她们的性格等等的关系，可是我们至少是可以看出，她们都是些执着现在，享乐现在，咒诅现在而又依恋现在，始终的不曾梦想到未来的人。她们似乎都是些尾巴主义者，'未来的，等来了时再说'，她们把未来看作'空想'。"（第 686 页）"少奶奶，小姐，女士们的阶级立场，以及她们的意识形态"，"大都是些小资产阶级的智识分子"。（第 687 页）

钱杏邨说："在一年来茅盾陆续发表的《从牯岭到东京》，《读〈倪焕之〉》，《写在〈野蔷薇〉的前面》3 篇文章，我们看到他有一种一贯的意见，那就是所谓'现实'的问题。他否认许多描写英勇的革命的战斗的创作的事件不是事实，他把这些比作纸上的勇敢；他只承认他自己所写的幻灭，动摇的事件是现实，是很忠实的描写。"（第 688 页）

钱杏邨引普列汉诺夫批判欧洲现实主义作家的话，从理论层面来驳斥茅盾。普氏说：

"初期的写实主义者的保守的，甚至有一部分反动的思想形态，并不妨碍他们好好的研究着围绕他们的环境，创作在艺术的意味上很有价值的作品。然而无疑的它把它们的视野非常的缩小了。怀着敌意从那时代的伟大的解放运动背过脸去，因之，便把具有更丰富的内面生活的有兴味的样本除外了。对于他们所研究着的环境的他们的客观的关系，它本身就是意味对于那环境的同情的缺乏。而且从那保守主义，他们当然不能同情在他们能够观察的唯一的东西——凡俗的市民的存在的'污泥'——之中生出的那'小小的思

想'或'小小的激情'。"（第 689～690 页）

再引卢那察尔斯基的话：

"他们智识阶级沉湎在一种悲痛的悲观主义之中，一面厌弃着资产阶级的统治，一面对革命家的所常有的狂热的态度认为过分。"（第 690 页）

钱杏邨以文艺的"时代的使命"和"阶级的使命"为出发点，认为："茅盾的创作仅止于暴露了黑暗，仅止于描写了没落，仅止于回顾过去（虽然他说'不要伤感于既往'），忘却将来（虽说他主张'直视前途'），抓住了现在，他笔下的人物差不多完全的毁灭了自己的前途，而且也不能完全的适应于他自订的创作的水准，从他的作品中丝毫不能'体认出将来的必然'来……"（第 692 页）

关键词：钱杏邨　评茅盾的《野蔷薇》

1929 年 12 月 15 日

李德谟（李一氓）编译著书目资料《关于马克思及马克思主义中文译著书目试编》，载《新思潮》月刊第 2～3 期合刊。

据作者统计，1929 年中国翻译出版马克思主义社会科学著作有 155 种之多，包括马克思传略、马克思列宁著作（如《哲学底贫困》《费尔巴哈与德国古典哲学的终结》《反杜林论》《家庭、私有制和国家的起源》《帝国主义是资本主义发展的最后阶段》等）和关于马克思主义的著译等。

关键词：李一氓　马克思主义文献书目

《奔流》出版终刊号

1929 年 12 月 20 日

鲁迅主编的《奔流》第 2 卷第 5 本出版，为《译文专号》。

共发表 19 篇译品，主要译者有：白莽（殷夫）、鲁迅、王余杞、杨骚、郁达夫、冯雪峰（洛阳）、蓬子、（张）友松、梅川、柔石、孙用。

集中介绍的是：匈牙利裴多菲并他的 8 首诗，俄罗斯契诃夫并他的小说《爱》和独幕喜剧《熊》，俄苏高尔基并他的公开信，苏联费定并他的小说《青春》，丹麦作家作品 4 篇。

关键词：《奔流》出版《译文专号》　主要译者有鲁迅、白莽（殷夫）、柔石、冯雪峰等

1929 年 12 月 20 日

《奔流》第 2 卷第 5 本为它的终刊号。

本刊 1928 年 6 月 20 日创刊，至终刊，共出版 2 卷 15 期。除主要刊载译文外，还刊载新兴作家的创作。主要有：

白薇的《打出幽灵塔》《炸弹与征鸟》；杨骚的《赠……》《错乱》《夜的上海》《飘落》《过江》《最后的心》《空舞台》《蠹》；许钦文的《早晨》；柔石的《人鬼和他的妻的故事》《盗船中》《革命家之妻》；林语堂的《子见南子》（独幕悲喜剧）；张天翼的《三天半的梦》；梁遇春的《醉中梦话》《"失掉了悲哀"的悲哀》；缪崇群的《归客与鸟》；陈企霞的《世上有你》；魏金枝的《父子》；李守章的《秋之汐》；罗西的《死尸》；白莽（殷夫）的诗 4 首。

关键词：《奔流》终刊　曾刊载柔石、杨骚、白薇、张天翼、魏金枝、李守章等新兴作家的创作

1929 年

（戴）平万短篇小说集《都市之夜》，由上海亚东图书馆出版。283 页。

内收：《都市之夜》《烟丝》《疑惑》《小丰》《山中》《激怒》《树胶园》《流浪人》《朱校长》《恐怖》《母亲》。

写于 1930 年 9 月 20 日的《再版自序》说：

追忆当下写作它们的"困难状况"："一方面内里沸腾着激烈的情绪，一方面又怕杂志上不敢登载，尽力地在把这情绪冷化，具体化。加之教养的不足，普罗写实主义也仅有模糊的认识；又因为卑劣的小资产阶级的出身，正须在革命之火中大大地加以锻炼；故尽全身之力，也只能产出《小丰》那样的东西。

"同时，我还觉得，一个有决心作普罗文学的人，无论如何，要勇敢地，热烈地投身于革命的浪潮中，正像海滨的群沙，一任激浪怒涛的冲击，洗涤，然后才会闪着灿朗的光辉。因为普罗革命是要血换来的，描写普罗革命的文学也非用性命换来的不可！"

《都市之夜》：由大学生韩的叙述，写年轻女房东的寂寞和性饥渴。作品透露：那年月欲租房，若是单身，还是男性，又比较年轻，就被疑为赤化分子，共产党员，人家不敢租给你，怕受牵连，丢了性命。小说中一句话颇有代表性："现代的青年谁个不苦闷呢？这是一个苦闷的时代呀！"（第 17 页）

《烟丝》（写于 1928 年 11 月 10 日）：一个穷青年买不起书，又爱书，就常常到小而又小的书店过摸书瘾。他也写一部书稿，题名《末路和出路》，欲以千字 10 元出卖，以解决生活问题。小说一个细节没有实际经验者写不出："我拆开来，原来是一篇小说的稿子！原稿纸五光十色，有的黄的，有的青的，有的淡绿色的，还有，还有和原稿纸一样大小的深黄色的表身纸！我从那稿纸上，便能了解这部书的作者的生活了。"（第 27 页）

《疑惑》（写于 1928 年 10 月 7 日）：姊姊是失业工人，为解决一家人的生活问题，被迫去卖春。不懂事的弟弟看见姊姊跟一个陌生人一起出入电影院，非要穷追提问，这无疑是在姊姊的伤口上撒盐，让母亲和姊姊更加痛苦。

本集所收其他小说，在发表的当时已有交代。其中的《小丰》《山中》《激怒》《恐怖》等是较好的。戴平万的小说清新，流畅，浅显，明快，健康向上。

关键词：戴平万 《都市之夜》

1929 年

华汉中篇小说《寒梅》（后改名《转换》），由上海平凡书局出版。写成于本年 7 月 15 日。

《寒梅》是写小资产阶级知识分子的作品，主要刻画林怀秋由沉沦到振作，成为革命功臣的经历。

林怀秋和梦云两年半前都是大学生。"四一二"反革命政变发生后，二人分别来到 H 埠。梦云继续读书，追求进步；林怀秋成了以酒精和女人麻醉自己，写写两性小说的无聊文人。林怀秋曾经是一个"英伟的人"，"他的眉目是那样的奕奕有神，他的风姿是那样的英气勃勃"，"在时代的洪流中，突奔猛进，置生死于度外"，"他是有思想的人，有意志的人"，学行不同凡俗，智慧清明。到 H 埠以后，他眼见时代逆转，社会开倒车，感到个人无力扭转这劫运，幻灭的悲哀浸透全生命。杀人、自杀，都没有这种勇气，只好找到变相自杀的武器——"在酒精中寻找刹那的陶醉，在肉色中追求刹那的快感"。小资产阶级知识青年的这种变化，过的这种潦倒、颓废的生活，在那特定的历史条件下，具有某种普遍性。

梦云为了拯救林怀秋，带他去认识了女革命家寒梅。寒梅和梦云鼓励他，启发他，向他报告了工农运动再起的消息。事实的教育，使林怀秋的思想发生了变化。他神出鬼没地不见了。他改名换姓，打入敌军去做策反工作，居然在短时间内就当上了一个团的书记官。他体魄健壮，精神抖擞，与过去追求肉感的狂欢和酒精的麻醉的林怀秋判若两人。他已经掌握到两营人的兵力。他得到寒梅和群众的配合,策动士兵,哗变成功,率队去与汪森(《暗夜》中农民运动的领袖)的部队配合。

梦云由于家里逼婚,被断绝经济关系,在寒梅的指导下,去工厂当了女工,走与工人相结合的道路。虽然艰苦,但有欢乐。

统观全篇,小资产阶级知识青年如何才能"转换"方向,作品是有答案的,而且这答案也是正确的。

关键词:华汉 《转换》 小资产阶级知识青年在大革命失败后的分化与重新振作

1929 年

华汉的两部社会学著作《社会科学概论》《社会问题研究》,分别由上海现代书局出版,为《社会科学丛书》之第一种和第十二种。均署名杨剑秀。

关键词:华汉 社会学著作

《萌芽月刊》创刊 大面积刊载普罗文学,深层次论说左翼文学

1930 年 1 月 1 日

《萌芽月刊》在上海创刊。编辑者署萌芽社,实为鲁迅主编,冯雪峰等协编。上海光华书局发行。仅出 6 期(第 6 期改名《新地月刊》)即遭国民党当局查禁。

从第 4 期起为中国左翼作家联盟机关刊物。主要作者有:鲁迅、冯雪峰、魏金枝、张天翼、柔石、殷夫、沈端先、姚蓬子、曹靖华、韩侍桁、楼适夷、冯乃超、冯宪章、龚冰庐等。

创作、理论、翻译并重。辟"社会杂观"专栏,发表杂文,为特点之一。着重介绍马克思主义文艺理论,是它的又一个特点。

关键词:《萌芽月刊》创刊

1930 年 1 月 1 日

《萌芽月刊》创刊号推出苏联学者佛理契:一为雪峰译、V. 莆理契作《艺术社会学之任务及诸问题》(第 2 期连载),一为雪峰译、日本藏原惟人作《艺术学者莆理契之死》,介绍佛理契的艺术社会学,将它视为马克思主义文

艺理论。

佛理契于 1929 年 9 月 5 日病逝。

佛理契留下的著作主要有：《欧洲文学史概要》《最近的欧洲文学》《世界文学的巨匠与苏联》《艺术概要》《艺术社会学》等。

关键词：佛理契　藏原惟人　冯雪峰　艺术社会学

1930 年 1 月 1 日、2 月 1 日

苏联学者 V. 莆理契《艺术社会学之任务及诸问题》，雪峰译（据日译），载《萌芽月刊》第 1 卷第 1、2 期，分别见第 9～20 页、第 7～28 页。（关于作者，刊物第 1 期目录作 I. 莆理契。）

艺术社会学是要探明"艺术或所与的艺术家之社会的及阶级的根原或基础"。以"社会的，经济的发展，来说明艺术之发展"。是要探究"在艺术底生活和发展的领域上的法则"。它的基本任务在究明什么样的艺术适应于人类社会发展的某个阶段。人类社会发展的各阶段："狩猎组织——原始的农耕——封建的·农耕的·僧官的社会，建立在商业资本主义之上的资产阶级社会，工业资本主义社会"，都"必有一定的艺术'型'适应着"。（第 1 期，第 10、11、12 页）

艺术社会学的第一个任务："便是在究明一定的艺术底型对于一定的社会形态（在阶级社会——就是阶级形态）的合法则的适应。"

艺术社会学的第二个任务："如果一定的社会形态是在人类发展史上反复着，则一定的意识形态底型，部分的地是一定的艺术底型，也必定合法则的地反复着，这是明明白白的。"（第 1 期第 13 页）

作者强调的是"合法则地反复"。

艺术之社会机能"是组织社会生活的特殊的手段"。（第 1 期第 17 页）

作者是以建筑、雕刻、绘画等为研究对象，讲物质形态的进步，生产力和生产关系的发展，怎样作用于艺术，以及艺术上阶级的对立、阶级的分离、阶级的斗争"之合法则底反复"。（第 2 期第 26 页）

其论述有：

例一，"建筑之构成的，构造的型，是适应着正在抬头起来的集团或阶级——因为在这里支配着的是那正在获得着生活的集团或阶级所固有的实践的智识的倾向，——组织的型是适应那已经获得的生活，已成为支配者，因而实践的智识的要素，因美化的，享乐的要素而被复杂化了的集团或阶级，而非构成的，装饰的型之建筑，则适应那颓废的，寄生虫的，消极的，因此，

美化的快乐主义的要素是将实践的功利的要素，加以消除或压迫的集团或阶级；希腊的 Dorian 样式柱头之转为 Ionian 样式，又 Ionian 之转为 Carinthian 样式的交代，或近世欧洲的初期文艺复兴，盛期文艺复兴和初期 Barocco，及最后，后期 Barocco 和 Rocoeo 的诸建筑底交代，是可以用来当作关于反映着在希腊及近世欧洲的商业资本主义时代底贵族，资产阶级社会底发展上的勃兴和支配及凋落的那建筑底三种之交代的这法则之图解看的"。（第 2 期第 12 页）

例二，在阶级社会，"艺术上的阶级的同化或模仿底原则及阶级的斗争或分离的事实之反映的现象的领域内的法则"，是必要的。（第 2 期第 24 页）

总而言之，艺术社会学应该包含的问题，或本文所涉及的问题共有："（一）艺术之社会的机能，（二）艺术的生产之形式，（三）艺术底隆盛和颓废，（四）综合的及分化的艺术，（五）艺术之个个的种类底支配，（六）艺术之构造的，组织的及装饰的型，（七）绘画之线和色彩的型，（八）艺术的主题论，（九）艺术的浮世画，（十）艺术的诸问题，（十一）基本的雕刻画样式，（十二）色彩底型和谐调的问题，（十三）阶级的同化和阶级的分离。"（第 2 期第 27 页）

本期《编者附记》说："V. 弗理契底论文，我们很希望研究艺术的人，加以注意。著者，在中国是很生疏的……但在世界上，他却是现在差不多唯一的社会的艺术学者。他底死，不但苏联失去一个理论的强有力的斗争者，就是世界的学术界也受很大损失的。"（第 220 页）

关键词：佛理契 艺术社会学

马克思论艺术生产的不平衡性

1930 年 1 月 1 日

洛扬（冯雪峰）据日本译文重译《艺术形式之社会的前提条件·关于艺术的断片》，载《萌芽月刊》创刊号，第 195～198 页。

冯雪峰在文后自注："据 Franz Diederich 所节录，从畑三四郎底日译本重译。"

从冯雪峰的译文很难读出马克思论文的意思。

按：本文实为马克思《〈政治经济学批判〉导言》之一段《论文化的各种形态（科学、技术、艺术）的不平衡发展》，标准译文见四卷本《马克思恩格斯选集》第二卷，第 112 页末二行～114 页。

　　马克思的观点是："关于艺术，大家知道，它的一定的繁盛时期决不是同社会的一般发展成比例的，因而也决不是同仿佛是社会组织的骨骼的物质基础的一般发展成比例的。""因此，在艺术本身的领域内，某些有重大意义的艺术形式只有在艺术发展的不发达阶段上才是可能的。如果说在艺术本身的领域内部的不同艺术种类的关系中有这种情形，那末，在整个艺术领域同社会一般发展的关系上有这种情形，就不足为奇了。"

　　"任何神话都是用想象和借助想象以征服自然力，支配自然力，把自然力加以形象化；因而，随着这些自然力之实际上被支配，神话也就消失了。"

　　"希腊艺术和史诗同一定的社会发展形式结合在一起"，它具有"永久的魅力"。

　　关键词：冯雪峰　马克思　艺术生产的不平衡性　神话　希腊艺术和史诗具有"永久的魅力"

鲁迅译法捷耶夫《毁灭》开始连载

1930 年 1 月 1 日

　　鲁迅译苏联作家 A. 法兑耶夫（法捷耶夫）长篇小说《毁灭》（鲁迅译为《溃灭》），从《萌芽月刊》创刊号起连载（至第 6 期，未完）。

　　本期《编者附记》对《毁灭》的评价是：它被评为"立在现代苏联普罗列塔利亚文学底最高峰"的艺术作品。"这是真真描写现实的民众的东西，作者观察很深刻，描写手段也高，作中虽无一句革命的煽动的话，而仍使我们受到深强的感动。""这小说的题材，是 1920 年顷西北利亚和日本军及哥却克军阀的 Bartizan（袭击队）底情形，和其中一些人物的性格。作者是曾亲身参加 Bartizan 队伍里工作的人，所以 Bartizan 是怎样的东西，我们可以如实地知道。"（第 220 页）

　　本期发表的翻译作品还有新俄克慈涅错夫（通译库兹涅佐夫）作《一九一九年五月一日》（成文英即冯雪峰译）、亚美尼亚 A. Aharonian 作《夜巡兵》（小说，蓬子译）、M. 戈理基（高尔基）作《关于托尔斯泰的一封信》（柔石译）。

　　《萌芽月刊》创刊号刊载两篇"现代俄国文学作家底自传"：一是 M. 戈理基，二是 A. 法兑耶夫（均亦再译），并二人的肖像。本刊第 1 卷第 2 期，又刊载革拉特珂夫像并自传；第1卷第4期，再刊载略悉珂像。

关键词：鲁迅 法捷耶夫 《毁灭》 这是"立在现代苏联普罗列塔利亚文学底最高峰"的艺术作品

1930年1月1日

〔亚美尼亚〕Avetis Aharonian 作《夜巡兵》（小说），蓬子译，载《萌芽月刊》第1卷第1期，第103～117页。

小说一开始就写风的肆虐，制造恐怖、残酷的气氛：

"'呜……呜……呜呜！'风在长啸；每当恐怖的风声又起来时，在米立克·沙海的咖啡店里，依墙列着的椅子上的坐客们，会打断了他们底谈话，从他们的嘴上放下了他们底烟筒，带了惊惶的心绪互相凝视着别人底面孔，于是拥挤得更紧些了。

"好上帝！雪是好的，寒冷也自有它底地位，但这风暴要带来了什么消息呀？其中有人喊起来了。但没有一个人，敢来解释这些恶天气底悲伤的歌唱底意义，虽然大家都感觉到，这一曲恐怖的葬歌，是'风'，那位永远的漂泊者，用地球底悲哀，弱者底呻吟，受难者底叫号，不幸者底眼泪和穷人底苦求，组合成功的。

"从顶轻微又顶可怜的叹息到顶伤心的哀号，没有一个痛苦的声息会消失在空间的呵；一切声音都被风卷入它的无穷的怀抱里了，好做一个永远的供词。它们被运到高山的峰顶，它们被压入阴郁的洞穴，于是又放松它们，让它们回到地面上来，发出了恐怖和痛苦底叫号，一个无可避免的命运恫吓与低语。

"坐在咖啡店里的村人们，都如此想着。他们都在谛听一曲以死者底呻吟，魔鬼底叫号和狼底咆哮组成的葬歌了；因为，这一切，难道不是在风雪里跑出它们底家来，以古怪的号叫使自然成为更恐怖吗？它们使人毛发倒竖；它们使人舌焦唇干；它们使人呼吸窒塞。"（第104～105页）

在这样的气氛中，听夜巡兵海讲他是如何摆脱库尔德人并战胜他的。他一个人，不带任何武器，去为全村的人找粮食，遇到库尔德人；这库尔德人，"来福枪在他的肩上，偃月刀在他的身边，象牙柄的匕首在他的腰布里"，随时都可以杀死闯入者。海顺从着。故事插入一段精彩的蛇与鹳鸟斗的惊心动魄的场面：空中翱翔的鹳鸟发现地上有一条蛇。鹳鸟抓住蛇是十拿九稳，轻而易举的事。蛇没有反抗，它盘起来，将头埋住。鹳鸟没有及时实施抓捕，它在炫耀着自己的威力，欣赏着自己的将到胜利。蛇看准了机会，陡然跃起，"扑到了鹳鸟身上，死紧地卷缠住它底长颈项"。愈卷缠愈紧，直至鹳鸟断了

气。海从蛇受到启发，看准时机，夺过库尔德人的匕首，要了他的命，胜利
回到村子里。

《译者附记》说，"此篇据 R. Eaton 编辑的 'The Best European Short
Stories of 1928' 重译"。（第 117 页）《萌芽月刊》第 1 卷第 4 期《编辑后记》
据读者来信，补充作者简介："Aharonian 于 1866 年生于小亚细亚俄罗斯波斯
土耳其三国交界处的 Igdir 村，曾在亚美尼亚修道院内读书，毕业后为教员 10
年，后执教鞭之学校为土耳其所禁止，乃改业为新闻记者，并从事于著述。"
他的作品译介到中国的有：茅盾译《却椅》、严淮君译《父亲》（载《现代小
说》）。（第 277 页）

关键词：蓬子译　亚美尼亚作家小说《夜巡兵》　风的肆虐　夜巡兵以弱
制强的法宝

1930 年 1 月 1 日、2 月 1 日

M. 戈理基作、柔石译《关于托尔斯泰的一封信》，载《萌芽月刊》第 1
卷第 1、2 期。

这是高尔基和托尔斯泰在一起的时候，对托翁的观察，并记录托翁的所
言所行，尤其是对国内外一些大作家及其作品的看法。

关键词：高尔基　柔石

鲁迅《新月社批评家的任务》、魏金枝《奶妈》

1930 年 1 月 1 日

《萌芽月刊》创刊号刊载的创作有：金枝的小说《奶妈》、张天翼的小说
《报复》、白莽（殷夫）的随笔《"King Coal"》；在"社会杂观"专栏刊载的
杂文有：鲁迅《流氓的变迁》《新月社批评家的任务》、连柱《胡适主义之根
柢》、潦西《文学家兼政治家》《关于孙福熙先生底政治观》；另有沈子良的
地方笔记《祭礼》、迹余《通信——赴德意志的途中》。

《奶妈》（第 77～101 页）写一个女革命者（她连名字都没有）以帮人奶
孩子做掩护，从事革命工作。起初，她被主人误会，以为她是一个淫荡的女
人，不知羞耻。感人至深的是她在临死前，要求见见她奶过的孩子，并说出
她的职业。她平静地说："虽然，我是个×××，难道×××就没有亲戚，朋友，
以及一切人情的事么？"（第 99 页）"我们为着要救被压迫的人们"（第 100

页），自己已经牺牲得太多，包括自己的孩子。她嘱咐孩子的主人们那一群"有职业的穷人"，"让他们长起来"（第101页），明天是属于孩子们的。小说几乎没有情节或故事，平淡无奇，朴素的背后隐藏着人性。

《报复》略带戏谑性。还是中学生、有钱人家出生的卜小姐欲脱离黄而爱赵，她对黄说："请求你放还我的自由。""永远不曾想到要对对方负什么责"的黄先生，却以要向所有的人，尤其是向她的家人宣布"你已失去了处女的贞操"相威胁。其实，卜小姐并不在乎这种威胁。她可以旁若无人地坐到男人的腿上，亲嘴，摸索，甚至公开性行为。但黄所说的话具有威慑力。卜小姐只得再给黄一次上床的机会，黄乐于接受。卜是为了给黄报酬，黄是为了报复，还无耻地想："我要是在今晚丢一个儿子进去，那多痛快！""她的泪水开始站在眼眶上。"这是张天翼式的喜剧手法。

《萌芽月刊》编者的评论是：《奶妈》和《报复》"恰巧都是描写小资产阶级人物的东西。《奶妈》这篇，虽以写一个女革命者底人性为小说底重心点，但作者所用力的地方，和小说底价值，却在那些住在小客栈里的人物之描写的一点上。《报复》，则分明是将一个对女性——同时也就对人生——取了侮弄的态度的很可怕的青年的心理，加以解剖。如主人公似的这种青年，目下大概不少；我们所望于读者的，是不要以为作者在对人教示这种对女人的态度，即使作者在有几段的描写上，批评的态度还太弱"。（《编者附记》，第220页）

鲁迅《新月社批评家的任务》说：新月社批评家站在统治者阶级的立场，以"刽子手和皂隶"的身份，替主子"尽力地维持了治安"。同时，他们所要的"思想自由"，仅"想想而已，决不实现的思想"。

白莽（殷夫）的"流浪笔记"《"King Coal"》（写于1929年）的结尾是几句以愤激的口吻说出的带嘲讽的话：写阶级区别的"革命文学"作品对穷困者来说不一定正中下怀，往往倒是相反："去吧！去吧！你印在纸上的黑字，造孽的东西，我要毁灭你！没有你，我不会到上海来，没有你，我不会同家庭冲突，没有你，我不会受教务长的欺辱，没有你，我不会在工厂门前踌躇，而挨着饥饿！没有你，我不会把钱化了（买书），还要受嫌疑！去吧！去吧！我要毁灭你！……"（第176页）

《祭礼》写的是："在丛山环抱的S镇，土匪的声势委实不小。他们多半是外县来的贫农和退伍兵士，除了少数的是本地的生活很低的饥民。枪械充足，内部也似军队般有各部的组织，队伍是严整的，虽然他们都散住在各山岭间约莫有六七百人之多。"（第202~203页）约20多个兵士背了枪，在连长带领下进山剿匪。经过激战，互有伤亡。连长牺牲，土匪也在县里加派得力的勇士时，有"章，周，李，陆" 4 人被俘。经大人物的议论，决定处死这 4 个土匪，并"决定挖取他们的心肝，作为'祭礼'，来吊奠我们的劳苦功高的连长的英灵"。（第 207 页）这篇散记就写群众麻木地跟随将被斩首的"土匪"踊动，并乐意看看挖取心肝的场面。

关键词：魏金枝《奶妈》　张天翼《报复》　殷夫的随笔　鲁迅《新月社批评家的任务》

1930 年 1 月 1 日

《萌芽月刊》创刊号《编者附记》（写于 1929 年 12 月 16 日）告白该刊选文的标准（发表什么文章），第 217 ~ 219 页。

刊物文章因受种种限制，不能不"杂"。"现今状况的束缚，不能言所欲言，译所欲译"，这是政治，即社会环境的限制；二是受作者的限制："因为出身的社会层和生活的关系，无论思想或见闻或技能都不得不偏于一方。"

翻译方面，预定："想将新俄的几个优秀的作家，给以绍介。但同时，西欧诸国及小国度的作品，也想择其倾向比较正确的，绍介一些。论文则专限关于'科学的'艺术论的论著，和论述各国新兴文艺的文章，及社会的文艺批评，加以绍介。"

创作方面，"因为我国文学水准低下，压迫又沉重的缘故"，所以"全文坛都如此消沉"。于是，《萌芽月刊》选文的标准"是比较宽大的，在形式方面，我们不嫌平常和幼稚，在思想——即作品的内容方面，我们容许作者底世界观或人生观及意识底比较的不正确或比较的不纯粹。只要是成为一篇文章，而在思想上，不是开倒车的，或像一条缚束的绳（例如颓唐的，绝望的东西）似的东西，《萌芽》是一概要登载的"。

关键词：《萌芽月刊》的选文标准

1930 年 1 月 1 日

华汉的两篇短篇小说《活力》（写于 1929 年 8 月）、《归来》（1929 年 12 月 20 日作），分别载《萌芽月刊》创刊号、《现代小说》第 3 卷第 4 期。

《活力》写 4 个革命者极为稀罕地"闲"下来轻松一下，寻寻开心。一瓶酒、一包花生米、一包牛肉干聊供助兴。他们谈工作，谈革命。面对白色恐怖，他们有牢骚和愤激，想起同志的牺牲，亲人的被捕，他们又有哀愁。因此，纵然是笑，也笑得不自然。

《归来》这个题目有双重含义：一是纺织工人阿曾回到他的破船屋，见到藏匿到他屋里的一位革命者；二是阿曾向潜逃的革命者叙述了他几年前参加五卅运动的经过和被捕释放后的暂时消沉，复由消沉而奋起，决定重新投入工人运动的战斗行列。一指狭义的归家，一指广义的归队。

关键词：华汉　《活力》《归来》

《拓荒者》创刊

1930 年 1 月 10 日

太阳社综合刊物《拓荒者》第 1 卷第 1 期特大号出版。扉页自注"即《新流月报》第 5 期改题"。正文 422 页，约 20 万字。署拓荒者月刊社编辑，实系钱杏邨编。

本期刊载的创作有：

诗歌：殷夫的《我们的诗》（含 6 首：《前灯》、*Romantik*、*Pionier*、《静默的烟囱》《让死的死去吧！》《议决》）；

小说：洪灵菲的长篇《家信》、蒋光慈的小小的短篇《老太婆与阿三》、微尘的《我在忏悔》、森堡的中篇《爱与仇》、戴平万的短篇《陆阿六》；

剧本：杨邨人的《两个典型的女性》；

杂文：光慈的《东京之旅》、征农的《由上海到苏州》、若虚的《编给少年读者的故事》、许美埙的《平凡的印象》。

殷夫的《前灯》高呼"机械万岁！""引擎万岁！""光明万岁！"歌颂"汽笛""以太""电子"等，大有未来派的味道。其余几首均写工人革命。

洪灵菲的《家信》（第 9～51 页）是长英和母亲的通信。革命者长英批判农民母亲的落后意识，宣传革命道理。信中有这样的极具乌托邦色彩的话："母亲，现在的时代是菩萨无权，上帝已死的时代，人间的正义和公道都要被压逼，被蹂躏，被糟蹋，被驱逐，被侵害的大众全体动员起来做着最英勇的，最彻底的斗争，用血的代价购买，才可以得到的。……母亲呀，试一想想，当一切地主，豪绅，贪官，污吏，资本家……这一切最坏的人种从地球上被诛尽杀绝的时候，一切巍峨的大洋楼变成广大的群众的娱乐所，一切美丽的花园，变成广大的群众的游目骋怀之场，一切矿山工厂，山林大野，河流湖泽变成广大的群众自己的财产，他们将为他们自己做着他们自己的工作。每一个人都是健康，快活，口里哼着歌儿，脸上挂着微笑。国界也没有了，阶级也没有了，姓名只是一个符号。啊啊，那时候，那时候，世界该多么美丽，

生活该多么有意义啊！"（第 29~30 页）

蒋光慈的《老太婆与阿三》（写于 1929 年 12 月 1 日，第 53~61 页）实为《老太婆》与《阿三》两篇小小说。前者写一个老妓女在南京路上拉客的凄凉情景；后者写印度红头阿三因为释放了散传单的中国学生，被罗宋巡捕和英国稽查长逮捕，事实使他"明白了波尔雪委克是什么"（第 61 页）。

微尘的《我在忏悔》（1929 年 6 月 29 日写于"马来半岛"，第 63~78 页）是自成写给哥哥的几封信。他"从香港南来"，才认识到"我终竟是一个意志薄弱的青年，遭了感情的征服了！"（第 71 页）并表示："我是一个××主义的崇拜者，又是普罗列塔利亚政治集团的一员"（第 74 页），他要回到上海，去当工人，干革命。

森堡（任钧）的《爱与仇》（第 79~172 页）写一个才 17 岁的女中学生苏华英的四大转变：一是由只知道埋头读书，反对其他活动，到参加社会运动，并成为驱赶校长的领头人之一。（仅由一盆洗澡水引起，似不足信。）二是由誓死要为父报仇，到认为他活该被杀的转变。认识到父亲是土豪劣绅，为害乡里的军饷委员，杀死自己的情人章春潮的凶手。三是由坚决奉行婚姻应该父母之命，到自由恋爱，且未婚先破身。四是将杀死父亲的"仇人"李剑华，当作情侣，结为患难夫妻。

平万的《陆阿六》（第 173~193 页）写一个农民青年，到了城里当工人，成了革命者。显得单调，粗糙，简单，仅只是口号的堆积。

关键词：太阳社《拓荒者》创刊

1930 年 1 月 10 日

蒋光慈的《东京之旅》，载《拓荒者》创刊号，第 249~277 页。

本文乃作者旅日期间的 12 则日记。这 12 则日记信息量大，值得重视。

（一）和他一同在日本的作家还有森堡、楼建南、郑君（郑伯奇？）、王吴两女士等。

（二）他和日本的左翼作家藏原惟人、藤森成吉过从甚密，常常一起交谈文学思潮和创作等问题。

（三）他心情不好，希望回国，又不知一旦回国了，将会怎样："又很久了没接到国内友人的信。他们近来的状况怎样？关于我的事情又怎样了？……// 我要回到上海的心情，一天一天地逐渐加厚！异国的秋深了，故园的景物未知已凄凉寥落否耶？……"（1929 年 10 月 27 日，第 265 页）1929 年 11 月 9 日的日记又说："我已经决定本月 15 日回国了。我知道那里是没有什么愉快可以给我的，但是当无数万万被压迫的群众受着痛苦的时候，我有权利向我的祖国要求愉快吗？别人可以向它要求，然而我，我这个为祖国服务的人，是没有这种权利的！……// 友人们在那里奋斗着……他们也许不了解我，也许要嘲笑我，鄙视我……呵，让他们去！重要的不是在于他们对我的关系！如果他们的行动能将被压迫的中国，我所眷怀着的贫苦群众，从敌人的手中解放出来，那已经是他们对于我的深恩大惠了，我还要要求他们一些什么呢?！如果他们不了解我，不能明白我的价值在什么地方，那也只是我个人的不幸，历史的必然，而不是他们的罪过。// 呵，我应当归去，// 重新投入那悲哀的祖国的怀抱里！"（第 277 页）

（四）1929 年 10 月 28 日的日记记下了他读《马克思主义对于艺术和文学的阐明》的心得：① "读了《Marxism 对于艺术和文学的阐明》，一方面觉得惟有用 Marxism 才能解释艺术和文学的真价，一方面又惊异社会运动家，伟大的革命的领袖，如 Marx, Lassale, Mehring, Lafargue, Plehanov, Luxemburg, Lenin, Lunacharsky, 他们对于文学和艺术是这样地有兴趣，是这样地深切地了解。其他如专门文艺研究家 Friche, Cogan, 对于文艺的认识，非一般资产阶级的学者所能及，那更不必说了。"　（第 266 页）②"R. Luxemburg（罗萨卢森堡）的《俄国文学的精神》一文，不但证明她了解俄国文学，而且证明她差不多读尽了俄国各名家的著作。她是一个实际运动家，从什么地方她有这些闲时间和兴趣，来读这些文学的著作呢？这真是为我所不明白的事情。"　（第 266 页）③ "Lassale（拉萨尔）作了一篇戏剧 *Fonzinkingen*，Marx 和 Engels 却异常地重视此事，写了很长的信给他，表示自己对于该剧的意见；不但称赞该剧的好处，而且很详细地指出它的缺点，以及如何修正才能排演等等。这可见得伟大的 Socialists，不但尽全力于哲学（辩证法的唯物论）的阐明，即对于艺术也很注意呢。"（第 266～267 页）④ "Marx 和 Heine（海涅）曾有过很深的友谊，Lenin 对于 Gorky（哥尔基）也特别地加以注意……伟大的革命的天才，他们的天才当然是多方面的，为一般人所不能企及。他们不但具着坚强的意志，确定的人生观，而且包容着各方面的知识，富裕着精神的生活。……"（第 267 页）⑤ "Lenin 的案头时常放着 Pushkin, Nekrasov, Tolstoy 等人的作品，这是很奇怪的事吗？不，这并不足奇，伟大的社会改造者，不但要在艺术中找出社会学的资料，而且要在艺术中得着美学的感觉，以丰富自己的精神的生活。// 如果有些以为读了点文学书，就无异于是反革命，那我们又将如何来批评 Lenin 呢？……"（第 267 页）

（五）关于别林斯基："别林斯基是俄罗斯的伟大的文学批评家，然而因为俄罗斯的文学是与社会运动相联系着的，所以他也就是俄罗斯社会运动史上最不可忘却的伟大的战士。"（第 268 页）

（六）与藏原惟人谈翻译："近来中国有许多书籍都是译自日文的。如果日本人将欧洲的哪一国的作品带点错误和删改译到日本来，而中国人又将这部作品带点错误和删改从日文译到中国去，试问这作品岂不是要变了一半的相貌吗？如果俄国的作品先由德国人带点错误和删改译成德文，如此辗转而英文，而日文，最后再由中国人集其‘错误和删改’的大成，并再加上一点或更多些，试问这部俄国的作品到底变成了一部什么东西了呢?!"（第 269 ～ 270 页）

（七）读马查《文学与西方的无产阶级》，谈美国作家辛克莱："在辛克莱的作品中，我们可找出下列的肯定的优点来：第一，他比较正确地观察主人翁的心理，气分，和社会的实际生活之相互间的关系；第二，他用写实主义的手腕，表现出现代美国资本主义的实际。"（第 271 页）

关键词：蒋光慈东京之旅　希望归国的矛盾、痛苦心理　马克思、恩格斯、列宁与文艺　别林斯基　与藏原惟人谈翻译（特别是一再转译）　玛察谈辛克莱

1930 年 1 月 10 日

《拓荒者》第 1 卷第 1 期刊载的翻译作品有：小说《死的列车》（新俄 N. V. N. V. 作，沈端先译）、《不可屈伏的》（法国巴比塞作，洪灵菲译）、《没有劳动者的船》（日本叶山嘉树作，冯宪章译），杂文《在那遥远的地方》（苏联伊滋乔作，建南译）。

楼建南对伊滋乔（E. Izgur）的介绍说："伊滋乔是现代苏联一个出身劳动者的诗人，他用了五六国的文字写过 20 余本诗歌。"这里所译的是作者用世界语写的。（第 256 页）

关键词：《拓荒者》翻译作品　夏衍　洪灵菲　冯宪章　楼建南

祝秀侠评革拉特珂夫的《水门汀》　沈端先
评小林多喜二的《蟹工船》

1930 年 1 月 10 日

《拓荒者》第 1 卷第 1 期刊载的理论文章有：冯宪章译《俄罗斯文学观》

（罗莎·卢森堡作）、之本译《再论新写实主义》（日本藏原惟人作）、冯乃超《文艺理论讲座　第一回　文艺和经济的基础》、钱杏邨《中国新兴文学中的几个具体问题》；

批评与介绍有：祝秀侠《格莱特可夫的传略及其〈水门汀〉》、若沁（沈端先）《小林多喜二的〈蟹工船〉》、若英《罗曼诺夫与两性描写》、沈端先《叶永榛的〈小小十年〉》。

祝秀侠的评论，首先对苏联当前的社会现实和文学发展阶段做出了评估："显然的，革命后的新俄文学，已经是发展到普罗文学运动的建设阶段了。所谓战时的共产主义时代的文学，流露着主观的，热情的，抽象的，色彩的文学，是过去了。新的广大领域时期的作品，立刻呈现出来。因为革命后已经不复是十分扰乱和兴奋的时代；社会经济恢复了以前的水准，生活得到保证的安定，因之反映到文学上来，已是客观的，具体的，写实的作品，渐渐提高了艺术的形式与内容，成为强有力的描写新的社会诸形相的文学。"（第383页）

《水门汀》："全书描写的，是叙述由市民战争破坏的水门汀工厂复建的历史。作者有力地展开革命后的都市情形，一方面写着外面白军的压迫，一方面写着新经济政策施行后的再抬头的布尔乔亚的反抗，一方面复写着劳动者有力气的来积极谋工厂的复兴。它像绘画一样地把整个革命后的俄罗斯刻画出来。一切都如实地描写着，全以社会现象作背景。"（第388～389页）小说"描写社会的创造力和个人感情的矛盾"，"作者把握着这时代的典型，给予这二重性格的人物的描写是成功的"。"《水门汀》简直就是革命后俄罗斯的缩影。描写新旧社会交换的时代的一切，个人心理的改造，新道德的建设，都是握紧社会现象作主题的。""《水门汀》里面的人物，并不是理想化观念化的，而是实实在在的各个的典型。他们的个性，人格，心理都各有显明的轮廓，他们的社会意识与善恶观念彼此都有着不同的分别。而这人物的反映，也不是凭空建立的，而是归根到实际社会的关系，可以说，《水门汀》里面各个的人物都是苏维埃整个的经济复兴的一大实现中所反映的。"（第389页）因此，作者说《水门汀》的结构、描写，"都是属于新写实主义的，作者运用简朴的笔仗，轻松的句语，在技巧上也创了新的方法"。（第390页）

若沁（沈端先）说：小林的《蟹工船》，在文学上"得到了比辛克莱的《屠场》更加深刻，更加伟大的收获"。（第392页）"这本小说，很调和地将每个工人的生活要求和历史的事件之进展，织成了一种特异的织物，而在这种纤细的经纬结合里面，储藏了无限的力量。作品里面，没有一定的主人公，没有表示出一个特异的性格，但是，我们'全体的'地看时，立刻可以看出，在这血肉相搏的斗争里面有两个代表的典型，就是，一个是恶梦里面的魔鬼一般张牙舞爪地笼罩在北海上面的帝国主义，一个在这种死的胁威之下不断生长急速地认识了自己阶级的力量的勤劳大众！许多赤裸裸的描写……或许都足以使我们唯美主义批评家和绅士淑女们的文学（？）爱好者颦蹙不堪，但是，我们假使承认，艺术的使命是在鼓动读者的感情，艺术的目的是在兴奋读者的心灵，使他们获得光明，确实有益的意识，而使他们从这种意识转换到组织化了的行动，那么我们可以大胆地推荐：《蟹工船》是一部普洛列塔利亚文学的杰作。"（第396页）

若英（钱杏邨）说："罗曼诺夫，他是苏联新兴文坛上的极左的同路人，他是最近苏联文坛上最活跃的作家之一。他善于用一种讽刺的笔调，去描写革命后的智识阶级和农民的生活，他尤其是长于革命后的两性关系的描写。"（第397页）

关键词：祝秀侠：《水门汀》是革命后俄罗斯的缩影，表明新俄文学已经发展到普罗文学运动的建设阶段。它属于新写实主义　沈端先：《蟹工船》是一部普罗文学的杰作

藏原惟人再论新写实主义

1930年1月10日

〔日本〕藏原惟人作、之本译《再论新写实主义》，载《拓荒者》第1卷第1期，第319～329页。

藏原的主旨是批驳平林初之辅对他的第一篇论文的歪曲，而阐述的是无产阶级写实主义与马克思主义唯物辩证法世界观之间的关系。

藏原首先确定两条原则：一是写实主义不仅仅是"单纯的表相底描写法"，而是一种现实主义的态度；二是它又和观念论相区别。这区别是一句不知所云的话："总之，这是普罗列塔利亚脱的世界观的辩证法底唯物论，恰像是过去的唯物论向普罗列塔利亚底方向的飞跃底发展在艺术上的普罗列塔利亚写实主义，是根据于普罗列塔利亚脱的世界观的过去的写实主义的变革，这两者之间有密接的相互关系，是不会有何等游离的。"（第321～322页）

文章说："在艺术上的普罗列塔利亚写实主义在具体的方面把甚么作为目的而进行呢？"（第322页）即普罗列塔利亚写实主义的特征，藏原讲了以下

几点：

第一，和浪漫主义的关系是"和浪漫主义尖锐地对立"。有两种浪漫主义："一种是对于生活倦怠，在生活上绝望，只希望要逃避现实的倾向，别一种是认识生活的不合理，虽热望着要改革它，但把它现实底地实在底地做是不够的，性急地主观的地要'完成现实'的倾向。"（第 322 页）因此，普罗写实主义"第一的要求"是"执拗的现实"，是"从事实中出发"。（第 324 页）要"拿着观察的方法"——唯物辩证法。"普罗列塔利亚写实主义依据这方法看出从这复杂无穷的社会现象中本质的东西，而从它必然地进行着的那方向的观点来描写着它。换句话说，普罗列塔利亚写实主义是握着在进行中的这社会，把它必然地向普罗列塔利亚脱的胜利方面前进的这事用艺术的地，就是形象的话描写出来以外没有别的。"这是动的或力学的写实主义。（第 325 页）

第二，在社会和个人的关系的认识上，和过去的写实主义特别是自然主义的写实主义"尖锐地对立"。（第 325 页）普罗写实主义第二的要求"就是常常由社会底，阶级底观点来看一切而描写着它"。（第 326 页）"在那里，个人的性格，思想，意志，决不是个人先天的地有着的，是从社会的环境中变化，发展的东西，某一个人的某一定的性格，思想，意志，同时是代表某一一定的时代，某一一定的社会，某一一定的阶级，集团的东西。所以在个人里面不能求得动着的社会的原动力，反之，只在社会里面，却一定能看出个人的性格思想，意志的原因。"（第 326 页）

第三，关于心理描写："心理主义，或心理描写的问题"。（第 328 页）"因此我们在描写人物的场合，假使只描写那人们意识底行动，而不描写那意识下的行动，那末不能说他是在具体底的血的某形象里面把人物描写着。"（第 329 页）即是说，为要写出人的复杂性，除了写人的社会行为、意识行为，还必须"描写那意识下的行动"，要沉潜到个人心理中去显示人的个性，写出人的下意识、潜意识，写出心理的社会价值。

《拓荒者》在编后记中说："《再论新写出实主义》一文，不但处理了许多文艺上的重要问题；我们也可以移过来，作为对于观点不正确的陈勺水的《论新写实主义》的答复，希望读者特别注意。"

很显然，藏原在《再论》中，比较多地运用了苏联"拉普"的理论。

藏原说的普罗列塔利亚写实主义要用唯物辩证法来观察社会，表现作品；普罗写实主义也可称为"动的或力学的写实主义"这两条，对中国新兴的普罗文学界影响很大。从此，唯物辩证法之类的说法即不绝于耳，并用以吓唬人，用以打人。他的"力学的写实主义"，还被钱杏邨改造为"力的文学"，即描写阶级斗争的文学。

关键词：藏原惟人 新写实主义：普罗写实主义要用唯物辩证法观察社会，表现作品；可称为"动的或力学的写实主义"；作品中的人代表一定的阶级或集团；要写人的下意识、潜意识

如何评价初期普罗文学的幼稚

1930 年 1 月 10 日

钱杏邨《中国新兴文学中的几个具体的问题》，载《拓荒者》第 1 卷第 1 期，第 341～382 页。

本文是就茅盾的《从牯岭到东京》《读〈倪焕之〉》等文中的观点——对初期普罗文学创作的看法，展开辩论，进行反驳。

文中称茅盾对普罗文学是"恶意的嘲笑"（第 343 页）、"恶意的抨击"（第 354 页）、"很恶毒（说卑劣也无妨）的咒骂"（第 351 页），创造"谣言"，"诋毁"普罗文学，"是一种极卑劣的手段"（第 344 页），"离开了辩证法"（第 346 页），是"有意袭击"普罗文坛（第 346 页），"有意的在作恶毒的袭击"（第 356 页）。茅盾的《幻灭》《动摇》"对革命是反动的"（第 366 页），"他连布尔乔亚的文艺原理都不曾把握得"（第 372 页），他"不能脱离形式主义的迷恋与诱惑"（第 375 页）。总而言之，茅盾对普罗文学，"在理论上没有方法镇压，只得逃避到技术的一方面来讽刺，布尔乔亚的作家是惯于扮演这种脚（角）色的；在苏联是如此，在日本也是如此，在 1928 年，是轮派到中国的布尔乔亚的作家了"。（第 343 页）因此，"不仅对于茅盾，普罗列塔利亚作家们，应该采用一切的文学的战斗方式，把这种倾向使它在小布尔乔亚群众之中，消灭下去"。（第 381 页）

这篇长文的内容是：

关于仅有两年历史的普罗文学的"幼稚"的问题，即"标语口号"的问题，钱杏邨认为，"幼稚"阶段的"标语口号"有"煽动的力量"，"足以鼓动大众"（第 349 页），"在宣传上完成了它的任务"。（第 350 页）

关于普罗写实主义的"现实"问题，究竟哪一种现实才是普罗作家所应当描写的现实呢？答案是："普罗列塔利亚作家所应当描写的'现实'，毫无疑义的是普罗列塔利亚写实主义纲领下的'现实'，是一种推动社会向前的'现实'。"（第 360 页）具体说："普罗列塔利亚作家所要描写的'现实'，是

这样的'现实',是'握着在进行中的这社会把它必然的向普罗列塔利亚脱的胜利方向前进的这事,用艺术的,就是形象的话描写出来'。决不是像那旧的写实主义,像茅盾所主张的,仅只是'描写'现实,'暴露'黑暗与丑恶;而是要把'现实'扬弃一下,把那动的,力学的,向前的'现实'提取出来,作为描写的题材。这样的作品,才真是代表着向上的,前进的社会的生命的普罗列塔利亚写实主义的作品,这样的被茅盾所'否定'了的'现实'才是普罗列塔利亚作家应该把握的'现实'。"(第361页)

那么,要怎样才能够完成普罗列塔利亚写实主义者的任务呢?用怎样的方法才能够把握普罗列塔利亚写实主义的新的题材呢?

答案是:

"这是必然的事,一个普罗列塔利亚作家要想在一切方面都坚强起来,他一定要能够把握得普罗列塔利亚的人生观与世界观。他应当懂得普罗列塔利亚的唯物辩证法,他应该应用着这种方法去观察,去取材,去分析,去描写。普罗列塔利亚作家必然的要先有坚强的意识,然后才会有创作产生出来。

"所以,普罗列塔利亚作家,他必然的要用普罗列塔利亚的眼光去看世界,去感世界;同时,要用全体的并客观的方法,把这个世界描写出来。

"普罗列塔利亚作家必然的要学习这两件事。'第一,应从社会科学——那种指导着现代俄国社会的各方面的社会科学——的思想学起。社会科学的思想,决不是思想界中的一个时髦品。他是一种正确的认识世界,理解世界,并创造世界的方法———一种唯一的方法。世界这东西,只有靠着社会科学的光线的朗照,才可以最正确的,最客观的,被人类看见。所以,社会科学的方法,决不仅仅对于政治家,社会学家,经济学家,等等的人,是一种必要的方法,它对于艺术家,特别是对于文学家,也还是一种必要的方法。……能够把这种由社会科学的方法得来的世界观,放在自己的根柢上的艺术和文学,就是所谓普罗列塔利亚艺术和普罗列塔利亚文学。'同时,第二,我们就应该从许多普罗列塔利亚写实主义已有的著作中,尤其是苏联的出品,去看他们'怎样的把社会的问题具象化起来,应该怎样用艺术的方法去解决个人的和社会的问题,应该如何描写集团,应该如何解剖那些可以被大众读懂的作品'。

"普罗列塔利亚作家必然的要这样的去把握,去学习,然后才会有成。"(以上第367~368页)

关于普罗列塔利亚文学的内容和形式的问题,他说,普罗文学作品的内容"是具有阶级斗争的特色的,必然的是代表着活力的一面的"。(第369页)

从普罗文学的立场看来，"形式与内容是有着关联，而不可分开来论断的东西，抑且是相互适应的东西，而形式往往是因内容被决定了的"。（第370～371 页）

钱杏邨用以立论的指导思想来自日本人片上伸、藏原惟人、青野季吉、俄苏普力汗诺夫、卢那察尔斯基、波格大诺夫、柯根，匈牙利人马查等。

关键词：钱杏邨　与茅盾辩论　如何评价初期普罗文学　幼稚阶段的普罗文学的"标语口号"具有煽动的力量　普罗作家应该懂得普罗的唯物辩证法

1930 年 1 月 10 日

《拓荒者》第 1 卷第 1 期的《国内外文坛消息》之六《中国新兴文坛杂讯》说："沈端先君现在一面参加戏剧运动，一面翻译高尔基的长篇《密侦》，一面译作杂文，一面当教授，一面主编北新书局《世界新兴文学丛书》，《艺术月刊》，同时还要奔走，讲演，极形忙碌。"（第 416 页）

关键词：沈端先

1930 年 1 月 10 日～4 月 10 日

丁玲小说《韦护》，载《小说月报》第 21 卷第 1～4 号。

《韦护》是丁玲写的第一部长篇小说，仍然是"革命＋恋爱"型。共产党人韦护（原型是瞿秋白）与浪漫女子丽嘉（丁玲的挚友王剑虹）恋爱同居，近似沉沦。后来，在同志们的批评中，二人觉醒，各奔东西。

关键词：丁玲《韦护》

1930 年 1 月 10 日

鲁彦《幸福的哀歌》、孙席珍《从蛟桥到乐化》，载《小说月报》第 21 卷第 1 号，第 101～116 页、第 147～153 页。

鲁彦《幸福的哀歌》颇有现代主义意味。

孙席珍《从蛟桥到乐化》：本文一开头就写战后车站惨不忍睹的情景。"一座矮小的车站，被轰得东歪西坍地立着，墙壁一半是被火焦灼了，而还有一半也已百孔千疮，沿着车站伸长着的两条铁轨上，黑压压的队伍拥挤不堪地充塞着，许多辎重品，子弹箱，枪支，那些新从敌人手里抢来的杀人用品，坟山一般地堆垒其间，而一些腹部洞穿的战马，肢体分裂的死人，在轨道的枕木上，轨道旁的基地上，以及两边的草原上，随地摊着；他们远远便闻

到一种脂肪腐烂的臭味，而当他们走近时，更有无数的绿头苍蝇轰的一下飞散。"（第147页）

关键词：鲁彦　孙席珍

1930 年 1 月 10 日

〔日本〕平林初之辅著、胡秋原译《政治底价值与艺术底价值——马克斯主义文艺理论之商榷》，载《小说月报》第 21 卷第 1 号，第 65～70 页。

按照文学作品的政治价值立论，就会说："但丁的作品，没有含着无产底意识形态；辛克莱的作品，则充满无产者底'意德沃罗儿'。那么，但丁的作品在艺术上必较辛克莱的作品为劣了！"因为"艺术作品底价值，是依其作品所有的意识形态而决定的。只有能带给利益于无产阶级之胜利者，才有艺术作品之价值"。其实，"意识形态并不是决定艺术作品全部价值之要素"。"马克斯主义者评价文学作品，总是以政治底教育底标准；而作家或批评家评价文学作品，最后总是艺术底标准。"（第65页）

平林的观点是：一部文学艺术作品有政治价值和艺术价值，然则，不能以政治价值代替艺术价值。

胡秋原在 1929 年 10 月 15 日写于日本东京东中野的译后附记中，介绍平林初之辅：作者系日本"普罗文艺"理论家最初也是现代评坛最重要的大师。原为科学者，先系《文艺战线》同人，后退出。

此文发表后，引起文坛上的大争论，成了日本 1929 年文坛论战的中心，至今仍聚讼未休。（第70页）

关键词：平林初之辅　政治价值与艺术价值　马克思主义文艺理论　胡秋原

1930 年 1 月 10 日

〔苏联〕凡伊斯白罗特著、洛生（恽雨棠）译《苏俄文艺概论》，载《小说月报》第 21 卷第 1、2 号（连载）。第 1 号第 71～84 页。

本文的章节：

第一章　绪论

　　苏维埃文艺的建设

第二章　革命秘密时代的文学

第三章　论 1905 年和 1905 年以后的反动时期的文艺

　　资产阶级文学对于 1905 年革命的共鸣

作者说，十月革命以后，产生了苏维埃文艺，或说工农群众文学。

十月革命以后的苏俄作家可以分为几种状况：

蒲宁、科布林、白尔孟、安特列夫："他们不仅仅不和无产阶级同路走，而且甚至成为无产阶级的死敌，而亡命国外。"（第 71 页）

"其余留居在苏维埃国内的，也找不着他们对于我们的建设之一字一音，或者什么都不写，例外地去做些研究工作，或者跑到过去的回忆的境地中而写些自己的回忆；虽则有少数人还不能完全征服自己的资产阶级观念，然而他们尽力把自己的文艺作品来帮助苏维埃制度。这些作家如皮力涅克，列翁诺夫，巴皮尔，赛甫琳娜，得到了同路人的称号。"（第 72 页）

"只有一小部分从前而且很早就在无产阶级队伍中的无产阶级作家"，如西拉菲马维奇、高尔基、乾米阳·白德纳宜、斯维尔斯基和农民作家朴特亚欠夫、苏里果夫。"他们实是无产阶级文学的童子军和建设者。"（第 72 页）

"革命后的狂涛推出一批苏维埃文学的新作家"，他们是工人作家：格拉特果夫、皮萨尔果、加李宁、皮比克、良士果，诗人则有：涅卡衣夫、西古列夫、蒲格唐诺夫，农民作家则有：尼俗伏、伏尔诺夫、亚洛伏。

"为生活所引导，为革命所形成而出现于新的苏维埃文学之路的有以下一批作家。他们几乎全都是——革命战线上伟大斗争中的亲历者，而且是在文艺战线上以笔代枪来为新世界的建设而继续斗争。革命的高涨，工人运动的胜利，旧生活的毁灭，苏维埃经济的建设——在他们中间确实惊醒了异乎寻常的活力，而使他们成为真实的大众皆知的艺术家和文学的大匠。这一批作家中间则有：福尔孟诺夫，尼考伏洛夫，李别金斯基，伊凡诺夫，诗人则有：皮寿明斯基，加净，独洛宁，列力维奇等。"（第 72 页）

自 1924 年至 1926 年间，又出现了一批新名字，如维宣来、果洛沙夫、发杰叶夫、斯维脱洛夫，等等。

以上说的是作家成分。至于作品的内容和形式，苏维埃文学的主要特征是："革命的争斗和新生活的建设，其中的登场人物是群众（集体）而不是个人。假如有时有各个英雄出现，则他们乃是属于集体，和集体不能分离的个人。"作品要写阶级斗争。（第 72 页）

诗歌方面："苏维埃诗人的创作和革命，和新的经济，和新的生活之建设是不可分离。工厂的恢复，工作的紧张，铁锤、刨子和锯子的声响及动作，都激发了工厂诗（生产诗）的生命。党的生活，工人的生活，青年团的生活和训练，农村的复兴，都产生了自己的歌者和诗人。"

读者也不一样了：他们在作品中"所追求所期望的不是愉快和安慰。他是把文学看做扩大自己的知识之最有力的方法，并且在文学中找寻他所怀疑的问题之解决。他所最有兴趣的文学，要算那描写革命的秘密时代，描写监狱，放逐，十月革命和国内战争的文学"。（以上第 73 页）

译者在后记中说：本文作者凡伊斯白罗特是一位苏维埃文化工作者，他写这本小册子的目的是使工农大众对于大革命前后及社会主义建设三个时期之革命文学得一个系统的了解。作者在书中或详或略地介绍了 60 余位作家的 100 余种作品。

关键词：苏维埃文艺　工农文艺　无产阶级文艺　作品的主人公是群众（集体）而不是个人　文学作品要帮助读者解决实际问题

1930 年 1 月 10 日

〔苏联〕赛甫琳娜著、蒙生译《袭击》（小说）并《附志》，〔美国〕贾克伦敦著、张梦麟译《失了面子》（小说），〔波兰〕普鲁士著、鲁彦译《新年》（小说），〔保加利亚〕伐拉夷柯夫著、鲁彦译《消夜会》并《附志》，同载《小说月报》第 21 卷第 1 号。

赛甫琳娜《袭击》（第 181 页起）：46 岁的昆虫学家魏克道·阿莱克谢维奇·阿司达霍夫被妻子尼娜抛弃，一个人住着大宅子。"一人同自己的学问相处着"，生怕有人打扰。20 岁的女学生克莱渥巴脱拉·伊鲍基手鞭娜·康蒲连娜突然闯入他的生活，住进他的宅子，两代人产生矛盾。这女孩子要自己做自己的主人，与男人来往，但并没有性关系。因为学者不欢迎，她只得搬走，留下一封意味深长的信。

译者《附志》介绍作者：赛甫琳娜是俄国现代著名的女作家。主要著作有：处女作《派夫鲁石金的前程》，中篇小说《四章》，短篇小说《违法者》，长篇《维里涅耶》使她享有盛名，其他还有《朽料》《同路人》《遇合》《卡因酒店》。"赛甫琳娜作品的中心题目是乡间妇女的解放，农人革命的真实的描写，和社会阶级冲突的状况。她的描写事物大半站在农人的立场上，她对于智识阶级分子不表赞成的态度在她作品的字里行间时常透露出来。她的作品的风格也含多少乡村化的气味；句子很短，句子的结构时常前后倒置，对于她所描写的人物的谈话用这种笔调等，确乎是很能入神的。/本篇《袭击》是描写新旧两代的冲突，老旧的智识阶级和革命的新青年分子间的隔膜。作者的同情倾向于革命的新青年方面是显然的。"（第 191 页）

贾克·伦敦《失了面子》（第 211～218 页）：流浪的波兰人斯宾可落入野蛮、凶残的马加马克酋长的控制之中；他以会制神奇的刀枪不入的涂药拖延时间，伺机逃离控制，使马加马克"失了面子"。

普鲁斯①《新年》（第 257～261 页）：奴隶主奥非尔的秤失去平稳，奴隶获得解放。这是一篇近似于童话的传说。

伐拉夷柯夫《消夜会》（第 278～289 页）：会吹笛子的牧羊青年斯妥扬与村女攀恩卡的爱情故事。

文末的译者附记介绍说："伐拉夷柯夫（Todor G. Vlajkov）于 1865 年生于 Pirdop，为现代保加利亚的美文作家。《关于斯拉夫超祖父的孙女》、《乾娜婶婶》、《仆人》为其最出名的作品。1897 年印行《长篇小说和短篇小说集》，算是跋佐夫（Vazov）以后最为人所喜读的小说。他最喜欢取现实生活的题材，他的风调充满了美的轻舒。这一篇《消夜会》取材于保加利亚乡村有趣的生活。据原译者注释云，乡村女人当于秋冬的晚上齐集于一屋内，共同工作和游戏，如纺织，刷羊毛，剥玉米等等的事，同时女主人公饷以牛酪和果汁混合着的玉米粥。"（第 289 页）

关键词：赛甫琳娜　杰克·伦敦　普鲁斯　伐拉夷柯夫

1930 年 1 月 10 日

赵景深《现代文坛杂话》：《最近的俄国文坛》，载《小说月报》第 21 卷第 1 号，第 333～334 页。

本文说："俄国文学现在也与德国或是世界各国一样，回忆录，传记以及游记之类的作品甚为流行。"

---

① 目录页作普鲁士，正文作普鲁斯。

关键词：俄国文坛现状

1930 年 1 月 10 日

新书介绍：〔法国〕Marc Ickowicz（伊可维支）著、樊仲云译《唯物史观的文学论》，新生命书店出版，实价 1 元。

"文学作品向来以为是精神的表现，是理想境界中的事物，但是精神寓于肉体，根底仍免不了是物质。理想虽是飘渺（缥缈）的云，但到底由头脑之中出来，由种种社会条件造成。所以虽然一般人觉得文学与物质为两事，而到了今日，经济的因素日见重要的时候，卒不得不低头于唯物论。不过，向来关于这类的研究，甚为稀少，本书的出版，所以不但在原著者的法国，在中国，尤不消说是值得我们注意的。"（第 289 页）

原书分两部：第一部艺术科学论，共 4 节：（一）观念论的艺术观，（二）社会学的艺术观，（三）弗洛特的艺术观，（四）马克斯的艺术观。第二部唯物史观在文学上的应用，可参照本书的下一条。

关键词：伊可微支　唯物史观的文学论

1930 年 1 月 15 日

《现代小说》第 3 卷第 4 期出版"一月特大号"。

刊载法国流落苏联的 Mare Ickowi 易可维茨（此人即上文的伊可维支，下期译作伊可维茨）作、沈起予译《唯物史观的文学》。共 6 题，本期二题：（一）现代法国文坛思想的对立，（二）文学上之唯物史观的应用——小说。下期四题：（三）鲁滨孙飘（漂）流记，（四）浪漫主义革命与巴尔札克，（五）弗洛贝尔，（六）左拉。另有伊可维茨的论文《文学创作的机构》。

本期的"海外文坛"专栏刊载：美国 M. Gold 著、周起应译《罢工》（群众朗诵剧），并起应译《果尔德自传》，朝鲜金永八著、深吟枯脑译《黑手》（小说），苏联 A. Vesely 著、成绍宗译小说《海面掠夺》，日本藤森成吉著、沈端先译《特别快车》（剧本）；

在"研究·介绍·批评"专栏刊载：钱杏邨《关于日本新兴文学》，U. Sinelair 辛克莱著、佐木华译《几个美国的无名作家》，王任叔《小林多喜二的〈蟹工船〉》，冯乃超《本志十月号、十一月号作品批评》；

在"小品·随笔·创作"专栏刊载的作品有：适夷《泥泞杂记》、许杰《枉生女士》、洪灵菲《蛋壳》、杨邨人《圣诞树》、叶灵凤《初雪纪事》、段可情《观火》、孙席珍《平姑娘》、华汉《归来》。

关键词：《现代小说》一月特大号　国外新兴文学创作、批评、信息

1930年1月15日

蒋光慈《异邦与故国》，散文集，上海现代书局，初版。

作者在写于1929年2月1日的简短序言中说："这是我在东京养病时一部分日记。""不过是我个人生活的纪录而已，并没有什么意义。"读者于此得不到东京尤其是整个日本的印象。"像我这样年纪还轻的作家，本不应该即行将个人的日记发表出来"，仅仅是因为一要纪念东京之行，"二因为经济的催促"，不得不做例外的事。

作者1929年东渡日本，治疗肺病。在东京，他与孟超、任钧等，组织太阳社东京支部，与日本的左翼文艺工作者密切往还，共同研讨创建无产阶级革命文学的问题；阅读别林斯基、普列汉诺夫、卢那察尔斯基的文艺理论批评著作，清算自己的文艺思想；撰写长篇小说《冲出云围的月亮》；翻译苏联的革命文学创作《一周间》；登富士山，饱览自然风光。这些是日记的主要内容。日记的主调是思念祖国。

关键词：蒋光慈　《异邦与故国》

1930年1月16日

〔日本〕米川正夫作、查士骥译《最近的苏俄普鲁文学》，载《真美善》月刊第5卷第3号，第1~11页。

文章开篇说，最近的苏维埃文学处于"无风沉静时代"，但"从许多新作家相继抬头，说着自己独有的言语而欲给俄国文学以若干新的东西的一点上说起来，则今日的苏俄文坛的沉静，未始不可视之为孕育着明日的飞跃的准备时代"。（第1页）苏俄文坛跟苏联国家一样，"已经过了争斗时代而入于较困难的和平的建设道路"。（第2页）

随着这股风潮的兴起，就是"对于过去俄国文学的最高标准"的托尔斯太、杜斯妥以夫斯基的"兴味，尊敬，以至模仿"，"就说在新近出现的年青普鲁莱塔利亚作家的作品中没有一篇不可不指示出托尔斯太的影响，也非过甚的夸张"。被评为普罗文学"最高完成的法徐爱夫的《破坏》（通译法捷耶夫《毁灭》），也是其显例之一"。（第3页）

"最近最使新闻杂志的论坛热闹的作品"有：巴夫曼契夫的《马丁的犯罪》、巴蕃洛夫的《布尔斯基》、萧络霍夫的《静静的同河》、尤利·沃利郁沙的《羡慕》、史里郁托夫的《断绝》，等等。（第8页）

萧络霍夫的《静静的同河》"以同河(通译顿河)地方的哥萨克的生活为题材的此长篇,在主题的采取方法上就很新颖。出现于以前的俄国文学中的哥萨克,只有果戈里的《达拉史·布里白》,托尔斯太的《哥萨克》,都只表示出民族的华美的英雄浪漫的一面,萧络霍夫则把他们的经济生活,劳动生活及家庭生活都全无遗憾的写破了,在读者眼前展开了真的状态。出现于此大作中的人物,如钝笨的中农阶级,贵族阶级,军人,智识阶级,藏着革命的叛逆的倾向的贫农阶级等等,是拥有哥萨克民族的各阶段的,充满了自同河起以至南方的旷野,野兽生活等新鲜的美丽的描写,表现出了一篇雄大的壮丽的叙事诗。作为《静静的同河》的基础的气氛,可用对于生的渴望及快乐的生命的肯定等话来包括。此气氛常被扩大为托尔斯太的广义上的人类爱。并且表现着生之肯定的作者的艺术方法,也可明显的看到托尔斯太的感化。有时竟有可以完全认为托尔斯太的模仿的地方。但萧络霍夫的艺术和托尔斯太的相区别的明了不同点,在于他的为一个真正的农民作家。出身于农民阶级的萧……(对于)农民的世界是和自己的灵魂一般的熟知的。农民的人生观,感情,思想,言语,传统——一切都构成他的本质的一部分,所以他不仅用作品中人物的眼来看,用作品中人物的心来感,就是叙述此种种的文体,也是有机的从农民的言语中组织成的萧络霍夫独自的文体"。(第7~8页)"农民文学右翼中最有才能的作家而得有定评的是克尔契可夫",另有雷沃诺夫的《穴熊》和《农夫奇谈》。(第8页)《农夫奇谈》"是对于被贫苦,不幸及无知识的黑暗所包围着的农村的绝望悲观"。(第9页)

关键词:日本米川正夫 最近的苏俄文学 萧罗霍夫《静静的顿河》

蒋光慈《冲出云围的月亮》出版

1930 年 1 月

蒋光慈《冲出云围的月亮》,长篇小说,上海北新书局,初版,1930 年 8 月第 8 版。

小说写的是大时代中青年的命运。李尚志和柳遇秋,一个坚持革命,一个背叛革命,恰成鲜明对比。女学生王曼英,青春年少,内心充满浪漫谛克。随着革命潮流的高涨和低落,她也不断改变着对人生的态度。她曾一度自暴自弃,走上毁灭自己的道路。"曼英想来想去,总觉得那光明的实现,是太过于渺茫的事了,与其改造这世界,不如破坏这世界,与其振兴这人类,不如消灭这人类。"流浪中，她在酒醉后失身。于是，她一不做二不休，既然下了水就痛快地洗个澡。她甚至以自己身上的梅毒去报复苍蝇样的纨绔子弟。然而她的灵魂是清白的。她痛斥叛变革命的柳遇秋，说："我卖身体比你卖灵魂高尚！"她胸中的革命火焰终于被坚持革命的李尚志点燃，并在跟工人的交往中加了油，越燃越旺。她像一轮明月，冲出乌云，又露出了皎洁的笑脸。

全书是这样结尾的：

> ……她走上前将李尚志的颈子抱着了。接着他们俩便向窗口走去。这时在天空里被灰白色的云块所掩蔽住了的月亮，渐渐地突出云块的包围，露出自己的皎洁的玉面来。云块如战败了也似的，很无力地四下消散了，将偌大的蔚蓝的天空，完全交与月亮，让它向着大地展开着胜利的，光明的微笑。
>
> 两人静默着不语，向那晶莹的明月凝视着。这样过了几分钟的光景，曼英忽然微笑起来，愉快地，低低地说道：
>
> "尚志，你看！这月亮曾一度被阴云所遮掩住了，现在它冲出了重围，仍是这般地皎洁，仍是这般地明亮！……"

小说爱憎分明，反映了某种时代真实。因系革命加恋爱的类型，出版后受到欢迎。

关键词：蒋光慈　《冲出云围的月亮》

1930 年 1 月

胡也频小说《一幕悲剧的写实》，中华书局出版，为《新文艺丛书》之一种。32 开，136 页。

小说为日记体。搞戏剧创作的"我"和夫人藜搬入新居。"我"与房东太太一见钟情，由大胆相爱，到去西湖度蜜月；经过一段疯狂生活之后，由于房东太太看了"我"给藜的信，知道他们爱得深，不能拆散，感到自己始终是不幸的，于是叫"我"搬家，并离开她。

房东太太读过书，反过封建，与有钱但只会教书而不懂得爱的教授生活，她感到等于卖相，所以要猎求外边的刺激。为什么爱新来的"我"，作品没有交代。

青年男女的婚姻自由，灵肉都满意。这是"五四"题材。

关键词：胡也频《一幕悲剧的写实》

1930 年 2 月 1 日

《萌芽月刊》第 1 卷第 2 期出版。

刊载的创作有：鲁迅的杂记《我和〈语丝〉的始终》、张天翼的小说《"从空虚到充实"》、林林的一幕剧《独轮车》、陈正道的散文诗《铁臂》；在"社会杂观"专栏刊载的杂文有：学濂《"没落"和"方向转换"》、鲁迅《书籍和财色》、连柱《学术和时髦》《两种奴隶》，迹余的通信《寄自柏林》。

林林是第一次发表作品。《独轮车》写南海农民受剥削之重和无法生活下去的苦况。这家无名无姓的农民，租地主的 1 亩田，每年要交 150 斤稻子的地租。如此重的剥削，他们已经代代相传忍受了三代。老婆伤寒死去，嫂嫂流产而死。如今，老农病卧在床，祖孙两人盼推车挣钱的儿子买米回来下锅，谁知等来的却是儿子活活累死，他也一命呜呼。

关键词：鲁迅《我和〈语丝〉的始终》 林林《独轮车》

1930 年 2 月 1 日

张天翼短篇小说《"从空虚到充实"》，载《萌芽月刊》第 1 卷第 2 期，第 77 ~ 128 页。

小说写两个小知识分子李荆野和老惠在北京的空虚生活。他们无所事事，找不着时代中心，也就是没有找着自己在社会上的位置，所以感到空虚。经过朋友戈平被抓并无辜被杀，荆野受牵连，浅尝牢狱之苦，生起充实生活的愿望。决心离开北京到上海，去寻找新的道路。但半年后，从上海传来的消息是，他比在北京还要消沉。所以本文题目用了引号。

在监房，由戈平的死，荆野反省自己，经过反省他觉得充实。

"他发现自己是个可悲的弱者。""我意志薄弱。我耽于安乐，我是个Bon-vivant。"（第 112 页）过去过的是空虚的生活，"由这空虚，便产生了他这痛苦，烦闷，彷徨。要是再不努力从空虚中救出他自己，将来还许会有什么所谓大悲剧的"。应该"有点勇气"（第 113 页）。"我是想将我自己从这妈的空虚生活里拔出自己来，我要向充实走去。""一句话，他要从空虚踏出，走向充实。悲惨的牢房，肉的刑，戈平的死，这些这些，是在将他从空虚引渡到充实去。他预备像老惠所说的，'站到别人前面去'。他找到了时代。他要给人类做点事。"（第 117 页）老惠提醒他不要"感情用事"（第 119 页），但愿"你那打主意不是由于冲动"，因为"意志薄弱的人是容易冲动的"。（第114 ~ 115 页）"希望你走向充实，充实了，就光明，丰富。"（第 118 页）

作品中有张天翼似的幽默：

"沉默在这里躺了分多钟。"（第 80 页）

"桌上是书和乱纸堆的山，像爱写堆砌句子的写的文章，看来像是很丰富的一堆。"（第 88 页）

"（搜捕警察）十几只人肉的手造成这混乱：紧张，但又滑稽。"（第 95 页）

连不时夹杂的外文，也是这种幽默的象征：Baudelaire Décafece Spontaneous Taras Bulba Prologue Beadrsley Inpulse Modern Nainai—Shong Heg Bon viant Ay Intellect Renaissance Wilde D'Anunzio Maeierlinch Verhaeren Temptaion Bravo E-e-eh

本篇后来收入小说集《畸人集》时，改名为《荆野先生》。

关键词：张天翼　《"从空虚到充实"》

1930 年 2 月 1 日

A. 卢那卡尔斯基作、P. K（巴金）译《在我们时代里的契诃夫（为了他死后 25 年纪念）》，藏原惟人作、洛扬（冯雪峰）译《法兑耶夫底小说〈溃灭〉》，曹靖华《〈第四十一〉后序》，载《萌芽月刊》第 1 卷第 2 期。

《在我们时代里的契诃夫（为了他死后 25 年纪念）》开篇即说："在晚年，他在俄国差不多成了一个没有人不知道的作家了。虽在几点上，并不及托尔斯泰，然而和戈理基与珂罗连科相比，却难分高下。""最被他的影响所感动的，是他所最喜欢描写的那知识阶级，他底全部著作，差不多都是描写他们的。"（第 1 页）

契诃夫的主要艺术观点有三：第一是写实主义。"他的每一篇作品都是一幅高妙到不可思议的真实而生动的画图。契诃夫是一个有永久性的艺术家，当然不仅将人生的局部现象摄入，就算了事；他将各种人生的现象总结起来而深深地加以描画，用种种努力的企图，使各种复杂的模型完全充实着生命，决不使别的虚妄混入其间，因为这种种现象都是关于当时环境的真确的纪实。"（第 2～3 页）第二是笑。他的笑声有点像果戈里，"大都是从诙谐的事实中流露出来的"。（第 3 页）第三是他的苦闷。"他的苦闷不像安得列夫似的失望的悲呼，也不同法郎士常对我们讲的嫉俗或厌世。它是人类的真实而深刻的苦闷。"（第 4 页）

"契诃夫的作品固然是反抗现实生活的抗议书，可是他的抗议书是安慰的，推进的，而不是失望的，也不是战斗的。"

契诃夫是"出众超群的作家"。（第 5 页）

藏原惟人的《法兑耶夫底小说〈溃灭〉》说：这《溃灭》"正是接着里白进斯基底《一周间》（1923 年），绥拉斐摩维支底《铁之流》（1924 年），革拉特珂夫底《水门汀》（1925 年）等，代表着苏联无产阶级文学底最近的发展的东西吧"。

"做小说《溃灭》底主题者，是在西比利亚（按：原文如此，不是西北利亚）的袭击队底斗争。是那为对抗日本军和哥却克军底反革命的结合而起来的农民，劳动者，及革命的智识份子之混成队的袭击队——在西比利亚市民战争里的那个困难的，然而充满着英勇主义的斗争之历史。"但作品的主眼并不在它的情节。"作者所瞄准的，决非袭击队底故事，这乃是以这历史的一大事件为背景的，具有各异的心理和各异的性格的种种的人物之描写，以及作者对于他们的评价。"可以说，《溃灭》没有主人公，若强求之，则主要人物中之重要者有：袭击队队长、犹太人莱汶生，以前是一个矿夫的木罗式加，从"市"里来的美谛克，以及为木罗式加之妻同时是野战病院的看护妇的华理亚，为莱汶生之助手的巴克拉诺夫等。（第 208、209 页）

藏原说：《溃灭》"和自然主义的写实主义相对，我们称之为无产阶级的写实主义"。《溃灭》在苏联无产阶级文学史上"代表它底新的发展阶段的。1923 年发表的里白进斯基底《一周间》，是在当时的无产阶级文学底杰作，但在那里以描写着共产党员为主，还没有描写着真正的大众。革拉特珂夫底《水门汀》，纵有它底一切的长处，那人物也还不免是类型的。但在这《溃灭》中，法兑耶夫是描写着真正的大众，同时他还对于类型和个人的问题，给与着美妙的解决。只有比之《水门汀》，缺少情节底趣味的一点，是它底缺点吧"。（第 218 页）

曹靖华的《〈第四十一〉后序》，1929 年 5 月写于列宁格勒。

对《第四十一》的作者鲍里斯·拉甫列捏夫（今译拉甫连尼夫），曹靖华的概括是："他是坚决的走上十月之路的作家，他双足坚固的站到革命的立足地上来讴歌十月，讴歌光荣的世界十月的胜利，颂扬红的，诅咒白的；他心灵里燃烧着颠覆旧统治权的愤火，敌视一切的削夺阶级，憎恶一切的十月的敌人；他内心里迸发着灿烂的天才的火花，充溢着革命的热情与伟大的力量，站到无产阶级的观点上来描写十月，描写这大时代的血花，描写这大时代的暴乱，描写这大时代的壮美，描写这大时代的英勇伟大：这些，不但'同路人'不能同他相比，即无产阶级的作家对之也有逊色的，虽然名义上他还是属于'左翼的同路人'，而未列于无产阶级作家的营垒里去。"（第 219 ~

220 页）

对作品的女主人公马柳特迦，曹靖华说作者"写得更其生动有力而感人"。"她是内心里含着无限力量的革命女子，她是十月的女布尔雪维克的典型，她整个的生命感觉到革命是她自己的切身的事业。她的意志的坚决，阶级的觉悟，对于'穷苦的无产阶级为着自己的权利而斗争'的事业的忠诚，在爱情的面前不为那'清闲幽雅'的生活所迷惑，不为爱人的甘言蜜语所动摇。""人类的性爱，怜悯，对美的渴想与严重的国内战争的义务的冲突"，而"冲突的解决是为着"十月的"利益而牺牲一切"。（第 222、223 页）这种深刻的心理描写，是小说最动人的地方。

关键词：卢那卡尔斯基论契诃夫　藏原惟人评《毁灭》　曹靖华评《第四十一》无产阶级文学的代表作

1930 年 2 月 1 日

蓬子译巴比塞短篇小说两篇《不能克服的人》《姜·葛里西亚底转变》，载《萌芽月刊》第 1 卷第 2 期，第 155～176 页。

这两篇写的都是罗马尼亚人对统治者的反抗。

《不能克服的人》：G. 布君原本是律师，因政治原因被投进监狱。手足负着铁链，被幽禁在一个小小的囹圄里，监房只有一手的宽度。整整 6 年，也就是 74 个月，"绝对的秘密围着他，紧紧地封住他了。不仅不准他接一个客人；从入狱的第一天起，他就不曾再看到一个人类的面孔，再听到一个人类的声音了"。他被囚在绝对的黑暗里。当局是要把活人变成死尸。让当局始料未及的是，6 年后，当他第一次见到探望的人时问的第一句话却是："在俄罗斯，Bolshevists 依旧得势吗？"作品的结尾说：

"信仰，是比一切痛苦都更强烈，比疾病都更强烈，比疯狂都更强烈，是持续的，而且栽培在世上唯一的自由的种族里，在它的极顶的理想上面。

"这个信仰是一切炸药中之顶恐怖的。"（第 161 页）

《姜·葛里西亚底转变》：姜·葛里西亚是一个绝对的农民，不识字，没有出过门，对世事一无所知。他被征兵。他认为"肩着一根来福枪，正像他往日肩着犁和锄头一样"，他没有别的感觉。但兵营中的革命者却让他懂得了什么是××党，把他变成了另外一种人。随之，他就被判在反省院幽禁 5 年。当局欲秘密杀害他，未果；欲饿死他，也未达到目的；将他投入病舍，但"葛里西亚还是没有死"。

关键词：巴比塞　蓬子

1930 年 2 月 1 日

F. 革拉特珂夫著、沈端先译《醉了的太阳》（长篇小说），载《萌芽月刊》第 1 卷第 2 期，第 57～76 页，第 3 期连载，第 181～195 页，未完。

关键词： 革拉特珂夫　沈端先

1930 年 2 月 10 日

《拓荒者》第 1 卷第 2 期出版。

本期刊载的创作有小说：建南的《盐场》，洪灵菲的《大海》（中篇）、《家信》（长篇，续），冯铿的《乐园的幻灭》，戴平万的《村中的早晨》，莞尔的《践踏》；诗歌：殷夫的《诗三篇》（《我们》《时代的代谢》《May Day 的柏林》）、森堡的《十月三日》；戏曲：龚冰庐的《我们重新来开始》；随笔：柯涟的《一个回忆》、孟超的《致狱中人》、卡气的《阿毛》。另有翻译小说《此路不通》（苏联维列赛也夫作，蒋光慈译）。

洪灵菲的《大海》《家信》，戴平万的《村中的早晨》，都写南国的农村革命。

关键词：《拓荒者》的创作　楼建南　洪灵菲　戴平万　殷夫

1930 年 2 月 10 日

（楼）建南小说《盐场》，载《拓荒者》第 1 卷第 2 期。

楼建南的《盐场》于 1929 年 12 月 20 日写于东京。据蒋光慈的《东京之旅》，这篇作品蒋光慈看过两次，提过修改、加工的意见。小说写浙东盐民反压迫争生存的自发斗争。反抗的队伍是杂凑的，无纲领、无组织、无计划，只是自发的盲动，失败是自然的。

关键词： 楼建南《盐场》　浙东盐民反压迫争生存的自发斗争

洪灵菲《大海》、戴平万《村中的早晨》

1930 年 2 月 10 日

洪灵菲中篇小说《大海》，载《拓荒者》第 1 卷第 2 期。

小说直接写华南农村的土地革命，具有浓郁的地方色彩，雄浑的革命气势，鲜明的时代特色。大海的怒涛能冲刷掉一切污秽，惊天动地的革命能改变一切旧物。锦成叔、裕喜叔、鸡卵兄三个农民什么事都干过，什么苦都尝过，什么反抗方式都用过，都未能解脱苦难，反而把性格都弄歪了。只有农村土地革命的汹涌波涛，才冲掉了他们身上的污浊，将他们还原成人。

小说的人物，就单个来说，当作者用介绍的办法让他们出场时，也都有自己特殊的经历和个性——

40 多岁的锦成叔，"他是一个见过世面的人物，一个老在南洋各处奔跑的人物。他晓得怎样去生活着。他是一个有主见而不容易屈服的人物。他虽然不知道什么是被压逼的人们所应该走的广大的道路，但他却本着一种原始的，野兽性的本能，在向着社会反抗。他恼恨着城市上的资本家，恼恨着乡村间的地主"。他的哲学是只要能弄到钱，不要管什么手段。

裕喜叔"是一个穷透的人物"，他把 6 个儿子都卖尽、吃光了。老婆当乞丐，讨饭供丈夫。他年轻时，是一个健壮活泼的农夫，有气力，能干，"伸直手便可以摸着天"，颇有理想。后来因为天年不好，歉收，缴不起租，田被吊佃（收回），认识到气力无用。他苦闷，狂喝乱饮，感到"他的心像被什么鬼物撕裂一样"，感到在吃儿子的肉，痛苦万分，又无法自拔。

鸡卵兄幼时读书聪明，但父亲只要他劳动。父亲累死在田里。他"并不哭泣，他是连哭泣的时间都没有的。他不得不生活着，而生活把他所有的时间都剥夺去了"。

作者把三个人物介绍完时，作品也就结束了。这是孤立地、静止地写人。人物是平面的纸人，不是立体的活人。这就是初期普罗文学创作。

关键词：洪灵菲《大海》

1930 年 2 月 10 日

戴平万小说《村中的早晨》，载《拓荒者》第 1 卷第 2 期。

小说写一个老农民对革命的儿子由不理解到理解，由反对到支持。

当农民老魏到山头村去找从事武装斗争的儿子阿荣时，他想："儿子究竟是个甚么人呢？许多人都说他是一个××党，村里有钱的人咒骂他，城里的官府要捉他，而他却是自己的儿子！这个儿子，也不要父母，就是自己的生命也好像是不要紧的。他怎么会这样呢？他究竟为着甚么呢？有人说他是革命，又是革谁的命呢？革满清的命，满清不是没有了吗？那么是革民国的命了？不错，就是革民国的命，这才会给官府通缉呢。"

这些想法很有趣，非常符合老魏的身份。它没有正面写阿荣，却始终在写阿荣。通过老人的回忆、观察，反映革命所带来的变化，以及老人的变化，从而歌颂了革命和革命者。

老魏在山上住了一夜,对革命、对儿子都有了感受。第二天,他踏着晨曦,身披朝露,在革命农民胜利的歌声、笑声和热烈的口号声中,老人下山回村。他的一肚子怨恨,一脑子疑虑都涣然冰释了。作品是这样结束的:

> 老魏饮着眼泪,回头去望着那鲜美的晨光,晨光下的山头村,自己呢喃到:
>
> "也许儿子不会把我忘掉了,我错了!"

深情的自语,轻快的旋律,诗一样的美。

这篇小说通过老农的回忆和眼前所见,把一个革命者的斗争生活、精神境界,把革命后农村的新气象,表现得很自然,富有感染力。读者好像也闻到了清新的空气,也听到了清晨的鸟语,也沐浴着朝霞,也在分享胜利的喜悦。

关键词:戴平万《村中的早晨》

1930 年 2 月 10 日

冯铿《乐园的幻灭》(写于 1929 年初冬,上海),载《拓荒者》第 1 卷第 2 期,第 505~517 页。

小说写一位天真烂漫、活泼可爱、稚气未泯的女小学老师,在现实面前,幻想破灭。军阀长官为了达到攫取她的目的,竟然叫烂兵住进学校,霸占学校,使学校停办,并说:"我还可以任用你做个女书记。"

作品最后,说她"昏惘的神经清醒了一下",心想:"对的!对的!……我眼前自己只好对他退让,屈服!我们要忍耐,要合力,要组织,然后才反抗,对一切丑恶的反抗,那些书本不是这样告诉我们么?……我觉悟了,这样优美的乐园在此刻已没有我再事贪求的可能了!……"于是,"她的脑里闪上一幅光明的前路!"(第 517 页)

《拓荒者》第 1 卷第 4、5 期合刊,又载冯铿的小说《突变》(写于 1929年 12 月 24 日,上海),第 1276~1293 页。

小说写一个女工阿娥的心理变化和对人生道路的选择。阿娥是上海的一名女工。丈夫死了,自己带着已经 7 岁、经常生病的孩子。她工作 12 小时以上,为寻求精神上的出路,拖着疲惫不堪的身躯,走很远的路,去牧师家参加晚祷,因为明天是圣诞节。她没有钱乘坐公共汽车,只能走路。街上寒气袭人，她的指头都冻僵了。外滩一带的商店橱窗，使她放慢了脚步。她好像是第一次看见那玻璃窗里的玩具、吃食、衣物。"她是生活在现实的地狱里而痴望着空虚的天国的可怜的妇人！"（第 1281 页）她一边看，一边心理起着翻天覆地的变化。"我给骗了，给他们欺骗了！我，我们已经忍受的痛苦委实太多了，我们要找求现实的地上的平等慈爱……我们要吃得饱，穿得暖！"（第 1291 页）"上帝不会给我们饭吃和衣穿，我们工友们只能自己起来求生存。"她决定不去做祷告，而是去参加工友们的聚会，商量向资本家讨还血汗。

小说的结尾说："阿娥的心房重新跳动起来！她的全身有了新的生命力，她把握到真理的臂膀！她丝毫不感到冻冷地在寒风里向原路跑回，她跟着脑里那线光明的希望前奔！"（第 1293 页）

冯铿的小说抒情意味浓厚，显得稚气，而且结尾的光明尾巴也脱离现实。

关键词：冯铿　《乐园的幻灭》《突变》

1930 年 2 月 10 日

《拓荒者》第 1 卷第 2 期刊载的理论批评文章有：

《论新兴文学》（V. Ilich 原作，成文英译）、《伊里几的艺术观》（列裴耐夫原作，沈端先译）、《文艺理论讲座　第二回　阶级社会的艺术》（冯乃超）、《鲁迅》（钱杏邨）、《我们的文化》（郭沫若）、《德国的新兴文学》（川口浩作，冯宪章译）、《最近世界美术运动的趋势——及站在 Proletariate 立场上的批判》（叶沉），若英的《关于李别金斯基——介绍他的〈一周间〉》、沈端先的《小林多喜二的〈一九二八，三，一五〉》、祝秀侠的《辛克莱的〈潦倒的作家〉》、潘汉年的《普罗文学运动与自我批判》、钱杏邨的《关于〈都市之夜〉及其他——介绍戴平万的短篇小说的两个主要的描写对象》和《创作月评》（1930 年 1 月）、冯乃超的《作品与生活》（本报第一期的批判）。还有文艺通讯《艺术剧社的第一次公演》（邱韵铎）。

叶沉的文章分为两个部分：（一）布尔乔亚的美术全盛、混乱和它必然的自身解体；（二）Proletariate 的美术的潜行、露芽和它迅速的进行。他说，从 1880 年至今的 40 年间，由于世界经济和政治急骤变化，美术运动也迅速地呈现出不同的路线（其实就是潮流）：印象主义（Impressionisr）、新印象主义（Ieo-impressionism）亦即点描派、后期印象主义（Post impressionism）、立体派（Cubism）、表现主义（Expressionism）、纯表现主义（Pure Expressionism）、未来派（Futurism）、Da Daism，以及近于 Nihilism 的一种纯黑白的区分画、新古典派（Neo Ciassicism）、纯理想主义（Pure Idealism）、

Smartelism、Construtism 以及新兴阶级的 Proletariate Realism。 （第 737 ~ 738 页）

若英（钱杏邨）对李别金斯基的小说《一周间》的介绍和评价是："《一周间》产生的动机，和这部创作在苏联文学上的地位的估价"，"马克希麻夫在《俄国革命后的文学》里介绍这一部书道，《一周间》引用了布哈林（Bukharin）的优胜的文章，表现斗争的苦心，同时特别嵌入军事共产时期的描写。那时代在经济上遭遇了极端的危险。这部小说在含有共产主义的倾向的小说家之中，于在明了而且强有力的表现观念的一点上，确做着中心"。（第 754 页）又说，"总之，《一周间》这部创作，确实是能够代表苏联的军事共产时期的人物的活跃，在这里展开了当时的苏联的一幅鸟瞰图。无产党人的新型，到这时，是开始反映到文学上来了"。（第 757 页）"这一部创作，无论在意识形态方面，在感觉情绪方面，都是无产阶级的，都是显明活跃得如初升的太阳，扑扑的朝气是不断的向读者袭击。"（第 761 页）

关于小林多喜二的小说《一九二八，三，一五》，沈端先根据藏原惟人的说法，认为它在日本普罗列塔利亚文学史上是"划时期的作品"。（第 765 页）

钱杏邨评戴平万，谈到戴的小说有《小丰》《献给伟大的革命事业》《母亲》《激怒》《山中》《春泉》《陆阿六》《村中的早晨》《都市之夜》等。他说，戴平万所描写的人物主要有两种："其一是革命儿童和流氓无产阶级儿童，其二是革命的农民。"（第 784 页）作者说，戴的作品也不免"具有不少缺陷，如感觉情绪的不能无产阶级化，如意识形态的不能完全无产阶级化，如在技巧上的动的，力学的力量的缺乏"。（第 789 页）

钱杏邨的《创作月评》，共评了《中学生月刊（一二月号）》《萌芽月刊（一二月号）》《新月月刊（2 卷六七号合刊）》《现代小说（1929 年 12 月号）》《小说月报（1929 年 11 月号）》《乐群月刊（1929 年 12 月号）》以及冯乃超著《抚恤》、蒋光慈著《冲出云围的月亮》、张资平著《糜烂》、周作人著《过去的生命》、虞琰著《湖风》。就魏金枝的《奶妈》，钱氏说："于此，可以看到每一个普罗列塔利亚作家，他一定要接近革命，参加革命，了解革命，然后他的作品的内容才会充实。"（第 793 页）就张天翼的《"从空虚到充实"》，钱氏说："普罗列塔利亚文学，是普罗列塔利亚的斗争的武器，绝对不是一种观照的东西。这是旧写实主义与新写实主义最主要的相异之点。"（第 794 页）就祝秀侠的《讲演队》，钱氏说："祝秀侠君的创作人物，大多是小布尔乔亚的学生群众，他的创作也大都是暴露这一班人物的丑恶。他的这一类的创作，只表示了他对于这些人物的憎恶，始终的不能积极地去加以目的意识的批判。反映到作品里的作家的意识，不免是一种革命的小布尔乔亚的立场。"（第 795 页）说蒋光慈的《冲出云围的月亮》"全书的革命的罗曼谛克的气氛特重"。本书表现蒋的进步是："第一，是语句的构造，是比以前更为简明，更为大众化了。第二，是复杂的事实的错综的得体。第三，是人物性格的描写的开展。"鉴于蒋光慈作品在读者中的影响，以及在普罗文学运动中蒋氏应该担负的责任，钱氏认为："此后的蒋光慈君的创作，应该积极的弥补这种缺陷。他一定要进一步的去描写觉醒了的日渐成长了的革命的普罗列塔利亚群众，以及革命的新的典型人物，一定要把复兴了的普罗列塔利亚的斗争情绪反映到他的创作里去；他必得进一步的很敏锐的把握住日渐发展了的尖锐了的斗争的现代的核心的时代的动的，力学的心。"（第 800～801 页）

冯乃超的"批判"《拓荒者》创刊号作品的《作品与生活》里有这样一些观点可注意：第一，无产阶级文学的作品不但要超过对"生活的认识"，更要"组织生活"。（第 808 页）第二，"无产阶级写实主义的艺术形式是针对无产阶级的主观欲求和对象之辩证法的把握而产生的"。第三，"无产阶级文学不能不淘汰纤弱的形式而撰（选）择及创造强有力的能够耐苦的形式"。（第 809 页）第四，戴平万的《陆阿六》"这是本期中最优秀的作品。作者已经脱离了抽象的革命描写，而以素朴的农家生活构成土地革命的形象。这样，我们才可以从艺术中理解革命。更可以理解革命之必然。然而，最近土地革命之深入，苏维埃地区的扩大，红军活动的加强，对于描写农村生活的这位作家，必定提供许多资料。我都望他能够更大规模的，不只描写一个陆阿六，而有许多个陆阿六的共同活动以及各阶级层的生活为背景创制一幅雄伟的农村斗争的画图"。（第 813～814 页）

关键词：《拓荒者》高密度输入马克思主义文艺理论　钱杏邨的评论　冯乃超的"批判"

列宁《党的组织和党的文学》　艺术应该属于群众

1930 年 2 月 10 日

《论新兴文学》，苏联 Vladimir Ilich 原作，成文英（冯雪峰）据冈泽秀虎的日译重译，载《拓荒者》第 1 卷第 2 期，第 653～658 页。

此文即列宁的《党的组织和党的文学》（现译为《党的组织和党的出版

物》)。此前，1926 年有过首次翻译，这是从日译本重译，第二次全文引进中国。

列宁说：

> 文学不可不为集团底文学。……社会的无产阶级不可不提出集团底文学底原理……（第 653 页）

> 对于社会的无产阶级，文学底工作不但不应该是个人或集团底利益底手段，并且文学底工作不应该是离无产阶级底一般的任务而独立的个人的工作。不属于集团的文学者走开吧！文学者的超人走开吧！文学底工作，不可不为全部无产阶级底任务底一部分。不可不是由劳动阶级底意识的前卫所运转着的，单一而伟大的社会民主主义这机械组织底"一个车轮，一个螺旋"。文学底工作非为组织的，计划的，统一的社会民主党底活动底一个构成部分不可。（第 653~654 页）

> 不用说，文学底工作是和机械的平均平等化及多数决最少关系的东西。不用说，在这工作上，对于个人的思考，个人的倾向，对于思想及幻想，形式及内容，是绝对地必须保证着大大的自由。这是大家皆无异议的事……（第 654 页）

> 第二，资产阶级个人主义者诸君！我应该对诸君说，诸君底关于绝对自由的言辞乃是"一个虚饰"。在建立在黄金底权力上的社会，在少数富豪寄食着，勤劳大众饥饿着的社会，真的现实的"自由"是不能有的，作者呀！你对于你底资产阶级出版者是自由的吗？你对于向你要求装进框子成为绘画的猥亵，向你要求在"神圣的"舞台艺术底"添补"的形上的卖淫的资产阶级社会，是自由的吗？这样，绝对自由云者，岂非不过资产阶级的或无政府主义的辞句（……）而已吗？住在社会里要脱离社会而自由是不可能的。资产阶级作家，美术家，优伶底自由，不过对于钱袋，收买，扶养的带着假面具的从属而已。（第 657 页）

> 这将成为自由的文学。因为和利欲或野心不同，社会主义底理想和对于勤劳者的同情，会将新的东西和新的力加进文学之中去的缘故。这将成为自由的文学，因为这文学将不是献奉给饱食的女主人公或无聊着苦恼于肥满的"上层的数万人"，而是献奉给为一国之精华，形成这国底力与未来的那几百万，几千万的勤劳大众的缘故。这将成为藉自觉了的无产阶级底经验和现实底运动，而将人类底革命思想底最后的言语弄成丰富，并且在过去底经验（使社会主义从原始的空想的形式发展完成到

科学的社会主义）和现在底经验（同志和劳动者们底现实的斗争）之间，作成不断的相互协力的新的文学。（第 657 ~ 658 页）①

同期所载列裴耐夫作、沈端先据日译重译的《伊里几的艺术观》（第 658 页）钩稽了部分回忆中所记录的列宁关于文学艺术的观点，"最主要的就是伊里几对于文学绘画以及最近潮流的态度，和对于艺术的一切见解，在克拉克·宰德根，罗那却尔斯基，国立高等艺术学院的年轻的学生，它尔洛夫斯基等人的回忆录里，发见了可惊的一致"。（第 659 ~ 660 页）

第一，艺术应该为着民众，为着几百万勤劳的人们，——就是为着劳动者农民而存在。我们应该理解，艺术是这几百万人们的东西。艺术的根本，应该深深地生长在民众里面不可。列宁对蔡特金说："在几百万的全人口里面，仅仅供给其中几百人乃至数千人的艺术，决不是重要的东西。艺术，是属于民众的。向着勤劳的大众，艺术应得生长它的深根。艺术，非成为这些大众能够理解的东西不可，非成为他们所爱好的东西不可。艺术应该和他们的感情思想意志结合，而使他们振作起来！艺术应得在大众里面唤起他们的艺术家，而使这些艺术家发展起来。当劳动者农民的大众需要着黑面包的时候，我们可以将美味的甜饼干送给少数人吗？"（第 660 页）当然，我们也得同时提高劳动者的文化水准。

第二，对于艺术上的新潮流，如未来主义、表现主义，列宁是不同意的，是反对的。他拥护现实主义。他理解普希金、耐克拉索夫，而不理解玛耶考夫斯基。

对于伊里几的艺术观，列裴耐夫总结说："希望艺术接近大众，希望艺术容易了解，——为着民众艺术之开花而主张大众文化水准的向上；对于过去文化遗产的适当的利用；对于普洛列脱·加尔脱一派的'纯粹'无产阶级文化（'从莫名其妙的地方跳出来的无产阶级文化'）的书斋式的建设企图的批判；对于艺术领域内所谓'左翼'倾向的极端的否定，以及向着艺术的写实主义而前进的道程——这些，不都是艺术政策的一定而明确的方针吗？"（第 667 页）

关键词：列宁　《党的组织和党的出版物》　文艺应该为着群众

---

① 以上引文悉依原刊，不通之处也未作任何改动。

1930 年 2 月 10 日

〔日本〕川口浩作、冯宪章译《德国的新兴文学——从革命的浪漫主义到新写实主义——》，载《拓荒者》第 1 卷第 2 期，第 713 ~ 735 页。

本文第 6 题是《社会主义作家的评传》。当介绍埃·埃·奇昔（通译基希）时说："从长年的新闻记者生活，他创出了一个新的文学形式。这是所谓'列波尔达知埃'。即是以新闻记者的简洁的话，将生起的事件依原状留在纸上。他这种形式广及了文学的领域。《狂速的通信员》，《狩于时代之中》等是他代表的作品。"（第 732 页）

"列波尔达知埃"是英文 reportage 的音译，后译为报告文学。这是迄今为止所知 reportage 的第一次引进。

〔日本〕中野重治作、陶晶孙译《德国新兴文学》，载 1930 年 3 月 1 日《大众文艺》第 2 卷第 3 期"新兴文学专号"上册，第 543 ~ 548 页。

文章说："刻羞（即基希——引者）可说是新的形式的无产阶级操舡者，所谓'报告文学'的元祖，写有许多长篇，而他的面目尤在这种报告文学随笔纪行之中。"（第 547 页）

《大众文艺》第 2 卷第 4 期是"新兴文学专号"下册，发表沈起予的《法国的新兴文坛》，提到彼埃尔·昂（Pierre Hamp）的小说，说是"以其极端的单纯及正确而有客观性的原故，一般称为'报告小说'"。（第 939 页）

1930 年 5 月 10 日出版的《拓荒者》第 1 卷第 4、5 期合刊，发表沈端先的《到集团艺术的路》。文中说："由工场，农村，兵营等等特殊群集团体通信员所产生的报告，记录，——包含一切正确，机敏，频繁地传达各种战线的战争情况和生活状态的通信，这些，都是唆示着集团主义文学的新型。"（第 1594 页）

1930 年 8 月 4 日左联执行委员会通过决议《无产阶级文学新的情势及我们的任务》，号召："从猛烈的阶级斗争当中，自兵战的罢工斗争当中，如火如荼的乡村斗争当中，经过平民夜校，经过工厂小报，壁报，经过种种煽动宣传的工作创造我们的报告文学（Reportage）吧！"（载 1930 年 8 月 15 日《文化斗争》第 1 卷第 1 期）①

以上是报告文学这一新兴文学体式引进到中国的前期过程。

---

① 以上参见赵遐秋《中国现代报告文学史》，中国人民大学出版社，1987 年 1 月第 1 版，第 23 ~ 24 页。

关键词：报告文学理论首次输入中国

1930 年 2 月 10 日

未明（茅盾）《陀螺》、鲁彦《祝福》，载《小说月报》第 21 卷第 2 号，第 349～359、361～367 页。

《陀螺》：中秋节，五小姐心情不好，与徐小姐辩论人生。她认为人生是假是空，"最正当的生活是自己本位的生活"。徐小姐认为她这是病态心理，她说："……发狂地讲究妆饰，因为惟恐被人看出老态；发狂地讲究补养，因为衰老的黑影时时打扰梦寐；总之，是丧失了自信力，丧失了勇往直前生活下去的气概，是人生斗争中败军心理，是既过了中年觉得仍是一无所有因而专心只图晚年的一点安逸那样伈伈小丈夫的没落的心理。"（第 353 页）

关键词：茅盾《陀螺》　鲁彦《祝福》

普列汉诺夫论车尔尼雪夫斯基的唯物史观艺术论

1930 年 2 月 10 日

〔苏联〕蒲力汗诺夫著、雪峰译《文学及艺术底意义——车勒芮绥夫司基底文学观》，载《小说月报》第 21 卷第 2 号，第 393～409 页。

蒲力汗诺夫，现通译普列汉诺夫。车勒芮绥夫司基，现通译车尔尼雪夫斯基。

文中有这样的话："科学的美学底任务，不是由艺术不单是美底'观念'，也表现着人类底别的欲求（对于真实，爱等等的欲求）。""这任务，主要地是在暴露怎样地人类底这些欲求在这美底概念之中寻出自己底表现。"（第 400 页）（顺便说，冯雪峰的译文真难懂！）

关于作者及其理论，《译者附记》说："这一篇就是蒲力汗诺夫（G. V. Plekhanov）底大著《车勒芮绥夫斯基》第一部第三篇《车勒芮绥夫斯基底文学观》底第一章，原题也叫《文学及艺术底意义》，我是据藏原惟人底日译重译的。著者蒲力汗诺夫，想大家也都知道，是被称为俄国底科学的社会主义之父的，他底多数的著作，尼古拉·李宁说是'世界科学的社会主义文献中底精华'；但在中国现在尚还介绍得很少，据我所知，只有《史的一元论》（吴念慈译，南强书局出版），《科学的社会主义之根本问题》（江南书局出版），《艺术论》（鲁迅译，水沫书店出版）及我译的《艺术与社会生活》

（水沫书店出版）4 本。蒲力汗诺夫又是第一个以史的唯物观来研究艺术的人。至于车勒芮绥夫斯基（N. G. Chernyshevsky），是 19 世纪俄国最大的思想家之一，于哲学，历史，文学，经济，政治等方面，均留下了优秀的著作；并且有他底思想底根柢里横着法耶尔巴哈（费尔巴哈）底唯物论的哲学，所以有人说，恰如卡尔·马克思和 F. 恩格斯从法耶尔巴哈底哲学出发的一样，俄国最大的二个科学的社会主义者——即蒲力汗诺夫和尼古拉·李宁——于其出发的当初，是直接间接地从车勒芮绥夫斯基那儿学得了许多东西的。蒲力汗诺夫底《车勒芮绥夫斯基》，便是一边涉及各部门地将车勒芮绥夫斯基底思想加以绍介和批判，一边展开着他（蒲力汗诺夫）自己底科学的社会主义的世界观，所以既可知道车勒芮绥夫斯基底思想，也可知道蒲力汗诺夫底思想。——论文学的部分，也当然如此。"（第 408～409 页）

关键词：普列汉诺夫　车尔尼雪夫斯基　唯物史观艺术论

1930 年 2 月 10 日

赵景深《现代文坛杂话》：《德国的普罗诗人》，载《小说月报》第 21 卷第 2 号。

本文先为普罗诗人定性："德国的'工人诗'（Arbeiterdichtung）还是近十余年来新发生的一种运动，特指真正拿血汗来挣钱的工人，真正的普罗阶级。"

德国普罗诗人的先驱者是离大战前不久的一辈作家：白鲁格尔（Karl Broger）、芮起（Paul Zech）、皮特左尔（Alfons Petzold）、巴尔什尔（Max Barthel）、恩吉尔基（Gerrit Engelke），以及李尔希（Heinrich Lersch）。恩吉尔基是漆匠，他唯一的诗集是《新欧的韵律》（Rhythmus des Neuen Europa），1921 年出版。李尔希以描写火炉与机器房擅长。他的诗集名为《炉火之欢乐》（Freude am Werkfeuer），大都写他自己在德国实业中心悲苦而又惨淡的经验。白鲁格尔的抒情诗表现工人对于本乡之爱；他于工厂之外，还写大自然以及他的妻子、儿女。他的诗集名《树之赞颂》（Hymne an einen Baum）。

关键词：德国普罗诗人　德国工人诗

鲁迅编辑《文艺研究》出版

1930 年 2 月 15 日

《文艺研究》季刊第 1 卷第 1 本，在上海出版。鲁迅编辑，大江书铺发行。仅出 1 期。

刊前有鲁迅写的《例言》8 条。

刊载的 7 篇文章是：法国 H. A. Taine 作、傅东华译《英国文学史绪论》，日本平林初之辅作、陈望道译《自然主义文学底理论的体系》，俄国 G. V. Plekhanov 作、鲁迅译《车勒芮绥夫斯基的文学观》，匈牙利 I. Matsa 作、雪峰译《现代欧洲无产阶级文学底路》，日本冈泽秀虎作、洛阳译《关于在文学史上的社会学的方法》，日本唐木顺三作、侍桁译《芥川龙之介在思想史上的位置》，德国 F. Mehring 作、雪峰译《资本主义与艺术》。

法国泰纳的《英国文学史绪论》和日本平林的论文，是论述自然主义文学思潮的经典性论文；鲁迅译普列汉诺夫论车尔尼雪夫斯基美学的论文，也是经典性的。冈泽秀虎的文章介绍的是苏联佛理契的艺术社会学。

鲁迅在《例言》的第二条说：“《文艺研究》意在供已治文艺的读者的阅读，所以文字的内容力求其较为充实，寿命力求其较为久长，凡泛论空谈及启蒙之文，倘是陈言，俱不选入。”

关键词：鲁迅编《文艺研究》出版　法国泰纳的自然主义理论　普列汉诺夫的车尔尼雪夫斯基美学论

1930 年 2 月 15 日

〔俄国〕G. V. Plekhanov 作、鲁迅译《车勒芮绥夫斯基的文学观》（第一章），载《文艺研究》第 1 卷第 1 本，第 117～155 页。

车勒芮绥夫斯基即车尔尼雪夫斯基，作者为普列汉诺夫。

普列汉诺夫说：按车氏的观点，艺术送给人类的利益是愉快。“通常说，美的愉乐使人心和善，使人类的魂灵崇高。”“艺术将许多知识，传播于在或种意义上对艺术怀着兴趣的人们的大众里，将科学所准备了的概念告诉他们之中的。”“Chernyshevski 确信着虽是最通俗底的作品，也能很开拓那读者所获的知识的范围。诗使读者大众‘开心’，一面将利益送给那智底发达。”（第 126～128 页）

车尔尼雪夫斯基在他的学位论文《艺术和现实的美学底关系》里，将美定义为生活。美就是生活。他说：“我们在那里面，看见据我们的概念，应该如此生活的那样的存在，是美的。”（第 135 页）

车氏认为，在劳动者看来，体格健壮是美。普列汉诺夫肯定地说，这是“全然正确的理解”，“他将由于种种不同的社会阶级的生活条件的那美的概念的依据，怎样出色地说明着”。（第 140 页）普氏并将车氏论文里“确是出色的处所"引录在此文中：

"好的生活，应该如此的生活，在单纯的民众，是由饱食，足睡，住好小屋所成立的。但和这一同，在农夫，则'生活'这一个概念，往往被包含于工作的概念之中，——没有工作，就不能生活，那是无聊的罢。作为满足的生活的结果，在还不至于力的疲劳的大工作时候，年青的农夫或农村的姑娘，便将现出新鲜的脸色和颊上是红晕来，——惟这个，乃是据单纯的民众的解释的，美的第一条件。为了多作工，因而也有壮健的体格，只要给以满足的食物，农村的姑娘身段就很好，——这也是农村的美人的必要的条件。上流的'风一般轻飘飘的美人'，在农夫，是决定底地'不像样子'的，给他们以不愉快的印象，因为他们是惯于将'瘦削'当作生病，或是'伤心的运命'的结果的。然而工作也不许肥胖，倘若农村的姑娘肥胖着，那便是疾病的一种，是'病弱'的体格的标记，民众是将很肥胖看作缺点的。在农村的美人，不得有小的手和小的脚，因为她多作工……"强调的是"出色的健康"，"机体中的力的均衡的表现"。（第 140 ~ 141 页）在上流社会却相反：
"但是，病弱，不健康，虚弱，衰弱，一想到是奢华的无为的生活形态的结果，在他们也立刻有了美的价值了。"（第 142 页）

鲁迅在此后的杂文中，多次以此为例，说明美是有阶级性的。

关键词：鲁迅　车尔尼雪夫斯基：美就是生活　美是有阶级性的

1930 年 2 月 15 日

〔匈牙利〕I. Matsa 作、雪峰译《现代欧洲无产阶级文学底路》，载《文艺研究》第 1 卷第 1 本，第 157 ~ 170 页。

冯雪峰在《译者附记》中交代：此文是原著者的《西欧文学与无产阶级》（1927 年莫斯科）一书的结论部分，取自日本藏原惟人译的《现代欧洲的艺术》。

俄籍匈牙利人 I. 玛察开宗明义就说：

"这样，在劳动者文学的发达上，我们就看见了由两个阶级的利害所提起来的，表现着两个阶级底社会学的概念及政治的和一般意识形态的倾向的两个原理了。在一方面有那从革命的无产阶级的见地来看的，将多少有些正确的定式给与艺术底形式的文学；而在他方面，也有从做小资产阶级的前卫层的小资产智识阶级的见地来看的，表现着想用了妥协来克服现存的矛盾的希望的文学。"这就"形成了意识的地放在所与的作品中去的社会思想底核心的那基本的倾向"，也就是"关于阶级的倾向性的问题。"（第 158 页）在我们面前，"被社会加了条件的意识的和无意识的要素底复杂的机能底力学（Dynamic）"，"决不是单一的东西，其中含有许多意识的和无意识的要素底很明白的矛盾"。这样，文学失去了它的"纯阶级的性质"，而变为"混合阶级的性质"了。

"所以我们若把欧洲的新的文学研究起来，我们确信除了极少数的一部分，其余的一切都是属于混合阶级的性质底过渡型底范畴里的。在它们的中间，我们可以看见一方面有小资产阶级的心理的意识形态底意识的和无意识的要素与从无产阶级的意识形态借来的要素混合着的文学之型，而另一方面则有无产阶级意识形态底意识的要素与小资产阶级的或甚至封建的心理遗传的要素结合着的文学之型。"（第 159 ~ 160 页）

作者解释说："在劳动者文学上的这两个型底根本的相异点，就是倘若第一型是反映着想藉了从别一阶级（在我们是无产阶级）借来的意识形态的要素的助力，使正在没落的阶级底意识形态的和心理的诸要素恢复均衡的一种努力，那么在第二型的文学中，我们便看得见同阶级，即在发达上升的阶级，想用了合理的地遗传下来的心理的要素，使意识形态的和心理的要素恢复均衡的一种努力了。"（第 160 页）

在"向综合的写实主义的路上""辩证法的历史主义""结构底同等的要素""阶级底当面的历史的契机"等玄妙难解的术语之后，文章说：

"无产阶级是将社会现象当做历史的地，辩证法的地结合着的东西来理解的，也必须这样理解的。在他，那当面的瞬间，当面的课题，是必须从什么地方来而向着什么地方去的。

"这样，无产阶级的世界观底基础的性质是阶级的的东西，然而不是主观的地阶级的的东西，不是被隔离着并且自隔离着的那形式主义的的东西，——乃必须是客观的地阶级的的东西，是历史的综合的东西。

"所以，那不但由于情节，连本质上也是无产阶级的的艺术作品底结构，也必然地非从阶级的主观主义移到阶级的，历史的客观主义——从分析的写实主义移到综合的写实主义不可，而且现在已经这样地移动着的。

"像这样的就是最近欧洲劳动者文学底发达底路——像这样的就是欧洲无产阶级文学底始源。"（第 169 页）

关键词：玛察　冯雪峰　现代欧洲无产阶级文学　"左翼的流派"

1930 年 2 月 15 日

〔日本〕冈泽秀虎作、洛杨译《关于在文学史上的社会学的方法》，载

《文艺研究》第1卷第1本，第171～183页。洛扬，即冯雪峰。

本文是这样开头的："文艺已经成为科学的研究之对象了。文艺科学包含二个分野。第一个分野是关于文艺创造底过程与其形态的问题底研究——即所谓'诗学'。他二个分野是具体的文艺作品之研究，分为'文艺批评'与'文学史'的二种。"

本文的任务在"指示出在'文学史'上的社会学的方法底位置及其当面的问题"。（第171页）

"文学是社会现象"是"一种社会的情绪"。（第171页）这个命题是一切论述的出发点。

"在关于文学之社会的意义的问题上，成为决定的要素（Moment）者，是我们底鉴赏底过程。在创造底过程上，作家可以完全没却自己底社会的任务，而将自己看作'纯艺术'底使徒。然而在作品一创造成以后，它就成为离作者底意思而独立的客观的价值了。因此文学，无论作家愿不愿意，总是社会的现象。"（第172页）

从这些基本观点出发，本文就有许多分列式的叙述。

就文学底社会学的原则，看各种作品中的三种东西：

1. 作家底艺术的创造之产物。

2. 社会的现象。

3. 不断地变化着的历史的生活中底一事实。

这三种东西其实是"同一的同时的存在"。但在分野研究上，第一可分为静的与动的，第二可分为内在的与因果的来观察。（以上第173页）

"内在的研究底精华，在今日已经使关于作家底集团，文学的流派，文学的态度的若干类型的一般化，成为可能了。那结果，是我们理解着作为艺术的有机体的作品，作为手法底活的结合的艺术的态度，作为创造的个性的作家，作为形态上的一致的流派等了。"（第175页）就内在研究的分野说，"作品是当作单单的艺术的价值来考察的"；就社会学研究的分野说，"则作品是当作在社会的历史的意义上的艺术的价值来考察了"。（第175～176页）

就方法说，可分为三列：1. 内在的研究。2. 因果的研究。3. 构成底工作。在这三列底各列上，都有静的研究与动的研究：

1. 内在的研究底方法上的问题

　　A. 静的研究

　　　　内容与形式底艺术的分野

　　B. 动的研究

一、发生的研究（作品底创造的过程）

二、进化的研究（创造底内在的过程）

2. 因果的研究底方法上的问题

　A. 静的研究

　　社会学的研究

　B. 动的研究

　　历史的—社会学的研究

3. 构成上的工作底方法上的问题

　A. 静的研究

　　类型底一般化（一般化底方法）

　B. 动的研究

　　伴着立法的一般化的文学史底综合的组织（第 179~180 页）

文学史的方法的考察如上列。

"在因果的方法上是'社会学的方法'占第一位。当然，'社会学的方法'是常常在内在的方法之后出现的。但社会学的方法，它一登场，便在文学研究上占着优越的地位了。它将内在的研究所达到的一切收入到自己之中，而动手着给与历史的研究底全行程以结末（结论）的这最复杂的工作。它浸透于文学史家底工作底全领域，以最能动的的形而影响于文艺科学底完成。在这里便是在'文学史'上的社会学的方法底重大的位置。"（第 181 页）

依据马克思、恩格斯关于经济基础和上层建筑（此文译作基础构造与上部构造）的关系的原理，"在历史（学）家—社会学者之前，横着下面似的相互关联的研究"：

1. 研究包含一切现象（文学的现象也在内）在内的整个的社会底构成。

2. 解剖于其中的文学有深的关系的特殊的集团（智识阶级，作家群）。

3. 规定影响于文学生活上的那各种条件底关系。

4. 解明创造的个性底任务。

5. 依据以上 4 种研究，从社会学的因果性（规定关系）来说明艺术家底创造的行为，那作品底内容与形式，以及文学的流派底艺术的形态。

6. 最后，解明作为社会的因数的文学底作用。（第 183 页）

关键词： 日本冈泽秀虎　冯雪峰　艺术社会学

1930 年 2 月 15 日

鲁迅编辑的《文艺研究》第 1 卷第 1 本刊末，以 12 页（24 面）的篇幅，刊登大江书铺（上海五马路宝善里 521 号）的书籍广告。兹择要录入，以观出版时尚、阅读动态。

波格达诺夫著、施存统译《经济科学大纲》（四版发行），平装 1 元 4 角

高畠素之著、施复亮译《资本论大纲》

波格达诺夫著，陈望道、施存统译**《社会意识学大纲》**（四版发行），合订本平装 1 元 4 角

北条一雄著、施复亮译《社会进化论》，定价大洋 8 角

卢那卡尔斯基著、鲁迅译**《艺术论》**（为《文艺理论丛书》之一，再版发行）。实价大洋 6 角 5 分。广告词曰："本书是艺术理论的建设上一部不朽的名著，从它出来以后，我们方才看见了基地着实的新美学。它是科学的新美学的最初的尝试，也就是科学的新美学最初的成就。"

I. 玛察著、雪峰译**《现代欧洲的艺术》**（为《文艺理论丛书》之二），实价 1 元。广告词曰："这是一本从科学的社会主义的立场，论现代欧洲底新艺术的一切流派及一切倾向的书。读了此书，可以明白未来派，立体派，表现派，新原始主义，构成派，纯粹派，踏踏主义，同时主义，行动主义，顶点主义等等新艺术，及欧洲诸国底革命和左翼文学，是什么东西。以其立场之正确及材料之新颖渊博，此书之出，人们叹为艺术学界之一事件，如卢那卡尔斯基，弗理契等甚至特别为文赞扬它。全书 13 万字，并插有未来，立体，表现等新派作品多幅。"

冈泽秀虎著、陈雪帆译**《苏俄文学理论》**（为《文艺理论丛书》之三）。广告词曰："本书从普罗精神文化论起到卢那卡尔斯基最近的批评论止，革命后所有的流派团体以及他们充实有光的文学理论，都有极详尽而又有系统的介绍。材料异常丰富，尽由日本著名的俄国文学专家片上伸两次亲自入俄搜集了来，据本书著者说有些材料即在俄国本国也已不易找到了的。而且叙述极质实。是著者费了几年心血写成的堂堂 30 几万字的划期大文献。"

威廉·霍善斯坦因著、雪峰译**《现代的造形艺术》**（为《文艺理论丛书》之四）。广告词曰："霍善斯坦因是现代西欧艺术社会学者。他一方面精通欧洲艺术史和世界各民族的艺术，以及现代的世界艺术；一方面他又把握了史的唯物论的方法。在他以前，从没有人能像他那样本质地分析过艺术——尤其造形艺术——，而将艺术史上的诸问题加以解决。在引证上也从没有人像他那样广博。他底《艺术与社会》，是世界上'艺术社会学'的最初的名著。／本书收了 4 篇论文——《现代艺术的视野》，《关于艺术底意义》，《现代艺术上的社会的要素》，《关于绘画上的表现主义》，都是捧献给'艺术社

会学'的东西；同时可由此知道西欧现代造形艺术的情势，本质及问题。本文之外还附有绘画多幅。"

　　莆理契著、陈雪帆译**《艺术社会学》**（为《文艺理论丛书》之五）。广告词曰："本书是莆理契晚年的大著。莆理契为现代最伟大的新兴艺术学者，他底言说人常视为指导原理。他在本书中，运用他渊博的艺术史料，发挥他精严的学风，否定了从来一切的艺术论，同时又从社会学的，经济学的观点，检讨古今东西底艺术作品，及其发达底史迹，创设了前人未有的新学说。其渊博的知识，卓拔的创意，与辉煌的叙述，都不失为学界的奇观。凡欲通晓这方面学术的学子，不可不读。"

　　茅盾作短篇小说集**《野蔷薇》**，实价大洋 6 角 5 分。

　　高尔基著、沈端先译**《母亲》**上卷，定价大洋 1 元。广告词曰："在大文豪高尔基的全著作里面，这一部《母亲》是他最为大众传诵的作品。他正确精细描出了俄国第一次革命以前的下层民众求智欲的热烈，以及革命运动者潜行的活动。女主人公是一个无知的女人，但是因为她热爱真理，所以逐渐地受了她儿子的感化，而终于变成了一个殉教般的英雄。书中描写这种转变的经过，非常素朴，非常合理。沈端先先生依据英日两种译本译出，复请精通原文者依照原本，逐语校对一过，可称中国唯一忠实的译本。下卷即出。"

　　小林多喜二著、潘念之译**《蟹工船》**。广告词曰："日本普罗列答利亚文学，迄今最大的收获，谁都承认是这部小林多喜二氏的《蟹工船》。在描写为帝国主义服务的蟹工船的，把渔夫缚死在船栏上，这一工船专为自身利益宁愿牺牲求救的别一工船的数百性命，这种凄凄的场面中，惊心动魄地显示出了两大阶级的对立。"

　　山川均著、施复亮、鍾复光合译《工会运动底理论与实际》，定价大洋 7 角。

　　陈望道著**《修辞学发凡》**预告。广告词曰："本书以艺术的敏感，科学的谨严，从古今许多修辞现象中把彼此相同的相异的现象各各归类，而又彼此构成一个系统。有些现象虽然从来就有，但从来不曾有人提起过，有些现象从来太看重或从来太不看重的，以及有些现象从前不作科学的研究时不曾了解到那一步的，在本书中都已列举实例，细细指明。其收集的繁多，剖析的精严，说述的周到，论域的广大，为有修辞的研究以来第一部书。"

　　日本现代诸家作、沈端先译**《初春的风》**，实价大洋 6 角 5 分。广告词曰："本书收日本新写实派巨子中野重治，平林多以子，林房雄等诸人创作，都是在意特沃罗几上有特色，而技术又极圆熟的作品。沈端先先生译笔，简洁明（流）畅，不可不读。／本书收平林多以子《抛弃》，中野重治《初春的风》，叶山嘉树《印度的鞋子》，林房雄《油印机的奇迹》，金子洋文《铳火》等5篇。"

《文艺理论小丛书》——

片上伸著、鲁迅译《现代新兴文学的诸问题》（再版），实价2角。"译者鲁迅先生在小引中说，本书的主旨，'如结末所说，不过愿于读者解释现今新兴文学诸问题的性质和方向，以及和时代的交涉等，有一点裨助。'是一部对于新兴文学诸问题，叙述得简要而赅博的良著。"

青野季吉著、陈望道译《艺术简论》（三版），实价1角5分。"本书是从日本现代文艺评论家青野季吉所著，论宗教，哲学，道德，艺术等文化的书中，单将其中关于艺术底一部分翻译而成。虽然全书仅一二万字，而对艺术上的各种问题，却说得很是明白，可以作长篇大著的一个得力的综合的提要看。"

平林初之辅著、方光焘译《文学之社会学的研究》（再版），实价1角5分。"本书，分方法论及应用论：方法论中，说明文学作品，是依照作者的个人性，作者所属的流派及一般公众的意识形态来决定的；应用论中，说明各时代的文学，被怎样的社会的条件所制约，而发生，发达以及衰颓的径路。是把文学作品，从社会学观点，来仔细探讨的良著。"

平林初之辅著、陈望道译《文学及艺术之技术的革命》（再版），实价1角2分。"'我们不应忘记，文学及艺术为这样社会构造底变革所决定的，大抵不出可以作为一种意识形态的文学及艺术；至于构成文学及艺术的要素，这是常常受着另外更直接的影响而变化的。'所以本书所详论的'机械变更艺术'，也许会引起人们底惊慌颤抖呢！"

关键词：大江书铺书籍广告

左联筹备会

1930 年 2 月 16 日

沈端先、鲁迅等12人集会，就"中国新兴阶级文艺运动"中"文学运动和社会运动不能同步调"的问题："在过去都是由小集团或个人的散漫活动，因此运动无大进展，且犯各种错误。"以"清算过去"和"确定目前文学运动底任务"为中心进行讨论。与会者达成如下共识：

对过去的文学运动，"认为有重要的 4 点应当指摘：（一）小集团主义及至个人主义，（二）批判不正确，即未能应用科学的文艺批评的方法及态度，（三）过于不注意真正的敌人，即反动的思想集团以及普遍全国的遗老遗少，（四）独将文学提高，而忘却文学底助进政治运动的任务，成为为文学的文学运动"。

其次，对于目前文学运动的任务，"认为最重要者有 3 点：（一）旧社会及其一切思想的表现底严厉的破坏，（二）新社会底理想底宣传及促进新社会底产生，（三）新文艺理论的建立"。

与会者一致认为"有将国内左翼作家团结起来，共同运动的必要"。并当场成立"这较广大的团体组织的筹备委员会"。①

关键词： 左联筹备会　"左翼作家"的提法第一次出现

1930 年 2 月 20 日

田汉《第五号病室》（三幕剧）、《苏州夜话》（一幕剧）、《雪与血》（七幕史剧），载《南国月刊》第 1 卷第 5、6 期合刊。

作者在本期《编辑后记》中，对这三个剧本均有说明：

《第五号病室》"是南国第二次公演用的台本，在上海写了最后一幕，其余两幕都是在沪宁车上，南京第一公园及秦淮河边之韬园及其对面之藕香居亭子里赶成的。写成后，在通俗教育馆剧场公演过一次"。当时的演员是：杨泽蘅女士、王素女士、杨秀鹤女士、李尚贤女士、康白珊女士、俞珊女士、吴似鸿女士、白英女士、樵丽云女士、易素女士、万籁天、金德邻等。"虽只排过数次即匆匆上演，舞台效果仍甚佳，则以人才配置之适当也。杨泽蘅女士与王素女士性格之恰合尤其奇观，则以此剧与王女士关系至切，写时得王女士之力亦多，以王女士在南国第一次公演时，扶病登场演《湖上的悲剧》中之白薇，越日即以足疾入某医院，以开刀不慎延误逾月，汉曾屡访之，其令姊亦同居一室，其室则第 5 号也。/ 但话又说回来了，此剧虽因王女士给我的'Inspiration'而写，但全剧的主意及背景自然又别有所在，反正读者看过剧本会知道的。"

《苏州夜话》"这个剧本在南国第一次公演时，在沪，在宁，在粤，都同样有过颇佳的舞台效果，尤其是唐叔明女士与唐槐秋先生的妙技每次都引起

---

① 见《上海新文学运动者底讨论会》，载 1930 年 3 月 1 日《萌芽月刊》第 1 卷第 3 期，第 274 ~ 275 页。

绝大的 'Sensation'，因为时常有人索用这个剧本，而坊间《南国不定期刊》久已售罄，因略加改削，并附上张恩袭君所作《淡淡长江水》曲，再发表于本志。又，此剧虽反对战争只是反对 '军阀的战争'，至于不可免的阶级战固未尝反对亦无从反对"。

《雪与血》"此为七幕历史歌剧，算是一种尝试，取京剧的唱白而与以近代的分幕。写明末魏忠贤专政时苏州民众的暴动。此剧在昆曲有《清忠册》，在京剧有《五人义》，都写的是同一题材；而京剧的《五人义》止于打察院，比较割裂，而昆曲直写到昭忠雪恨大团圆，又过于罗索，因改成这样的形式。此剧又名《看看苏州人》，暴动的首领颜佩韦等 5 人之墓今在苏州虎邱即魏忠贤生祠所改，前人谓之 '正气' 犹存，现在可以说柔顺保守的苏州人曾有过这样的 '反抗精神' 呢"。（第 1217 ~ 1220 页）

关键词： 田汉 《第五号病室》《苏州夜话》《雪与血》

1930 年 2 月 20 日

蒋光慈诗集《乡情集》，上海北新书局，初版。本年 3 月 20 日二版，4 月 20 日三版，5 月 20 日四版。

本诗集收新诗 5 首，附译诗 2 首。

《牯岭遗恨》写于 1928 年 11 月 6 日妻子宋若瑜病逝两周年忌日。诗人以无限深情怀念给过他爱的姑娘："姑娘，你躺得静静地，／只有云雾来做你的衣；／姑娘，你躺得静静地，／只有明月来与你为侣。"他哀叹人生多艰，红颜薄命，谴责荆棘连天行路难。他向亡妻表呈心迹："我的诗要歌吟着民众的悲欢，／纵然我是飘（漂）泊，颠连，／但是我的心愿永不变。"《乡情》通过一位故乡友人的报告，叙写他儿时的一个朋友——轿夫的儿子黄牛在革命前后的变化。黄牛因为出身贫寒，备受欺侮，更上不起学，但农民运动兴起后，"从前是轿夫的儿子，／现在变成了穷人的大哥"。他领导穷人闹革命，并为此献出生命。《给某夫人的信》通过几个街头剪影引起的联想，记一位年轻女人的变化：在革命高潮中，她与丈夫高亢狂嚷；革命遭受了挫折，丈夫声明脱离政治，并出洋；她先是落难，彷徨，既而就追求享乐，布衣换华服，陶醉西装少年 "那只挽你的臂膀"。诗人则表示："爱情并不是我的生命，／我的生命是在我的工作上。"《我应当归去》1929 年 11 月 8 日写于东京。作者因小说《丽莎的哀怨》受到批评，曾到东京短期旅居。他身在异邦，心系祖国。尽管异邦的风光好，但还是想回国，献上 "我的心灵，我的歌吟，／以及我的女神的美丽"。"什么个人的毁誉?! 让它去!／重要不是在这里!／

但愿在祖国的自由史上，／我也曾溅了心血的痕迹。"

译诗《新的露西》的作者是叶贤林（通译叶赛宁）。革命后，叶赛宁回到故乡，却没有人认识他，"在这里我宛然成了一个孤寂的旅客"；但人们生活得快乐，有滋有味。他愿意跟随革命前行，但丢不下他的艺术——"我要留下的只是亲爱的鸣琴。"这是叶赛宁的名篇名句。

关键词： 蒋光慈　《乡情集》

1930 年 2 月

佛理契作、洛生译《艺术之社会意义》，载《新文艺》第 2 卷第 1 期。[①]

中国文坛对佛理契及其艺术社会学的介绍与"批判"大体可见如下文章及书籍：

他的《艺术社会学》一书中国有两种译本：一是刘呐鸥译，上海水沫书店 1930 年 10 月出版（此译本 1947 年 8 月，又由作家书屋再版，译者改署天行）；一是胡秋原译，上海神州国光社 1931 年 5 月出版。

他的《欧洲文学史概论》及《最近之欧洲文学》等，中国也有译本。

中国文坛还翻译了他的一部分论文，如：

《艺术社会学之任务及诸问题》，雪峰译，载 1930 年 1 月 1 日《萌芽月刊》第 1 卷第 1 期；

《巴黎公社底艺术政策》，雪峰据日本杉木良吉的日译重译，载 1930 年 3 月 1 日《萌芽月刊》第 1 卷第 3 期；

《艺术上的阶级斗争与阶级同化》，许幸之译，载 1930 年 4 月 10 日《文艺讲座》第 1 册；

《社会主义的建设与现代俄国文学》，蒋光慈译，同上；

《艺术家托尔斯泰》，冯乃超译，同上。

中国最早介绍佛理契的是胡愈之的《鲍尔希维克下的俄罗斯文学》，载 1921 年 8 月 25 日《东方杂志》第 18 卷第 10 号。

其他有关文章略为：

藏原惟人的《艺术学者弗理契之死》，雪峰译，载 1930 年 1 月 1 日《萌芽月刊》第 1 卷第 1 期。《拓荒者》创刊号上的《艺术学者傅利采之死》，与《萌芽月刊》的文章大同小异；

[①]　关于佛理契和他的艺术社会学，以及它在中国的传播情况，参见拙著《西方文学思潮在现代中国的传播史》，四川教育出版社，2001 年 1 月第 1 版，第 466～477 页。

冈泽秀虎的《关于在文学史上的社会学的方法》，洛扬译，载 1930 年 2 月 15 日《文艺研究》第 1 卷第 1 本；

Calverton 的《文学之社会学的批判》，李兰译，载 1930 年 6 月 1 日《大众文艺》第 2 卷第 5~6 期合刊；

宋阳（瞿秋白）的《论弗理契》，载 1932 年 10 月 15 日《文学月报》第 1 卷第 3 期；

向培良的《评弗理契〈艺术社会学〉》，载 1936 年 2 月上海《六艺》月刊创刊号；

西望的《〈弗理契批判〉的批判》，载 1936 年 3 月 11 日《时事新报·每周文学》第 25 期；

蔡仪的《弗理契的〈艺术社会学〉方法略论》，载 1948 年 8 月上海《文讯》月刊第 9 卷第 2 期。

关键词： 佛理契　艺术社会学

时代美术社成立

1930 年 2 月

"中国最先的一个普罗美术的集团"时代美术社于 2 月在上海正式成立。这个新的集团在成立时，发表告全国青年美术家的宣言。宣言的内容是：

"青年美术家诸君！

"时代美术社为要争取青年美术家的自由和出路，结合了许多爱好美术的同志，在 1930 年的 2 月生产了。她的生产虽然力还很弱，但在她生长的前途，不能不负着伟大的希望与使命！

"诸君！请看那些拜金主义的画家们，他们除了为自己的名誉和黄金，除了为自己的地盘与奢华的生活之外，从没有为了我们谋过利益吧？更谈不到什么为着劳苦的工农群众了。他们所谓'为画画而画画'，所谓'艺术是天才的表现'，都是他们欺瞒民众的标语，而他们所有的名誉和黄金，不都是榨取了民众而得来的吗？

"青年美术家诸君！诸君应该认清他们的欺瞒和榨取，是他们压迫阶级一贯的政策。因而我们的美术运动，绝不是美术上流派的斗争，而是对压迫阶级的一种阶级意识的反攻，所以我们的艺术，更不得不是阶级斗争的一种武器了。

"阶级的分化既是这样地显明，那么，在我们的面前只有两条大路：一是新兴阶级的高塔，一是没落阶级的坟墓。诸君既是新时代的青年，决不愿意向没落阶级的坟墓前进吧？时代的青年应该充当时代的前驱，时代的美术应该向着时代民众去宣传。中国的美术既是这样的落后，那么新兴美术运动的机轮便不得不负担在我们的肩上了。团结起来吧！青年美术家诸君！团结是我们唯一的出路！个人生活是自己的灭亡！起来！把我们的新兴美术运动扩大起来！大家一致团结在时代美术社的旗帜之下，把拜金主义画家们的假面撕破！"（见《拓荒者》第 1 卷第 3 期，第 1134～1136 页，《国内外文坛消息四　时代美术社的宣言》）

新兴美术是阶级斗争的一种武器，要充当时代的前驱，向着民众去宣传。而文坛上已有的画家都是拜金主义的守护者。

关键词：时代美术社成立　打倒拜金艺术　艺术是阶级斗争的武器

1930 年 2 月

中国自由运动大同盟在上海成立，并发表宣言如下：

"自由是人类的第二生命，不自由，毋宁死！

"我们处在现在统治之下，竟无丝毫自由之可言！查禁书报，思想不能自由。检查新闻，言语不能自由。封闭学校，教育读书不能自由。一切群众组织，未经委派整理，便遭封禁，集会结社不能自由。至于一切政治运动与劳苦群众求改进自己生活的罢工抗租的行动，更遭绝对禁止。甚至任意拘捕，偶语弃市，身体生命，全无保障。不自由之痛苦，真达于极点！

"我们组织自由运动大同盟，坚决为自由而斗争。感受不自由痛苦的人们团结起来，团结到自由运动大同盟旗帜之下来共同奋斗！"

发起人共 51 人。其中"文学者实居多数"。主要有：郁达夫、鲁迅、田汉、郑伯奇、周全平、彭康、画室、王任叔、潘汉年、蓬子、顾凤城、叶灵凤、石练顽、沈端先、黄素、陈正道等。[①]

关键词：自由运动大同盟成立

---

① 见《国内外文坛消息·文学者参加"自由大同盟"底发起》，载 1930 年 3 月 1 日《萌芽月刊》第 1 卷第 3 期，第 271～273 页。

孟超《爱的映照》(《冲突》) 出版：革命+恋爱的模式

1930 年 2 月

孟超短篇小说集《爱的映照》（原名《冲突》），上海泰东书局出版。32 开，毛边，146 页。

内收作品 5 篇：《冲突》《茶女》《梦醒后》《爱的映照》《陶先生的烦恼》，书前有《自序》一篇。

《冲突》写 1927 年 3 月上海南区几个革命青年在领导武装暴动中，恋爱和革命的冲突。

文弱书生少年于博受党的派遣，到南区负责指导工作。区委常委是李勃，南区交际员是张阿龙，军事负责人是王镜如，湖丝阿姐总司令缪英。因为工作关系，区委需要建立一个秘密机关，派人以假夫妻为掩护。缪英勇敢报名，于博因工作性质相合，被决定与缪英结为"夫妻"，搬进新居。两人在工作和相处中产生爱情，但互相没有表露。王镜如嫉妒，怠工。缪英向于博介绍：自己原是大学生，现已工人化，爱人在去年被军阀杀害。她爱于博，但说："不要因为我把整个事业闹上了一空隙呵！"（第 24 页）于博认识到再纠缠于恋爱，就是反革命。于是主动提出离开区委，另调工作。矛盾解决，王镜如重新积极起来。不久，王镜如、于博被捕。

在短篇小说中，写革命和恋爱冲突的，这一篇特别突出，具有典型性。

《茶女》：通过一个苦闷的小资产阶级知识青年 T 的眼，来看 S 游艺场女招待芸姑娘的遭遇——听她诉苦。是才女薄命、公子多情模式的翻版。歌颂小资产阶级青年的同情心，同情茶女的命运。

《梦醒后——一个失恋青年的来信》：第一人称，书信体。武汉革命军青年军人、宣传科编辑股长黄玉璞爱上同一科艺术股的吴玉真，二人情缱意绻，十分合意。后来因工作关系，彼此分离，少有来往，吴玉真被省政府的青年张季禅夺去（他在"势力——名誉——时间——金钱"方面都占优势）。黄玉璞到上海，苦闷。他诅咒金钱中的恋爱，说："革命不反对恋爱，革命者的恋爱，是建筑在他们的工作上边。不同那资产阶级底下的恋爱是建筑在金钱里边一样。"（第 90 页）并从此清醒，表示："革命党人，要作革命党人，不能够任你浪漫的作这花团锦簇的绮梦呵！"（第 91 页）

《爱的映照》：楚豪爱曼琳，曼琳拿出已为革命牺牲的爱人侠生的照片给楚豪看。楚豪追忆在大会上见到侠生的情景，感到自己在意识上不如侠生那样健全，在工作上不如侠生那样紧张，因而获得"新生"。他写信给曼琳，说："我们只有在我们革命者的生活意识底下，只有在我们革命工作中间，来锻炼我们的爱情！"（第 111 页）楚豪对革命与爱情的关系的看法：

"革命是社会进化的表现，爱是社会问题中的一部分，只要没曾离却了他所在的观点，不是浅薄的人，谁个能否认革命过程中的爱情！"（第 104 页）

"革命者不应当否认社会上两性的关系的，因为恋爱也是随在革命高潮而进化的社会问题的一种，可是我们许多幼稚而浅薄的同志，硬把恋爱与革命误解成一种格格不相容的东西，那才是真正充分的表现东方农民国的新的宗法社会的思想呵！

"然而革命者的爱，是建筑在他们的工作上边，是建筑在他的生活意识上边，我们应当认清了与一般的社会上所谓恋爱的形式与意义的不同，才能找出了我们应走的途径。"（第 109～110 页）

作者在写于 1928 年 12 月 7 日的《自序》中表述了几个观点：

关于本书："《冲突》是一部不健全的小资产阶级意识的表现的产物，当然说不到是无产阶级文学；而采取的事实又都是关于两性问题的。"本书中的作品都是 1927 年下半年和 1928 年上半年陆续写的，"这个时期正是中国革命潮流转变的时候，社会上一般的现象，都是在矛盾冲突的状况底下"。"这本畸形粗恶的东西，只是在冲突的时代状况底下，心理现象冲突的制作；而同时也是小资产阶级革命青年在意识转变的经过过程中，毋庸讳言的不可磨灭的痕迹。"

批判茅盾的观点。认为："在无产阶级直接起来领导的中国革命运动的局面底下，今后文学在他时代的责任上，是一定而不可移的是要经过初期的'标语口号文学'，由不可避免宣传作用，而随着革命的潮流推演到成熟的无产阶级文学，不应该尽抹了它系在社会进化过程必然的意义。"

关于革命与恋爱的关系："在目前的社会制度的底下，恋爱无论如何是带着一些小资产阶级性的，而尤其是小资产阶级的革命青年，大多数都是对于革命与恋爱发生一种冲突的心理，而常常地在那个冲突的过程中，因为革命意识的推动，和本身出路的追寻，而发现了他阶级性的丑恶，和徘徊歧路的错误，而更明确的认清他的轨道，这是一个普遍的现象。"《冲突》中的作品，"用种种不同的态度，反映的，指示的，讽刺的，暴露的，来说明这冲突的过程，而启示出尚在冲突中的青年的出路来，这也是《冲突》所包含最大的意义"。

关于革命文学和无产阶级文学：现在中国文坛上出现了许多专以高尔基"自命的作家们，专以客观的描写单纯的无产阶级生活，和畸形的不健全的革命党人生活，便以无产阶级文学和革命文学自居，但我想无产阶级文学和革命文学，绝对不是隔岸观火的客观态度所表现出来的东西，应该以他在作品中的意识的表现为原则"。

关键词： 孟超 《爱的映照》（《冲突》）是一本"畸形粗恶的东西" 标语口号文学在社会进程中的意义 革命与恋爱的冲突

1930 年 2 月

钱杏邨短篇小说集《玛露莎》，上海现代书局，初版。为《拓荒丛书》之一种。

内收《玛露莎》等作品 4 篇。《玛露莎》：逃亡到上海的白俄贵族和索柴夫与玛露莎的恋爱故事。《一个朋友》：农民校役老陶报仇。《小兄弟》：下士小林受伤落伍，死时明白了长官的骗人。《阿罗的故事》：揭露国民党新军阀的杀人政策，讲阿罗一家的遭遇及他参加革命的路。

关键词： 钱杏邨 《玛露莎》

1931 年 3 月 1 日

《萌芽月刊》第 1 卷第 3 期出版。

本期刊载的作品有（《溃灭》《醉了的太阳》连载除外）：雪峰译诗歌《劳苦者》（匈牙利 L. 加沙克作）、柔石小说《为奴隶的母亲》、适夷小说《狱守老邦》、白莽随笔《监房底一夜》，"社会杂观"专栏发表杂文 6 篇（如鲁迅的《习惯与改革》等），另有地方通讯两则：辛民《拷刑》、沈子良《冬防》。

本期刊载的论文有：鲁迅译《现代电影与有产阶级》、恩格斯等纪念论文 3 篇、鲁迅《"硬译"与"文学的阶级性"》、乃超等译《国外文化事业研究》3 篇。

关键词：《萌芽月刊》第 1 卷第 3 期

柔石《为奴隶的母亲》发表

1930 年 3 月 1 日

柔石小说《为奴隶的母亲》，载《萌芽月刊》第 1 卷第 3 期，第 95 ~

128 页。

这是一篇写典妻习俗的小说。相同题材的小说，在它之前，有许杰的《赌徒吉顺》；在它之后，有罗淑的《生人妻》。许杰和柔石反映的都是浙江省东部的习俗，罗淑反映的则是四川中部沱江流域的习俗。这种题材，在其他作家的作品中尚不多见。

这篇作品被普遍认为是写地主阶级对农民的残酷压迫和剥削。不否认作品有这一层意义，但不全是。李秀才租春宝娘（她连名字也没有）去为他生一个儿子，以便传宗接代。春宝娘到李家，并没有受到什么压迫和剥削，要不是秀才妻子因嫉妒要赶走她，"她实在愿意永远在这新的家里住下去"。因为她在自己的丈夫和李秀才两个男人的眼里，都只是一种工具：她是丈夫的卖钱的工具，是李秀才的生孩子的工具。比较起来，李秀才对她还要像个男人一点。但是，秀才也只是把她当成出钱典来的生儿子的工具，一旦儿子生下来了，就可将其弃之如敝屣。

春宝娘没有做女人的快乐，没有母亲爱儿子的权利，仅仅是沦为一个产仔的动物。她的身心受到的摧残和伤害是何等的厉害！小说的尾声尤为催人泪下：她无时不想念自己的春宝，谁知三年后回到村里时，春宝竟和其他孩子一起，追着她的轿子，"似赶猪那么地哗着"，到家里，春宝也不认她。这好比向她的伤口上撒盐，除了遭受政治上的压迫和经济上的剥削，她心灵上更痛楚和凄怆。

关键词：柔石　《为奴隶的母亲》

1930 年 3 月 1 日

适夷小说《狱守老邦》，载《萌芽月刊》第 1 卷第 3 期，第 129～148 页。

小说写 20 来岁的革命者的乐观、坚强，更写狱卒老邦在这些革命者的影响之下，提高了自觉性，私自放走"犯人"，自己"倒在石阶沿上触死了"。小说好读，层次清楚，狱卒转变自然，令人可信。

关键词：楼适夷　《狱守老邦》

鲁迅批判貌似彻底的革命者

1930 年 3 月 1 日

鲁迅杂文两篇《习惯与改革》《非革命的急进革命论者》，载《萌芽月刊》第 1 卷第 3 期，第 239 ~ 245 页。

前者说："体质和精神都已硬化了的人民，对于极小的一点改革，也无不加以阻挠，表面上好像恐怕于自己不便，其实是恐怕于自己不利，但所设的口实，却往往见得极其公正而且堂皇。""多数的力量是伟大，要紧的，有志于改革者倘不深知民众的心，设法利导，改进，则无论怎样的高文宏议，浪漫古典，都和他们无干，仅止于几个人在书房中互相欣赏，得些自己满足。""倘不深入民众的大层中，于他们的风俗习惯，加以研究，解剖，分别好坏，立存废的标准，而于存于废，都慎选施行的方法，则无论怎样的改革，都将为习惯的岩石所压碎，或者只在表面上浮游一些时。／现在已不是在书斋中，捧书本高谈宗教，法律，文艺，美术等等的时候了，即使要谈论这些，也必须先知道习惯和风俗，而且有正视这些的黑暗面的勇猛和毅力。因为倘不看清，就无从改革。仅大叫未来的光明，其实是欺骗怠慢的自己和怠慢的听众的。"（第 239 ~ 240、241 ~ 242 页）

后者说："倘说，凡大队的革命军，必须一切战士的意识，都十分正确，分明，这才是真的革命军，否则不值一哂。这言论，初看固然是很正当，彻底的，然而这是不可能的难题，是空洞的高谈，是毒害革命的甜药。"事实是："每一革命部队的突起，战士大抵不过是反抗现状这一种意思，大略相同，终极目的是极为歧异的。或者为社会，或者为小集团，或者为一个爱人，或者为自己，或者简直为了自杀。然而革命军仍然能够前行。因为在进军的途中，对于敌人，个人主义所发的子弹，和集团主义所发的子弹是一样地能够致其死命；任何战士死伤之际，便要减少些军中的战斗力，也两者相等的。但自然，因为终极目的的不同，在行进时，也时时有人退伍，有人落荒，有人颓唐，有人叛变，然而只要无碍于进行，则愈到后来，这队伍就愈成为纯粹，精锐的队伍了。"还说，"貌似彻底的革命者，而其实是极不革命或有害革命的个人主义的论客"；"革命前夜的纸张上的革命家，而且是极彻底，极激烈的革命家，临革命时，便能够撕掉他先前的假面，——不自觉的假面"。另有一种"毫无定见，因而觉得世上没有一件对，自己没有一件不对，归根结蒂，还是现状最好的人们。他现为批评家而说话的时候，就随便捞到一种东西以驳诘相反的东西。要驳互助说时用争存说，驳争存说时用互助说；反对和平论时用阶级斗争说，反对斗争时就主张人类之爱。论敌是唯心论者呢，他的立场是唯物论，待到和唯物论者相辩难，他却又化为唯心论者了。要之，是用英尺来量俄里，又用法尺来量密达，而发见无一相合的人。因为别的一切，无一相合，于是永远觉得自己是'允执厥中'，永远得到自己满足。从这些人们的批评的指示，则只要不完全，有缺陷，就不行。但现在的人，的事，那里会有十分完全，并无缺陷的呢，为万全计，就只好毫不动弹。然而这毫不动弹，却也就是一个大错。总之，做人之道，是非常之烦难了，至于做革命家，那当然更不必说"。（第 242～245 页）

关键词：鲁迅 《习惯与改革》《非革命的急进革命论者》：团结同路人，批判貌似彻底的革命者

1930 年 3 月 1 日

〔日本〕岩崎昶作、鲁迅译《现代电影与有产阶级》，载《萌芽月刊》第 1 卷第 3 期，第 1～33 页。（日本作者正文作宕崎·昶）

本文的小标题是：电影与观众、电影与宣传、电影与战争、电影与爱国主义、电影与宗教、电影和有产阶级、电影与小市民。

文章说，电影是以动作和具像诉诸视觉，作为宣传·煽动的手段，和大众发生联系。总之，"电影所支配的这庞大的观众，以及电影形式的直接性，国际性，——就证明着电影在分量上，在实质上，都是用于大众底宣传·煽动的绝好的容器"。（第 5 页）

译文末有鲁迅写于 1930 年 1 月 16 日的《译者附记》（署名 L）。鲁迅就上海电影市场的广告、美国电影"武侠明星"范明克（Dauglas Fairbanks）之令看客失望，发表感想："这正是被压服的古国人民的精神，尤其是在租界上。因为被压服了，所以自视无力，只好托人向世界去宣传，而不免有些谄；但又因为自以为是'经过了四千余年历史文化训练'的，还可以托人向世界去宣传，所以仍然有些骄。骄和谄相纠结的，是没落的古国人民的精神的特色。

"欧美帝国主义者既然用了废枪，使中国战争，纷扰，又用了旧影片使中国人惊异，胡涂。更旧之后，便又运入内地，以扩大其令人胡涂的教化。"（第 33 页）

本期《萌芽月刊》的《编辑后记》说："论文《现代电影与有产阶级》是在我们现在最需要的东西。电影当然是艺术，而且是现代最大众的，国际的艺术；然而同时又是目前最好的宣传煽动的艺术的这武器，除出俄国，现在是完全握在帝国主义与资本主义者的手里，他们就用它来宣传，来欺骗。因此在现在，知道他们怎样地用来宣传欺骗的事，是十分紧要的。同时，许多欺骗那本国观众的外国影片，也由商人输送到中国来了，我们也照样看着，多不能明白那用意而受其欺骗，如《党人魂》（《伏尔加船夫》），竟有青年以

为是'革命影片',便是一例。在这一点,这篇论文更是目前所需要的了。再其次,我们希望有人用岩崎先生这种解剖态度和方法,来研究'所谓国产影片',指示出那里面怎样地藏着纯粹的封建思想,和流氓与妓女怎样地做着主角。和译文一同,鲁迅先生底附记,也请读者诸君注意,这虽是简单的几句话,却将社会的一部分,锋利地给以解剖了。"(第278页)

关键词:鲁迅 论电影

1930 年 3 月 1 日

纪念论文三篇:《在马克斯葬式上的演说》(恩格斯作,致平据日本田中九一的日译重译)、《巴黎公社论》(苏联亚力山大·特拉克廷巴克作,侍桁译自1929年3月日本《战旗》)、《巴黎公社底艺术政策》(苏联 V. 莆理契作,雪峰据日本杉木良吉的日译重译),载《萌芽月刊》第1卷第3期,第35~64页。

佛理契认为,巴黎公社仅仅存在了3个月,还处在动乱和战争之中,还来不及对文学和艺术进行建设,但也露出了些端倪,如一面是保护传统艺术,一面"又想把艺术家从传统与常规底影响下解放出来"。"没有忘记艺术是为大众而存在"。"国家对于艺术取着中立的态度",不要干涉过多,等等。(第60、62、63页)

关键词:恩格斯 论马克思 佛理契 巴黎公社与文艺

鲁迅《"硬译"与"文学的阶级性"》

1930 年 3 月 1 日

鲁迅论文《"硬译"与"文学的阶级性"》,载《萌芽月刊》第1卷第3期,第65~89页。

这是对梁实秋《文学是有阶级性的吗?》《论鲁迅先生的"硬译"》的回答。

文章的主要论点或说名言有:

"文学不藉人,也无以表示'性',一用人,而且还在阶级社会里,即断不能免掉所属的阶级性,无需加以'束缚',实乃出于必然。自然,'喜怒哀乐,人之情也',然而穷人决无开交易所折本的懊恼,煤油大王那会知道北京捡煤渣老婆子身受的酸辛,饥区的灾民,大约总不去种兰花,像阔人老太爷一样，贾府上的焦大，也不爱林妹妹的。……倘说，因为我们是人，所以以表现人性为限，那么，无产者就因为是无产阶级，所以要做无产文学。"（第77、78 页）

"……不过说，文学有阶级性，在阶级社会中，文学家虽自以为'自由'，自以为超了阶级，而无意识底地，也终受本阶级的阶级意识所支配，那些创作，并非别阶级的文化罢了。"（第 79～80 页）

"据我所看过的那些理论，都不过说凡文艺必有所宣传，并没有谁主张只要宣传式的文字便是文学。诚然，前年以来，中国确曾有许多诗歌小说，填进口号和标语去，自以为就是无产文学。但那是因为内容和形式，都没有无产气，虽用口号和标语，便无从表示其'新兴'的缘故，实际上并非无产文学。"（第 80～81 页）

"就我所见的而论，卢那卡尔斯基的《被解放的堂吉诃德》，法兑耶夫的《溃灭》，格拉特珂夫的《水门汀》，在中国这 11 年中，就并无可以和这相比的作品。"（第 81 页）

"中国的有口号而无随同的实证者，我想，那病根并不在'以文艺为阶级斗争的武器'，而在'借阶级斗争为文艺的武器'，在'无产者文学'这旗帜之下，聚集了不少的忽翻筋斗的人，试看去年的新书广告，几乎没有一本不是革命文学，批评家又但将辩护当作'清算'，就是，请文学坐在'阶级斗争'的掩护之下，于是文学自己倒不必着力，因而于文学和斗争两方面都少关系了。"（第 82 页）

"无产者文学是为了以自己们之力，来解放本阶级并及一切阶级而斗争的一翼，所要的是全般，不是一角的地位。"（第 83 页）

（创造社、太阳社对鲁迅的批判：）"解剖刀既不中腠理，子弹所击之处，也不是致命伤。例如我所属的阶级罢，就至今还未判定……"（第 84 页）

"我从别国里窃得火来，本意却在煮自己的肉，以为倘能味道较好，庶几在咬嚼者那一面也得到较多的好处，我也不枉费了身躯：出发点全是个人主义，并且还夹杂着小市民性的奢华，以及慢慢地摸出解剖刀来，反而刺进解剖者的心脏里去的'报复'。……然而，我也愿意于社会上有些用处，看客所见的结果仍是火和光。"（第 85 页）"但我自信并无故意的曲译，打着我所不佩服的批评家的伤处了的时候我就一笑，打着我的伤处了的时候我就忍疼，却决不肯有所增减，这也是始终'硬译'的一个原因。"（第 86 页）

关键词：鲁迅　批判人性论　文学是有阶级性的　无产阶级文学是无产

阶级解放斗争的一翼 翻译是窃火煮肉 前年以来的一些普罗文学内容和形式 "都没有无产气"，不过是填进了些标语和口号

《大众文艺》出版 "新兴文学专号" 上下册
"各国新兴文学概观"、讨论文艺大众化

1930 年 3 月 1 日

《大众文艺》第 2 卷第 3 期出版，为 "新兴文学专号" 上册。本期共 826 页，约 38 万字。封面上明确标示系陶晶孙编辑。

本期的栏目有：创作（4 篇）、事实谈（1 篇）、大众文艺小品（4 篇）、音乐（4 篇）、漫画、各国新兴文学概况（4 篇）、理论（3 篇）、重要文章（3 题，9 篇）、杂要（4 篇）、木人戏（3 篇）、各国新兴文学（5 篇）等。

其重点是：介绍各国新兴文学（含概况和创作举隅两个方面）、讨论文艺大众化。

关键词：《大众文艺·新兴文学专号》

1930 年 3 月 1 日

莞尔《"祖国"》、龚冰庐《他们都迷失了路》、孟超《比率》、杨邨人《瞎子老李》等创作，同载《大众文艺》第 2 卷第 3 期 "新兴文学专号" 上册，第 371 ~ 470 页。

莞尔的《"祖国"》篇和蒋光慈的《丽莎的哀怨》、钱杏邨的《玛露莎》题材相同，都是写十月革命后俄罗斯贵族青年男女流亡到中国的生活和命运。本篇这一对男女，男的叫遮司基，女的叫玛璃。他们先是逃到北京，整日过着悠闲、舒适的生活。他们每天幻想的是谢米诺夫将军再率领军队打回莫斯科，夺下彼得堡，恢复旧俄统治，把无产阶级斩尽杀绝，他们依然做人上人。遮司基比较有理智，当他们随身携带的钱快用完的时候，他就说："我决定去做工吧！作工可以得到快乐，可以解除烦恼，什么乱党，谢米诺夫！什么祖国，旧俄罗斯！——我，我不愿再去思想了！"（第 383 页）"他想不闻不问的埋头做工，自食其力地便可以把一切问题解决了，用不着时刻的在苦闷中烦恼着。"（第 383 ~ 384 页）他到了上海，在电力公司做 "最吃苦，最下层的生煤工人"（第 385 页）。他挨过肥胖的英吉利管理人员的皮鞭。玛璃母女仍然生活在恢复旧日寄生生活的幻梦中，遮司基却渐渐地溶入中国工人运动中，

与中国工人一起闹革命。

龚冰庐的《他们都迷失了路》含两篇小说：一、《他们不让我活也不让我死》，二、《谁告诉我应该怎样做》。第一篇写的是："在我们的那个纱厂里，有一个在打包间里捆纱的老头儿，年纪已经 60 开外了，身体倒还结实，大家都叫他做阿四。"（第 399 页）他平时不说话，一年也不会说上两句话，就是说，也就几个字，像个哑巴。除了做活路而外，他就静静的待着。大家都下班了，他照例拿着一柄长扫帚出来打扫庭院，不与人交往。这是作者在本文一开篇对主人公的介绍。接下来，小说的主体却还是"不说话"的阿四一个人述说自己的身世。他纯洁，善良，勤劳。他什么事都做过，什么苦都吃过，但都没有找到他的立锥之地。所以他才说："他们不会让我死，他们也不会让我活下去。"这"他们"指有钱和有权的人，也指社会。当他两天没有吃饭，想从一个小孩身上找到活命的钱财却失手打死了人时，他说法官："他只知道一条人命而不知道两天没有饭吃，他把事情切成了两半，他把事情的起因——重要的一段丢弃了。"社会永远不合理，"里面有穷富的悬殊，因为穷富的悬殊，才有两天没有饭吃和一条人命的事情发生；因为穷富的悬殊，才有肥胖的阔人坐着享福，穷人在受罪；才有厂主和工人，才有坐着审问别人的官吏立着被审的囚犯！因为穷富的悬殊，才有死不要命的光棍越货杀人，才有巡捕和法律保护富人！"最后他表示：他要唤醒还在甜睡的人都开口说话！（第 418、419 页）第二篇写一个老佣妇，老得不能再老了，什么都糊涂了，唯一的是想她 30 年前失散的儿子时是清晰的。小说也是由老妇的儿子讲述这 30 年流浪的经过："我就这样流浪了 30 年，我做了 30 年的苦工，我做的工不知道到哪里去了？我不知道怎样才是对的，难道是要我做一辈子的苦工，穷一辈子，饿一辈子，不要想，也不要问么？您想，天下有这样的傻瓜么？"（第 432 页）两篇小说的写作手法相似：开篇是作者的叙述，接着作品的主体即主人公一人滔滔不绝的长篇自我介绍，稍显突兀。

孟超的《比率》：这是一篇革命加恋爱的作品。楚豪爱曼琳，曼琳爱的是侠生，但侠生已经牺牲。楚豪想的是："革命是社会进化的表现，爱是社会问题中的一部分，只要没有离却了革命者的观点，不是浅薄的人，谁个能否认革命过程中的爱情！"（第 441 页）

杨邨人的《瞎子老李》写农民造反、工人罢工：瞎子老李眼睛并不瞎，瞎子是外号。他原先是循规蹈矩的农民。庄稼遭了蝗灾，颗粒无收，地主李三秀才照例收租，不让农民活命。老李的父母相继气死，妹妹被抢去当丫头；他杀了秀才和他的姨太太，流浪到上海当了工人。工厂罢工，他当了纠察队队员，阻止工人复工。他们的口号是坚持到底，守着纪律！"破坏罢工的就是工贼，工贼就做他！（有）一个做一个，（有）十个做十个！"（第465页）本篇作者说："尽是一些愤激的盲动的主张，好像除了这一条路之外已经不通了。个个人都好像发了狂，个个人都好像成了一匹猛兽。瞎子老李那更激烈了，主张立刻就要冲进厂里去。"（第468页）厂方找了白俄和临时工上班；瞎子老李杀了几个上班的人，自己也被杀。革命精神可贵，但作者是不同意走极端的。

关键词：龚冰庐　孟超　杨邨人

1930 年 3 月 1 日

《大众文艺》第2卷第3期"新兴文学专号"上册，设"大众文艺小品"专栏，刊载4篇短文：邱韵铎《阵痛》、高飞《警察》、杨邨人《红头阿三》、龚冰庐《劳动组织》。第483～501页。

高飞的《警察》写一个黄包车夫抓着坐车的白种肥妇人要车钱："像闪电般快，一个黄包车夫从车子前部一个长方格子里跳出来，两大步跨上台阶去，把一个丽装的外国妇人拖了下来。……车夫两只眼睛，不瞬的向那妇人的脸上瞪着，显得眼白特别大，两脚叉开，一手捉着——实在应当说是提着——她，不说什么。"（第489页）引来围观的人，招来警察，在众目睽睽之下，那白种妇人只得老老实实地给钱走人。读后让人解气。

关键词：《大众文艺》："大众文艺小品"专栏

1930 年 3 月 1 日

"各国新兴文学概况"：《俄国：革命十二年间的苏俄文学》（日本茂森唯士作，沈端先译）、《德国：德国新兴文学——简略的解说》（日本中野重治作，陶晶孙译）、《美国：美国新兴文学作家介绍》（余慕陶）、《日本：一九二九年日本文坛》（沈端先），载《大众文艺》第2卷第3期"新兴文学专号"上册，第525～569页。

《俄国：革命十二年间的苏俄文学》：本文讲的是苏俄1917年十月革命后至1929年，12年间的文学概况，提供丰富的史料。

"十月革命之后，革命以前的大多数作家，都走进了反革命的营垒。"安特列夫、梅赖裘考夫斯基、库布林、蒲宁、查衣宰夫、巴利蒙特等，"都参加了国外的'白色'阵线"。索洛哥勃、恩特业·白路易、亚夫玛笃伐、赛尔盖夫·真斯基等，"逃进了国内亡命者的内部，隐居在和革命隔绝的平凡生活里

面，而遮蔽了自己的耳目"。（第 525 页）

"在旧俄文学里面，只有仅少的一部，和普洛列塔利亚革命结在一起。"他们是：赛拉希莫维支、勃留索夫、高尔基等，亚历山大特尔·白罗克写了他的名诗《十二》，"这是献给十月革命之胜利的赞歌"。以乌拉奇米尔·玛耶考夫斯基为斗士的俄国未来派，保持着民族主义的农民观念的一团诗人——叶瑞宁、粤莱新，考尔衣基考夫等，都是这一派的代表；盖拉希莫夫、查理洛夫、菲立普青考，"布尔塞维克党员的天才煽动诗人窦米安·白内宜及其一派，高声地歌唱着行进的调子。白内宜将现实斗争一切必要的题目，都做成了诗歌，从国内战争时代的苏俄文学里面，假使减去了他的存在，不知要变成如何的贫弱！"（第 526 页）

"同路人"作家是"站在苏维埃政权的拥护者的方面。但是，对于十月革命的本质，他们还是不能充分地理解"。（第 527 页）代表者是依华诺夫、比利涅克、反晋、巴倍利、爱伦堡等。"在苏联文学的初期阶段，同路人完全地遂行了决定的任务。但是，革命不断的全线的地进行，所以对于他们暧昧的，二重人格的，半三不四的立场，不能不在他们之间，引起了分化的作用。国内状况复兴到战前的水准，文化革命开始着手，阶级斗争变成了格外的尖锐。在新经济政策上面发生的新布尔乔亚阶级，在文学上面，开始了反动的战斗。"（第 528 页）查料耶青、布尔加考夫、爱伦堡、反晋、莱渥诺夫、罗玛诺夫等人的创作都表现了这种立场和情绪。"同路人左翼的势力，逐渐增长。他们渐次和无产阶级接近，积极地想要参加社会主义的建设事业。其中如企霍诺夫，乌拉莱耐夫，期洛尼姆斯基，渥莱茜，构成主义的一派（N. 阿格耐夫，A. 巴格里基，S. 赛温斯基），以及玛耶考夫斯基一派的'列夫'（左翼战线）都是这种倾向的代表。"（第 529～530 页）自然，左翼同路人也不是笼统一样的，区别还是比较大。

国内战争时期只有"宇宙主义"的诗歌。新经济政策以后，从"锻工场"分出"十月"，和"少年亲卫队"提携，组织了全联邦普洛列塔利亚同盟（简称"华普"）。诞生了十月革命以后最初的无产阶级小说，如理倍情斯基的《一周间》、赛拉希莫维支的《铁流》、福玛诺夫的《却拍夫》、法及哀夫的《坏灭》、格拉特考夫的《水门汀》、利耶西考的《熔矿炉》等杰作。"无产阶级　无产阶级的基本的口号，似乎已经转变到'阶级代表者的社会主义建设者的，生活着的人类的心理的表现。'"（第 534 页）

《德国：德国新兴文学——简略的解说》："试问在现在世界各国之中，哪一国的文学在做最高的普鲁列搭利亚的工作，那么除去苏俄之外，我们要先举德国了。"（第 543 页）德国新兴文学的代表者至少有威特福该尔、刻羞、巴尔替尔、克莱贝尔、贝亨尔、赫利柴尔、美尔登、谬廉（后二者为女性）。德国这种新兴文学发生在大战以前。德国的小资产阶级智识青年文化水平最高，但大都生活在贫困之中。这是它的特性。"刻羞可说是新的型（形）式的无产阶级操觚者，所谓'报告文学'的元祖，写有许多长篇，而他的面目尤在这种报告文学随笔纪行之中。"（第 547 页）

《美国：美国新兴文学作家介绍》：作者介绍的 4 位作家是贾克伦敦、辛克莱、高尔德（Michael Gold）和温德（Charles Erskine Scott Wood）。说他们是"近 30 年来震动了美国，不，震动了全世界的 4 位文坛将士。他们是目今的统治阶级的眼中钉，是资产阶级的死对头；但他们却是目今的无产阶级的战士，是人类的和平正义，自由的拥护者。他们将他们爱好人类的真理的热诚，以浅显而明了的文章表现在小说诗歌戏剧方面，这以此而将他们的热忱吹进到人类的心坎里，使汇成一座火光熊熊的火山，立将这桎梏人类的，造恶人类的一切火葬"。（第 549 页）说贾克伦敦是政治上的社会主义者，哲学上的唯物主义者。

《日本：一九二九年日本文坛》：1929 年日本文坛"既成艺术家的老大作家"，即布尔乔亚作家有岛崎藤村、菊池宽、中村武罗夫、加藤武雄、三上于觉吉、谷崎润一郎、武者小路实笃、佐藤春夫、广津和郎、志贺直哉、横光利一、十一谷义三郎、川端康成等。

普洛作家及其创作有：前田和广一郎的《支那》《蒋介石》《鲑鱼》《莫索里尼》，岩藤雪夫的《铁》《工银奴隶宣言》，平林泰子的《在施疗室》《非干部的日记》，金子洋文，细目民树，小林多喜二的《蟹工船》，德永直的《没有太阳的街》，藤森成吉的《翼》《选举》《土堤的集合》《光明与黑暗》，村上知义的《全线》，片冈铁兵的《绫里村快举录》，林房雄的《新啤尔斯号事件》《油印机的奇迹》《断发社会学》《都会双曲线》等。

沈端先说："普洛文学的目的，不仅是暴露加压者的残酷和被压者的苦痛，一定要根据作者对社会的理解，而给以一个正当的路标！兴奋大众的心灵，鼓动大众的勇气，使他们从组织了的斗争里面，获得未来的欢喜和光明。"所以他说《蟹工船》特别的一点是："不单单描写了劳动者生活的苦痛，而毫不牵强地写出了渔夫们感到了组织和斗争之必要的过程。"（第 566 页）

关键词：《大众文艺·各国新兴文学概况》：俄国、德国、美国、日本 "左翼同路人" "左翼的势力" "左翼战线"

1930 年 3 月 1 日

〔日本〕藏原惟人作、许幸之译《艺术理论的三四个问题》，载《大众文艺》第 2 卷第 3 期"新兴文学专号"上册，第 571～581 页。

本文以平林初之辅、林房雄、横光利一、中野重治等人的文章为辩论对象，以卢那察尔斯基、黑格尔、列宁的观点为指导，分别谈了艺术作品的价值、所谓"艺术的大众化"、形式的问题、文艺批评的基准等。

关键词：藏原惟人　许幸之　艺术理论

1930 年 3 月 1 日

何大白（郑伯奇）《中国新兴文学的意义》，载《大众文艺》第 2 卷第 3 期"新兴文学专号"上册，第 582～598 页。

所论的问题是：

什么是新兴文学："1927 年的下半年，中国文学方面发生了一个新的运动；这个运动和以前的种种运动是完全不同的。""这个运动中新产生的文学有 3 个名称，即是：革命文学，新兴文学，普罗列塔利亚文学。""我们所谓新兴文学就是普罗列塔利亚文学。"（第 582、583、585 页）

新兴文学发生的社会根据："文学是有阶级性的。""文学就它的本身讲，就它发生的起源讲，就它发展的途径讲，明明白白文学是有阶级性的。""文学是用言语的技巧以传播感情思想而组织社会的东西。"（第 586 页）

中国新兴文学的诞生、史的追迹与运动的功过："中国的新兴文学运动，决不是几个人凭空想出来的，更不是由几个人底好奇心理所决定的事情，这也和其他各国一样，是有社会根据的。"（第 589 页）

现阶段的诸问题：已经确立了指导理论，但这理论"尚未普及"。"新兴文学运动是全世界普罗列塔利亚的运动"（第 595 页）。已经确立了文学批评的准确，但"应用方面毕竟太狭"。要使我们的新兴文学和全世界的新兴文学"发生更密切更活泼的关系"，这就要"系统的介绍和翻译"。

关键词：郑伯奇　中国新兴文学的意义　文学是有阶级性的　中国新兴文学的诞生"是有社会根据的"　文学是"组织社会的东西"

1930 年 3 月 1 日

祝秀侠《新兴文学批评观的一斑》，载《大众文艺》第 2 卷第 3 期"新兴文学专号"上册，第 599～617 页。

文章说："文学是文化的一要素，而文学批评是直接推动了文学的发展，间接尽了文化的运动的任务的。更且站在阶级利益的立场上，对于过往的艺术底遗产的清算，和助长文学作者负起集体底活力的组成者的职务，完成社会运动的一部分，尤为重要。／无产阶级文学的建立，自然要经过阶级意识以内的范围的限制，要有一种适宜的，有系统的限制，和怎样引导到正确的大路上，建立有助于无产阶级的事业的发展和胜利的文学，那必须藉着站在阶级立场来尽事的'批评'来完成。／因此，新兴文学批评，便与同新兴的无产阶级文学一并的需要产生了。"（第601页）

新兴文学批评就是指包括了社会学的文学批评，科学的文学批评，马克思主义的文学批评。马克思主义文学批评是最彻底的，最有力量的。总而言之，"新兴的文学批评，是科学的，社会学的，唯物论的，集团主义的"。（第602页）为这个工作尽了十分能力的人，是波格达诺夫、卢那卡尔斯基、佛浪司基、托洛斯基、莫里斯基等几个人。（第603页）卢那卡尔斯基的马克思主义文学批评的要素是：评价的基调建筑在"有助于无产者的事业发达和胜利的，是好作品，反之，有害于无产者的，便是坏的！""批评者应在作品里观察它的基本底社会的倾向，看它打击什么东西，站在基本的，社会的，力学的支配点上，以作一般的评价。""文学毕竟是形象的艺术，纯然是纯政论底要素的艺术底文学，纵使判断怎样地出色，也会使读者冷下去"，批评者就要指出它"艺术加工之不足"。（第608页）

分别解析了上述5人的文学批评观以后，祝秀侠具体谈新兴文学批评的论题：

新兴文学批评的要素："新兴的文学批评是社会学的，科学的，教育学的，集团主义的。"（第614页）

新兴文学批评的任务："新兴的文学批评不单是把作品作了社会学的分析便了，最重要还是进而解决作品的价值，评价是最大的任务，不能忘记一个批评者同时是一个建设者，斗争者。对于普罗事业的损或益，这是批评家非辨识和指出不可，非对作品下一般评价不可。新兴的文学批评的任务，就是去帮助无产者文化运动的进展，即是尽着整个无产阶级向社会主义路上走的运动的重大的任务。"（第615页）

新兴文学批评的目的：①"是在旧的艺术作品上所遗留下来的遗产加以整理，利用着旧的遗留下来的成绩增加新的活力，但同时要排除有害于新的组织的遗产。"②"推进新兴文学的完成，并限制着新兴文学向正确方向的发展。更大一点的目的，我们还可以说，使作品认清自己是一个集团主义的活力的组成者，促进作家负起这个职任，同时批评也就是斗争的武器，作为阶级的武器而使用着，它的目的就是保护自己，制裁别人。"（第616页）

新兴文学批评的检讨的方法：①内容的检讨：看作品的"暗示之力所给

与社会生活的作用"怎样，要看是否"帮助无产阶级运动的进展"。②形式的检讨："形式应由内容而决定，新的内容必须有新的形式，形式与内容之间要互相溶解，批评者采取那给与读者最有强烈印象的那表现形式。应当时常从作品里指出新的形式，和新的形式发展的可能性。"（第 617 页）

关键词： 祝秀侠　新兴的文学批评　马克思主义文学批评：要素、任务、目的、方法

1930 年 3 月 1 日

《大众文艺》第 2 卷第 3 期"新兴文学专号"上册"文艺大众化的诸问题"专栏，发表的短文有：沈端先《所谓大众化的问题》、郭沫若《新兴大众文艺的认识》、陶晶孙《大众化文艺》、乃超《大众化的问题》、郑伯奇《关于文学大众化的问题》、鲁迅《文艺的大众化》、王独清《要制作大众文艺》，还有记者的《文艺大众化问题座谈会》纪要，第 629～645 页。

这些文章所谈问题约为：

文艺大众化的指导思想：沈端先再次引用乌拉奇米尔·依里支的话作为讨论的理论依据，"第一，艺术非为着民众，为着几百万勤劳的大众，——就是为着工人农人而存在不可。艺术，非成为这些人们的东西不可。艺术的根底，应该深深地埋在民众里面。在几百万的全人口里面，单单为着几百人乃至几千人而存在的艺术，是不必要的。艺术，是属于民众的。所以，在勤劳大众里面，艺术应该种下它的深根。艺术，非使大众理解不可，非使大众爱好不可。艺术应该和他们的感情，思想，意志结合，而使他昂扬起来。在大众里面，艺术应该唤醒大众的艺术家，而使这些艺术家发展。工人农人的大众，正在需要黑面包的时候，我们难道将一点甜蜜的饼干送给少数人就行了吗？……"（第 629～630 页）引者说："伟大的革命指导者所提示的纲领，接触着许多原则的观念。"（第 630 页）

一切艺术应该是属于大众的。可是，"文学从来只是供资产阶级的享乐，不然便是消费的小资产阶级的排遣自慰的工具。大多数的民众所享受的是些文艺圈外所遗弃的残滓，而且这些残滓又都满藏着支配阶级所偷放安排的毒剂。譬如施公案彭公案杏花天再生缘以至新式的三角四角老七老八鸳鸯蝴蝶才子佳人等等等"。普罗文学应该是大众文学。（郑伯奇，第 635 页）

"不能使大众理解，不能使大众爱好的，决不是大众的文学，决不是普罗列塔利亚自身的文学。"（沈端先，第 630 页）文学的大众化首先要有使大众理解——看得懂的作品。（冯乃超，第 634 页）"大众文学应该是大众能享受

的文学，同时也应该大众能创造的文学。所以大众化的问题的核心是怎样使大众能整个地获得他们自己的文学。"（郑伯奇，第636页）

"文学的任务如果是民众的导师，它不能不负起改革民众生活的任务，就是说文学该有提高民众意识的责任。"（冯乃超，第634页）

日本人创制的大众文艺是什么东西？"外貌虽很冠冕堂皇，然而内容却是反动的勾当。"是"在封建时代的遗臭中蒸发着的通俗小说！""是水浒传三国演义的私生子，和现在上海通行着的，甚么红绿小说黑幕小说是异母兄弟"。郁达夫的《大众文艺》"是和无产文艺对抗而产生的"，"它的所谓'大众'是要把无产阶级除外了的大众，是有产有闲的大众，是红男绿女的大众，是大世界新世界青莲阁四海升平楼的老七老八的大众！"（郭沫若，第630、631页）

服务的应是工农大众、无产大众。"大众文艺！你要认清楚你的大众是无产大众，是全中国的工农大众，是全世界的工农大众！／你要向着这个大众飞跃，你须要认清楚：你不是飞上天，你是飞下凡！你是要飞下凡来叫地上的孙悟空上天空去打金箍棒！"（郭沫若，第632页）这里说的"大众乃无产阶级内的大多数人"，"对于两阶级都便当的文艺是世上不会存在的"。（陶晶孙，第633页）

大众文学的样式技巧问题："大众所爱好的是平易，是真实，是简单明了。智识分子所耽溺的眩奇的表现和复杂的样式是他们所不能领略的。／所以大众所欢迎的文学，无条件的是普罗列塔利亚写实主义的文学。"（郑伯奇，第636页）

"新的大众文艺，就是无产文艺的通俗化！""通俗到不成文艺都可以，你不要丢开大众，你不要丢开无产大众。"（郭沫若，第632、633页）"中国目下所要求的大众文学是真正的启蒙文学。"（郑伯奇，第638页）

大众文学的作者问题：原则上说，大众文学的作家应该由大众中间出身。但落后的中国做不到。所以智识阶级出身的作家就不应该被排斥，"因为文学是艺术，是需要一种特别技能的，而智识阶级的环境和修养很容易地获得这种技术"。当然智识阶级需要获得大众的意识，大众的生活感情；其次是抛却他们的洁癖，而学习大众的语言、大众的表现方法。（郑伯奇，第637页）

鲁迅的观点：第一，"文艺本应该并非只有少数的优秀者才能够鉴赏，而是只有少数的先天的低能者所不能鉴赏的东西。／倘若说，作品愈高，知音愈少。那么，推论起来，谁也不懂的东西，就是世界上的绝作了。／但读者也应该有相当的程度"。第二，若文艺设法俯就大众，"就很容易流为迎合大众，媚悦大众，迎合和媚悦，是不会于大众有益的"。第三，"在现下的教育不平等的社会里，仍当有种种难易不同的文艺，以应各种程度的读者之需。不过应该多有为大众设想的作家，竭力来作浅显易解的作品，使大家能懂，爱看，以挤掉一些陈腐的劳什子"。第四，"多作或一程度的大众化的文艺，也固然是现今的急务。若是大规模的设施，就必须政治之力的帮助，一条腿是走不成路的"。（第 639～640 页）

出席文艺大众化座谈会的作家是：沈端先、冯乃超、许幸之、孟超、郑伯奇、陶晶孙、蒋光慈、洪灵菲、潘汉年、俞怀、邱韵铎。

关键词：文艺大众化讨论　沈端先　郭沫若　陶晶孙　冯乃超　郑伯奇　鲁迅　王独清　指导思想是列宁的文艺应该为大众的谈话　大众文艺的形式竭力创造浅显易解的作品　要有政治之力的帮助

1930 年 3 月 1 日

许杰《榴梿——南洋漫记之一》，载《大众文艺》第 2 卷第 3 期 "新兴文学专号" 上册 "杂要" 栏，第 653～659 页。

作者将南洋水果榴梿之臭，与南洋社会 "充满了资本家的铜臭，帝国主义的羊腥臭，洋奴走狗们的马屁臭，以及那些目不识丁，却到处自充名士的马屙臭等等" 相联系，抨击社会现象，彰显人性。

关键词：许杰　《榴梿》

1930 年 3 月 1 日

陶晶孙提倡木人戏（通称木偶戏）。他以刊物 19 页的篇幅，刊载他本人的《木人戏》（介绍木人戏的历史和技巧）、《傻子的治疗》（木人戏剧本）和郑伯奇的《武器的 "木人戏"》，载《大众文艺》第 2 卷第 3 期 "新兴文学专号" 上册，第 663～681 页。

关键词：陶晶孙介绍木人戏

1930 年 3 月 1 日

陶晶孙编 "各国新兴文学" 创作介绍：俄国高尔基作、邱韵铎译《兵士和农民》，德国威特福该尔原作、陶晶孙译四幕剧《谁最蠢》（未完），法国亨利·巴比塞作、王一榴译《小学教师》，美国贾克伦敦原作、邱韵铎译《伦敦的咖啡店》，日本藤森成吉作、陶晶孙译一幕二场剧《特别快车》，载《大众文艺》第 2 卷第 3 期 "新兴文学专号" 上册，第 683～813 页。

高尔基的《兵士和农民》写兵士和农民的关系，农民并不欢迎兵士，用石头瓦片迎接他们。

巴比塞的《小学教师》写西班牙某村落的小学教师布尔度门罗·左礼是各方面都优秀的老师，他教学生"一切的人都是平等的"（第785页），胆敢对儿童们谈论正义，遭到牧师的迫害和羞辱。他打死牧师后自杀。

贾克伦敦的《伦敦的咖啡店》是截取他的长篇小说《地狱中的人们》的一段，描述伦敦餐饮店之肮脏、肉食店之不卫生，穷人生活之艰难。

藤森成吉的《特别快车》展示有钱人小姐和太太的残忍、没有人性，其实就是丑陋。

关键词：陶晶孙　各国新兴文学创作：高尔基、威特福该尔（德国）、巴比塞、杰克伦敦、藤森成吉

1930 年 3 月 1 日

上海现代书局借用《大众文艺》第2卷第3期"新兴文学专号"上册刊末，刊载新书出版广告。有：

华汉编**《唯物史观研究》**："研究马克斯主义的人，谁都知道，马克斯主义的精髓，是马克斯主义的唯物史观，然而自唯物史观被介绍到中国以来，是不是有一本既不简单又不艰深的书出版呢？本书便是这样一本通俗明了而又很有系统的唯物史观的入门书。全书共分12章：一，绪言，二，哲学中唯心论和唯物论，三，唯物史观的哲学基础，四，唯物史观之历史的准备，五，达尔文主义与马克斯主义，六，唯物史观，七，社会构成的三个前提，八，社会基础的分析，九，社会建筑的分析（上），十，社会建筑的分析（下），十一，唯物史观批判之批判，十二，唯物史观在中国所引起的论争。长约15万言，由作者参阅中外无数名家著述编成，洵为一部不可多得的唯物史观入门的第一良书。全书分装上下两册，上册已出，实价5角。"

洪灵菲著作两种：

《归家》已再版："这是洪灵菲先生的短篇小说集，与新兴文学的成功作，共计6篇，大半描写的是南洋一带的社会生活。其中心思想极为一致，说明乡村的中产家庭生活的没落，封建剥削的实行，以及封建势力的统治能力之失掉等等。我们都可以从这本小说集里看出来。每册实价大洋3角。"

《流亡》已三版："本书计10万言，为革命文学上之钜著。书中叙一革命青年失败后，亡命四方，历遭家庭和社会各方面之冷眼，穷苦备尝，境遇凄凉；而后来更能毅然决然，再上革命之前线去；真足以代表现代青年之反抗精神也！书中材料，十分丰富；南至南洋，北至北平，各地的社会情形，均有叙述，加

以作者生动之笔法，客观之描写，既有趣味，又极深刻！关心社会者，不可不读；关心文艺者，尤为不可不人手一篇也。每册实价大洋 7 角。"

《拓荒丛书》 六种不日出版：森堡著《爱与仇》，实价洋 4 角。钱杏邨著《玛露莎》，实价洋 3 角半。洪灵菲著《家信》，实价洋 5 角。殷夫著《伏尔加的黑浪》，实价未定。冯宪章译《叶山嘉树小说集》，价未定。之本译《新写实主义论文集》，价未定。"本丛书纯系按拓荒社诸位先生所著译的名著杰作，有的在拓荒者里载过，有的是不曾发表过，然而，其题材大都是以新兴文学立场为基础的，是有血气的，有刚性的，尽可作一般研究新兴文学的底准确的标榜。"

关键词： 上海现代书局书籍广告

1930 年 3 月 1 日

龚冰庐小说《黎明之前》，上海乐华图书公司出版，为《创作丛书》之一种。32 开，毛边，127 页。

小说写一个名叫洪德的工人在大革命到来之前，还没有觉醒时的苦闷。

他在家乡做工，因为爱婢女阿兰，被总办开除；为发泄忧愤，他无端与火车司机打架，失败后，漂流到青岛；因为喝醉酒，被监禁；逃出牢狱后，来到上海；当了工人，跟表兄一起罢工一次，又不懂它的意义；在另一次大的工人运动之中，那是黎明之前，他有被抛弃之感。

作者说："他经过了深重的刺激，失业的苦闷，邻人的嘲弄，资本家的压抑，并且深感了失恋的悲哀，性的烦闷。"（第 68 页）

又说："他的短短的一生，他想就此完结了。在这生之过程中，他失了恋，他坐过牢，他被凌辱过，他长久长久被压迫着；但他也曾想到要反抗！他跟着人家暴动过一回，他也曾作过革命运动，他住过穷乡，又来到这最繁华的上海；他简直没有明白人生是怎么一回事！"（第 125 页）

关键词： 龚冰庐工人小说《黎明之前》

中国左翼作家联盟成立　联盟理论纲领　鲁迅的讲话
左联的成立标志着中国共产党不但从思想上
而且从组织上领导文艺的开始

1930 年 3 月 2 日

中国左翼作家联盟在上海召开成立大会。大会通过了左联理论纲领。

据《拓荒者》第 1 卷第 3 期的"国内外文坛消息"之《中国左翼作家联盟的成立》，这理论纲领全文如下：

"社会变革期中的艺术，不是极端凝结为保守的要素，变成拥护顽固的统治之工具，便向进步的方向勇敢迈进，作为解放斗争的武器。也只有和历史的进行取同样的步伐的艺术，才能够唤喊它的明耀的光芒。

"诗人如果是预言者，艺术家如果是人类的导师，他们不能不站在历史的前线，为人类社会的进化，清除愚昧顽固的保守势力，负起解放斗争的使命。

"然而，我们并不抽象的理解历史的进行和社会发展的真相。我们知道帝国主义的资本主义制度已经变成人类进化的桎梏，而其'掘墓人'的无产阶级负起其历史的使命，在这'必然的王国'中作人类最后的同胞战争——阶级斗争，以求人类彻底的解放。

"那么，我们不能不站在无产阶级的解放斗争的战线上，攻破一切反动的保守的要素，而发展被压迫的进步的要素，这是当然的结论。

"我们的艺术不能不呈献给'胜利不然就死'的血腥的斗争。

"艺术如果以人类之悲喜哀乐为内容，我们的艺术不能不以无产阶级在这黑暗的阶级社会之'中世纪'里面所感觉的感情为内容。

"因此，我们的艺术是反封建阶级的，反资产阶级的，又反对'稳固社会地位'的小资产阶级的倾向。我们不能不援助而且从事无产阶级艺术的产生。

"我们的理论要指出运动之正确的方向，并使之发展。常常提出中心的问题而加以解决，加紧具体的作品批评，同时不要忘记学术的研究，加强对过去艺术的批判工作，介绍国际无产阶级艺术的成果，而建设艺术理论。

"我们对现实社会的态度不能不支持世界无产阶级的解放运动，向国际反无产阶级的反动势力斗争。"（以上第 1130～1132 页）

按：这份左联理论纲领，又载 1930 年 4 月 1 日《萌芽月刊》第 1 卷第 4 号，还刊 1930 年 5 月 1 日《大众文艺》月刊第 2 卷第 4 期。

又按：在《大众文艺》的《左翼作家联盟成立了！》的消息中，这个纲领，至少在文字上，其实是在内容上（思想认识）有 3 处校订：

一是第一段末改为："也只有和历史的进行取同样的步伐，艺术才能够唤发它的明耀的光芒。"

二是倒数第三段中一句话改为："又反对'失掉社会地位'的小资产阶级

的倾向。"

三是末段"不能不支持"改为"不能不参加"。

关键词：中国左翼作家联盟理论纲领

1930 年 3 月 2 日

中国左翼作家联盟在上海成立。最初加入联盟的有 50 余人，当日到会者有冯乃超、华汉、龚冰庐、孟超、菀尔、丘韵铎、沈端先、潘汉年、周全平、洪灵菲、戴平万、钱杏邨、鲁迅、画室、黄素、郑伯奇、田汉、蒋光慈、陶晶孙、李初梨、彭康、徐殷夫、朱镜我、柔石、林伯修、王一榴、沈叶沉、冯宪章、许幸之等 40 余人，大多是原创造社、太阳社、我们社、引擎社、艺术剧社、时代美术社等文艺团体的成员。

大会推定鲁迅、沈端先、钱杏邨 3 人成立主席团。先由冯乃超、郑伯奇报告筹备经过，接着是中国自由运动大同盟代表讲演，鲁迅、彭康、田汉、华汉等相继演说。

大会通过了理论纲领和行动纲领。

大会选举沈端先、冯乃超、钱杏邨、鲁迅、田汉、郑伯奇、洪灵菲 7 人为常务委员，周全平、蒋光慈两人为候补委员。

大会的提案达 17 件之多。主要为：组织自由大同盟分会，发生左翼文艺的国际关系，组织各种研究会，与各革命团体发生密切的关系，发动左翼艺术大同盟的组织，确定各左翼杂志的计划，参加工农教育事业，等等。

大会通过的行动总纲领的主要点是："（一）我们文学运动的目的在求新兴阶级的解放。（二）反对一切对我们的运动的压迫。同时决定了主要的工作方针，是：（一）吸收国外新兴文学的经验，及扩大我们的运动，要建立种种研究的组织。（二）帮助新作家之文学的训练，及提拔工农作家。（三）确立马克思主义的艺术理论及批评理论。（四）出版机关杂志及丛书小丛书等。（五）从事产生新兴阶级文学作品。"[①]

中国左翼作家联盟的成立，标志着中国共产党不但从思想上，而且从组织上领导左翼文艺运动的开始。直接领导左联的是中共左联党团；领导左联党团的，是中国共产党中央宣传部文化工作委员会（简称文委）。左联党团和文委之间，还有文总（中国左翼文化总同盟）。在实际工作中，文委和文总是两块牌子，一套人马。

[①] 见《中国左翼作家联盟的成立》，1930 年 3 月 10 日《拓荒者》第 1 卷第 3 期。

关键词：中国左翼作家联盟成立　选出领导机构　通过大会提案、行动总纲领、主要工作方针

1930 年 3 月 2 日

鲁迅《对于左翼作家联盟的意见——在左翼作家联盟成立大会上的演说》（王黎民记，"曾交讲者自己看过改定"），载《萌芽月刊》第 1 卷第 4 期，第 23～29 页。

鲁迅一开头就说："我以为在现在，'左翼'作家是很容易成为'右翼'作家的。"理由有三：第一，"倘若不和实际的社会斗争接触，单关在玻璃窗内做文章，研究问题，那是无论怎样的激烈，'左'，都是容易办到的；然而一碰到实际，便即刻要撞碎了。关在房子里，最容易高谈彻底的主义，然而也最容易'右倾'"。（第 23 页）第二，"倘不明白革命的实际情形，也容易变成'右翼'。革命是痛苦，其中也必然混有污秽和血，决不是如诗人所想像的那般有趣，那般完美；革命尤其是现实的事，需要各种卑贱的，麻烦的工作，决不如诗人所想像的那般浪漫；革命当然有破坏，然而更需要建设，破坏是痛快的，但建设却是麻烦的事。所以对于革命抱着浪漫谛克的幻想的人，一和革命接近，一到革命进行，便容易失望"。（第 24 页）第三，"以为诗人或文学家高于一切人，他底工作比一切工作都高贵，也是不正确的观念。"事实上，劳动者大众"决不会特别看重智识阶级者的"，"不待说，智识阶级有智识阶级的事要做，不应特别看轻，然而劳动阶级决无特别例外地优待诗人或文学家的义务"。（第 25～26 页）

鲁迅的具体意见是：第一，"对于旧社会和旧势力的斗争，必须坚决，持久不断，而且注重实力"。无产文学"是无产阶级解放斗争底一翼，它跟着无产阶级的社会的势力的成长而成长"。（第 27 页）第二，"我以为战线应该扩大"。第三，"我们应当造出大群的新的战士，因为现在人手实在太少了"。比如，希望出现"一个能操马克思主义批评的枪法的人"为新文学而斗争。"我们急于要造出大群的新的战士，但同时，在文学战线上的人还要'韧'。""最后，我以为联合战线是以有共同目的为必要条件的。……我们战线不能统一，就证明我们的目的不能一致，或者只为了小团体，或者还其实只为了个人，如果目的都在工农大众，那当然战线也就统一了。"（第 27、28、29 页）

鲁迅的意见惊世骇俗，振聋发聩，言简意赅，字字见血。

关键词：鲁迅　《对于左翼作家联盟的意见》正式发表

1930 年 3 月 10 日

《拓荒者》第 1 卷第 3 期出版。① 从本期起，为左联机关刊物。

据刊末编者写的《编辑室消息》说："我们的'经常的'主要的撰稿人是郭沫若、蒋光慈、殷夫、洪灵菲、森堡、戴平万、王一榴、冯乃超、沈端先、楼建南、冯宪章、杨邨人、钱杏邨、龚冰庐、莞尔、潘汉年、邱韵铎、华汉、孟超诸君。"（第 1148 页）

本期刊载创作和翻译 14 篇。其中有小说 8 篇：蒋光慈的《咆哮了的土地》（长篇连载），倩红的《置留场之一夜》，华汉的《马桶间》，平万的《新生》，孟超的《路工手记》，洪灵菲的《大海》（长篇连载），许峨的《纪念碑》，苏联维列赛夫著、蒋光慈译《此路不通》（续）。诗歌 3 篇：起潮的《我底告白》、段可情的《日本兵》、殷夫的《写给一个新时代的姑娘》。龚冰庐的戏剧《我们重新来开始》（续）。随笔两篇：Barter 作、王任叔译《十二个牺牲者》，柯涟的《期待》。

《咆哮了的土地》《大海》《纪念碑》写土地革命、农民运动；《马桶间》写纺织女工的悲惨生活，并初步觉悟；《路工手记》写铁路工人大罢工；《新生》写农民革命运动中农村妇女的觉醒。

《十二个牺牲者》写被俘的 12 个赤军战士宁肯被反动军队活埋，也不供出"赤卫军底兵力"（第 1035 页）。《期待》（1929 年 2 月 25 日作）写 4 个革命者在期盼游行示威的信号时的心理状态。

关键词：蒋光慈《咆哮了的土地》　洪灵菲《大海》　殷夫的诗

1930 年 3 月 10 日

倩红《置留场之一夜》（1930 年 1 月 3 日夜脱稿），载《拓荒者》第 1 卷第 3 期。

小说写"我"在日本时，因为当局怀疑他屋里藏有"×××的重要文件和宣传品"而被关进置留场（拘留所）。先他而被拘的"犯人"中，一个是 15 岁的日本人中村太郎，"不过为了懂得露西亚的文字"（第 884 页）而被抓。一个是朝鲜人蔡群，不得已而当了强盗，这是他第 13 次入狱。作者感慨："如果有人指导他应该怎样地去革命，把他那种勇气运用在革命事业上，一定

---

① 本期出版时间实际愆期至 3 月 22 日以后，因为由编者写的《编辑室消息》写于 3 月 22 日。（第 1149 页）

会有相当的成就的。况且他们的国家是个被蹂躏得可怜的殖民地。"（第 886 页）另一个也是朝鲜人，叫杨可久。他是一个老实的农民，无地可种时到了东京，为了生活，在一家商店"偷了 4 个磁盆子"，被日本人骂为"不要脸的可恶的朝鲜狗"（第 887 页），"瞎了眼的朝鲜猪"（第 890 页）。

听了以上 3 人的自我介绍，"我"向他们宣传："我们穷人的出路，唯有自己去找。……最后的胜利，终属我们。"于是杨可久觉悟了：表示一定要回朝鲜去，"向着压迫我们的阶级拼命的奋斗"。（第 891～892 页）

作品的结尾是："这里，我们——中村太郎，蔡群，杨可久和我——深深地互相了解……我觉得世界上并没有什么国界的限制和差别，只有不能相容的两个阶级在对立着。我们有着同一的运命！我们同是被压迫者！我们同样的须要革命！"（第 893 页）

关键词：倩红《置留场之一夜》　中国、日本、朝鲜三国的老百姓同样需要革命

1930 年 3 月 10 日

华汉《马桶间》，载《拓荒者》第 1 卷第 3 期。

小说写工人的痛苦生活。所有子女都无私地贡献给了革命事业的老女工，连在臭气熏天的马桶间残喘活命的权利都被剥夺，使人不忍卒读，义愤填膺，要喊要叫，要反抗要革命。

关键词：华汉　《马桶间》

文学作品的政治价值对艺术价值有绝对的统治权，有优位规律

1930 年 3 月 10 日

〔日〕三木青作、冯宪章译《艺术价值与政治价值之哲学的考察》，载《拓荒者》第 1 卷第 3 期，第 1043～1060 页。

本文共讲 4 个问题：

1. 问题的提出

文章说：一个艺术作品，除有艺术价值而外，还有政治价值、道德价值、经济乃至商业价值。问题是："某一个作品有很多的艺术价值，而没有一丝的政治价值；相反地，另一个作品却不拘没有一些艺术价值，而有很多的政治价值。"（第 1043 页）当遇到艺术价值和政治价值不平衡、不协调这种情况

时，该如何评价？

2. 意味的历史转化的原则

文章说："艺术价值与政治价值的问题，为问题而现在出现的现实根源，不用说是普罗列塔利亚的跃出，普罗列塔利亚文学的产生，马克斯主义文学论的出现。在那里，艺术价值与政治价值特别有密切的关系。"（第 1045 页）依照马克思主义的原理，"从来一切的艺术是阶级社会的产物；所以艺术为它表现的阶级效力的缘故"。（第 1046 页）"艺术无宁服务于国家的政治"。（第 1047 页）

3. 艺术与政治的关系

"艺术与政治的辩证法的统一"（第 1050 页）是马克思主义的原理。艺术与政治"也被统一在马克斯主义文学里"。（第 1051 页）

文章说："政治与艺术，其他的东西，决不是各个独立了的现象，在各时代，这些东西站（按：原文如此。考下文，疑为占）交互作用的关系。这交互作用本身的性质，跟着在这交互的根柢，才使这个东西成立的，即我所谓基础经验的各个特殊性，在各各的时代，各各特殊地被规定。精密地说，政治与艺术本身不是单纯在平面的关系，为交互作用；无宁说在这些东西堆积成层，如此的立体的关系上为交互作用。然而这层的构造因时代不同，占它基础位置的东西，当然也各个不同。而在现代，很明显的在这些人活动的各领域的相互关系，政治比较艺术，更占决定的位置。由此，出现来了'政治价值对于艺术价值的统治权'。这是必然的现实。它决不是正好表示应有的状态。不能把这现实看作理想的一般，非难或者悲哀它。到普罗列塔利亚特扬弃完了阶级止，那是必然的现实。平等地吸取一切价值，即是说价值的自由主义，在阶级社会，没有什么现实性。"（第 1051~1052 页）

4. 内容与形式——艺术价值与政治价值的关系

文章说："马克斯主义文学，站在阶级斗争的现实上。一个作品是否马克斯主义的作品，可以由它有没有用什么方法表现阶级斗争的事实，这个具体的标准来决定。然而马克斯说过，一切阶级斗争，是一个政治斗争。要是如此，马克斯主义文学无疑的是政治斗争的表现，我们可以在那里看出马克斯主义里的文学与政治的最基础的关联。"（第 1053 页）

然而，"艺术之所以为艺术在形式"，"问题不在表现的什么，而在它是怎样地表现"。（第 1054 页）"一个文学作品里表现的是什么，于文学本身并不是一些也没有意味。因为新的内容要求并且产生新的形式。如果表现了的东西，限定表现它的形式；马克斯主义文学因为以如阶级争斗的政治事实的表现为目的，一定要生产艺术性最特殊的形式。于是要求与描写朝廷生活，或告白个人私事的场合完全不同的新形式。在这意味上，政治限定文学几乎不容怀疑。""形式不是单形式，常是内容的形式是很明白的。形式必须是使内容活动的形式。它必须是使内容说明自己的东西。形式由于使内容发展，同时形式地也完成。因之马克斯主义文学，它文学本身越发完成，即艺术价值越发大，越发能以自己政治内容诉诸许多人，感动许多人，因之政治价值越发大。"（第 1054~1055 页）

作者说，形式与内容永远也不可能"调和与均衡"（第 1055 页）。这是为文学史所证明了的。"一定时代常有一定的艺术形态"。所谓"艺术形态""是形式与内容的各个具体的综合样式"。按照黑格尔的说法，已有的艺术史可分为三个时期："象征的艺术形态"时期形式支配内容；"古典的艺术形态"时期形式与内容保持均衡；"浪漫的艺术形态"时期内容重于形式。"现在的时代的现实的艺术形态的特殊性"，普罗列特·格尔特的文学论说："在某一文化的勃兴期，内容被尊重；在开花期，内容与形式调和；在崩坏期，形式过重。""在普罗列塔利亚文学成立期的现代，当然内容比文学的形式更重。"（第 1056 页）

一定要理解"政治价值对艺术价值的优位"的规律。（第 1057 页）"意德沃罗基决不是妨碍作品艺术价值发挥的东西；却是为它之故才被要求。""意德沃罗基成为作品的伟大，崇高，深远之源；为那艺术价值的高升而贡献。"（第 1059 页）

按：本期广告页有一则《特别声明》，原文如下：

"本期译载的山本清的《政治价值与艺术价值之哲学的考察》一文，许多地方，表示了作者的非不正确的倾向，因编者一时疏忽，未加校阅，即发去排印。及至发现时，已无法抽出。只得特别声明于此，希望读者注意并原谅。"

关键词：文学作品的政治价值与艺术价值　政治价值对于艺术价值有绝对的统治权是必然的　马克思主义文学无疑是政治斗争的表现　政治限定文学几乎不容怀疑　艺术服从于国家政治　政治价值对艺术价值的优位规律　形式与内容的不可能调和与均衡

1930 年 3 月 10 日

沈端先《文学运动的几个重要问题》，载《拓荒者》第 1 卷第 3 期，第 1061~1075 页。

这是一篇谈文艺大众化的文章。

作者首先根据列宁对于文艺的意见，认为："第一，艺术应该最大限度和大众亲近，使他们了解，使他们欢迎，然后，方才能够结合他们的感情思想意志，而使他们振作起来。第二，为着要使大众能够接近艺术，所以应该努力于一般教育文化水准的提高。"前者是"大众化"，后者是"化大众"。（第 1061～1062 页）

沈端先说，目前文艺大众化的对象是："文化落后的普洛列塔利亚大众，以及一切工场劳动者，农民，小资产阶级，学生群众，乃至兵士等等"，是"工人，农人，兵士，学生"（第 1062 页），总之一句话，是"工农大众"（第 1066 页）。

又说，普洛文学是"意特渥洛奇的艺术"。普洛列塔利亚大众文学的目的是："将这种作品送到群众里面，从布尔乔亚的精神麻醉中间，夺取广大的群众，使他们获得阶级的关心，使他们走上阶级解放的战线"（第 1063 页），"是组织和动员劳苦群众使他们走上解放战线的武器"。（第 1071 页）

为此就得使用一切的大众文艺形式："在文学上，和一切无产大众亲密的俗语，歌词；在戏剧上，最容易使大众了解剧情的脸谱，手势"，都可以借用。（第 1065～1066 页）一切艺术形式，"例如应用连环图画的鼓动小说，茶楼和低级游艺场的——乃至街头的——说书，简单的工场剧，移动剧场，木人戏，十六来里的电影（按：原文如此），绘画，Poster，Hand bill，漫画，歌谣……以及不一定拘泥学校形式的工农夜校，休息日的野会，等等方式"。（第 1072～1073 页）还有旧戏、大鼓词等。

关键词： 夏衍　工农大众包括工人、农人、兵士、学生　使用一切的大众文艺形式

1930 年 3 月 10 日

钱杏邨《大众文艺与文艺大众化——批评并介绍大众文艺新兴文学号》（写于 3 月 21 日），载《拓荒者》第 1 卷第 3 期，第 1077～1088 页。

此文是评陶晶孙主编的《大众文艺》"新兴文学专号"上册的专文。

文章引用了列宁关于文艺与群众的关系的谈话："艺术非为着民众，为着几百万勤劳的大众——就是为着工人农人而存在不可。艺术，非成为这些人们的东西不可。艺术的根底，应该深深的埋在民众里面。艺术，非使大众理解不可，非使大众爱好不可。艺术应该和他们的感情，思想，意志结合，而使他昂扬起来。工人农人的大众，正在需要黑面包的时候，我们难道将一点

甜蜜的饼干送给少数人就行了吗？"（第 1081 页）

又，列宁的这段话，本期《拓荒者》又以补白的形式刊第 996 页，题目是《艺术与普罗列塔利亚特》，作者署兹埃特金（按：这是错误的。应是蔡特金记录列宁的谈话），译者是曼曼。译文如下：

"艺术是大众的东西。艺术必须将它的深相打入广泛的大众之中。艺术必须为这些大众理解，热爱。艺术必须统一并且抬高大众的感情，思想与意志。重要的是艺术家必须生在这些大众之中，成长在这些大众之中。在劳动大众连黑面包都困难之时，我们难道还有给一少部分的人以糖果西点的权利吗？自然这是比喻的说法；但是我们必须不绝地在眼前有劳动者与农民。在这一点关于艺术及文化也如其他领域一样。……"

关键词：钱杏邨　列宁对蔡特金谈文艺属于大众

冯宪章评《丽莎的哀怨》和《冲出云围的月亮》

1930 年 3 月 10 日

冯宪章《〈丽莎的哀怨〉与〈冲出云围的月亮〉》，载《拓荒者》第 1 卷第 3 期，第 1089～1101 页。

《丽莎的哀怨》和《冲出云围的月亮》都是蒋光慈的长篇小说。

评论说：从《丽莎的哀怨》"我们可以看出丽莎与白根就是俄罗斯贵族的代表，丽莎的运命就是俄罗斯贵族的命运，丽莎的哀怨就是俄罗斯贵族的哀怨！""所以'丽莎的哀怨'表现了俄罗斯贵族阶级怎么的没落，为什么没落；并且暗示了俄罗斯新阶级的振起！""如果把'丽莎的哀怨'的艺术用语，翻译成社会科学的用语的话，'丽莎的哀怨'如一切社会科学一样，在告诉我们，旧的阶级必然的要没落，新的阶级必然的要起来！它在阐明社会进化的过程！它的作用，与布哈林××主义的 ABC 一些也没有两样！"（第 1092 页）

冯宪章还说，艺术的价值是宣传，"而要令读者感不到自己是在被宣传的话，《丽莎的哀怨》是值得相当高评的作品"。"它将使读者，宣传于不知不觉之中。不会像其他的初期的普罗列塔利亚文学制作，就宛如标语口号一样，使一般的读者一见生厌；或者在那里显然地，感觉着有人在对自己说教。这就是说，《丽莎的哀怨》已经脱离了标语口号的形式，而深进了一步——走上了适合新内容的新形式的道路的开端。"（第 1093、1094 页）

评论更进一步说："当我们读《短裤党》时，就仿佛在读一首战歌，是那样的狂热，是那样的奔放！而当我们读《丽莎的哀怨》的时候，却宛如读一首抒情的长诗，是那样的缠绵，是那样的健丽！""真的！与其说《丽莎的哀怨》是一部小说，无宁说它是一部散文的诗，诗的散文。"（第 1094 页）

对蒋光慈的《冲出云围的月亮》，冯宪章说：作品"对于心理的描写，特别的深刻；这一点似乎有朵思退夫斯基的风味！"（第 1096 页）

关键词：冯宪章　《丽莎的哀怨》的社会作用堪与布哈林的《共产主义ABC》相等　艺术上宛如散文的诗，诗的散文　《冲出云围的月亮》的心理描写有陀斯妥也夫斯基的风味

1930 年 3 月 10 日

潘汉年《左翼作家联盟的意义及其任务》（写于 3 月 18 日），载《拓荒者》第 1 卷第 3 期，第 1103～1110 页。

文章说，左联成立的时候，"中国革命复兴的浪潮，正在高涨发展"。"在这样一个阶段上的文学运动——无产阶级的文学运动，无疑义的它应当加紧完成革命斗争的宣传与鼓动的武器之任务！""现在中国革命的危机的加深，无产阶级斗争的尖锐化，推动了一般文化运动者思想的左倾化，对于正确的马克思主义理论，已经是进一步的认识与运用，小资产阶级个人主义的意味逐渐被批判而克服，所以文学运动也跟着走到第二个新的阶段。——上海左翼作家 50 余人所发起的'中国作家左翼联盟'，即是一个有力的例证。"（第 1104～1105 页）

潘汉年说，左联成立的意义是："（一）这联盟的结合，显示它将目的意识的有计划去领导发展中国的无产阶级文学运动；（二）加紧思想的斗争，透过文学的艺术，实行宣传与鼓动而争取广大的群众走向无产阶级斗争的营垒。"（第 1106 页）

关于左联的任务，潘汉年说：（一）正确的马克思主义文学理论的宣传与斗争；（二）确立中国无产阶级的文学运动理论的指导；（三）发展大众化的理论与实际（践）；（四）自我批判的必要。

说这个话的时候，潘汉年是文委党团书记。共产党是把左联当成从事革命运动的一支队伍，而文学仅仅是这个运动的工具而已。

关键词：潘汉年　左联成立的意义和任务

1930 年 3 月 10 日

本期《拓荒者》第 1 卷第 3 期刊载了一些书籍的广告：

《新兴艺术概论》：藏原惟人、山田清三郎、小林多喜二、片冈铁兵、冈泽秀虎著，冯宪章编译。上海现代书局的《出版预告》说："我们新兴艺术运动虽然进展到了现在的阶段，但是关于艺术的许多问题，还不过是原则的了解，尚未深入的讨论。然而前进的现实，迫得我们非根本地把握这些问题不可了。比如什么是新兴艺术，新兴艺术的形式与内容，新兴艺术的评价，艺术与科学，哲学，伦理，什么是新写实主义，新兴文学的大众化，尤其是怎样去做新写实主义与大众化的作品，以及各国新兴人（按：人疑为衍字）文学的近状……举凡这些，都是我们所急需解决的问题。/《新兴艺术概论》，就是为解决这些问题而编译的，它能够代我们解答这一概的问题。它不特是文艺青年的导师，而且是关心社会的青年的助手！"

此外尚有蒋光慈的**《丽莎的哀怨》**、叶灵凤先生的著译、展望丛书等广告。

关键词：《新兴艺术概论》《丽莎的哀怨》等书籍出版广告

1930 年 3 月 10 日

〔美国〕V. F. Calverton（开尔浮登）著、刘穆译《现代文学中的性的解放》，载《小说月报》第 21 卷第 3 号，第 483～496 页。

本文讲弗洛伊德性心理分析学说怎样影响文学。打破了维多利亚时代遏制性欲之害，弗洛伊德的学说则已"应用于各门分析中，哲学，科学和美学的分析，皆受其影响。即使在文学的园地里，小说戏剧中，也满带着弗罗依德的观念"。（第 483 页）

"新文学的性的解放不过是它的根本解放的初步。伦理上反资产阶级的态度渐会逼到转而在经济上反资产阶级。我们已经看见 19 世纪的无产阶级兴起和奋斗，引起了无产阶级的激情主义者和文学的无产阶级趋向。"（第 496 页）

关键词：弗洛伊德性心理分析在文学中的运用

1930 年 3 月 15 日

田汉主编的《南国月刊》在上海创刊。共出 3 期。5 月 15 日出版第 3 期后停刊。

3 期中刊载的创作有：田汉《名优之死》（两幕悲剧）、《黄花岗》（五幕剧）、《古潭的声音》（独幕剧）、《颤栗》（独幕剧）、《南归》（独幕诗剧），凝秋、左明《弟弟》（诗剧），田汉《上海》（长篇小说）《忧愁夫人与姊姊》（小说），黄素《脱走》（小说）、《蛰居》（中篇小说），康白珊女士《狱中记》（小说），郭斌佳翻译《伊底泼斯王》（*Oedipus the King*），另有欧阳予倩、林素斐女士、吴似鸿女士、陈幻侬女士等作者的通信、日记等。

关键词：田汉主编《南国月刊》创刊

1930 年 3 月 16 日

《艺术月刊》在上海创刊。沈端先主编。北新书局经售。仅出 1 期。

系以戏剧为主的综合性杂志。大 32 开，204 页。主要作者是：郑伯奇、许幸之、麦克昂、冯乃超、陶晶孙、叶沉、龚冰庐、王一榴、宛尔、祝秀侠、邱韵铎等。

关键词：夏衍主编《艺术月刊》创刊

郑伯奇、许幸之论左翼戏剧运动和左翼美术

1930 年 3 月 16 日

郑伯奇《中国戏剧运动的进路》，楚声《一九三○年开展中的文坛与剧坛》，陶晶孙译《舞台效果和音乐》（和用精著），叶沉《戏剧与时代》《艺术剧社第一次座谈会速记》《日本戏剧界的最近概观》，祝秀侠《高尔基的〈夜店〉》等，同载《艺术月刊》第 1 卷第 1 期。

郑伯奇的《中国戏剧运动的进路》共谈八个问题：（一）一个时代的要求。（二）矛盾的所在。（三）旧剧的没落。（四）文明戏的运命。（五）新剧运动的勃兴。（六）运动的现状及其苦闷。（七）我们唯一的进路。（八）现阶段应有的纲领。

文中有这样的观点：

"具体地讲，普罗列塔利亚是现代负有历史使命的唯一的阶级。一切艺术都应该是普罗列塔利亚艺术。布尔乔亚艺术，就一般情势来讲，在半世纪前，还有它的进步的作用，自从入了帝国时代以后，它的进步性老早就消失了。／戏剧也是这样，易卜生以后的近代剧多少都有些反动的倾向。尤其现在的西欧，简直堕落极了。"总之，"中国戏剧运动的进路是普罗列塔利亚演剧"。（第 14、15 页）

楚声《一九三○年开展中的文坛与剧坛》提供信息："新兴艺术讲座"由冯乃超、钱杏邨、沈端先主编，鲁迅、蒋光慈、叶沉、画室、许幸之、华汉分任撰稿。内容趋重于文学上基本原理的讲述，而同时及于技巧论、史论、

中外作品的述评各方面。共计百万言，由神州国光社分 6 期出版。

艺术剧社不久前曾演出美国辛克莱的《居住二楼的人》、德国米尔登夫人的《炭矿夫》、法国罗曼罗兰的《爱与死的角逐》。1 月 14 日晚曾举行座谈会，讨论演出情况。出席的人是：总务部菀尔、邱韵铎，文学部冯乃超、龚冰庐、祝秀侠，美术部许幸之，音乐部陶晶孙，导演部沈端先、叶沉、鲁史，演技部刘葆初、陈劲生。由冯乃超任主席，邱韵铎、龚冰庐担任记录。

关键词：《艺术月刊》创刊　郑伯奇　一切艺术都是普罗艺术　艺术剧社的演出

1930 年 3 月 16 日

许幸之《新兴美术运动的任务》、编者《有声电影的前途》，载《艺术月刊》第 1 卷第 1 期。

许幸之共谈三题：Ⅰ. 美术运动与文化运动的阶级性。Ⅱ. 美术运动之历史现象的考察。Ⅲ. 怎样达成新兴美术运动的任务。

在第三题说：无产阶级意识所影响之下的新兴美术运动的具体方针是：

1. 我们必须立在一定的阶级立场，彻底的和支配阶级及支配阶级所御用的美术政策斗争。

2. 我们必须把握辩证法的唯物论，以克服支配阶级的美术理论，并批评他们的美术作品。

3. 我们必须强大我们的新兴美术运动，并须充分地磨练我们的作品，以驾凌于支配阶级的美术作品。

4. 我们必须确立美术与社会生活的关系，及其自身存在和价值，并须完成支配阶级所未完成的美术的启蒙运动。（第 24~25 页）

《Ouo Vadis Talkie. 有声电影的前途》系关于有声电影的笔谈。有声电影刚传到中国，对这种电影艺术形式的新进展人们都还很生疏。参加笔谈的有：冯乃超《有声电影》、戴平万《真切些》、郑伯奇《Movie-Radio-Talkie》、洪灵菲《关于有声电影》、邱韵铎《有声电影对于我的意义》、龚冰庐《有声电影的将来》、蒋光慈《破坏统一性》、叶沉《要有土货的 Talkie 才行》、侯鲁史《看了有声电影之后》、钱杏邨《在歌剧方面成功》、王一榴《有声电影与演剧》、李一氓《我与 Talkie》、沈端先《Sonnd Picture 的时代》、叶灵凤《表演上完备些》、彭康《失掉独立性》、孟超《有声电影到那里去》、菀尔《有声电影的我见》、祝秀侠《对于有声电影的意见》、陶晶孙《有声电影写几句》。（第 135~152 页）

关键词：许幸之　新兴美术　冯乃超等有声电影笔谈

1930 年 3 月 16 日

冯乃超《俄国革命前的文学运动》，载《艺术月刊》第 1 卷第 1 期，第 33～43 页。

作者说，本文大体是根据日本茂森唯士的论文编写的。

所谓"革命前"指的是 19 世纪末，特别是 20 世纪初至 1917 年十月革命。谈的是这 20 余年中的俄国文学思潮和创作倾向。

19 世纪俄国的天才文学家有普希金、哥哥利、雷门特夫、格利波爱托夫、格尔潜、白林司基、柴尔鲁意谢夫斯基、多布罗留波夫、屠格涅夫、奥司托罗夫斯基、杜司托挨夫斯基、托尔斯泰、米海尔斯基等。

"从 19 世纪末叶开始抬头的俄国资本主义的发展，工人阶级的抬头及其组织过程的进行，小资产阶级国民革命主义的'民情派'的没落，1900 年代初叶第一次革命前期的一切阶级的激动和斗争准备，阶级斗争的特别的加紧，1905 年有'其范围和尖锐为世界无比的一大罢工的爆发'（列宁。政治暴动革命）之罢工的转变，第一次苏维埃的组织，革命的失败和专制主义的胜利，猛烈的反动时代的出现，假革命各派的堕落，变节，无气力，资本主义的新发展，其急激的步武，以布尔雪维克为前卫的劳动运动的再现，帝国主义第一次世界大战，民主的二月革命，继续着发生了普罗列搭利亚十月革命。20 世纪初头的十几年间的无限丰富的社会历史里面，俄罗斯文学怎样的表现出来，而演了怎样的任务呢？一句话说来，旧文学的社会的关心和反抗的精神以至内部的热情完全丧失了。贵族，官僚，资产阶级在社会上有了天衣无缝的妥协。文学上发现的倾向和主义是颓废象征主义，神秘主义，自然主义，个人主义，甚至反动的爱国主义。"（第 34～35 页）"事实上，俄罗斯颓废象征派文学，是出卖民众的，失掉了社会理想的末期知识阶级之无气力和颓废，孤独，动摇，美丽女性，被动的艺术教育和自己满足的瞑（冥）想之最后的逃避场。"（第 35 页）这派诗人是：梅列久可夫斯基、其夫人基标丝、布留梭夫、巴利孟特、梭罗古夫、安特列夫、明司基、布灵·柏锐等。

和颓废的象征派对立的是写实派作家，柴霍夫、古布林、阿西巴谢夫、末列沙埃夫、A. 托尔斯泰、列米久左夫等。"这派的作品不像象征派那样躲避到神秘主义里面，禁居于空想的殿堂里面，而如实的描写现实，这一点是可取的；然而，这不出发自对于生活之积极的兴趣和要求，因而缺少斗争的精神，完全是非社会的，而站在末期个人主义的立场上讽刺地，绝望地，灰

色地描写了人生而已,这一点根本地和颓废象征派的作家没有什么区别。"(第36页)

和以上两派相对的是"未来派的流氓们"。"年青的未来派群众当然没有到工厂或作坊去,他只在咖啡店里喧闹,用拳头敲小桌,穿黄色的短衣,涂红两颊,胡闹的时候举起拳头表示恫吓。"他们的标语是:"掌社会趣味的颊!""从现代生活的轮船放弃普希金,杜斯托爱夫斯基,托尔斯泰!"(第37页)玛阿可夫斯奇、布尔留克·卡孙斯奇、格尔错奈夫、传列布尼可夫、屠楂克等是这派的代表人物。

在旧俄罗斯也并非完全没有普罗列搭利亚文学存在。虽然是自觉不充分,但却是先驱者,是有意识的积极的存在。"属于前部的代表人物有最近在工农的俄国,作为普罗列搭利亚作家,举行25周年盛大纪念的依凡诺依支,乌斯便司奇,有站在俄罗斯平民作家的阵头活动过来的波米亚罗夫司基,倭罗诺夫等;属于后部的代表人物中,有马克斯主义的作家及批评家,在前期文学运动中显目的活跃过来的鲁那查尔斯奇,有旧布尔雪维克党员的,'不像世上常见的那样接近革命,投降革命,被革命吸收的诗人,可以说是以诗歌锻炼成的武器自身',以巨大的煽动力从革命前期活跃过去的德米央·柏托鲁意,有太过重视意识过程而带着非马克斯主义的要素的,但从1897年起和鲁那查尔斯基,波克罗司基,哥尔基等一起,为革命运动之一种斗争形式的革命文学运动苦斗过来的阿力山大·波克达诺夫。""还有在目的意识上或许不比前3人那样明显,然而以其伟大的艺术才能和对社会的反抗,产生了许多优秀的社会小说的马克辛·哥尔基等,也可以加进这个范畴里面。此外有社会民主劳动党员,一方面受着监狱的洗礼,一方面从事马克斯主义文学批评及革命诗歌的留欧夫窝格且夫司基,还有在建设马克斯主义艺术论上有了不朽的功绩的蒲列哈诺夫及其他许多的斗士。"还有托罗茨基:"虽然不像鲁那查尔斯基和波格达诺夫那样从事艺术作品的文学运动,但是托罗茨基在革命前期也写了彻底暴露颓废象征派的领袖梅列久可夫斯基的本质的论文,又痛烈的批判了哲学上及文学上的神秘主义,主要的努力在暴露文学的阶级性,尤其是隶属于统治阶级的性质的庐山真面目。"(第39~40页)

关键词:冯乃超 俄国革命前的文学

1930 年 3 月 16 日

祝秀侠《高尔基的〈夜店〉——高尔基作品概观之一》,载《艺术月刊》第1卷第1期,第175~186页。

本文实是全面评论高尔基的创作。

文章说：19 世纪末的俄国文学"占着同时代的世界文学里宝贵的篇幅"，造成这伟大收获的是柴霍夫、安特列夫、阿志巴绥夫、高尔基。（第 175 页）

在 1905 年革命失败以后的"黑暗和颓唐的时期中，却产生了希望未来的人，他发出如炬的目光，确信着未来的光辉。他蕴蓄着潜在的生命之力；观察这不平的社会，喊出反抗的声调，充满着热烈的生之气息。在这黑暗时期中已隐隐然燃起一道火光，这人便是高尔基 Gorki。

"高尔基和安特列夫的作品正处在相反的方向。一个是代表着冷硬的尸体，一个是代表着跳舞的灵魂。一个是代表着死亡的悲痛，一个是代表着生命的青葱。一个是象征着旧俄罗斯的灭亡，一个是预兆着新俄罗斯的开始。假如我们说安特列夫是一只逃亡的'乌鸦'，那末，高尔基可以叫做一只强壮的海鸳了。

"高尔基是一个民众小说家，也可以说是一个劳动阶级小说家，他一方面结束了俄国资产阶级文学的末期，同时为劳动阶级文学的初期奠定了础石，他是无产阶级艺术的开山祖。

"谁也知道高尔基作品的内容，是描写那被社会和人们所否认的阶级——下层民众和流浪的无产阶级的，他同情于那被人遗忘了的人，给与他们以一种纯洁的灵魂和向上的理智。他的描写的优点，并不仅在乎把这些平凡的人们写得新鲜活泼，而是在乎他能表现出这些下层阶级的人底潜在的反抗性，而给与有力的声喊。"（第 176～177 页）

高尔基的创作可以分为 3 个时期："第一时期是含有个人无政府主义的思想的时期。只描写那些流浪人对于现在社会的抗议，主观地成为一个爱他主义和人道主义者。这时期以《在木筏上》，《荷马》，《戈尔吉耶夫》为主。第二时期是向资产阶级进攻，选择智识阶级的种种典型的时期。如《市人》，《别庄主人》等戏曲。都是对于知识阶级的投石。第三时期，是高尔基了解到只有无产阶级才能开始社会的建设，和废除压迫大众的悲哀，于是决然加入劳动运动，取材于劳动运动者的生活，成为劳动阶级的活动时期。这时期以《仇敌》，《母亲》，《忏悔》作品为主。"（第 179 页）

他的戏曲杰作是《沉渊》（*Lower Depths*）。此剧发表于 1902 年，"在德国柏林一连不断的演过 1 年有余"。（第 180 页）

"这出剧描写着一群城市里的下流群众，背境（景）是一间'夜店'。里面有锁匠，帽匠，贼，荡妇，伶人，穷苦的工人，说教者，以至倒霉的伯爵，警察等。在这剧，仅仅是 4 幕，高尔基把这班下层的人的生活如实地展开在观者的面前。他们的谈话，他们的思想，他们的打架，病，死，以及斗牌，喝酒等等下层生活，都连贯的展开来，而主要的中心却在显明的说着这班不幸的被否认的人每个人都有一个向上的心，都有一个纯洁的灵魂。然而这班为生活轮齿所辗伤，摧残的垂死者，时时刻刻还在需要一种安慰，这里，哄骗的说教者鲁嘉（Luka）就出现了。"（第180页）

关键词：祝秀侠　高尔基　他是一只强壮的海鸥　他是无产阶级艺术的开山祖　《夜店》

1930 年 3 月 16 日

〔美国〕Jack London 作、邱韵铎译《自叙传》，载《艺术月刊》第 1 卷第 1 期，第 187～196 页。

这位美国作家杰克·伦敦所讲述的他的经历，对中国普罗作家来说，颇富启发性，甚至是对比性。他从 8 岁起"当牧童的工役"，干过不下百种苦力，其间也读书（中学、大学），也写作，最后成了社会主义作家。9 岁未满，他已经读过而且沉醉在华兴顿·欧尔文（Washington Irving）的《亚尔汉勃拉》（Alhambra）中。一册乌依达（Ouida）的小说《西葛娜》（Signa）整整读了两年，还因为原书缺页，不知道小说的结尾。在加州牧场看管蜜蜂。11 岁，到乌克兰当卖报童。"此后，我换做过千种不同的行业"——求学和作工。到海湾，与盗蠔贼联络在一窠里。到帆船上当水手。改做捕鲑鱼。当"渔业巡查员"。当船老大，远航到白林海捕鲸。回到加州，担任铲煤运煤的苦役。又在苎麻厂作工。在一天做工 13 个小时以上的情景之中，向三藩市《呼声报》投稿，竟得了一等奖。此后，"我浪迹遍及全国。从加州到波士顿，又来回其间，取道加拿大，重返太平洋沿海一带，在加拿大时，因为我在漂泊的缘故，他们竟把我拘入监狱，判决了徒刑。结果，这流浪中的全部经验，使我成为了一个社会主义者"。解禁后，读大学，进洗衣工场做工，写稿。到克朗矿当矿工，铲煤。染上时疫。父亲死，全家人的生活负担全落在他身上。"我很爱游戏，也欢喜角力，舞剑，游泳，骑马，划游艇，甚至放纸鸢。"

关键词：杰克伦敦自传　从 8 岁起就做童工，干过不下百种苦力，最后成为一个社会主义者

1930 年 3 月 16 日

《艺术月刊》第 1 卷第 1 期刊载的创作有：龚冰庐《有什么话好对人家说》《换上新的》，一榴《炉火》，宛尔《告示》，邱韵铎翻译诗歌《动物

园——工场之一夜》（U. Sinclair 作）、《束缚》（May Berls 作）、《一妇人之行刑》（美国 Fdward King 原作）。

关键词：《艺术月刊》刊载的创作

1930 年 3 月 16 日

《艺术月刊》第 1 卷第 1 期刊载的书籍出版广告有：

《世界新兴文学丛书》：《一周间》，〔俄〕里培进斯基著，蒋光慈译。《密探》，〔美〕辛克莱著，陶晶孙译。《奸细》，〔俄〕高尔基著，沈端先译。《光明团》，〔法〕巴比塞著，郑伯奇译。《蟹工船》，〔日〕小林多喜二著，沈端先译。《如此如此》，〔法〕巴比塞著，祝秀侠译。《碰壁》，〔俄〕维到（列）赛也夫著，华维素（蒋光慈）译。《委员》，〔俄〕里培进斯基著，蒋光慈译。《碾煤机》，〔美〕哥尔特著，邱韵铎译。《酩酊了的太阳》，〔俄〕格拉特考夫著，沈端先译。《夜》，〔法〕玛尔丁著，穆木天译。《地狱》，〔美〕杰克伦敦著，邱韵铎译。

《一周间》：蒋光慈译，实价 6 角。"这一部小说是新俄文学初开放的第一朵花，出版以来，已经有了世界各国的译本。读了这书，我们不但可以得着普洛文学之美学上的满足，并且可以了解俄国革命的神髓。现在由蒋光慈先生直接从俄文译出，一定会格外的引起读者的兴味吧！"

关键词：《一周间》《蟹工船》等出版广告

上海戏剧运动联合会（ 剧联前身 ）成立

1930 年 3 月 19 日

上海戏剧运动联合会成立。

当时选出艺术剧社、摩登社、剧艺社、南国社、辛酉社为执行委员，青岛剧社、戏剧协社、紫歌剧队为监察委员。

预备出版各种戏剧丛书及定期刊物，准备联合公演。其选定的剧目是：南国的《嘉尔曼》、辛酉的《万尼亚叔父》、摩登的《夜店》、复旦的《西哈诺》、青岛的《特别快车》、艺术的《呐喊罢，中国！》。

上海戏剧运动联合会的成立是水到渠成的产物："自从 1929 年以来，中国的戏剧运动已经到了一个新的开展的时期了。一般努力于戏剧运动的人们也都察觉了个人主义和唯美观点的谬误，于是渐渐的都不约而同的走向大众艺术的路线去了。同时新兴剧团也如同春笋怒苗一般的不住的生长，这些不但是戏剧运动的一个很好的现象，而且更确实的证明了戏剧对于时代和社会所负的使命及责任了。"①

艺术剧社还努力开展学校剧运动，决定从 4 月 25 日起，分别在复旦、暨南、大夏、中公等校演出《炭坑夫》《梁上君子》《傻子的治疗》《到明天》。

关键词：上海戏剧运动联合会成立

田汉《我们的自己批判》　南国社转换方向，忠于普罗

1930 年 3 月 20 日

田汉《我们的自己批判——〈我们的艺术运动之理念与实际〉上篇》，载《南国月刊》第 2 卷第 1 期，第 1～145 页，计 7 万余字，作者说"将近 10 万字"。本期就刊这一篇文章。

本期一揭开封面就是一张标题为《南国社委员长田汉》的照片，单手托腮，作低头沉思状。

《我们的自己的批判》目录是：绪论，1. 南国半月刊时代，2. 南国特刊时代，3. 南国电影剧社时代，4. 南国在南京总政治部时代，5. 南国在上海艺大时代，6. 南国艺术学院时代，7. 南国社时代，8. 结论。

田汉在写于 4 月 15 日的《编辑后记》中说：写这篇东西是"竭力想保存一些材料"，要算是"我这 10 年间实际生活的历史，同时也许可以窥出些时代思想底发展之迹来"。"我们要竭力认清我们过去的路是怎样走来的，而现在应该走向哪里去？"

文章的结论说："过去的南国热情多于卓识，浪漫的倾向强于理性，想从地底下放出新兴阶级的光明而被小资产阶级底感伤的颓废的雾笼罩得太深了。因此我们的运动受着阻碍，有时甚至陷入歧途。此后的南国经仔细的清算与不断的自己批判将以一定的意识目的从事艺术之创作与传播，以冀获一定的必然的效果。"（第 144 页）

作者以"批判"的精神，否定自己的决心，把南国的过去，也就是田汉自己 10 年的历史，他的浪漫主义和唯美主义追求与探索，彻底清算，转换方

① 欧阳信：《戏剧界消息·上海戏剧运动联合会消息》，载 1930 年 5 月 1 日《大众文艺》第 2 卷第 4 期，第 1245～1247 页。

向，追求左翼，投降普罗。

关键词：田汉 《我们的自己批判》 转换方向，忠于普罗

1930 年 3 月 20 日

《南国月刊》第 2 卷第 1 期刊载的上海现代书局的书籍广告有：

周全平著《残兵》："这是周全平先生最近集成的一个散文小品集。共分 5 集。第 1 集迷途的小羊。第 2 集彷徨。第 3 集梦。第 4 集道上日记。第 5 集五卅旧话。作者自己在序上说，兵士的武器是枪，文人的武器是笔。对的，战斗起始了。要看一个文士在人生的道上所经过的战绩，请读这部《残兵》。每册实价 5 角。"

《光明》：法国巴比塞原著，敬隐渔译。"世界著名普罗作家巴比塞，自从杰作《光明》一书出版后，轰动了全球，多少文豪，公认为世界罕有的名著，现在经敬隐渔先生译为中文，尤其是锦上添花，因为敬隐渔先生留法多年，在法国文艺界上亦有相当盛誉，不仅在数量方面长 20 余万言，而在质量方面尤足为时代的特征。"

《没有太阳的街》：日本德永直著，冯宪章译。"《没有太阳的街》是与小林多喜二的《蟹工船》同为最近日本普罗小说中最优秀的两朵花蕊，它们回答了一般逃避理论斗争的所谓'拿出作品来罢'之类的遁词与辣语，明确地为阶级斗争的武器。尤其是在文艺大众化的必然之下的语句平易好懂，适合大众口胃这一点，《没有太阳的街》比较从来日本所有的作品都要更显出它的成功。它是普罗大众文学的最好的标本，它博得了日本百千万的劳动者的爱读。"

《田汉戏剧集》第四集、第五集出版："田汉先生的戏曲是最受读者推崇和欢迎的。但田先生以往的作品已属不少，而未来的还是正在努力。读者无论对于他的作品曾在各杂志发表的虽已见过，但终有不得全读以为憾者。敝局本促进戏剧运动之旨，特替田先生出版戏曲全集，并由田先生改纂一遍，因之，内容更为精彩，充实，流利，而便于演出了。"

关键词：现代书局出版广告 巴比塞《光明》 德永直《没有太阳的街》《田汉戏剧集》

1930 年 4 月 1 日

《萌芽月刊》第 1 卷第 4 期出版。从此期起，为左联机关刊物。

本期目录页，在"萌芽月刊"之下，特注"文艺·文化·社会"，表明

刊物的性质。

刊载的理论文章有：嘉生译《世界史的可能性与必然性（威尔斯批判）》（日本羽仁五郎作）、鲁迅演说《对于左翼作家联盟的意见》、宪章译《文艺作品上的形式与内容》（苏联雅各武莱夫作）、贺菲译《文艺批评家的职责》（德国 K. Grünberg 作），天镜等作《文艺杂观》4 篇。

创作有：白莽小说《小母亲》、N. 略悉珂小说《铁练的歌》（蓬子译）、杉尊等《诗选》5 篇、龚冰庐小说《春瘟》、法兑耶夫《溃灭》（鲁迅译），在"社会杂观"栏刊载杂文 11 篇（如鲁迅《我们要批评家》等）、许杰的地方杂记《吉龄鬼出游》等。

关键词：左联机关刊物《萌芽月刊》出版

1930 年 4 月 1 日

《萌芽月刊》第 1 卷第 4 期封二，刊载该刊启事 3 则：（一）本刊扩充篇幅及确定今后内容启事，（二）本刊征稿启事，（三）附启。

第（一）则启事全文：

本刊自第 1 卷第 3 期起扩充篇幅，并于内容也与以前计划略有更易。兹将更易后所确定的今后内容，类别地呈列如下。

1. 新文艺作品底创作及翻译绍介。

2. 科学的文艺理论及一般文化理论底绍介和研究。

3. 各国文化底调查，资料蒐集，并解剖研究。

4. 国内现今文艺，文化及社会诸现象底解剖批判。

5. 国内各地的情况记载；社会和时事漫画；现代世界名画底绍介。

第 1 卷第 5 期同样的位置，刊载《本刊底性质和内容》，除"本刊为刊载关于文艺，文化，及社会的文字的定期刊物"一句话而外，其余内容同上。

第（二）则启事全文：

本刊征集下列种类的稿件：

1. 创作的小说，戏曲，诗歌，随笔等。

2. 国内各地通信，即各地经济状况调查，劳动状况记载，为政治之一反映的社会事件记载，教育事业等的调查，风俗习惯底调查及研究，歌谣传说等的采录及研究等。

3. 国外文艺，学术，及文化设施和社会运动等情况记载。

4. 对于国内文艺文化及社会诸现象的评论。

5. 社会漫画及国内外时事漫画。

来稿在本刊上刊载后，致送酬金每千字 1 元至 1 元半，看每期字数多少而定，版权作者保留，来稿请写明通信地址，如预先声明须寄还原稿并附邮票者，不登可寄还原稿，否则不寄还。

关键词：《萌芽月刊》启事：刊载内容、征稿启事

1930 年 4 月 1 日

〔苏俄〕N. 略悉珂著、蓬子译《铁练的歌》（小说），载《萌芽月刊》第 1 卷第 4 期，第 83～105 页，第 5 期连载。

革命者亚里克西·亚尼开诺夫（曾是铸模匠）将自己带过的一副脚镣当作纪念品珍藏，他的父亲、钻孔匠玛忒佛更是把它当作宝贝，以它做纪念品、宣传品、文物，像保护生命一样保护它，当然也为此吃尽了苦头（因为俄国革命不是那么顺利：有十月革命，也有之前的二月革命，更有革命之后的内战和饥荒），并最后丢了性命。

小说围绕这副脚镣，写群众（主要是工人群体）的心理、情绪，以场面来烘托气氛。将难写的题材写得极为生动。如写工厂车间机器的动态和声音，以及它跟工人的关系，不是冷冰冰的、寒光闪闪的金属部件，而是和谐的乐章：

"当工作时间，铁匠，铸模匠，刨匠，钻孔匠，奔波在室内有如一群蓝蚂蚁。日工人成群地行着。（文字原刊如此——引者）

"轰然霹雳一声，这狗头鹰往来飞翔，闪出火花来，动着它底环圆的钢脚爪，运着桁架，大铁块和框架，在一个夹紧的脚爪似的光亮的钩子上。洪流般的声音在颤动，在扩大。

"铜飞翔在匠工的手下，有如一群金色的吱吱的昆虫。铁带了银色蜿蜒着。大铁块成了灰白色的薄片。刨车底床呻吟在钢齿下。凿车底长齿合拍地沉下去。自动机底钩齿唧唧地响，有如蝉儿在歌唱。大槌敲击在蹄铁的上面，钉上，镶嵌上，螺丝上，有如鼓儿底滞重的击声一般，轮头的声音散满在地板上。

"在高处，在鹤颈起重机的怀抱里，曲柄轴在歌唱。革带喃喃着，耳语着，用它们的缠着五金线的末端猛烈地挥打着滑车。从水杯上流下虹色的水滴，落在斩割机上，混了铁味的水汽注向传达者去。石的磨齿大声舐着钢铁，金刚砂面轮长啸着，辗出了滑车的火星。"（第 1 卷第 4 期，第 93～94 页）

作者曾经是童工："在 15 岁时进机械制造工场（磨粉场底器械制造）去，嗣后又进造船所。在这里完成了机械（普通的机械或机台）工组合镟盘部底

练习。曾在洛斯特夫·那·顿，或舍瓦斯波尔，或尼古拉耶夫，或哈里珂夫底机械制造所或造船所里劳动。"（《略悉珂自传》，第 1 卷第 5 期，第 276 页）

关键词：苏俄小说《铁练的歌》

1930 年 4 月 1 日

天镜文艺短论《文艺杂观》四则：《中国文学的自觉》《社会斗争要素与文学价值》《革命期与艺术》《中国无产文学运动是抄日本的吗?》，载《萌芽月刊》第 1 卷第 4 期，第 47 ~ 54 页。

天镜这一组短论的主要观点是：

左联的成立是中国文学运动史上的一个事件。之所以如此，"我以为就在作家及文学者，至少属于联盟的大部分的作家及文学者，对于社会斗争与文学的关联底较广大的深刻的理解"。联盟的理论纲领具体做了阐述。"所以如果有文学史家要估定这联盟成立的意义，我以为只有这理解，才是它底本质的意义。因为这第一是表示文学承受了世界无产阶级解放斗争的要求；第二表示对于在新始勃起的阶级为夺得自己的统治权而斗争的时期，文学以及一切艺术所取的一般的形势，有了正确的历史的把握，换言之，即能够将我们现在的文学运动，把握于正确的历史发展的一般法则中了。"这就是"中国文学底自觉"，是左联成立的"本质的意义"。（第 47 ~ 48 页）

关于"社会斗争的要素"："如果艺术或文学是社会生活底反映，则它当然非反映社会的阶级斗争不可。……换句话说，只有忠实地反映那时的社会生活——社会的斗争的艺术或文学，是好的艺术或文学；否则便是无价值的或价值很少的东西，因为它和当时的社会生活离开了。""五四"以后的创作只有鲁迅的《呐喊》对于无产阶级有巨大的意义，因为它能反映那时的最重要的社会生活，含有较多的社会斗争的要素。（第 49 ~ 50 页）

专门翻译一段蒲力汗诺夫《从社会学的见地论 18 世纪法兰西的剧文学及绘画》里的话，阐释"革命期与艺术"的关系：

"……但如果有人想以此为根据，来断言革命期完全不适宜于艺术的发达，那他要犯了大大的错误吧。重复地说，当时不止'在国境'，并且从法兰西土地的角落至角落都施行着的那激烈的斗争，是没有许多的时间留给市民们静静地从事艺术的。但是，这决没有杀死了民众底美的要求。不，倒完全相反，给予民众以其价值底分明的意识的这伟大的社会运动，是将强烈的不曾有过的刺激，投给这美的要求底发达了。倘不信，可以去看一下巴黎底'Musee Carnavalet'，捧献给革命时的这有兴味的博物馆底蒐集品，完全证明着艺术决不曾因‘短裤党化’而死去，也不曾因此而停止其为艺术，反而完全由新的精神所浸透。恰如当时的法兰西的‘爱国者’底善行（Vertu）是政治的善行一样，那艺术也以政治的艺术为主。读者呵，不要奇怪！这就是说这时代的市民——当然是配得上这市民之名的市民——，对于在其根柢上没有横着何等他们所尊重的政治的（这政治的，是广义的用法，如说一切阶级斗争都是政治斗争）思想的那种艺术作品，是完全冷淡，或几乎冷淡的意思。请不要说这样的艺术不得不成为什么也没有贡献的艺术吧。这是错误的。那不能摹仿的古代希腊人的艺术，便到非常高的程度为止，是这种政治的艺术。不仅此也，即‘路易十四时代’的法国艺术，也是服役于一定的政治的思想的，并且这决不曾妨害它底华美夸耀。倘说到革命期底法国艺术，则‘短裤党’是将艺术引上了上层阶级的艺术所不能行走的路上了，——就是它成为全民众的事业了。”（第 51～52 页）

关键词：左联成立是中国革命文学史的大事　以普列汉诺夫的理论阐释“革命期与艺术”的关系

1930 年 4 月 1 日

〔苏联〕雅各武莱夫作、冯宪章译《艺术作品上的形式与内容》，载《萌芽月刊》第 1 卷第 4 期，第 31～46 页。

《萌芽月刊》编者说：雅各武莱夫是俄国现代的一个青年理论家，本文是他的著作《蒲力汗诺夫》中的一章。蒲力汗诺夫“为最初以纯马克思主义来研究艺术的人”，雅氏著作“便是一部有系统地阐明蒲力汗诺夫对于艺术的态度意见及方法的书”。（第 273～274 页）

关键词：雅各武莱夫　冯宪章

1930 年 4 月 1 日

鲁迅《〈溃灭〉第二部第一章〈译者附记〉》（写于 1930 年 2 月 8 日，署名 L），载《萌芽月刊》第 1 卷第 4 期，第 167～170 页。

鲁迅在这里发表了非常重要的思想：

“这几章是很紧要的，可以宝贵的文字，是用生命的一部分，或全部换来的东西，非身经战斗的战士，不能写出。

“譬如，首先是小资产阶级的知识者——美谛克——的解剖；他要革新，然而怀旧；他在战斗，但想安宁；他无法可想，然而反对无法中之法，然而仍然同食无法中之法所得的果子——朝鲜人的猪肉——为什么呢，因为他饿着！他对于巴克拉诺夫的未受教育的好处的见解，我以为是正确的，但这种复杂的意思，非身受了旧式的坏教育便不会知道的经验，巴克拉诺夫也当然无从领悟。如此等等，他们于是不能互相了解，一同前行。读者倘于读本书时，觉得美谛克大可同情，大可宽恕，便是自己也具有他的缺点；于自己的这缺点不自觉，对于当来的革命，也不会真正地了解的。

"其次，是关于袭击团受白军——日本军及科尔却克军——的迫压，攻击，渐濒危境时候的描写。这时候，队员对于队长，显些反抗，或冷淡模样了，这是解体的前征。但当革命进行时，这种情形是要有的，因为倘若一切都四平八稳，势如破竹，便无所谓革命，无所谓战斗。大众先都成了革命人，于是振臂一呼，万众响应，不折一兵，不费一矢，而成革命天下，那是和古人的宣扬礼教，使兆民全化为正人君子，于是自然而然地变了'中华文物之邦'的一样是乌托邦思想。革命有血，有污秽，但有婴孩。这'溃灭'正是新生之前的一滴血，是实际战斗者献给现代人们的大教训。虽然有冷淡，有动摇，甚至于因为依赖，因为本能，而大家还是向目的前进，即使前途终于是'死亡'，但这'死'究竟已经失了个人底的意义，和大众相融合了。所以只要有新生的婴孩，'溃灭'便是'新生'的一部分。中国的革命文学家和批评家常在要求描写美满的革命，完全的革命人，意见固然是高超完善之极了，但他们也因此终于是乌托邦主义者。

"又其次，是他们当危急之际，毒死了弗洛罗夫，作者将这写成了很动人的一幕。欧洲的有一些'文明人'，以为蛮族的杀害婴孩和老人，是因为残忍野蛮，没有人心之故，但现在的实地考察的人类学者已经证明其误了：他们的杀害，是因为食物所逼，强敌所逼，出于万不得已，两相比较，与其委给虎狼，委之敌手，倒不如自己杀了去之较为妥当的缘故。所以这杀害里，仍有'爱'存。本书的这一段，就将这情形描写得非常显豁（虽然也含自有自利的自己觉得'轻松'一点的分子在内）。西洋教士，常说中国人的'溺女''溺婴'，是由于残忍，也可以由此推知其谬，其实，他们是因为万不得已：穷。"（第168~170页）

关键词：鲁迅　《毁灭》　革命有血，有污秽，但有婴孩　"溃灭"便是"新生"的一部分

1930年4月1日

白莽小说《小母亲》（写于1930年2月18日），载《萌芽月刊》第1卷第4期，第61~81页。

小说写一个叫林英的女革命者，以教书为职业，从事发传单、组织工人罢工的革命工作。这与华汉的《马林英》类似。

《萌芽月刊》编者认为：小说"是想写一个女青年革命家，她已大部分握有布尔赛维克的意志，在这点上有着感动人的力量，而且也有真实性。但在这里也还可看见浪漫谛克的要素，这大约从两方面而来，一方面是作者的观察带了浪漫性，他方面是小资产阶级出身的青年革命家在现在也还不能不有浪漫性"。（《编辑后记》，第 274 页）

白莽诗歌《囚窗（回忆）》《前进吧，中国!》，亦载此期。

关键词： 殷夫　《小母亲》　小说感人，但也有浪漫谛克要素

鲁迅对批评家的要求

1930 年 4 月 1 日

《萌芽月刊》第 1 卷第 4 期"社会杂观"专栏所刊杂文：

成文英（冯雪峰）《常识与阶级性》说："事实上，在阶级社会里，几乎一切事物都有阶级性"，即使是常识，也是"差不多各阶级有各阶级的常识的"，哪怕是接吻，资产阶级和无产阶级都不一样。（第 219～220 页）

鲁迅《我们要批评家》至少有三层意思：第一，普罗文学的态势："看大概的情形（我们这里得不到确凿的统计），从去年（按：指 1929 年）以来，挂着'革命的'的招牌的创作小说的读者已经减少，出版界的趋势，已在转向社会科学了。这不能不说是好现象。……是一个好的，正当的转机，不惟有益于别方面，即对于文艺，也可催促它向正确，前进的路。"（第 221、223 页）第二，当前文学的"优秀之作"："这两年中，虽然没有极出色的创作，然而据我所见，印成本子的，如李守章的《跋涉的人们》，台静农的《地之子》，叶永蓁的《小小十年》前半部，柔石的《二月》及《旧时代之死》，魏金枝的《七封书信的自传》，刘一梦的《失业以后》，总还是优秀之作。"第三，要什么样的批评家：我们所需要的，还是"几个坚实的，明白的，真懂得社会科学及其文艺理论的批评家"。（第 221～223 页）

本期所发表的杂文还有黄棘（鲁迅）《张资平氏的"小说学"》、柔石《丰子恺君底飘然的态度》等。

关键词： 鲁迅　柔石的《二月》等为当前文学的"优秀之作"　我们所需要的是"几个坚实的，明白的，真懂得社会科学及其文艺理论的批评家"

1930 年 4 月 1 日

许杰南洋漫记之一《吉龄鬼出游》，载《萌芽月刊》第 1 卷第 4 期，第 247～263 页。

这篇游记说："殖民政府对于殖民民族的宗教信仰，是采取极端放任主义的，这与政治上的绝对的压迫，以及教育上的半开明政策，是完全的不相同了。"文章记录了印度侨民吉龄人种的吉龄鬼出游，中国侨民的观音佛祖出游等的热闹场面。他认为，"帝国主义者因为采取了宗教上的放纵主义，以怀柔，麻醉殖民民族，这是比兵舰及鸦片等，还要收效得快的一些的事"。（第 247、252 页）

关键词：许杰　南洋游记

冯乃超主编《文艺讲座》　密集输入先进理论，用最新观点观照既往历史

1930 年 4 月 10 日

冯乃超主编《文艺讲座》第 1 册，由上海神州国光社①出版。共 318 页。仅出 1 期。

刊载文章 19 篇，主要作者或译者是：冯乃超、朱镜我、彭康、鲁迅、麦克昂（郭沫若）、冯雪峰、华汉、钱杏邨、洪灵菲、许幸之、蒋光慈、冯宪章、沈端先。这些文章，介绍或阐述马克思主义文艺理论，输入并评价革命文学作品。

关键词：冯乃超主编《文艺讲座》出版

1930 年 4 月 10 日

冯乃超《艺术概论》（未完），载《文艺讲座》第 1 册，第 1～21 页。

本文共四讲：一、序论。二、艺术是什么。三、意识形态和艺术。四、艺术的发生。

序论首先否定这样的观点："在我们中国有许多文学家说，文艺是人性的表现，或者说文艺是时代精神的表现，更有人说文艺是社会的反映。"（第 2 页）

---

① 上海河南路第 60 号。

文章引马查《现在欧洲的艺术》的话说："研究某种艺术现象的本质，不外是分析下面的几个问题：（1）某种艺术现象是在社会发展之怎样的阶段引导出来的？（2）引导这个艺术现象出来的社会的强制的力量是什么？（3）这个艺术现象在社会之物质的及观念形态的力之辩证法的发展里面占着怎样的地位？"（第5页）

这个课题无非要证明：（1）某种社会的关系，阶级的统治，阶级斗争怎样反映到艺术或文学里面来；（2）种种流派及倾向之不同是由各阶级的欲望产生出来的。"马查的这个艺术的研究方法，是严密的马克思主义的方法。"（第6页）

第二讲艺术是什么：作者从托尔斯泰的《艺术论》、布哈林的《历史的唯物论的理论》、蒲列哈诺夫的《艺术论》、卢那查尔斯基的《艺术和马克思主义》等人那里输入的是"艺术传达感情"（第8页）；"艺术是感情的组织""艺术的机能是感情的'传达'或'社会化'的手段""艺术不单是感情的组织而且是思想的组织""艺术是一个人在包围着他的现实之影响下面，把他经验了的感情和思想，再唤起于其内部，给这些以一定形象的表现时，产生出来的"（第9页）；"艺术是社会思想之组织化""艺术的机能是感情的组织""艺术是组织阶级生活的"（第12、13页）；"艺术是组织人类感情的社会手段"（第14页）；等等。

本文在某一处顺便讲到艺术社会学，说："从唯物史观考察艺术的学问，一般称为艺术社会学。"（第5页）

关键词： 冯乃超　《艺术概论》　"艺术是组织人类感情的社会手段"

1930年4月10日

朱镜我《意识形态论》（未完），载《文艺讲座》第1册，第23～37页。

本文除前言外，拟讲八个问题：社会的生活与社会的心理、社会的心理与意识形态、意识形态与下层构造之关系、意识形态之阶级性及其作用、意识形态之发展阶段、几个例证、文艺上和几种潮流之说明、青年文艺家当前的任务。

关键词： 朱镜我　《意识形态论》

1930年4月10日

彭康《新文化概论》（未完），载《文艺讲座》第1册，第39～58页。

小标题是：一、文化是什么？二、文化的发生与发展。三、资本主义社会的文化。四、文化的变革。五、无产阶级文化。

关键词： 彭康 《新文化概论》

1930 年 4 月 10 日

〔日本〕本庄可宗作、鲁迅译《艺术与哲学·伦理》（未完），载《文艺讲座》第 1 册，第 59～72 页。

内分序论、观念的整顿——无产者和哲学、思惟的堕落——有产者文化的颓废、艺术与哲学的关系。

序论说：无产阶级文化应该接着有产阶级文化来占领历史位置的较高度的文化。"无论何物，掬取无遗，将这熔化于旺盛的阶级意欲的熔炉中，从新铸造起来，则是无产阶级在文化上的任务。为了这事，就应该竭力将虽是一看好像和无产者缘分很浅的哲学或东洋学，也毫不舍弃，从中取出真能滋养无产者的生长的东西，提出有用于那精神底解放的东西来，从新地，正当地，来充实人类的宝库。这应该是无产者在繁忙的阶级斗争中，和当面的任务（政治底经济底斗争）同时非做完不可的侧面的课目。"（第 60～61 页）

文章说，哲学是"观念整顿的工作"。（第 62 页）

关键词： 鲁迅 《艺术与哲学·伦理》

1930 年 4 月 10 日

麦克昂《文学革命之回顾》，写于 1930 年 1 月 26 日，其时在日本。载《文艺讲座》第 1 册，第 73～88 页。

本文的主要观点是：所谓"五四"文学革命，"是中国社会由封建制度改变为近代资本制度的一种表征"。（第 73 页）"第一义是意识的革命，第二义才是形式的革命。""文言文不必便是不革命或反革命，白话文不必便是革命。文言自身是有进化的，白话自身也是有进化的。"（第 75 页）"文学革命是资产阶级革命的一种表征。"（第 76 页）《新青年》所做的工作就是替资本社会建设上层建筑。"旧文学在精神上是封建思想，在形式上是贵族趣味；新文学在精神上是自由思想，在形式上应得反贵族趣味。所谓自由思想自然就是打破传统，尊重个性，鼓励创造，创造适合于新社会的新观念体系，和各种新的观念的具象化。"（第 80 页）创造社在《创造季刊》和《创造周报》的时代，"百分之八十以上仍然是在替资产阶级做喉舌"。（第 85 页）"内在的要求，自由的组织"无形之间便是他们两个标语，这"便是极端个人主义的表现。个人主义就是资本主义社会中的根本精神"。"五卅"前后，郭沫若

"把方向转变了"。（第 86 页）

郭沫若说：1928 年中国社会呈出了一个"剧变"，创造社也来了一个"剧变"。"新锐的斗士"朱镜我、李初梨、彭康、冯乃超由日本回来，"以清醒的唯物辩证论的意识，划出了一个《文化批判》的时期"。总之，创造社的 10 年，"它以有产文艺的运动而产生，以无产文艺的运动而封闭。它的封闭刚好是说无产文艺的发展，有产文艺的告终"。（第 87～88 页）

关键词：郭沫若　"五四"文学革命是资产阶级革命　创造社的两个标语"内在的要求，自由的组织"是"极端个人主义的表现"　《文化批判》的"剧变"划出一个新时期：无产文艺的发展，有产文艺的告终

1930 年 4 月 10 日

〔日本〕冈泽秀虎作、雪峰译《以理论为中心的俄国无产阶级文学发达史》，载《文艺讲座》第 1 册，第 89～111 页。

提要的纲目是：一、序。二、从"无产者文化协会"往"锻冶厂"。三、第二期——从《印刷与革命》《赤色处女地》底创刊至"十月"底结成。四、无产阶级文学团体"十月"底纲领。五、《立在前哨》和"烈夫"底论争及"瓦普"底结成。六、第三期——从《立在文学底前哨》底创刊至最近。

依题目所示，本文是从理论出发，讲述十月革命以后苏俄文学的发展史，基本上不谈文学创作。

序言说：十月革命将无产阶级推进到支配的地位。"这结果便起来了不是自然发生的无产阶级文学。"从 1917 年十月革命至 20 年代末，苏俄的革命文学大体上可以分为三期：第一期从 1917 年革命至 1921 年新经济政策时期；第二期是从 1922 年至 1925 年；第三期是从 1925 年 7 月《党底文艺政策》的发表至今日为止的时期。（第 90～91 页）

第一时期是"战时共产主义"时代，全社会的注意力都在红军与反革命诸势力的作战，以及克服经济方面的极度困难，文学则处在"混沌的状态"里。

革命后的无产阶级文学是无产者文化协会（Prolet-Cult）的活动，它的领导人是 A. A. 波格达诺夫。"在这里，无产者文化协会最先地将无产阶级底文化的独立的问题，资产阶级文化底继承问题，怎样地对待非无产阶级文化的问题——这些无产阶级所直面着的最重大的文化问题，提出着，讨论着了。"（第 92 页）从 1918 年 7 月起，有无产者文化协会的中央机关杂志《无产阶级

文化》出版。接着，有《熔炉》（莫斯科）、《未来》（列宁格勒）出现。在波格达诺夫周围，聚集着"秀杰的文艺理论家"，有福特尔、加理宁、保罗、培斯沙里珂、伐莱流、巴浪斯基等，"他们都是作为无产阶级文学理论家应该永久被记忆的人"。（第 93 页）1920 年加理宁和培斯沙里珂相继去世，无产阶级文学运动的中心便移到"锻冶厂"了。

第二期：1921 年国家实行新经济政策。《印刷与革命》《赤色处女地》同时发行。前者由卢那卡尔斯基编辑，后者由瓦浪斯基编辑。同路人作家一度占文坛支配地位。他们"亲身体验了国内战争当时的现实，虽未必是共产主义者，然而也不是反苏维埃的智识份子"；受了"旧文化底惠泽"，使他们的艺术天分"是在从来的无产阶级作家里不能见到的那般秀杰的"。但特罗次基说："在这里，革命底共产主义的目的，在他们是不可解的。他们全都多少有点具有越过劳动者底头，具着希望来看农民的倾向。他们不是无产阶级革命底艺术家，而是革命底艺术的同路人。"《赤色处女地》曾大量发表他们的作品。"同路人底文学成为从昨日的文学往明日的文学去的桥。"从 1921 年到 1925 年，他们的作品"曾呈示了多种多样的色彩"。稍后，辟力涅克、叶绥宁"暴露了反革命的本性"，而莱阿诺夫、赛甫林娜、伊凡诺夫、雅各武莱夫、飞定、巴培理等"秀杰的作家却渐次地和无产阶级的意识形态相和解了"。莱阿诺夫的《田猪》、赛甫林娜的《乌伊利纳亚》、飞定的《都市与年》、伊凡诺夫的《哈蒲》、巴培理的《骑兵队》，是可注意的作品。（第 96 ~ 97 页）

随着国内战争的结束，一批过去"将他们的全力倾注于军事的政治的共产党员"，开始将他们的力向于文化战线了。在 1922 年，产生了两个新的无产阶级文学团体：一个是以青年共产党中央委员会为土台的"青年亲卫队"，另一个是以报纸《劳动者的莫斯科》为基础的"劳动者之春"。并组织新团体"十月"。这里，有脱出"锻冶厂"的罗陀夫、玛拉式金、达拉戈伊钦珂，"青年亲卫队"的同人阿尔忒谟、维勘路伊、培赛勉斯基、查洛夫、虚平、考慈涅错夫，"劳动者之春"的同人梭科洛夫、伊慈巴夫、陀罗宁，此外，还有里白进斯基、烈烈维支，及坦拉梭夫、洛佐诺夫等参加者。遂于 1923 年 3 月 15 日至 17 日，召开了无产阶级作家第一回莫斯科会议。会议组织了"莫斯科无产阶级作家协会"（莫普），并通过了"十月"的纲领。（第 98 ~ 100 页）

冈泽秀虎将此"十月"纲领分为 13 条叙述。略谓：

（一）"过渡期的社会主义革命"要"建立无产阶级独裁"。（二）"建设自己的阶级文化"。（三）今日的无产阶级文学"在意识形态方面，在形式方面，都不得不带兼收而又无涉的性质"（即还拖着资产阶级的尾巴）。（四）无产阶级文学有"设立一定的秩序的必要"。（五）"无产阶级文学团体'十月'，便作为由辩证的唯物论的世界观所一贯的无产阶级前卫的一部分，努力于设立这样的秩序。"（六）无产阶级文学是阶级的文学。（七）无产阶级文学要"从资产阶级文学底脚下，夺了最后的立场"。（八）无产阶级文学和资产阶级文学是对蹠的。（九）纪念碑式大作品的创造问题。（十）创作"以内容为主"："内容和形式，是辩证法的对立，内容是决定形式的，内容经由形式，而艺术的地成为形象。"（十一）运用前时代文学创作的"形式和运用法"已经"成为必要"。（十二）考察"文学上颓废的倾向的诸派"，如想像主义、未来主义、象征主义，将它们的艺术形式"破碎为细微的部分"，分别采用不同的态度。（十三）"十月""必当造出无产阶级文学的新的综合的形式来"。（以上第100～105页）

《立在前哨》与"烈夫"的论争和"瓦普"底结成：

"十月"派在1923年6月发行自己的机关杂志《立在前哨》。罗陀夫、烈烈维支、瓦进尔、茵格洛夫等非难"锻冶厂"，激烈攻击"同路人"及"烈夫"派。他们的散文创作"描写革命底现实，然而那是以前卫底眼看的革命底现实"。如绥拉菲摩维奇的《铁之流》、里白进斯基的《一周间》、革拉特珂夫的《水门汀》、富尔玛诺夫的《却巴耶夫》、玛拉式金的《达尼尔底没落》、法兑耶夫的《溃灭》等，都是应该注意的作品。（第105～106页）呼应着"十月"的攻击，特罗斯基和瓦浪斯基提出了许多重要的文艺问题，特罗斯基的无产阶级文化否定论就是其一。"烈夫"也从独特的立场，向《立在前哨》应战。"烈夫"（艺术左翼战线）是未来派底应着新经济政策的变形。1923年3月，他们发行《烈夫》杂志。褚莎克的长文《在生活建设底旗下》，可视为此派的纲领。

《立在前哨》所卷起的是"批评的时代，论争的时代"。这引起了党的重视。为了决定对于文艺的党的政策，于1924年5月9日由苏联共产党中央委员会印刷部召开了讨论会。讨论会上的发言呈现三种立场：

"第一是特罗斯基及瓦浪斯基底立场，施行同路人及'烈夫'（即资产阶级文化底传统）底拥护，反对《立在前哨》底无产阶级文学运动想以政策来压倒他们的办法。

"第二是《立在前哨》一派底立场，叫着无产阶级文学底支配权获得的必要。然而这之际，是要求藉政策来确立支配权，即共产党直接干涉文学的。

"第三是布哈林及卢那卡尔斯基底立场，这是前二者的理论之折中。"（第

108 ~ 109 页）

这期间，无产阶级文学运动有造成全国战线统一的趋势，于 1925 年 1 月成立了全联邦无产阶级作家协会。瓦根的报告《意识形态战线与文学》非难特罗斯基与瓦浪斯基，1925 年 7 月 1 日所发表的共产党中央委员会的决议《在文艺领域的党底政策》，却否定了瓦根的主张。

第三期：《立在前哨》停刊，1926 年 3 月创办《立在文学底前哨》，阿维尔巴赫、伏玲、里白进斯基、阿里闵斯基、拉斯珂里尼珂夫为编辑。坚持《立在前哨》立场的瓦尔进、烈烈维支、罗陀夫 3 人退出"瓦普"（全联邦无产阶级作家协会）。到了 1927 年便有"苏维埃作家总联合"组织，从来的一切团体，如全联邦无产阶级作家协会、全俄农民作家同盟、"烈夫"及其他，都参加进来。

关键词：冈泽秀虎　冯雪峰　俄国十月革命后文艺理论发展史、社团演变史

1930 年 4 月 10 日

华汉《中国新文艺运动》，载《文艺讲座》第 1 册，第 113 ~ 149 页。本文写成于 1930 年 2 月 10 日。

所讲的问题是：一、前言。二、五四新文学运动。三、浪漫主义文艺运动。四、自然主义文艺运动。五、革命文学运动。六、无产阶级文艺运动。七、结论。

作者在前言中，首先确立考察文艺运动的三个前提（原则）：

"十余年的错综变幻的中国文艺运动，我们如果离开了唯物辩证法的方法去考察，我们必然会说这都是一些文艺上的天才，或无聊的投机分子所玩出来的鬼把戏；我们如果离开了阶级的立场去观察，那我们也只有弄得头昏眼花，只有惊诧着为什么忽而这样，忽而又那样；我们如果不能辩证法的运用正确的理论去分析实际，结果我们还是只能得到一个似是而非的结论。"（第116 页）这就是方法、阶级性和正确的理论。

华汉对 10 年新文学运动的观点是：

"五四"新文学运动"是资产阶级反对封建势力的文学运动"。（第 122 页）

"中国浪漫主义的文艺运动不是统一的小资产阶级的文艺运动，而是分裂着的两个相反的阶级的文艺运动，一个是没落的士绅阶级，一个是革命的资产阶级。而且这个革命的资产阶级的文艺家（郭沫若），不论在文艺的形式上

或内容上都彻底的完成了他历史的任务。"（第 132 页）

自然主义的文艺运动，"第一个是以自然主义的作风名震一时的鲁迅"。把鲁迅和郭沫若相比，"他虽然也在嘲骂封建势力，也在攻击传统思想，然而他却没有新兴阶级的眼光，他虽然在大声的'呐喊'，但他的态度却仍旧有些'彷徨'"，鲁迅的阶级立场"仍然是一个小资产阶级的立场"。（第 135、136 页）被并列分析的还有叶圣陶、茅盾。

革命文学运动产生于"五卅"前后，结束于 1927 年大革命前后。"光慈曾主张过革命文学"。"我仿佛记得，光慈和泽民曾合办过《春雷》，赞之者有王环心王秋心兄弟及许多青年朋友。"（第 140 页）"但我们必须注意，这一时期的革命文学运动，一因资产阶级的动摇，二因小资产阶级的革命化，三因无产阶级与资产阶级结成联合战线，因之无产阶级的意识也就不鲜明，反映在文学上来，于是便形成小资产阶级气味儿很浓的'混合型'的革命文学。"（第 142 页）

无产阶级文艺运动：初期普罗文学作品有两种坏的倾向，"一种倾向是只侧重于无产阶级的自然生长性的生活的描写；一种倾向却只去表现无产阶级的前卫的英雄行动。前者写得好的，至多只能替无产阶级'诉苦'，后者写得坏的却形成了被敌人所嘲骂的所谓'标语口号文学'"。"普罗文学运动的第二阶段，在理论上是在自己纠正自己左或右的毛病，在作品的意识上是在努力克服自己小有产者的意识的残余，在作品的形式上是在变革命的罗曼谛克为普罗列塔利亚的写实主义。"（第 146 页）普罗文学的第三阶段的特点，"是要求我们的运动要扩大群众的对象，不要永远的停留在小资产阶级的群众中，要进一步的伸展到工农群众中去。……脚踏实地的去参加无产阶级的一切解放运动。至少至少要把自己的生活无产阶级化，至少至少要锻炼自己成为一个战斗的无产阶级"。（第 146 页）

全文结论是：

"第一，因有民族资产阶级（主要是工业资产阶级）的阶级的觉悟，于是才有五四的新文学运动。

"第二，因有士绅阶级的没落，于是才有以颓废堕落为中心的浪漫主义文艺运动。

"第三，因有小资产阶级的贫困化，于是才有'人生派'的自然主义文艺运动。

"第四，因有无产阶级领导了各阶级的联合战线的革命运动，于是才有'混合型'的革命文学运动。

"第五，因有无产阶级的阶级斗争激烈化和尖锐化，于是才有无产阶级文艺运动。"（第147~148页）

关键词：华汉　中国新文学运动的几个阶段：五四新文学运动，浪漫主义文艺运动，自然主义文艺运动，革命文学运动，无产阶级文艺运动

1930 年 4 月 10 日

钱杏邨《中国新兴文学论》（未完），载《文艺讲座》第1册，第151~197页。

文章本拟谈的问题是：一、《中国青年》时代（1923~1927）。二、《创造月刊》与《太阳月刊》时代（1928）。三、关于《新流月报》。四、《拓荒者》与"左翼文艺"（1930）。五、指导理论的发展（1923~1930）。实际上只谈了《中国青年》时期。

作者说，本文只是"材料的提供"（第197页）），没有从理论上展开。

从"五四"到1923年，《新青年》《星期评论》《少年中国》以及"新月"的徐志摩等，也写过劳动者，但只是站在远远的同情。1923年"二七"之后，郭沫若、蒋光慈已经发现了普罗的阶级力量。郭沫若"是中国普罗列塔利亚的最初的代言人"。蒋光慈的《新梦》"是中国的最先的一部革命的诗集"（第168页）。《新梦》的出现，"是在中国的工人阶级已经形成，而且通过了香港的海员罢工，京汉路的罢工的时代，出版以后，又值'五卅'惨案爆发了起来，接着是来了'省港罢工'，正是中国的工人阶级充分的表现了自己的力量的时候，所以发行以后，所得到的结果是不像郭沫若那时的'应者寥寥'，是展开了很广大的影响，给予当时的左倾青年以强有力的推动"。（第168~169页）《新梦》给中国青年带来了"十月革命""世界革命"的消息！蒋光慈诗歌创作的第二期（1925~1927）是诗集《哀中国》。这时，他"把重心落在'打倒帝国主义'一顶点上了。所以然有这样的转变，当然是由于产生诗歌的环境变易了的缘故。《新梦》作成的环境是苏联，是'十月革命'下的新生的国度，是一切都使我们的作者感到愉快和欢欣的国度；《哀中国》却作成于国际帝国主义在积极的压迫的殖民地的中国，却作成于'二七'与'五卅'，和'沙基'等等惨案发生的期间，却作成于中国军阀作了国际帝国主义工具的时候。这样的环境使作者不得不变易了他的愉快的情调，而成为悲愤的哀音，而渗入了伤感的情调，不得不使他把诗歌的尖端要素，集中于帝国主义的打倒"。这是《哀中国》产生的社会根据。（第175页）接着是《中国青年》上刘一声的《奴隶的誓言》《革命进行曲》《誓诗》，瞿秋白的

《那个城》，以及蒋光慈的小说《少年飘泊者》《鸭绿江》，还有龚冰庐的《炭坑里的炸弹》。

作者在这一节的最后说：

"在 1928 年形成整个运动以前的自然生长的普罗列塔利亚革命文学的萌芽时代，我能够发现的那时的不纯熟的作品，以及比较接近的作品，大体是在这一章里论到了。这些作品，因着社会的经济基础及其他的种种客观条件，无论在内容上在形式上都没有得到很好的开展与成功。但为着究明普罗列塔利亚革命文学运动的起源，以及它生长的过程，在辩证法的发展上看来，这些都是非常重要的文献，虽然这些文献，在现在看来，不免是充分的不健全的出产，充其量也只表现了革命的小资产阶级的倾向的出产。"（第 195~196 页）

关键词：钱杏邨 新兴文学论——"材料的提供"

作者的话：

以上三篇文章——郭沫若的《文学革命之回顾》、华汉的《中国新文艺运动》、钱杏邨的《中国新兴文学论》，都是在总结"五四"文学革命运动。中国新文学运动是从"五四"文学革命运动开篇的，它是发端，是源头，是第一潭活水。郭沫若是新文学运动的元老，是"五四"文学革命运动的开创者，参加者，实践者；华汉和钱杏邨是受过"五四"文学革命运动的熏陶，在大革命失败之后才步入文坛的。

他们都是历史的见证人。他们以阶级论，用唯物辩证法的观点分析"五四"以来 10 年的文学历史，将其细分为"五四"新文学、浪漫主义文学、自然主义文学、革命文学、无产阶级文学几个阶段；分明读出蒋光慈《新梦》和《哀中国》两部诗集内容、情调的区别，这些都是弥足珍贵的见解。

历史是现实的先导。历史为现实提供经验和力量。

1930 年 4 月 10 日

洪灵菲《普罗列塔利亚小说论》（未完），载《文艺讲座》第 1 册，第 199~218 页。

这里刊载的仅是该文的第一章总论。论题是：普罗艺术的发生——普罗艺术否定论者的谬误——普罗艺术的特性——普罗文学——普罗小说。

普罗艺术的特性："普罗列塔利亚艺术也和它的阶级自身一样，它的伟大而特殊的地方，第一便是它的集团的力量。这是一种集团主义的艺术，这样的艺术是和资产阶级的个人主义的艺术绝对不同的。"作者引用一段话（未标是谁说的）说："劳动阶级需要一种对于'全体'的巩固的思想，需要一种只由伟大的思想才能赋与的强力的锻炼。警钟的声音，应得比短笛好听；瀑布的轰响，应得比泉鸣乐意。在全体之前，部分应该消失；个人的欢喜和个人的波澜，应该变成没有问题的事情。"（第 208 页）普罗艺术的第二个特性是"战斗的，煽动的艺术"。所有的艺术家都是煽动家。普罗艺术家便是普罗解放斗争中的"最勇猛的战士。这些艺术家在斗争里面生活着。他们用他们的艺术鼓起群众斗争的勇气，振作他们的同志的作战的精神"。他们是普罗和敌对的阶级作战的"军前的喇叭手，他们永远在响着进行曲的军号"。所以，对"斗争的赞美"，是普罗艺术的第二个特性。（第 208～209 页）第三个特性是普罗艺术的大众性。普罗艺术"它是注重内容的，集团主义的，大众化的"。（第 210 页）普罗"艺术不是一种游戏，不是一种娱（愉）悦肚皮的消遣品，它是我们的战斗的工作的一部分，它是教育大众，鼓舞大众，同时又是由大众产生和培养出来的东西"。（第 211 页）再一个特性是它世界观的唯物的态度。

"总括来说，普罗列塔利亚艺术是以它的唯物的态度，以它的集团主义，以它的战斗性，大众性和资产阶级艺术完全对立起来的。资产阶级的艺术是唯心的，个人主义的，麻醉大众的，形式主义的，只由少数人包办而以大众不了解为光荣的。"（第 212 页）简单说，普罗艺术的特性"是唯物的，集团的，战斗的，大众的"。（第 213 页）

"普罗列塔利亚文学是普罗列塔利亚解放运动中的工作的一部分，它歌咏着自身阶级的英勇的斗争，唤醒自身阶级里面的大众。它暴露敌对阶级的罪恶，表扬自身阶级的伟大的精神，它艺术地教养着自身阶级里面的大众，提高他们的文化水准。在已经获得政权的普罗列塔利亚国家里面，它对于镇压反动和保障革命政权，一直走向社会主义文学方面去，有着很重大的作用。"（第 214～415 页）普罗艺术尤其是普罗戏剧有着"宣传群众，组织群众，动员群众"的作用。（第 216 页）

关键词：洪灵菲　普罗小说论　普罗艺术的特征是"唯物的，集团的，战斗的，大众的"　普罗艺术有着"宣传群众，组织群众，动员群众"的作用

1930 年 4 月 10 日

〔苏联〕傅利采作、许幸之译《艺术上的阶级斗争与阶级同化》，载《文

艺讲座》第 1 册，第 219～231 页。

傅利采（佛理契）是苏联的艺术社会学家。他的观点略谓：作家是分为阶级的，作品是有阶级性的，社会上的阶级矛盾、阶级斗争、阶级同化都会反映在作品之中，而且要用这些观点来解释文学艺术现象。

本文从欧洲艺术史切入，讲阶级关系是如何决定作品的主题、形象和色彩的。阶级关系同时会影响艺术的传播与继承。"阶级矛盾""阶级集团""阶级斗争""阶级对立""阶级模仿""阶级同化""阶级意识"等词语充斥文中。

如这样的论断："在艺术上的阶级对立，一阶级的艺术家，不仅把支配艺术的题材，典型和样式变为自己式，并且在那一阶级社会界限以内，种种社会集团的艺术家，在题材和样式中创造着自己的艺术。"（第 222 页）"……和阶级矛盾与阶级集团的孤独的倾向，以及阶级斗争的种种现象反映到艺术上一样地，阶级模仿和阶级同化，同样地以多种多样的形式反映到艺术上来。/或是一国，他国的同一阶级，既经达到经济发展水准的同一阶级出现，那么这一个阶级，对其他国家同一阶级的艺术，虽不能完全细节的模仿，至少将那基础的特性在自己的艺术上复兴，而追踪前者的步尘。"（第 226 页）"如若贵族阶级和布尔乔亚阶级，在艺术形式上，以铸造自己的生活和意识的他国同一阶级的艺术为方向的话，那么某一阶级在题材及样式上，便模仿和自己阶级适当的他阶级。像这样的时候，是某阶级或某阶级的某集团，还没有明确的阶级意识，而是在支配阶级文化的，艺术的影响及遗产之下的时代。""最后在某种时期，支配阶级是前支配阶级的正当的继承者，以历史的承继者的表征，模仿前支配阶级的文化样式。"（第 229～230 页）

"所以，阶级矛盾和阶级斗争，某阶级的艺术家，虽为了其他阶级创造艺术，而把他们固有的心理，意识形态的特性和调子收入这种艺术中；或在同样社会机能的界限以内，使构成那社会的各种阶级以及各种集团的艺术家互相制约，而在内容和形式上创造自己特有的艺术；或将自己特有艺术的唯一支配的典型和样式，用上述的方法来创造。和阶级矛盾同一个样式，反之——也有阶级模仿，和阶级同化的时候。迟迟在历史上登场的某国的阶级，往往复活其他国内同一阶级之艺术的特性。或是感到社会情势很近，而和其他有心理上相同一的时候，便模仿其他阶级的艺术姿态。最后，已经打破了前支配阶级而获得了政权，并在社会机构中已获得了维持地位的某阶级，往往夺着前支配阶级的艺术的衣裳。"（第 231 页）

关键词：佛理契 许幸之 艺术社会学：艺术上的阶级斗争和阶级同化

1930 年 4 月 10 日

〔苏俄〕傅利采作、蒋光慈译《社会主义的建设与现代俄国文学》，载《文艺讲座》第 1 册，第 233 ~ 241 页。

佛理契一开篇就说：

"在我们的文学的发展与建造中，参加着各种社会团的作家，而表现各种小资产阶级的意识的作家，占着很大的数量。这些作家，就是因为自己的阶级的意识与心理，不能领受无产阶级所指导的，理性的，有规划的，集团主义的经济组织的原则。也就因此，我们文学中之很多的作品，或者完全不反映我们已经指示出来的两种相反的开端的斗争，或者反映它而在于厌恶现代实际生活的形式。此实在现代实际生活中，虽然是逐渐地，然而却很坚决地凯旋着社会主义的原则。"（第 233 ~ 234 页）

"然而有一些作家，他们虽然同第一团的作家一样，和那种社会环境相牵连着，然而能意识的地，有一部分并且心理的地，克服无政府个人主义的特性，而领受社会主义的社会组织的理想——这种理想的实践人与执行者是工人阶级。由此，在现代文学的许多作品中，题目是叙述着关于无政府个人主义的与社会主义的开端的争斗。同时，与这两种小资产阶级的倾向的作家并排立着无产阶级文学的代表，他们很坚固地，直接地与工人阶级相联系着，努力社会主义的建设。他们是集团主义的，有组织的，社会主义的开端战胜小资产阶级无政府主义的倾向之最显明的表现着。"（第 234 ~ 235 页）

本文所分析的作品是：列斯涅克的小说《荒原的马群》、谢门诺夫的《纳塔丽亚·塔尔普娃》，顺便提到格拉特柯夫的《水门汀》、廖斯柯的《熔铁炉》。

关键词：佛理契　蒋光慈　用艺术社会学来解释苏俄文学创作

1930 年 4 月 10 日

冯乃超《艺术家托尔斯泰》，载《文艺讲座》第 1 册，第 257 ~ 268 页。

本文实际是一篇译文，但目录、正文都没有标"译"字。冯乃超在文后交代："本文是从傅利采之《艺术家的悲剧》节译下来的。"他把艺术家托尔斯泰"扼要的写出来了"。（第 268 页）

关键词：佛理契　冯乃超　艺术家托尔斯泰

1930 年 4 月 10 日

〔苏俄〕M. 戈理基著、雪峰译《劳动阶级应当养成文化的工作者》，载

《文艺讲座》第 1 册，第 243～256 页。本文原载 1929 年 7 月 25 日莫斯科《伊慈维斯察》报，冯雪峰据日本《日俄协会报告》第 49 号译出。

高尔基说："劳动阶级应当从自己们之中造成文化底工作者。"（第 246 页）具体说，"劳动阶级非有从自己们之中辈出的文章家，小说作家，剧作家，小品作家，以及打毁着旧的市民的俗事的讽刺家，谐谑家不可"。（第 252 页）

关键词：高尔基　劳动阶级应该从自己的队伍中培养无产阶级文学家

1930 年 4 月 10 日

《文艺讲座》第 1 册发表两篇文章介绍普列汉诺夫。它们是：冯宪章《〈蒲列汉诺夫论〉》（第 269～278 页）、沈端先译《〈艺术论〉〈艺术与社会生活〉——蒲列哈诺夫与艺术》（第 279～288 页）。

冯宪章《〈蒲列汉诺夫论〉》，逐章介绍耶可列夫的专著《蒲列汉诺夫论》的主要内容。译者在文中对普列汉诺夫有三种译法：一为蒲列汉诺夫，一为蒲列汗诺夫，一为普列汗诺夫。耶可列夫的专著共 9 章。

正式介绍之前，译者有一段话："'马克斯主义之父'蒲列汗诺夫，是最先用普罗列塔利亚特的犁——马克斯主义，来耕艺术的田园的先锋。不怕他晚年的时候，因为离开了群众，成为孟雪维克（少数派），反叛了马克斯主义的伊理齐；卒至在新兴独裁阶级的侮蔑诽谤，与自己思想破产的苦恼之中，愁然落魄，终结他的生涯。但是，正如不管考次基后来反叛了马克斯主义，他前一时期的著述，还为我们的需要，于我们有益同样。蒲列汗诺夫遗下的许多著述，仍不失它的真价。所以'布里取埃以蒲列汗诺夫为建筑了马克斯主义艺术社会学的人们中的一人，并且是科学的美学的建设者。'"（第 269 页）

其中谈到什么是文学："文学不单是社会生活的反映——总之，文学反映支配阶级的美学及心理，第一它是带阶级的性质。"（第 273 页）另一处谈到内容和形式："艺术作品的形式，当然必须适合内容的意识，并且意识也必要适合形式。""内容与形式……都是不可单独存在的两个本体。"一般规律是："在某一文化的勃兴期，尊重内容；开花期，内容与形式调和并重；而崩坏期，形式过重。"（第 275 页）

沈端先的文章译自《日本无产阶级艺术教程》①。

---

① 同样是译自日本的论文，沈端先的译文相当好读，而冯雪峰的译文则十分难读，读时简直是受罪。

译者沈端先说："我们不能忘记蒲列哈诺夫这个名字，因为在最初建设马克思主义艺术理论这一点，他留下了绝大的功绩。艺术论，艺术史论等等问题，在一个很久的时间，不曾遇见马克思主义的光辉，而放任在布尔乔亚意德洛渥奇影响的里面。普列哈诺夫对于这种艺术的弱点，很好地适用马克思主义的方法，倾倒他丰富的蕴蓄，树立了世界最初的马克思主义的艺术学。"（第279~280页）

日本教程囊括了普列汉诺夫关于艺术论的著作，最集中的是《艺术论》和《艺术与社会生活》，散见于其他著作中的是：在《却尔奴依夫斯基》里有《艺术及文学的意义》，在《马克思主义的根本问题》里也曾论及艺术的问题。他人的专著有：耶考莱夫（即上文耶可列夫）的《马克思主义文学方法论家蒲列哈诺夫论》，莱裘耐夫的《马克思主义批评论》等。

"总之，蒲列哈诺夫不仅是马克思主义的硕学，因为他是世界上第一个科学的，社会学的，美学的，乃至马克思主义的艺术理论的建设者，所以，他不仅是我们研究的对象，而且，谁都承认，他的作品，都是马克思主义艺术理论，社会学的，美学的，古典的文献。同时，我们也可以说，此后理论的出发点，是在这些作品上面的。"（第281页）

沈端先说，从已经翻译成中文的普氏论著可知：第一，关于"艺术是什么"的问题，"他补正了托尔斯泰的定义，断定了艺术之特质是感情和思想的具体而形象的表现。更进一步，将艺术之观点当作社会现象而研究，批评了从来观念的历史观（圣西蒙，孔德，赫格尔），而介绍了关于生物的美的趣味的达尔文的唯物的见解"。（第281页）第二，"生产技术及生产方法在艺术现象上最密切反映着的，是原始民族的场合"。他"批评了原始民族的游戏本能先行于劳动的那种布尔乔亚的见解，用丰富的例证和严格的理论，究明了有用对象的生产（劳动）先行于艺术生产的唯物史观的根本的命题"。（第282页）一个是有用对象的生产先于艺术的生产，一个是有用的东西才是美的。"不是人类为着美而存在，而是美为着人类而存在。"（第283页）

日本教程说，耶考莱夫的《马克思主义文学方法论家的蒲列哈诺夫论》"差不多将关于文学方面的蒲列哈诺夫的业绩，毫无遗漏的给了一个全面的批判"。（第286页）

结论是："总之，蒲列哈诺夫所做下了的功绩，是在：应用最卓越的马克思主义的方法，而建筑了马克思主义的艺术学（艺术理念，艺术史）及社会学的美学的基础。当然，蒲列哈诺夫并不是体系的处理了这些问题。但是，关于艺术根本问题的正确的理论，和他正确的方法，那是对于今后从事于马克思主义艺术学，社会学的美学之建设的人们，已经赋予了许多的真理。俄罗斯的普洛列特利亚批评家，决定了确立马克思主义艺术理论，一定要从蒲列哈诺夫出发，这决不是没有缘故的事情。继承蒲列哈诺夫而使他的理论发展，这是我们的任务。在这种意味，蒲列哈诺夫的研究，对于普洛列特利亚艺术理论家，是切实地要求着的。"（第 288 页）

关键词：冯宪章　夏衍　普列汉诺夫是科学的美学的建设者　他是世界上第一个科学的、社会学的、美学的乃至马克思主义的艺术理论的建设者　建筑马克思主义艺术学及社会学的美学基础　他提出：有用对象的生产先于艺术生产，有用的东西才是美的　"不是人类为着美而存在，而是美为着人类而存在。"

1930 年 4 月 10 日

沈端先《〈恋爱之路〉〈华茜丽莎〉及其他——所谓"苏联的性文学"问题》，载《文艺讲座》第 1 册，第 289～296 页。

本文就柯伦泰夫人的《华茜丽莎》（中国又译作《赤恋》）和《三代的恋爱》（与短篇《姊妹》合集，中译《恋爱之路》），并玛拉希金的《右边的月亮》，还有《苏俄大学生日记》等，谈苏联文学创作中的性描写问题。

《华茜丽莎》等作品中涉及的性问题，柯伦泰有两种观点：一是"恋爱只是私事，工作更加重要"（第 290 页）。二是没有时间恋爱，也没有条件恋爱。"最使你觉得奇怪的，大概就是我对于种种男子，即使不爱他们，也可以毫不介意和他发生关系。你总知道，恋爱是非有工夫不可的，从种种小说上，我们知道，要恋爱一定要有多量的时间，和多量的精力。但是在我们现在，还有许多非解决不可的事情。在这种一切时间都被剥夺了的革命时代，那里还有恋爱的工夫？一天到晚的东奔西走，在脑子里充满了无数的紧急的问题。……当然，静止的时间不是没有……有那种时间，我们就注意到各人所中意的人们。但是，这里应得请你理解，就是我们绝对没有从容地恋爱的时间。还有——幸而碰到了一个合意的男子，一刻儿就会被派到战线上去，或者转任到别个地方。一方面，可是为事体太多，渐渐的全使你将他忘记。……在这种情况之下，所以，我们偶然碰到，两个人相互的感到幸福，那么我们就尊重了这个时间。……这是谁都没有责任的。……"（第 291～292 页）《三代的恋爱》还提供情节：由于物质条件不允许，祖孙三代同住一屋，于是发生性乱，这也不为怪。

关键词：夏衍　苏联的性文学：性自由、性乱的社会依据

1930 年 4 月 10 日

冯宪章《〈一周间〉》，载《文艺讲座》第 1 册，第 297 ~ 304 页。本文
1930 年 2 月 25 日写于上海病中。

长篇小说《一周间》，里别丁斯基著。冯宪章引蒋光慈《俄国文学概论》
的话评价《一周间》：自从《一周间》出版以后，"在革命文学中，我们才真
正看见了'康命尼斯特'的形象，'康命尼斯特'才真正成了注意的中心"。
"《一周间》在描写革命的著作中，真是要占一个特殊的位置；因为它实在表
现出来了革命中'康命尼斯特'的形象及他们的心灵来。里别丁斯基的眼特
别会看，他看出共产主义者心灵的深处。他不但将'康命尼斯特'的形象表
出，而且将'康命尼斯特'的心灵也表现出。倘若我们读别的作家的作品时，
只能看见部分的，冷静的，严厉的'康命尼斯特'；那么我们在《一周间》
内所感觉的就不同了。"（第 297 ~ 298 页）

蒋光慈还说：《一周间》美妙的地方还"在于它表现从事英雄的，悲壮
的，勇敢的行动的主人翁，并未觉得自己的行动是英雄的，悲壮的，勇敢的。
所谓伟大的，证明有道德力量的冒险事业，成为日常的必须的工作，因此从
事冒险的英雄，也不觉得自己是英雄了"。（第 303 页）

全文末尾，冯宪章的观点值得注意。他说：普罗文学运动"高喊口号的
时代已经过去了"，现在应该好好地"从事建设工作"。我们从事文艺的新建
设，要利用先发达国家的成果，《一周间》"可以拿来当作模本"。（第 304
页）

关键词：冯宪章　评《一周间》普罗文学运动已经走过了高喊口号的时
代，现在的任务是参照模本搞建设

1930 年 4 月 10 日

乃超《马克思主义艺术理论的文献》《日本马克思主义艺术理论书籍》，
同载《文艺讲座》第 1 册，第 305 ~ 318 页。

在《马克思主义艺术理论的文献》一文之前，编者说："马克思主义的方
法不单是处理经济，政治，社会发展的方法，又是一切学问之最科学的方法。
向来以唯物史观分析经济，政治以及社会构造的文章虽然很多，但是关于艺
术领域中的研究，这方面的成果还不见得多。同时，艺术之唯物论方法的研
究，虽然已经有了很多，资产阶级的学者也做了相当的工作，然而有系统的，
有正确的结论，依然不多。同时在这些著作里面，可以找到线索去研究马克

思主义学者以前的资产阶级学者对于艺术领域上的著作。"

本文根据日本藏原惟人的介绍，从蒲列哈诺夫起，关于研究艺术的理论著作列有：

蒲列哈诺夫（G. Plechanov）：《艺术与文学》。主要内容：《艺术论》（中国有3种译本）、《无产阶级运动与资产阶级艺术》（这是关于绘画批评的论文）、《从社会学上观察的18世纪法兰西戏曲及绘画》（这篇文章上半部是关于法国古典悲剧之发生以至没落，喜剧之发生等，从法国社会的阶级对立里面加以很犀利的批评。下半部是绘画的批评）、《艺术与社会生活》（这篇是说明艺术家和社会生活的关系。根本命题是说明艺术至上主义的发生根据）。"蒲列哈诺夫是俄国马克思主义的始祖，而在艺术理论上又是打好基础之第一人。目前俄国艺术理论虽然占世界第一位，许多地方还是蒲列哈诺夫的理论的发展而已。"但蒲氏还"没有系统的建立这个理论"。（第305～306页）

卢那查尔斯奇（Lunacharsky）：《实证美学》（已有中译。本书的方法论不能算是正确的马克思主义理论，许多地方还脱不了经验批判论的错误，尤其是本书所立足的生物学的见解是很成问题的）、《艺术与革命》、《艺术之社会的基础》、《马克思主义艺术理论》（这是富于示唆的书籍）。

波格达诺夫（Bogdanoff）：《艺术与劳动阶级》（波格达诺夫在十月革命前后对无产阶级文化是很有贡献的一个人。可是他的方法论上是有很大的毛病——列宁所指摘的经验批判论的错误，本书也是缺乏严正的方法，只有历史的价值而已。有中译本）。

同年（1918年）出版的还有：捷烈夫斯基（Tserevsky）《艺术与无产阶级》，傅林采夫（Frinzev）《艺术与无产阶级国家》，傅利采（Friche）《艺术社会学概要》《艺术社会学》、论文《艺术社会学之任务及其问题》《艺术的辩证法》，玛查（Matsa）《现代欧洲的艺术》（本书限于现代欧洲艺术现象的研究。著者为匈牙利的政治亡命客，在俄国出这书时大受傅利采及卢那查尔斯基的赞赏，的确是很好的著作），阿尔瓦托夫（Arwatov）《艺术与阶级》《艺术与生产》。此外，还有：格甲克《艺术辩证法的问题》，维托诺夫·达比陀夫《马克思主义造型艺术史》，殊密特《艺术》，霍善斯坦因（W. Hausenstein）*Rococo*（罗珂珂）、*Baroque*（巴罗克精神）、《艺术与社会》《现代的造型艺术》、《绘画与社会》、《绘画上的表现主义》（霍善斯坦因是德国有名的艺术史家，同时在唯物史观的艺术研究上又是第一人。其引证的赅博是罕见的。但是，正如卢那查尔斯基所批评一样，他还有相当形式主义的残余），鲁·梅尔顿（Lu Maeten）《形式——艺术的本质及变化》（这本书在现在是最综合的最浩瀚的马克思主义艺术理论之一。包含了音乐、建筑、雕刻、绘画、文学的各领域），梅林克（Franz Maehiug）《世界文学和无产阶级》，法国依可维支（Marc Ickowicz）《从历史的唯物论观察的文学》（从批评观念、心理主义、实证科学的方法论上看来，是很有兴趣的著作），美国辛克莱《拜金艺术》。

在《日本马克思主义艺术理论书籍》一文之前，冯氏说："1924 年日本的无产阶级运动由自然生长的斗争转入目的意识的斗争。无产阶级的运动一天一天的发展起来，知道过去的无组织的斗争不能彻底的解放劳动群众，也知道没有把劳动群众从种种旧的支配观念解放出来，就不能促进革命成功，于是文化领域中开始了蓬蓬勃勃的无产阶级文学运动。六七年来日本的文学由自然生长的无产阶级文学转变为目的意识的无产阶级文学运动，我们又可以在这运动中找出一些时时刻刻领导这个运动之发展的马克思主义艺术理论的书籍。"（第 313 页）如，平林初之辅《无产阶级的文化》，武藤直治《文学的革命期》，宫岛资夫《第四阶级的文学》，小牧近江《普罗列搭利亚文学入门》，片上伸《文学评论》，青野季吉《解放的艺术》《转换期的文艺》《马克思主义文学斗争》，藏原惟人《艺术与无产阶级》，中野重治《关于艺术的草写的备忘录》，胜本清一郎《前卫的艺术》。冯乃超又说："当日本无产阶级文学直（转）向了一个重大的时机的时候，实际上使日本无产阶级艺术营垒中不能不发生新的问题。这就是文学大众化的问题。这问题之解决在中野及藏原的论文中已得到解决，然而，他方面因大众化的问题却惹起另一个问题。这是以平林初之辅对无产阶级文学之艺术价值的怀疑而起的。1929 年 3 月平林在《新潮》杂志上以《政治的价值和艺术的价值——马克思主义文学理论之再吟味》一文，正式地向无产阶级理论挑战。在这论争当中，除藏原，大宅壮夫，川口浩，小宫山明敏，青木壮一郎等以外，就是这位著者胜本清一郎。当时资产阶级的文艺批评也拥护平林的意见，提出形式主义的文学理论，而极力加以驳击者也就是胜本清一郎。"（第 316～317 页）此外，还有鹿地亘、林房雄、岗本唐贵、田口宪一、山田清之郎等人的论著。

关键词：冯乃超　马克思主义艺术理论文献　日本马克思主义艺术理论书籍

1930 年 4 月 10 日

《文艺讲座》第 1 册，刊载神州国光社出版书籍广告：《现代文艺丛书》十种。

雅各武莱夫著、鲁迅译《十月》，毕力涅克著、蓬子译《裸之年》，伊凡诺夫著、侍桁译《装甲列车》，绥拉斐摩维克著、曹靖华译《铁之流》，卢那卡尔斯基著、柔石译《浮士德与城》，卢那卡尔斯基著、鲁迅译《被解放的堂吉诃德》，孚尔玛诺夫著、成文英译《叛乱》，华拉特珂夫著、侍桁译《火马》，法兑耶夫著、鲁迅译《溃灭》，班菲洛夫著、鲁迅译《贫农组合》。（第37页）

关键词：鲁迅译《十月》《毁灭》等书籍出版广告

1930 年 4 月 10 日

《文艺讲座》第1册的封底，刊载神州国光社"社会科学名著九大预告"：《马克斯、昂克斯往复通信集》（李玉寒译）、《经济学入门》（米哈列夫斯几著，朱镜我译）、《剩余价值学说史》（卡尔马克斯著，陈豹隐译）、《经济学批判》（卡尔马克斯著，易坎人译）、《经济学大纲》（乌里亚诺夫著，郭真译）、《社会主义大纲》（考茨基著，高希圣译）、《史的唯物论与经验批判论》（乌里亚诺夫著，傅子东译）、《资本积累论》（卢森堡著，潘怀素译）、《帝国主义与世界经济政治》（Bukh Barin 著，李一氓译）。

政治、经济、哲学方面的译著，有利于了解文学生存的环境。

关键词：九大社会科学名著出版预告

1930 年 4 月 10 日

（樊）仲云《唯物史观与文艺》（论文），载《小说月报》第21卷第4号，第653～661页。

文章首先引用布哈林在《史的唯物论》一书中的名言："社会诸要素间的平衡"是一切关系的准则，再引马克思的话："人是由其近前的条件以创造历史的。"文艺是由经济基础通过种种中介所决定的。

樊仲云因此说："即一件文艺作品到我们的手的时候，我们第一步可以由这作品的作风与笔调，人物的性格，姿态，谈话，议论等，以推究作家的思想，气质，观念，习性。然后第二步由作家以探究到社会，因为书籍是社会风尚的产物，我们在这里可以看到当时的社会习俗，政治宗教道德的生活。第二步既毕，于是再进而着手第三步，我们来作深入的研究，即此书中所表现的社会意识及环境，其经济的基础是怎样，其阶级的分裂是怎样等。""至于研究我们中国的文艺，则也同样，第一我们应当先明白中国的社会其生产力是怎样，其经济的关系是怎样。次之，其上所建立的政治道德法律诸形态

是怎样，其上所表现的如哲学、思想、观念等各种意识形态是怎样。"（第660页）

文末作者列举外国有关唯物史观与文艺的著名作品，略谓：

（一）蒲力汗诺夫著《艺术与文学》（日文分为）

（1）《艺术论》，外村史郎译，有鲁迅译本

（2）《阶级社会的艺术》，藏原惟人译，其中《艺术与社会生活》篇，有冯雪峰译本

（二）卢那卡尔斯基著

（1）《艺术之社会的基础》，外村史郎译，有雪峰译本

（2）《艺术与革命》

（2）《马克斯主义艺术理论》，昇曙梦译

（三）波格达诺夫著《艺术与劳动阶级》

（四）杜洛斯基《文学与革命》，有未明社译本

（五）伊科维兹著《唯物史观的文学论》，有樊仲云译本

（六）马查著《现代欧洲的艺术》

（七）霍森体坦（Wilhelm Hausenstein）著

（1）《艺术与社会》，日文作《艺术与唯物史观》

（2）《现代之造型艺术》

（3）《绘画与社会》，日文作《艺术之唯物史观的解释》

（4）《绘画上的表现主义》

（八）梅尔吞（Lu Marten）著《造型艺术之本质及变化》

（九）梅林格（F. Mehring）著《世界文学与无产阶级》

（十）雷布利阿拉著《唯物史观论》

（十一）布哈林著《史的唯物论》，其中第六章述上层建筑与意识形态，有许楚生译本

（十二）辛克莱著《拜金艺术》

（十三）弗利采（Fritsche）著

（1）《艺术社会史概要》

（2）《艺术社会学》

关键词：唯物史观与文学　唯物史观文学论的著作

1930 年 4 月 10 日

〔苏俄〕卡泰也夫著、胡逾之据法译本重译《火》，〔日本〕林房雄著、

适夷译《百合子的幸运》（小说），同载《小说月报》第 21 卷第 4 号。

《火》（第 701～710 页）：宣传无神论的共产党员爱罗金的妻子喀细亚被火灼死了，她才 19 岁。她原是贵族人家的女儿，受过很好的教养，她坚持要嫁给爱罗金，并同他一起受苦。爱罗金在极度的痛苦中，不相信格里戈里·伊凡诺维奇·史米尔诺甫神父的说教，更加坚定了他的宣传工作。

文末介绍作者："伐伦丁·卡泰也夫（Valentin Kataev）假如不能算是苏联普罗文学的代表作家，至少他应该是描写革命后俄国生活的大匠了。和一切俄国的新作家一般，他还是很年轻（1897 年生）。在大战及革命后的内战中，他经过非常困苦的生活，开始他的文学生涯。在最初几年，写了许多风格不同的作品，都不能引起多大的注意。直到 *Rasstratchiki* 出版后，才被公认为第一流的作家。""卡泰也夫的小说，大都是些对于革命后俄国社会的讽刺，但在讽刺中活的人间的情调，依然是很浓厚的。"他的作品有《围城中》（中篇小说，1922）、《亨利爵士与魔鬼》（小说集，1923）、《爱龙陀甫岛》（冒险小说，1924）、《懒惰王爱德华》（小说集，1925）、《火车头的冒险》（中篇小说，1925）、《歌鸟》（小说集，1928）等。

《百合子的幸运》（第 727～731 页）：美丽的百合子，父亲在高田织物公司当了 12 年职员，却越当越穷苦，活活地被刚得到公司聘书的大学教授开车撞死。百合子得到的父亲的"遗产"是："抚恤费和退职金的余款现金三块五毛二分，给高田公司经理的一封介绍信。"百合子没有工作，公司派黑手控制，不让她找到职业。最后她成为经理床上的性猎物。

关键词：苏联普罗作家卡泰也夫《火》　日本林房雄《百合子的幸运》

1930 年 4 月 10 日

赵景深《现代文坛杂话》四题：《最近的新俄小说》《爱莲堡的恋爱小说》《俄国的通俗文学》《库卜林写卖淫妇》，载《小说月报》第 21 卷第 4 号。

杂话引《星期六文学评论》上拉莎乐夫的文章，说他读了 20 几本最近苏联的小说，感到写性欲特别普遍。大半"都放纵的充塞着性欲"，"一切现代的文学性欲的描写总是很兴盛的"，前无古人。作者寻找到的理由是："一个作家描写生活，一定要受马克思主义和列宁主义的严格的限制。比方，如果他描写知识阶级和工人，这些知识阶级一定要形容成为不足引人注意的倒霉物，而工人——是'正面'的人，对抗一定要归胜利于无产阶级，不然就是'反革命'。"作家只好写男女关系，什么都可以写，"赤裸裸的身体和大胆的描写"。（第 745～747 页）

关键词：苏联文学作品中的性描写

1930 年 4 月 10 日

殷夫诗《与新时代的青年》《伟大的纪念日中》，载《摩登青年》第 1 卷第 2 期。

关键词：殷夫　红色诗歌

1930 年 4 月 10 日

微知《现代文学的十大特色》，载《东方杂志》半月刊第 27 卷第 7 号，第 84 ~ 85 页。

作者总结的中国现代文学十大特色是：第一是感觉的；第二是理智的；第三是与科学相调和，而可与一致的；第四是明快的，而非忧郁的；第五是持有急速的时速的（Tempo）；第六是恋爱的；第七是健康的，而不像前世纪末叶的病态的；第八是人类的；第九是大众的；第十是阶级的。"资产阶级与无产阶级的对立，自然使文学也有同样的对立。现在有所谓代表资产阶级的文学，与代表无产阶级的文学。"

关键词：现代文学的十大特色

1930 年 4 月初

左联下属的马克思主义文艺理论研究会开始工作。研究部门暂分为如下几种：

一、中国无产阶级文学作品及理论的发展之检讨。二、外国马克思文艺理论的研究。三、中国文学的唯物史观的研究。A. 文学史方法论的研究；B. 文学史资料的整理。四、外国非马克思主义的文艺理论的检讨。五、外国无产阶级文学作品之研究。六、文艺批评的研究。

研究的形式取集体讨论和个人研究两种。

第一次研究题目，集体讨论者为：（一）文艺大众化问题；（二）两年来中国文艺运动的发展。个人研究题目有：（一）形式与内容问题；（二）文艺集团与社会理想；（三）爱尔兰的斗争及其文学；（四）中国无产阶级文学作品的发展。[1]

关键词：左联马克思主义文艺理论研究会研究题目

---

① 见《左翼作家联盟消息》，1930 年 5 月 1 日《萌芽月刊》第 1 卷第 5 期。

《巴尔底山》创刊

1930 年 4 月 11 日

左联机关刊物《巴尔底山》在上海创刊。旬刊。16 开报纸型。本期共 10 页。署名上海巴尔底山社出版。共出版 5 期：第 1 卷第 2、3 号，5 月 1 日出版；第 1 卷第 4 号，5 月 11 日出版；第 1 卷第 5 号，5 月 21 日出版。

巴尔底山是 Partisan 的音译，意即袭击队或游击队。创刊号的《编辑后记》说，"我们自己的行为尚未充分的纪律化"，致使刊物没有能按时出版。"但至少，这文化领域内的巴尔底山队，总算已经组成基本的队伍，可以进出到这阶级的社会战中，为支持一方的战线的一个小小的支队了。"

《编辑后记》公布本刊的基本队员是：德谟、N. C.、致平、鲁迅、黄棘、雪峰、志华、溶炉、汉年、端先、乃超、学濂、白莽、鬼邻、嘉生、芮生、华汉、镜我、灵菲、蓬子、侍桁、柔石、王泉、子民、H. C.、连柱、洛扬、伯年、黎平、东周。（按：有重名）

《本刊征稿启事》说，它征求各种稿件：（一）关于国际及国内时事的论文。（二）社会各方面的解剖和批判。（三）国内各种文化现象及思想流派底解剖和批判。（四）文化现象批判。（五）社会的讽刺诗和讽刺画及各地通讯。

关键词：左联《巴尔底山》创刊

1930 年 4 月 11 日

《巴尔底山》旬刊创刊号发表的诗文有：李德谟《关于文化侵略问题》、N. C.《从诗歌说起》、致平《甚么是反动？谁是反动派？》、H. C.《广大的贫民》、子民《无独有偶》、溶炉《没落的并非新文艺》、王泉《悼"光明大学"》、白莽《奴才的悲泪——献给胡适之先生》（讽刺诗）、鬼邻《"兰芳""先生"》、志华《中国文学的新史料》。

关键词：《巴尔底山》刊载的诗文

1930 年 4 月 11 日

《巴尔底山》自创刊至停刊，有几方面的内容比较突出：

关于批判新月派和胡适、梁实秋，还有潘光旦等。文章有：李德谟《关于文化侵略问题》、子民《无独有偶》、白莽（殷夫）讽刺诗《奴才的悲泪——献给胡适之先生》（以上1卷1号）、乃超《胡适之底乌托邦》、杉尊《两种走狗》、马马《看到写起》之三《混蛋胡适之》（以上1卷4号）。

关于左联和艺术剧社的组织活动：菊华《想对"左联"说的几句话》（1卷2、3号合刊）、力竹《记左联第一次全体大会》（1卷4号）、《左联给复旦大学文学系诸教授的信》、秋士《周毓英的广告术》（1卷5号）、《艺术剧社被封事件》、左翼作家联盟《反对查封艺术剧社宣言》（1卷4号）、艺术剧社《艺术剧社为反抗无理被抄封逮捕　告上海民众书》、上海戏剧运动联合会《为艺术剧社被封告国人》、子西《中国社会科学家联盟成立》（以上1卷5号）。

关于文学创作和杂感：N.C.《从诗歌谈起》、溶炉《没落的并非新文艺》、白莽《奴才的悲泪》（讽刺诗）、志华《中国文学的新史料》（1卷1号）、陈正道《五一与文艺》、严元章《纪念"五三"》（诗，写于南京金陵大学）、尊予《通信（二）王独清究竟是什么诗人?》（1卷2、3号合刊）、白莽《巴尔底山的检阅》（1卷5号）。

关键词：批判新月派　左联和艺术剧社的组织活动

1930 年 4 月 15 日

〔美国〕斯多克顿著、哲生译《寡妇杜克德夫人的海行》（小说），载《东方杂志》半月刊第27卷第8号，第113~121页。

小说开头两段可见描写之一斑：

> 寡妇杜克德住在一个小村落，其地离纽求赛海岸约十英里。她生于是村，嫁于是村，而葬她的丈夫于是村。就在这里，她预备别个人来埋葬她。不过她却不必急急于此，因为她还没有到达中年。她是一个身材高大的女子，而不见显著的肥硕。她又充满着活动力，不论在肉体上和精神上。
>
> 她于早晨6时起身，准备早食，整理台子，洗涤碗具，挤牛乳，搅牛油，扫地，洗衣，烫衣，灌理小园，并略视庭前花草。午后结织绒线物，缝纫；午茶以后，或访邻居，或邀邻人过从。天气既暗，则在客厅中，燃起灯火来，读书约1小时。如果所读的是一本马利·活尔金的书，她对于书中所描写的人物的唯实观，表示她的怀疑。

关键词：斯多克顿的小说

艺术剧社被查封——一个危险的信号

1930 年 4 月 29 日

艺术剧社被上海特别市公安局派武装警察及侦探 50 余人无理查封。

左联为此发表《反对查封艺术剧社宣言》。宣言说：

"左翼作家联盟是新兴文化运动的一翼。对于一切新兴学术运动，无疑义地有密切的连（联）系。我们不能忍受当局对于艺术剧社这样的压迫。我们为拥护一切新兴文化运动的发展，所以要召集一切革命的民众，起来共同奋斗！我们尤其希望努力新兴文化运动的同志们，应该团结起来坚决反抗当局摧残一切文化运动的手段。我们一致争取集会，言论，出版，演剧的自由！"

同时，上海戏剧运动联合会也发表《为艺术剧社被封告国人》书，反抗当局对文化运动的虐杀。①

关键词：艺术剧社被查封　左联等团体的抗议

1930 年 4 月 29 日

左联成立以后，在"五一"之前，召开第一次全体会议。政治报告的论点之一为：

"革命的文学家在这个革命高潮到来的前夜，应该不迟疑地加入这艰苦的行动中去，即使把文学家的工作地位抛去，也是毫不可惜的。"

以这样的指导思想来指导左翼文学，无疑是错误的。

"常会秘书的会务报告"总括各部各研究会的工作，"可以用'松弛''无效果'两个名词"来概括。

同样，从这样的指导思想出发，会议产生了如下的十个决议案：（一）纲领执行检讨。（二）和日本普罗科学研究院发生关系。（三）组织苏联参观团。（四）参加苏维埃代表大会。（五）反对军阀混战。（六）反取消派理论的斗争。（七）派代表出席社会科学家联盟。（八）公开演讲会及辩论会。

---

① 见 1930 年 5 月 11 日《巴尔底山》第 1 卷第 4 号，第 10 页。又见《艺术剧社被封斗争》，载 1930 年 6 月 1 日《新地月刊》（即《萌芽月刊》第 1 卷第 6 期），第 269～274 页。

（九）批评的批评会——自我批评。（十）组织地参加"五一"并发动群众。①

在听取了左联出席苏维埃区域代表大会的传达后作出决议——《中国左翼作家联盟在参加全国苏维埃区域代表大会的代表报告后的决议案》。

决议先列出 6 点，概述全国苏维埃区域代表大会的决议和意义。然后表示：

"本联盟除完全接受参加苏维埃代表大会代表的报告外，特别号召中国的工农劳苦群众，特别号召一切为争取全国苏维埃政权而奋斗的战士，要十二分努力于讨论，宣传，并坚决地执行一切大会的文件与决议案，尤其是大会制定的土地法与劳动法。本联盟在接受苏维埃代表大会的总的政治路线及实际策略的指导之后，深信只有在联盟工作上努力执行反帝国主义，反军阀混战，以及一切欺瞒工农群众的反革命派别，如改组派，取消派及社会民主党等，才能完成武装拥护苏联和争取苏维埃政权之全国的胜利之任务！尤其是本联盟是肩负着无产阶级的文化运动的职责，那尤应在这个中国革命之阶段上，全国胜利之前夜，努力于无产阶级文化之宣传，深入与建立。"并"创作出工农文化，建树起适应于新的苏维埃政权的新兴文化"。②

关键词：左联第一次全体会议　极"左"思潮的表现　左联决议：反改组派、取消派和社会民主党　建树适应苏维埃政权的新兴文化　本联盟接受苏维埃代表大会的总的政治路线及实际策略的指导

1930 年 4 月

华汉中篇小说《两个女性》，由上海亚东图书馆出版。

小说写大革命失败后三种类型的知识分子、四个人物的命运：两个女性，一个是由革命学生而教授太太的王玉青，一个是以学生身份为掩护的职业革命者金文；两个男人是：始终坚持革命并牺牲在前线的云生，革命失败后就颓废的丁君度教授。书名是《两个女性》，实则中心人物应该是丁君度。

丁君度原是一个不满 30 岁的年轻革命教授，在大革命高潮中，他"这里宣传，那里煽动，确还像一个革命家的样子"，且满口豪言："我们只有奋斗，只有努力，我们的血终有一天是要为了换取被压迫者的幸福而流的呀！"他以"太痴情""能奋进""有理论"，在他和云生、玉青的三角恋爱中赢得了胜

---

① 《左翼作家联盟的两次大会记略》，载 1930 年 6 月 1 日《新地月刊》（即《萌芽月刊》第 1 卷第 6 期），第 260 ~ 261 页。又见力竹《记左联第一次全体大会》，载 1930 年 5 月 11 日《巴尔底山》第 1 卷第 4 号，第 9 ~ 10 页。

② 见 1930 年 8 月 25 日《文化斗争》第 1 卷第 2 期。

利，使玉青首先委身于他。他不假装，确实在真心实意地煽动革命。获得玉青的爱情后，一方面，他如醉如痴地爱玉青，另一方面更加奋发地革命。革命遭受挫折，白色恐怖袭来，丁君度立即登报声明，脱离政治。用他的话说，是脱离了政治关系，并没有抛弃信仰。他纵酒，把玩玉青，没日没夜地亲吻她，搂抱她，奉行"今日主义"。他说："我是一个今日主义者……一点钟以后的生死连我都不晓得，谁还要去想什么明天呢！"忘记过去的革命，贪图今日的享受，不愿为明天而奋斗，这是没有坚定的信念，对未来失去信心的表现，也是革命的人生观不坚定的表现。丁君度这个形象有代表性，也具有启发意义。丁君度于是斩断一切政治关系，退回到教书上来。"我们处在这样暴乱的时代，只要能平平安安的快快乐乐的过一生一世也就够了"。当然，还可以在课堂上对学生宣传"我的信仰"。

　　坚持革命的玉青遂与丁君度产生严重分歧，她忍受不了丁君度沉湎酒色的生活。在金文的帮助下，玉青见到云生。她向云生倾诉了自己的苦楚，说："我要拥护我自己的信仰，我要珍爱我自己的灵魂。"这时候，云生正在组织和领导12万人纱厂工人的总同盟罢工。丁君度主张不要贸然罢工，在革命处于低潮，白色恐怖压得人喘不过气来的情况下，要"采取退守战略"。云生他们要继续革命，"工人们宣言，他们的15条要求一个字都不能修改，假如政府和资方要用武力来镇压他们，他们只有预备着拿鲜血去和黑暗势力奋斗！"结果，罢工失败。玉青焦急，又会到云生。云生说，罢工虽然失败，但工人情绪高涨，也是胜利。玉青给丁君度留下一封信，表示不愿意再当娼妓似的夫人，要与他决裂，希望他改好。玉青和云生同赴南方去革命。爱玉青爱得发了狂的丁君度，在校园里，误将金文当成玉青，光天化日之下搂抱了金文。他受的刺激太大，住进医院。为了报复云生和玉青，他决意追求金文，向金文求爱。金文回信给他，表示可以互相砥砺，共同革命，革命者失掉一个爱人算什么。金文领导15万人开会示威，抗议日军侵略山东，示威大会遭到当局的镇压；丁君度在现场目睹了金文挺身而出，与警察交涉。面对这种现实，他感到自己是一条蛆虫，开始悔悟。云生在南方的战斗中牺牲，玉青继续战斗。

　　云生、金文动辄就组织15万人开会、罢工，这分明是不现实的幻想。在革命低潮时期，丁君度不主张恋干，要讲究策略，暂时退却，这分明是对的，却被当成错误路线，上纲上线地批判。

　　关键词：华汉　《两个女性》

普罗诗社、无产文艺俱乐部成立

1930 年 4 月

普罗诗社在上海成立。

成员多为工人和学生。成立宣言声称：要捏紧阶级的利器，向资本主义的政治和艺术冲锋！

"我们——普罗列塔利亚——的队伍正向着万恶的资本主义社会进攻！我们要从资产阶级手里夺取政权，我们要从资产阶级手里夺取生产机关！我们更要把这些实际的斗争和我们阶级的意识反映到艺术上去，摧毁资产阶级的艺术！"

"要摧毁资产阶级的虚伪的艺术和摧毁资本主义政治一样，必先洗清它面上污染的资本主义的色彩加上社会主义的衣裳！而且我们一样要使它成为普罗阶级的武器，向着资本主义社会冲锋！"

还有简章 8 条。①

关键词：普罗诗社成立　向资本主义的艺术冲锋

1930 年 4 月

无产文艺俱乐部在上海成立。

发起人是李平、胡志信、阿细、余惠、萧歌强等。后发展到二三十人。"构成分子大体是工人居多，大都对于无产文艺有兴趣。"

发起书首先分析文坛形势：无产阶级文艺运动已经有两年的历史，"我们看见反动阶级的文艺基础——那一座吃人的象牙之塔已经在我们面前崩陷了，革命的文艺不仅仅在垄断，蒙蔽，侮辱，压制的黑暗中伸出了头……做了中国文艺上的主宰"，但还没有"获得事实上广大范围的彻底的胜利"。我们还缺乏创作，"全靠翻译转载是非常不济事的"。

据该社的宣言，无产文艺俱乐部的主要任务是：

"第一，我们觉得中国的无产阶级，教育程度极低，普遍的情形是读书看报都要求浅显明白的文字，我们目前起就要努力创造合乎他们程度的文艺，供他们迫切的需要。我们就要拿定这个目标，专心一致地去研究。

---

① 《普罗诗社的成立》，见 1930 年 5 月 1 日《萌芽月刊》第 1 卷第 5 期，第 352 ~ 354 页。

"第二，我们觉得在目前革命文艺战线中，真正从工厂里写出来的作品，数量上比较地缺乏，尤其是紧跟着无产阶级政治经济地位的急速变迁而提出迫切问题来写的文艺更是凤毛麟角，为救济这个缺乏，我们就打算注意些实际问题，实行到工厂中去，多多了解工人的生活，庶几我们的文艺不至与群众隔离。无产文艺的材料本来不限于无产阶级本身的生活，但是我们为环境所限，我们打算暂时偏于这一方面。

"第三，中国无产阶级有它的特点，中国一般通俗的旧式的歌谣唱本等等，究竟是他们一部分的读物，我们想整理改造这种东西，作为我们的革命文艺的一支派，从滥污的文丐的笔下，夺回我们的群众。

"第四，可怜得很，中国无产阶级出身的作家，至今还没有一个，甚至还没有看到他们产生的预兆。我们要吸收无产阶级分子到我们的研究室来，供给他以各种修养的便利，准备最近的将来引进到各文艺场中，开辟中国革命文艺史上的新纪录。

"第五，我们觉得图画是革命宣传最重要的武器，但是在中国，无产画家又特别稀少，这是我们深为遗憾而又感到恐慌的事。我们打算在无产俱乐部内附设绘画研究的一科，养成革命画家，供各方面的需要。"①

关键词：无产文艺俱乐部成立　无产阶级文艺运动做了中国文艺的主宰，革命文艺取得了垄断权　但是中国至今还没有一个无产阶级出身的作家

1930 年 5 月 1 日

《萌芽月刊》第 1 卷第 5 期出版，为"五月各节纪念号"。共 361 页。

本期"五月各节纪念特载"栏刊载：李守常《"五一"运动史》、莫灵《一九三〇年的"五一"》、李德谟《打倒帝国主义的"五卅"》、吴黎平《农村革命与反帝国主义斗争》、雪峰译《太平洋劳动组合在反战反帝斗争上的任务》、洛扬译《马克思论出版的自由与检阅》。

本期刊载的论文有：I. 卢波勒《文化问题》（倩霞译）、W. 霍善斯坦因《关于艺术的意义》（侍桁译），文艺评论两篇：《讽刺文学与社会改革》（成文英）、《关于"看货色"的问题》（侍桁），另有"国外文化事业研究"4 篇。

---

① 见《"无产阶级文艺俱乐部"底发起》，1930 年 5 月 1 日《萌芽月刊》第 1 卷第 5 期，第 354～357 页；又见韵铎《无产文艺的故乡》，1930 年 6 月 1 日《大众文艺》第 2 卷第 5、6 期合刊，第 1545～1546 页。

刊载的创作有：诗8篇、史沫特莱杂记《中国农村生活断片》（绍明译）、魏金枝小说《焦大哥》、张天翼小说《搬家后》。另有《溃灭》《铁练的歌》连载，地方通信3篇，"社会杂观"栏杂文11篇（如鲁迅的《"丧家的""资本家的乏走狗"》）。

关键词：《萌芽月刊·五月各节纪念号》

1930 年 5 月 1 日

〔德国〕W. 霍善斯坦因《关于艺术的意义》（侍桁译自日译《造型艺术社会学》），载《萌芽月刊》第 1 卷第 5 期，第 107～119 页。

关键词：霍善斯坦因

冯雪峰论讽刺文学

1930 年 5 月 1 日

成文英（冯雪峰）《讽刺文学与社会改革》，载《萌芽月刊》第 1 卷第 5 期，第 121～128 页。

此文沿鲁迅的思维，驳斥梁实秋，强调讽刺文学"首先以破坏和否定旧的东西为目的"，但要用"有力的文学形式"。（第 124 页）

作者解释：第一，讽刺文学"决不是谐谑或滑稽文学"，它是"有思想内容，是辛辣而严肃的，它有破坏旧的东西的社会目的，它底作用是属于新的一面的"；第二，"讽刺文学也必非否定一切，想将世间一切都毁灭掉的绝望的虚无主义的文学"，"讽刺作家也必定是理想家"；第三，讽刺文学当然是阶级文学；第四，讽刺文学常常演着更直接的政治的任务，所以它直接和旧社会相冲突。"这样，讽刺文学者，总结起来，是运用讽刺这有力的文学形式的，政治的文学，换句话说，是最尖利的阶级斗争文学之一。它以破坏和否定旧社会（'现状'）为其直接的任务，同时间接地演着扶长新的社会的任务；换句话说，就是以破坏和否定旧的阶级为直接的任务，而间接地帮助新的阶级底成长。"（第 127、128 页。引文照刊物直录）

这篇文艺短论是对什么是讽刺文学以及它在社会改革上所尽的任务的考察，从而确定鲁迅讽刺杂文的社会价值。他首先指出：讽刺文学是"某一社会制度烂熟到不合理的存在"，新旧两种社会制度相冲突的产物。讽刺文学以破坏旧的东西为目的，以"冷嘲和反语"为常用的表现形式（艺术手法）。

它是辛辣的，然而又是严肃的；它有坚实的思想内容，且怀抱理想，憧憬光明。本文还辩证地点明了讽刺文学的阶级性，它的政治价值和艺术价值的关系。这是现代文坛较早论述讽刺文学的一些主要方面，并肯定鲁迅杂文美学价值的文章。

这也是普罗文学作家第一次对讽刺文学作出解释。

关键词：冯雪峰　讽刺文学

1930 年 5 月 1 日

侍桁文艺评论《关于"看货色"的问题》，载《萌芽月刊》第 1 卷第 5 期，第 128～132 页。

普罗文学："以只两年多的无产文学的历史，以其中较少的人们的努力，所产的作品，在质上，在量上，都不更劣于十数年的中国资产阶级的产品了。"（第 129 页）即是说，近两年的普罗文学，在质和量上都胜过"五四"10 年的文学。凌叔华女士和沈从文先生的小说能比吗？柔石的《为奴隶的母亲》、魏金枝的《奶妈》等，"它们虽不是绝好的无产阶级的文学，而好的倾向是已经显示着了，并且就是只从文艺上的价值来判断，说它们是可以列入于中国从五四以来的最好的作品的创作，我以为也是毫无愧色的"。（第 129～130 页）

希望："我们是需要一些真能把握住马克斯主义的艺术理论的文艺批评家。"（第 132 页）而不能像钱杏邨那么样"对于某种理论不确实地认识而又不肯多深思"（第 131 页），却固执己见，目空一切。

关键词：韩侍桁　柔石《为奴隶的母亲》、魏金枝《奶妈》是"五四"以来最好的作品　批评钱杏邨目空一切

1930 年 5 月 1 日

诗歌：溅波《军事会议》《退出以后》，白莽《一九二九年的五月一日》，陈正道《劳动日》，杉尊《给一个新朋友》，丁锐爪《这张大手》，六弟《雪》，郑志钊《一幅农民匠淡描》，同载《萌芽月刊》第 1 卷第 5 期，第 133～173 页。

溅波《退出以后》有言："县知事的头颅，／还悬在城门上边。""那五个土豪，／我们把他砍成了十几段。"（第 137 页）这是在普罗诗歌创作中反映出来的极"左"情绪。

白莽《一九二九年的五月一日》（写于 1929 年 5 月 5 日）是殷夫的代表

作，也是现代诗歌创作的名篇。诗中的名句是：

> 我在人群中行走，
> 在袋子中是我的双手，
> 一层层，一迭迭的纸片，
> 亲爱地吻着我的指头。（第 142 页）

怀揣传单，豪迈地走在大街上。"这五一节是'我们'的早晨，／这五一节是'我们'的太阳！"（第 144 页）"他们是奴隶／又是世界的主人。"（第 146 页）"呵，响应，响应，响应，／满街上是我们的呼声！／我融入于一个声音的洪流，／我们是伟大的一个心灵。"（第 147 页）革命者用斗争迎接太阳，用生命换取光明。诗歌有宏大叙事，有细节描写，还有心理活动。为了音韵，诗中也有"惫疲""伟长"这样的生造词汇。

关键词：殷夫代表作《一九二九年的五月一日》

1930 年 5 月 1 日

Agues Smedley《中国乡村生活断片》（邵明译）（按：篇名和译者名此处从正文，"乡村"，目录作"农村"；邵明，目录作绍明），载《萌芽月刊》第 1 卷第 5 期，第 175～181 页。

这是史沫特莱写的中国农村（乡村）杂记。文中所谓农村实为北平南郊南苑，时间是 1928 年 12 月。就是一个女佣的回家见闻。文章说，就此时的北平而言，冯玉祥的部队代替张作霖的部队时，境况比原来还要坏。因为冯玉祥的队伍"很少或永没有领过饷"，不骚扰百姓就算好事，更不用说有钱消费，促进地方经济活跃。"南苑的人民，没有收成，没有粮食，没有工做，就让有这两亩田又有什么用处？充其量也不过像全部中国大众一样，永远在挨饿的边际上生活，一遇到些少的扰乱，就把整千的人投到灾民的队伍里去。"（第 177 页）灾民有时觉得，坐监狱（有饭吃），比当自由人还好一些。

刊物的《编辑后记》介绍说："她是美国人，却是一个反对帝国主义最竭力的人，她现在是为德国某报的在上海的记者。"（第 360 页）

关键词：史沫特莱写中国农村的杂记

1930 年 5 月 1 日

魏金枝小说《焦大哥》，载《萌芽月刊》第 1 卷第 5 期，第 183～208 页。

焦大哥带头抗租（地租），他父亲劝他、阻止他（叫他安分些），当了富豪的弟弟从父亲嘴里得到情报，还要杀他。他毫不畏惧，坚持反抗，组织抗租同盟团群起反抗。

关键词：魏金枝　《焦大哥》

1930 年 5 月 1 日

张天翼小说《搬家后》，载《萌芽月刊》第 1 卷第 5 期，第 209～228 页。

大坤家搬了家，他和新居的一拨没有教养的孩子（有的父母似在做皮肉生意）混在一起。他们说脏话，无所事事。

全篇的脏话、粗话达 32 处以上，如"操屁股""操窝窝""狗肏的""操你十三代窝窝""卵袋比什么还大""鸡巴""偷你妈""操你妹妹"，等等。

关键词：张天翼　《搬家后》　脏话连篇

1930 年 5 月 1 日

成文英（冯雪峰）译《共产学院文艺批评班本年度研究的题目》，载《萌芽月刊》第 1 卷第 5 期，第 282～283 页。

据日本报纸所载，莫斯科共产主义学院文学·艺术·语言部中的共产主义批评班，决定 1930 年研究的题目有：

（一）对于在现代文学上的资产阶级的倾向的斗争：A. 关于文学战线底现状与批评底任务的一般的报告。B. 毕力涅克、伊凡诺夫、查棉丁、爱伦堡等底反动的作品之解剖。

（二）在现在条件下的文学的同路人的问题：一般的报告。飞定、玛霞珂夫斯基、马拉式金、构成派、农民作家底创作的解剖。

（三）无产阶级文学：无产阶级文学底现势（一般报告）。里白进斯基、法兑耶夫、革拉特珂夫底创作底解剖。

（四）无产阶级文学底样式：无产阶级文学底艺术的方法。现代无产阶级底样式上的倾向。

（五）马克思主义批评与文艺政策的问题：重要杂志底文学的政治方向——《新世界》《赤新》《星》《十月》《青年亲卫队》。马克思主义批评底原理及任务。在文学理论上的观念的方法。现代批评上的折衷主义。马克思主义批评底诸阶段。批评与文学理论。《印刷与革命》杂志底报告。

关键词：冯雪峰　莫斯科共产学院的研究课题

1930 年 5 月 1 日

N. C. 杂文《古物·宗教·记者的头脑》①，引 4 月 6 日《时事新报·星期评论》上一篇题为《苏俄教堂之浩劫》的新闻，说："最近苏俄农民遵奉劳农政府之意旨，将各教堂供奉之耶稣及圣母等偶像，悉数焚毁，莫斯哥都会有古教堂数百所，各教堂之中皆有千余年之古钟，每至清晨，钟声达于郊市，劳农政府藉口各教堂之钟声，有妨群众安睡，遂命教堂闭锁钟楼，永远不许撞击。且各都市内竟有销毁古钟化成铜铁使用者，若默勒克斯市销毁 4 教堂之古钟，得铜铁 22 吨。劳农政府经此次销毁各教堂古钟之后，当可得无量之铜铁，铸铁为农具，或作军器，诚属有兴味之趣闻。"（第 318 页）

关键词：《时事新报》 新闻 《苏俄教堂之浩劫》

鲁迅批判新月派:《"丧家的""资本家的乏走狗"》

1930 年 5 月 1 日

鲁迅杂文《"丧家的""资本家的乏走狗"》，载《萌芽月刊》第 1 卷第 5 期，第 328 ~ 331 页。

这是一篇援助冯乃超，从阶级属性上批判梁实秋的名文。其中的名句是："这正是'资本家的走狗'的活写真。凡走狗，虽或为一个资本家所豢养，其实是属于所有的资本家的，所以它遇见所有的阔人都驯良，遇见所有的穷人都狂吠。不知道谁是它的主子，正是它遇见所有的阔人都驯良的原因，也就是属于所有的资本家的证据。即使无人豢养，饿的精瘦，变成野狗了，但还是遇见所有的阔人都驯良，遇见所有的穷人都狂吠的，不过这时它就愈不明白谁是主子了。"梁实秋既属于"不明白谁是主子"的后一类，"还得添几个字，称为'丧家的''资本家的走狗'"。（第 329 ~ 330 页）

鲁迅剖析这类走狗的特点是：因其为有知识的教授，以在文章中填进"到××党去领卢布"而向主子告密，并"以济'文艺批评'之穷"，其职能比刽子手更加下贱，还得在"走狗"之前加一个形容字："乏"，称为"丧家的""资本家的乏走狗"。（第 331 页）

关键词：鲁迅批判梁实秋 "丧家的""资本家的乏走狗"

---

① 载 1930 年 5 月 1 日《萌芽月刊》第 1 卷第 5 期，第 317 ~ 320 页。

1930 年 5 月 1 日

《萌芽月刊》第 1 卷第 5 期卷末，以 4 页、8 面的篇幅，刊载上海光华书局的书籍广告。如：

《萌芽月刊社编译丛书》：

《戈理基文录》　侍桁、柔石、鲁迅、端先、雪峰合译，6 月 1 日出书

《日本关于艺术价值的论战》　乃超、雪峰、侍桁、望道、端先等合译，6 月 15 日出书

《智识阶级与革命》　7 月 15 日出书

《文艺理论小丛书》：

《艺术及文学底意义》　雪峰译，6 月 1 日出书

《艺术社会学底任务及问题》　雪峰译，6 月 1 日出书

《关于美术与演剧》　鲁迅译，7 月 15 日出书

《煤油》　辛克莱著，郭沫若译

广告词曰："这是爱好文艺者不可不读的名作，这是学校图书馆不可不备的巨著。"

"辛克莱的《石炭王》《屠场》这两部书已由郭沫若先生译成中文了，原文是那样的情节紧凑，译笔是那样的生动流丽。现在他再把辛克莱新著《煤油》译出来了。煤油，说起来谁都知道这是帝国主义经济的根本生产之一，这部名著就在暴露帝国主义争夺煤油生产以及煤油产地的资本剥削的黑幕。内容比《石炭王》《屠场》更为复杂与伟大，有爱情事件的穿插，有劳苦群众的斗争，有资本家压迫，且背景是世界，而其描写方面尤为深刻动人。全书 50 万言，800 余页，精装一厚册，实价 2 元 8 角。君欲不化钱而自得此巨著么？"

《社会科学讲座》：

"目前的出版界，关于印行社会科学书籍，是风行一时，五花八门，但考其内容，错误与曲解，杂乱与浅薄，是普遍的现象，一般青年读者，要想得一些正确的马克思主义的社会科学基本理论，简直不知从何读起。本局有鉴于此，特邀请下列诸君编撰这《社会科学讲座》。"

撰写者为：林伯修、李一氓、朱镜我、柯伯年、鲁迅、王学文、吴黎平、郭沫若、潘梓年、彭康、沈起予、柳岛生、冯乃超、潘东周、彭芮生、向省吾、潘汉年。

编撰内容：

1. 马克思主义的基础理论　2. 唯物史观　3. 社会主义　4. 国家与法律

5. 帝国主义论 6. 经济学 7. 经济政策 8. 经济学史 9. 经济史 10. 土地问题 11. 中国经济研究 12. 社会主义的建设 13. 民族问题 14. 书报批评与介绍

"本书共 6 大卷，每两月出版一卷，每卷字数 15 万言，内容由浅而深，由理论而实际，务使青年读者得一有系统而正确的社会科学读物。第一卷定于 6 月中出版，详细广告另行预告。"定价每册 1 元。

郭沫若名著两种：

《文艺论集》 增订四版，实价 1 元。

"沫若先生在本书的序中说道：'我的思想，我的生活，我的作风，在最近一两年之内可以说是完全变了。'一般爱读先生作品的读者，也都是说先生的思想，作风，在近几年全都变了。然而他的思想，他的作风，为什么会完全变了呢？这至少不是趋时髦的，至少有一点深长的意味，至少有一点崇高的价值。关于先生思想作风变迁的痕迹，在这本文艺论集中可以窥测无遗。"

《我的幼年》 再版，实价 8 角。

"我的幼年是封建社会向根本制度转变的时代，

"我现在把它从黑暗的石炭的坑底挖出土来。

"我不是想学 Augustin 和 Rousseau 要表述甚么忏悔，

"我也不是想学 Goethe 和 Tolstoi 要描写甚么天才。

"我写的只是这样的社会生出这样一个人，

"或者也可以说是有过这样的人生在这样的时代。

"上面的 6 行是郭沫若先生在他的近著《我的幼年》前面的序诗。我们看他怎样的生长在这个封建社会向资本制度转变的时代，怎样的他从幼年时候便已有明确的反抗封建社会的意识，这意识便种了他近年来决心革命的根。多少人在崇拜他的作品，多少人受了他精神的感化，但倘若不看他这部《我的幼年》，直可说是不曾了解了这位革命诗人！"

《创造社丛书》：

《煤油》 郭沫若译，实价 2 元 8 角

《我的幼年》 郭沫若著，实价 8 角

《文艺论战》 郭沫若著，实价 1 元

《三个叛逆的女性》 郭沫若著，实价 6 角

《茵梦湖》 郭沫若译，实价 2 角 5 分

《创造日汇刊》 创造社编，实价 1 元 2 角

《梦里的微笑》 周全平著，实价 7 角 5 分

《梅岭之春》　张资平著，实价 7 角
《苔莉》　张资平著，实价 6 角
《衬衣》　张资平译，实价 6 角 5 分
《洪水第一卷合订》　创造社编，实价 7 角
关键词： 光华书局书籍广告

1930 年 5 月 1 日

《大众文艺》第 2 卷第 4 期 "新兴文学专号" 下册出版，共 438 页。

其主要栏目有：创作（4 篇）、诗（3 篇）、各国的新兴文学（共 8 题）、美术、我希望于大众文艺的（26 人应征）、通信、各国新兴文学（共 9 篇）、杂要（5 篇）。著译中，有冯乃超和龚冰庐合作的《阿珍》、高尔基的《夜店》、屠列查哥夫的《呐喊，中国！》等。

关键词：《大众文艺》"新兴文学专号"下册

1930 年 5 月 1 日

冯乃超、龚冰庐合作一幕五场剧《阿珍》，载《大众文艺》第 2 卷第 4 期 "新兴文学专号" 下册，第 828～844 页。

题目之下有说明："艺术剧社第二次公演剧本之一"，题词："献给社会由黑暗转向光明的途中牺牲了生命的成千成万的民众。"

本剧的背景是中原大战——蒋冯阎沿陇海线的军阀混战。

这是一个工人家庭。父亲在火车站一带为旅客挑行李挣点买米钱，近来没有生意，家里饿饭。母亲是家庭妇女。大女儿是共产党，在省城从事工人运动，已经被杀；二女儿也是共产党，就在本城领导民众闹革命，戏剧进行中被杀；小女儿阿珍才 14 岁，且体弱多病，受二姐的影响，满脑袋都是造反的思想。母亲起初是不赞成她们革命的，但她自己却对形势有明确的认识："东也打仗，西也打仗，从上年起一直到今年，打仗从来没有停过。把些做工的种田的人统统送到前线去死光了。种田的更苦呢，他们辛苦了大半个年头儿，快望到收成的时候啦，给兵士老爷会走来把什么东西都踩个精光。……开了工厂原料都没有，做好了东西没有地方卖，发财的人落得把现钱垫在枕头底下享福！……穷人呢，坐在家里就得饿死！跑到街上去，被士兵老爷拉着了，送死！这真是难过的年头啊！"（第 831 页）她认为，中国的老百姓 "不从根本上去想个办法"（第 832 页），一个一个都得饿死。最后，在地保、城长打上门，不让全家人活命的时候，母亲大义凛然地反抗："你们才是些狐

群狗党，你们才是该枪毙的！"她发疯似的叫了起来，把阿珍抱着、护着；父亲则挥着拳头，"我们还可以让这些东西放任下去么？假使我们怕着枪毙，结果是会饿死的！"（第 844 页）

关键词：冯乃超、龚冰庐　剧本《阿珍》　工人被逼造反

1930 年 5 月 1 日

诸智《"到中国地界去"》、一榴《两替屋》、龚冰庐《废坑》、明朝《梦湖》（诗）、李荣章《饮吧这杯红酒》（诗）、李落《锄地之人》（诗），载《大众文艺》第 2 卷第 4 期"新兴文学专号"下册，第 845 ~ 922 页。

诸智和一榴的小说都是写革命者。一榴的作品何以叫《两替屋》，不懂。写的是一个革命者在监牢等候枪毙，他父亲用了钱买通狱卒，使用掉包计，结果报上绘声绘色地说"×党首领""朱幼丹昨处死刑"，而他这个货真价实的朱幼丹却安然无恙，好好的活着。

《锄地之人》写一个农民已经麻木，无怨无求，只知机械地劳动："他只一锄一锄的锄着田地，／没有什么怨声也没有什么叹息，／没有什么希望也没有什么祈求，／他只一锄一锄的锄着田地。"（第 924 页）唯有这种沉默才积蓄着力量。

关键词：来自大众的创作

1930 年 5 月 1 日

《大众文艺》第 2 卷第 4 期"新兴文学专号"下册的"各国的新兴文学"专栏，刊载短文 9 篇，介绍各国新兴文学。计有：欧起佐《英国何以落后了?》、君水《现下的英吉利文坛》、一榴《电椅!!!》、秀侠《辛克莱和这个时代》、沈起予《法国的新兴文学》、林守仁《一九三〇年的日本新兴剧团往何处》、白川次郎《日本左翼文坛之一瞥》、陶晶孙《村山知义》、沈端先《藤森成吉》，第 923 ~ 950 页。

英国："代表现下的英国文坛的势力是个新理想主义"，"那是 20 世纪以来哈地，萧，威尔斯，高尔德惠西，彼纳脱们所采的目标"。（第 926 页）

美国："诗歌是他们最丰富的文艺生产品。Michael Gold, Porter Myron Chaffee 和 Norman Macleod 等是无产者诗歌的前卫；Tim Murpgay, Herman Spector, Frank Thibault, Frederic Cover 等算是'后起之秀'。"小说方面，辛克莱写了《波士顿》以后，"只有 Agnes Smesley 的'Daughter of Earth'是为一般读者所赞赏的。这女作家是工人阶级底一份子，这小说大半是她的自

传"。（第 928 ~ 929 页）"美国的读者，除了一部分对于普罗文艺有认识的知识分子以外，都是些无钱买，而却十分要披阅杂志的无产大众——伐木工人，机器匠，铁路工人，水手，坑夫，店员，堂倌和浮浪劳动者"，还有纺织工人。（第 931 页）关于辛克莱，祝秀侠说：要举出带有现代文学特征的作家，那就是辛克莱。"掌握着世界新兴文学的健将，不能不推到俄国的高尔基，掌握着美国新兴文坛的两大健将，不能不推到甲克伦敦与辛克莱了。"辛克莱的创作，"若誉之为无产阶级文学的典型作品，还是太僭越了的"。"他的作品终归不能算作无产阶级文学的典型。"（第 934、935、936 页）

法国："法国的新兴文坛，现在仍然是以巴比塞（H. Barbusse）所主宰的世界周刊（Monde）为中心。在世界周刊未发刊以前，巴比塞自然是'光明'杂志的主宰者；待'光明团'的运动，以及光明杂志都成为历史的过去时，Monde 杂志即继之而生了。"（第 937 页）巴比塞的作品是一种大众的启蒙文学（这自然是广义的无产阶级文学），而非普罗列塔利亚的写实主义。说到法国的新兴文坛，免不了要说到基尔波（Henri Guildeaux）所代表的"明天"（De-main）一个团体。在法国左翼文坛，值得注意的，还有 Pierre Hamp 的小说。在理论方面，伊可维茨作了一部《唯物史观下之文学》（Marc Ickowicz: La Litterature a la Lumiere du Materialisme historique），可以说是为法国人扬眉吐气，此书作于日内瓦。

日本：1930 年日本的新兴剧场所演出的剧目有《没有太阳的街》《母》《满身是疵的阿秋》《都会双曲线》《蜂起》《毒气假面》《惹尼斯爱特》《密探》《筑波秘录》《三等水兵马尔丁》等。就日本的左翼文坛说，1927 年末，前卫艺术家联盟脱离了劳农艺术家联盟，不久便和普罗列塔利亚艺术联盟相合，而形成了全日本无产者艺术联盟（简称 Napf，机关杂志为《战旗》）。从此以后，《战旗》和《文艺战线》（劳农艺术家联盟的机关杂志）两派，在无产文艺的领域，仍然持续有精彩的对立，而在文坛全体，他们表示压倒一切的气势。1928 年"3·15"事件以后，支配阶级杀到无产阶级的阵营，夺去了许多优秀的指导者，真正的左翼潜入地下，其他则变为社会民主主义而逃避于合法的运动。从而，1928 年日本文艺界弥漫着摩登主义，摩登主义的"基调就是无意识和性欲"（第 945 页）。这时小林多喜二差不多担负起了全文坛的荣誉。他的创作有《蟹工船》《不在地主》《一九二八，三，一五》。还有德永直、立野信之。前者有《没有太阳的街》，后者有《军队病》。此外，片冈铁兵、村山知义、今东光、江口涣、贵司山治等，都是优秀的作家。"过去两年以来，无产阶级文艺有席卷日本文坛的盛况。左翼文艺已经获得了自

己应得的地盘。"（第 946 页）

关键词： 各国新兴文学现状及创作 辛克莱的作品终归不能算作无产阶级文学的典型 1928 年 3 月 15 日事件以后，无产阶级文艺席卷日本文坛，左翼文艺获得地盘

1930 年 5 月 1 日

叶沉《最近日本普罗美术的进出》，载《大众文艺》第 2 卷第 4 期"新兴文学专号"下册，第 951～979 页。

关键词： 叶沉

1930 年 5 月 1 日

就《大众文艺》应该怎么编，刊物征求社会的意见。《大众文艺》第 2 卷第 4 期"新兴文学专号"下册，辟"我希望于大众文艺的"专栏，发表郭沫若、郁达夫、柔石、冯乃超、潘汉年、戴平万、洪灵菲、王一榴、余慕陶、孟超、高飞、由稚吾、周绍仪、吴秋枫、冯润璋、李洛、光华、刘岬、石练顽、甘永柏、全平、华汉、钱杏邨、画室、穆木天、沈端先等 26 人的意见。第 987～1000 页。

关于《大众文艺》的读者对象，或说服务范围，有这样一些说法：初期普罗文化运动所认定的大众是"中学生，大学生，一般的店员和小资产阶级中的其他的知识分子"，然而构成社会的基础是工农，刊物要把篇幅给他们。（王一榴，第 991 页）大众应该是"劳苦大众"，为此文艺要"放低水准"。（孟超，第 992、993 页）"《大众文艺》的读者对象必然是工农大众，不能把重心建筑在智识分子的群众上。"（钱杏邨，第 999 页）我们"所指的大众，是被压迫的工农兵的革命的无产阶级，并非一般堕落腐化的游散市民"。（画室，第 999 页）"成为真真的大众所需要的杂志，——最少限度应该将读者范围扩大到中等学校学生，店员，及邮务印刷等等工人。"（沈端先，第 1000 页）

关键词：《大众文艺》怎么编，郭沫若、柔石等 26 人献言献策 大众就是"工农兵"

1930 年 5 月 1 日

〔美国〕杰克·伦敦作、王一榴译小说《杀人》，载《大众文艺》第 2 卷第 4 期"新兴文学专号"下册，第 1054～1079 页。

似是滑稽小说，最终还是揭露富人的为富不仁。

关键词：杰克伦敦

1930 年 5 月 1 日

〔俄国〕高尔基作、王道源译四幕剧《夜店》（未完），载《大众文艺》第 2 卷第 4 期"新兴文学专号"下册，第 1080～1126 页。

住店客人之间、客人与老板之间的相互关系。都是些凡人小事，住店费呀，值日搞卫生呀，谁和谁有暧昧关系呀，生意呀，身体呀，等等。

关键词：高尔基　《夜店》

1930 年 5 月 1 日

〔日本〕贵司山治原作、陶晶孙译《赤色舞女》，载《大众文艺》第 2 卷第 4 期"新兴文学专号"下册，第 1127～1155 页。

1928 年 3 月 15 日，日本千余名革命者被捕，是叛徒黑田安夫为了 3 万元赏钱，向当局告密。舞女夏子的丈夫金星光雄也被捕了。她为了报仇，追到上海，杀了黑田，拿到黑田装钱的钱箱，并见到逃到上海的金星。金星返回日本，继续组织革命，夏子服毒自杀。

关键词：为正义献身的舞女

1930 年 5 月 1 日

〔苏联〕S. N. 屠理查哥夫著、叶沉译《呐喊呀，中国！》，载《大众文艺》第 2 卷第 4 期"新兴文学专号"下册，第 1156～1230 页。

关键词：苏联作家以中国事件为题材的创作《呐喊呀，中国！》

1930 年 5 月 1 日

〔韩国〕林和作《狱里病死的伙计》、权焕作《咳，成这样了！》，皆白斌译，载《大众文艺》第 2 卷第 4 期"新兴文学专号"下册，第 1231～1238 页。

关键词：韩国人作品

1930 年 5 月 1 日

李无文《"文艺大众化"批评（评前期的"大众化问题"）》《大众文艺第二次座谈会》，载《大众文艺》第 2 卷第 4 期"新兴文学专号"下册，第 1239～1244 页。

大众文艺第二次座谈会于 3 月 29 日召开，出席者有：沈起予、欧起佐、邱韵铎、华汉、冯宪章、叶沉、白薇、潘汉年、田汉、周全平、钱杏邨、戴平万、洪灵菲、冯乃超、蒋光慈、陶晶孙、龚冰庐。

关键词：文艺大众化的讨论

1930 年 5 月 1 日

上海现代书局最近出版新书广告，载《大众文艺》第 2 卷第 4 期 "新兴文学专号" 下册刊末。

冯宪章译《叶山嘉树选集》："叶山嘉树是日本普罗作家中有数的人物，盛名早已为国人所熟知；但是国内关于他的作品，只不过偶尔的翻译，还没有作过选择的介绍。现宪章君将他自己从自己许多著作中选出最适意的一集，以忠实与纯熟的手腕传译，交本局出版，这该是多么好的消息!? 志望文艺的青年哟！这是普罗文学的榜样，这是普罗文学的成果；它将给你以跳动的刺激，更将给你以创作的帮助！"每册实价大洋 4 角 5 分。

宫岛新三郎著、瞿然译《欧洲最近文艺思潮》："欧洲最近文艺思潮，目的是在于欧洲文艺的主要思潮的最简明且要约的叙述；可说是欧洲文艺思潮史的入门书。内容注重现代，尤其是欧战前后的文艺思潮——换句话说，便是浸透了全世界底以社会意识为基础底新兴文艺的思潮。/ 作者宫岛君是日本有数的文评家，这是读者所知道的，因此，本书的量虽不大，而本书的质却大有价值了。"每册实价大洋 5 角。

孙席珍著《战争中》："战争小说本来很少有人注意到——不论作者或读者——自从欧战以后，欧人始觉战争之痛苦，于是渐有战争小说之出现。但是在中国可说是绝无仅有的了。本书是纯粹的一册战争写实史。孙君服务党军有年，这便是他在南昌一役中的冲出枪林弹雨下的记（纪）实，以流畅的笔调，描写到危险处令人心惊胆裂（战），凯旋时使人同声歌舞。这种小说真是不易多得的作品呢！"实价大洋 4 角。

关键词：现代书局广告　孙席珍《战争中》

1930 年 5 月 1 日

马宁短篇小说《怎样娶得贵家小姐》（创作于 1928 年 12 月），载上海《洛浦月刊》① 创刊号，第 183～196 页。

这篇小说始终以戏谑的口吻行文。一个流氓无产者到饭馆骗吃骗喝，边

---

① 《洛浦月刊》由上海乐群书店出版发行。按：下文《巴尔底山》说此刊系改组派的刊物。

吃边吹他如何勾结富家小姐。他是小姐家的厨子。当家里没有人的时候，他上前揽着小姐，像阿 Q 对吴妈一样说："现在，现在一个人也没有，我要同你睡觉！"小姐惊吓得大叫，他也喊起来："不行！不行！你是小姐！我是奴才！不行！不行！"此后，凡是小姐与野少爷在一起的时候，他都说，他跟小姐睡过觉，而且都说"不行！不行！"那样的话。他的"理论"是："一个漂亮的小姐出到外面去，就好像牝狗到它的发育期一样，是跟着一大群"野狗的。而牝狗性交是公开的。

关键词：马宁　戏谑小说

1930 年 5 月 1 日

署名阿 Q 的杂文《从列宁到鲁迅》，载上海《洛浦月刊》创刊号，第 197～203 页。

本文是针对"满口黄牙的，醉眼陶然的，黑漆一团的"鲁迅的。说鲁迅以列宁自况。在"语丝"派鲁迅与创造社"普罗"文学有声有色的火拼中，在鲁迅眼里，创造社是"什么鸟东西"？创造社的"普罗"文学家是些什么人物？反之，在创造社文学家的眼中，"鲁迅是什么鸟东西？"鲁迅是属于哪一个阶级的？本文的结语是：

"几年来笔头上和口头上纠缠不清的旧帐（账），直到现在才告了一个小小的结束。

"鲁迅说，你们不要再跟着列宁说话，还是跟我鲁迅来。

"普罗文学家笑连连地摸着鲁迅屁股不慌不忙地说：小子听命，我们跟你走，向自由之神追求。鲁迅万岁！自由万岁！

"噫，伟矣哉中国之'列宁'也！"（第 203 页）

关键词：讽刺鲁迅的杂文

周毓英《中国普罗文学运动的危机》

1930 年 5 月 1 日

周毓英论文《中国普罗文学运动的危机》，载上海《洛浦月刊》创刊号，第 205～210 页。

本文开头一段就说："一切危机都是由错误酝酿出来的，所以提到'中国普罗文学运动的危机'，便要说到'中国普罗文学运动的错误'。中国的普罗文学运动学（为）什么会有目前那样右倾和反动的现象的危机呢？那就是她犯了两个滔天的大错，这错误非但牺牲了整个的'中国普罗文学运动'，并且制造了一个极恶劣的影响给与全盘的革命。"（第205页）

两个错误是：A. 革命要有组织；B. 革命之门广大地开着的。周毓英帽子大得吓人的似是而非的话是：

"他们并没有什么自觉，他们则是受着普罗运动的高潮的威逼，才厚着脸皮来侥幸于万一。他们把持了普罗文学运动的战场，他们除排挤了青年英勇的斗士于战场之外，还本着资产阶级文学的本色向统治阶级作出绝对的妥协和乞怜相。对待青年英勇的斗士，他们用'革命才子''革命佳人'的所谓恋爱的革命文学来麻醉着，用支离灭裂或广义的革命口号来迷眩着。/ 在这种丑态百出的中国普罗文学运动之黑幕下，它除了给资产阶级文学家如梁实秋等嘲骂浅薄无联（聊）和寡廉鲜耻外，又使着青年英勇的斗士和一般思想进步的读者摇头。创作的文学书给读者厌弃唾骂，社会科学书籍的风行一时，极右倾妥协的社会科学书籍也扬着血淋淋的双脚在文艺书籍的死（尸）骸上践蹋，招耀于大众之前。书店经纪人怕见普罗作家，见了文艺作品的稿子便皱眉结舌，跑向痰盂吐口水。闹了几年的普罗文学运动，结果还是由资产阶级'移交'过来的文学作家执掌着大旗，撑持着普罗文学运动的外场面，青年英勇的斗士拥上来，他老先生提着双腿朝后踢。"（第206页）

"'革命之门是广大地开着的'，这是一句珍惜革命原子的话。革命之门是广大地而永久地开着的，谁能够自觉而有革命的意识和革命的行动，革命之门就开直着欢迎她。革命之门并不是投机的交易所，须要人管钥，须要人拍板；也不是娼妓的堂子，须要人牵马，须要人劝骂；更不是饭馆酒店，入门要会钞，出门要送客；更万万不是妇孺收容所，乞丐（文丐吧？）教养院，游民习艺所，来者不拒，多多益善，托尔斯泰的人道主义者也好，冷酷的悲观主义者也好，颓废的厌世或感伤主义者也好，无政府主义者也好，无组织主义者（一般人认此为小我无政府主义，其实那只是尚未懂得任何主义而颇自爱，热中革命的一种人）也好，资本主义者也好，玩世主义者也好，英雄主义者也好，盲动主义者也好，革命佳人革命才子和喊空泛的口号的投机主义者也好……甚至章太炎曾琦梁实秋昆水（山？）氏因他的把戏玩烦腻了或者阿Q死得实在不能再活了而要换换口味，抱着玩玩的意思，假装正经的和注册的左翼作家应酬应酬，说他觉悟过去的错误了，愿意参加你们的集团，撩着胡子执'鞭'——错了，是'笔'——效劳，卖'我'的老招牌养你们，我不在乎，我有钱的！但他老先生终究是玩玩的，没有革命的自觉，自然没有革命的意识，表现不出真正的革命的行动，于是虚伪的克己主义的行动也就算是革命的行动了。创作不出东西来，其实是不诚心作，于是翻译，翻译也不是真心，他始终是玩玩的，他的翻译是糟蹋外国作家欺骗中国读者，死译硬译，一古脑儿来了，'读不懂吗？你再读一遍！'然而读十遍千遍还是不懂啊！青年的热血钱被他骗去了。……他老先生的死译硬译，照着辞典直译，左一部，右一册；书店是欢迎偶像的，管你是反动的陈腐的，总是展开两臂嚷'来！来！来！'"（第 208～209 页）

关键词　周毓英　《中国普罗文学运动的危机》　鲁迅的"死译硬译"是"糟蹋外国作家欺骗中国读者"

1930 年 5 月 1 日

上海《洛浦月刊》创刊号的广告中有：

陈勺水译《高尔基的回忆琐记》

广告词曰："高尔基是世界新兴文坛上伟大作家之一，并且又是俄国革命的引导者。国内已先后有介绍和移译他的作品。这部《回忆琐记》是最近高尔基游欧以后的新作，当然是更可注意更有价值的作品了。"32 开大本，364 页，道林纸，每册实价大洋 9 角。

周毓英著长篇小说《最后胜利》

广告词曰："马克斯主义具体化尖锐化的'斗争文学'的长篇创作《最后胜利》。"第一卷精装实价 1 元，平装实价 8 角。

"Uptou Sinclair 的《石炭王》《屠场》《油》《波士顿之行》等等是以现代美国为背景写的，《最后胜利》是以现代中国为背景而写的。美国是单纯的对外以帝国主义侵略殖民地，对内以资本主义剥削劳动者。中国如何呢？外受各帝国主义者竞争者的侵略，内受军阀官吏资本家的剥削；在这双重压迫之下，中国无产阶级起来的决心越加坚定而踊跃了。

"《最后胜利》是马克斯主义具体化尖锐化的'斗争文学'的长篇创作，尽量揭发帝国主义者资产阶级的种种丑态，尽量描写被压迫工农士兵的凄惨的牛马生活。处处暗示出无产阶级革命力的伟大：'最后的胜利'是确定的执在无产阶级的手里了！"

马宁著长篇小说《处女地》

15 万言的长篇小说，每册实价 7 角。

广告词曰："凡是读过俄国屠格涅夫的杰作《处女地》——郭译《新时代》——的人，就不可不读这本马宁先生的《处女地》，还没有读过的人尤其不可不读这本《处女地》!

"本书是一部写实的伟构,是五卅惨案的史迹!

"本书是写一位处女在日本内外棉纱厂工作的血的纪录,日本人怎样压迫,剥削,欺骗,奸淫中国女工人,在中国的领土内怎样的实行了帝国的威风,工人们又是怎样的苦痛,反抗……饥饿,疾病,罢工,失业,多角恋爱,以及铁轮下的血光肉影,一切的下层社会的形形色色,都在这本书内活现着;使你看了,不得不同情她们,不得不认识了资本大王的苦痛的根源,五卅惨案是怎样发生,中国市民,工人怎样活受劫难,——总之,本书不只是一部文学上的杰作,并且是中国革命史上第一页的史迹。

"现在南京路上每日都有帝国武装队在梭巡,每次五卅纪念日他们都预备着坦克连,机关枪朝着中国市民民众示威!'在你们的手还没有武装之前,切莫放弃良心的武装呀!'

"研究文艺的人不可不读此书,不知道五卅惨案的史迹的人尤其不可不读这本书!"

关键词:书籍广告 周毓英《最后胜利》 马宁《处女地》

1930 年 5 月 1 日

菊华《想对"左联"说的几句话》,载《巴尔底山》旬刊第 1 卷第 2、3 号合刊,第 8~10 页。(《巴尔底山》编者按:这里的菊华不是周毓英化名的郑菊华。20 世纪 80 年代,有人考证菊华是耶林的笔名。)

作者问:"左联的实际行动能否和他们在纲领中所规定的趋向同一的步子?"他认为,左联的第一个缺点就是几乎看不见它有行动。成立一个多月来,不知道它在干什么。"四三"惨案,"四八"惨案,晓庄师范被封,建南中学被封,大夏、中华艺大等校学生被捕……左联有过明显的表示吗?再说,左联的刊物《现代小说》《拓荒者》《萌芽》《文艺讲座》《大众文艺》……表现过多少前进的力量呢?"还不是和从前一样:几个老作家,东也凑一篇,西也写一段,成了每一个杂志的招牌;而每一个杂志,也都有论文创作,批评随笔,内容几乎一律。最近《拓荒者》3 期,以非马克斯主义的方法大捧蒋光慈的《丽莎的哀怨》及《冲出云围的月亮》,更十足地显示出了从前个人主义的杂志的特色。"因此,很多切实的青年"都在疑惑左联是在干着挂新招牌卖旧药的勾当"。

为此,他向左联贡献四条意见:

一、每一个联盟员都要极力克服小资产阶级个人主义,而把自己的全力交给联盟；要使自己的力量在联盟中表现出来；要以联盟的成果为自己的欢快。

二、左联的刊物应该极力避免自己的吹嘘，但要努力克服一切敌人！这样，才能使群众格外认识谁是对的，谁是错的，谁是友人，谁是敌人。

三、左联所属的刊物，应该大规模地作一个出版系统，这个系统应该包括全部普罗文艺运动者的努力，也可以说是应该包括全部普罗文艺运动者的努力，这样，在出版界方能形成一组鲜明的势力，同时，在读者方面也会得到选购上莫大的便利。

四、左联不仅以"参加"革命的文化斗争为满足，应该更进一步为无产阶级革命运动的实践者。我们要看到左联的每一个刊物上对于一切斗争事件都能有锐敏的批评，切实的建议，热烈的宣传，具体的策略；而同时，左联更应该是策略的执行者。

此文代表一种"极左思潮"。1930 年夏的"极左思潮"。

关键词：菊华 看不见左联有行动 左联应该进一步成为"无产阶级革命运动的实践者"

1930 年 5 月 1 日

陈正道《五一与文艺》，载《巴尔底山》旬刊第 1 卷第 2、3 号合刊，第 5～7 页。

文章说："无产阶级的文艺，一定要与无产阶级的政治斗争联系起来。要这样，它才能充实的发展；要这样，才能和无产大众接近；要这样，无产文艺的任务才能完成。"

可是检查《现代小说》《拓荒者》《萌芽月刊》《艺术月刊》《大众文艺》，它们都还是小布尔乔亚统治，"没有和政治运动结合起来。／在他们那里找不出一篇白色恐怖的描写，找不出一点群众斗争的情绪。／他们小布尔乔亚的情绪在不住的涨，自己以为我'无产'得很了，其实和无产大众隔得天远！"该怎样做呢？今年"五一"，一定要去参加工农革命的实际行动！"这样才能获得无产大众真正的意识！才能使文艺和大众接近，大众化！才能使文艺运动和政治运动统一起来！"

关键词：陈正道 要去参加工农革命的实际行动 无产阶级文艺一定要与无产阶级的政治斗争联系起来

1930 年 5 月 1 日

《巴尔底山》旬刊第 1 卷第 2、3 号合刊第 16 页"通信"栏，引用上海

《申报》4月21日文章，说王独清是"取消派反革命"，是"走狗文学家"。事实是，王独清破坏上海艺大学生罢课援助"四三""四八"惨案，公然对学生说："'四八'惨案之产生是盲动结果，等于群众伏在帝国主义面前请枪毙！现在国民党帝国主义统治都很强固，你们罢课是送死。"

关键词：《申报》有文章说，王独清是"取消派反革命"，是"走狗文学家"

《五一特刊》出版

1930 年 5 月 1 日

《五一特刊》在上海出版。

这是为了纪念"五一"，由《文艺讲座》、《拓荒者》、《萌芽月刊》、《现代小说》、《新文艺》、《社会科学讲座》、《新思潮》、《环球旬刊》、《巴尔底山》、《南国》月刊、《艺术》月刊、《大众文艺》、《新妇女》等13家杂志发起，在上海联合发行的临时性附刊，36开本，33页，随这13种刊物附送。

文章有：《左翼作家联盟"五一"纪念宣言》，〔俄〕列宁著、ZEN 译《无产阶级的五月节》，彭康《今年五一国际的意义》，冯乃超《今年的五一》，洪灵菲《拥护苏维埃区域代表大会》，陈涛《由五一想起四一二》，灵声《五一纪念中两只"狗的跳舞"——王独清与梁实秋》，另有漫画两幅：《用我们全民众的力》《全劳动农民团结起来》，皆 XYZ 作。

《左翼作家联盟"五一"纪念宣言》说："街头是我们的战场，口号替代我们的欢呼，我们以斗争来纪念'五一'！""我们左翼作家联盟，不是什么艺术流派的结合，而是在当今'万国的无产阶级团结起来'要完成其历史使命的革命与战争的时期，两个势力针锋相对——两个敌对的营垒血战肉搏的时候，为参加伟大的革命斗争而结合的。"（第2页）

冯乃超《今年的五一》最后的口号是："我们要——反对第二次世界大战，／拥护苏联，／变军阀混战为阶级战争，／反对帝国主义屠杀工人，／争取言论出版集会结社的自由，／争取团结权与罢工权，／确立七时间劳动制，／打倒帝国主义国民党！／罢工罢课罢操五一大示威！"（第20页）

洪灵菲《拥护苏维埃区域代表大会》有言："凡是革命的群众都会承认全国的形势是在走向革命的高潮，共产国际及中共六次大会所指示出的路线是正确的。"农民土地斗争与红军的发展，苏维埃区域的扩大，城市工人斗争的复兴，是革命高潮的有力说明。（第23页）这次在上海召开的全国苏维埃区域代表大会，"首先要解决的是全国苏维埃区域与红军之更一致的联合行动，它要在无产阶级坚决的领导之下实行工农联合，实行彻底的土地革命，没收一切地主土地，分配给农民耕种，肃清一切反动武装，坚决反对富农，根本消灭豪绅地主的乡村统治，普遍的建立农民苏维埃政权，实行土地政纲，集中农民武装，建立红军赤卫队，加增雇农工资，发展雇农工会。这一大会要使这些任务都能有具体的规定，有实际策略的讨论，有与城市工作的配合布置，有每一区域及每一红军之发展方向的决定，尤其重要的是要与工人斗争士兵贫民运动反帝工作建立密切联系。许多游击区域及红军在全国或一省几省的范围更应确定其统一的指挥，苏维埃政权下的实际政策与红军的发展计划也应有一具体的讨论和规定"。（第 25 页）

关键词：《五一特刊》　拥护苏维埃区域代表大会　左联不是艺术流派的结合，是为参加伟大的革命斗争而结合的　工农武装斗争正走向高潮　典型的"左倾"冒险主义的言论

1930 年 5 月 1 日

郁达夫《〈鸭绿江上〉读后感》[①] 说：

"我们对于现在的中国的那些同情于无产阶级的文学，只能问它那一种同情真不真，问它对于无产阶级的阶级意识，把捉表现得切不切。

"《鸭绿江上》共含有短篇小说 8 篇，从内容讲起来，篇篇都是同情于无产阶级，和反抗军阀资本家的作品，光就同情一方面说起来，已经可以完全说是无产阶级的文学了。可是作者究竟还是一个中产阶级的人，所以每篇中所有的感情，意识，还不能说是完全把无产阶级的阶级感情和阶级意识，表现得十分真挚。"（第 108 页）

作者"有驾驭文字的手腕，有畅所欲言的魄力"。（第 110 页）

关键词：郁达夫：还不能说《鸭绿江上》已经是无产阶级文学

《拓荒者》出版终刊号

1930 年 5 月 10 日

《拓荒者》第 1 卷第 4、5 期合刊出版。（本期实际无出版日期。）

---

① 见《达夫全集》第四卷《奇零集》，上海北新书局，1930 年 5 月 1 日第 5 版。

这期合刊正文 855 页，约 41 万字。

刊载诗歌、小说、戏剧、杂文、文艺通信等创作 30 余篇。主要有：殷夫（《血字》《别了，哥哥》）、戴伯晖、丁锐爪、冯宪章、浪白、孙伟、段可情的诗，蒋光慈、森堡、殷夫、冯铿、甘永柏、建南、王抗夫译（芬兰爱罗·考内斯作）、冯宪章、秋枫、冯润章、洪灵菲、孟超、马宁的小说，牛步（《台湾》）、龚冰庐的戏剧，郭沫若、钱杏邨、戈旦、Ivan（殷夫）的杂文，刘锡五、沈起予、李一泯、陈洛、谷荫、华汉等关于五月的纪念文，建南、倩红、马宁、戴时杰的文艺通信。

本期刊载的论文和理论批评有：之本译《关于艺术作品的评价》（藏原惟人作）、沈端先《到集团艺术的路》、华汉《普罗文艺大众化的问题》、郑伯奇《戏剧的暴风雨时代》、钱杏邨《安特列夫与阿志巴绥夫倾向的克服》、曼曼《关于新写实主义》、华汉《读了冯宪章的批评以后》等。

关键词：《拓荒者》第 1 卷第 4、5 期合刊出版

1930 年 5 月 10 日

马宁小说《西伯利亚》，载《拓荒者》第 1 卷第 4、5 期合刊，第 1464 ~ 1482 页。

寒冬。中东路事件后的一个晚上。中国哨兵老毛和苏俄士兵搏斗，被打败。老毛被带到苏军的战壕，不但没有被杀，还受到欢迎。烤着火，请他喝酒；离开时还送他毛衣和长筒皮靴。他在苏军战壕受到教育，提高了阶级觉悟。回到自己的部队，老毛就宣传波尔雪维克，号召大家起来反抗中国军阀。于是他所在的一个团，从士兵到团长都决定不打仗了（不为张学良司令去打波尔雪维克了）。

这当然是公式化、概念化的作品，是想当然，典型的"革命浪漫谛克"倾向。它在政治立场和思想意识上，是与民族主义文艺派的《国门之战》相对立的。

关键词：马宁 写中东路事件的小说

1930 年 5 月 10 日

华汉回忆录《五卅的回忆》，载《拓荒者》第 1 卷第 4、5 期合刊。

这是一位亲身参加"五卅"运动的见证人写的回忆文章，保留了许多还是鲜活的史料。

关键词：华汉 "五卅"记忆

1930 年 5 月 10 日

华汉评论《读了冯宪章的批评以后》，载《拓荒者》第 1 卷第 4、5 期合刊。

1929 年蒋光慈写作并出版了长篇小说《丽莎的哀怨》，1930 年 1 月又出版了长篇《冲出云围的月亮》。两部小说一问世，太阳社成员冯宪章就在蒋光慈主编的《拓荒者》上发表书评，给予《丽莎的哀怨》极高的评价，说它在政治价值上是一部布哈林的《共产主义 ABC》，在艺术价值上是一部"诗的散文，散文的诗"。

华汉在本文中指出：这种评价显然不符合蒋光慈及其《丽莎的哀怨》的实际。他批评小说的政治错误，而且进一步指明产生这种错误的原因在于蒋光慈世界观方面及思想感情深处的严重弱点。冯宪章不但没有指出蒋光慈的这些弱点，反而对错误的作品大吹大擂，这就说明普罗文学批评应该树立正确的批评标准，应该树立良好的批评风气。

关键词：华汉　普罗文学批评应该树立正确的批评标准和良好的批评风气

1930 年 5 月 10 日

（楼）建南的东京通讯《激流怒涛中的最近日本普罗艺运》（写于 4 月 9 日），载《拓荒者》第 1 卷第 4、5 期合刊，第 1711～1725 页。

文章一开篇即介绍了日本普罗文坛的现状：自从"三一五"之后（1928 年 4 月），由日本普罗艺术联盟和前卫艺术家同盟的结合，组织了"纳普"（全日本无产者艺术团体协会），日本的普罗艺运便确立了中心的机关。从此长足捷进，一方面大量地、系统地从先进国介绍来了马克思主义的艺术理论和健全的作品，一方面新生了许多新的作家和新的作品。尤其是到了去年度，这运动显然地形成了一个以劳动者农民为基础的革命的文化运动，确定了稳固的意德沃罗基统摄的地位。《战旗》（月刊）在劳动者农民之间取得数万的读者，左翼剧场的演剧，每次观客溢出场外，显出从来非职业剧场的空前盛况。文学作品方面，如德永直的《没有太阳的街》，小林多喜二的《蟹工船》《三月十五日》《不在地主》，藤森成吉的《蜂起》《土堤的大会》，村山知义的《暴力团记》，片冈铁兵的《绫里村快举录》，及其他桥本英吉、中野重治、立野信之、鹿地亘等的作品，无论在艺术上，在意识上，都取得了最高的地位。演剧如《没有太阳的街》、《全线》（即《暴力团记》），都得到盛大的成功。绘画方面如冈本唐贵的《工场袭击》，喜入崖的《罢工》，竹本贤三的《石川岛》等，政治漫画如柳濑正梦、须山计一等的作品，均为这一年中艺术上极大的收获。映画（按：电影）方面，一方面对于资本家营利主义的殿堂既有相当的侵入，如林房雄的《都会交响曲》《都会双曲线》，藤森成吉的《她为什么要如此做？》，甚至许多以封建思想而成立的剑击物中也加了新的血液，都轰动了极大的市民层；一方面自制的小型映画，普遍地流播于工场农村之间。其他布尔乔的大日报，如《朝日新闻》《读卖新闻》，大杂志如《改造》《中央公论》《新潮》等，也不得不多多要求前卫作家的作品，以维持销路。同时在布尔乔文坛上的既成作家都必须不能不退而制造些通俗恶滥的作品，去投合无教养市民的趣味，在艺术上降落了他们的地位。最近日本评论社出版的 13 种普罗杰作集，竟于一二月内，销行至 30 万册。从这儿很明白地看出，普罗列塔利亚艺术，实已统治了日本的艺坛。但日本的兄弟们，完全不以此自满，反之，集团间的自己批判，更一天一天的严刻化起来了。成为问题的，是在这广泛的行动之中，还躲藏着似是而非的一批不隶属于"纳普"的所谓"劳农艺术家联盟"的旗子下的文艺战线一派，他们同样背负着马克思主义和普罗艺术的招牌，而作品的行动上是反"纳普"的，政治的立场是社会民主主义的，他们唱着合法主义的革命论，一方面大言不惭地欺骗劳动者农民，一方面向统治阶级暗送秋波，如他们中的金子洋文、中西伊之助，这次都立候补想爬进议会去（结果碰了一鼻子灰），前田河广一郎、平林泰子等都用左倾小儿病的美名嘲笑着战旗派的活动品。而他们却也鱼目混珠地混在普罗艺术的阵营中，欺骗着群众。他们说战旗的作品为千篇一律的，说战旗的行动是可笑的乱斗。最近前田河广一郎在《改造》的文艺时评上，竟公然无视日本的党的政治的活动。

文章还说，在最近《战旗》（四月号）上，佐藤耕一的论文《纳普艺术家的新任务》中，积极地提出了这问题：革命的艺术作品，应该甚样（怎样）对社会民主主义者显出特殊的色彩。这便是使艺术必须成为党的东西，每一个艺术家必须直接接触着"行动"，在×的纲领之下，行使他们的作品行动。在这篇论文中，他提出了他们已应该把原来的口号："接近大众""描写劳动者农民的生活"，而转移为："把持着前卫的眼"，"对劳动者农民大众，确保，并扩大×的思想的政治的影响"。

事实，这向尖端锐进的新的口号，已经在最近的《战旗》上逐渐实行了，如从今年的一月号开始，文体的更进一层的大众化，扩大劳动者农民的通讯栏，等等。到四月号为止，我们已经看见满载的斗争新闻，出于劳动者农民自己之手的通讯和短文，以及社会政治经济的通俗的讲座。《战旗》已不专为有教养的学生市民的读物，而变为真正劳动者农民自己的杂志了。此外作品方面，更积极地由暴露，描写的态度，而转为指头煽导的精神这问题，也无时无地不被热烈地讨论着，准备着。（以上第 1711～1714 页）

楼建南说：日本纳普的英勇斗争，无时不在统治阶级的嫉视、破坏和压迫之下。他们的刊物《战旗》，作品《蟹工船》《三月十五日》等被禁止出版发行，《铁甲车》《没有太阳的街》等被禁演。

此外，有些既成作家，如菊池宽、加藤武雄、佐藤春夫、中村武罗夫等，"大半退为低级大众（意德沃罗基的低级）粗制滥造一些恶俗作品"（第 1716～1717 页）。还有一批二三流作家，如川端康成、浅原六郎、横光利一、久野丰彦、龙胆寺雄、冈田三郎、中河形一、犹畸勤、佐佐木傻郎、嘉村矶多、井伏鳟二等，感到普罗艺运对他们形成了极大的压迫。他们发表新兴艺术派宣言，那是"艺术派的骷髅舞"（第 1716～1719 页），"艺术派事实上便作了反动当局的忠狗而跳梁了"（第 1720 页）。

楼建南在文末还提到"丰子恺的一派"："他们没有显明的行动，但的确有着他的潜力。他们把艺术曲解作立而又立的东西，完全的对现实的无视，引人进入虚无的境界中去。这完全是一种把艺术当作鸦片，去麻醉人类的阶级的意识的理论，在客观上，也就成为统治阶级的最良好的工具。我觉得我们不该把他轻轻放过，立刻须加以严重的检讨。"（第 1723 页）

关键词：楼建南　日本普罗文艺运动　普罗艺术已经统治日本艺坛　提示打着"纳普"旗号，却滑向社会民主主义的部分作家的动向　提供大量鲜活的史料

1930 年 5 月 10 日

赵景深《现代文坛杂话》：《玛耶阔夫司基自杀》，载《小说月报》第 21 卷第 5 号，第 879～881 页。

马雅可夫斯基于 1930 年 4 月 14 日午前 10 时半，在事务所，以手枪自杀。留下的遗书上写着："我实验诗剧，受了打击，无法逃脱，所以决定自杀。"

杂话介绍他的生平：1893 年生于外高加索。十三四岁时，即已成为布尔塞维克的会员。1911 年，与未来派联合，开始写诗。"他的诗不是写给书斋里的文士看，而是写给街头的战士看的。他的诗脱离了过渡的意识，充满了人间的趣味，雄辩豪爽——是一种新颖而又意想不到的雄辩。"最初的诗集名为《有如牛鸣》（*As Simple As Mooing*）。1918 年到 1921 年的诗都是直接的政治宣

传，如《神秘的滑稽剧》《150000000》等。1923 年以后，作了抗闵未来主义者杂志《烈夫》(Lef) 的负责编辑。马雅可夫斯基的诗非常不像象征主义的诗。他的诗豪放，不大修饰，用天然的日常语法，不成形式，反对旧式的诗歌传统。他的诗不能歌唱，但是可朗诵的，雄辩的，好像是旷野里的演说。他的诗集还有：《人》(Man)、《胯中之云》(The Cloud in Trousers)、《战争与和平》、《我爱》(I Love, 1922) 等。

关键词：马雅可夫斯基自杀　他的诗作及其特点

1930 年 5 月 10 日

〔日本〕藏原惟人著、之本译《新写实主义论文集》，上海现代书局出版。

书中汇集了藏原惟人《普罗列塔利亚写实主义的路》《再论新写实主义》等 8 篇论文。书末附日本小林多喜二的论文《新兴文学的大众化与新写实主义》。（小林的这篇文章又收录在冯雪峰编译的《新兴艺术概论》一书中。）

小林认为，要实现文学的大众化，必须走新写实主义的路。对劳动大众，仅以"同情的形式"的普罗艺术还不行，而必须"代之以只有劳动者阶级能有的严密的马克斯主义意识形态，由'单纯的、朴素的、明快的、力学的'形式具体了的艺术"。小林还说，日本新写实主义的方向的确立经过了三个阶段："自然主义的，自然发生的，劳动体验文学"，是普罗艺术的初期；经过目的意识的输入，达于"罗漫蒂克普罗列塔利亚文学"，是它的第二阶段；扬弃对"目的意识的骸骨"的迷恋，日本普罗文学就"踏向了正确的方向——新写实主义的方向"。

关键词：藏原惟人　小林多喜二　新写实主义

1930 年 5 月 11 日

左联给复旦大学文学系陈望道、洪深、叶绍钧、谢六逸、傅东华、冯沅君诸教授信，揭露有人假冒左联名义，造谣生事，诬陷左联。全文如下：

"本联盟是由思想倾向及对革命有一致态度的作家组织的，它的任务，在国际资本主义日趋崩溃而世界无产阶级起来争求解放的现在，当然是求无产阶级革命的成功；更具体的说，在文学的领域上，时时刻刻为无产阶级的解放而斗争。因此，我们对于文艺现象一切的反动的倾向是不放弃我们斗争的责任。然而，斗争只是光明正大的理论斗争，绝对不用偷偷摸摸的卑劣手段。最近听说有人假冒联盟名义向先生们下警告，这样的事情不但是超出本联盟的工作范围，而且，反乎本联盟的精神。恐诸先生为反宣传所欺骗，谨此通知。"

同日，左联又写信给《巴尔底山》，说：

"自本联盟成立露布了联盟纲领以来，已与反动的资产阶级成了对立的形势。在理论上，联盟给与了资产阶级文化以无可辩护的批判。拥护资产阶级的知识分子，为要巩固他们已经崩溃的阵营，不得不用尽各种方法来破坏联盟的整个的战线。但他们在理论上已经完全失却了对垒的能力，他们只得抛弃理论而另用其他的卑污手段来作他们斗争的武器。所以本联盟自露布了纲领以来，不曾有一个人正面攻击我们的纲领，而只是迂回曲折，造谣生非地谩骂，挑拨。最近，复大更发现了可笑的栽赃手段。为要使得群众了解本联盟的态度，特将致复大诸教授函请贵刊公开。"①

关键词：左联辟谣

1930 年 5 月 20 日

《南国月刊》第 2 卷第 2 期出版。

刊载田汉的创作 *Carmen*（六幕社会剧）、《粤游词草》（旧体诗词 9 篇）、苏尼亚的小说《莫斯科》，另有两篇戏剧史研究的论文：黄素《中国戏剧脚色之唯物史观的研究》、洪深《世界戏剧史》。

关键词：《南国月刊》

1930 年 5 月 20 日

苏尼亚《莫斯科》（小说），载《南国月刊》第 2 卷第 2 期（连载），第 267～294 页。

田汉在本期《编辑后记》中说："这长篇是一个留俄女学生底忠实的生活记录。全文长十余万言。我们由此可以看出这个大时代底发展，可以看出一个有为的女性怎样克服她的小资产阶级性，把握坚牢的新意识。可以看出工农祖国的伟大的动，可以看出留俄中国同志底工人与知识分子底斗争。这样的作品在现在是很 Unique 的。"（第 318 页）

关键词：《莫斯科》写留俄女生的生活

---

① 见 1930 年 5 月 21 日《巴尔底山》旬刊第 1 卷第 5 号，第 7 页。

中国社会科学家联盟成立

1930 年 5 月 20 日

中国社会科学家联盟在上海成立。[①]

加入联盟者 40 余人,当日到会者宁敦伍、邓初民、吴黎平、钱铁如、熊得山、柳岛生、林伯修、朱镜我、蔡咏裳、王学文、董绍明等 40 人。

成立会上,筹备委员潘汉年报告筹备经过,左联代表田汉、五卅筹备总会代表、互济会代表热烈演说。通过联盟的纲领和组织,产生了执行委员会及基金筹备委员会。

大会通过联盟的纲领和组织,正式产生了执行委员会及基金筹备委员会;通过了组织编辑委员会、出版委员会等,及创刊联盟机关杂志,出版有系统的社会科学丛书、中国经济研究丛书,及研究刊;联络国内外马克思主义团体及领导国内各地文化运动,参加五卅筹备,起草对五卅宣言等提案。

大会通过的联盟纲领说:

"在全世界革命斗争日益紧张,中国革命巨浪正在高涨之际,革命理论的研究与发挥,遂成为中国每个进步的社会思想家的切身的任务。'没有革命的理论,就没有革命的行动。'这句名言是我们所应当牢牢地记住的。在这样紧张的时期,中国的一切社会思想家,实在是负担着非常重大的责任。"

中国社会科学家联盟的任务是:

一、以马克思主义的观点,分析中国及国际经济政治,促进中国革命。

二、研究并介绍马克思主义理论,使它普及于一般。

三、严厉的驳斥一切非马克思主义的思想——如民族改良主义,自由主义及假马克思主义的理论——如社会民主主义托洛茨基主义及机会主义。

四、有系统地领导中国的新兴社会科学运动的发展,扩大正确的马克思主义的宣传。

五、革命的马克思主义者,决不是限于理论的研究,无疑地应该努力参加中国无产阶级解放运动的实际斗争,在目前要积极争取言论,出版,思想,集会等的自由。我们相信只有这样,正确的马克思主义社会科学运动,方能扩大与深入。

[①] 子西:《中国社会科学家联盟成立》,见 1930 年 5 月 21 日《巴尔底山》旬刊第 1 卷第 5 号。

成立大会认为：

"我们很诚恳的希望中国一切具有马克思主义思想者，为无产阶级解放运动努力的人们和我们一起，在革命的马克思主义的旗帜之下，团结起来，来光大和发挥这个伟大的革命的理论。来促进中国工农革命的运动。"①

关键词：中国社会科学家联盟成立　联盟组织、纲领、任务

1930 年 5 月 21 日

白莽（殷夫）《巴尔底山的检阅》（诗），载《巴尔底山》第 1 卷第 5 号，第 9～10 页。

全诗 4 节，现举两节如下：

> 虽则，我们没有好的枪炮，
> 虽则，我们缺少锋利的宝刀，
> 还有什么关系呢，
> 我们有的是热血
> 我们有的是群众，
> 我们突击，杀人，浴血，
> 我们守的是大众的城堡。
>
> 看，我们砍了多少横肉的头？
> 看，我们屠了多少凶恶的狗？
> 我们的成绩：不够，不够！
> 野火烧红了地线，
> 喊声震撼了九天，
> 我们的口令："开步走！"
> 冲，冲，冲到战阵前头！

关键词：殷夫诗《巴尔底山的检阅》

1930 年 5 月 21 日

秋士《周毓英的广告术》，载《巴尔底山》第 1 卷第 5 号，第 12 页。

---

① 见《中国社会科学家联盟成立》，载《新地月刊》（即《萌芽月刊》第 1 卷第 6 期），第 265、266、268 页。

这篇短文说周毓英为自己的小说《最后的胜利》手写广告词曰："最后的胜利是马克斯主义具体化尖锐化的斗争的长篇创作。"这正如王独清替人家做序，"唯恐人家不知道他是新投拜托洛茨基的中国信徒陈独秀，彭述之等取消派门下"一样可怜。

关键词：周毓英为自己的小说做广告

1930 年 5 月 21 日

《巴尔底山》出版第 1 卷第 5 号，为停刊号。

该刊共出版 5 号 4 册，遍览各期，它是横扫一切。简单举例：

胡适"欢迎的是资产阶级文明"。他的五大"革命对象"说，证明他是走狗。他是这样的走狗："学做洋奴。学好了外国语，一切生活习惯与交际方式全模仿了外国人，那就是会打球，会跳舞，会开留声机器，而且还懂外国的电影明星底名字，换一句话说，就是他底思想与他底习惯完全外国化，变成一个由外国派到中国来向民众宣传外国的黄金世界的最得力的宣传员。……他是帝国主义的最忠实的走狗。"他的《我们走那条路？》是"狗屁胡说"（1 卷 4 号）；

《开明》杂志 2 卷 7 号上崐水的文章《评无产阶级的诗歌》；

新月派潘光旦的《优生学》；

《申报·艺术界》上方正的文章《新文艺的没落》；

郑振铎、李金发与光明大学停办：郑是"党国要人或和党国要人有来往的人"，李是"党国当今'唯一的艺术家'"；郑振铎是"资本家豢养的'伙色'"；

梅兰芳唱旦脚（角）戏"下流"，是"人妖"；

"胡适，梅兰芳，徐志摩，蔡子民，李石曾，黄梅生，张丹翁，张群"这衮衮诸公都与梅兰芳一例；

《乐群月刊》张资平、陈勺水，《金屋月刊》章克标、浩文、方光焘、马宁，他们的言论被展览；（以上 1 卷 1 号）

耿济之是"中国统治阶级走狗学者"；

《学生杂志》《中学生》；夏丏尊、章锡琛、丰子恺；

王独清；

陶行知；

《申报·妇女生活》上张若谷（百合）批评虞琰女士《湖风》的文章《忧郁女诗人》，表明百合"想做一条资产阶级的驯良的狗，以'恋爱'来麻

醉青年底心"；（以上 1 卷 2、3 号合刊）

《教育杂志》；

国民党不论是改组派、西山会议派、中央派、反中央派，也不论是汪精卫、陈公博、张发奎、黄琪翔、阎锡山、冯玉祥、齐燮元、孙传芳、张宗昌等，都是屠杀民众的刽子手；

陈独秀、张慰慈、刘英士；

取消派刊物《洛浦月刊》上师陶文章《十字街头的印度革命》；

国家主义报纸《公民日报》《民国日报·觉悟》对左联批评、谩骂、攻击、挑拨；

"党国名流"蔡元培、杨杏佛，"风流才子"徐志摩、邵洵美，"博学硕士"林语堂、胡适发起的笔社；他们参与聚餐，就是"饭桶"，是"走狗"，"想为统治者叫吠几声"；

南京《中国文化》和《幼稚》派罗西（即后来的欧阳山）是"无耻的布尔乔亚的走狗"，"造他的娘！"

《民国日报·星期评论》；

"无耻的卖国的"甘地是"反革命"。

以上所举都是不革命的，甚至是反革命的。

关键词：《巴尔底山》出版停刊号　横扫一切民国人物和文坛人物

1930 年 5 月 24 日

中华艺术大学被武装警察搜查，逮捕正在上课的教职员和学生，随即，学校被市教育局封闭。①

关键词：中华艺大被查封

1930 年 5 月 29 日

左联召开第三次全体盟员大会。"这次大会是为了第二天的'五卅'纪念示威和批判联盟过去工作而开的。"

会议认为："左联工作没有建立起来，它还不是一个坚固的而且坚决的斗争团体，是无容（毋庸）讳言的事。这第一原因是由于全联盟员对于目下的政治形势还没有彻底的把握，对于这联盟底历史的，文化的，政治的意义，

---

① 见《中华艺术大学被封》，载《新地月刊》（即《萌芽月刊》第 1 卷第 6 期），第 276～280 页。

还没有十分的透彻。第二，由于以上的原因，所以联盟员在争斗中就不能团结，形成集团的力量，反而在联盟员间往往显出痛痒不相关的情形。总之，盟员还没有集团化。第三，工作没有普遍化，大部分盟员都不过问联盟的工作，只少数人在奔跑；而常委也不能负起推动监督的责任来。第四，各杂志还没有实行分工，编辑方法也不好，并且除了少数的杂志以外，其他杂志都不执行左联的决议案，不能为左联而动员。"①

其实，幸好还"没有集团化"，没有都去执行联盟的决议，干那些"抛去"文学的政治运动。否则，左联更没有文学。

关键词：左联召开第三次盟员大会　检讨左联还"没有集团化"，"各部门工作依然不振"

蒋光慈编《中国新兴文学短篇创作选》之一《失业以后》、之二《两种不同的人类》先后出版

1930 年 5 月

蒋光慈编《中国新兴文学短篇创作选·失业以后》，上海北新书局，初版。257 页。

内收：刘一梦《失业以后》、冯乃超 Demoustration、黄弱萍《红色的爱》、洪灵菲《在洪流中》、杨邨人《小三子的故事》、戴平万《村中的早晨》、华汉《马桶间》、钱杏邨《阿罗的故事》、建南《甲子之役》。

刘一梦《失业以后》（写于 1928 年 4 月 14 日）：S 纱厂的工人因为抗议厂方开除工人而罢工。工人所提的条件，厂方"一条也不准！"工人的反应是："不成！不成！不圆满答复我们，我们就永远不上工！谁上工是猪猡！"谁要复工出卖我们，"就打死他！"工头张国范摔铁练威胁：要捆罢工工人去司令部吃官司。管理员也威胁："仔细防备着你们的脑袋！"又说，领头闹罢工的就是××党，××党是要杀头的。还调军队来镇压。工人们长期不复工，没有收入，家里没粮下锅，孩子哭，女人吵。朱阿顺是领头的，也一筹莫展。妻子卧病在床，家里无钱无米，更无衣物可当。当他看到一张写有英文字"N——L——"的照片时，就恢复了信心。

① 见《左翼作家联盟的两次大会记略》，载 1930 年 6 月 1 日《新地月刊》（即《萌芽月刊》第 1 卷第 6 期），第 264 页。

冯乃超 Demonstration（示威）：本文如一篇散文，反复吟咏"在车中，我总有观察同车乘客的习惯"。一边观察，一边联想，发出感慨。也捕捉声音和色彩："主张我们的言论自由权！集会自由权！""普罗列搭利亚万岁！"

黄弱萍《红色的爱》：李男吴女的书信往还，讨论爱不爱你。李在写于前线的信中吐出豪言："把这吃人的制度推翻，把吸人脂膏的官僚政治颠覆，把盘踞中国强蛮无理的帝国主义打倒，替今世界被压迫民众们吐一口气，替全世界被压迫民族吐一口气，使全世界的帝国主义者都为我们发抖！"

洪灵菲《在洪流中》：阿进的母亲从现实中接受教训，转变立场，支持儿子去革命。

杨邨人《小三子的故事》：小三子跟随母亲从乡下到上海来找父亲，不料父亲已死。为了生活，小三子先是"捉蟋蟀"（拾香烟屁股），后是当小偷，坐牢，再卖小报，拉洋车，吃外国的"火腿"，还要坐牢，最后是到工厂当小工，又是坐牢，并死于监牢。

戴平万《村中的早晨》：农村革命后的新气象，老农民的心理活动。

华汉《马桶间》：将儿女都献给革命的老年纺织女工的辛酸经历。

钱杏邨《阿罗的故事》：在宽不及 4 尺、长不过 8 尺的监房里，阿陆讲一个革命党的故事。阿罗是岭南人，读过中学，参加革命，由广东打到北京。革命失败，他被拘押到上海，流落街头。得同学之助，回到岭南老家。原来家里有母亲、哥哥、妹妹。不料，"新党""革命政府"与地主勾结，实行清乡，将农民杀光，将村子烧光，阿罗的哥哥被打死，妹妹被糟蹋后跳河而死，母亲发疯，但死得清醒。阿罗"他既已知道了他一家的消息，又回想到他自己几年奋斗的教训，再印证在上海时我们的谈话，以及在我这里所读的书的理论，经过了一夜的考虑之后，他翻然的有了彻底的觉悟了"。于是他"投身到我们的军队里，许身于真正的革命的事业了"。

建南《甲子之役》：甲子年，军阀混战，时政维艰，百姓难活。

蒋光慈在写于 1930 年 5 月 4 日的《前言》中说：在艰苦的 3 年的奋斗之中，"中国的新兴阶级文艺运动"，已经"获得了它的存在权"，并将基础"植立在被压迫的大众之间了"，在每一个阶段上，都"相当的完成了它的任务"——"具体的担负起它的对于新兴阶级解放运动的斗争的任务"。

"这一部选集里所选的一些作品自然不能说是……最精粹的选集；然而，这些作品，确实是显示了中国新兴阶级文艺的最初的姿态，从写作的时间上也呈现了 3 年来的作品的发展的一般的形式。"欲"认取中国无产阶级文艺的最初的画像"，就请读这部选集。（第 1～3 页）

艺术表现幼稚，政治思想"左倾"。

关键词：蒋光慈编选新兴文学作品选集《失业以后》 中国新兴阶级文艺最初的姿态 中国无产阶级文艺最初的画像

1930 年 6 月 1 日

愚公纤《生产关系中的艺术之一考察》、李兰译《文学之社会学的批判》（Calverton 著）、李史翼《音乐之唯物史观的分析》（布哈林著），载《大众文艺》第 2 卷第 5、6 期合刊，第 1261～1353 页。

《生产关系中的艺术之一考察》的结论是：

"我们的结论是只有站在无产阶级才能理解艺术，只有无产阶级才能理解艺术的在社会关系——生产关系中是具有一种生产的能力，而它的广泛的机能是在组织人间的情感；是在推进物质的精神的生产的进展。我们普遍都知道'艺术化'这名词，但是它只能在无产阶级艺术发展后，才有它的真意义，又普通都以为美是艺术的重要的内容，但是要把美离去生产关系的内容所要求的境界以外，那美就成为幻想的，无用的，所谓艺术的美是生产的最高文化的表现，也就是在生产关系中所结晶的社会技术的表现，反之，生产和社会技术是理解美及鉴赏美的标准，也就是社会生产力是美的社会基础，这样以来，那美进到艺术的内容，才为有用，为有现实。所以艺术，一方面是为生产而组织的有机的生产手段底初阶段；又一方面是为提高社会生产的技术和物质生活的进展底高阶段，将这两个阶段综合起来，便是艺术的生产关系中之全部机能。

"最后，再说一点关于本论文的事体，这篇论文完全是站在生产关系的观点上来理解艺术的社会形态，它不是一个艺术主观的叙述，而是一个艺术客观的检讨，在这不免要引起一些人的误解，说我是太部分的了，或者是太把艺术机械化了，可是我们椹住它的真实骨干，也不会伤害它独自的权威，不过我总不愿意把艺术当做神秘的东西，或者是把艺术架空起来，有许多艺术家们，不喜欢唯物史观的见地，他说：艺术是自由的飞翔的羽翼，是冰一般的大理石的纯洁，或者是以冷的纯粹形式辉煌着，把我们这些凡胎俗子驾在圆形的而翼上大理石般的美化着，从地上带到星空去；或者是歌着静寂的死调，长久地凝视着朱匹兑 Jupiter，感到悲哀的艺术……最高的艺术是悲哀的艺术，它以种种的手段把我们引进忘我底境界，我睡眠了的艺术……"（第1300～1302 页）

关键词：社会生产力是美的社会基础 艺术广泛的功能是在组织人间的

情感　艺术的美是生产的最高的文化表现

1930 年 6 月 1 日

《大众文艺》第 2 卷第 5、6 期合刊发表 12 篇创作，计：龚冰庐一幕喜剧《五月一日》、华汉小说《未完成的伟人》、张大文独幕剧《水林杏之死》、邱韵铎译小说《车夫与木匠》（J. London 著）、姜宏译木偶剧《提线木人》（赤野昌夫著）、荒渠书信体诗《另一种情书》、冯润璋小说《灾情》、伊那三幕剧《战后》、刘卭一幕二场剧《他们的办法》、奚行小说《傻瓜》、陈若萍《石级上的运煤夫》、曼华《学匪》。

本期又载工厂通讯 4 篇，都是来自基层的信息，主要报告工人的生活。

龚冰庐《五月一日》写资本家畏惧 5 月 1 日的到来，实则是畏惧工人罢工。有这样的台词：资本家夫人说自己的丈夫，"他真辛苦啊，这几天来什么时候都在筹划，筹划，筹划，刻刻担心着工人罢工，刻刻担心着给工人把工厂捣毁，刻刻担心着工人暴动！……一刻儿也不得安定啊，走到路上去又怕给人暗杀了，钱又怕给人抢了去！／处处要筹划怎样能够把钱弄到手，处处要当心怎样把金钱保得安分，处处要担心着自己的性命！发财人真不容易啊！"（第 1356 页）资本家为了镇压工人暴动，调动了一切能调动的武装力量、专政工具，如"公安队，巡捕，保安队，保卫队，商团，民团，义勇军，陆军，海军，缉私队，水上公安队，盐哨……连救火队也全体出马了！"（第 1359 页）

华汉《未完成的伟人》：江志尼"平生为人很不猫虎，有主义，有信仰，有策略，有毅力，绝不糊里糊涂的过日子"。（第 1369 页）现在已经成了一个"五皮主义"者。他对罢工代表说："中国只有大贫小贫，绝对没有什么阶级对立的，你们可怜，中国的资本家又哪点在享福！"所以劳资之间只应合作，不应斗争。（第 1378 页）他指挥警察打死工人代表十多人，工人也把他打伤，还撕碎了他身上的狐皮袍。

张大文《水林杏之死》：水林杏是一个黄包车夫，日本人坐了他的车，不但不给钱，还将他打伤；他找上门去讲理，谁知中日调查员和新闻记者都说理不在他一边。这使他及其他工人认识到："天下人只有两伙子，方才来的那般狗娘养的是一伙子，我们是一伙子。可是一切的东西都在他们那伙子的手里，我们的吃穿，都靠着从他们的手指缝里掉下来的那一点。"（第 1399 页）求生存，求解放，"这是我们自己的事呵！自己的事就得自己去办，不然，就永远没有人替我们办"。"单个的心不中用，非聚成一个不成，20 万个心聚成

的一个"。（第 1401 页）然后，"从禽兽嘴里夺回人类的公道"。（第 1403 页）

冯润璋《灾情》：据调查，1 月至 5 月，饿死的总数达 36.2472 万人。仅刘庄一地就有饥民六七万人。人吃人的现象相当普遍。

伊那《战后》：揭露军阀们活动的目的仅仅是为了一己的私利。他们草菅人命，无法无天，阴险卑鄙，都是为了中饱私囊。侃元团长为了获得女救护生梦秋，竟然开枪打死她的男友。侃元对梦秋说："我已经是师长了，已有七八万私产，上海法租界还有几座洋楼。"（第 1463 页）对农民，除了公开抢夺而外，还有什么门户捐、人口捐、亩田捐……梦秋骂他们："你们这些叛卖革命的东西，知道的是满足个人的兽性，升官发财，怎样榨取工农的血汗，怎样殷勤帝国主义，可耻的东西！"（第 1484 页）

刘丕《他们的办法》：群众代表袁二哥揭露榨取百姓的部长们，所谓"国家"仅仅是他们开的一家店铺。他们这个叫做国家的店铺给予农民的则是"失业，躲兵，逃饥荒，甚至路死路埋的恩惠！"（第 1502 页）

陈若萍《石级上的运煤工》：这像是一篇素描，写嘉陵江码头上挑煤炭工人的艰苦，以及将所挣的血汗钱，用以喝酒，掷骰子、打骨牌、推牌九等为娱乐的扭曲人生。对他们挑煤的描写是真实的：

"的确，这些劳工们的身体是经了长期的锻炼过来的，在他们那赤铜色的臂膊上与那筋肉结实的腿干上，就可以证明他们是握有了力而不怕风袭雨打的人。所以在他们工作的时候，他们并没有显示出那种懦弱叫苦的样子来。你看，太阳晒在他们的背上，晒得出油而发光，他们的腿脚被煤灰染成了黑色，他们的胸前也流了许多小溪，而在他们那鸠形的面孔上更是有着一些油垢的堆积。笨重的担子磨在他们的肩上，磨起了一块很大的疤痕，但是他们并不辞劳苦，他们仍是奋勇地肩挑着来走。他们的面上都带了一种希望的喜色努力着，这一方面倒不消说是他们想着由此可以得到生活费的报酬，而一方面大概也是因为他们的头上罩着了一道光明的缘故。"（第 1510 页）

曼华《学匪》具有南粤风情。

关键词：《大众文艺》的大众创作 及时反映现实 描写工农

1930 年 6 月 1 日

《大众文艺》第 2 卷第 5、6 期合刊继续辟"少年大众"专栏，刊载儿童文学 6 篇：苏尼亚《苏俄的童子军》、冯铿《小阿强》、钱杏邨《那个 13 岁的小孩》、樱影《顾正鸿》、屈文译《金木王子的故事》（藤森成吉著）、李允《谁种的米》。

关键词：儿童文学

1930 年 6 月 1 日

16 位作家应约谈"我的文艺生活"。《大众文艺》第 2 卷第 5、6 期合刊辟"我的文艺生活"专栏，刊载郑伯奇、冯乃超、沈起予、梅川、郁达夫、许杰、穆木天、沈端先、菀尔、龚冰庐、叶沉、孟超、邱韵铎、段可情、顾凤城、冯润璋的应征文字，留下了珍贵的史料。第 1579～1595 页。

关键词：我的文艺生活

1930 年 6 月 1 日

韵铎《无产文艺的故乡》，载《大众文艺》第 2 卷第 5、6 期合刊，第 1544～1549 页。

保留了部分左联活动的史料，及无产文艺俱乐部的宣言。

其中说，左联下辖的杂志"凡 18 种之多。有文艺的，有社会科学的"。为求内容更精粹，避免材料冲突，各左翼杂志曾召开编辑会议，决定各杂志"有分工之必要"。（第 1549 页）

关键词：保留部分左联活动史料

《民族主义文艺运动宣言》发表

1930 年 6 月 1 日

代表国民党文艺思潮的《民族主义文艺运动宣言》在上海发表。初载《前锋周报》，转载《开展》月刊、《前锋月刊》。

宣言称：中国文艺界近来深深地陷入畸形的病态的发展进程中，今日中国文坛"呈着零碎的残局"，具现"多型的文艺意识"，"而陷于必然的倾圮"。这些现象，"正是我们新文艺的危机"。问题的关键是缺乏"中心意识"。文艺的最高使命、最高意义，就是民族主义。①

关键词：代表国民党文艺思潮的《民族主义文艺运动宣言》　民族主义是文艺的最高使命、最高意义、中心意识

---

① 见 1930 年 6 月 29 日、7 月 6 日《前锋周报》第 2～3 期。

1930 年 6 月 10 日

丁玲《年前的一天》（小说），载《小说月报》第 21 卷第 6 号。

戴望舒的新诗《八重子》《我的素描》，同载本期。

《年前的一天》（第 933～938 页）：写两个文学青年的平凡生活。辛，平常女人，24 岁，神经不十分健康。他们靠卖文为生，但写作需要激情；而他们总是被维持简单生活方面的杂事打扰，并不能天天高产。由此引起烦恼。

戴望舒诗中有这样的句子：

> 我是青春和衰老的集合体，
> 我有健康的身体和病的心。（第 955 页）

> 悒郁着，用我二十四岁的整个的心。（第 956 页）

关键词：戴望舒诗：我是青春和衰老的集合体

1930 年 6 月 10 日、25 日

高尔基作、巴金译《因了单调的缘故》（小说），载《东方杂志》半月刊第 27 卷第 11、12 号。

俄罗斯大草原上的一个火车站，孤零零的，前后没有村落和人家。每天只有一趟客车在这个站停留 4 分钟，"每天除了 240 秒钟外，便不能够看见任何人的面貌"。因此，站上的 7 个人——站长马太·叶哥洛维奇、助手尼可拉·彼得洛维奇、站长妻子苏菲亚·伊凡诺夫娜、站丁陆加、转撤手狄莫非·彼得洛维奇·郭莫左夫、另一个转撤手阿法拉西·雅哥德加、厨娘阿利娜，就只能生活在单调中，寂寞中，无聊中。

面目丑陋的厨娘与转撤手偷情，被站长等人将门反锁上，借以取乐，致使羞愧的厨娘自缢而死。丑陋的人也有她的尊严。单调的生活，寂寞的人生，竟然酿出人命，多么可怕。

作者对厨娘的丑是这样写的："她的名字叫阿利娜，年纪差不多有 40 岁，生得十分丑陋：身体肥大，乳房垂下来，成了两大堆，常常是污秽而褴褛。她走起路来摇摇摆摆像一只母鸭，在她的生满了雀斑的脸上有一双突出的小眼睛，四周围都是皱纹。这个丑妇的性情却是很柔顺，很服从的。她的肥大的嘴唇总是向上卷起，好像她想哀求一切人的宽恕，跪在他们的脚边，却又

不敢哭出声来。"她不曾嫁过人。她想有个男人快慰她。与转撒手偷情，是她主动的，分文不取，反赔上针线活。

小说同情社会上这样的小人物，鞭笞对人性的无情践踏。

关键词：高尔基《因了单调的缘故》　巴金

1930 年 6 月 16 日

《沙仑月刊》在上海创刊。封面和扉页标明此系"新兴戏剧、美术、电影、音乐、文学的综合志"，它是继《艺术月刊》而办。227 页，仅出 1 期。沈端先主编，沙仑社出版。

刊载的理论批评文章主要有：叶沉《戏剧运动的目前误谬及今后的进路》、冯乃超译《俄国电影 Production 的路》（A. Lunarcharsry 作）、许幸之《中国美术运动的展望》、沈端先译《关于游艺会的几个实际的指示》、黄芝译《阿夫尔的宣言》（阿夫尔是俄国的艺术联盟）、叶沉《关于电影的几个意见》、陶晶孙《再述效果》、沈起予《演剧的技术论》、葆初《谈谈改作剧本》，创作有：左明一幕三场剧《夜之颤动》、叶沉独幕喜剧《蜂起》、龚冰庐小说《标语》、杨邨人独幕剧《民间》，还有戏剧电影批评、通讯等，其作者除上述人外，还有：祝秀侠、钱杏邨、王莹、凌鹤、晴初、樱影、徐杰、邱韵铎、菀尔、马文珍等。

关键词：沈端先主编《沙仑月刊》出版

1930 年 6 月 20 日

《南国月刊》第 2 卷第 3 期刊载上海现代书局的书籍广告：

《新兴艺术概论》，藏原惟人、留清三郎、冈泽秀虎、片冈铁兵、小林多喜二 5 人著，冯宪章编译。"我们新兴艺术运动虽然进展到了现在的阶段，但是关于艺术的许多问题，还不过是原则的了解，尚未深入的讨论。然而前进的现实，迫得我们非根本地把握这些问题不可了。比如什么是新兴艺术的形式与内容，新兴艺术的评价，艺术与科学，哲学，伦理，什么是新写实主义，新兴文学的大众化，尤其是怎样去做新写实主义与大众化的作品，以及各国新兴文学家近状……据（举？）凡这些，都是我们所急需解决的问题。/《新兴艺术概论》就是为解答这些问题而编译的，它能够为我们解答这一切的问题。它不特是文艺青年的导师，而且是关心社会的青年的助手！每册实价大洋 8 角。"

《山城》，美国辛克莱著，麦耶夫译。"这是轰动全世界的大杰作，是辛克莱氏生平最成功的作品；一切经验最集中的，阶级意识最清醒的，划开全世界文坛名著！作者以强壮的有力的笔描写美国资本制度的淫儿，揭开慈善家虚伪的假面；插以如火如荼的爱情，可歌可泣的阶级斗争；所以，被称为普罗文学最大的收获，并非是过分的话。出版后，备受全世界热烈的欢迎，现已被译成7国文字，摘录各国重要的批评：

"美国最伟大的批评家门肯：'作者创作力的丰富已使人惊叹，想不到他还能创作一本胜过《煤油》的杰作！'

"英国 *Fortnight Review*：'美国产生这样惊人的作家，实使吾国惭愧。无疑的，这是一部不朽的作品！'

"法国无产作家领袖巴比塞：'这是辛克莱生平最成功的作品，技巧的尖锐化，及内容的充实，远非各国普罗作家所可及！'

"日本文艺战线派领袖前田河广一郎：'我很荣幸能介绍这部杰作给日本，我希望除了是落伍者以外人人都一读。'

"中国《出版月刊》第5期介绍：'《山城》是以山野的一个儿童梦想富贵荣华，因种种的钻营，在30岁以前竟然给他做了500万美金的所有者。他以支加哥，纽约等等城市经济与农村经济的连保为纬线，这是本书成功的大原因。"

关键词：《新兴艺术概论》等书广告

《萌芽月刊》出版终刊号

1930 年 6 月底

《新地月刊》（即《萌芽月刊》第1卷第6期）出版。仅出1期。

本期刊物版权页标的出版时间是"6月1日"，但《编辑后记》却写成于"6月20日"，且它第一句就表示歉意："在种种的困难之下，这一期到现在才能出来。"

本期的封面和目录版式都与《萌芽月刊》有异。

关键词：《新地月刊》出版

1930 年 6 月底

I. 卢波勒作、倩霞译《文化问题》（续），载《新地月刊》（即《萌芽月刊》第1卷第6期），第11~40页。

这一部分主要讲列宁在十月革命之后的文化思想。

本文作者说：原则上，把过渡期看作与资本主义绝缘，而拒绝一切资本主义的成果，是反历史的、形而上学的观点。许多为资本主义所建树而为文化底内容的风俗、习惯、知识等，过渡期的统治者必须把它占据起来。在这个问题上，列宁的观点是：

"没有资本主义文化底遗产，我们不会建设社会主义。"（第 13 页）

"只有利用为一切人类底发展所建立的文化底知识，只有将它重新整理，我们才能建设普罗列塔利亚底文化。如果我们不了解这，便不能解决这个任务。普罗列塔利亚底文化不是无基石的空中楼阁，不是那些自命为普罗列塔利亚底文化专门家所臆造出来的东西。这只是无稽之谈。普罗列塔利亚底文化是一切知识底有规律性的发展，而这一切知识是人类在资本主义社会，地主社会和官僚社会底压榨下所创造出来的。"（第 14 页）

"苏维埃的机关之意义，在乎它联合劳动群众而以群众联合底力量来镇压资本主义。它也镇压了资本主义。可是它不能以镇压了资本主义为满足。必须采取为资本主义所遗留下来的文化而以之建设社会主义。没有这，要建设社会主义是不可能的。而这些科学，技术，艺术，又都是操纵在专家的手里和脑里。"（第 15 页）

本文作者又说：假如说伊里基在革命前给予了"文明的野蛮"以致命的批判，指出了资本主义文化底横暴，暴露了它底对工人阶级剥削压榨的性质；那末，在革命以后，他便指出了资本主义底光明的一面，——指出了正确的知识底文化，指出了知识阶级为统治阶级工作的技能，指出了统治阶级所具备的广义的常识。（第 18 页）

本文作者还说："习俗，惯例，观念之总和便是广义上的文化。使这习俗，惯例，观念能与社会主义相谐和，是文化革命最重大的任务。"（第 38 页）

关键词：列宁在十月革命之后的文化思想 没有资本主义的文化遗产，普罗阶级不可能建设社会主义

1930 年 6 月底

冯乃超《中国无产阶级文学运动及左联产生之历史的意义》，载《新地月刊》（即《萌芽月刊》第 1 卷第 6 期），第 41～47 页。

作者首先阐述前提：

"无产阶级文学运动并不是自发性的社会运动的文学运动。

"如果没有共产主义运动，即没有有目的意识性的无产阶级解放斗争运动，无产阶级文学运动是不会有的。

"更具体的说，如果没有现代国际资本主义的崩溃及国际无产阶级的觉悟——觉悟自己阶级底历史的使命，'以阶级的独裁扬弃阶级的社会'，——没有它们底阶级的成长，工农国家的存在，以至阶级对立之空前的尖锐化，文化斗争底阶级色彩特别显明，那末，无产阶级文学运动也失掉它的意义。

"无产阶级文学运动，中国无产阶级文学运动，也就是广大工农斗争的全部的一分野。"（第42页）

中国左联产生的意义：

"它的前提是中国以至国际革命之复兴。

"它的前提是中国无产阶级斗争的组织化。

"它的前提是小资产阶级意识的'帮口'观念的消灭。

"它的前提是中国无产阶级文学运动之深化。

"所以，它在中国的地位不能不是中国无产阶级的文学运动的全国性的统一机关。它不是某几个人或某几个团体的'拉拢'。"（第44页）

关于左联同志：

"谁能够在左联的旗帜下面，左联的纲领下面斗争，他就是左联的同志。过去，即使他是做过富国强兵的国家主义的梦的人也好，过过浪漫生活也好，高唱艺术至上主义也好，只要他现在能够理解革命，理解社会变革的必然，而且积极地能替革命做工作，他就是革命的文学团体左联的同志。"（第45页）

关键词：无产阶级文学运动　左联产生的意义：它不能不是中国无产阶级文学运动的全国性的统一的机关　"左联的同志"的条件放宽

鲁迅在序言中阐述普列汉诺夫的美学观点：美即有用

1930年6月底

鲁迅《〈艺术论〉译序》（写于5月8日），载《新地月刊》（即《萌芽月刊》第1卷第6期），第49～65页。

这篇序言，根据俄国和日本的文章或书籍所提供的史料，简明扼要地叙述普列汉诺夫（蒲力汗诺夫）的生平，他在俄国革命理论上的建树，他在

《艺术论》中所表述的美学观点。

序言说：普列汉诺夫"不但本身成了伟大的思想家，并且也作了俄国马克斯主义者的先驱和觉醒了的劳动者的教师和指导者了"。但他"对于无产阶级的殊勋，最多是在所发表的理论的文字，他本身的政治底意见，却不免常有动摇的"。（第 52 页）比他年轻的列宁和他有所分工（未经商量）："他所擅长的是理论方面，对于敌人，便担当了哲学底论战。列宁却从最先的著作以来，即专心于社会政治底问题，党和劳动阶级的组织的。"（第 53～54 页）"蒲力汗诺夫由那理论上的诸劳作，亘几世代，养成了许多劳动者革命家。他又藉此在俄国劳动者阶级的政治底自主上，尽了出色的职务。"（第 57 页）

"在俄国的马克斯主义建设者蒲力汗诺夫，决不仅是马克斯和恩格斯的经济学，历史学，以及哲学的单的媒介者。他涉及这些全领域，贡献了出色的独自的劳作。使俄国的劳动者和知识阶级，确实明白马克斯主义是人类思索的全史的最高的科学底完成，蒲力汗诺夫是与有力量的。惟蒲力汗诺夫的种种理论上的研究，在他的观念形态的遗产里，无疑地是最为贵重的东西。列宁曾经正当地常劝青年们去研究蒲力汗诺夫的书。——'倘不研究这个（蒲力汗诺夫的关于哲学的叙述），就谁也决不会是意识底的，真实的共产主义者。因为这是在国际底的一切马克斯主义文献中，是最为杰出之作的缘故。'——列宁说。"（第 60 页）

鲁迅说："蒲力汗诺夫也给马克斯主义艺术理论放下了基础。他的艺术论虽然还未能俨然成一体系，但所遗留的含有方法和成果的著作，却不止作为后人研究的对象，也不愧和称为建立马克斯主义艺术理论，社会学底美学的古典底文献的了。"（第 60～61 页）他的著名的美学观点是：美就是有用。"并非人为美而存在，乃是美为人而存在的。"稍微详细的说法是："在一切人类所以为美的东西，就是他有用——于为了生存而和自然以及别的社会人生的斗争上有着意义的东西。功用由理性而被认识，但美则凭直感底能力而被认识。享乐着美的时候，虽然几乎并不想到功用，但可由科学底分析而被发见。所以美底享乐的特殊性，即在那直接性，然而美底愉乐的根柢里，倘不伏着功用，那事物也就不见得美了。并非人为美而存在，乃是美为人而存在的。——这结论，便是蒲力汗诺夫将唯心史观者所深恶痛绝的社会，种族，阶级的功利主义底见解，引入艺术里去了。"（第 63 页）

关键词：鲁迅　普列汉诺夫《艺术论》　普氏美学观点：美就是有用

1930 年 6 月底

方文三幕剧《五卅》，载《新地月刊》（即《萌芽月刊》第 1 卷第 6 期），第 67~104 页。

此剧写的是"五卅"惨案的发生：上海日本纱厂的日本监工杀死中国工人；工会主席顾正洪出面跟日监交涉，被打死。工人群情激愤，要报仇，但处于无组织无领导的状态。学生同情工人，愿意帮工人。于是工人和学生走上南京路，感动市民参加。英国巡捕向示威群众开枪，造成流血惨案。

此剧像是匆促的新闻稿，缺乏任何诗意。

关键词：描写"五卅"的剧本

1930 年 6 月底

《新地月刊》（即《萌芽月刊》第 1 卷第 6 期）刊载的诗歌是：K. F.《战争》、机器工人樱华《"五一"纪念》、陈正道《一九三〇年的五一》《少年先锋》、杉尊《群众》、少怀《春》、虹贯《让我们向太阳之神祈祷罢——纪念L. 的入狱》、鸥弟《归家》、唐锡如《夜戽》，第 127~151 页。

差不多全是革命口号的叫喊。如："朋友！大家起来斗争罢！／我们要以斗争来纪念伟大的'五一'！／要以斗争来充实红色的五月！／要以斗争来锻炼我们的筋骨！"（第 130 页）"我们的叫唤是这样粗暴，／已深入世纪的中心，／每个字都混合着铁与血，／每个字都闪出利刃的白锋，／全世界的基础已经震动！"（第 135 页）

> 太阳照过造金字塔的奴隶们的劳动与反抗，
>
> 太阳也照着一切劳动着，反抗着，建造着，支持着今日的黄金世界的奴隶们，
>
> 还给着勇气，给着斗力，给着成功，给着欢喜与胜利——一直到现在！
>
> 现在只有伊力其（列宁）是太阳的象征！（第 140 页）

只有《归家》写战争后归家所见比较感人：

> 几只黑狗抬起疑惧的眼睛盯着我。
>
> 多怕是受了过度的惊慌与恐吓了；
>
> 待我发声招呼它们，这才——
>
> 凄凉沮丧的跑近我的身边。

看：东一堆瓦砾，西一堆灰烬，

　　围墙穿上了无数斑驳的洞孔，

　　仅有那处圮坏的败栋与颓垣，

　　　给我忆起昨日的平和与熙攘！（第143～144页）

关键词：《新地月刊》的诗歌

1930年6月底

创作3篇：秋枫《老祖母》、蠛涛《笑的海》、沈子良《在施粥场上》（地方通讯），载《新地月刊》（即《萌芽月刊》第1卷第6期），第153～183页。

《老祖母》：南方，革命后农民的家。儿子被杀了，孙子继续闹革命，只有她艰难地活着。"她是短工的女佣：春天她便躲在麦地上替人家除草，割麦；夏天她便用很阔的荷叶遮着秃了的头替人家下稻肥，送午膳到田里去给农夫们吃；秋天会替人家种蕃薯（引者按：这是不确的；蕃薯是夏初栽，秋天收，断不能是秋天才种），'放粪'，'遮稗'；冬天她又会想出一些活计来：替农夫们补衣服，或是到地主们家里去看管小孩。"（第154页）老祖母只知道革命给她这样的家庭带来苦难："革命给了穷人什么了呢？照那次的革命看来，确乎没有什么，只很甘心地死了几千几万的穷人罢了。社会的黑暗，人民的痛苦，仍旧和未革命以前一样，并且因了战争的损失，使人民更加痛苦了。比老祖母更不幸的人也不知多少。""但革命这个火般的要求，仍旧漆般地粘在穷人的脑壳上。他们不独不愿意丢了它，并且更热烈地抱住它，准备用更粗暴的声音，喊出这火般的要求！"（第156页）革命有它自身的魔力。

小说中两次出现"掷出几点眼泪"，写法怪异。

《笑的海》：工人将参与发传单的行动。他们嬉笑着说："触屁去""触大屁"，看到南京路上几万人的笑脸，简直成了笑的海。

"这时候，我看见人群笑了，笑的海！

"谁曾参加那样的举动的，是洗过笑的澡了！"（第175页）

"我要到笑的海里去洗个澡，笑的澡！"（第169页）

《在施粥场上》（1930年4月22日写于太湖滨）：资本家施粥。领粥的人太多，生出怨恨：

"剥削农民的资本家，天天吮我们的血，吃我们的肉，把我们压在地下，要我们代代做着他们的牛马，出卖劳力，替他们造高大的房屋，做锦绣衣衫，吃山珍海味，蓄娇妻美妾，优供他们，肥养他们，迫使我们没衣没食，过着最穷苦的非人的生活。到了现在的时候，他们还是厚着脸子把抢去我们的汗血劳金，买了几担粗米，说什么乐善好施，欺骗我们地施着那鸟的粥；他们还要有吃没吃地查调我们，限制我们，对于这'吃粥'的问题；并且要我们到他们那里等吃，不准我们携带一勺一匙回去。像他们这般地压迫我们，侮辱我们，我们还忍得下去吗！我们只有举着我们的粗拳，向他们打去。打！……打！……打！……"（第182～183页）

这篇通讯的结尾，还有作者的议论和赞扬。但读着却有点酸楚。

关键词：描写革命工农的创作

1930 年 6 月底

《新地月刊》（即《萌芽月刊》第1卷第6期）"国外文化事业研究"专栏发表3篇译文：本译《苏联的书籍》、成嵩译《苏联第一次马克思主义的·列宁主义的哲学家代表会》、成文英译《共产学院艺术部本年度研究题目》，第185～220页。

成嵩译的是苏联将于6月1日召集的第一次马克思主义列宁主义哲学家大会拟讨论的问题，具体题目，各组召集人。代表会共分为5个小组：辩证法的唯物论、历史的唯物论、哲学史、无神论与反宗教宣传、方法论。后者冯雪峰译的是苏联共产学院艺术部造型艺术班、马克思主义演剧学班、电影班、音乐委员会研究的题目。这些都有史料价值。

关键词：苏联马列主义哲学家所讨论的问题

1930 年 6 月底

《新地月刊》（即《萌芽月刊》第1卷第6期）"社会杂观"专栏发表杂文13篇，第221～258页。

本期中木林的《小狗仔的阶级性》，引陈穆如《今日中国之新兴文学》（载5月14日《觉悟》）说无产阶级文学的含义：

"一，无产阶级文学是文学思潮的一派，换言之，就是染有无产阶级色彩的文学。

"二，无产阶级文学是完全隶属于无产阶级的，换言之，就是为无产阶级作武器的文学。

"三，无产阶级的文学是精神与物质的各方面，成为发展的，并完全和谐的艺术系统那种意义的无产阶级文学。"

作者认为这是小狗仔的言论。

总观《萌芽月刊》第 1 卷中的 50 篇杂文，也有打击面过宽之处：

如第 1 期上连柱的《胡适主义之根柢》说："更明确一点说，胡适先生底'好政府主义'，便是真命天子主义，做主子的好好地做主子，做奴隶的好好地做奴隶。所以胡适主义底本质，不过是在维持奴隶制度，使奴隶制度的社会延长，安定而已。"（第 188 页）潦西的《文学家兼政治家》，针对徐志摩、梁实秋。潦西的另一篇《关于孙福熙先生底政治观》问："孙先生是吃什么饭，用谁人的钱的？也不但只问他吃什么阶级的饭，用什么阶级的钱，便算足够；还必须问他用那一个的钱，吃那家的饭。"（第 194 页）

如第 2 期上学濂的《"没落"和"方向转换"》质问俞平伯。连柱的《学术和时髦》，就郑振铎的学术著作与之辩论。

如第 4 期上柔石的《丰子恺君底飘然的态度》、连柱的《夏丏尊的处世与教人》，对丰子恺、夏丏尊也不放过。

如第 5 期上力次的《注射与反应》又针对谢六逸说事儿。

关键词：《萌芽月刊》的杂文：打击面过宽，将胡适、徐志摩、梁实秋、孙福熙、俞平伯、郑振铎、丰子恺、夏丏尊、谢六逸等通通扫荡

1930 年 6 月底

《新地月刊》（即《萌芽月刊》第 1 卷第 6 期）的《编辑后记》说：

《萌芽月刊》第 1 卷所刊载的创作（诗、小说、戏曲）"是并非纯粹的无产阶级文学的作品。纯粹的无产阶级文学的作品，在现在是很难得到的，所登的这些作品，只是趋向于它的东西，这些作品在协助真的无产阶级文学的作品底产生上当有用处"。又说，"人们批评本刊，谓创作与理论不一致，我想这个批评是太概念的了，太单纯的了，好像他没有顾到现实。在现在，人们不能否认真的无产阶级文学的作品有产生的可能，但是，和我们的社会生活有许多的层一样，我们的文学是还有许多层的同时，理论与创作，文学与实际行动，又常常有着相当的距离。我们并非否认创作与理论应力求一致，只是在现实上，现在可以有立在最前头的正确的理论，而作品却总还是在追跑"。（第 296 页）

即是说，到此时（1930 年夏）为止，纯粹的无产阶级文学作品还没有出现，但有产生的可能。

这篇《编辑后记》又说：《萌芽月刊》从第 2 卷起，"要决然地成为一个文化底综合杂志"。设想的内容是：

1. 现代思潮底马克思主义的批判。
2. 关于现代中国文化及文艺的论评。
3. 马克思主义的文化及文艺的理论之绍介。
4. 世界及中国的文化状况底调查，研究，批判。
5. 世界无产阶级文学名作底绍介。
6. 世界文化斗争情形底报告。
7. 中国社会杂评。
8. 书报批评绍介。（第 297 页）
第 2 卷当然没有能够出版。

至此，左联的机关刊物《大众文艺》《拓荒者》都已先后停刊，实则左联已经没有公开发行的刊物了。在 9 月 10 日创刊《世界文化》，仅出 1 期。

5 月 10 日《拓荒者》出版第 1 卷第 4、5 期合刊后停刊。

6 月 1 日《大众文艺》出版第 2 卷第 5、6 期合刊后停刊。

关键词：《萌芽月刊》 月刊的创作并非是纯粹的无产阶级文学，纯粹的无产阶级文学作品还没有出现 左联机关刊物全部停刊

1930 年 6 月底

《新地月刊》（即《萌芽月刊》第 1 卷第 6 期）的《自由运动大同盟消息》披露中国民众受压迫、不自由的情状：

"尤其是在目前全国军阀混战时候，战争的各方，为维持其统治的地位，在巩固后防，侦查间谍的口号之下，加紧检查新闻，查禁报纸，查封学校，拘捕学生，言论，思想，出版，教育，读书，结社，集会的自由，都已被绝对的剥夺，他如搜查住宅，盘查行人，任意逮捕，身体性命，全无保障，扣车扣船，阻滞交通，拉夫掳人，强用军票，生存的自由，亦已丝毫无存，至于战争区域，则有田不能耕，有家不能住，而灾区人民，更连寻草根食树皮的机会都被剥夺，全国的人民在这有加无已的不自由的压迫之下，求生不得求死不能，除奋起与统治者作殊死的斗争，已无他路可走了！"（第 281～282 页）

关键词：中国民众受压迫的情状

1930 年 6 月

王独清诗集《圣母像前·死前·威尼市·埃及人》，由上海沪滨书局出版。

1930 年 6 月

《文艺政策》，上海水沫书店出版。

《关于党在文学方面的政策》，俄共（布）1925 年 6 月 18 日决议。

在这之前，1924 年 5 月，俄共（布）中央因党内对于文艺政策有种种不同意见，曾由俄共（布）中央出版部（部长是雅各武莱夫）主持召开了一次关于党的文艺政策讨论会。《关于对文艺的党的政策》是这次讨论会的记录。这个记录，鲁迅最早翻译，以《苏联的文艺政策——关于文艺政策评论会速记录》为题，发表在 1928 年 6 月 20 日～10 月 30 日《奔流》月刊第 1 卷第 1～5 本。

决议共 16 条。

党抓文艺的背景：有条件了，包括政治的、经济的。"我们进入了文化革命的阶段。"（第 3 页）

阶级性：文艺是有阶级性的。"正如一般阶级斗争在我国没有停止一样，阶级斗争在文学战线上也没有停止。在阶级社会中没有而且也不可能有中立的艺术，虽然一般艺术的阶级性，尤其是文学的阶级性，其表现形式较之——比方说——在政治方面是更加无限地多种多样。"（第 4 页）

无产阶级掌握政权之前和以后（无产阶级专政时期），阶级斗争的形式、任务不一样。

党要领导文艺：要保证无产阶级的领导。党"在文学领域中夺取阵地，也同样地早晚应当成为事实"。（第 5 页）

但是无产阶级要实现这样的领导殊非易事，因为无产阶级缺乏文化，过去"不可能创造自己的文学、自己的特别艺术形式、自己的风格"。无产阶级对于艺术，有了政治标准，但"对于艺术形式的一切问题却还没有同样确定的回答"。（第 5 页）

五个方面：基于上面的准则，党在文学方面的政策首先要解决五个方面的问题。

"无产阶级作家、农民作家与所谓'同路人'和其他作家之间的相互关系；

"党对于无产阶级作家的政策；

"批评问题；

"艺术作品的风格和形式问题，以及创造新艺术形式的方法问题；

"组织性的问题。"（第 5 页）

对"同路人"作家"一般的方针应当是周到地和细心地对待他们,即采取那种足以使他们尽可能迅速地转到共产主义思想方面来的态度"。(第 6 页)

对无产阶级作家,一方面支持他们,帮助他们;另一方面反对摆共产党员架子,反对骄傲自满。无产阶级要保证对文学的思想领导,必须跟两种错误倾向作斗争:一方面"党应当以一切方法与那些对旧文化遗产和文学专家的轻率和蔑视和态度作斗争",另一方面"那种轻视为实现无产阶级作家的思想领导权而进行的斗争的重要性的立场,也是应该斥责的"。无产阶级视野应当广阔。(第 7 页)

文艺批评:共产主义的立场;无产阶级的思想;揭示作品客观上的阶级意义;与文学中反革命的现象作斗争;暴露自由主义;团结"同路人"。

"共产主义批评应当在文学上避免使用行政命令的语气。""马克思主义批评应当从自己中间坚决根除一切狂妄的、一知半解的和神气十足的共产党员架子。"提出学习的口号。(第 7 页)

支持一切流派。党"既然领导整个文学,党就不可能支持某一文学派别"。(第 7 页)

"党应当主张这方面的各种集团和派别自由竞赛。用其他任何方法来解决这个问题,都不免是衙门官僚式的虚伪的解决。"由一个集团独占,必然"毁灭无产阶级文学"。(第 8 页)

"党应当用一切办法根除对文学事业的专横的和外行的行政干涉的企图。"(第 8 页)

关键词:俄共(布)的文艺政策

作者的话:

1930 年 5 月 10 日《拓荒者》出版第 1 卷第 4、5 期合刊(本期有两种封面:一为《拓荒者》,一为《海燕》)后;

1930 年 6 月 1 日《大众文艺》出版第 2 卷第 5、6 期合刊后;

1930 年 6 月《萌芽月刊》第 1 卷第 6 期以《新地月刊》之名出版后;左联能发表创作的刊物,全都遭到国民党当局的查禁。一股文学思潮,一种文学团体,没有发表作品的刊物,活动的手足就被斩断了,活动的天地就缩小了。

6 月 1 日代表国民党政治观点和意识形态的《民族主义文艺运动宣言》发表,并陆续出版《前锋周报》《前锋月刊》《现代文学评论》,并有一批追随者建立社团、发行刊物，以铺天盖地的文章，说普罗文学"没落"了，"崩溃"了，他们要登上文坛唱主角了。

8月，代表国民党政治观点和意识形态、以中央宣传部为后台的中国文艺社成立，并发刊《文艺月刊》。

秋天，国民党中央发出指示：取缔左联，通缉左翼作家，查禁刊物，更是以行政的势力和权威出面镇压，必欲将左翼文学斩尽杀绝，斩草除根。

1930年夏

周扬从日本回国。先加入摩登社，后参加剧联。1931年底加入左联，成为职业革命家。

为解决生活问题，周扬以文学翻译卖钱。其译品多为苏联文学或其他国家的革命文学。如：〔苏〕柯仑泰夫人《伟大的恋爱》（长篇小说）、〔苏〕顾米列夫斯基《大学生私生活》（长篇小说，与周立波合译）、〔美〕《果尔德短篇杰作选》、〔苏〕F. panferov V. Ilienkov《焦炭，人们和火砖》、〔美〕果尔德《罢工》、〔苏〕潘菲洛夫《田野的姑娘》、〔苏〕巴别尔等著《路》（短篇小说集）、〔俄〕托尔斯泰《安娜·卡列尼娜》（长篇小说）；单篇文章有：Calverton《普罗列塔利亚艺术》，Scott Nearing《艺术中的黑种人》，弗理契《弗洛伊特主义与艺术》《果尔德自传》《夏士勒德百年忌》，〔苏〕吉尔波丁《伟大的高尔基》，〔美〕库尼兹《新俄文学中的男女》，G. Munblit《巴别尔论》，〔俄〕V. 白林斯基《论自然派》等；撰写的单篇论文，如：《美国无产作家论》《巴西文学概观》《绥拉菲莫维奇——〈铁流〉的作者》《夏里宾与高尔基》《十五年来的苏联文学》《关于"社会主义的现实主义与革命的浪漫主义"——"唯物辩证法的创作方法"之否定》《果戈理的〈死魂灵〉》等。

关键词：周扬从日本回国，次年加入左联

民族主义文学家及其追随者不间断地
对左翼文坛进行诬蔑、攻击和诽谤

1930年7月6日

民族主义文艺派李锦轩在一篇《最近中国文艺界的检讨》（载《前锋周报》第3期）的文章中说，中国文艺在过去10余年中"无日不是在混乱的局面下挣扎"。而"混乱"的主因"乃是由于普罗列塔利亚文艺问题"。普罗花

样翻新地打起左翼作家联盟的旗号，但还是换汤不换药，"标语口号仍是标语口号，不过更堆砌了些铁锤镰刀，煤油石炭之类的字眼罢了"。这种文艺运动背景是受苏联支配。普罗作家对文艺都说了些什么呢？他们喊着要建立新的理论。"所谓新的理论却不过只是从日本贩来的硬译的几本任谁也看不懂的天书而已。"他们还把文艺大众化叫得震天价响，可是"农工群众即使有闲，再来读10年书，却也不敢领教这些不可言妙的东西"。最有趣的是鲁迅。"一位拼命反普罗文艺的主将，居然不上一年功夫，大概看了几本社会科学书，便忽地突变起来，竟为普罗作家的领袖了。"

关键词：民族主义文艺派说文坛的"混乱"由普罗文学引起

1930 年 7 月 10 日

〔美国〕Calveton（开尔浮登）著、傅东华译《古代艺术之社会的意义》（论文），载《小说月报》第 21 卷第 7 号，第 1021～1028 页。

本文所说的"古代艺术"，指的是爱西屋皮亚（Ethiopia）、埃及、叙利亚、巴比伦、希腊、罗马等国的艺术，没有包括中国。原始艺术没有阶级；古代艺术里没有被压迫的平民，"下流阶级""劣等阶级"即或出现，也是佣人。希腊艺术重视人体美。

《译者赘语》介绍作者："他可说是美国现在唯一著名的马克思主义的——或宁说社会学的——批评家。现代批评的进步，完全在从判断的或印象的态度转到说明的态度一个倾向上，而最有助于这个倾向的，当然要算社会学的批评。（虽然心理分析的助力也当然不可抹煞。）Calveton 似乎是竭力要做一个马克思主义者，但即如这篇短文，若从严格的马克思主义的立场看时，也是驳而不纯的，因为它里面还包含着 Buekle 的'河流文化'，和 Taine 的'Milien'。但我以为这不但不足为他诟病，却正足显出他的不太褊狭的精神。这样的分析，虽不免还要嫌它太粗一点，但它的方法是全部可采取的。"（第 1028 页）

关键词：开尔浮登 美国现在唯一的著名的马克思主义批评家 社会学批评

1930 年 7 月 10 日

〔苏联〕罗曼诺夫著、闻侣鹤译《没有樱花》（小说）；〔法国〕项伯作，李青崖、吴且冈合译《那个问题》（小说）；〔日本〕林房雄著、赵冷译《间米米吉氏底铜像》（小说），载《小说月报》第 21 卷第 7 号。

《没有樱花》：说苏俄男女大学生流露出"粗鲁的，野蛮的，淫荡的口吻和瞧不起一切循规蹈矩的风气"，他们实行性开放："我们那里爱情是不存在的；我们只有性欲的关系，因为爱情被人侮慢地充军到'心理学'的区域里去，只是生理学一门是我们承认的。女子很容易同男朋友搭在一起，同他们居住一星期，或一个月，或者是偶然的一夜。不论谁要想在爱情里找寻生理学以外的任何事物，就被人讥笑，视为怪物，或脑筋损坏的人物。"（第 1052页）

《译者附志》介绍作者罗曼诺夫：他是同路人派作家，以描写两性生活和妇人心理著名，他的许多短篇小说都着力于描写现在青年的性心理。（第 1057页）

《那个问题》：克利西街一家蔬果店的老板古特尔密先生夫妇的钱夹子里少了钱，他们怀疑是佣人们行乞。他们请来警察，不管三七二十一，先打女侍的脸，并将汽车夫往地上撞，女侍只得招供。

李青崖在译后附记中介绍作者：项伯（P. Hamp）为卜力庸（M. Bourillou, 1876— ）隐名，其著作注意下层阶级，为法国现代享有盛名的作家之一。氏初为厨工，继为铁路建筑工，终入巴黎公用工程学校，以工学士毕业，任某铁路工程师。其初次以文学作品问世，在 1902 年，至现在共有 20 余种，最著名者为：《人的痛苦》（三部曲）、《人类丛史》（现已出至第四集）、《不可压伏的工作》、《受伤的职业》、《机械的胜利》等。法国现代批评家克力墨谓"世之能以工人的心灵，写自身历史之工人，当以项伯为开山老祖"。（第 1066 页）

《间米米吉氏底铜像》：间米制陶公司经理间米米吉，克扣职工工资，建立他的铜像。对外却说是大家"自发的意志"捐助。职工们为发泄不满，就向铜像投石子赌输赢以取乐。后来又发现间米买勋章，更闹得满城风雨。

译者附记说：林房雄是日本普罗文学的健将。"作者善于处理时事，作为小说题材"，而中国作家不大注意眼前的事实，只写过去。这就值得借鉴。（第 1074 页）

关键词：罗曼诺夫 性心理小说 项伯 写下层阶级的工人作家、"为开山老祖" 林房雄 描写现实生活

1930 年 7 月 10 日

赵景深《现代文坛杂话》：《法兑耶夫的十九个》《高尔基的旁观者》，载《小说月报》第 21 卷第 7 号，第 1149~1151 页。

法兑耶夫的《十九个》（*The Mineteen*），实即《毁灭》。赵景深介绍说："此书是抗闵主义游击军队（独立队的义勇兵）于革命内乱时期，在西伯利亚东部与日本人和科尔恰克人战争的故事。在这本小说的许多人物中只有一个女人，她是营中的看护妇，心地宽大，却又好像动物一样，轮流为一切兵士所占有，兼做他们的母亲。其余便都是战争的人，由农夫和矿工组织成的，拿了短刀和来复枪，骑了马，在西伯利亚的旷野里战争。他们时常遇见敌人，饥饿，口渴，并且感到危险。"他们有一个领袖，是犹太人，名叫李文生。战争的结果，只剩下 19 个人。这是一部史诗。虽是游击队日常生活的质直叙述，却"写得非常的简单，美丽，而且温柔"。（第 1049、1050 页）

高尔基的《旁观者》（*Bystander*），即《克里姆沙姆金传》（*The Life of Clim Samghin*）：此书包含时代凡 40 年，从 1881 年亚历山大二世被暗杀叙起，一直叙到布尔塞维克的革命和苏俄政府的胜利。高尔基写了 4 年多，用了他 60 余年的生活积累。高尔基要鸟瞰俄罗斯全景，尤其是男主人公所属的中等智识阶级。但有人批评，高尔基的"四十年"，不如早期的小说和戏剧《夜店》，主要是结构松散，人物不集中，有些地方叙述啰嗦，谈话冗长。（第 1150~1151 页）

关键词：法捷耶夫的《毁灭》是一部史诗　高尔基的《克里姆·萨姆金的一生》结构松散，人物不集中

1930 年 7 月 10 日

〔捷克〕斯伏波多伐著、孙用从世界语转译《红泥》（小说），载《东方杂志》半月刊第 27 卷第 13 号，第 101~107 页。

译者在文后有对作者的简介：斯伏波多伐（1868~1920），捷克最好的女作家之一。在她的著作里，她讨论着道德问题和现代的社会潮流，尤其是关于从心理学观点的妇女灵魂问题。她的值得注意的著作有：《黑猎人》《空虚的爱》《情人》《在沙地上》《神圣的春天》《女朋友们》以及小说集《英雄的与无助的儿时》等。

关键词：捷克作家斯伏波多伐

1930 年 7 月 15 日

《展开》半月刊第 1、2 期合刊出版。编辑者展开社。32 开，正文 196 页。当时认为这是托派的刊物。

《展开社宣言》说：

"我们的旨趣：

"1. 团结国内进步青年，研究社会科学和革命文学的理论。

"2. 站在辩证唯物论的立场上和一切反动思想作无情的斗争。

"为要实现我们上面两种的要求。我们必要从政治上力争被统治阶级所剥夺去的，

"3. 出版，言论，集会，结社，研究自由。"（第 3 页）

本期《展开》的主要作者是：余慕陶、托洛茨基、王独清、黄药眠、成绍宗、王实味、陈铁光、谢韵心等。

其中有余慕陶的《请看新 Don Quixote 的狂舞——批判一，……何大白的反批判——》（第 5～23 页）、凌丰的《"左翼作家联盟"做的是什么事情?》（第 61～76 页）。

关键词："托派"刊物《展开》创刊

1930 年 7 月 16 日

《现代文学》在上海创刊，赵景深主编，北新书局发行。

创刊号刊载的文章主要有：胡秋原《蒲力汗诺夫论艺术之本质》，〔日本〕冈泽秀虎作、汪馥泉译《关于文学史中的社会学的方法》，杨昌溪《"哥尔德论"——美国的高尔基》，〔新俄〕卡泰也夫著、赵景深译《同乡》，赵景深《最近的世界文坛》《反动的高尔基》《〈西线无战事〉被禁及其他》，以及书评：桐华《〈中国文艺论战〉（李何林编）》，李何林《答邢桐华》，桐华《〈跋涉的人们〉（李守章著)》，苏读余《〈冲出云围的月亮〉（蒋光慈著)》等。

关键词：《现代文学》创刊号　论普列汉诺夫　社会学研究方法　哥尔德邢桐华的书评

1930 年 7 月 20 日

《南国月刊》第 2 卷第 4 期出版，为"苏俄电影专号"。

发表的有关苏俄电影的文章有：卢那查尔斯基《苏俄革命电影之现在及将来》、〔美〕路易斯·罗佐维《苏俄电影论》、〔德〕列柯·希尔叔《关于电影》、〔日〕秋田雨雀《苏俄电影印象》、省井虹二《苏俄革命电影小论》、H. Carto《苏俄电影艺术之经营及其发展》、T. Kitagawa《苏俄电影的五年计划》（以上文章皆未署译者），以及田汉的论文《苏联电影艺术发展底教训与我国电影运动底前途》。（2010 年 6 月 27 日按：本期刊物笔者未亲见）

关键词:《南国月刊》"苏俄电影专号"

1930 年 7 月

柔石短篇小说集《希望》,上海商务印书馆出版。

收入《一个春天的午后》《V 之环行》《人鬼和他底妻的故事》《会合》《没有人听完她底哀诉》《死猫》《生日》《夜底怪眼》《别》《遗嘱》《摧残》《希望》《怪母亲》《夜宿》等小说,另"人间杂记"14 则。

关键词:柔石小说集《希望》出版

左联执委会贯彻左倾路线的决议
《无产阶级文学运动新的情势及我们的任务》

1930 年 8 月 4 日

左联执行委员会通过《无产阶级文学运动新的情势及我们的任务》的决议。载 8 月 15 日《文化斗争》创刊号。

决议根据中国共产党中央政治局 6 月 11 日通过的《新的革命高潮与一省或几省的首先胜利》"左倾"错误文件的精神,认为以占领长沙、攻打武汉等"武装暴动"为标志的"中国革命的高涨","是人类解放斗争的伟大叙事诗最后一卷的前奏曲",是"使全世界成功一个热度很高的火药库……整个世界都在革命的前夜"。"因此无产阶级文学运动应该为苏维埃政权作拼死活的斗争。苏维埃文学运动应该从这个血腥的时期开始。"

决议说:"目前中国无产阶级文学运动已经从击破资产阶级文学影响争取领导权的阶段转入积极的为苏维埃政权而斗争的组织活动的时期。"这是对无产阶级文学运动的形势、地位、力量、影响、任务的总的估计和要求,其精神是错误的。

决议接着说无产阶级文学运动的处境:"目前反动统治阶级在文化上向革命营垒的进攻一天一天的加紧,书店的查封,刊物的禁止,邮政的封锁,戏剧公演的压迫,文化的摧残比之君主专制时代,北洋军阀时代来得更凶,然而这还是下策,特别是教育机关的垄断,对革命学生的进攻,向广大学生群众之欺骗,更有积极性更是组织化(如全国运动大会及童子军的检阅以至民族主义文学的结合),所以进攻方式来得更加巧妙。然而……中国无产阶级文学运动已经冲破了末期资本主义文学的个人主义浪漫主义艺术至上主义的影响，明确的指出无产阶级文学的必然性。现在不管新月派怎样板起脸孔来说文学的尊严，也不管民族主义文学派怎样在叫嚣，也不管取消派怎样在开始取消中国无产阶级文学运动，然而，他们在蓬勃的革命斗争事实之前，只暴露自己的反动的真相，在群众中不会有多大的影响。同时，革命的发展，阶级斗争的剧烈化，使每个革命的作家学习了唯物辩证法，学习了许多运动上实际的经验，因此清算了文坛的封建关系，手工业式的小团体的组织以至它的意识，而形成统一的无产阶级文学运动的总机关左翼作家联盟。……只有取消派和文学上的法西斯蒂组织民族主义文学派的小喽罗才不能够从中国无产阶级文学运动之历史的发展来注解'左联'产生的意义。'左联'这个文学的组织在领导中国无产阶级文学运动上，不容许他是单纯的作家同业组合，而应该是领导文学斗争的广大群众的组织。"

为此，"苏维埃文学运动应该为（实）现苏维埃政权而斗争。怎样使城市工人阶级更英勇负起他们自身的历史使命，怎样使广大群众的政治教育文化水准提高，怎样使文学的影响所到的地方，凝结坚强的斗争意志，怎样汇合一切革命的感情来充实革命的发展，这不能不是苏维埃文学运动的使命"。

决议"号召'左联'全体盟员到工厂到农村到战线到社会的地下层中去"，开展工农兵通讯运动，"从封锁了的地下层培养工人农民的作家"。

决议在这里提倡报告文学（Reportage）。

决议检查了过去的创作，认为存在的弱点"是作品内容缺乏现实社会的真实性。因为作家们依然没有和现实社会的斗争打成一块，形成生活感的空虚，作品内容的没有力量"。本来左翼作家的创作就薄弱，决议却批判"作品万能观念（或作品主义）"。

左联的这个决议政治意义大于文学意义，政治分量大于文学分量。

关键词：左联执委会决议《无产阶级文学运动新的情势及我们的任务》强调贯彻"左倾"路线　号召开展工农兵通信运动　提倡报告文学

1930 年 8 月 8 日

民族主义文艺运动的"跟随者"《开展》月刊创刊号上有一篇署名一士的文章《民族与文学》，说到普罗文学：

普罗文学只承认"文学是间接解决物质生活的工具，而不承认文学是人类用以营谋精神生活的手段，所以我们很难承认它是一种文学。它完全不顾及文学的主观的内包的价值，偏颇地趋向类似宣传品的格调里去，于是千篇一律的暴动呀炸弹呀的写标语"。"而且，它所鼓吹的阶级斗争，在理论及事实上，都是使生活破产而不能使生活改善。他们的理想，以为只要阶级斗争一成功，全人类的物质生活便都得解决而跻于平等，但他们昧于阶级斗争是一种社会的病态，而且，他们也忽略了'渐进'的原理，不经过解决民族生活的阶段，欲以'一'蹴而解决'全'人类的生活问题，实在是一种荒谬的梦想。而所谓'普罗列塔利亚特'文学作家也者，当然也是一批丑恶的梦游病者了。""太工具化"，实非今日所需要的文学。

关键词：民族主义文学"跟随者"诋毁普罗作家是一批"丑恶的梦游病者"

茅盾历史小说《豹子头林冲》《石碣》《大泽乡》 先后发表

1930 年 8 月 10 日

蒲牢（茅盾）《豹子头林冲》（历史小说），载《小说月报》第 21 卷第 8 号头条，第 1157～1160 页。

同样的小说《石碣》《大泽乡》载第 9 号、第 10 号。

《石碣》：梁山好汉的故事。军师吴用与圣手书生萧让合谋，在一百零八人排座次时，使宋江战胜卢员外，就让玉臂匠金大坚刻石碣，以"替天行道"来欺骗众人。

关键词：茅盾　历史小说

1930 年 8 月 10 日

〔日本〕村山知义著、秦觉译《愚劣的中学校》（小说），高尔基著、周久荣译《幸运》（小说），载《小说月报》第 21 卷第 8 号。

《愚劣的中学校》（第 1219～1222 页）：这篇作品，可以说没有人物，没有情节和故事。它通过一个学生的情绪流动，写中学校的愚民教育，魔鬼杀人的教育。

《幸运》（第 1223～1228 页）：写一个浴室的跑堂斯蒂芬·普罗霍甫拿地产公司主任不当，偏要试着当小偷，然后到铁工厂当工人，打扫过厕所，以测验命运的底蕴。高尔基善于写流浪人。

关键词：村山知义　高尔基　流浪汉

1930 年 8 月 10 日

〔日本〕冈泽秀虎著、陈雪帆译《苏俄十年间的文学论研究》（续），载

《小说月报》第 21 卷第 8 号，第 1205～1217 页。

本期是这篇长文的第七、第八节，小标题是："《那巴斯图》底极左文学论。"《那巴斯图》是"在哨岗"的音译。"极左"一词第一次出现。

"十月"（莫普）曾以《莫普执行部向俄罗斯共产党中央委员会宣传部的报告》，报告他们和"锻冶厂"的理论争议。这个报告由列列维支署名。"普罗列答利亚文学团体'十月'便作为由辩证法的唯物论的世界观所一贯的普罗列答利亚特前卫底一部分努力于设立这样的秩序。"所谓设立一定的秩序，就是说要使普罗"意特沃罗几握着领导权""文学的领导权"和"政治的领导权"，从而走向极端。（第 1206 页）

瓦进的《关于政治教育和文艺上的诸问题》"便是这一派政治的倾向最极端的代表"（引文见第 1207～1209 页），它"突破了文学论底范围，成为政治论了"。（第 1207、1209 页）

列列维支的《我们是拒绝着遗产吗?》，阐明他们对过去的遗产的态度。

同时代的各派文学，如"锻冶厂"，如同路人及"列夫"（"左翼未来派"），均遭到他们的批判。

1923 年 3 月 15～17 日，普罗列答利亚第一次莫斯科会议，在会上，列列维支根据罗陀夫制定的"十月"的纲领，提出他们的方针，名为《关于对布尔乔亚文学及中间集团的关系》（本文全文引用）。本文又介绍罗陀夫猛烈反攻瓦浪斯基的论文《浴着炮击》。

《在哨岗》第 5 期刊载《"莫普"和"列夫"底契约》，"莫普"由里别进斯基和罗陀夫签名，"列夫"由马亚可夫斯基和李列克签名。

日本的冈泽秀虎说：通过以上对《在哨岗》的理论的介绍，"便可以明了在根柢上常是组织的问题。即《在哨岗》底理论，是常将文学论和文艺政策混合不分的。因此《在哨岗》底文学论，便成了从来的文学的历史上所不曾有的'极端的'文学论"。在文学史上，还不曾有过一个时代的"文学这样公然地牵涉到实生活组织底任务，文学这样赤条条地接近着功利"。（第 1217 页）

本文引文多而长，全是直接引用。这是难得的原始资料。

关键词："莫普"的"极左"文学论

《文化斗争》创刊

1930 年 8 月 15 日

文总机关刊物《文化斗争》在上海创刊。

16 开，活页型，仅 12 页。零售每份大洋 2 分。通讯处：各左翼杂志（《新思潮》《社会科学战线》《拓荒者》《萌芽月刊》《社会科学讲座》《大众文艺》《南国月刊》《新文艺》《巴尔底山》《现代小说》等）转。（引者按：原刊无书名号。下同）

创刊号的文章有：潘汉年《本刊出版的意义及其使命》，谷荫（朱镜我）《反对帝国主义进攻红军》《取消派与社会民主党》，社会科学家联盟《拥护苏维埃代表大会宣言》，左联执委会决议《无产阶级文学运动新的情势及我们的任务》，中国社会科学家联盟《反社会民主主义宣传纲领》。

最末一页是套花边的两则广告：《左联中心机关杂志征求直接订户》和《从农村，工厂，战线，一切地下层，同志们，快送你们的报告来!!!》。

关键词：文总机关刊物 《文化斗争》 创刊

1930 年 8 月 15 日

潘汉年《本刊出版的意义及其使命》，载《文化斗争》第 1 卷第 1 期，第 1~2 页。

本文谈当前文化形势，提供多种信息，无不极"左"。

目前中国文化斗争急剧尖锐，反马克思主义的文化运动与正确的马克思主义文化运动斗争处在深刻化之中。

"统治阶级积极的指使一般御用学者，发挥其虚伪的曲解的合法的马克思主义思想，（如新生命派，其实还说不上合法，戴上一顶假马克思主义的面具而已。）拥护提携托洛斯基及机会主义的取消派思想以外，最近更是有计划的提倡社会民主主义（如邓演达陈启修等的什么农工党，中华革命党宣言），以及民族主义的文学运动（如徐蔚南，朱应鹏指导的什么民族主义文学运动宣言，《前锋周刊》等）企图缓和消灭正在勃发高涨的无产阶级文化运动。

"我们看一看事实吧！代表反帝国主义及国民党的一切左翼刊物，差不多都遭封闭，《社会科学讲座》，《新思潮》，《文艺讲座》，《萌芽》，《拓荒者》，《大众》，《巴尔底山》……已经明令禁止，此外暗中扣留不准发卖的更不知多少，更卑鄙无耻的是北方改组派——汪精卫与西山会议合交的所在地，居然为了禁止《巴尔底山》，《萌芽》与《拓荒者》等，封闭了两个书局（一个是北平光华，一个是北平北新），可是托洛斯基主义机会主义派的刊物——《动力》与《展开》恰恰在这时候出版了，非特不会遭受禁止，而且他们的论调正被新生命派，《东方杂志》等应用着，甚至转载托洛斯基先生的大作来向无产阶级的马克思主义进攻。上海市党部与社会局更巧妙了，一面强迫各书店不准再行刊印各左翼书报，同时命令书店老板，保留《大众》，《拓荒》，《南国》……左翼刊物的名称，由他们派民族主义的文学家来编辑民族主义的内容代替这些杂志的真面目，这一种下流无耻的欺骗手段，虽未经书店老板采纳，可是反动文化集团的日趋法西斯化是很显明的了，自称为马克思，列宁主义的托洛斯基派的前途正和统治阶级的反动文化步骤是日趋一致的！"（第 1 页）

本文还有两个观点颇值得玩味：

一是说，"三民主义的民族主义的（文化、文艺）"是"面目溃烂，梅毒三期的野鸡"。（第 2 页）

二是说，国民党当局查禁了左翼各刊物，若再"幻想由书店代替出版发行"自己的刊物或书籍，那是"机会主义的倾向"，必须坚决反对！（第 2 页）其办法就是自己办刊物，动员各盟员直接订阅，机关直接发行。（参见封底的《左联中心机关杂志征求直接订户》）

关键词：潘汉年：当前文化形势　横扫一切非左翼的文学思潮、现象　左翼刊物差不多都遭封闭

1930 年 8 月 15 日

谷荫《取消派与民主党》，载《文化斗争》第 1 卷第 1 期，第 3～5 页。

文章说，社会民主党已经创办《现代军人》和《穷汉三月》两种杂志，取消派也创办了《动力》和《展开》两种杂志，全都进行反对无产阶级文化运动的任务。"无耻的取消派人，尤其彰明昭著地滥抄马克思，恩格斯，列宁底只言片语来混淆革命战士底意志，破坏革命的正确理论。"（第 5 页）

刊于本期的中国社会科学家联盟的《反社会民主主义宣传纲领》（第 10～11 页），对第二国际、社会民主党、邓演达、谭平三的第三党、农民革命，中国的托洛茨基派和机会主义取消派等，有较为明确的说明。

关键词：朱镜我：反对取消派与民主党　反对邓演达、谭平三的第三党、农民革命

1930 年 8 月 15 日

三民主义文艺派的机关刊物《文艺月刊》在南京创刊。刊物的发刊词名《达赖满 Dynamo 的声音》。在阐释"文艺总是少数天才的制作"的论点时，其中一段高论是诋毁普罗文艺的：

"其实，每一个新时代的开展，都有它的永久的历史的背景，有它不可缺

少的物观的条件，有它最关重要的人类心理的建树，真不知道耗尽了几许天才者的脑汁，流尽了多少无名英雄的血液，随处都潜藏着真实的生命，含蓄着真实的力量，都有铁一般的难以动摇的根基，决不是一群诗人们所歌唱的海市蜃楼，绘画家所描摹的镜花水月。这种坚实的立场，要是仅仅经几个厌倦于现实生活的颓废者，自己躲避了敌人的攻击点，专在设法引诱同伴们暴尸荒郊的脆弱者，偶然因为欲望的不满足，或接触到不适合的刺激时，就中途变更自己的气质，端端的坐在安乐椅里，凝神静气的冥想，故意到工场里，牢狱里，炭矿里，平民窟里，寻找可以使人下泪的材料，幻想出人类离奇的苦痛，用充分煽动性的语句描写出来，满纸累幅，堆积着眼泪鼻涕，手枪炸弹，呼打喊杀，而谓即能骗取青年们的同情，挑拨民众憎恨的阶级的意识，卷起泼辣的狂风，动摇现实的根基，我想，实际上决没有这种轻而易举的事情吧!"

关键词：三民主义文艺派的中国文艺社创刊《文艺月刊》 发刊词诋毁普罗文艺

1930 年 8 月 16 日

上海《现代小说》第 1 卷第 2 号出版。刊载的主要文章有：〔美国〕辛克莱著、钱歌川译《向金性》，顾恩著、赵景深译《高尔基与警察》，〔俄〕高尔基著、黄岚译《消遣》，雷马克著、马彦祥评《〈西线无战事〉》，蒲梢《中译苏俄小说编目》。

关键词：辛克莱　高尔基　雷马克

1930 年 8 月 22 日

《文化斗争》第 1 卷第 2 期出版。共 10 页。

刊载的文章有：赫林《参加九七示威》、子贞《文化上的托罗茨基主义》（估计应为托罗茨基）、谷荫《〈动力〉底反动的本色》《中国左翼作家联盟在参加全国苏维埃区域代表大会的代表报告后的决议案》、鬼邻《对于反苏联战争的欧美著作家的态度》、郎当《战斗的随笔》、史君《读〈中国文学的新史料〉》。

关键词：《文化斗争》第 2 期出版

1930 年 8 月 24 日

民族主义文艺刊物《前锋周报》编者李锦轩在第 10 期的《编辑室谈话》

中说：

"回顾我们中国的文坛，纷歧（分歧）错杂的现象，是使我们最痛心的。……所谓左翼作家大联盟，更是甘心出卖民族，秉承着苏俄的文化委员会的指挥，怀着阴谋想攫取文艺为苏俄牺牲中国的工具。致使伟大作品之无从产生，正确理论之被抹杀；作家之被包围，被排斥；青年之受迷蒙，受欺骗；一切都失了正确的出路；在苏俄阴谋的圈套下乱转。这些，无一不断送我们的文艺，牺牲我们的民族。"

关键词：《前锋周报》诬称左联造成了文坛的"分歧错杂"　　左联是"攫取文艺为苏俄牺牲中国的工具"

1930 年 8 月

蒋光慈编选《中国新兴文学短篇创作选之二·两种不同的人类》，上海北新书局，初版。印 2000 册。255 页。

内收：甘荼《屎坑老鼠》《欢迎》，顾仲起《离开我的爸爸》，郑伯奇《帝国的荣光》，黄浅原《长蛇》，祝秀侠《某月某日的那一天》，冯宪章《一月十三》，森堡《两种不同的人类》，孟超《潭子湾的故事》，龚冰庐《有什么话好对人家说》，谷万川《黄莺与秋蝉的传说》。

甘荼《屎坑老鼠》（写于 1928 年 5 月 23 日）：省农会的负责人易同志给大家讲故事。凡老鼠分 4 种，第一种是吃高级宴席的残羹冷炙，长得胖胖的，油光水滑，但数目不多；最贱的是生活在粪坑里的老鼠，吃污物，精瘦精瘦的，但数量大。易同志以此启发民众，最基层最卑贱的民众只有团结起来，才能驱逐压在普通百姓头上的恶势力。

甘荼《欢迎》（写于 1928 年 6 月 23 日）：作品中的仙羊城指广州，禾港指香港。仙羊城老总布置欢迎禾港总督到仙城视察，具体任务落实到总部叶副官长身上。这位总部副官长前次杀人六千，牢里还关着两千多人，是有名的屠夫。他细数半个多世纪以来禾港总督的威风，欢迎总督对于官们官运升降之重大，诚惶诚恐，惴惴不安。他的娇妻、19 岁的"女诸葛"则据官场通例，考诸她出嫁时的规格，指示三点：一曰"礼仪隆重"，二曰"观瞻壮丽"，三曰"心意舒适"。叶副官长经过汇报，得到夸赞，再向孙老头子、胡参谋、李秘书、陈科长布置，样样落实，仅鸣礼炮 21 响，满城悬挂国旗，就讲究到让你忘不掉。小说结束在布置阶段，把欢迎的实际场面和效果，留给读者去想象。作品处处呈现讽刺。

顾仲起《离开我的爸爸》（写于 1928 年 2 月 25 日）：通过一个要革命的

青年给父亲写信，顺便说到这几年的经历，有革命高潮时的兴奋，有革命失败后，为维持生计，当小偷、坐牢的艰辛。他对父亲说，我恨你，怨你，憎你。一路批驳父亲要他做法律家，行人道主义，信仰宗教，做上帝的信徒。他说，凡活动的人类，哪怕是黄包车夫，他们都是自私自利的，都为我憎。现今的文学家艺术家应该"表现无产者汗血涂成了的人间地狱的图画"，"表现资产阶级狰狞的面孔和心"，"表现官僚的声势，不幸人的叹气"，"表现新旧军阀的刀枪炮，贫民的泪血声"。全篇没有人物，没有故事，只有宣言、口号和表白、愤懑、诅咒和怨恨。像下面这一句，倒还留下了一定的历史的真实性："我曾见过诚实，善良，同时又野蛮，凶暴的武装农民，然而我也曾见过这班武装农民做了土豪劣绅的傀儡……"（第 46~47 页）

郑伯奇《帝国的荣光》：本篇写一个日本海军陆战队队员山下次郎来上海后的心路历程。开初，他崇拜大野司令官，忠信司令官在训话时所说的他们还缺少杀气，不像野兽的名言，坚信"帝国的荣光"是许多勇敢忠诚的战士用鲜血换来的。后来经过事实的引导，尤其是他所爱慕的芳枝姑娘其实就是妓女的刺激，他对侵略"支那"的"崇高使命"有所怀疑。小说在结尾处有一段话：

> 是的，我们是为维持发扬"帝国的荣光"来的。但是什么是"帝国的荣光"呢？我现在警备着的 Café Sakura，我保护着的芳枝等等让英美的军官去嫖，那是"帝国的荣光"么？那么"帝国的荣光"简直是我的不荣光，是我的苦痛，是我的仇敌！在街上检查"支那人"的行李，（摸年轻"支那"女人的乳房，）那算"帝国的荣光"么？那算是无聊，那算是滑稽。保护那位偷运吗啡的绅士是"帝国的荣光"么？也许是的。也许"帝国的荣光"就是要保护那些变相强盗的。那么，呸！滚你的，什么"帝国的荣光"。（第 102 页）

黄浅原《长蛇》：本篇有一个副题《另一个中国人在轨道上的故事》。题头语是："这是 1921 年底暮秋底事。／这与其说是故事，不如说是新闻。"（第 105 页）作品写汉成等人毁铁道、炸火车的简要过程。比新闻还要简略。

祝秀侠《某月某日的那一天》：李理是学校区党部的宣传委员。在他们那里，"革命工作就等于出风头，出风头就等于想做大官，扒大钱"。革命就是"打茶园"（嫖妓），嫖妓就是解放妇女的运动。他贪污党证印花款去打牌玩女人。花花公子也玩"革命"！

冯宪章《一月十三》（写于 1930 年 3 月 5 日）：美国资本家办的电泡厂，车间阴暗，潮湿，充满着煤烟，油臭，汗酸，尘埃的空气里混着浓厚的菌味。女工中的"骚货"轧姘头，庶几能过上几天"好"日子；男人中的无节操者去嫖赌，是他们唯一的消遣。实在过不下去了的工人，举行罢工；遭到镇压；反抗更坚决。这就是作品的内容。

森堡《两种不同的人类》（1930 年 3 月 12 日写于东京）：日本人把中国人、朝鲜人都看成"奴隶，牛马，猪狗"。同是房客，房东待日本人如上宾，看中国人如赘瘤。作品的后半部以到监狱探望"思想犯"L 的遭遇为例，认识到日本也有两种不同的人类："一种对于中国人的态度是轻蔑的，仇视的，狠毒的……还有一种却是完全相反：是同情的，亲切的……"后面的这一种的名字则叫普罗列塔利亚特！

孟超《潭子湾的故事》：日本内外棉纱厂东五厂的门口叫潭子湾。工人罢工，反对增加工作时间。日本人杀了与厂方交涉的工人代表顾正红。七厂、九厂、十一厂都抱成了团，统统停工。广场成了工人的世界。学界、商界，都支援。在五卅那一天形成高潮。帝国主义侵略者血洗南京路。孟超写道：

> 五卅！
> 到南京路！
> 新世界，浙江路，抛球场，外滩，东新桥，火车站……
> 讲演，传单，口号……
> 上海，火一般了！
> 捕人！捕人！
> 乒！乒！乒——排枪！
> 血的上海！

响彻寰宇的口号，血的文字，鼓点式的节奏，记录中国人要做主人的五卅，记录帝国主义血腥屠杀民众的罪恶。五卅，惊天动地，翻天覆地，五卅是一页不寻常的历史。

龚冰庐《有什么话好对人家说》：一个将要临盆的死刑犯在狱中的思想活动。她谴责吃人者，希望留给即将降生的婴孩一个崭新的世界。

谷万川《黄莺与秋蝉的传说》：本文可说是普罗文学的第一篇童话。

关键词：新兴文学创作选之二 《两种不同的人类》出版　普罗文学的第一篇童话

作者的话：

《失业以后》《两种不同的人类》，是蒋光慈编选的普罗文学短篇创作精粹，和鲁迅所说的"优秀之作"可以对着看。这是两种眼光，两种标准。

蒋光慈选文的着眼点是工人生活、罢工斗争，是阶级对立、阶级对抗、阶级斗争。

若按我选，1928 年、1929 年、1930 年的普罗文学短篇创作中的优秀者是：赵伯颜《牛》，彭家煌《奔丧》，赵冷（王任叔）《出路》，李一它《食》，罗澜《血之潜流》，龚冰庐《炭矿夫》，华汉《冤船上的一夜》《马林英》，戴平万《小丰》《恐怖》《村中的早晨》，洪灵菲《在洪流中》，楼建南《盐场》，魏金枝《奶妈》《父子》，柔石《为奴隶的母亲》，等等。

鲁迅认为，李守章的《跋涉的人们》，台静农的《地之子》，叶永蓁的《小小十年》的前半部，柔石的《二月》及《旧时代之死》，魏金枝的《七封书信的自传》，刘一梦的《失业以后》等，"总还是优秀之作"。

1930 年 8 月

鲁迅编辑的《戈里基文录》（柔石等译）由光华书局出版。收高尔基自传、小说、论文、书信、回忆录等 8 篇。分别由鲁迅、柔石、侍桁、冯雪峰、沈端先等翻译。

1932 年再版时，改名为《高尔基文集》。

关键词：鲁迅编《戈里基文录》（《高尔基选集》）出版

1930 年 8 月

方璧（茅盾）《西洋文学通论》，上海世界书局出版。

除例言外，全书共十一章：第一章绪论，第二章神话和传说，第三章希腊和罗马，第四章中古的骑士文学，第五章文艺复兴，第六章古典主义，第七章浪漫主义，第八章自然主义，第九章自然主义以后，第十章写实主义，第十一章结论。

关键词：介绍欧洲文学史的通俗著作

顾凤城《新兴文学概论》提供中外普罗文学概观

1930 年 8 月

顾凤城著《新兴文学概论》，上海光华书局 1930 年 8 月，初版。印 2000 册。毛边，380 页。

本书扉页引美国 M. Gold（M. 果尔德）的话作为题词："千千万万的作家已经出来表示新的劳动阶级了；一个文学的时代出生在各地的工厂，矿坑和贫民窟里，沉勇地，生动地写出他们所深知的人生。"

本书分上中下三篇。

上篇"什么是普罗列塔利亚文学"，含三章：第一章文学的本质，第二章文学与唯物史观，第三章什么是普罗列塔利亚文学；中篇"普罗列塔利亚文学的内容与形式"，含三章：第四章普罗列塔利亚文学的内容与形式，第五章什么是普罗列塔利亚写实主义，第六章"文艺的大众化"问题；下篇"普罗列塔利亚文学批评的基准"，含两章：第七章普罗列塔利亚文学的批评基准，第八章文学之唯物史观的考察。

本书有附录四篇：（一）中国普罗文学概观，（二）世界普罗文学概观，（三）世界普罗文学名著介绍，（四）世界普罗文学家略传。

顾凤城在书中是这样回答什么是普罗列塔利亚文学的：第一，引列宁的话，认为普罗文学是"集团底文学"（第 85 页）。又引波格达诺夫《新兴艺术论》中的话："诗人甚至可以在他底经济地位上并不属于无产阶级的；但只要他是很熟悉于无产阶级底集团底生活，只要他是真正地又诚意地深铭着它底努力，理想，和它底思维方法，只要他是以它底观众为欢乐，以它底悲哀为悲哀，总之，只要他能将自己底灵魂和在无产阶级灵魂里面，这样地就能使无产阶级有真实的表现。"（第 85～86 页）第二，引日本青野季吉的话说，普罗艺术必须以普罗的思想，即普罗的意识为它的内容。（第 89 页）结语是："普罗列塔利亚文学是普罗列塔利亚在现实解放斗争中之武器的一部分。所以普罗列塔利亚文学是必须把握得普罗列塔利亚的意识形态，代表普罗列塔利亚底集团底精神底文学。"（第 90 页）

关于普罗列塔利亚文学的批评标准，作者引了普列汉诺夫、藏原惟人、青野季吉的话以后，将其归结为：（一）"我们在批评一篇作品的时候，必须立脚于普罗列塔利亚解放斗争的程途上。这种意识的解放斗争，是普罗文学批评的惟一基准。"(第 181 页)(二)"要批评一篇作品,必须先要观察其所属的阶级,分析其所代表的某一意识形态。譬如我们批评徐志摩的《巴黎的鳞爪》,是代表资产阶级的意识形态,茅盾的《追求》是代表小资产阶级的意识形态,戴平万的《陆阿六》是代表无产阶级的意识形态。"(第 181 页)(三)"既然决定了一篇作品所代表的阶级及意识,我们就要进而检讨产生那一篇作品的时代背景及社会的根据。"(第 181~182 页)(四)最后才考察它用怎样的手法来表现,即形式问题、技巧问题。

关键词: 什么是普罗文学 普罗文学的批评标准

1930 年 8 月

顾凤城《中国普罗文学概观》,为《新兴文学概论》附录之一,上海光华书局,1930 年 8 月初版。第 193~237 页。

本文第一节"文学运动之史的考察",认为中国新兴文学是和中国政治历史的进程同步的。他说:"中国的无产阶级在二七京汉铁路流血的政治斗争后,阶级的意识渐渐觉醒,那时候是和资产阶级结成一条联合战线,和帝国主义及封建贵族抗斗。后来,接着来的是震动全世界的五卅运动,中国的反帝运动到了五卅有了一个划期的表演。这一英勇的无产阶级所领导的反帝运动,展开了中国革命的新的阶段,接着掀动了全上海的大罢工,省港的大罢工,这许多都是给帝国主义和中国的封建资产阶级以严重的威吓的,展开了历史记载上的新的一页。一直酝酿成熟了广东政府的北伐战争。"(第 204 页)

"这时期的革命文学的特征大抵可以归纳成为二点:一是反帝色彩浓厚;二是在初期的时候是小资产阶级的革命化与资产阶级和无产阶级的进攻封建势力及帝国主义的联合战线。"(第 205 页)

顺理成章,中国的文学革命运动可分为三个阶段:

第一时期:自"五四"到"五卅",这是新文化运动的时期;

第二时期:自"五卅"到 1927 年,这是革命文学的时期;

第三时期:自 1928 年到写书的当时(1930 年),这是无产阶级文学运动的时期。(第 205~206 页)

本文第二节"中国普罗文学推进的阶段",先讲中国普罗文学存在的社会根据。(一)"因了无产阶级的成长,即有无产阶级的意识形态,普罗文学即是反映此种意识形态的文学。这是中国的普罗文学所以能够确立的社会的基础之一。"(第 209 页)(二)"中国的普罗列塔利亚,除了完成他本身的历史上的伟大的使命以外,他还须来完成资产阶级的革命。这时候,普罗列塔利亚必然地要起来主张自己的意识形态，主张自己的文学。这是中国的普罗文学存在之社会的根据的第二义。"（第 211 页）（三）"中国的普罗文学，必然地是伴随着世界普罗文学的潮流而来的。这是中国普罗文学存在之社会的根据的第三义。"（第 211 页）

本文第三节"现阶段的诸问题"，提出了普罗文学建设的一些实际问题。它们是：

"第一，作者问题。中国的普罗文学的作者大多数是小资产阶级的知识份子出身，所以在运动的初期，或许免不了走入错误的路途。而尤以'革命的 Pomantic 的成分极为浓厚'及'同路人'倾向等等，这是需要我们努力的克服及刻苦的学习，每一个作家应当和现实的工农的解放斗争联系起来，一步步的向无产阶级的方向前进。同时，我们应当更加速的提高无产阶级文化的水准，挑拔出无产阶级出身的作家来。

"第二，读者问题。中国的普罗文学的读者，现在尚停留在革命的小资产阶级的知识份子中间，这不能永久是这种现象的，我们要将作品推进到工农群众里面去。一面将我们的文艺大众化起来，一面设法提高工农群众的文化水准。我们的作品要成为工农群众自身的东西，要百分之百的在工农中间消解。

"第三，文学与政治的联系。我们的文学，应当与现实的政治生活联系起来。每一种政治潮流的转换，应当反映到文学作品上面来。我们中国过去的伟大的事变：五卅运动，海员大罢工，上海工人政府，广州事变，都是文学者最好的材料，是需要我们青年文艺家努力的。"

第四，理论问题。第五，进行自我批判的工作。第六，我们的普罗文学应当与全世界的普罗文学合流起来。（以上第 234～236 页）

关键词：中国普罗文学概观

1930 年 8 月

顾凤城《世界普罗文学概况》，为《新兴文学概论》附录之二，上海光华书局，1930 年 8 月初版。第 239～285 页。

本文简述了世界普罗文学概况，提供了一些史料。

俄国的普罗文学：

本文开篇第一句话就说："俄国的普罗文学在十月革命以前，就胚胎着丰富的种子了。"（第 239 页）

而苏维埃文学的急激的进展，却是在国内战争（1917～1920）终结之后。

接着，作者叙述了苏联普罗文学的历程：

1920 年普罗作家机关杂志《铁工场》发行。5 月 14 日，在莫斯科的 25 名普罗作家正式创立了普罗作家联盟。

1921 年 6 月新经济政策实行，把苏维埃社会从物质的穷困里解救了出来，文坛上就有了新气象。遂同时刊行《印刷与革命》和《红色处女地》。

自从新经济政策实行以后，俄国的革命党员才把集中在军事政治方面的力量分一部分出来，到文化战线上去。所以 1922 年初，就有两个无产阶级文学团体出现："青年卫队"（通译青年近卫军）和"劳动者之春"。并于本年 10 月联合组织"十月"文学团体。

1923 年 3 月组织了全联邦无产阶级同盟，并发表"十月"纲领。6 月，发行"十月"机关杂志《在哨所》。

1925 年 1 月无产阶级作家召开全联邦大会，通过一个决议案。

"1927 年，苏俄的左倾文学家，为确保革命期间的文学者的共同任务和共通的利益起见，在政府的赞助之下，组织了苏联作家同盟，总括一切无产阶级作家，农民作家，小资产阶级作家等，组成一个大联合。他们有自己的出版部，作为苏联作家的唯一的机关。"（第 250 页）

顾凤城说：苏俄普罗文学的代表作家作品有理别丁斯基的《一周间》、赛拉希莫维支的《铁流》、福玛诺夫的《却拍夫》、法兑也夫的《溃灭》、格来特可夫的《土敏土》，等等。"他们都用着前卫的眼光，去描写革命的现实的。有的是对于国内战争的描写，有的是写新俄建设的坚苦卓绝的精神。他们和'同路人'的区别，是在于他们所描写的革命的中心人物，不是对于革命无用的人们，而是社会主义建设的中坚份子。此外，他们的普罗列塔利亚写实主义的根本倾向，益加鲜明，作品与时代的结合，比任何作品更加浓厚等，也都是他们底特征。"（第 247 页）

日本的普罗文学（第 251~258 页）：

文章说，先后从事日本普罗文学创作、普罗运动的作家有：小林多喜二（著有《蟹工船》《不在地主》《一九二八，三，一五》等）、德永直（著有《没有太阳的街》）、立野信之（著有《军队病》）、片冈铁兵、村山知义、今东光、江口涣、贵司山治、田河、叶山嘉树、平林初之辅、黑岛传治、金子洋文、岩藤雪夫、藏原惟人、藤森成吉、林房雄、中野重治、江修山田青山郎、佐佐木、林藏原、田口、山田、青野季吉、前田河广一郎、小牧近江、令井贤三郎、小掘甚二、平林泰子、鹤田知野、细田民树、细田源吉、松本淳三、松林正俊、八田元夫、金子益大、光成信男、人木雄三、越中谷利益、大河原浩、小川未出、桥爪健、山内房吉森本，等等。

1927 年前后，日本的普罗文学团体有：全日本无产者艺术联盟（简称"纳卜"）、劳农艺术联盟（简称"劳农"）、全国艺术同盟（简称"全艺"）、日本无产派文艺联盟（简称"文联"）。

英国的普罗文学（第 258 ～ 262 页）：

文章说："英国到现在，还没有正式的普罗文学运动。"（第 261 页）在英国，人们很难找得出意识正确的如普罗列塔利亚写实主义的作品，"有的也仅仅只有一种人道主义气息十分浓厚或者是一种新理想主义的东西代表了现在的英国文坛"。（第 258 页）

美国的普罗文学（第 262 ～ 268 页）：

文章说，"美国的普罗文学，在现时虽未形成一个伟大的运动，却已产出了几个伟大的普罗作家，与世界的普罗文学合流了"。（第 263 页）

在美国的普罗作家中，值得注意的是：Upton Sinclair，Jack Jondon，Michael Gold 等。

辛克莱是美国"唯一的普罗文学家"。"他在 1906 年，暴露了芝加哥市的罐头制造工场的黑幕以来，或是关于科罗拉得的炭坑问题，或是关于煤油大王的事业问题，或是关于最近的无政府主义者 Sacco Vansetty 的被处死刑问题，都毫不姑息地去揭穿他们的黑幕。他最肯注意去研究美国的金融势力，——那种在宗教界，报界，文艺界，各方面发挥着威力的金融势力。他虽然被许多的反对者们冷讥热嘲，但是他的精神总是不屈的。他的《石炭王》《煤油》《波士顿之行》《屠场》《工人杰麦》等等，大都是揭穿美国资本主义的黑幕，而表示着劳动者阶级的光明伟大的展望的。"（第 264 页）

德国的普罗文学（第 286 ～ 273 页）：

作者的观点是："普罗文学是密切着国内的劳动运动的，我们看到一国的劳动运动的情形如何，也就可以看到他的普罗文学的情形。"（第 268 页）他说，第一次世界大战后，德国的普罗列塔利亚特渐次抬头，德国的前卫党的决定正确的政治路线，反映到文学分野上来，也必然有普罗文学产生。想为普罗与革命运动效力的文学，也不得不露出它的真实的脸孔了。普罗文学必须为革命的前卫思想而努力，它必须为未来的普罗革命效力。（第 270 ～ 271页）

德国普罗文学的代表人物有：哀特·埃尔·迫兹希埃尔。他是"现代德国普罗列塔利亚特最优秀、最进步的作家"，"只有他表示了现在德国普罗列塔利亚文学的最高峰"。代表作是《唯一的战争》。（第 271 页）其次是克莱欠尔，坑夫出身，作品有《鲁尔地方的防寨》。巴尔替尔也是工人出身，出版诗集 10 集以上，他是"德国普罗诗人中最普遍的一个"。（第 272 页）此外还有谬廉（女，原籍匈牙利）、窝特夫呵德尔。

法国的普罗文学（第 273~281 页）：

顾凤城认为："法国的普罗文学，也是比较的落后的，布尔乔亚在法国是根深蒂固，传统性极为坚牢，虽然最早法国就有了'巴黎公社'的出现，但是却不能将布尔乔亚的地盘连根拔去。"（第 273 页）

法国的普罗文学以巴比塞为活动中心。巴比塞本人不但自身是普罗文学的主干，还参加过许多实际行动。"他一天到晚东奔西走，以作反法西斯蒂的运动，而求普罗列塔利亚特的真正的解放。"（第 274 页）法国的普罗文坛还有基尔波（Henri Guilbeaux）所代表的"明天"（Demain）一个团体。理论方面有 Ickouiez 的《唯物史观的文学论》。

关键词：世界普罗文学概观

1930 年 9 月 7 日、14 日

民族主义文艺家张季平在《前锋周报》第 12、13 期连续发表《普罗的戏剧》和《普罗的诗歌》，否定普罗文学。

作者列举数篇作品，如艺术剧社的《西线无战事》、南国社的《卡门》，《拓荒者》上杨邨人的《两个典型的女性》、龚冰庐的《我们重新来开始》，前两部是舞台上表演的，后两篇是刊物上发表的。说它们只不过是一些标语口号"配着刻板的动作的混合物"，堕落到"一瞑不视"，"自有其膏肓的病根"。又说，普罗诗歌"除了暴力的叫喊，刀铁的描写之外"，别无其他。"过去一般的诗，只是白话文的句句横写，在今日，所谓普罗的诗歌，只有标语口号的汇集。这无怪会使人起着憎恶。"所举作品有：殷夫的《我们的诗》《May Day 的柏林》《意志的旋律》，陈正道的《劳动日》，段可情的《日本兵，请掉转你们的枪头》）。他认为这些诗，不是标语口号，就是情调感伤。

关键词：民族主义文学家否定普罗戏剧、普罗诗歌

1930 年 9 月 10 日

左联机关刊物《世界文化》创刊。仅出 1 期。编辑者、出版者、发行者均署世界文化月刊社。

设论文、资料、世界文化消息 3 个专栏，无创作。

刊载论文 6 篇：谷荫（朱镜我）《中国目前思想界底解剖》、冯乃超《左

联成立的意义和它底任务》、梁平《中国社会科学运动的意义》、鲁迅译《无产阶级革命文学论》（Andor Gabor 作）、Maroc Kij《Kommin tern 纲领上的文化革命问题》、烈文《苏联社会主义建设的伟大发展》，另有《左联致全国苏区代表大会祝词》和刘志清（柔石）的通讯《一个伟大的印象》。

关键词：左联机关刊物《世界文化》创刊

1930 年 9 月 10 日

谷荫（朱镜我）《中国目前思想界底解剖》，载《世界文化》创刊号。

作者说：本文的主要目的，在于观察中国目前思想界底几种重要的倾向，评论它们各自的价值，并指示中国思想界应走的大道。而评论各种思想价值的标准则是社会的价值。"所以若把问题局限于理论或思想体系这个范围之内，那末，凡能正确地反映客观的具体的历史过程的理论或思想体系，都具有社会的价值，反之，便没有任何的价值，便不是真理。"

中国目前有三种思想系统：改良主义的思想系统，自由主义的思想系统，机会主义的思想系统。三大思想系统都具有"反革命的性质"。

资产阶级自由主义的思想系统，是胡适一派的理论，新月派的立场。

在谈论社会价值时，朱镜我有一条注释云：

"社会的价值，我以为是对于全上部构造底评价之标准，没有社会的价值的东西便没有任何其他的价值。所以，从这一观点来看，现在左翼作家间所流行的政治的价值与艺术的价值云云的理论，是应该迅速地纠正过来的。很明显的，这是二元的观点，是极不彻底的折衷的观点。这不但会引起作品能离开内容而仍有艺术的价值之幻想而专门讲求形式美的偏向，且将永久不能理解无产阶级的文学之意义。"

关键词：朱镜我：中国目前思想界解剖　改良主义思想体系、自由主义思想体系、机会主义思想体系都具有"反革命性质"

1930 年 9 月 10 日

冯乃超《左联成立的意义和它底任务》，载《世界文化》创刊号。

本文的主要论点是：

无产阶级文学的产生"有它的社会的根据和历史的条件"。"这不是那几个文学团体的功劳，也更不是那几个作家个人的勋业。"无产阶级文学运动"是一个革命的行动"。"如果我们的通信员到某一个工厂去参加斗争，他并不是去找创作资料，'观照'斗争，而是发动斗争领导斗争援助斗争。"左联的成立，不是几个人的热心、几个小团体的组合，而是中国无产阶级解放斗争的复兴，马克思主义的普及，小团体意识的克服，而组成的"新的斗争方式"。"左翼作家联盟的成立最雄辩地说明运动的新发展。'左联'并不是过去几个文学团体的大联合，更不是'拉拢''投降''胜利'——这些都是反动派的恶宣传——它只是革命复兴期中的历史产物。""反复的说，'左联'产生的历史意义就是中国革命的深入，文学运动的进展。"

目前文学运动的中心口号是："大众化——到工农群众中去！"这已经不是宣传口号，而是"行动的口号"。"文学运动今后的路线是群众化。""现在的无产阶级作家需要有切实的革命工作的表现。"

"左联的任务因此不单是监视目前中国的文学现象时时刻刻和反动文学的潮流作斗争，更进一步要在斗争中扩大它的影响而发动它影响下面的青年群众的本身斗争并使之汇合到中国无产阶级的解放斗争。"

左联杂志的任务"不单是普及思想加强政治教育，吸收政治的提携者，也不单是集体的宣传者，集体的鼓动者，而且是集体的组织者"。"只有这样，'左联'的组织才能够扩大，才能够脱离单纯的作家组合，而成为真正斗争的机关。"

本文完全否定左联的文学性质，它仅仅只是一种完成无产阶级解放斗争的形式。

本刊消息栏有左联开会的消息。

关键词：左联的成立是革命复兴中的历史产物　普罗文学运动目前的中心口号是"大众化——到工农群众中去"，今后的路线是群众化　左联仅仅是一种完成无产阶级解放斗争的形式

1930 年 9 月 10 日

梁平《中国社会科学运动的意义》，载《世界文化》创刊号。共 25 页。

本文的小标题是：伟大的变革时代，革命运动与理论，马克思主义在科学上的胜利，中国社会科学运动勃兴的意义，国内社会科学思潮的简略的分析，中国革命马克思主义者的任务。

文章说，国内社会科学思潮可分为四派：

资产阶级的社会科学：以马寅初、李权时为代表的美国派的经济学；以胡适为代表的美国资产阶级的实验主义，"他们只能拾英美学派经济学的唾余，在哲学上崇奉变相的经验论"；文学上主张无阶级的文学，以新月派的梁实秋为代表；郭任远否认社会科学为科学。

民族改良主义之合法"马克思主义"：民族改良主义假冒马克思主义，割裂马克思主义，除去马克思主义的革命的精髓。要注意民族改良主义、自由主义、国家主义、无政府主义等非马克思主义。

马克思主义的叛徒："他们跟在社会民主主义者后面，说什么'有组织的资本主义'，说资本主义是愈趋稳定，说革命工人的斗争是盲动，忽视帝国主义矛盾的绝顶的尖锐化以及战争危险的迫切，对于中国革命问题，他们完全错误地估计了中国经济的性质（说中国已是资本主义经济!?），因之也绝顶错误地估计了中国革命在现阶段上的性质（说中国革命已是社会主义的革命），而蔑视农民在现阶段上的重大的作用。在革命的策略上，他们更表现出叛卖阶级的作用，他们反对革命工人的斗争，反对英勇的农民战争，侮蔑红军是土匪游民（和统治阶级的报纸一样），侮蔑苏维埃是旅行式的苏维埃……"应该特别注意社会民主主义、托洛茨基主义及机会主义，它们是"最危险的"。

革命的马克思主义。

本刊消息栏有《中国社会科学家联盟的现状》一题，提供社联许多信息。

关键词：国内社会科学思潮分四派　社会民主主义、托洛茨基主义、机会主义等马克思主义的叛徒是"最危险的"

1930 年 9 月 10 日

〔匈牙利〕Andor Gabor（安多·加保）作、鲁迅译《无产阶级革命文学论》，载《世界文化》创刊号，共 11 页。原载德文 1929 年 10 月 *Die Links Kurve* 第 1 卷第 3 号。

本文的主要论点是：

"文学并不是什么神圣的精灵的启示，它只是历史的产物，它只是阶级的产品，它描写，组织，和发展哪个阶级的思想与情感，它便是属于哪个阶级的文学。并且，它还是要从那培养着它的阶级的立脚点来形成那世界的影像的。"

"当我们今日说起我们的无产阶级革命的文学时，我们的意思并不是指那未来的，社会主义的，共产主义的，因而也就是阶级消灭了的社会上文学而言，因为在那时文学也要失掉了阶级性了。和这正相反：我们的文学是阶级文学的最高的阶段，它是彻头彻尾地阶级斗争底的。它发生在资本主义最后一段的帝国主义的时代并不是一件偶然的事。""因此，我们的文学也就成了那正在进展着的和锐利化了的阶级争斗的武器了。无产阶级的独裁既然是阶级统治的最高的——有自觉的——形式，那么，无产阶级革命的文学也应当按照世界革命的情况而分为两个时期的文学，即世界革命前的文学（在资本主义的诸国里）和无产阶级专政期的文学（在苏维埃俄国）。"

革命的劳动者"他也有文化的需要，而诗歌，小说，历史及故事的阅读便是文化需要的一种"。

文化斗争，实质上"完全是一种阶级的斗争"。

文学是阶级斗争的武器。

"我们的文学必需是一种基于革命的理论的革命的实践。""一两个作家是不够的"，"必需有更多的或大批的作家方可"。

"要使我们的文学能够发生，一个作家不但是需要'熟悉'无产阶级的科学，而同时还要将它作成自己的信仰，他不但是需要对于无产阶级的斗争'感到兴趣'，因而去'研究'它，他同时还需要觉着那是他自己的事业而和劳动者一同去争斗。无产阶级革命的文学必需在那无产阶级革命的阶级争斗的立脚点上体验出来。"

关键词：无产阶级革命文学论　无产阶级文学是阶级文学的最高阶段，是阶级斗争的武器，是革命的实践

1930 年 9 月 10 日

《左联致全国苏区代表大会祝词》、刘志清（柔石）通讯《一个伟大的印象》，载《世界文化》创刊号。

《一个伟大的印象》是柔石参加全国苏维埃区域代表大会的速写，充满革命激情，血液是滚烫的，情绪是激昂的，文字是鲜活的、跳跃的。

本刊消息栏有《中国苏维埃区域代表大会》的报道，列举了大会的决议案。

关键词：柔石参加全国苏维埃区域代表大会速写《一个伟大的印象》

丁玲《一九三〇年春上海》发表

1930 年 9 月 10 日

丁玲《一九三〇年春上海》（之一）（小说），载《小说月报》第 21 卷第 9 号，第 1297～1816 页。之二连载第 11、12 号。

《一九三〇年春上海》，作者原计划以此为题写 5 篇，后来胡也频被害，中断写作，只完成之一、之二两篇。如题目所示，丁玲本打算将 1930 年春天上海的形形色色的人和事，囊括在自己的大结构之中，全方位地反映大时代

中的人世百相。当然主要还是写小资产阶级知识分子，以及上层革命领导者。但由于她不具备那样的实地生活经验，所以写作并不怎么成功。

关键词：丁玲　《一九三〇年春上海》

1930 年 9 月 10 日

〔美国〕贾克伦敦作、蒯斯曛译《AhCho 与 AhChow》（小说），载《东方杂志》半月刊第 27 卷第 17 号，第 105～114 页。

关键词：杰克·伦敦小说

1930 年 9 月 10 日

〔苏联〕柯根教授著、沈端先译①《伟大的十年间文学——新兴文学论续编》，上海南强书局，初版。印 2000 册。约 18 万字。

正文共三部分："十月"的前夜，普罗列塔利亚文学，同路人文学。

第二部分（第 141～337 页）的内容约为：社团流派、理论主张、作家作品。

关键词：苏联《伟大的十年间文学》

1930 年 9 月 16 日

《现代文学》第 1 卷第 3 号出版。

刊载的主要文章有：〔新俄〕马拉西金著、杨骚译《异样的恋》（连载），"最近的世界文坛"专栏有谷非《〈土地〉问题》、杨昌溪《苏俄政府内亏吞公款者之描写》、杨昌溪《俄国工人与文学》、谷非《美国人想看高尔基》、谷非《辛克莱打官司》、谷非《俄译罗曼罗兰全集出版》、杨昌溪《英国工人的戏剧运动》等。

关键词：谷非（胡风）说高尔基、辛克莱、罗曼罗兰

左联活动：为鲁迅 50 寿辰举行庆祝会

1930 年 9 月 17 日

左联为鲁迅 50 寿辰举行庆祝会。

---

① 应是从日文转译，但书上无任何说明。

据回忆，此次祝寿活动，由柔石、画室（冯雪峰）、冯乃超、蔡咏裳、董绍明、许广平等发起，参加者除左联、社联、美联、剧联代表外，还有叶绍钧、傅东华、茅盾、史沫特莱等 30 余人。

关键词：鲁迅 50 寿辰庆祝活动

1930 年 9 月 21 日

读者澄宇投稿给《前锋周报》，题名《我们所需要的文艺作品》，载《前锋周报》第 14 期《读者意见箱》。

这位读者说：近几年的中国文艺界，因为没有中心意识作指导，弄得乌烟瘴气，乱七八糟，一点系统也没有。"自所谓普罗文艺出现以来，中国的文艺界更形紊乱了。又因为没有真正的文艺中心思想，所以让普罗文艺风行了一时。在主观上我们虽然反对普罗文学的错误，但在客观上可不能不承认普罗文艺的确在中国文艺界上曾风行了一时，曾占了一个时期的文艺要流，虽然说不上占到领导的地位。幸而近来民族主义文艺的勃兴，才打退了普罗文艺的凶焰。但是我们可不要因此而狂喜，而乐观，因为普罗文艺目下只不过是表面上消沉了一点，而其潜在的力尚是不小呢！"

关键词：《前锋周报》承认：普罗文学确在文艺界风行一时，居文艺的要流；其凶焰虽被民族主义文艺运动打退，它的潜力尚是不小

1930 年 9 月 25 日

华汉短篇小说集《活力》，由上海平凡书局出版。
内收作品 6 篇：《活力》《奴隶》《归来》《马桶间》《未完成的伟人》《兵变》。

关键词：华汉 《活力》

1930 年 9 月

叶绍钧长篇小说《倪焕之》，由开明书店出版。
书前有夏丏之写于 1929 年 8 月的序。序言说：在"只是千篇一律的谈恋爱，或宣传品式的纯概念的革命论"的国内文坛，"突然见了全力描写时代的《倪焕之》，真是使人眼光为之一新。故《倪焕之》不但在作者的文艺生活上是划一时代的东西，在国内的文坛上也可说是可以划一时代的东西"。

关键词：《倪焕之》是"划一时代"的创作

1930 年 9 月

《浮士德与城》，卢那卡尔斯基作剧本（共十一幕），鲁迅编，柔石译，上海神州国光社，初版。

鲁迅的《〈浮世德与城〉后记》（6 月 16 日作），署名编者。

鲁迅在后记中论述批判继承人类文化遗产："因为新的阶级及其文化，并非突然从天而降，大抵是发达于对于旧支配者及其文化的反抗中，亦即发达于和旧者的对立中，所以新文化仍然有所传承，于旧文化也仍然有所择取。"所以卢那卡尔斯基"他之主张择存文化底遗产，是因为'我们继承着人的过去，也爱人类的未来'的缘故；他之以为创业的雄主，胜于世纪末的颓唐人，是因为古人所创的事业中，即含有后来的新兴阶级皆可以择取的遗产，而颓唐人则自置于人间之上，自放于人间之外，于当时及后世都无益处的缘故。但自然也有破坏，这是为了未来的新的建设。新的建设的理想，是一切言动的南针，倘没有这而言破坏，便如未来派，不过是破坏的同路人，而言保存，则全然是旧的维持者"。

在这篇后记的末尾，鲁迅提供信息：卢那卡尔斯基论艺术的著作译成中文的已有：《艺术论》（并包括《实证美学的基础》，大江书铺版）、《艺术之社会的基础》（雪峰译，水沫书店版）、《文艺与批评》（鲁迅译，水沫书店版）、《霍善斯坦因论》（鲁迅译，光华书局版）

关键词：新的阶级和文化必然有所传承 新的建设的理想是一切言动的指南针

1930 年 10 月 10 日

施蛰存《将军底头》，载《小说月报》第 21 卷第 10 号，第 1431～1450 页。

这是一篇典型的新感觉派小说，或说性心理分析小说。

关键词：施蛰存 《将军底头》 新感觉派

1930 年 10 月 10 日

何家槐《猫》（小说），载《小说月报》第 21 卷第 10 号，第 1451～1462 页。

小说写年轻的两夫妇单调、平庸的生活。丈夫靠写稿挣钱，妻子以养猫消磨时光。朋友戈琪来访，并与妻子一同去散步，引起丈夫无端的怀疑，遂使妻子离家出走。

关键词：何家槐

1930 年 10 月 10 日

〔德〕格劳赛著、武思茂译《艺术底起源》，载《小说月报》第 21 卷第 10 号，第 1466～1476 页。

译后附注云："本文系从俄国拉散诺夫（Rasanof）所编的《文艺论集》中译出。该书所包含的全是有名的新兴文学的论文，除了这篇外，尚有蒲哈尔的《诗及音乐底起源》，卢那卡尔斯基的《艺术与马克思主义》，傅利契的《艺术风格》《社会学底经验》，蒲列哈诺夫的《车勒芮绥夫司基的美学理论》……等十余篇。本文作者格劳赛（E. Grosse）是德国人。"（第 1476 页）

关键词：格劳赛　新兴文学论文

1930 年 10 月 10 日

赵景深《现代文坛杂话》：《新群众及其作家》《哥尔德与库尼茨的论战》，载《小说月报》第 21 卷第 10 号，第 1544～1546、1547～1549 页。

《新群众》（*New Masses*）是美国工人艺术和文学的杂志，主编者是《一万二千万》和《没有钱的犹太人》的作者哥尔德（Michael Gold）。月刊，售价 1 角 5 分。每期有哥尔德的《每月评论》，刊载小说、诗歌、图画、书评、通讯等。刊物已经有 20 年的历史。初名《群众》，后次第改名《解放者》《工人月刊》，1926 年 5 月改名为《新群众》。

《新群众》的诗人除了克莲堡、罗尔推、罗特外，还有梅克李阿德（Norman Maclood）、梅吉尔（A. B. Magil）、白来克（Helen Black）等。戏剧家有巴喜（Emje Basshe）、希克尔生（Harold Hickerson）等。小说家首推辛克莱，其次是帕苏士（John Dos Passos）、哈礼逊（Charles Yale Harrison）等。

关键词：美国《新群众》及其作者

1930 年 10 月 15 日

南京《开展》月刊发表一篇署名予展的杂文《到农工队伍里去?》，从中可以看看一群民族主义文学运动的追随者的骂人术。杂文写道：

　　穿了漆皮鞋在"拓荒"，投在妖怪似的舞女怀中"萌芽"的"普罗"诸君子，自从我们"民族"的前锋开展，第三国际的金卢布断绝来源以后，既不听见他们狗叫似的喊着"文学"要"大众"，也不听见他们鬼也似的闹着"小说"要"现代"，甚至连臭虫跳蚤一般的袭击队——巴尔底山（Partisan）都立时销声匿迹，不知所终。虽说留下来的取消派余逆，也曾伸颈缩项地想来"展开"一下而即刻又归天亡。

其实，真的是"终"或竟"天"，倒也未尝不是一桩谢天谢地谢神灵的好事，无奈这批又臭又韧的"普罗"诸君子，虽然明晓得"荒"是"拓"不成功而"现代"来临，一个个都大彻大悟而向后转去，然而他们依旧抱着老羞成怒的讨饭脾气，好像非要把这批被金卢布迷醉的脑袋，悉数撞碎在自己硬造出来的"阶级"上不可。

方"阶级斗争"的屁论动摇而"普罗"的毒流日渐崩溃之际，"普罗"头子鲁先生，忧急得"彷徨"无计，然而死人面皮，却又不得不撑，于是领率群丑，"呐喊"出"到农工队伍里去"的口号，以自敲其下台"破锣"，实则此"破"碎凄凉的"锣"一声，不啻为"普罗"诸君子奏一回葬曲，撞一回丧钟而已。

今，"普罗"诸君子已销声匿迹，无影无踪，说者谓彼等真的放弃了"造谣言""吹牛皮""谩骂"的文字宣传，脚踏实地的跑"到农工队伍里去"干犁头斧锄的工作，然而据我看来：漆皮鞋依然擦得亮亮地一尘不染，厚得无可比喻的鬼脸仍旧投倚在妖怪似的舞女怀中。

"普罗"的诸君子！"普罗"头子的鲁先生！你们拿得出浸透你们的脚汗，而涂满污泥的草鞋来不？你们更拿得出是你们一把用纯熟的斧锄来不？啊！你们不必"吹牛皮"！你们莫再"造谣言"！当我们执了一个诚实的农人或工人而询问你们的真相，他们所回答的是："谁见这些普罗的鬼影！"

哼哼！真的"到农工队伍里去"吗!？"普罗"诸君子！"普罗"头子鲁先生！别再见你们的鬼！而且你们是等待着吧！等待着我们"民族"的前锋，在你们臭烂的尸体旁开展！

除了低级的诬蔑和谩骂，什么也不剩。

关键词：民族主义文学派的骂人术

1930 年 10 月 16 日

《现代文学》第 1 卷第 4 期，由北新书局出版。

本期刊物为纪念玛雅可夫斯基专号。封面上标明"玛耶阔夫司基自杀本期有纪念文章八篇"并死者像一帧。

所刊 8 篇文章是:石民《玛耶阔夫司基的两首诗》、赵景深译《玛耶阔夫司基的自杀》(拉莎洛夫,即 Alexander I. Nazarolf 作)、戴望舒译《玛耶阔夫司基》(法国 A. Habaru 作)、毛翰哥《玛耶阔夫司基的葬式》、杜衡译《玛耶阔夫司基》(梅吉尔,即 A. B. Mgil 作)、陆立之《玛耶阔夫司基的诗》、谷非《玛耶阔夫司基死了以后》、杨昌溪《玛耶阔夫司基论》。

赵景深译自美国《礼拜六文学评论》的《玛耶阔夫司基的自杀》说:马雅可夫斯基的自杀,在莫斯科的文学界和政治界"好似一个惊天雷一样",因为这位俄国未来主义的领袖是"苏俄最有名的诗人",有 10 万人为他送葬。(第 11 页)他 14 岁的时候加入俄国布尔什维克,19 岁时成为俄国未来主义"无比的领袖"。十月革命发生,"他立刻就成为政府的诗人,赞美苏俄的革命工作。……他光荣极了。他还觉得不够,更发狂一般的要求苏俄政府使他和他的信徒即未来主义者们成为俄国文学上的狄克推多"。(第 4 页)"他的诗没有诗意,喧哗,狂呼,主要的目的是骂人,吓人。""他只是丑角,不是诗人。"他虽然是抗闵主义者,但过于个人主义。因此,"苏俄的批评家对于他的作品讥笑而且嫌厌,甚至侮弄他"。"他在苏俄是毫无地位了。"(第 13、14 页)

法国 A. Habaru 作《玛耶阔夫司基》(戴望舒译)说:马雅可夫斯基"是无产阶级革命的最伟大的诗人"。但他的未来主义却"并不是一个革命的运动"。"自从革命底斗争的时代一终结,他的诗的兴感便死了。在以后的建设的道程中,他的诗便失去了气势了。"(第 15、16、17 页)

梅吉尔的《玛耶阔夫司基》中有这样一句话:"玛耶阔夫司基是一个未来主义者,并且穿着黄斗篷,又画着未来主义的图画,又写着响亮的未来主义的诗篇,又厌恨着柴霍甫和安特列夫和沙皇底压迫民众和巴尔蒙特和勃留索夫和战争和阿志巴绥夫(Artsybashev)和宫廷底腐败和反撒姆种人主义和棱罗古勃和武力主义。"(第 27 页)

陆立之的《玛耶阔夫司底诗》说:"玛耶阔夫司基凭个人主义的狂热与普希金的传统决裂,他自己创作了任意的韵与律。他企图以有复杂律的诗行来证明律是不需要的,但是,他失败了,甚至他受了致命伤!一般地说,玛耶阔夫司基是患的左倾幼稚病。"玛耶阔夫司基"是一个绝大的天才,他'英雄'的接受革命,他在艺术的领域中比一切的同路人更接受我们,他反抗一切旧的拥护新的进步的东西,因此他也是进步的,他同情无产阶级方面,供革命的驱使;在某种意义上,他甚至比奇绵·白德芮还好些"。(第 35 页)作者将玛耶阔夫司基的诗创作分为七个阶段,并举出每一阶段的代表作:(一)早年的作品,《裤中之云》及其他；（二）关于战争的作品，《战争与和平》；（三）关于革命的作品，《我们底马赛曲》；（四）讽刺的作品，《坏蛋》及其他；（五）关于美国的作品，《现分之百》与《美国的俄国人》；（六）关于文学的作品，《悼叶赛宁》及其他；（七）末期的作品，《关于这个》。终其一生，"他底诗最有精彩并真正能跃登文坛的，只有他早年的作品：《裤中之云》"。（第36页）①

谷非（胡风）的《玛耶阔夫司基死了以后》引卢那察尔斯基的话，说玛氏及其团队（文中作群队）"是不适合于产生新艺术底派别，因为缺乏革命的接近，自然的失掉了他基本的创立，虽然他们是自命为普罗列塔利亚，但他们始终是属于小资产阶级的个人主义者，无政府主义的倾向和喜斗的挑战使他们一日一日的没落。虽然工人是在倾（洗）耳倾听玛耶阔夫司基美丽的诗篇在群众集会中朗朗的诵读，但是他们只是在玲（聆）听诗人底艺术品所表现的律韵，而他们对于未来主义的思想却一点也没有用。因此，不消我们的抨击，大时代会来估量玛耶阔夫司基和他底群队"。（第52页）在没落的一群人中，玛耶阔夫司基是"比较的接近于革命"的。（第52页）"在革命的内战时期和革命的建设时期，玛耶阔夫司基都在广大的群众面前承认他自己是作为广告和标语的诗人。"（第54页）他是"特出的天才"，他毁灭传统，摒弃旧的束缚，将数学公式引入诗行。"他从诗中摒绝无数破烂的字和短句，创造了新的字和短句；而且在旧的方面重新充满了血，把这些新旧的字和句语都活动的运用到诗的方面。他很熟练而有技巧的处置他底字与字典宛如一个照自己底规律去工作而不顾技艺高兴与否的胆壮的匠师。他有他自己底造句法，自己底意象，自己底律与韵，所以在新俄的诗坛上，他是12年来产生的独特的天才。"（第53页）本文列举了马雅可夫斯基不同时期的诗作，其中提到了《列宁》。在众多的文章中，只有胡风提到了这一部诗歌。

关键词：《现代文学》　纪念马雅可夫斯基专号　马氏承认"他自己是作为广告和标语的诗人"

蒋光慈被开除党籍

1930年10月20日

据本日出版的中共中央机关刊物《红旗日报》报道：蒋光慈已被开除

---

① 本刊编者赵景深在本期的《编辑后记》中说："陆立之是参考俄文书籍作的。"（第201页）

党籍。

这篇报道的题目是："没落的小资产阶级蒋光赤被共产党开除党籍。"详细内容如下：

"蒋光赤原是一小资产阶级的学生，加入中国共产党虽已几年，但从未做过艰苦的工作，更没有与群众接近，素来就是过他所谓文学家的优裕生活。近来看见革命斗争高涨，反动统治的白色恐怖随之加甚，蒋光赤遂开始动摇。蒋原为文化工作人员之一，近中共中央决议将在文化工作人员中调一些到实际群众工作中去，蒋光赤早已动摇，经此一举，害怕艰苦工作，遂写信给党，说他是过惯了浪漫优裕的生活，受不住党内铁的纪律，自请退出党外，'做一个实际的革命群众一分子'。……今蒋光赤之所为，完全是看见阶级斗争尖锐，惧怕牺牲，躲避艰苦工作，完全是一种最后的小资产阶级最可耻的行为，为肃清党内投机取巧动摇怯懦的分子，健全党的组织起见，遂开会决议开除其党籍；业经江苏省委批准。

"他入党以来始终没有过很好的支部生活，党经常严厉督促和教育他，依然不能克服他那小资产阶级浪漫性，去年全国斗争发展，白色恐怖加紧的时候，他私自脱离组织，逃到日本，俟后骗党说到青岛去养病，党给他一个最后警告，而他未能彻底认清错误。又，他曾写过一本小说，《丽莎的哀怨》，完全从小资产阶级的意识出发，来分析白俄，充分反映了白俄没落的悲哀，贪图几个版税，依然让书店继续出版，给读者的印象是同情白俄反革命的哀怨，代白俄诉苦，诬蔑苏联无产阶级的统治。经党指出他的错误，叫他停止出版，他延不执行，因此党部早就要开除他，因手续未清，至今才正式执行。

"据熟知蒋光赤的人说：他因出版小说，每月收入甚丰，生活完全是资产阶级化的。对于工农群众生活，因未接近，丝毫不了解。他又并没有文学天才，手法很拙劣。政治观念更多不正确，靠了懂几句俄文，便东抄西袭，装出一个饱学的样子，而实际他所写小说，非常浮泛空洞，无实际意义。其动摇畏缩，决非偶然的事。他虽然仍假名做'革命群众一分子'，这完全是一种无耻的诡辩解嘲，他已经是一个没落的小资产阶级，显然已流入反革命的道路云。"

报纸用黑体字排出："布尔什维克的党要坚决肃清这些投机取巧，畏缩动摇的分子，号召每一同志为革命而忠实工作，为革命而牺牲一切，健全党的领导作用。"①

关键词：蒋光慈被开除党籍

① 转引自方铭编著《蒋光慈研究资料》，宁夏人民出版社，1983年7月第1版，第140~141页。

胡也频《光明在我们面前》出版

1930 年 10 月 20 日

胡也频长篇小说《光明在我们面前》，由上海春秋书店出版。

小说以北京为背景，写"五卅"前后，一个安那其（无政府）主义者转向共产党的过程。刘希坚是教授，坚信马克思和列宁的共产党领导人；白华是北大学生，坚定的克鲁泡特金安那其主义信奉者。他们也是一对有着严重思想分歧的热恋中的年轻人。刘希坚有信心将白华拉过来，使其成为共产党人。白华转变的途径是自然的：（一）刘希坚让她读马列主义的书；（二）她们安那其主义的人都不干实事，只说空话。他们对上海"五卅"惨案无动于衷，还说怪话，反而诬蔑共产党，白华认为他们是一些"三教九流"。有决议，他们不行动。比如说决定要发传单，结果成了白华一人"包办"：自己起草，自己刻钢板，自己油印，自己跑到马路上去散发。事实教育她，安那其主义者都是一些什么样的人。（三）上海帝国主义者血腥的屠杀，古城的群众运动的伟大启发：上海"五卅"惨案使她震惊，怒不可遏；北京天安门广场 20 多万人的总示威，惊天地泣鬼神，她参与其中，散传单，作讲演，在革命烈火的燃烧中熔炼自己，使她转变方向，选择了共产党。

小说写刘希坚的笔墨较多，但没有一笔让读者刻骨铭心。无非是他忙，没有时间睡觉，以抽烟来驱逐疲倦。他关心白华，拉着她的手在街上散步，做思想启蒙工作，要打破白华"美丽的乌托邦的迷梦"。他看到革命有"红色的前途"，自己就生起"红色的心情"。

小说一开篇，写北大学生、诗人珊君："她穿的是一件北京才时兴的旗袍，剪裁得特别仄小，差不多是裱在身上，露出了全部的线条。"像这样精细的描写的地方极少。

关键词：胡也频　《光明在我们面前》

1930 年 10 月 22 日

张帆.《三民主义的文学之理论的根据》，载 1930 年 10 月 22 日、29 日、11 月 5 日、19 日上海《民国日报·觉悟》副刊。从 11 月 29 日续登起，题目改为《三民主义文学的理论基础》。

本文承认无产阶级革命文学在中国文坛占着统治地位。

文章说：在中国文坛领域内，"那煽惑着共产主义与阶级独裁的新兴的无产阶级文学"，自认为是时代的产物，正兴高采烈地到处运动着、创造着，使我们这不可能实行共产主义与阶级独裁的社会上，部分工人、劳动者"迷乱着"，部分"思想急进的青年""昏乱地被惑着，盲从着"。现在，无产阶级文学"受着莫斯科磁力，被支配地活动着，而且已走上了我们中国文艺领域的统治地位，正在左右着中国文坛的进退命运"。

关键词：三民主义文艺派承认无产阶级革命文学占着文坛的统治地位，正左右着中国文坛的进退命运

华汉《地泉》出版

1930 年 10 月

华汉长篇小说《地泉》，由上海平凡书局出版。

该书由 3 个中篇连缀而成。三个中篇是：《深入》（原名《暗夜》）、《转换》（原名《寒梅》）、《复兴》。

三个中篇的用意是：在黑沉沉的暗夜，革命转入农村，实质是深入；经过白色恐怖的考验，小资产阶级知识青年着眼现实，与工农结合，转换立场，找到了正确方向；1930 年上半年城市工人运动的复兴。三部作品用塑造的形象反映了大革命前后三四年间革命的进行和挫折，但前途依然光明。

《深入》与《复兴》在本年各自出版了单行本。

关键词：华汉《地泉》出版

1930 年 10 月

中国左翼文化总同盟成立。受中共中央宣传部文化工作委员会（简称"文委"）领导。

文委是中共中央的领导机构，文总是各团体的联合联络办事处。前者是一级行政组织，后者是群众团体的集合。在"只要革命不要文艺，反对行帮和行业组合，推行解散其他组织，一律组成领导革命行动的中心"的时候，实际是两个机构（两块牌子——当然也不会有牌子），一套人马。所谓一套人马，实际就是散装的一二领导而已。文委领导人，也就是文总党团书记。据参加文总等左翼社团的革命前辈回忆，先后担任文委书记的人是潘汉年、冯乃超、冯雪峰、阳翰笙、周扬等。

文总下辖的团体有：中国左翼作家联盟、中国社会科学家联盟、左翼戏剧家联盟、左翼新闻记者联盟，之后有左翼电影小组、音乐小组、世界语小组等。

曾办机关刊物《文化月刊》。

关键词：文总成立

1930 年 11 月 9 日～12 月 7 日

襄华《民族主义的戏剧论》，连载于《前锋周报》第 21～25 期。

这位民族主义文学家对普罗戏剧也是恨之入骨。他说：南国社"自从田汉转变普罗，被卢布收买以后，乃全部出卖，大替苏俄出力，将民族主义的《卡门》，修改为普罗的口号宣传品，乃不意为青年群众所摈弃，一律退座，致使前功尽弃，南国社信誉丧尽，而一瞑不视了"。

关键词：民族主义文学家仇恨普罗文学

1930 年 11 月 10 日

〔俄国〕利亚诺夫著、秋洪译《伊凡的厄运》（小说），载《东方杂志》半月刊第 27 卷第 21 号，第 103～108 页。

关键词：《伊凡的厄运》

1930 年 11 月 16 日

M. Gorky 作、陈宀竹（陈瘦竹）译《滚石》（小说），载《真美善》月刊第 7 卷第 1 号，第 107～123 页，第 7 卷第 2 号第 275～292 页连载。

上篇《我碰到他》。"我"是一个流浪者，"他"，伯龙托夫，也是一个流浪者，但比"我"聪明，能干，有办法，总是能找到吃的，还不用沿门乞讨的方式。一次，伯龙托夫向一个正在给小孩吃奶的妇人"瞪眼注视一下"，使她产生恐怖，就乖乖地拿出面包送他；另一次，他将一张"很脏而皱的纸"，当作圣彼得堡行政官发给他的过路护照，要他去办什么公差，随便走到哪里，把这"官印"护照一亮，就要什么有什么，连警署都得照办。当"我"不同意他的那些吹牛撒谎行骗时，他回答："我是一块滚石，一切都被风吹打到我脚下，在旁边伤痛我。"

关键词：陈瘦竹译高尔基流浪者小说《滚石》

1930 年 11 月 19 日、26 日

郭全和《三民主义的文学建设》，载上海《民国日报·觉悟》。

这是一篇阐述三民主义文学的"理论"文章，它先说革命文学和无产阶级革命文学是"无根生枝无火起烟的谬论"。

作者问："究竟革命文学的定义是什么？革命文学的范围是什么？革命文学的实质包含有何种思想和元素呢？革命文学的形式是用何种体制表示确当呢？"他认为革命文学四个字"非常含混和空虚"，应当根本否认革命文学这个名词。原因是，革命文学的革命二字既没有时代性，也没有确定的对象。至于无产阶级革命文学一看便知是舶来品。"在中国社会里，本就没有资产阶级与无产阶级的对垒现象，当然没有无产阶级文学的产生的需要。"无产阶级革命所根据的理论是马克思主义的唯物史观和阶级斗争学说。"它所根据的社会进化的原则是错误的，当然用此原则所观察的社会现象是不真实的，不可靠的；此派所观察的社会现象既不真实可靠，其所倡导的无产阶级文学，当然是离了社会的环境和基础，根本已失去了文学本身的意义和价值。""所以我们的主张，是打倒革命文学和无产阶级文学，根据中国现社会的状况和世界潮流的倾向，建设三民主义的新文学！"

关键词：三民主义文学者之流说无产阶级革命文学是"无根生枝无烟起火的谬论"

1930 年 11 月 25 日

〔南斯拉夫〕赖谢洛维奇作、胡伯恩译《井傍》（小说），载《东方杂志》第 27 卷第 22 号，第 109 ~ 119 页。

关键词：南斯拉夫小说《井傍》

1930 年 11 月 30 日

旷夫《普罗文学之批判（续）》，载南京《流露》月刊第 1 卷第 5 期，总第 855 ~ 861 页。为本文的第 17、18 节。

关键词：民族主义文学派批判普罗文学

1930 年 11 月 30 日

〔日本〕新居格著、薛仁译《机械与文学——机械与艺术之一章》，载南京《流露》月刊第 1 卷第 5 期，总第 809 ~ 821 页。

本期编辑罗斐尔在《编辑后记》中介绍本文说："这是日本新兴文学作家新居格的一篇关于文学之理论的分析的文章，作者的文学观，是以唯物论的见地为出发点，很深刻地说明机械与文学之影响，机械与文学之结构的。但是他否认普罗文学是物观文学，他痛恶资产阶级的文学，同时他分析普罗文学之确立，一样地是属于唯心的，在发展到相当限度以后，必然的会与资产阶级文学得到同样的结果。文学的阶级立场，是否有存在之必要，这里我不愿有主观的意见。但我很希望这个问题有很明显而正确的解答。"（总第1003~1004 页）

关键词：日本新居格的"机械与文学"论"物观文学"

聂绀弩

1930 年 11 月 30 日

聂绀弩新诗《玛丽亚娜的逃亡》，载南京《流露》月刊第 1 卷第 5 期，总第 871~882 页。

这首诗共 25 节，每节 6 行，每行十二三字，二四六押韵。

诗篇写苏联一对男女青年"一个抛弃位置，一个抛弃了家"，"为了恋爱，为了革命事业"，"我俩逃出了家庭的监牢"。男青年是"俄罗斯的哈孟雷特"，勇敢的姑娘则是"未来的苏菲亚"。写他们驾着马车逃亡的兴奋，感到自由、新鲜、幸福，不停地说着情话。"新的事业，新的生活；在前面等候，/ 看，广大的路头，灿烂着幸福的鲜花！"

关键词：聂绀弩新诗

马雅可夫斯基

1930 年 12 月 10 日

关于马雅科夫斯基的死 4 题：《玛耶阔夫司基像》（5 幅），W. A. Drake（特拉克）作、赵景深译《玛耶阔夫司基评传》，戴望舒《诗人玛耶阔夫司基的死》，A. B. Magil（曼吉尔）作、余能译《玛耶阔夫司基》，载《小说月报》第 21 卷第 12 号，第 1735~1751 页。

W. A. Drake（特拉克）《玛耶阔夫司基评传》：

马雅可夫斯基的第一本诗集是《十三年来的著作》（*Treenadtzat Let Raboty*），收 1909~1922 年的作品。他憎恨战争。在大学时代，他有绘画天赋。他最喜欢研究的是哲学和经济学。1908 年加入布尔什维克。起初，他加入象征主义。与蒲留克（David Burlik）是朋友。1912 年，他成为未来主义运动"最活动的领袖，他与蒲留克合作，起草这运动的第一次宣言《打公共意见的耳光》。他为了未来主义的运动，特意穿黄背心，很痛苦的被艺术学校开除"。（第 1736 页）

"玛耶阔夫司基的特点有 4 个情绪是不可分的。其一是革命性。其一是诗人暴烈的热情，无论是心理的或生理的，都造成了他特有的个性。其一是他那活泼的时代意识，他对于机械时代的宣传。最后就是他对于战争的痛恨。"（第 1737 页）1914 年第一次世界大战爆发，马雅可夫斯基写出了他的第一首伟大的诗《第十三福音》（*The Thirteenth Apostle*），一个恶作剧的检查员将此诗改名为《袴中之云》。从此，他有了名气。托洛茨基说：马接受革命比俄国任何诗人都要来得自然。1922 年，他设立 MAF（莫斯科未来主义协会）。他的作品卖了好几百万本。"他是列宁所敬爱的诗人，他写过一首长诗，哀悼列宁之死，简直可当作第二国歌。"（第 1738 页）他主编《列夫》。"他把艺术当作整个民众的结晶体和灵魂，诗人只是偶然传达的器具而已。因而，无论他自己的个性怎样强烈，作品本身是属于社会的，作品描写的是社会，作品之所由产生也是社会。"（第 1733 页）《一万五千万》是马雅可夫斯基最著名的诗之一。

批评家褚沙克（N. Tchuzhack）说，马雅可夫斯基是现代世界最高的革命诗人。然而革命诗人不一定是艺术家，传统诗的普通价值于他无用。

本文作者的看法：我们不能从艺术方面来观察马雅可夫斯基。"我们要承认或否认他的革命。他是一个矛盾的人物，一身兼神秘与滑稽二者而有之……他是极端论者，他是激烈派的人，说出话来总用万万的名词，总是紧张的情绪、大灾难、革命以及屠杀。他是宏大的自私者，永远只说到他自己。……在艺术方面，他承认了未来主义的大诗人克里布尼可夫（Khlebnikov）、帕斯脱耐克（Pasternack）、沙旦尼威契（Zdanevich），以及克鲁褚涅克（Kruchonykh）的影响，尤其是象征主义讽刺诗人齐尔尼（Sasha Cherny）对于他的影响最大。但他却已超过了他们一切。因了未来主义运动献丑狂的污点，他常开展览会，做着姿态，并且尖声的喊着。总之，他很危险的快要近于虚夸了。他的一切诗都是声音高大粗糙的，很少有人像他这样写作。"他的诗行像号筒一般狂呼。他反对传统诗韵学的纤细。（第 1740 页）

戴望舒《诗人玛耶阔夫司基的死》：本文探讨马雅可夫斯基的死因。戴望舒认为，马所坚持的未来主义与苏维埃的现实生活不合；再说，他的世界观、性格及其整个创作，都和现实不合拍。他无法生活下去了，更不能创作了。

他已经走到了尽头。

马雅可夫斯基自杀后，苏联报纸上或说他是试验诗剧失败，或说他因为健康，或说他"个性狂放"，戴都统统否定。

戴望舒说：马雅可夫斯基是小有产者。"他之所以参加革命斗争，拥护世界革命，做了革命的诗人和忠实的战士者，就因为他憎恶过去，他需要行动，而革命却能供给他那些在他觉得是可口的食料。……从 1919 年到 1920 年国内战争最猛烈的时代，他带着一种对于未来的世界的热烈的憧憬，画着宣传画，写着煽动诗，动员的口号，反对叛节和投降的檄文。他在革命中看到了几百万的活动着的群众，他歌唱这集团的行进的力学。但是，那集团生活的根柢，运动的灵魂，是玛耶阔夫司基所没有正确地把握住的，也是他所不能正确地把握住的。"他接受十月革命，是以他自己的方式接受的，他对于革命的观念是个人主义的。他走上了歧异的道路："浪漫的，空想的，英雄主义的道路。"这样，玛耶阔夫司基和这现实的无产阶级的革命，在根本上已不投机。他感到幻灭的苦痛。"现在，革命的英雄的时代已终结，而走向平庸的持久的建设的路上去。现在，玛耶阔夫司基已分明地看见他所那样热烈地歌颂过的革命，只是一个现实的平凡的东西，则其失望是可想而知。"（第 1744～1745 页）"玛耶阔夫司基是一个未来主义者，是一个最缺乏可塑性（plasticity）的灵魂，是一个倔强的，唯我的，狂放的好汉，而又是——一个革命者！他想把个人主义熔解在集团的我之中而不可能。"他只好死。（第 1746 页）

关键词：他接受革命比俄国任何诗人都要来得自然　他写的悼列宁的诗"简直可当作第二国歌"　他的诗行像号筒一般狂呼　戴望舒　诗人与革命的关系：他的狂放的理想与平凡的现实不合，只好死

1930 年 12 月 10 日

禾达娄著、鲁彦译《圣诞节夜》，勃留骚夫著、由稚吾译《在镜中》，载《小说月报》第 21 卷第 12 号，第 1753～1766 页。

《圣诞节夜》：在阿尔帕高原上，"那里的人们都是强健，勇敢而且耐心"，一年中有半年寒冷，使这个种族强壮了起来。生活就是斗争。父亲支使 18 岁的女儿玛丽亚到森林中去把砍下的杉树取回来。玛丽亚高兴地去了。晚上她还能见着未婚夫。天黑了，她迷了路。她恐惧。她挣扎。她冻死了。

《译者附记》说：作者是一位最热烈的世界语学者，也是文笔最流利的世界语文学作家。

《在镜中》：自己照着镜子，跟镜中人（自己）较劲。

译者附言介绍作者："当作无产诗人或诗坛之明日的代表勃留骚夫（V. Bryusv，1873～1924）在中国已有不少的介绍——而其实，也只在论文中偶尔提及的次数不少罢了，至于他的新形式的诗，始终也没有人译过，老实说，始终也无人去译。而在当作象征派散文家的勃留骚夫，则似乎还没有人提到过他吧？勃留骚夫在当时诗坛上的功绩，是发挥了探求新形式的必要的论调。同时在散文中，更发表了他的哲学的理论。试就他的著作《地之轴》的序文所说：'我这本小说，是用尽了各种方法解释所谓真实的世界与幻想的世界，作梦的世界与醒着的世界，生命与幻象之世界并无严格的界限；一般所认为"幻想的世界"倒是最真的世界，而一般所认为真实的世界反是可怕的幻梦哩。'这里译的一篇，可作为他这种宇宙观的代表。其中所指示的，便是说我们的世界并不是靠得住的，挂在女人面前的镜子也正是一个能转动的宇宙，她发怒的时候，便可以自由使它如我们所谓的地球一般的转动，玻璃面转过去（反面）与转过来（正面）便相当于我们所谓的日与夜，相当于我们的梦与醒，我们的真实界虚无界。"译者还说，"现在中国介绍苏俄新作家的作品正很得劲，虽不敢说是肥肉上的苍蝇，然而也很希望大家把眼睛放宽一些，不要得着了一块肉，便你也来，我也来，他还要挤来才好。就例如比较前一辈的勃留骚夫，梭罗古勃，蒲宁，李未曹夫等人现在便无人过问了。求新当然是好现象，不过较旧的——'新'的先驱——我们也不当忽略了才是"。（第1766页）

关键词：鲁彦　勃留骚夫　无产诗人或诗坛之明日的代表

1930 年 12 月 25 日

飞岛《柯伦泰——全世界唯一的女大使》，载《东方杂志》半月刊第27卷第24号《新语林》专栏，第91～93页。

亚历山大·柯伦泰的作品介绍到中国的有：《赤恋》《伟大的爱》《三代之恋爱》等。她没有上过正规大学，能说11种语言，信仰马克思主义。是苏联驻挪威全权大使。

这篇杂文的总结是："总之，柯伦泰是一位大眼睛的姑娘，乡下的女人，斯丘拉可凡的学生；未成熟青年的妻子；为求学而离开傀儡家庭的主母；马克思主义的信仰者；游历者；充军犯；斯摩乃（Smolny）的妇女委员；国外贸易连（联）系中间人；文学家……"

关键词：简介柯伦泰

1930 年

王独清诗集《独清诗集》，又名《圣母像前·死前·威尼市·埃及人》，由上海沪滨书局出版。

收新诗 55 首。这 4 部诗集写于 1923 年至 1928 年。《圣母像前》收 26 首诗，分为 6 组，1926 年由创造社出版部出版。《死前》收 11 首诗，分为 4 组。写于 1927 年 5 月的《遗嘱》置于集前，实为序诗。诗人表示"我就要死了"，"朋友，快来，来把我底这些诗稿烧掉"。因为，"我，我是一个孤独的，一生飘（漂）泊的人"，过着"被无谓的伤感埋殁"的"不健全的生活"。《威尼市》收诗 10 首。1928 年 6 月写的代序说：从他过去写的这些短歌得知，他对于诗歌音节的制造、韵脚的选择、字数的限制、情调的追求，都"做到了相当可以满意的地步"。"因为我从前的生活是完全被一种伤感的享乐主义底气氛所支配"。但是当他从欧洲回国，参加了创造社，经历了实际的大革命以后，"现在我算是醒定了：我已经决心再不作这些无聊的呓语，我要把我底生活一天一天地转移到大众方面，我要使我底生活一天一天地紧张下去"。《埃及人》收诗 8 首，其中的《我归来了，我底故国!》《别广东》等写于大革命前后，记录了时代的风云，写出了诗人心境的变化。写于旅欧时的诗歌，充满游子的感伤情绪。黄昏、枯叶、废墟、荒坟、腥风、腐败的秽锈，令人得肺病的天气，恼人的雨，迷恋情妇，沉湎醇酒，构成诗歌的主要情调。当他决定归国的时候，他悔恨起初在醇酒妇人之中，滥用了感情，浪费了聪明，丢弃了真心（《动身归国的时候》）。从这些诗集中，可以看出诗人对音与色的追求："在这水绿的灯下，我痴看着她，／我痴看着她淡黄的头发，／她深蓝的眼睛，她苍白的面颊，／啊，这迷人的水绿色的灯下!"（《玫瑰花》）冷色的调子，烘托出凄凉的心情。

关键词：《独清诗集》　对于诗歌音节的制造、韵脚的选择、字数的限制、情调的追求，都"做到了相当可以满意的地步"　从欧洲归国以后决心使自己的生活转移至大众方面

1931 年 1 月 5 日

张天翼短篇小说集《从空虚到充实》，上海联合书店，初版。

内收作品 6 篇：《三天半的梦》《报复》《从空虚到充实》《搬家后》《三太爷与桂生》《三兄弟》。最后两篇《三太爷与桂生》《三兄弟》没有单独发表过，直接收入本书。

《三太爷与桂生》隐约写农民运动。农民在村里组织什么会，地主三太爷有些怕。可农民的组织没有存在多久就被县里压下去了。三太爷以"通奸"的罪名，将农民运动的组织者桂生和逃到上海当工人的招弟活埋。《三兄弟》里徐复三自杀。大学毕业后生活苦闷，无出路。家道破落，仍想往上爬，为个人奋斗。

关键词：张天翼第一个短篇小说集《从空虚到充实》

1931 年 1 月 10 日

戴望舒诗《秋天的梦》《老之将至》，载《小说月报》第 22 卷第 1 号。

1931 年 1 月 10 日

穆时英《南北极》（小说），载《小说月报》第 22 卷第 1 号。

这篇小说写于 1930 年 8 月 1 日。其时作者 18 岁。

小说中所谓南北极，首先指男人和女人，又指城市和农村，再指穷人和有钱人。

作品以外号小狮子的自述终篇。小狮子和玉姐儿都是农村的孩子，从小青梅竹马，两小无猜。小狮子自幼练功，习得一手好武艺。玉姐儿由父亲带进城几回，就爱上了有钱的表兄。小狮子一气之下，跑到上海闯天下。他无亲无戚，无依无靠，没吃，没穿，没地方住，没工作，就在街上混。凭他的武功，有时也能得到一点残羹与冷炙，饿不死。他进而拉黄包车，用体力去拼，挣了钱，也嫖妓。后来有人介绍他进了刘公馆，给刘老爷当保镖。"那个刘老爷有三家丝厂，二家火柴厂，家产少说些也有几千万，家里的园子比紫禁城还要大，奴才男的女的合起来一个个数不清，住半年也不能全认清。"他剽悍，壮实，五姨太、小姐尤其喜欢他，找机会就往他身上倒。刘老爷家，"什么都是玩儿的：吃饭是玩儿的，穿是玩儿的，睡觉是玩儿的……有钱，不玩儿乐又怎么着？又不用担愁。一家子谁不是玩儿乐的？小姐，少爷，姨太太，老太太都是玩儿过活的。不单玩玩就算了，还玩出新鲜的来呢！"最后，他不愿意被玩弄，"我上去，一把叉住他（老爷），平提起来，一旋身，直扔出去。小姐吓得腿也软了，站在那儿挪不动一步儿。我左右开弓给了她两个耳刮子：'你？狗入的娼妇根！咱小狮子扎一刀不嚷疼，扔下脑袋赌钱的男儿汉，到你家来做奴才？你有什么强似我的？就配做主子？'"

小说以这样一句话结尾："谁的胳膊粗，拳头大，谁是主子。"活脱脱一个流氓无产者形象。

关键词：穆时英 《南北极》

1931 年 1 月 10 日

〔俄国〕契里珂夫著、鲁彦据世界语译《在狱中》，〔俄国〕佐理契著、建南据日译重译《信》，日本平林夕亻（平林泰子）著、秦觉译《汽笛》，同载《小说月报》第 22 卷第 1 号，第 161～184 页。

《在狱中》：俄国 1905 年革命失败以后的黑暗时期，退职的国会议员（也算官长）安妥李·伊凡诺维琪·柯替柯夫冤死狱中。他被错捕入狱。入狱后，他还以为他是俄罗斯官长，对狱中制度、生活不习惯，与狱长辩论。狱长是好好人，说，他只管看守，不管是什么人、因何而入狱。小说就写这国会议员的"习惯"过程。最后是冤死。

《信》：车厢内夸夸其谈的文学家，说他如何反映民众的意愿。一位非常非常崇拜他的疲惫的妇女，交给他一封"用血泪写成的信"，反映民情，述说苦衷。他答应要如何如何重视。结果却根本不看，并用它来包小吃，并随之揉团，扔进痰盂。

译者写于东京的译后附记介绍说："佐理契是跟曹司钦珂一样，同以峻峭的讽刺，描写苏维埃社会生活的名作家。……这短篇恐怕还是今年的近作。小说中的文学家，很可代表近来的皮涅克之流右翼同路人的见解。在作者的讽刺之笔下，这样的观察自然已剥去了虚伪的面皮。"（第 176 页）

《汽笛》：写日本化工厂女工们自发的斗争意识的产生。描写细腻，真实。

关键词：鲁彦　楼建南　俄日小说

1931 年 1 月 10 日

赵景深《国外文坛消息》：《四本俄国小说的英译》，载《小说月报》第 22 卷第 1 号，第 245～246 页。

被译为英文的近期苏联小说是：马林霍夫的《犬儒学者》，顾米列夫斯基的《狗巷》，伊尔夫与皮特罗夫的《椅内宝石》，潘菲罗夫的 *Brusski*。

《狗巷》的主人公是某城的大学青年，事情是最近发生的。主题就是这些青年"新的性生活"。女学生何萝贺琳拒绝与男学生同睡，但男学生却不答应，他说，食物既可分享，为什么卧床不能分享呢？美貌的女学生薇娜却在夜间同时接待 4 个男人同睡；安娜则与布尔乔亚的思想战斗，竭力打破羞耻。《犬儒学生》写的是布尔乔亚的失望，《狗巷》写的却是抗闷青年的自满，以为他们已找到了男女的真谛。"这种性的极度解放据说是的确的事实，3 年前

当局颇引以为忧呢。"（第 245 页）

关键词：苏联小说　性解放

1931 年 1 月 15 日

〔美国〕辛克莱著、彭芳草译《都市》（长篇小说），上海神州国光社，初版。378 页，定价 1 元。

1931 年 1 月 16 日

J. Lavrin 作、储安平译《俄国革命后的初期文坛》，载《真美善》月刊第 7 卷第 3 号，第 403～408 页。

文章说，1917 年革命后，俄国文坛分裂为两个方面：一派纷纷逃避侨住到国外，一派仍留在国内而隶属于苏维埃政府。逃亡的如梅莱可夫斯基（Merezhkovsky）、汉泼司（Z. Hippius）、巴尔蒙（Balmont）、蒲宁（Bunin）、古百林（Kuprin）、莱米索夫（Remizov），等等。革命产出了几个"非常热烈的诗人"，特别是布洛克（Biok）和比莱（Billy）。这批诗人还形成集团，这就是未来主义。他们的领袖是玛耶可夫斯基（Vladimir Mayakovsky），"一个对于技巧（Technique）和方言（Language）上非常勇敢的实验家。但不幸，他自己的作品却不怎样充实。并且，他不能唱歌；他只能以极尖锐的声音来代歌唱；或者说话说得较高一些"。（第 404 页）被称做"俄罗斯的高卓的天才的未来主义者克莱皮涅可夫（Khlebnikoy）"，却在 1922 年的困苦生活中死去了。其余的人，如阿赛亦夫（Aseyev）、恺蒙斯基（V. Kamersky）等，都集中在《列夫》杂志之下，那月刊的主笔便是玛耶可夫斯基。派司推耐克（Boris Pasternak）也是前期未来主义者之一，他最好的著作是《我姊姊的生活》（*My Sister Life*，1922）。

老派诗人，如梭鲁厚勃（Sologub）、伊凡诺夫（V. Ivanov）仍在写作，由革命产生出了一群普罗诗人，如比特渥（Demyan Biedny）、卡心（V. Kazin）。他们的作品离"新的圣书的路，总还远着远着"。每一个有修养的文艺人都"希望使诗成为一阶级的有用的东西"。"最能表现出俄罗斯乡村风味的想像主义者的现代诗人叶遂宁（Sergei Esenin，1895～1926）的有韵的诗节里，流泛出了非凡的天才。"他比那象征主义的田园诗人克留亦夫（Nikolai Kluyev）"更本色而不拘于格律"（第 405 页）。叶遂宁称自己为"乡村诗人之最末一人"，离开乡村，他的诗就成了恶劣的自夸，并只能在纵酒和各种放纵中自尽而亡。

革命后最初的一两年，"小说完全落在死一般的状态中"，近来有所复兴。莱米索夫、比莱、毕尔霞克（Boris Pilnyak）、柴霞丁（Evglny Zamyatin）、尼启丁（Nikolai Nikitin）、列翁诺夫（Leonid Leonov）、李定（Vladimir Lidin）、范司雾来（Artyom Vesyoly）、泼立司文（Michael Prishvin）都属于自然主义一派；罗孟诺夫（Pauteleimon Romanov）、沙基任古（Miichael Zozhckenko）、叶伦堡（Ilya Erenbvrg）、太那诺夫（Y. Tynyarov）、西副列拿（Lsydia Seifullina）、伊凡诺夫、巴皮儿（I. Babel）"代表了非常坦然的叙述的一派"。"那种为以前的知识阶级的文学里所推崇的'无用之人'（Superfl ons Man），却最为新的俄罗斯的小说所捐弃。在新的俄罗斯的文学里，个人的英雄行为和群众的集团思想对照得非常明显。"（第 407~408 页）

关键词：十月革命后初期的苏俄文坛

李伟森、柔石、胡也频、殷夫、冯铿被捕，后被秘密杀害，史称"左联五烈士"

1931 年 1 月 17 日

李伟森、柔石、胡也频、冯铿、殷夫 5 位左联成员，在上海东方饭店开会时被国民党当局逮捕。

关键词：李伟森等 5 人被捕

1931 年 1 月

《蒋光慈小说全集》第一集，上海新文艺书店印行。1932 年 6 月印行第 3 版。

内收：《写在本书的前面》、《李孟汉与云姑》（即《鸭绿江上》）、《一封未寄的信》、《革命前线归来的王曼英》（即《冲出云围的月亮》）、《徐州旅馆之一夜》、《橄榄》、《长信一封》（即《少年飘泊者》）、《求耦》（即《寻爱》）、《东京之旅》、《归家》（即《逃兵》）。

《写在本书的前面》说《鸭绿江上》："在写野蛮底、凶残底、兽性底日本帝国主义蹂躏高丽民族的毒辣手段；用叙事体底侧击法，迤逦而出。词意缠绵委婉，悲酸凄楚；读之，了然于帝国主义之真实面目，而所以反抗之必然！"

关键词：《蒋光慈小说全集》第一集出版

1931 年 1 月

《蒋光慈小说全集》第二集，上海新文艺书局出版，1932 年 1 月第 2 版。

内收：《关于本书的几句话》、《弟兄夜话》、《别了一切都永别了》（即《丽莎的哀怨》）、《汪海平与吴月君》（即《碎了的心》）、《毅然走上革命正轨的王曼英》（即《冲出云围的月亮》）、《哭淑君》（即《野祭》）。

关键词：《蒋光慈小说全集》第二集出版

1931 年 2 月 7 日

李伟森、柔石、胡也频、冯铿、殷夫及林育南、何孟雄等，共 23 位革命者，被国民党秘密杀害于龙华。柔石等史称"左联五烈士"。

5 位作家被害时，李伟森 28 岁，柔石 30 岁，胡也频 28 岁，冯铿 24 岁，殷夫 22 岁。

至此，左联的活动转入地下，左翼文学运动降落至低谷。先后有左联盟员被开除，有的转战其他领域，从事文学事业的左联盟员减少了。左联的刊物（机关办的，以盟员个人名义办的）也没有了。

作为执政党国民党办的三民主义文艺和民族主义文艺倒显得异常活跃，可惜没有创作。

关键词：李伟森等 5 人被暗杀

作者的话：

这就是政治对文艺的作用。政治是要管文艺的。在国民党执政当局的眼里，政治就是消除异己，斩尽杀绝。

至此，左翼文艺运动真正跌入低谷。敢于浮在水面，像前期一样张扬，不可能了，不允许了。把头缩起来，先求生存。人在，火种就不灭。

稍后，左联实际掌控《文艺新闻》，秘密创刊《前哨》—《文学导报》，这才见到几丝左联组织活动的影子。

要总结经验教训。

必须转变观念，必须改变斗争策略。

1931 年 2 月 10 日

施蛰存《石秀》，载《小说月报》第 22 卷第 2 号，第 251～273 页。

本篇写梁山英雄石秀、杨雄与潘巧云的性心理。小说写性与义的冲突，性苦闷与大丈夫气概的冲突。石秀的灵魂是扭曲的，他以折磨、杀戮艳人为快感，借以满足心灵的性的欲望，是一种施虐恋的行为。在小说中，石秀和潘巧云两人的变态心理都得到大展示，且演出了一场三部曲。第一部是互相艳羡，石秀的情欲被煽燃。第二部是互相惩罚：潘巧云去偷和尚，石秀去嫖妓。第三部是杀潘。

文末 1930 年 11 月 30 日的写毕记说："这篇小说，创作的动机，已发生得很久，但直到本年 9 月上旬，才动手写第一页原稿。写到 10 页时，又复毁去，重新再写。至今日始得完成。自读一遍，觉得完全不能满意。几乎与当初预算着的面目，大相径庭。而其中又有 3 处不能不引入《水浒》原文，尤其遗憾。但是因为它成之不易，姑妄存之，希他日或能改作一过。

"在我写此篇的期间，本报上已连接登载了两篇应用《水浒传》内容为题材的创作，别处杂志上也有几篇。但计算起来，始作俑者，当为本篇。非自居奇，盖明其非有所步武耳。"

关键词：施蛰存　性心理创作　《水浒》小说

1931 年 2 月 10 日

戴望舒《单恋者》（诗），载《小说月报》第 22 卷第 2 号，第 295 页。
诗人说："真的，我是一个寂寞的夜行人，／而且又是一个可怜的单恋者。"

关键词：戴望舒　单恋者

1931 年 2 月 10 日

〔苏联〕左祝里著、高滔译《母亲》，载《小说月报》第 22 卷第 2 号，第 343 ~ 345 页。

作者是现代俄国的"同路人"作家。小说写一个变态的母亲容不得两个女儿爱男人。小女儿娜斯提亚，有求婚者雅考夫·格里郭维赤，守寡的大女儿留得米拉·瓦西里耶夫娜与丑面孔的男人伊凡·安东诺维赤亲热。她们当着母亲与男人亲热，拥抱，接吻，甚至做爱，母亲见之都破口大骂，并且轮流到两家躲避。

关键词：苏俄"同路人"作家的创作

1931 年 2 月 10 日

赵景深《国外文坛消息》：《新群众作家近讯》《俄国的儿童文学》，载

《小说月报》第 22 卷第 2 号，第 365～368 页。

头一条消息介绍了美国《新群众》成员——诗人梅吉尔（A. B. Magil）、斯配克托（Herman Specter），小说家路沙克（Martin Russak）、福尔丝（Mary Heaton Vorse）的近况。他们有的是工人，有的是约翰·里德俱乐部的成员。

第二条消息介绍的苏联儿童文学有：伊斯库托夫（Iskutov）编的《世界儿童丛书》中的《机器》《剧院》《先驱》，周可夫斯基（Chukovsky）的《鳄鱼》《德律风》《蚤的结婚》等。这些作品教育儿童资本主义国家的儿童都具有占有性，抗闵主义的儿童则都是集团性的。甚至作品都不署作者的名字，而写作"第三十七集团"，或"莫斯科大学第八区的几个学生在课余之暇写的"。

关键词：《新群众》作者　苏联儿童文学

曾经的创造社的作者全面否定普罗文学

1931 年 2 月 19 日～3 月 19 日

曾经的中期创造社的作者、现为民族主义文学派的洪为法，在其《普罗列塔利亚文学之崩溃》（连载南京《中央日报·文艺周刊》）的文章中，全盘否定普罗文学。

他在此文中的"崩溃"说略谓：（一）文艺的演进是自然的，不是暴力所可助长的。而在中国则知其不可为而为之，"也想在中国的文艺上涂满阶级斗争的理论和色调，不审察环境，专应用暴力，这真是异怪！"（二）没有认清时代。自胡适喊出"文学革命"口号之后，中国的文坛上无论是创作方面还是批评方面，"就像一座拍卖商场一样，五光十色，纷哎叫嚣，一直到现在，只听得一片嘈杂之声"，却没有十分认清中国的时代。近来"上海滩头所叫卖的革命文学，叫得最响，最自鸣得意的，以为中国的文学必须如此如此，才配合上'革命'两个字的，便是无产阶级文学，说得时髦点，便是普罗文学"。"文艺的起源在于民生的不遂。"民生不遂，就是由于国际帝国主义的侵略，同时在国内则是封建制度虽然崩溃，而封建势力仍然存在着。"在这样一个社会里受压迫的，除少数'卖国罔民以效忠于帝国主义及军阀者'，以及少数军阀本身，其所受痛苦是一样的，民生不遂的程度，也是一样的，所谓'中国人大家都是贫，并没有大富的特殊阶级，只有一般普通的贫；中国人所谓贫富不均，不过在贫的阶级之中，分出大贫与小贫；其实中国的大资本家在世界上仍然是不过一个贫人，可见中国人通通是贫，并没有大富，只有大贫小贫的分别。'""而普罗文学家他却不管这些。在他们是受了苏俄的唆使，以为国际帝国主义者之排（？）倒在其次，顶重要的还在认定世界上只有无产阶级是革命的，尤其产业工人是特别有阶级觉悟的，并且更以为世界革命的成功，端在于阶级斗争，于是在阶级斗争鲜明的猛烈的地方，固是竭力去煽惑他，而在阶级斗争不鲜明不猛烈的地方，也是竭力去分化阶级，制造阶级，必要引起阶级斗争鲜明起来，猛烈起来，以为这才可达到他们所梦想的世界革命之成功"。（三）关于普罗文学作品：按普罗的说法，普罗作品"是宣传的，煽动的"，对于非无产阶级"一定要仇恨，要斗争"。"而什么'普罗列塔利亚特'，什么'布尔乔亚泛'，什么'印贴利更追亚'，什么'奥伏赫变'，这许多佶屈聱牙的译音的名词，又必须在作品里放几个，以为非如此便不足称为无产阶级文学"。文章引《民国日报·觉悟》上的文章说："那些自命为无产阶级文学的作家们呢？在他们提笔之前，是上海大戏院，或是卡尔载看了戏，后来到新雅或秀色酒家吃了饭，然后跑到静安寺路 CAT 去跳了一回舞，又到远东或东方去亲亲女人的嘴，然后在三元一天的新世界饭店的房间中提笔来大写其'机机器''穷苦工人'……还没有写完的时候大东的电话来了，连忙又搁下笔来开步走，又到大东去。"（四）中国目前文艺的任务："我们都是国际帝国主义和封建势力之下的被压迫民众，我们唯一的希冀就是对外打倒帝国主义，对内推翻封建势力，而树立我们民族平等，政治平等，以及经济平等的革命势力。这反映在文艺上的，必然的是发扬民族精神，阐发民治思想，促进民生建设，外而反抗国际帝国主义，内而反抗封建势力。其中所描写的痛苦，不仅是工人的，不仅是农人的，还有其他被压迫的民众的，而所描写的对象也不仅是工人，不仅是农人，还有其他压迫的民众……"

关键词：民族主义文学派全盘否定普罗文学

张天翼《二十一个》

1931 年 3 月 1 日

张天翼《二十一个》，短篇小说，载《文学生活》月刊第 1 卷第 1 号。

这篇小说在当时颇受好评，成了张天翼继成名作《三天半的梦》之后的代表作。小说写活不下去了的士兵的自发造反。

部队掩护营部退却，打了遭遇战，一个连，不算连长，只剩下 21 个人。

他们又累又饿又困，生存特别艰难。高连长还动辄就要枪毙人，不怜恤受伤的弟兄。此举激怒了士兵，其中的来兴一把夺过枪，打死为虎作伥的班长。连长见势不妙，逃跑。伤兵们收留一个受伤的"敌人"（因为都是"跟我们一样"，在乡里连稀饭都吃不着才来当兵的），还是21个。

作品里脏话多，如："操他妹子""操他妈""操你祖宗""操他屁股""他妈的""吃什么鸡巴东西""瞧他们的鸡巴脸子""什么鸡巴蛋的大帅""窝窝的长官"，等等。

冯乃超在稍后的评论中说："小说《二十一个》使我们注意到张天翼存在。在两种意义上，他是新人，——在创造新的形式上，在他是新的作家上。""《二十一个》里面是描写士兵的自发性的哗变。从这里可以看出作者之同路人的客观性。不过这里所描写的士兵生活我们不能不承认是非常确实如真，技术上是成功的。"①

关键词： 张天翼　创造新的形式　新的作家

1931 年 3 月 4 日

北新、群众、江南、乐群书店"因出售反动书籍"被国民党当局查封。

事后，民族主义文学家朱应鹏在接受《文艺新闻》记者采访时却说："书店被封，系违背国家法令所受之行政处分，由政府法院所执行的。"②

关键词： 北新等书店被查封

1931 年 3 月 10 日

陈白尘《重逢之夜》，载《小说月报》第 22 卷第 3 号，第 405 ~ 410 页。

小说写的是：一个"苍老衰颓的漂泊旅人"招从前的恋人、已婚的雯到旅馆相会，并享受她身体的美餐。小说的写法是两个人的"对话"，但其实就男青年一个人在说，并辅以手的动作，女人的话俱为虚线。

作者在文末的落款为："1930，10，1，在上海宝山路一个坏自来水管旁。"

关键词： 陈白尘

1931 年 3 月 10 日

〔美国〕高尔特作、周起应译《钱》（独幕剧），〔保加利亚〕跋佐夫著、

---

① 李易水（冯乃超）：《新人张天翼的作品》，载 1931 年 9 月 20 日《北斗》创刊号。
② 见《朱应鹏氏的民族主义文学谈》，上海《文艺新闻》1931 年 3 月 23 日第 2 号第二版。

北冈译《约佐祖父在望着》，同载《小说月报》第 22 卷第 3 号，第 411 ~ 426、451 ~ 457 页。

《钱》的故事很简单：一个黑暗潮湿的地窖，白天是一爿鞋店，夜晚是 5 个疲倦之人的睡眠之所。靴匠、犹太人摩夏再次说他的 112 元钱不见了。开始以为是自己弄丢了，半夜里四处寻找，把所有的人都吵醒了。后来，竟以为是有人偷了他的钱，将所有的人一个一个地询问。他想再积攒点钱，以便把自己的妻子和孩子从波兰接到美国，一家人团聚。钱是他的生命，钱是他的一切。生重病的小贩约克尔说："我们有我们的烦恼，比你的还要大。没有一个人是快乐的。你看，我总是睡在这里，而且我知道在一两年之内我也许就会死去。"在彼此都不得安宁之际，约克尔承认钱的确是他偷的。由此大家议论：犹太人都爱钱，钱就是他们灵魂的食物，好像血是虱子的食物一样。"他们的宗教便是去偷窃，欺骗，杀人，害人——一切都是为的金钱！"金钱是上帝放到世界上来的野兽。金钱的欲望把人变成奴隶。

本剧的最后是理想和希望：犹太革命家、工人领袖说，"有一天会没有钱，没有贫富，只有大家像兄弟姊妹一样地一道工作着"。

译者在文末介绍说：高尔特（M. Gold）是美国的新作家，他的作品已有中译本《一千二百万》《无钱的犹太人》等。

关键词：周起应　高尔特（果尔德）

1931 年 3 月 10 日

赵景深《国外文坛消息》：《新俄文坛消息一束》，载《小说月报》第 22 卷第 3 号，第 494 ~ 495 页。

消息有：（一）莫斯科俄国新文学研究院为诗人培赛勉斯基"十年文学事业"开了展览会。（二）库士尼札（冶铁厂）这几年进的作家都是工人，最著名的是乌奥洛布耶夫（Vorobev）和叶洛舍夫（Eroshev）。（三）俄国文坛 50 名作家发表宣言，反驳欧洲人对高尔基的诋毁。在宣言上签名的有：绥拉菲摩维赤、查巴金、巴斯特拉克、爱甫罗司、左祝里亚、吉他士、穆司吉司、拉夫斯基、雅先斯基、司他夫斯基、理定、查洛特、卡泰也夫、亚历山大罗夫斯基等。

关键词：苏联诗人培赛勉斯基　保卫高尔基宣言

《文艺新闻》创刊

1931 年 3 月 16 日

左联外围刊物《文艺新闻》在上海创刊。周刊。袁殊主编。常发表文艺消息，是左联的一个重要的舆论阵地。鲁迅、瞿秋白、周扬、冯雪峰等都曾为它提供稿件。

关键词：《文艺新闻》创刊

1931 年 3 月 23 日

民族主义文学派的骨干朱应鹏在回答《文艺新闻》记者的问题时重复说：国民党之有"党的文艺政策，又是由于共产党有文艺政策而来的；假如共党没有文艺政策，国民党也许没有文艺政策"。（见上海《文艺新闻》第 2 号）

关键词：国民党文艺政策与共产党文艺政策之关系

1931 年 3 月 30 日

《文艺新闻》第 3 号以读者来信形式首次披露左联五烈士的消息，题目是：《在地狱或人世的作家?》；4 月 13 日，又以《呜呼，死者已矣!》《作家在地狱》为题，发表读者来信；4 月 20 日刊登烈士遗像，控诉杀人者。这一切，都是冯雪峰等人策划的。

关键词：《文艺新闻》首次披露左联五烈士消息

1931 年 4 月 10 日

鲁彦《小小的心》，载《小说月报》第 22 卷第 4 号，第 497～506 页。

作者后来曾说起他创作《小小的心》的构思经过：此篇的"材料保留了一年光景。这里的主人公阿品小孩子，原来和我们同住着的。他的性格，我给了他原样。有些事实是从我平日在许多小孩子身上选择来的，因为合于阿品的性格和年龄。阿品的保护人管束他不让他和我们接近是事实，但那是因为别的缘故，并不是如我所写的。阿品并不是买来的孩子，确实是他的父母自己生的。我是一个最喜欢小孩的人，平时和小孩们很接近。想写一篇小孩的天真可爱的生活的故事，这念头远在五六年以前。遇到了阿品，经过一些日子，我这念头又起了。不用说，倘使那时动了笔，决不是像后来所写的那样。然而我没有写。我想留到我更理会阿品的时候。于是过了一些时候，我又遇到了另一个孩子。这个孩子才是真正的浙江人，被人家辗转贩卖到了福建。这时他的舌头才能生硬地说福建话，而同时对于故乡的话也正在若隐若现的趋向忘却的时期。对于这个孩子，我想另写一篇。但也没有写。时间久了，看到人家买来的孩子愈多，同情心愈深，到了提笔以前终于把阿品和别的孩子并成了一个人，把他变成了被卖的孩子。这仿佛是不真实的，原来的阿品并没有这样惨。但我并不是给原来的阿品作传记，而是写更多的孩子"。[1]

关键词：鲁彦　《小小的心》　阿品形象的形成

1931 年 4 月 10 日

陈白尘《汾河湾》（独幕剧），载《小说月报》第 22 卷第 4 号，第 516～524 页。

本剧写的是唐朝大将薛平贵征东回窑，"考验"妻子的贞节，并误杀自己未曾见面的儿子薛丁山。

薛平贵还没有回来，丁山和母亲二人在等待、盼望中，对战争的看法：打仗是皇帝要打，与百姓何关？皇帝给我们的，"只不过是苛捐杂税，逼得我们要死！天天闹着打仗打仗，打的是为了他自己的私利，死的却是我们小百姓！"

母亲对儿子丁山说，你爸爸是一个"好猜忌的人"，这才与后来的试妻、杀子前后对应。

关键词：陈白尘　独幕剧

1931 年 4 月 10 日

〔俄国〕罗迦乞夫斯基著、建南译《杜思退益夫斯基论》，载《小说月报》第 22 卷第 4 号，第 567～584 页。

本文的论点是：新人，都会与杜思退益夫斯基，都会的贫穷，杜思退益夫斯基与穷人的关系，动乱的预感，社会的小说，二个时代，杜思退益夫斯基的怀疑，"二重人格者"，癫痫病。

文章说："写了《穷人》，《死室的回忆》，《二重人格者》，《未成年者》，《恶灵》，《罪与罚》，《白痴》，及《卡拉马佐夫兄弟》的作者，实在是对俄国文学供（贡）献了新艺术语，新手法，新文体，及使抱着新心理的新人物活

---

[1]　写于 1933 年 5 月，原收《鲁彦短篇小说集》，上海开明书店，1941 年 1 月。

动于纸上的作家，且亦为一个新社会观及世界构造的艺术家而出现的。"（第567 页）

关键词：楼建南　陀思妥也夫斯基

1931 年 4 月 10 日

范争波《民国十九年中国文坛之回顾》，载《现代文学评论》创刊特大号。（各篇文章自编号码，本文共 15 页）

文章说，1930 年的中国文坛，"其一，即是最后阶段的普罗文学的没落，其二，便是新起的民族主义文艺运动的勃兴"。这一年，"中国文坛从危机得到了正确的出路"，"这是中国的新文艺重赋予新的生命底一个年头"。

本文的第二节的小标题叫"普罗文学的没落"。它举《拓荒者》《萌芽》《大众文艺》《现代小说》《南国月刊》5 种刊物为例，以杂文笔法进行一番奚落以后，说："总之，普罗文学在这时期，虽然表面上是见得十分热闹，但在实际上，它的内容的矛盾，理论和作品的不调和，虚伪的丑态和着不适合于中国的客观社会，这些，是显然地被人发见了。因此，在一度的回光返照以后，便自己摇起了最后的丧钟，进入自己掘好的坟墓了。"（第 4 页）

文章最后说：民族主义文艺运动"伟大的地方，便是在普罗文学极端的嚣张中，中国文坛千钧一发的危机，给予一个有力的克服，而使普罗文学迅速地踏上没落的命运，中国的新文艺有了一条正确的出路，这不能不说是奇迹"。（第 14 页）

关键词：民族主义文艺家言普罗文学自己掘好了坟墓

1931 年 4 月 10 日

张季平《中国普罗文学的总结》，载《现代文学评论》创刊特大号，共 20 页。

全文共设 5 题：一、为什么要来清算；二、中国普罗文学运动的史的追述；三、普罗文学的理论问题；四、普罗文学的作品；五、结论。

文章的结论是："对于现代中国的观察，常是因着立场的不同，它的结论会两样。中国的普罗作家们，以为现代中国，资本主义是发展到和欧美日本一个样子了，所以普罗列塔利亚也是和欧美日本一样抬头了，普罗文学最重要的根据便在这里。然而，事实上，这一观察并不是正确的，中国是一个产业落后，半殖民地的国家，真实的产业工人，并不是占着全体的大多数，只有在各个较大的都市里，可以看出有这种新兴势力的兴起，也就是有这种阶级的意识形态的展露，至于在乡村里，封建的势力，还是存在着，农民的意识形态，决不是那样健全，因此，以工农为出发的普罗文学，在资本主义极端发展的欧美日本，或许是有可能，但在目前的中国这种情形下，你想硬生生地把这种东西移植过来，决不是允许的事，而它的没落，也不是无因了。反之，80 年来，帝国主义的压迫和剥削，使中国民族，陷于萎靡和堕落，日见削弱，而另一面，这种民族意识极度的高涨，民族的反抗，成为全体的要求。在这种情形下，被称为意识形态底一种的文学，应是那一种文学，我们是可以把握了。"（第 20 页）

关键词：民族主义文艺家称普罗文学必然没落

1931 年 4 月 15 日

追随民族主义文学派的《开展》月刊第 8 号，发表孔鲁芹的论文《时代文艺论》，文章就现时代所要求的文艺说：

"自从 1928 年革命文学战后，创造社确曾麻醉了劳工的大众和一般青年心理的倾向，自俄国对于文艺问题，经党之最高机关，确定了一贯的文艺政策，并决定以卢布政策赤化中国的文坛后，普罗文艺，就格外地飞舞于黄浦滩上，革命文学，更喊得叮当响了，看《语丝》的建者，鲁迅都投降了，这是多么的威荣，或证实了无产阶级文艺的时代的不可灭性？""但是普罗作家自身便是第一阶级的人，他们在咖啡馆里替劳工表同情，他们在日本有名的温泉修善寺，写血和汗的文艺，那全是骗钱的手段，流氓的伎俩，决不是现在所需要的文艺。"

关键词：民族主义文艺家诬蔑普罗文学是骗钱的手段、流氓的伎俩

1931 年 4 月 15 日

蒋光慈《最后的胜利及其他》，上海美丽书店印行，32 开，260 页。
本书即《纪念碑》的盗版书。

关键词：蒋光慈的书被盗版

1931 年 4 月 20 日

左联执委会决议开除周全平，28 日决议开除叶灵凤，5 月 2 日又开除周毓英。

左联的通告称：左联应中国革命互济会的要求，派周全平去互济会工作。不料，他"已有意识的做出了极无耻的反革命的行为了"；"此种卑污的反革命的份子，万难容许留在队伍之内"。叶灵凤"半年多以来，完全放弃了联盟的工作，等于脱离了联盟……他竟已屈服于反动势力，向国民党写'悔过书'，并且实际的为国民党民族主义文艺运动奔跑，道地的做走狗"。"叶灵凤已成为无产阶级革命文学运动之卑污的敌人了"。周毓英完全放弃联盟的工作，"参加反动民族主义文艺运动，及在日报上公开发表反联盟言论……已明显的为无产阶级革命文学的叛徒"。（消息见 1931 年 8 月 5 日《文学导报》第1 卷第 2 期，第 15 ~ 16 页）

关键词：左联执委会开除周全平、叶灵凤、周毓英

1931 年 4 月 25 日

〔新俄〕罗曼诺夫著、映波译《经济基础》（小说），载《东方杂志》第28 卷第 8 号，第 101 ~ 110 页。

一对未婚青年在革命前后的命运差异：女子丽莎·却尔尼惜娃在莫斯科有名的剧院当了女伶，有钱了，但独居，也有苦闷；男子保罗·霍微丁诺夫从前是房产商的儿子，有钱，革命后，则流落街头，形同乞丐。过去他们在巴黎相爱，过着浪漫的日子。而今，保罗衣食无着，要向丽莎借 10 个卢布去赎放在当铺里的衣物。丽莎怕他不断地来借钱，态度立变，不再同意他进门。经济基础决定情感的价值取向。

关键词：新俄文学创作一例

本篇结语

这一阶段有一年半的时间，是左翼文学大起大落的一个时期。

上半段，以左联成立为标志，左翼文学左翼文化的发展到达顶峰。左联之外，尚有中国社会科学家联盟、中国左翼剧团联盟、中国左翼美术家联盟先后成立，并组成中国左翼文化总同盟；或前或后还有：时代美术社、普罗诗社、无产阶级文艺俱乐部等亮相社会。一时间，左翼文艺左翼文化成为文坛主潮，占据时代中心。

活动在第一线的都是中国共产党党员，他们是：潘汉年、冯雪峰、朱镜我、华汉、冯乃超、李初梨、沈端先、蒋光慈、钱杏邨、李一氓、洪灵菲、戴平万等。

下半段，随着左联的刊物相继被查禁、停刊，左联没有了自己的活动园地，要发表作品，没有相应的载体；主要是代表国民党文艺思潮的民族主义文艺运动、三民主义文艺运动登台，以武力抢占市场，以政权作背景，官方资金作支撑，压倒左翼。

秘密杀害胡也频等5人，固然使左翼文学活动降至低谷，但也宣告了国民党于文艺的一无所有。

左翼文学沿着自己的内部规律运动：

左翼办的刊物主要有：《大众文艺》（其中的"新兴文艺专号"上下两期、"大众文艺小品"专栏，相当有特色，有声势），《新思潮》《新流月报》《奔流》《萌芽月刊》《拓荒者》《现代小说》《文艺研究》《南国月刊》《艺术月刊》《文艺讲座》《巴尔底山》《五一特刊》《沙仑月刊》《文化斗争》《世界文化》《现代文学》《文艺新闻》等。

发表或出版的左翼文学创作至少有：柔石的《旧时代之死》《二月》《为奴隶的母亲》，华汉的《寒梅》（《转换》）、《马桶间》、《两个女性》、《地泉》，孙席珍《火和铁的世界》《从蛟桥到乐化》《战争中》，李守章出版《跋涉的人们》，鲁彦《童年的悲哀》《幸福的哀歌》《祝福》，魏金枝《奶妈》，丁玲《韦护》《一九三〇年春上海》，蒋光慈《我应当归去》《乡情集》《冲出云围的月亮》《咆哮了的土地》并编选《中国新兴文学短篇创作选》之一《失业以后》、之二《两种不同的人类》，楼适夷的《盐场》，洪灵菲的《大海》，戴平万的《村中的早晨》《新生》，孟超的《爱的映照》，胡也频的《光明在我们面前》，张天翼的《"从空虚到充实"》《二十一个》《报复》《搬家后》，田汉《第五号病室》《苏州夜话》，穆时英的《南北极》，茅盾《陀螺》等。

这一时期鲁迅发表的最有影响的杂文有：《习惯与改革》《非革命的急进革命论者》《"硬译"与"文学的阶级性"》《我们要批评家》《"丧家的""资本家的乏走狗"》等。

以上这些创作，连同1928年以来的普罗文学创作，分明翻开了新文学历史的新的一页。

另一方面，各方面（主要是左翼文学作家自身的现身说法，自己揭短）都对左翼文学有评论，有说法：它"不健全"，是"畸形粗恶的东西"；其中"最拙劣者，简直等于一篇宣传大纲"，所见皆"脸谱主义"。中国无产阶级作家至今还没有一个人，纯粹的无产阶级作品还没有出现，等等。

这一阶段的论文有两个重点：

一是论左联：

左联理论纲领，左联执委会的决议《无产阶级文学新的情势及我们的任务》，鲁迅《对于左翼作家联盟的意见》，冯乃超《"左联"成立的意义和它的任务》，潘汉年《左翼作家联盟的意义及其任务》：对左联的性质、任务、成立的历史背景、意义，作了一般性的阐述。

二是总结"五四"以来新兴文学的历史经验：

郑伯奇《中国新兴文学的意义》、祝秀侠《新兴文学批评观的一斑》，郭沫若《文学革命之回顾》，华汉《中国新文艺运动》，钱杏邨《中国新兴文学论》。这些论文的一个主要观点是："五四"文学革命是资产阶级领导的，是资产阶级性质，它和无产阶级领导的左翼文学运动水火不相容。我们今天说的继承传统指的是两个传统：一是五千年悠久文化传统，一是"五四"文学革命的传统，左翼理论家们似乎一概否定，一个也不承认。继承和借鉴是两个轮子，他们只剩下借鉴苏俄一个方面，一切唯"拉普"是从。

翻译、介绍马克思主义基本文艺理论，如冯雪峰介绍了马克思的各种艺术发展的不平衡性，蒋光慈首次将马克思、恩格斯论现实主义的论点介绍到中国；鲁迅译的普列汉诺夫的《艺术论》，卢那尔斯基的《艺术论》《文艺与批评》，还有《文艺政策》；这一年多，对普列汉诺夫翻译、介绍得多，评论文章也不少；恰逢佛理契逝世，一些刊物对他的艺术社会学就多有介绍。此外，苏联柯根教授的《新兴文学论》，日本冈泽秀虎的以艺术理论为中心的苏联文艺理论史、文艺运动史，算是系统讲述苏俄十月革命以后的文学形态，有利于启蒙。匈牙利玛察论欧洲普罗文学的专著和单篇论文，也不止一人译介，他在中国左翼文坛也颇时尚。

李何林编《中国文艺论战》，虽是一家之言，但保留了"革命文学"论争的比较完整的史料。

翻译、介绍世界普罗文学名著，如高尔基的《母亲》《夜店》，法捷耶夫的《毁灭》，革拉特珂夫的《士敏土》，美国辛克莱的《工人杰麦》《牧场》，里别金斯基的《一周间》，日本的小林多喜二的《蟹工船》，对马雅可夫斯基的介绍亦比较完整。

面很宽，几乎同步翻译、同步介绍。苏俄、日本不用说，美国的杰克·伦敦、果尔德，欧洲的法国、德国、波兰的革命文学也及时输入中国。

下篇 |

左翼文学（二）

（1931 年 4 月 ~ 1932 年底）

本篇要略

五烈士被杀害。

一些头面人物、活跃分子或流亡海外，或奉命调离。能浮在水面活动的左联成员不到 10 人。左翼文艺运动跌入低谷。

郭沫若早已去日本，1937 年回国；

成仿吾早就经日本去法国，1931 年回国，再赴江西苏区；

冯乃超去武汉；

钱杏邨转战电影行业；

冯雪峰到江西苏区，后参加长征。

三民主义文艺与民族主义文艺来势汹汹。欲取普罗而代之。不料因自身原因，终以败北而告终。

同一营垒的论争：出现"自由人"和"第三种人"，较多理论色彩。

思索生存之道。

一是揭露、批判和控诉国民党，争取同情。

二是走出去：找阵地，找活路。周起应在《现代文学评论》发表文章。开辟电影战线。利用一切报刊。

三是多样的载体：《文艺新闻》《北斗》《文学月报》，湖风书店。

再如，蒋光慈的《咆哮了的土地》改名为《田野的风》出版，说明策略的变化。

党中央越来越"左"，"左"倾路线到达顶峰。左联这时候恰恰开始思索生存之道。显然的矛盾如何解释？形势逼迫，现实教训。

哈尔可夫会议以后，中国左联成为国际革命作家联盟的一个支部。从理论上说，中国必须接受国际的领导。所谓国际的领导，其实就是苏联"拉普"的领导。不时传来根本不符合中国国情的指示。

政治上的两大问题左右文艺，躲不开，也绕不过去：一是王明"左"倾冒险主义统治中国共产党；二是日本帝国主义发动九一八事变，武力侵略中国。

开始认识共生的重要和意义。

《前哨》—《文学导报》作为机关刊物，仅具"动态""简报"的性质，以发文件、传递信息为主。编辑、制作、印刷、装订、发行都是分头秘密进行的，不公开发行，内部赠送。错别字也多。很难说这种刊物有多大的社会效益，如不能说民族主义文艺是左联批倒的。

《北斗》的创刊，得益于国内政治风向的变化：民族矛盾大于阶级矛盾。前3期遵循"灰色一点"的办刊宗旨。第二次文艺大众化讨论的阵地。移植苏联的做法，开展工人通讯员运动，在通讯员中培养无产阶级作家，发现好的苗子，培养工农作者、文学新人。发表的名篇有：丁玲《水》，叶圣陶《牵牛花》，楼适夷《S.O.S》，张天翼《大林和小林》，葛琴《总退却》，文君《豆腐阿姐》，鲁迅《我们不再受骗了》，等等。

《文学月报》在前人开辟的"好"形势的基础上，一开张就"左"，而且主要是对进步营垒"左"；由大批判发展为辱骂和恐吓。

现代文坛出现不相称的三足鼎立：一足是左翼的《北斗》《文学月报》、湖风书局；一足是自由主义者、中间派办的刊物《现代》《文学》，一足是右翼的《文艺月刊》。

两个标杆：
具有里程碑意义的"华汉三部曲"的五篇重要序言。
《子夜》的问世。

"唯物辩证法的创作方法"昙花一现。以苏联已经开始受批判的"唯物辩证法的创作方法"来纠正初期普罗文学的"革命浪漫谛克"倾向，可见找寻正确道路之艰难。

左翼文学走向成熟的标志——一大批文学新人新作的群现：

普罗文学作者不见了，文坛仅余鲁迅、茅盾在活动。可喜的是一批新人登场了，且逐渐走向成熟。

本篇正文（1931 年 4 月～1932 年底）

《前哨》—《文学导报》创刊
头两期为纪念"五烈士"专号

1931 年 4 月 25 日

左联秘密发行机关刊物《前哨》（实际出版愆期）。第 2 期起改名为《文学导报》。由冯雪峰等编辑。刊物的编辑、排版、校对、印刷、装订，都分头秘密进行。刊头字由鲁迅书写，刻在木头上，人工一册一册地钤上，红色。

创刊号为"纪念战死者专号"。纪念李伟森、柔石、胡也频、冯铿、殷夫、宗晖等烈士。刊载抗议文件和纪念文章 7 件，刊载 6 位被难同志传略及遗著 3 篇。

关键词：左联秘密发行《前哨》—《文学导报》

1931 年 4 月 25 日

秘密发行的左联机关刊物《前哨》创刊号刊载的抗议文件和文章共 7 件：《中国左翼作家联盟为国民党屠杀大批革命作家宣言》《为国民党屠杀同志致各国革命文学和文化团体及一切为人类进步而工作的著作家思想家书》《无产阶级革命作家国际协会主席团来信》《美国"新群众"社来信》，L. S.（鲁迅）《中国无产阶级革命文学和前驱的血》，梅孙的《血的教训——悼二月七日的我们的死者》，文英短评《我们同志的死和走狗们的卑劣》。

《宣言》说："国民党在虐杀我们的革命作家以前，已经给革命文化运动以最高度的压迫了：禁止书报，通缉作家，封闭书店；一面收买流氓，侦探，堕落文人组织其民族主义和三民主义文学运动，以为如此就可以使左翼文化运动消灭了，然而无效。于是就虐杀了我们的作家。"（第 2 页）

《为国民党屠杀同志致各国革命文学和文化团体及一切为人类进步而工作的著作家思想家书》告白：过去我们已经有许多牺牲，现在一切出版、公演、展览早已被完全禁止，一切左翼作家都早已被通缉。2月7日，更秘密杀害24人（其中一人是孕妇）。左联的5位同志"是全中国人所知道的著述家，小说家，诗人：

"李伟森是富于文学天才的，兼及社会问题的著述家，有多种著译书籍；

"柔石和胡也频是有相当社会地位和很长的创作生涯的小说家；

"殷夫是优秀的新进诗人；

"冯铿是新进的稀少的妇女作家。

"这些都是中国新文学界的精华，然而国民党用极阴狠的手段，强夺了他们的生命了，——李伟森被活埋，其他被枪毙。"（第2~4页。按：原文接排，不分行）

梅孙《血的教训》说：血的事实告诉我们，"左翼文化运动不是花呀月呀的运动，而完全是血的运动！无产阶级文学运动应该是以鲜红的血写出来的。我们只应该更严肃的更英勇的踏着他们的血前进"。要克服"空""松懈""浪漫"的情调，以铁的纪律团结新旧同志，以"纪念碑的作品做我们死者的墓上的花环"。（第6页）

文英的短评《我们同志的死和走狗们的卑劣》揭露："暗杀我们的同志，显出了国民党的卑劣；在我们同志被暗杀了以后陆续出版的《当代文艺》，《南风》，《文艺月刊》，《现代文学评论》等走狗的'文学'刊物，则尤其显出了他们的卑劣。每种杂志里都写着'普罗文艺没落了'的一句话，然而没有在一个地方敢傲然地这样说：'我们虐杀了大批普罗作家了！'也没有在一个地方提及在一日之内封闭了4家书店的事。有'勇气'宣告走狗'文学'的'勃起'以示威，而竟没有勇气宣布屠杀作家，强迫书店，'绑票文章'的事以示威，斯谓之卑劣！"（第29页）

短评再揭露：《文艺月刊》每月从南京（国民党最高当局）得到1200元的收买费。民族主义文艺运动由刽子手、侦探、识字流氓组成。

文英的文章还揭露：国民党的"文艺政策"，除了禁止书报、通缉著作家、封闭书店、逮捕和屠杀作家、收买小走狗之外，最后一项是"绑票文章"。所谓"绑票文章"，开始是"请你写文章"，既而是"不做，则……"，有下文的。"于是本有文章要做的只得不做了，本没有病的忽然生病了，本住在上海的忽然宣告失踪了。言论，结社，集会的自由是完全被剥夺了，而现在却连不言论，不结社，不集合的自由也不准。"（第30页）

文章还把批判的矛头对准谢六逸和梁实秋。

《文学导报》（即《前哨》）第 1 卷第 2 期继续刊载国际的抗议：《世界无产阶级革命作家对于中国白色恐怖及帝国主义干涉的抗议》，计有：一、德国革命作家路特威锡·稜；二、美国无产阶级诗人和作家密凯尔·果尔德；三、奥国革命诗人翰斯·迈伊尔；四、英国矿工作家哈罗·海斯洛普；五、日本无产阶级作家永田宽。

《文学导报》第 1 卷第 3 期又刊《革命作家国际联盟为国民党屠杀中国革命作家宣言》。在宣言上签名的各国作家是：

苏联：阿卫巴赫（L. Averbach）、育冈纳斯（Yogannes）、法捷耶夫（A. Fadeev）、革拉特珂夫（F. Gladkov）、潘菲洛夫（F. Panferov）、密基登珂（I. Mikitenko）

德国：倍赫尔（Bekher）、葛莱赛（E. Gleser）、兹格尔斯（Anna Zegers）、稜（L. Renn）、克雪（E. Kisch）

匈牙利：葛达史（A. Gidash）、易烈士（Bella Jllesh）、马台卡（Yan Mateika）、珂麦忒（A . Komiat）

波兰：雅新斯基（Bruno Yarensky）

奥地利：法白里（F. Fabri）

法国：巴比塞（Hanri Barbusse）

美国：辛克莱（U. Sincleir）、果尔德（M. Gold）、独思巴索思（T. H. Dos -passos）

捷克：诺沃美新基（Lrdo Novomesky）、普仑尼茨基（Petre Plemnutsky）

波斯：拉虎帝（Lahuti）

拉德维亚：莱琛（Leitsen）

保加利亚：巴卡洛夫（Bakalov）

罗马尼亚：马哈纳（M. Mahana）

（无国籍）：克莱孟蒂斯（Vladimir Klementis）

关键词：《前哨》创刊号刊载文件和文章抗议国民党当局屠杀革命作家绑票文章

1931 年 4 月 25 日

L. S.（鲁迅）《中国无产阶级革命文学和前驱的血》，载《前哨》创刊号，第 4～5 页。

鲁迅深刻、尖锐的名言是：

"中国的无产阶级革命文学在今天和明天之交发生，在诬蔑和压迫之中滋长，终于在最黑暗里，用我们同志的鲜血写了第一篇文章。"

"统治者也知这走狗的文人不能抵挡无产阶级革命文学，于是一面禁止书报，封闭书店，颁布恶出版法，通缉著作家，一面用最末的手段，将左翼作家逮捕，拘禁，秘密处以死刑，至今并未宣布。这一面固然在证明他们是在灭亡中的黑暗的动物，一面也在证实中国无产阶级革命文学阵营的力量……"

"……但无产阶级革命文学却仍然滋长，因为这是属于革命广大劳苦群众的，大众存在一日，壮大一日，无产阶级革命文学也就滋长一日。我们的同志的血，已经证明了无产阶级革命文学和革命的劳苦大众是在受一样的压迫，一样的残杀，作一样的战斗，有一样的运命，是革命的劳苦大众的文学。"

"我们现在以十分的哀悼和铭记，纪念我们的战死者，也就是要牢记中国无产阶级革命文学的历史的第一页，是同志的鲜血所纪录，永远在显示敌人的卑劣的凶暴和启示我们的不断的斗争。"（以上第 4~5 页）

稍后，鲁迅应美国朋友史沫特莱之请，为美国《新群众》杂志撰写论文《黑暗中国文艺界的现状》。此文直接收入《二心集》，未公开发表。

鲁迅说："现在，在中国，无产阶级的革命的文艺运动，其实就是惟一的文艺运动。因为这乃是荒野中的萌芽，除此以外，中国已经毫无其他文艺。属于统治阶级的所谓'文艺家'，早已腐烂到连所谓'为艺术的艺术'以至'颓废'的作品也不能生产，现在来抵制左翼文艺的，只有诬蔑，压迫，囚禁和杀戮；来和左翼作家对立的，也只有流氓，侦探，走狗，刽子手了。""单单的杀人究竟不是文艺，他们也因此自己宣告了一无所有了。"

接着，鲁迅举事实批驳了统治者剿灭左翼文艺的种种把戏。

对左翼文艺，他说："一大部分革命的青年，却无论如何，仍在非常热烈地要求，拥护，发展左翼文艺。""左翼文艺有革命的读者大众支持，'将来'正属于这一面。""左翼文艺仍在滋长。但自然是好像压于大石之下的萌芽一样，在曲折地滋长。""所可惜的，是左翼作家之中，还没有农工出身的作家。""左翼作家们正和一样在被压迫被杀戮的无产者负着同一的运命，惟有左翼文艺现在在和无产者一同受难（Passion），将来当然也将和无产者一同起来。"鲁迅一口气说了 5 个左翼文艺。

关键词：鲁迅的《中国无产阶级革命文学和前驱的血》《黑暗中国文艺界的现状》 无产阶级的革命文艺运动其实就是惟一的文艺运动 国民党于文艺则一无所有

1931 年 4 月 25 日

李伟森等被杀害后，6 位烈士（加宗晖）的传略、他们的遗著：殷夫《五一歌》、柔石《血在沸——纪念一个在南京被杀的湖南小同志的死》、冯铿《红的日记》、胡也频《同居》，同载《前哨》创刊号。

刊物在李伟森等的传略之后，都附有他们的著作目录，弥足珍贵。

李伟森：1.《杜思退也夫斯基评传》（1929 年）。2.《小品文杂感集》（1929～1930 年）。

柔石：1.《疯人》（短篇小说集，1922 年）。2.《人间的喜剧》（诗剧，未发表，1924 年）。3.《旧时代之死》（长篇，1927 年）。4.《三姊妹》（中篇，1928 年）。5.《二月》（中篇，1929 年）。6.《希望》（短篇小说，1929 年）。7.《浮士德与城》（翻译，戏曲，1930 年）。8.《阿尔泰莫诺夫氏之事业》（翻译，小说，1930 年）。9.《丹麦短篇小说集》（翻译，1930 年）。10.《为奴隶的母亲》（短篇小说一篇，1930 年）。11.《一个伟大的印象》（随笔一篇，1930 年）。12.《血在沸》（诗一篇，1930 年）。

胡也频：1.《圣徒》（短篇集，1927 年）。2.《鬼与人心》（戏曲集，1928 年）。3.《活珠子》（短篇集，1928 年）。4.《诗稿》（短篇集，1928 年）。5.《往何处去》（短篇集，1929 年）。6.《消磨》（短篇集，1929 年）。7.《牧场上》（短篇集，1929 年）。8.《也频诗选》（诗集，1929 年）。9.《四星期》（短篇集，1930 年）。10.《别人的幸福》（戏曲集，1930 年）。11.《三个不统一的人物》（短篇集，1930 年）。12.《一幕悲剧的写实》（短篇集，1930 年）。13.《到莫斯科去》（中篇小说，1930 年）。14.《光明在我们面前》（长篇，1930 年）。15.《黑骨头》（短篇集，1931 年）。

冯铿：1.《重新起来》（中篇，1930 年）。2.《红的日记》（短篇，1930 年）。3.《铁与火的新生》（短篇集，1930 年）。4.《华老伯》（短篇，1930 年）。5.《突变》（短篇，1930 年）。6.《乐园的幻灭》（短篇，1929 年）。7.《最后的出路》（长篇，1929 年）。8.《遇合》（短篇，1929 年）。9.《贩卖婴孩的妇人》（短篇，1929 年）。10.《友人 C 君》（短篇，1929 年）。11.《春宵》（诗集，1926～1930 年）。12.《婴儿》（戏曲，1928 年）。13.《一团肉》（随笔一篇，1930 年）。

殷夫：1.《孩儿塔》（诗集，1929 年）。2.《伏尔加的黑浪》（诗集，1929 年）。3.《一百〇七个》（诗集，1930 年）。4.《诗集》（包括译诗，1928～1930 年）。5.《小母亲》（小说、随笔、戏曲集，1928～1930 年）。

按：李伟森和殷夫的目录中，非文学类书籍未收入。

关键词：左联五烈士传略、遗著目录

1931 年 4 月 25 日

左联五烈士的遗著：殷夫《五一歌》、柔石《血在沸——纪念一个在南京被杀的湖南小同志的死》、冯铿《红的日记》、胡也频《同居》，载《前哨》创刊号。

殷夫《五一歌》唱道："怕什么，铁车坦克炮，／我们伟大的队伍是万里长城，／怕什么，杀头，枪毙，坐牢，／我们青年的热血永难流尽！"其满腹豪情、钢铁意志是：

> 我们要用血用肉用铁斗争到底！
> 我们要把敌人杀得干净，
> 管他妈的帝国主义国民党，
> 管他妈的取消主义改组派，
> 豪绅军阀，半个也不剩……

柔石的《血在沸》共 20 节 124 行。诗句短促，铿锵有力。字字是控诉，句句是愤怒。

冯铿《红的日记》就是不经意的几则日记，落笔随意，不加修饰。全篇充满激情，洋溢着浓烈的主人翁意识。记录的是红军攻城占地的喜悦，老百姓被解放的乐观，做主人的自豪。红军战士写标语，喊口号，为群众讲解"什么是第三国际，什么是马克思列宁主义"，动员妇女起来自己解放自己，他／她们喉咙嘶哑了，嘴里出血丝，仍然不停地说，不倦地喊。"他人一面工作，一面打哈哈，我跑到东跑到西，都看见他们合不拢的笑口！谈笑的声音飞腾着充满了空间！然而人不要以为他们会妨碍了什么工作，手和脚在声音底下是飞快地转动着的！"（第 23 页）农民战士的豪言壮语是："为什么我们需要那劳什子的鸟枪呢！我们的血肉，肌骨和拳头便是钢铁，我们的性命便是一颗炸弹！"（第 22 页）

小说的两个细节颇能反映作者的性格：一是她为要动员妇女起来参加解放自己的斗争，竟然在公开场合，解开衣服让人看她也是女性。二是晚上睡觉时，发觉有男人压在她的身上，她平静地说："不能！不能！同志兄弟！……女人还应该负着停止生产的责任，你这个不懂事的家伙……"（第

23页）时代特色，革命氛围，个性特点，跃然纸上。一股豪情，喷薄而出。作品中的"他妈的劣绅的儿子"，"管他妈的喉痛"，"什么鸟男人"，也是冯铿的常用语。

胡也频《同居》开头就有一段话写妇女解放："然而，现在的情景是大不相同了。从前很愁苦的人们都变成很快乐很活泼的了。妇女们更快乐活泼得利害。她们从前都没有出息地关在贫苦的家庭里弄饭，洗衣，养小孩，喂猪，像犯人关在监狱里一样，看不见她们自己的光明，现在她们是好像在天上飞的鸟儿了。她们的生活自由了，没有压迫，没有负担。并且也不害怕丈夫了。她们可以随自己的意思和男子们结识。她们还可以自由地和一个'同志'跑到县苏维埃去签字，便合式的同居起来。她们生下来的儿女也有'公家'来保管，不要自己来担心。"（第25页）篇中的王大宝没有任何错，但是她老婆吴大姐不喜欢他，要和另一个男人同居，就分开了。而县里的委员长却对王大宝说："你绝掉一个老婆，而（另外）得到一个爱人。"像这样的事在苏维埃每天都有。这就是所谓自由恋爱，"婚姻制度的革命！"（第27页）

关键词：左联五烈士遗著

1931年5月10日

蓬子《一个人底死》，载《小说月报》第22卷第5号，第643~653页。

小说写一个酒鬼姚春茂的命运。他"不做事，有钱到手就喝酒，喝醉了又寻人吵架"。他已经没有家，卖尽了田产，正靠出卖祖传房屋喝酒。问他为何酗酒，他说："也说不出什么滋味。不过喝惯了之后，一旦断了这命根，会气也透不过来，喉头就像有虫爬似的难受。"最后，他连住的地方也没有了，只好露宿街头。"我"出于好心，留他住宿。不料孩子们却喜欢他，被他带到酒店喝酒，吃茴香豆，玩得开心。并且家里还丢失东西。"我们"夫妇气极，把他赶走。春茂只能喝了酒，睡到河上的亭子里过夜。"我"不忍心他受那样的罪，又把他接回家，并看他死去。春茂最后的遗言是："对于一个好人，他们是什么事情都做得出来的。"作者说：现在时代变了，"像春茂叔那样被社会侮辱着，压逼着的弱小的人们，也不像他那样只会喝酒，吵架，过颓废的生活了；他们要以眼还眼，以牙还牙"。（第653页）

关键词：蓬子　《一个人底死》写酒鬼

1931年5月10日

〔匈牙利〕拉可西（Viktor Rakosi）著、沈来秋译《家庭教师》，载《小说月报》第 22 卷第 5 号，第 695 ~ 700 页。

加孙·陶冷野请师范学校旁听生犹斯丁·柏罗威当他的孩子的家庭教师。男主人是因为柏罗威长得丑，不会弹钢琴、小提琴，不会唱歌、跳舞才请他的，30 余岁的女主人和大小姐们却因为他丑，不喜欢他；后来知道他会吹口哨，又都喜欢他了。不料，这就遭到男主人的辞退。

关键词：匈牙利

1931 年 5 月 10 日

赵景深《国外文坛消息》：《法兑耶夫与欧德白格》，载《小说月报》第 22 卷第 5 号，第 739 页。

1930 年春天，苏联有两部小说出版单行本：法捷耶夫的《最后的乌德沟人》（*Poslyedniv iz Udygue*）、欧德白格（Oscar Erdberg）的《中国小说》（*Kitaisie Novelly*）。《最后的乌德沟人》"大意是说在远东的森林里有一千五百乌德沟人，渐与中国高丽人混合。其中的一个乌德沟人曾受莫斯科大学的教育，回乡以后，就想把同族人近代化。法兑耶夫仔细的分析他的主人公的思想和感情以及他的心理，仿佛托尔斯泰写小说的态度"。《中国小说》"此书写的是现代中国的事情。故事中没有一点怪异或是幻想的分子。书中的人物都是报纸上所常见的。作者并没有创造什么。大意是写一种商人代替了另一种商人，其间还叙及国民党孙逸仙等等"。（第 739 页）

关键词：法捷耶夫　关于中国题材的小说

1931 年 5 月

丁玲著《一个人的诞生》（短篇小说集），上海新月书店，初版。

内收小说 4 篇：《一九三〇年春上海之一》《一九三〇年春上海之二》《一个人的诞生》《牺牲》。后两篇系胡也频所作。

书前有《作者记》（写于 5 月 15 日）。

胡秋原译佛理契《艺术社会学》出版

1931 年 5 月

〔苏联〕佛理采著、胡萩原译《艺术社会学》，上海神州国光社出版。小 32 开，正文 400 页。

本书虽说出版在《唯物史观艺术论》之前，却是写在它之后。《唯物史观艺术论》写于 1928、1929 年。

卷首有白莽 1930 年 11 月 1 日写于日本东京的序文、译者序言、原著者之序、原著者传略、艺术学者对于本书之赞词。

本书凡 20 章，首章是《艺术社会学之问题》，末章为《艺术上的阶级斗争与阶级同化》，末附《工业资本主义之艺术》。

关键词：胡秋原译佛理契《艺术社会学》出版

1931 年 5 月

白莽为苏联佛理契著、胡秋原译的《艺术社会学》（上海神州国光社出版）写的序文（1930 年 11 月 1 日写于日本东京），对艺术社会学的发展历程有一个简要的概述：

"艺术社会学——在艺术之某种典型和社会之某种形态之间设立其合法底联系的科学，这实在是我们今日最年青的科学之一。自然，在这以前不是没有作过若干的尝试。'何种艺术应该适应人类社会发展上的各个时期呢？'——这艺术社会学之根本问题已于 1874 年比利时人 Michiels（按：这并非著《美术考古学发现史》的米海里斯 Michaelis）提出。这答案之最初尝试，有 Taine 之《艺术哲学》；他巨细地研究古代希腊，文艺复兴期意大利，以及 17 世纪之荷兰之艺术，与以非常有兴味的记述，然而着眼于文明民族之艺术，求艺术之真因于'思想与道德风俗习惯'之中的他，不能出乎实证论者观念论者的理论以外。F. Crosse 继之；在《艺术之起源》中对于这幼稚科学作非常的贡献，然而他的经济观点，仅限于原始民族——狩猎民族之范围。最初以光辉的马克斯主义之明灯，光射艺术理论之诸问题者，是'俄国马克斯主义之父'的朴列汗诺夫，在自原始艺术到现在的艺术史上之各个具体例证上，确证艺术在静力学（Statics）及动力学（Dynamics）状态上对于经济及社会阶级条件的直接间接的依存。可惜他的研究仅限于一部分问题。未以他的正确聪明方法和识力，完成一个系统而终。Hausenstein 和 Lu Marten 等继之，热心地努力，究未能完成艺术社会学之基础。Lunarcharsky, Bogdanov, Sinclair, 更谈不到了。这幼稚的科学，依然未被解决而留下了。

"解决这最困难的问题之最初著作，恐怕要算佛理采的《艺术社会学》罢。

"史底唯物论之发现，可说已经产生可以建设艺术社会学的理论基础，因为：'无论何时何地，某种社会形态和一定经济组织必然地规律地一致，艺术及广义的意识形态底上层构造之一定典型和形式，亦必然而规律地适应那社会形态'。然而这只是一般命题，何种下层构造如何反映于艺术，我们还不大十分具体地知道。本书著者佛理采氏以其严正方法与浩博知识，研究自原始石器时代到工业资本主义今日的人类发展之各阶段的艺术，给与艺术社会学之真正光华的体系。"（以上第 1~3 页）

在介绍了《艺术社会学》的内容以后，白苇说："这样复杂而广泛的一些问题，以严明正确的科学方法加以考察，以平易简明的文字加以说明，无模糊牵强凌乱之迹，真是值得惊异；著者解释之妥当的确，致使读者不觉其若何特异珍奇的新发现。我们对于艺术素抱空洞之解释，本书始组织以深刻的统系与科学的说明，尤其是研究之细密，资料之丰富，实艺术理论上从来未有之大观，而亦本书价值之不可限量的。"读这样一本书，"直胜于看 100 本平凡的东西"。（第 5、6 页）

关键词：白苇《艺术社会学》序言　艺术社会学的发展历程

1931 年 5 月

〔苏联〕佛理契著、胡秋原译的《艺术社会学》（上海神州国光社出版）译者序言，1930 年"初冬寒夜窗外雨声滴淅之际"，写于日本东京。共 71 页。

一、关于佛理采："帝政时代以来，即为科学社会主义理论家，文学史家及批评家，其名殆蜚声于全世界。无论在苏俄，在世界，在艺术之社会学底研究上，朴列汗诺夫（G. V. Plekhanov）死后，当要以佛理采为第一人。革命后，更以唯一马克斯主义艺术学者，与其渊博之修养，精严之学风，卓然为苏联学术界之泰斗。他的言论，皆成为青年马克斯—恩格斯主义学徒之指导原理。本书《艺术社会学》（*Sociologia Iskusstva*），系其晚年之大著，是给与马克斯主义艺术学以最初体系之伟大的名篇。著者在本书中批判'取弃'从来一切旧艺术理论，同时蒐罗丰富的材料与根据其先驱者的遗产，站在新的社会学底—经济学底观点，检讨古今东西艺术作品及其变迁之迹，驱使辩证法底唯物论的方法，超越前人之足迹，创立新颖的学说，建严整明快的体系，树综合宏大之规模；对于广大的艺术研究，与以史底唯物论之新的方法，新的观点与标准。其浩博之知识，卓拔的创意与光辉的叙述，真世界学界之惊异，放艺术科学研究上之异彩，而在这方面巍然为斯学之权威的。自然，这种研究，过去现在不乏其人，但皆仅触艺术社会学之一部分，或走入歧途，未尝有作严谨壮大之研究如此书者。此书虽不能说集斯学之大成，但以严正

马克斯主义方法立斯学之体系，作艺术之社会学的系统解释之一大迈步者，舍佛理采其谁与屿。"（第 1 ~ 2 页）

二、关于《艺术社会学》这本书："佛理采这书，实在是马克斯主义艺术理论史上划一新时期的著作。第一，在给与确固的基础于为艺术科学之一部门的，应与艺术解剖学，艺术心理学，艺术批评，艺术史，艺术政策分开的'理论—法则艺术学'之一部分的'艺术社会学'的意义上，是划一新时期的著作；其次，在作'艺术社会学'之系统研究上，也是有划一新时期意义的著作。"（第 2 ~ 3 页）

三、佛理采之前的理论艺术学可略分为四派：第一是古典派以及观念论派。第二是自杜波斯、米凯尔、恩涅宽、赫德尔、斯泰尔夫人、泰纳、居友，以至比幼哈、格罗塞等所代表的所谓社会学派以至经济学派。第三是奥地利心理学者佛罗以德及其门下分派所代表的精神分析学派。第四是马克斯主义艺术学，其最辉煌的代表者要数朴列汗诺夫和霍善斯坦因等。

四、本书"决不是完全无缺，绝对正确的东西"。译者对于本书之批评是：

第一，本书的范围是艺术"社会学"，而"艺术社会学"（Sociology of Art）不过是艺术学或艺术科学（Science of Art）之一部门，并非艺术研究之全部。整个艺术学应如动物学、天文学，或社会学、伦理学一样，有许多部门，虽然因对象及方法之不同，研究之分类不尽相同。艺术是社会现象之一，艺术典型与社会形态之间有一定的关系，所以有"艺术社会学"的必要。但是，此外艺术又是艺术，应有相当于动物解剖学、植物构造学相当的"艺术之本质"的检讨；又艺术又是通过人类心理感情而创现来的，应也有"艺术心理学"研究的必要。此外，纵的研究方面之"艺术史"，因艺术现象是创作与欣赏之总过程而应为艺术赏鉴方面研究之"艺术批评"，以及相当于应用动物学、社会政策学的"艺术政策"研究等。苏俄就有人批评本书，谓作者之观点仅注意社会经济方面，而忽略了艺术本身运动和发展；艺术发展受社会经济之支配，但艺术发展自己亦有其系统。（第 9 ~ 10 页）

第二，本书虽名为《艺术社会学》，但如著者在其序言中自己所说，并没有以各时代各民族的全部艺术来作研究，其对象只是造型艺术（Die Bildenden Kunst），尤其是造型艺术中的绘画、雕刻和建筑，工艺美术亦触到很少；而其历史范围除埃外，仅限于欧洲，东方的印度、中国、日本都没有谈到。（第 12 页）不过由他的人研究填补了部分缺陷：文学方面，前有朴列汗诺夫的研究，法国 Icowicz 的《史底唯物论之光下所见的文学》，辛克莱的《拜金艺术》，以及 Calverton，Lunarcharsky 等。

第三，本书的材料多取自他人，自己发见的太少。

五、日本藏原惟人对本书的批评。

关键词：胡秋原《艺术社会学》译者序言 佛理契 《艺术社会学》之价值 佛理契之前理论艺术学的派别 《艺术社会学》的不足之处

1931 年 6 月 1 日

茅盾中篇小说《三人行》，开始在《中学生》杂志连载（从第 16 期至 20 期）。

小说描写了许、惠、云 3 个青年在大革命前后的命运：许从不可知论走向侠义主义，又因侠义主义，为救婢女秋菊和王招弟，而失掉了自己的生命；惠是一个中国式的虚无主义者，但冷酷无情的现实使虚无主义破产，竟然神经错乱；出身于富农家庭的云是一个实际主义者，因为家庭在大地主迫害下败落，他被抛出向来的生活轨道而参加了实际斗争。革命者柯是作者安排的革命真理的传播者。这些人物仅是作者的"创造"，而并非实际生活中的活生生的灵魂。就这部小说本身来说，它的人物塑造不算成功，但若把它放在茅盾笔下的小资产阶级知识分子的系列中来考察，却总是在前进，在发展。

小说共 18 节。每节一二千字，多则二三千字。全篇没有连贯的故事，有些地方由作者的解说交代人物的命运，完全失去茅盾前后作品的水平和已经形成的风格。

12 月由开明书店出版单行本。

关键词：茅盾《三人行》

1931 年 6 月 15 日

鲁迅《一八艺社习作展览会小引》，载《文艺新闻》周刊第 14 期。

一八艺社在上海举办美术展览，展出油画、木刻、雕塑、图案画 180 余幅。鲁迅的小引认为，一八艺社几个青年学徒的作品，尽管遭到一部分人的"蔑视，冷遇，迫害"，但它是"新的，年青的，前进的"，它具有"清醒的意识和坚强的努力"，已经"在榛莽中露出了日见生长的健壮的新芽"。小引表现了鲁迅对新生事物的态度："自然，这，是很幼小的。但是，惟其幼小，所以希望就正在这一面。"

关键词：鲁迅论文艺的新生事物及对它的态度

1931 年 6 月 25 日

高尔基作、适夷译《强果尔河畔》（小说），载《东方杂志》第28卷第
12号，第109~120页。

小说写的是：一个22岁的青年，流浪到强果尔河畔。这里荒凉，寂静，
住着南罗马尼亚的居民。他们被俄罗斯人杀害，抢劫，终日生活在恐慌之中。
一位年轻妇女的男人被杀，自己被强奸，成了"疯人"，靠弹七弦琴抒发愤
懑。流浪青年以坚强、勇敢、善良、大爱缝补"疯人"少妇破碎的心，熨帖
着她的灵魂。小说其实没有什么故事，就是写环境，写人物的心境。

关键词：高尔基流浪人小说

瞿秋白参加领导左联

1931 年夏

本年1月7日，中共中央六届四中全会在上海召开。王明路线正式统治
全党。被排挤出党中央的瞿秋白，参加左联的领导活动；春夏之交，经冯雪
峰介绍，与鲁迅结成至交。

据左翼文艺运动的当事人夏衍等革命前辈的回忆，瞿秋白以他的威望，
扭转了左翼文艺运动的"左"的倾向，克服了宗派主义、关门主义和小团体
主义，开辟新的领域，比方说，派夏衍、郑伯奇、阳翰笙、田汉、钱杏邨等
进入电影界，立竿见影，打开了新局面。

但从瞿秋白这期间的文学理论活动、批评文章、与人辩论、杂文创作来
看，见到的却是"左"，活现1927年"左倾"瞿秋白的灵魂。

关键词：瞿秋白参加左联领导　与鲁迅结为至交

1931 年 7 月 10 日

丁玲《田家冲》，载《小说月报》第22卷第7号头条，第861~882页。

14岁的幺妹是穿针引线的中心人物，而主人公却是从城里来的20岁的三
小姐。幺妹家是三小姐家的佃户。三小姐要到乡下来住几天，幺妹家除父亲
有点忧愁外，其他的人都欢迎。三小姐没有住多久，就行为有点异常，常常
背着人去做发动农民起来造反的组织工作。受她的影响，佃户家的姐姐、大
儿子等，最后是父亲，都相继由同情革命，到参加革命，成为"同志"。对三

小姐的革命活动，都是侧写。她对农民说：她的父亲和管家"真是些虎狼"，"你们应该觉悟"。

关键词：丁玲 《田家冲》 从城里来的 20 岁的三小姐是革命家

张天翼《皮带》发表、《鬼土日记》出版

1931 年 7 月 10 日

张天翼《皮带》，短篇小说，载《青年界》第 1 卷第 5 期。

这是张天翼的代表作之一。

邓炳生先生失业，寄食在梁处长家。他想起尉官有皮带；向家里要钱，哪怕当个勤务兵也可以。他当上了司书，是少尉，身着斜皮带。

"炳生先生着上崭新的灰布衣，嫩黄色的斜皮带。脚上是黑色硬底皮鞋，走起路来戛戛地怪响亮。胸脯子当然像军官样地挺起。脖子以前是软的，如今可硬得厉害，但对官阶比他高的是例外。本来怕处里的士兵瞧他不起，现在已经证实士兵不敢瞧他不起：士兵在路上遇见他还立正敬礼哩。有时候他走路故意向有个士兵站住的地方冲去，士兵就很快让在一旁。"没想到，新处长来，他却获"罪"，被罚跪皮带。

关键词：张天翼代表作 《皮带》

1931 年 7 月 13 日

袁殊《报告文学》，载《文艺新闻》第 18 号。

鲁迅《上海文艺之一瞥》

1931 年 7 月 27 日、8 月 3 日

《上海文艺之一瞥》（演讲稿，据记录修改），载《文艺新闻》周刊第 20、21 期。

这是鲁迅 7 月 20 日在上海社会科学研究会的演讲。

演讲总结了从清末到左联成立之后的中国近现代文学艺术的历史进程，清算了各种文艺思潮。鲁迅强调："革命文学家，至少必须和革命共同着生命，或深切地感受到革命的脉搏的。"革命作家必须使自己"无产阶级化"。

否则，"激烈得快的，也平和得快，甚至于也颓废得快"，随着形势的恶化，一遇风吹草动，还会从革命阵营"突变"回去。

鲁迅说："革命文学之所以旺盛起来，自然是因为由于社会的背景，一般群众，青年有了这样的要求。"北伐高潮时，没有显著的革命文学运动；革命遭了挫折，革命文学倒起来了。"所以这革命文学的旺盛起来，在表面上和别国不同，并非由于革命的高扬，而是因为革命的挫折；虽然其中也有些是旧文人解下指挥刀来重理笔墨的旧业，有些是几个青年被从实际工作排出，只好借此谋生，但因为实在具有社会的基础，所以在新份子里，是很有极坚实正确的人存在的。但那时的革命文学运动，据我的意见，是未经好好的计划，很有些错误之处的。例如，第一，他们对于中国社会，未曾加以细密的分析，便将在苏维埃政权之下才能运用的方法，来机械的地运用了。再则他们，尤其是成仿吾先生，将革命使一般人理解为非常可怕的事，摆着一种极左倾的凶恶的面貌，好似革命一到，一切非革命者就都得死，令人对革命只抱着恐怖。其实革命是并非教人死而是教人活的。这种令人'知道点革命的厉害'，只图自己说得畅快的态度，也还是中了才子＋流氓的毒。"

鲁迅说，左联的成立是一件重要的事实。"因为这时已经输入了蒲力汗诺夫，卢那卡尔斯基等的理论，给大家能够互相切磋，更加坚实而有力，但也正因为更加坚实而有力了，就受到世界上古今少有的压迫和摧残。"

鲁迅又说："……虽是仅仅攻击旧社会的作品，倘若知不清缺点，看不透病根，也就于革命有害，但可惜的是现在的作家，连革命的作家和批评家，也往往不能，或不敢正视现社会，知道它的底细，尤其是认为敌人的底细。""倘是一个战斗者，我以为，在了解革命和敌人上，倒是必须更多的去解剖当面的敌人的。……惟有明白旧的，看到新的，了解过去，推断将来，我们的文学的发展才有希望。"

鲁迅说到压迫者："压迫者当真没有文艺么？有是有的，不过并非这些，而是通电，告示，新闻，民族主义的'文学'，法官的判词等。"

鲁迅的名言还有："至今为止的统治阶级的革命，不过是争夺一把旧椅子。去推的时候，好像这椅子很可恨，一夺到手，就又觉得是宝贝了。""奴才做了主人，是决不肯废去'老爷'的称呼的，他的摆架子，恐怕比他的主人还十足，还可笑。"

关键词：鲁迅《上海文艺之一瞥》　泛论革命人和革命文学

1931 年 7 月

朋淇诗论《一九三〇年中国普罗诗歌概评》，载《当代文艺》第 1 卷第

2 期。

1931 年 7 月

张天翼长篇小说《鬼土日记》，上海正午书局出版。出版单行本前，1930年曾在南京《幼稚周刊》连载。

小说写韩士谦走阴，到了鬼土，经历了一段鬼生活。鬼生活是阳世生活的折射和夸大，是对国民党反动政府的全部否定。

作者在《献辞》里说：

"从这儿找不到一星儿欢欣：／这儿没写成糯蛮死与爱情／女人或酒精，／也没梦境样的幽景。／只是笨得大饼似地／迸出了些你不中听的声音。"

作者关于《鬼土日记》的一封信又说：

"这所记没有一点夸张，过火，不忠实的地方……我只是像一个新闻记者，把所见的，所闻的，接触的，写实的地记了下来而已。

"……你也许会感到鬼土社会里的人和事，有点不近情，或者说有点可笑。但处惯了，也没有什么。其实那里的一切都是合理的，一点也没有什么滑稽或矛盾。而那里的人的做事，干脆，快当，叫你会觉得他们可爱。

"……我没有把趣味，滑稽，开玩笑的气味放在这日记里。我是很严肃的，在态度上。所以也要请你——

"'严重地去读它。'"

关键词：张天翼《鬼土日记》

1931 年 7 月

〔美国〕辛克莱著、余慕陶译《波斯顿》（长篇小说），蔡元培题写书名，上海光华书局，初版。66 万字，32 开，1495 页，定价：精装四元五角、平装四元。印 2000 册。

关键词：辛克莱《波斯顿》出版

1931 年 7 月

成仿吾从日本回国，由鲁迅帮助接上党的组织关系后，旋即转赴江西苏区，参加革命实际工作。从此彻底脱离文艺界。

关键词：成仿吾回国，并到苏区工作

1931 年 8 月 1 日

周起应《巴西文学概观》，载《现代文学评论》第 2 卷第 1、2 期合刊。

此文以预备的时期、自主时期、浪漫主义的时期、自由的时期，对巴西"最初二三世纪间"的文学作了粗浅的介绍。

关键词：周起应在民族主义文艺派刊物上发表文章

作者的话：

周起应在《现代文学评论》发表文章，此事在表面看来不稀奇，不就是为了吃饭嘛！但细究起来，好像又不简单。周起应是一个共产党员，左翼文艺社团的参加者；而《现代文学评论》则是民族主义文艺派的机关刊物，属国民党嫡系。一个共产党员、左派人士到国民党、右派的刊物上去发表文章，是不是有立场问题、政治态度问题、思想问题？

这应该看作是左翼文坛生存方式、应对策略的变化。这时候，左翼文坛已经没有了自己的机关刊物，而生存又是第一位的。先要生存，而后才是发展。实质上，首先要看所发表的文章的内容、观点、思想、倾向，它是为谁说话的，对谁有利。只要于民众、于社会有利，至少是无害，在哪儿发表，则无关宏旨，不甚重要。不必要在现象上纠缠，在鸡毛蒜皮上计较。既然自己已经没有刊物了，就应该大踏步地走出去，哪儿能发表就在哪儿发表，多一些这样的机会，对左翼的生存是有利的。夸大点说，这还叫占领阵地，扩大地盘，自找生存空间。其实，各派都共生于一时，共处于一地，总是你中有我，我中有你，没有纯粹的左和右。水至清则无鱼。坚持不耻周食，只有死亡一条路。

何况那时的周起应还不是后来位高权重、说一不二的周扬。

这是第一位在民族主义文艺派的刊物上发表文章的左翼作家。

茅盾论"五四"文学革命

1931年8月5日

丙申（茅盾）的马克思主义文艺理论研究会报告《"五四"运动的检讨》，载《文学导报》第1卷第2期。

报告共四题：（一）"五四"发生之社会的基础。（二）"五四"及文学运动。（三）从"五四"到"五卅"。（四）"五四"运动之历史的意义。

主旨是："五四"是资产阶级运动，随着无产阶级的兴起，"五四"已被

"埋葬在历史的坟墓里了"。

报告说：作为一种思潮，"五四"的"主要面目是破除封建思想"。它的性质是中国新兴资产阶级运动。"这个运动，最初就选择了最有力的组织意识形态的工具——文学——作为第一线的冲锋队。反对文言文，反对旧戏，便是他们的口号。其次，这运动扩展到全文化战线：反对旧礼教，攻击儒家的人生哲学。最后乃有德谟克拉西的政治主张。""这样意义的'五四'和欧洲'文艺复兴运动'不但有程度上的差别而且有性质上的差别。""完全是新兴资产阶级意识形态的'五四'在一般文化问题上的口号当然是资产阶级性的。哲学上的实验主义，伦理上的反对大家庭，反对贞操观念，主张男女社交公开，主张青年权利（反对天下无不是的父母），拥护思想自由；文学上的反对文言文，反对旧戏；尤其把'五四'的反对日本帝国主义称为'爱国运动'，是十足表现了资产阶级的政治观念。"（第9页）

报告说："在文学上，新青年派（在这方面，它是那时候的主角）所提出的许多口号都是属于形式方面的，他们的'新文学'的建设纲领并没详细指出在新的形式之下该有怎样新的内容。至多不过说'新文学'应该是平民的，真实情绪的，现代生活的反映。（我们要注意，这所说平民，其实就等于布尔乔亚泛）他们在形式方面提出了许多口号。例如主张用白话，反对用古地名官名，及用典，等等。在大体上看来，他们心目中的新文学是写实主义的文学，然而胡适之常常咏叹的'吾口写吾心'的态度却又有几分浪漫主义的意味。他们又竭力赞扬客观的无容心地分析社会现象的文学。这是倾向于自然主义了，然而他们并没显明地鼓吹过自然主义。他们这不坚定的态度，决不是偶然的。（正如他们竭力介绍易卜生一样）……然而中国的新兴资产阶级因为它本身的矛盾，时时在动摇妥协，他们是颓废苦闷。这表现在他们的文学上，便是那样的徘徊于浪漫主义与自然主义。放在中国的发育不完全的资产阶级面前，是封建势力的顽强的抗拒，国际帝国主义的侵略阴谋，国际无产阶级运动突飞猛进，世界资本主义将就崩塌时的拆裂声，以及中国的无产阶级巨人的一步近一步的威胁的足音。"（第10页）"五四"时期，带些"健壮性"的文学作品，只有鲁迅的《呐喊》。

报告说，"五四"在现今只能发生反革命的作用。（第14页）

关键词：新兴资产阶级意识形态的"五四"　无产阶级已经把"五四"文学革命埋葬在历史的坟墓里了

1931 年 8 月 10 日

高尔基著、建南译《一个人的出生》，载《小说月报》第 22 卷第 8 号，第 1091～1098 页。

饥馑年代，一群灾民，在苏封做完了道路工事，到奥添底尔去找工作。其中一位孕妇，无人照顾，就在途中的树丛里，产下一个婴儿。"我"（一位尾随灾民流浪的作家）抱着她的新生儿，又艰难地一同前进。伟大的母亲希望明天更美好。

关键词：高尔基　坚强的希望　楼建南

1931 年 8 月 10 日

〔波兰〕谢洛随斯基著，许念曾、徐立合译《中国的苦力》（报告文学？），载《小说月报》第 22 卷第 8 号，第 1099～1116 页。

清光绪年间，甘肃地方遭逢旱灾。

农民罗雀掘鼠，后来连那些飞蝉蝗螟都是好吃的。什么都吃光了，"只剩天上的空气，山谷中的河流，和一片黄土，带着萎黄的麦苗"。（第 1099 页）农民普遍认为是自己得罪了天神，才发生旱灾。他们请神求雨，但无效。农民张海索的两个大儿子友兰和壮先，出门逃荒，找活路。他们没有文化，没有知识，没有出过门，一路闹笑话，一路被欺负。他们饿饭。他们最后走到海边，见了洋人，还是找不到工作，也没有饭吃。最后，两兄弟不但不能挣钱回家养老救灾，终被海水吞没。

作者写中国，却不了解中国，更不了解劳苦大众的苦难。

关键词：波兰作者写中国苦力

1931 年 8 月 10 日

赵景深《国外文坛消息》：《高尔基续作三部曲》《俄国文坛零讯》，载《小说月报》第 22 卷第 8 号，第 1120、1122 页。

《高尔基续作三部曲》指的是《沙姆金》的第二部《磁石》（*The Magnet*）。在简单介绍了本卷的内容以后，对高尔基此书的写法有所议论：

"本卷的大半是书中人物对于俄国一般生活的谈话和哲理讨论，特别注重于俄国政治。俄国群众的阶级自觉已否成熟？俄国本地人和马克斯主义者，谁是对的？这未免太使读者厌烦了？本卷动作很少，沙姆金与花拂娜的恋爱，一下子就陷到哲理的讨论里面去，高尔基对于人物并不感什么兴趣，他所要写的只是整个时代的社会和政治。有些人物来去无踪，只是为了要表示高尔基的思想而已。时常离开焦点，缺乏趣味的中心，且无有机的组织。使人感到这是在粗制滥造。……更糟的就是沙姆金被高尔基选为中心人物，于是无论什么时候，什么地方，高尔基都要毫无理由地强迫他到场。"（第 1120 页）但高尔基对俄国 1905 年的革命的描写是"有力"的。

《俄国文坛零讯》介绍当时俄国文坛的刊物，法捷耶夫等作家的新作。

关键词：高尔基三部曲在艺术上的败笔

1931 年 8 月 10 日

穆木天《关于读诗的一点意见》，载《读书月刊》第 2 卷第 4、5 期合刊。

1931 年 8 月 10 日

丁玲《我的自白——在光华大学讲》，载《读书月刊》第 2 卷第 4、5 期合刊。

当讲到她的《韦护》时，丁玲说："我又想用更好的方法写它，用辩证法写它，但不知怎样写。"

将唯物辩证法的创作方法视为"更好的方法"。

关键词：唯物辩证法的创作方法是更好的方法

萧三汇报国际革命作家代表大会
"拉普"唯物辩证法的创作方法

1931 年 8 月 20 日

萧三《出席哈尔可夫世界革命文学大会中国代表的报告》，载《文学导报》第 1 卷第 3 期。

萧三此文是在生活紧张、工作繁杂、脑子有病的情况下，断断续续地写成的，因而显得杂乱，啰唆，译名也前后不统一。

此文的发表距哈尔可夫会议已过去将近 1 年。

关于哈尔可夫会议：在苏联及各国都已有了左翼文学运动的基础上，由苏联"拉普"提议并组织，于 1927 年 11 月，庆祝苏联十月革命 10 周年的时候，有 11 个国家的 30 余名革命作家的代表聚会莫斯科，召开第一次国际普罗作家会议，决定成立"革命文学国际局"。选举流亡到苏联的匈牙利人培拉·易烈希（1895~1974，现通译伊雷什）为书记。创办机关刊物《外国文学通讯》。

1930 年 11 月 6 日至 15 日，在苏联乌克兰的首都哈尔可夫召开了第二次国际革命作家代表大会。来自三大洲的 23 个国家的千余名代表参加了大会。中国左联派萧三出席。这些代表大部分都是各国普罗文学团体的正式成员。大会改"革命文学国际局"为"国际革命作家同盟"，机关杂志《外国文学通讯》改名为《世界文学》（1932 年再改为《国际文学》）。

萧三给左联的报告《出席哈尔可夫世界革命文学大会中国代表的报告》提供了第二次大会的许多信息。

报告说，莫斯科第一次革命作家大会之后，成立了国际革命文学事务局（International Busean of the Revolutionary Literature 简称 IBRL）。3 年中，由于社会经济的变化，各国都产生了一批工人出身的作家，他们成了"战线上主要的结实的中心"，其他资产阶级作家和小资产阶级作家都起了变化，大都倾向于无产阶级。如德国的普罗作家培赫尔（Becher）、马哈威茨（Marchwiza）、屠列克（Tarek）、棱（Reun）、克勒培尔（Klobor）等，美国的密克尔·果尔德（Michael Gold），匈牙利的易烈希（BélaIllés）、纪达时（Gidash），波兰的雅新斯基（Yasienaki）等，都已成为世界闻名的普罗革命作家。在此基础上，国际革命文学总局在各国都建立了支部，如俄罗斯支部、乌克兰支部、德国支部、匈牙利支部、波兰支部、捷克支部，在大会上建立和在大会后将要建立的支部还有白俄罗斯支部、格鲁吉亚支部、日本支部、中国支部，等。

萧三认为，国际革命文学总局在 1930 年召集大会的直接原因是：

第一，因为帝国主义战争的危险。IBRL 曾向各国支部提出一个问题："假如帝国主义者向苏联作战时，你们将怎么办呢?"正确的回答应该是"保护十月革命，保护苏联"。由此可见，反抗帝国主义大战的危险是召集此次大会的主要原因之一。

第二，文艺、政治方面的原因。首先是文艺上出现了右倾。表现之一是，"否认现时在资本主义国家里有普罗文艺存在"，不相信无产阶级有创造自己的文艺的力量。表现之二是，"以同情于无产阶级的资产阶级作家为无产文艺之惟一创造者，而否认工人通讯员群众为无产文艺之合乎理想之源泉及新的干部的后备军"。法国的巴比塞就是这种倾向的代表。其次是文艺上有左倾。表现之一是，"认工人通讯员为惟一无二的无产作家之源泉，而否认小资产阶级革命作家之合作及其跑到无产阶级的意识路上来的可能"。德国的甲波尔称一切左派资产作家为"法西斯蒂"。（在中国的"革命文学"论争中，杜荃亦称鲁迅为"法西斯蒂"，"二重反革命"。）表现之二是，要求每个革命作家非加入共产党不可。为此，必须开大会来确立正确的思想组织路线。

第三，普罗文艺的组织关系问题。由于社会的经济的变化，各国文艺界都出现了新的情况，普罗文艺运动有了新的发展。

例如，德国的无产作家同盟有会员 350 人，其中 60% 为工人。德国有一个宏大有力的组织"文化工作人员联合协会"，革命作家的、美术的、音乐的、戏剧的一切组织，都加入了这个协会。日本的无产作家同盟的会员达 200 人。他们出版三种杂志：《战旗》《少年战旗》、Napf，销路都很好。美国《新群众》的主笔果尔德是有名的普罗诗人、作家（中国的《现代小说》曾发表了他的群众朗诵剧《罢工》及其自传）。约翰李特俱乐部部员亦是不可多得的作家。匈牙利有普罗作家易烈希、纪达时（诗人）、带尔加等，他们都是匈牙利苏维埃革命失败后侨居苏联的。易烈希的创作以描写匈牙利革命及关于共产党的小说《梯萨燃烧着》著名。匈牙利支部有机关刊物《斧头与镰刀》，在莫斯科出版发行。奥大（地）利支部有会员 50 人，大多数为工人。英国事实上没有无产阶级文艺。波兰支部的雅新斯基针对资产阶级作家的《我焚烧莫斯科》写了《我焚烧巴黎》。法国的巴比塞轻视工人通讯运动在普罗文艺中的重要，"他不重视及不懂得工人通讯在普罗文学上的作用，不懂得正要吸引大批的工人通讯员来，才能把文学做成阶级斗争之真正无产阶级的战斗工具"。中国的普罗文学运动虽说已经有了二三年的历史，"可是一直到现在，世界上才知道中国也有革命普罗文艺运动"。

为此，组织建设就提上了日程。

出席大会的代表来自欧、美、非、亚四洲。原来是想召开革命文学国际事务局的扩大会的代表大会，鉴于到会代表的众多和广泛，临时又将革命文学国际事务局改为国际普罗革命作家总会。预计短时期后，要像国际共产主义运动有共产国际一样，文学上也要建立"文学国际"（Literature International）。

第四，此次大会的任务。萧三在来信中说，"此次大会（的）任务，是要决定国际普罗革命文学总会工作的路线，普罗革命文学的远景、前途、工作方法，使革命作家与全世界革命运动密切地联系。在资本主义政治经济恐慌尖锐，资产阶级法西斯蒂化及战祸（首先是进攻苏联）紧迫时，革命作家需要严紧自己的队伍，决定工作的道路，及遇战争时如何对付，如何战斗的方法，末了要建立统一的组织，在各国无产阶级的政党的领导之下，和工人阶级密切地工作"。

第五，苏联"拉普"总书记阿卫尔巴赫在大会上的发言，提出"唯物辩证法的创作方法"的问题。年仅 27 岁的普罗文学理论家阿卫尔巴赫在洋洋洒洒 4 个钟头的报告中说："我们所谓普罗文艺，不是说一切由工人阶级出身的作家所创造的文艺，不是一切描写工人阶级的文艺，我们所谓普罗文艺，是根据工人阶级的观点，影响于社会改造，使成为完全共产主义精神的社会的文艺。工人阶级需要真正地揭穿他周围的实际和其过程的实质而不仅其外面的表现。普罗作家创作的方法与工人阶级日常的实际紧连，紧连还不够，普罗作家应说明一切现象之所以然，而不仅其当然，应指出社会发展之动的发条。我们不主张唯心化，但是我们希望我们的作家不限于只能将一切实际情形映摄出版，仅反映着今日，而希望能按照唯物的辩证法工作，能预见一切。因此普罗作家的任务之一是要磨练自己的意识工具创作内力，即辩证的唯物主义，提高自己的文化水平，和马克思列宁主义的训练。"萧三"请同志们注意阿卫尔巴赫同志的报告是这次大会之理论的标帜"。他并重复说："普罗文学运动和普罗列塔利亚政治及文化的革命是分不开的，普罗文艺应该拿着它武装工人阶级以为社会主义而战斗，普罗作家应视自己的任务为实际革命工作的一种。因此创作方法的问题和政治争斗的问题，也应视同革命实际工作的问题。创作方法的问题和政治争斗的问题是分不开来的。"

第六，参加革命作家国际组织的条件："①不仅和法西斯蒂而且和社会法西斯蒂战斗；②用所有的力量、方法，在本国内参加帮助共同努力于革命工农运动；③尽所有的力量方略，积极地保护苏联及其社会主义建设，反抗帝国主义对它的进攻干涉。"全是政治性的内容，没有一句涉及文学艺术本身。难怪人们要说左联是"第二共产党"，国际革命作家联盟实际如同由苏共控制的"第三国际"。

萧三在报告中还说，中国左翼作家联盟被正式作为国际革命作家联盟的一个支部，即中国支部。

关键词：萧三关于哈尔可夫会议的报告　世界各国普罗文学发展的状况　召开哈尔可夫会议的原因　"拉普"代表阿维尔巴赫发言的主调：提出唯物辩证法的创作方法；认为"创作方法的问题和政治斗争的问题"是分不开的　国际革命作家联盟的任务　中国左联加入国际，正式作为它的一个支部

瞿秋白、茅盾、鲁迅批判民族主义文艺

1931年8月20日

史铁儿（瞿秋白）《屠夫文学》，载《文学导报》第1卷第3期。第2~5页。

这是左联发表的第一篇署名批判民族主义文艺的文章。

本文点名批判黄震遐的《陇海线上》、万国安的《国门之战》。作者说：民族主义文学是"鼓吹战争的小说"，"鼓吹杀人放火的文学"。他们"这班东西是绅商地主高利贷资产阶级的杀人的号筒"。（第13、14页）

关键词：瞿秋白对民族主义文艺创作的判词："屠夫文学"

1931 年 8 月 25 日

东序《高尔基将完成的三部曲》（杂文），载《东方杂志》第 28 卷第 16 号"新语林"专栏，第 81 ~ 82 页。

高尔基《克林山芬的一生》（*The Life of Clim Samghin*）三部曲，第一部《旁观者》（*Bystander*）早已出版有中译本，第二部《磁石》（*The Maguet*）也于最近出版，第三部正在写。三部曲从 1881 年俄皇亚力山大被刺翌年起，至 1917 年俄国十月革命止，时间跨度约 40 年。

《磁石》的缺点是："在这小说中充满着对话与哲学气味。俄国是否能在自由主义的铜币上生存？群众的阶级意识有否成熟？马克斯主义者与民主党人孰对？革命能否实现？小说中的大部内容都是关于这几个问题的。不论这些对话是如何的机智，但大部分的读者，无论是俄国人或他国人都是不大欢喜的。小说中的动作很少。且小说中的许多人物的出现或隐蔽，常不得其时。结果这小说是七零八落的，常常离开它的焦点，在基本上，在组织上，缺少趣味的中心。即对于群众运动的描写也不甚有力。"（第 82 页）

关键词：高尔基《克里姆·萨姆金的一生》的艺术缺陷

1931 年 8 月

胡愈之《莫斯科印象记》，上海新生命书局，初版。

作者在写于 1931 年 7 月 28 日的序言中说：他在莫斯科的一个星期，除首都以外，也没有到过其他地方。他对莫斯科"觉得个个人是可亲的，坦白的，热情的"。他对十月革命后的苏联最突出的感受是"人性的发见"："我所遇见的许多成人，都是大孩子：天真，友爱，活泼，勇敢。"

作者在 1984 年的《重印本后记》中说："1927 年，大革命失败以后，国民党反动派厉行反共的白色恐怖政策，上海许多革命知识分子被逮捕和活埋。当时，郑振铎等人和我都还是青年，只好流亡国外。郑振铎去了英国，我去法国。因为那时法国货币贬值，生活费用和中国差不多。我没有钱，就依靠《东方杂志》的稿费，在法国读了 3 年书。后来法国货币涨价了，我无法生活，只好取道西伯利亚回国，途经莫斯科，由当地世界语会招待，游览了 7 天。这本书就是 1931 年回国后写的。"

关键词：胡愈之《莫斯科印象记》

1931 年 8 月

魏金枝短篇小说集《七封书信的自传》，上海湖风书局，初版。259 页。为《文艺创作丛书》之一。

内收：《七封书信的自传》《沉郁的乡思》《校役老刘》《野火》《自由在垃圾桶里》。

《七封书信的自传》（写于 1924 年 12 月 14 日）：本文 72 页，约 3 万字。小说假托为朋友 RB 保存的七封书信，而这位朋友是"耿介，勇敢"的。信中说，他的这些信"差不多是日记般随笔般的信"，"只是平时谈天般的谈谈"。（第 26 页）七封信并非平铺直叙，而是信里有戏剧性的对话，信里又有信，波澜起伏。七封信述说的是一个小学老师被社会所逼，最后当了"强盗"。他在牢里不请律师，"我乐观，因为自由就在我手里"。（第 29 页）前面四封信，写他因为校产的讼诉，含冤入狱。他讲自己的家史，他的祖父、父亲、弟弟的遭遇。他读到妻子送来的学生的信。他讲狱中的室友小偷和诈骗犯，老许和老陈。这之前都是舒缓的。从第五封信起，他们杀了狱卒，三人出来了，过着昼伏夜行的生活，并时常做点"生意"。我参与，"我是堕落了的"。（第 66 页）虽然也谈着生世，传着情书，但较前稍显紧张、急迫。

《沉郁的乡思》（写于 1924 年 12 月 30 日）：这篇小说不长，但分前后两个部分：前半部写躺在医院病床上的患肺病的年轻妻子，思念"暴怒雷云般"的母亲，希望丈夫能陪她回一趟家；后半部写学生怕鬼，全校都在传学校有鬼，在厕所里，这鬼可用字纸打跑。肺病妻子和丈夫是"到外边生活着爱着"，从家里逃出来的；待实际过日子，才感到"却有压逼之感的痛苦"。学校闹鬼以后，才叫"呵！冷呵！"

《校役老刘》（1929 年 10 月 8 日改作）：本篇有 4 万余字，像一个中篇。一个大字不识的乡间农民，到学校当杂役，管理校园卫生，为师生倒夜壶，并耕种菜园。后被莫名其妙地卷入学潮，被开除，卷铺盖卷走人。他甚至有点像阿 Q，懵懵懂懂地活着，许多事并不明白是怎么一回事，却和他有牵连；他受了侮辱，遭了打，却有胜利之感。这不是阿 Q 是什么？全篇小说共 26 节，可分为三大段落：第一部分，邻校穿铜纽扣制服的学生偷他种的西瓜。通过偷与治几个回合，终于解决了偷的问题。第二部分是他与各科老师的关系：他跟学生讲故事，庶务李先生认为他耽误了事，要惩戒他；学生替他出气，治李，并喊"人道万岁！""老刘万岁！"被学生拉去读书，听讲"劳工神圣"；他闲得无聊，与几只癞皮狗睡在一起，庶务以为有失体统，侮辱了人的尊严，骂他；他将恼怒转移到撞钟人身上；他替撞钟人撞钟，受教历史的金先生干扰，出了事故，被扣半个月工钱；教农桑的王先生带学生到他垦殖的地上实习，为插山薯秧是直插还是横插，被外行王先生打；他以"恶毒的冷笑"回报，还感到

> 这在老刘仿佛做了个大大的尝试，觉得已和一种了不得的东西交了手，而且那了不得的东西没有将他打倒，使他感味着一种不知什么的胜利，心旌摇摇地活像一竿冲天的毛竹，被风所吹打，反而呜呜地响着："我是胜利的。"（第 150 页）

学生穿的制服由布料换成呢和哔叽，他也以为"反正这世界糟透了"。他被同僚惩治了，却道"现在且饶了你们"，"还是觉得胜利"。第三部分是和女人的关系：有外校的女生来参观，外边的女性来开会，男老师接来家眷，其中就有图书管理员傅先生的女儿。于是学校产生了相思病患者，连痨病鬼都害相思。男人一方为争女人，相互打架，形成集团，警察开进学校，旧校长被免职。新来的校长决定"开除那个窗外的蠢笑者"。"老刘茫然的得了这消息，两手立刻从臂上一直冷到指头，几乎把手上的东西吊（掉）下来，开闭着嘴巴，没有话，只有一种寒冷的口液从天孔上流下，——那是泪的副产品。"（第 189~190 页）学生掀起留他（其实是留傅先生的女儿）的学潮，但老刘坚决要走。他说出清醒的实话："在你们里面没有个好人，我早知道。""我怨校长？校长自然不是个好人，可是你们将来会变得比他还要坏，你们会变禽兽会变奸臣……"（第 197 页）这句话好像很突兀，实乃他在校中服务多年观察人事的总结。小说的结束语是："他是飞快地走出大门，全副的怒恼使他变为一只强健而凶猛的熊，会咆哮也会爬山越岭与吃人。"（第 197 页）

《野火》（写于 1930 年 9 月 18 日）：小说写小人物艰难的人生。在县衙门供职的惠林，岁末年关，回家与妻儿团聚，准备过年。却因放高利贷的炳生阿太的威逼，死了儿子彬儿，夫妻关系还几度濒临危机。惠林发誓"我要咬碎她"。炳生阿太是一具老活尸。她"耳聋眼瞎，头光得像个髹了漆的木鱼，嘴里也没半个牙齿，身边又无儿女，却还孤独地活着用拐杖拄着走路，用牙床嚼鱼肉，向邻舍收重利"。（第 199 页）活死尸虽说眼不能看，耳不能听，

却能用鼻子嗅，她的鼻子比狗还灵，她的毛发的触觉比尺蠖还敏感。她的心里只有两个字：重利！除了重利，他人的病与痛，生与死，她一概不管。她是吃鱼不吐骨头的。惠林振振有词，气势汹汹，临了，却向活死尸低三下四地求情，让儿子看不起他；妻子满怀恻隐之心，说"老年人在人世是仿佛快动身的客，我们为什么定要使她孤独而感到寂寞呢？"善恶不分。小说的象征意义是：火是容易烧起来不容易扑灭的。彬儿死前对父母怀着疑惧和讽刺，憧憬在野外放火时的"勇敢而大无畏的精神"。（第 240 页）

关键词： 魏金枝 《七封书信的自传》

1931 年 8 月

诗人冯宪章去世。

蒋光慈病逝

1931 年 8 月 31 日

蒋光慈因病在上海同仁医院孤寂去世，终年 31 岁。

诗人病逝后，《文艺新闻》《现代》杂志先后发表杨邨人《太阳社与蒋光慈》《"向光明，向太阳！"——终于在阴影中逝去——光慈临终前后记略》、方英（钱杏邨）《在发展的浪潮中生长　在发展的浪潮中死亡》、达夫《光慈的晚年》等纪念文章。

关键词： 蒋光慈逝世

1931 年 9 月 10 日

鲁彦《一篇抄袭的恋爱故事》、丁玲《一天》、施蛰存《魔道》、何家槐《侏儒》，载《小说月报》第 22 卷第 9 号，第 1129 ~ 1158 页。

《一篇抄袭的恋爱故事》：写两个十五六岁的中学生，情窦初开，月光下偷着恋爱。他们（她们）还不懂得什么叫做恋爱，但又渴望被爱。

《一天》：21 岁的大学生陆祥，接受石平的指令写新闻报道，反映基层民众尤其是工人的苦难生活。但就他所访问的蔡包子、小胡子两家来说，就都不是书本上的、理论意义上的、纯粹的伟大工人，而是被具体环境、妻室儿女、流氓无赖等杂色人等所包围，要想接近人生、反映真实，谈何容易！

关键词： 鲁彦　丁玲

1931 年 9 月 10 日

〔俄国〕柴采夫著、适夷译《静寂的黎明》，载《小说月报》第 22 卷第 9 号，第 1213 ~ 1220 页。

"我"将旧友亚历舍·佐洛尼茨基接回家住。但他很快就发现这位"憔悴的友人的悲苦的形容"，"忧郁"，"喘着气"，"颓然"，"恐怖"，"殆疲不堪"。"处女一般的黎明，隐约地浮着青绿的光霭，多么地一个萧条的清晨。挂着窗帷的地方，静寂寂地；房间中好似潜伏着一种阴影……"（第 1215 页）他整夜不睡，就在房里走动。他说："我一定会死在这种空虚的晚上。"（第 1216 页）命运果然如此。

作品中有一段这样的描写："有一天晚上，走出了野外，有一所围绕着白杨林的闲静的别墅，从半圆形的露台里，可以下望近处的湖水。湖水在美丽的，白濛濛的白杨林中。屋子里满叙着客人，大声的喧扰着，在四围散步；但湖水是森然地，苍然地，衷心的寂寞着。在没有日光，也没风的日子，云大半作着真珠色，叙成大大的团块，凝结在湖水之中。凝然地向水中望去，忽然感到超越的心情，眼睛便自然地恋在这镜子之中。"（第 1218 页）

适夷编写的《波里史·柴采夫评传》，亦载此期《小说月报》，第 1207 ~ 1212 页。

关键词： 楼适夷　柴采夫

1931 年 9 月 10 日

〔德国〕克洛格尔著、段可情译《一件不要人相信的故事》，〔美国〕贾克伦敦著、陈虎生译《一个坏女人》，〔日本〕村上知义著、秦觉译《老茶房》，载《小说月报》第 22 卷第 9 号，第 1221 ~ 1240 页。

关键词： 杰克·伦敦　村上知义

1931 年 9 月 13 日

史铁儿《青年的九月》，载《文学导报》第 1 卷第 4 期。

这篇杂文的矛头之一是批判民族主义文学。说："文艺上的所谓民族主义，只是孙文企图圆化异同的国族主义，只是绅商阶级的国家主义，只是马鹿爱国主义，只是法西斯主义的表现。"

关键词： 瞿秋白批判民族主义文艺

1931 年 9 月 13 日

思明《德国无产阶级革命文学运动的概况》，载《文学导报》第 1 卷第 4 期，第 10 ~ 13 页。

文章说，在资本主义各国当中，德国无产阶级的革命运动是最强盛的。德国的无产阶级在他的各种英勇的斗争中间，常常给了外国的弟兄们许多可宝贵的经验。在无产阶级革命文学方面，德国的弟兄们也是站在一切资本主义国家的弟兄们的前面的，常常在领导大家前进。

德国的革命文学在 20 世纪初就已经开始出现，不过当时只是一个个的作家，说不上什么运动。他们中有些人停留在社会民主党的影响之下，只有培赫尔（Jonannes）才不断地向前发展，直到今日还是无产阶级革命文学的一个战士。无产阶级革命文学在德国成为一种运动，是 1928 年以来的事。那时候，才由一部分战斗的分子，成立一个无产阶级革命作家同盟（Bund des Proletarisch – revolutionaren Schrirtstellers），发行了一个机关刊物《左湾》（Linskurve）。这个同盟完全是在德国共产党的领导之下开展活动。

无产阶级革命作家同盟的成分，最初差不多尽是些文学家，但是不久就由工人里面产生了一些作者，所以它的成分也就渐渐地无产阶级化了。

按培赫尔的意见，德国无产阶级革命作家同盟在短短的 4 年中，在理论的发展上经过了三个阶段：1927 年至 1929 年，这时期大家以为无产阶级革命文学的结局仍离不了是一部分知识分子的运动；1929 年至 1930 年，在这时期大家以为只有无产阶级才能够创造无产阶级的革命文学；1930 年以后，从这一年开始，大家才觉得革命文学运动不单是无产阶级的工作，"知识分子应该参加，并且不能不参加"。文章说，德国文学的这样三个阶段，是由德国的政治经济形势所决定的。"德国的无产阶级自 1923 年革命失败以来，一直到 1928 年才又开始了向资产阶级进攻的斗争。不过，文学方面，当时还只有一部分革命的知识分子开始了'政治化'的运动。这种分子以为自己政治化了，可以单独创造革命文学。这当然只是一种幻想。1929 年以后，一部分'左'的革命家吓倒在艰苦斗争面前，造出些很左的理论，以为社会民主党的工人们是法西斯蒂，都是反动的。这样一来，那末无产阶级的革命文学，当然只有无产阶级自己才能够创造。1930 年无产阶级阵营内的'左'派受了打击之后，这样，文学上的左的理论也就没有了方法来维持它的存在。"（第 11 页）

德国的无产阶级革命文学运动在这几年之内毕竟有了很大的发展，固定的同盟员有三百五六十人，同时无产阶级的成分增加，已经深入到各种产业的工作坊。全国重要都市都有支部，柏林成立了各区支部，有了相当的支部生活（如开支部常会，就地参加群众运动等）。

创作也一天一天地丰富起来。如《机械工厂 MN》《Wedding 的障碍战》《鲁尔的暴动》等在工人中受到好评。作家如 Neukranz, Marschwitza, Gleiser 等都有了不少的成绩。L. Renn 写了一部《战争》和一部《战后》。在诗歌方面，老诗人培赫尔常有作品发表，最近作了一首长诗《伟大的计划》，赞美苏联的五年计划。他说他还将写一篇长诗，纪念中国的左联五烈士。不过，德国真正的无产阶级革命诗人应是威以纳（Erich Weinert）。思明的文章说，"在德国工人的集会上，比什么大演说家还受欢迎的，就是这位热烈的诗人。不过他的诗是绝对不能拿来像恋爱诗人那样低诉的，也不可以拿来像浪漫诗人那样长歌的。他的诗是只能够拿来从高台上对着千万被压迫的群众叫喊的。他的诗的内容是工农兵的革命斗争中的一切事件，诗的情绪是巧妙的冷嘲，厉害的热骂和前进的命令。他才是重重压迫下的德国无产阶级的诗人。所以他每次登台总有雷一般的掌声欢迎，不很肃静的无产阶级的集会场顿时就肃静起来，喜欢胡闹的青年工人也'正襟危坐'起来，疲倦了打瞌睡的工人也马上振作起来，嘴里多话的老太婆也自然地把话吞了下去。他的每个字都好像弹丸般从口里打出来，每句好像都在敲着敌人的脑门顶，每次他念完了下去，总要被热烈的鼓掌和欢呼声再三逼上台来"。（第 11 ~ 12 页）这种诗，适合"叫喊"，富于鼓动性。这和中国普罗文学运动初期的作品何其相似！作者虽是在介绍德国，又何尝不是在宣传中国，肯定中国？

关键词：德国无产阶级革命文学运动概况 1929 年以后无产阶级革命文学运动有了正轨的发展 德国无产阶级作家同盟有固定成员三百五六十人，老诗人培赫尔是它的核心 真正的无产阶级革命诗人是威以纳，他的诗具有极强的号召力和煽动性

1931 年 9 月 13 日

思扬《南京通讯》，载《文学导报》第 1 卷第 4 期，第 13 ~ 16 页。

本文提供了许多关于三民主义文艺和民族主义文艺的史料，弥足珍贵。

文章说，国民党"学习"共产党，以"党治文化"作为它的文艺政策。三民主义文艺政策是党的宣传工作会议的"议决案"之一。

"党部人员于'拥护，打倒'的工作清闲了，于是具体的开始了三民主义文学的'建设'：按月支给大洋 1200（元）正，开办中国文艺社，发行《文艺月刊》（按：原文无书名号。下同）。这是宣传部的事。但宣传部向来是握

在西山会议派手里的（如叶楚伧，刘芦隐前后为部长），这个国民党内后起的更资产阶级化的陈派（陈果夫、立夫兄弟，任组织部），自然是不高兴的；然而抱着‘他干我也要干’的心意，‘反正有的是钱’的自信，于是三民主义的文艺政策，就在此分了两路。

“是时也，国民党上海党部中有朱应鹏其人，乃是出版界文艺界没落的份子；他就趁了这‘时乎不再’的机会，邀集在党的次一等狗狼之流范争波，潘公展及艺术界里的一批死尸（陈抱一，傅彦长）……新鬼（向培良，王道源）于 1930 年 6 月 1 日在上海立会；遵从国民党政策以‘民族主义文学’为号召。同时潘公展朱应鹏‘系统’上又为‘陈派’，而且潘朱又皆与陈为同乡人，所以，民族主义文学，是国民党组织部的。至其具体工作的表现：则利用党的权，流氓的势（范争波为沪警备司令部职员，是黄金荣的徒弟又兼与朱潘同为市党部委员老爷）；以查禁普罗文学为口实，以封闭书店为手段，以逮捕枪杀作家向书贾敲竹杠，强迫书店出版机关刊物为目的。于是：《前锋》，《南风》，《现代文学评论》……的发行；北新等书店被封，被敲诈钱财，左翼作家被屠杀；中间作家被控制，恐吓……”（第 14～15 页）

“再说南京，陈派为谋对西山派之抵制，乃一面收买南京无聊青年（潘子农，曹剑萍……）为小狗，组织开展文艺社，按月支给 200 元，发行《开展月刊》。一方又在组织部内设立秘密的文坛情报机关（潘子农即为侦探之一，名目是‘调查员’），另一面，又由陈派次等角色的赖连（南京市党部委员，《中央日报》主编者）主使收买政府小职员何迺黄等组织线路社，发行《橄榄月刊》。在 1930 年与 1931 年相交的数月间，民族主义文学与三民主义文学之对抗，在南京颇嚣尘上，虽然彼此都是国民党的自家人。”（第 15 页）

中国文艺社：思扬文章说，它创刊后，竭力拉拢文坛上“三四流作家”的中间分子，“首先一筋斗跪上去的是被胡圣人与徐诗哲提拔的沈从文，其次是灭亡的安那其的巴金，写《性史》的金满城在前数期还发表作品，后来是被扔开了。”月刊编者为左恭（中央宣传部征集科主任），周刊编者是缪崇群（颓废幽默的病态的散文作者）；现在，因为蒋大人拘禁胡汉民，西山派赴粤反蒋，刘芦隐离职，所以中国文艺社的钟天心和左恭都去广东了，暂时主持事务的，则是缪崇群。5 月间，中国文艺社曾以空前的政治经济力量举行了一度“三民主义的演剧”，演出《茶花女》，用去四五千元。（第 15 页）

流露社：发行《流露月刊》，背景是陈立夫，“人物是一群夏天的苍蝇”。

《青春》：向培良被上海民族主义文艺派（向曾为其主编《戏剧运动》）掷出后的嗷饭地。

《活跃周报》：人物是颇会"动作"的卜少夫，为开展社社员。背景是陈立夫。

另有"黄浦军官学校少爷主持"的拔提书店等。

关键词：《文学导报》提供三民主义文艺和民族主义文艺活动概况　国民党中央宣传部（西山会议派）支持中国文艺社，组织部（陈立夫、陈果夫）支持前锋社

1931 年 9 月 13 日、28 日、10 月 23 日

石萌（茅盾）《"民族主义文艺"的现形》《〈黄人之血〉及其他》《评所谓"文艺救国"的新现象》，先后刊载于《文学导报》第 1 卷第 4 期、第 5 期、第 6、7 期合刊。

《"民族主义文艺"的现形》主要是暴露《民族主义文艺运动宣言》的原形："法西斯蒂的本相"！《民族主义文艺运动宣言》是民族主义文艺"理论"的最根本的"文献"，此后各篇论文"都是这篇宣言的注脚和引伸（申）。据说这篇《宣言》是化了重赏而始起草完成，又经过许多人的讨论，并由国民党中央宣传部加以最后决定的；是这么郑重其事的一篇文章！然而内容的支离破碎，东抄西袭，捉襟见肘的窘状，却也正和整个国民党的统治权相仿佛！"（第 5 页）

若用显微镜一检查，则这篇《宣言》的构成不外乎：（一）早已被西欧学者驳得体无完肤的戴纳（Taine）的艺术理论的一部分；（二）18 世纪后欧洲商业资本主义渐渐发展以来欧洲民族国家形成的过去的历史；（三）19 世纪后期起，直至现代的被压迫民族革命运动的故事；（四）欧洲大战后文艺上各种新奇主义——如表现主义，未来主义等的曲解。这是一堆"杂拌儿"，"并且这'杂拌儿'的四色原料都已经臭烂了"。（第 6 页）

茅盾说："民族主义文艺是官办的，是国民党的白色文艺政策！"是"白色的妖魔！"（第 9、10 页）

《〈黄人之血〉及其他》重点批判黄震遐的诗剧《黄人之血》，顺便批判万国安的《国门之战》。

文章说："《黄人之血》是元朝蒙古人西征的事迹。蒙古人西征到什么地方呢？西征到俄罗斯。进攻俄罗斯是国民党念念不忘的梦想，前年中东路事件，国民党居然由美国帝国主义的嗾使而妄试为之了，不业结果失败。现在'诗人'黄震遐用元朝蒙古人西征俄罗斯的史事来作诗剧《黄人之血》，也就是'过屠门而大嚼'的意思。"

茅盾以为，民族主义文艺是范争波、朱应鹏合组公司开的店子。"民族主义文艺的范朱合股公司在最近十分卖力气干的事，如《国门之战》和《黄人之血》，都是仰承着帝国主义进攻苏联的意旨而作的巧妙文章。尤其在《黄人之血》这诗剧内更无耻地居然替日本人的大亚细亚主义作鼓吹。大亚细亚主义本来不是专对苏联的，但是《黄人之血》特取了蒙古人西征的故事来暗中鼓吹大亚细亚主义，这就表示了民族主义的作家们的民族主义就是仰承英美日帝国主义的鼻息而愿为进攻苏联的警犬！"（第16页）

《评所谓"文艺救国"的新现象》，就"九一八"之后，上海部分文人成立的"上海文艺界救国会"一事，揭露民族主义文艺派和其他组织，主题是反抗日本帝国主义的侵略，揭露"中国的军阀官僚买办阶级银行家豪绅地主的中国国民党政府"的卖国行径。文章说：在侵略者面前，统治当局仅是不抵抗还不够，还要"加紧欺骗民众，和缓革命高潮：这便是一切所谓'反日会'，'抗日会'，'对日经济永远绝交'，'准备对日战争'，'义勇军'，乃至'上海文艺界救国会'等等狗把戏"。原因是："民族主义文艺这块招牌太臭，革命青年的发展太快，使得中间阶级的'自好之士'不愿和不敢公然和民族主义文艺干偷偷摸摸的勾当，这是国民党的小走狗们诚惶诚恐，十分痛心，而又无可奈何的事。""上海文艺界救国会"是民族主义派和中间阶级的一部分"海上文艺家"，半遮半掩地结下的"五百年风流孽债"。

据民族主义文艺刊物《草野》第6卷第7期的一则报道，上海文艺界救国会的参加者是：徐蔚南、傅彦长、陈抱一、张若谷、邵洵美、邵冠华、王铁华、汤增扬、杨昌溪、汪馥泉、杜冰坡、何子恒、俞寄凡、毛秋白、谢六逸、赵景深、朱应鹏、李丹、周大融、王道源、张世禄、萧友梅（代）、郭步陶、郑业建、梁得所、丘斌存、关紫兰。茅盾说：从这名单中，"我们知道所谓'上海文艺界大团结'只是向来灰色的几个人如谢六逸，赵景深，徐蔚南，张若谷，李青崖等等在'救国'的面具下向民族主义派的一种公开的卖身投靠！""和国民党豢养下的一切党部，黄色工会，新闻记者，教员机关一样，民族主义派在这时候正努力表现工作给帝国主义的老板看，希望挽回帝国主义的欢心，说一声'这走狗也还有几分用处呀！'"

茅盾号召："我们，无产阶级文学者，必须加倍努力来发动广大的革命群众，来消灭民族主义派的此种最新式的欺骗麻醉政策。我们必须加倍努力用文艺的武器，来影响群众，使他们知道惟有打倒军阀官僚豪绅地主的国民党政权，建设工农兵的苏维埃政权，然后方能抵抗日本帝国主义的武力侵略！／我们的一切的文艺的努力必须以劳农大众为对象！"（第20~22

页）

关键词：茅盾批判民族主义文艺创作和文坛现状　他的判词是白色文艺，上海文艺界救国会则是灰色的

《北斗》创刊

1931 年 9 月 20 日

左联机关刊物《北斗》在上海创刊。丁玲主编，姚蓬子、沈起予、冯雪峰、钱杏邨、楼适夷、华汉等协编，左联自办的湖风书局发行。[①] 至 1932 年 7 月出版第 2 卷第 3、4 期合刊后停刊。共出 2 卷 8 期。创刊号 126 页，约 12 万字。创刊号定价 2 角 5 分。

《北斗》的创刊表明左联的活动又浮出水面。

在左联内部，有“丁玲编《北斗》，坐八抬大轿”之戏说。

主要作者有丁玲、瞿秋白、冯雪峰、沈起予、姚蓬子、白薇、寒生（阳翰笙）、茅盾、楼适夷、张天翼、穆木天、钱杏邨、叶以群、冰心、叶圣陶、戴望舒等。

《北斗》以发表创作为主，批评次之。

创刊号刊载的创作有：小说、戏剧、小品、诗歌。如小说：蓬子《一幅剪影》、李素《祖母》、丁玲《水》（第 3 期续完）；戏剧：白薇《假洋人》。隋洛文译世界名著《肥料》（苏联里琪亚·绥甫林娜作）。

在“批评与介绍”专栏，刊载 4 篇文章：朱璟（茅盾）《关于“创作”》、李易水（冯乃超）《新人张天翼的作品》、西谛《论元刻全相平话五种》、沈起予《H. Barbusse 作品考》。

在“文艺随笔”专栏，有瞿秋白化名董龙的《哑巴文学》《画狗吧》，寒生（华汉）的书评《〈南北极〉》。

丁玲办《北斗》，根据“文委”要“灰色一点”的指示，头三期有冰心、林徽音、徐志摩、陈衡哲、叶圣陶、郑振铎、凌叔华、沈从文等人的篇章现诸刊物幅面。具体篇目是：冰心诗《我劝你》《惊爱如同一阵风》，林徽音诗《激昂》，徐志摩诗《雁儿们》，戴望舒诗《昨晚》《野宴》，陈衡哲小品《老柏与野蔷薇》，叶圣陶小品《速写》《牵牛花》，西谛《论元刻全相平话五

---

① 　通讯处：上海七浦路 734 号。

种》、小说《奸细》（署名周裕之），凌叔华小说《晶子》，沈从文小说《黔小景》。

关键词：左联的《北斗》创刊

丁玲《水》发表

1931 年 9 月 20 日

丁玲小说《水》，载《北斗》创刊号，至第 1 卷第 3 期载完。

小说写 1931 年长江流域大水灾。据史书记载：灾区扩展至 17 个省，直接灾民 5000 万人以上，贫民增至 1 亿。灾民不死于水，即死于饥，其惨状近百年所未有。

丁玲这篇小说的写法跟她以往的所有小说的写法都不同：她不是写一家一户，或说一个村庄的灾害，而是写湖南省几个地区，小说列了名字的是汤家阙、长岭岗、马鞍山、三富庄的灾情，而且不是写一人一事，主要是烘托洪水带给老百姓的恐怖气氛，和老百姓自发地救灾的英勇和无序状态，最后是集体造反。

灭顶之灾的洪水未来、已来和来过之后的情景，是通过声音烘托气氛。

"家里的人，和着一些仓促搬来的亲戚"，这起句就超乎平常，有些异样。这一晚所有的人不睡觉，耳朵似乎特别敏感："远远似乎有狗在叫。风在送一些使人不安的声音，不过是一些不确定的声音，或许就是风自己走过丛密的树梢吧。"（第 1 期，第 27 页）

人们"心里悬着大的黑暗"。"堤是横在这屋子的左边两三里的地方的，所以一转身，那火把便不能看见了。只听见远方有人在大声喊。暗淡的月光映在暗淡人的脸上。风在树丛里不断的飕飕杀杀的响。人心里布满了恐怖，巨大的黑暗平伸在脚底前面，只等踏下去了。"（第 1 期，第 32 页）

村子里男人到堤上去固堤防水，女人也要跟去，孩子也在吵。火把点点火光。叫声，喊声，哭声，骂声，涛声，锣声，吼声，嘶叫，悲鸣，水流的声响像山崩地裂，五音杂陈，混成一片。

"就在这个时候，从堤那边传来了铜锣的声音，虽说是从远远的传来，声音并不闹耳，可是听得出那是正在惶急之中乱敲着响的，在静的夜里，风把它四散的飘去，每一个锤都重重的打在每一个人的心上，锣的声，那惊人的颤响充满了这辽阔的村落，村落里的人，畜，睡熟了的小鸟，还和那树林，

便都打着战跳起来了。整个的宇宙像一条拉紧了的弦，触一下就要断了。"（第 1 期，第 34 页）

"人群的团，火把的团，向堤边飞速的滚去了。"（第 1 期，第 35 页）

"喊了的，哭了的，在不知所措，失了力量的那些可怜的妇女，在喊了哭了之后，又痴痴呆呆的禁住了，但一听到了什么，那些一阵比一阵紧的铜锣和叫喊，便又绝望的压着爆裂了的心痛，放声的喊，哭起来了。极端的恐怖和紧张，主宰了这可怜的一群，这充满了可怜无知的世界！"（第 1 期，第 35 页）"堤上响着男人们的喊叫和命令，锄锹在碎石碰着，锣不住的敲着，旷野里那些田垣边，全是女人的影子在蠕动，也有一些无人管的小孩在后面拖着，她们都向堤边奔去，也有的带上短耙和短锄，吼叫着，歇斯底里的向堤边滚去了。"（第 1 期，第 36 页）

第二节写水之来："不管有人还在喊不准闹，还在喊要救堤，可是人都不再听这些话了，充满着的是绝望，是凄惨，是在与死搏斗的挣扎，是在死的唇吻中发出的求援的呼号。所有的男人的声音和女人的声音混合着，都忘记了一切，都只有一个意念，都要活，都要逃去死。

"天在这时微微在发亮，荒乱的人影蒙蒙糊糊可以看见一点了。可是人像失去了知觉似的，辨不出方向的乱跑着。水发亮的朝这里冲来，挟着骇人的声响，而且猛然一下，像霹雳似的，堤被冲溃了几十丈，水便像天上倾倒下来的卷来，几百个人，连叫一声也来不及的便被卷走了。还有几千个人在水的四周无歇止的锐声的叫。水更无情的朝着这些有人的地方，有畜的地方，有房屋的地方，带着死亡涌去，于是，慢慢的，声音消灭下来，和水占领了这大片的原野，埋在那下面的，是无数的农人的辛勤和农人自己，还和他们的家属。"（第 2 期，第 33 页）

乱中也有理智，知道主次和轻重缓急："不要怨天尤人，等好了咱们再算帐；他妈，有他们赚的，年年的捐，左捐右捐，到他们的鸟那儿去了。可是，现在不要骂，我们把堤救住了再说……"（第 2 期，第 37 页）

第三、四节写造反：

活下来的人都知道要抱团："大家都更觉得亲切了，都不愿分开，都集在一团，慢慢的向着长岭岗走去。是失去了精神，失去了勇气，剩着饥饿的肚皮的一群。"（第 3 期，第 59 页）

都认定的领头的人是：年轻汉子王大保和一个 40 多岁、在三富庄做了 20 年长工的李塌鼻，还有赵三爷、陈大叔、张大哥等。"这个大汉子的三爷，强壮的，充实的农民，平素天不怕，地不怕，绰号叫张飞的三爹，有着使人信

赖的胆量和身躯的人，也在一些女人面前说了，怕是无形添重了人心里的负担。"（第 1 期，第 30 页）

"他们没有失去一点勇气，也没有失去理智，平时并不能得人信仰，这时却自自然然都依着他们的话起来了。"（第 3 期，第 60 页）

他们说："哭有什么用，死的死去了，哭得转来吗？不死的总得鼓着气想法，未必也让他死去么？""水总有一天会退的，屋子冲走了地总在啦，那屋子值个什么钱，值钱的是老子们自己，两条毛腿，两张臂膀，今年算完了，就苦一点，世上哪有饿死的人，明年再来，有的是力气，还怕什么……""打开他们（指地主）的仓，够我们一渡口的人吃将几年呢。……他们拿了我们的捐，不修堤，去赌，去讨小老婆，让水毁了我们的家，死了我们多少人"（第 3 期，第 60、61 页），他们要理直气壮地去开仓要粮。慢慢的，他们组织起来了，各村都有了组织，都有了带头人。

"有着坚强的忍耐的求生的欲望的人，同饥饿斗争着，同瘟疫斗争着，同女人的眼泪斗争着，同一切凄凉的使人心焦的情景斗争着。""在太阳地里，在蓝的天空下，在被人蚕食着没有了绿叶的大树下，在不能使人充饥的大石上，常常便聚满了大群大群的怕人的人类。破的衫裤在嶙出的骨上挂着。头发长了起来。黑的脸上露出大的饥饿的像兽的眼睛。"（第 3 期，第 67 页）

"怕什么人？起来！拼它一拼，全不过是死！"（第 3 期，第 69 页）

李塌鼻义正词严的声音：

"蠢东西！真是杂种！你们要抢些什么！老子是不抢的，老子们又不是叫化（子），又不是流氓，是老老实实安分的农民。现在被水冲了，留在这里挨饿，等了他妈的这末久的救济，一批一批的死去了，明儿我们都会死去，比狗不如！告诉你，起是要起来的，可是不是抢，是拿回我们的心血，告诉你，杂种，只要是谷子，都是我们的血汗换来的。我们只要我们自己的东西，那是我们自己的呀！……"（第 3 期，第 70 页）

小说结束的一句话是：

"于是天将蒙蒙亮的时候，这队人，这队饥饿的奴隶，男人走在前面，女人也跟着跑，吼着生命的奔放，比水还要凶猛的，朝镇上扑过去。"（第 3 期，第 71 页）

关键词：丁玲小说《水》　死亡到来之前的恐怖情绪　农民群体　自发反抗

1931 年 9 月 20 日

蓬子《一幅剪影》、李素《祖母》两篇小说，同载《北斗》创刊号。

《一幅剪影》写革命青年彬生在上海街头偶遇前女友婉芬，受到婉芬的热情包围。婉芬带他到自己所住的饭店，并愿把身体献给他；彬生看房间雅洁精致和婉芬的打扮，知主人的身份已变。婉芬再三询问彬生现在在做什么，她希望他还在从事革命工作，并以此来鼓励自己，挽救自己。彬生不明白婉芬的政治态度，怕暴露身份，先是搪塞，后是说无所事事，遭到婉芬的鄙视，轰他出门。

《祖母》写江南农村苦难。老太太已经 68 岁，和三儿媳及孙儿 3 人相依为命，相亲相爱，勤劳节俭，日子过得还算其乐融融。她丈夫曾在京城做官，返家途中，因病死在船上。她生有 3 个儿子，老大老二都染时疫死了；大儿媳黄氏自己改嫁；二儿媳姓廖，是"狠辣的泼妇"，后来出家修道；小儿子一泓是小学教师，刚升为校长，并兼教育局秘书。祖孙都在做着坐八台大轿的美梦。岂料人有旦夕祸福。三嫂黑夜踩着全家吃的西瓜皮，摔一跤，造成小产，因平日体质虚弱，小产后流血不止，不幸病逝。小儿子一泓在送葬时中暑，当场死亡。才 7 岁的孙儿，不得不进城跟极不愿意的四叔公当学徒。"祖母"老年丧子丧孙，孤苦伶仃，茕茕孑立，命途多舛。

关键词：《北斗》 小说 《一幅剪影》《祖母》

1931 年 9 月 20 日

《北斗》创刊号刊载诗歌 4 首，它们是冰心的《我劝你》、T. L.（丁玲）的《给我爱的》、林徽音的《激昂》、徐志摩的《雁儿们》。

《我劝你》等 4 首，不是诗人的名篇，但是好诗，相当有韵味。最后一节仍然像"五四"小诗那样藏着哲理：

> 嘘！侧过耳朵来
> 　　我告诉你一个秘密，
> "只有永远的冷淡，
> 　　是永远的亲密！"

T. L.（丁玲）的《给我爱的》写于 1931 年 8 月初旬，诗篇重复吟咏："只有一种信仰，固定着你的心。""只有一种信仰，固定着我们大家的心。"

林徽音的《激昂》5 月写于香山，因何起兴，尚不清楚。但其中的

> 剖取一个无瑕的透明，

看一次你，纯美，
你的裸露的庄严。
…………
　　　　然后踩登
任一座高峰，攀牵着白云
和锦样的霞光，跨一条
长虹，瞰临着澎湃的海，
在一穹匀净的澄蓝里，
书写我的惊讶与欢欣。

上天入地，魂牵梦绕，只为一人，不是缠绵，却多浪漫。

关键词：《北斗》诗歌

1931 年 9 月 20 日

叶圣陶小品《牵牛花》，载《北斗》创刊号。

此篇精细地描绘瓦盆里的牵牛花蓬勃生长、一派生机盎然的景象，赞美它的无时不回旋向上的"生之力"，乃是系人心情之所在的活力。小品写道："种了这小东西，庭中就成为系人心情的所在，早上才起，工毕回来，不觉总要在那里小立一会儿。那藤蔓缠着麻线卷上去，嫩绿的头看似静止的，并不动弹；实际却无时不回旋向上，在先朝这边，停一歇再看，它便朝那边了。前一晚只是绿豆般大一粒的嫩头，缀着一两张满被细白绒毛的小叶子，叶柄处是仅能辨认形状的小花苞，而末梢又有了绿豆般大一粒的嫩头。有时认着墙上的斑驳痕想，明天未必便爬到那里呢；但出乎意外，明晨已爬到了斑驳痕之上；好努力的一夜工夫！'生之力'不可得见；在这样小立静观的当儿，却契默了'生之力'了。"（第 61～62 页）

关键词：叶圣陶《牵牛花》　静观默察，感受生之力

1931 年 9 月 20 日

〔苏联〕里琪亚·绥甫林娜《肥料》（隋洛文据日译重译），载《北斗》创刊号、第 2 号。

正文后附译后记，署名洛文。隋洛文、洛文，皆鲁迅笔名，是对浙江省党部诬他为"堕落文人"的反讽。

鲁迅的译后记说：

"这一篇的作者,是现在很辉煌的女性作家;她的作品,在中国也介绍过不止一两次……但译者所信为最可靠的,是曹靖华先生译出的几篇,收在短篇小说集《烟袋》里,并附作者传略,爱看这一位作家的作品的读者可以自去参看的。"

"上面所译的,是描写十多年前,俄边小村子里的革命,而中途失败了的故事,内容和技术,都很精湛,是译者所见这作者的十多篇小说中,信为最好的一篇。"

关键词:鲁迅译谢甫林娜《肥料》

1931 年 9 月 20 日

朱璟(茅盾)《关于"创作"》,载《北斗》创刊号,第 75 ~ 87 页。

本文第一节是传统文艺批评中的文艺作品(创作),第二节讲"五四"文学革命。"人的发见,即发展个性,即个人主义,成为'五四'时期新文学运动的主要目标;当时的文艺批评和创作都是有意识的或下意识的向着这个目标。""真正的艺术品是灵感的——天才的灵感的火花,是情绪之热烈而不可抑制的自然的流露;没有这灵感,没有那情绪,你的作品决不能成为艺术品,只是'商品'罢了!"(第 77 页)所以,"灵感主义,情绪之神圣不可侵犯主义,这样就成了'五四'期的'创作理论'"。(第 78 页)

"五四"新文学运动可分为三个时期:(一)《新青年》时期的所谓写实主义文学;(二)"人生的艺术"与自然主义;(三)创造社的浪漫主义运动。"五四"时期所以没有伟大社会意义的作品,"是由于那时风魔了一般青年的创作理论是天才主义,灵感主义,以及'身边琐事描写'"。而天才主义和灵感主义"是青年作家技术进步的桎梏"。这时期唯一可以肯定的是鲁迅的《呐喊》。《呐喊》"大部是农民意识的解剖,是冷静的观察的结果,既不是'身边琐事',也不像是'灵感忽动'时的'热情奔放'的产物"。(第 82 页)

1925 年至 1927 年,"在中国社会生活中又新增加了一种力的对峙。文坛上的集团在这种'社会平衡的破裂'逐渐加紧的形势之下,也就发生种种的姿态:想迎上去的是文学研究会一部分人的'人生的艺术'的主张,想躲避的是创造社的'唯美主义'的运动"。"在当时,北京中心的北方文坛与上海中心的南方文坛显有不同。上海文坛一般的已经从'象牙塔'走到'十字街头',透显了左倾的征兆,但北京却除了老作家们的'趣味主义'外,青年们则炫奇斗艳地标榜着象征主义,未来主义等等资产阶级文艺没落期的玩意儿。这种畸形的意识形态在文艺上的反映直到 1927 年大革命的飓风吹过时方始沉

寂。"（第 83 页）

1928 年开始普罗文学运动。但创造社和太阳社还是于理论和创作都无建树。创造社："就理论的建立而言，除了零碎的驳难的应付的论文而外，很少有系统的坚实的理论文字。尤其探竟普罗文学的形式论与内容论的文字异常缺乏。第二就作品而言，技术上固然未臻圆熟，并且错误倾向很多，例如英雄主义的色彩，'身边琐事描写'的残痕，以及'灵感主义'的尚未汰尽。而最大的病根则在那些题材的来源多半并非由亲身体验而由想象。"太阳社自称有"革命生活实感"，但因为他们"本来不从事于文学，所以文学技术不够，结果便是把他们的'革命生活实感'来单纯地'论文'化了。他们的作品的最拙劣者，简直等于一篇宣传大纲"。（第 84 页）蒋光慈的创作就是"脸谱主义"。

茅盾最后说："将来的伟大作品之产生不能不根据三个条件：正确的观念，充实的生活，和纯熟的技术；然而最主要的还是生活。"（第 86 页）

关键词：茅盾评"五四"文学 "五四"时期唯一可以肯定的作品是鲁迅的《呐喊》 创造社没有理论建树 太阳社的作品低劣到等于"一篇宣传大纲"

1931 年 9 月 20 日

李易水（冯乃超）《新人张天翼的作品》，载《北斗》创刊号。

文章一开头就说："小说《二十一个》使我们注意到张天翼的存在。在两种意义上，他是新人，——在创造新的形式上，在他是新的作家上。"

"他在探求新的形式，同时要丢弃旧形式的影响。我们所谓旧形式，就是感伤主义，个人主义，颓废气分，甚至于理想主义烧成一炉的浪漫主义的形式；不是观照而是表现，不是观察而是体验的形式；不重结构而重灵感，不重客观而重主观的形式。"（第 89 页）

摆在张天翼面前的障碍物"是同路人的客观态度"。（第 89 页）

关键词："新人"张天翼

1931 年 9 月 20 日

瞿秋白化名董龙的《哑巴文学》《画狗吧》，载《北斗》创刊号。

《哑巴文学》是说中国文字看、读、听是分开的，一般都只能看，不能读，更听不懂。

《画狗罢》由张天翼的长篇讽刺小说《鬼土日记》说："与其说了人话就去做鬼，倒不如说着鬼话做人。"与其画那些谁也不知道像不像的鬼，倒不如画"袁世凯的鬼","梁启超的鬼","孔夫子的鬼","礼拜六的鬼",更应该画中国大地上的"走狗和牛马"。(第120、121页)

关键词:瞿秋白评张天翼《鬼土日记》

1931 年 9 月 20 日

丁玲为《北斗》创刊号写的《编后记》透露:

(一)"我自己完全是一个一无是处的人。""我没有一点能干。我只学过写一点小说。""我还是只能在小说上努力。""我是一个只会写小说的人。"

(二)近来处在心情烦燥中。

(三)"我做编者的任务是各方奔走,每天写信,耐耐烦烦的请他们写一点好的稿子,我再拿来分配一下,交给书店,校一次两次稿。"

关键词:丁玲透露编《北斗》的心境

1931 年 9 月 20 日

《北斗》创刊号刊载湖风书局的书籍出版广告,这里选择数则:

魏金枝著《七封书信的自传》(文艺创作丛书)

"作者是中国最成功的一个农民作家。以忧郁的含泪的文笔,写出了古旧的农村在衰老,在灭亡,在跨进历史的墓里去了。这情调,凡是作者底无论哪一篇创作里都弥漫着的。本集包含作者底名著《七封书信的自传》与《沉郁的乡思》,以及1930年的近作3篇。这里,每一叶(页),每一行,都可以看到辗转在大时代的巨轮下的小人物们底阴影在爬行,在匍匐!这是献给'古老的支那'底一个最美丽的墓志铭。书已出版,每册实价7角。"

寒生著《大学生日记》(文艺创作丛书)

"这是一部描画中国大学生活和暴露大学教育的巨著。作者以轻松流利底文笔,和老练纯熟底手腕,深刻的去创造出生活于大时代之前的各种大学生型。这儿,你将看到那些浪漫的,动摇的,苦闷的,享乐的,逃避现实的,积极革命的……各式各样的青年男女学生是在怎样底生活着,苦斗着,而又不断底活跃着;真是文情生动,表现逼真。要想看看自己的模型的大学生们不的(得)不人手一本,要想发现未来的面影的中学生们,更不可不人手一本。本书正在印刷中。"寒生,即华汉,亦即阳翰笙。

钱谦吾编《青年文学自修读本》(青年文学自修丛书)

穆时英著《南北极》(短篇小说集)

"以小说《南北极》哄(轰)动了中国文坛的穆时英先生,现在将他底

处女创作集交本局出版了。我们在这里，可以用毫不带广告色彩的话，来说
明穆先生底成功在那里。穆先生不像现在的一般作家，被传统的教养束缚了
他底笔、逃不出旧的辞藻的圈子，结果变成了新人的八股文章，只能成为限
于几个知识分子的读物。他，是一个新人，是一个通俗的言语的运用者，他
能够运用一枝通俗的笔，写出了大众所要说，为大众所了解的话，但他仍然
有着自己底特殊的作风，自己底美丽的辞藻，自己底热情的描写。他最近一
年来所产的数量虽然不多，但每一篇都是成功的作品。他底作品和高尔基初
年的作品一样，褴褛的流浪汉是他底描写的对象，但他又决不是高尔基底模
仿者，因为出现于他底小说里的人物是中国型的流浪汉，是在几千年的封建
制度破产之下产生出来的末路的英雄。现在本局谨将一群末路的英雄们底生
活的横断面，献给生活在这时代里的年青的读者。不日出版，实价大洋
6 角。"

张天翼著《小彼得》（短篇小说）

"自从出版《从空虚到充实》和《鬼土日记》以后，作者立即得到了最
大的收获，被认为是中国的一个最有才能的作家了。许多批评家和读者底口
头的讨论且不管它，单是以论文形式出现于各大杂志上的，也有好几篇之多，
这就可以证明张天翼先生底怎样被文坛所注意了。以他新奇的作风，美丽而
简洁的文笔，有力而扼要的对话，从知识分子到农民，到兵士，到官僚，到
工人，写尽了现社会的各种形相。他底才能不像现下流行的那些作家，限于
一个小小的范围之内，只写些身边琐事，颇似杂感式的小说，他底如炬火的
眼睛照到了每一个黑暗的角落，他底如白刃之笔剖开了每一种人底表面和内
面。所以在他笔下，如在显微镜下一样，即使最鬼鬼祟祟的人物也不得不真
相毕露了。现在张天翼先生将他最近发表在各大杂志的小说集成第三创作集，
交本局出版。包含在这里的小说，不仅技术方面已有更惊人的展开，同时所
描写的世界也较从前的更为广大了。书已付印，不日出版。"

白薇著《打出幽灵塔》（戏剧创作）

"和易卜生底《娜拉》一样，白薇女士底《打出幽灵塔》正是一个叫醒
那些沉睡着的，作了半生家庭傀儡的不幸的妇女们底沉痛的呼声。在这几千
年来的男权社会里，多少被镇压在幽灵塔下可怜的奴隶们，在没有太阳，没
有生命的黑暗里，送掉了她们底青春，她底花，她们底一切。现在白薇女士
站在女性的立场，代表了被侮辱与被损害的妇女们，发出了这一声'打出幽
灵塔'的春雷，这真是多么有力的一个叫喊呀，其他如《姨娘》，如《假洋
人》，如《晴雯之死》诸篇，也都是充满了同情那'被侮辱与被损害'的女

子眼泪和积极的反抗性，是她这几年来的得意之作。当各篇发表在《奔流》，《小说月报》，《北斗》等大杂志时，曾引起多少青年的赞赏与讨论。至于文笔底美丽，情绪底热烈，对话的生动，则文坛上早有定评，在这里毋用（庸）赘述。现在汇印成书，实价7角。"

高尔基著、李谊译《夜店》（世界文学名著译丛）

"《夜店》是高尔基的主要的著作之一，是他戏剧的代表作。这里面，展开了当时俄罗斯的一种义士的姿态，也展开了尼采的与基督教的精神的抗斗。同时更反映了作为前期的高尔基的流浪汉的哲学的基调。在技术方面，是突破了一般的戏剧的方式，创造了一种新的形式。全书8万言，由李谊先生译出，译文极畅达可读。书前有关于《夜店》的详细的介绍，对于本剧，有很正确而且精细的批判。书已出版，每册实价6角5分。"

高尔基著，杜畏之、尊心合译《我的大学》（世界文学名著译丛）

"本书是现代世界最有名的大文豪高尔基最成功的作品之一，以极生动精巧的文笔，描写他青年时代艰难困苦和颠沛流离的生活，实实在在的写出他的回想，并且把他真正的写实主义显露出来，成为一个纯粹的客观作家。在本书中所描写的人物真是栩栩如生，唤之欲出。译者由原文直接译出，颇能保持原文的精神，译笔亦非常流畅。凡欲知高尔基青年时代的生活和当时俄国工农的思想者，不可不阅此书。书将出版，实价9角5分。"

蓬子译俄国短篇名著选《饥饿的光芒》（世界文学名著译丛）

"自普希金起至新俄作家止，各人拣其代表作一二篇，并加上作者的小传，作一系统的学术性的介绍，希望读者们能从这丛书里窥到全部的俄罗斯文学底一个轮廓。本书现已出版。这里有梭罗古勃的死之赞美，有安特列夫的灰色的虚无思想，同时也有宝甫林娜与伏尔珂夫底旧时代之死与新曙光的描写，而且，从这里，读者可以看到俄罗斯的忧郁的景色，爬行在茫茫的草原上的雪橇，与那地方的人民的深沉的刚毅的性格。至于译文流畅，凡是读过蓬子先生的译本的，自然不必再需要什么介绍了。全书共10万言，每本实价7角。"

许子由等译美国短篇名著选《最后的一叶》（世界文学名著译丛）

"本书特选国内未译的美国近代现代名家精彩短篇，汇成一集，计有安迪生，奥亨利，亚玲波，霍桑，伊凡，杰克伦敦，果尔特，约翰立特等十余家的代表作。读此包含各种特色的诸篇，当能感无上的兴味，同时更可以窥见由远而近的美国短篇小说的开展的路径，和它的倾向。不日出版，每册实价7角。"

美国玛克土温著、李兰译《夏娃日记》（世界文学名著译丛）

"玛克土温不消说得，翻到文学史便知道他是美国最大的幽默家。而一看他的作品，也的确使人眉开眼笑。但又有人说，他其实是一个悲观者，他的讲笑话只是为了生活。这一部书他自说从原稿译出，由创造以至老死，无不毕记，他观察亚当，亚当也观察他，有诙谐处，有天真处，有诚然处，往往可使 20 世纪的男女读者，也微笑点头。加以每页必有莱孚勒的绘画一幅，共 54 幅，幽远美丽，即无文章也是一部没字的佳作，何况译者得人，看去就真像煞夏娃手记的呢！书已付印，不日出版。"

匈牙利裴多菲著、孙用译《勇敢的约翰》（民间故事诗）

关键词：湖风书局出书广告　魏金枝《七封书信的自传》　寒生《大学生日记》　穆时英《南北极》　张天翼《小彼得》　白薇《打出幽灵塔》　几部外国文学译著

日本发动侵华战争，左联抗议

1931 年 9 月 28 日

为抗议日本帝国主义者发动侵略中国的"九一八"事变，左联发表《告国际无产阶级及劳动民众的文化组织书》《告无产阶级作家革命作家及一切爱好文艺的青年》，载《文学导报》第 1 卷第 5 期、第 6、7 期合刊。

《告》一重申日本侵略中国的性质和目的："九一八""这是真正全世界的崩溃（Catastrophe）的第一声。日本的出兵，首先当然是直接攫取中国的东三省和蒙古，去做它的完全的殖民地，也就是直接用空前的大屠杀进攻中国的革命。日本的出兵，而且是占领着远东的主要军事基础——准备进攻苏联的军事基础地。日本的出兵，是实行瓜分中国，种下全世界的第二次大战的种子，——帝国主义的强盗们互相吞噬而企图重新分割世界，重新分配全世界的殖民地。"（第 2 页）苏联是"我们的共同的祖国"。我们要用一切，"用自己的鲜血，用自己的性命来保卫苏联，反对进攻苏联的帝国主义的战争"。（第 3 页）

文告说："中国有蒋介石的国民党，南京的所谓中央政府，他们正在发命令禁止民众的反抗帝国主义运动，命令民众镇静，忍受，强迫中国工人延长工作时间，宣布戒严，禁止兵士和民众接触。声明对于日本采取无抵抗的政策。中国还有汪精卫的国民党（广州政府），他们在广州，提议由他们来攻打红军，而教蒋介石去对付日本。中国还有张学良的国民党，他们在事前知道日本的进兵，并且一直到现在，还在直接发命令给满洲的中国军队，叫他们立刻无条件的退却，投降，立刻把一切军械兵工厂移交给日本军队。中国还有袁金铠熙洽等类的国民党，他们留在辽宁吉林两省，在日本驻军直接指挥之下组织了这两个省的新省政府。这样，中国国民党已经把满洲的民众和兵士送给日本帝国主义屠杀，将来一定还要把其他的地方送给英国的美国的……帝国主义。"（第4页）

在文学方面，"自然，帝国主义豢养的文学家，这些疯狂的吸鬼，又要大大的歌颂战争，歌颂沙凡主义的（Ohauvinism）的法西斯主义的'保卫祖国！'一切种种社会改良主义的社会帝国主义的鹦鹉都要跟着唱和起来。而且现在，我们已经听见日本帝国主义的走狗这样的歌咏。而中国的国民党，这些可怜的'民族主义者'，这些只会屠杀徒手的工农的苏凡主义者，这些慷慨激昂为着'保存五千年中国古文明'和'世界的人类的文化'而鼓吹杀'赤色帝国主义'，杀'赤匪'的'民族主义的诗人'，现在对于日本，只在可怜的哀鸣，只在呼号'和平，镇静，忍受，以文明国家之态度，反映日本之野蛮行径'，只在哀哀的哭着：'中国的人呢？中国的人呢？……到营房里去吧！'"我们应该："把帝国主义的战争变做国内战争！""把进攻苏联的战争，变做拥护苏联的战争！把帝国主义进攻中国革命的战争，变做真正反帝国主义，反国民党的革命的民族战争！"（第4、4~5页）

《告》二号召："中国一切无产阶级作家和革命作家，你们的笔锋，应当同着工人的盒子炮和红军的梭标枪炮，奋勇的前进！扫除和肃清民族主义的人性主义的和平主义的疯狂剂和迷魂汤！立刻，一刻儿都不容迟缓。一切的力量，一点儿都不容顾恤。尤其是要深入到极广大的大众之中！革命的大众文艺的任务是如此之重大！"（第5页）

关键词：为"九一八"左联发表文告两种 抗议日本的侵略，谴责国民党的不抵抗政策，揭露民族主义文学派的卖国行径

1931年9月28日

《文艺新闻》第29号第2版，在"日本占领东三省屠杀中国民众！！！"的通栏标题下，以《文化界的观察与意见》为题，发表陈望道、郑伯奇、鲁迅、夏丏尊、胡愈之、郁达夫、叶绍钧等人的文章，抗议日本侵略。

关键词：鲁迅等对"九一八"表态

1931 年 9 月 28 日

瞿秋白发表《大众文艺和反对帝国主义的斗争》《东洋人出兵》（均署名史铁儿），反对日本帝国主义侵略中国。载《文学导报》第 1 卷第 5 期。

瞿秋白首先描述中国目前的大众文艺都是些什么。他说：

"中国的大众是有文艺生活（的）。当然，工人和贫民并不念徐志摩等类的新诗，他们也不看新式白话的小说，以及俏皮的幽雅的新式独幕剧……城市的贫民工人看的是火烧红莲寺等类的'大戏'和影戏，如此之类的连环图画，七侠五义，说岳，征东征西，他们听得到的是茶馆里的说书，旷场上的猢狲戏，变戏法，西洋景……小唱，宣卷。这些东西，这些'文艺'培养着他们的'趣味'，养成他们的人生观。豪绅资产阶级所需要的，正是这样的民众的文艺生活！难怪上海最近的市民大会里，发现法政学院的一种传单：'大家要学岳飞大元帅，尽忠救国，大举讨伐番邦，打倒日本金銮殿！'"（第 5页）

瞿秋白的正面主张是：

"革命的文艺，向着大众去！

"简单的是：向大众说人话，写出来的东西也要念出来像人话——中国人的话。小说可以是说书的体裁，要真切的，绝对不要理想化的什么东西的，说书就是说书，你说一件政事，你用你的人话说得清清楚楚，头头是道。要写就怎么写下，叫人家读起来，就等于说起来可以懂得。写的时候，说的时候，把你们的心，把你们真挚的热情多放点出来，不要矫揉做作。歌谣小曲就是歌谣小曲，把你们嘴里的中国人话练练熟唱起来，念出来，写出来使大家懂得。这就是真正中国的新诗，大家的诗。这将要产生伟大的诗！诗和小说并不一定是高妙不可思议的东西，什么自由诗，什么十四行的欧化排律，什么倒叙，什么巧妙的风景描写，这些西洋布钉和文人的游戏，中国的大众不需要。至于戏剧，那更不必说。无聊的文明新戏，也曾经做过一时期的革命宣传工具。现在所要创造的是真切的做戏，真正的做戏，把脚本，把对白，把布景，都首先要放在大众的基础上！

"革命文艺必须向着大众！"（第 6 页）

瞿秋白这种言论，其实是相当"左"的，不比他在政治上好多少。

他的乱来腔《东洋人出兵》共 14 节，用上海话和北方话两种话写，通俗好懂。如"全中国工农兵，/ 大家起来大革命，/ 革命才能打退日本人，/ 国民党叫伲镇静是送命。"

关键词： *瞿秋白　大众文艺与抗日　《东洋人出兵》*

1931 年 9 月

剧联通过《中国左翼戏剧家联盟最近行动纲领》，载 10 月 23 日《文学导报》第 1 卷第 6、7 期合刊，第 31～32 页。

纲领只涉及"白色区域的戏剧运动"，共 6 条，主要说戏剧运动、演出形式、到农村去、与电影的关系、提高盟员的技术水平、理论斗争，等等。

关键词： *剧联行动纲领*

鲁迅译《毁灭》出版

1931 年 9 月

鲁迅翻译的法捷耶夫的小说《毁灭》，由大江书铺出版，未能公开销售。10 月，以三闲书屋名义再版发行，并加了介绍作者和原书的序言、后记。

《毁灭》以苏联国内战争为题材，描写在远东由工人、农民和知识分子所组成的一支游击队，和白匪、日本干涉军进行斗争的故事。当游击队最后冲出敌人的包围时，上百人的队伍只剩下 19 人了，但他们经受了考验，完成了自己的战斗任务。

鲁迅写的《〈毁灭〉后记》（作于本年 1 月 17 日）高度评价法捷耶夫在人物描写上的方法："要用 300 页上下的书，来写 150 个真正的大众，本来几乎是不可能的。……本书作者的简炼的方法，是从中选出代表来。"《后记》分类分析了书中人物，主要是知识分子美谛克和游击队领导莱奋生。鲁迅又肯定："……不但泰茄的景色，夜袭的情形，非身历者不能描写，即开枪和调马之术，书中但以烘托美谛克的受窘者，也都是得于实际的经验，决非幻想的文人所能著笔的。"一是"身历"的实际经验，二是在众多的人物中"选出代表"。

关键词： *鲁迅译《毁灭》出版　鲁迅《毁灭·后记》　法捷耶夫塑造人物的技巧*

1931 年 10 月 10 日

张天翼短篇小说《小彼得》，载《小说月报》第 22 卷第 10 号，第 1265～1271 页。

两个杂役遂生和老八，拿主人的叭儿狗小彼得出气。打它，叫它呕吐，最后烧死它。

关键词：张天翼　《小彼得》

1931 年 10 月 10 日

戴望舒《诗六首》，载《小说月报》第 22 卷第 10 号，第 1279～1281 页。

这 6 首诗是：《村里的姑娘》《三顶礼》《二月》《我的恋人》《款步》《小病》。

《村里的姑娘》写一个乡村少女到泉水边的柳树下与小伙子约会，并接受了他的"有点鲁莽的接吻"。她迟迟地才回到家，并且始终魂不守舍。轻快，明丽，甜甜的，香香的。再如《二月》，"她是羞涩的，有着桃色的脸，／桃色的唇，和一颗天青色的心"。

关键词：戴望舒

1931 年 10 月 10 日

〔俄国〕伊凡诺夫著、高滔译《当我是一个托钵僧时》，载《小说月报》第 22 卷第 10 号，第 1331～1337 页。

"我"以耍魔术挣钱。最刺激的项目是用针刺进自己的肉体，针上还要挂 3 磅重的重物。他自己痛得要呕吐，观众中的太太惊叫。也有人不信他那一套胡诌。

关键词：伊凡诺夫

1931 年 10 月 20 日

何典（茅盾）《喜剧》、蓬子《一侍女》、凌叔华《晶子》、沈起予《虚脚楼》4 篇小说，同载《北斗》第 1 卷第 2 期，第 1～31 页。

茅盾的《喜剧》用喜剧的形式表现悲剧的内容。青年华 5 年前因散发反对军阀孙传芳的传单而被捕坐牢，现在刑满释放出狱，却没有住的地方，更没有饭吃。经过许多曲折，看见许多现实，始知若要解决吃饭和睡觉的地方的问题，必须以国民党的身份，冒用共产党的招牌，再次让国民党抓进去坐牢。国民革命"胜利"何在？

蓬子的《一侍女》写妓女紫英从良后，踽踽街头，却找不到一碗饭吃。偶遇从前的嫖客文正，求他赏一碗面吃，却反而被他欺骗，不得不进巡捕房，"可以不必再天天愁饥愁饿了！"

沈起予《虚脚楼》写的是：农民老七是地主萧第祖的佃农。"老七虽然是佃农，但是他没有牛，也没有犁，锄，镰，耙，这些庄稼人应有的工具，他都是向第祖借，条件是：借用两季的牛，便须得为第祖饲养一个整年；借用犁，锄，镰，耙等，则须得多缴一点租，而且兼为第祖家作些杂事。因之在'学理'上，老七委实把自己的位置弄得有点暧昧了：他是个佃农，然而又像是长工。"（第24页）他必须随叫随到，为第祖家出力流汗。老七的哑巴妻子有孕在身，却无米下锅，唤老七向东家借米。老七却被东家做不完的活缠住，根本忘记了还有人饿着肚子的事。他打了有点生气的妻，妻子竟因此小产，不足月的婴儿不能成活是自然的。萧第祖被军阀逼迫，要买破枪；他将这些负担转嫁到农民身上。平常更有团防费、驻军费、鸦片窝捐、临时捐等。他也深知老七等农民收成不好，但这些捐哪，费啦，税呀，随时都派下来的什么什么呀，不靠农民出靠谁出？

关键词：茅盾《喜剧》 蓬子《一侍女》 沈起予《虚脚楼》

1931 年 10 月 20 日

白薇二幕剧《莺》，载《北斗》第 1 卷第 2 期，第 39 ~ 57 页。第 3 期连载。

故事发生在 1930 年暑天的晚上，军官岳渊的家。

主角是 26 岁的美少妇灵芝。她名义上是岳渊儿子岳宏的妻子，实则是打入军官家的革命者，由岳渊派遣"监督"她的侍女闪影却是她的内应。

灵芝有黄莺般美丽，全家的人从不同的角度、依不同的目的都喜欢她。

小姐殿南说："我最近顶喜欢听你谈话，一听到你的说话，就像春天的农夫听到黄莺儿叫一样，只想赶快爬起来种他们的田。"（第44页）她在岳宏妈妈心中："她说听你唱歌比听黄莺唱歌还要愉快。"岳宏叫她"我的黄莺儿！"（第46页）军阀、恶霸、淫棍、公公岳渊也说："你的歌声真好！真是黄莺也没有这样好的歌声。"（第85页）

岳宏说，他见到她就性欲陡起，要淫。可见灵芝在他心中只是满足他的淫欲的工具而已。

灵芝对岳宏说离婚！"夫妻这意义对于我，是像犯人身上的一条铁练一样，这是我根本的苦痛。"（第50页）"把两个全然没有一点精神上的调和的男女束缚在一起，常常要看一个不相干的男人发挥他兽性冲动的丑态，来压迫我，来害自己优美的感情"，她绝对不干。

岳宏说："你死了还是我的妻！"（第51页）

灵芝说岳宏：是"猪一样的蠢东西，熊一样地野蛮，无论肉体与精神上，我都同他合不来"。（第 46 页）"你是比一（条）臭虫还可怜"。（第 52 页）

岳渊对她的年青、美丽，馋涎欲滴，时时"想吃媳妇底肉"，（第 87 页）千方百计地想占有她，蹂躏她，还以"我存在银行里有几百万"为诱饵，丑上加丑。

灵芝骂他是"残杀民众的老妖精"，"祸国殃民的军阀"。（第 85 页）"军阀！刽子手！""帝国主义的走狗！""人类（底）敌人"。（第 87 页）

岳渊得不到灵芝，就使出极为无耻极为恶劣的手段：先是骂她"这是一个淫妇，这是一个荡妇！"而后，"她太淫荡了，一个丈夫不够她满足，我把她送给你们许多人做老婆，这对于她刚刚合式（适）"。（第 87 页）坏到登峰造极。

在农军进城时，在参谋长的掩护下，灵芝和闪影仓皇出逃。

父女关系：

殿南说父亲："我父亲为着想巩固他们军阀的势力，一同向帝国主义投降，好借帝国主义的力量来屠杀民众"，正计划将她"嫁给一位总指挥做媳妇"，"把我送卖国贼的总指挥家里去"，她宁死不从。她羡慕灵芝，并知道灵芝和闪影的真实身份。

殿南"我只有决心去劳动，才能从我的不幸中得救；只有苦劳着不断地劳动，才能得到人生的欢喜和幸福"。（第 45 页）

她欲到工农当中去改造自己。

军官岳渊的姨太太们各怀鬼胎，各求生存之道：

姨太发牢骚："你父亲是这样地抱着你母亲，好像新婚夫妇一样在那里看跳舞，听唱歌。他的眼睛是落在另外一个美人身上的。""我除了赌钱还有甚么乐趣？我能像二姨太也好，她晓得去恋爱，和别人去结婚；我能像三姨太也好，她会得去挟（扎）姘头，会用老爷的钱；我就像四姨太也好，她守本分，会养育儿女。""我要赌，赌钱就是我的乐趣！"

岳渊和岳宏两父子沆瀣一气。

老子封儿子管军饷，"地位和从前的军需官一样，衔头是少校六级，薪水是 280 元"。有二十四万四千元钱放在秘书长那里。将矿山卖给外国人开采，全款的五分之三替他存在花旗银行。

闪影："听说有几千农民军要打进城里来，城里失业的工人和劳苦的民众，要和农民合成一气。"（第 41 页）

攻进城里来的，"有农民，有灾民，又有失业的工人，大约有好几千……

听说后面还有×军"。（第 95 页）但守军却认为："世界还大哩——英美两国绝不肯放弃长江流域的利益……英国和美国立刻会派飞机派巡洋舰来帮助我们剿匪的。"（第 97 页）

闪影："甚么地方不是我们做事的地方呢？我们就是潜水艇，我们就是地雷。埋得下的地方就得埋下去。"（第 80 页）

小姐殿南说参谋长臻化：对父亲来说，没有参谋长的帮助，什么事都做不成。这只是女孩子气看到的假象。参谋长掩护灵芝等撤退，战到最后。

此剧写岳渊调戏儿媳妇、灵芝巧与周旋，嫌长。揭露他的狼心狗肺，其实只需一个动作，一个眼神，几句台词就够了。

关键词：白薇《莺》

1931 年 10 月 20 日

蓬子《锄之歌》，戴望舒《昨晚》《野宴》，冰心《惊爱如同一阵风》，净子《夏夜》等诗歌，载《北斗》第 1 卷第 2 期，第 59~63 页。

蓬子《锄之歌》第一节：

> 在春雨的潇潇里葡匐在软软的泥地，
> 在冰冻和积雪里，伴着牛儿，伴着犁，
> 你，终年沾满了斑斑的污泥，
> 日沉西山，你困倦地懒睡到牛栏里。

全诗以锄头拟人，述说农夫之苦。

戴望舒《昨晚》写青春欢乐之后所见，展示一种心境。《野宴》中的"芦笋""乳酪"似有某种象征性。

关键词：《北斗》诗歌

1931 年 10 月 20 日

陈笑峰（瞿秋白）杂文《笑峰乱弹》6 篇《乱弹》《世纪末的悲哀》《吉诃德的时代》《一种云》《菲洲鬼话》《苦力的翻译》，巴比塞作、穆木天译《左拉的作品及遗范》，载《北斗》第 1 卷第 2 期，第 79~87、89~96 页。

《乱弹》对从"唐虞之代"到"乾嘉之世"的文化传统一概否定。尤其是对昆曲大加贬词。他说："昆曲却是真正道地的中国型的绅士等级的艺术。这老老实实是绅士等级，而不是绅士阶级。"并用讥讽的话说："昆曲的声调是多么'细腻'，多么'悠扬'，多么低微，多么猥琐。真像他的主人的身份。昆曲的唱工是要拗转了嗓子，分辨着声母介母韵母，咬准那平上去入，甚至于阴平阳平，阴上阳上……中国的四方块的谜画似的汉字，在这里用尽了九牛二虎之力去障碍束缚揉捏糟蹋那音乐的发展，——弄得简直不像是活人嗓子里唱出来的歌声。"作者欣赏的是草台班："高高的戏台搭起在旷场上，四周围是没遮拦的，不但锣鼓要喧天，而且歌曲也要直着嗓子的叫，才配得上'乱弹'的别名，才敌得过台底下打架相骂的吵闹。满腿牛屎满背汗的奴隶们，仰着头张着嘴的看着台上。歌词文雅不得，也用不着文雅，因为禁不起那唱戏的直嗓子一叫，叫到临了：不押韵的也押韵了，平仄不调的也就调了！这是，这曾经是别一个等级的音乐，别一个等级的艺术。"（第 79、80页）

《世纪末的悲哀》说，那些走出了"象牙之塔"，又进到"水晶之宫"的艺术家，虽说那里有肉感，有爱神，"多么清闲，又多么孤寂"，"多么潇洒，又多么怅惘！""满腹浪漫主义的锦绣文章"，"满腔人道主义的怜悯"，毕竟还是病态的世纪末！（第 82 页）

《吉诃德的时代》说，中国四万万五千万人像"一片戈壁沙漠似的散沙"。老百姓能够享受的文化是"武侠小说连环图画满天飞"，是"包公，彭公，施公"之类的"英雄"，中国"还在吉诃德时代"。（第 82～83 页）

《苦力的翻译》只要求"又顺又不错"的翻译。（第 87 页）

这都属于文化批评。

关键词：瞿秋白以《乱弹》为题的杂文

1931 年 10 月 20 日

适夷"东京通讯"《东京失业进行曲》，载《北斗》第 1 卷第 2 期，第 97～111 页。

本文写 1929 年全世界经济萧条波及日本，使失业人数大增，一般百姓生活困难。举一些百姓中的事例，真实，生动，有说服力。全日本失业劳动者达 130 万，至少有 500 万贫困大众，正在受着饥饿。

例如藤原："从雨地里像野狗似的跑了一天的藤原，拖着疲劳的两腿，慢慢地向着深川区的木贷屋（最下等的宿屋）归来。他的头已经疲劳得抬不起来了，只是颓然地向地上低垂着，两只手臂也只是挂在肩头的两条无生命的东西。"两条腿还能够在"地上竖起来的时候"，就还得走，去找活路。农业学校的毕业生木村、自由劳动者三轮只能到公寓去当"下男"：职务是洗地板，扫厕所，擦皮鞋，跑街头，每天工作时间 12 小时以上。18 岁的女孩子春子被卖去吃下贱饭。师范学校出身的小学教师珍子也沦落到去站街。

关键词：楼适夷笔下世界经济萧条中的日本

1931 年 10 月 20 日

鲁迅杂文《以脚报国》《唐朝的钉梢》，载《北斗》第 1 卷第 2 期，分别署名冬华、长庚。

由文化现象说到国人的心理。

关键词：鲁迅杂文

1931 年 10 月 20 日

《北斗》杂志第 1 卷第 2 期刊载《文艺新闻》的广告：

"文化　艺术　报道　批判！世界的！大众的！青年的！建设的！中国唯一的周刊新闻已出版半年以上。"每周一张，星期一出版，定价 2 分，全年 52 期，定价 1 元。欢迎定阅。上海福州路 512 号文艺新闻社。（第 16 页）

关键词：《文艺新闻》广告

1931 年 10 月 23 日

鲁迅发表《"民族主义文学"的任务和运命》（署名晏敖），载《文学导报》第 1 卷第 6、7 期合刊。

鲁迅称民族主义文学是流氓文学，尽的是宠犬的职责。

第一，流尸文学与流氓政治同在。"所谓'文艺家'的许多人，是一向在尽'宠犬'的职分的，虽然所标的口号，种种不同，艺术至上主义呀，国粹主义呀，民族主义呀，为人类的艺术呀，但这仅如巡警手里拿着前膛枪或后膛枪，来福枪，毛瑟枪的不同，那终极的目的却只一个：就是打死反帝国主义即反政府，亦即'反革命'，或仅有些不平的人民。

"那些宠犬派文学之中，锣鼓敲得最起劲的，是所谓'民族主义文学'。但比起侦探，巡捕，刽子手的显著的勋劳来，却还有很多的逊色。这缘故，就因为他们还只在叫，未行直接的咬，而且大抵没有流氓的剽悍，不过是飘飘荡荡的流尸。然而这又正是'民族主义文学'的特色所以保持其'宠'的。

"翻一本他们的刊物来看罢，先前标榜过各种主义的各种人，居然凑合在一起了。这是'民族主义'的巨人的手，将他们抓过来的么？并不，这些原是上海滩上久已沉沉浮浮的流尸，本来散见于各处的，但经风浪一吹，就漂集一处，形成一个堆积，又因为各个本身的腐烂，就发出比较浓厚的恶臭来了。

"这叫做'为王前驱'，所以流尸文学仍将与流氓政治同在。"（第 16 页）

第二，杂碎的流尸。"先前的有些文艺家，本未尝没有半意识或无意识的觉得自身的溃败，于是就自欺欺人的用种种美名来掩饰，曰高逸，曰放达（用新式话来说就是'颓废'），画的是裸女，静物，死，写的是花月，圣地，失眠，酒，女人。一到旧社会的崩溃愈加分明，阶级的斗争愈加锋利的时候，他们也就看见了自己的死敌，将创造新的文化，一扫旧来的污秽的无产阶级，并且觉到了自己就是这污秽，将与在上的统治者同其运命，于是就必然漂集而为帝国主义所宰割的民族中的顺民所竖起的'民族主义文学'的旗帜之下，来和主人一同做一回最后的挣扎了。

"所以，虽然是杂碎的流尸，那目标却是同一的，和主人一样：用一切手段，来压迫无产阶级，以苟延残喘。不过究竟是杂碎，而且多带着先前剩下的皮毛，所以自从发出宣言以来，看不见一点鲜明的作品，宣言是一小群杂碎胡乱凑成的杂碎，不足为据的。"（第 16～17 页）

在《前锋月刊》第 5 号上，有了"青年军人"写军阀混战的《陇海线上》，把蒋冯阎战争说成是法国客军在非洲打阿拉伯人。"原来中国军阀的混战，从'青年军人'，从'民族主义文学者'看来，是并非驱同国人民互相残杀，却是外国人在打别一外国人，两个国度，两个民族，在战地上一到夜里，自己就飘飘然觉得皮肤变白，鼻梁加高，成为拉丁民族的战士，站在野蛮的菲洲了。"（第 17 页）

第三，关于黄震遐的诗剧《黄人之血》。诗剧的事迹是"黄色人种的西征，主将是成吉思汗的孙子拔都元帅，真正的黄色种。所征的是欧洲，其实专在斡罗斯（俄罗斯）——这是作者的目标；联军的构成是汉，鞑靼，女真，契丹人——这是作者的计画；一路胜下去，可惜后来四种人民不知'友谊'的要紧和'团结的力量'，自相残杀，竟为白种武士所乘了——这是作者的讽喻，也是作者的悲哀"。（第 17 页）作者所希望的是"亚细亚勇士们张大吃人的血口"对着俄罗斯。"现在日本兵'东征'了东三省，正是'民族主义文学家'理想中'西征'的第一步，'亚细亚勇士们张大吃人的血口'的开场。不过先得在中国咬一口。"（第 19 页）民族主义文学家"发扬踔厉"，或做"慷慨悲歌的文章"，"永含着恋主的哀愁"，"尽些送丧的任务"；只有"到无产阶级革命的风暴怒吼起来，刷新山河的时候，这才能脱出这沉滞猥劣和腐

烂的运命"。(第 20 页)

鲁迅文章还顺便提到报刊上的抗日诗歌,如苏凤的《战歌》、甘豫庆的《去,上战场去》、邵冠华的《醒起来罢同胞》、沙珊的《学生军》、给之津的《伟大的死》等,"这些诗里很明显的是作者都知道没有武器,所以只好用'肉体',用'纯爱的精灵',用'尸体'"。(第 19 页)发扬踔厉,慷慨悲歌,写写无妨,若在现实生活中真要这样,就上了民族主义文学家们的当了,因为鲁迅向来是不主张无代价的牺牲的。

关键词: 鲁迅批判民族主义文学是流氓文学,尽宠犬的职责

1931 年 10 月 23 日

凌铁《饥饿的褴褛的一群》、突如《劳勃生路——××棉日厂工场壁报第十号号外》《上海变了沈阳》,载《文学导报》第 1 卷第 6、7 期合刊。

这是无名作者,来自底层,关于工农兵生活现状的报告。

凌铁的朗诵诗有这样一节:

> 泛流的不仅是东北大众的血,
> 泛流的也是上海工农兵的血,
> 泛流的也是全中国工农兵的血,
> 上海宝山路上的血,
> 广州永汉路上的血,
> 二七的血,五卅的血,六二三的血,三一八的血,四一五的血,——
> 　血,血,血,劳苦大众的血,
> 要洗清这一切的血,
> 只有再洒我们洒不尽的劳勃生路的血!(第 6 页)

本期另一篇通讯《苏区文化情形概况》(作者雄泽),更其可贵。

通讯提供信息:在鄂豫皖边苏区的学校都叫列宁小说、列宁中学、马克思中学。"教材大多是革命领袖传略与名词解释,如什么是第三国际、苏维埃等等。"(第 28 页)如此之革命,难以置信。

关键词: 工农通讯员的报告

1931 年 10 月 23 日

洛扬(冯雪峰)《统治阶级的"反日大众文艺"之检查》《关于革命的反

帝大众文艺的工作》，同载《文学导报》第 1 卷第 6、7 期合刊。

文章说，日本侵略满洲后的现在，"各派统治阶级所最同心合意的，最焦思苦虑的，是先压迫民众；于是所有对民众的欺骗的，蒙蔽的，麻醉的方法，都被想了出来。统治阶级的这个阴谋，非常明显的在各派反动刊物上和反动文艺界里反映出来，更在统治阶级大众宣传里反映出来"。特别要注意"大众文艺"领域。平日势力巨大的封建余孽的"大众文艺"——"各种通俗旧戏，各种演唱，低级电影，变戏法，说书，唱本，故事，演义，连环图画等等"，都被利用；"三民主义的老爷们，先生们，掌柜的，监工的，教书的，当牧师的，以及最近当'剿共'的宣传员的，或办'反共'杂志的"，都被动员起来编"大众反日文艺"。这种"大众文艺"是十足"反革命"的。（第 11 页）

洛扬举这样的一幅画为例："拿着牛腿枪的兵士，持斧的工人，拿竹杆的农民，拿长柄子的尖刀的学生，拿着算盘的商人，5 个人一同向着一只仿佛狼似的野兽冲去。上面写着：'工农兵学商，快快联合起来，在中国国民党的领导之下……杀，杀，杀！'"这就是民族主义文艺或三民主义文艺的特色。（第 12～13 页）

本文还全文引用了几首反日"大众文艺"：《抗日小热昏》《新编时调·日本强夺东三省》《打东洋五更调》《哭东洋人仿哭哭妙根笃爷调》《收服东洋人·仿毛毛雨》，说它们都充满统治阶级的毒汁，起着麻醉老百姓的作用。有的"本意虽是'一片好心'，但意识是反革命的"。（第 15 页）

洛扬的第二篇文章号召：

"现在我们更广大的号召一切革命的文学者艺术家和从事文艺的革命青年，用大众文艺的手段来反对日本及一切帝国主义，反对统治阶级的卖国和对于民众的压迫及欺骗，我们希望一切革命的作家和从事文艺的青年，即刻作出一些反帝的唱本，歌谣，连环图画，故事小说等，到大众里面——工厂区，贫民区，街头，茶馆，戏院，游戏场，以及农村——去朗读，吟唱，讲说，散发。我们希望革命演戏家，一切革命演剧团体，即刻组织化装表演游行队，简短话剧团，唱歌队，到工厂区，贫民区，街头，广场，茶馆，以及农村中去演唱，去排演那种不用舞台和布景的，只需数分钟即可演完的戏，同时也要以产生这种剧本为急务。""同时我们要指出：文学作品应该用大众听得懂的，他们听惯的言语写，以诉之于耳为主；第二，可以利用五更调，无锡景，唱春调，小热昏等等旧调子，因为惟有这些是大众听惯的，天天要唱的，容易送进我们的政治口号去。"（第 24 页）

作者的正面主张是："在大众艺术的修养还只是现在似的程度的时候，我们的新的大众的小说应该排除近代心理小说派的死静沉闷的描写，排除知识分子作品的倒叙以及其他种种神出鬼没的卖弄文笔，而应以叙述分明，线索明了的中国旧小说和说书等为师。""我们工作的第一个原则，是大众看得懂，听得懂，他们愿意接受，他们能够接受。因此，我们毫不踌躇的要暂时采用小调的形式，当然这只是反帝大众文艺的形式之一种。"（第 26 页）

关键词：冯雪峰："反日大众文学"是十足反革命的 革命文艺家要用一切大众能够接受的形式去创作、去演出

1931 年 10 月 25 日

〔俄国〕雅珂芙莱夫作、适夷译《农夫》（小说），载《东方杂志》第 28 卷第 20 号，第 103～110 页。

内战时期，部队里的一个叫做尼基福尔·庇理西契珂夫的伙夫，在月黑夜，被派去值勤，并侦察敌情。他恐惧，他丧胆落魄。他没有打仗的本事，却有农民的本领，会将耳朵贴在地上听声音。他接近敌营，见到一个正酣睡如泥的奥大（地）利兵，就拿走他的枪，跑回营地请偿。长官责怪他为什么不把敌人杀掉，他反复强调那个奥大（地）利兵正在睡觉。长官骂他："啊啊，你真是蠢东西！冒失鬼！你还可算得一个军人么，你不过是一个农夫。"

关键词：农民的憨直

胡 风

1931 年 11 月 1 日

谷非（胡风）诗《前奏曲——仇敌底祭礼》《送 CC》，载《流火月刊》第 1、2 期。

关键词：胡风诗歌

1931 年 11 月 1 日、12 月 1 日

张天翼短篇小说《找寻刺激的人》，载《流火月刊》第 1 卷第 1、2 期。
一个无聊的文人要在婢女身上找刺激。

关键词：张天翼

1931 年 11 月 10 日

蓬子《血腥的风》（诗），载《小说月报》第 22 卷第 11 号头条，第 1373 页。

这首诗是为"九一八"事变而写。第四段写道：

> 否！否！我们决不能眼看自己在血风里毁灭，
> 我们不肯落泪，不肯吐那临死的牛羊的叹息，
> 我们要昂起了头儿伸直了手臂，
> 拿起我们底铁锤拿起我们底犁，
> 我们要以狂暴的吼叫来冲散这血腥的风，
> 我们要以群众的力量来折断敌人底大旗。
> 对死者的伤悼我们不用纸上的文字，
> 明天山海关外的战鼓便是我们底哀诗！

关键词：蓬子抗日诗歌

曹靖华译《铁流》出版

1931 年 11 月 13 日

曹靖华翻译的绥拉菲摩维支的长篇小说《铁流》，由鲁迅自费以三闲书屋名义出版。本书附有 2 万多字的译序及作者像、插图、附录等。

鲁迅的《〈铁流〉编校后记》（写于 10 月 10 日）中说：

1930 年上半年，"是左翼文学尚未遭迫压的时候，许多书店为了在表面上显示自己的前进起见"，都愿意印几本革命的书。有的是未必真要印，却极力发一个广告，以示宣扬。这是一种风气。到了今年，当局对于左翼作家的压迫"是一天一天的吃紧起来，终于紧到使书店都骇怕了"。于是订了合同的书稿也毁约。

曹靖华其时在苏联，为了译印这本书，他和鲁迅之间的往来通信，"至少也有 20 次"。序跋、注解、地图、插图，他们都想有，还必须是最好的。为了中国的文化建设，为了左翼文学的发展，为了向中国读者偷运圣火，他们就这样不辞辛苦，远隔千山万水，一次一次地交流、通信。待什么都齐全了，

凑足理想的译本了，谁知"上海出版界的情形早已大异从前了：没有一个书店敢于承印。在这样的岩石似的重压之下，我们就只得宛委曲折，但还是使她在读者眼前开出了鲜艳而铁一般的新花"。

鲁迅非常感慨地说："在现状之下，很不容易出一本较好的书，这书虽然仅仅是一种翻译小说，但却是尽三人的微力而成，——译的译，补的补，校的校，而又没有一个是存着借此来自己消闲，或乘机哄骗读者的意思的。"

关键词：曹靖华译《铁流》出版　鲁迅《编校后记》，抗议国民党的压迫

左联执委会决议：《中国无产阶级革命文学的新任务》

1931 年 11 月 15 日

《中国无产阶级革命文学的新任务》（1931 年 11 月中国左翼作家联盟执行委员会通过的决议），载《文学导报》第 1 卷第 8 期，第 2~7 页。

左联自 1930 年 3 月 2 日成立，有三个文件比较重要：一个是成立大会当天通过的左联理论纲领；第二个是 1930 年 8 月的《无产阶级文学运动新的情势及我们的任务》；第三个即本件。只有本件较多地涉及文学本身。说明左联在逐步摆脱"左"倾路线的影响。

本决议共七题：一、向新的时期进展；二、新时期的客观的特质；三、新的任务；四、大众化问题的意义；五、创作问题——题材、方法及形式；六、理论斗争和批评；七、左联的组织及纪律。

第一题说："国际革命作家联盟（IUWR）第二次大会指出反帝国主义，及帝国主义进攻苏联的战争，以及同时防止右倾机会主义及左倾空谈的两条战线上的斗争，是无产阶级革命文学目今当前的主要任务。"（第 3 页）

第二题有言："国民党及一切反动政治集团用白色恐怖，用欺骗麻醉政策，用民族主义，改良主义，艺术至上主义，种种假面具，围攻无产阶级的革命文学。"此外是无产大众文化要求的抬头，苏维埃区域需要"更多更好的课本和一般读物"。（第 3、4 页）

第三题说：中国无产阶级革命文学当前最重要的任务，原则上有 6 项：加紧反帝国主义的工作；加紧反对豪绅地主资产阶级军阀国民党的政权；宣传苏维埃革命以及煽动与组织为苏维埃政权的一切斗争；组织工农兵通信员运动；参加文化教育工作；反对民族主义、法西斯主义、取消派，以及一切

反革命的思想与文学。（第4页）

第四题说：为完成当前迫切的任务，中国无产阶级革命文学必须确定的新的路线，首先是文学的大众化。"只有通过大众化的路线，即实现了运动与组织的大众化，作品，批评以及其他一切的大众化，才能完成我们当前的反帝反国民党的苏维埃革命的任务，才能创造出真正的中国无产阶级革命文学。"（第4、5页）

第五题专门讲创作问题：

关于创作题材："作家必须注意中国现实社会生活中广大的题材，尤其是那些最能完成目前新任务的题材。"（一）作家必须抓取反帝国主义的题材；（二）作家必须抓取反对军阀地主资本家政权以及军阀混战的题材；（三）作家必须抓取苏维埃运动，土地革命，红军英勇斗争的题材；（四）作家必须描写白色军队"剿共"，到处不留一鸡一犬的大屠杀；（五）作家必须描写农村经济的动摇与变化，描写工人对于资本家的斗争。"只有这些才是大众的，现代中国无产阶级革命文学所必须取用的题材。现在必须将那些'身边琐事'的，小资产知识分子式的'革命的兴奋与幻灭'，'恋爱和革命的冲突'之类等等定型的观念的虚伪的题材抛去。"

关于创作方法："作家必须从无产阶级的观点，从无产阶级的世界观，来观察，来描写。作家必须成为一个唯物的辩证法论者。中国无产阶级革命文学的作家，指导者及批评家，必须现在就开始这方面的艰苦勤劳的学习。必须研究马克思列宁主义，研究一切伟大的文学遗产，研究苏联及其他国家的无产阶级的文学作品及理论和批评。同时要和到现在为止的那些观念论，机械论，主观论，浪漫主义，粉饰主义，假的客观主义，标语口号主义的方法及文学批评斗争（特别要和观念论及浪漫主义斗争）。"

关于形式问题："作品的文字组织，必须简明易解，必须用工人农民所听得懂以及他们接近的语言文字；在必要时容许使用方言。""作家必须竭力排除知识分子的句法。"现在必须研究并批判地采用中国本有的大众文学，西欧的报告文学，宣传艺术，壁报小说，大众朗诵诗等体裁。（第5、6页）

第六题提醒：在敌人的文艺领域，不仅仅只注意到民族主义文学和新月派就够，还必须注意其他的反动现象和集团。

本决议有两句话提到中国无产阶级革命文学的现状：一说中国无产阶级革命文学"本身尚十分幼稚"；二说"我们还没有产生真正的无产阶级革命文学"。（第3、5页）

关键词：左联执委会决议《中国无产阶级革命文学的新任务》

1931 年 11 月 15 日

黄达《最近的苏联文学》，载《文学导报》第 1 卷第 8 期，第 8~13 页。

附记自言：本文系据日本中条百会子的《五年计划与艺术》《苏俄文坛之现状》编写；"玛耶阔夫斯基自杀，高尔基的归国与入党"，国内早有报导，从略；第二次国际革命作家大会，另有萧三报告，也不讲。本文讲三题：（一）文学的突击队；（二）与同路人作家的斗争；（三）自我批判。

文章提出：文学读者是"文学消费者"。苏联文学的普及工作做得好："在俄罗斯普罗作家同盟的指导之下，全国 57000 个工人俱乐部，没有一处没有文学研究会和戏剧研究会的活动。每星期 15 个铜子的《小说新闻》，《工场新闻》，《壁报》这些都由工场里的工人们撰稿。30 万人的工场通讯员和农村通讯员，大规模的生产着直接地批判政治和生产的作品。这种记录和批判苏维埃社会生活的文笔的训练，一方面对无产大众提高了鉴赏艺术作品的水准，他方面以确实的增大率，使苏联的无产大众从文学消费者转换到文学的生产者的地位。"（第 8 页）

关于同路人作家："革命当时写了《装甲列车》的伊凡诺夫（Usevolsd Ivanov）这时候已经完全的消失了当时的精悍的气概，他的作品，必然的也就沉溺在缺乏阶级的往昔的追怀，和个人的心理里面。亚历赛·托尔斯泰（A. Tolstoy）只是死守在书斋里面悠闲地眺望着普希金的死面，而退却到'彼得一世'的时代。皮利涅克（Pilnyak）呢，因为在完全反动的见解之下，在柏林白俄移民出版所发表了以农村社会主义化——即苏维埃五年计划为题材的作品《红树》，而根本的颠翻了他自己的地位。"（第 9 页）"对于这种同路人的反动，不仅普罗列塔利亚联盟，立刻开始了锋锐的批判，在广大的无产大众中间，也就暴风似的卷起了激烈的反抗。"（第 10 页）

与此同时，对普罗作家联盟内的非辩证的马克思主义也开始实行了肃清工作。对瓦浪斯基的人道主义，以及"二元的将'纯粹的文学'和'宣传鼓动的文学'分开"的观点，展开批判。"莫斯科大学的教授，有名的文学理论家伯华思尔什夫，同样的也在这种唯物辩证法的飞跃的时代，犯了机械论的错误。他的见解，具体地讲，就是只有纯粹的无产阶级出身的作家，才能沿着无产阶级的战线，就是沿着无产阶级的唯一的党的路线而制作。除出这些真真劳动者出身的作家之外，那么偏左偏右，及至陷于反动，都是无可补救的事实！"（第 10 页）

关于自我批判：

普罗作家同盟欢迎玛耶考夫斯基、赛利文斯基（Selevinsky）和几个属于构成派和铁工厂的青年作家加入。但他们加入的时候附加了一个条件："他们应该更加努力地把握普罗列塔利亚的意识形态，不只是名义上的参加，而一定要实践上证明自身是无产阶级的文学的斗士！"

诗人倍兹敏斯基（Bezymensky）的诗剧《射击》"描写了某电车制造工场内部革命的工人突击队和反革命的分子的争斗。他，机械的地将他们分为善恶不同的两种人类，反革命的分子从始至终的总是恶汉，突击队的人们却是始终不犯错误的纲领一般的存在"。"这，很明白是艺术上的反心理的，极左的机械主义。所谓反革命人们中间，一定包含着若干彷徨不定的中间分子，在此，《射击》的作者不该非现实的将他们拒之千里之外，而怠惰了作用他们而使之走向左边的现实的工作。"

曾因《一周间》和《转变》而博得盛名的理倍情斯基（Lebedinsky）创作了长篇小说《英雄的诞生》。小说的主人公是一个布尔塞维克党员。妻子死了之后，妻妹和他住在一起，照顾他的生活，并发生了肉体关系。普罗作家同盟认为，"这儿不仅歪曲地描写了布尔塞维克党员对于性欲问题的观念，生物主义的地处理了人间的欲念，在他没有飞跃的那种自然主义的心理描写，也就完全的陷于个人主义的心理穿凿的中间"。（第 11 页）

本文末所附 60 篇作品：普罗作家同盟派代表基尔洵、倍兹敏斯基、绥拉菲莫维支参加了党的第十次大会，并向大会"详细地报告了过去两年间文学上的争斗，而很坦白地承认了在文学制作上获得辩证主义之手法的不够"。基尔洵朗诵地举出了可以代表普罗文学的 60 篇作品，代表们欢呼："不够！不够！再拿出些来！"接着文章列举了 60 篇作品及其作者。（第 11～12 页）

本期《文学导报》还发表左联文件《为苏联革命第十四周（年）纪念及中国苏维埃临时中央政府成立纪念宣言》。

关键词：最近的苏联文学　普及工作做得好　尖锐批判"同路人"作家　肃清普罗作家联盟内的非辩证的马克思主义　批判普罗联盟自身存在的极左的机械主义　向党代会报告 60 篇好作品

1931 年 11 月 15 日

施华洛（茅盾）《中国苏维埃革命与普罗文学之建设》，载《文学导报》第 1 卷第 8 期，第 13～16 页。

茅盾说：从十月革命到五年计划，苏联革命取得伟大成功，文学创作也取得伟大成就。仅就中国薄弱文坛的介绍就知道：他们已经有了属于革命初期的《一周间》《铁流》《毁灭》《叛变》，已经有了属于"新经济政策时期"的《水门汀》，更有了属于"五年计划"集体农场的《新土地》。它们是中国普罗文学的"榻本"，虽然是"粗制的"，但那"充实的生活，热烈的情绪，与多方面的经验"，却是宝贵的。

中国从1925年的"五卅"运动到目前的革命，也是伟大的，但却没有产生像苏联那样伟大的作品。

"我们要奋然一脚踢开我们所有过去的号称普罗列塔利亚文学作品以及那些浅薄疏漏的分析，单调薄弱的题材，以及闭门造车的描写！

"我们必须抖擞精神，从新开头干！

"我们必须从工厂中赤色工会的斗争，——左倾与右倾的机会主义，两条战线上的斗争，黄色工会的欺骗以及黄色走狗个人权利的冲突，改组派的活动，取消派的出卖劳工利益，——在这样复杂的机械，这样提示了斗争中的严重问题，这样透视的观察与辩证法的分析上，建立起我们作品的题材！

"我们必须从农村的血淋淋的斗争中，指示出农村破产的过程，农民的原始反抗性，农民的小资产阶级意识，在革命贫农份子中间所残存着的落后的农民封建意识，——以及这些不正确的倾向怎样由渐进的然而坚韧的工作来克服；我们必须掬示（按：原文如此）出干部的无产阶级分子的薄弱将在农村斗争中造成了怎样严重的错误，土豪劣绅改组派取消派将怎样利用农民的落后意识来孕育反革命的暴动，——我们必须在这样复杂的机械，这样提示了斗争中的严重问题，这样透视的观察与辩证法的分析上，建立我们描写农村革命作品的题材！

"我们必须从苏维埃区域汲取题材，我们应该不以仅仅描写了红军及赤卫队的勇敢为满足，我们要指示出白色军队的摇动及其崩溃的必然，我们要从苏维埃区域的土地问题中严重指斥立三路线的错误，我们要揭露苏维埃区域富农分子窃取政权（如福建的傅柏翠）之内在的社会的原因，取消派和AB团之活动，我们要指出无产阶级领导力量之薄弱怎样的危害苏维埃基础之稳固；——是的，我们不但描写赤与白的肉搏，我们也要辩证法地表现出苏区内部的肃清左倾和右倾机会主义，肃清土豪劣绅取消派富农分子联合的势力，克服农民的落后的封建意识，加强无产阶级领导，建设经济的政治的文化的组织，——在一切这些对外对内的斗争上，建立我们作品的题材！

"我们还要从统治阶级崩溃的拆裂声中，从统治阶级各派的互相不断的冲突，从统治阶级各派背后的各帝国主义的冲突，从统治阶级的癫狂的白色恐怖以及末日将至的荒淫纵乐，从统治阶级最后挣扎的狰狞面目所透露出来的绝望的恐怖，从小资产阶级的动摇，——从统治阶级跟在帝国主义屁股后想以进攻苏联为最后孤注一掷的梦想，从一切统治阶级的崩溃声中，革命巨人威胁的前进声中，亘全社会地建立起我们作品的题材。"（第14～15页）

茅盾的文章最后说："我们必须以辩证法为武器，走到群众中去，从血淋淋的斗争中充实我们的生活，燃旺我们的情感，从活的动的实生活中抽出我们创作的新技术！""我们的作品一定要成为工农大众的教科书！"（第15页）

关键词：中国苏维埃革命与普罗文学建设　普罗文学应当成为工农大众的教科书　一派极左言论，贯彻的是王明路线那一套"理论"　对普罗文学的题材要求没有任何人能够做得到

1931年11月15日

《国际革命作家联盟对于中国无产文学的决议案》，载《文学导报》第1卷第8期。

此决议案共11条。其内容略谓：发展工人通讯员及工人出身之作家，俾无产文学运动得深入工人群众而成为工人群众的运动；使无产文学普遍化，加紧无产文学对于大众的影响；加紧反民族主义文学及对于胡适派及其他各种文学上的反动思想的斗争；严厉防止一切方式的右倾危险，例如目前特别危险的取消派，同时亦应防止左倾空谈；报告苏区的活动，红军生活及游击战争；以中国支部为名，加入国际革命作家联盟；中国支部必须在乡间建立农民通讯员网，全力鼓励青年农民作家；等等。

左联秘书处加的按语说：此决议案产生于去年10月哈尔可夫会议期间，中国左联今年10月才收到。中国左联承认这11条决议都是正确的，"而且与我们的工作相吻合"。

有关国际革命作家联盟对中国左联的文件，还有：《革命作家国际联盟秘书处给各支部的信》（载《文学导报》第1卷第2期）、《日本无产作家同盟答辩》（载《文学导报》第1卷第6、7期合刊）。

关键词：国际革命作家联盟对中国无产阶级文学的决议

1931年11月19日

徐志摩因乘坐的从南京飞往北平的邮政飞机坠毁，不幸逝世。终年35岁。

关键词：徐志摩不幸逝世

1931 年 11 月 20 日

沈从文《黔小景》、沈起予《蓬莱夜话》、周裕之（郑伯奇）《奸细》、张天翼《面包线》等 4 篇小说，载《北斗》第 1 卷第 3 期，第 1～58 页。

沈起予《蓬莱夜话》写狱中难友讲的故事：朝鲜人季特逃难到日本，被同族人金东生诬告、陷害的经历，以及在狱中所受的酷刑。

周裕之《奸细》：揭露万宝山事件真相的金利生，被当作"奸细"，遭暗杀。

张天翼《面包线》以脏话、粗话写兵士，林保勇、刘彪生、姚得盛，如"没鸟用"、军官是"婊子养的""我操他哥哥""他妈的""鸡巴的日子""操你屁股""她姐儿的米店""他奶奶的小舅子捣鬼"，等等。军阀混战，军队控制粮店，老百姓买不到粮食。刘彪生几人凭着一杆驳壳枪，为老百姓冲开粮店，卖粮给穷人，自己也当了逃兵。

关键词：张天翼 《面包线》

1931 年 11 月 20 日

风斯《太阳向我来》、甘永柏《扬子江》两首诗，载《北斗》第 1 卷第 3 期，第 99～102 页。

风斯《太阳向我来》的起首三行，

> 我从床上爬起——夜色正密密包围，
> ——是一个梦，
> 我说。我已开始走动。（第 99 页）

很有戴望舒的诗风。黑夜孕育着黎明，太阳喷薄而出，辉耀大地。"它是/ 温暖地，万物铮鸣着欢畅的歌声；/ 并且它射着这样和蔼的抚摸，/ 一切都在它的腋下醉了，腆着安适的笑靥。"结尾的诗句是：

> 我们一齐舞蹈，我们来把世界
> 解放成滚着光明的火焰，欢畅的暴流！
> 于是黑夜，在我心中，它是渐渐消失，
> 正同着它的长梦，卷着阴影，
> 还有我迷乱的过去！（第 101 页）

本诗是风斯的处女作。

关键词：风斯发表处女作

1931 年 11 月 20 日

隋洛文（鲁迅）译《被解放的堂·吉诃德》，载《北斗》第 1 卷第 3 期，第 103~113 页。第 4 期连载，署名易嘉（瞿秋白）。刊物的栏目为"世界名著选译"。

易嘉在第二场文末附言："卢那察尔斯基的这个剧本，本来是隋洛文先生动手译的；现在因为：（一）洛文先生有别的工作，（二）找到一本新的版本，比洛文先生原来译的那一本有些不同，和原本俄文完全吻合，所以由易嘉从头新译起。"（第 78 页）

编者在《编后》说："不过我以为第一幕不必重复刊载，所以还是从第二幕继续登下去。"（第 119 页）

吉诃德无论走到哪里都要演说，无论碰到谁，都要辩论。别人认为，他讲的都是疯话，实则他的话不无真理性。比如，在第二幕，他对国公、大臣们说：

"呜呼！我在这些问题里是多么糊涂呵。人世间的不公道是这么多。应当要改造社会，改造天地。读到黄金时候的时候——请上天的力量呀，就算我们进了棺材，就算在阴间，就算再过一千年，总要请你老天爷给我们没有野兽没有牺牲的世界：凉爽的小树林儿，满开着花的地毯，溪水的潺湲，小鸟的飞鸣。请给我们没有痛苦的生活，现在的世界上，最寂静的穷乡僻壤也充满着痛苦。给我们看见这么一对爱人儿，爱得不会妒忌，不会荒淫。我们现在的世界，也算得是那么美满的生活的一点儿影子呢。小孩子……青年……女人……花……亲嘴……可能是多么大！可是，为什么一切都不蒙着一层罪恶的露水，跟着还有眼泪还有血？为什么弟兄们要互相仇视，为什么要有强暴，要有奴隶？——要有愚蠢穷苦和没有良心？为什么要有病，要有老，要有死？幸福放着光，天说着博爱和仁慈。理想是这么清楚，可是这样是这么没有力量。也许这个生活不过是个严厉的准备学校？咱们呼吸着，咱们就得努力。小小的好事，咱们一件一件的做去罢。咱们有多少痛苦，就受多少；能够怎么爱，就怎么爱罢！"（第 76 页）

关键词：鲁迅、瞿秋白译卢那察尔斯基剧本《被解放的堂·吉诃德》

法捷耶夫论唯物辩证法的创作方法被完整输入

1931 年 11 月 20 日

〔苏俄〕A. 法捷耶夫作、何丹仁译《创作方法论》，载《北斗》第 1 卷第 3 期，第 115~124 页。

法捷耶夫这期间写的关于"拉普"的唯物辩证法的创作方法（唯物辩证法的社会主义的现实主义的方法）的文章主要有：《无产阶级文学的康庄大道》《打倒席勒!》《赞成做辩证唯物主义的艺术家》等。《打倒席勒!》的主要精神即将全文引用在瞿秋白为华汉《地泉三部曲》写的序言中。

法捷耶夫说：他们的反对论者是培斯巴洛夫、格里芳德、戈尔罢邱夫等。（第 115 页）

他说：普罗文学"现在还很拙劣"。"艺术方法的完成问题，不仅只是写什么，就什么而写的问题"，而且也是"我们怎样地来履行这课题的问题"。要解答"怎样地，用怎样的方法，用怎样的特殊的手段"来实现我们的文学上的口号的问题。（第 115 页）

"然而一切这些风俗画，必须在唯一的样式——辩证法的唯物论的限界内去找出来。我要说的就是：我们不是拥护我们的那一种风俗画，而是拥护我们的辩证法的唯物论的立场，这立场是反抗观念论的，机械论的，尤其彼烈威尔谢夫一派的袭击的。"（第 116 页）

第一题：问题的基础。

"文学及艺术，是世界改造的强有力的武器，但也是一种世界认识。"（第 116 页）

按黑格尔的说法，"在那种诉诸我们的知觉，我们感觉到，藉我们的各器官而知觉到的直接的存在的背地里，在现象和事物的背地里，还能够找出这些事物或现象的本质，它的法则及原因来，并且我们是努力着要解明和理解这本质及这法则和原因的。我们是用那以我们的观察和我们的经验为基础的思维的方法，来解明它的"。（第 116~117 页）"因为现象的世界和本质的法则的世界，并不是什么一个烦琐学派的范畴，而是同一内容的两面，同一客观的存在的两面。"（第 117 页）

"所以，我们的斗争，反对培斯巴洛夫……拥护表式主义（引者按：原刊如此）和浪漫主义的一伙儿的斗争，是反对'现实的粉饰'的，反对'在事

物的本质之上盖了覆布'的，反对在现象的表面而滑溜的，为了艺术文学上的辩证法的唯物论的斗争。"（第 118 页）

第二题：艺术的本质。

"科学者藉理性而思维，艺术家则藉形象而思维……艺术家不是从当面的具体的现象的抽象化的路来传出现象的本质，而是藉直接的存在之具体的指示和表现来传达。艺术家是藉现象这东西的指示来解明合法则性的；他藉个别的东西的指示和部分的东西的指示来解明普遍的东西，即由此而创造成在其直接的所与性上的生活的幻象（Illusion）似的东西。"（第 118 页）

法捷耶夫称"不是个人，而是集团"，"不是一个人，而是阶级"，这些提法是"机械论"，"是消解着艺术，使普罗列搭利亚在这领域上解除武装"。（第 119 页）

第三题：关于"直接的印象"。

法捷耶夫引巴尔扎克小说人物的话："无论艺术家，诗人，雕刻家，将相互不可分离的印象和原因分开，是不行的。"

"这样，在一定的世界观，一定的观念的光之中收取来的直接的印象，乃是经过选择，并且例如在文学的作品上是要找出言语的表现，早已不是照字面上的直接的了。但艺术和科学的不同，是在艺术必须保存着直接性，可视性，活的生活的幻象这些东西或这些东西的印象；否则，作品将成为不是艺术的东西。"（第 120 页）

"艺术的作品，如果失去了一切的直接性，失去一切的生活性的幻象，那它就不成其为艺术的作品。"（第 121 页）

"为了实现这课题起见，普罗艺术家非站在普罗列搭利亚的前卫的世界观之高处不可，非懂得把握着辩证法的唯物论的方法，并且将它应用到自己的创作中不可。"（第 121 页）里白进斯基也说过："只有把握住前卫的革命的世界观，普罗艺术家才能从直接的印象的巨流中，拾起必要本质的东西；没有思想，艺术作品是不能有的。"（第 121 页）"为什么呢？因为只有前卫的革命的世界观，才把最彻底地从现实上'剥去所有的假面'而解明现实的本质这可能性，授与普罗艺术家；而直接性者，——单只是可视性，——是这个根本的课题的从艺术上的特殊的表现，是使艺术和科学等等区别出来的东西。"（第 122 页）

第四题：关于"剥去所有的假面"。

"剥去所有的假面"，是列宁评托尔斯泰的话。法捷耶夫以为，它的意思是："把握着辩证法的唯物论的世界观的我们普罗艺术家，是处在比别的任何艺术家都更能拂去净在事件表面上的一切偶然的东西，从'事物的本质'上除去覆布，而解明现实的动的真的合法则性的状态中。这是说，我们需要这样的艺术：它在运动和发展上最大限度地认识着客观的现实，捕捉着客观的现实，并且同时使客观的现实为普罗列搭利亚特的利益而变革着。""艺术的现实性，鼓动性，是在它粉饰着现实的时候而得到的。"（第 122 页）

"我们论着剥去所有的假面的艺术，乃是论着那解明真的现实的有科学的基础的艺术，并非论着'成为政治的事件的表面上的空虚泡沫'而浮着的艺术。"（第 122 页）

第五题：用功的问题。

"我们为了要作成自己的新的艺术方法，就非获得所有的旧的文学的遗产，及批判的地克服它不可。我们到了应该抛弃劝人只学习托尔斯泰，或者只学习法国的写实主义们的那种中学生式的谵语的时候了。不，我们必须重新估计所有一切的文学遗产，及批判的地克服它。但是，要做到这点，必须如此：第一，受取所有过去的艺术家及其作品的时候，必须将其具体的社会的任务研究明白，并且不从那具体的历史环境拉开。第二，我们必须在各色各样的过去的文学流派或小流派之中，看见（一）那创作是'在事物的本质之上盖了覆布'的浪漫主义的观念论的分派，（二）那创作是在现象的表面上滑溜的俗流唯物论的分派，（三）在对于这些的关系上，普罗艺术家作为最彻底的唯物论者，即辩证法的唯物论者而显现的，多少有些彻底的唯物论的分派。"（第 123 页）

法捷耶夫说："做一个为辩证法的唯物论者的艺术家"，"我可以像在我自己的论文《打倒席勒！》中那样回答：

"第一，普罗的前卫的艺术家，不走浪漫主义的路，就是，不走现实的神秘化的路，作为'时代精神的传声机'的英雄的人格的考案的路，'使我们昂扬起来的虚伪'的路，而是走最彻底的，决定的无容情的，从现实上'剥去所有的假面'的路。第二，普罗的前卫的艺术家，不走粗朴的写实主义的路，他要从'自来的先入观念'，从'事物的最表面的外在的可视性'，给出最清明的生活的各种光景，就是，要能够做到在最大限度地传达出的程度上，从'偶然性的斑点'之下证明现实的客观的辩证法。第三，和过去的伟大的写实主义者们不同，普罗艺术家要看见社会的发展过程，及推动这过程和决定这发展的那各种根本的力；就是，他要表现在旧的东西中的新的东西的诞生，在今日之中的明日的诞生，以及新的对于旧的斗争和胜利。这又是说，普罗艺术家是比过去的任何艺术家，都更其不但只说明世界，而且有意识地服务世界的变革的工作的。

"为什么普罗艺术家，能够做一个唯物论的艺术家，辩证法论者，而且非这样做不可呢？这是因为：普罗列搭利亚特是那早已在今日之中诞生着的明日的社会主义时代的真的历史的担当者。这是因为：普罗列搭利亚特所以和旧社会的各种不活泼的势力做残酷的——流血的及无血的——斗争，并非为了要征服这些，使自己'永远地'确保着支配权，造成一种新的榨取和压迫的形态，而是为了要将全人类从所有一切种类的榨取和压迫里解放出来。"（第 123～124 页）

关键词：法捷耶夫的《创作方法论》 原汁原味地输入唯物辩证法创作方法

1931 年 11 月 20 日

方芥生《〈西线归来〉的翻译》，载《北斗》第 1 卷第 3 期，第 125～129 页。

本文提供信息："听说，这几年来的中国译坛比较的兴盛。大概的外国名著，中国都已有了翻译；比较哄（轰）动一时的作品，同时还会印出四五种的译本。""几种北欧的名著，居然能够出得比英法各国还早。"

但译文质量不高，常常错谬百出，又使人感受到"幻灭的悲哀"。（第 125 页）

关键词：谈翻译

1931 年 11 月 20 日

鲁迅杂文《新的"女将"》《宣传与做戏》，载《北斗》第 1 卷第 3 期，署名冬华。

鲁迅反对做戏，尤其反对拿女性做戏。同时，面对日本军国主义侵略，他抨击不抵抗主义。

关键词：鲁迅杂文

1931 年 11 月 20 日

《北斗》第 1 卷第 3 期第 98 页，刊载湖风书局出书广告：

《恶党》，柯洛涟科女士作，适夷译，每册定价 4 角 5 分。

"柯洛涟科不仅是近代俄国一位艺术的优秀底作家，同时也是一位人类的正义与解放，及新社会之建设而献其一生的斗士，被凌辱与被虐待者的保护人，她的著名的作品，已有不少译成中文，这是一个自叙传体的中篇，写她自己幼年中的一段经历，与'恶党'们的交游。从抒情诗的美文中，充满着悲天悯人的呼号。但决不是杜思退益夫斯基的悲观，不是契珂夫的忧悒，更不是托尔斯泰的无抵抗主义，而是主张以力抗力，为弱者的保护必须拔剑而起，奋勇而前的作品。"

《第三时期》，文艺创作丛书，适夷著。

"本集包含 5 个短篇，和 3 篇 Sketch，是作者居留东京时的制作。内容都是描写在世界经济的第三时期下的农村的诸场面。《盐场》一篇在 1930 年发表时，颇为一般所推许，日本东京普洛科学研究所暑期大学，曾采为中国语课本。其他如《第三时期》及《泥泞杂记》，均为写经济危机下的日本社会生活的力作；国内创作界取材于异国情调的作品，大都只心仪罗曼谛克的恋爱事件或流浪生活，而这里的却是从社会学的观点，用暴露的手法，解释现社会机构的全般之意识的艺术的具现。至于作者的写实的态度和作品上的明快的笔触，更毋待介绍了。"

关键词：湖风书局出书广告

第二次文艺大众化讨论陆续展开

1931 年冬

左翼文坛继 1930 年春开展的文艺大众化问题讨论，再次展开讨论。

左联在《中国无产阶级革命文学的新任务》的决议中，引证列宁关于文学应该为大众的论述，强调："中国无产阶级革命文学必须确定新的路线"，这就是文学的大众化。"只有通过大众化的路线，即实现了运动与组织的大众化，作品、批评以及其他一切的大众化，才能完成我们当前的反帝反国民党的苏维埃革命的任务，才能创造出真正的中国无产阶级革命文学。"

决议还具体规定了实现文艺大众化的一系列措施，要"使广大工农劳苦群众成为无产阶级革命文学的主要读者和拥护者，并且从中产生出无产阶级的作家及指导者"。

响应左联的号召，在左翼文学刊物《文艺新闻》、《文学导报》、《北斗》、《文学》半月刊、《文学月报》等刊物上，逐渐展开讨论。上一次讨论的中心是文艺大众化的必要性，此次讨论主要涉及文学形式、作品的内容、作家向群众学习等问题。讨论历时 1 年之久。在历次大众化讨论中，这是规模最大、历时最长、涉及问题最多的一次。

关键词：左翼文坛再次开展文艺大众化讨论

1931 年 12 月 10 日

赵景深《国外文坛消息》：《杜思退益夫斯基与新俄》《俄国文坛新讯》，载《小说月报》第 22 卷第 12 号，第 1597～1598、1600 页。

第一条消息说：1931 年是陀思妥也夫斯基逝世 50 周年，但苏联的纪念并不热闹。原因是：（一）俄国已经不是陀氏的"唯一的文学园地"；（二）抗闵作家和批评家都把陀氏当作"普罗列塔利亚阶级之敌"。大批评家朱特林（A. Tzetlin）写道："我们要用马克斯主义者和列宁主义者的方法为尖锐的武器，攻击这个敌人。我们所需要的不是甜蜜的纪念演说辞，而是破坏的火焰，反对他作品中的反动趋势。"（第 1597 页）

第二条消息说："苏俄作家大都写'五年计划小说'，因为批评家要求这一类的作品，作家们就只得听从。大半是这样的情节：他们想要建筑工厂，缺乏所需的材料，技师们又不忠实，并且怠工，还有许多其他的阻碍。但是，感谢工人的热诚，工厂终于建筑起来了。据说这种作品比政府的条文还要沉闷。"（第 1600 页）

关键词：苏联文坛现状

1931 年 12 月 11 日

鲁迅主编的左联通俗刊物《十字街头》创刊。4 开 4 版的时事、文艺综合性小型报刊。冯雪峰协编。仅出 3 期。

以发表杂文和诗歌为主，间有论文。主题是抗日救亡。

林瑞精的《怒吼啊，中国！》，载刊物的头版头条。其中说到文艺领域：

"在文学领域上，我们也需要同样的呼声。怒吼吧，中国！怒吼吧，中国的文学！文学家，文学青年，都集中到反对帝国主义的旗帜下面来吧！

"长期间的压迫，残酷的剥削和屠杀，使我们知道什么是真理，什么是正义，又使我们清楚认识光明的理想在哪里，使我们体验着受难者的生活。这使我们的作品伟大，这供给我们作家以无尽藏的素材。描写吧，非人生活中对解放的憧憬，如荼如火的斗争感情，吃人喝血的丑恶现实。这是我们的义务，也是我们的特权。

"截断一切资本主义文学恶影响的潮流。击破一切间接直接拥护帝国主义者的文学流派之假面具。特别要反对以救国为名，而欲挽救他们没落地位的这些欺骗。积极站在反对帝国主义的立场上，争取我们言论出版结社集会的自由，反对逮捕枪毙作家的一切企图。这也是我们反对帝国主义不能不做到的先决问题。"（第1页）

关键词：鲁迅主编《十字街头》创刊　截断一切资本主义文学恶影响的潮流

1931 年 12 月 11 日

鲁迅的杂文《沉滓的泛起》（署名它音）、《知难行难》（署名佩韦），歌谣《好东西歌》《公民科歌》（均署名阿二），载《十字街头》创刊号。

《沉滓的泛起》展示国难声中各种假抗战之名的现象："在这'国难声中'，恰如用棍子搅了一下停滞多年的池塘，各种古的沉滓，新的沉滓，就都翻着筋斗漂上来，在水面上转一个身，来趁势显示自己的存在了。"趁势来泛一下的，"明星也有，文艺家也有，警犬也有，药也有……也因为趁势，泛起来就格外省力。但因为泛起来的是沉滓，沉滓又究竟不过是沉滓，所以因此一泛，他们的本相倒越加分明，而最后的运命，也还是仍旧沉下去"。（第3页）

《知难行难》讽刺胡适拜谒末代皇帝和觐见蒋介石。

关键词：鲁迅《沉滓的泛起》

1931 年 12 月 11 日、25 日

J K（瞿秋白）《论翻译》，载《十字街头》半月刊第1、2期。

本文内容：

肯定鲁迅翻译的《毁灭》："你译的《毁灭》① 出版，当然是中国文艺生活里面的极可纪念的事迹。翻译世界无产阶级革命文学的名著，并且有系统的介绍给中国读者，（尤其是苏联名著，因为它们能够于伟大的十月，国内战争，五年计划的'英雄'，经过具体的形象，经过艺术的照耀，而供给读者，）——这是中国普罗文学者的重要任务之一。虽然，现在做这件事的，差不多完全只是你个人和 Z 同志②的努力；可是，谁能够说：这是私人的事情？！《毁灭》《铁流》等等的出版，应当认为一切中国革命文学家的责任。每一个革命的文学战线上的战士，每一个革命的读者，应当庆祝这一个胜利，虽然

---

① 原文无书名号。下引文同。
② 指曹靖华。

这还只是小小的胜利。"（第 2 页）

关于鲁迅的译文："你的译文，的确是非常忠实的，'决不欺骗读者'这一句话，决不是广告！这也可见得一个诚挚，热心，为着光明而斗争的人，不能够不是刻苦而负责的。……现在粗制滥造的翻译，不是这班人（按：指沙龙里的叭儿狗）干的，就是一些书贾的投机。你的努力——我以及大家都希望这种努力变成团体的，——应当继续，应当扩大，应当加深。所以我也许和你自己一样，看着这本《毁灭》，简直非常的激动：我爱它，像爱自己的儿女一样。"（第 2 页）

论翻译：翻译"除出能够介绍原本的内容给中国读者之外——还有一个很重要的作用：就是帮助我们创造出新的中国的现代言语"。中国的言语（文字）十分穷乏，简直还没有脱离"姿势语"的程度，"一切表现细腻的分别和复杂的关系的形容词，动词，前置词，几乎没有"。"创造新的言语是非常重大的任务"。"翻译，的确可以帮助我们造出许多新的字眼，新的句法，丰富的字汇和细腻的精密的正确的表现。"

关于翻译的标准：

严复提的是："译须信达雅，文必夏殷周。"赵景深主张："宁错而务顺，毋拗而仅信！""我们的同志"的观点是："翻译绝对不容许错误，可是，有时候，依照译品内容的性质，为着保存原作精神，多少的不顺，倒可以容忍。"瞿秋白认为"赵景深的主张是愚民政策，是垄断知识的学阀主义"。瞿秋白坚持要做到"绝对的白话"。"真正的白话就是真正通顺的现代中国文……从一般人的普通谈话，直到大学教授的演讲的口头上说的白话。"（以上第 1 期第 2 页）翻译"应当用中国人口头上可以讲得出来的白话来写"。（第 2 期第 2 页）

关键词：瞿秋白论翻译　翻译"应当用中国人口头上可以讲得出来的白话来写"　普罗文学家的任务之一是有系统的介绍世界无产阶级革命文学名著给中国读者

1931 年 12 月 16 日

向培良在民族主义文学派的刊物《现代文学评论》创刊特大号，发表论文《二十年度文艺思潮之趋势》，说：

"不幸这几年来，出版界更为行将死灭的灵魂所把持。人们从各方面学到了纵横捭阖的卑劣的政争手段，选用于艺术界和出版界建筑起不良的势力而竭力混乱读者的耳目。书商乘机渔利，尽操纵之能事。"他说，"老作家都已衰沉，不再能支持了"。鲁迅"5年来未有所作，而翻然横梗在时代前面，决心和新兴的艺术为敌"；郭沫若"已经是颇为像样的遗老了"；郁达夫沉默着；胡适"久已离开文坛"；冰心、王统照、汪静之等"都已不再能够看见"。新起的作家"在艺术上犯了幼稚病，正像他们在革命上犯了幼稚病一样。他们以卑劣的手段在艺术界里活动，以极其粗制滥造的方法制作艺术品，以他们的盲昧无知去看时代"。他们既"不忠实于艺术"，所以就不能在艺术上有所成就。

关键词：民族主义文艺派说鲁迅"横梗在时代面前"挡路　新起的作家以极其粗制滥造的方法制作艺术品

1931 年 12 月 20 日

《北斗》第 1 卷第 4 期出版。

从本期起，刊物封面与前三期相同，但目录排版样式有了改变。徐志摩等"灰色"作家不见了，刊物是一色的左翼作家和"文学新人"。

关键词：《北斗》变色：由灰变红

1931 年 12 月 20 日

蓬子《白旗交响曲》、石霞《无题》、耶林《村中》、高植《漂流》、张天翼《猪肠子的悲哀》等小说，载《北斗》第 1 卷第 4 期，第 9 ~ 34、83 ~ 99 页。

《白旗交响曲》的副题是"一段暴风雨时代里的插曲"。小说写上海学生集体到南京请愿，请求政府出兵抗日。郑华认为："我怕这一趟请愿也只等于上山拜佛，你有心，佛可不灵哩！"理由是日军步步进逼，到处制造惨案，政府都一概退让。上海 20 多个学校的学生，五六千人，聚集到车站，要乘车到南京。这是民众自己的直接行动。当局派校长、公安局长等到车站阻挠学生乘车，车站不发车。愤怒的学生用拳头砸了车站，无论如何也要去南京。他们感到"我们在车站上冷等真是蠢，我们的出路是要用自己的武力去解决出来的"。（第 18 页）

《村中》：国军的飞机将老百姓当作匪徒轰炸。村民在毫无精神准备的情况下，祸从天降。

《漂流》写洪水中农民的挣扎。农田成了水乡，一派汪洋。年轻农民汪二以两只木盆当舟，装着全家老小七八口人，以及全部家产（无非是柴草木棍和几件破烂衣服），在洪水中划行，找寻可以安身的圩堤，暂时躲避风险。水面漂浮的死尸，就是他们的命运。时刻都有被大浪掀翻木盆，人或为鱼鳖的可能；襁褓中的生命，嗷嗷待哺；什么都毁于洪水了，老的老、小的小，一家人如何安身立命。"只要不饿死就行了。""饿死总是不行的。"这是他们的信心和希望。人活着，就有希望。本篇"廿年，九月十六日，完于南京水楼上 227 号"，即洪水刚刚过去，作者还是一名在校的学生（丁玲在《编后》中说：他们"似乎都还是大学生"，第 119 页）。它真实，朴素，简洁，生动感人。石霞、耶林、高植都是新人，但以这一篇为最好。

张天翼《猪肠子的悲哀》写一个名叫猪肠子的布尔乔亚，整天"那好极了，那好极了"不离口，花钱如流水，住高档饭店，有女人陪睡，却说他也有苦闷："时代究竟是太有力量了，太有力量了，使我不敢写东西。要是叫我写醇酒妇人，或者叫我赞美颓废，或者叫我写我现在这种不三不四的生活，我都可以把它写得很好很迷惑读者。但是时代不许，时代叫我写新的东西。而我呢，真是糟透，我的生活，我的意识，我所受的教育，总而言之我所有的一切，都还是旧的。写新的东西写不来。……写旧的东西卖还是卖得掉，便那真是所谓——出卖灵魂！"（第 94 页）他还说，他用女人的钱，"我是预备卖性哩"。（第 96 页）这或者就是这一类作者的矛盾和悲哀。

关键词：《北斗》刊载的小说　张天翼《猪肠子的悲哀》

1931 年 12 月 20 日

穆木天《别乡曲》、《星》（译，原作者法国马丁尼 Martinet），载《北斗》第 1 卷第 4 期。

《别乡曲》含两首诗：《永别了，我的故乡（在吉林车站）》《火车开了，打破我的寂闷》。《永别了，我的故乡》首尾反复咏叹：

> 永别了，我的故乡，
> 我的云山苍茫的故乡，
> 我的白云罩笼的故乡，
> 我的烟雾沉沉的故乡。（第 35、36 页）

云山苍茫，白云笼罩，烟雾沉沉，这就是故乡的景色，是故乡留给诗人的记忆。《火车开了，打破我的寂闷》里有这样的诗句："我看着一个人一个人而（面？）带着菜色，／我看着那些农人忙了一年得不着报酬。"（第 36 页）

关键词：穆木天《别乡曲》

1931 年 12 月 20 日

叶沉《租界风景》（独幕剧）、陶晶孙《谁是真正好朋友》（A Puppet-show），载《北斗》第 1 卷第 4 期，第 39～54 页。

前者类似饭店门前的速写，反映黄包车夫的痛苦生活。后者的主题是日本有坏人，中国也有坏人，要认清谁是真正的好朋友。好朋友要联合起来，才能建设新社会。

关键词：《北斗》 剧作

1931 年 12 月 20 日

郁达夫杂感《忏馀独白》、陈笑峰（瞿秋白）"笑峰乱弹"《美国的真正悲剧》、寒生等《文艺随笔四则》等，载《北斗》第 1 卷第 4 期。

郁达夫《忏馀独白》是过去生活和创作的回顾。对创作《沉沦》，他是这样说的：

"人生从十八九到二十余，总是要经过一个浪漫的抒情时代的，当这时候，就是不会说话的哑鸟，尚且要放开喉咙来歌唱，何况乎感情丰富的人类呢？我的这抒情时代，是在那荒淫惨（残）酷，军阀专权的岛国里过的。眼看到的故国的陆沉，身受到的异乡的屈辱，与乎所感所思，所经所历的一切，剔括起来没有一点不是失望，没有一处不是忧伤，同初丧了夫主的少妇一般，毫无气力，毫无勇毅，哀哀切切，悲鸣出来的，就是那一卷当时很惹起了许多非难的《沉沦》。

"所以写《沉沦》的时候，在感情上是一点也没有勉强的影子映着的；我只觉得不得不写，又觉得只能照那么地写，什么技巧不技巧，词句不词句，都一概不管，正如人感到了痛苦的时候，不得不叫一声一样，又那能顾得这叫出来的一声，是低音还是高音？或者和那些在旁吹打着的乐器之音和洽不和洽呢？"（第 56 页）

瞿秋白《美国的真正悲剧——笑峰乱弹之六》是评述美国作家德莱塞的《美国悲剧》一书的主要情节。他说："不能够不承认德莱塞是描写美国生活的极伟大的作家。"（第 59 页）本文也顺手捎带着讥讽胡适、罗隆基、梁实秋和梅兰芳，称他们为"美国资产阶级所需要的"文学家、艺术家，而这样的文学家、艺术家认为美国差不多人人都有汽车，而中国人的生活却"比不上英美的家畜猫狗"。（第 60 页）

寒生（华汉）的《从怒涛澎湃般的观众呼喊声里归来——上海四团体抗

日联合大公演观后感》，将剧本、演出糅合在一起评论。参加演出的剧社是大道剧社、曙星剧社、拓声剧社、青虹剧社、大夏剧社、暨南剧社，演出的剧目有：《血衣》《活路》《决心》《乱钟》《工场夜景》《双十节》《暴风雨中的七个女性》。

关键词： 郁达夫、瞿秋白、华汉杂文

1931 年 12 月 20 日

沈起予《抗日声中的文学》《所谓新感觉派者》（署名沈绮雨）、李易水《欧洲大战与文学》等文艺理论批评，载《北斗》第 1 卷第 4 期。

《抗日声中的文学》列举"九一八"之后各报刊上的所谓抗日文学都是什么样的货色。如，燕子的《玳梁忆语》、清癯《杀倭之健者》、翠娜的《边军》、贺天健的《朔方健儿歌》、梁彦公的《马占山孤军御敌力尽城陷有感》、冰愤的《我们需要战争》、罗家梁的《血钟响了》、天行的《叫吼》、邵冠华的《醒来罢同胞》、黄震遐的《哭辽宁救辽宁》、李广政的《献给义勇军》、苏凤的《战歌》《冬》等。沈起予认为，这些作品不是充满封建意识，就是破口大骂的出气文学。而真正的抗日文学必然是：

"要作品中有一个以'战争来消灭战争'的中心意识，

"要作品中吼叫出这次战争之由于一部分人的制造，

"要作品中描写出帝国主义战争所给与大众的痛苦，

"更要指明帝国主义者间的由利害的矛盾而发生的外交上的黑幕，

"要道破帝国主义者们之积极地准备远东大战，

"末了，也要描写出中国的赚钱阶级之不能真正彻底地抗日，

"也要描写出日本帝国主义的劳苦大众是我们作抗日运动的好朋友。"

其实这也仅仅是抗日文学的一部分内容而言，远远没有说到抗日文学的本质。

沈绮雨的《所谓"新感觉派"者》对国内介绍日本新感觉派，却又不加批判，表示了自己的看法。新感觉派起于自然主义之后，代表作家是片钢铁兵、石滨作、今东光、铃木彦次郎、横光利一等。国内输入新感觉派，不曾提及它发生的社会根据，也不曾谈到它的认识论、人生观、道德观等。至于新感觉派的文学论"不外是一种主观主义的象征主义之文学论罢了"。日本的新感觉派到 1928 年即解体。（第 69 页）文章最后，沈起予问：

"别人走不通的路，我们还要去走么？"（第 70 页）

李易水的书报介绍《欧洲大战与文学》（沈雁冰著，开明书店出版）对

第一次世界大战期间，欧洲的作家对战争的态度作了分类：

第一类：德国的托马斯·曼（Thomas Mann），法国老戏曲家拉屋丹（Henri Lavedan），意大利诗人邓南遮，美国的吉百龄（Kipling）和威尔斯（H. G. Wells）等，他们是拥护这场争夺市场、分配殖民地的战争的；

第二类：法国的罗曼罗兰、巴比塞、修松（Paul Husson）、威冷（Maurice Wullens），以及许多法国的青年作家，他们不仅是消极地说不战，而且还积极主张起来打倒"这一部分捣鬼的人"；

第三类：人数少。如德国的"Blätter für die kunst"，法国的达达主义者。他们不助战，也不反战，取逃避态度。

关键词：沈起予：真正的抗日文学、新感觉主义 欧洲作家对战争的态度

1931 年 12 月 20 日

鲁迅杂文《几条"顺"的翻译》《风马牛》，载《北斗》第 1 卷第 4 期，署名长庚。过后不久（1932 年 1 月 20 日），《北斗》第 2 卷第 1 期又发表《再来一条"顺"的翻译》。

鲁迅说，在这一两年之中，拼命攻击"硬译"的名人已经有了三代："首先是祖师梁实秋教授，其次是徒弟赵景深教授，最近就来了徒孙杨晋豪大学生。"赵景深关于翻译的精义是："与其信而不顺，不如顺而不信。"（第 105 页）鲁迅顺手举几例说明"顺而不信"，顺是顺了，但意义却变了，不科学了，那是不行的。

关键词：鲁迅杂文说翻译 反对"与其信而不顺，不如顺而不信"的观点

1931 年 12 月 20 日

〔德国〕Barin 作、丰瑜（鲁迅）译《梅令格的〈关于文学史〉》（论文），载《北斗》第 1 卷第 4 期，据日译重译。

梅令格，通译弗兰茨·梅林，德国马克思主义者，工人运动的著名活动家，德国共产党创始人之一，理论家、历史学家和文艺评论家。日本译有他的《唯物史观》《世界文学与无产阶级》《美学及文学史论》，中国仅有冯雪峰译的《文学评论》。（参见鲁迅的《译后附记》）

鲁迅说：梅林"是德国社会主义的显著的历史（学）家之一，而且也是纯粹的科学的思想家。他的文学史的论文是抓着一群布尔乔亚著作家及其著作的，尤其是古典的德国的文学"。梅林的关于文学史的论文，"在对于布尔乔亚的战斗上，是很有用的武器"。因为，"劳动者不只是为了政治的和经济的权力而斗争，却也为了一种新的社会主义的文化，包括艺术，文学和科学，并且在旧的布尔乔亚文化的有价值的部分之上，将这从新建造起来"。作为马克思主义者，"梅令格的文学论文的总集还有一种特别的教益，因为读者拿书在手，就不知不觉的学得了科学的思想，知道他从发达的历史底条件开手，他于每个作家和每种作品，都从他的先驱，他的环境，给以说明，他使我们明白自有规律的发达，并且教给马克思主义的思想"。（第 103、104 页）

关键词：鲁迅译德国马克思主义者弗兰茨·梅林

1931 年 12 月 20 日

《北斗》第 1 卷第 4 期刊载湖风书局出书广告：

《最初的欧罗巴之旗——鸦片战争》，村山知义著，袁殊译。

"鸦片战争，是欧罗巴之旗最初的在中华大陆开始飘扬的年代。随着当时帝国主义者军舰之第一枚炮弹，我们祖先们那据（具）有悠久历史的护卫封建，抗拒狄夷的长城，终于是被这侵略所炸毁了。资本帝国主义者的铁蹄，也就从此迫从了那最初的旗的胜利，在我们的史册上开辟了血腥的长驱的大道，——终于，中国是半殖民地化一直到如今。

"这一部历史戏曲，就是写述我们从那崩溃了的清室的压迫下转移到列强帝国主义者之压迫下的经过，以及鸦片战争当时，被蹂躏的中国大众的惨号与绝叫的记录。

"现在，中国大众是又处在最急迫的局势，最尖锐的斗争的线上了。在这无限之血的奔流中，为寻觅我们走来的路迹，这册戏曲，应该不仅是文艺戏剧的爱好者，而是一般大众都必须一读的。其出版的意义，也不仅是为了艺术价值而已呢。

"本书另有村山君对中国读者的序言，并亲绘封面。书首也刊有原作者的照相及其评传。"（第 18 页）

《罗马的假日》，暴露社会病态的言情杰作。辛克莱著，王宣化译。

"以社会对象为经，以男女情欲为纬的一部大杰作。情文并茂，趣味横生，把现代美国，窃比当日罗马——爱无境界；然爱有阶级性，因横亘这一条鸿沟，使书中的主人翁颠倒。吾们读之，当它是部言情杰作固可，即当它是部社会论文亦无不宜。是书长 10 余万言，译笔流利，装潢美观。平装订价 8 角，预约 5 角。精装 1 元 2 角，预约 9 角。外埠加寄邮费 1 角 5 分，邮票代

价九五折。"（第 30 页）

《工场场景》：曙星剧社脚本，从刊处女出版。

"泛滥全国的大洪水，兽性的日本帝国主义，殖民地失业大众的啼饥号寒，1931 年中国大陆的苦难的波澜，作了艺术的地有血有肉的具现的，便是这本小书中包含的两个移动剧场用脚本：袁殊的《工场夜景》和适夷的《活路》。这也是曙星剧社第一次与观众觌面的最诚恳的礼物，对中国舞台工作者的一个新的贡献。"（第 57 页）

关键词：湖风书局出书广告

1931 年 12 月 20 日

张天翼短篇小说集《小彼得》，上海春光书店，初版。12 月 25 日，又由湖风书局出版，为《文艺创作丛书》之一。

内收作品 7 篇：《小彼得》《皮带》《二十一个》《稀松的恋爱故事》《面包线》《找寻刺激的人》《猪肠子的悲哀》。

关键词：张天翼小说集《小彼得》

1931 年 12 月 25 日

《十字街头》半月刊第 2 期出版。

头版头条刊载李太的政论《文化上的任务》。文章用大号字排出："争取言论出版结社公演展览等的自由！""反对一切障碍反帝运动的理论，揭破卖国的新闻政策！"要揭破"民族主义派，国家主义派，新月派，改组派，'社会与教育'派等等"的欺骗言论。最后是"反对帝国主义，要同时反对基督教！"

关键词：抗日声中文化上的任务

1931 年月 12 月 25 日

鲁迅杂文《"友邦惊诧"论》（署名明瑟）、歌谣《南京民谣》，载《十字街头》双周刊第 2 期。

鲁迅揭露国民党不抗日，进而反对抗日的奇谈怪论：公然认为学生请愿，会让"友邦人士，莫名惊诧，长此以往，国将不国"。居然称侵略者为"友邦"，并以侵略者的态度为国策的出发点。

这是鲁迅的名篇，曾长期选进中学语文教材。

关键词：鲁迅《"友邦惊诧"论》

1931 年 12 月 25 日

Smakin《〈铁流〉在巴黎》（通讯），载《十字街头》第 2 期，第 2~3 页。

通讯讲《铁流》的人物原型给巴黎报纸写的一封信，讲述他们当年转战的艰苦。"达曼红军在 1918 年的 8 月间被敌人包围着，被逼到了黑海和亚左夫海的海边。我们决定了不投降。可是枪弹炮弹不够，而且完全没有粮饷，我们就这么不断的和德国人，土耳其人，乔治亚人——孟塞维克打仗，爬过了 3000 多米达高的高加索山脉，走了 500 基罗米达的路，冲破了敌人的包围，我们始终和北高加索的主要部队联络了起来。

"时常没有子弹，甚至于没有枪的打仗，没有船只的穿过河，山上的作战，极残酷的饥饿，没有衣服，没有鞋袜，疫气等等，——这就是达曼军战斗的特点，战胜了一切障碍，完成了《铁流》里所描写的征战。"

编者在文末说："杨骚译的《铁流》出版得早些，可是，这个译本没有曹靖华译得好。而且三闲书屋校印的曹译本有一篇涅拉陀夫的序文，非常之好的一篇论创作方法和艺术上的一般问题的论文。还有详细的关于事实的注解，其中引用了小说里主人翁郭甫久鹤自己著的回忆录《由古斑到沃瓦河及其归程》，并且附有地图。这就是更加使读者亲切的直接的感觉得这部伟大的纪事诗的呼吸。小说和事实合并了，——这本来不是两件东西！"

关键词：《铁流》人物原型讲述的本事

《文化评论》创刊　"自由人"和
"第三种人"文学讨论次第展开

1931 年 12 月 25 日

胡秋原主编的《文化评论》在上海创刊。

创刊号发表社论《真理之檄》。

刊载胡秋原的论文《阿狗文艺论——民族主义理论之谬误》，批判民族主义文艺，同时也没有放过对普罗文学的指责。

关键词：《文化评论》创刊　胡秋原《阿狗文艺论——民族主义理论之谬误》

1931 年 12 月 25 日

《文化评论》社论《真理之檄》，载《文化评论》创刊号。

社论说：五四运动的使命，即反封建文化的使命，并没有完成，封建的僵尸正在各方面复活。另一方面，帝国主义系统的文化正以各种装束跳梁于中国思想界。再者，暴君主义的发展，表现为法西斯蒂之倾向。"因此今后的文化运动，更必须彻底批判这思想界之武装与法西斯蒂的倾向。"

"我们是自由的知识阶级，完全站在客观的立场说明一切批判一切。我们没有一定的党见，如果有，那便是爱护真理的信心。"

真理的战士应该有普罗米修斯窃火的精神，克服天上的暴君。

关键词：自由知识阶级的主张

1931 年 12 月 25 日

胡秋原《阿狗文艺论——民族主义理论之谬误》，载《文化评论》创刊号。又载《文艺新闻》第 45 号。

文章从 6 个方面批判《民族主义文艺运动宣言》。文章的名言是：

"艺术非至下"："艺术虽然不是'至上'，然而决不是'至下'的东西。将艺术堕落到一种政治的留声机，那是艺术的叛徒。艺术家虽然不是神圣，然而也绝不是叭儿狗。以不三不四的理论，来强奸文学，是对于艺术尊严不可恕的冒渎。"

"文学与艺术，至死也是自由的，民主的。因此，所谓民族文艺，是应该使一切爱护文艺的人贱视的。"

文章认为：至去年，中国普罗文学由"极盛而衰"。

《文化评论》共出版 4 期，其中明确批判民族主义文艺派的文章除本篇外，还有强《民族文艺派之老僧人定》、落英《民族文艺家之实际》、H《民族诗人之民族考》、陈立斋《解剖室中之民族文艺派》等。

关键词：艺术非至下　文学艺术至死也是自由的

对代表执政党意识形态的民族主义文艺，左联头面人物及胡秋原先后下的判词是：瞿秋白认为其是屠夫文学、茅盾认为其是白色文艺、鲁迅认为其是流氓文学、胡秋原认为其是阿狗文艺

鲁迅论小说题材：能写什么就写什么，但选材要严，开掘要深

1932 年 1 月 5 日

鲁迅《关于小说题材的通信》，载《十字街头》第 3 期，署名 L. S.。

这是对文学青年沙汀、艾芜的回信。艾芜、沙汀两人在1931年11月29日写信给鲁迅，"向你表示我们在文艺上——尤其是短篇小说上的迟疑和犹豫"。来信说，他们正在创作，所采取的题材，沙汀"是专就其熟悉的小资产阶级的青年，把那些在现时代所显现和潜伏的一般的弱点，用讽刺的艺术手腕表示出来"；艾芜"是专就其熟悉的下层人物——在现时代大潮流冲击圈外的下层人物，把那些在生活的重压下强烈求生的欲望的朦胧反抗的冲动，刻划在创作里面"。不知这样内容的作品，究竟对现时代，有没有贡献的意义？他们"不愿意在文艺上的努力，对于目前的时代，成为白费气力，毫无意义"。他们在来信中，还对当前的普罗创作表示不满："虽然也曾看见过好些普罗作家的创作，但总不愿把一些虚构的人物使其翻一个身就革命起来，却喜欢捉几个熟悉的模特儿，真真实实地刻划出来。"

鲁迅的回信（12月25日），据沙汀、艾芜晚年回忆，是鲁迅亲自送到他们住处的。

鲁迅一说创作的题材："如果是战斗的无产者，只要所写的是可以成为艺术品的东西，那就无论他所描写的是什么事情，所使用的是什么材料，对于现代及将来一定是有贡献的意义的。为什么呢？因为作者本身便是一个战斗者。"

二说作家的阶级性："别阶级的文艺作品，大抵和正在战斗的无产者不相干。小资产阶级如果其实并非与无产阶级一气，则其憎恶或讽刺同阶级，从无产者看来，恰如较有聪明才力的公子憎恨家里的没出息子弟一样，是一家子里面的事，无须管得，更说不到损益。……倘写下层人物罢，所谓客观其实是楼上的冷眼，所谓同情也不过空虚的布施，于无产者并无补助。……但就目前的中国而论，我以为所举的两种题材，却还有存在的意义。如第一种，非同阶级是不能深知的，加以袭击，撕其面具，当比不熟悉此中情形者更加有力。如第二种，则生活状态，当随时代而变更，后来的作者，也许不及看见，随时记载下来，至少也可以作这一时代的记录。"

三说创作态度："……不过选材要严，开掘要深，不可将一点琐屑的没有意思的事故，便填成一篇，以创作丰富自乐。"

鲁迅最后说："总之，我的意思是：现在能写什么，就写什么，不必趋时，自然更不必硬造一个突变式的革命英雄，自称'革命文学'；但也不可苟安于这一点，没有改革，以致沉没了自己——也就是消失了对于时代的助力和贡献。"

关键词：艾芜　沙汀　鲁迅　关于小说题材的通信　能写什么就写什么，

但"选材要严，开掘要深"

1932 年 1 月 5 日

鲁迅杂文《"言词争执"歌》《"智识劳动者"万岁》《"非所计也"》《水灾即"建国"》，载《十字街头》第 3 期。分别署名阿二、佩韦、白舌、遐观。

关键词：抗日救国声中的种种奇谈怪论、沉滓泛起

1932 年 1 月 5 日

Smakin《满洲的〈毁灭〉》，载《十字街头》第 3 期。

就《毁灭》中的英雄说"满洲"现实。

关键词：法捷耶夫《毁灭》与现实

1932 年 1 月 15 日

提倡平民文学的《絜茜月刊》在上海创刊。

絜茜社简章第二条宗旨说："本社以研究文艺提倡平民文化为宗旨。"（第 204 页）编者丁丁在写于 1931 年 12 月 29 日的《编者的话》中说："本刊在客观的环境和事实上普罗文艺没落消声，民族主义文艺无可进展的中国消沉的文坛上，开出一朵灿烂的花来，贡献给大众欣赏。"

创刊号刊载的署名仲侃的文章《平民文艺的原则提纲》说：

"……由是我们可以明白平民文艺它和普罗文艺及民族文艺的区别。我们认为普罗文艺本身是否能够成立一个整然的系统，尚是问题。即使勉强能成为一个系统，也不过是一个过渡的象征，——反抗资产阶级文化的"口号"而已。何以言之？因为社会主义社会是无阶级的，故普罗文艺在社会主义社会是无对象的。同时我们认为中国社会不是西欧的资本主义社会，故普罗文艺在内容上说是自相冲突的，在外延上说是不合于中国社会的要求的，它的结果不是失之狭隘，就是成为自觉的工具主义，而丧失了文艺的意义。"

据说，这是代表第三党的声音。

关键词：《絜茜月刊》 提倡平民文学 普罗文艺已经没落消声

1932 年 1 月 17 日

陈望道等 35 人发起组织中国著作者协会。初次集会决议协会的纲领是：争取自由，反抗压迫，保障生活，反帝反封建反法西斯，以集团的力量促进

文化事业的发展。

本月11日，陈望道曾发表《关于著作者协会——一个具体而简要的建议》（载《文艺新闻》第44号）。

关键词：中国著作者协会

1932年1月18日

《文艺新闻》的"代表言论"（社论）《请脱弃'五四'的长衫》，载《文艺新闻》第45号。瞿秋白执笔，全盘否定"五四"文学革命。

从"五四"过后不久的邓中夏诸人，到创造社新分子李初梨、冯乃超、华汉诸人，到"五四"过来人郭沫若、茅盾等前辈，到20多岁的党的领袖瞿秋白，十来年中，始终否定"五四"文学革命，而且"理由"就一条："五四"是资产阶级领导的，无产阶级就不认同。

关键词：《请脱弃"五四"的长衫》

《北斗》征文讨论：创作不振之原因及其出路

1932年1月20日

《北斗》第2卷第1期特大号出版。

本期《北斗》刊载的论文、创作主要有：

论文类：钱杏邨评论《一九三一年中国文坛的回顾》、千里《中国戏剧运动发展的鸟瞰》、华蒂《一九三一年的日本文坛》、魏金枝论文《对于过去"创作"的一般谬见》、丹仁评论《关于新的小说的诞生》、沈端先译《报告文学论》《"创作不振之原因及其出路"的征文讨论》、长庚（鲁迅）批评《再来一条"顺"的翻译》等；创作类：小说有彬芷（丁玲）《多事之秋》、李辉英《最后一课》、芦焚《请愿正篇》、匡庐《水灾》；剧本有适夷《S.O.S》、白薇《北宁路某站》；张天翼童话《大林和小林》；新诗有谷非《仇敌的祭礼》、芦焚《失丢了太阳的人》；随笔、杂文有司马今《水陆道场》（乱弹）、寒生（华汉）《大动乱的年头》、杨格《长江风景》，等等。

关键词：《北斗》2卷1期出版特大号

1932年1月20日

彬芷（丁玲）《多事之秋》，载《北斗》第2卷第1期特大号，第25~38

页，第 2 卷第 3、4 期合刊连载到第 6 节，全文未完。

《水》写 1931 年的水灾。《多事之秋》写"九一八"之后上海学生的抗日情绪。没有单个的人物，没有故事，有的只是情绪、气氛，集体活动，群像，要求抗日的场面，讲话，演说，心理。

开始是中学生们的口号："督促政府出兵！""经济绝交！""杀尽倭奴！""反对日本出兵东北！""打倒帝国主义！""枪毙张学良！"（第 28 页）后来加入大学生，讲演内容就宽泛了，"他们解释生产过剩，经济恐慌，侵略殖民地，夺取市场，瓜分中国，世界第二大战"（第 30 页）。接着是要求乘火车到南京，向政府请愿，请求政府出兵。再后来是士兵参与贴标语，当局抓而又放。最后是宝山路开枪镇压群众，酿成血案。"打死的是工人，学生，小市民，开枪的是巡警，下命令的是国民政府的官"。（第 527 页）

作品写法一例：

"课堂空了。没有耐心，谁听那些空话呢？不合实际。现在是什么时候，亡国就在眼前，日本帝国主义的飞机，大炮，刺刀，铁蹄，跨过了一县又一县，中国的政府，是聋子，听不见那些在残杀奸虐之下的惨叫；是瞎子，看不见血流成河，染红的东北。中国的民众，是一群无知的羊，屈伏在压力底下，不懂得起来，不懂得抵抗，只有学生，这些青年的热情，都红着脸，嘶着声音，紧张了肌肉，开会，演讲，演讲，开会，失去了睡眠，失去了休息，忘了自己，只有一个意念，怎么救中国！五四时代到了，五卅时代到了。东北的炮火把这些在球场上，在咖啡馆，在自修室的学生都轰起来了。从东到西，从南到北，都有着他们的天真的面孔，和飘扬着的小旗。而且决定了，几千几千的到南京去。去请愿，要政府出兵……"（第 2 卷第 2、3 期合刊，第 517 页）

丁玲的作品是有脏话的。如，"臊他的娘"，"妈拉个尿"，"妈的格尿"之类。

关键词：丁玲小说《多事之秋》 民众抗日的激情

1932 年 1 月 20 日

李辉英《最后一课》，载《北斗》第 2 卷第 1 期特大号，第 39～50 页。文末标的写作和修改时间为："廿年秋日军进占吉林后十三日写毕于吴淞，廿年冬十二月十日改稿于吴淞。"

校长说服他的两个学生不要盲动，更不可不动，要学会保护自己：

"不过，惟其我们抱着扶助人类救拔中国的决心，我们才应当注意自己的行动，单凭一时气愤，那是不成功的。你们终于是太年轻了，不知道提防自己，须知这一项是顶重要的，我们的官长，不是腐败的就是妥协的，几十年来只知拼命剥削我们平民的骨血，他们不知道怎样治国，更谈不到怎样设计防范与大众福利的问题了。现在，我们的地方，被暴力占有多日了，你们想能够和平的再收回自己掌握么？不能够，绝对不是容易办到的。一向我们的民众只知鼾睡，只知忍受上官的宰治，是我们自己不要强，所以他们任意压制我们，是我们太不振作的原故，所以才有帝国主义恶势力的侵入，到如今，且莫再骂那些贪官污吏的腐败，只骂我们自己一向太放弃我们的权利与义务好了，那么，事情就这样了么？不，现在正该急急奋起，用我们大众的力量，对内剥除腐败的军阀与统治阶级，对外打倒吃人的帝国主义！惟有如此，才能恢复个人的自由，大众的安全，但这些事情要谁来做呢，要我们来做！要我们来做！我们要各处奔走，各处工作，唤起民众，一致向恶势力进攻，才能够成功。我们的责任很大，所以，我们要好生保护自己的生命，同时，还要尽力工作！"（第44~45页）

关键词：李辉英小说《最后一课》

1932年1月20日

白薇独幕剧《北宁路某站》，载《北斗》第2卷第1期特大号，第185~212页。

本剧就是一个生活的横切面，是1931年9月末，北宁路皇姑屯以西某火车站的历史实录。上场的人物有日本兵，有土匪（他们作为整体已经投降日本人，为日本人杀人放火，但其中也有人想不通，还有人性），更多的则是各式各样的难民（主要的当然是挣扎在死亡线上的普通老百姓）。

其中一位逃难的二姐是作者心目中的英雄。她，27岁，童养媳出身，做过苦工，当过保姆，逃难中一家有5口人都被日本兵打死了。且听她在火车站对逃难群众的煽动：

> 二姐　（一拳击在青农肩上，激昂的）　对了！日本对我们这种残酷的屠杀，这种从来不曾有的迫害，一方面我们的同胞是被屠杀了，土地失掉了；另一方面哩，这是给我们穷苦的人，给我们新兴阶级起来的一个姿态！就是说，我们要乘着这个机会准备我们的力量：为劳苦大众，无产阶级的解放；为铁窗，铁锁，铁练的解放。兄弟姐妹们，大众起来，和黑暗的世界奋斗！……只有被压迫阶级的人携手奋斗，才能够打出我

们的出路！团结起来，准备我们的力量！（使全场昂奋）（第 206 页）

她还校正难民的话："并不是日本人都是我们的敌人，日本人当中也有许多是我们的朋友。我们的敌人，不是全日本人，全美国人……"（第211～212页）显然是对人物的拔高，不合身份，不合情景。

对话中也有不少粗话、脏话。如，"膔他妈的"，"他妈的"，"膔死了一个女子"，"膔你祖宗十八代"，"不管他娘的尻"，"膔你老子的屁股"，"躲在帝国主义者的鸡巴里去了"，"妖婆，膔你！"

关键词：白薇独幕剧《北宁路某站》

张天翼儿童文学《大林和小林》 芦焚（师陀）

1932 年 1 月 20 日

张天翼儿童文学《大林和小林》，载《北斗》第 2 卷第 1 期特大号，第3、4 期合刊连载。

大林和小林是生于穷苦农民家庭的两兄弟。在父母死后，他们一同出门寻求生路。途中遇见妖怪，他们分头逃跑。他们落在不同人的手里，过着不同的生活，也有不同的归宿。大林遇见兔绅士。兔绅士满足大林想"当个有钱人"，"吃得好，穿得又好，又不用做事情"的愿望，让他当上了大富翁"叭哈先生"的养子。他从此过着奢侈的生活，成了肥胖的寄生虫，最终因为贪婪而饿死在富翁岛上。逃难中，小林落到坏蛋手里，经历了种种磨难，最后当了火车司机，靠自食其力生活，并和劳动人民一齐斗争。小说写大林和小林都口吻毕肖，妙趣横生。

《大林和小林》是张天翼儿童文学创作的代表作，也是现代文坛儿童文学创作的名篇。

关键词：张天翼儿童文学《大林和小林》

1932 年 1 月 20 日

芦焚（师陀）《请愿正篇》，载《北斗》第 2 卷第 1 期特大号，第 115～128 页。

《请愿正篇》和《请愿外篇》，是芦焚的处女作，是能见到的作者最早发表的作品。小说着意写人的感觉，主要是视觉和听觉，有新感觉派的味道。

小说含含糊糊地写朔都大学学生酝酿上街游行，向政府请愿，要求抗日。

出场学生几乎没有名字，大约叫西服梅、棉袍梅、小阿萨克、老刘、老洪、刘钦明等。

写法很特别。如，

"两个人的影子，一个是长袍，另一个著西服，将外套的领竖起来；拉的很紧，遮住脸。帽子差不多把他们的眼睛都罩着了。

"两个人的影子，4 只皮鞋，在光下反射着，蘲蘲的走上扶梯。在楼内部的夹道里，影子斜映在壁上。大得可怕，像神话中的巨人。"（第 115 页）

"4 只皮鞋又喊叫着。"（第 116 页）小阿萨克"跳动，从门内掷出去"。（第 120 页）"一个人，一个同样的学生，但是个女的。高跟的皮鞋敲在石路上，悠然的流出出口。"（第 124 页）

"空气疲痁的，火光在发抖，一个古刹的宁静。然失去了森怖庄严。宁可作它在充溢着倦怠，梦的神秘。

"尽管他们都竭力的持握着平适。事实，都在感觉着静的扰动的难耐。不安在他们的周身纹乱着在。"（第 116 页）

"自然，一位榭（谢）去了艳华的孀妇。

"树，仅余的叶子在寒蝉的战抖，憔悴的容颜，在恶灵巨掌的风下嘶嘶的太息。怆悯着繁华的下场。"（第 120～121 页）

"操场的入口，漂亮的衣服在流着。比名旦角出演的戏院门前更会人头昏吧。互相的磨（摩）擦声，皮鞋的急骤的喘息杂着使人憎恶的叫号，奏着没有格律的交响乐。"（第 122 页）

关键词：芦焚小说《请愿正篇》

1932 年 1 月 20 日

匡卢《水灾》（短篇小说），载《北斗》第 2 卷第 1 期特大号，第 129～144 页。

还是写 1931 年的特大洪灾。没有说地方，但从作品中对人或物的叫法、风俗习惯看，应该是长江下游、南京以北那一带的农村。如墙垣，孩子玩摸瓜，一排排的茆屋，水牛在泥塘里，女人们手里捏着线锤子打线，踏水车，逃避洪杨时的兵荒，泗州，晒牛粪饼烧火，挡浪圩，囷子，秧畦，逃到南京，等等。（按：洪杨，指太平天国洪秀全、杨秀清农民起义。）

小说也是写氛围，写恐怖，并由 79 岁的巧云奶奶讲过往的灾害，让人产生联想。

当地的地方官绅收了老百姓的钱财，平时却不防灾，灾害来时，还想趁机捞一把后逃走。百姓哪里肯干！这与丁玲的《水》的结尾异曲而同工。

小说的结尾写道：

"几百个人喊，几千个人喊，几万个人喊，这响震山谷的声音，似乎要把水声吞些下去的情势。

"西南风报告了可怕的暮色的阴暗，浪花激岸作响，那晚来的阴云带着哄哄地雷声像是同那些喊声相呼应的一样。

"那么可怕的黑暗笼罩了这全人间，忽然火龙样的电光放射着，骤雨也伴了急风卷来。

"万顷的汪洋湖面，在黑暗里好似恶魔的舞蹈，那跳动的浪沫更如同千万道白蛇的盘旋。

"人声在水底下响，锣声在人声里哭，急风骤雨里又添了四五处的水声。"（第 143 页）

关键词：匡庐小说《水灾》

1932 年 1 月 20 日

学易《一九三二初夜》、谷非（胡风）《仇敌底祭礼》两首诗，载《北斗》第 2 卷第 1 期特大号，第 83～87 页。

学易的诗有一个副标题《伫立在大世界门前广场》，写上海大世界门前广场的所见所闻。贫与富，乐与悲，喧嚣与寂静，极不相称的现象同处于一个时间之中，一个空间底下。

谷非的诗 1931 年 10 月 29 日夜写于日本东京郊外。他劝日本兵"不要打中国的兄弟！"诗末有注：这个口号是战事发生后，日本劳动组合全国协议会所发出的口号。诗人认为"悲壮的然而是可耻的"。

关键词：胡风诗《仇敌底祭礼》

1932 年 1 月 20 日

适夷戏剧《S.O.S》，载《北斗》第 2 卷第 1 期特大号。

此剧近似于急就章，写"九一八"事变发生的当时，沈阳无线电台发报房几个收发报的职员的思想、情绪和行动。平时，他们有各式各样的想法，也有为着一己私利的小算盘，但到民族危亡的关键时刻，他们却都能以国家民族为重，坚持站好最后一班岗。其中一位李姓职员是革命者，他的话和行动能代表大家：

"我们要认清我们的工作，在现在，我们的工作是多么重大。我们现在不是在替别人做奴隶了，不是在替自己混饭了，是在把日本帝国主义凶恶的面目，向全国民众，不，向全世界被压迫者尽量地暴露。"（第 65 页）

当日本兵将要冲进机房时，他向世界发报："亲爱的劳苦民众们，当这个电报快要发完的时候，日本兵已经在发报房的门外了，我传达给你们的不是一个个的电报号码，是一滴滴的东北大众的血……亲爱的民众，帝国主义的枪口已经向着我了……S. O. S。"（第 68、69 页）

关键词：楼适夷独幕剧《S. O. S》

1932 年 1 月 20 日

瞿秋白化名司马今的杂文（乱弹），以《水陆道场》为总题，内含《民族的灵魂》《流氓尼德》《鹦哥儿》《沉默》《暴风雨之前》《新鲜活死人的诗》6 篇，载《北斗》第 2 卷第 1 期特大号，第 173~184 页。

《民族的灵魂》：剖析所谓"民族的灵魂"都是些什么魂。"第一批，是从汤山，双龙庵式的特别改良的监狱里叫出姓李的姓胡的姓居的……类的郁郁幽魂；是从通缉令之下叫出姓阎的姓冯的……类的耿耿忠魂。第二批，是从北洋小站叫出孙传芳，张宗昌，段祺瑞……类的在野军魂，是从苏杭天堂叫出庄蕴宽，李根源，董康……类的耆老绅魂。第三批，是从中日之战的战场上叫出吴大澂，邓世昌……类的鬼魂。第四批，是从明朝倭寇骚乱的义冢地上叫出王某李某……类的瞽魂。第五批，是从西湖的精忠岳庙里叫出岳武穆的神魂。第六批，是从三国演义里叫出诸葛亮的穿着八卦道袍拿着鹅毛羽扇的仙魂。第七批，是要请地质学在发见殷周甲骨文的地层再往下掘，掘出所谓皇帝的真魂。"（第 174 页）瞿秋白说还有梁忠甲、韩光第的冤魂，张辉瓒等类的孤魂。"叫了这些忠魂，幽魂，军魂，绅魂，鬼魂，瞽魂，神魂，仙魂，精魂，冤魂，孤魂来，为的是要发扬民族的灵魂——民族的意识"，"换句话说，叫醒民族的灵魂是为着巩固奴婢制度"。（第 174、175 页）（按：以上×魂×魂，都有着重号，此处略）

《流氓尼德》：提到流氓种，流氓性，流氓精神，流氓手段，流氓主义，流氓党，流氓路数，流氓制度，流氓学说，流氓把戏。要耍流氓，一要会赌，二要会打，三要会骗和吓，四要会罚咒，五要会十二分的没有廉耻。最具讽刺意味的话是注二说的："氓虽流而有仲尼之德也。故流氓——继承尧舜禹汤文武周公孔子……之道统者也。"是谓"流氓尼德"。

关键词：瞿秋白杂文　解剖"民族的灵魂"

1932 年 1 月 20 日

丁玲编辑的《北斗》第 2 卷第 1 期发起征文，开展"创作不振之原因及其出路"的讨论。应征者有：郁达夫、方光焘、张天翼、戴望舒、袁殊、穆木天、叶圣陶、（楼）建南、鲁迅、寒生（华汉）、杨骚、徐调孚、胡愈之、周予同、郑伯奇、邵洵美、华蒂（叶以群）、茅盾、陈衡哲、陶晶孙、蓬子、沈起予、丁玲。

鲁迅、茅盾、丁玲的意见单独列条。

郁达夫《中国近来文艺创作不振的原因》：

"一，中国社会政治以及其他一切，都在倾倒混乱之中，文艺创作者要去做官，当兵，或从事于革命工作，所以没有人能做出好东西来。

"二，军阀擅自杀人，压迫得太厉害，长此下去，非但文艺创作要在中国灭亡，第二步就是新闻纸的灭亡……第三步便是中国文字和人种的灭亡。

"三，'从革命文学到遵命文学'，这是鲁迅的话，将来若有新文学起来，怕就是亡命文学。"（第 145 页）

方光焘：

中国近来文艺创作"不振"，是不可讳言的事实。创作数量还是不少，但"似乎很难找出一篇像《阿 Q 正传》一样，能唤起读书界的 Sensatin 的力作"。《阿 Q 正传》在"五四"当时，"震撼了全读书界，却是一桩不能摇动的客观的事实"。力作缺乏是现文坛不振的主因。"言论不自由，文人生活的穷困，作品的商品化等等"，都是不振的外因。重要的内因则是 Idéologie 的动摇。

就作家的态度说，"处在这样变动剧烈的社会中，主观的文艺，照理该应运而生，来作时代的先驱，代民众的喉舌；可是，要想从事主观的创作，作家就非有强烈的情绪，坚决的意志，明确的斗争意识不可。目下中国作家的大部分都在徘徊无定，畏缩不前，盘旋在个人利害的当中，依旧摆脱不了向来传统的士的臭味；哪能期望他们去创作什么有力量的主观的文艺呢！"即使有，也"多半流入于专弄技巧的途上去，或竟是全篇充满了标语，口号，概念的叙述，和抽象的议论，没有力量，自不待言了"。（第 145～146 页）

张天翼：

要克服创作的不振"需要一种新的修养"：思想的修养，生活经验的积累。

要下苦功克服"我们自己的残余着的旧意识"，如"浓厚的颓废和浪漫的倾向，英雄崇拜的倾向"。"我们的每个新的创作者都应当离开他的玻璃窗和写字台，到广大的工人，农人，士兵的社会里去。"要汲取旧文艺的养料。"婴儿不吃母乳是长不大的。我们要承受旧的技巧，通过科学的地亚来克谛克（Dialectic），成为我们自己的东西。"（第 147～148 页）这是又一个人将工农兵并提。

戴望舒：

今日的作家，除了少数几个人外，大家都露着两个弱点："其一是生活的缺乏，因而他们的作品往往成为一种不真切的，好像是用纸糊出来的东西。他们和不知道无产阶级者的生活样同，也不知道资产阶级的生活，然而他们偏要写着这两方面的东西，使人起一种反感。其二是技术的幼稚。我觉得，现在有几位作家，简直须要从识字造句起从头来过。他们没有能力把一篇文字写得通顺，别的自然不用说起。"（第 148 页）

袁殊《现政治之溃腐必然反映于文化的低落，文艺创作应以是否可作'大众精神食粮'为标目》：

他的意见有 4 条，其中第 4 条说：取材、体裁、描写技巧，"都要把作品的主人公奉于被压迫的无产阶级大众"。"作品应是大众的精神食粮。"简扼说，"就是文艺创作大众化！"（第 149 页）

穆木天：

其中讲唯物辩证法的创作方法的部分，见另条。

"小说方面，在过去 2 年之中，除了两三篇较好的作品外，就是一些由反帝反封建的空想的观念所掩护着的颓废气十足的毫无生气的作品。"茅盾的《三人行》是"抽象的拟人化。人物的心理，是作者的空想的产物，无时间性和空间性"自不待言。只有丁玲的《水》、张天翼的《二十一个》、周裕之的《奸细》是"较好的小说"。"但丁玲仍未脱开她的闺秀的秀气"，张天翼"仍未克服他的讽刺态度"，《奸细》离"写实仍然太远"。（第 151 页）

鼓词、评词、唱本、大鼓书这些旧形式要尽量采用。新的形式如报告文学、大众诗，也要尽量创造。

叶圣陶：

中国 4 万万人口中，仅有 1 万左右的人有阅读能力。

他告诫作家们："以乱写为戒。"（第 152 页）

（楼）建南：

"在帝国主义与残余封建势力的统治之下，资产阶级的集纳主义（Journalism）无从繁兴，我以为这便是文艺创作不振的最主要的病因。因为在现社会经济组织之下，所谓艺术的生产品，也决不能超越一般商品的法则。

生产事业的凋疲，农村经济的破产，一般的大众的贫乏化与文化水准的落后，社会并不需要有什么文艺作品，作品与作家自然无从大量的产生。"（第152页）

寒生（华汉）《新进作家把创作反帝国主义文艺的任务负担起来！》：

"我们应该努力避免用那些新旧才子佳人用惯了的丽语艳词，更应该努力避免用那种从五四以来许多人爱用的'聊斋'式的白话，我们得以大众的语言为语言，我们创制出来的作品，要能使大众不仅看得懂，读得懂，而且还要听得懂，只有这样的作品，才有它的伟大的价值。"（第155页）

杨骚《关于文艺创作不振的感想》：

"现在的文艺，必然地是新兴阶级的文艺，它的基础必然地是建设在新兴阶级的斗争生活上面的。

"新兴文艺的作用，要把新兴阶级的思想，意志，感情传达给大众；换句话说，是新兴阶级为着要完成它本身的历史底任务的一种攻击敌人的武器。"

"中国新兴文艺运动是呈着百分之百的小资产阶级智识分子所包办的现象，完全是客观条件所造成，带着历史底必然性的。"中国新兴阶级的人完全是文盲，"除开简单素朴的语言和勇敢粗重的行动外，没有别种可以表现他们的感情，欲求，理想的手段"。因此要开展"新兴阶级的识字运动"。这是救治新兴文艺不振的"根本药方"。"捧着温饱的肚子，泰然坐在书斋中，吸烟，闲谈，看书，梦想，过着和布尔阶级作家同样的私生活的，当然不会产生出新兴文艺的作品来。"

前进的小资产阶级的新兴文艺作家的信仰，"是辩证法唯物论，马克斯，列宁的世界观！"他们的生活"是到工厂，农村去，参加新兴阶级的现实斗争！"（第157、158、159页）

郑伯奇：

"在新文学的现阶段，大众化是最紧要的任务。""利用旧的形式旧的技巧，以教育大众，更是时代迫切的要求。""唱本，平书，时调，鼓词等等封建社会残留下来的旧形式，一经注入新的内容，都可以变作崭新的武器。"（第162页）

（邵）洵美：

"我总觉得目前从事文学的，大多数缺少'认真性'；跟在中国做官一样，似乎都在那里客串唱堂会戏。能装些骚形怪状的花旦，能说些笑话的小丑，能要些刀枪的武生，都可以博得台旁一阵掌声：致使客串者自己都惊奇起自己的天才来。结果是种种的滑稽。"（第162页）

华蒂（以群）：

资产阶级文艺"更趋凋落"，民族主义文艺、平民文艺，不管幻化出多少花样，也仅仅是一种回光返照的挣扎。

至于普罗文艺，真正的劳苦者群"无论在能力上，精力上，时间上和经济上，都没有享受文艺的可能"。只有进步的知识分子深入到劳苦大众中去，才有希望产生为大众所接受的文艺。（第163、164页）

陶晶孙：

"大众的识字倾向很少，文学作品的大众化倾向很少，反有古典化富贵化淫猥化的文字受欢迎，因此文学作品不能向大众进，有能力的作家及青年在做内部的小斗，或者去找赌博的利益，往往不肯统一其方向。"（第165页）

（姚）蓬子：

"近来广大的反帝剧本的产生，街头剧团的开始活动，大众文艺的逐渐增多，工场壁报的普遍建立，这些，不都是新兴文学的萌芽么？"

"文学必须克服自己封建的，小资产阶级的，同路人的习性，到工厂，到农村，到街头，去生活大众的生活，这是为要产生真正属于大众，为大众所理解，所爱好的文学的正确的路径。

"同时，我们必须从大众中间，尤其是劳动者中间，培养工农出身的新作家。扩大工农通信员运动已成为文学界当前第一个急逼的任务。"（第165～166页）

沈起予：

"中国有了特殊的情形，便更显得'不振'了：第一，因为那使全世界都惊异了的对文士的'活埋'及'枪毙'，以及统治者的中世纪式的野蛮的压迫，使文艺界完全失去了自由发展的可能；第二，因为中国文化之根本的落后，创作者们的特别表现出己身的无能：不能打破从来的拙劣而狭小的形式，更不能养出一付辩证法的眼睛，以看取和描写广大的题材。"先决条件是争取言论、出版的自由，"其次是先获得正确的社会科学常识（自然是对知识分子而言），深入社会中去，用你的唯物辩证法的眼光以抓住广大的题材"。（第166～167页）

丁玲：

"……所以要产生新的作品，除了等待将来的大众而外，就最好，请这些人决心放弃了眼前的，苟安的，委琐的优越环境，而穿起粗布衣，到广大的工人，农人，士兵的队伍里去，为他们，同时就是为自己，大的自己的利益而作艰苦的斗争。"（第168页）

丁玲也将工农兵并提。

关键词：丁玲 《北斗》征文："创作不振之原因及其出路"

1932 年 1 月 20 日

鲁迅《答北斗杂志社问》，载《北斗》第 2 卷第 1 期特大号，第 153 页。

这是对《北斗》开展的"创作不振之原因及其出路"征文的回答，是"自己所经验的琐事"：

"一、留心各样的事，多看看，不看到一点就写。

"二、写不出的时候不硬写。

"三、模特儿不用一个一定的人，看得多了，凑合起来的。

"四、写完后至少看两遍，竭力将可有可无的字，句，段删去，毫不可惜。宁可将可作小说的材料缩成 Sketeh，决不将 Sketeh 材料拉成小说。

"五、看外国的短篇小说，几乎全是东欧及北欧作品，也看日本作品。

"六、不生造除自己之外，谁也不懂的形容词之类。

"七、不相信'小说作法'之类的话。

"八、不相信中国所谓批评家之类的话，而看看可靠的外国的批评家的评论。"

关键词：鲁迅《答北斗杂志社问》 关于创作的八条经验

1932 年 1 月 20 日

茅盾应征"创作不振之原因及其出路"的文字，载《北斗》第 2 卷第 1 期特大号，第 164 ~ 165 页。

他的意见是：

"一、现时代没有伟大的创作题材么？

"二、如果伟大的创作题材在现今是多而又多，那么，这些题材是否已经为我们的青年作家所亲身经验过，或已经为他们经验的一部分？

"三、如果我们的青年作家有了这样题材的人生经验，为什么他们的作品中没有充分的反映？是否因为技术的未臻成熟使他们如此？

"四、如果问题不在所谓技术的成熟不成熟，（我绝对不相信问题是在这里！）那么，问题就在作家的宇宙观和人生观了。

"五、如果一位青年作家而尚怀抱着没落的布尔乔亚的宇宙观和人生观，那么就不能认识动乱的现时代的伟大性，那他就不能够从周围的动乱人生中抉取伟大的时代意义的题材而加以正确的表现，——这结果自然而然会使他们的作品内容空虚，情感脆弱，意识迷乱。

"六、所以青年作家当前的主要问题是怎样克服了他们旧有的布尔乔亚和小布尔乔亚的意识而去接受那创造新社会的普罗列塔利亚的意识；必由此，他们乃能从周围的人生中抉取伟大的时代意义的题材，他们的作品乃能有生命，有活力。时代已经供给我们以丰富的题材：无论是农村方面，都市方面，反帝国主义运动，学生运动，——青年作家都有若干的亲身经验。"

关键词：茅盾六条意见

1932 年 1 月 20 日

丁玲为"创作不振之原因及其出路"的征文讨论作的总结是几条"怎样来动身写的意见"，见《北斗》第 2 卷第 1 期特大号，第 168 页。

"不要太喜欢写一个动摇中的小资产阶级的知识分子。这些又追求又幻灭的无用的人，我们可以跨过前去，而不必关心他们，因为这是值不得在他们身上卖力的。

"不要凭空想写一个英雄似的工人，或农人，因为不合社会的事实。

"用大众做主人。

"不要把自己脱离大众，不要把自己当一个作家。记着自己就是大众中的一个，是在替大众说话，替自己说话。

"不要发议论，把你的思想，你要说的话，从行动上具体的表现出来。

"不要用已经用烂了的一些形容词，不要摹仿上海流行的新小说。

"不要好名，虚荣是有损前进的。

"不要自满，应该接受正确的批评。

"写景致要把它活动起来，同全篇的情绪一致。

"对话要合身份。"

关键词：丁玲的总结性意见

1932 年 1 月 20 日

丁玲主编的《北斗》第 2 卷第 1 期特大号，开展关于"创作不振之原因及其出路"的征文讨论。

其中部分人提出：要振兴文艺，解决出路问题，必须走苏联"拉普"提出来的唯物辩证法的创作方法的路。

穆木天：

我们要始终持一种现实主义的态度。"我们创作的态度，只要现实的。现实的态度是新的阶段的武器。我们不要观念的英雄主义，我们不要理想主义的态度，我们更不要讽刺笑骂的态度；我们所要的，是真实的，沉重的现实主义。只有根据科学立场的现实主义，能使大众认识社会的阶级矛盾。"

用什么样的手法去写实呢？当然要以科学的方法——唯物的辩证法的方法。"作品中底内容的组织过程，社会的变化的过程，人物的心理过程，一切的作品的过程，是要合于辩证法。在作品中，绝对禁止有不合辩证法的分子。我们要辩证法地去把握一切的社会过程，而辩证法地去把他再现在作品里边。我们，如果要想作一个作家的话，第一，须要知道我们是一个工人，是一个文学的工人……"

"说到这里，我想到没落期的布尔乔亚小说论里所犯的一种错误。那就是注意人物描写，而轻视社会描写。其次，就是他轻视写实。这一种现象，是没落期的布尔乔亚阶级的必然的现象。脱离写实的立场，是掩护他们反动的最有力的武器。所以，他们什么都观念化。他们改篡了历史。他们更用欺瞒的手法在文学中改篡了社会事实。他们在他们小说理论中，更蒙蔽人不去观察注意人物与社会的关系。所以一般小说作者忘掉人物是社会——生产关系——的必然的产物，而反把社会只当作烘托人物的陪衬了。所以产生人物描写万能主义的小说家。结果，那些小说成了无时间性无空间性的东西。而他们的徒党（党徒），更以趣味，描写人生，心理描写，唯美的印象主义等等的美名，以掩饰他们之失掉社会意义。"（第 150 页）

郑伯奇：

创作不振的主要原因在作家自身。

"即就普罗文学的阵营来讲，我们确实有许多地方值得批判：概念诗，抽象的小说，架空的戏曲，革命的冒险故事，归总一句，是一些概念论的倾向……

"技巧方面，普罗作家也有许多应该清算的地方：直译体的语脉，舶来品的辞藻，新六朝风的美文，没落期的病态心理描写，这一切都表示现在的普罗作品还没有脱离沙龙和咖啡座的气息，这样的普罗作品，不能为大众所接受，是当然的。

"意识上的观念论倾向与技巧上的非大众化倾向，这两者内在地有非常密切的关联。而是一个母亲的双生子。

"把握唯物的辩证法是克服这些错误倾向的唯一的方法。

"把握唯物辩证法去观察社会认识社会，自然不会得到观念论的；把握着唯物的辩证法去处理题材表现题材，作品自然不会堕入观念论的陷阱，更不会跑到唯美的非大众的歧途。

"建立普罗写实主义，要以唯物辩证法为基础；提倡大众化的文学，也要以唯物辩证法为前提。

"所以把握唯物辩证法应该是普罗作家的实践的第一步。"（第 161 页）

杨骚：

要求前进的作家要建立"辩证法唯物论，马克斯，列宁的世界观"。（第 159 页）

沈起予：

希望"弄出一付唯物辩证法的眼睛，以看取和描写广大的题材"。（第 166 页）

关键词：解决创作不振之原因及其出路是：贯彻苏联"拉普"的唯物辩证法的创作方法

1932 年 1 月 20 日

钱杏邨论文《一九三一年中国文坛的回顾》，载《北斗》第 2 卷第 1 期。置刊物头条，第 1 ～ 24 页。

这是一篇长文，共 9 个部分。

第一部分形势：以全国水灾（灾区达 16 个省的地域，死亡人数达 20 余万），日本侵略东北，国民党围剿苏维埃区域为主要内容的 1931 年，是"大革命的前夜"。

"文艺运动方面，是展开了同样的场面。一面是法西斯蒂化的民族主义文艺运动的破产；这一组织依靠着领取的雄厚的财力和政治力量的扶持，在表面压抑了左翼文艺运动的情势之下，曾经展开一回形式上呈显着很热闹的场面，送出《陇海线上》，《国门之战》，《黄人之血》一类的作品，实际上，这些作品并没有收到很好的效果，只暴露了自身的丑恶，书面的供出了统治者残杀民众的证据。一面是中间层的作家的动摇，'学问无用论'，'学问赎罪论'一类文字的发表，正表示了他们的彷徨与苦闷，以及出路的追寻，而终至于在他们的阵营中起了激烈的分化；这一类的作家，在这一年中，是没有产生值得注意的作品。另一面，是左翼文化运动的政治化与深刻化；左翼的文化运动，在这一年虽然不断的遭受了压迫，书籍被查禁，发行机关被封锁，作家被捕，被杀，实则，因着这样的压迫，和革命形势发展的必然，这一运动是更加与政治合流起来，而且坚决的向工农大众方面开展，努力于大众化的运动，并开始了两条战线上的内部的斗争，产生了《水》，《活路》，《东洋

人出兵》一类优秀的作品。"(第 2 页)

第二部分左翼文学创作：丁玲的《水》是"最优秀的成果"。（另列条）田汉的五幕剧《洪水》是失败之作。"《洪水》所描写的，不仅是广大的灾区，而且也以同样的力量描写了灾区以外的救灾的事业。在五幕的场面之中，是展开了堤工局的侵吞公款的场面，农民救堤的场面，灾民的生活的场面，伪慈善家赈灾的场面，以及农民反抗的场面，取材非常的广泛，而且应用了很多电影的字幕和水灾的实际情形的电影，使观众对于这一回广大的水灾，有更深刻的认识与理解。""各场的描写也没有到极度紧张的程度，反映了弛缓的静的疲乏的调子，与主题是不能适应的，这也是由于作者对于灾区广大的饥饿大众生活的隔膜。……作者离开了生活，是必然空虚贫乏的。"（第 4、5 页）

第三部分是反帝，特别是反日本帝国主义的作品：最努力的是田汉，他写有《乱钟》《扫射》《暴风雨中的七个女性》等。"这些宣传鼓动剧，特殊（别）是《乱钟》与《扫射》，在学生群众中，激起了广大的影响。也可以说，作者的戏剧，过去的以及现在的，都曾在青年大众中，收得很好的效果。在表现学生生活，以及一般群众的生活方面，作者是特殊的熟习（悉）。他很有力量去抓住他们的性格，而给予一种强烈的表现，虽然这些个性还不是成长了的新的个性。"（第 5~6 页）史铁儿的《东洋人出兵》《言词争执歌》，突如的《劳勃生路》，"是大众化的作品"（第 6 页）。楼适夷的独幕剧《活路》描写工人的反日斗争，以及洪水灾害，而且将二者结合得很好。"《活路》可以说是 1931 年左翼戏剧创作中最优秀的生产。"（第 7 页）民族主义文艺家们在"九一八"之后的创作暴露了他们的本性。

第四部分是国家主义作者侯曜的三幕剧《韩光第之死》：作者创作这部剧作的意图有二："一是展开韩光第的'英雄的伟姿'，一是暴露共产党的罪恶。"他是"想把民众的抗日的情热转变成反俄反共，压迫民众'安心乐业'，以完成他们奉仕着的主人出卖中国的愿望的戏剧，可是无论在内容上在形式上都失败了"。（第 9 页）

第五、六部分是民族主义文艺派的创作：黄震遐的《陇海线上》《黄人之血》，万国安的《国门之战》。

第六部分黑炎的《战线》：黑炎是《小说月报》发现的新人。《战线》"写的是'国民军北伐'期间的事，作为作家主要的任务的，是士兵的非人生活的暴露，士兵在军队里的生活，官长对于士兵的压迫，士兵对于生活认识的缺陷，作战的经过，军队与民众的关系，拉夫的悲剧，'四一二'的工人纠察队的缴械，一切的场面，作者都是很技术，很忠实的把它们伸展了开来"。（第 15 页）再就是耶林的《村中》。"《村中》所展开的，是'剿匪'空军的屠杀农民的事件。"作品展示了"优秀的场面"。（第 16 页）

第七部分另一些值得注意的作家的创作：如张天翼、穆时英、施蛰存等。张天翼是一个新人。他有短篇小说集《从空虚到充实》（现代书局）、《小彼得》（湖风书局）、长篇《鬼土日记》（正午书局）。他提供了"一幅在这过渡时期的智识阶级以及兵士工农的对当前生活的不安，反抗，部分的人物的新的生活的追求的画像。作者在这些描写上，是得到成功的。不过，他虽然描写了在过渡期间的大众新的生活憧憬的追求，他还没有'十足的抓紧了新的个性'，所以，他不能使已经踢（踏）进了新的生活的个性有新的开展。这样，即使离开了'空虚'，依旧没有'充实'"。（第 16～17 页）穆时英的《南北极》《黑旋风》"反映了非常浓重的流氓无产阶级意识"。在文字技术方面，"不仅从旧小说中探求了新的比较大众化的简洁，明快，有力的形式，也熟习（悉）了无产者大众的独特的为一般知识分子所不熟习（悉）的语汇"。（第 17、18 页）施蛰存的《石秀》《李师》《莼羹》《在巴黎大戏院》《魔道》是新感觉派的创作。此外，还有胡愈之（著有《莫斯科印象记》）、陈梦家、冰心、巴金、胡适、老舍、茅盾、谢冰莹、袁殊、周作人等。

第八部分是理论批评：复述左联文件《中国无产阶级革命文学的新任务》的内容。

钱杏邨断定茅盾对民族主义文艺运动和左翼文学的批评"显然是表示了从右倾出发，而陷于左倾空谈"。他说，左翼文坛，对诸如"新月派，民族主义派，社会民主主义派，平民文学派，取消派，以及其他的反动的文艺上的派别"也要展开斗争。（第 24 页）

第九部分是总结。

关键词：钱杏邨 1931 年文坛回顾　丁玲的《水》、楼适夷的《活路》、瞿秋白的《东洋人出兵》是一年中的优秀作品，而田汉的《洪水》则是失败之作

1932 年 1 月 20 日

钱杏邨评丁玲的《水》（见《一九三一年中国文坛的回顾》，载《北斗》第 2 卷第 1 期）：

"1931 年的中国，最值得作家们抓取的主要的题材，应该是广大的洪水的灾难。……

"作为反映这一题材的主要的作品，那是丁玲的中篇小说《水》。《水》不仅是反映了洪水的灾难的主要作品，也是左翼文艺运动1931年的最优秀的成果。这里面，展开了庞大的洪水的画卷，描写了广大的饥饿的人群，以及他们的从对自然的苦斗一直到为生活的抗争的全部过程。作者深刻的抓住了在洪水泛滥中的饥饿大众的，在实际生活的体验中逐渐生长的，一种新的斗争的个性，辩证法的描写了出来。

"所以，在'猛然一下，像霹雳似的，堤被冲溃了几十丈，水便像天上倾倒下来的卷来，几百个人，连叫一声也来不及便被卷走了'，而'水更无情的朝着有人的地方，有畜的地方，有房屋的地方，带着死亡涌去'的洪水的雄姿的面前，那些活着的'男人的声音和女人的声音混合着，都忘记了一切，都只有一个意念，都要活，都要逃去死'。

"'都要活，都要逃去死'，这就是饥饿大众的最紧张的生活的呼声，一种生活要求的强烈的意志；在《水》里是表现了这一种力量，是充满了这一类的欲求；而这一欲求的发展与理解，使我们因着种种经验的激刺，发现了自身的力量，革命的要求，终于在'天将蒙蒙亮的时候，吼着生命的奔放，比水还凶猛的，朝镇上扑了过去'。

"'都要活，都要逃去死'，这一种欲求，一种力量，也是革命的主要的原素，这原素是因着环象的压迫而不断的增长，而产生一种新的力量，新的团结，而爆发了革命的火花。

"因此，作者如次的写着：农民们忍耐的精神，和着施舍来的糠，野地的果子，树叶，支持着他们的肚皮一天一天的又挨了过去，弥漫着的还是无底的恐慌和巨大的饥饿。虽说是在悲痛里，饥饿里，然而到底是一群，大的一群，他们相互都了解，都亲切，所以，除了那些可以挨延着的他们的生命的东西以外，还有一种强厚的，互相给予的对于生命进展的鼓舞，做成了希望，在这群中，这新的力，跟着群众的增加而在雄厚了。

"《水》的作者是深切的把握着这一种力量产生的根源，根据了这一根源的发展的必然，在救灾，决堤，饥饿，压迫，死亡等等场面中，逐渐的表现了饥饿大众的觉悟，以及革命力量的生长；作者是不仅抓住了前卫作家必须摄取的题材，深刻的，表现了饥饿群众的激流，在描写之中，也充分的反映了事件展开的必然性。

"这一篇作品，除了广大的灾区，群众的力量的成长的描写以外，也描写了中国的依旧为封建势力所支配着的农村的面形（影），为封建势力所支配的农村生活形态，这一种形态也是在事件的发展中逐渐的削弱。

"感到缺陷的是，作者虽描写了统治者对饥饿大众的高压，却没有指示决堤并不完全是由于'天灾'，而也是由于官厅吞没了农民的血汗，筑堤疏河工作没有做，以及做的不强固，指示出谁是洪水灾难的责任者，使农民大众对统治阶级有更进一步的理解。

"在技术方面，作者虽曾竭力的从事于新的形式的探求，而且有了相当的成果，旧的气分还不能多量的摆脱；在口语方面，作者所有的农民的语汇是很缺乏的，全书仍多知识分子化的语句；但广大的群众对象的描写，相当的适应于这一种巨大的力量的新的技术的产生，是表示了作者透过《一九三〇年春上海》的显著的进展。"（第 3~4 页）

关键词：钱杏邨评丁玲的《水》：左翼文艺运动 1931 年最优秀的成果

1932 年 1 月 20 日

丹仁（冯雪峰）评论《关于新的小说的诞生——评丁玲的〈水〉》，载《北斗》第 2 卷第 1 期特大号，第 235~239 页。

冯雪峰说《水》"还只是新的小说的一点萌芽"。从三个方面说它是新的小说：第一，作者取用了重要的巨大的现实的题材；第二，在现象的分析上，显示了作者对于阶级斗争的正确的坚定的理解；第三，作者有了新的描写方法："不是一个或二个的主人公，而是一大群的大众，不是个人的心理的分析，而是集体的行动的开展，它的人物不是孤立的，固定的，而是全体中相互影响的，发展的。"（第 235 页）

"《水》的最高的价值，是在首先着眼到大众自己的力量，其次相信大众是会转变的地方。"小说开始部分，和天灾斗争，"大众用原始的巨力和自然斗争"，到结尾的时候，是灾民同饥饿斗争，"用开始向于组织的力量和剥削者及其机关枪的斗争。每一个地方，都显出灾民的农民大众的自己的伟大力量，只有这个力量将能救他们自己！"这是小说的"生命"。

如此可以得出新的小说或新的小说家的定义是："新的小说家，是一个能够正确地理解阶级斗争，站在工农大众的利益上，特别是看到工农劳苦大众的力量及其出路，具有唯物辩证法的方法的作家！这样的作家所写的小说，才算是新的小说。"（第 236 页）

冯雪峰逐一分析了丁玲从《梦珂》，中经《莎菲女士的日记》《阿毛姑娘》《韦护》《一九三〇年春上海》《田家冲》，到《水》的转变历程。丁玲所走过的这条进步的路是："从离社会，（到）向'社会'，从个人主义的虚无，（到）向工农大众的革命的路。"（第 237 页）"作为艺术家，从观念论走到唯物辩证法，从阶级观点的朦胧走到阶级斗争的正确理解，特别是从蔑视大众的、个人的英雄的捏造走到大众的伟大的力量的把握，从浪漫蒂克走到现实主义，从旧的写实主义走到新的写实主义，从静死的心理的解剖走到全体中的活的个性的描写"，这才是一个新的作家。"但在现在，这样的新作家的源泉之一，却是作家们对于自己的一切坏倾向坏习气的斗争，对于自己的脱胎换骨的努力。"（第238页）（按，以上着重号全是原文有的）

关键词："拉普"的唯物辩证法的创作方法具体用于评论《水》的尝试

1932 年 1 月 20 日

千里《中国戏剧运动发展底鸟瞰（1930～1931）》，载《北斗》第2卷第1期特大号，第51～57页。

本文保存了许多有价值的戏剧资料。

文章一开头就说：1930年1月到6月，"中国戏剧运动用企业家一般的'自由竞争'的努力，终于在两月内实现了5次空前的大规模的公演，在中国戏剧史上留下了很严重的历史意义"。这5次演出的剧团和剧目是：戏剧协社的《威尼斯商人》、复旦剧社的《西哈诺》、辛酉剧社的《文舅舅》《狗的跳舞》及其他、南国社的《卡门》、艺术剧社的《西线无战事》。因此，"我们有理由认为中国布尔乔亚的演剧运动在当时已经达到其最高峰了"。与此同时，却"爆发了另一种刺泼（泼刺？）有力的运动——初期革命演剧的活动。这活动冲破了布尔乔亚剧团的营垒，分化其构成分子，打击了中国整个布尔乔亚的演剧运动"。（第51页）

文章以上演日期、剧团名称、演剧场所、上演目录为内容，列举1931年全年，至少在南方的演出情况。剧团名称略有：上海大道剧社、上海联合剧社、广东戏剧研究所、大夏剧社、上海中大商学院、天津法商学院艺术研究社、天津南开大学、天津法商学院新剧研究社、暨南剧社、上海和剧社、上海时代剧社、上海国华中学、北平艺专剧科、上海复旦剧社、南京中国文艺社、劳动中学、上海美科专门学校、暨南法学院、爱群小学、南通新民剧社、文新读者联欢会、暨南教育学院、上海美专、青虹剧社、镇江民族剧社、民族剧社、浦东蓝衣剧团、上海剧团联合会反日公演、拓声剧社、曙星剧社、教育学院、沪西女工蓝衣剧团、智仁勇女学等，演出的剧目有：《街头人》《父归》《梁上君子》《生之意志》《女店主》《压迫》《妒》《酒后》《叛徒》《野男子》《可怜的婀娜》《有家室的人》《马特迦》《生与死》《廉耻》《死罪》《月之初升》《车夫之家》《回家后》《上帝的杰作》《山河泪》《死网》

《我俩》《可怜的裴迦》《获虎之夜》《阿莱城姑娘》《黄》《婴儿杀戮》《最先与最后》《最后五分钟》《第一声》《血之皇冠》《苏州夜话》《软体动物》《茶花女》《杨贵妃》《说谎者》《狱门之中》《夜》《战线内》《谷中暗影》《模特儿》《儿不归》《剃刀》《醉了》《爱》《六·二三》《灾区之外》《乱钟》《救自己》《解放》《双十节》《洪水》《最后的方法及其他》《暴风雨中的七个女性》《姐姐》《民族之光》《牺牲》《最后一幕》《血衣》《到明天》《决心》《活路》《工场夜景》《孕妇》《狂风暴雨》等。

革命演剧运动一是受白色恐怖的威胁，二是"不正确的政治路线打击了整个革命形势"（第 55 页），使它不能深入民众，不能演出内容好的剧目。"九一八"以后，情况有变化。

关键词：中国戏剧运动发展的鸟瞰

1932 年 1 月 20 日

华蒂（叶以群）《一九三一年的日本文坛》，载《北斗》第 2 卷第 1 期特大号。第 88 ~ 95 页。

1931 年的日本文坛，以"艺术派""文战派"和"耐普派"为代表。

一、影迹悄然的"艺术派"

不管是信仰"艺术至上"的"既成大家"里见淳、仓田百三、长与善郎，还是信奉"为艺术而艺术"的老作家谷崎润一郎、永井荷风、岛崎藤村，在 1931 年，都死气沉沉，没有活气。

以久野丰彦、阿部知二、龙胆寺雄、佐佐木俊郎、雅川滉、小林秀雄等为代表的"新兴艺术派"，"（一）理论上反对马克思主义，反对普罗文学；（二）作品上都好似糜烂的资本主义社会中的性关系为描写题材"。"完全没有其存在之社会的根据"，烟消云散就不足为奇了。（第 89 页）

尚有所谓"新科学的文艺""日本主义文艺"（爱国文艺）等的蠢动。菊池宽、久米正雄是代表人物。

"总而言之，无论是'既成作家大团结'，无论是反普罗的'新兴艺术派'，也无论是'新科学的文艺'或'大日本主义的文艺'，都不外是没落阶级底临终的变态的挣扎，绝对不会再有它们底发展的前途。"（第 89 ~ 90 页）

二、日暮途穷的"文战派"

"文艺战线派"（劳农艺术家联盟）早已蹈入社会民主主义的泥坑。前有青野季吉、前田河广一郎、叶山嘉树、金子洋文；1930 年 11 月哈尔可夫会议之后，又有细田民树、细田源田、小岛勖、间宫茂辅、大山广充、米田旷、山村梁一等。日军侵占东三省以来，他们中的伊藤永之介发表《万宝山》、里村欣三发表《北满战场横断记》，与军国主义者一个鼻孔出气。

三、迈进途上的"耐普派"

"耐普"是全日本无产阶级艺术团体协议会的简称。哈尔可夫会议根据日本的报告，对日本的普罗文学有八条具体决议（详见第93页）。贯彻国际的决议，他们提出，在创作上要克服"作品内容底固定化和题材底狭隘化"。在理论批评上，最主要的是"创作方法上的唯物辩证法"之倡导。为此特别介绍了苏联"拉普"的四篇文章：E.裴斯巴罗夫的《现实之拥护》（机械论派）、A.法捷耶夫的《为着立脚于唯物辩证法的艺术》（此文即前述何丹仁译的《创作方法论》）和《普罗文学上的题材性》、F.潘费罗夫的《关于〈鼠之爱〉及其他》。接着，谷本清发表《关于艺术方法的感想》的长文，"明确提出来了创作方法上的'唯物辩证法'底具体的应用方式，并对日本以前的理论和作品下了极精确的批判"。关于普罗艺术运动的再组织问题，至1931年8月，耐普所属的作家同盟、剧场同盟、映画同盟、美术家同盟、音乐家同盟、普罗科学研究所、日本普罗世界语者同盟，共同组成"日本普罗文化联盟中央协议会"，简称普罗文化联盟。这是"日本普罗文化界底一个划期的变革"。（第94页）

关键词：1931年日本文坛 "唯物辩证法"的创作方法

沈端先译《报告文学论》

1932 年 1 月 20 日

〔日本〕川口浩作、沈端先译《报告文学论》，载《北斗》第2卷第1期特大号。第240~263页。

本文第一题将培养劳动通信员和用报告文学形式创作视为同等重要。

俄国党十三大报告说："劳动者通信员和农民通信员，我们非将他们看做将来要从他们里面产出工农作家的预备队不可。"

德国《左翼曲线》杂志载文称："新的普洛文学的新的样式正在产生，这就是劳动通信和工场壁报。……我们的后继者，要从劳动通信员及工场壁报的制作者的里面产生出来。"（第241页）

什么是报告文学：

"报告文学及至通信员的名称，是 Reportage 的译音。""因为机械工业的急剧的发达，和阶级斗争的尖锐的进展，在文学的领域，也和在政治的领域一样地驱逐了 Romantic 的成分。在熔矿炉喷着火焰，兵工厂生产着最精巧的杀人机器的现在，什么星啦紫罗兰啦的故事，已经变成了时代落伍的作品，要靠文字吃饭的人们，无论如何也非应顺新闻杂志的势力不可。这，就是近代的集纳主义（Journalism）和 Feuilleton 产生的社会的根源。"（第 241 页）和其他名称一样，报告文学的最大力点，"是在事实的报告"。但要有一定的目的和一定的倾向。"这就是社会主义的目的。""所以，据基休的意见，假使有人要做好 Reporter，要做生活现实的报告者，那么非有下述三个条件不可。就是：毫不歪曲报告的意志，强烈的社会的感情，以及企图和被压迫者，紧密地连结的努力。"（《地方通信员实践》）（第 242 页）

著名的报告文学作者和作品：

美国的贾克·伦敦、亚泼顿·辛克莱、约翰·里特；法国的亨利·倍朗；德国的亚尔弗里特·濮尔伽，杭司·西姆仁的《保罗是善良的》，加奇米尔·爱德许米德的《巴斯克人》《牡牛》《阿拉伯人》，莱渥·麦夏司的《逃到墨西哥》，亚尔奉司·伯凯德的《台儿非的放浪》，亚尔志尔·霍利偕的《不安的亚洲》，哀贡·爱尔文·基休的《时代》《狂速的报告》《死狗和活犹太人》，莱渥·拉尼亚的《旅途的武器》《希德莱尔李尔顿登独尔夫事件》等，还有凯尔司登、休拉志诺夫、渥顿、洛脱、渥尔郎、拉司尔尔等。

关键词：培养劳动通信员　运用报告文学形式

1932 年 1 月

艾青离法国回国，抵上海。

1932 年 2 月 3 日

茅盾、鲁迅、叶圣陶、郁达夫、丁玲、胡愈之、陈望道、何丹仁（冯雪峰）、周起应、田汉、沈端先、华汉等 43 人，就日本侵犯上海的"一·二八事变"，联名发表《上海文化界告世界书》。

关键词：就"一·二八事变"，茅盾、鲁迅等联名发表《上海文化界告世界书》

1932 年 2 月 3 日

从本日起，《文艺新闻》每日出战时特刊《烽火》，报导战事实况。共出 13 期。

关键词：《文艺新闻》出战时特刊《烽火》

1932 年 2 月 7 日

鲁迅、茅盾、胡愈之等 129 名爱国人士签名发表《为日军进攻上海屠杀民众宣言》（胡秋原起草）。

关键词：鲁迅等发表《为日军进攻上海屠杀民众宣言》

1932 年 2 月

高尔基著、穆木天译《初恋》（小说集），由上海现代书局出版。

关键词：高尔基《初恋》出版

1932 年 3 月 9 日

左联秘书处扩大会议通过《关于左联目前具体工作的决议》①，共六条：

第一，"左联既然是一个革命的战斗的文艺团体,它应当赶紧动员自己的力量去履行当前的反帝国主义的战斗任务"。"左联应当更有系统地参加一般的革命斗争的民众团体。"

第二，"左联应当'向着群众'！应当努力的实行转变——实行'文艺大众化'这目前最紧要的任务"。"尤其要加紧工农兵通信员运动的工作，以及工农兵读书班、讲报团和说书队的工作，加紧从这些工作中教育出工农作家及指导者。"还应当实行"欧化文艺"的大众化。

第三，"青年文艺研究团体应当是左联的后备军"，必须加紧领导。要将世界普罗文学名著，如《铁流》、《毁灭》，用最简短的讲故事的口头谈话的形式，普及到群众之中去。

第四，在文艺斗争上，"应当严重的注意到所谓第二流第三四流的反动文艺（一直到礼拜六派）以下的'通俗文艺'"。"必须建立有系统的批评工作"。自己的创作，要"适合当前斗争的需要，创作的中心口号应当是：'揭穿一切种种的假面具'，'表现革命战斗的英雄'，'文艺的大众化'"。"在反对和肃清一切非无产阶级意识的斗争过程之中，研究普罗文艺理论和技术"。

第五，左联现在除了在北平、天津有它的支部以外，其他各地都还没有支部，应当赶快在广州、汉口、青岛、南京、杭州等地，以及苏区建立支部或小组。

---

① 载 1932 年 3 月 15 日左联秘书处出版《秘书处消息》第 1 期。

第六，"左联必须开始有系统的介绍世界的革命文艺和普罗文艺的工作，尤其要和'国际革命作家联盟'及各国普罗文学团体建立比现在更好的更密切的关系。"

关键词：左联秘书处通过决议：左联应当向着群众，实行文艺大众化贯彻"拉普"的唯物辩证法的创作方法

1932 年 3 月 20 日

蒋光慈《三对爱人儿》，短篇小说集，上海月明书店出版。

这是一本盗版书。

自从普罗文学运动兴起以来，蒋光慈的著作很有卖点。一本书出版当年再版几次是平常事，据郁达夫说，有的竟 1 年之内再版 6 次。

通常是将他的书改名出版。如，将《少年飘泊者》改名《长信一封》，将《鸭绿江上》改名《李孟汉与云姑》，将《冲出云围的月亮》改名为《革命前线归来的王曼英》，等等。

《三对爱人儿》则是将他人的书安上蒋光慈之名出版，这是很稀奇的。

《三对爱人儿》的作者实际上是邹坊，内收短篇小说 7 篇：《归来的道上》《北老儿》《三对爱人儿》《浓酒与淡味》《胡须的鬼》《紫樱与嫩卿》《消息》。上海联合书店 1931 年 4 月 20 日出版。毛边，32 开本，无统一编号。书前有谢六逸和黄天鹏写的两篇序。出版后，当年 5 月 4 日《文艺新闻》第 8 号第 4 版"读书顾问"专栏，刊有清苹对该书的介绍；8 月 10 日出版的《现代文学评论》第 2 卷第 1、2 期合刊上，又有该书的出版广告，说："这是一部很美丽的小说，其中充满着有味的速写，纯然是作者自己的反映。作者是以幽默著的，这部书全是幽默的结晶。……凡爱好文学者，不得不读。"

说月明书店的《三对爱人儿》是盗版，根据是：书的内容、页码、版式、装帧、封面设计、书名的字体都没有变，连印数都一样，也标的是 1500 册，只将封面的蓝色改为淡红，去掉了原书介绍邹坊情况的黄序，又将谢序的"谢"字去掉，并将谢序的写作时间由 3 月改为 2 月，就成了蒋光慈的著作，封面上堂堂正正地写上了"蒋光慈著"。①

简单说，就是：月明书店盗了上海联合书店的版，又盗了蒋光慈的名字。

关键词：盗版书的另一种形式——邹坊的《三对爱人儿》以蒋光慈名字出版

---

① 参见拙著《踏青归来》，天津人民出版社，1981 年 8 月第 1 版，第 37～38 页。

1932 年 3 月 20 日

中国新闻记者联盟成立。出版《集纳批判》。

关键词：中国新闻记者联盟成立

1932 年 3 月

胡秋原《钱杏邨理论之清算与民族主义文学理论之批评——马克斯主义文艺理论之拥护》，载《读书杂志》第 2 卷第 1 期。

本文以"基础理论之混乱""俗流观念论之本体""非真实批评""右倾机会主义"四个部分批评钱杏邨理论之错误。

胡秋原的文章说：钱杏邨打着"Marxism"批评的旗号，而其内容可说是和马克思主义毫不相干。现在应该注意马克思主义的赝品。钱先生的"理论"实在与马克思主义不仅相隔太远，而且简直是马克思主义的反面。是对马克思主义的歪曲、误用和恶用。"钱先生将马克斯主义谑画（Caricature）化了。"

胡秋原依据的是钱杏邨的 4 本书：《怎样研究新兴文学?》、《现代中国文学作家》第一二卷、《文艺批评集》。

关键词：胡秋原批评钱杏邨的理论

1932 年 3 月

冯乃超奉命调到武汉工作。因岳父李书城再度出任湖北省建设厅厅长，后任民政厅厅长，冯乃超先任建设厅秘书，继任民政厅股长。他主要以国家保卫局（中共"特科"）成员身份，为党做情报工作。夫人李声韵一同前往。

身为作家，这期间兼任中共情报工作的先后还有几人。

关键词：冯乃超调武汉工作

1932 年 3 月

田汉、丁玲、叶以群、刘风斯等人加入中国共产党。

瞿秋白系统介绍马克思、恩格斯、普列汉诺夫、拉法格论文艺

1932 年 4 月以前

瞿秋白根据苏联公谟学院《文学遗产》公布的马、恩书信材料，编成

《马克思主义文艺论文集：现实》。内容有：（一）马克思、恩格斯和文学上的现实主义；（二）恩格斯和文学上的机械论；（三）文艺理论家的普列汉诺夫；（四）拉法格和他的文艺批评。后由鲁迅编入《海上述林》。

关键词：瞿秋白系统介绍马恩文论

联共（布）中央解散"拉普"

1932 年 4 月 23 日

联共（布）中央发表《关于改组文艺团体》的决定。决定解散"拉普"，筹备成立全苏作家同盟。

从 1928 年 5 月"拉普"第一回总会到解散的 4 年间，"拉普"在理论斗争方面，与取消主义、机械论、折衷主义斗争，确立了普罗的领导权，把许多优秀的"同路人"作家团结到自己的阵营，有很大的历史功绩。但在如何团结旧作家，培养新作家等方面，"拉普"组织上"不是同盟者就是敌人"的宗派主义、关门主义，理论上的"唯物辩证法的创作方法"，已经不适应新的形势了。

关键词：联共（布）中央决定解散"拉普"，批判"唯物辩证法的创作方法"，提倡社会主义现实主义

1932 年 4 月 25 日

左联机关刊物《文学》半月刊在上海创刊。仅出 1 期。小 32 开，共 52 页。

本期就三篇文章：同人《上海战争和战争文学》、史铁儿《普洛大众文艺的现实问题》、洛扬《论文学的大众化（在中国妇女文艺研究会的报告)》。

同人《上海战争和战争文学》（写于 1932 年 3 月）说：有革命战争和反革命战争。民族主义文艺诗人们是拥护地主资产阶级在列强帝国主义的支持之下的反革命战争的；为着欺骗民众，在帝国主义的侵略面前，他们狂喊："用四万万人的肉去塞住日本的炮口"。文章写道：中国的革命文学和普洛文学一定要赞助革命战争——"反对帝国主义并且反对中国地主资产阶级的战争"，在文艺战线上努力揭穿帝国主义列强、中国地主资产阶级及冒充革命的资本家的走狗。"劳动民众和兵士现在需要自己的战争文学，需要正确的反映革命战争的文学，需要用劳动民众自己的言语来写的革命战争的文学。"（第

1~7页）

关键词：左联创刊《文学》半月刊

1932 年 4 月 25 日

史铁儿（瞿秋白）《普洛大众文艺的现实问题》（写于 1931 年 10 月 25 日），载《文学》半月刊创刊号，第 8~42 页。

列宁的话是本文的理论根据。列宁说：

"这将要是自由的文艺，因为这种文艺并不是给吃饱了的姑娘小姐去服务的，并不是给胖得烦闷苦恼的，几万高等人去服务的，而是给几百万几千万劳动者去服务的，这些劳动者才是国家的精华，力量和将来呢。"

（普罗文艺）"要是自由的文艺，因为调动新的力量和更新的力量，到这种文艺的队伍里来的，并非贪欲和声望，而是社会主义的理想和劳动者的同情"。

瞿秋白的文章一开篇就说："中国普洛大众文艺的问题，已经不是什么空谈的问题，而是现实的问题。"（第 8 页）现实问题有：第一，用什么话写？第二，写什么东西？第三，为着什么而写？第四，怎么样去写？第五，要干些什么？

他说：目前中国民众所能够"享受"的文艺只能是"连环图画，最低级的故事演义小说（七侠五义，说唐，征东传，岳传等），时事小调唱本，以至于火烧红莲寺的大戏，影戏，木头人戏，西洋镜，说书，滩黄，宣卷等"。（第 12 页）其宣扬的意识形态则是"乌烟瘴气的封建妖孽和'小菜场上的道德'——资产阶级的'有钱买货无钱挨饿'"的玩意儿。（第 12 页）

关于用什么话写，他说，"五四"文学革命是失败了，没有完成它的任务，只是"产生了一个非驴非马的新式白话"——"骡子话"，即"可以看而不可以懂的话"。"中国还需要来一次文字革命，像俄国洛孟洛莎夫到普希金时代的那种文字革命。"这革命同样要由无产阶级来领导。这种革命就是"用俗字写一切文章"；"有极少数的新进作家，像穆时英，张天翼，以及以前的一些老作家，都在自己的作品里注意到俗字的运用"。"不注意普洛文艺和一切文章用什么话来写的问题，这事实上是投降资产阶级，是一种机会主义的表现，是拒绝对于大众的服务。"总之，用什么话来写，这是普罗"大众文艺的一切问题的根本问题"。（第 14~21 页）

关于写什么东西，应当是旧式体裁的故事小说，歌曲小调，歌剧和对话剧等，还应当运用连环图画的形式，更应当使一切作品能够成为口头朗诵、

宣唱、讲演的底稿。但要防止投降主义，就是盲目地去模仿旧式体裁。（第23～24页）

关于为着什么而写：（一）是鼓动作品，所谓"Agitka"。"急就章"是不可避免的，但应尽可能使它艺术化，就是使标语口号艺术化。（二）为着组织斗争而写的作品。（三）为着理解阶级制度之下的人生而写的作品。"需要从无产阶级的观点去了解"。"总之，普洛大众文艺的斗争任务，是要在思想上武装意识上无产阶级化，要开始一个极庞大的反对青天白日主义的斗争。五四时期的反对礼教斗争只限于知识分子，这是一个资产阶级的自由主义启蒙主义的文艺运动。我们要有一个'无产阶级的五四'，这应当是无产阶级的革命主义社会主义的文艺运动。"（第30页）

关于怎么样写："文艺的作品应当经过具体的形象，——个别的人物和群众，个别的事变，个别的场合，个别的一定地方的一定时间的社会关系，用'描写''表现'的方法，而不是用'推理''归纳'的方法，去显露阶级的对立和斗争，历史的必然和发展。"（第32页）为此，要预防恶劣资产阶级影响的复活。如，感情主义（即浅薄的人道主义），个人主义，团圆主义（"没有失败，只有胜利；没有错误，只有正确"），脸谱主义，等。普罗大众文艺必须用普罗现实主义的方法来写。（第31～37页）

关于要干些什么：（一）开始俗话文学革命运动。（二）街头文学运动。（三）工农通信运动。（四）自我批评的运动。

认为"五四"文学革命运动产生的是"非驴非马的白话"，即"骡子话"，此说正像他在这之前说的要脱掉"五四"的衣衫一样有名。

关键词：瞿秋白说普罗文学大众化已经是现实问题 "五四"文学革命产生的是"非驴非马的白话" 用什么话来写，这是普罗"大众文艺的一切问题的根本问题"

1932年4月

阿英编选《上海事变与报告文学》，由上海南强书店出版。

阿英即钱杏邨。他以南强编辑部的名义写的序言《从上海事变说到报告文学》说："一二八的上海事变，十九路军以及民众对日本帝国主义的英勇的反抗，是开始了中国的民族战争。"战争中和战争后，作家们的文笔活动"产生最多的，是近乎Reportage的形式的一种新闻报告；应用了适应于这一事变的断片叙述的报告文学的形式，作家们传达了关于一二八以后各方面的事实。……反映了战争的经过，几次大战的全景，火线以内的情形，后方民众的活动，救护慰劳的白描，以及其他一切等等事件。"

"报告文学最大的力点，是在事实的报告。"按照报告文学家基希的要求，"假使有人要做优秀的报告文学者，要做生活现实的报告者，非据（具）有毫不歪曲报告的意志，强烈的社会的感情，以及企图和被压迫者紧密的连结的努力的三个条件不可"。

关键词：上海事变与报告文学　报告文学体裁的第一次实际运用

1932 年 4 月

蒋光慈著《田野的风》（即《咆哮了的土地》），上海湖风书局，初版，为文艺创作丛书之一。

1932 年 4 月

〔俄国〕弗理契著、沈起予译《欧洲文学发达史》，由上海开明书店出版。

《现代》创刊

1932 年 5 月 1 日

大型文学月刊《现代》在上海创刊。施蛰存主编。上海现代书局主办。

戴望舒、施蛰存、杜衡、穆时英是主要供稿者，茅盾、巴金、鲁迅、郭沫若、老舍、郁达夫等也有多量文章在该刊发表。

创刊号发表的创作中，有张天翼的短篇小说《宿命论与算命论》、魏金枝的短篇小说《前哨兵》，有适夷的报告文学《战地一日》。评论有苏汶和易嘉（瞿秋白）二人评茅盾的小说《三人行》的文章。

版权页标明："本刊文字不许转载！"（下同）

关键词：《现代》杂志创刊

1932 年 5 月 1 日

张天翼《宿命论与算命论》、魏金枝《前哨兵》两篇短篇小说，载《现代》创刊号。第 38 ~ 57、69 ~ 80 页。

《宿命论与算命论》是对自首变节者、进而出卖朋友的无耻之徒的鞭笞。舒可济根据形势的变化，早就脱离了共产党。他不满意每月只挣三四十元的特务员工作，就以出卖朋友作为向上爬的阶梯。林曼青（林克骏，外号小瘪嘴）本来是他的好朋友，现在又收留他，过去读书时曾从多方面资助过他，他却丧失天良，告发林曼青是共产党，并带领特务去捕捉，把朋友送上死路。

《前哨兵》没有名字，就叫前哨兵。他胆小，怕鬼。以至于懦弱到：庄子里的一个地主竟然深更半夜钻进他两夫妻的被窝，与他的妻子耕云播雨，他都不敢叫，第二天也不敢告发。在部队，在跟随小老胡的过程中，他终于锻炼得坚强些了。

关键词：张天翼《宿命论与算命论》　魏金枝《前哨兵》

1932 年 5 月 1 日

适夷《战地一日》，载《现代》创刊号，第 149～157 页。

上海淞沪战争中，适夷参加一次向闸北前线送军需品，并慰问士兵的活动。

十九路军的一位战士向他们说："系唠，政府呒可靠，我们全靠后方老百姓，我们想着有老百姓在背后，我们便什么也不怕，起先长官不许我们打，我们一定要打，长官也只好听我们啦。"（第 154 页）

"沉默了一会之后，他又对我说了。他告诉我，他的经历，在广东当兵，到过江西打共产党，后来调到南京，又调到昆山，这会儿到闸北来。打过很多的仗，这一次才打得有意思。""我们打江西的时候，打进一个地方，一个老百姓也不见，要吃的呒吃，要住的呒住，墙头上写了许多大字：'穷人呒打穷人。'老百姓见我们比鬼还怕。"（第 154～155 页）

关键词：楼适夷沪战特写《战地一日》

1932 年 5 月 1 日

苏汶《读〈三人行〉》、易嘉《谈谈〈三人行〉》，同载《现代》杂志创刊号，第 124～132 页。

茅盾的中篇小说《三人行》1931 年 12 月出版。

苏汶说，茅盾的小说欲写出三种典型：一个是堂吉诃德先生，代表人物是云；一个是虚无主义者，代表人物是许；第三种类型的代表人物是惠。都写得不成功。苏汶认为，"假使这一段故事被写成一个独立的短篇，我想结果是定要比目前这部《三人行》好得多"。作为一部文艺作品，云、许、惠三人之间"缺少一点连环性"。（第 127 页）

易嘉（瞿秋白）说：小说中"一切都是局促的，一切都带着散漫的痕

迹"。（第128页）

《三人行》中的3个人："一个是贵族子弟的中世纪式的侠义主义（姓许的），一个是没落的中国式的资产阶级的虚无主义（叫惠的青年和馨女士），一个是农民小资产阶级的市侩主义（叫云的青年）。作者要写他们的破产和没有出路，写农民的子弟怎么样转变到革命营垒里去。"（第128页）

瞿秋白说："《三人行》的创作方法是违反第亚力克谛——辩证法的，单就三种人物的生长和转变来看，都是没有恰切现实生活的发展过程的。二则这篇作品甚至于反现实主义的。"瞿秋白说的是茅盾没有按照苏联"拉普"的唯物辩证法的创作方法写作。"侠义主义的贵族子弟差不多是中国现实生活里找不出的人物；虚无主义的商人子弟又是那么哲学化的路数，实在是夸大的，事实上这种虚无派要浅薄而卑鄙得多；至于市侩主义的农民那又写得太落后了——比现实生活中的活人和活的斗争落后得多。"总之，《三人行》是"很有益处的失败"，对于一般革命作家也是一种"教训"。（第132页）

关键词：苏汶、瞿秋白评茅盾《三人行》 瞿认为茅盾没有按照唯物辩证法的创作方法写作 《三人行》是"很有益处的失败"

1932年5月1日

上海现代书局在《现代》杂志创刊号登载的新书广告有：

《大学生私生活》：新性爱问题的伟大名著，周起应、立波合译，实价一元。"这是一部标识最高急进的性道德的问题小说。在这里面，有淫荡炽烈的爱情描写，大胆赤裸的闺房光景的可惊的展开，穿插以离奇曲折的侦探事件，和谋害自杀的悲剧的结果，而最后指示出一种以健全的同志结合为基础的恋爱理论。意识正确，风格新颖，译笔亦忠实流畅。"

《伟大的恋爱》：柯伦泰夫人著，李兰译，实价七角五分

《没有樱花》：罗曼诺夫著，蓬子译，实价六角

《初恋》：高尔基著，穆木天译，实价一元

献给1932年歌德百年纪念祭 现代书局发行歌德两大名著 郭沫若译：

《少年维特之烦恼》："本书是少年歌德最伟大的不朽名著。书中主人公维特之性格，便是'狂飚突进时代'（Sturm und Drang）少年歌德自身之性格，维持之思想，便是少年歌德自身之思想。本书在1774年出版后，一般青年大起共鸣，追慕维特之遗风，而效学其装束。青年黄裤的'维特热'（Werthersfieber）流行于一时，苦于性的烦闷的青年，读此书而实行自杀者有人，自杀之后在衣囊襟袋中每每有挟此小书以殉者。本书之动人有如此者。"

《浮士德》："本书是老年歌德的不朽名著，是费了他数十年的长时期的努力才写成的。译者郭沫若先生亦费尽 10 年辛苦才译出来。译者自己说：'原作本是韵文，我也全部用韵文译出来了。……为要寻相当的字句和韵脚，竟有为一两行便虚费了我半天工夫的时候。'想见本书翻译之精审，实为与原文同具不朽的名译。全书 402 页，32 开本，道林纸精印，卷首刊少年歌德与老年歌德名贵铜像 2 幅，末附译者译后序 4 页。"

郭沫若先生二部连续性的自序传

《划时代的转变》："本书为沫若先生自序传中最重要的一本。他抓住了辛亥反正前后中国社会由封建的政制向资本主义制度转换期中的主要现象，以及作者自己在思想上的转换，以唯物论者的观点，充分描写与表现了出来。全书 10 万言，道林纸精印。"实价大洋七角

《黑猫》："本书是《划时代的转变》的续篇。主要的内容是叙述作者结婚的经过，及当时的社会情形，作者是旧式婚姻下的一个俘虏，他痛悔着自己当时对于婚姻问题的机会主义错误。在这个时代中，与作者陷于同一命运中的，一定不少。本书因此是现代青年不可不读的书。"实价三角五分

划时代的杰作《创造十年》：郭沫若著。"本书系郭沫若先生最近脱稿之长篇创作，系以创造社主要人物及经过事实为经，而以在时代转换中之种种活动为纬。创造社之活动在初期中国新文艺运动中有不可磨灭之勋绩，对于后来之影响尤大，惟外间对于其活动颇多误解及隔膜。本书则以发动人的立场，以自传的体裁，详细解剖并报道酝酿与实现之经过，故不仅为中国新文艺运动中之最重要史料，且亦为目前荒漠的文艺园地中唯一突破水平线的杰作！"

《上海抗日血战史》

关键词：现代书局新书广告

1932 年 5 月 2 日

《榴花的五月》，载《文艺新闻》第 53 号。

文章结尾号召："我们要推动与扩大大众革命的民族战争！我们要有推动革命的民族战争的大众文学！"

关键词：推动革命的民族战争的大众文学

1932 年 5 月 5 日

辛予《一九三一年南京文坛总结算（上）》，载南京《矛盾月刊》第2 期。

文章在总结之前，有对整个文坛的鸟瞰。曰：

"追随着世界形势的动乱，1931 年中国社会的一般现象是毫无两样地陷落于动乱之中。而整个中国的文坛，也由于这洪流的冲激（击），开始在它本身广大的领域内建筑了一座'思想与意识'的分水岭起来，这，便是左翼的普罗利塔利亚特文艺，与右翼的民族主义文艺的对峙局面之酿成。

"如果我们把自己位置在第三者的立场，以纯粹的客观眼光来观察这两大派别在这一年中势力之消长，及其读者大众之把握的数量，立刻就可以使我们明白时代是在需要一点什么？而且在另一面，也同样很准确地指示我们今后所应该走的途径。

"承袭着创造社这一系提倡'革命文学'的主张，经过第三国际卵翼下的中国共产党的豢养而呐喊着'普罗利塔利亚特'口号的左翼联盟这一群，在其初始发动之际，似乎也有过一番很澎湃的景况；当时上海的出版界是整个地被他们盘踞着，所有各书局的定期出版物，也由于环境的威胁与牵制，多半被利用为机关的宣传品。因之一般本来彷徨在歧途中的青年读者，惑于眼前的新奇的热闹的变幻而跟着盲目地附和起来了。依照真理来批判：若果普罗利塔利亚特文艺运动确实是诚意的为了劳苦大众底解放，而并不希望藉此来完成几个野心者个人的利欲，则其存在性是绝难否认的。无奈这一群所谓中国左翼作家，过去多半是沉沦于重份的'罗曼蒂克'底气氛里边；他们的口头虽然很堂皇的叫出了这崭新的口号，但是本身的实际生活却依然迷恋着旧的颓废底骸骨。他们不仅没有挺身到劳苦大众的队伍中去体验；甚至连一个浮面的概念都不曾观照清楚，于是这一种欺骗了劳苦大众的买卖——纯粹出于个人主义底理想的，虚设的口号文艺，终于在一瞬的时间中为青年读者们所识破而整个崩溃下来了。"

关键词：《矛盾月刊》载文鸟瞰 1931 年文坛，普罗文学"崩溃"

1932 年 5 月 20 日

《北斗》第 2 卷第 2 期出版。

本期刊载的新人新作是葛琴《总退却》、文君《豆腐阿姐》，并丹仁的评论《关于〈总退却〉和〈豆腐阿姐〉》；鲁迅杂文《我们不再受骗了》；刊载的论文有《民族革命战争的五月》（丹仁）、《我们所必须创造的文艺作品》（茅盾）、《五四和新的文化革命》（易嘉）、《上海事变与鸳鸯蝴蝶派文学》（阿英）。

关键词：《北斗》2 卷 2 期出版

葛琴《总退却》、杨之华《豆腐阿姐》

1932 年 5 月 20 日

《北斗》第 2 卷第 2 期刊载文学新人两篇小说：葛琴《总退却》、文君（杨之华）《豆腐阿姐》。

两篇作品都写上海"一·二八"事变，即日本侵略上海的淞沪战争。都是两人的处女作。

葛琴《总退却》：作品中就两个人物，"一开口就喷唾吐沫的贾金魁"，入伍不到两年的寿长年。主要写寿长年的经历：前线——撤退——医院，环境是兵士——群众（工人义勇军）——学生慰问者。小说主要是烘托气氛。十九路军的兵士和民众要坚决抵抗日军的侵略，上峰却下达总退却的命令。寿长年："谁要不许咱们打，老子们便先去打谁！"（第 273 页）老百姓："他们不懂得什么列强帝国主义的武装侵略，更不懂得瓜分中国的野兽行动。只晓得东洋人很坏的，非常不讲理的。会飞到天上去，毫不费力的来烧毁他们住的用的吃的东西，并且天天在捉中国人，捉去挖眼睛，割鼻子，抽肚肠，丢到黄浦江里去。女的，就先强奸了，再杀死她，同样葬到黄浦江，苏州河里去。……"（第 274 页）特殊时期，军民同心，同仇敌忾。兵士们一改过去懒打仗、想逃跑的心理，急切地要冲出去杀侵略者；他们得到当地老百姓的支持，特别是上海工人义勇军、学生慰问队的支持。寿长年的满口脏话——"妈勒格屄""臊他的屄""臊你妈的祖宗十八代""操死你奶奶""狗屄养的"之类，也觉得是情之所至，并不讨厌。

杨之华《豆腐阿姐》：写豆腐阿姐和丈夫阿明在"一·二八"战争前后的遭遇，作品也是以场景、气氛、人物心理活动取胜。豆腐阿姐是一个年仅 22 岁却已经有 10 年工龄的丝厂女工。工厂里的工头、流氓都想吃她的豆腐，揩她油，她只得嫁给同一纱厂的铜器修理工阿明，并已生一子。阿明前妻留下一个 10 岁的女儿阿毛。无论两人怎样拼命做工，其收入却不够糊口。襁褓之中的小宝宝白天没有奶吃，豆腐阿姐的奶水却将内衣浆成块。她们在厂里累得骨头散了架，回到家里，没有灯，没有吃，听到的是哭声和要债的信息。家里垃圾成堆，尿盆里的尿发出熏天的臭气，脏衣服扔满地，阿毛没有洗脸洗手，"堆积在嘴角里的残余食物发出腥膻的臭气"，以致被老鼠咬伤了脸。她将衣服偷偷地拿到厂里去洗，却被工头发现，丢到火炉里烧了。淞沪战争中，她们全家仓皇逃难。她怀中的小宝宝被日军用刺刀切成几段；她自己被日兵捆在床上遭轮奸，后发疯，死在垃圾堆旁；她丈夫也被日兵杀死。小说中也插笔写十九路军的战士从生活中获得的教育：在江西"剿匪"时总吃败仗，老百姓不帮忙；现在却不同，"我们打的是日本帝国主义"，得到老百姓的全力帮助。（第311页）

两篇小说写的是滚烫的生活，眼前的现实，而且是重大题材。但不教条，生动，真实，富于感染力。

同时刊载丹仁（冯雪峰）的评论《关于〈总退却〉与〈豆腐阿姐〉》。第359～362页。

冯雪峰的评论说："两位作者，不用说是初次在稿纸上写上自己的名字的人，她们简直还不知道怎样去锻炼句子，什么叫做小说的结构……；但是对于群众生活和斗争的热情，对于急于要求文学去表现伟大题材的浓厚兴趣，便成为她们的勇敢的试作的动机。她们不过是跟着一种新的文艺运动而产生的，正是产生和将要更多地产生的多数青年群众作家之一罢了，而这些青年群众作家的'幼稚的'作品，也许要为'文学大家'和赏鉴家们所鄙弃的，但对于同样地'幼稚的'广大的群众，却有很大的意义和兴趣。不但如此，这样的'幼稚的'作家和作品，对于我们是愈多愈好，因为这将造成了发达的丰富的文艺生活，而伟大的那强有力地感动着数千百万的人的作品和作家，也将由这种多数人的发达的丰富的文艺生活所造成。"（第359页）这两篇"幼稚的"作品还表明：我们目前关于创作的题材和任务方面，号召作家抓住群众反帝战争的时事的事件，已经有青年群众接受了。

冯雪峰指出，上述两篇作品的缺点和错误是："首先且说一说以上海战争为题材的作品是应当怎样写的。凡是以上海战争为题材的作品，必须把上海战争的本质及战争的发展和变化的过程，特别是其中的阶级的关系及其作用，帝国主义和统治阶级各派的阴谋和破坏，兵士和民众的互相关系，他们的情绪，他们对于反帝的认识及其变化，总退却的过程及其阶级的意义，当时兵士和民众的情绪和斗争，等等，看作不能不表现的总要点。这些应当是以上海战争为题材的作品之根本的主题。""其次，要正确地抓住总要点，要真实地反映上海战争，要从这战争得出教训来，就必须把这战争放在世界的阶级斗争的尖锐及中国红白战争的激烈的图画中来分析，必须真实地描写兵士和民众，不容许有丝毫的理想化。"（第360～361页）

要照着这样的指导来写，非出公式化、概念化、脸谱化不可！满朝都是这样的指导，何能出"伟大的作品"？

关键词：新人小说：葛琴《总退却》、杨之华《豆腐阿姐》　冯雪峰评论的教条化

1932 年 5 月 20 日

鲁迅杂文《我们不再受骗了》、彬芷《五月》，载《北斗》第 2 卷第 2 期。

鲁迅的杂文和丁玲的随笔，都是现代文学史上的名篇。鲁迅的名言是："帝国主义和我们，除了它的奴才之外，哪一样利害不是和我们正相反。我们的痈疽，是它们的宝贝，那么，它们的敌人，当然是我们的朋友了。它们自身正在崩溃下去，无法支持，为挽救自己的末运，便憎恶苏联的向上。谣诼，诅咒，怨恨，无所不至，没有效，终于只得准备动手去打了，一定要灭掉它才睡得着。"又说，"帝国主义的奴才们要去打（苏联），自己（！）跟着他的主人去打去就是。我们人民和它们是利害完全相反的。我们不受骗了。我们反对进攻苏联，我们倒要打倒进攻苏联的恶鬼，无论它说着怎样甜腻的话头，装着怎样公正的面孔"。（第 330 页）

丁玲的随笔构思极巧。她以在昏暗的地下室，排字工人拣铅字排出一条一条的消息，说及天下事，将政治、军事、外交、民众的生活和思想情感，一层一层地剥出，将自己的憎恶和盘托出，却不伤大雅。

关键词：鲁迅《我们不再受骗了》　丁玲《五月》

1932 年 5 月 20 日

冯雪峰《民族革命战争的五月》，载《北斗》第 2 卷第 2 期。第 317～319 页。

文章指出："民族的革命战争，必须是反对帝国主义的战争，必须是反对地主资产阶级的战争。""工人农民苦力""他们是中国的民族革命战争的主力军和反对帝国主义和地主资产阶级而彻底实行民族革命战争，是在中国到处爆发出来了"。这民族革命战争，以"工人农民苦力"为领导，以东北义勇军和上海十九路军为主体，以反对帝国主义、反对地主资产阶级为战争内容。

革命文学者"应当携带文学的武器加入民族的革命战争，创造民族的革命战争文学，应当把五四以来的文化革命的领导权完全确保在无产阶级的手里，而使五卅以后的普洛文学运动向更高的阶级发展"。（第 318 页）

"五四发动的文化革命，现在由无产阶级来领导"。

文章更说："这样的战争文学，将是新的战争文学，即根据'以革命的战

争消灭帝国主义战争与军阀战争'的原则的文学,不仅将给与民族主义的战争文学(如《陇海线上》和《国门之战》)及人道主义的战争文学(如孙席珍的《战场上》等)以无情的打击。"(第319页)

提法:"五卅以后的普洛文学运动"——"五卅"以后才有普罗文学运动。

关键词:冯雪峰提出"民族革命战争的文学"的口号

1932 年 5 月 20 日

茅盾《我们所必须创造的文艺作品》,载《北斗》第 2 卷第 2 期,第 320 ~ 328 页。

茅盾的文章提出:"一·二八"战事之后,人们思考"上海问题将怎样呢?东北问题将怎样呢?日美俄 3 国的关系将怎样呢?"能够对于一般市民心目中的问题给予一个正确解答的文艺作品,本文作者认为应该是这样的,"文艺家的任务不仅在分析现实,描写现实,而尤重在于分析现实描写现实中指示了未来的途径。所以文艺作品不仅是一面镜子——反映生活,而须是一把斧头——创造生活。""立在时代阵头的作家应该负荷起时代所放在他们肩头的使命。"

"在沪战,必须艺术的地表现出上海民众抗日作战的奋勇,士兵英勇的牺牲,安全区域内小市民的又惊又喜,对于帝国主义武力的'拜物教'的迷信,感到没有出路时的颓废纵乐,以及小商人的主战终于敌不过大商人的和平运动,——在帝国主义经济势力集中点的上海,便是狭义的爱国主义也受压迫。"(以上第 320 ~ 321 页)

其实,茅盾的药方也有先验的成分,并不符合文艺创作的规律。文艺作品不仅要反映生活,更要创造生活,这种要求仍是主题先行。

关键词:茅盾开出的"我们所必须创造的文艺作品"的又一剂药方

1932 年 5 月 20 日

易嘉(瞿秋白)《五四和新的文化革命》,载《北斗》第 2 卷第 2 期,第 322 ~ 328 页。

文章共六节。

(一)"五四是中国的资产阶级的文化革命运动。但是,现在中国资产阶级早已投降了封建残余,做了帝国主义的走狗,背叛了革命,实行最残酷的反动政策。光荣的五四的革命精神,已经是中国资产阶级的仇敌。中国资产阶级在文化运动方面，也已经是绝对的反革命力量。……新的文化革命已经在无产阶级的领导之下发动起来，就是几万万劳动民众自己的文化革命，它的前途是转变到社会主义革命的前途。"（第322页）

（二）"五四遗产是什么？是对于封建残余的极端的痛恨，是对于帝国主义的反抗，是主张科学和民权。"一切个人主义、人道主义和自由主义，已经是"腐化的意识"。（第323页）

（三）资产阶级的那些享受方式，封建残余是不会放弃的。"中国新文艺的礼拜六派化，正是这种现象的必然的结果。"（第324页）

（四）"中国的绅商和所谓'知识阶级'"是不需要新的文化革命的。他们已经有了"新式的文言"，即"五四"白话。（第325页）

（五）"劳动民众的文化革命，是一个巨大的一切战线上的战斗"。"这种文化上的斗争，是和一般政治经济的斗争联系着的，是总的革命斗争之中的一个队伍。"（第326页）"解放中国民族的，恰好只有阶级斗争。"（第327页）

（六）"当前的文艺创作的方针，一定要能够表现革命战斗的英雄，——革命的民族战争里的群众，反军阀的战争里的群众，一切阶级斗争里的英雄；一定要能够揭穿一切种种假面具，——地主买办资产阶级的剥削制度，帝国主义的侵略和压迫资产阶级和小资产阶级的生活，要揭穿他们的真相，要暴露他们自欺欺人的意识。"（第328页）

司马今（瞿秋白）的乱弹《新英雄》，载《北斗》第2卷第2期，第337～347页。全系揭露淞沪战争中的怪现象。

关键词："五四是中国的资产阶级的文化革命运动"　当前文艺创作的方针要实践"拉普"的口号：揭穿一切假面具，表现革命战斗的英雄

1932年5月20日

阿英《上海事变与鸳鸯蝴蝶派文艺》，载《北斗》第2卷第2期，第348～358页。

此文就"一·二八"淞沪战争中，鸳鸯蝴蝶派作家张恨水的诗文《健儿辞》《咏史》《九月十八》《最后的敬礼》《仇敌夫妻》《一月二十八日》、戏剧《热血之花》、笔记《无名英雄传》，徐卓呆的《往那里逃》《不栉女进士》，顾明道的《为谁牺牲》，汪优游的《恐怖之窟》，程瞻庐的《疑云》，指出他们都是为封建余孽和部分小市民层服务的，并不是抗战文艺。

关键词："一·二八"淞沪战争中鸳蝴派的诗文并不是抗战文艺

1932 年 5 月 20 日

丁玲《北斗》第 2 卷第 2 期《编后》，第 363 页。

她说，刊物愆期 3 个多月才出版，是因为"一·二八"上海淞沪战争。

1932 年 5 月 20 日

湖风书局新书出版广告，载《北斗》第 2 卷第 2 期。

名著四种：

郁达夫先生最近创作《她是一个弱女子》，茅盾、叶圣陶、丁玲、张天翼主编《湖风创作集》，华维素先生最后遗著《田野的风》，钱杏邨先生最近著作《上海事变与抗日文学》。（封二）

《北斗》第 1 卷再版

6 月 15 日出版　每册实价 1 元

"《北斗》发行未久，已被国内外读者大众所称许，公认为 1931 年我国文坛惟一的好刊物。在过去，因我们的发行路线太差，未能普遍于各地各处，以致有的读者还仅闻其名而未见其形的，有的或仅读到一两期而未能窥得全豹的……这是多么不爽人意的一回事呵！

"最近，各埠读者来信补购 1 卷各期者，日必十数起。但事实上 1 卷各期，有的都已售罄，有的亦所存不过几十本了。敝局为应读者需要起见，不惜工本，特再版合订 1000 本。尚未阅过第 1 卷，或未窥得其全豹的读者们，都请早日来购，以免向隅！实价每本 1 元。外埠邮购，不收寄费。同业批发，叨光现钱。"（插页第一张第一面）

高尔基《胆怯的人》

上海湖风书局第一次发行预约轰动世界的大文豪高尔基一部最伟大的名著　名翻译家李兰女士译

"这是高尔基的极有系统的一部长篇杰作。作者不特因这部小说一跃而达了世界文坛的最高峰，而且亦因此名篇而使作者的创作态度一变。大家知道高尔基初期的作品，是专门描写浮浪人而带着个人主义的；但到了《胆怯的人》时，作者即开始描写实社会上所存在的两种不同的力量：一种是商人社会，一种是劳动阶级。我们可以说高尔基以后的一切有革命性的作品，都出发于《胆怯的人》，所以欲知道高尔基是如何在文学上转变的人，不可不读这部名著。

"此书系以俄国弗尔加大河沿岸的商业都市为背景而深刻地展开出许多人

物，如实地描写出榨取者和被榨取者的关系。里面有欲脱离商人社会之束缚以奔向自由世界而不能的富翁的儿子的烦恼，有野兽一样的性格的资本家的实生活，而且也深刻地描写出知识阶级和劳动阶级之明确的对立来。

"译者系依据英文，法文，日文三种本译出。'信''达'兼备，绝不使读者受骗，亦不至使读者感着一点艰涩；这是读过译者的《伟大的恋爱》和《夏娃日记》……译品的人都是很知道的。"（插页第一张第二面）

华汉《地泉》：

再版的《华汉三部曲》，合订本每册实价 1 元 6 角，《深入》每册实价 5 角，《转换》每册实价 6 角，《复兴》每册实价 5 角。

"《地泉》是华汉先生的三部曲，是一部反映大时代的力作。《地泉》中的：

"《深入》是 1928 年来农村斗争深入的一幅壮美的活画。豪绅、地主、贫农、富农、小商、村妇等人物，作者在书中都活生生的画出了他们真实的面相。

"《转换》是《寒梅》的改名，写的是我们的苦闷时代的大转换。书中的一切人物，都在大时代之前，不断的转换，有的从堕落转换到光明，有的从学校转换到工厂，更有的从兵营转换到'匪窟'。

"《复兴》写的是群众斗争的复兴，书中虽然出现了几个'转换'中的人物，但主要的人物还是一般活跃生动的群众。全篇以某大城市的劳资斗争为经，以全国的群众斗争为纬，一步紧逼一步的，暗示出未来光明实现的闪影。

"现在本书已由本局重版，书前有茅盾易嘉钱杏邨郑伯奇诸大家的批评及作者的自序，（所有的批评序文只载于合订本上）这不独对于本书给了一个适当的评价，即对于过去异军突起的新兴文艺也实行了一次正确的清算，诚一切爱好文艺的青年不可不读的一部文艺巨制。本书现刻正在改校中，不日即可付印。"（目录页背面）

华汉的短篇杰作集《最后一天》：

每册实价 5 角。"《活力》是华汉先生的短篇小说集，这里搜集了 7 个短篇，都可称为是华先生的力作，近数年来中国社会生活变革的过程，都在这儿深深的留下了不少的痕影，我们只消购来一读，就可从震动着的中国社会的一角去透视出中国究要走向那儿去的前景。"（第 259 页）（按：《最后一天》即平凡书局版《活力》的再版，但增加了《最后一天》，且《活力》中的《未完成的伟人》改名为《长白山千年白狐》）

郁达夫《她是一个弱女子》：

1932 年的新著。全书约 7 万言，道林纸精印，每册实价 7 角 6 分。

"《她是一个弱女子》是达夫先生在今年（1932年）正当日帝国主义炮轰上海时，才写成的一部新著。

"他，达夫先生，因为好几年来都'沉默'着，好几年都不曾'伸一伸手，拿一拿笔'（见他的《忏余独白》），他的新的制作，尤其是较长篇的，确是真真已有很久很久不曾和我们见过面了。一定，在广大的读者群里，不消说是有很多老早就在渴望着他的新的创作的出现了吧！

"现在他的新著——《她是一个弱女子》，果然出现了，而且已经交由敝（鄙）局印成发行了。

"在这部新著中，两个女主人翁所经历的时代背景，是从平易的天真烂漫的学校生活中卷入了1927年前大时代底狂澜里，并通过那一年年一件件大动乱的年头和事变，直到1932年的1月内，'弱女子'的'她'，两女主人翁之一，终于被日帝国主义的武装兽兵们极其惨（残）酷的轮奸而死了。

"我们单从这故事的纵的方面看去，就已经知道它里面是含有几多底时代意义了；何况作者又是有了那样多的制作经验和涵养的，这如许凄厉，曲折，繁复底故事，一落在他的笔尖上，当然没有不生动活俏，使人如入其境的。

"本书初版所印仅1500部，望爱读诸君速购以免向隅。"（第334页）

《上海的烽火》

文新新闻部编，文艺新闻社出版。实价3角。"上海的烽火，纪录的是日本帝国主义在上海所造成的血腥扑鼻的暴行，国际帝国主义在沪变中的阴谋诡计，以及中国半殖民地的士兵大众英勇反抗的壮迹。本书要目有：一、34天的腥风血雨；二、馋涎欲滴的国际帝国主义；三、屠洗上海的刽子手日本；四、不抵抗主义的又一暴露。附录一、沪战中的上海反日民众；二、烽火号声；三、血滴的纪录。另有《烽火残迹》的照像图数幅。"

蒋光慈最后的遗著《田野的风》

"本书是蒋先生唯一的最后的遗著。以1927年的农村作为了全书的背景，描写着农村革命底事件，以及父子两代，不仅在思想上，而且在实际行动上的冲突。在1928年预告过的《父与子》就是这部书，在1930年发表过一部分的《咆哮了的土地》也就是这部书。这部书是经过了蒋先生4年的努力而成。在蒋先生的著作中，这是他自己最为满意的一部，也是最足以代表他的一部书。全书凡14万言，32开本，共300余页，顶上瑞典纸精印。每册实价9角。"（第319页）

高尔基的三部名著

《隐秘的爱》　华蒂、森堡合译　每册实价9角5分

"这集子里所搜的作品都是革命后，1922~1924年所写成的。每篇都以朴素的文体精致严密地写出潮浪翻腾的过去大时代中所遇到的人和事。活生生地，浑然统一地露出，那只是敏感熟练的艺术家才能看到的灿烂复杂的现实。实在就是此时代的高尔基底作品的特色，也就是他的艺术价值之所在。

"全书包括《隐秘的爱》，《英雄底故事》，《嘉拉莫拉》，及《逸话》等4篇。约14万字。译笔畅达流利，而尤可宝贵的是特请日本著名艺术家村山知义装帧，实为我国出版界中所少有的。"

《我的大学》　杜畏之、尊心合译　每册实价7角

"本书是现代世界最有名的大文豪高尔基最成功的作品之一，以极生动精巧的文笔，描写他青年时代艰难困苦和颠沛流离的生活，实实在在的写出他的回想，并且把他真正的写实主义显露出来，成为一个纯粹的客观作家。在本书中所描写的人物真是栩栩如唤之欲出。译者由原文直接译出，颇能保持原文里的精神，译笔亦非常流畅。凡欲知高尔基青年时代的生活和当时俄国工农的思想者，不可不阅此书。"

《夜店》　李谊译　每册6角5分

"《夜店》是高尔基主要的著作之一，是他戏剧的代表作。这里面，展开了当时俄罗斯的一种义士的姿态，也展开了尼采的与基督教的精神的抗斗，同时更反映了作为前期的高尔基的流浪汉的哲学的基调。在技术方面，是突破了一般的戏剧方式，创造了一种新的形式。现由李谊先生译出，译文是极畅达可读。书前有关于《夜店》的详细的介绍，对于本剧，有很正确而且很精细的批评。全书约8万元，道林纸精印。"（第358页）

关键词：湖风书局新书广告

关于"自由人"和"第三种人"

1932年5月23日

瞿秋白《"自由人"的文化运动——答复胡秋原和〈文化评论〉》，载《文艺新闻》第56号，未署名。

《文化评论》创刊号发表社论《真理之檄》，《文艺新闻》第45号发表"代表言论"《请脱弃"五四"的衣衫》；《文化评论》第4期发表胡秋原的回

答《文艺运动问题——关于"五四"答〈文艺新闻〉记者》。瞿秋白说：这一来一往，"问题的中心在什么地方呢？——《文化评论》和胡秋原先生认为自己是所谓'自由人'，认为现在要'自由人'的'智识阶级，负起文化运动的特殊使命'，来'继续完成五四之遗业'。而《文艺新闻》认为'当前的文化运动是大众的——是为大众的解放而斗争'，认为脱离大众而自由的'自由人'已经没有什么'五四未竟之遗业'；他们的道只有两条——或者来为着大众服务，或者去为着大众的仇敌服务。前一条路是'脱下五四的衣衫'，后一条路是把'五四'变成自己的连肉带骨的皮"。

瞿秋白说："《文艺新闻》并没有否认现在的新的文化革命应当继续完成反封建的任务——民权革命的任务。"现在要答复的是：究竟是谁在担负着反封建的文化革命——"'是智识阶级的自由人'，还是工农大众？究竟是谁领导着这新的文化革命，是资产阶级，还是'无产阶级'？"

胡秋原在《勿侵略文艺》一文中说："自然主义文学，趣味主义文学，浪漫主义文学，革命文学，普洛文学，小资产阶级文学，民族文学，以及最后的民主文学，我觉得都不妨让它存在，但也不主张只准某一种文学把持文坛。"瞿秋白回答："这真是自由主义的自由人了！而'自由人的立场，智识阶级的特殊使命论'的立场，正是'五四'的衣衫，'五四'的皮，'五四'的资产阶级自由主义的遗毒。"

关键词：跟"自由人"胡秋原与《文化评论》派争论文艺的阶级性

1932 年 5 月

任钧由日本回国。

参加左联。同年秋，共同发起组织中国诗歌会，参与主编《新诗歌》，积极投入诗歌大众化运动。后担任左联组织部部长。

1932 年 6 月 1 日

茅盾散文《故乡杂记》，载《现代》六月号（第 1 卷第 2 期）。第 200～204 页。

这是完整构想的第一章《一封信》。他说："到各处跑跑，看看经济中心或政治中心的大都市以外的人生，也颇有益。"（第 200 页）在路上，看见世人随地吐痰的恶习，也看见世人争着看《推背图》《烧饼歌》之迷信。

故乡杂记之二《内河小火轮》，刊《现代》七月号（第 1 卷第 3 期）。

之三《半个月的印象》，刊《现代》八月号（第 1 卷第 4 期），第 481～

487页。反映小镇上的商人和四乡农民生活不下去了的现实。四乡的农民天不亮就等在当铺门口典当东西，以换取几元钱买米买盐："他们并没有什么值钱的东西。身上刚剥下来的棉衣，或者预备秋天嫁女儿的几丈土布，再不然，——那是绝无仅有的了，去年直到今天卖来卖去总是太亏本因而留下来的半车丝。"（第481页）外国有人造丝，比中国的蚕茧、土丝质量好，便宜；中国农民辛辛苦苦养的蚕、缲的丝，卖不掉，不值钱。加上纳不完的税，交不清的捐，农民嗷嗷等哺，商店纷纷倒闭。作品结尾说："乡镇小商人的破产是不能以年计，只能以月计了！／我觉得他们是比之农民更其没有出路。"（第487页）

关键词：茅盾《故乡杂记》　小镇上的商人和四乡农民都生活不下去了的现实

1932年6月1日

符拉齐米尔·波士奈尔作、朱寿百译《高尔基在苏伦多》，载《现代》六月号（第1卷第2期），第220~225页。

编者在文前有几句小小的交代："本篇是对于他（高尔基）的最近的访问记，是将他在意大利之苏伦多城旅居时的情形，给全世界关心他的人的有趣味的记录。"（第220页）

访问记说：苏伦多的居民都认识高尔基，在从城里到高尔基住处的路上，药剂师、邮差、纸店老板，都会和他打招呼；"而那些车夫呢，他们都带着那种南方人的兴奋向你奔跑过来，一边喊着：／'马西莫·高尔基吗？5个利尔！3个利尔！两个利尔！'"（第221页）"成千上万的访客；从早到晚的集会；要取的决意，要给的劝告：这个青年作家应该继续著作吗？这个新的学院要不要创设？……"（第225页）使高尔基应接不暇，也很难得到休息，创作更受影响。

此文还说："高尔基的作品是从来也不打草稿的。"（第222页）"他什么都知道，他什么书都看过。"（第223页）"他抽烟抽得很厉害。"（第224页）。

关键词：高尔基在意大利苏伦多的生活

1932年6月1日

上海现代书局在《现代》六月号（第1卷第2期）刊载的书刊广告：

《初恋》：苏联Maxinm Gorky著，穆木天译，每册实价八角。"本书是穆木天先生选译现存最伟大的作家高尔基氏 5 个短篇小说而成。这 5 个短篇，也是 5 个恋爱的故事。高尔基氏所写的恋爱故事，是与其他新俄作家所写的，显然有不同的地方。本书内有《某女人》、《初恋》、《恋爱的奴隶》等 3 篇，尤其是高尔基氏表示其意见所在的地方。"（第 267 页）

《西线无战事》：E. M. Remarque 著，洪深、马彦祥合译，实价大洋一元二角。"本书是轰动全世界的第一部非战小说，在 1929 年出版时，顷刻间销行了数万册。全世界每一个读者的心都被本书抓住了。6 架印书机和 10 架装订机整日整夜地为本书忙碌。到了现在，更被译成数十国文字，摄成了电影，为全世界的厌战群众所热烈欢迎着。当此第二次世界大战危机日迫，一般人淡然着第一次大战之痛苦，本书实是最利（厉）害的当头棒喝。译者根据德文原本译出，流畅曲达，为近来翻译界罕见之作。书前有马彦祥氏的长序，末附洪深氏 2 万余言后序，畅论战争文学，尤为本书特色。"

《雷马克评传》：杨昌溪编，实价四角。"《西线无战事》的著者雷马克氏，现已成为全世界每个青年人所欲知的人物了。本书即详细无遗地把他介绍给你们了。为留心现代文艺的人们所必读。"

《沫若诗集》第七版：郭沫若著，实价八角。"本书是作者历年来呕尽其所有心血之作。凡以前不获窥全豹者，本集即可补此缺憾。本书除原有各篇外，改版时更加入近作多篇，皆系生命旋律之动力，感受旧势力束缚与苦闷之青年读者，本书内容将予以火一般的慰藉。"

《中国古代社会研究》：郭沫若著，每册实价一元二角。"清算中国古代的社会，这是前人所未能做到的工夫。然而这工作又是迫切需要着的，因为对于未来社会的展望，逼迫着我们不能不生出清算过去社会的要求。本书是郭沫若先生近年来以唯物辩证法的观点，从事研究中国古代甲骨文及遗物的结果，不但证明了'我国国情不同'的谎话，而且为中国的前途得出了一条光明的康庄大道来。"（第 204 页）

关键词：现代书局新书广告

1932 年 6 月 6 日

洛扬（冯雪峰）《"阿狗文艺"论者的丑脸谱——致编者》（写于 5 月 29 日），载《文艺新闻》第 58 号。

这是就胡秋原的《钱杏邨理论之清算》所发表的意见：

第一，钱杏邨的文艺批评从开始到现在，"都不是正确的马克思主义的批评"。对他的批评的不满已成为普遍的意见。但是，"杏邨的到现在为止的理论并不是代表目前中国普罗革命文学运动的指导路线的理论，而现在我们的路线是绝对正确的"。

第二，胡秋原不是为了正确的马克思主义的批评而批判钱杏邨，却是为了反普罗革命文学而攻击钱杏邨；他不是攻击钱杏邨个人，而是进攻整个的普罗革命文学运动。胡秋原以取消派的立场，公开地向普罗革命文学运动进攻。胡秋原的所作所为，真正显露了一切托洛斯基派和社会民主主义派的真面目。

第三，"钱杏邨的一切错误的根本，在于他不理解文学和批评的阶级的任务，在于他常常表现的阶级的妥协与投降。""而胡秋原的主义，是文学的自由，是反对文学的阶级性的强调，是文学的阶级任务之取消。这是一切问题的中心！"

第四，胡秋原自以为他的理论基础是普列汉诺夫。殊不知，"朴列汗诺夫的艺术理论是有许多不正确的，特别是同样地渗进艺术理论中去的他的门雪维克的观念论的要素。朴氏的客观批评论是不完全正确的，是含了机械论的唯物论的要素的，朴氏对于阶级斗争的认识是机会主义的，因此他对于艺术文学的阶级性的理解是机械论的，是取了机会主义的态度的，对于艺术文学的阶级的任务的认识，是并非坚固地站在无产阶级的立场上而来的"。

第五，我们要在一切人的面前暴露胡秋原的狡猾。"在现在，反对普罗革命文学，（他）已经比民族主义文学者站在更'前锋'了。"因此，对他的"反动性"要加紧暴露，猛烈批判。

关键词：钱杏邨的理论从来就不正确　"自由人"胡秋原以取消派的立场，托派的观点，反对文学的阶级性，进攻普罗文学　普列汉诺夫的理论有许多是不正确的

《文学月报》创刊

1932 年 6 月 10 日

左联机关刊物《文学月报》在上海创刊。编辑者署文学月报社（实为蓬子主编，后 4 期周起应接编。社址：上海四马路）。16 开本，创刊号 182 页，约 18 万字。

创刊号刊载的创作和翻译有小说：茅盾《火山上》、丁玲《某夜》、金丁

《孩子们》、冰莹《抛弃》、巴金《马赛的夜》、芦焚《请愿外篇》、蓬子《雨后》、苏联 M. 琉平《圣尼古拉的圣像》（萧聪译），还有蓬子的诗 4 首：《被蹂躏的大众》《颂歌》《血管》《决心》，另有田汉的戏剧《暴风雨中的七个女性》。刊载的论文和书评有：宋阳《大众文艺的问题》、鲁迅《论翻译——答 J. K. 论翻译》、弗理契《弗洛伊特主义与艺术》（周起应译）、Biha《雷马克的退路》（华琪译）、鲁迅《〈苏联闻见录〉序》，以及茅盾、白薇、洪深的《现代作家自传》。

关键词： 左联机关刊物 《文学月报》 创刊

茅盾《子夜》片段《火山上》《骚动》先后发表

1932 年 6 月 10 日

茅盾《火山上》，载《文学月报》创刊号，第 19～42 页。

《火山上》，连同本刊下期刊载的《骚动》，是茅盾的长篇小说《子夜》中的两节。它展示了 1932 年夏上海滩上诸多矛盾和斗争，是全景式的。这里，有民族资本家和金融买办阶级的关系与矛盾，有民族资产阶级和工人阶级的关系与矛盾，有民族资本家和农村封建地主阶级、农民阶级的关系与矛盾，有民族资本、普通老百姓的生活和军队、战争的关系与矛盾，有大学教授、学者、学生、交际花、妓女、少爷小姐的思想与生存状况和民族资本的关系与矛盾，有工头和工人的关系与矛盾。全景式的场景，全方位的视角，活鲜鲜的现实生活。小说充分利用吴公馆这个平台，借各方人士到吴家为吴老太爷吊唁的机会，让所有重要人物纷纷上场亮相；以少许的文字，几笔描绘，三两个动作，几句对话，就把全书的矛盾冲突、情节结构、人物身份和关系交代清楚，真是大手笔！

蓬子《雨后》同情卖馄饨的老头：雨后，挑着担子走街串巷卖馄饨的老头，踩着西装少年和美丽小姐扔到街上的逼逻蜜柑皮，连人带挑子滑倒在地上。"小小的铁锅子。洁白的瓷碗片。碎纸一般的馄饨皮。鲜红的碎肉松。银丝般的面条。银角和铜板。酱油，葱，以及其他的配料。一切都滩散在马路上了。这老头子被压在这担子下面，软软的，像一条断了腰的螳螂。一时间，他一点声音也没有，约摸晕过去了。"（第 157 页）老头的滑倒，引起了路人的嘲笑，引起了巡警的干涉。只有"一个穿蓝短衫的工人"，说了几句公道话。

关键词：茅盾《子夜》之一《火山上》　蓬子《雨后》

1932 年 6 月 10 日

金丁小说《孩子们》（1931 年 10 月 23 日写于北平），载《文学月报》创刊号。第 79 ~ 92 页。

《孩子们》写流浪儿童，展示社会的一个层面。但革命也有革得离奇的地方：金丁笔下是一群 13 岁以下的流浪儿。他们没有文化，没有教养，自然更不会有组织。但他们居然会说："肏他窝窝，要是他妈能把世界打碎了，另换一个，一定是不坏的。"又想："要是我们自己来做头，这世界一定会变得好一些。"这是《共产党宣言》里的思想，却把它安在一群流浪儿的身上，太超前，太脱离实际。

编者蓬子在本期的《编后记》中说：金丁"描写一群流浪在饥寒里的无家可归的孩子们，怎样在自己的奋斗里生长，怎样在被侮辱与被损害的当中锻炼成了铁的性格，这是一篇作风很新鲜的抓住了大众生活的作品"。（第 182 页）

关键词：金丁《孩子们》

1932 年 6 月 10 日

丁玲《某夜》，载《文学月报》创刊号，第 93 ~ 100 页。

小说揭露国民党当局杀害无辜，歌颂革命者的坚贞不屈。

刽子手在风雪夜秘密杀害 25 名革命者。

寒夜的肃杀。押赴刑场的革命者没有说话，只有恨。没有口号，只有《国际歌》声。枪声掩盖《国际歌》声。枪声死灭，《国际歌》犹存。嵌入脏话，"肏你的娘！""狗肏的！""妈的屄，这狗王八"，有伤大雅，与全文的气氛不协调。

文末有丁玲的附言："这大约都是真事，为纪念一个朋友而作。不过开始写这文章是在去年 7 月，后来因为别的事便又搁下了。今年才又匆匆把它续完，自己觉得还有许多新的意思和布局，但在这里却不能充分的写出了，我只好预计能从新再写一篇，而这篇又只好就这末完了。"（第 100 页）

关键词：丁玲《某夜》写刽子手杀害 25 名革命者

1932 年 6 月 10 日

芦焚《请愿外篇》，载《文学月报》创刊号，第 145 ~ 151 页。

学生上街游行请愿，反对日本帝国主义，抵制日货。游行队伍的口号声响彻云霄，扬起的尘土遮天蔽日。然而，他们不但没有得到群众的支持，反而因为噪音、扬尘、阻塞交通，招来詈骂、诅咒。人力车夫，饭馆掌柜，擦（搽）脂抹粉的女人，骂得更凶："——哎呀！天！愿永远没有学生……""——遭天谴的，猪猡！还过不完哪！到阴曹去的……不好好读书尽跟着坏蛋们跑着耍……办学校的也都死净了？……打倒帝国猪（主）姨（义）——娘的，猪姨，马姨，驴姨，与你相干？"作者也称学生的口号声是"野狼一般的咆哮着"，"一群饿狮，在——吼喊"。

写法上的特点是：没有人物，没有故事，自然就没有情节，有的只是声音，街上的人的感觉和一句两句不着边际的议论。读者感到的是气氛的渲染，情绪的烘托。

照例嵌入些脏话："入他妈的！""入妈的"，"他妈的"，"时机种的忘八"，"狗鸡巴入你娘的"。

篇末有《作者附记》："这件事是毫不谬误的发生在 P 城的。这篇只是照实的记录，算不得小说。所以名为《外篇》，因为还有一篇《正篇》，大学生们的灵魂是全记在那里的。"（第 151 页）

按：《请愿正篇》载 1932 年 1 月 20 日《北斗》第 2 卷第 1 期。

关键词：芦焚《请愿外篇》展示大学生的灵魂

1932 年 6 月 10 日

田汉一幕三场戏剧《暴风雨中的七个女性》，载《文学月报》创刊号。第 43～77 页。

此剧是一篇急就章，写"九一八"到"一·二八"时期七位女性黄蔷、蒋珂、张绿痕、陈湘灵、苏玛丽、谢玉波、凌云，因家庭出身、阶级地位、职业的差异，决定她们的立场、观点、思想和行动的不同，从而决定各人在大时代中的命运。

第一场在公寓，主要写黄蔷和蒋珂。过去"把恋爱当作了我的幸福的全部"的黄蔷，拒绝李心南的所谓恋爱纠缠，认识到："我们的目的不是维持爱与正义，也不是维持民族资产阶级的发展，而是一切被压迫民族的彻底的解放！"蒋珂是湖南人，小资产阶级知识分子，反对坐而论道，认为群众运动在地底下潜流，主张要有所行动，敢于与日本侵略者面对面斗争，虽然微不足道。张绿痕在沈阳教书，眼见日本人在"九一八"时候杀死自己的学生而无所作为；"从飞机炸弹和地雷里面逃到南边来"，但南边仍然看不见抗日的行动；跳黄浦江被救。她说："亡国奴的滋味并不是好尝的。"

第二场在咖啡馆，由陈湘灵主持，成立"中国女作家抗日救国联盟"。这一场全是发言辩论，各种主张、心态、观点大展览。谢玉波，不知道辛克莱是谁，认为普罗文学不算文学，主张"用我们的血和泪，用我们一颗至诚的心去感动政府"，相信"爱一定要得到最后的胜利"。凌云拥护对日宣战，相信那可以"维持我们民族资产阶级的发展"。苏玛丽认为日本人侵略东三省"也是我们中国人自己招来的"。"只有爱才能救中国"。"要讲究心灵的改造，就要提倡道德生活"。

第三场在凌云家的客厅，本拟再次开会，因学生在街上行动，遭日本兵镇压，激起万人抗议，大家都上街。凌云的父亲是资本家。有洋房，有汽车。在家里可以喝咖啡，听音乐。"我明知道我的享受都是靠着我的爸爸从工人身上剥削来的，但是很惭愧，我不能拒绝这种享受。"她很孤独，想有所爱。

此剧虽是急就章，但影响特大。写得凌乱，都是议论，艺术性特差。

关键词：田汉《暴风雨中的七个女性》

1932年6月10日

宋阳（瞿秋白）《大众文艺的问题》，载《文学月报》创刊号，第1～7页。

文章共谈四个问题：一、问题在哪里？二、用什么话写？三、写什么东西？四、前途是什么？

他说，目前中国的民众享受的"说书，演义，小唱，西洋镜，连环图画，草台班的'野蛮戏'和'文明戏'"是"恶劣的大众文艺""反动的大众文艺"。（第1页）

关于文艺大众化的意义和任务："现在决不是简单的笼统的文艺大众化的问题，而是要创造革命的大众文艺的问题。这是要来一个新的，新兴阶级领导之下的文艺复兴运动，新兴阶级领导之下的文化革命和文学革命；这是要新兴阶级来领导肃清封建意识的文化斗争，彻底执行这个民权主义的任务；中国的资产阶级已经是反对这种文化革命的力量，他们反面在竭力维持封建意识，维持中世纪式的文化生活，借此更加加重他们的剥削，散布资产阶级的意识；因此，这个文化革命的斗争——同时要是反对资产阶级的，而且准备着革命转变之中的伟大的文化改造——向着社会主义的前途而进行。问题是在这里。""总之，革命的大众文艺问题，是在于发动新兴阶级领导之下的文化革命和文学革命"，"去创造革命的大众文艺"。（第2页）

中国目前"同时存在着许多种不同的文字：（一）是古文的文言（四六电报等等）；（二）是梁启超式的文言（法律，公文等等）；（三）是五四式的所谓白话；（四）是旧小说式的白话。中国的汉字已经是十恶不赦的混蛋而野蛮的文字了"。所谓"五四"式的白话是："完全不顾口头上的中国言语的习惯，而采用许多古文文法，欧洲的文法，日本的文法，常常乱七八糟的夹杂着许多文言的字眼和句子"，读不出来，也听不懂的白话。（第3页）文艺大众化是新的文学革命，"要一切都用现代中国活人的白话来写"，它是"中国的普通话"。其标准是"读出来可以听得懂"。革命的大众文艺"尤其应当运用最浅近的新兴阶级的普通话开始"。（第4、5页）

革命的大众文艺和一般的新兴文艺运动的中心口号是："揭穿一切种种的假面具，表现革命战斗的英雄。"即"要去反映现实的革命斗争，要会表现现实的革命的英雄，尤其要会表现'群众的英雄'"。（第6页）

此文与前面作者的《五四和新的文化革命》可互读。

关键词：瞿秋白论大众文艺：揭穿假面具，表现战斗英雄

1932 年 6 月 10 日

鲁迅《论翻译——答 J. K. 论翻译》，载《文学月报》创刊号，第 9 ~ 12 页。

J. K. 是瞿秋白的笔名。他论翻译的文章，载 1931 年 12 月 11 日《十字街头》第 1 期。鲁迅此文收入集子时，改名为《关于翻译的通信》。

鲁迅首先肯定林纾的翻译的历史性功绩和"信达雅"的翻译理论。把林纾和赵景深相比，则林纾是虎，赵景深是狗。

鲁迅说，对于中国的目前的大众，"启发他们（的）是图画，讲演，戏剧，电影的任务"，还不是文字书。

鲁迅对于翻译的追求是："不但在输入新的内容，也在输入新的表现法。"中国的文或话不精密，"语法的不精密，就在证明思路的不精密"。他主张直译。"一面尽量的输入，一面尽量的消化，吸收，可用的传下去了，渣滓就听他剩落在过去里。""只在一处活着的口语，倘不是万不得已，也应该回避的。"

附带说起他翻译的法捷耶夫的《毁灭》，说那是"一部纪念碑的小说"，"虽说粗制，却并非滥造，铁的人物和血的战斗"，都历历在目。

关键词：鲁迅论翻译：不但输入新的内容，也输入新的表现法

1932 年 6 月 10 日

〔苏联〕弗理契著、周起应译《弗洛伊特主义与艺术》，载《文学月报》创刊号，第 101 ~ 118 页。

维也纳的布尔乔亚知识阶级的世界观的最显著的特征是：性爱主义、唯美主义、个人主义。

"弗洛伊特学派力图拿精神分析的方法来应用于艺术创作的现象的解释，但是它并没有使各种艺术都受到分析。音乐和建筑——那些非常地形式的和'无内容的'艺术——自然都不在他们的眼界之内。至于绘画，他们的主要的贡献是弗洛伊特的关于莱渥那特·达文西（Leonardo da Vinci）的著述。他们对于诗的创作却与了更多的注意。"（第 102 ~ 103 页）

维也纳派认为："在辽远的过去，艺术的创造和艺术完全是由于两个条件的存在而成为可能的：一方面，是由于某种被认为乱伦而且从生活和意识中被压抑的性的欲望；另一方面，是由于能够用某种方法把这些被压抑到潜意识里面去了的欲望在想象中加工一番而使之升华的那种特殊的天赋。这样，艺术，在它刚出世的时候，是从性的因素生长出来的，很显然地，离开性的因素，艺术是会成为不可能的。"（第 104 页）为此还可以这样说："在一切的时代和一切的国家里的欧洲的诗人，在他们的创作中，除了借想象之助把自己从乱伦的或是爱迭普斯的错综中解放出来以外，实则甚么也没有做。"（第 107 页）

经过分析，弗理契得出十条结论：

"（一）在性的感情中推寻艺术的行为，有时甚至视二者为同一样东西，弗洛伊特学派是与我们所知道的关于艺术的起源和在文化的初期的阶段中的艺术相矛盾的。

"（二）把艺术的行为看作一种乱伦的错综的升华，它使某些文学的形象成为性爱的包裹，正如维也纳的诗人使他们的英雄穿上性爱的衣裳一样。

"（三）维也纳学派对于性的因素的过甚的偏执，在他们对于弑君的心理和影像的解释中，特别明显地可以看到。

"（四）把艺术家所运用的各种其他的概念或象征都性欲化，他们彼此间矛盾百出。

"（五）照他们的解释，艺术失去了它当作在有组织的社会里活动着的要素的特质，而它的社会要素的意义也成为了只是在于使那些在文化上不必要的感情的错综变得害处少一点。

"（六）虽然承认在文化的低的阶段中，艺术的创作是由外界的原因所决定，维也纳学派却以为在文化的较高的水准上的艺术家是不受一切社会的，文化的和文学的影响的。

"（七）离开历史的环境去分析艺术家，它非常错误地解释他们的创造的作品，而且绝对不能说明他们的主题和形式的特殊性。

"（八）把艺术的历史看作只是伟大的艺术家的连续，维也纳学派因而否认当作一个有规律的发展的过程的艺术之科学的概念。

"（九）不研究艺术的历史而只研究艺术家的心理，它没有阐明艺术家的终极的秘密，他的升华的能力。

"（十）维也纳学派的关于艺术的全部的教义，如我们在这里所暴露的那样，刻了一种有趣的，但是显著的艺术好事主义（Dilletaultism）的印迹。"（第117～118页）

文末，周扬有一句《译者附记》。说：弗理契"是著名的马克思主义艺术学者"，本文是"用严正的马克思主义的方法把 pseudo-scienfitic 的弗洛伊特学派的关于艺术的教义下了尖锐的解剖的极可宝贵的文章"。

关键词：佛理契论佛洛伊德主义

1932 年 6 月 30 日

臧克家诗《希望》，载《文艺月刊》第3卷第5、6期合刊。

1932 年 6 月

茅盾中篇小说《路》，上海光华书局，初版。

本书1930年11月始作于上海，1931年2月8日续成。1935年12月，经作者修改，由上海文化生活出版社排印新版。

小说以1930年的武汉学生运动为背景，描写大学生火薪传的觉醒过程。作品中概念大于形象，不算成功。

小说的背景是：1930年夏秋，蒋介石的军队和桂系军阀在两湖地区火并，共产党领导的农民运动则在湘鄂赣地区如火如荼地展开，其实就是李立三路线的贯彻。

小说的主要情节是学生反对学校教务长老荆。老荆在校外又嫖又赌，在校内则强占女书记。学生要打倒他，驱逐他。学生遭到政府军警的镇压，还有人被捕、坐牢。

学生火薪传自始至终也就是一般参与者，并非学生领袖。一方面是反对老荆，一方面是在杜若和蓉两位女生之间做恋爱选择。小说写他"高傲成性"，"有所不肯为不屑为的傲气"，是一个"俊俏聪明的人"。他穷愁无路，"恃富骄人"的蓉叫他去求开工厂的父亲，谋个差事。他虽说具有怀疑主义，几分颓唐，自暴自弃，然而"一无所有的薪，只这'自由'是惟一的财富呀！"受到中学同学、刚从狱中出来的革命者雷的启发，薪想："没有弄明白他到底为了什么而生活，那也就没有兴味去求解决生活的路。"薪发生剧变："颓唐苦闷了差不多两星期的他，现在仿佛一梦醒来就看见了听见了新生的巨人的雄姿和元气旺盛的号召。在他昏睡似的两星期中，新的势力在酝酿，在成长，在发动，新的战士立在阵头了！这新生的巨人的光芒射散了他的怀疑苦闷的浮云，激发出他的认识和活力了。"容易消极悲观的薪，一下子转为"最激烈最彻底"的"极端的革命派"。他认为即或"牺牲也算不得什么"。他不听杜若的劝，好像只有被抓，坐牢，杀头，才英雄，才革命。他要盲动！经过流血，失败，并再次受到杜若的关怀，他才慢慢地明白：革命应该坚决，持久，坚韧，并联合全市其他学校的力量，才能取得实效。

关键词：茅盾《路》

1932 年 6 月

王独清诗集《煅炼》，由上海光华书局出版。（封面署独清，扉页署王独清）

收新诗 15 首。第 1 首《改变》4 节 16 行，实为序诗，表明心迹："我没有时间，没有时间，／没有时间再和你们纠缠！／你们底无聊和伤感，／可惜我也再不能慰安！"什么"温柔的诗篇"，早已"不能上我底笔尖"，什么颓废和浪漫，"已经是和我绝缘"。"要是我真是诗人，那就再让我锻炼，／锻炼到，我底诗歌能传播到农工中间！"诗集中的诗几乎都以革命为题材：革命的进行，敌人对革命的镇压，对革命者的残杀，以及革命低潮时期上海滩的景象。在这些诗里，诗人抛弃了前期创作的情调和风格，改为直白的叫喊："这儿有的是，革命，革命，革命，／这儿有的是：为未来普遍的血红颜色奔忙不停……"（《滚开罢，白俄！》）"我们要是真有飞跃的相思，／那应该是革命，而不是——浪漫！"（《新恋歌》）反映诗人思想感情变化的一段历程。

关键词：王独清诗集《锻炼》

1932 年 7 月 1 日

张天翼小说《蜜蜂》、魏金枝小说《报复》，同载《现代》七月号（第 1

卷第 3 期）。

《蜜蜂》（第 340 ~ 363 页）以一个小学生写信给他的姊姊，报告他们同学参加活动，请愿示威，阻止蜜蜂"吃稻浆"。作品故意写一些错别字，以示写信人只有小学文化。也轻松俏皮，但缺乏深度。

《报复》（第 409 ~ 421 页）写一个年轻寡妇，被田主半夜钻进屋里来与她成奸，并怀了孕。生下孩子时，她本欲将其杀害，但田主却坚决抱走婴儿。为了活命，她到白云庵，当了尼姑。20 年后，一个漂亮青年到寺庙找亲妈。她认出了是自己的孩子，却杀死了他。

关键词：张天翼《蜜蜂》 魏金枝《报复》

1932 年 7 月 1 日

马彦祥《讨渔税》，独幕剧，载《现代》七月号（第 1 卷第 3 期），第 428 ~ 439 页。

梁山英雄阮小七不愿意跟同宋江受招安，只欲在石碣湖打鱼，与女儿桂英相依为命。不料，种地要交地租，打鱼要交渔税。这税那税，就是不让穷人活命。阮小七对女儿说："有钱有势，就有王法；没钱没势，上哪儿找王法去？"穷人已经忍耐得够了。"人不犯我，我不犯人，惹了咱，就得给点利（厉）害给他们看看。穷人也不是好欺负的，他们有钱，咱们有血！"（第 436 页）阮小七杀了收税的狗腿子，舍家出走。

关键词：马彦祥水浒戏剧《讨渔税》

1932 年 7 月 1 日

〔法国〕伐扬·古久列作、江思（戴望舒）译《下宿处》，短篇小说，载《现代》七月号（第 1 卷第 3 期），第 440 ~ 458 页。

小说写一个正受追捕的革命者在布鲁赛尔下车，他已经三天三夜没有合眼，极度疲倦。但他没有护照，身背行囊，胡子长，衬衫脏。为了躲避追捕者的眼目，他从北城走到南城，复回到北城。欲住店，却因为没有护照而不能入住。到饭馆吃饭，也得一身都长眼睛。站街的下等妓女瞟上了他，拉他到家里去。妓女为了挣饭钱，他正好可以洗个澡，刮胡子，睡一觉。妓女收了他的钱，就缠着他尽义务，并作种种解释，申述种种屈辱，欲讨他欢心，而他只想睡觉。无意中，她发现了他囊中收藏着的通缉他的画像。她将像和客人对照，认出了他是通缉犯，更加体贴他。

小说没有议论，就是心理活动和人物活动细节，处处浸润着艺术感染力。

译者对作者有这样的介绍："伐扬·古久列（Paul Vaillant-Couturier）是法国当代最前卫的左翼作家，共产党议员，雄辩家，新闻记者。他现在年纪还很轻。他曾经入过狱。他是《人道报》（L'Humanité）的热心社员，《世界革命文学》杂志的长期撰述者。／他具有一种他所固有的，活泼的，有力的作风（这是我们可以从《下宿处》这篇短篇看得出来的），这种作风使他在文学上有了极大的成就。"他的著作有《致友人书》《赤色莫斯科一月记》《兵士之战》，诗集有《牧人底访问》《十三个扮鬼舞》《赤色列车》，戏剧有《七月老爹》（合著）。"他多次到过苏联。最近他又从苏联旅行回来，参与法国无产阶级作家同盟的成立，而作为它的中心分子。"（第 459 页）

关键词：法国伐扬·古久列小说《下宿处》　小人物同情革命

1932 年 7 月 1 日

苏汶（即杜衡）以"第三种人"的身份发表《关于〈文新〉与胡秋原的文艺辩论》，载《现代》七月号（第 1 卷第 3 期），第 378 ~ 385 页。

"已经明显地立定了脚跟的左翼文坛"（第 380 页）容不得胡秋原的理论。左翼文坛提倡"去写一些连环图画和唱本给劳动者们看"。"不但胡先生，恐怕每一个死抱住文学不肯放手的人都要反对。……连环图画里产生不出托尔斯泰，产生不出弗罗培尔来的。"（第 391 页）

胡秋原纵然以马克思主义相标榜，但"他充其量不过是一个书呆子马克斯主义者"。（第 382 页）

"在'知识阶级的自由人'和'不自由的，有党派的'阶级争着文坛的霸权的时候，最吃苦的，却是这两种人之外的第三种人。这第三种人便是所谓作者之群。"照左翼文坛的规矩，"终于，文学不再是文学，变为连环图画之类；而作者也不再是作者了，变为煽动家之类。死抱住文学不放的作者们是终于只能放手了"。（第 384 页）

关键词：苏汶以"第三种人"的身份参加"文艺自由"论争　"第三种人"是"死抱住文学不肯放手的人"

1932 年 7 月 1 日

戴望舒诗《游子谣》《秋蝇》《夜行者》《微词》，载《现代》第 1 卷第 3 期。

《游子谣》："篱门是蜘蛛的家，／土墙是薜荔的家，／枝繁叶茂的果树是鸟雀的家。""游子却连乡愁也没有。"

《秋蝇》：窗外是红色、黄色、土灰色的木叶飘飘，衰弱的苍蝇以昏眩的眼望着将要冷冻的世界，一筹莫展。

《夜行者》：夜行者是最古怪的人，也是最寂寞的人。

《微辞》：夜来香开，蜂蝶褪色，女孩子是玩弄不转的，正如"人却像花一般地顺从时序"。

关键词：戴望舒淡淡的乡愁、时不待我的感伤

1932 年 7 月 1 日

蒋光慈诗文集《光慈遗集》，由上海现代书局出版。

1932 年 7 月 5 日

民族主义文艺刊物《橄榄月刊》第 22 期上李四荣的文章《我所贡献给曾今可底》，横扫当时文坛，普罗文学也在扫荡之列：

……"中了毒的钱杏邨，周毓英等，也发疯似的叫喊，说文艺这东西是专为无产阶级所有，而结果，他们创作出来的文艺是那样的贫弱，是那样的不丰富和不忠实，不信，请参观他们的代表作，钱杏邨的《义冢》和《白烟》，蒋光赤的《最后之微笑》等等。

"叫着建设民主文艺的，是太显明，太丑，太不聪明了，而叫着民族文艺的，终因为时代的转变，刚发苞而尚未开花，便给狂风暴雨吹散了，那有力的，握住了转变的重心，决定文艺的将来命运底新兴文学，只可惜一味的暴进，一味的叫口号，终于把客观的条件丢开去，文学里的重心，组织，技巧，是一概的抹杀，说起这一些是使人非常之痛心的，虽然丁玲的《水》，和穆时英的《南北极》，田汉所写的《暴风雨中的七个女性》，比较有了显著的进步，但其余的，以张天翼为代表吧？他们作品是怎么样？虽然是美其名字叫新写实主义，但是他的文字的扭于做作，组织的散漫，文句的毫不熟练，这些是非常之使人失望的。"（按：原作无书名号）

李四荣对汪精卫系统的曾仲鸣提出的民主文艺，对民族主义文学家黄震遐、万国安，对初期普罗文学，如钱杏邨的《义冢》和《白烟》、蒋光赤的《最后的微笑》等，是持否定态度；对左翼文学阶段丁玲的《水》、田汉的《暴风雨中的七个女性》，有趣的是他把穆时英也视为左翼作家，对他的《南北极》，又持肯定的态度，而对张天翼却又不买账。他称民族主义文学为"狂叫"，与该刊的调子稍显不协调。

关键词：《橄榄月刊》发表文章横扫文坛

1932 年 7 月 10 日

《文学月报》第 1 卷第 2 号出版。本期约 12 万字。

本期共辟 5 个栏目。"论文"栏刊载：止敬《问题中的大众文艺》、J. K.《再论翻译答鲁迅》、方光焘《艺术与大众》；"诗三首"栏：德国 J. R. 培赫尔作《闸北》（王平译）、蓬子《肉和酒》《这里》；"创作和翻译的小说"：张天翼《最后列车》、丁玲《消息》、茅盾《骚动》、许幸之《归来》、F. Panferov V. Ilienkov《焦炭，人们和火砖》（周起应译）；"戏剧"：田汉《战友》；"一·二八事变的回忆"：沈端先《两个不能遗忘的印象》、洪深《时代下几个必然的人物》、叶圣陶《战时琐记》、茅盾《第二天》、陶晶孙《在炸弹下三日间》）。

关键词：《文学月报》1 卷 2 号出版

1932 年 7 月 10 日

止敬（茅盾）《问题中的大众文艺》，载《文学月报》第 1 卷第 2 号，第 51~58 页。

本文是与本刊创刊号上宋阳（瞿秋白）的《大众文艺的问题》商榷的文章。文分四点：（一）"旧"文言与"新文言"；（二）技术是主，"文字本身"是末；（三）"现代中国普通话"应该怎样估价？（四）到底用什么？茅盾逐一否定瞿秋白的高论，既说理，又尖锐。

关键词：茅盾就大众文艺问题逐一驳诘瞿秋白的观点

1932 年 7 月 10 日

J. K.（瞿秋白）《再论翻译答鲁迅》，载《文学月报》第 1 卷第 2 号，第 59~69 页。

瞿秋白将中国最近一两年来的翻译理论归纳为三种观点：（一）赵景深的"宁可错些不要不顺"；（二）瞿的"绝对的用白话做本位来正确的翻译一切东西"；（三）鲁迅的"宁信而不顺"。

瞿认为鲁迅的观点"这是提出问题的方法上的错误"。问题根本不在"顺不顺"，而在于"翻译是否能够帮助现代中国文的发展"。（第 59 页）

瞿再次提到中国的现代白话是"一种非驴非马的骡子话，半文不白的新文言"。（第 62 页）指出金丁的"扭扭捏捏"的表现法，"是不可以宽恕的罪恶"，是"糟蹋新的表现法"。

瞿的完整的观点是：

"新的言语是群众的言语——群众有可能了解和运用的言语。中国言语不精密，所以要使它更加精密；中国言语不清楚，所以要使它更加清楚；中国言语不丰富，所以要使它更加丰富。我们在翻译的时候，输入新的表现法，目的就在于要使中国现代文更加精密清楚丰富。我们可以运用文字的来源：文言的字根，成语，虚字眼等等，但是，必须要使这些字眼，成语，虚字眼等等变成白话，口头上能够说得出来，而且的确能够增加白话文的精密，清楚，丰富的程度。"（第 63 页）

关键词：瞿秋白就翻译问题与鲁迅辩论　提出关于翻译的完整观点

1932 年 7 月 10 日

〔德国〕J. R. 培赫尔作《闸北》（王平译），载《文学月报》第 1 卷第 2号，第 1～4 页。

这首诗刊本期头条。编者蓬子在附记中说：J. R. Becher"是目前世界最著名的革命诗人之一，甚至可以说第一人，中国读者，至少留心世界革命文学的人，是差不多都知道的"。（第 4 页）

诗人号召渔夫收起网，号召农民拿起镰刀，号召工人不要为侵略者运送军械，一起到闸北去，支援中国自己的军队抗日。诗篇以短促的语言，复沓的节奏，反复呼喊，具有一定的号召力。

F. Panferov V. Ilienkov《焦炭，人们和火砖》（周起应译）：编者说，这是一篇"突击队文学作品，像这样新的小说，中国还没有人介绍过"。作品写的是西狄克、奥波伦斯基两个突击队竞赛，不为卢布，是为阶级，为国家。建炉子，烧焦炭，支援国家建设。小说喷发着主人翁的热情，富于感染力。不是加工时蛮干，而是找窍门，巧干。"在这小说中我们可以看到俄罗斯的大众怎样为实现自己的幸福，用自己的力量在荒土之上造起一个新的都市来。"（第 120 页）

关键词：德国革命诗人号召支援中国抗日的诗　周扬译苏俄"突击队文学作品"

1932 年 7 月 10 日

张天翼小说《最后列车》，载《文学月报》第 1 卷第 2 号。第 21～32 页。

"一·二八"沪战期间，士兵自发地反对退却。作品中有"操你哥哥""奶奶雄""妈糕操""操你姥姥"等脏话 30 余处。

丁玲《消息》（第 33～38 页）：老太婆从在她家秘密开会的儿子们那里偷听到一些消息，不传给邻里，心里发痒，过不得。于是，按自己的想象去传播，还要卖点关子，并夸大儿子的作用。根据听到的消息，十几个老太婆凑钱买布缝制"东西"，转送"他们"。小说几乎就是写以"这个"老太婆为主的十多个老太婆的心理活动。如到店里买布时的心理：她们既兴奋，又慌慌张张。想买好一点的布，又没有钱；买孬了，又觉得对不起。她们眼睛盯着布，心里算着账，手在怀里数着铜板，嘴巴还得应付、敷衍店员的问话。真是活灵活现。

许幸之《归来》（第 113～118 页）：这是一篇取材于异域法国的作品。村民西拉上了前线。战争结束，他没有回来。巴瓦村 138 个壮丁出去，只有 12 个完全回来了，其余的不是死了，就是伤残了。人们说西拉被打死了，又说残了。总之是没有回来。16 年了，妻子为了生存，只好改嫁一个医生。有一天，他回到村子里，但村子里走的走，死的死，没有人认识他。在咖啡店，妻子也在，医生也在。他装着不认识，怆然离开。他约他已经 16 岁的女儿丽笛亚到车站；在车站见了面，他又故意不认，不愿破坏她们母女和继父生活的宁静。

田汉独幕剧《战友》（第 5～20 页）：本剧写"一·二八"沪战后住院的伤兵和大学生的对话。大学生 D 说："九一八"之后的大学生做什么？"不过，我想我们这时候还是不要动的好。我们的力量不够，闹起来也没有什么结果。九一八事件以来我们是怎么闹的？开会哪，打电报哪，抢火车到南京请愿哪，示威游行哪，包围市政府哪，开民众法庭哪，组织义勇军救东北哪，闹来闹去学生有什么用？上海还不是送给帝国主义者了。我们学校还不是给日本帝国主义占去了。我们还不是要搬到租界受帝国主义的保护？"（第 16 页）伤兵却说："瞎了眼睛，你还有手啊！我呢？我是只剩下一只手了。一只手又怎么样？我就饶了我们的敌人吗？不！就是这一只手也没有了，我也不饶的。我还有口啊，我还有牙齿，我咬也要咬死他们的！"（第 19 页）

关键词：张天翼《最后列车》　丁玲《消息》　许幸之《归来》　田汉《战友》

1932 年 7 月 10 日

《文学月报》第 1 卷第 2 号辟"一·二八事变的回忆"专栏，刊载沈端先、洪深、叶圣陶、茅盾、陶晶孙 5 人的短文，就本人在那几天的亲身经历，记录历史事变中上海的人和事。第 39～49 页。

日本飞机在头上飞，不时扔炸弹，散传单，或是用机枪向地面扫射。闸北戒严，行人不许通行。商务印书馆被烧，火光冲天，烟尘蔽日。终于听到十九路军、上海义勇军向侵略者还击。女学生代伤兵写家信。老百姓逃难：或从闸北逃往租界，或从上海逃往苏州；又有人从苏州逃回来，在船上却遭土匪抢劫；也有无处可逃的一般平民百姓，生命不值一文钱。抗战的欲望与失望的情绪交织。

关键词： 沈端先等 "一·二八事变" 回忆

茅盾《林家铺子》发表

1932 年 7 月 15 日

茅盾中篇小说《林家铺子》，载《申报月刊》创刊号。

《林家铺子》是茅盾创作的代表作，也是中国现代文学史上的名篇。小说反映的是 1932 年 "一·二八" 上海战争前后江南农村和小镇的动乱生活。小说的主人公林老板在小镇上开一爿店铺，他规规矩矩地做人，老老实实地做生意，仍然躲不过时局的动荡，帝国主义侵略的打击。具体到他的店铺，一是商品滞销；二是金融吃紧，债主年终上门坐索；三是当地的国民党党棍一再敲诈勒索，甚至逼他女儿为妾；四是同行的倾诈，排挤。林老板上下求索，均无路可走，只得看着店铺倒闭。他的店铺的倒闭，再使一些比他更弱的人连同受害，也展示更广阔的社会面和人世百相。

关键词： 茅盾《林家铺子》

1932 年 7 月 20 日

《北斗》第 2 卷第 3、4 期合刊（终刊号）继续讨论文艺大众化问题。

刊载的论文有：起应《关于文学大众化》、何大白《文学的大众化与大众文学》、寒生《文艺大众化与大众文艺》、田汉《戏剧大众化与大众戏剧》。

周起应《关于文学大众化》（第 423～425 页）：

"文学大众化首先就是要创造大众看得懂的作品。在这里，'文字' 就成了先决问题。'之乎也者' 的文言，'五四式' 的白话，都不是劳苦大众所看得懂的，因为前者是封建的残骸，后者是民族资产阶级的专利。"和文字有密切关系的，是形式问题。大众文学应采用 "小的形式（Small forms），如 Sketches，简短的报告，政治诗，群众朗读剧等"。"它们是单纯的，明快的，朴素的，Dynamic 的，Heroic 的。它们是鼓动宣传（Agit - prop）的最好的武器。"（以上第 423 页）关键是应该"描写革命的普罗列塔利亚特的斗争生活"，作者的"立场是阶级的，党派的"。要在作品中"表现出'活人'（Living man），而不至陷于概念主义（Schematism）"。初期普罗文学的"革命浪漫谛克"倾向至今还存在着："中国的革命文学作品到现在还是充满着'革命'的词藻的生硬的堆砌，'突变式'的英雄的纯粹概念的描写，对于被压迫者（很少是真正的无产者）的肤浅的人道主义的同情，对于没落的小资产阶级的含泪的讽刺。"要肃清这些残余的要素，必须到大众中去，从而"提高文学的斗争性，阶级性"。（以上第 424 页）

在目前就利用大众能够接受的小调、唱本、说书、文明戏等旧形式。

"最要紧的，是要在大众中发展新的作家。""工农通信运动是当前的迫切的任务。""我们要经过工农通信的路线从劳苦大众中提拔出新的作家——普罗文学的新干部。这样，工农通信员将要成为普罗文学的生力军。"在苏俄，工人突击队加入文学队伍，其潮流淹没了"同路人"作家。在德国，"工人通信运动产生了许多伟大的普罗作家"，如马尔琪维查（Hans Marchwitza，他的轰动一时的小说是《向埃森的射击》）、格鲁堡格（Grünberg）、布列得尔（Bredel）、托列克（Turek）等。（第 425 页）

何大白（郑伯奇）《文学的大众化与大众文学》（第 426～431 页）：

文学大众化命题的混乱：文学大众化提出两年了，至今还不能实践，主要原因"还是理论指导者对于这一问题没有能够正确地把握到它的核心"。（第 426 页）究竟大众化指的是什么？言语的问题？题材的问题？形式的问题？作者的生活态度的问题？实在"是普洛文学领导权的问题"（第 428 页）。以前的大众化尽管众说纷纭，"却是站在知识阶级的立场而出发的"，出发点和落脚点都不是大众本身。（第 426 页）

前期普罗作家"他们写出的作品，往往是理论的例证，非常缺乏具体性，只能说服读者的头脑，不能激起读者的感情"。（第 427 页）

目前大众所欢迎的还是时调、山歌、章回体、连环图画之类，足供他们参考的是工厂、农村的通信，墙头小说，报告文学等。

文学大众化的核心是："在工农大众中间，提拔真正的普洛作家。""既成作家以及一切知识分子，在今后的普洛文学运动上，只能居于补助的地位。"（第 431 页）

寒生（华汉，即阳翰笙）《文艺大众化与大众文艺》（第 432～445 页）：寒生曾说，本文是代表文委而写的，具有指导性。（另列专条）

田汉《戏剧大众化与大众戏剧》（第 446～448 页）：作者引用史铁儿的话，问"为什么应该是大众的普罗文学反而没有变成大众的或是离开大众呢？"田汉找出的原因之一是"过去的左倾空谈的指导理论使普罗作家忙于争妍斗艳于上层的文艺市场而忽略了艰苦地到劳苦大众中去组织自己的基本队伍的首要的任务。"1930 年到 1931 年上半年的普罗戏剧运动，没有穿蓝衣的群众来看，"或是勉强动员他们来看也看不懂，引不起他们的兴趣"。他说，剧联提出的口号是："专门家无产阶级化。无产阶级专门家化。"在文章的结尾，田汉郑重提出"我们是应该为获得唯物辩证法的创作方法而斗争"。

关键词：周起应：文学大众化首先是创造大众看得懂的作品；最要紧的是要在工农大众中发展新的作家　初期普罗文学革命浪漫谛克的表现　郑伯奇：大众化的问题实在是普罗文学领导权的问题　田汉：应该为获得唯物辩证法的创作方法而斗争

1932 年 7 月 20 日

《北斗》第 2 卷第 3、4 期合刊（终刊号）设"文学大众化问题征文"专栏，继续讨论文艺大众化问题。参与讨论的有：陈望道、魏金枝、杜衡、陶晶荪、顾凤城、潘梓年、华蒂、张天翼、叶沉、西谛、沈起予等。

征文的题目是：

（一）中国现在的文学是否应该大众化？

（二）中国现在的文学能否大众化？

（三）文学大众化是否伤害文学本身的艺术价值？

（四）文学大众化应该怎样才能够实现？

应征中的观点摘要：

魏金枝：实现文学大众化除开展识字运动而外，"第一，就应该把文学的形式来简洁化，使之活泼锋利。第二，因要引起大众阅读的兴趣，必须把文学的题材针对时事与大众本身的需要。第三，还须剥下道学的假面具，与完全教训式的布告体，应以多种的方式，刺激起大众潜伏的情绪。第四，应和电影图画戏剧音乐等合作起来，补助文学的功用。"（第 450 页）

杜衡：何谓大众化？他以为，大众化应分内容和形式两个方面来说。"单单形式上的大众化是已经办到了：用口语，不做骈文，不做律诗，便是。我们似乎无需乎更进一步，来做开篇和宝卷，做五更调。""就形式说，我主张与其把文学水平线压低了去迎合大众，却不如把大众提高到现在的水平线上来。"杜衡还说："形式太通俗的作品是往往不成其为艺术"的；"不折不扣"

的实现大众化"要等将来的社会"。（第 451、452 页）

陶晶荪：（一）"大众所要的是吃饭而不是稿费，所以他们虽肯做革命但也不肯弄文学。"（二）"听说影片公司如果脚本没有漂亮家具及男女出来，那么就没有销路。足见得贫的都不是艺术，可是大众是贫的，因此大众文学就不是艺术，原来艺术和大众是属于两个阶级的。"（第 452、453 页）

潘梓年："文学的大众化是否伤害文学的艺术价值"，"都是意图专利文学的'高等人'所提出，在我们大众，决不会有这样问题的提出。"他还说，"如果讲到表现的技术，那大众化后的文学，只有解放了它艺术发展上的束缚，你看看山歌村讴，其表现不是比诗人墨客的大作更深刻真挚吗？"（第454、455 页）大众化的文学早已存在多时了。

华蒂（叶以群）从安庆寄来的征文说：（一）"以工农劳苦大众底意识为意识，以工农劳苦大众底立场为立场的文学，才是大众自身底文学，才能在大众中发展作用；也只有这样的文学才能负担起推进社会发展的任务。回看现在中国的文学，始终只是转辗在一部分知识分子底中间，不仅不能负担起推进社会发展的任务，相反的，适足以成为阻碍社会发展的障碍。"（二）文学的"社会价值"和"艺术价值"不能分开，分开了就是二元论。"实际上，'艺术价值'和'社会价值'是合一的，一元的，文学作品正因为有了'社会价值'才有'艺术价值'，否则就根本没有'艺术价值'底存在。"（第455、456 页）

张天翼："五四""文学革命是造成小白脸文化的，它一面打倒'吃人的旧礼教'等等，一面造出些'德先生''赛先生'，讲社交公开的小姐少爷们"。小姐少爷嘴里要嚼巧克力糖。"要把你的巧克力糖，抒情诗，后期印象派的风景画等等，全扔到粪缸里去。""那些笨重沉闷的心理描写最好能够避免，每个人物都拿举动来说明他。写景也愈少愈妙，因为对那些什么金雀花，什么啄木鸟之类，不但别人没工夫去查生物学大辞典，而且这年头也不会领会到杜鹃怎样在溪水旁边摇头的闲情逸致。"（第 458、459 页）

沈起予：中国的所谓"大众"大致可分为三类，少数的青年学生和知识分子，次多数的店员商人一类，极大多数的工农群众。我们所说的适合大众，指的是形式，不是内容；内容上及意义上必须一致，都是"革命的，不反唯物辩证法的"。他说，其实，不懂的东西，多看一两次就懂了；"其次，人的思想感情语言等，是随着人的生活之丰富复杂而丰富复杂的"。

沈起予不同意宋阳（瞿秋白）的两个观点：一是"一切写的东西都应当拿'读出来可以听得懂'做标准"，二是"最迅速的反映当时的革命斗争和

政治事变，可以是'急就的''草率的'大众文艺价值的报告文学，这种作品也许没有艺术价值"。（第 461 ~ 463 页）

关键词：《北斗》征文讨论文艺大众化　杜衡说：形式太通俗的作品是往往不成其为艺术的；陶晶孙说：大众文学就不是艺术；潘梓年说：文学的大众化不能伤害文学的艺术价值

贯彻文委思想的文章《文艺大众化与大众文艺》

1932 年 7 月 20 日

寒生（华汉，即阳翰笙）《文艺大众化与大众文艺》，载《北斗》第 2 卷第 3、4 期合刊，第 432 ~ 445 页。

华汉曾说：本文是为贯彻文委思想而写的，具有指导性。

文章的第一部分：新兴文艺为什么应该大众化？

（一）中国资产阶级领导的"五四"新文化运动遭到背叛。具体表现是："近六七年来，在思想上，复古的封建思想，宗法主义以及宗法观念的抬头，时髦的个人主义颓废主义享乐主义以及正在加工制造的'屠夫主义'等等思想上的鸦片的猖獗；在文字上，复古的程度尤为可观……现在的白话文，已经欧化，日化，文言化，以至形成一种四不像的新式文言'中国洋话'去了。"（第 432 ~ 433 页）（二）中国资产阶级背叛了"五四"文学革命，那么从 1928 年兴起的由新兴阶级领导的新兴文艺运动又做得怎样呢？事实是：工农大众中的"由文学革命到革命文学"的运动，"却被我们看轻了忽视了"，"没有半点儿工作的成绩"（第 433 页）。

文章第二部分：怎样大众化？此题包括：大众化的内容问题、形式问题、欧化文艺的大众化问题、大众文艺的创作方法问题。

大众化作品的内容问题：封建余孽和买办地主资产阶级的各种各色的反动思想，用各种各样的文艺形式反映出来，"满坑满谷的把大众的文艺生活影响着，支配着，组织着"。第一便是打富济贫的武侠主义；第二便是恶有恶报善有善报的因果报应主义（也叫十足的奴隶主义）；第三便是劳资妥协主义；第四便是媚外的洋奴主义；第五便是男女问题上的惩淫主义。"这些乌烟瘴气的反动思想，是在牢牢的把大众束缚着，麻醉着，欺骗着，使大众永远过着奴隶的生活，不使他们与半点儿思想的光明接近！""大众化的作品，不仅要有反帝国主义反封建残余以及反资产阶级的内容，同时还应确立无产阶级正确的宇宙观人生观及至恋爱观，因为只有以新兴阶级的阶级意识和它目前斗争的任务作内容，才能彻底的扫除那一切种种束缚着大众欺骗着大众组织着大众的反动思想，使农工大众能够走上伟大的解放斗争的道路上去。"（第434 ~ 435 页）

大众化作品的形式问题：一是语言的问题，一是体裁的问题。语言问题："我们要用的话是绝对的白话，是大多数的工农大众所说的普通话，这种普通话既不是五四式的假白话，也不是章回体上的旧白话，只有这种普通话才是活着的人说的活话。"用这种活话写出来的东西，大众才看得懂、听得懂。（第 436 页）体裁问题：过去的新兴文学"在体裁上也远离开大众的需要拼命向欧化的死路上跑：论结构，穿插颠倒，神出鬼没，令人不可捉摸；写人物，没头没尾，奇奇怪怪，叫人看起来莫名其妙；描写风景用的是象征主义；用词造句，玩的是倒装文法……"（第 436 页）

欧化文艺大众化的问题：1928 年以来的新兴文艺运动"只产生出一些十足欧化的'非大众的普洛文艺'出来"。（第 438 页）欧化文艺大众化的任务是："第一，在结构上应该反对复杂的穿插颠倒的布置"，"第二，在人物的描写上应该反对静死的心理解剖"，"第三，在风景的描写上应该反对细碎繁冗不痒不痛的涂抹"。（第 439、440 页）

文章第三部分：怎样去写大众文艺，即文艺创作一般的方法问题。

"过去，我们在创作方法问题上所走的路线，不是唯物辩证法的现实主义的路线，而是小资产阶级的革命的浪漫谛克的路线。"（第 440 页）"革命浪漫谛克路线"的主要表现是：

"第一，是概念主义的倾向——普洛文学运动初期，我们的批评家不懂，错引了辛克莱的主观主义的文字定义：'一切文字都是宣传'，到 1930 年我们的有一些批评家却又更进一步号召我们的作家：尽可大胆的把'政论'加进作品里去，本来我们的作家，在初期因为误解了'宣传'的意义，已经有些人写了不少的'口号标语'，到后来自然更乐于把一些抽象的议论放到作品中去了，而且在 1930 年那一'发狂'时期的空气下，不如此，仿佛便大有右倾的嫌疑，因之有一些在初期本来得努力避免概念化的作家，也有些动摇起来，在作品中大发议论了。这样的结果，我们有不少的作品，于是织成了'论文'，到今天我们的新旧作家中，这样的流毒还残存着在。

"第二，个人主义的英雄主义的倾向——这一倾向的特点，就是蔑视了群众集体的斗争，把作品中的主人翁描写成'天外飞来'的救苦救难的英雄，群众都不知道斗争，都只知道'等待'外来的英雄替他们决定一切，像这种写法，不仅歪曲了现实，实则还在群众中散布着'等待主义'的幻想，自己不斗争等待别人来救他的最坏的幻想。

"第三，是脸谱主义的倾向——这一倾向的特点，是把作品中的人物定型化，具体点说，就是革命者与反革命者都有一定的脸谱：豪绅，土主（地主），资产阶级，帝国主义者等等，一定是百分之百的坏人，工人，农民，兵士等等，一定是百分之百的好人，过去我们的作品，大都喜欢来这一套，于是活的人物一抬进我们的作品都变成了死的机械，敌人阵营里的一切伪善的面具和巧妙的花头，我们因之无法去暴露揭穿，自己队伍中的动摇和错误，也就更不能去克服纠正，这样的写法，是只有蒙蔽着群众的眼，甚而至于蒙蔽着群众的前锋的眼，看不清现实，而陷落到泥潭里去。

"第四，是团圆主义的倾向——这一倾向的特点，是掩盖了失败的教训，一味去粉饰斗争的胜利，在每描写一次斗争的时候，都只有胜利，没有失败，只有正确，没有错误，在过去我们的作品中，常常是犯着这一毛病的，其实这只是自欺欺人的写法，对于我们的大众，是只有阻止着他们在失败中错误中去求教训的。

"第五，是人道主义的倾向——这一倾向的特点，是以悲天悯人的心肠，去替群众说愁诉苦，并不是以革命的观点去正确的反映群众自己的斗争，其实这种倾向，不仅离开了革命的立场，实际上与革命主义不两立的，不幸我们的作家中，一直到现在还残存着这种倾向在。"（第440~441页）

这些从内容到形式的倾向，"只有把现实的残酷的革命斗争神秘化，理想化，简单化，公式化，抽象化，甚而至于庸俗化"。（第441页）

本文第四部分：文艺大众化提倡日久，至今还没有出成绩的原因。

华汉认为，确有由一个立场出发的两种观念阻碍着大众化的进行："第一是隐藏在革命文艺旗帜下艺术至上主义者的观念"，以为文艺是不能大众化的；"第二是公开在革命文艺旗帜下的半艺术至上主义者的观念"，以为大众化了的文艺艺术性就要差点，自己不屑于去创作这种作品。于是造成这样的结果："只有人在叫，没有人去干的严重现象"。

华汉代表文委号召："不能容许我们有一个作家站在大众之外，更不能容许有一个作家立在大众之上，我们的作家，都必须生活在大众之中，自身就是大众里的一部分，而且是大众的文艺上的前锋的一部分，应该同着大众一块儿生活，一块儿斗争，一块儿去提高艺术水平，应该坚决的反对那些不到大众中去学习只立在大众之上的自命'导师'，坚决反对那些不参加大众斗争，只站在大众之外的自觉清高的旁观者！"（以上第442~443页）

如何做的问题，华汉提出：第一组织通信员运动。第二组织文艺研究网运动。第三组织蓝衫剧团运动。第四组织大众歌唱队。第五组织说书队运动。通过这些组织"去加紧工厂壁报，街头说书，合唱诗歌，群众演剧，报告文学，以及墙头小说等等文艺上的活动，才能真正锻炼得出由工农大众出身的文艺上的干部来，同时也才能发动得起千千万万的工农大众自动起来干自己的文艺革命"。（第445页）

关键词：华汉代表文委的文章《文艺大众化与大众文艺》　初期普罗文学"革命浪漫谛克倾向"的表现　必须克服"只有人叫，没有人去干的严重现象"

1932年7月20日

《北斗》第2卷第3、4期合刊（终刊号）刊载文学新人的作品：慧中《米》、白苇的"墙头小说"共5篇、戴叔周的《前线通信》、莪伽《东方部的会合》（诗歌）、华蒂《小黑子和小猪》。

慧中《米》（第389～407页）：淞沪战争，东洋纱厂集中的C区工人罢工。"战争已经继续了几天，C区的工人，除了死在炸弹或流弹之下的以外，其余的人，一个一个的，一家一家的，成千成万的，男女老少们，都同样的，饿得五脏六腑发响，饿得肚皮凹了进去，还有的已经饿死了的。"（第395页）工人们在阿四的带领下，集中起来，向当局要米，谁知却受到镇压。

作品中的脏话举例："腺他妈""他妈的""东洋婊子""他娘的王八""杂种""抄你妈""王八羔子""王八蛋""狗养的"等。

白苇《夫妇》（外四篇，副题作"墙头小说四篇"）：《夫妇》《在厂门外》《传单》《早饭》《传令的人》，都是小小说，写几句对话，一个动作，至多一个场面。都是工人的生活和心境。另一篇，题名《墙头三部曲》（分离、流荡、回转），也反映的是现实性极强的工农生活状况。

戴叔周《前线通信》（第408～422页）："我"在"一·二八"沪战前线的所见和经历。日本兵的嚣张，中国兵和老百姓要打，但命令叫退却。全文最后一句话是："劳苦的工农士兵，若果不再觉悟团结起来，真是永远的没有出路啊！"（第422页）

编者在本期的《编后》中介绍说："本期揭载了3篇新的作家的作品。这3位作家所产生的作品，虽然还说不上好的新作，而很幼稚，但出之于拉石滚修筑马路的工人白苇君，从工厂走向军营的炮兵叔周君，以及努力于工农化教育工作而生活在他们之中的慧中君之手，这是值得特别推荐

的。"（第 555 页）

关键词：《北斗》刊载新人的作品

艾 青

1932 年 7 月 20 日

莪伽（艾青）诗《东方部的会合》，载《北斗》第 2 卷第 3、4 期合刊（终刊号）。

此诗 1932 年正月十六写于巴黎。这是艾青在报刊上发表的第一首诗。

用"法文，日文，安南话，中文"说话的青年们聚会于巴黎，——

> 每个凄怆的，斗争的脸，每个
>> 挺直或弯着的身体的后面，
> 画出每个深暗的悲哀的黑影。
>> 他们叫，他们喊，他们激奋，
> 他们的心燃炽着，
>> 血在奔溢……
> 他们——来自那东方，
> 日本，安南，中国，
> 他们——
>> 虔爱着自由，恨战争，
> 为了这苦恼着，
> 为了这绞着心，
>> 流着汗，
>> 闪出泪光……
> 紧握着拳头，
> 捶着桌面，
>>> 嘶叫，
>>> 狂喊！

房间"是活跃着的，／我们的心是燃烧着的"。（第 515 页）

这诗不像中国诗歌会的大众化通俗化的诗，不同于新月派的新格律诗，也有别于戴望舒们的现代派诗。艾青是吹着芦笛登上文坛的。

关键词：艾青吹着芦笛登上文坛

1932 年 7 月 20 日

白薇《火信》、森堡《我见了飞机的爆音——献给全日本的勤劳大众》两首反对日本侵略的诗歌，载《北斗》第 2 卷第 3、4 期合刊（终刊号），第 509 ~ 515 页。

白薇的诗（1931 年 12 月作）共 20 节，前 16 节每节 6 行，后 4 节每节 4 行。诗歌抒发日本发动"九一八"事变侵略东北时，她的感受。火信就是预告：

> 新时代的创造正用这些如钢似铁的脚手，
> 愈贫穷愈悲惨的奴隶意识的非意识终有反抗的时候！
> 我们要镇定剧烈的悲痛在血泊中进行，
> 我们要唤醒他们的意识迅速地走向斗争。
> 努力吧，敲响了那响彻世界的阴之街暗之角的洪钟！
> 胜利是要数不尽数不尽的努力和群众。

"我们不管恐怖的火信有怎样猖猛猖狂，／我们要用愤怒的火团结的力勇敢的血和它抵抗！"（第 512 页）

森堡的诗 1931 年 12 月 17 日写于东京"飞机的爆音中"。诗中说："中国工农的现在"，就是"日本工农的未来"，希望岛国的勤劳大众要"用阶级的耳朵听"。（第 514 页）

关键词：白薇、森堡抗日诗歌

1932 年 7 月 20 日

司马今（瞿秋白）杂文《财神还是反财神》，载《北斗》第 2 卷第 3、4 期合刊，第 489 ~ 500 页。

《财神的神通》：中国的财神首先是地主，第二是绅士化的资本家。他们为帝国主义的大财神当保镖，做走狗。批判的是穆时英的《南北极》。

《狗道主义》：中国只有狗道主义的文学。"这是猎狗，这是走狗的文学，因为这些地主资产阶级的走狗的主人，本身又是帝国主义的走狗。这种走狗，自然是狗气十足，狗有狗道，此之谓狗道主义。""狗道主义的精义：第一是狗的英雄主义,第二是奴才主义,第三是动物的吞噬主义。"(第492页)这说的是民族主义的文学。

《红萝卜》:说自由的知识阶级就如红萝卜:皮是红的,里面的肉是白的。批判的是穆时英的《被当做消遣的男子》。

《"忏悔"》:批判巴金的《奴隶的心》。说其实,奴隶的心比圣人的心还要复杂。"如果圣人的心有七窍,那么,奴隶的心至少也有七十个窍。"(第496页)

《反财神》:称赞丁玲的《水》、袁殊的《工场夜景》、适夷的《活路》,说它们开创了"中国文学革命(以及革命文学)的新纪元"。(第498页)

关键词: 瞿秋白杂文 丁玲的《水》开创了中国革命文学的"新纪元"

1932 年 7 月 20 日

高尔基作、向茹译《冷淡》(论文),载《北斗》第2卷第3、4期合刊(终刊号),第365~369页。

本文原载列宁城普洛作家协会机关报《进攻》1932年3月16日第2期,可以说是同步译介到中国。

本文不长,仅两页;不少字、句、段都打了着重号。

文章的第一句话就说:苏联现在正在迅速发展着对"劳动民众的旧式生活的改造过程,这是深刻的各方面的改造"。(第365页)其目的是:"解放群众的内含的精力,复活他们的创造力,使他们共同的来建设新式的社会。"但是欧洲人对苏联的这个伟大工程,这个对人的改造,却视而不见,表现冷淡。欧洲"资产阶级的文学已经不是以前那样的文学了——已经不是实际生活的回声了。这种文学显然没有力量反映现在欧洲的衰落和破坏的悲剧"。(第366页)

高尔基说:"苏联的一切民族的无产阶级文学担任起了极困难的任务——要用文艺的方式造成现实主义的叙事诗的艺术,这种艺术之中要尽可能的运用文字的力量完全反映工人阶级——新社会的建设者的英雄主义,就是从工业上去武装国家,为着反对过去时代的一切种种残余而战斗的英雄主义,这些残余尤其在俄国乡村之中是根深蒂固的。

"无产阶级文学的最好的最有才能的干部很正确的了解:叙事诗是现实主义的,而现实主义并不妨碍想像。"(第367页)

关键词: 高尔基:"现实主义并不妨碍想像"

1932 年 7 月 20 日

M. N.（马宁）《英属马来亚的艺术界》（1932 年在赤道上的南洋），载《北斗》第 2 卷第 3、4 期合刊（终刊号），第 546～549 页。

本文文前的提示语是：马来戏—吉宁戏—中国旧剧—新剧—华侨文艺—被榨取者的音响—马来亚普罗文艺联盟。也就是本文所讲的内容。正文分两部分：一演剧，二文艺。

就文艺说，作者起首的一句话是概论："这里应该先说明，就是自中国国民党清党以后，革命的亡命客源源而来，而其中大部分是知识阶级。而他们就在马来亚创造了大宗的革命文学理论与创作。1928 年起到 1930 年之间是马来亚华侨文坛狂风暴雨的时期，在这时期出现的作品，我敢说决不比中国文坛的收获为坏。"（第 548 页）

马来亚华侨文坛的作品"大部分是亡命客之作，他们在中国本来又不是既成作家，来马来亚后又受尽失业的艰苦和当地政府的压迫，所以每一篇作品都是地底的呼声。大部分都是描写流浪生活，工人经济斗争（带政治意味的），失业工人的挣扎等等，这般作者都是政治工作者，革命学生，商店书记，流落在马来的'弄帮'者①等等"。发表作品的阵地是新加坡《叻报》的文艺副刊《椰林》。主要作品如：熊的《纳税》、浪花的《邂逅》和《被榨取者的音响》、李诺夫的《血斑》、良凤的《流浪记》等，"技巧不坏，内容也很充实而有力，我敢说这许多作品可以超驾（按：原文如此）中国许多的大作家的作品，可以称为殖民地的杰作！不只应该介绍到中国文坛去，并且还应该介绍到国际文坛去！原因就是他们并不是为写作而吃饭的作家，他们都是失掉了一切，环境非常险恶，实在忍不住了，用整个的不幸的命运为担保而写成的东西！"（第 548 页）

关键词：马来亚的艺术界——华侨文坛　中国国民党清党以后，部分知识分子亡命南洋，由他们在马来亚创造了大宗的革命文学　他们的创作是殖民地的杰作

1932 年 7 月 20 日

沈端先《创作月评》，载《北斗》第 2 卷第 3、4 期合刊（终刊号），第

---

① 作者自注：弄帮者，马来语，是寄人家里，自食自住的落难人的意思。是马来亚最普遍的一种名称。

501～505 页。

本文就《北斗》和《文学月报》上的几篇小说，如葛琴《总退却》、杨之华《豆腐阿姐》、茅盾《子夜》之一节《火山上》、丁玲《某夜》、金丁《孩子们》等提出严重批评，说它们没有反映时代，闻不到时代气息，没有写出"一·二八"上海战争的性质。《豆腐阿姐》甚至"在客观上使这作品走上了和帝国主义走狗的走狗，所谓'民族主义'作家们所努力的作品一致的倾向"（第 502 页）。其原因是：我们的作家"是在缺少正确的无产阶级的观点，是在不能运用唯物辩证法的看法去观察对象，很快的放弃了有积极性的主题，而退却到比较的容易做的，小资产阶级作家最得意的社会消费面的描写。无疑的这是用右倾机会主义来矫正左倾偏向，而事实上形成了无产阶级文学的，向着小市民文学，向着艺术至上的形式主义，向着所谓都会派颓废派文学的全线的总退！"（第 505 页）

太可怕了！

关键词：沈端先《创作月评》 对发表于《北斗》的葛琴、杨之华、茅盾、丁玲、金丁等人的作品提出严重批评

1932 年 7 月 20 日

丁玲《代邮》，载《北斗》第 2 卷第 3、4 期合刊（终刊号），第 554 页。

丁玲关心工人创作、爱护他们的创作积极性，帮他们修改稿子，为他们出书，并主动给他们写序。而且，从编辑部的启事看，她还在病中。

有一位署名阿涛的工人投稿给刊物，丁玲以刊代邮，说：

"你的文章，当然还有许多毛病，句子的不干净，支配材料也不十分适当，不过大体是很好的，而且在现在的作品中，能够抓住反帝的工人罢工斗争做题材，是极少见的，何况有好些地方你都能够写得很好，我想这完全是因为你的实在经验的缘故。我预备将你这部稿子编在湖风的创作丛书里，而且详细的替你作篇序。你自己的那篇《写在前面》，我以为不好。不想放进去。你的意见是怎么样？

"再者，我要同你说的，就是你以为大家都看不起工人，认定工人都不配创作，都写不好文章，而且就不要看工人写的东西。我想这个也是偏见。有些作家们是有这种脾气的。可是我们却绝对没有。并且非常重视这些作品，因为这里面更能反映大众的意识，写大众的生活，写大众的需要，更接受大众，为大众所喜欢。同时也就更能负担起文学的任务，推进这个社会。……我很希望你更努力下去，如若你有其他稿子，都可以寄来，我一定为你看，

或许还要为你修改一点的。"

许多左联成员都是这样努力去实践文艺大众化的。

关键词：丁玲扶持工人的创作实实在在之一例

1932 年 7 月 20 日

《北斗》第 2 卷第 3、4 期合刊出版。为终刊号。

《北斗》是左联的机关刊物。1931 年 9 月 20 日创刊，1932 年 7 月 20 日终刊，共出 2 卷 8 期 7 册。总计约 113 万字。

主编丁玲，协编者有冯雪峰、姚蓬子、沈起予、叶以群，指导者是茅盾、华汉、钱杏邨等，所以当时有丁玲编《北斗》乘坐"八抬大轿"之戏说。

颜色变化：创办时文委指示"要灰色一点"，所以起初 3 期的作者才有冰心、林徽音、徐志摩、陈衡哲、叶圣陶、凌叔华、戴望舒、沈从文等。

得到老作家、已经有点名气的作家支持：鲁迅、茅盾、瞿秋白、冯雪峰、冯乃超、夏衍、田汉、华汉、钱杏邨、郑伯奇、森堡、楼适夷、张天翼、魏金枝、白薇、穆木天、赵景深、蓬子、陶晶孙。

新人新作：风斯《太阳向我来》（诗）、甘永柏《扬子江》、石霞《无题》、耶林《村中》、高植《漂流》、叶秀《阿妈退工》、谷非《仇敌的祭礼》、芦焚《请愿正篇》与《失丢了太阳的人》、匡庐《水灾》、李曼青《苦学》、葛琴《总退却》、文君《豆腐阿姐》、白苇《夫妇》《墙头三部曲》、慧中《米》、戴叔周《前线通信》、莪伽《东方部的会合》、华蒂《小黑子和小猪》等。

丁玲自己发表创作《水》《五月》《多事之秋》等。

发表的名家名篇有：叶圣陶《牵牛花》，鲁迅《我们不再受骗了》，适夷《S. O. S》，沈从文《黔小景》，张天翼《面包线》《猪肠子的悲哀》《大林和小林》，苏联卢那察尔斯基《被解放的董·吉诃德》，苏联绥甫林娜《肥料》等。

讨论文艺大众化问题，并征文讨论"创作不振之原因及其出路"。

瞿秋白、冯雪峰、沈端先等显得"左"。

苏联"拉普"提出的"唯物辩证法的创作方法"在该刊得到大力提倡。

关键词：《北斗》出版终刊号　盘点《北斗》

1932 年 7 月 20 日

《北斗》第 2 卷第 3、4 期合刊刊登的湖风书局的书刊广告有：

白鸥女士著《脱了牢狱的新囚》 每册实价 5 角 5 分

"本书是一部在时代底大轮下滚过的少爷小姐们底人生的写真。著者以婉妙的深含诗意底笔调,很细腻缠绵的来描绘一个多情少妇底矛盾心情,和她种种的恋爱经过。全书自始至终都非常紧张,其热情奔流处,直可使你兴奋,使你感怀,使你的心也将为她跳动。更加以辞藻的美丽,描写底大胆,生动和活泼,真是处处都足以引人入胜。这部书,在新进女作家中,的确要算是一部最不可多得底作品了。

"书前有柳丝先生的序。柳丝先生说得好:'……与其花钱买那些千篇一律的照恋爱公式写的糜烂到有如嚼腊的"大作品",何不读一读这篇生命力活跃的新著?'

"全书的内容包含:(一)我们相逢已是太迟(二)我才知道那种欢爱是怎样销魂(三)好梦总是那般残短哟(四)一样月亮两地相思(五)天海茫茫何处问津(六)我将毁弃一切的深情。"(第388页)

寒生著《大学生日记》

"这是一部描画中国大学生活和暴露大学教育的巨著。作者以轻松流利底文笔,和老练纯熟底手腕,深刻的去创造出生活于大时代之前的各种大学生型。这儿,你将看到这些浪漫的,动摇的,苦闷的,享乐的,逃避现实的,积极革命的……各式各样的青年男女学生,是在怎样底生活着,苦斗着,而又不断底活跃着:真是文笔生动,表现逼真。要想看看自己的模型的大学生们,不可不人手一本,要想发现未来的面影的中学生们,更不可不人手一本。本书正在印刷中。"(第407页)

适夷著《第三时期》 每册实价 6 角

"本集包含5个短篇,和3篇Sketch,是作者居留东京时的创作。内容都是描写在世界经济的第三时期下的农村及都市中的解放斗争的诸场面。《盐场》一篇,在1930年发表时,颇为一般所推许,日本东京普洛科学研究所暑期大学,曾采为中国语课本。其他如《第三时期》及《泥泞杂记》,均为经济危机下的日本社会生活的力作;国内创作家取材异国情调的作品,大都只及于罗曼谛克的恋爱事件或流浪生活,而这里的却是从社会学的观点,用暴露的手法,解释现社会机构的全般之意识的艺术的具现。至于作者的写实的态度和作品上的明快的笔调,更毋待介绍了。本书本月中即可出版。"(第422页)

一部非常的刺泼的不可多得底非战小说集《炮火的洗礼》,匈牙利拉兹古等著,蒋怀青译 定于11月内出版

"《炮火的洗礼》是一部非战小说集，包含：匈牙利拉兹古的《重回故乡》与《炮火的洗礼》，希腊坎茨甫捏的《一个新生的复活节》和爱沙尼亚屠格勒斯的《人影》，共 4 篇。

"这些虽然都是取自第一次世界大战以后的题材，可是，我们从这里，从这每一篇的每一行每一个字，可以看出那是如何深刻的在暴露着那种战争的丑恶呀！那已死的千千万万的牺牲者，虽是糊里糊涂毫无代价的便死去了，可是，那些断了手，断了脚，破了头，毁了相的残废者们，却从那不可补救的损失中觉醒了过来，知道是受骗了，知道那些'玩着保护者的把戏'的人，把自己的'钱囊塞得饱满的，却送别的人出去死'，他们是再也不愿意受那些人愚弄了，他们是要找出他们的'一个新生的复活节'来！

"这的确是一部非常的刺泼的不可多得底作品，每个前进的读者都不可不看的一部作品。译者是由英文本中选来重译的，译笔流畅，毫无艰涩难懂之弊。"（第 500 页）

田汉戏剧别集（1）**《暴风雨中的七个女性及其他》**　定于 8 月内出版

"田汉先生的戏剧，早已成为青年大众以及戏剧研究者的所最拥护的读物，在舞台上曾经收到广大的迅速的效果，这是毋须再加介绍的。本书所收各篇，都是田汉先生的近著，在 1931 年所写的戏剧的总集。除《暴风雨中的七个女性》外，有《年夜饭》、《梅雨》、《乱钟》、《扫射》等 4 个独幕剧。这些剧本大部分是反映着 1931 年'九一八'事变的，曾经在各处上演，有的多至 30 次以上。现由田汉先生将原稿大加改动，交由本局印行。书前有田先生的序。"（第 505 页）

一部最刺激最生动的中篇创作小说健尼著 **《前夜》**　定于 8 月内出版

"《前夜》是一部最刺激的中篇力作。作者以都市为背景，冷静地刻划着许多性格各别的人物；这些人物，你可以从他们里面找出一个像你自己的照影，更可以在他解剖的笔下，得到你自己的供状。你会向自己嘲笑，同时也许会觉得作者太过冷酷，像一把铁面无情的刀一样。

"对于人生观恋爱观，作者都有新的见地，所以感到爱的困恼与生活的苦闷的人，这书能给他一个新的解答；但解答的不是有麻醉性的同情与慰藉，而是刻骨地深入到你灵魂的伤处，正如那有刺激性的杀菌剂。至于技术方面，文体的锤练与描写的精致，尤为此书的特点。节节流动着感人的活力，把它当做散文读亦无不可。所以无论一气读完，或随意翻阅，都觉得生动可爱。"（第 553 页）

关键词：_湖风书局书籍广告十种_

1932 年 7 月 25 日

华汉小说集《最后一天》，由上海湖风书局出版。

收入小说 7 篇，系小说集《活力》的扩充：除《活力》《奴隶》《归来》《马桶间》《兵变》外，增加《最后一天》，《长白山千年白狐》原名《未完成的伟人》。

"华汉三部曲"出版　五篇重要序言总结初期普罗
文学的"革命浪漫谛克"教训

1932 年 7 月

华汉长篇小说《地泉》，由上海湖风书局重版。

《地泉》由三部中篇小说《深入》《转换》《复兴》连缀而成，书前有易嘉（瞿秋白）的《革命的浪漫谛克——〈地泉〉序》、郑伯奇的《〈地泉〉序》、茅盾的《〈地泉〉读后感》、钱杏邨的《〈地泉〉序》和作者自己的《〈地泉〉重版自序》五篇序言。这个版本史称"华汉三部曲"。

为了总结初期普罗文学创作的经验教训，为了建设成熟的无产阶级革命文学，出书前，作者诚恳地请平常对此书有过意见的朋友，将他们的批评意见写出来，放在书前作为序言，一并出版。

五篇序言内容丰富，言词尖锐，所论中肯。

首先肯定《地泉》的成功之处：《地泉》表现了作者和作品"斗争的实感，伟大的时代相，矫健的文字，强烈的煽动性"。（郑伯奇，第 328～329 页）"这些不健康的，幼稚的，犯着错误的作品，在当时是曾经扮演过大的角色，曾经建立过大的影响。这些作品中确立了中国普洛文学运动的基础⋯⋯这是初期的作品的一个面影。"（钱杏邨，第 339 页）

但《地泉》是不成功的作品，是不应该那样写的典型：《地泉》"还充满着所谓'革命的浪漫谛克'。《地泉》的路线正是浪漫谛克的路线"。"《地泉》连庸俗的现实主义都没有能够做到，最肤浅的最浮面的描写，显然暴露出《地泉》不但不能帮助'改变这个世界'的事业，甚至于也不能够'解释这个世界'。《地泉》正是新兴文学所要学习的：'不应该这么样写'的标本。"《地泉》"反而把丑恶的现实神秘化了，把他们变成了'时代精神的号筒'"。（以上易嘉，第 324、326 页）《地泉》"只是'深入''转换''复兴'等三个名词的故事体的讲解"（茅盾，第 334 页）。作者自己努力挖掘"病状的病根"：《地泉》"可以作过去中国新兴文学难产时期的代表，那末这一'革命的浪漫谛克'的路线的阶级基础，很显然的是革命的小资产阶级，正因为我们的作家的生活观点和立场都是小资产阶级的，所以，他才把残酷的现实斗争神秘化，理想化，高尚化，乃至浪漫谛克化，而他的作品的内容与形式，也就因之才形成了一贯的'革命的浪漫谛克'的路线"。华汉找到了之所以形成革命浪漫谛克路线的阶级基础。"我们如果不抛开我们小资产阶级的生活，不克服我们小资产阶级的意识，不深深的打入群众中，不直接参加在残酷的现实斗争里，那我们是不能真正反映现实斗争，不能真正创作出'大众化'的新兴文学。"（华汉，第 245、246 页）

由《地泉》的毛病说到初期普罗文学普遍存在的问题：《地泉》的"缺点不是单独的、个人的，而实是 1928 到 1930 年顷大多数（或竟不妨说是全体）此类作品的一般的倾向"。此期的作品，现在"公认是失败"。"其所以失败的根因，不外乎（一）缺乏社会现象全部的非片面的认识，（二）缺乏感情的地去影响读者的艺术手腕。""这些错误在当时成为一种集团的倾向"。"'脸谱主义'地去描写人物"，"'方程式'地去布置故事"。（茅盾，第 332、333、334 页）普罗文学第一期的作品，"一般认为有两个倾向：一个是革命遗（逸）事的平面描写，一个是革命理论的拟人描写。前一种倾向以太阳社为代表，后一种倾向在创造社特别的浓厚"。"你的作品，题材多少是有事实根据的，人物多少是有模特儿存在着，然而题材的剪取，人物的活动，完全是概念——这绝对不是观念——在支配着。""革命故事的抽象描写"应该克服。（郑伯奇，第 329 页）"初期中国普洛文学，实际上，都是些小资产阶级的文学。内容空虚，技术粗糙，包含了许多不正确的倾向"：第一是，个人主义的英雄主义的倾向。如郭沫若的《一只手》、蒋光慈的《短裤党》、丁玲的《水》。第二是，浪漫主义的倾向。"这种倾向的作品，一是不老老实实的写现实，把现实神秘化了去写。二是没有失败，只有胜利，没有错误，只有正确，把现实虚伪化了去写。"如戴平万的《陆阿六》、华汉的《转换》。第三是，才子佳人英雄儿女的倾向。这是革命加恋爱。如孟超的《爱的映照》。第四是，幻灭动摇的倾向。如蒋光慈的《哭诉》《最后的微笑》《丽莎的哀怨》、刘一梦的《沉醉的一夜》、迅雷的《火酒》、龚冰庐的《炭坑夫》。"为着我们运动的发展，只有坚决的无情的批判斗争下去。这不是路中间的小石子，而是一道阻路的牢实的大墙。"（钱杏邨，第 336 ~ 339 页）

应该走的路线是用唯物辩证法的现实主义的创作方法，走大众化的路线。

"我们应当走上唯物辩证法的现实主义的路线,应当深刻的认识客观的现实。应当抛弃一切自欺欺人的浪漫谛克,而正确反映伟大的斗争,只有这样才能够真正帮助改造世界的事业。"(易嘉,第 326~327 页)"我们正在努力走向文艺大众化路线","在创作方法上去走唯物辩证法的现实主义的路线"。(华汉,第 244~245 页)要勇敢地踏在过去创作的"践石上面",才能产生"普洛写实主义",获得"唯物辩证法的文学方法"。(郑伯奇,第 329 页)"作家们还当更刻苦地去储备社会科学的基本知识,更刻苦地去经验复杂的多方面的人生,更刻苦地去磨练艺术手腕的精进与圆熟。""我的中心论点是:一个作家应该怎样地根据了他所获得的对于现社会的认识,而用艺术的手腕表现出来。说得明白些,就是一个作家不但对于社会科学应有全部的透彻的知识,并且真能够懂得,并且运用那社会科学的生命素——唯物辩证法;并且以这辩证法为工具去从繁复的社会现象中分析出它的动律和动向;并且最后,要用形象的语言艺术的手腕来表现社会现象的各方面,从这些现象中指示出未来的途径。所以一部作品在产生时必须具备两个必要的条件:(一)社会现象全部的(非片面的)认识,(二)感情的地去影响读者的艺术手腕。两者缺一,便不能成功一部有价值的作品。"(茅盾,第 335、331~332 页)华汉强调:"我们最最重要的是要到大众中去,特别是要到无产阶级的队伍中去充实我们的战斗生活","我们最最重要的是应该面向大众,在大众现实的斗争中去认识社会生活的唯物辩证法的发展","我们最最重要的是应该参加在大众斗争中去用批判的眼光去学习大众所需要的作品的内容与形式"。(华汉,第 248 页)瞿秋白引用法捷耶夫《打倒席勒》的话,非常正式地输入苏联"拉普"的唯物辩证法的现实主义创作方法:

> "第一,普洛的先进的艺术家不走浪漫谛克的路线,就是不把现实神秘化,不空想出什么英雄的个性来做'时代精神的号筒',不干那种使我们高尚化的'欺骗';而要走最彻底,最坚决,最无情的'揭穿现实的一切种种假面具'的路线。第二,普洛的先进艺术家不走庸俗的现实主义的路线,而要最大限度的肃清那些'通行的成见',肃清马克思所说的'事物表面的景象',而写出生活的实质,就是要会尽可能的最大限度的从'偶然的外表'之下显露出现实的客观的辩证法。第三,普洛的艺术家和过去伟大的现实主义者不同,他要看见社会发展的过程以及决定这种发展的动力,就是要描写'旧'的之中的'新'的产生,描写'今天'之中的'明天',描写'新的'对于'旧的'的斗争和克服。这就

是说：这种艺术家比过去的任何一个艺术家要更加有力量的——不但去
理解这个世界，而且自觉的为着改变这个世界的事业而服务。"（第323~
324页）

五篇序言对"革命浪漫谛克"倾向的批判是严厉的。大家共同找到的克
服这种倾向的法宝则是苏联已经在批判的"拉普"的唯物辩证法的创作方法。
刚好慢了半拍。传播有时间差，学习有过程。

五篇重要序言是一个标志：普罗文学走完了初级阶段，开始迈向比较成
熟的现实主义坦途。

关键词：《华汉三部曲》 五篇重要序言 初期普罗文学创作的幼稚表现及
其原因 以唯物辩证法的创作方法清算初期普罗文学"革命浪漫谛克"创作
倾向

1932年7月

艾青（其时名蒋海澄）被捕入狱。在狱中创作《大堰河——我的保姆》。

1932年8月1日

〔苏联〕伊里亚·爱莲堡作、季克仁译《湖畔的两个村庄》，散文，载
《现代》八月号（第1卷第4期），第538~542页。

说的是西班牙两个村庄圣马丁德加斯达奈多村和里伐德拉各村的人和事：
"献给员外的贡物""一个'劳动者'""湖上的贵妇""'各阶级的'……"

关键词：爱伦堡散文

1932年8月1日

杜衡书评《路》（茅盾著）、《田野的风》（蒋光慈著），载《现代》八月
号（第1卷第4期）。第593~596、598~600页。

《路》写的是什么？"《路》是一部写青年学生——薪——在和两个女同
学——蓉和杜若——的关系以及学校风潮中得到教训而找着一条出路这过程
的中篇。""纵然只是一个中篇，《路》却有比较广阔的铺张。"作品所叙述的
人物男女共计有19人之多。《路》有极绵密的结构。"在文体上，《路》也有
极大的进展；作者似乎是可以从此和俗流的写法永诀了。《路》里面不复有写
男女关系而至于电影化（肉麻）的地方，对话里夹着无数论理和抒情的成分
的地方，以及主观的内心描写，现成的风景叙述，呆板的每个人物的脸

谱……从《路》开始，作者将更向自然主义走近了一步。"（第594页）"作者能够写出了某一种现实的人物的某一段变化的来踪去路，那么作者的责任便算完结，作者不能担保他所写的人物是否'正确'，更不能担保这人物以后会不会变到什么路上去。""我们向作者要求的只是现实，不是'绝对的'正确；'绝对的'正确是不存在的，而也就是不真实。"（第594~595页）

《田野的风》：这是蒋光慈的最后一部作品，"同时也可以说是他最进步的作品。一向贯串在蒋先生的作品里的，恋爱与革命互为经纬的写法，在《田野的风》里是不用了。这里面虽然也有男女的事，可是只占据了一个极不重要的地位，而且没有结束。大体上，作者是直接地写了斗争的生活。这便是一个在题材的选择上的极大的进步。《田野的风》已经不是变相的恋爱小说"。"一大群形形色色的乡下人，经过一个革命工人（张进德）和一个革命知识分子（李杰）的训练和组织，在乡下办起农会来，农会受着外界的压迫，他们成为自卫军，逃在一座小山上；后来连小山也被围困，这围困使他们团结得更紧，而且终于能突破重围和他们的大队联合在一起了。"（第598~599页）小说很像绥拉菲摩维支的《铁流》，但"《田野的风》却着重在写阶级的愤怒"。"作者借用李杰和他的父亲（大地主）的冲突以及他的死来给予了这作品以很多抒情的成分。"正是这种抒情的成分使蒋光慈的作品"有了极强的感动力"。"蒋光慈先生的作品向来就是很单纯的：文笔是单纯的文笔，人物是单纯的人物。他只能写固定的典型。《田野的风》里的典型是更固定了。就连知识分子的李杰也是始终如一的。这种手法也许不容易在技巧上见长，可是却能够有更多支配读者的力量，盖棺定论，他始终不失为一个有力的煽动的作者。纵然因作品里有太多的罗曼谛克的气氛而受过各方面很多的指责，然而能够这样有力量地推动青年读者的作家，却似乎除了蒋光慈先生之外没有第二个。""左翼文坛截到现在为止，还只产生着一些似是而非的作家，有气没力的作品，甚至连蒋光慈这一点成就都赶不上，至于宣传的效能，那是更不必说。"蒋光慈在"建设革命文学替革命文学夺取多量读者"等方面的功绩，是不容抹煞的。（第600页）

关键词：杜衡书评——评茅盾的《路》、蒋光慈的《田野的风》 盖棺论定，蒋光慈始终不失为一个有力的煽动的作者，文坛上没有第二个人能像他那样"推动青年读者"

1932 年 8 月

据华蒂《国际革命作家联盟秘书处改选》提供的信息：国际革命作家联

盟秘书处于本月改选。倍拉·易烈希当选为秘书长。

新成立的秘书处发表声明，严重地指出国际革命文学当前的诸任务的主要之点是：（一）招致广泛的小资产阶级的勤劳大众到自己的方面来。（二）分化小资产阶级作家文学者，使在革命的道路上动摇的作家脱离拥护资本主义的人道主义者们。（三）暴露资本主义社会的矛盾和崩溃，加紧反对帝国主义进攻苏联的战争准备。（四）与社会法西斯蒂文学斗争。（五）提高作家之理论的水准，加强作家之马克思列宁主义的世界观之把握。（见 1932 年 12 月 15 日《文学月报》第 1 卷第 5、6 期合刊）

关键词：叶以群　国际革命作家联盟秘书处改选

1932 年 8 月

〔苏联〕符·伊凡诺夫著、侍桁译《铁甲列车》（小说），由上海神州国光社出版。

1932 年 9 月 1 日

莪伽（艾青）新诗《当黎明穿上了白衣》《那边》《阳光在远处》，载《现代》九月号（第 1 卷第 5 期），第 616～619 页。

三首诗 1932 年分别写于由巴黎到马赛的路上、媚公河畔、苏彝士河上。全是色的渲染：紫蓝的林子，青灰的山坡，绿的草原，穿上白衣的黎明，微黄的灯光，黑的河流，黑的天，红的绿的警灯。还有那"新鲜的乳液似的烟"，"微黄的灯光，／正在电杆上颤栗它的最后的时间"，"阳光嬉笑地，／射在沙漠的远处"。都是象征主义的写法。

关键词：艾青诗的象征主义特色

1932 年 9 月 1 日

《现代》九月号（第 1 卷第 5 期）刊载上海现代书局的书籍广告：

《光慈遗集》：蒋光慈著，30 万言一巨册，实价洋一元五角。"蒋光慈先生为近年来中国新兴文艺运动中最努力的一位作家，这是无人能否认的。可是这荒漠的文艺园地，还待继续努力开垦的时候，光慈先生却随了 1931 年而逝去了。本局现为爱读光慈先生作品者，得窥全豹起见，特将他全部著作中精选出上列数种，计 4 个长篇，1 个短篇，另日记及诗选各一。内容的质与量是同等的丰富。"遗集包括：诗选、《老太婆与阿三》（短篇创作）、《异邦与故国》（日记）、《丽莎的哀怨》（长篇创作）、《汉江潮》（长篇创作）、《野

祭》（长篇创作）、《最后的微笑》（长篇创作）。（第 716 页）

世界文学名著**《文凭》**：俄国 V. I. Nemirovitch – Dantehenko 著，茅盾译。"本书原作者丹青科是莫斯科艺术剧院的创办人。他除了写剧本以外，也能以其敏锐精致的感觉，优美的文笔，写出浓厚的俄国乡村风味的小说。俄罗斯 90 年代都市工业化的速度，止水般的乡村人生起了波涟，本书中将乡村中听到的都市的宏壮的呼声，以美妙的文笔表达了出来。译者茅盾先生在《译后语》里说：'奈弥洛维支·丹青科的小说……《文凭》，在 1874 年出现，仿佛就宣告了这新的表面不甚惹注意的然而不声不响地猛进着的变迁是无可避免的了。'"（第 736 页）此外还有：

《西伯利亚的囚徒》（*Dead House*）：俄国 F. Dostoyevsky 著，刘曼译，实价一元二角

《一个虔诚的姑娘》（*Lisa*）：俄国 I. Turgenieff 著，席涤尘译，实价八角五分

《一个诚实的贼》：俄国 F. Dostoyevsky 的短篇小说集，王古鲁译，实价六角

《狗的跳舞》（*The Waltz of the Dogs*）（剧本）：俄国 L. Andreyev 著，朱穰丞译，实价三角

《石炭王》：辛克莱名著，易坎人译，实价一元五角。"大学生赫尔是一位充满资产阶级美丽幻想的公子，为要想经验人生，作他暑假期内的实习，他投身入炭坑中去当一个小工。在这里，他遇到了大学生活中万万学不到的知识，打破幻想，站在工人方面领导罢工斗争，终于得到胜利。情节紧凑，描写生动。著者辛克莱氏是美国新兴文学的前卫作家，本书是尽了他暴露能事的最高著作。中译本在 1929 年初版时，即轰动一时，现归本局发行，重新排版，格式新颖，装帧美观。"（封底）

辛克莱的其他著作：

《山城》（*Mountain City*），麦耶夫译，实价一元

《追求者》（*Samuel, the Seeker*），曾广渊译，实价一元

《拜金主义》，陈恩成译，实价六角

叶灵凤先生的创作、翻译、小品：

《灵凤小说集》：实价每册一元二角。"现代中国文坛的创作收获极少。在这极少量的收获中，这册《灵凤小说集》实在是最可珍贵的一粒。本集是叶灵凤先生短篇创作的总集，包括他历年所发表的最精粹的作品。全书共 20 万言，近 500 页，质与量可说是同等的丰富。"（封三）

此外还有：

《红的天使》（长篇创作）：实价五角

《天竹》（小品）：实价四角五分

《白利与露西》（*Pierre et Luce*）：法国 R. Rolland 著，实价四角五分

《木乃伊恋史》（*The Mummy's Romance*）：法国 T. Gautier 著，实价三角

《九月的玫瑰》：法国短篇小说集，实价四角五分

关键词：现代书局书籍广告

鲁迅《三闲集》出版　序言自剖

1932 年 9 月 14 日

鲁迅杂文集《三闲集》由上海北新书局出版。

本书收录 1927～1929 年的杂感 35 篇。"革命文学"论争的文章大体都在内。

鲁迅在写于 1932 年 4 月 24 日的序言中表述了以下重要观点（是自剖，是向读者交心）：

"这两年正是我极少写稿，没处投稿的时期。我是在二七年被血吓得目瞪口呆，离开广东的，那些吞吞吐吐，没有胆子直说的话，都载在《而已集》里。但我到了上海，却遇见文豪们的笔尖的围剿了，创造社，太阳社，'正人君子'们的新月社中人，都说我不好，连并不标榜文派的现在多升为作家或教授的先生们，那时的文字里，也得时常暗暗地奚落我几句，以表示他们的高明。我当初还不过是'有闲即是有钱'，'封建作孽'或'没落者'，后来竟被判为主张杀青年的棒喝主义者了。"

鲁迅说，若将"围剿"他的文字编成一本《围剿集》，"如果和我的这一本对比起来，不但可以增加读者的趣味，也更能明白别一面的，即阴面的战法的五花八门"。

他说："其实呢，我自己省察，无论在小说中，在短评中，并无主张将青年'杀，杀，杀'的痕迹，也没有怀着这样的心思。我一向是相信进化论的，总以为将来必胜于过去，青年必胜于老人，对于青年，我敬重之不暇，往往给我十刀，我只还他一箭。然而后来我明白我倒是错了。这并非唯物史观的理论或革命文艺的作品蛊惑我的，我在广东，就目睹了同是青年，而分成两大阵营，或则投书告密，或则助官捕人的事实！我的思路因此轰毁，后来便

时常用了怀疑的眼光去看青年，不再无条件的敬畏了。然而此后也还为初初上阵的青年们呐喊几声，不过也没有什么大帮助。"

鲁迅说："我有一件事要感谢创造社的，是他们'挤'我看了几种科学底文艺论，明白了先前的文学史家们说了一大堆，还是纠缠不清的疑问。并且因此译了一本蒲力汗诺夫的《艺术论》，以救正我——还因为我而及于别人——的只信进化论的偏颇。"

关键词：鲁迅自剖——1927 年在广东被血吓得目瞪口呆 到上海又遇到创造社、太阳社、新月社等的围剿 现实轰毁了他只信进化论的偏颇 感谢创造社等挤他看了几种科学的文艺论，并且翻译了普列汉诺夫的《艺术论》

1932 年 9 月 16 日

《论语》半月刊在上海创刊。林语堂主编。

高尔基创作 40 周年纪念

1932 年 9 月 25 日

高尔基创作 40 周年纪念庆祝会，在苏联首都莫斯科大剧场举行。

到会者有斯大林、加里宁、莫洛托夫、巴布罗夫等。莫斯科的工厂，以及科学界、文学界和其他各界的团体的代表到会，国外来宾有法国巴比塞等。

政府宣布：改列宁格勒的一个剧场为高尔基剧场，改莫斯科的一个高等文科学校为高尔基学校，并成立高尔基文学奖金及高尔基奖学金。高尔基的故乡尼兹尼·诺夫戈罗特改名为高尔基·戈罗特。莫斯科的文化和休息的中央公园改为高尔基公园，莫斯科的一条街道改为高尔基街。①

关键词：莫斯科举行高尔基创作 40 周年庆祝会

1932 年 9 月 30 日

铁池翰（张天翼）长篇小说《齿轮》，由上海湖风书局出版。

茅盾在《"九一八"以后的反日文学》②的书评中说："《齿轮》这长篇

---

① 见《高尔基创作 40 周年纪念庆祝会》，1932 年 11 月 15 日《文学月报》第 1 卷第 4 期《文艺情报》栏，第 109~110 页。参见本期沈端先《高尔基年谱》。

② 载 1933 年 8 月 1 日《文学》月刊第 1 卷第 2 号，署名东方未明。

小说，形式就是新奇可喜的，文字流利轻松，和作者的短篇小说相似。题材是'九一八'以后的'学生运动'乃至'一二八'的上海战争。故事的背景，前半部在南京，后半部在上海。书中人物几乎全是知识分子，有公务员，有学生，也有好像是干着革命工作的作家。"

评论指出本书的缺点是：作品结构"很宽松"，"全书就只有用陶爷他们几个平面人物所贯串起来的一场一场的群众运动和俏皮的对话"，总感到过分的"滑稽"，甚至近乎"油"，"徒然为诙谐而诙谐"。

关键词：茅盾评张天翼《齿轮》

1932 年 9 月

郭沫若回忆录《创造十年》，由上海现代书局出版。

中国诗歌会成立

1932 年 9 月

左联团体中国诗歌会在上海成立。

《文学月报》第 1 卷第 4 期《文艺情报》栏刊载消息：中国诗歌会成立。消息的具体内容是：

健尼、风斯、森堡、林穆光、车曾调、黄蒲芳、穆木天、杨骚等，有感于中国新诗歌运动自一二年来即无发展，深有大众共同研究协力制作之必要，于是组织了一个中国诗歌会，以期完成这个任务。他的目的是研究诗歌理论，制作诗歌作品，介绍和努力于诗歌的大众化。介绍先进的诗歌理论和作品，评价以往的诗歌作品。他们已开了成立会，决定最近刊行诗歌杂志。并且，前几天更开了一次座谈会讨论诗歌理论。现在正四处征求会友。闻加入者甚多，想将来中国新诗歌运动定有一番发展。（第 116 页）

关键词：中国诗歌会成立

1932 年 10 月 1 日

苏汶《"第三种人"的出路——论作家的不自由并答复易嘉先生》、易嘉《文艺的自由和文学家的不自由》、周起应《到底是谁不要真理，不要文艺？——读〈关于文新与胡秋原的文艺论辩〉》、舒月《从"第三种人"说到"左联"》、苏汶《舒月先生》5 篇文章，同载《现代》十月号（第 1 卷第 6

期），第 767 ～ 813 页。

关键词：《现代》1 卷 6 期发表 5 篇文章继续争辩"第三种人"问题

1932 年 10 月 1 日

苏汶《"第三种人"的出路——论作家的不自由并答复易嘉先生》，载《现代》十月号（第 1 卷第 6 期），第 767 ～ 779 页。

苏汶以"第三种人"的立场，与"左翼文坛"辩论。具体说，是与本期易嘉和周起应的文章商榷。

苏汶本文的观点主要是：

他认为，易嘉文章表明："第一，关于文学之武器作用问题。左翼文坛在目前显然拿文艺只当作一种武器而接受；而他们之所以要艺术价值，也无非是为了使这种武器作用加强而已：因为定要是好的文艺才是好的武器。（实际上应当说，好的武器才是好的文艺）除此之外，他们便无所要求于文艺。这无异是说，除了武器文学之外，其它的文学便什么都不要。"（第 768 页）左翼作家忽略了"文学的更永久的任务"。"其实，只要作者是表现了社会的真实，没有粉饰的真实，那便即使毫无煽动的意义也都决不会是对于新兴阶级的发展有害的，它必然地呈现了旧社会的矛盾的状态，而且必然地暗示了解决矛盾的出路在于旧社会的毁灭，因而这才是唯一的真实。"（第 770 页）

"第二，关于文学之阶级性的问题。"问题很简单，"文学是有阶级性的"。不过，问题应当这样分别提出："（A）所谓阶级性是否单指那种有目的意识的斗争作用？""我敢大胆地说，不是一切文学都是有阶级性的。""（B）反映某一阶级的生活的文学是否必然是赞助某一阶级的斗争？""（C）是否一切非无产阶级的文学即是拥护资产阶级的文学？""真正无产阶级的文学，由于几位指导理论家们的几次三番的限制，其内容已缩到了无可再缩的地步，因而许多作家都不敢赞称无产阶级作家，而只以'同路人'自期。"在左翼文坛看来，"不很革命就是不革命，而不革命就是反革命；因此，除了很革命之外便一切皆反革命"。（第 770 ～ 771 页）

"因此，我对于这问题的结论是这样：在资本主义社会里，并非一切不是无产阶级文学即是拥护资产阶级的文学，反之，它们大都倒同样地是反资产阶级的文学。

"但是左翼拒绝中立。单单拒绝中立倒还不要紧，他们实际上是把一切并非中立的作品都认为中立，并且从而拒绝之。这种拒人于千里之外的态度，我觉得是认友为敌，是在文艺的战线上使无产阶级成为孤立。而在作家方面看来，他们虽然再四声明要文学，却依旧是要而不要。"（第 772 页）"对文艺阶级性的过度的认识害了他们"，人们这才明白："左翼文坛怎样用狭窄的理论来限制作家的自由"。（第 772 页）

单单用理论来限制人，有时倒可以使人心服，然而左翼文坛实际上用了其他手段：

"第一种手段是借革命来压服人，处处摆出一副'朕即革命'的架子来。固然，他们处了'正统党派'的优势，话自然容易说得响；然而他们太常利用这种优势了，也就没有趣味。""他们从来不和他们之外的人取过一次讨论的形式。"（第 772、773 页）"第二种手段是有意曲解别人的话。""第三种手段是因曲解别人而起的诡辩和武断。"（第 773 页）

苏汶下面一段话值得深思之：

"这事实便是中国无产阶级文学运动已经有了 3 年的历史。在这 3 年的期间内，理论是明显地进步了，但是作品呢？不但在量上不见其增多，甚至连质都未见得有多大的进展。固然有人高唱着克服什么什么的根性和偏见。但是克服了 3 年还没有克服好吗？固然有人高唱着争取文学的武器，但是争取了 3 年还没有争到吗？说作家不肯听指挥，而事实上，曾在这漩涡里转过的大大小小的作家，为数几可以百计，难道这几百个作家都一致地这样不长进吗？固然说，这克服，这争取，是坚（艰）苦的工程，非一朝一夕之功。而这张远期支票要几时才兑现呢？我们明白地看到，无产阶级在文学上的发展，要比在其它种路线上要迟缓得多。

"我不是在恶意地嘲笑左翼作家；其实，这现象完全是客观和主观的条件两不成熟之故。

"在客观方面，中国社会还没有发展到可以产生无产阶级文学的阶段。俄罗斯现在是可以骄傲着他的格拉特科夫，骄傲着他的绥拉菲莫维支；然而在革命的当初，也只能产生一些勃洛克，一些叶贤宁。

"在主观方面，非无产阶级出身的人，他固然可以学到用无产阶级的理解（论）去理解人生，但是他不能学到用无产阶级的感觉去感觉人生，而文学的创作，却多少是带一些感情的东西。"

"不勇于欺骗的作家，既不敢拿出他们所有的东西，而别人所要的却又拿不出，于是怎么办？——搁笔。

"这搁笔不是什么'江郎才尽'，而是不敢动笔。因为做了忠实的左翼作家之后，他便会觉得与其作而不左，倒还不如左而不作。而在今日之下，左而不作的左翼作家，何其多也！"（第 775～776 页）

在文章的末尾，苏汶解释了"第三种人"："这'第三种人'""实在是指那种欲依了指导理论家们所规定的方针去做而不能的作者"。（第776页）

"总括拢来说，'第三种人'的唯一出路并不是为着美而出卖自己，而是，与其欺骗，与其做冒牌货，倒还不如努力去创造一些属于将来（因为他们现在是不要的）的东西吧。"

"脱离左翼而自由！"（第778页）

关键词：苏汶论"第三种人"文章："左翼文坛""左翼作家""左而不作"！"脱离左翼而自由"

1932 年 10 月 1 日

易嘉（瞿秋白）论文《文艺的自由和文学家的不自由》，载《现代》十月号（第1卷第6期），第780～792页。

本文第一题是"'万花撩乱的胡秋原'"。文章一开始就说："胡秋原先生，据说是从普列汉诺夫，佛里采出发的文艺理论家；而苏汶先生自己说是死抱着文学不肯放手的文学家。他们两方面都是文艺的护法金刚，他们都在替文艺争自由。"（第780页）

胡秋原的"所谓'自由人'的立场不容许他成为真正的马克思主义者"。（第781页）瞿秋白说："胡秋原先生的艺术理论其实是变相的艺术至上论"，"是一种虚伪的客观主义"，"变成了资产阶级的虚伪的旁观主义"，"事实上是否认艺术的积极作用，否认艺术能够影响生活。而一切阶级的文艺却不但反映着生活，并且还在影响着生活；文艺现象是和一切社会现象联系着的，它虽然是所谓意识形态的表现，是上层建筑之中最高的一层，它虽然不能够决定社会制度的变更，它虽然结算起来始终也是被生产力的状态和阶级关系所规定的，——可是，艺术能够回转去影响社会生活，在相当的程度之内促进或者阻碍阶级斗争的发展，积极变动这种斗争的形势，加强或者削弱某一阶级的力量。"（第782～783页）因此，胡秋原的文艺理论"其实是反对阶级文学的理论"（第783页），他"竟变成了百分之一百的资产阶级的自由主义"。"最重要的是他要文学脱离无产阶级而自由，脱离广大的群众而自由。……在有阶级的社会里，没有真正的实在的自由。当无产阶级公开的要求文艺的斗争工具的时候，谁要出来大叫'勿侵略文艺'，谁就无意之中做了伪善的资产阶级的艺术至上派的'留声机'。"（第784页）

本文第二题是"'难乎其为作家的'苏汶"。"第一，真正科学的文艺理论，还是革命的国际主义的新兴阶级建立起来的。""第二，新兴阶级为着自己的解放而斗争，为着解放劳动者的广大群众而斗争；他们要改造这个世界，还要改造自己——改造广大的群众。""第三，新兴阶级站在消灭人剥削人的制度的立场上，所以能够真正估定艺术的价值，能够运用贵族资产阶级的文艺的遗产。""第四，新兴阶级固然运用文艺，来做煽动的一种工具，可是，并不是个个煽动家都是文艺家——作者。文艺——广泛的说起来——都是煽动和宣传，有意的无意的都是宣传。文艺也永远是，到处是政治的'留声机'。"（第 787、788、789 页）"每一个文学家，不论他们是有意的，无意的，不论他是在动笔，或者是沉默着，他始终是某一个阶级的意识形态的代表。"

关键词： 瞿秋白批驳胡秋原和苏汶　在阶级社会里，没有真正的实在的自由，作家始终是某一个阶级的意识形态的代表

1932 年 10 月 1 日

周起应（周扬）论文《到底是谁不要真理，不要文艺?》，载《现代》十月号（第 1 卷第 6 期），第 793～799 页。

主要观点是：

苏汶的意思是："你们'左翼文坛'是'马克思列宁主义者'，你们的'一切主张都无非是行动'，你们是'不会再要真理，再要文艺'的。"（第 793 页）

周扬辩解："无产阶级的阶级性，党派性不但不妨碍无产阶级对于客观真理的认识，而且可以加强对于客观真理的认识的可能性。""'你假使真是一个前进的战士'，你就一定要站在无产阶级的立场，百分之百地发挥阶级性，党派性，这样，你不但会接近真理，而且只有你才是真理的唯一的具现者。"（第 794 页）

"自由主义的创作理论的本质是甚么呢? 就是不主张'某一种文学把持文坛'，干脆一句话，就是要文学脱离无产阶级而自由。"（第 795 页）

"我们要用文学这个武器在群众中向反动意识开火，揭穿一切假面具，肃清对于现实的错误的观念，以获得对于现实的正确的认识，而在这个认识的基础上去革命地改变现实。无产阶级文学是无产阶级斗争中的有力的武器。无产阶级作家就是用这个武器来服务于革命的目的的战士。"（第 795 页）"苏汶先生的目的就是要使文学脱离无产阶级而自由，换句话说，就是要在意识形态上解除无产阶级的武装。"（第 796 页）

"在政治斗争非常尖锐的阶段，每个无产阶级作家都应该是煽动家，他应

该把文学当做 Agit-Prop 的武器。但做了煽动家并不见得就不是文学家了，而且越是好的文学越有 Agit-Prop 的效果。所以，我们不但没有忽视'艺术的价值'，而且要在斗争的实践中去提高'艺术的价值'。"（第 797 页）"只有在无产阶级的手中，文学才能毫无障碍地，蓬勃地生长，只有投身在无产阶级的斗争里面，一个作家才能毫无遗憾地展开他的天才。"（第 798 页）

文学的阶级性和党派性，文学在阶级斗争中的武器作用，是早在 1928 年的"革命文学"论争中就已经提出但并未完全解决的理论问题。

12 月，周扬又发表《自由人文学理论检讨》。

关键词： 周扬批判苏汶　强调文学的阶级性和党派性，以及它在阶级斗争中的武器作用

1932 年 10 月 1 日

舒月《从第三种人说到左联》，载《现代》十月号（第 1 卷第 6 期），第 800~808 页。

这是在《现代》编辑部看到易嘉、周起应、苏汶尚未发表的文章而产生的意见。他们之间所以争论不休，"是在于没有把阶级的立点作为视察的分野"，因而"才使回避阶级假冒马克思主义的无可逃避"。（第 800 页）

胡秋原的批评和阶级基础：

胡秋原"对钱杏邨的攻击，对普罗文学运动的攻击，显露了他自己确是个非马克思的主义者"。（第 801 页）

"第三种人"苏汶在哪里？对于普罗作家不应恶意的嘲笑。

左翼里的小资产阶级黏性：有几个左翼作家不能深入到大众群里去体验和锻炼，但又须在每期刊物上载着自己的名字和文章。那种文章就成为"挂牌式"的，内容空虚，如蓬子的小说和诗即是一例；穆时英的《南北极》仅是一点旧形式的利用，而且是不健全的技巧，总得不到批评；丁玲的《水》对于现实生活经验空荡，技巧和内容并没有达到成功的史铁儿的《东洋人出兵》，被推为 1931 年的代表作，这是为自己招摇的把戏。（第 808 页）

关键词： 各打五十大板

1932 年 10 月 1 日

苏汶《答舒月先生》，载《现代》十月号（第 1 卷第 6 期），第 809~813 页。

作者说，舒月的文章是"缠夹和胡扯"。苏汶的答复分为：

第一个问题：所谓阶级性是否单指那有目的意识的争斗作用？"'阶级性'这 3 个字实在太笼统，它至少可以有三方面的意思：（1）出于某一阶级者之手（因此不免在意识形态上有这阶级的特征）；（2）以某一阶级为描写对象；（3）为某一阶级的斗争服务。"（第 810 页）

第二个问题：反映某一阶级的生活的文学是否必然是帮助某一阶级的斗争？

第三个问题：是否一切非无产阶级的文学即是拥护资产阶级的文学？

关键词：舒月是胡扯

1932 年 10 月 1 日

上海现代书局在《现代》十月号（第 1 卷第 6 期）刊载书籍广告：

《创造十年》：郭沫若新著，1932 年中国新文坛划时代的杰作！每册实价九角。

"本书系郭沫若先生最近脱稿的长篇创作，系以创造社之成立及其中心人物的活动为经，而以当时的文坛状况为纬所交织成的巨制。创造社之活动在初期中国新文艺运动中有不可磨灭的勋绩，对于后来新兴文学之勃兴尤多提携的伟力。惟外间对于其发轫的历史颇多诧传及误解。本书则以发动人的立场，以自传的体裁，详细绎叙其酝酿与实现之经过，对于作者本人黎明时期文学生活所叙尤详。记述正确，描写深刻，故不仅为中国新文艺运动之最重要史料，同时亦为目前荒芜的文艺园地中唯一突破水平线的杰作。卷首冠有万余言的《发端》一篇，对于鲁迅于 1931 年在《文艺新闻》上所发表的演讲稿《上海文艺之一瞥》其中关于创造社方面各种事实的曲解，有极锐利严肃的解剖与批判。"

《洪深戏曲集》：实价五角五分。

"洪深先生为中国话剧运动中最努力的一员，不但丰富于舞台经验，且对于剧本制作之技术上亦有极深刻之研究。本集包含有两个时代性剧本《赵阎王》与《贫民惨剧》，均为精心构思之作，内容技巧尤多独到之处，且均经各处上演，获得极大之成功，允推为洪深先生之得意杰作。书前附有自序《属于一个时代的戏剧》，对于戏剧与时代，详细阐明，引证丰富，立论透辟，对于戏剧运动，颇多贡献。"（目录后插页）

《高尔基研究》："本书是研究现存世界文学巨匠高尔基氏的唯一有系统的著作"，秋萍编译，实价七角。为《现代文学讲座》之一。

《现代文学讲座》共出版 10 种：《文学十讲》（小泉八云著，杨开渠译）、

《现代欧洲文艺思潮》（宫岛新三郎著，高明译）、《茅盾评传》（伏志英编）、《张资平评传》（史秉慧编）、《郁达夫评传》（素雅编）、《中国现代女作家》（贺玉波编）。印刷中3种：《英国文学研究》（小泉八云著，孙席珍译）、《戏剧讲座》（马彦祥著）、《现代世界文学》（赵景深著）。

关键词：现代书局书籍广告

1932 年 10 月 8 日

戴望舒离开上海，乘船去法国留学。（施蛰存《社中日记》，《现代》第 2 卷第 1 期，第 218 页）

周扬接编《文学月报》　发表《没功夫唾骂》《汉奸的供状》

1932 年 10 月 15 日

《文学月报》第 1 卷第 3 期出版，按正常出版日期愆期 3 个月零 5 天。自是期起，编辑者署周起应。目录页背面有《蓬子启事》："文学月报第三期起我完全脱离关系。"仍由光华书局发行。本期 122 页，约 12 万字。

关键词：《文学月报》1 卷 3 期出版，改由周扬主编

1932 年 10 月 15 日

周扬主编的《文学月报》第 1 卷第 3 期，恰逢"九一八"周年。

他在《编辑后记》中说："这期的内容，是以九一八周年纪念为中心的。这是一个沉痛的纪念日，这是中国民众永远不会忘记的一个纪念日。一年惨痛的经历清清楚楚的告诉了我们，日本帝国主义要屠杀的是中国民众，要消灭的是中国民众求生存，求解放的斗争，要进攻的是世界资本主义的共同敌人。新的进攻和屠杀，正在不断的威胁着我们，我们除了自动的起来反抗以外，再没有第二条生路了！"（第 121 页）

本期刊载的直接纪念"九一八"的文章有：李文《第二个九一八》、沈端先《九一八战争后的日本文坛》，设"九一八周年"纪念专栏，发表亚子的《对于九一八的感想》、田汉的《九一八的回忆》、茅盾的《九一八周年》、洪深的《我对于九一八的感想》、穆木天的《九一八的感想》、适夷的《向着暴风雨前进》、华蒂的《一个印象》，另有两篇创作也是以"九一八"为题

材的。

田汉："对于九一八事件，和对于 1931 年的大水灾一样，我是注视得很绵密的，凡属平日亲近的报纸上杂志上关于这事件乃至其前因后果的记载论列，我都曾剪贴整理起来。根据这个，在戏曲的创作上，我也有一个'整个计划'，但不幸以种种事实的限制，至今只实现了很小的，而且比较次要的一部分。"（第 86 页）

茅盾：有各式各样的"周年"，"从放假，下半旗，开会，停止娱乐活动一天，报纸上纪念号，七言绝句，五言古风，名人要人题字，以至于七七四十九天的金光法会之类。"（第 87～88 页）还有日内瓦的"周年"、华圣顿的"周年"、日本的"周年"，花样多，都是为了瓜分中国。

洪深：要科学抵抗，不是凭一时的热情。

穆木天写于天津：要"真实地把握住科学的方法"。（第 90 页）

华蒂：在东京街上，听到日本工人的反战言论，"好好的，干什么打到支那去？"为什么"国内这样穷，还要拿许多钱去打仗？"打仗还不是为了军阀的利益。"我们，只有加捐加税，派战债，发公债，都会压到我们身上来。战争，还不是加紧剥削穷人们！"（第 94～95 页）

关键词：《文学月报》1 卷 3 期以"九一八"周年纪念为主题

1932 年 10 月 15 日

宋阳《再论大众文艺答止敬》，载《文学月报》第 1 卷第 3 期，第 15～29 页。

瞿秋白再次主张："我以为一定要一个自觉的革命的斗争，领导群众起来为着活人的言语而斗争。……要发动一个攻击'新文言和死白话'的运动。"（第 28 页）

关键词：瞿秋白就文艺大众化问题答茅盾

1932 年 10 月 15 日

易嘉（瞿秋白）《论弗里契》，载《文学月报》第 1 卷第 3 期。

文章说："弗里契是专门研究文艺科学的第一个人。固然，在他之前已经有过普列哈诺夫……然而首先应用互辩法（按：即辩证法）的唯物论来专门研究文艺的，而且留下了真正有专门科学价值的著作的，始终要算弗里契。普列哈诺夫只给了些一般的理论上的，而弗里契方才开始用这种理论研究了具体的文艺现象。""弗里契是唯物论的文艺科学的开创的人。"（第 69 页）

晚年他已经开始脱离普列哈诺夫的影响。他的《艺术社会学》《欧洲文学史大纲》"不免包含着机械论的错误"。

弗里契曾说"马克思主义认为艺术是从社会心理上去组织社会实质的工具";又说"艺术是组织社会生活的特殊的手段"。可见他接受了波格达诺夫的错误理论。"文艺上的波格达诺夫主义——波格达诺夫的文艺组织生活论,根本上就和马克思主义冲突的。波格达诺夫的哲学经济学上的见解都是唯心论的变相。真正的马克思主义对于艺术的观点,还是乌梁诺夫的。乌梁诺夫认为艺术反映实质,认为艺术是一种特别的上层建筑,一种特别的意识形态,它反映实质而且影响实质:意识是实质的'镜子里的形象',实质并不受意识的'组织',反而是实质自己在'组织'意识:然而意识并不是消极的,它的确会有影响到实质方面去;阶级是在改变着世界而认识世界。弗里契的这种错误——波格达诺夫式的错误,是由于他所受的普列哈诺夫的影响而来的。"(第 71 页)

普列哈诺夫以所谓"科学的文艺批评"来对待"党派的文艺批评"。而无产阶级的党派的立场是最觉悟的无产阶级的阶级利益的立场。(第 73 页)

"弗里契是第一个开始怀疑普列哈诺夫的正统地位的"。(第 74 页)

弗里契说:"没有什么'时代艺术'……在没有阶级的社会里,只有社会集体的艺术;在有阶级的社会里,只有阶级的艺术。"弗里契"能够在阶级斗争的过程之中去研究艺术"。(第 75 页)

关键词:瞿秋白论佛理契　跟着苏联的调子批判普列汉诺夫

1932 年 10 月 15 日

丛喧短篇小说《夜会》,载《文学月报》第 1 卷第 3 期,第 9 ~ 14 页。

第二个"九一八",里弄的工人自动聚会演戏,反对帝国主义侵略,揭露当局的不抵抗。头头是工人李保生。"李保生也是一个纱厂工人,一点也没有了不起的地方,可是在这时,在大家心里都同他要好得很,都觉得这个家伙是在他们一群里不能少去的一个。"(第 12 页)

"妈那个贪""他妈的""臊你娘""妈一个贪"这样的脏话,有近 50 处。

关键词:小说《夜会》宣传工人抗日

1932 年 10 月 15 日

徐盈短篇小说《旱》,载《文学月报》第 1 卷第 3 期,第 107 ~ 116 页。

前半篇写天大旱,后半篇写没法活下去的农民在勃朗宁的领导下造反。

这暴动的洪流，"现在，这里看不到个人，只见到全体，每个人只是整个的当中的一个环，互相连着，缺一个都不成，是像个铁球一样的向前滚"。"四村的老百姓都起来了，气势足以吞了山河，山河都在动摇着，东村的，西村的，南村的，北村的，黑压压的人群，罩着天的铁锄，拳头。十八个村子是慢慢地聚在一起，站到一个线上。"

农民暴动的起因是交代清楚了的，也有领导。没有写结果，只写到队伍的聚集，势力的形成。像一段速写。

"他妈的""肏他八辈祖宗""我肏你姥姥！"多处出现。

像丁玲的《水》。

关键词：速写式的小说《旱》

1932 年 10 月 15 日

田汉独幕剧《一九三二年的月光曲》（后改名《月光曲》，目录作《中秋》），载《文学月报》第 1 卷第 3 期，第 57～68 页。

本剧写上海公共汽车工人罢工。茂林的妻弟中学毕业，怎么也找不到工作。在别人罢工时，为了吃饭，他被招进公司当售票员，罢工工人认为他是工贼，是敌人，他挨了打。最后，罢工的、新招来的，各行业的，各地来的，实行联合，没有饭吃，互相支援，上演一曲中秋月光曲。

关键词：田汉《月光曲》写公共汽车工人罢工

1932 年 10 月 15 日

〔苏联〕别德纳衣作长诗、向茹（瞿秋白）译《没工夫唾骂》，载《文学月报》第 1 卷第 3 期，第 31～47 页。

《没工夫唾骂》是一首政治抒情长诗，共 443 行，7 处引文，28 条注释，编者说有 1 万多字。是左派诗人别德纳衣就托洛茨基出版自传体书籍《我的生活》（德文名 *Mein Leben*），骂"混蛋极了"的托洛茨基的。他要"从托洛茨基的神像上，／剥下他的'道袍'，勾销他的'神光'"。说托氏的书："这本书真是下流的创作，／写的尽是些下流的英雄的下流。／读着这种自己给自己吹牛皮的东西，／无耻的造谣和不要脸的骄傲，／有些时候简直是受不了。"说："大吹大擂，招摇撞骗是他的拿手好戏，／装腔作势，花言巧语是他的本领，／卑鄙的妥协，疯狂的冒险，／他对于雅典，比什么都危险，／最可怕的霍乱病，还比不上他这个害人精！"

《文学月报》编者周扬在写于 1932 年 9 月 30 日的《编辑后记》中专门列

一段话说："托洛兹基的《我的生活》，在贫弱的中国出版界也有了三种译本，但到现在为止，没有看到批评它的文章。我在这里登载了别德纳依的《没工夫唾骂》，这虽是一首一万多字的长诗，但这首诗的确有趣得很，充满了辛辣的讽刺，把《我的生活》的作者，这位'吹牛皮'的'不断英雄'，痛骂了一场。我相信读者是一定会不忍释手的一气读完的。"可见编者是欣赏这种"痛骂"的。

关键词：瞿秋白译别德内长诗《没工夫唾骂》，编者周扬欣赏这种"痛骂"

1932 年 10 月 15 日

高尔基作、柯尔达译《一封写给几个美国人的回信》，载《文学月报》第 1 卷第 3 期。内插高尔基木刻像一帧（作者 Sleksei Kravchenko）。

高尔基一开篇就说："这是必然的——智识阶级的使命总是在于文饰布尔乔亚的存在，在于安慰阔老们的卑劣的生活烦恼。资本家的奶妈——智识阶级——大都在从事修理那布尔乔亚的褴褛的哲学式的和牧师式的服装，那服装是用了无穷的劳动者的血所染成的。"（第 49 页）

说卓别麟等是"骗子"。

说大多数的智识份子"是情愿继续服务于资本主义"这个主人的。（第 53 页）

高尔基谴责日本侵略者在"一·二八"事变中，炮毁上海同济大学，海军学校，渔业学校，中国公学，医科大学，农业专门学校和劳动大学。称此为"野蛮行为"。

文末的《译者附志》说："高尔基的这封信曾于今年 4 月间在欧美各大报发表，中国的新闻纸只有《大晚报》，因为其中牵及范朋克，登了仅仅一个消息，大约是说高尔基太无礼。不过我们从这封针针见血的信里，确实知道了欧美资产阶级的行尸走肉的文化低下到什么程度了，虽然今年中国放洋欧美的留学生还有 370 多个呢。"（第 55 页）

周起应在《编辑后记》中说：高尔基这封信"也是一篇很有价值的东西。从这封信里，老当益壮的高尔基指示了现在强盗们的阶级已经从头至尾的腐烂了，而劳动的力量正在创造出新的生活样式的这个革命时期的知识阶级的出路。这是值得'自由主义'的作家们去细读的"。（第 121 页）

关键词：高尔基给美国工人的信

1932 年 10 月 15 日

聂维洛夫作、隋洛文（鲁迅）译短篇小说《我要活》，载《文学月报》第 1 卷第 3 期，第 101～105 页。

小说写一个手被打穿了的伤兵，在暂时停火的战场一隅，"抚摩着一匹毛毿毿的大狗"，思念他的妻子、儿子、女儿，重点是思念他的母亲，并忆及他的苦难的童年。为了亲人，无论如何他得活下去。对和平的渴望，对和亲人守在一起的幸福生活的渴望，流露于文字之中。和平只能用正义的战争去换取，所以不能笼统地反对战争。通篇是通过人的心理活动来完成的。

关键词：鲁迅译小说《我要活》

1932 年 10 月 15 日

沈端先《九一八战争后的日本文坛》，载《文学月报》第 1 卷第 3 期。

（一）原来的通俗小说家、"大众文学"派，"已经很鲜明地带了法西司蒂的色彩"。居然认为不是日本军国主义侵略中国，而是苏联扰乱了远东和平。（二）历来以劳农艺术家自命的前田河广一郎、青野季吉、里村欣三等则成了法西司蒂的别动队。他们的作品反而"描写中国兵的横暴，残酷，卑怯，污秽，皇军的勇敢，威武，艰苦……"（第 98 页）（三）只有那些在牢里的作家片冈铁兵、宫本显治、藏原惟人、中野重治、壶井繁治、村山知义、窪井鹤次郎、贵司山治、江森盛弥、金龙济、代田央、织田一平、植野浩、石河秀、河野一、毛利孟夫、鹿地亘、山田清三郎、中条百合子、伝不二夫等，才敢于揭穿日本帝国主义的面目。

关键词：沈端先："九一八"以后的日本文坛

1932 年 10 月 15 日

方英（钱杏邨）书评《大上海的毁灭》，载《文学月报》第 1 卷第 3 期，第 77～83 页。

黄震遐的长篇小说《大上海的毁灭》以"一·二八"为题材。故事不复杂：男主人公草灵，一个颓废的诗人，欢喜写"星儿与流动的水，青灯与美丽的鬼，啊，梦和长睡"一类的诗句。在"一·二八"的"大动乱的时代"里，为"爱国的热情"所激动，跑去从军，被派到虹口区担任扰乱敌人后方的工作。不幸失败被捕，羁囚在"百星大戏院"。恰值中国军队进攻过来，"罗连长"把他救了。在这时，他意识地感到他所做的工作，决死队，是"热烈"而"愚笨"的事，他不想再干，他想，"除掉这条路外，也许还有些别的，更伟大的路好走"，因此，他回到了租界。回到租界，他遇着了本书的女主人公露露，一个都会的浪漫的女性。在"棕榈树下"，他为这"一位美丽的，深解人情的少妇"所感动，"逃走不掉"了。"过去的两星期里"，他曾经"像傻子似的拼过命"，这时，却另外走进了一个世界，度着"这种春天"，"在天方夜谭的世界里"，"从红纱灯到太阳"，"放纵的郊宴"的生活，"和洋囡囡在一起"，"躲在象牙塔中"，过着热烈的刺激的醇酒妇人的生活，忘却了窗外、园外还有战争了。直到后来，那"小燕儿"抛弃了他的时候，他接到那"罗连长"问他在后方工作情形的信的时候，他才又在种种的苦痛中，"孤独的决断"了自己，把自己投到军队中去。最后，他死在战场上。淞沪之战也就在这里结束。"很显然，在这一部小说里，作者要描写整个的一二八的上海事变，从前方一直到后方，从猛烈的战斗到温情的享乐，从最大的兴奋到无限的幻灭；最后，作者是意识的感到大上海是毁灭了，剩下的只是一些寂寞的孩子们。"在作者笔下，"整个的前方的战斗，事实上是成了全书的穿插，没有紧密的连紧的生硬的穿插，而后方，也只是揭开了买办，地主，资产阶级生活的一面，读者不能从这部'大著'里把握到真实的一二八事变期间的战斗的上海的前后方，所有只是性的陶醉，都会的享乐，和一个定型的罗曼斯"。（第77~78页）

评论说，黄震遐有意识地歪曲了"一·二八"的现实生活。在《大上海的毁灭》一书里，"有的只是对于'战争'的赞美，有的只是'杀哟''前进'，有的只是不可一世的英雄；这里面，看不到一点反帝国主义的情热，甚至，在这描写一二八事变的小说里，在十数万字的'大著'里，找不到一个'打倒日本帝国主义'或'日本帝国主义'的字句，这样，大上海怎能不毁灭呢？《大上海的毁灭》怎能不是一部歪曲现实的作品呢？——'民族主义文艺'的真髓，也许就在这些地方吧！"（第79页）

方英又说："黄震遐，一个英雄主义者，不认识士兵，也一样的不认识广大的民众，他根本上就不愿相信军队而外，还有更大的民众力量存在，根本上就不愿相信民众会革命，会反对日本帝国主义，打倒日本帝国主义，他所描写的民众，不过是如醉如痴，苟且偷安的无知的动物而已。"（第80页）

关键词：钱杏邨评民族主义文学作品《大上海的毁灭》

1932 年 10 月 20 日

适夷译《叶赛宁诗抄》，载《青年界》第 2 卷第 3 期。

1932 年 10 月 20 日

周起应编《高尔基创作四十年纪念论文集》，由上海良友图书公司出版。

鲁迅《二心集》出版，坚信"惟新兴的无产者才有将来"

1932 年 10 月

鲁迅杂文集《二心集》由合众书店出版。

内收 1930 年、1931 年写的杂文 37 篇。这是鲁迅自己最喜欢的一本杂文集。

写于 1932 年 4 月 30 日的序言首先告诉读者当局"逐日加紧的压迫"：刊物遭"邮局的扣留，地方的禁止"，《萌芽月刊》等不得不停刊。序言还说到本书书名《二心集》的来历，以及一段自我解剖的话：

"而这时左翼作家拿着苏联的卢布之说，在所谓'大报'和小报上，一面又纷纷的宣传起来，新月社的批评家也从旁很卖了些力气。有些报纸，还拾了先前创造社派的几个人的投稿于小报上的话，讥笑我为'投降'，有一种报则载起《文坛贰臣传》来，第一个就是我……至于'贰臣'之说，却是很有些意思的，我试一反省，觉得对于时事，即使未尝动笔，有时也不免于腹诽，'臣罪当诛兮天皇圣明'，腹诽就决不是忠臣的行径。但御用文学家的给了我这个徽号，也可见他们的'文坛'上是有皇帝的了。

"去年我偶然看见了几篇梅林格（Franz Mehring）的论文，大意说，在坏了下去的旧社会里，倘有人怀了一点不同的意见，有一点携贰的心思，是一定要大吃其苦的。而攻击陷害得最凶的，则是这人的同阶级的人物。他们以为这是最可恶的叛逆，比异阶级的奴隶造反还可恶，所以一定要除掉他。我才知道中外古今，无不如此，真是读书可以养气，竟没有先前那样'不满于现状'了，并且仿《三闲集》之例而变其意，拾来做了这一本书的名目。然而这并非在证明我是无产者。……我时时说些自己的事情，怎样地在'碰壁'，怎样地在做蜗牛，好像全世界的苦恼，萃于一身，在替大众受罪似的：也正是中产的智识阶级分子的坏脾气。只是原先是憎恶这熟识的本阶级，毫不可惜它的溃灭，后来又由于事实的教训，以为惟新兴的无产者才有将来，却是的确的。"

关键词：鲁迅背叛本阶级，坚信"惟新兴的无产者才有将来"

1932 年 10 月

孙席珍《近代文艺思潮》，由北平人文书店出版。

沙汀处女作《法律外的航线》出版

1932 年 10 月 30 日

沙汀短篇小说集《法律外的航线》，由上海辛垦书店出版。

此前，作者没有发表过作品，这是他的处女作。收入短篇小说 12 篇：《法律外的航线》《汉奸》《码头上》《恐怖》《俄国煤油》等。

关键词：沙汀出版第一个小说集《法律外的航线》，登上文坛

茅盾《春蚕》、穆时英《上海的狐步舞》发表

1932 年 11 月 1 日

茅盾中篇小说《春蚕》、郁达夫《东梓关》、鲁彦《胖子》、张天翼《仇恨》、穆时英《上海的狐步舞》、杜衡《重来》、刘呐鸥《赤道下》、叶灵凤《紫丁香》、郭沫若诗《夜半》《牧歌》，欧阳予倩一幕剧《同住的三家人》、白薇一幕剧《敌同志》，同载《现代》十一月号（第 2 卷第 1 期）"创作增大号"。

关键词：《现代》出版"创作增大号"

1932 年 11 月 1 日

鲁迅《论"第三种人"》，载《现代》十一月号（第 2 卷第 1 期），第 163～165 页。又载 11 月 15 日《文化月报》创刊号，第 104～106 页。

鲁迅这篇文章是与自称"第三种人"苏汶论辩的。文章先说缘起：

"这 3 年来，关于文艺上的论争是沉寂的，除了在指挥刀的保护之下，挂着'左翼'的招牌，在马克斯主义里发见了文艺自由论，列宁主义里找到了杀尽共匪说的论客的'理论'之外，几乎没有人能够开口。然而倘是'为文艺而文艺'的文艺，却还是'自由'的，因为他决没有收了卢布的嫌疑。但在'第三种人'，就是'死抱住文学不放的人'，又不免有一种苦痛的预感：

左翼文坛要说他是'资产阶级的走狗'。"这一段话的前一部分说的是胡秋原。

关于左翼文坛的处境和生存条件："自然，自从有了左翼文坛以来，理论家曾经犯过错误，作家之中，也不但如苏汶先生所说，有'左而不作'的，并且还有由左而右，甚至于化为民族主义文学的小卒，书坊的老板，敌党的探子的，然而这些讨厌左翼文坛了的文学家所遗下的左翼文坛，却依然存在，不但存在，还在发展，克服自己的坏处，向文艺这神圣之地进军。""现在我来说一句真话，是左翼作家还在受封建的资本主义的社会的法律的压迫，禁锢，杀戮。所以左翼刊物，全被摧残，现在非常寥寥，即偶有发表，批评作品的也绝少，而偶有批评作品的，也并未动不动便指作家为'资产阶级的走狗'，而且不要'同路人'。"

鲁迅的名言是："左翼作家并不是从天上掉下来的神兵，或国外杀进来的仇敌，他不但要那同走几步的'同路人'，还要招致那站在路旁看看的看客也一同前进。"

鲁迅的另一段名言是："其实，这'第三种人'的'搁笔'，原因并不在左翼批评的严酷。真实原因的所在，是在做不成这样的'第三种人'，做不成这样的人，也就没有了第三种笔，搁与不搁，还谈不到。

"生在有阶级的社会里而要做超阶级的作家，生在战斗的时代而要离开战斗而独立，生在现在而要做给与将来的作品，这样的人，实在也是一个心造的幻影，在现实世界上是没有的。要做这样的人，恰如用自己的手拔着头发，要离开地球一样。他离不开，焦躁着，然而并非因为有人摇了摇头，使他不敢拔了的缘故。

"所以虽是'第三种人'，却还是一定超不出阶级的。"

鲁迅的再一个论点是："左翼作家诚然是不高超的，连环图画，唱本，然而也不到苏汶先生所断定那样的没出息。左翼也要托尔斯泰，弗罗培尔。但不要'努力去创造一些属于将来（因为他们现在是不要的）的东西'的托尔斯泰和弗罗培尔。他们两个，都是为现在而写的，将来是现在的将来，于现在有意义，才于将来会有意义。"左翼作家知道，连环图画里产生不出托尔斯泰和弗罗培尔，"但却以为可以产出密开朗该罗，达文希那样伟大的画手。而且我相信，从唱本说书里是可以产生托尔斯泰，弗罗培尔的。现在提起密开朗该罗们的画来，谁也没有非议了，但实际上，那不是宗教的宣传画，《旧约》的连环图画么？而且是为了那时的'现在'的"。

关键词：鲁迅《论"第三种人"》；左翼作家要团结"同路人"，文学是有阶级性的，文学创作首先要对现在有意义

1932 年 11 月 1 日

茅盾《春蚕》，载《现代》十一月号（第 2 卷第 1 期）"创作增大号"，第 9 ~ 26 页。

《春蚕》写江南农村蚕农的命运。农民老通宝经过艰辛努力，使蚕茧获得丰收。但丰收没有给他带来温饱和欢乐，带来的却是失望，是贫穷和灾难。因为随着"一·二八"战事的失败，外货倾销，农民的土产蚕茧、生丝，没有了销路；高利贷剥削更加残酷；资本家乘机压低茧丝的收购价格。这些现实叠加在农民身上，逼得他们破产。老通宝的儿子阿多，喜欢到外面活动，思想活跃，他们正在用新的一套来解决农村的问题，给农民找寻出路。这是两代人的矛盾。

《春蚕》是茅盾的代表作。

关键词：茅盾《春蚕》

1932 年 11 月 1 日

鲁彦《胖子》，载《现代》十一月号（第 2 卷第 1 期）"创作增大号"，第 42 ~ 45 页。

此篇带讽刺意味。一个地主少爷开始想胖，后来真的胖了，又想瘦。

少爷家请的老妈子说："我讲我们大少爷怎样肥起来给你听。……那真苦得我够啦！生病的时候，风炉没有熄过，一剂药两剂药只是煎了去；病好啦，桂圆啦，洋参啦，牛奶啦，鸡蛋啦，接连的煎着。真是有钱的人家！我说。什么补丸，什么鱼油，什么三拿土成，一打一打的买进来，燕窝鱼翅当饭吃。足足吃了 5 个月。……一天要吃好多钱？谁知道！这 5 个月的补药费怕不能养活你我一生？……可是，他肥啦，是不是？你说！……那才见鬼！吃完就睡，睡起又吃，一点也不看见他肥呢！……"（第 43 页）

"肥啦，肥啦！你看，一天比一天肥啦！头颈也肥啦，背上也长肉，屁股也长肉，连肚子也大，奶子也大啦，骨头也大啦！哈哈！一身胖了一样！到后来那个肚子竟和人家怀孕 10 个月的一样啦！那两条腿，不知道他怎么提得起来！你说像什么？我们说它像两只水桶！肉长到脚跟上来啦！……"（第 45 页）

关键词：鲁彦《胖子》

1932 年 11 月 1 日

张天翼短篇小说《仇恨》，载《现代》十一月号（第 2 卷第 1 期）"创作增大号"，第95～111页。

背景是中原大战，或曰蒋冯阎之战，总之是军阀抢地盘之争。

一群难民无目的地逃亡，奔刘家屯而去。其实，刘家屯仅是空中楼阁。

"路旁边浪似地滚着高高低低的黄土。太阳给埋在黄土里，发着肉红色（后来成了紫红色）。可是太阳还烧得怪起劲的：把他们的皮肉烧得变成紫黑色，似乎还闻得到一股焦味儿。"（第95页）

"地上蒸出了一种怪味儿：像是火药气，又像是尸臭。可是什么也没瞧见。天地的尽头给太阳烤得冒烟。天地的尽头仿佛在慢慢地动着动着：唔，那是给太阳烤得卷起了边来了，烤烧饼似的——烧饼不是烤呀烤的就卷起边来么。"（第96页）

"大家都饿着，只带了点儿水。他们家里没了吃的：他们的家成了炮灰。他们家里有些人给什么讨贼联军拉去当伕子。他们眼见着他们的麦子全给那些军队糟蹋完了。"（第95页）

在逃难的路上，他们第一个遇见的是一个只求死的受伤的伕子。

"这伕子没命地哼着。他对他们上气不接下气地说着：他给拉了来当伕子。他累得没力气了，给鞭子抽着，他回了几句嘴，就吃砍了七八刀。他躺在这儿怕有了三四天，他自己记不上日子了。末了他叫大家修修好，早点弄死他。"（第97页）

难民咬牙切齿恨当兵的。这时候，"要是前面有一队兵过来，不管那些兵有刀有枪的，哪怕是用炮向他们轰着吧，他们也得冲过去，用手叉那些人的脖子，用牙去啃那些人的肉的"。（第98页）

恰巧此时从对面来了3个兵：一个伤兵，一个肿脸，一个瘦子。难民扑向这些兵爷：抓他们，捶他们，咬他们，食肉寝皮也不解恨。3个失去战斗力的伤兵不解老百姓何以如此恨他们："他们糊涂：别人干么要那样恨着他们。他们想不起自己怎样一来害苦了别人的。他们自己也受着苦。他们常挨饿。他们整年累月地见不到一个把娘儿们。他们上火线，冲锋，吃黑枣子，吃刺刀；谁耐不住要开小差，就得给逮住了打靶。他们念着那些不知下落的家里人：爹妈，媳妇儿，孩子。可是老百姓恨着他们。"（第101页）"他们从前也是老百姓，也恨着兵油子：他们从前是这类人里面的，挨不了饿才出来的。现在他们的爹妈也许跟这群破破烂烂的一样，在黄色的天地里跑着累着，恨着他们，一遇着也得逮住他们要活埋，要宰了煮着啃他们的肉。他们给赶出了他们自己的世界。他们的爹妈不认他们做儿子。姊妹兄弟，媳妇，全都不认他们了。他们的兄弟给打得稀散。他们3个人孤零零地在这烤焦的世界上。"（第 103 页）难民听了兵爷的哭诉，感到"这 3 个种地的，他们有爹有妈，他们本是跟自己是一样的人"，他们也犯糊涂："不知道要向谁出气才好。满肚子的别扭没机会发泄了。"（第 105 页）他们反而给兵爷水喝，帮助他们，"收留"他们一起走。

此篇跟张天翼的其他作品一样，脏话较多，"我操你归了包锥的祖宗"，"操你奶奶"，"操你妹子"，所在都是。另外就是写伤兵烂腿上成堆成山的蛆，看着就要发呕，他却写得极详细。

关键词：张天翼《仇恨》

1932 年 11 月 1 日

郭沫若新诗《夜半》《牧歌》，载《现代》十一月号（第 2 卷第 1 期）"创作增大号"，第 27 ~ 30 页。

《夜半》是一首十四行诗，抒写的是两情相悦，夜半携手"向着北方的一朵灯光通红"。（第 28 页）

《牧歌》写于 1928 年正月二十八日，和一位姑娘相拥相抱，看"小鸟儿们在树上癫狂，／蝴蝶儿在草上成双"。（第 29 页）

关键词：郭沫若新诗《夜半》等

1932 年 11 月 1 日

欧阳予倩一幕剧《同住的三家人》、白薇一幕剧《敌同志》，同载《现代》十一月号（第 2 卷第 1 期）"创作增大号"。

《同住的三家人》写基层群众生活之艰难。他们交不起房租、警费、电费、自来水费等费用，生活无着，借贷无门。

《敌同志》写上海"一·二八"淞沪战争总退却那一天，工人义勇军组织民众，反对撤退，并与混入民众中的汉奸斗争。23 岁的苏小姐（工人）亲自与自己的当了汉奸的丈夫搏斗。

关键词：欧阳予倩、白薇一幕剧

戴望舒现代派诗论发表

1932 年 11 月 1 日

戴望舒的《望舒诗论》，载《现代》十一月号（第 2 卷第 1 期）"创作增大号"，第 92~94 页。

诗论共 17 条，可以说是戴望舒总结的现代派诗的纲领。他说，诗以表现情绪为主。曰：

"诗的韵律不在字的抑扬顿挫上，而在诗的情绪的抑扬顿挫上，即在诗情的程度上。"

"新诗最重要的是诗情上的 nuance 而不是字句上的 nuance。"

"韵和整齐的字句会妨碍诗情，或使诗情成为畸形。倘把诗的情绪去适应呆滞的，表面的旧规律，就和把自己的足去穿别人的鞋子一样。愚劣的人们削足适履，比较聪明一点的人选择较合脚的鞋子，但是智者却为自己制最合自己脚的鞋子。"

"新的诗应该有新的情绪和表现这情绪的形式。所谓形式，决非表面上的字的排列，也决非新的字眼的堆积。"

关键词：《望舒诗论》：现代派诗纲领

1932 年 11 月 1 日

戴望舒的诗创作《乐园鸟及其他》，载《现代》十一月号（第 2 卷第 1 期）"创作增大号"，第 121~127 页。

此题含 4 首诗；《乐园鸟》《寻梦者》《灯》《深闭的园子》。公认为这是戴望舒成熟的现代派诗创作。尤其是《乐园鸟》为其代表作，全诗如下：

> 飞着，飞着，春，夏，秋，冬，
> 昼夜，没有休止，华羽的乐园鸟，
> 这是幸福的云游呢，
> 还是永恒的苦役？
>
> 渴的时候也饮露，
> 饥的时候也饮露，
> 华羽的乐园鸟，
> 这是神仙的佳肴呢，
> 还是为了对于天的乡思？
>
> 是从乐园里来的呢，
> 还是到乐园里去的，

华羽的乐园鸟，

在苍茫的青空中，

怎样辨识你的路途啊？

假使你是从乐园里来的，

可以对我们说吗，

华羽的乐园鸟，

自从亚当夏娃被驱后

那天上的花园已荒芜到怎样了？

关键词：戴望舒《乐园鸟》

1932 年 11 月 1 日

陈雪帆（陈望道）《关于理论家的任务速写》，载《现代》十一月号（第2卷第1期）"创作增大号"，第 39～41 页。

陈望道说：胡秋原和苏汶两人的文章的主要点是"对于左翼理论或理论家的不满"，我们不应把这"扩大作为对于中国左翼文坛不满，甚至扩大作为对于无产阶级文学不满"。（第 39 页）

关于理论或理论家的任务：甲，"对非左翼的文学理论与作品的检讨。暴露它们的根基，及其弱点。从那暴露之中，引致群众走向自己一面来。使倾向左翼的作家天天多起来"。乙，"对左翼作家，介绍一切必须参考的理论，并计议一切可能的发展，有作品产生时，并加以细心的研究，指出一切正在成长的要素及行将萎缩的要素"。（第 39 页）甲是"破坏的批判"，乙是"建设的批判"。

理论家应该是极其坚定的马克思主义者，一个有优秀的趣味和浩博的知识的人，"不要再想仍用警棍主义加帽子主义取胜了"。（第 40 页）

不仅是作家，理论家更应该学习。"第一，他应该学习文化史，知道文化转动的状况；第二，他学习别人的文学和理论，知道内中的利弊；第三，应该研究内中的矛盾要素发展的可能性，使那矛盾要素显露出来，因此指出自己理论的必然性。"（第 41 页）

理论家学习太少。如易嘉说"文学革命"以来的文学是"骡子文学"，就是因为不懂历史，缺乏常识。"尤其对于无产阶级文学作家，在未从作家学得一些常识以前，还是让作家自己各人尽量发表各人的所得有益些。"（第 41

页）

关键词：陈望道论理论家的任务，他们应该是坚定的马克思主义者，而不要靠警棍主义和帽子主义取胜

1932 年 11 月 1 日

苏汶《论文学上的干涉主义》，载《现代》十一月号（第 2 卷第 1 号）"创作增大号"，第 128 ~ 136 页。

作者的主要观点是政治不要干涉文艺，文艺是自由的。

他说："政治只允许你'卫道'，只允许你做一个已成社会秩序的无条件的拥护者。在这样时代，作家是没有自由的；也许在一种有力的麻醉下，他是忘记了自己的不自由，可是他总不是自由的。""每当文学做成某种政治势力的留声机的时候，它便根本失去做时代的监督的那种效能了。"（第 130 页）"苏联的捷米央·别德内伊是因为能替政府的每一个设施都做一首诗来解释的原故而得到了最高荣誉的奖章：这便是完美的留声机的好例子。"（第 132 页）

"我当然不反对文学有政治目的，但我反对因这政治目的而牺牲真实。更重要的是，这政治目的要出于作者自身的对生活的认识和体验，而不是出于指导大纲。"（第 133 页）

施蛰存在本期《社中日记》中说："苏汶先生交来《论文学上的干涉主义》。关于这个问题，颇引起了许多论辩，我以为这实在也是目前我国文艺界必然会发生的现状。凡是进步的作家，不必与政治有直接的关系，一定都很明白我国的社会现状，而认识了相当的解决的方法。但同时，每个人都至少要有一些 Egoism，这也是坦然的事实。我们的进步的批评家都忽视了这事实，所以苏汶先生遂觉得非一吐此久鲠之骨不快了。这篇文章，也很有精到的意见，和爽朗的态度，似乎很可以算是作者以前几篇关于这方面的文字的一个简劲的结束了。"（第 216 ~ 217 页）

关键词：苏汶《论文学上的干涉主义》：政治不要干涉文艺，文艺是自由的 反对因为政治目的而牺牲真实

1932 年 11 月 1 日

上海现代书局在《现代》第 2 卷第 1 期刊载《最近重版新书》22 种广告：

有郭沫若的著译《黑猫》《中国古代社会研究》《浮士德》《少年维特之烦恼》《沫若诗集》《橄榄》；叶灵凤《红的天使》；田汉的《田汉戏曲

集》(5);杨剑秀(华汉,即阳翰笙)《社会科学概论》;顾米列夫斯基著,周起应、立波合译《大学生私生活》;李霖编《郭沫若评传》;伏志英编《茅盾评传》。

P. Ovidii Nasonis: *Artis Amatoriae* 一部古典文学的名著**《爱经》**,罗马沃维提乌思著,戴望舒译,全书三卷,实价七角。

"《爱经》是古罗马艳体诗人沃维提乌思的名作,我们可以在周作人先生的《欧洲文学史》里得到关于此书的介绍。

"'(沃维提乌思)著《爱经》《爱药》《变形纪》等书,基督后8年忽以奥古斯多大帝之命,徙黑海岸之多米。

"'其获罪之因,据沃维提乌思自述,谓由诗歌与过失二事。盖奥古斯多大帝恶其所著《爱经》,有害世教……遂流之绝域……

"'《爱经》三篇,授士女容悦之术,奥古斯多之世,太平既久,风俗渐趋逸乐,沃维提乌思此书,颇能表示当时风气,惟世论非之……后终以此得罪,盖奥古斯多虽怒(其女)裴丽亚之失德,而推究祸始,实原于沃维提乌思,故距著书时已8年,终复穷治之也。'

"读了以上的介绍,我们可以想见本书之价值与趣味了。"(B~4页)

关键词:现代书局书籍广告

1932 年 11 月 1 日

丽尼散文诗《在那流泉底下面》,载《新时代》第3卷第3期。

1932 年 11 月 11 日

鲁迅离沪到北平探母病。30日返沪。

1932 年 11 月 14 日

何稻玉(周文)文艺短论《文艺底形式与内容》,载安徽安庆《安徽学生》第1卷第3期。①

这是现今能找到的周文发表的第一篇文章。内谈4个问题:美的问题,文艺与科学,形式与内容,当前的问题。

关键词:周文

---

① 本刊未见。今据四卷本《周文文集》第三卷,作家出版社,2011年2月,第1~6页。

1932 年 11 月 15 日

文总机关刊物《文化月报》在上海创刊。编辑者陈乐夫（编辑部社址：上海五马路河南路口）。大 32 开，共 138 页。

《征稿条例》第一条说："关于政治，经济，文化，小说，诗歌的一切稿件，均所（受）欢迎。"这就是刊物的性质。

关键词：文总机关刊物《文化月报》创刊

1932 年 11 月 15 日

鲁迅、茅盾、丁玲、曹靖华、洛扬、突如、适夷署名的《高尔基的四十年创作生活——我们的庆祝》，载《文化月报》创刊号，第 76～79 页。

祝词说："高尔基是世界革命的文学家。他的 40 年的创作生活，就是 40 年的艰苦的斗争。现代的革命作家和无产作家，尤其是苏联的，没有一个不受着他的影响。他是新时代的文学的导师。高尔基的名字代表着世界文学史上的新时期，这里，世界上的新的阶级开辟了一条光明的道路，开始创造真正全人类的新文化。"（第 76 页）

这篇祝词又说："高尔基是政治家的文学家。高尔基是最伟大的政治家的文学家。他和他的阶级，根本用不着掩盖自己的政治目的。高尔基所认为贵重的是革命的社会主义的政治，是无产阶级的社会主义的文化。"（第 77 页）

关键词：鲁迅、茅盾等中国左翼作家祝贺高尔基创作 40 周年　高尔基是政治家的文学家

1932 年 11 月 15 日

〔日本〕上田进作、洛文（鲁迅）译《苏联文学理论及文学批评的现状》，载《文化月报》创刊号，第 79～93 页。

文章先说背景：去年（1931 年）秋天，斯大林给《无产者革命》杂志编辑部一封信，题名《关于布尔塞维克主义的历史的诸问题》。

斯大林在信中批评对于布尔塞维克主义的历史的反列宁的态度。他指责，在苏联，理论比社会主义建设的实践还要落后，应该立刻将这落后加以克服。为此，就要确保理论的党派性，坚决地与一切反马克思列宁的理论，以及对于这些理论的"腐败的自由主义"的态度斗争，将理论提高到列宁的阶段。（第 79 页）

上田进的文章说："文学理论的列宁底党派性的确保，以及为着文学理论的列宁底阶段的斗争，就成为苏联文学理论的中心课题了。"（第79页）

为贯彻斯大林的指示，以及刚刚召开的联共（布）"十七大"的文件，苏联文艺理论批评界的 S. 台那摩夫、阿卫巴赫、A. 法捷耶夫、V. 吉尔波丁、亚尔密诺夫、D. 麦士宁等，或发表文章或开会讨论，积极紧跟。托罗茨基主义、托罗茨基的后继者瓦浪斯基主义、波纶斯、沛来惠尔什夫主义、烈夫派、文学战线派，卢那卡尔斯基的"腐败的自由主义"，烈烈威支、瓦进、罗陀夫、里培进斯基，布哈林派、孟塞维克化了的观念论（卢波尔）、波格达诺夫主义、那巴斯图派，等等，都是斗争的对象，还必须将蒲力汗诺夫、莆理契的理论，由新的布尔塞维克的见地重行检讨，并且批判那剩在拉普内部的蒲力汗诺夫的以及德波林的谬误。烈夫派和文学战线派是从"左翼"将普罗文学取消。法捷耶夫在拉普做报告，左一个敌人，右一个敌人，更是横扫一切。台那摩夫将上述批判对象的艺术理论的特征概括为：（一）将艺术看作无意识的现象。（二）完全拒绝党派性。（三）拒绝布尔乔亚底遗产的批判底改造。（四）将艺术归着于情绪、感情等。（第86页）要批判蒲列汗诺夫的"正统"性。

法捷耶夫在一次报告中提出，苏联值得肯定的作品是："戈理基的诸作品不消说了，里培进斯基的《一周间》和《青年共产团》，孚尔玛诺夫的《叛乱》和《卡派耶夫》，绥拉菲摩维支的《铁流》，革拉特珂夫的《士敏土》，法捷耶夫的《毁灭》，班菲洛夫的《布鲁斯基》，唆罗诃夫的《静静的顿河》，以及季谟央·别德讷衣，培司勉斯基，秋曼特林，贝拉·伊烈希的诸作品，吉尔薰的戏曲等等。"（第92页）

关键词：为贯彻斯大林的指示，苏联提出文学理论与批评要转到列宁主义阶段；文学理论的列宁的党派性的确保，以及为着文学理论的列宁的阶段的斗争 "将理论提高到列宁的阶段"成为苏联文学理论的中心课题 为此必须批判普列汉诺夫的正统性

1932 年 11 月 15 日

〔德国〕J. R. 培赫尔作、张元译《我歌颂五年计划》（诗），载《文化月报》创刊号，第107～110页。

这是一首对苏联的颂歌。"如巨人似地从克里姆林的圆屋顶上跑了出来了"列宁，"来领导无产阶级的世界革命"。布尔什维克党，列宁，社会主义共和国苏维埃联邦，五年计划，《国际歌》，都是诗人歌颂的对象。口号豪迈，

震动寰宇。

关键词：德国培赫尔诗歌，歌颂苏联建设

应修人、丘东平、洪深

1932 年 11 月 15 日

丁休人（应修人）小说《金宝塔银宝塔》（写于 1932 年 1 月），载《文化月报》创刊号，第 111～117 页。

这篇寓言明确无误地歌颂共产党领导的苏区，特别是它所办的银行。篇中频繁出现×××工农银行、省×××、毛××、朱×、×军、马××、姓列的××、××队员、××党、×国……如此直接地写苏维埃政府、赤卫队，过去还没有见过。赤卫队队员给农民报告："一座金，两座银！这三座宝塔就是工农兵！中央一座金宝塔是工人，脚下踏着资本家的灵魂。东边一座银宝塔是农民，脚下踏着地主的灵魂。西边一座银宝塔是兵士，脚下踏着军阀的灵魂。"

关键词：应修人儿童文学《金宝塔银宝塔》，毛××、朱×首次进入文学作品

1932 年 11 月 15 日

侔天《苏联文学与工人突击队》，载《文化月报》创刊号，第 122～124 页。

文章告诉读者：跟着社会主义建设的飞跃的发展，苏联文学踏进了新的阶段，开始了"伟大的转换"，这就是"工人突击队员正式被召集到文学的队伍里来"了。"工人突击队员的召集是普罗文学的新的发展阶段的历史的道标。在普罗文学运动的发展上展开了新的一页"。"被召集到文学队伍里来的工人突击队员用艺术的形式把他们自己的社会主义斗争的经验传达给几百万社会主义的建设者。他们从事于五年计划英雄的艺术的表现，工场史的制作，和'市民战争史'的制作。他们利用各种机关，举行集会，讨论种种当面的问题，如对工场内部的右倾机会主义的斗争，对杜洛兹基的防备，怠业，懒惰的清算，富农阶级的消灭，残存的个人农业的社会化，拥护苏维埃的问题等，把这些问题很迅速地而且直接地反映到诗歌和小说里面去。……这些突击队员作家不是旁观者，而是普罗列塔利亚特的阶级斗争的积极的参加者。"（第 122～123 页）

在这些被召集的工人突击队员中，已经产生了不少优秀的作家，如，马卡埃夫·巴拉罗夫、札尔查维基、兹贝纳列夫、波多德尔珂夫、段列洛夫、嘉根、西多罗夫等。

文章最后说："工人突击队员成为普罗文学的中心形态"不久将要实现。（第124页）

关键词：苏联文学与工人突击队：在工人突击队员中已经产生优秀作家

1932 年 11 月 15 日

《文化月报》创刊号刊载世界文坛情报：

"拉普"解散：到了历史新时期，拉普变成了狭隘的宗派团体，轻视有才能的青年作家，拒绝"同路人"作家的转向，联共（布）中央决定将其解散，另组全苏作家同盟。

国际革命作家同盟总会：国际革命作家同盟总会决定于11月7日"十月革命"15周年纪念日举行第三次总会。已有30个国家表示将派代表参加会议。日本支部决定派15人到会。他们是：江口涣、中条百合子、德永直、藤森成吉、胜本清一郎、大宅壮一、桥本英吉、武田麟太郎、立野信之、细田民树、洼川稻子、旗冈景吾、川口浩、田木繁、杉田解子。

高尔基生日：9月25日是高尔基文坛生活40周年纪念日。莫斯科举行庆祝大会，列席者有政府委员，党部代表，艺术、演剧、文学各方面的职权（按：职权，原刊如此），公共团体，工场代表，各国外交官，外国新闻通讯记者代表，及全国工场、农村、兵营通讯员等。演说者有共产党中央委员会书记长斯大林，中央执行委员会议长加里宁，人民委员会议长莫洛笃夫，高氏亲友法国大文豪巴比塞，及其他文坛艺术家代表。决定：授予高尔基列宁勋章，莫斯科艺术剧场改名为高尔基剧场，高尔基出生地尼什尼·诺符哥洛特城改名为玛克辛·高尔基市，并在中学校设立高尔基奖金。全国各地上演高尔基的剧目。

关键词：国际左翼文坛情报

1932 年 11 月 15 日

《文学月报》第1卷第4期出版。120页，约12万字。

这一期是准高尔基纪念号。编者周起应在《编辑后记》中说："这一期虽不是高尔基创作40年纪念专号，但我是以纪念高尔基为中心的。""在纪念论文中，吉尔波丁的《伟大的高尔基》算得是一篇给了高尔基一个正确的新的评价的坚实精良之作。此外还有一篇卢纳察尔斯基的《高尔基与托尔斯泰》，因为不及编入，就只好等在下期发表了。""为了纪念这位文坛巨人，田汉先生于百忙中把高尔基的《母亲》，这有数百万工人读者的名著，改成剧本，本期所登载的是这剧本的第一幕，是《母亲》的 Prelude。全剧约分六幕，将在本刊陆续发表。"

本期关于高尔基的文章有：吉尔波丁《伟大的高尔基》（绮影译）、罗曼罗兰《论高尔基》（寒琪译）、沈端先《高尔基年谱》、田汉戏剧《母亲（前奏曲）》。还有高尔基创作 40 周年纪念庆祝会的文艺情报一条。

关键词：《文学月报》1 卷 4 期准高尔基纪念号

1932 年 11 月 15 日

东平（丘东平）小说《通讯员》，载《文学月报》第 1 卷第 4 期，第 13~20 页。

《通讯员》像咬着牙在咀嚼生活，拷问灵魂，有一种坚毅的力穿透其中。编者周起应在本期《编辑后记》中说：《通讯员》"便是一篇非常动人的故事。这阴郁，沉毅而富于热情的农民主人公，使人联想到苏俄小说中所反映着的卷入在'十月'的暴风雨里的 Muzhik 的性格。作者大概极力想描写出'顽固'而'野蛮'的农民是怎样地富于情感，可是在这里，作者竟忘记了，对于农民的不正确的观念，作者是应当取着严厉的批判的态度的。不过，这篇小说是以 1927 年的事件为题材的；无疑地，在 1932 年的现在，这种农民的典型，已经不是进步而且最高的形态了"。（第 120 页）

关键词：丘东平《通讯员》刻画一种农民典型

1932 年 11 月 15 日

洪深《五奎桥》，载《文学月报》第 1 卷第 4 期（第 5、6 号合刊载完），第 59~68 页。

《五奎桥》是现代文学史上的名篇。它写出了农民拆桥的合理性和必然性：拆桥的要求不算高，实是出于不得已，并且答应待洋机器通过，给干旱的田地浇了救命水后，再给他修复；连周乡绅雇来为他守桥的长工都认为农民的要求是正当的，农民代表李全生不顾疲劳四处奔走，不是为自己，而是为乡亲；有知识的大保童言无忌，讲科学，破迷信，把周乡绅的风水之说粉碎；周乡绅上场的种种阴谋诡计、瓦解人心的花招一个个被识破，不但没有动摇民心，反而暴露他的丑恶和霸道；王法官请出《六法大全》，却没想到自相矛盾，当场出丑；众怒难阻，农民拆桥，取得反抗第一个回合的胜利。

关键词：洪深《五奎桥》

1932 年 11 月 15 日

芸生长诗《汉奸的供状》，载《文学月报》第 1 卷第 4 期。

这是模仿上一期发表的别德纳依的《没工夫唾骂》而创作的，所骂的是胡秋原。诗中有这样一联：

> 放屁，俞你的妈，你祖宗托洛兹基的话。
>
> 当心，你的脑袋一下就会变做剖开的西瓜！（第 88 页）

不仅有破口漫骂，更有威胁恐吓。

关键词：芸生长诗《汉奸的供状》

1932 年 11 月 15 日

〔苏联〕吉尔波丁作、绮影（周扬）译《伟大的高尔基——创作 40 年纪念》，载《文学月报》第 1 卷第 4 期，第 21～28 页。

高尔基于 1892 年，他 24 岁的时候，在第夫里斯的地方新闻《高加索》报上，发表处女作《玛加尔·丘特拉》。到 1932 年，正是他创作 40 周年。

本文主要观点：

"对于勇敢者的卤莽的颂赞——这是高尔基的作家生活的初期的浪漫的故事的要素。这是高尔基的最早的小说，旧伊塞吉尔的古史等的政治的立场。"（第 21 页）"高尔基的意思是要描写一种还具有多少的性格，赋有开创力，而且能独立地行动着的人间。革命的斗争不断地产生出这种真正的人间。"（第 22 页）

"从他的 40 年的文学事业的最初起，高尔基便明显而确定地处置了被剥削者和剥削者之间的敌对的问题。他的最初的流氓无产阶级的小说便充满了对于剥削者的仇恨和鄙视。/从他的最初的文学活动的时代起，高尔基便作了这个国家的巨大的革命的发展的镜子，同时也是参加者，这个革命的高潮，因为无产阶级成为了革命斗争中的主力军的缘故而勃兴起来，是 1905 年的事变的序幕。"（第 23 页）

列宁和高尔基之间有着亲近和友谊。列宁非常推崇高尔基的作品。他说："高尔基同志的伟大的作品构成了他和俄国以及全世界的工人运动之间的联

系。"（第 25 页）列宁还称赞高尔基是伟大的无产阶级作家："高尔基无疑地
是无产阶级艺术的最伟大的代表者。"（第 26 页）

"高尔基是一个替无产阶级的阶级斗争做了比创作更多的事业的伟大的无
产阶级作家；他以一个政论家的资格积极地参加了这个斗争。"（第 26 页）

法国罗曼罗兰《论高尔基》（寒琪译），第 69 ~ 72 页。

罗兰说：高尔基"就是战士，建设着新世界的普罗列塔利亚的知识阶级
的导师和领袖"。"高尔基差不多是欧洲的唯一的人，无论如何，他是最先而
且最彻底地给那些高贵的人们一个可讥笑的榜样……那就是，一个在艺术界
有名望的人，一个伟大的知识者，一个伟大的作家，拿他的天才，他的声誉，
走入革命的阵营里面来，从堡垒的另一边，向西欧的知识分子致意。"（第 69
页）

又说，"对于我们西方人，我更为重视高尔基的那些论文，在那里面，高
尔基担负起苏联工人的指导的任务，鼓励他们，开发他们，指示他们以正确
的道路，有时责备他们而且提醒他们，去尊重那些从他们所有意鄙视的时代
里面产生出来的文化价值。他鼓励沮丧的青年们去参加行动，使他们认识时
代的庄严。他赞美今日的事业和展开在我们面前的，而且一定会产生新的人
类的那种丰富的生活。回答那些哀悼着陈腐的资产阶级的偶像，如像自由主
义和个人主义的死亡的人们。他用了强烈的语言来说明真正的个性与真正的
自由之本质"。（第 70 页）

关键词：吉尔波丁、罗曼罗兰论高尔基　"高尔基是一个替无产阶级的阶
级斗争做了比创作更多的事业的伟大的无产阶级作家；他以一个政论家的资
格积极地参加了这个斗争。"

1932 年 11 月 15 日

沈端先编《高尔基年谱（附高尔基著作中译表）》，载《文学月报》第 1
卷第 4 期，第 97 ~ 108 页。

本年谱材料丰富，叙述简约，详略得当，将高尔基的生平与文学创作道
路、成就、影响和盘托出。个别地方也有所议论。如 1892 年条，在述说了高
尔基在 24 岁时发表处女作《马卡尔·楚德拉》，并作品的内容后，议论道：

"当时的俄罗斯文学，完全是非社会的，和现实离开了的作家们，拼命的
沉潜于自己的感情，和探讨着所谓自己的'心理'，宗教的，神秘的情调，开
和'为艺术而艺术'的主张（按：开和，原文如此），支配了文坛的全体。
对于现实表示失望的人们，都将他们的眼光移向了虚无的天国。在高尔基的

处女作发表的当时，和在 90 年代，这 10 年里面，最为一般的传诵的作家是神秘主义的梅赖裘考夫斯基，巴利蒙特，索洛哥勃，蒲留索夫，安特列夫等等。聪明的梅赖裘考夫斯基，闭着眼睛在等待着'第三的帝国的到来'；悲观的诗人巴利蒙特，尽是在哀吟着世界的'黑暗与死亡'；世纪末的最优秀的作家安特列夫，同样地不能将他的创作的能力适用于现实的生活，而陷于恶梦一般的精神状态。和布尔乔亚奇密切地结合着的这些作家，很明白地不能理解当时的时代。1890 年时代，在俄罗斯的社会下层，已经掀动着一种强有力的波动，要知识阶级的诗人们歌咏着他们的充满了哀愁的诗歌的时代，俄罗斯的产业已经有了异常的成就。……正当那些诗人们寻求着什么神和恶魔的时候；正当那托尔斯泰主义有力地影响着大众的时候；正当那被一般人叫做'柴霍夫剧场'的莫斯科艺术剧场创立的时候；正当那俄罗斯的美术家们为着要和艺术上的政治的及社会的基础争斗而组织了'艺术世界'的时候；正当那以贾基莱夫为中心的一派艺术家们对'反艺术的社会主义的拥护者'宣战，而将车尔奴依雪夫斯基们骂做冒渎艺术之神圣的野蛮人的时候——新时代的支配者，俄罗斯的工人阶级，已经以巨人的姿态，带着洋溢着未来的笑容，而俨然地站立在他们的前面了！"（第 99～100 页）这就是高尔基的出现的意义。

又如，在 1899 年高尔基 31 岁时发表最初的长篇小说《福玛·戈尔地夫》时，议论道：

"这篇作品不仅是使作者确实地占有了世界文坛最高位置的杰作，而且还是作者在创作活动上开始了一个新的转变的纪念的作品。这作品之前，高尔基所写的大部分都是浪漫的个人主义的作品，他用童话和传说等等的形式，描写了零落的流浪汉的生活，赞美了异常的事件和卓越的力量，可是在这部长篇，作者方才深刻的开始了现实的社会学的解剖。……可以说在这儿才明白看到了互相冲突，互相争斗的两个不同的阶级。"（第 102 页）

再如，在 1902 年，编者的议论是：

"从《福玛》到《小市民》和《下层》，在高尔基的作品中，渐渐的因为他自己的政治的乃至社会的生活的圆熟，和他自己的思想的发展，使他认识了只有工人群众才是建设新社会的主人。从此，他以艺术家的诚实的热情，终生的做了一个工人阶级及其政党的拥护者。"（第 102 页）

谱末所附《高尔基著作中译表》是很有用处的史料。依次是：（一）《高尔基小说集》（宋桂煌译）；（二）《草原上》（朱溪译）；（三）《隐秘的爱》（华蒂、森堡译）；（四）《绿的猫儿》（效洵译）；（五）《母亲》（沈端先译）；

（六）《玛尔筏》（孙昆泉译）；（七）《奸细（没用的人的一生）》（沈端先译）；（八）《我的童年》（洪灵菲译）、《我的童年》（姚蓬子译）、《幼年时代》；（九）《胆怯的人（福玛）》（李兰译）；（十）《我的大学》（杜畏之译）；（十一）《四十》（此系《克林·查姆金之一生》的上部）（林疑今译）；（十二）《初恋》（穆木天译）；（十三）《回忆琐记》（陈勺水译）；（十四）《夜店》（即《下层》。邝光沫译）；又李谊译；（十五）《高尔基文录》（柔石等译）；（十六）《忏悔》（冯雪峰译）；（十七）《高尔基戏曲集》（沈端先译）；（十八）《不平常的故事》（史铁儿译）；另有关于高尔基的著作三种：《高尔基印象记》（黄锦涛编）、《高尔基评传》（沈端先著）、《高尔基传》（秋萍编）。

关键词：沈端先编高尔基年谱

1932 年 11 月 15 日

鲁迅《"连环图画"的辩护》，载《文学月报》第 1 卷第 4 期，第 33 ~ 35 页。

本文针对苏汶的言论而发。

鲁迅说，考诸中外古今的名画杰作，有的其实就是连环图画的一个局部，它"证明了连环图画不但可以成为艺术，并且已经坐在'艺术之宫'的里面。至于这也和其他的文艺一样，要有好的内容和技术，那是不消说得的"。

"我并不劝青年的艺术学徒蔑弃大幅的油画或水彩画，但是希望一样看重并且努力于连环图画和书报的插图；自然应该研究欧洲大家的作品，但也更注意于中国旧书上的绣像和画本，以及新年的单张的花纸。这些研究和由此而来的创作，自然没有现在的所谓大作家的受着有些人的照例的欣赏，然而我敢相信，这是大众要看的，大众感激的！"（第 35 页）

关键词：鲁迅针对苏汶而发的《"连环图画"的辩护》

1932 年 11 月 15 日

张天翼《和尚大队长》、耶灵《月台上》、沙汀《码头上》，载《文学月报》第 1 卷第 4 期，第 37 ~96 页。

《和尚大队长》：正面写为日本人当汉奸的和尚大队长、闻太师等人的活动和心理，是以他们为主人公的。他们都是些流氓和无赖，就为钱，无操守，正所谓有奶便是娘。没有那么多"政治""阶级"，只为钱。比喻："衣裤破烂得像秋天的云"很生动。"肏你妈妈""妈勒格屄""肏你奶奶"等脏话，全篇达 38 次以上。

《月台上》：一个奴才的自供状、自画像。"他是一个在文明国的殖民地当中，学习的烂熟的家伙，他具有一个奴隶的聪明，他会找一句适当的话引得文明人们喜悦"。（第 82 页）他是"支那的活宝"。（第 83 页）文字原始，粗粝，缺乏打磨，但新鲜，有生气，有活力。

《码头上》：阿遂、小毛、阿林这些流浪儿，铁筒里炖着臭肉，嘴里燃着烟屁股，自由，兴奋。他们天花乱坠地吹牛，无遮无拦地狂想。说说红军，向往红区，也很自然。看这样的描写：

> "孩子们却是欢喜，兴奋。他们搬着砖头砌了一个灶，堆起木块和甘蔗皮，用报纸引燃，把阿林抢来的臭咸肉炖在铁筒里。火焰映着凝在口角的笑纹，孩子们好似古代的铸像了。
>
> "铁筒被火燎得滋滋地唱吟起来。那小的一个，终于静不下去了。他自负地说：
>
> "'喝！不是阿遂碰着，还说有蛆不要嘞！'
>
> "'那倒便宜了别人罗！蛆！不要紧！病人还故意弄蛆吃呢，药书上都写得有。'
>
> "'对罗！妈都说过。'
>
> "'我过后还不是想起来！'小的赶紧凑上一句。接着，又很亲密地嚷道：'问你，留么？'
>
> "'留个屁！只要手眼灵醒，怕没吃么？喝！'"（第 95 页）

作者善于写人物，写场面，对话生动，口吻毕肖。

关键词：张天翼《和尚大队长》 耶林、沙汀发表处女作

1932 年 11 月

〔美国〕史沫特莱著、林宜生译《大地的女儿》（小说）。由上海湖风书局出版。

1932 年 11 月

〔苏联〕高尔基著、史铁儿译《不平常的故事》（小说集），由上海合众书店出版。

该书店同时还出版高尔基的小说集《劳动的音乐》（钱谦吾编译）。

1932 年 11 月

茅盾《我们这文坛》，载《东方杂志》半月刊第 30 卷第 1 号。

作者说："将来的真正壮健美丽的文艺将是'批判'的：在唯物辩证法的显微镜下，敌人，友军，及至'革命自身'，都要受到严密的分析，严格的批判。"

关键词：依靠唯物辩证法的创作方法来救我们这文坛

郁达夫《迟桂花》发表

1932 年 12 月 1 日

郁达夫《迟桂花》，隽闻《岁暮》，朱雯《饥饿线》，臧克家《诗三首》，苏联伏尔可夫作、谢达明译《小雄鸡》，载《现代》十二月号（第 2 卷第 2 期）。

《迟桂花》是一篇诗意浓郁的小说，是作者小说意境化的代表作之一。作者迁居杭州后，曾两次到南高峰深山里赏迟桂花，陶醉于桂花的香气，从而启动灵感，沛然摇笔成文。作品中郁先生与寡居娘家的翁莲在赏桂中心心相印，却止于情，终以兄妹相称。这跟郁达夫早期的小说《沉沦》呈现反差。

《岁暮》写赶车人胡三和寡妇春芝的故事。他们都有浪漫和坎坷，但归总舍不得原始感情。而坐车人老客坐怀不乱更值得敬重。

《饥饿线》写三得和大发两个"灾民"从保定一带逃难至上海的经历，主要是写他们受饥饿的折磨。

《小雄鸡》：苏联十月革命后，新生的政权只在几个大城市得势，广大的农村、偏远的地区，还是白匪的天下，或说白军的势力还比较强大。在某农村，老人沙佛郎和他怀中的一只小雄鸡相依为命，他有心事就对小雄鸡说，小雄鸡喔喔地叫，老人以为那就是在回答他，小雄鸡听懂了他的话。不料白军回来，抢走他的小雄鸡，并当他的面将小雄鸡杀死，烧而食之。"秃头白发的贫寒的老人，像那枝头枯槁的苍白色的杨柳树一样，蹒跚于道旁。"（第254 页）人们传说他发疯了，但他却参加了赤卫队，"老人大踏步地向前行，胡须迎风飞舞……"（第 254 页）

译者有《关于伏尔可夫》的简介：伏尔可夫是苏俄现代新兴文艺作家之一。他出生农村，13 岁起，外出当苦力，后入伍。有名的短篇作品是《小雄鸡》《伏尔加河上》《怪物》等。"《小雄鸡》是十月革命后3年内白军与赤军在国内各地作最后斗争时一幅片段的素描。"（第248页）

关键词：反映苏俄十月革命后现状的小说《小雄鸡》

1932 年 12 月 1 日

臧克家诗三首《拾落叶的姑娘》《愁苦与欢喜》《当炉女》，载《现代》十二月号（第2卷第2期）。

三首诗均短小，每一首都只有两段，或八行，或十一行，或十二行。都严格押韵，遵守格律。像《拾落叶的姑娘》的第一节："她不管秋光老的多可怜，／也不管冷风吹的多凄惨，／让破烂的单衣发着抖，／只顾拾着，一片，两片，三片。""秋光老的可怜"，"愁苦埋到了我的发尖"，"欢喜伸手来逗你"，又有象征主义的成分。去年，"小儿在怀里，大儿在腿上"；今年，"大儿捧住水瓢蹀躞着分忙，／小儿在地上打转，哭的发了狂"，岁月蹉跎，逼真。

关键词：臧克家诗《拾落叶的姑娘》《当炉女》

1932 年 12 月 1 日

胡秋原《浪费的论争——对于批判者的若干答辩》，载《现代》十二月号（第2卷第2期），第291～316页。

本文答洛扬（冯雪峰），答易嘉（瞿秋白），答周起应，答舒月，答苏汶。将关于"自由人"和"第三种人"的种种理论全部囊括在自己的视野之中，有气魄。

说他自己是"自由主义态度和唯物史观方法"。（第292页）

说洛扬之流是"村妇主义"。（第292页）

说周起应，"这位'理论家'的革命架子更为十足"。"这样的文过主义，泼妇主义，真是怕人！"（第305页）"这样懒惰的办法与可怜的暴论，是难于使一个有理性的人心服的"。"狂态可掬"。（第306页）

胡秋原文章结束处的话，说得有理，不嫌长，照录如下：

"我的答复在这里完了。最后，我说两句闲话罢。在这里，很显然地有三样的话——实际上只有两样——在左翼来说，为了革命，牺牲一点理论和艺术价值是情有可原的；但在作家苏汶先生，当然要抱住文学；我，也舍不得朴列汗诺夫，佛理采。左翼如果继续过去的武断，继续光杆的'龟手之美学'的宣传，则各人有各人的意见，这官司不会有真正判决的。但如果左翼真能清算自己一部分的错误，不想空包办文学，而在实际成绩中求领导，在理论上更作坚实的工作，我相信一部分作家以及其他理论家，只要有热心希望社会的进步，爱光明而诚意于革命之成功的，当然也可自动的逐渐在整个社会文化的变革中，改变他们的意识，而在某种程度上减少意见之不同的。天天叫他人'克服'，而自己以为无须'克服'了，这是最无希望的态度，而也不是一个革命者所应有的。再则，苏联文学界的经验，我们要学习，然而我们也不可忘记，不能死板抄袭决议案的，因为客观情势双方不同。不要用命令去指挥作家，也不要用革命去吓似乎意见不同的作家。不要以为自信是革命的阶级的观点，就什么都完了。总之，如果左翼能自己批判，我相信是于中国文学之真实进步有利的。应该知道人之好善，谁不如我，所可怕者，是'骄傲与偏见'耳。我，是希望大家都能够反省一下的。

　　"我还贡献左翼文坛一点意见，就是争论是常事，不能以为人家偶然说了一句于自己或某一人不利的话，就疑心有什么'阴谋'，因为某几个人或某一个的利益，并不见得就是全革命的利益；在这个世界上，有'阴谋'的人，是不见得如诸位所想的之多的。至于用什么'党''派'之类的名称来陷害他人，这阴谋实在近于残酷，而用这来转移视线，更不见得就是理论胜利之证据。这种方法，虽然可以维系若干的人心，然而对于有理性的旁观者，是非毕竟是很明白的。古希腊人照自己的像子（按：原文如此），制造阿林普斯的神话，但诸位也要知道不见得世界上的人都那么热中于政治，焦燥于'出路'的。再者，如果要谈理论，就应该真谈理论，武断的话，横暴的话，混乱矛盾乃至于莫名其妙的话，最好少说点好；因为中国文化水准虽然低落，毕竟也还输入了一些理论的文献，不能够以为一戴上革命之冠，就可胡说乱道而无所忌。此事如果这样简单，书也可以不读了。一在革命团体怎样鸟儿郎当也是革命的，世界上固没有这样的革命逻辑，而又何贵乎有革命的团体？从前的皇亲国戚，太监的亲属，或父祖作京官的，后来，吃洋教的，现在，党部的工作人员，可以横行乡里，武断乡里，但现在，一与革命势力有渊源，也就容易有恃无恐，随意乱说了——但我敢说，至少在文化之领域，这是行不通的。其实已经有很好的武器——马克斯主义，只要不懒惰，很容易取胜的，何取乎乱说和乱骂？我不是艺术家，说话不会委婉，既不能像易嘉先生说苏汶先生的'哀而不怨'，又不能像易嘉先生自己的'威而不猛'，理论家们觉得是冒渎也未可知；然而我相信忠言逆耳，良药苦口，左翼的几位朋友虽不见得以为可感，我也只是聊尽我心。听不听自在诸君，本来人非圣贤，谁又能无过，不过，我虽不希望左翼（我顺便说一句，文中所用左翼二字，不过就行文之便，我相信，左翼中决不都是与洛扬易嘉舒月诸先生以及周起应之类一样武断的）能有子路之襟怀，闻过则喜；至少也要有曾子的谨慎，三省其身。否则，像目前这样的独断主义下去，不见得真是能够达到自己所预期之远的。我是不愿多说而终于说了，倘若因这样一篇文章，又得到洛扬周起应那样的谩骂，我亦从此绝笔于批评，也不愿来答复，因为，如马克斯所说的，'哪一个时代，又没有失态的事情呢？'

"最后我声明，对于真正的革命家思想家，我从来就尊敬，对于整个普罗文学运动，也只有无限同情，至于对若干人不敢佩服，那也不能怪我。而中国左翼文坛是一天一天向比较正确的路线上走，我也是承认的——虽然不见得如洛扬先生所在今春就自信的，'现在绝对正确'！我还说一点，譬如鲁迅先生茅盾先生，我毫不踌躇地承认是中国的大作家，还有几位新起的作者，我也认为是前途很远大的。他人之所以大，决不仅是因为他们是左翼的人，至少鲁迅先生茅盾先生等在还没有左翼以前已确定了他们的地位；而且，他们的作品，也决不能说是严格的普罗文学，就是茅盾先生的近作，也决不是严格的普罗文学。但这亦无碍其作品之价值。而他们的作风，毕竟也还是一线相承地变化的。至于左翼自豪的《东洋人出兵》，作为文学的价值，不能不说很低，而其中的意识，也不能说很健全。将这些事实真挚地思索一番，则左翼理论家们的'气焰'，或者可以冷静一点罢；所苦者，人类每不肯或不能深思耳。"（第 314~316 页）

翌年，洛扬有《并非浪费的论争》，答胡秋原；苏汶有《一九三二年的文艺论辩之清算》，为关于左联与"自由人"和"第三种人"的论争做总结；丹仁（冯雪峰）有《关于"第三种文学"的倾向与理论》，也是欲做总结。上述三篇论文同载《现代》第 2 卷第 3 期。

关键词： 胡秋原《浪费的论争》，答冯雪峰、瞿秋白、周起应、舒月、苏汶，说自己是"自由主义态度和唯物史观方法"

1932 年 12 月 1 日

J. Kunitz 著、周起应译**《新俄文学中的男女》**广告，刊《现代》十二月号（第 2 卷第 2 期）。

"作者是国际革命文学突击队的一员，对于俄国文学有深邃的研究。他在本书中很巧妙地把反映在苏俄文学艺术中的各典型人物——'努力地活动着'的穿着皮短衫的铁的男子，'自然的决定的态度'为'苍白色的思想所蒙蔽'的哈孟雷特式的知识分子，愚钝而顽固的农民，脱离了旧家庭和严厉的农村传统的新女性等等，一个个地陈列在我们面前，使我们不仅可以得到一个关于苏俄文学的明确的概念，而且可以窥见一个正在追上而且超过全世界最进步的国家的五年计划四年完成的俄国。书中附有精美插图 400 页，每册实价六角。"（目录之前的插页）

Vsevolod Ivanov 著、戴望舒译《铁甲车》，上海现代书局出版广告：

"伊凡诺夫是新俄国的一个顽强而新鲜的作家。他描写的主要题材是农民的游击队战争，本书《铁甲车》便是伊氏许多写游击队战争作品中的一部，而且是被公认为最出色的一部。著名批评家柯根教授，在其《伟大的十年间文学》一书内，对于伊氏有这样的说明：

"'在描写无意识的农民劳动及农民叛乱之点，没有一个竞争者能够胜过伊凡诺夫。他，说明了下述一般的秘密，就是：具有不同的言语，差别的土地风气，矛盾的利害关系，那些无限地多数的民族和人种，饱受着屈辱和海边的砂子一般多数的怨恨，到了后来，怎样地能够意识地或者无意识地变成了巨大的共和国同盟的一体……'书中更附有精印之铜版插图 4 帧，计有《伊凡诺夫画像》，《凡尔斯希宁像》，《在车站上》，《桥》，后 3 帧均为根据本书改编之剧本在莫斯科艺术剧院上演之场面。"实价每册六角。

高尔斯华绥名著两种、郭沫若译：

《法网》（*Justice*），实价四角五分。"作者是一位人道主义者，他在本书中，运用其锐利的笔锋，袭击那些戴着假面具在这个世界里充作绅士，虚伪的吞噬着人的野兽。他在这本悲剧中，剖开子那些兽的心肝，鲜血淋淋的呈给我们看。你读完了它，不是含了一包眼泪，就会捏紧拳头击桌的。"

《银匣》（*The Silver Box*），实价四角五分。"《法网》是显示高尔斯华绥作品的伟大与大胆，《银匣》和《法网》不同，它是用轻松锋利的手法写成的，读了这部剧本，你会自己想到你应该如何干，才能帮助人群。"

关键词：书籍广告

1932 年冬

胡风从日本回国。

与冯雪峰、丁玲、周起应相见，出席左联会议，写文章批判"第三种人"。不久，仍回东京，继续钻研马克思主义文艺理论。1933 年 3 月，被日本政府逮捕；7 月，被驱逐出境，回到上海。结识鲁迅。任左联宣传部长，后任左联行政书记。

关键词：胡风从日本回国

1932 年 12 月 5 日

〔俄国〕卢那察尔斯基作、毛腾译《革命与艺术之曲线的联系》,载南京《矛盾月刊》第 1 卷第 3、4 期合刊。

1932 年 12 月 15 日

瞿秋白写成《文艺理论家的普列哈诺夫》,后收入《海上述林》。

当瞿秋白写作这篇介绍普列汉诺夫的文章的时候,正是苏联解散"拉普",批判"唯物辩证法的创作方法",推倒普列汉诺夫的"正统"地位,而走向"列宁主义的阶段"的时候。

瞿秋白在本文中也紧跟苏联,举起了"批判的武器"。瞿秋白批判普列汉诺夫的论点大致是:

第一,"普列哈诺夫正统"是好些机会主义文艺理论的根源,我们必须对普列汉诺夫的错误加以概括的说明。苏联的史楚庆、中国的胡秋原都把政治家的普列哈诺夫和哲学家的普列哈诺夫生生地分割开来,仿佛普列哈诺夫在政治上的机会主义,对于他的哲学艺术上的理论,没有丝毫的影响,仿佛普列哈诺夫在政治上尽管错误,而在哲学上艺术上仍旧是百分之百的正确。其实,哲学和政治是不能够分割的,艺术和哲学政治也是不能够分割的。那种机械的分割哲学艺术和政治的观点,根本上就是错误的多元论。"总之,普列哈诺夫是整个的,他在政治上哲学上文艺上有一个整个的宇宙观,他的政治上的机会主义不会不影响到他的艺术哲学的理论。他的错误的根源,就在于他时常脱离无产阶级的阶级立场,没有充分坚定的马克斯主义的观点。"

第二,从方法论上批判普列哈诺夫的错误。列宁早就说明普列哈诺夫在理论上的主要错误是辩证法的不充分。普列哈诺夫的文艺理论和美学理论上的错误,就是由于他的非辩证法的方法论。因此,他主张艺术作品和科学论文是互相对立的,情感和理智是互相抵抗的,艺术的社会分析和美学估量是互相分离的,内容和形式是机械的分裂了的。他的美学理论也还没有彻底的辩证法,他把康德的美学观念和费尔巴哈的美学观念混合在一起:一面主张"无所为而为"的美学,别方面用"生理的欲望"来解释美的观念的发展。总之,他没有彻底了解辩证法的认识论:他没有统一的观念,没有认识所谓"艺术价值"和"社会价值",形式和内容,情感和理智,斗争和研究之间的密切的联系。瞿秋白说,马克思主义和列宁主义的艺术论是反对这种康德化的学说的。马克思列宁主义反对一切种种的"纯粹艺术"论，"自由艺术"论，"超越利害关系的艺术"论，"无所为而为的没有私心的艺术"论。马列主义无条件的肯定艺术的阶级性，承认艺术的党派性，认为艺术是阶级斗争的锐利的武器。列宁主义的艺术论，不但不能够容纳康德的美学观念——所谓"美的分析学"，而且坚决的反对这种学说，认为这种学说也和其他资产阶级意识形态上的表现一样，是蒙蔽和曲解现实的社会现象的。普列哈诺夫美学里的康德主义的成分，反映着第二国际对于康德的态度。

第三，艺术上的客观主义。普列哈诺夫事实上承认了美感的超阶级性。他承认着艺术的阶级性，但是，同时又承认康德的"无所为而为"的审美观念；他在阶级性的问题上，已经是不彻底的了。而且，他又过分看轻艺术的积极作用，以至于承认反动阶级艺术的一般的消遣主义。这还不够。他对于阶级的了解还有许多机械的成分，没有具体的历史的分析。

瞿秋白的"批判"吸收了苏联社会的那些"左"的因素，在理论上并没有多少说服力，尤其缺乏自己的建树。

关键词：瞿秋白跟随苏联批判普列汉诺夫

《文学月报》出版终刊号

1932 年 12 月①

《文学月报》第 1 卷第 5、6 期合刊出版。为终刊号。共 258 页，约 25 万字。

本期刊载的理论批评文章（含翻译）有：鲁迅《祝中俄文字之交》《辱骂和恐吓决不是战斗》，绮影《自由人文学理论检讨》，谷非《粉饰，歪曲，铁一般的事实》，茅盾《"连环图画小说"》、《法律外的航线》（书评），李长夏《关于大众文艺问题》，适夷译《伟大的第十五周年文学》（上田进作），何丹仁译《论"同路人"与工人通讯员》（克莱拉作），黄芝葳译《普列汗诺夫批判》（IB 作），沈起予译《高尔基与托尔斯泰》（卢那察尔斯基作），林琪译《高尔基和工人作家的谈话》等；主要创作有：艾芜《人生哲学的一

---

① 《文学月报》每期出版时间是月中 15 日。本期未标出版时间，但刊中的文章，有的写于 12 月 13 日，12 月 16 日，12 月 18 日，更有的写于 12 月 30 日的，因此，再说它出版于 15 日，是不合适的。

课)、沙汀《野火》、耶林《开辟》、徐盈《福地——致敬礼于死者及生者》、柯琴《罗警长》、李辉英《咱们的世界》、祝秀侠《活的墓场——某处的素描》、沈端先译《在第聂泊洛水电厂》（倍拉·易烈希作）、穆木天译《悲剧之夜》（倍兹敏斯基作）等。

关键词：《文学月报》出版终刊号

艾芜《人生哲学的一课》

1932 年 12 月

艾芜小说《人生哲学的一课》，载《文学月报》第 1 卷第 5、6 期合刊，第 29~42 页。

小说是作者西南漂泊的自供状。是艾芜的处女作、成名作。艰难地生，顽强地生，永不屈服。再困难，再艰苦，再饥饿，再疲倦，也不忘记自己的爱好、兴趣，每天都要读点书，"给脑筋一点粮食"。（第 36~37 页）善良的品行，即或是撒谎（如，只有一双草鞋兜售，却说有一批货；只有勉强把饭煮熟的本事，却说会烧鸡炖鸭，还会弄鱼翅燕窝），也不引人讨厌。整个作品流露出来的是清新，流畅，好读好懂。

它与沙汀不同：沙汀完全是欧化的，着重写场面和对话，从拦腰写起，是典型的横断面；艾芜是有头有尾的一个一个的故事。沙汀的对话用方言，艾芜是普通话。

关键词：艾芜发表处女作《人生哲学的一课》

1932 年 12 月

沙汀《野火》，载《文学月报》第 1 卷第 5、6 期合刊，第 57~63 页。

严格说，此篇没有情节，也没有人物。就是烘托气氛：贫困，饥饿，萧条，紧张，恐怖。"欺诈和剥削，和人吃人的把戏"，使人们的生存"充满绝望"。连窝窝头那样的人都敢公然抗税，连挑水卖的老头都得贴印花——缴印花税，这是什么世道！所以说，只有麻雀的"脚上没有法律和阴郁的枷锁"，才是自由的。

沙汀善于描写：

"苍白的太阳，一块块落在棚架脚下，空摊上，人们的颈项上，背上。在城外，在那广大的平野当中，阳光就更显得无聊而乏力了。炊烟从远处的屋顶上冲起来——被风打断了。"（第60页）这是写太阳。

"天白皑皑的，干燥，显着一付呆子的面貌，好像一切都与它无关：生命，灾祸，人吃人的把戏。在它下面，旷野，村落，灰色的城堡，街道，没有一丝生气。"（第61页）这是写天空。

"一群麻雀，在地上用嘴和爪寻找着往日残余的米粒，啄了一阵，抓了一阵，又伏伏地飞开，麻褐色的翅子在黄浊的空间掠过，攒到旷野里去了，它们飞鸣自由，脚上没有法律和阴郁的枷锁。"（第59页）这是写麻雀。

"那些灰色服装，那些皮皮拍拍的脚步，那些从没吃饱过饭的面孔，枪刺和草鞋，引起她们一些吓人的恐怖。这恐怖，像一个精于收拾旧货的成衣匠，又很快地把许多新鲜的和陈旧的记忆的碎片缝合起来，作成一件尸衣，披罩在日夜提心的生活上。"（第57页）这是写地方军阀混战带给妇女们，也就是老百姓的恐怖。情绪和心态，都是虚的，却写得这样实在。

关键词：沙汀《野火》

1932年12月

茅盾发表书评，评沙汀短篇小说集《法律外的航线》，载《文学月报》第1卷第5、6期合刊，第167~169页。

茅盾说，他喜欢集子中的《法律外的航线》《平平常常的故事》《撤退》《恐怖》《莹儿》。又说，或许有人会说，沙汀的作品"没有刺激力，并且没有煽动的热情"。

茅盾的总的看法是："作者用了写实的手法，很精细地描写出社会现象，——真实的生活的图画。这一点，恐怕谁也不能否认。他的'对话'部分，是活生生的四川土话，是活的农民和小商人的话；他的农民和小商人嘴里没有别的作家硬捉来的那些知识分子所有的长篇大论以及按着逻辑排得很好很齐整的有训练的辞句。他的描写，或许有人觉得不很明快，——这是他的小毛病，然而假若你耐心读了一遍，再读一遍，你闭眼默想，你就能够感到那真实的生活的图画，如同你亲身经历过。"（第167~168页）

接着，茅盾借沙汀的小说的例，指出前几年"革命文学"的公式："我们这文坛上，前几年盛行着一种'公式'。结构一定是先有些被压迫的民众在穷苦愤怒中找不到出路，然后飞将军似的来了一位'革命者'——一位全知全能的'理想的'先锋，热刺刺地宣传起来，组织起来，而于是'羊群中间有了牧人'，于是'行动'开始，那些民众无例外地全体革命化。人物一定是属于两个界限分明的对抗的阶级，没有中间层，也没有'阶级的叛徒'；人物的性格也是一正一反两个'模子'，划一整齐到就像上帝用黄土造成的'人'。故事的发展一定就是标语口号的一呼一应，人物的对话也就像群众大会里的演说那样紧张而热烈，条理分明。／这样的'公式'，在前几年就被认为神圣不可侵犯的'革命文学'的法规！一些没有生活实感的革命文豪果然可以靠这'公式'大卖其野人头，然而另一些真正有生活经验的青年作家在这'公式'的权威底下却不得不抛弃了他们'所有的'，而虚构着或者模仿着他们那'所无的'。这就叫做我们中国的'新'写实主义！"（第168~169页）

茅盾也批评沙汀《码头上》的结尾给一群流浪儿童"硬扎上去的（革命）'尾巴'"。

关键词：茅盾评沙汀《法律外的航线》，指出前几年"革命文学"的公式

1932 年 12 月

耶林《开辟》、徐盈《福地——致敬礼于死者及生者》、柯琴《罗警长》、李辉英《咱们的世界》、祝秀侠《活的墓场——某处的素描》，同载《文学月报》第1卷第5、6期合刊。

《开辟》（第119~130页）：工人群众组成失业团，反汉奸。人们心不齐，各有各的心思。

《福地——致敬礼于死者及生者》（第149~166页）：学生护校，军警攻校，逮捕学生，诬学生是××党，经严刑拷打后，杀害。

《罗警长》（第171~180页）：罗致远警长阻止工人罢工。

《咱们的世界》（第197~208页）：阿福、矮子、小坏蛋3个汽车司机。流氓无产者的报复行为。奸商勾结日商走私，冒牌进货；市民抵制日货，他们以日货充国产。

《活的墓场——某处的素描》（第223~240页）：监狱里犯人的生活，监狱的黑暗，犯人的斗争。

编者周起应在本期《编辑后记》中说："这期的创作，几乎全是新作家的作品。从这里，我们可以看出新的作家是在怎样地长成，他们是在怎样地创造出他们自己的独特的风格。对于这些作家，不管他们在意识上和技巧上还有多少缺点，我们是应该用所有的热忱来拥护的。从下一卷起，除了这些新作家的东西以外，每期将登载至少一篇工人通讯员的作品。"（第258页）

关键词：耶林、徐盈、葛琴、李辉英、祝秀侠等文学新人登场

作者的话：

文学新人登场：

"五四"老作家仅鲁迅、茅盾、郁达夫、田汉仍然有创作；

初期普罗作家蒋光慈、洪灵菲、华汉、戴平万、孟超、冯乃超、龚冰庐、殷夫、柔石、胡也频等已经基本上歇业、转业，或被迫退出；

新人丁玲、张天翼、沙汀、艾芜、李辉英、丘东平、葛琴、耶林、徐盈、祝秀侠、应修人、周文、洪深、艾青、戴望舒、穆时英、施蛰存、杜衡等次第登场，并成为主角。

胡风在理论领域将独树一帜。

蓄势待发、即将登场的是叶紫、蒋牧良、聂绀弩、徐懋庸，以及东北作家群、中国诗歌会成员。

1932 年 12 月

鲁迅《祝中俄文字之交》（写于 1932 年 12 月 30 日），载《文学月报》第 1 卷第 5、6 期合刊，第 1~3 页。

国民政府于 1932 年 12 月 12 日与苏联恢复外交关系。

鲁迅这篇短文从文学上讲中俄两国的交往，以及苏联文学对中国的影响，即通过苏联文学，中国人看见了什么，懂得了什么。

清末民初，"那时就知道了俄国文学是我们的导师和朋友"，因为它有"切实的指示"。（第 2 页）

一战之后，"苏联文学在我们却已有了里培进斯基的《一周间》，革拉特珂夫的《土敏土》，法捷耶夫的《毁灭》，绥拉菲摩维支的《铁流》。此外中篇短篇，还多得很。凡这些，都在御用文人的明枪暗箭之中，大踏步跨到读者大众的怀里去。给——知道了变革，战斗，建设的困苦和成功"。

总之，苏俄文学使中国读者亲见了"忍受，呻吟，挣扎，反抗，战斗，变革，战斗，建设，战斗，成功"。（第 3 页）

《中国著作家为中苏复交致苏联电》，《文学月报》第 1 卷第 5、6 期合刊特载，第 255~256 页。

签名者有柳亚子、鲁迅、茅盾、叶圣陶、周起应、李辉英、耶林等 57 人。

关键词：鲁迅《祝中俄文字之交》

1932 年 12 月

何菲《祖父的拐杖》（诗），载《文学月报》第 1 卷第 5、6 期合刊，第 55~56 页。

这首自然押韵的诗（1932 年写于北平），以一根拐杖做道具，写祖孙三代人的命运。种田的农民和城里来的收租人的关系，在祖父时是和平，父亲时是忍耐，孙子辈就愤怒反抗。"和平，忍耐，愤怒的三个时代，／在末一个时代，它（拐杖）被折断了／埋在土地中，／土地溅起血！／祖父的拐杖呵。"（第 56 页）

关键词：《祖父的拐杖》

1932 年 12 月

《文学月报》第 1 卷第 5、6 期合刊刊载的翻译作品有：

倍拉·易烈希《在第聂泊洛水电厂》（沈端先译）、倍兹敏斯基《悲剧之夜》（穆木天译）、希达斯《地动》（胡楣译）。

《在第聂泊洛水电厂》是旅居苏联的匈牙利作家写的报告文学，作品后半部插进一个农民，以苏联农民特有的啰唆，来夸赞苏联的新形势、新面貌，及他们的兴奋和感谢。

倍兹敏斯基的长诗《悲剧之夜》的第一部以雄浑的气势，写苏联建立第聂泊洛水电厂，必然使一切旧事物、旧思维都会摧枯拉朽。教授的自杀也不奇怪。"在打地基的窟窿深处，／起重机正在吼叫。"这才是常规常理。

编者极其兴奋地说："这期所登载的《在第聂泊洛水电厂》和《悲剧之夜》，就是两篇以苏俄的伟大的社会主义建设为题材的优秀的作品。前一篇的作者倍拉·易烈希是匈牙利的亡命作家，现任国际革命作家同盟总书记，他的最著名的小说是 *Tisza Burns*。另一位作者倍兹敏斯基，大家都知道，是苏俄有名的诗人。"（第 257 页）

"戏剧速写"《地动》写的是：农民实在活不下去了，各村农民在从布加勒斯特来的共产党的领导下，以宾芮为首，团结起来，除内奸，订新合同，展开斗争。译者在文末介绍："希达斯（A. Hidas）是匈牙利有名的普罗诗人和作家。他的诗在匈牙利的工人中间是极其流行的。现在是国际革命作家同盟的机关志《国际文学》的副编辑。"（第 222 页）

关键词：《文学月报》终刊号刊载沈端先、穆木天、胡楣（关露）的译文，赞扬苏联建设成就

1932 年 12 月

绮影（周扬）《自由人文学理论检讨》，载《文学月报》第 1 卷第 5、6 期合刊，第 65~74 页。

周扬这篇文章批判的对象是胡秋原。

文章一开头就定性："跟着目前中国革命危机的深入，和政治上的社会民主党，取消派相应，文学领域内的社会法西斯蒂也穿起'自由人'的衣裳，高揭'马克思主义文艺理论之拥护'的旗帜，昂然阔步地登上中国的文坛了。"这就是"自由主义的马克思主义理论家胡秋原"。胡秋原是"以口头上拥护马克思主义甚至蓝宁主义，来曲解，强奸，阉割马克思蓝宁主义，以口头上同情中国普洛革命文学，来巧妙地破坏中国普洛革命文学的"。（第 65 页）只有从列宁的阶段，才能彻底暴露这位"阿狗文艺论者"的反动姿态："从朴列汗诺夫出发的胡秋原的理论，是怎样陷在资产阶级的自由主义的泥沼里面，把朴列汗诺夫的孟塞维克的特色发展到 Caricature 的程度；在对于文学的根本认识上，他是怎样抹杀文学的阶级性，党派性，抹杀文学的积极作用，和对于文学的政治的优位性；对于普洛文学，一般地普洛文化，他是怎样取着否定的态度。"就进攻中国普洛文学说，他"比民族主义者还要恶毒"。（第 65 页）

"普洛列塔利亚的党派性是最大的自由，而站在这个党派性上面的艺术家也就是世界上最自由的艺术家。"（第 66 页）胡秋原"抛弃马克思主义的最大的而且最有价值的传统——马克思主义哲学的党派性，来贬降马克思主义的革命本质……来掩饰他自己的社会法西斯蒂的党派性"。（第 67 页）

关于文学的阶级性、文学与政治的关系：

朴列汗诺夫在他的"五段论"中，"恰好忘记了阶级斗争，而且忽视了当作阶级斗争的一种形式的意识形态的积极的任务，和意识形态的上层建筑对于社会经济基础的反作用"。（第 68 页）胡秋原实际上"是否定了文学的积极的，实践的任务——即文学的政治的意义，换言之，就是取消文学的武器作用"。其目的是取消文学上的阶级斗争。"他想用这种人道主义式的幻想，来遮掩文学的阶级斗争的实践，想用'文学之最高目的'这冠冕堂皇的字面来暗示以艺术作阶级斗争（政治争斗）的武器不过是'艺术之堕落'罢了。"（第 70 页）胡秋原不理解，"文艺和政治是由阶级斗争的实践所辩证法地统一了的，而文艺本身就是政治的一定的形式"。胡秋原是"一个多么滑稽的社会法西斯蒂的艺术至上主义者啊！"（第 71 页）

胡秋原还想破坏"左翼"和同路人的关系。

周扬的结论是：

"总括起来说：以一面在艺术的根本认识上，抹杀艺术的阶级性，党派性，抹杀艺术的积极作用和对于艺术的政治的优位性，来破坏普洛文学的能动性，革命性，一面以普洛文化否定论作理论基础，来根本否认普洛文学的存在，在意识形态领域的文学上解除普洛列塔利亚的武装，这就是胡秋原，这位自由主义的马克思主义文学理论家的任务。"（第 74 页）

关键词：周扬批判胡秋原的文学自由论，再次强调文学的阶级性、党派性，以及政治对于文学的"优位性" 胡秋原比民族主义文艺者还要恶毒。他抛弃马克思主义的党派性是为了掩饰自己的社会法西斯蒂的党派性，他是一个社会法西斯蒂的艺术至上主义者

1932 年 12 月

谷非（胡风）论文《粉饰，歪曲，铁一般的事实——用〈现代〉第 1 卷的创作做例子，评第三种人论争中的中心问题之一》，载《文学月报》第 1 卷第 5、6 期合刊，第 103～117 页。

胡风说：本文是关于"现实"（在苏汶文章中还有"现实""真实"和"事实"等用法）的问题，即苏汶所提出的"现实"与"正确"的对立——"凡是正确的都不是现实的"——的问题加以检讨。

苏汶的"理论"可以概括为："一，'现实'与'正确'是对立的，因为'正确'倒好像是'有利'的别名，它与'真实'是根本无关的。其次，左翼批评家所要求的'正确'是没有'现实性'的，因为他们'要求作家写理想，不要写现实'。"（第 104 页）

胡风问：什么叫做现实或真实（Reality）？"社会是一个矛盾物的存在。"矛盾物"被历史发展的合法则性所规定，是有主导的方面和从属的方面之分的"。阶级的主观与历史的客观有其一致性。"在'万花缭乱'的现象中，只有把握到这一联系，才能透过现象，认识现实，才能从一切偶然的现象中分别出必然的本质的东西。""其次，在历史底发展中，人底力量有积极的作用。人底力量是历史发展的一要素，客观的必然是通过人底努力而实现的。""所以，只看到所谓客观的必然，轻视或忽视了人底努力这一重要的要素，那还是机械的看法，不能正确地把握到活生生的有血有肉的'现实'的。"（第 105 页）

"艺术底内容就是历史底内容，和政治的差别是，它是形象的表现而已。"

"政治底正确就是艺术底正确,不能代表政治底正确的作品,是不会有完整的艺术底真实的。新兴文艺底优越性,是被艺术底要求所规定,同时是被政治底要求所规定。关于艺术和政治的二元论的看法是不能存在的。"（第 106 页）

胡风举《现代》上的作品的"实例",来与苏汶论说。他认为:穆时英《公墓》,杜衡《蹉跎》,施蛰存《薄暮的舞女》《残秋的下弦月》,沈从文《春》,郁达夫《马樱花开的时候》,汪锡鹏《未死的虫蝶》——"作者们努力地把他们底故事从现实社会切开,把主人公们和现实社会相关的有机的关系丢开不管,使读者在作品中感染到一种单纯的空气。"这是"粉饰",是"对于血肉狼藉的冷酷的'现实'的'粉饰'"。（第 107 页）胡风再举穆时英《偷面包的面包师》、严敦易《灵魂》、巴金《罪与罚》、靳以《溺》、彭彤彬《卖柴》,说:穆时英"却把他底人物和一切动的矛盾的现实分开了。就说作者写的是现社会生活的一侧面罢,但对于侧面把握只有从全体出发才能正确。……这只是一个用'常识'理解到的社会生活消极方面的普遍现象,和一定带有特定阶级的历史特征的活生生的'现象'是无关的"。《灵魂》的作者"没有从社会关联来认识他们底人物和故事,没有把他们底人物和故事放在具体的客观情势〔背境（景）〕里去发展"。《罪与罚》的作者"所写的都是一个断片的现象,而且有的还多少受了主观的歪曲,和动的客观的'唯一的真实'是相隔还远的"。《卖柴》"和动的现实毫没有关联"。（第 108 页）文章又举杜衡《怀乡病》《墙》《人与女人》,马彦祥《讨渔税》,沉樱《我们的塾师》,巴金《海底梦》,穆时英《断了条胳膊的人》说:《海底梦》是非现实的,故事冗长,发挥的是"人道主义安那其主义的观点"。"这篇作品,用政治上的术语讲,是错误;用艺术上的术语讲,是失败;借作者自己底话,他'把梦境当作了真实'。"（第 113 页）

胡风的结论是:"作者们对于客观现实的认识,被他们本阶级的主观所限制住了。"历史底发展是合法则性的,在一个特定的历史阶段上,"有阶级的主观和历史的客观相一致的新兴阶级,也有阶级的主观和历史的客观相矛盾的阶级。……历史合法则性的客观主义,只有接近新兴阶级底主观才能完全地把握到。一切和新兴阶级底主观游离的或相反的客观主义,都是旁观主义,'虚伪的客观主义',和活的真理是无缘的"。（第 116 页）

关键词:文学理论批评家胡风首次登坛亮相,批判苏汶的所谓真实问题,并横扫《现代》杂志上的创作

1932 年 12 月

茅盾《"连环图画小说"》，载《文学月报》第 1 卷第 5、6 期合刊，第 209～210 页。

作者说，遍布上海滩的小书摊"无形中就成为上海大众最欢迎的活动图书馆，并且也是最厉害的'民众教育'的工具！"小书摊出售的都是"连环图画小说"，也就是根据古典小说、神怪的武侠旧小说、《火烧红莲寺》一类的电影片子制作的，还有时事解说。在小书摊旁边的木凳上租书读的读者"大都是十五六岁的学徒，间或也有成年的劳工"。

茅盾说，连环图画小说的形式是："六分之四的地位是附加简单说明的图画，而六分之一的地位却是与那些连续的图画相吻合的自己可以独立的小说节本"。这种形式如果巧妙地应用，必将成为"大众文艺的最有力的作品。无论在那图画方面，在那文字的说明方面，（记好！这说明部分本身就是独立的小说。）都可以演进成为'艺术品'！"

关键词：茅盾解说文艺大众化形式"连环图画小说"

1932 年 12 月

〔日本〕上田进作、适夷译《伟大的第十五周年文学》，载《文学月报》第 1 卷第 5、6 期合刊，第 5～14 页。

从 1917 年"十月革命"到 1932 年，正好是 15 年。1932 年 4 月 23 日联共（布）中央发表《关于改组文学艺术团体的决议》，在苏联文学运动史是一个"划时代的事件"（第 5 页）。决议决定解散"拉普"，筹组统一的苏联作家联盟。

本文以这个决议为中心，考察苏联文学运动的态势。

（一）理论斗争。"拉普"的功绩和错误：错误之一是不能根据变化了的形势，团结同路人作家和从工人、农民中涌现出来的新作家；错误之二是他们所提出的口号："不是同盟者，便是敌人"，"描写活的人类"。清除普列汉诺夫、佛理契的影响，贯彻苏共的决议，确保升到"蓝宁阶段"，"确保理论的党派性"。"唯物辩证法的创作方法之确立"："现在，创作方法之党派性的确保，唯物辩证法的创作方法的确立，已不仅在苏联文学，而且为国际普洛文学的基本口号了。"（第 5～9 页）

（二）创作活动。今日苏联文学的中心口号是"建设文学的矿业建设"，"创造布尔塞维克的大艺术"。（第 9 页）在第十七次党代会上，法捷耶夫报告提到的作家作品（此前已有条目）。此外，从1931年到1932年之间，又有：绥拉菲摩维支的《斗争》，法捷耶夫的《从乌台格来的最后的人》，格拉妥珂夫的《力》，修洛霍夫的《静静的顿河》第三部和《剃平了的荒地》，潘菲洛夫的《蒲鲁斯基》第三部，嘉拉华耶夫的《险阻的道路》，史泰夫斯基的《疾走》，倍拉·易烈希的《契塞的焚烧》……这都是"写出了工场和农村中社会主义建设之行进的作品"。同路人作家则有：谢景琳的《中央水力发电厂》、梯霍诺夫的《战争》、马雷雪根的《赛华司脱波里》、莱昂诺夫的近作等。与"布尔塞维克主义的大艺术"这口号不能分离的是"表现五年计划的英雄"的口号，还有"号召突击队到文学中来"的运动，报告文学的盛大发展；编纂工场、集团农场史、国内战争史。不能遗漏的是作为苏联文学上的一种特殊流派的"洛夫卡"（赤卫海陆军文学同盟）[①]。（第9~11页）

（三）诗的领域。此文要说的是苏联诗歌"最近的动势"。①伏浪斯基、吉里洛夫等人高喊诗歌的危险：他们以为诗歌一般地是不适应于阶级斗争的时代的，诗歌的繁荣，必须要社会主义在国际范围间得到胜利的时候，才有可能。这种风气一时侵入普罗诗坛，像培则勉斯基等也曾犯过把诗歌和社会主义建设速度互相对立的错误。这是拒绝为伟大的布尔塞维克诗歌的斗争，它和《文学战线》派的艺术清算主义有直接联系。苏联诗坛，对于卢歌夫司珂伊、倍则勉斯基、埃那托里·基达煦、马耶珂夫斯基的创作都很少评论。②"拉普"提出"照白德纳依那样的写"的口号。把个人的创作方法绝对化，拒绝创作上的竞赛。③诗坛还有种种流派、现象：布尔乔亚的复活主义的倾向，复活形式主义、构成主义的危险，在巴顾里兹基、史佛托洛夫的诗中，很强烈地支配着生物学主义与浪漫主义。④苏联的诗歌创作：倍拉·易烈希、基达煦等匈牙利亡命诗人"在政治煽动诗与抒情诗方面，作了盛大的活跃"。倍则勉斯基的《悲剧之夜》"以第聂泊洛大水闸发电厂为背景，正确地从布尔塞维克的立场描写社会主义的建设"，"在苏联诗歌的全体上，也标帜了最高的水准"。白德纳衣"依然是苏联诗歌中的第一人"。从同路人转变到普罗立场的诗人有鲁歌夫司珂伊、赛里文斯基、高洛特内伊、基尔萨诺夫等。青年劳动诗人、突击队诗人：西特洛夫、莱兹契珂夫、史哈莱夫、陆却夫、史美利亚珂夫、契尔考茨基、莱雪托夫等。他们"表现英雄"，但将英雄浪漫蒂克化，将英雄与大众分离。⑤"洛夫卡"，守卫苏联！（以上第11~14页）

---

① 这就是1935年、1936年广泛流行的"国防文学"。

关键词：苏联从十月革命到 1932 年 15 年间的文学扫描 "拉普" 的功绩和错误 苏联创作领域一派繁荣

1932 年 12 月

〔德国〕阿尔弗列特·克莱拉作、何丹仁译《论"同路人"与工人通信员》，载《文学月报》第 1 卷第 5、6 期合刊，第 43～54 页。

本文写于 1930 年末，1932 年 12 月译。原题名《资本主义国家的普洛革命文学的后备军》。讲的是："普洛革命作家与'同路人'的关系，及工人通信员在普洛革命文学运动上的任务。"即普罗革命文学大军要从"同路人"和工人通讯员中产生。

关键词：德国作家言论：普罗革命文学作家要从"同路人"和工人通讯员中产生

1932 年 12 月

IB 作、黄芝葳译《普列汗诺夫批判》，载《文学月报》第 1 卷第 5、6 期合刊，第 131～148 页。

20 年代末，联共（布）党内清除了托洛茨基，随后又把布哈林打倒，这就从政权方面巩固了斯大林的统治地位；紧接着，再从理论上、思想上批判普列汉诺夫，颠覆他在党内的"正统地位"，从而顺理成章地开始"列宁主义阶段"。《文艺月报》是最及时地反映这一信息的。它发表宋阳（瞿秋白）的《论弗里契》（第 3 号）及黄芝葳的这篇译文。

《普列汗诺夫批判》以阿卫尔巴哈的发言为批判的指导思想，批判普列汉诺夫，使文艺科学发展到"列宁的阶段"。它说："将普列汗诺夫的全般的文艺科学的遗产加以检讨"，"不是为着普列汗诺夫的正统性，而是为着列宁的正统性的斗争！"还说，"假使我们再回转来看一下盖尔真，却达哀夫，倍林斯基，车尔奴依雪夫斯基，杜蒲洛留波夫，奥司脱洛夫斯基等等 19 世纪文学的最伟大的作家们，那么普列汗诺夫对这些作家所取的处理方法，更明白地表现了普列汗诺夫的非历史的态度"。说明普列汉诺夫"只停止在最纯粹的人道主义的立场"，而不能解说他们的阶级性。"凡此一切普列汗诺夫的错误，都同发于他的哲学理论的，和历史的客观的机械主义和机会主义的政治的实践，这，就是要使我们以最坚决的形式，从列宁的立场，在列宁主义的探照灯的光明的亮光下，不对普列汗诺夫的遗产加以再评价的地方"。（第 132、133、134 页）

　　瞿秋白的《论弗里契》充分肯定了佛理契理论的历史地位，说他的错误的根源在普列汉诺夫身上。首先是关于艺术的定义。佛理契说过："马克思主义认为艺术是从社会心理上去组织社会实质的工具""艺术是组织社会生活的特殊的手段"，这都是波格达诺夫的"文艺组织生活论"的翻版，直接违背列宁的反映论。而波格达诺夫的错误又是接受普列汉诺夫的理论的缘故。瞿秋白说，佛理契的另一个错误是他的"逻辑主义"。"他没有充分的估计到艺术发展的历史的具体性，而只想找出'最一般的'发展公律。弗里契在许多地方表现他总在想找'一般的真理'而忽略具体的历史事实和条件。"这"都是由于他受着普列哈诺夫的影响太大，因为他不能够完全肃清普列哈诺夫观点之中的孟塞维克主义的成份"。（第 1 卷第 3 号，第 74、75 页）

　　连周扬（绮影）与胡秋原辩论的《自由人文学理论的检讨》中，也重复着"朴列汗诺夫的孟塞维克主义"和"蓝宁阶段"的话语。如他说："从哲学上的蓝宁的阶段的见地……我们才能够正确地指出：从朴列汗诺夫出发的胡秋原的理论，是怎样陷在资产阶级自由主义的泥沼里面，把普列汗诺夫的孟塞维克主义的特色发展到 Caricature 的程度。"（第 65 页）

　　周扬在刊物的编后记中说："其次，是《普列汗诺夫批判》。从新的阶段的见地，对于普列汗诺夫，弗理契，玛察等的艺术理论，给以彻底的批判（同时也是真正的严肃的研究），这是最近苏俄文学理论的宝贵的成果。为了将我们自己的理论提高到国际的水准起见，将这些成果很快地介绍到中国来，是必要的。然而也有这样的'普列汗诺夫的最恶劣的引用者'，想死抱住普列汗诺夫的孟塞维兹姆来掩饰自己的反动的本质，所以批判普列汗诺夫，就好像是要剥他的皮似的，使他一面发出甚么'嘻嘻，成则为王，败则为寇'的哀鸣，一面挺身而起，单枪匹马，来替普列汗诺夫保驾。这种堂吉诃德的精神，也是实在可以佩服的！"（第 258 页）

　　关键词：《文学月报》载文系统批判普列汉诺夫

1932 年 12 月

　　为纪念高尔基创作 40 周年，《文学月报》第 1 卷第 5、6 期合刊，刊载关于高尔基的文章两篇：卢那察尔斯基《高尔基与托尔斯泰》（沈起予译）、林琪《高尔基和工人作家的谈话》。

　　卢那察尔斯基说：他的文章只不过是向读者"画一条线"，"走马观花式地指示他（高尔基）所活着的土台，以及他从那儿'成长起来'的本然的血统"。（第 182 页）文章从八个方面讲了高尔基和托尔斯基的世界观、艺术观等的差异，比较详细地讲了托尔斯泰对农民的看法和高尔基对流浪汉的态度，以及两人的自然观。

高尔基对工人作家的谈话，首先就提出要重视一个不容忽视的现实："你们有好几千，同志们，并且无疑地在5年或者10年以后，你们中间有些是要成为文学大家的。你们有着在我这一代，和我的下一代的文学家所没有的东西：那就是，对于产生各种事物和改变人间关系的能力之广泛的把握与理解。你们是在这种生活的中间，是正在它的深处，这给了你们一种非常丰富的经验，供给了你们顶新的材料。"（第241页）

高尔基告诉工人作家们：文学不是一件容易的工作。你们的错误是"写作得太快"，"说得太多"，有"许多的废话"。（第242页）

高尔基尤其是要工人作家们注意"农民的到工厂生活"后的问题。农民进城，当了工人，会产生一系列问题。这是新生事物，工人作家要有能力把握。

关键词：高尔基对工人作家的谈话

鲁迅批评《文学月报》："辱骂和恐吓决不是战斗"

1932 年 12 月

鲁迅《辱骂和恐吓决不是战斗》，载《文学月报》第1卷第5、6期合刊之末《通讯》栏，第247~248页。

这是鲁迅12月10日写给"起应兄"的信。鲁迅首先肯定《文学月报》"提出了几位新的作家来，是极好的"。

但鲁迅对于《文学月报》第4期刊载芸生的诗《汉奸的供状》"却非常失望"。鲁迅说：

"尤其不堪的是结末的辱骂。现在有些作品，往往并非必要而偏在对话里写上许多骂语去，好像以为非此便不是无产者作品，骂詈愈多，就愈是无产者作品似的。其实好的工农之中，并不随口骂人的多得很，作者不应该将上海流氓的行为，涂在他们身上的。即使有喜欢骂人的无产者，也只是一种坏脾气，作者应该由文艺加以纠正，万不可再来展开，使将来的无阶级社会中，一言不合，便祖宗三代的闹得不可开交。况且既是笔战，就也如别的兵战或拳斗一样，不妨伺隙乘虚，一击制敌人的死命，如果一味鼓噪，已是《三国志演义》式战法，至于骂一句爹娘，扬长而去，还自以为胜利，那简直是

'阿 Q' 式的战法了。

"接着又是什么'切西瓜'之类的恐吓，这也是极不对的，我想。无产者的革命，乃是为了自己的解放和消灭阶级，并非因为要杀人，即使是正面的敌人，倘不死于战场，就有大众的裁判，决不是一个诗人所能提笔判定生死的。现在虽然很有什么'杀人放火'的传闻，但这只是一种诬陷，中国的报纸上看不出实话，然而只要一看别国的例子也就可以恍然。

"不过我并非主张要对敌人陪笑脸，三鞠躬，我只是说战斗的作者应该注重于'论争'，倘在诗人，则因为情不可遏而愤怒，而笑骂，自然也无不可。但必须止于嘲笑，止于热骂，而且要'喜笑怒骂，皆成文章'，使敌人因此受伤或致死，而自己并无卑劣的行为，观者也不以为污秽，这才是战斗的作者的本领。"（以上第 247～248 页）

编者周扬在文后加了几句按语：

"鲁迅先生的这封信指示了对于敌人的一切逆袭，我们应该在'论争'上给以决定的打击，单是加以'辱骂'和'恐吓'，是不能'使敌人受伤或致死'的，我以为这是尊贵的指示，我们应该很深刻地来理解的。"（第249 页）

关键词：鲁迅就周扬连续发表《没工夫唾骂》和《汉奸的供状》，提醒左翼文坛：辱骂和恐吓决不是战斗

1932 年 12 月

周扬为《文学月报》第 1 卷第 5、6 期合刊写的《编辑后记》和为鲁迅的《辱骂和恐吓决不是战斗》、李长之的《关于大众文艺问题》写的两则按语，均没有收入他的文集，算是集外佚文。

对李长之论文的按语，涉及关于文学大众化的问题。周扬说：

"自从大众文艺问题提出来以后，中国的文学运动走上了一个新的阶段。但是对于这个问题，许多人还是抱着非常动摇的，怀疑的态度，这个在最后一期的《北斗》中所发表的关于大众化问题的征文中特别可以看出来。甚至在关于这个问题的几篇主要的论文中也发现了好些错误的地方。但对于这些错误的纠正和批判，虽然还不曾作成有系统的文章，公开发表出来，却也并不是完全没有的。

"李先生的这封信对于大众文艺问题提出了许多值得注意的意见，我认为也是一篇很好的文章。特别在对于大众文化生活的计估上，他对易嘉先生的批评，有几点的确是很正确的。但在怎样去开展大众文艺运动这个具体问题

上，他却说得太不充分，而且有着多少左倾空谈的危险的倾向。我希望大众热烈地来讨论这个问题，并热烈地来参加这个运动，也只有这样，才能争取大众文艺运动的深入和扩大，才能得到一个关于大众文艺的正确的结论罢。"（第253页）

关于《文学月报》本期所发表的论文，周扬说：

"这期登载了几篇值得注意的论文。第一是克莱拉的《论同路人与工人通信员》①。作者与 K. A. Witfogel 同为德国革命作家同盟的最优秀的理论家。这篇论文，在正确地指出革命作家对小市民的同路人所应取的态度一点上，对于和第三种人论战的我们，是有特别巨大的意义的。其次，是《普列汗诺夫批判》"。（第258页）

在上一期（第1卷第4号）的《编辑后记》中，周扬关于新近作家说了一段话：

"这期的创作，较之上期总算增加了三倍；而且，最可喜的，其中将近三分之二是新进作家的作品。在这里，我得说明一下，就是我们决不是把新进作家和既成作家对立起来，更不是像那些无聊文人一样，大出其甚么'无名作家专号'，俨然以有名作家自居。我们是要鼓励青年作家加紧学习，在作品上反映出成名作家所不曾体验过的群众生活和战斗精神；同时更希望成名作家不要再继续脱离群众的现象，而毅然顺受着这些青年群众作家的推动，创造出更出色的作品来。

"这期所登载的几篇新进作家的作品自然并非杰作：但是这几位青年作者的努力，是值得我们的尊重的。例如《通讯员》便是一篇非常动人的故事。这阴郁，沉毅而富有热情的农民主人公，使人联想到苏俄小说中所反映着的卷入在'十月'的暴风雨里的 Muzhik 的性格。作者大概极力想描写出'顽固'而'野蛮'的农民是怎样地富于情感，可是在这里，作者竟忘记了，对于农民的不正确的观念，作者是应当取着严厉的批判的态度的。不过，这篇小说是以1927年的事件为题材的；无疑地，在1932年的现在，这种农民的典型，已经不是最进步而且最高的形态了。"（第119~120页）

关键词： 周扬两则按语和编辑后记——重要佚文

---

① 本文的题目，目录作《论"同路"人与工人通信员》，正文作《论"同路人"与工人通信员》，此处全无引号。三种写法，恐以正文为上。

胡秋原论普列汉诺夫唯物史观艺术论

1932 年 12 月

胡秋原编著《唯物史观艺术论——朴列汗诺夫及其艺术理论之研究》，上海神州国光社出版。为《唯物史观艺术理论丛书》之一。大 32 开，正文 780 页。

此书于 1929 年末至 1932 年秋在日本写成，是中国唯一的一本研究普列汉诺夫艺术理论的著作。

作者在本书编校后记中说："……我自己知道本书的缺点很多，甚至于错误也在（所）不免，而亦不足以代表我现在对于艺术的见解，然而，藉蒐辑了朴氏的丰富文字，整理为一个相当的体系，对于初学唯物史观艺术理论乃至研究朴列汗诺夫者，或者仍不失为一个入门的书。再我当时写此稿动机之一，是朴列汗诺夫的理论虽已盛（输）入中国，而这输入稍嫌无系统，而一般人对于朴氏理论尚不甚了然，因此用我的话加以解释……"（第 6 页）

本书正文共十章：绪言、艺术理论家朴列汗诺夫之性质、艺术之本质、艺术与经济、艺术之起源、艺术之进化与发展、文艺上个性与社会性之考察、朴列汗诺夫与艺术批评、俄国科学底美学及社会底文艺批评之先驱、朴列汗诺夫之方法论。除前记和编校后记外，还有 6 篇附录：列切（捷）尼夫的《列宁与艺术》、蔡特金的《艺术与无产阶级》、伊科维奇的《文艺创作之机构》、平林初之辅的《政治底价值与艺术底价值》、胡秋原自己的《文艺起源论》和《革命文学问题》。

朴列汗诺夫唯物史观艺术论聚焦：

（一）艺术理论家朴列汗诺夫之性质：科学的美学家？政论的批评家？胡秋原引证 L. 亚克赛利洛德、E. 亚克赛利洛德、托洛斯基、皮沙列夫、列捷尼夫、米雪尔（比利时人，Michaels）、泰纳、格罗塞（民俗学者及原始文化研究家）等人的观点，或说朴氏是建筑"科学底美学"，即"马克斯主义社会学之基础上关于艺术的科学"，或说朴氏是"马克斯主义底柏林斯基，是这高贵的政论时代之最后的代表者"。托洛斯基将朴列汗诺夫与柏林斯基、朵布洛吕博夫（杜勃罗留波夫）、车尔尼绥夫斯基、皮沙列夫、米海洛夫斯基相提并论是不错的。他们都是典型的"启蒙者"。（第 25～28 页）

朴列汗诺夫对"批评之任务与职分以及美学的任务与职分的见解"：他说，"美学，并不将什么命令给与艺术。美学没有对艺术说，你应该保持如此这般的态度。美学的职务只限定于此——即观察各种历史时期，有支配势力的种种法则和态度是怎么样发生的这个问题而已。美学不是宣言艺术永久的法则，而是努力于研究决定艺术之历史底发达所根据的永久法则"。（第28页）"总而言之，我们可以毫无疑义地认朴列汗诺夫是科学底批评家空前最大的代表者，是在科学社会主义社会学之基础上建立艺术科学之基础的人。"（第32页）

（二）艺术之本质：朴列汗诺夫关于艺术性质的若干命题。

关于科学底美学的几种原则和命题，实在说，朴氏之前的先驱者已经说得很多。这些原则是：第一，"科学（哲学，批评，政论同样）可以认为是藉演绎法的思索，反之，诗是藉形象的思索。"（第38页）这是柏林斯基拿来做他的"美学法典之基础"的理论。托尔斯泰的艺术论是：艺术是传达感情的。他说："艺术是人在围绕他的现实环境影响之下所经验的感情与思想，再唤起于自己内部，而给与它们以一定的形象表现之时发生的。很显然的事实，在最多情形之下人是以将他所反复思维以及反复感觉的东西传达于他人为目的而从事于艺术的。艺术者，是社会的现象。"（第39页）朴氏又引戈谛（T. gautier）的话："评论家藉理论底推理发表自己的思想，艺术家则用形象表现自己的思想。"（第41页）瓦浪斯基在其论文《认识生活的艺术与现代》中，发挥朴氏的见解："艺术与科学有同一对象，即是生活——现实。不过科学是分析，艺术是综合。科学是抽象的，艺术是具体的。科学诉于人类之理智的脑，艺术诉于人类之感性。科学藉概念之助认识生活，艺术则藉形象之助，在生动的感情底直觉之形式中认识生活。"（第41页）布哈林在《史底唯物论》中说，艺术是"社会生活之产物"，"感情之系统化于形式者也"。（第42页）综上所述，胡秋原认为："艺术上的思想是情绪化了的思想，艺术上的情绪是观念化了的情绪。"（第44页）第二，"艺术者，是人生之反映与再现。"L. 亚克赛利洛德说，"朴列汗诺夫站在现实主义确固地盘之上。艺术以反映现实为自己的使命。然而这不单是反映现实是怎么样，而且反映现实应该怎么样，换句话说，即是反映其前进底运动与发展之中的现实。所以，在艺术创作之中那反映所应该看出的理想（当然性）同样是含于现实之中，是明白的道理"。（第44页）这既包括有现实主义的成份，也包含有浪漫主义的成份，甚至还有几十年后苏联文坛提出的社会主义现实主义的某些要素。在朴氏那里，艺术是生活的反映，又是社会趣味及要求之反映，更要注意阶级和阶级斗争之种种复杂的变化。第三，"艺术作品之形式必与其思想适合。"（第 47 页）朴氏说："艺术作品之形式愈适合于其思想，则其艺术便愈是成功的。"（第 48 页）由以上三条引申出几个命题：一曰："艺术者，人与人间精神结合手段之一。"胡秋原阐释道："艺术固然无不表现思想的，然而却不限定什么思想都能表现。罗斯金（J. Ruskin）说得好，'少女能为失去的爱情而歌，但是守财奴则不能为失去的金钱而歌。'又说，'强有力地捉住你的感情，诗人咏之，在积极真实的意味上问自己一下看看，是否能使他感动。倘若是的，那么，这种感情就高尚。倘若要是咏不出来或者仅其可笑的方面动人，那么，这感情就低下'。于是他说艺术作品之价值由其所表现的情绪之高度而决定。"朴氏完全赞同罗斯金的意见。（第 50 页）二曰："支配某一时代，某一社会，或那社会的某一阶级之美的理想，一部分是根据于其间人类特性也创造的人类发达之生物学条件，——一部分则根据于那社会，那阶级之发达及存在之历史条件中。"（第 51 页）朴氏修正康德对美的判断："就个人而论，康德的超利害感说是对的，若就社会人而论，则美底观念之根底，实为效用。总之，社会，民族，阶级之功利见解是侵入于艺术之中。"（第 51 页）这就是普列汉诺夫有名的美是有用的观点。三曰："艺术作品的价值结局是以内容之比重而决定。"（第 53 页）总括以上意见，朴氏的艺术定义是："艺术——是藉形象（image）的媒介，表现人类之感情，想像，及思想——这感情想像及思想，造成艺术之内容；同时则摄取与这内容一致的形式——即为表现内容于形象之中的手段，具体地说即题材，表现之材料（言语，文字，色彩，声音，木石等），结构之方法（练句，构图，阶音〔音阶〕，均齐等）。——这艺术，与其他意识形态一样，是人与人间结合的手段；而在阶级的社会，艺术则反映各阶级之心理趣味，而组织，统一，指示某一阶级的感情，想像，与思想。而艺术因表现材料与结构方法之不同，遂有文学绘画音乐雕刻等等形态之别。"（第 53～54 页）

胡秋原后来说，"此书系以朴列汗诺夫之理论为中心，搜集了当时我能看到的马克斯派与非马克斯派关于艺术的主张以作比较，并确立我的'自由的马克斯主义'。要点是：唯物史观是理解社会、文化、文艺起源变化惟一正确的方法，然而政治价值与艺术价值必须区别。'艺术价值是情绪地动人之力。'美与道德一样，绝无绝对的标准与法则，也有相对的法则；美是使社会的人类起兴味的东西，道德亦是社会共同需要的轨范。我并同意佛罗贝尔之言，'美的东西不外最高的正义。'因此，我主张文艺自由，反对以任何政治上的党派主义指挥文艺。也就反对所谓文艺政策。这主要是对当时日益兴起的左翼文学运动而发的。"①

关键词：胡秋原长文论普列汉诺夫的唯物史观艺术论　主张文艺自由，反对以任何政治上的党派主义指挥文艺，也就反对所谓文艺政策

1932 年 12 月

胡秋原编著《唯物史观艺术论——朴列汗诺夫及其艺术理论之研究》，上海神州国光社出版。

编著者的《编校后记》置于书前，目录页作《一九三二年编校后记》，正文为《关于拙编唯物史观艺术论及其他·编校后记》。它分量重，内容多。举其要者有：

（一）写作缘起：胡秋原说，他在读中学时就接受了唯物史观的理论。对先秦、魏晋、宋明的中国思想和文论即有所研究，并写成了笔记体的著作。"为了研究朴列汗诺夫，未能赴俄，于是到了日本。到了日本，便专门开始蒐集朴列汗诺夫著作的译本，以及关于他的著作。"并着手写作介绍朴氏艺术理论的书。（第 1~3 页）但当时还没有看到马查的《理论艺术学概论》《烂熟期资本主义时代之艺术》，佛理采《西欧文学史概论》《艺术社会学之诸问题》，科干《一般文学史大纲》等书，因此，"这本书的内容，是只能代表我两三年前的，即我 20 岁以前的意见的"。（第 4 页）

（二）对普列汉诺夫及其唯物史观艺术论的评价：朴氏是"科学的美学之开山祖"，是马列"遗产的柱石"。（第 6 页）

苏俄现在在批判朴列汗诺夫。说"朴列汗诺夫是孟塞维克的文艺理论家，文学上之受动主义（Passivism）者"。（第 6 页）

批判朴氏的是苏俄文学论争期的"无产者文化协会"派、烈夫（《左翼战线》）派、戈伦（《熔矿炉》）派、未来派，尤其是形式派对朴氏的攻击自不用说；"1928 年 Gasganov 在《朴列汗诺夫之历史观》中，说他是孟塞维克的意识心理形态之表现者，理论家；卢那卡尔斯基在批评《论纲》中，笑他的批评是'天文学'式的。"（第 6 页）只有佛理采才挺身而出为其辩护。1930 年斯大林报告指出"理论活动之落后"；1931 年因斯大林的一封信而引起全意识形态领域之总清算，结束普列汉诺夫"正统"，开始"列宁主义阶段"。重新批判朴氏时，"在哲学文艺领域跃马挺枪而出者，是战斗底唯物辩证法论者协会的指导理论家之一的米亭（M. Mitin）及拉普的重要论客阿卫巴

---

① 胡秋原：《文学艺术论集·前记》，学术出版社，1979 年 11 月台北出版。

赫（Averbach）等"。（第 7 页）将这些批判概括为 4 点，其结论是："只有接受列宁主义才能克服这些错误，马克斯列宁主义显示朴氏哲学与美学如何不正确：静的旁观，客观主义，文艺哲学政党性之无理解。"（第 9 页）又据阿卫巴赫、朵布雷宁、达巴加纳、格拉哥列夫、佛拉普兼科的批判，胡秋原将其归纳为 26 点，并指出这是吹毛求疵。实际上，"在革命的多难之秋，他（朴）作了列宁在政治上及哲学上的强有力的同盟者"，列宁认他的著作为马克思主义文献中的精华。（第 13 页）朴列汗诺夫与列宁两人的艺术观之基本点是一致的：不过列宁比较注重与实际联系，而朴氏比较重视在理论方面的深入。（第 20~21 页）"总之，我的意思：政治上——列宁的正统；文艺科学上——朴列汗诺夫的正统。……我们的任务是，在马克斯·恩格斯·朴列汗诺夫·列宁主义之下，锻炼我们的理论，以马克斯·列宁主义发展充实朴列汗诺夫。"（第 22 页）记住列宁的话："不真正研究朴列汗诺夫，算不得一个真正共产主义者。"（第 22 页）列宁还说："不读朴列汗诺夫的书，是不会理解马克斯主义的。"（封二语录）

（三）普列汉诺夫艺术理论的承传体系：

普列汉诺夫门下有几派：

"瓦浪斯基等代表其左翼，培列维尔塞夫等代表其右翼，而佛理采是他的正统。黑格尔——柏林斯基——车尔尼绥夫斯基——朴列汗诺夫，黑格尔——马克斯恩格斯——朴列汗诺夫，是世界科学美学理论的正统；而佛理采是朴列汗诺夫的真正继承者。"（第 15 页）

胡秋原在本书的《前记》中，更有对于朴列汗诺夫的评价：

"到了俄国朴列汗诺夫，才根据健全的辩证唯物哲学，建立了唯物艺术观的基础，与艺术研究以一种绝大的新的光明。至此才将艺术学救出了唯心论形而上学的迷宫之中，而置于实证的基础。于是我们才算有了科学底美学（Scientific Aesthetics），有一种艺术科学（The Science of Art）这种东西的基础了。"（本论第 2 页）他是"'俄国马克斯主义之父'，俄国最早而最卓拔的理论家，最坚强的实行家。他又是俄国无产阶级运动之父，社会民主党的建立者与布尔塞维克最大领袖之一"。（本论第 2 页）"他的理论及活动，开俄国革命一新时期，使俄国社会运动从民意派活动到恐怖主义走进战斗的马克斯主义时代者，是他不朽的大功。俄国的一群马克斯主义者以及列宁等革命领袖，都是在他的著作之下，锻炼他们的哲学理论的。"（本论第 3 页）米尔斯基（D. S. Mirsky）说：他是"俄国马克斯主义的总代表，预言者与硕学……仅亚于马克斯恩格斯的一个先生。他是普遍地被认为俄国知识界最大的头脑

（brains）之一"。"他的哲学与文学之理论遗产，对于马克斯主义深化发挥的杰作，真是世界科学社会主义文献之最高峰，列宁氏亦赞颂不置；尤其是在世界最初马克斯主义艺术理论之建设上，更放了不朽的光辉，谓现在唯物史观艺术论的研究者莫不是多受他的指示而尚无能出其右者，亦非过言；而现在俄国批评家在艺术理论及批评上，皆从他的理论出发，奉其言论为圭臬者，亦决非无故的。热烈的政治活动，哲学的理论发挥，使他不能聚精会神地专心于艺术研究，创立一个系统的马克斯主义的美学法典，不过他对于艺术上的一般问题，作了一二十篇著名的论文，在这些论文中总算草创了这法典的原则，使后起研究者有一个阶梯可以准则。"（本论第 4~5 页）

胡秋原又说："辩证法唯物论的理论，阶级斗争错综复杂变化的观察，永久斗争永久发展进步的公式，是真正革命底代数学。朴列汗诺夫就是以这代数学应用于文艺领域的天才数学家，以马克斯主义的耒耜耕种了在他以前马克斯学说完全没有顾及的处女地与荒土的开山祖。"（本论第 4 页）

胡秋原写作此书所研究过的普氏著作及其他书籍：朴列汗诺夫的《马克斯主义之根本问题》《论艺术》《原始民族之艺术》《再论原始民族之艺术》《论文集二十年间第三版自序》《社会学上所见的十八世纪法国戏剧与绘画》《无产者运动与资产者艺术》《艺术与社会生活》《车尔尼绥夫斯基文学观》《柏林斯基车尔尼绥夫斯基皮沙列夫三人论》《易卜生论》《斯托克曼医生之儿子》《劳动者运动之心理》《鸟斯彭斯基论》《柏林斯基文学观》《我国民粹派作家论》《俄国批评界之命运》《朵布略夫与阿斯特罗夫斯基》《赫尔岑与农奴权》《为涅克拉梭夫二十五周年忌日作》《柏林斯基与聪明的事实》《再论托尔斯泰》《赫尔岑与农奴制度》《俄国社会思想史》《历史上伟人地位之问题》《一元论之历史观之展开问题》《近代唯物论史概论》《俄国社会思想史序论》《战斗底唯物论》《宗教论》《评释费尔巴哈论》《论托尔斯泰》论文三篇，等等。胡秋原说："他以对于艺术的丰富素养之故，在他许多哲学思想史，及马克斯主义理论著述之中，动辄引证艺术（这是与其他马克斯主义学者及一般社会主义者不同的），指出艺术与社会进化的关系，以证明观念形态之本质与历史。他是在他著作之中，讨论他人所不讨论的复杂而困难的观念形态之一的艺术现象。所以朴氏对于艺术的意见，不仅在其专门讨论艺术的论说中，同时亦散见于其全部著作中。"（本论第 8 页）

参考其他人的著作有：列捷尼夫的《文学批评问题》、雅可维莱夫的《朴列汗诺夫论》、布哈林的《史底唯物论》、法国伊科维奇的《史底唯物论之光中所见的文学》、德国霍善斯坦因的《艺术与社会》《绘画与社会》、格罗塞的《艺术之起源》、佛理采的《艺术社会学》、俄国哥列夫的《无产阶级之哲学——唯物论》、吕沃夫·罗加赤夫斯基的《最新俄国文学史概要》、托洛斯基的《文学与革命》、德国美尔丹（Lu Mārten）女士的《艺术之唯物史观底解释》、美国卡尔华顿（V. F. Calverton）的《文学之社会学底批判》、波格达诺夫的《社会意识学概论》、辛克莱的《拜金艺术》、泰纳的《艺术哲学》、希伦的《艺术之源始》，等等。（本论第8～9页）

国内研究普列汉诺夫，像胡秋原这样，穷尽他能见到的所有中文、俄文、日文资料的，还不见第二人。不但有普列汉诺夫本人的著作、文章，旁及普氏系统和有关艺术论的史料，无一遗漏。

关键词：胡秋原《唯物史观艺术论——朴列汗诺夫及其艺术理论之研究》出版　普列汉诺夫艺术理论的承传关系

1932 年 12 月

〔苏俄〕A. Lejnev（列捷尼夫）作、胡秋原译《列宁与艺术》，收入胡秋原编著《唯物史观艺术论》附录，上海神州国光社1932年12月出版。第687～694页。

本文勾勒一些回忆录中，列宁对于文学艺术的意见：

第一，艺术应该为民众。"艺术者，首先就应该是为民众的，即为几百万勤劳者——为劳动者与农民的。艺术，应该是为几百万人理解的东西。艺术，其根应该伸张于民众之中。'艺术给与以数百万计的全人口之内的几百人以至几千人的时候，不是重要的东西。艺术属于民众。艺术应该将其深根带到勤苦大众之层中去。艺术应该成为这些大众所理解的东西，为他们所爱的东西。艺术应该结合这些大众的感情与思想，使他们昂扬。艺术应该唤起艺术家于这些大众之中，而使这些艺术家发展。我们在劳动者及农民大众以黑面包为必要时，应该将甘美的饼干赠给少数人么？我们必须将劳动者及农民放在眼前'。"（本论第688页）为着大众能够掌握艺术，他方面，又必须提高大众的文化水平。

第二，否定未来派，即不喜欢现代派。列宁不承认俄国未来派的首领马雅可夫斯基。对艺术上的新潮流，他持"更激烈的消极的态度"。（第689页）列宁崇拜写实主义。

第三，继承人类创造的全部文化遗产。列宁说："无产文化不是从莫知其所从来的地方飞来的东西，也不是自称为无产文化之专门家的人们所想出来的。这一切，都完全是愚妄糊涂。无产文化必定是表现为人类在资本主义社

会，地主社会，官僚社会压迫之下所完成的那知识蓄积之有计划底发展。"就
"无产阶级文化"派、烈夫派，列宁还说，"我们在绘画上是太大的破坏者。
美的东西，纵然是'旧的'，也应该保存，应该以这为模范而取法，而应该从
这里开步走的。为什么我们仅藉所谓是'旧的'之理由，就掉头不顾真正美
的东西，拒绝其做将来发达之出发点呢？"（第 691 页）

胡秋原在《编校后记》中说，本篇是将朴列汗诺夫与列宁"两个革命领
袖的艺术观加以对照"。"自然，列宁在艺术上绝对不是能与朴氏并肩的理论
家，这是毋庸讳言的。不过他们的见解趣味颇有些相同之处。"（第 16 页）

关键词：胡秋原译《列宁与艺术》，勾勒一些回忆录中列宁对于文学艺术
的意见

1932 年 12 月

〔德国〕Klara Zetkin（克拉克·柴特金）作、胡秋原译《艺术与无产阶
级》，收入胡秋原编著《唯物史观艺术论》附录，上海神州国光社 1932 年 12
月出版。第 695~710 页。末附编译者写的蔡特金简介。

蔡特金是流亡苏联的德国有名的女革命家，第二国际的重要领导人。

这是一篇演说。"她在这篇演说之中，关于艺术与无产阶级的关系以及无
产阶级对于艺术应取的态度，含着许多真实而有价值的教训。朴列汗诺夫对
于最近艺术的分析以及无产阶级与艺术问题比较不过谈得很少或仅有若干的
暗示。关于前者，现代匈牙利批评家，俄国共产学院中学者马查（I. Matsa）
的名著《现代欧洲之艺术》，即是以唯物论辩证法，解剖现代欧洲艺术，足以
补朴氏之不足；关于后者，还只有她的这篇演说，是触到这问题的重要文
献。"（第 16 页）

关键词：德国蔡特金著《艺术与无产阶级》

1932 年 12 月

〔法国〕Marc Ickowich（伊科维奇）作、胡秋原译《文艺创作之机构》，
收入胡秋原编著《唯物史观艺术论》附录，上海神州国光社 1932 年 12 月出
版。第 711~722 页。

这是伊科维奇的《史底唯物论之光下所见的文学》中之一章。讲文艺创
作之过程：社会——作家——作品。

这篇文章说："在社会全生活的基础，在其一切政治底，宗教底，道德
底，或艺术底表现之根底中，存有经济的条件与物质生活的生产及再生产。"

（第 713 页）"唯物史观底方法使我们能够藉文学知道某一民族之社会底，政治底，及经济底全部生活。"（第 720 页）

关键词：法国伊科维奇《文艺创作之机构》

1932 年 12 月

胡秋原编著《唯物史观艺术论——朴列汗诺夫及其艺术理论》代跋、佛理契（V. Friche）《论朴列汗诺夫之艺术论——为朴列汗诺夫十周年纪念作》，上海神州国光社 1932 年 12 月出版，第 769～780 页。

在苏联国内，就"他的政治方向，他的战术战策"，说他是孟塞维克之思想家；而"他的观念形态，他的历史底文艺批评底见解与构成"，则又当别论。（第 769 页）

本文在对 A. V. 卢那卡尔斯基《关于马克斯主义批评之任务的大纲》、I. M. 培斯巴诺夫《文学批评家之朴列汗诺夫》、P. I. 列贝捷夫·坡连斯基的论文的复述中，确立朴氏艺术论的侧重点，长处和短处。胡秋原的译后日记说，本文"鞭辟入里"。他说："朴氏批评文艺之际，政论的成分多于'说明'的成分有点可惜，自然这是为政治家的他的必然趋势，我们也没有什么可惜的权利。"整篇译后记表明，胡秋原不同意佛理契对普列汉诺夫的指责。（第 778～780 页）

关键词：胡秋原译佛理契论普列汉诺夫艺术论

1932 年 12 月

胡秋原编著《唯物史观艺术论·朴列汗诺夫传》，上海神州国光社 1932 年 12 月出版。第 625～685 页。

这篇传略，主要介绍普列汉诺夫的生平经历、生活遭遇、政治主张、革命业绩，而对他的思想观点、理论建树，却谈得很少，尤其是他的唯物史观艺术论是怎样形成的，更是几乎没有涉及。

关键词：胡秋原编普列汉诺夫传略

1932 年 12 月

黎烈文参与革新并主编《申报·自由谈》。邀请鲁迅、郁达夫、茅盾等人撰稿。

1932 年 12 月

无名文艺社在上海成立。主要成员是叶紫、陈企霞、黑婴等。

叶紫在次年 2 月 5 日创刊的《无名文艺旬刊》创刊号上发表发刊词《从这庞杂的文坛说到我们这刊物》，说："我们不需要颓废的无病呻吟，更不需要才子佳人的风花雪月。不需要守在象牙之塔里的艺术家，也不想做一个文坛上的英雄豪杰……"他确信"新的世界，完全是大众的。大众的内容，大众的情绪，一直到大众的技术"。

关键词：叶紫　无名文艺社

本篇结语

这一阶段，理论批评建设方面多，形式繁复，成绩显著。诸如：

批判民族主义文学；

开展文艺大众化讨论，其中一个子题目是如何评价"五四"文学革命；

"创作不振之原因及其出路"的征文；

与"自由人"和"第三种人"的论辩；

苏联解散"拉普"，否定"唯物辩证法的创作方法"，提倡社会主义现实主义。批判普列汉诺夫的"正统性"，提到"列宁阶段"；

普列汉诺夫的唯物史观艺术论；

《华汉三部曲》的五篇重要序言；

戴望舒诗论。

多多少少，或深或浅，涉及文艺理论批评的根本问题，在1928年"革命文学"论争中，关于文学是无产阶级革命运动的一个战野，是它的工具和武器的基础上，有大的进步，质的深入。

最有趣的，最值得探讨的是这样一个流程：初期普罗文学的"革命浪漫谛克"倾向——苏联"拉普"的"唯物辩证法的创作方法"——也是从苏联输入的"社会主义现实主义创作方法"。

初期普罗文学指1928年前后，以蒋光慈、洪灵菲、戴平万、孟超、钱杏邨、郭沫若、华汉、冯乃超、潘汉年、杨邨人、龚冰庐，一定程度的殷夫等人的创作为代表。

他们的创作在思想上是革命英雄主义，超越时代，畏惧黑暗；在形式上是人物脸谱主义，公式化概念化，标语口号满天飞；没有描写，只有叙述，甚至是只有叫喊，更没有抒情。原因是他们缺乏生活，又忽视传统、反对传统，即不要技巧、反对技巧。只讲文学的工具作用、武器性能，也不管这工具是不是精良，这武器是不是能制敌于死命。

但是普罗文学作品都有一股扑面而来的革命气息,无不透露出坚强的革命信心,高度的历史责任感,不怕牺牲不怕死亡的革命英雄主义精神;作品主人公都是工人、农民、兵士、知识分子、小资产阶级,表现他们的苦难,他们的觉醒,他们的斗争和胜利:工人和资本家的矛盾与斗争,农民和封建地主的矛盾与斗争,中华民族与各国帝国主义及其代表者(具体到街头的红头阿三、工厂里的拿莫温等)的矛盾和斗争。而且这斗争不论有多么曲折,多么艰苦,最后总是工农兵的胜利,前途一派光明。

在革命处于最低潮,白色恐怖相当严重的那年月,这种标语口号的表现工农兵的作品,却能使读者惊醒,看到地火不灭,有红旗的地方就有光明。它鼓舞一代人走上革命道路。它的历史性作用不能低估。

普罗文学以其全新的队伍,全新的创作题材和主题,全新的观点和感情,丰厚的实绩,深远的影响,翻开了中国现代文学新的一页,占据着文坛的主要地位,成为一定时期的主潮。

"唯物辩证法的创作方法"是由瞿秋白、冯雪峰等人零零星星的、断断续续的介绍到中国文坛的。个体不完整,合起来却是没有什么遗漏的。

它的几个核心命题是:第一,要掌握唯物辩证法,即辩证唯物论和历史唯物论,它既是思想观点又是创作方法。第二,要写"昨天"中的"今天","今天"中的"明天",或者说写"旧"中之"新"。要有"前卫的眼光",立足于现在,但必须看到将来。第三,打倒英雄主义,写活人的心理。第四,诗歌的杰米扬化。别德内·杰米扬的诗歌都是政治,就是要使诗歌政治化。第五,不排除革命浪漫主义。

法捷耶夫等叫得最响,走得更远。

有趣的是:中国接受"唯物辩证法的创作方法"的时候,介绍它的时候,以它为宝贝,用以克服"革命浪漫谛克"错误倾向的时候,正是苏联开始批判它,清算它,抛弃它的时候。中国文坛正好慢了半拍。

清醒地审视文学史,细致地读作品,不能不说:中国文坛正在走向成熟,已经不是盲目拿来、听到风就是雨、唯命是从的时候了。正式把它当成指路牌,完全把它拿来武装自己,理论上是在 1932 年,体现于《北斗》杂志的征文"创作不振之原因及其出路"中,以及"华汉三部曲"重版时的五篇重要序言里。但就左翼文学创作说,它已经克服了盲目性,各有自己的主张和"师从"。看这一批代表已经成熟,或者正在成熟的作家,此时或以后的自白,他们都各有来路,没有一个人说自己是师从"唯物辩证法的创作方法"的。

唯物辩证法的创作方法,在中国被奉为经典的时候很短,严格说不到一

年：1932 年被宣传，1933 年就依苏联的走向，由社会主义现实主义创作方法
所代替了。1933 年 11 月周扬发表《关于"社会主义的现实主义与革命的浪
漫主义"——"唯物辩证法的创作方法"之否定》，一锤定音，中国又悄悄
迈进学习、宣传"社会主义现实主义创作方法"的阶段。只是中国没有苏联
那样的社会现实，社会主义现实主义，中国是可望而不可即。中国走自己
的路。

　　周扬文章强调的是：要运用社会主义现实主义，第一，必须要写真实；
第二，这真实是发展中的真实，是历史范围内的真实，不是苍白的无生命、
无是非、无辩证法的真实；第三，要贯彻文学大众化路线；第四，不能否定
革命浪漫主义。这一点可以说是周扬文章的精髓。难得的是他没有因为提倡
社会主义现实主义便抛弃革命浪漫主义。文章论证了二者的辩证关系。他说：
革命的浪漫主义，不是和社会主义现实主义对立的，也不是并立的，而是一
个可以包括在社会主义现实主义里面的，使社会主义现实主义更加丰富和发
展的正当的、必要的要素。

　　克服初期普罗文学的"革命浪漫谛克"倾向，左翼文学逐渐走向成熟。
早已登台，或者将要登台的作家有：鲁迅、茅盾、张天翼、丁玲、沙汀、艾
芜、洪深、艾青、丘东平、吴组缃、蒋牧良、周文、叶紫，杂文新人徐懋庸、
唐弢、聂绀弩，中国诗歌会成员的群体亮相。再加上民主主义、自由主义作
家巴金、老舍、曹禺、叶圣陶、李劼人、王统照、郑振铎、沈从文、许地山、
施蛰存、刘呐鸥、戴望舒、新感觉派、《现代》作家群，以及"京派"作家
群的催生，那又是一页新的篇章。

　　开启了文坛共生的阶段。

　　鲁迅、茅盾是和巴金等共生于一地，共处于一时的。

　　偌大一个中国现代文坛，若只有鲁迅的《南腔北调集》《准风月谈》《花
边文学》《且介亭杂文》《且介亭杂文二集》《故事新编》，只有茅盾的《子
夜》《林家铺子》《春蚕》三部曲，再伟大、再杰出，也还是显得单调。只有
将它们和巴金的《爱情三部曲》《激流三部曲》，老舍的《猫城记》《离婚》
《骆驼祥子》《断魂枪》，曹禺的《雷雨》《日出》，李劼人的《死水微澜》三
部曲，沈从文的《边城》《湘行散记》，王统照的《山雨》，许地山的《春
桃》，臧克家的《歇午工》《罪恶的黑手》，何其芳的《画梦录》等糅在一起，
才五光十色，饱满丰饶，才使 20 世纪 30 年代的中国现代文学巍然屹立，闪
闪发光，不可颠覆。

左联已经没有了自己的机关刊物,陆续创办的刊物,多是以左联成员个人的名义编辑出版的,且篇幅小,出版时间短。1935～1937年这一两年又稍有不同,有几种刊物又带有机关刊物性质。

在现代文坛畅销的、显眼的刊物是《现代》、《文学》、《申报·自由谈》、《论语》、《译文》、天津《大公报·文学周刊》、《文学季刊》、《文季月刊》、《水星》等。所有的作家,新作家旧作家,左翼的中间派的,马列派的自由派的,都在这些刊物上驰骋,一试身手,一展歌喉。不看你胸前别着什么徽章,而是看你的货品的成色。像叶紫的《丰收》三部曲,周文的《雪地》《第三生命》《茶包》,吴组缃的《一千八百担》《天下太平》,艾青的《大堰河——我的保姆》,是金子,它总是会闪光的。

事实证明,走出去,以全文坛为阵地,将所有的载体均囊括在胸,为我所用,这样天地就宽了,手足就灵活了,活动的范围就广了,选择的余地就多了。既坚持原则性,又运用灵活性,广交朋友,四海为家,生存空间扩大,处处游刃有余,关键是生产出高质量的产品。

一旦挣脱"拉普"织就的思想上的、组织上的、创作方法上的牢笼,中国左翼文学手脚解放,就会开辟自己的道路,建设自己的天地。

本书结束在这里,但左翼文学并没有谢幕;准确划分,应该结束在1938年3月中华全国文艺界抗敌协会成立,各家各派的大联合大团结。

文协成立,举凡中华民国范围以内的文学艺术工作者,不分左派与右派,不分革命派、反革命派与中间派,不分新派与旧派,不分纯文学与通俗文学,地无分南北,人无分老幼,统统团结在抗日的旗帜下,共同抗日,共同救亡图存,就一个目标,有多少力出多少力。

但本书结束在1932年也有它的小道理。大道理要管小道理,而小道理也有它的顽强性。

1933年以后,左联作为一个党领导的文学艺术的团体,它的领导层还在,还有活动,但基层群众性的外部活动没有了。它换了形式,基本上不从事与文学无关的纯政治运动了。

左翼文学作为主潮统治文坛的历史结束了。在《创造月刊》《文化批判》《大众文艺》《拓荒者》《萌芽月刊》等刊物畅销的那几年,普罗文学、左翼文学确曾以主潮之势统治文坛;但随着1931年左联五烈士被害,1932年左联的机关刊物《北斗》《文学月报》相继停刊,左翼文学以至于左翼文坛,都被说成是"崩溃"了,"没落"了,"倾圮"了,从现象上说,这是不争的事实。但它另辟蹊径，走出去，八方觅食，四处开花，开启融合、共生的新阶段，反而显得更有生气。

"革命浪漫谛克"路线、"唯物辩证法"的创作方法不提了，而代之以社会主义现实主义的创作方法，从其中又提炼出真实性、大众化、不排斥革命浪漫主义这样一些元素，使创作在更高层次、更广泛的领域驰骋，好戏连台。

不再"左而不作"，手脚放开，思接千载，视通万里，更有作为。

自《北斗》《文学月报》停刊之后，左联没有大型的机关刊物了，找不到一个代表物、象征物了。从 1933 年至 1937 年抗战爆发的 4 年多时间里，虽说在上海、北平等地也先后创刊过《艺术新闻》、《文学杂志》、《今日之苏联》、《北平文化》、《文化新闻》、《正路》、《文艺月报》、《无名文艺》、《文学》、《戏剧集纳》、《春光》、《新语林》、《译文》、《太白》、《文学新地》、《读书生活》、《新小说》、《杂文》（后改名《质文》）、《大众生活》、《时事新报·每周文学》、《中华日报·动向》、《海燕》、《新文化》、《文学青年》、《作家》、《文学丛报》、《文学界》、《光明》、《榴火》、《新地》、《夜莺》、《浪花》、《现实文学》、《中流》、《大众文学》、《新认识》、《努力》（广州）、《诗歌杂志》（各地中国诗歌会的刊物有十来种）、《希望》、《文艺科学》（东京）等刊物，它们都颇具革命色彩，但除极个别外，毕竟都是小型的、短暂的、个人编辑的、分盟办的，影响不大，撑不起半边天，代表不了左翼文学的整体形象。

从 1933 年起，文坛上诸多流派活跃。左翼仍然普遍存在，以多种形态在说话，在显示身份。巴金、老舍、曹禺、李劼人、王统照、郑振铎、冰心等，以不朽的创作，堪称脊梁。团结在《现代》杂志周围的现代派，领潮流之先，在小说和诗歌创作方面时有佳构。以林语堂为代表的论语派，势力不弱。北方的"京派"和上海的"海派"，各有代表人物代表作品，并拥有批量读者，充满生气。国民党的《文艺月刊》每月准时出版，篇幅不薄，这也是一种存在。还有许多。各种社团、流派都有其存在的合理性。左翼文学以主潮的地位统治文坛的风光不再。这时起是各种各样的文学现象共处一时，共生一地，你中有我，我中有你，彼此支援，有时也互相掣肘。共生比独居好。共生生命力强。

1935 年，赵家璧主持，良友图书印刷公司出版十卷本《中国新文学大系》是一个标志：写总序的蔡元培，是五四运动"民主"与"科学"旗帜的高擎者，是"五四"文学革命请来的"德先生"与"赛先生"的拥护者，是思想自由、兼容并包的倡导者；胡适是资产阶级右翼；周作人是此时的闲适派；朱自清倾向周作人；郑伯奇、郁达夫不被左联看好；仅鲁迅、茅盾、洪深、阿英（钱杏邨）算左翼，但他们的选文和导论却旨在忠于文学、忠于历史。《大系》总结的是"五四"，肯定的是"五四"，在新的历史的起点上回顾"五四"，还原"五四"的真面目。这是多种政治倾向、多种艺术派别的大联合，共同办大事的典范。

鲁迅、茅盾不说了，像张天翼、沙汀、艾芜、丘东平、叶紫、周文、蒋牧良、吴组缃、东北作家群、中国诗歌会成员、聂绀弩、徐懋庸、欧阳山，等等，都有了较为广阔的活动空间。生存环境并没有改善，但在一定程度上克服了"左倾"关门主义、宗派主义、小团体主义，到全文坛去争取，去选择，就开辟出新的发展天地。

左翼文学是中国现代文学一个承上启下（上承"五四"文学革命，下启延安及中华人民共和国成立后的工农兵文艺）的重要阶段，一种非常独特的文学现象。它在国民党一党专政的独裁统治之下，旗帜鲜明地高彰马克思主义，响亮地喊出建设无产阶级革命文学的口号，曾经轰轰烈烈地成为文坛主潮。它翻译、介绍、传播马克思主义文艺理论，进行了伟大的启蒙；它创作了一批反映当前革命现实生活的文艺作品，引导一代人走上革命道路。它有缺点，不成熟，但它彪炳青史，影响深远。左翼文学曾经很"左"，也是不争的事实。这"左"的负面影响，会长期发酵。从1933年起，《子夜》出版，叶紫、周文、蒋牧良等陆续登台，东北作家群相继进关，杂文家群体出现，中国诗歌会成员以丰富的大众化民族化的创作集体亮相，凡此种种共同谱写30年代文学的壮观篇章。左翼文学一家称雄创造不出这等局面。尽管在与"自由人"和"第三种人"的论辩中，还严重地流露出关门主义、宗派主义、霸权思想，但它是靠自己内部纠正的，并未影响文坛全局。

至1932年止，左翼文学的完整形态已经呈现，此后进入良性循环。

不管怎么说，连"两个口号"论争都没有能够包括在本书内，确有遗憾。遗憾，等待弥补，等待超越。

2012 年 2 月 10 日写毕

2012 年 7 月 13 日再次校订

后　记

　　面对中国现代文学中左翼文学这股文学思潮，这样一个阶段，这种文学现象，几代学者、文学史家，其评价极不一致，有几多变化。至今也还没有一部文学意义上的专题史。已经出版的多种相关史书，都以"革命""政治"为主，始终着眼于文学的不多见。本书仅将人所共知的"革命""政治"作为大背景，全神贯注地落笔在文学上，连"社团""运动"都尽量少谈——能不谈的就不谈。注意力集中在文学上，就能以珍贵的篇幅，充分展示左翼文学现象，揭示左翼文学的发展规律。

　　几十年中，感谢文学所图书馆的王林凤、唐平、王家山、汪梅、海燕等对我的支持！

　　感谢文学所现代室的同行们对我的启发、支持和鼓励！有的学者从选题立项，到架构的搭建，写作的进展，到最后审定书稿，关注始终，关怀始终，审稿时连一个标点符号都不放过，那样一丝不苟，那样真心诚意，不仅是工作的认真，而且是人格的升华，对我的帮助远远超过业务的范围。

　　扪心自问，我应该多为社会做点贡献。

2012 年 2 月 11 日

本书征用报刊目录

《少年中国》

《新青年》

《小说月报》

《东方杂志》半月刊

《民国日报·觉悟》

《中国青年》周刊

《创造周报》

《新青年》季刊（广州）

《文学周报》

《学生杂志》

《新青年》不定期刊

《晨报副刊》

《猛进》周刊

《洪水》

《创造月刊》

《莽原》

汉口《民国日报》

汉口《中央日报》

《民众旬刊》

《太阳月刊》

《泰东月刊》

《一般》月刊

《语丝》周刊

《未明》半月刊

《现代评论》（周刊）

《文化批判》

《北新》半月刊

《教育杂志》

《现代小说》

《流沙》半月刊

《新生命》

《长夜》

《文化战线》

《戈壁》半月刊

《新月》

《奔流》

《澎湃》

《山雨》半月刊

《思想》月刊

《革命评论》

《无轨列车》

《大众文艺》

《未明》月刊

《时代文艺》

《乐群》半月刊、月刊

《大江》

《白华》半月刊

《青海》

《日出旬刊》

《春潮》月刊

《熔炉》月刊

《文艺生活》周刊

《朝花周刊》

《真美善》

《海风周报》

《金屋月刊》

《红黑》月刊

河北民国日报周刊之一《鸮》

《人间》月刊

《春潮》月刊

《新流月报》

《新女性》

《南国月刊》

《引擎》月刊

《白露》

《朝花旬刊》

《新兴文化》

《新思潮》月刊

《萌芽月刊》

《拓荒者》

《文艺研究》

《艺术月刊》

《文艺讲座》

《摩登青年》

《巴尔底山》旬刊

《洛浦月刊》

《五一特刊》

《沙仑月刊》

《前锋周报》

《展开》半月刊

《现代文学》

《文化斗争》

《开展》月刊

《文艺月刊》

《世界文化》

《前锋月刊》

《文学生活》月刊

《文艺新闻》周刊

《现代文学评论》月刊

《前哨》-《文学导报》（秘密发行）

《中学生》

《青年界》

《北斗》月刊

《流火月刊》

《十字街头》双周刊

《文化评论》

《絜茜月刊》

《文艺新地》

《文学》半月刊

《现代》

《文学月报》

《橄榄月刊》

《申报月刊》

《论语》半月刊

《文化月报》

《矛盾月刊》

《申报·自由谈》

本书参考书目

蒋光慈：《新梦》《少年飘泊者》《鸭绿江上》《哀中国》《野祭》《短裤党》《纪念碑》《俄罗斯文学》《哭诉》《菊芬》《最后的微笑》《光慈诗选》《战鼓》《丽莎的哀怨》《异邦与故国》《冲出云围的月亮》《乡情集》《田野的风》《三对爱人儿》（他人作品署蒋光慈名出版，盗版书的又一种形式）

任国桢编译《苏俄的文艺论战》

王独清：《圣母像前》《死前》《独清诗集》《威尼市》《埃及人》《独清译诗集》《独清诗文选集》《貂蝉》《文艺政策》

郭沫若：《瓶》《前茅》《恢复》《水平线下》《沫若译诗集》《沫若诗集》《我的幼年》《反正前后》

穆木天：《旅心》

柯仲平：《海夜歌声》

钱杏邨：《革命的故事》《一条鞭痕》《现代中国文学作家》《欢乐的舞蹈》《义冢》《力的文艺》《玛露莎》《创作与生活》《批评六大文学作家》

高长虹：《献给自然的女儿》《走到出版界》

叶灵凤：《鸠绿媚》《天竹》《处女的梦》

杨邨人：《战线上》

鲁迅译《小约翰》

托洛茨基：《文学与革命》（韦素园、李霁野合译）

潘汉年：《离婚》

郑伯奇：《抗争》

洪灵菲：《流亡》《转变》

冯乃超：《红纱灯》《傀儡美人》

胡也频：《活珠子》《也频诗选》《三个不统一的人物》《一幕悲剧的写实》《光明在我们前面》

成仿吾、郭沫若等：《从文学革命到革命文学》

黄药眠：《黄花岗上》

许杰：《新兴文学概论》《子卿先生》

王鲁彦：《黄金》

魏金枝：《七封书信的自传》

楼建南：《挣扎》

霁楼编《革命文学论文集》

杨骚：《迷雏》《受难者的短曲》《心曲》《洗衣老板与诗人》（辑译）

戴平万：《出路》

辛克莱：《屠场》（郭沫若译）、《石炭王》（郭沫若译）、《工人麦杰》（黄药眠译）、《牧场》（译）

茅盾：《小说研究 ABC》《中国神话研究 ABC》《三姊妹》《现代文学杂论》《野蔷薇》《路》

卢梦殊：《阿串姐》

杜衡：《石榴花》

沈起予：《飞霞》

龚冰庐：《黎明之前》《炭矿夫》

鲁迅：《朝花夕拾》《而已集》《三闲集》《二心集》

日本小说集《初春的风》（沈端先译）

丁玲：《在黑暗中》

周毓英：《在牢中》

塞克：《追寻》

田汉：《银色的梦》

台静农：《地之子》

华汉：《暗夜》《十姑的悲愁》《两个女性》《活力》《地泉》《最后一天》《寒梅》（《转换》）

梅子编《非"革命文学"》

日本短篇小说集《俘虏》（林伯修辑译）

姚蓬子：《银铃》

戴望舒：《我的记忆》

段可情：《巴黎之秋》《铁汁》

卢那察尔斯基：《艺术之社会的基础》（冯雪峰译）、《浮士德与城》（鲁迅译）

波格达诺夫：《新艺术论》（苏汶译）

孙席珍：《女人的心》《近代文艺思潮》

陈勺水辑译《日本新写实派代表杰作集》

叶永蓁：《小小十年》

梅林格：《文学评论》（冯雪峰译）

高沐鸿：《湖上曲》

李守章：《跋涉的人们》

柔石：《旧时代之死》《二月》《希望》

李何林编选《中国文艺论战》

高尔基：《母亲》（沈端先译）、《初恋》（穆木天译）

革拉特珂夫：《士敏土》（蔡咏裳、董绍明译）

柯根：《新兴文学论》（沈端先译）

顾仲起：《笑与死》

孟超：《爱的映照》（原名《冲突》）

藏原惟人：《新写实主义论文集》（之本译）

刘一梦等：《失业以后》（蒋光慈编选）

甘荼等：《两种不同命运的人类》（蒋光慈编选）

顾凤城：《新兴文学概论》

柯根：《伟大的十年间文学——新兴文学续编》（沈端先译）

叶圣陶：《倪焕之》

张天翼：《从空虚到充实》《小彼得》《鬼土日记》《齿轮》

胡愈之：《莫斯科印象记》

法捷耶夫：《毁灭》（鲁迅译）

绥拉菲摩维支：《铁流》（曹靖华译）

周起应编《高尔基创作四十年纪念论文集》

沙汀：《法律外的航线》

瞿秋白：《海上述林》

胡秋原编著《唯物史观艺术论——朴烈汗诺夫艺术理论之研究》

图书在版编目（CIP）数据

中国左翼文学编年史/张大明著. —北京：社会科学文献
出版社，2013.8
（中国社会科学院老年学者文库）
ISBN 978-7-5097-4735-3

Ⅰ.①中…　Ⅱ.①张…　Ⅲ.①左翼文化运动-文学史-
编年史　Ⅳ.①I209.6

中国版本图书馆 CIP 数据核字（2013）第 127511 号

·中国社会科学院老年学者文库·

中国左翼文学编年史

著　者／张大明

出　版　人／谢寿光
出　版　者／社会科学文献出版社
地　　　址／北京市西城区北三环中路甲 29 号院 3 号楼华龙大厦
邮政编码／100029

责任部门／人文分社（010）59367215　　　　责任编辑／许　力
电子信箱／renwen@ssap.cn　　　　　　　　责任校对／王彩霞
项目统筹／宋月华　魏小薇　　　　　　　　责任印制／岳　阳
经　　销／社会科学文献出版社市场营销中心（010）59367081　59367089
读者服务／读者服务中心（010）59367028

印　　装／三河市东方印刷有限公司
开　　本／787mm×1092mm　1/16　　　　印　　张／68.5
版　　次／2013 年 8 月第 1 版　　　　　　字　　数／1462 千字
印　　次／2013 年 8 月第 1 次印刷
书　　号／ISBN 978-7-5097-4735-3
定　　价／358.00 元